Martina André
Die Teufelshure

MARTINA ANDRÉ, Jahrgang 1961, lebt mir ihrer Familie bei Koblenz. Im Aufbau Taschenbuch Verlag erschienen von ihr die Bestseller »Die Gegenpäpstin« und »Das Rätsel der Templer«. Zuletzt veröffentlichte sie den Roman »Schamanenfeuer – Das Geheimnis von Tunguska«.

Edinburgh im Jahre 1647. Der Highlander John Cameron hat die Pest nur durch ein Wunder überstanden. Am Rande einer Hinrichtung trifft er Madlen MacDonald und verliebt sich in sie. Dabei ist es ihm gleichgültig, dass sie die Mätresse eines geheimnisvollen Lords sein. Der Plan, gemeinsam mit ihr vor dem Lord zu fliehen, scheitert. Stattdessen wird er zum Tode verurteilt. Im Verlies erkennt John, dass Madlens Gönner Häftlinge kauft, um mysteriöse Experimente durchzuführen.

Edinburgh in der Gegenwart. Die Molekularbiologin Lilian von Stahl versucht, den Erinnerungscode in menschlichen Genen zu entschlüsseln. Während eines Drogenexperiments sieht sie in einer Vision die Gestalt eines altertümlich gestalteten Schotten. Ihre Recherche führt sie zu einem Herrenhaus., wo sie auf einen Mann trifft, der jener Person aus der Vision zum Verwechseln ähnlich sieht.

Martina André

Die Teufelshure

Roman

rütten & loening

Dieses Buch widme ich meinen Fans
aus den Leserunden – ohne Eure Begeisterung,
Eure hilfreichen Anmerkungen und Euer Engagement
würde das Schreiben nur halb soviel Spaß machen.

Prolog

Tha mi creidsinn ann an Dia an t-Athair Uilechumhachdach, Cruithfhear nèimh agus talmhainn.

(erster Satz des apostolischen Glaubensbekenntnisses in Schottisch-Gälisch)

Edinburgh – Weihnachten 1644 – »Outbreak«

Weihnachten 1644 war für John das traurigste Fest seines Lebens; was nicht etwa daran lag, dass die presbyterianische Kirche in Schottland die katholischen Feierlichkeiten zur Geburt Christi verboten hatte.

John hätte gerne auf Haggis, Whisky, Tanz und bunte Girlanden verzichtet, wenn wenigstens die Kinder am Leben geblieben wären. Aber nun starrte er auf neun übelriechende Leichen, die er eigenhändig in weißes Leinen gehüllt und zu einem Berg aus leblosen Leibern aufgeschichtet hatte, damit der Bestatter sie abholen konnte – falls er sich überhaupt in nächster Zeit in die ausgestorbenen Straßenschluchten der Kings Close verirren würde.

Doktor Jon Paulitius, der wohl bestbezahlte Arzt Schottlands, war der vorletzte Mensch, den John – außer Granny Beadle – lebend gesehen hatte. Erst vor wenigen Tagen hatte der einzige offiziell bestellte Pestarzt dem kläglichen Rest der Beadles einen Besuch abgestattet und den achtjährigen Matthew zur Ader gelassen.

John hatte dem Jungen Vater und Mutter ersetzen müssen, die in den Tagen zuvor nacheinander gestorben waren, ebenso wie vier ältere Geschwister und der erst vor kurzem geborene Säugling. Großmutter Beadle war zu krank, um ihren letzten Enkel zu trösten.

Der Doktor trug ein langes schwarzes Gewand, einen schwarzen breitkrempigen Hut und eine Schnabelmaske aus hellem Leder, die ihn vor krankmachenden Dämpfen schützen sollte und ihn wie einen übergroßen hässlichen Raben aussehen ließ. Die Augen waren von schützenden Kristallgläsern bedeckt und verwandelten die Pupillen dahinter in furchterregende schwarze Knöpfe.

Matthew flößte das Aussehen des Arztes höllische Angst ein, und als der Doktor sich über ihn beugte, sammelte er seine letzten Lebenskräfte und schrie wie am Spieß. Erst recht, als Paulitius sich anschickte, ihm die Ader zu öffnen. John hatte es selbst mit der Angst zu tun bekommen, aber nicht weil er Paulitius als so furchterregend empfand (obwohl er das tatsächlich war), sondern weil er befürchtete, das Kind würde am Schock sterben.

John hatte den fiebernden Jungen gehalten und immer wieder beruhigend auf ihn eingeredet, während der Doktor das geschärfte Lasseisen an der schlecht zu stauenden Armvene justierte.

Nachdem Matthew eine gnädige Ohnmacht befallen hatte, öffnete Paulitius bei John eine Pestbeule und behandelte die Wunde mit dem Kautereisen, um die Wundränder auszubrennen. Es stank nach Eiter und verbranntem Fleisch, und John biss die Zähne zusammen, weil er sich den Schmerz nicht anmerken lassen wollte.

»Habt Ihr noch etwas Laudanum?«, fragte er Paulitius hoffnungsvoll. »Ich kann Euch bezahlen.« John hatte seine gesamte Habe an einem sicheren Ort außerhalb der Stadt vergraben. Einem Pestkranken war es jedoch bei Todesstrafe verboten, das Haus zu verlassen, in dem er sich bei Ausbruch der Krankheit befunden hatte. Und so musste er sparsam sein und das Wenige, was er unter seiner Strohmatratze verborgen hielt, zur Linderung der größten Not mit der Familie teilen, die ihm den Schlafplatz in ihrer bescheidenen Behausung vermietet hatte.

Wie die bereits verstorbenen Beadles zuvor litt John nicht nur an zwei dicken Geschwüren, am meisten litt er am Fieber und an den unerträglichen Kopfschmerzen. Es war nur eine Frage der Zeit, wann der Tod seine Hand auch nach ihm ausstrecken würde.

Paulitius schüttelte den Kopf, was den Arzt noch grotesker erscheinen ließ. »Es tut mir leid«, antwortete er mit gedämpfter Stimme. »Das Laudanum ist mir ausgegangen. Obwohl die halbe Stadt dahingerafft wurde, gibt es immer noch zu viele Menschen, die vor allem an den Schmerzen leiden, und wenn ich ehrlich bin, bleibt mir kaum etwas anderes, womit ich ihnen helfen könnte.« Seine Stimme klang mutlos.

John schluckte seine Enttäuschung hinunter und nickte nur, als der

Doktor sich ohne Händedruck von ihm verabschiedete. Paulitius ging zur Tür und nahm seinen Stab, der ihn als Pestarzt zu erkennen gab, obwohl es eines solchen Zeichens gar nicht bedurft hätte. Er war der einzige Mensch in ganz Edinburgh, der eine solche Gewandung trug und sich in die Häuser der Kranken wagte.

Zwei Tage später starb Matthew an Entkräftung, obwohl John ihm trotz der eigenen Beschwerden kühlende Umschläge bereitet und versucht hatte, ihn mit Milch und Brot zu füttern, das die Stadtväter neben Wein und Bier kostenlos bis an die Haustüren liefern ließen. Aber all das hatte nichts genützt, und John musste einen weiteren Leichnam in ein weißes Leinentuch schlagen, das ihm ebenfalls kostenfrei zur Verfügung stand.

Danach blieb ihm nur noch Granny Beadle. Die alte Frau lag in der guten Stube stöhnend auf einem Strohsack in dem einzigen großen Bett, das ihr nunmehr allein gehörte.

»John?« Ihre Stimme klang brüchig. »John? Bist du da?«

John hatte eine Öllampe entzündet, weil das Licht von der Straße, das in die schmalen Kellerschächte fiel, selbst bei Tage nicht ausreichte, um das winzige Zimmer zu erhellen.

»Ja, Granny, ich bin hier«, erwiderte er und nahm einen Krug mit Wein und einen Becher, um der alten Frau den peinigenden Durst zu stillen. Sie war völlig abgemagert. Ihr Kopf sah mit einem weißen Gespinst von Haaren wie ein Totenschädel aus.

Als er den Becher an ihre ausgetrockneten Lippen setzte, hielt sie ihn mit ihren knochigen Fingern am Handgelenk fest.

»Nein«, sagte sie leise. »Ich will nicht trinken. Setz dich nur ein bisschen zu mir, John.« Der Blick ihrer trüben blauen Augen schmerzte ihn mehr als die Geschwüre, die ihm unter den Armen und in der Leiste brannten. Granny Beadle hob ihre zittrige Hand und legte sie auf sein Haupt. Dann strich sie bedächtig über sein langes, verfilztes Haar bis hinunter zu seinem struppigen Bart, in den die Läuse längst Einzug gehalten hatten.

»Du bist ein guter Junge, John. Gott der Herr wird dich beschützen.« Ihre Fürsorge gab ihm den Rest. Sie hatte alles verloren, an dem ihr Herz gehangen hatte, und war immer noch in der Lage, ihm Liebe und Anteilnahme zu geben.

Sein Kopf sank auf ihre hagere Brust, und als sie den Arm federleicht um seine Schultern legte, ließ ein Schluchzen seinen Körper erzittern. Und dann weinte er, wie er noch nie in seinem Leben geweint hatte. Seine Tränen tränkten Granny Beadles fadenscheiniges Nachthemd, und ihre geflüsterten Worte der Zuversicht machten alles nur noch schlimmer. Als er den Kopf hob, lächelte sie matt, und er fühlte sich schuldig, weil er schwach geworden war, und rang um eine Erklärung.

»Was ist das nur für ein Gott«, stammelte er verzweifelt, »der so etwas zulässt?« Hastig rieb er sich den Rotz von der Nase und deutete auf die verstorbenen Kinder. Dann streckte er die Faust zur Decke und setzte eine kämpferische Miene auf. »O Herr! Ich, John Cameron, fordere einen Beweis Deiner unendlichen Güte! Mach dem Sterben ein Ende und schenke den Menschen das ewige Leben auf Erden und nicht erst im Himmelreich! Tust Du es nicht, bist Du ein grausamer Gott, und ich kann nicht weiterhin an Dich glauben – von nun an bis in alle Ewigkeit, Amen!«

Während John eine gewisse Erleichterung verspürte, obwohl er nicht annahm, dass sich nun etwas änderte, hatte das Gesicht der alten Frau einen ernsten Ausdruck angenommen.

»Versündige dich nicht, John Cameron«, flüsterte sie besorgt. »Der Herr empfängt all unsere Gebete, und was wirst du tun, wenn Er deine Worte erhört?«

Teil I

I

Edinburgh 1647 – »Horsemarket«

John Cameron verspürte nicht die geringste Lust, den letzten Atemzug des Henry Stratton mitzuerleben, und doch blieb ihm keine andere Wahl. Abraham Brumble, Johns Vorarbeiter im Hafen von Leith, hatte seinen Untergebenen unerwartet frei gegeben, weil sie auf Befehl der Stadtkommandantur Zeugen einer öffentlichen Hinrichtung im nahen Edinburgh werden sollten. In der Ankündigung hatte es geheißen, dass die Hinrichtung des Delinquenten als Warnung zu verstehen sei – für alle, die eine Revolution gegen das schottische Parlament planten.

Brumble war alles andere als begeistert. Wegen eines solchen Blödsinns, wie er sich auszudrücken pflegte, blieben seinen Hafenarbeitern nur noch ein paar Stunden zum Entladen eines großen Dreimasters. Denn morgen war Sonntag, der Tag des Herrn, an dem alles stillstand, und das Schiff sollte am frühen Montagmorgen wieder nach Frankreich auslaufen.

Es regnete in Strömen, als John und drei seiner Gefährten ihre Arbeit niederlegten, um sich endlich zu Fuß auf den Weg nach Edinburgh zu machen. Sie waren spät dran. Die Mittagsglocke hatte längst geläutet, als sie die Festungsmauern von Leith durch das große Südportal passierten und die Hauptstraße nach Edinburgh nahmen. Paddy Hamlock, ein graubärtiger, grobschlächtiger Ire aus Ulster, und Malcolm und Micheal MacGregor, völlig gleich aussehende, sechzehnjährige Zwillinge aus Stirling, begleiteten John in den befestigten Teil der Stadt, deren Festungsanlage auf einem hohen Fels, dem sogenannten Castle Rock, nicht nur die Stadt, sondern auch die umliegende Hügellandschaft weithin überragte.

Die Hinrichtung war für zwei Uhr nachmittags angekündigt. Somit blieb ihnen knapp eine Stunde, um zum Horsemarket zu gelangen, wo die Exekution durch den Galgen stattfinden sollte. Die drei Männer hatten keine Mühe, mit John mitzuhalten, obwohl sie allesamt ein ganzes Stück kleiner waren als der hochgewachsene Highlander. John schien es nicht eilig zu haben. Paddy und die beiden anderen konnten an seiner verbissenen Miene ablesen, dass ihm der Grund ihres unverhofften Ausflugs ganz und gar nicht behagte. Zusammen mit Heerscharen von Menschen marschierten sie über die schlechten Straßen rund um Edinburgh, vorbei an Gemüsefeldern, Obstgärten und Schweineweiden, und wichen dabei immer wieder den riesigen Pfützen aus, die der lange Regen hinterlassen hatte.

John hatte schon mehrmals versucht, aus Paddy herauszubekommen, warum man Stratton so plötzlich an den Galgen bringen wollte. Erst vor drei Tagen war das Urteil in einem Schnellverfahren gefällt worden – schuldig wegen Landesverrats und Verschwörung gegen das schottische Parlament –, doch niemand wurde so recht schlau daraus.

John kannte Stratton von diversen Kneipenzügen rund um Edinburgh, bei denen sie sich immer wieder begegnet waren. Was jedoch nicht bedeutete, dass er oder einer seiner Kameraden mit ihm befreundet gewesen waren. Stratton gehörte zu jener Sorte von adligen Arschlöchern, die sich nie mit einem Arbeiter von den Docks auf einen Drink oder ein Kartenspiel eingelassen hatten.

Paddy war mit Stratton schon einmal wegen eines Krugs Whisky aneinandergeraten, den der hochnäsige Pinsel im Half Moon Inn, ohne zu fragen, auf seine Rechnung getrunken hatte. Der Ire hätte eigentlich wissen müssen, warum man Stratton in Wahrheit hängen wollte, denn ihm entging so gut wie nichts, was in der Stadt passierte. Aber selbst er hatte eisern geschwiegen, wenn der ein oder andere seinen Zweifel an Strattons Schuld hatte verlauten lassen.

»Man sagt, er habe sich den königstreuen Cavaliers angeschlossen und mit ihnen Attentate auf hochrangige Mitglieder der Covenanters im schottischen Parlament vorbereitet«, knurrte Paddy im Gehen ungeduldig, weil nicht nur John ihm mit seiner ewigen Fragerei auf den Geist ging. »Angeblich hat er sogar Flugblätter mit einem Aufruf drucken lassen, in dem er die Ermordung presbyterianischer Bischöfe fordert. Es hieß, er wollte damit den Verrat der Schotten an König Charles rächen.«

»Stratton?« John sah seinen irischen Freund ungläubig an. Stratton war alles, was man sich vorstellen konnte, nur nicht religiös und schon gar nicht politisch. Und soweit John wusste, hatte er weder in der königlichen Armee unter Charles I. noch unter Cromwells Truppen als Söldner gedient. Er galt als geschniegelter Galan, der zwar aus noblem Hause stammte, aber leider kaum eigene Mittel besaß. Sein Vater weilte im niederländischen Exil, und Henry, der schon vor längerem mit seiner Familie gebrochen hatte, machte sein Geld beim Wetten und Kartenspiel oder als verlässlicher Begleiter alternder, vermögender Edeldamen. Dabei mied er die Kirche wie der Teufel das Weihwasser und war politisch nie in Erscheinung getreten.

Paddy reckte seinen Hals über den Kragen seiner Joppe hinaus und entblößte sein lückenhaftes Gebiss zu einem hämischen Grinsen.

»Der Aufschneider ist Lord Chester Cuninghame in die Quere gekommen.« Die Stimme des Iren klang verschwörerisch, als er seine schwielige Hand schützend an seinen Mund legte, obwohl ihn bei dem lautstarken Durcheinander, das in den Straßen herrschte, ohnehin kaum jemand hätte verstehen können. Er näherte sich John so weit, dass er ihm direkt ins Ohr sprechen konnte. Flüsternd verfiel er ins Irisch-Gälische, das John wegen seiner schottisch-gälischen Herkunft leidlich zu verstehen vermochte. »Cuninghame ist Parlamentsmitglied und unglaublich vermögend. Er hat verwandtschaftliche Beziehungen bis in die höchsten Regierungskreise und pflegt vielfältige politische Verbindungen, die er überwiegend zu seinem persönlichen Vorteil nutzt. Allerdings heißt es auch, er sei das schwarze Schaf der Familie, weil er sich bisher einer angemessenen Ehe verweigert. Angeblich gehört er einer geheimen Bruderschaft an, die den Freimaurern zugetan ist. Offiziell ist er ein Anhänger der Covenanters – inoffiziell soll er bis zum Ansatz im Arsch unseres Königs stecken. Darüber hinaus munkelt man, er stehe mit den Mächten der Finsternis im Bunde, und wenn er es will, bringt er jeden an den Balken, der ihm nicht in den Kram passt.«

John schaute verwundert auf. Bis auf die letzte Bemerkung erschien ihm Cuninghames korruptes Verhalten für einen Parlamentarier als ziemlich normal. Ein hintergründiges Lächeln umspielte seinen Mund. »Willst du damit etwa sagen, dieser teuflische Lord ist ein Sodomit und unserem gutaussehenden König bereits nahe genug gekommen, um ihm die Eier zu schaukeln?«

Malcolm und Micheal, die Johns Replik mit angehört hatten, begannen laut zu kichern.

Paddy machte eine unwirsche Handbewegung in Johns Richtung. »Sei still, du Dummkopf, oder willst du, dass wir Stratton folgen?« Der Ire wandte sich ab und tauchte vor John in die Menge ein, die sich stetig dem engen Einlass am Leith Wynd Port näherte, einem der nördlichen Stadttore von Edinburgh. John ließ sich nicht beirren und beschleunigte seine Schritte, dabei hielt er Paddy am Arm seiner braunen Filzjoppe fest und hinderte ihn daran, weiterzugehen. »Das erklärt aber nicht, warum er ausgerechnet Stratton baumeln lässt.«

Paddys Miene verdüsterte sich, und seine mit Whisky geschmirgelte Stimme klang bedrohlich, als er sich von neuem an einer Erklärung versuchte. »Ich habe es doch gesagt. Offiziell wird Stratton beschuldigt, an einem Komplott gegen das Parlament beteiligt gewesen zu sein.«

»Und inoffiziell?« Erst jetzt gab John ihn frei und folgte dem Iren weiter hinein in die Menge. Das Grölen und Schwatzen all der wartenden Menschen übertönte sogar seine kräftige Stimme.

Paddy hatte ihn trotzdem verstanden und hob spöttisch eine seiner buschigen Brauen. »Inoffiziell hat er Cuninghames junge Mistress gevögelt.«

John grinste unfroh und rückte sich rasch seinen schwarzen breitkrempigen Hut zurecht, nachdem er ihn im Vorbeigehen gelüftet hatte, um ein blondes, rotwangiges Mädchen zu grüßen, das ihm ein strahlendes Lächeln zugeworfen hatte. Es geschah nicht selten, dass Frauen ganz fasziniert zu ihm aufschauten, wenn sie ihm begegneten. Er war groß, hatte ein markant geschnittenes Gesicht und einen ansehnlichen Körper. Darüber trug er meist ein ungebleichtes Hemd und das gegürtete Plaid eines Highlanders – als untrügliches Zeichen seiner keltischen Herkunft. Das zweimal drei Meter große Stück dicht gewebten Wollstoffs, auf Höhe der Taille mit einem breiten Ledergürtel fixiert, umspielte wie ein Rock seine bloßen Knie und schützte gleichzeitig, nach oben hin gerafft und über Brust und Rücken drapiert, vor Nässe und Kälte. Es war ein archaisches Kleidungsstück, auf das er mit Stolz blickte, besonders seit man es während der Pest in Edinburgh und Umgebung zunächst aus hygienischen Gründen verboten und dann später, als die Epidemie vorüber war, wiederzuzulassen hatte. Nicht selten kam es vor, dass die Mägde in den Schankstuben zu vorgerückter Stunde und mit einem hysterischen Kreischen darunterfassten und erstaunt feststellten, dass John tatsächlich – verborgen unter dem braun und blau karierten Muster – nichts anderes trug als seine stattliche Männlichkeit. Nach Ansicht der Frauen war er ein gutaussehender Kerl mit einschlägigen Qualitäten, die jedem Mädchen die Sinne raubten, wenn er es nur nahe genug an sich herankommen ließ. Mittlerweile wusste er um seine Wirkung, obwohl nach seiner Pesterkrankung ein paar hässliche Narben auf seiner Brust zurückgeblieben waren. Sein dichtes zimtfarbenes Haar trug er schulterlang, dazu einen modischen Spitzbart, wie alle Männer, die etwas auf sich hielten.

Mit einer flüchtigen Geste wischte er sich den Regen aus den Augen. »Ist sie wenigstens hübsch?«

»Die Mistress? Machst du Witze?« Paddy sah ihn entrüstet an. »Sie ist eine Schönheit. Aber in Wahrheit ist sie nichts anderes als eine Teufelshure. Allein ihr Anblick vermag kluge Männer im Handumdrehen in sabbernde Narren zu verwandeln.« Paddy verfiel in ein heiseres Flüstern. »Es gibt Stimmen, die behaupten, Cuninghame bediene sich ihrer, um mit dem Satan Kontakt aufzunehmen.« Der Ire hob den Kopf und sah sich beinahe ängstlich um, und erst als die Luft rein zu sein schien, fuhr er fort. »Aber selbst wenn sie eine Heilige wäre.« Er schnaubte verächtlich. »Für mich gibt es kein Weibsbild, das es wert wäre, dafür zu sterben! Außer meiner Mutter natürlich. Doch die ist längst tot.«

John erwiderte nichts. Der Regen war schwächer geworden, aber noch immer jagten düstere Wolken am Himmel entlang.

Ziemlich durchnässt und mit schlammverdreckten Stiefeln passierten sie schließlich unter den scharfen Blicken der Wachmannschaften das nördliche Stadttor von Edinburgh. John wurde wie immer auf Waffen kontrolliert. Nicht nur seine hünenhafte Erscheinung und das kantige Gesicht trugen Schuld daran, dass ihm die Stadtwachen misstrauten. Die »Toun Rats«, meist ältere, hartgesottene Veteranen, erkannten alleine an Johns Aufmachung, dass sie es mit einem geborenen Krieger zu tun hatten. Nicht umsonst rekrutierten Armeen aller Couleur ihre Soldaten bevorzugt in den Highlands. Den meisten Männern aus dieser Region Schottlands pulsierte das wilde Blut der Wikinger in den Adern, das sie selbst in Friedenszeiten nicht zur Ruhe kommen ließ. Obwohl John nur den üblichen Sgian Dubh bei sich trug, einen kleinen schwarzen Dolch, der gewöhnlich im Stiefel steckte, konnten die Soldaten ihm ansehen, dass er problemlos in der Lage war, ein panzerbrechende Waffe zu führen, jenes gefürchtete Breitschwert, das zu einem Highlander gehörte wie sein Plaid.

»Wo sollte ich denn ein Clagmore versteckt haben?«, bemerkte John spöttisch und lüftete für einen Moment sein Plaid, als die Wachen ihn nach dem Besitz des beinah eineinhalb Meter langen Schwertes befragten.

Wenig später schlenderten John und seine Kameraden die High-Street hinauf in Richtung Castle Rock, um kurz davor in den Strait-Bow einzubiegen, der direkt hinab zum Horsemarket führte. Von einer von steilaufragenden Häusern gesäumten Anhöhe aus konnte man den Galgen gut erkennen, an dem Stratton seinen letzten Atem aushauchen sollte. Das Balkengerüst aus massivem Eichenholz erhob sich mit seinem hölzernen Podest aus einem wogenden Meer von Alten und Jungen, Kranken und Gesunden, die alle nur ein Ziel verfolgten – das grausige Ende eines armen Sünders unter Pfiffen, Zurufen und Beifall zu begaffen. Die Plattform, auf welcher der Delinquent sein letztes Gebet sprechen würde, bevor er zur Hölle fuhr, war noch leer und von einer buntgeschmückten Balustrade umrandet, geradeso als ob es ein großes Fest wäre, einen jungen, kerngesunden Kerl hängen zu sehen.

Es war nicht das erste Mal, dass der weitläufige Platz sich eines solch morbiden Spektakels erfreute, und die zahlreichen Gasthäuser, die das Areal begrenzten, verdienten bei einer Hinrichtung weit mehr als an einem gewöhnlichen Markttag, wenn hier Pferde und Kühe den Besitzer wechselten.

Ein Kommando der Stadtwache hatte auf dem sogenannten Horsemarket Aufstellung genommen, um Ruhe und Ordnung zu sichern. Nicht selten versuchten Rebellen in letzter Minute ihre Kameraden vor dem Tod zu retten, indem sie zu Pferd den Hinrichtungsaufbau stürmten und den Gefangenen vom Galgen schnitten. Doch wer sollte Stratton befreien? Er war mit Sicherheit kein Mann, der viele Freunde besaß. Er gehörte zu keinem Clan und zu keiner Partei, und die Anschuldigungen des Gerichts, er sei ein Rebell, erschienen John geradezu lächerlich. Die Soldaten stießen und drängten die wartenden Menschen mit Knüppeln hinter eine Absperrung, um die reibungslose Zufahrt des Delinquenten auf seinem offenen Gefängniswagen zu garantieren. John kannte einige der Männer, sie stammten wie er aus dem schottischen Hochland und waren nach Edinburgh gekommen, um als gut entlohnte Söldner ein besseres Leben zu führen.

Der Henker prüfte ein letztes Mal das Seil, an dem sich Strattons Schicksal erfüllen sollte.

John war mulmig zumute. Er hasste den Tod – erst recht, seit er vor zwei Jahren die Beulenpest überlebt hatte. Es war nicht so sehr die Angst vor dem Sterben überhaupt, sondern vielmehr vor der Art, wie es geschah. Während der Pest hatte er aus nächster Nähe Alte und Junge unter unvorstellbaren Qualen dahinsiechen sehen, und außer beten war ihnen nichts geblieben, um das grausame Schicksal noch einmal von sich abwenden zu können. Vielleicht war da ein Genickbruch, wie er manchmal beim Hängen eintrat, das geringere Übel. Aber nicht oft hatten die Verurteilten ein solches Glück. Gehenkt zu werden bedeutete in der Regel einen qualvollen, langsamen Tod. Oft baumelte der Betroffene eine halbe Ewigkeit, nachdem man ihm die Schlinge um seinen Hals gelegt und den Körper so weit nach oben gezogen hatte, dass die Füße den Boden verloren. Stück für Stück schnürte sich dem Todgeweihten die Kehle zu. Auf diese Weise zu sterben stellte sich John alles andere als angenehm vor.

Doch es gab noch andere Todesarten, die man selbst seinem schlimmsten Feind nicht wünschen würde. Kein Tag verging, an dem John nicht an das grauenvolle Sterben des kleinen Jeremy Cook denken musste. In manchen Nächten erwachte er schweißgebadet aus diesem immer wiederkehrenden Alptraum. Zu lebhaft stand ihm vor Augen, wie er bei seinem ersten anständigen Job in der Stadt vergeblich versucht hatte, den schmächtigen sechsjährigen Schornsteinfegergehilfen an einem langen Seil, das der Junge um die Brust geknotet trug, aus einem endlos erscheinenden schmalen Kaminschlot herauszuziehen. Chimney-Sweeps, wie man die kindlichen Schornsteinfeger von Edinburgh nannte, wurden erbarmungslos ausgenutzt, weil nur ihre schmale Gestalt in die mehrstöckigen engen Schlote passte und damit an Stellen gelangen konnte, wo weder Bürste noch Eisenkugel halfen. Noch immer verfolgte John das Geräusch, als das Seil riss, und der Schrei des Jungen, als er in die Tiefe stürzte. So lange, bis das unglückliche Kerlchen zwischen den eng gemauerten Steinen steckenblieb und im heißen Rauch und dichten Kohlenruß elendig erstickte. Obwohl so etwas tagtäglich geschehen konnte und zum wahrhaft schmutzigen Geschäft gehörte, gab John sich die Schuld an Jeremys schrecklichem Tod. Er ganz allein hatte die Verantwortung für den Jungen getragen, und es war ihm nicht gelungen, rechtzeitig die Wand an jener Stelle aufzustemmen, wo er das sterbende Kind in dem zwölfstöckigen Gemäuer vermutet hatte.

Bis zur Hinrichtung dauerte es noch eine Weile. John schlug vor, dass man auf ein Ale in einen der vielen Pubs einkehren sollte. Paddy entschied sich für das White Hart Inn, weil das Bier einen guten Ruf hatte und man von dort aus direkt auf den Galgen schauen konnte.

Während John für vier Krüge Bier anstand, drängten sich immer mehr Gäste in den Schankraum. Durch die geöffneten Fenster konnte er beobachten, dass draußen etliche Kutschen und Sänften eintrafen, denen meist adlige oder zumindest vermögende Edinburgher Bürger entstiegen, um sich von Lakaien zu ihren Ehrenplätzen auf einer eigens für die Hinrichtung errichteten Holztribüne geleiten zu lassen.

Paddy, Malcolm und Micheal stellten sich an die offene Tür, als sie endlich ihre Bierkrüge in Händen hielten, damit ihnen nichts entging. John setzte sich abseits in den rückwärtigen Schankraum auf den einzig freien Stuhl. Er stieß einen Seufzer aus und nahm einen großen Schluck Bier. Ein langer Trommelwirbel lockte die Gäste schließlich schneller hinaus, als sie hereingekommen waren. John beobachtete das Geschehen über den Rand seines Kruges hinweg und entschied sich kurzerhand, einfach sitzen zu bleiben.

Bis auf ihn und zwei Frauen, die den Bierausschank zur Straße bedienten, war niemand mehr in der Gaststube, als sich mit einem Mal die Tür öffnete und zwei Lakaien in samtgrüner Livree eine prachtvoll gekleidete junge Frau stützten, um sie auf einen der freien Stühle zu bugsieren. John musste zweimal hinschauen. Trotz ihrer halb geschlossenen Lider erschien ihm die Unglückselige wie jene Göttin, die Paddy gemeint haben musste, als er sagte, es gebe keine Frau, die es wert sei, für sie zu sterben. Selbst wenn diese Frau so aussah, als wolle sie selbst sterben, war sie dennoch anziehend genug, dass es John jederzeit für sie getan hätte, wenn es notwendig gewesen wäre.

In ihrer Begleitung befand sich eine ältere, ganz in Grau gekleidete Dienerin. »Wir benötigen ein Bett oder ein Sofa!«, rief sie mit strenger Miene, während ihre Augen in Panik umherhuschten, auf der Suche nach einem Sofa. Doch weit und breit waren nur Stühle und Tische in Sicht, die keinerlei Bequemlichkeit boten.

»Wenn sie in ein Bett soll, muss sie jemand hinauf in die Kammer tragen«, krakeelte die dralle Meg hinter dem Ausschank und steckte sich rasch ein paar blonde Haarsträhnen unter die gestärkte Haube.

Halb bewusstlos und so bleich wie der feine Kapuzenmantel, den sie trug, sah die junge Frau aus, als wäre sie soeben dem Holyrood-Palace entsprungen. Ihre Dienerin nahm ihr den filigranen Strohhut ab, worauf ihre dunklen Locken wie ein seidiger Vorhang über ihr makelloses Antlitz fielen. Die Lakaien zuckten mit den Schultern, weil sie sich offenbar nicht in der Lage sahen, die Frau gemeinsam ein Stockwerk höher zu tragen.

John erhob sich. »Ich mache das«, sagte er und nahm die Bewusstlose in seine starken Arme. Sie war nicht besonders schwer, und selbst als er sie anhob, um mit ihr die schmalen Stiegen ins Obergeschoss hinaufzugehen, regte sie sich kaum.

Meg und die Dienerin waren vorangegangen und lotsten John in eine abgedunkelte Kammer, direkt neben der Treppe. Ihm stieg der süße Duft von Maiglöckchen und Rosen in die Nase, und er nahm noch einen tiefen Atemzug, bevor er seine kostbare Fracht beinahe andächtig in ein großes Bett sinken ließ. Meg öffnete das einzige Fenster und entzündete einen dreiflammigen Kandelaber. Die Dienerin zog ihrer Herrin die feinen Lederstiefelchen aus und brachte niedliche Füße in hellen Seidenstrümpfen zum Vorschein. Dann stützte sie den Rücken der Frau mit einem Wust von Kissen und fächerte ihr aus einem rasch geöffneten Kristallfläschchen Ammoniakdämpfe zu.

Fasziniert beobachtete John, wie die junge Frau langsam zu sich kam. Und obwohl er seinen Teil an der Rettungsaktion längst erfüllt hatte, konnte er seinen Blick weder von ihrem langen weichen Haar lösen, das schwarz wie Ebenholz über die Schultern fiel, noch von ihren dunkelblauen Augen, die unter langen braunen Wimpern dankbar und zugleich neugierig zu ihm aufschauten.

Die Lakaien hatten sich unterdessen auf Befehl der Dienerin ins Untergeschoss zurückgezogen, und auch Meg war nach unten gegangen, um für die Kranke einen Kräutertee zuzubereiten.

»Wie ist Euer Name?« Die Stimme der jungen Frau klang melodisch und hatte einen leichten Akzent, der John an seine Heimat erinnerte.

Er reagierte einen Moment zu spät und räusperte sich verlegen, bevor er zu sprechen begann.

»John«, sagte er und nahm rasch seinen Hut ab. »John Cameron.« Von draußen brandete das Grölen der Massen zu dem kleinen Fenster herein, und er sah, wie sich die feinen Gesichtszüge dieser außergewöhnlichen Schönheit verdunkelten.

Sie blinzelte einen Moment, und er konnte sich des Eindrucks nicht erwehren, dass sie mit den Tränen kämpfte. John drehte sich um, ging zum Fenster und schaute hinaus. Die Hinrichtung hatte bereits ihren Lauf genommen, und die Zuschauer standen so dicht auf dem gesamten Horsemarket, dass kein Boden mehr zu sehen war. Stratton war nicht betrunken, wie man es von einem üblichen Delinquenten hätte annehmen können. Er stand stolz, mit kurzgeschorenem Haupt und gefesselten Händen, auf dem Podest und ließ mit unbewegter Miene die zahlreichen Anschuldigungen über sich ergehen.

John zögerte nicht länger und schloss die angelehnten Fensterläden. Die Stimmen wurden sofort leiser, und er wandte sich wieder der jungen Frau zu, indem er ein Stück auf sie zuging. Dabei zog er instinktiv den Kopf ein, um nicht an der niedrigen Zimmerdecke anzustoßen. Als er aufschaute, sah sie ihm ohne jegliche Scheu direkt in die Augen.

»Ich danke Euch.« Ihr Blick lag wohlwollend auf seinem Gesicht. Dann wandte sie sich an ihre Dienerin, die mit mürrischer Miene neben ihr stand.

»Ruth, geh hinaus und sage Ehrwürden, dass es mir besser geht und er sich keine Sorgen zu machen braucht.« Mit einer wedelnden Geste gab sie der Dienstmagd zu verstehen, dass sie das Zimmer verlassen sollte, während sie selbst immer noch sitzend im Bett residierte.

Nachdem die Dienerin hinausgegangen war, getraute John sich endlich, seinerseits eine Frage zu stellen. Dabei hielt er seinen Hut mit beiden Händen und knetete nervös die breite Krempe.

»Wollt Ihr so gütig sein und mir sagen, mit wem ich die Ehre habe, Mylady?«

»Wollt *Ihr* Euch nicht einen Moment lang zu mir setzen?« Ihre Mundwinkel hoben sich zu einem einladenden Lächeln. Er stand immer noch stocksteif vor ihrem Bett und fixierte ihre vollen Lippen, welche die gleiche Farbe hatten wie das granatrote Seidenkleid, das sie trug. Dessen tiefer Ausschnitt blitzte zwischen den offenen Mantelschließen hervor und zeigte unverhohlen einen Ausblick auf ihre appetitlichen Brüste.

Mit einer leichten Verlegenheit lenkte John seinen Blick auf ihre linke Hand, die von einem cremefarbenen Spitzenhandschuh verhüllt war und mit der sie auf den einzigen Stuhl gegenüber dem Bett deutete.

Schweigend folgte er ihrem Angebot, wobei er, kaum dass er saß, unter dem zum Rock gerafften Plaid, seine langen Beine ausstreckte, um es sich ein wenig bequemer zu machen.

»Ich bin mir fast sicher, dass wir uns schon einmal begegnet sind«, sprach sie weiter und warf ihm dabei einen eingehenden Blick zu.

»K... keine Ahnung«, stotterte John und gab sofort peinlich berührt seine entspannte Haltung auf, indem er sich gerade hinsetzte und die Knie anwinkelte. Fieberhaft überlegte er, wann und wo er ihr schon einmal über den Weg gelaufen sein konnte. »Ich entstamme einem Ort in der Nähe von Loch Lochy – Blàr mac Faoltaich«, erklärte er mit rauer Stimme. »Es ist ein ziemlich kleines Nest auf dem Gebiet der Camerons of Loch Iol. Ich kann mir kaum vorstellen, dass eine Lady, wie Ihr es seid, schon einmal dort gewesen ist.«

»Dachte ich's mir doch.« Ihr Lächeln bezeugte Genugtuung. »Tha mo chairdean ag radh Madlen rium – meine Freunde nennen mich Madlen«, erwiderte sie in fließendem Gälisch. Ihr Lächeln geriet etwas schief und wirkte dennoch verwegen. Es entblößte ihre makellosen Zähne, und sie erschien John damit noch begehrenswerter.

»Du bist Iain, jedenfalls nanntest du dich früher so, der älteste Sohn des alten Dhonnchaidh Camranach, einem Clansmann des jungen Eoghainn Camshròn nan Loch Iol ... stimmt's?«

Wenn sie John hatte verblüffen wollen, so war ihr das gelungen. Die schöne Fremde wusste weit mehr über ihn als die meisten Menschen, mit denen er in dieser Stadt zu tun hatte. Dumm nur, dass er gar nichts über *sie* wusste.

»Und Ihr?« John entschied sich, zunächst bei einer höflich distanzierten Anrede zu bleiben. Immerhin war sie eine Lady und er nur ein einfacher Dockarbeiter. »Wo seid Ihr ursprünglich beheimatet?«

»Nicht weit davon entfernt. Glencoe. Meine Leute gehörten zum dort ansässigen Clan MacDhomhnaill.«

»Gehörten?« John sah sie prüfend an. Glencoe lag vom Haus seines Vaters nur ein paar Meilen entfernt. Eingehend betrachtete er ihre harmonischen Gesichtszüge, doch er konnte sich beim besten Willen nicht an dieses Mädchen erinnern. »Was ist mit ihnen geschehen?«

»Nichts.« Sie lächelte unfroh. »Es geht ihnen gut, soweit ich weiß. Mit der einen Ausnahme, dass ich das Ehrgefühl meines Vaters verletzt habe, indem ich mich weigerte, den Mann zu heiraten, den er für mich auserwählt hatte. Daraufhin glaubte er mich aus der Familie verstoßen zu müssen.«

John verwunderte ihre unvermittelte Offenheit. Sie machte es ihm leicht, nicht weniger offen zu sein. »Dann haben wir mehr gemeinsam als gedacht. Selbst wenn ich mich beim besten Willen nicht an Euer Gesicht erinnern kann. Auch ich habe mich gegen den Willen meines Vaters gestellt und musste meine Heimat verlassen.« Immer noch suchte er nach Spuren. Ihre blauen Augen und ihr dunkles, fast schwarzes Haar waren typisch für den Clan der MacDonalds, ganz gleich, welchem Zweig der Familie sie angehörten. Dazu das puppenhafte Gesicht und der porzellanfarbige Teint einer Adligen. Nein, bei allen Heiligen, die Begegnung mit einer solchen Frau wäre ihm gewiss nicht entgangen.

»Woher kommt es, dass ich mich so gar nicht an Euch erinnern kann?« John fühlte sich unwohl. Vielleicht wusste sie weit mehr über seine Vergangenheit, als ihm lieb sein konnte.

»Du darfst mich ruhig Madlen nennen«, erwiderte sie keck. »Soweit ich mich erinnern kann, waren unsere Väter geschäftlich verbunden. Es gab da einen großen schlaksigen Kerl mit zimtbraunen Haaren«, fuhr sie mit einem betörenden Augenaufschlag fort, »der eines Tages in Be-

22

gleitung seines Vaters auf unserem Hof erschien. Dein Vater hat mit Vieh und Waffen gehandelt, und du bist mir sofort aufgefallen. Von dem Tag an, als ich dich das erste Mal gesehen habe, musste ich immer an dich denken. Bei unserem Hufschmied konnte ich in Erfahrung bringen, dass mein junges Herz für Duncan Camerons ältesten Sohn Iain entflammt war.« Sie schmunzelte leise. »Fortan habe ich jedem aufgelauert, der unser Anwesen besuchte, in der Hoffnung, dich endlich wiederzusehen. Aber du hast mich nie bemerkt, und ich habe mich nicht getraut, dich anzusprechen. Vielleicht lag es daran, dass ich als junges Mädchen ausgesprochen hässlich gewesen sein soll. Dürr, pickelig und mit einer Zahnlücke, die so groß war, dass man einen dicken Strohhalm dazwischenstecken konnte. Jedenfalls behaupteten das meine Brüder. Später erzählte man sich unter den Männern, du seist mit dem Marquess of Montrose in den Krieg gezogen. Ich erinnere mich, wie mein Vater prahlte, ihr hättet im August vierundvierzig die Armee der Covenanters unter Lord Elcho bei Tippermuir geschlagen.«

»Aye«, gab John zögernd zu. »Aber das ist lange vorbei, und Montrose ist keine gute Empfehlung mehr, wenn du verstehst, was ich meine. Er ist vor Monaten überstürzt ins Exil geflohen, erst nach Norwegen, und nun erzählt man sich, er sei in Frankreich gelandet. Außerdem war es für mich mehr ein Krieg gegen meinen eigenen Vater als gegen die Covenanters oder das englische Heer.« John versuchte abermals, ihr schönes Gesicht einzuordnen. Vergeblich. Vielleicht war es schon zu lange her, seit er das letzte Mal daheim gewesen war. Immerhin befand er sich schon mehr als fünf Jahre auf Wanderschaft, und sie war vielleicht gerade mal zwanzig.

John schüttelte verwundert den Kopf. Dann grinste er. »Ist es am Ende meine Schuld, dass du nicht den geheiratet hast, den du heiraten solltest?« Jetzt war er doch zu einer vertraulichen Anrede gewechselt, obwohl es ihm bei ihrem Anblick immer noch schwerfiel, zu glauben, dass sie sich in der Vergangenheit tatsächlich schon so nahe gekommen waren.

»Gut möglich.« Madlen zwinkerte schelmisch und schlug danach sittsam die Augen nieder.

Als sie aufschaute, erwiderte John ihren seltsamen Blick – lange genug, dass sie ihm mit einiger Verlegenheit auswich. Was immer ihre

Brüder behauptet hatten: Von Hässlichkeit konnte bei ihr weiß Gott nicht die Rede sein. Und ganz gleich, wer sie war, ihm gefiel der Gedanke, so unvermittelt ein Stück Heimat gefunden zu haben.

»Liegt es an deiner Königstreue, dass du in eurer Familie auf die Nachfolge deines Vaters verzichtet hast?« Die Frage war ziemlich direkt und traf John unvorbereitet.

Er lenkte sein Augenmerk auf einen leeren Vogelkäfig, der am anderen Ende der Kammer auf einem weißen Schränkchen stand. »Das ist eine lange Geschichte«, erklärte er seufzend und schenkte Madlen erneut seine Aufmerksamkeit. »Mein Vater und ich, wir haben uns nicht so gut verstanden. Er hat mir nie verziehen, dass ich das katholische Erbe meiner verstorbenen Mutter angetreten habe. Sie war Irin und wäre niemals zu den Presbyterianern konvertiert. Nachdem ich mich entschlossen hatte, für Montrose und nicht für den Marquess of Argyll zu kämpfen, hat mein Vater meinem jüngeren Bruder den Vorzug gegeben und ihm das Erbe angetragen. Angeblich hatte ich der Familie großen Schaden zugefügt, indem ich mich gegen die Interessen unseres neuen Clanchiefs gestellt habe. Als ein treuer Gefolgsmann des jungen Loch Iol war mein Vater ein rückhaltloser Befürworter Argylls und der Covenanters. Es ist die Ironie dieses Krieges, dass Loch Iol zum guten Schluss mit Argyll gebrochen hat und selbst zu Montrose und den Interessen des Königs übergelaufen ist.« John schwieg für einen Moment, und auch Madlen erwiderte nichts, sondern schaute auf ihre Hände.

»Bei mir war es umgekehrt«, sagte sie leise. »Meine Mutter war eine Campbell. Mein Vater hat sie geraubt und gegen ihren Willen geschwängert. Danach musste sie ihn ehelichen, um ihre Ehre nicht ganz zu verlieren. Er zwang sie, mich und meine Brüder im katholischen Glauben zu erziehen. Was mich betraf, so hat sie sich ihm heimlich widersetzt und mich die presbyterianischen Glaubensgrundsätze gelehrt. Ich nehme an, sie hat meinem Vater niemals verziehen. Ohne ihren Einfluss hätte ich ihm kaum den Gehorsam verweigert.«

»Eine verrückte Welt, in die wir da hineingeboren wurden, nicht wahr?« John sah Madlen mitfühlend an.

Erst jetzt schaute sie auf, und John ahnte, dass sie wusste, wovon er sprach, weil es ihr nicht anders erging. Ihre Stimme war sanft und voller Anteilnahme, als sie erneut zu sprechen begann.

»Wie es scheint, konntest du deinem Vater nach allem, was geschehen ist, auch nicht verzeihen, habe ich recht?«

John stieß einen Seufzer aus. »Wer wem nicht verzeihen kann, haben wir noch nicht geklärt.«

»Ist das der einzige Grund, warum du bis heute nicht nach Hause zurückgekehrt bist?«

»Nicht ganz«, sagte er und schüttelte den Kopf. »Ich möchte endlich ein normales Leben führen, falls das in diesen Tagen überhaupt möglich ist. Und in den Highlands würde ich niemals zur Ruhe kommen, weil es dort keine Ruhe gibt. Wenn du mich fragst, halte ich den schottischen Bürgerkrieg für einen hausgemachten Wahnsinn, da es nur einen Verlierer geben wird, nämlich das schottische Volk selbst, ganz gleich, welche Sprache es spricht.« Er schluckte seine schmerzvollen Erinnerungen an unzählige tote Kameraden und all die Not und das Elend hinunter, das ihn auf etlichen Feldzügen begleitet hatte, und räusperte sich. »Während wir die Schlachtfelder mit unserem edelsten Blut tränken, reiben sich die Engländer die Hände.« Er schwieg einen Moment und versuchte sich dann an einem aufmunternden Lächeln. »Ich gehe jetzt einer anständigen Arbeit nach, unten in Leith, in den Docks. Es geht mir gut, und ich komme auch ohne meine kriegslüsterne Familie zurecht.« Das stimmte zwar, aber für einen Menschen, der in einem kriegerischen Clan aufgewachsen war, in dem jedes einzelne Mitglied für den anderen die Verantwortung trug, war es nicht leicht, plötzlich ganz auf sich allein gestellt zu sein.

Einen Augenblick lang überlegte er, Madlen zu fragen, was sie nach ihrer Vertreibung aus Glencoe nach Edinburgh geführt hatte und welcher glückliche Umstand sie in die Lage versetzte, trotz des Krieges und der schlechten Wirtschaftslage ein augenscheinlich luxuriöses Leben zu führen. Mit Dienerinnen, Lakaien und einem Kleid, für das ein Mädchen in den Highlands mehr als ein Jahr arbeiten musste. Doch dann verwarf er seine Absicht, weil er befürchtete, dass sie genauso ungern über sich sprach wie er selbst.

»Und was verbindet uns sonst noch?« Madlen tat, als ob sie seine Unsicherheit nicht bemerkte.

»Wir verabscheuen Hinrichtungen.«

Ihr Blick streifte ihn, und auf einmal entdeckte er die Trauer darin.

»Kanntest du Stratton?« John konnte sich nicht vorstellen, warum eine so schöne und offenbar reiche Frau freiwillig an einer solch grausamen Veranstaltung teilnahm, schon gar nicht, wenn sie darunter litt.

Madlen schüttelte kaum merklich den Kopf. »Nein, ich kannte Stratton nur flüchtig. Wir sind uns ein paar Mal bei jenen Teenachmittagen begegnet, mit denen die Edinburgher Gesellschaft ihre Langeweile zu vertreiben sucht. Aber du hast recht. Ich verabscheue es grundsätzlich, wenn ein Mensch auf diese Weise sein Leben lassen muss.« Sie zögerte einen Moment, bevor sie John abermals eingehend musterte. Er spürte, wie ihre Blicke seine nackten Schienbeine bis zu den Knien hinaufwanderten und weiter über den groben Rock, der seine Oberschenkel bedeckte, bis ihre Aufmerksamkeit einen Wimpernschlag lang an dem breiten Ledergürtel haften blieb, den er um seine Taille trug. »Du siehst immer noch blendend aus«, bemerkte sie lächelnd. »Ein keltischer Krieger wie er im Buche steht. Ich kann kaum glauben, dass es dich nicht weniger graust als mich, einer Hinrichtung beizuwohnen. Ich dachte immer, Männer fürchten sich nicht vor dem Tod. Jedenfalls hat Rupert, mein älterer Bruder, das früher behauptet.«

»Und Männer mögen kein Zuckerzeug. Hat er das etwa vergessen?« John grinste breit. »Das ist eine ebensolche Lüge wie zu behaupten, dass ein Mann sich nicht vor dem Tod fürchtet. Zumindest, wenn er sein Hirn nicht versoffen hat.« Seine Stimme hatte einen spöttischen Tonfall angenommen.

»Ich weiß, wovon ich spreche. Ich habe drei Kriege erlebt, die Pest und das grausame Sterben eines kleinen Jungen, der mir sehr am Herzen lag. Seither hasse ich den Tod mehr als den Teufel.«

Er machte eine kleine Pause, und als Madlen nichts erwiderte, fuhr er fort: »Wenn du mich fragst, fürchten sich die Männer mehr vor dem Tod als die Frauen, die bekanntlich haufenweise im Kindbett sterben und sich trotz dieses Risikos nicht scheuen, den Männern zu Willen zu sein.«

»Und warum bist du dann hier, wenn du den Tod doch so sehr verachtest?«

»Der Stadtrat von Leith hat die Order gegeben, dass alle arbeitenden Männer und Frauen als Zeugen an dieser Hinrichtung teilnehmen. Unser Vorarbeiter hat uns eigens dafür freigegeben. Aber du hast mich mit deiner Ohnmacht von dem Übel erlöst, ohne es zu wissen.« Er lächelte zaghaft. »Noch ein wunderbarer Zufall. Findest du nicht?«

»Es gibt keine Zufälle, John. Das solltest du wissen, wo du doch wie ich aus den Highlands stammst.«

Vergeblich versuchte er ihrem Blick auszuweichen.

»Und was«, hob er vorsichtig an, »hat uns – deiner Meinung nach – hier zusammengeführt?«

»Vielleicht war es das Schicksal?« Madlen sah ihn herausfordernd an.

»Welches Schicksal?« Er hatte keinerlei Ahnung, worauf sie hinauswollte.

»Bist du verheiratet?«, fragte sie.

»Gott bewahre.« John grinste verhalten.

»Hast du nie daran gedacht, eine eigene Familie zu gründen, John?«

Was für eine Frage? John überlegte einen Moment, was er darauf antworten sollte.

»Nein, bei allen Heiligen.« Ein halbherziges Lächeln flog über sein Gesicht, dann zwinkerte er scherzhaft. »Obwohl ich schon Mitte zwanzig bin. Wenn es nach meiner verstorbenen Mutter ginge, wäre ich längst so weit. Aber die Zeiten sind schlecht, und ich wüsste beim besten Willen nicht, wie ich mit achtzehn Pfund Jahressalär und ohne eigenes Land eine Frau und sechs Kinder ernähren sollte. Nein, nein, es ist gut so, wie es ist.«

»Sechs Kinder? Warum müssten es gleich so viele sein?« Madlen lächelte wehmütig. »Fühlst du dich nicht trotzdem manchmal einsam, so ganz ohne einen Menschen, der dir das Bett wärmt und dem du vertraust?«

John schluckte, bevor er antwortete. »Warum willst du das wissen?«

»Weil *ich* mich nach einem guten Mann sehne und nach einer eigenen Familie und mir nicht vorstellen kann, dass es tief im Innern nicht jedem so ergeht.«

»Und? Steht jemand in Aussicht, der deine Sehnsucht erfüllt?« John bereute die Frage, bevor sie ausgesprochen hatte, und ihre Antwort gab ihm recht.

»Bisher noch nicht«, erwiderte Madlen mit trauriger Miene. Der Ton in ihrer Stimme kam direkt aus dem Herzen, das konnte er hören.

John spürte plötzlich sein eigenes pochendes Herz und war ratlos, was Madlen mit ihrer Offenheit bezweckte. Vielleicht hieß es ja, dass er auf mehr hoffen durfte, als einem einfachen Arbeiter zustand. Doch da war immer noch der Stolz des unbesiegbaren Kriegers, den er selbst nach dem Verlassen der Armee nicht abgelegt hatte und der ihn davon abhielt, um die Hand einer Frau zu betteln, nur weil sie ihm passend erschien. Madlen wäre ohne Frage ganz nach seinem Geschmack gewesen, und sie allein für sich zu besitzen musste den Himmel auf Erden bedeuten. Doch seiner Erfahrung nach hatten die Frauen, die ihm gefielen, ihr Herz meist schon an bessere Partien vergeben. Erst recht, wenn sie wie Madlen unglaublich schön und augenscheinlich zu Wohlstand gekommen waren. John wusste, dass es nicht gut für ihn sein konnte, mit anderen Männern um die Gunst einer solchen Frau zu buhlen. Zumal wenn er ihr kaum mehr zu bieten hatte als seinen Schutz und seinen Körper.

»Nun ja«, gestand er beinahe flüsternd und wich dabei ihrem wachsamen Blick aus. »Tagsüber, wenn ich Baumwollballen und Fischkisten im Hafen schleppe, bemerke ich es nicht. Aber des Abends, wenn ich in meiner Koje liege und das Schnarchen meiner Kameraden mich wach hält, wünschte ich mir manchmal ein zuverlässiges Herz an meiner Seite, dem ich ganz und gar vertrauen kann und das mit einer einzigen Berührung all die Wunden zu heilen vermag, die einem das Leben tagtäglich schlägt.« Er hatte absichtlich ein wenig übertrieben und dabei poetisch klingen wollen. Doch wenn er ehrlich zu sich selbst war, wünschte er sich tatsächlich nichts sehnlicher als eine anständige Gefährtin, die das Leben mit ihm teilte, auf die er sich verlassen konnte und die nach einem zärtlichen Liebesspiel in seinen Armen einschlief.

»Ich würde dich gerne wiedersehen, John.« Madlens dunkle, große Augen und ihr sinnlicher Mund drückten eine solche Sehnsucht aus, dass es John ganz heiß wurde. Nicht nur im Herzen, sondern auch an jener Stelle zwischen seinen Schenkeln, die sich immer meldete, wenn er eine Frau zu sehr begehrte und sich heimlich vorstellte, wie es sein würde, mit ihr das Lager zu teilen. Er rief sich augenblicklich zur Ordnung und sorgte mit einer fahrigen Handbewegung für Ruhe in den unteren Gefilden seines Körpers. Danach räusperte er sich verlegen, bevor er erneut das Wort ergriff.

»Ich würde dich auch gern wiedersehen, Madlen. Aber wenn ich dich so anschaue, bin ich fast sicher, dass ich nicht der Einzige bin, mit dem du dich triffst. Habe ich recht?«

»Ich habe zwar einen Verehrer, doch ich lebe allein und bin ihm nur bedingt Rechenschaft schuldig«, gestand sie frei heraus. »Er muss nichts von uns wissen.« Ohne Johns Antwort abzuwarten, kramte sie in ihrem mit Spitzen besetzten Täschchen, dessen gedrehte Seidenschnüre sie bis dahin um ihr Handgelenk geschlungen hatte. Sie zog eine fein bedruckte Karte heraus und gab John einen Wink, näher zu kommen, damit sie ihm das kleine rechteckige Stück Büttenpapier überreichen konnte. Er erhob sich rasch von seinem Stuhl und machte einen verhaltenen Schritt nach vorn, nahe genug, dass er das kleine weiße Papier vorsichtig entgegennehmen konnte, ›Mistress Madlen Eleonore MacDonald‹ stand in schöner, geschwungener Schrift darauf. Darunter befand sich eine Adresse in einer der besten Wohngegenden Edinburghs, der unteren Canongate, unweit des Holyrood-Palace, dort, wo die Misteinsammler Überstunden machten und es anders als sonst in der Stadt bei Strafe verboten war, seine Scheiße direkt auf die Straße zu kippen.

»Morgen ist Sonntag. Vielleicht hast du am Nachmittag ein wenig Zeit und leistest mir in meinem Haus zum Fünf-Uhr-Tee Gesellschaft? Ich möchte mich gerne erkenntlich zeigen für das, was du für mich getan hast.«

John sah überrascht auf. Hatte er richtig gehört? Mit fassungsloser Miene hielt er die Karte in Händen. Dann machte er eine hilflose Handbewegung, bevor er den Beweis ihrer Zuneigung unbeholfen in seine traditionelle Felltasche stopfte, die er immer an seinem Gürtel trug. »Ich habe doch nichts getan, was nicht jeder andere anständige Mann auch getan hätte«, erwiderte er.

»Wenn du keinen Dank möchtest, könnten wir unser unverhofftes Wiedersehen feiern.«

Ihr Blick erschien ihm so bittend, dass er nicht zu widerstehen vermochte. »Wirst du kommen?«

Er nickte wie betäubt, aber bevor er etwas erwidern konnte, stürmte ein Mann in vornehmer schwarzer Kleidung mit einem schwarzen Hut und einem weißen Kragen die Treppe hinauf. Der Unbekannte war mindestens sechzig, vielleicht auch älter. Sein Gesicht unter der grauen, schulterlangen Lockenperücke erschien hager, aber nicht faltig. Geschmeidig wie ein Raubtier näherte er sich dem Bett, und nichts erinnerte dabei an die steifen und schmerzerfüllten Bewegungen gewöhnlicher Greise. Sein düsterer Blick wirkte stechend und wach. Kaum dass er John wahrgenommen hatte, zog er die scharf geschwungenen Brauen zusammen. Etwas Satanisches lag in seinem Gesichtsausdruck. John lief unvermittelt ein kalter Schauer über den Rücken.

»Darling?« Die Stimme des Mannes klang respektlos und besitzergreifend, als er sich Madlen mit herrischer Miene näherte. »Was in Gottes Namen tust du hier? Noch dazu in Gesellschaft eines Fremden?«

Ruth, die alte Dienerin, kam hinter dem Mann die Treppe hinaufgehetzt. »Es tut mir leid, Mylord«, rief sie atemlos und ging dabei unterwürfig in die Knie, den Kopf reumütig gebeugt. »Ich habe die Herrin nur einen Moment lang alleine gelassen, um Euch Bericht zu erstatten. Es ist nichts geschehen, was nicht hätte geschehen dürfen.«

Madlen überging den peinlichen Moment, indem sie ein bezauberndes Lächeln aufsetzte. »Ihr könnt ganz beruhigt sein, Chester. Ich befinde mich in bester Obhut.« Sie machte eine galante Geste mit ihrer Rechten in Johns Richtung, der unmerklich einen Schritt von ihrem Bett zurückgetreten war. »Darf ich Euch meinen Retter vorstellen? Das ist John Cameron. Wir kennen uns bereits seit Kindertagen«, erklärte sie mit aufgeregter Stimme, wobei sie für Johns Verständnis eindeutig schwindelte. Von kennen konnte wohl kaum die Rede sein. Offenbar nahm sie es im Übrigen mit der Wahrheit nicht so genau, denn auch ihre Aussage, dass sie vor niemandem Rechenschaft ablegen musste, stimmte anscheinend nicht. Wie sonst war es zu erklären, dass sie Johns Anwesenheit vor dem unvermittelten Besucher so hartnäckig zu rechtfertigen versuchte? Zudem war John aufgefallen, dass der merkwürdige Kerl offenbar von ihr eine unterwürfige Haltung verlangte.

»John war es, der mich in meiner Ohnmacht die Stufen zu diesem Zimmer hinaufgetragen hat«, berichtete sie atemlos weiter. »Ist das nicht eine wunderbare Fügung? Ich konnte ihn unmöglich gehen lassen, ohne ihm meinen ausdrücklichen Dank auszusprechen.«

Madlens Stimme war unnatürlich hoch, wie die eines aufgeregten Kindes, und ihre Augen flackerten unsicher, als ob sie den Mann besänftigen wollte. Ihr Gegenüber taxierte John mit zusammengekniffenen Lidern und einem nervösen Zucken in den Mundwinkeln.

»John«, fuhr sie atemlos fort, »das ist Lord Chester Cuninghame, mein persönlicher Beschützer und Gönner, ohne den ich in dieser entsetzlichen Stadt nicht bestehen könnte.«

John schwieg, obwohl er allergrößte Mühe hatte, nicht Nase und Mund aufzureißen, so sehr schockierte ihn diese Neuigkeit. Cuninghame – also war *sie* die Teufelshure, wie Paddy sie schmählich bezeichnet hatte, für die Stratton angeblich sein Leben ließ.

John verbeugte sich, wobei er seinen Hut wie ein Schutzschild vor die Brust hielt. Der Eisklumpen, den er augenblicklich in seinem Magen verspürte, ließ ihm gleichzeitig das Herz erkalten. Madlens Lächeln wirkte unterdessen gequält bei dem vergeblichen Versuch, Johns starre Miene zu erheitern.

»Ich werde dann wohl besser mal gehen«, erklärte er mit verhaltener Stimme. »Farewell, Mylady.« Er verbeugte sich galant in Madlens Richtung, ohne ihr jedoch in die Augen zu schauen. Dann wandte er sich an Cuninghame. »Mylord«, presste er mühsam hervor und zwang sich nochmals zu einer abgehackten, militärischen Verbeugung, bevor er sich hastig der Treppe zuwandte.

»A Iain! Feith rium!« Madlens Aufforderung zu warten knallte wie ein Peitschenhieb hinter ihm her. Widerwillig blieb er stehen und drehte sich langsam zu ihr um, wobei er geflissentlich dem Blick ihres Gönners auswich.

»Mylady?«

»Ich danke dir nochmals für deine Hilfsbereitschaft.« Ihr Lächeln wirkte trotz des unverkennbaren Liebreizes mit einem Mal gefroren – wie das eines Engels, der sich in ständiger Begleitung des Teufels befand.

»Keine Ursache.« John drehte sich um und stolperte die Treppe hinunter. Die Enttäuschung über Madlens wahre Verbindungen verursachte ihm eine plötzliche Übelkeit.

Draußen angekommen, schnappte er hastig nach Luft. Die Menschenmenge hatte sich aufgelöst. Nur ein paar Betrunkene torkelten noch herum und suchten offenbar Streit. Ansonsten hätte man getrost von einem prachtvollen Nachmittag sprechen können, wenn da nicht dieser lange wankende Schatten gewesen wäre, der das einfallende Sonnenlicht ungnädig störte.

Strattons Gestalt baumelte mit heraushängender Zunge am Balken, der Hals abgeknickt wie ein Gerstenstängel nach einem Hagelsturm. Dazu hatte ihm der Henker wie bei einem frisch erlegten Hirsch fachmännisch den Leib aufgebrochen. Bei näherer Betrachtung sah es ganz danach aus, als ob man Stratton das Herz entfernt hatte, während die restlichen Eingeweide grau und schwer über seine blutbesudelten Schenkel herabhingen. Der süßliche Geruch von rostigem Eisen und halbverdauten Exkrementen wehte zu John herüber und erinnerte ihn an geschlachtetes Vieh. Er spürte, wie sein Magen abermals rebellierte und wie sich unvermittelt ein Würgereiz einstellte, den er nur schwer zu unterdrücken vermochte. Gleichzeitig fragte er sich, warum man Stratton am Ende so grausam zugerichtet hatte.

Jemand schlug John auf die Schulter, so dass er zusammenzuckte.

Paddy grinste ihn mit seinem lückenhaften Gebiss an. »Mann, wo warst du die ganze Zeit? Oder hast du dir etwa vor Angst in die Hosen geschissen?« Das Lachen des Iren klang scheppernd.

»Ich war im Pub«, erklärte John mit heiserer Stimme und wies mit einem beiläufigen Nicken auf das White Hart Inn. »Hab der Wirtin geholfen.«

Paddy schüttelte ungläubig den Kopf. »Dann hast du wahrhaftig etwas verpasst, mein Junge. Nicht nur, dass es ewig gedauert hat, bis der Kerl tot war. Bevor Stratton der Strick angelegt wurde, hat er Cuninghame und seine Helfershelfer auf ewig als Hexer verflucht. Und allein der Teufel weiß, was er damit gemeint haben könnte.«

Plötzlich kam ein eisiger Wind auf. John zog fröstelnd sein Plaid um die Schultern. »Wo sind die Jungs?« Er blickte sich suchend nach Micheal und Malcolm um.

»Dort drüben«, antwortete Paddy und deutete auf ein paar junge Männer, die unter einer haushohen Linde standen und offenbar angeregt über die Geschehnisse des Nachmittags debattierten. Paddy schien verwundert darüber, dass John an weiteren Einzelheiten nicht interessiert war.

»Komm jetzt«, murmelte John. »Lass uns so rasch wie möglich verschwinden. Das hier ist kein Ort für aufrichtige Männer.«

2

Edinburgh 1647 – »Seelenfänger«

Für einen Moment hatte Madlen gehofft, auf dem Weg vom White Hart Inn zu den Gespannen noch einmal auf John Cameron zu treffen, doch der Highlander schien wie vom Erdboden verschluckt zu sein. Ebenso wie die blutgierige Meute von Schaulustigen, die sie zuvor auf dem Weg von der St. Giles Cathedral hoch oben in der Stadt bis hinunter zur Hinrichtungsstätte auf dem Horsemarket wie eine Herde dümmlicher Schafe begleitet hatte. Nur noch vereinzelt liefen ein paar Neugierige herum, die sich am Anblick von Strattons Leichnam ergötzten, vor dem ein Kommando der Stadtwache Position bezogen hatte, damit ihn niemand vorzeitig abhängen konnte.

Madlen beschlich das Gefühl, in einen Leichenwagen zu steigen, als sie mit Hilfe eines Lakaien in die rabenschwarze Kutsche ihres Gönners kletterte. Die beiden riesigen Rappen, die das Gefährt zogen, verstärkten die düstere Erscheinung der Karosse noch. Lord Chester Cuninghame nahm auf der anderen Seite der Sitzbank Platz, während Ruth, Madlens Dienerin, zusammen mit den Lakaien in einer weiteren Kutsche folgte. Flankiert von vier Leibwächtern zu Pferd, setzte sich der Tross in Bewegung.

Madlen hatte Strattons Leichnam aus den Augenwinkeln heraus an dem langen, hohen Balken baumeln sehen, doch sie hatte darauf verzichtet, ihn genauer zu betrachten, und deshalb traf es sie wie ein Schock, als sie aus dem Kutschenfenster hinausschaute und ihre Aufmerksamkeit eher zufällig auf sein lebloses Gesicht fiel. Es schien, als ob ihr Strattons gebrochene Augen einen unmissverständlich anklagenden Blick zuwarfen. Sollte sie sich schuldig fühlen? Nein, schließlich war nicht sie es gewesen, die ihn in ihr Bett gelockt hatte, sondern Chester Cuninghame – mit der schändlichen Absicht, ihr von Stratton ein Kind zeugen zu lassen, weil er selbst angeblich nicht dazu in der Lage war. Die Summe, mit der er diesen widerwärtigen Galan animiert hatte, ihr die Unschuld zu rauben, war so horrend gewesen, dass man davon der Stadt ein neues Armenhaus hätte spenden können. Dass Stratton letztendlich seine Übereinkunft mit Cuninghame nicht hatte

einhalten können, hatte auch nicht an der mangelnden Entlohnung gelegen, sondern daran, dass seine Manneskraft im entscheidenden Moment versagt hatte. Daraufhin hatte er mit erschlafftem Glied vor Madlen gestanden und sie als Hexe beschimpft. Ihr panischer Blick trage
Schuld daran, dass ihm sein Schwanz nicht gehorche. Doch das war des
Übels nicht genug gewesen. Stratton hatte offensichtlich Nachforschungen betrieben, nachdem Cuninghame das Geld von ihm zurück-
gefordert hatte. Dabei war es dem hochnäsigen Lebemann anscheinend
gelungen, ein Geheimnis zu lüften, das den schwarzen Lord, wie Cuninghame oft genannt wurde, arg in die Bredouille brachte. Danach
hatte Stratton von Cuninghame eine noch höhere Summe gefordert,
um sein Schweigen zu erkaufen. Was genau Stratton so sicher gemacht
hatte, zu bekommen, was er wollte, wusste Madlen nicht – nur eins
wusste sie genau: dass Cuninghame nicht mit sich spaßen ließ.

»Du hast etwas verpasst, meine Teuerste.« Cuninghames Stimme war
so düster wie seine Kleidung und drückte seine Genugtuung über Strattons grausamen Tod aus. Der windige Sohn einer verarmten Aristokra-
tenfamilie hatte ihn zu hintergehen versucht, etwas, das er, der allseits
geschätzte Lord Chester Cuninghame of Berwick upon Tweed, auf keinen Fall zulassen durfte. Zumal Stratton sein Vertrauen schändlich
missbraucht hatte. Niemals wieder würde er einen Außenstehenden
einer geheimen, alchimistischen Verwandlung unterziehen und ihn
anschließend laufen lassen, ohne das Initiationsritual »Caput mortuum«
vollendet zu haben. Nur wenn der Adept in einer Art hypnotischen
Umwandlung Geist und Seele dem allumfassenden Meister Mercurius
verschrieben hatte, befand er sich unter der Kontrolle der Bruderschaft.
Ein unerlässlicher Umstand, weil nur so sichergestellt werden konnte,
dass sich der Betroffene der Bruderschaft gegenüber loyal verhielt und
eisern über seine Erlebnisse während der Umwandlung und über seine
neu erworbenen Fähigkeiten schwieg. Bei Stratton hatte Cuninghame
leider versäumt, aufs Ganze zu gehen, weil der Adlige Madlen ein Kind
zeugen sollte. Cuninghames eigene leidvolle Erfahrung, dass eine vollständige Initiation in den meisten Fällen zur Impotenz führte, hatte den
Ausschlag gegeben, bei Stratton darauf zu verzichten. Warum Stratton
auch ohne das »Caput mortuum« bei Madlen versagt hatte, war nun

34

nicht mehr herauszufinden. Zur Sicherheit hat Cuninghame dafür gesorgt, dass der Henker Stratton nach dem Hängen das Herz herausschnitt. Eine reine Vorsichtsmaßnahme. Keinesfalls durfte er riskieren, dass Stratton von den Toten wiederauferstand – was wegen des Ritus durchaus möglich gewesen wäre, solange man ihm nicht den Kopf oder das Herz entfernte.

Cuninghame warf einen Seitenblick auf Madlen, die ahnungslos neben ihm saß. Vielleicht war es ein dummer Gedanke gewesen, ausgerechnet Stratton in die Experimente mit einzubeziehen. Aber früher oder später musste er wissen, ob ein Mann, an dem der geheime Ritus zur Hälfte vollzogen worden war, in der Lage sein würde, einer gesunden Jungfrau ein mythisches Kind zu zeugen. Ein Wesen, das von Geburt an bereits alles in sich trug, was ein normaler Mensch nur durch die höheren Weihen empfangen konnte.

Madlen vermied es, ihn anzusehen. Sie wusste nicht, um was es bei all dem ging, und glaubte wie jeder andere auch, dass Stratton wegen seiner unglücklichen politischen Allianzen gestorben war. Natürlich hatte sie ihm nicht verziehen, dass Stratton sie schwängern sollte, und schon gar nicht die Art und Weise, auf die dieser Plan missglückt war. Beharrlich schaute sie aus dem Kutschenfenster hinaus auf die Straße. Im Vorbeifahren konnte man die ehrfürchtigen, verunsicherten Mienen einzelner Passanten beobachten, die dem düsteren Gefährt ausweichen mussten.

»Du hattest nicht etwa Mitleid mit Stratton?« Es gelang Cuninghame nicht, ein satanisches Grinsen zu unterdrücken. »Jeder, der mich unbedacht herausfordert, hat den Tod redlich verdient.«

Madlen schwieg hartnäckig und wich im Halbdunkel der Kutsche seinem stechenden Blick aus. Cuninghame atmete genussvoll den Geruch ihrer Angst ein, die er mit seinen eigenen geschärften Sinnen mühelos wahrnehmen konnte, und legte seine Hand auf ihre. Madlen war von ihm abhängig, in beinahe jeder Beziehung, und das wurde ihr in Momenten wie diesem schmerzlich bewusst. Ihre Familie hatte sie verstoßen, und nun hatte sie niemanden mehr außer ihm, der sie beschützte. Ihr Vater, der alte Iain MacIain Donald of Dunyveg, hatte sie standesgemäß an den Sohn eines befreundeten Clanchiefs verheiraten wollen, um eine alte Familienfehde zu schlichten. Aber das dickköpfige Töchterchen hatte den als gewalttätig bekannten Bräutigam schlichtweg abgewiesen. Stattdessen hatte sie sich mit ein paar Habseligkeiten allein auf die Flucht nach Edinburgh gemacht, in der Hoffnung, eine Arbeit zu finden, die sie von den Traditionen der Highlands und der Willkür der dortigen Männer erlöste. Leider war genau das Gegenteil eingetreten. Anstatt auf anständige Weise Geld zu verdienen, war sie ausgerechnet in die Fänge eines Mädchenhändlers geraten. Sir Ebenezer Wentworth, Cuninghames geschätzter Freund und angesehenes Mitglied der Edinburgher Gesellschaft, hatte Madlen und ein paar andere junge Frauen in seinem feudalen Anwesen wie auf einem Sklavenmarkt kaufinteressierten Freiern dargeboten. Halbnackt, nur mit einem Hauch französischer Spitze bekleidet, hatte man sie schutzlos den grapschenden Fingern der durchweg noblen männlichen Kundschaft ausgesetzt. Cuninghame erinnerte sich noch gut, dass ihm Madlen sofort aufgefallen war. Sie war groß und schlank, mit ansehnlichen Brüsten, und verfügte zudem über ein ebenmäßiges Gesicht und glänzendes langes Haar. Neben diesen Vorzügen, die den Ansprüchen der Edinburgher Gesellschaft genügten, besaß sie das breite Becken einer Bäuerin, um problemlos ein Kind zur Welt zu bringen. Genau solch ein Mädchen benötigte er für seine Versuche. Wentworth, der eingeweihten Brüdern als skrupelloser Seelenfänger bekannt war, hatte ihm garantiert, dass Madlen noch Jungfrau sei. Er hatte die Mädchen zuvor von einem befreundeten Arzt untersuchen lassen, um ihre Unschuld meistbietend an zahlungskräftige Freier versteigern zu können, die großen Wert darauf legten, bei einem Mädchen der Erste zu sein.

Cuninghame hatte sie Wentworth zu einem horrenden Preis abgekauft und damit zunächst ihre Ehre gerettet. Dafür hatte sie ihm einen Schuldschein unterschreiben müssen, der sie bis an ihr Lebensende an ihn binden würde.

»Ganz gleich, was Stratton verbrochen hat«, erklärte Madlen plötzlich, als ob sie seine Gedanken erraten hätte, »einen solchen Tod hat niemand verdient. Ich hasse Hinrichtungen, wie Ihr genau wisst.« Sie sah Cuninghame immer noch nicht an, schaute stattdessen stur geradeaus, während sie sich ein spitzenbesetztes, parfümiertes Taschentuch an die Nase hielt. Gierig sog sie den Duft jenes teuren französischen Parfüms ein, das er ihr als kleine, wenn auch belanglose Wiedergutmachung geschenkt hatte. Gleichzeitig versuchte sie ihre Gefühle zu verbergen, indem sie ihre Aufmerksamkeit einer halbnackten Bettlerin schenkte, die der Kutsche im Laufschritt gefolgt war. Rasch warf sie der ärmlich gekleideten Frau ein paar Münzen zu, die sich daraufhin mit einem Segen bedankte, bevor sie von einem Soldaten der »Toun Rats« am Arm gepackt und lautstark zurechtgewiesen wurde.

»Du hast ein zu gutes Herz, meine Teuerste«, bemerkte Cuninghame kühl. »Der Einzige, dem du deine Gnade vorenthältst, bin wohl ich.« Er setzte ein ironisches Lächeln auf, das sie mit nichtssagender Miene erwiderte. Madlens Widerspenstigkeit, die sie vom Beginn ihrer ersten Begegnung an den Tag gelegt hatte, reizte ihn. Ein Grund, warum er es nicht darauf anlegte, ihren Willen zu brechen, obwohl es ein Leichtes für ihn gewesen wäre. Zumal sie ihm nicht nur ihre Jungfräulichkeit, sondern auch all ihren Luxus zu verdanken hatte, in dem er sie hielt wie in einem goldenen Käfig. Er wollte sie als das sehen, was sie für ihn war: eine herrliche Stute, die ihre Kraft und Energie an ihre Nachkommenschaft weitergeben würde. Er wollte sie nicht als willenlose Lakaiin. Das würde sich negativ auf mögliche Schwangerschaften auswirken und damit die Ergebnisse seiner Experimente stören.

Mit sanfter Gewalt zwang er Madlen, ihm ins Gesicht zu schauen. »Du hast recht«, lenkte er ein. »Wir sollten nicht mehr von diesem Kretin sprechen.«

Madlen unterdrückte einen Seufzer des Entsetzens und presste die rechte Hand auf ihr Mieder, um ihren Herzschlag und das Rumoren in ihrem Magen zu beruhigen. Die Vorstellung, dieses Desaster könnte sich wiederholen, verursachte ihr Übelkeit. Von einem völlig Fremden entjungfert und schließlich geschwängert zu werden, nur um Cuninghame zu Willen zu sein, erschien ihr immer noch entsetzlich. Noch schlimmer war, dass er schon bei der Sache mit Stratton darauf bestanden hatte, zusehen zu wollen – heimlich und ohne Strattons Einverständnis. Es war ein Albtraum, und Madlen überlegte fieberhaft, was sie tun konnte, falls er auf die Idee kam, ihr noch einmal so etwas zuzumuten. Dabei hatte sie sich zu Beginn ihrer unseligen Verbindung mit Cuninghame bereits damit abgefunden, sich dem alten Scheusal selbst hinzugeben, wenn er ihr wenigstens die Ehe angetragen hätte. Die Vorstellung, Gattin eines angesehenen Mitglieds des schottischen

Parlaments zu werden, erschien ihr damals wie eine rettende Insel nach einem Schiffsuntergang. Selbst die vierzig Jahre Altersunterschied hatten sie nicht gestört. Wenn sie ihm dazu vor aller Welt noch einen Sohn oder eine Tochter hätte schenken können, wäre ihr Glück beinahe vollkommen gewesen.

Mit der Zeit hatte sie jedoch erkennen müssen, dass er nicht daran interessiert war, bei ihr zu liegen. Alle Versuche, ihn zu verführen, waren fehlgeschlagen. Die Dienerschaft munkelte, er sei nicht fähig, eine Frau zu besteigen. Und dass er stattdessen sündige Orgien besuche und es liebe, bei der Paarung von Männern und Frauen zuzuschauen. Hatte er sie deshalb dazu gezwungen, bei Stratton zu liegen? Abgesehen davon, dass er hinterher – falls sie von Stratton ein Kind empfangen hätte – behaupten konnte, es sei von ihm selbst, und damit wäre die Schmach seiner eigenen Unfähigkeit vom Tisch gefegt worden.

Je mehr Madlen darüber nachdachte, umso plausibler erschien es ihr, dass das der einzige Grund war, warum er sie Wentworth abgekauft hatte. Mit Liebe hatte das nichts zu tun, aber wenn sie ehrlich zu sich selbst war, unterschied sie sich nicht sehr von ihrem Gönner. Sie nahm zwar sein Geld, aber sie begehrte ihn keineswegs, von Liebe ganz zu schweigen. Das war ihr umso schmerzlicher bewusst geworden, als John Cameron ihr so unvermittelt gegenübergesessen hatte. Ihr Zusammentreffen erschien ihr wie ein von Gott gesandtes Zeichen. John war der Inbegriff all ihrer Träume – damals wie heute. Die Vorstellung, mit ihm das Lager zu teilen, seinen kraftvollen Körper zu spüren und all das mit ihm zu erleben, was sie anderen bisher verwehrt hatte, erschien ihr unglaublich verlockend. Jedoch den Gedanken, wie sie John – von Chester unbemerkt – dazu bringen konnte, ihr Liebhaber zu werden, verwarf sie sogleich wieder. Erstens erschien es ihr unmoralisch, ihn nur zu verführen ohne Aussicht auf mehr, und zweitens war es gefährlich, nicht nur für sie, sondern auch für John. Wenn Chester dahinterkommen sollte, dass sie John ihr Bett offerierte, würde er überaus wütend werden, und niemand wusste, was dann geschah.

»Wer war der Kerl, der dich in die Kammer hinaufgetragen hat?«, fragte Cuninghame fordernd. Nicht nur Madlens aufgescheuchter Blick verriet ihm, dass sie ein schlechtes Gewissen plagte.

»Wie ich schon sagte – ein alter Freund aus Kindertagen.« Sie strich sich eine Locke aus dem Gesicht, bemüht, unaufgeregt zu klingen. »Es war Zufall, dass wir uns auf diese Weise begegnet sind.«

»Ein äußerst stattlicher Kerl, nicht wahr?« Cuninghame konnte ihren flatternden Herzschlag spüren. Der Mann musste ihr etwas bedeuten, ansonsten wäre sie ruhiger geblieben.

»Keine Ahnung.« Madlen log – das konnte er spüren. »Und es interessiert mich auch nicht.«

»Wie war sein Name noch gleich? John ... John Cameron?«

Madlen stieg eine leise Röte den Hals hinauf, obwohl im Innern der Kutsche eine eisige Kälte herrschte.

Cuninghame vermochte mühelos zu erkennen, wie sie um Fassung rang. Also musste er sie und – falls nötig – ihre neue Bekanntschaft im Auge behalten. Er durfte es nicht zulassen, dass sie sich mit wildfremden Männern einließ. Aber vielleicht war es sinnvoll, diesen barbarischen Highlander für seine weiteren Pläne zu nutzen. Er war ein gutaussehender Kerl, und dass er Madlen gefiel, hatte Cuninghame an ihrem rasenden Herzschlag gespürt.

»Er ist nur ein Arbeiter in den Docks«, antwortete Madlen fest. »Ich glaube nicht, dass er in unsere Gesellschaft passen würde.«

Cuninghame stellte sich die Frage, warum sie »unsere« gesagt hatte? Sollte er glauben, dass sie sich mit ihm und seinen Ansprüchen an das gesellschaftliche Leben verbunden fühlte, obwohl dies absolut nicht der Wahrheit entsprach. Er wusste, dass sie ihn hasste, weil er sie wie eine Gefangene hielt. Jedes ihrer Gefühle konnte er spüren, eine ungnädige Gabe, die einen Eingeweihten von einem gewöhnlichen Menschen unterschied. Ihm war längst klar, dass alle Schönfärberei nichts mehr nützte, um ihn in ihren Augen zu einem guten Menschen zu erheben.

Er war ihr unheimlich, auch das konnte er spüren, und ihr Verdacht, dass er mit dem Satan im Bunde stand, wollte sich partout nicht verflüchtigen. Dass sie mit dieser Annahme richtig lag, würde er ihr nicht vorschnell bestätigen. Sie sollte es erst erfahren, wenn die Zeit reif dafür war.

»Er ist ein ansehnlicher Mann, nicht wahr?« Cuninghame machte es Spaß, sie zu entsetzen. Mit teuflischem Vergnügen leckte er sich über die faltigen Lippen. »Im Grunde nichts anderes als Stratton, allerdings könnten die Damen der feinen Edinburgher Gesellschaft recht behalten, wenn sie meinen, dass ein wilder Highlander weit mehr an Manneskraft zu bieten hat als ein blassgesichtiger Hengst aus dem niederen Landadel.«

»Verzeiht.« Madlen schluckte ihre Furcht hinunter. »Was meint Ihr mit ›zu bieten hat‹?«

»Naja …« Cuninghame setzte ein spöttisches Grinsen auf und deutete auf eine vorbeieilende Sänfte, die von vier großen, breitschultrigen Männern befördert wurde. »Die Sedan-Stühle werden nicht umsonst ausschließlich von Highlandern getragen. Diese Kerle verfügen über außerordentliche Kraft – nicht nur in den Armen, sondern allem Anschein nach auch in den Lenden. Du müsstest es doch eigentlich besser wissen als ich. Ich habe mir sagen lassen, dass in euren Clans ein jeder Krieger mindestens zehn Kinder zeugt.«

»Verstehe ich es richtig? Soll das bedeuten, Ihr wollt mich ein weiteres Mal zwingen, mit einem fremden Mann das Bett zu teilen, nur um mich in Eurem Auftrag schwängern zu lassen?« Madlen legte ihre Stirn in Falten. Ihr aufgebrachter Blick verriet ihre ganze Abscheu, die sie für sein Ansinnen empfand.

Cuninghame begann so laut und schallend zu lachen, dass Madlen erschrak.

»Wenn du so wütend und zugleich ängstlich dreinschaust, tut es mir fast leid, dass ich es nicht sein werde, der deinem Körper huldigt und ihn zu dem macht, wofür er geschaffen wurde.«

»Ihr treibt Euer lustiges Spiel mit mir, Mylord.« Sie räusperte sich kurz, bevor sie ihm einen Blick voll glühender Verachtung zuwarf. »Wie Ihr vielleicht bemerkt, amüsiert es mich nicht. Es tut mir leid, wenn ich Euren Scherzen nichts abgewinnen kann.« Mühsam unterdrückte Madlen ihre Tränen.

»Das ist kein Scherz«, flüsterte er heiser, während die Finger seiner rechten Hand grob in ihr Dekolleté drangen und ihre nackte linke Brust umfassten. »Du hast mir deine Seele verkauft, meine Täubchen.« Sein Griff wurde fester. Madlen hielt für einen Moment die Luft an, weil er ihr erbarmungslos die Brust quetschte, um ihr einen stechenden Schmerz zuzufügen. »Ich halte dein Herz in Händen, meine Liebe, und ich kann es zerdrücken, wann immer es mir beliebt. Vergiss das nie!«

John lag – nur mit einem zerschlissenen Nachthemd bekleidet und von seinem alten Wollplaid bedeckt – auf einem Strohsack und starrte auf die hölzernen Planken über ihm, die seine Koje von Paddys Schlafstatt trennten. Er teilte die dürftige Bretterbehausung, in der er sich nur nachts und am Wochenende aufhielt, mit fünfzehn weiteren Hafenarbeitern, von denen um diese Zeit die meisten schon schliefen. Die Baracke stand in der Nähe der Verladerampe mit Dutzenden von anderen Bretterbuden, die als trostlose Auffanglager für alleinstehende Dockarbeiter und gestrandete Einwanderer fungierten. Hier zu wohnen hieß, dass man zu den Niedrigsten der Gesellschaft gehörte, aber John erschien es allemal besser, als noch einmal in Edinburgh für ein paar Shillings bei einer armen Familie Unterschlupf zu finden, die in dem einzigen Raum, den sie bewohnte, auch noch Betten für Fremde vermietete.

Nachdem er vor drei Jahren seinen Dienst bei der Armee der Königstreuen quittiert hatte, um sich in Edinburgh nach einer anständigen Arbeit umzusehen, war er zunächst bei einem Haufen verarmter Lowlander untergekrochen. Die Beadles, Vater, Mutter, Großmutter und sechs Sprösslinge, wohnten in einem Keller der bis zu zwölfstöckigen Tenements in der unteren Kings-Close. Trotz ihrer Armut – oder vielleicht eher deshalb – hatten ihn die Beadles mit Freuden in ihrem überaus bescheidenen Heim aufgenommen. Dabei hatten sie keinerlei unangenehme Fragen gestellt. Es schien ihnen gleichgültig zu sein, ob er als politisch verfolgt galt oder sonst irgendetwas verbrochen hatte. Hauptsache, er zahlte pünktlich seine Miete. Für diesen Vorteil hatte er sogar den Umstand in Kauf genommen, fortan mit neun Menschen zwei winzige Zimmer zu teilen, was ihm bisweilen nicht einfach erschienen war. Nicht dass er etwas gegen schreiende Kinder gehabt hätte, aber als alleinstehender Mann allabendlich aus nächster Nähe jenem Akt beizuwohnen, in dem sie gezeugt wurden, störte ihn schon.

Als weitaus schlimmer hatte sich jedoch die Tatsache erwiesen, dass man als Mitbewohner im Falle einer Epidemie mit der gesamten Familie in Quarantäne geriet. Als die Pest ausbrach, hatte John den Beadles beim Sterben zugesehen. Einen nach dem anderen hatte es erwischt. John hatte den übriggebliebenen Säugling mit einer Flasche gestillt und Großmutter Beadle, die als Letzte der Familie dahingegangen war, die faltigen Lider zugedrückt.

Ein Schaudern erfasste ihn, als ihre Gesichter in seiner Erinnerung auftauchten, und schnell bemühte er sich, an etwas anderes zu denken. Während seine rechte Hand im dürftigen Schein einer Talglampe mit jenem kleinen weißen Kärtchen aus Büttenpapier spielte, das Madlen MacDonald ihm am Nachmittag zugesteckt hatte, überlegte er, wie es wäre, wenn sie weich und warm neben ihm liegen würde.

Das Kärtchen duftete intensiv nach Madlens kostbarem Parfüm, und für einen Moment schloss John die Lider und sog genießerisch den blumigen Duft ein.

Die Vorstellung, einer solchen Frau mit Haut und Haaren ergeben zu sein, erregte ihn, und er konnte Stratton verstehen, dass er ihr offenbar verfallen gewesen war und ihr den Hof gemacht hatte. Auch wenn sie selbst behauptete, ihn nicht wirklich gekannt zu haben. Eine Schutzbehauptung – vielleicht.

Teufelshure! Paddys Bemerkung wollte ihm einfach nicht mehr aus dem Kopf gehen. Je mehr er darüber nachdachte, umso weniger vermochte er sich vorzustellen, dass dieser Begriff tatsächlich auf Madlen zutreffen konnte. Schon gar nicht, dass dieses Mädchen mit dem Satan gemeinsame Sache machte und die Braut eines heimtückischen, alternden Mörders sein sollte.

Er musste Madlen wiedersehen, und wenn es allein darum ging, die Wahrheit über sie herauszufinden. Obwohl ihm seine innere Stimme dringend davon abriet, sich – in welcher Weise auch immer – mit ihr einzulassen. Es sei denn, er wollte enden wie Stratton; baumelnd an einem Strick, den Bauch aufgeschlitzt mit heraushängenden Eingeweiden.

Madlen lebte allein – so waren ihre Worte gewesen. Also war sie unverheiratet. Dass Cuninghame eine Bedeutung in ihrem Leben spielte, war wohl nicht von der Hand zu weisen. Aber welche? Vielleicht ließ sie sich von ihm aushalten. Dabei schien sie nicht der Typ Frau zu sein, dem John so etwas zugetraut hätte. Ihr Blick war der einer stolzen Highlanderin. Es musste also einen triftigen Grund geben, warum sie sich Cuninghames respektlose Art gefallen ließ. Allem Anschein nach sehnte sie sich trotz der Aufmerksamkeiten dieses alternden Lords nach der Zuwendung eines jüngeren Mannes.

John stellte sich die Frage, ob hinter ihrer Einladung, ihn wiederzusehen, vielleicht nur der Wunsch nach einem amüsanten Abenteuer steckte. Trotz all seiner Vorbehalte dachte er darüber nach, es selbst herausfinden zu wollen. Dabei schien es ihm angezeigt, zunächst weitere Erkundigungen über Madlen einzuziehen. Doch wo sollte er beginnen? Bei Paddy? Nein. John würde den raubeinigen Iren nicht zu Rate ziehen – aus dem gleichen Grund, warum er darauf verzichtet hatte, ihm überhaupt von seiner merkwürdigen Begegnung mit Madlen zu erzählen. Paddy, der lautstark über ihm schnarchte, hielt grundsätzlich nichts von jungen Frauen, die wegen ihrer Verbindung zu einem älteren Mann in die bessere Gesellschaft aufstiegen. In seinen Augen waren sie nichts als raffgierige Mätressen und damit Hexen und Teufelshuren, für die wahre Liebe ein Fremdwort blieb. Und nach allem, was heute Nachmittag geschehen war, hätte Paddy ihn womöglich mit Recht einen unverbesserlichen Narren gescholten und ihm die Frau längst ausgeredet. Somit war es besser, wenn er erst gar nichts von Johns Absichten erfuhr.

John beschloss, am nächsten Morgen nach dem obligatorischen Besuch im Pub nochmals allein in die Stadt zu gehen. Er würde die Canongate hinunterschlendern, bis zu dem Haus, in dem Madlen angeblich wohnte. Dann würde er sich beiläufig umschauen, was für Leute dort ein- und ausgingen und ob Cuninghames Kutsche vor dem Anwesen stand. Und dann? John schnupperte erneut an dem Kärtchen und spürte, wie es in seinen Lenden zog. Die Vorstellung von Madlens weichem, anschmiegsamem Körper machte ihm unvermittelt klar, dass er sich nichts sehnlicher wünschte, als diese Frau wahrhaftig in seinen Armen zu halten.

Mit einem Seufzer drehte er sich zur Seite. Wenig später fiel er in einen tiefen traumlosen Schlaf, das Kärtchen in der Hand, fest an sein Herz gedrückt.

3

Edinburgh 1647 – »Jungfrauenopfer«

Eine kühle Windböe erfasste Johns gutes Plaid, das er nur zu besonderen Anlässen trug, und wirbelte es in die Höhe, als er am nächsten Morgen in aller Frühe mit einem vollgepackten Lederrucksack zu einem Badehaus aufbrach. Im Hafen lagen einige Schiffe vor Anker, und er war nicht der Einzige, der die Gelegenheit nutzte, um in einem der öffentlichen Schwitzbäder ein Bad zu nehmen. Der Bademeister verlangte drei Pence für einen großen Bottich mit heißem Wasser und eine anständige Rasur. Seife und Handtücher inklusive. Dazu gab es für zwei weitere Pence einen Krug verwässerten Wein oder Ale und ein Stück grobes Brot zum Frühstück. Nichts Besonderes, aber John war einfache Mahlzeiten gewohnt. Er war in den Highlands geboren und konnte nie wählerisch sein.

Im Vorbeigehen passierte er einen Frachter aus Frankreich, dessen Weizenladung sie erst gestern gelöscht hatten. Wachen hatten das Schiff umstellt, und weitere Wachen patrouillierten vor dem Weizenkontor, weil es schon vorgekommen war, dass marodierende Banden versuchten, die Säcke zu stehlen. Der Weitertransport erfolgte in einem geschlossenen Wagen, eskortiert von sechs berittenen Stadtsoldaten, geradeso, als ob es sich um die Kronjuwelen des Königs handeln würde. Die Versorgungslage der Stadt und ihrer Umgebung verschlechterte sich seit Monaten, und John war dankbar, im Hafen arbeiten zu können. Nicht nur wegen der akzeptablen Entlohnung, sondern auch, weil hier und dort im wahrsten Sinne des Wortes etwas Brauchbares abfiel, das man gegen andere Dinge des täglichen Bedarfs tauschen oder auf dem Schmugglermarkt verkaufen konnte. Ein großer Teil der Bevölkerung hungerte, weil im Zuge des nicht enden wollenden Krieges alles so teuer geworden war, allein schon wegen der hohen Steuern, die man auf alles und jedes zu zahlen hatte und die das Parlament zur Entlohnung der Armeen benötigte. Auch Johns Kameraden sparten ihr Geld für noch schlechtere Zeiten und hielten es nicht sehr mit der Reinlichkeit. Die meisten waren der Meinung, dass es keinen Sinn hatte, sich öfter als einmal im Monat gründlich zu waschen, wenn man nur wenige Kleidungsstücke besaß und zehn Stunden am Tag damit beschäftigt war, Körbe mit Fischköpfen, Schweinehälften, Brandyfässer und auch sonst alles zu schleppen, was beim Be- und Entladen großer Schiffe anfiel und diverse Gerüche in Haaren und Kleidern hinterließ.

John war kein geschniegelter Galan, aber er hasste es, herumzulaufen wie ein Wildschwein, das sich eben gesuhlt hatte, ganz gleich, wie schlecht die Zeiten auch sein mochten. Außerdem genoss er die Atmosphäre in den Badehäusern, die – streng nach Männern und Frauen getrennt – so manche Annehmlichkeit boten. In den weißgetünchten Räumen war es immer warm und gemütlich. Dafür sorgten mehrere Kohleöfen und ein offener Kamin, der wegen des andauernden Holzmangels ebenfalls mit Kohle befeuert wurde. Der Bademeister und seine Gehilfen massierten einem gegen einen geringen Aufpreis die schmerzenden Muskeln mit ätherischen Ölen. Es roch nach Seifenkraut, Pfefferminze und frisch aufgebrühtem Salbeisud, und seit jenen Tagen, in denen John die Pest überlebt hatte, glaubte er fest daran, dass es etwas mit Sauberkeit zu tun haben musste, ob man krank wurde oder nicht.

Eine Stunde lang entspannte sich John in der wärmenden Seifenlauge, während ihm ein Badegehilfe den obligatorischen Spitzbart stutzte und ihm anschließend die Haare wusch. Nachdem sich John unter den verstohlenen Blicken seines beleibten Nachbarn aus dem Wasser erhoben hatte, trocknete er sich ab und schlüpfte danach in ein frisch gewaschenes Baumwollunterwams, das er sich auf einem Schemel zurechtgelegt hatte. Darüber legte er ein ungebleichtes Oberhemd an, das er am Hals mit Schnüren verschließen konnte. Ein dunkelblaues Halstuch komplettierte seinen Sonntagsstaat. Auf einem Bein balancierend, zog er sich ein paar graublaue Wollsocken über und stieg dann in seine Stiefel. Erst zum Schluss legte er sein gutes Plaid an, indem er es gekonnt um Hüften und Schultern drapierte und mit seinem breiten Ledergürtel fixierte.

»Du hast Besuch«, rief Paddy und weckte damit die restliche Meute, als John in die Baracke zurückkehrte. John antwortete nicht und legte seinen Rucksack aufs Bett und seinen Kamm in eine Holzkiste zurück, in der er seine wenigen Habseligkeiten aufbewahrte. Erst jetzt entdeckte er den vielleicht zehnjährigen Jungen, der regungslos hinter seiner Bettstatt verharrte. Er besaß eine kaffeebraune Hautfarbe und blickte in seiner grünlich glitzernden Dienstkleidung und einem gleichfarbigen Turban mit schüchterner Miene zu John auf. John schenkte ihm ein aufmunterndes Lächeln und beschloss, zunächst einmal Ordnung zu schaffen, bevor er den Jungen zu Wort kommen ließ. Er packte die schmutzige Kleidung aus dem Rucksack aus und stopfte sie in einen Wäschesack, der unter dem Bett gelegen hatte. Das pausbäckige Kerlchen verfolgte jede seiner Bewegungen mit großen, schwarz glänzenden Augen, in denen das Weiße auffällig blitzte, sobald sein Blick die

45

Richtung wechselte. Seine kurzen, dicklichen Finger hielten verkrampft eine kleine rote Depeschenmappe, die er an einem ledernen Band über der Schulter trug.

»Ich habe ihm gesagt, dass es noch dauern würde, bis du wieder auftauchst«, grunzte Paddy missmutig über den Rand seiner Koje hinweg, »aber er wollte mir die Nachricht partout nicht aushändigen. Selbst als ich ihm Prügel angedroht habe.«

John lächelte den Jungen verständnisvoll an. »Du bist ein guter Bursche. Dein Herr kann stolz auf dich sein.« Die Miene des Kleinen blieb unbewegt. In der Stadt wimmelte es von kindlichen dunkelhäutigen Dienern. In der besseren Gesellschaft Edinburghs gehörte es mittlerweile zum guten Ton, sich nicht nur einen Botenläufer, einen Schreiber oder einen Rattenfänger zu halten, sondern auch einen eigenen Mohren, wobei man diese nur schätzte, solange sie noch nicht das Erwachsenenalter erreicht hatten. Wenn sie größer wurden, jagte man sie aus dem Haus oder verkaufte sie in die Sklaverei.

»Seid Ihr Master John Cameron?« Er hatte eine weiche, melodiöse Stimme, und John musste schon wieder lächeln, weil ihm die Lippen des Jungen so üppig und schön erschienen, dass sie jedes durchschnittliche schottische Mädchen mit Neid erfüllen konnten.

John verbeugte sich gekünstelt. »Zu Ihren Diensten.« Mittlerweile war die gesamte Bagage in der Baracke zu sich gekommen und beobachtete voller Neugier, was der kleine Mohr John mitzuteilen hatte. Der Junge ließ sich nicht beirren und zog mit einer majestätisch anmutenden Geste einen versiegelten Brief aus reinem weißem Papier aus der Tasche hervor. John war nicht weniger verblüfft als seine Kameraden, als der Junge nicht, nachdem er den Brief übergeben hatte, wie erwartet die Hand für eine Münze aufhielt und ging, sondern hartnäckig stehenblieb.

»Ich soll warten, bis Ihr den Brief gelesen habt, und dann Eure Antwort überbringen«, erklärte er.

John verspürte eine gewisse Nervosität, als er den Brief, auf dem nur ein Siegel mit einer merkwürdig verschnörkelten Figur zu finden war, vor den Augen so vieler gaffender Männer öffnete. Er entfernte sich ein wenig von Paddys Bett und tat dabei so, als ob er zum Fenster gehen müsse, damit er den Brief besser lesen konnte. In Wahrheit

46

wollte er das Schreiben vor neugierigen Blicken schützen. Obwohl hier längst nicht jeder des Schreibens und Lesens mächtig war, gab es Dutzende Augenpaare, die ihn beobachteten.

A Iain, a charaid – mein lieber John, las er unter den ersten Strahlen der Morgensonne, die sich durch die leicht geöffneten Holzläden kämpften.

Es tut mir so leid, dass ich gestern offenbar einen solch schlechten Eindruck bei Dir hinterlassen habe. Aber die Dinge stehen nicht so, wie Du vielleicht denkst. Und sie stehen sicher auch nicht so, wie man es sich in den Straßen von Edinburgh hinter vorgehaltener Hand erzählt. Meine Einladung zum Tee heute Nachmittag besteht fort, und ich würde mich unglaublich freuen, wenn Du mir Deine Aufwartung machen würdest. Nicht nur, um von alten Zeiten zu sprechen, sondern auch, um an neue anknüpfen zu können. Ich verspreche Dir, dass es diesmal keine ungebetenen Störungen geben wird. Falls Du Fragen hast, werde ich Dir diese gerne beantworten. Gib mir noch eine Chance, John – jene, die ich bisher nie hatte.

Le cridhe lan – herzlichst
Deine
Madlen

John atmete tief durch. Verdammt, sie war ihm zuvorgekommen.

»Und? Was ist es?«, krakeelte Paddy neugierig.

Randolf, ein hünenhafter Norweger mit weißblondem Haar, grinste breit. »Ich gehe jede Wette ein, dass es ein Liebesbrief ist«, bemerkte er amüsiert. »Warum sonst hat sich unser guter John so schick gemacht, geradeso, als ob wir zu Madame Rochéz ins Freudenhaus gehen würden?«

»Ich dachte, wir sind heute im Half Moon?«, rief Paddy mit glucksender Stimme und warf John einen vielsagenden Blick zu. »Oder habe ich was verpasst, und wir haben schon Monatsanfang?«

Grölendes Gelächter brandete auf. John versuchte vergeblich seine Verlegenheit und seinen Ärger zu unterdrücken. Dabei ging es ihm nicht um das stadtbekannte Hurenhaus, dessen Dienste sie einmal im Monat gemeinschaftlich in Anspruch nahmen. Er wollte nicht, dass seine Kameraden erfuhren, dass er an einer ganz speziellen Frau interessiert war – schon gar nicht, wenn es sich dabei um die Mätresse eines berüchtigten Parlamentsabgeordneten handelte.

»Wer ist sie denn?« Paddy gab keine Ruhe. Er saß oben in seiner Koje und ließ seine nackten, mit Krampfadern übersäten Beine herabbaumeln, wie ein Kind auf einer Schaukel. Dabei zog er verschiedene Grimassen und schürzte die Lippen, als ob er John einen Kuss zuwerfen wollte.

»Die mannstolle Meg vom White Hart Inn.« John warf einen finsteren Blick in Paddys Richtung und klappte den Brief zu, in der Hoffnung, dass der Ire nun endlich den Mund halten würde, doch damit wurde die allgemeine Stimmung nur noch mehr angeheizt.

»Bevor du dich an Meg vergreifst, solltest du lieber auf die üppige Paula im World's End setzen«, riet ihm Arne mit heiserer Stimme. Danach folgte ein von Hustenanfällen unterbrochenes Kichern. »Sie melkt dich für fünf Pence«, krächzte er weiter. »Dabei ist sie so ungestüm, dass dir Hören und Sehen vergeht.«

»Vielleicht wäre es in deinem Alter besser, schleunigst die Hure zu wechseln«, erwiderte John und schenkte Arne ein ironisches Grinsen. Er gab dem schwindsüchtigen Holländer höchstens noch ein gutes halbes Jahr, bis er das Zeitliche segnete. Was folgte, war das haltlose Lachen der übrigen Männer, zumal Arne wegen seiner Schwerhörigkeit offenbar Johns Antwort nicht verstanden hatte.

Micheal und Malcolm saßen mit roten Ohren auf ihren Betten und folgten der angeregten Diskussion unter den erwachsenen Männern über die Huren der Stadt und ihre Preise. John war froh, dass sich die Aufmerksamkeit der Männer von ihm abgewandt hatte. Mit einem kurzen Wink bedeutete er dem jungen Mohren, dass er ihn nach draußen an die frische Luft begleiten sollte.

Als John die Tür unter dem Protest der zurückgebliebenen Männer geschlossen hatte, ging er vor dem Jungen in die Hocke, um auf Augenhöhe mit ihm sprechen zu können.

»Wie ist dein Name?«

Der Junge schaute verdutzt. Offenbar kam es nicht oft vor, dass sich jemand für ihn persönlich interessierte.

»Wilbur.« Sein Blick war immer noch schüchtern.

»Also gut, Wilbur. Sag deiner Herrin, dass ich nicht weiß, ob es in Ordnung ist, wenn ich sie besuche. Sag ihr, ich brauche Bedenkzeit.«

Der Junge rümpfte sein Stupsnäschen zu einer unzufriedenen Miene und rückte sich seinen türkisfarbenen Turban zurecht. »Madame Madlen hat mir aufgetragen, mich nur mit einem Ja oder einem Nein zufriedenzugeben, wobei sie ausdrücklich sagte, sie hoffe auf ein Ja.«

John stieß einen Seufzer aus und erhob sich schnaubend. »Wie hast du mich überhaupt gefunden?«, wollte er wissen.

»Ich habe den Auftrag erhalten, Euch so lange zu suchen, bis ich Euch finde, ganz gleich, wie lange es dauern würde. Ich wusste nur, dass Ihr im Hafen arbeitet. Ich hatte Glück, der Erste, den ich gefragt habe, konnte mir sagen, in welcher Baracke Ihr Euer Lager aufgeschlagen habt.«

John kramte in seinem Fellbeutel und zog einen Penny heraus. Er nahm die Münze zwischen Daumen und Zeigefinger und hielt sie ins Sonnenlicht, dann drückte er sie dem verblüfften Jungen in die Hand.

»Sag ihr, ich werde da sein.«

»Ist das ein Ja?« Der Junge schien ihm immer noch zu misstrauen.

John grinste. »Aye, es ist ein ›Ja‹.« Mit einer versöhnlichen Geste gab er dem kleinen Kerl einen Klaps auf die Schulter. »Und nun lauf, damit du deiner Herrin die Botschaft übermitteln kannst.«

John war ganz und gar nicht bei der Sache, als Paddy zwei Stunden später im Half Moon die Karten mischte und eine neue Runde Bier bestellte. Wie jeden Sonntag war man mit mindestens zehn Arbeitern in einen der am besten besuchten Pubs vor den Toren Edinburghs eingekehrt. Hier wechselte der königliche Postdienst seine Pferde, und folglich bestand die erste angebotene Mahlzeit des Tages nicht nur aus gesalzenem Haferbrei, sondern auch aus gebratenem Speck und Eiern.

Im Pub herrschte gedämpftes Licht. Rund um die Tische und Bänke drängten sich Hafenarbeiter, Söldner und Kirchgänger, die im Gegensatz zu John und seinen Kameraden ihrer Sonntagspflicht nachgekommen waren und die sich nun mit ein paar Humpen Ale und Whisky für eine harte Woche belohnten. Zum Mittag kam der ein oder andere Edelmann dazu, um sich und seiner Lady im benachbarten Speisezimmer ein Steak mit Erbsenpüree servieren zu lassen. Strattons Hinrichtung war immer noch Stadtgespräch. Doch auch jetzt wollte sich niemand zu den wahren Gründen auslassen. »Wer weiß«, mutmaßte Robert, ein bulliger Kerl aus Dunbar, »vielleicht war er heimlich Papist und hat schwarze Messen zelebriert.«

»Könnte es sein, dass du da etwas durcheinanderbringst?« John warf Robert einen kritischen Blick zu. Niemand wusste, dass er und Paddy katholischen Glaubens waren. Deshalb beteten sie nie in der Öffentlichkeit und gingen – wenn überhaupt – nur heimlich zur Messe, die unter den hier lebenden Papisten unter strenger Verschwiegenheit abwechselnd an geheimen Orten abgehalten wurde. Trotzdem mochte es John nicht, wenn jemand etwas Schändliches über den Glauben seiner verstorbenen Mutter sagte.

»Naja«, säuselte Robert weinselig. »Man munkelt, es war gar nicht die Ehre seiner Mätresse, die den schwarzen Lord in eine solche Rage gebracht hat. Ich habe läuten hören, dass Cuninghame von Stratton erpresst wurde. Angeblich ist Stratton auf ein dunkles Geheimnis gestoßen.«

»Was soll das bedeuten?« John war hellhörig geworden.

»Nichts«, fiel ihm Paddy ins Wort, und gleichzeitig funkelte er Robert böse an. »Willst du uns alle unglücklich machen? Jeder halbwegs nüchterne Mann weiß, dass Cuninghames Seele so schwarz ist wie seine Kleidung. Er hat schon mehr Leute ins Tolbooth gebracht, als hier an einem Tisch sitzen.«

Robert lachte abwehrend und schwieg, dann bestellte er bei dem nächstbesten Schankmädchen ein Bier.

Am frühen Nachmittag, als Paddy und die anderen Kameraden längst sturzbetrunken waren und mit den Schankmägden herumschäkerten, entschuldigte sich John für einen Moment, weil er austreten wollte.

Paddy lallte eine unverständliche Bestätigung, während er Rednose Rosi unter ihrem Rock in den Hintern kniff. Sie kreischte theatralisch und warf John einen verhangenen Blick zu, der nichts anderes bedeutete, als dass sie lieber *seine* Hände an jener Stelle gespürt hätte, wo sich nun Paddy bediente.

John lächelte abwesend und kümmerte sich nicht um die Zurufe seiner Kameraden, die ihn auf dem Weg nach draußen begleiteten.

Sein Herz schlug eigentümlich, als er aus dem verräucherten Pub in die kalte, klare Luft trat, mit der festen Absicht, zumindest heute nicht mehr an diesen Ort zurückzukehren. Der Wind blies ihm seine langen Haare ins Gesicht, als er von der Anhöhe auf den tiefblauen Firth schaute, auf dessen kräuselnden Wellen sich das goldene Nachmittagslicht spiegelte. Die einlaufenden Fregatten mit ihren geblähten Segeln erschienen John wie fette Möwen, die mit ihrem langgezogenen Schrei am Himmel vorbeisegelten und sich nicht daran störten, dass in diesen Tagen Dutzende von Kriegsschiffen im Hafen lagen. Die Zeiten waren ernst. Erst im Januar hatten die schottischen Covenanters König Charles I. – teils aus Enttäuschung, teils aus Berechnung – an das englische Parlament ausgeliefert. Zuvor war er den Engländern auf geheimen Wegen nach Schottland entwischt, in der Absicht, die Schotten für seinen Kampf gegen seine politischen Gegner einzunehmen. Doch die Covenanters – rebellische Presbyterianer –, die zurzeit in Edinburgh die Regierung stellten, hatten ihn erneut an die Engländer ausgeliefert, nachdem er ihr Ansinnen auf Anerkennung einer vom König unabhängigen, presbyterianischen Kirche kaltschnäuzig abgelehnt hatte. Nun weilte er in Hampton Court, offiziell unter Hausarrest, und niemand konnte wissen, ob er jemals wieder zu seiner alten Macht gelangen sollte.

Es war ein offenes Geheimnis, dass sich so manch Königstreuer wegen der politischen Entwicklung bereits eine Passage nach Frankreich gesichert hatte.

John gab sich einen Ruck, um in die Straße hinauf zur Stadt einzubiegen. Erst nachdem er ein paar Schritte gegangen war, fühlte er sich leichter. Vier Humpen Bier und zwei Krüge Whisky, die er trotz aller Vorsicht getrunken hatte, halfen ihm, seine Aufregung zu beherrschen. Dabei gingen ihm ständig die gleichen Fragen im Kopf herum. Was sollte er mit Madlen anfangen, wenn sie ihn empfing? Und vor allem – was waren ihre Beweggründe, dass sie es überhaupt tat?

Johns Schritte wurden schneller, vorbei an Sonntagsspaziergängern und muskelbepackten Sänftenträgern, die sich ächzend abmühten, ihre Herrschaft über die steinigen, unebenen Straßen rund um Edinburgh zu schleppen, weil auf manchen Wegen so tiefe Löcher vorhanden waren, dass bei einer Kutsche sofort die Achse gebrochen wäre.

Beim Stadttor ließ John es sich klaglos gefallen, dass die uniformierte Stadtwache ihn wie üblich mit finsterer Miene von Kopf bis Fuß abtastete, und er musste achtgeben, was er bei den Fragen nach Herkunft und Bewaffnung zur Antwort gab, weil er mit seinen Gedanken ganz woanders war.

Als er vom Leith Wyne Port aus in die Leith Wyne eintauchte, fragte er sich abermals, ob es klug war, Madlens Einladung zu folgen.

Sie lebte in einer anderen Welt, und John bezweifelte, dass er ihr dorthin folgen konnte. Auf Höhe der Flesh Stocks, wo in der Woche der Fleischmarkt abgehalten wurde, hatte er eine grandiose Aussicht auf all die wunderbaren Patrizierhäuser in der oberen Canongate bis hinunter auf die herbstlich bunten Gärten und den dahinterliegenden Holyrood-Palace.

Der breite Boulevard zur Residenz der schottisch-englischen Könige war mit feinem Kies und Sand ausgestreut und längst nicht so holperig wie die Wege und Straßen außerhalb der Stadt. Die Gegend erschien ihm vergleichsweise ruhig und überaus vornehm – bis auf die Stadtwachen vor dem Tolbooth-Gefängnis, die in grimmiger Eintracht vor den Toren des mehrstöckigen Kerkers auf und ab marschierten. Ansonsten sah man nur ein paar Sänften, eine Kutsche, kaum Fußgänger. John machte einen leichten Bogen um den Tolbooth, an dessen oberen Gitterluken die Arme der weniger gefährlichen Gefangenen heraushingen und ihm zuwinkten. Mörder und Verräter wurden – soweit er wusste – in den Katakomben untergebracht, um eine Flucht von vornherein zu vereiteln. Auf der gegenüberliegenden Seite sah er am Straßenrand eine alte Frau sitzen, die ihm ein Körbchen mit frisch gebundenen Blumen entgegenhielt.

In dem Bewusstsein, dass dies kein Zufall sein konnte, und in einem Anflug von Romantik erstand John ein buntes Sträußchen Heckenrosen. Der Duft der Blumen rief ihm augenblicklich den verführerischen Anblick von Madlen in den Sinn und bestärkte sein Verlangen, sie trotz aller Widrigkeiten wiedersehen zu wollen. In etwa einhundert Yards Entfernung erhob sich inmitten einer Häuserfront ein helles vierstöckiges Gebäude mit zahlreichen Fenstern aus gelbem flämischem Glas. Ein untrügliches Zeichen, wie vermögend der Besitzer von Graystoneland – das Haus, in dem Madlen wohnte – sein musste. Im Erdgeschoss hatte sich eine Schneiderei eingerichtet, soweit man das an der Auslage feinster Brüsseler Spitze in einem Fenster erkennen konnte. Am hinteren Eingang, der zu den übrigen Stockwerken führte, hing eine Glocke.

John drehte sich noch einmal um, im Zweifel, ob er tatsächlich läuten sollte. Was wäre, wenn ihm Cuninghame trotz Madlens Zusicherung für ein ungestörtes Treffen ein weiteres Mal begegnete. Die Einfahrt zum Hof, den man über eine seitliche schmale Gasse einsehen konnte, stand leer, ebenso wie der dahinterliegende Pferdestall. Also war der Hausherr nicht anwesend. Obwohl man gar nicht sagen konnte, dass Cuninghame das Gebäude gehörte. Viele vornehme Lords und Parlamentsmitglieder hatten sich in der Nähe des Holyrood-Palace eingemietet, weil es trotz aller Vorbehalte gegen den König eine anerkannt gute Adresse war.

Die Tür ging so plötzlich auf, dass John erschrocken zurücksprang, wobei er das Blumensträußchen konsequent hinter seinem Rücken verbarg, als ob es eine geheime Waffe wäre. Er hatte Glück – oder auch nicht. Einer der Lakaien, der Madlen auf ihrem Weg ins White Hart Inn gestützt hatte, hatte die Tür geöffnet. In seiner samtgrünen Uniform, mit Kniehosen, Seidenstrümpfen und Goldlitzen an Kragen und Ärmelaufschlägen, musterte er John wie ein widerwärtiges Insekt und rümpfte seine lange, spitze Nase.

»Habt Ihr Euch verlaufen, Sir?«

John richtete sich zu voller Größe auf und präsentierte dem kleinwüchsigen Lakaien seine breiten Schultern, als wollte er sagen: »Jetzt erst recht.« Dann zückte er die Einladungskarte seiner Gönnerin und verkündete mit sonorer Stimme: »Ich werde erwartet. Von Mylady. Zum Fünf-Uhr-Tee.«

Der Lakai schaute ihn einen Moment lang ungläubig an, dann riss er John unvermittelt die Karte aus den Händen und wandte sich zurück zur messingbeschlagenen Eingangstür. Bevor John reagieren konnte, war er dahinter verschwunden. John befürchtete schon, dass das vorlaute Bürschchen nicht wieder herauskommen würde und all seine Bemühungen umsonst gewesen sein könnten, als der Lakai erneut im Torbogen erschien und ihn mit einem tonlosen »Folgt mir!« bedachte.

Johns Knie wurden mit jeder Treppenstufe weicher, und dabei dauerte es eine Weile, bis er zusammen mit dem Lakai im obersten Stockwerk angekommen war. Statt von Madlen wurde er von der dürren Ruth empfangen, deren Bekanntschaft er bereits gestern im White Hart Inn gemacht hatte. Wortlos führte sie ihn in einen großen beheizten Raum mit einer breiten Fensterfont, die einen Blick auf die königlichen Gärten erlaubte. John schaute sich möglichst unauffällig um und fand Madlen. Inmitten einer Pracht von filigranen Möbeln und edlem Porzellan, das aufgereiht in den zahlreichen Regalwänden stand, saß sie in einem schneeweiß bezogenen Himmelbett, das mit einem blutroten Samtbaldachin mit langen goldenen Troddeln versehen war. John war für einen Moment wie geblendet und dazu überrascht, sie im Bett vorzufinden.

Bevor er die Frage stellen konnte, ob es nicht gut um ihre Gesundheit stehe, fiel ihm ein, dass es in den eleganten Wohnungen der wohlhabenden Gesellschaft Edinburghs durchaus als vornehm galt, auf diese Weise Besuch zu empfangen. Neben dem Bett stand in Reichweite ein Serviertischchen mit zwei Tassen und einer dampfenden Kanne darauf. John hatte keine Augen für das kleine Arrangement aus üppig belegtem Toast und süßem Gebäck, das neben dem Tee auf einer Platte serviert stand. Er hatte nur Augen für Madlen, wie sie ihn anstarrte, voller Verzückung, als wäre er ein Geist aus einer anderen Welt, der all ihre Wünsche erfüllte, und dann sah er ihr strahlendes Lächeln, das ihm jeglichen Zweifel nahm, er könne hier nicht willkommen sein.

»John!« Ihre Stimme erschien ihm atemlos, und wie selbstverständlich streckte sie ihm ihre Hände entgegen. Sie trug ihr Haar zu einer Hochfrisur aufgesteckt, aus der ein paar vorwitzige Locken herabfielen, die ihr makelloses Gesicht umspielten.

»Madame, stets zu Diensten.« Einen Moment lang wusste er nicht, was er tun sollte, und beließ es bei einer tiefen Verbeugung und einem zarten Handkuss, den er mit einem zaghaften Lächeln und einem flüchtigen Blick in Madlens samtblaue Augen ausklingen ließ. Vielleicht lag es an seiner Verwirrung, die ihm ihr weißes seidenes Hauskleid verursachte, durch dessen feinen Stoff sich die dunklen Vorhöfe ihrer leicht hervorstehenden Brustwarzen abzeichneten. Vielleicht war es aber auch die Gegenwart von Ruth, die wie ein grauer lauernder Schatten hinter ihm stand.

»Wie schön, dass du da bist«, antwortete Madlen. »Um ehrlich zu sein, habe ich nicht wirklich mit dir gerechnet, nachdem du gestern so fluchtartig davongerannt warst.«

John erwiderte nichts. Madlen schien sein Unbehagen zu spüren. Sie beauftragte Ruth, nach draußen zu gehen, um einen bestimmten Wein zu servieren.

»Setz dich doch, John.« Madlen sprach mit ihm, als ob sie sich schon ewig kennen würden. Erst jetzt fiel ihm ein, dass er ihr das Rosensträußchen, das er bisher hinter seinem Rücken verborgen hielt, überreichen sollte.

Madlens Augen weiteten sich vor Glück, während er ihr mit einem verlegenen Lächeln das duftende Bukett übergab, und sie schlossen sich selig, als sie ihre Nase schnuppernd darin vergrub.

»Das sind meine Lieblingsblumen, John, woher wusstest du das?« Ihr Lächeln freute ihn mehr als alles andere.

Madlens Herz schlug bis zum Hals, als sie John aufforderte, sich einen der blauen Polsterstühle heranzuziehen, um sich an ihr Bett zu setzen.

»Näher«, bat sie atemlos. »Ich beiße nicht.« Sie lächelte ihn aufmunternd an und wunderte sich gleichzeitig über ihren unvermittelten Mut, den sie vor Jahren, bei ihrem ersten Zusammentreffen, niemals aufgebracht hätte. Damals war sie sprachlos geworden, sobald John in ihre Nähe trat. Und dabei hatte er sich kaum verändert und erschien ihr begehrenswerter als je zuvor. Die offenen langen Haare, die er schlicht in der Mitte gescheitelt trug und die ihm lockig und glänzend bis über die Schultern fielen. Der modisch kurze King-Charles-Spitzbart, der ihm ausgezeichnet zu Gesicht stand. Seine Nase war vielleicht ein bisschen zu lang und sein sinnlicher Mund eine Spur zu breit, und doch passte alles wunderbar zusammen, besonders wenn er lachte und sich auf seinen Wangen lustige Grübchen zeigten.

Während er sich zu dem Stuhl hinunterbeugte, fiel ihr Blick auf seine muskulösen Waden, die zwischen Plaid und Stiefeln hervorblitzten, und wanderte weiter zu den sehnigen Armen und kräftigen Händen, als er den Stuhl an ihr Bett trug.

»Ist es so richtig?« Er stand gebückt neben ihr und sah sie von unten herauf abwartend an. Anscheinend wollte er sichergehen, dass sie mit dem Standort des Stuhls zufrieden war, bevor er sich endgültig niedersetzte. Für einen Moment stockte ihr der Atem, als sie ihm direkt in die Augen schaute. Sie waren das Schönste an John überhaupt – groß und klar, mit langen zimtfarbenen Wimpern und von einer unnachahmlichen Güte, dabei so grün wie ein rauschender kaledonischer Pinienwald. Nie zuvor hatte sie einen Mann mit solch grünen Augen gesehen.

Ihr Herz schlug immer noch kräftig, als er sich endlich neben sie setzte, nah genug, dass sie seinen Atem spüren konnte. Er roch leicht nach Bier und Whisky, aber es war ihr alles andere als unangenehm. In den Highlands gehörte der Whisky zu einem richtigen Kerl wie das Plaid und das riesige Schwert, das die Männer gewöhnlich auf dem Rücken trugen.

»Hast du dich von deiner Ohnmacht erholt?« John lächelte sie an.

Sie starrte auf seine schönen, kräftigen Zähne. Sie wollte ihn küssen. Schon immer und am liebsten hätte sie gleich, als er zur Tür hereingekommen war, gesagt: »Küss mich! Trink keinen Tee, iss keinen Toast. Nein, küss mich, und zwar auf der Stelle!«

»Madlen?«

»Was? Was hast du gesagt?« Verwirrt ordnete sie ihre weiße seidene Überdecke und sah ihn nicht an, weil sie fürchtete, errötet zu sein.

»Ich fragte, ob es dir gutgeht.« Er hatte sich ein wenig zu ihr vorgebeugt und lauter gesprochen, als ob sie schwerhörig wäre.

»Aye – selbstverständlich.« Sie lächelte, um die Peinlichkeit zu überspielen, die sie empfand. »Möchtest du eine Tasse Tee?«

Bevor John antworten konnte, kam Ruth herein und brachte eine braune Flasche auf einem Elfenbeintablett, dazu zwei Kristallgläser.

»Oder etwas noch Besseres!« Madlen strahlte zufrieden und hielt die bereits entkorkte Flasche empor.

John fixierte das Flaschenetikett und sah sie danach fragend an.

»Das hast du bestimmt noch nicht getrunken.« Sie lächelte ihn triumphierend an. »Chester hat es in Fässern aus Frankreich gekauft und dann in Flaschen umfüllen lassen. Schenk ein!«, befal sie Ruth, und dann hielt sie John einen gläsernen Pokal mit einer golden perlenden Flüssigkeit entgegen. Er schnupperte prüfend und zog seine Nase kraus, bevor er das Getränk vorsichtig kostete.

Madlen konnte sehen, wie er sich die sprudelnden Perlen auf der Zunge zergehen ließ und seine Brauen nach oben schnellten.

»Nicht schlecht«, meinte er und hob mit einem anerkennenden Blick das Glas, um den Inhalt genauer zu prüfen. »Ein neuartiger Wein?«

»Perlwein aus der Champagne«, sagte sie lächelnd und nahm einen großen Schluck. »Man nennt es Champagner. Das Neueste überhaupt.« Sie nippte noch einmal und sah ihre Dienerin, die immer noch die Flasche in der Hand hielt, auffordernd an. »Stelle die Flasche bitte auf den Tisch! Wir können uns selbst bedienen. Wenn du möchtest, so nimm dir auch ein Glas.« Es war eine nette Geste, doch Ruth schüttelte abwehrend den Kopf. Madlen zuckte leicht mit den Schultern und hob ihre Stimme für weitere Anweisungen. »Bevor du nach unten gehst, Ruth, gib bitte die Blumen ins Wasser, und bring uns noch eine zweite Flasche. Den Rest des Abends kannst du dir freinehmen. Sag auch den anderen, dass ich heute nicht mehr gestört werden möchte.«

John sah Ruth nachdenklich hinterher, als sie die schwere Eichentür lautlos hinter sich schloss. Mit einem Mal kam ihm die ganze Situation reichlich seltsam vor. Der Umstand, dass Madlen und er sich ausgerechnet bei einer Hinrichtung begegnet waren. Dass sie vorgab, ihn schon ewig zu kennen und entsprechend vertraut mit ihm umging. Dazu all der Luxus, der sie umgab und nichts von dem Elend vermuten ließ, das sich draußen in den Wirren des Krieges abspielte. Dass Paddy behauptet hatte, Madlen treibe es mit dem Satan und trage die Schuld an Strattons Tod, erschien ihm nicht weniger absurd als der Umstand, an ihrem prunkvollen Bett zu sitzen und ihren köstlichen Wein zu trinken. Ja, dass sie sich überhaupt für ihn interessierte. Nichts an ihr erinnerte an eine der vielbeschworenen Teufelshuren, die sich – hässlich, mit tiefhängenden Brüsten und warziger Hakennase – dem Leibhaftigen hingaben. Im Gegenteil, Madlen sah wie ein Engel aus. Dabei interessierte es sie allem Anschein nach nicht, dass *er* seine Nächte in einer Hafenbaracke verbrachte, zusammen mit einer stinkenden Horde von Kerlen, deren Manieren ebenso fragwürdig waren wie ihre Herkunft.

»Woran denkst du gerade?« Madlens unbekümmerte Stimme holte ihn aus seinen Gedanken.

»Ich überlege mir, dass du im Gegensatz zu mir zur besseren Gesellschaft gehörst und dass es in den Augen deiner Freunde bestimmt nicht schicklich ist, einen Mann wie mich zu empfangen.«

»John, was redest du da?« Madlen setzte eine protestierende Miene auf und beugte sich zu ihm vor. Federleicht nahm sie seine linke Hand in ihre viel kleinere und schenkte ihm ein sanftes, gewinnendes Lächeln. Ihre Berührung wirkte auf John irritierend. Zumal auch ihr verlockender Ausschnitt ein ganzes Stück näher gerückt war.

»Du entstammst einem angesehenen Haus, John. Deine Familie ist wohlhabend, und so wie ich gehört habe, hast du es in der Armee unter Montrose bis zum Captain gebracht.«

»Das alles ist lange vorbei«, erklärte er hart und entzog ihr die Hand, um eine aufrechte Haltung annehmen zu können, in dem Bemühen, ihr nicht fortwährend auf die wohlgeformten Brüste zu starren.

»Warum hast du deine Karriere in der Armee so einfach aufgegeben?« Sie ließ nicht locker, obwohl sie Johns Unbehagen spüren musste. »Ihr hättet gegen die Covenanters gewinnen können.«

»Karriere?« Er schnaubte belustigt. »Ich bin mir nicht sicher, Madlen, ob du eine Ahnung hast, was dieser Krieg wirklich bedeutet. Ich war nur ein Rädchen in einem unübersichtlichen Getriebe.«

»Ist es nicht recht, für seine Überzeugungen zu kämpfen? Es sind Männer wie du, die in diesen verwirrenden Zeiten etwas zum Guten wenden können.«

John setzte ein fatalistisches Lächeln auf und schüttelte den Kopf. »Es ist eine Illusion, wenn du glaubst, dass ein einzelner Soldat das Schicksal einer ganzen Nation bestimmen könnte, zumal wenn er nicht am richtigen Platz sitzt. Nicht die Soldaten bestimmen den Ausgang des Krieges, es sind die Politiker, die sich aus dem Blut der Gefallenen eine neue Zukunft brauen.« Er hatte höflich bleiben wollen, doch seine Stimme nahm einen leicht ironischen Tonfall an, der nicht dorthin führte, wo John die Unterhaltung gerne gehabt hätte. Auch Madlen schien nicht zufrieden zu sein.

»Ich bin eine MacDonald«, stellte sie so unverblümt fest, als ob John ihre Herkunft entgangen wäre. »Ich kann mir vorstellen, dass es grausam sein muss, im Kampf zu sterben. Mein Vater, Iain MacIain, ist wie du katholischen Glaubens. Er hat unter Alasdair MacColla in Irland gekämpft, und auch er hat Montrose unterstützt. Viele seiner Männer haben dabei ihr Leben gelassen. Wer den Kampf scheut, ist zur Feigheit verdammt, hat er immer gesagt.«

»Zwischen Feigheit und gesunder Furcht gibt es einen entscheidenden Unterschied«, erwiderte John ungewollt kühl. »Das erste ist Dummheit, das zweite Vernunft. Ich weiß, wovon ich spreche. Ich habe '42 mit den Royalisten die Hügel vor Banbury erobert. Ich war in der Kavallerie und sah Tausende Kameraden sterben. Direkt vor meinen Augen. Von Kugeln durchlöchert, von Säbeln zerhackt und vom Hunger zermartert. Jeder Dritte hat auf diese Weise sein Leben verloren. Und ich war mitten unter ihnen. Ich hatte Glück. Mich hat der Tod nicht gewollt. Zwei Jahre später haben wir Aberdeen unter Montrose und MacColla den Covenanters entrissen und danach auf der Suche nach Flüchtenden die umliegenden Dörfer niedergebrannt. General MacColla hat ohne einen Funken Mitgefühl ein Massaker unter den dort lebenden Presbyterianern befohlen, um sich für die Toten in unseren eigenen Reihen zu rächen. Er war bekannt für solche Auswüchse. In Argyll hat er eine ganze Scheune voller Campbells in Brand stecken lassen, ohne Rücksicht auf Frauen und Kinder. In Aberdeen war es nicht anders. Es gab unzählige Opfer. Die Schreie der sterbenden Menschen werde ich in meinem ganzen Leben nicht wieder vergessen. Für mich war es der Moment, indem ich beschloss, die Armee zu verlassen, und ich habe geschworen, nie wieder dorthin zurückzukehren, ganz gleich, wessen Flagge sie trägt.«

»O John.« Madlen sah ihn mitfühlend an. »Ich wollte dich nicht verletzen.«

Es tut mir leid. Du hast recht, ich habe von Dingen gesprochen, von denen ich keine Ahnung habe. Dabei bin ich so froh, dass du hier bist. Es wäre schade, wenn wir uns streiten.« Ihre Augen verrieten aufrichtige Reue, und John schalt sich selbst, dass er nicht gelassener reagiert hatte. Woher sollte sie wissen, wovon er sprach? Obwohl sie aus den Highlands stammte, saß sie nun in einem Elfenbeinturm, der die Härte des Krieges nur bedingt an sie heranließ.

Er hob sein Glas mit dem prickelnden Wein. »Auf bessere Zeiten!«, sagte er mit einem versöhnlichen Lächeln und nahm einen großen Schluck, weil das stetig lodernde Kaminfeuer nicht nur dazu geführt hatte, dass er sein Plaid lockerte, zudem verspürte er einen hartnäckigen Durst. Bereitwillig ließ er sich von Madlen nachschenken.

Sie forderte ihn auf, etwas von dem Dundee-Kuchen zu nehmen und ein belegtes Toast mit Roastbeef und eingelegtem Gemüse. John genoss all die Köstlichkeiten, während es draußen dunkel wurde und sie in seiner gälischen Muttersprache angeregt zu plaudern begannen. Schließlich ging ihnen der Perlwein aus, und Madlen beschloss, den Nachschub selbst zu organisieren.

Ohne Rücksicht auf seine männliche Natur schlug sie anzüglich lächelnd die weiße spitzenbesetzte Überdecke zur Seite und sprang aus dem Bett. Erst jetzt konnte er sehen, dass sie eines dieser neumodischen japanischen Seidenkleider trug, die wie ein fein gewebter Mantel gearbeitet waren und an der Vorderseite mit einem Band verschnürt wurden. Nicht, dass er an Frauenkleidern besonders interessiert gewesen wäre. Wenn überhaupt, dann an dem, was darunter zu finden war. Aber das hier hatte ihm Paddy gezeigt, als er eines Tages einen holländischen Ostindienfahrer mit Luxusgütern aus dem hinteren Orient entladen hatte. John erinnerte sich, dass Paddy verlauten ließ, er wünsche sich, einmal im Leben eine Frau in seinen Armen zu halten, die sich einen solch kostspieligen Hausmantel leisten könne.

Barfuß und wie eine Elfe lief Madlen an John vorbei. Er verschluckte sich fast, als er im Gegenlicht des Kaminfeuers ihre nackte Gestalt unter dem durchscheinenden Hauskleid erahnen konnte.

»Wo gehst du hin?«, rief er ihr hinterher.

Madlen blieb an der Tür stehen und drehte sich um, lächelte und zwinkerte ihm vertrauensvoll zu. »In die Küche. Willst du mich begleiten? Ich bin nicht gerade eine Leuchte, was das Entkorken von Flaschen betrifft.« Sie wartete nicht auf ihn, sondern öffnete die schwere Tür und verschwand dahinter.

John erhob sich rasch, um ihr zu folgen. Zwei Zimmer weiter fand er sie bei spärlichem Kerzenschein vor einem in die Wand eingemauerten Nischenschrank, der dem Haushalt als Kühlkammer diente. Auf Zehenspitzen stand sie davor und mühte sich vergeblich, hoch oben auf einem Regal eine von fünf Flaschen zu erreichen, in denen sich der kostbare Champagner befand. Sie wankte ein wenig und kicherte albern, als es ihr auch beim zweiten Anlauf nicht gelang, die Flaschen mit den Fingerspitzen zu berühren. John war hinter sie getreten, so nah, dass er ihre Wärme spürte und ihren Blumenduft atmen konnte. Sie war eindeutig beschwipst, gar keine Frage, und John fand es niedlich, dass sie offenbar nicht wahrhaben wollte, zu klein zu sein, um an die Flaschen heranzukommen. Während sie ihre Arme vergeblich nach oben streckte, widerstand er der Versuchung, sie von hinten zu umarmen und anzuheben.

»Kann ich helfen?« Es war mehr eine rhetorische Frage. Er war fast zwei Köpfe größer als sie und hatte keine Mühe, eine der Flaschen aus dem Regal zu nehmen und zu öffnen.

Als Madlen sich zu ihm umdrehte, trafen sich ihre Blicke, und das sanfte Licht belegte ihr Gesicht mit einem unbezwingbaren Zauber. Ihre Augen, ihre Lippen und das dunkle aufgesteckte Haar ließen sie für John unwiderstehlich erscheinen. Ohne lange darüber nachzudenken, beugte er sich zu ihr hinab. Sie kam ihm entgegen, und während ihre Lippen sich fanden, spürte er, wie sie unter seinem Kuss erschauerte. Als er sie mit seinen Armen umfing und ihren biegsamen Körper an seine unvermittelte Härte presste, die sich unter seinem Plaid aufgerichtet hatte, gab es für sie beide kein Halten mehr. Wie zur Bestätigung legte sie ihre Arme um seinen Nacken und schmiegte sich an ihn.

»Mo Chreach – heilige Jungfrau«, flüsterte er an ihren halb geöffneten Mund, und schon hatte Madlens Zunge von seiner Besitz ergriffen. Sie küssten sich lange und ausgiebig, und John tastete sich zu ihren kleinen runden Brüsten vor, deren aufragende Spitzen er unter der Seide liebkoste. Mit dreister Sicherheit wanderten seine Finger weiter nach unten und fanden das Band, das dafür sorgte, dass ihre Gestalt verhüllt blieb. Ihr leises Stöhnen gab John die Erlaubnis, es aufzuziehen.

Das Gewand öffnete sich. John musste ihre zarte Haut berühren. Er konnte nicht anders. Sie schnurrte wie ein Kätzchen, als er mit geschickten Fingern an ihrem Rückgrat entlangstrich, bis hin zu ihrem prallen Gesäß, dessen Rundungen er mit einer Hand sanft massierte. Seine andere Hand wanderte über ihren leicht gewölbten Bauch zum Venushügel hinab, über das spärliche Fellchen bis hin zu ihrer empfindlichen Perle. Sie zuckte ein wenig, als er sie mit zwei Fingern liebkoste.

»John, hör nicht auf.« Madlens Stimme war atemlos und voller Verlangen. Sie schnappte nach Luft und stöhnte so laut, dass ihm ganz schwindlig wurde. John wusste nicht, ob es der Wein war oder seine jähe Begierde, die sich so plötzlich an dieser Frau entlud, als er sie aufhob und auf den nächststehenden Tisch setzte, das Kleid zur Seite schob und ohne Zurückhaltung ihre Schenkel spreizte. Dass sie sich nicht sträubte, sondern mit unverhohlener Leidenschaft seinen Bewegungen folgte, wertete er als Zustimmung, um fortzufahren zu dürfen.

Während er nicht nachließ, ihre empfindlichste Stelle zu streicheln, löste er mit einer Hand seinen Gürtel und ließ ihn mitsamt seinem

Plaid zu Boden fallen. Mit der gleichen Hand hob er sein Hemd an, um seinem harten Glied freie Bahn zu verschaffen. Sie zitterte leicht, als er mit seiner Spitze an der Innenseite ihrer Schenkel entlangstrich und seine Fingerkuppen zärtlich über ihre offene Scham fuhren, um sie auf das vorzubereiten, was nun folgen sollte. Mit einem leisen Keuchen entledigte sich Madlen ihres Kleides und brachte so ihre bloßen, sanft gerundeten Schultern und Brüste zum Vorschein, die er daraufhin über und über mit Küssen bedeckte.

Madlen erschauerte unter seinen Lippen. Sein leiser Zweifel, das Richtige zu tun, wurde zerstreut, als sie sich ihm noch weiter öffnete und ihn bei den Hüften packte, damit er endlich in sie eindringen konnte. Als er in ihrem Fleisch versank, überlief ihn ein Schauer. Sie war unglaublich eng und doch feucht wie ein Schwamm, und John war so scharf darauf, sie zu nehmen, dass er, ohne zu zögern, tiefer in sie hineindrängte. Während ihm ein kehliges Stöhnen entfuhr, sah er, wie sie den Atem anhielt und ihr schönes Gesicht für einen Moment verkrampfte. Verunsichert zog er sich zurück, zumal er unvermutet auf Widerstand gestoßen war.

»Was ist?«, flüsterte sie. Ihre Gesichtszüge entspannten sich, und sie sah ihn mit großen, unschuldigen Augen an. Dann fuhr sie mit beiden Händen über sein Gesicht und anschließend wie wild durch sein langes Haar. »Willst du mich nicht?«, keuchte sie leise.

»Doch, doch …«, stotterte er und sah sie zweifelnd an. »Kann es sein, dass du noch Jungfrau bist?«

»Wäre das ein Grund für dich, nicht fortzufahren?«

Ihr furchtsames Lächeln ließ ihn dahinschmelzen. »Nein …« Langsam schob er sich zurück an jene Stelle, wo er kurz zuvor noch den Widerstand gespürt hatte. »Wenn du es willst, will ich es auch.«

»Ich will es«, hauchte sie mit erstickter Stimme und klammerte wie zum Beweis ihre Schenkel um seine Hüften. »Ich will es so sehr, wie ich noch nie etwas gewollt habe.«

John packte sie noch ein wenig fester und küsste ihre halb geöffneten Lippen, während er sie mit einem einzigen sanften Stoß zur Frau machte.

4

Edinburgh 1647 – »Checkers«

»Lass uns ins Bett gehen«, flüsterte John mit einem anzüglichen Grinsen. »Die Küche ist mir auf Dauer zu ungemütlich.«

Madlen lächelte zustimmend, als er sie, nackt wie sie war, vom Tisch aufhob und mit einer Champagnerflasche in Richtung Wohnkammer trug, wo das große Himmelbett auf sie wartete. Sein Plaid hatte er in der Küche zurückgelassen, und Madlen mühte sich redlich, ein Kichern zu unterdrücken, als John mit ihr an einem großen Spiegel vorbeimarschierte – während der Saum seines Hemdes sein wippendes, halbsteifes Geschlecht nur dürftig bedeckte. Dazu trug er immer noch Socken und seine eisenbeschlagenen Stiefel.

»Ich bestehe drauf, dass du nicht nur deine Schuhe, sondern auch deine Strümpfe ausziehst, bevor ich dich in mein Bett lasse«, verkündete Madlen prustend. Der Champagner war ihr zu Kopf gestiegen, doch das interessierte sie nicht. Mit John war jede Minute im wahrsten Sinne des Wortes herrlich. Die Zeit, in der er sich schmunzelnd von seiner restlichen Kleidung befreite, nutzte sie, um die Gläser abermals mit Perlwein zu füllen, wobei sie ihn aus den Augenwinkeln immer wieder beobachtete.

Johns muskulöse Erscheinung verglich sie dabei mit jenem silbernen Adonis, den Cuninghame auf seinem Schreibtisch in North Berwick aufgestellt hatte. Sie konnte sich gar nicht sattsehen, als John mit einem Grinsen, völlig nackt und wie ein gefährliches Raubtier auf allen vieren vom unteren Ende des Bettes auf sie zugekrochen kam. Einzig ein paar Narben in der Leiste und unter den Armen störten das vollkommene Bild. Vermutlich stammten sie von der Pest, die er offenbar ohne weitere Blessuren überstanden hatte. Und dann waren da noch ein paar glatte saubere Schnitte, über den Rippen und auf den Oberarmen, hastig vernäht ohne Anspruch auf Schönheit. Im Krieg und bei Gefechten gab es selten Soldaten, die aus den alltäglichen Auseinandersetzungen ungeschoren hervorgingen. Seltsamerweise empfand sie nicht die geringste Scham, als ihr Blick wie beiläufig zu seinem Geschlecht wanderte, das sich beeindruckend groß zwischen seinen

Schenkeln aufrichtete und anscheinend keinerlei Erholung bedurfte. Fasziniert streichelte sie der Länge nach über die samtige Haut und erfreute sich an Johns eindeutiger Regung. Es war ihr, als ob sie seit ewigen Zeiten miteinander vertraut wären.

John umarmte sie stürmisch und lachte befreit, als sie seine intimen Küsse und Berührungen ungezwungen erwiderte. Sein Schnurrbart kratzte beim Küssen, und Madlen musste unaufhörlich kichern, doch nicht wegen des Bartes, sondern weil es ihr so unglaublich erschien, dass ausgerechnet John Cameron der erste Mann war, mit dem sie tatsächlich das Lager teilte. Spielerisch rang er sie nieder, während sie sich unter ihm wand wie eine schnurrende Katze, die es liebt, an den unmöglichsten Stellen gestreichelt zu werden. Bereitwillig öffnete sie ihre Beine, damit er auf den dicken Daunenmatratzen wiederholte, was er auf dem harten Holz des Küchentisches begonnen hatte. John warf indes seine guten Manieren über Bord, und nach anfänglicher Sanftheit, die in einem kurzen zärtlichen Geplänkel mündete, drang er mit seinem aufrecht stehenden Phallus in sie ein und nahm sie so heftig, dass der ganze Baldachin wackelte.

Madlen lachte prustend, als sie es sah. Danach stöhnte sie vor Lust, als John seinen wilden Rhythmus mit einem breiten Grinsen verlangsamte und sie mit jedem neuen Stoß noch mehr erfüllte, als er es zuvor schon getan hatte. Nie hätte sie geglaubt, dass die körperliche Liebe so schön sein könnte, und mit John vergaß sie jegliche Angst.

Als er sich zu ihr hinunterbeugte, um sie zu küssen, erwiderte sie seine animalische Kraft und saugte mit ihren Lippen an seinem kräftigen Hals. John stöhnte mit heiserer Stimme, als sie die gerötete Stelle danach mit einem leckenden Kuss bedeckte.

»Na warte, du kleines Biest«, entfuhr es ihm scherzhaft, und dabei ergriff er ihre Handgelenke und zog sie ihr über den Kopf, wo er sie festhielt wie eine Gefangene. Völlig ausgeliefert gab sie sich hin. Johns Stöße waren so erregend, dass sie um Gnade winselte, bis sie endlich eine bis dahin nicht gekannte Erlösung verspürte. Schweißnass blieb John auf ihr liegen. Er hielt die Augen geschlossen und atmete schwer. Madlen genoss die Last seines Körpers und dass er noch einen Moment lang in ihr verweilte. Sein heißer Atem strich in regelmäßigen Zügen über ihr Ohr, und sie kraulte verzückt sein langes, dichtes Haar.

»John«, hauchte sie nur, dabei hätte sie sagen wollen: Iain, tha gaol agam ort – ich liebe dich, John.

Ein Satz, den sie ebenso gerne von *ihm* gehört hätte, aber vielleicht war das noch zu früh und zu viel verlangt.

Nachdem er sich auf den Rücken gerollt hatte, stemmte er sich auf seinen linken Ellbogen und sah sie mit jenem strahlenden Lächeln an, für das sie notfalls gestorben wäre.

»Heiliger Strohsack«, stieß er hervor, »was bist du nur für ein Mädchen!« Bevor sie antworten konnte, beugte er sich zu ihr hinunter und flüsterte ihr etwas ins Ohr. »Madame, ich bekenne mich schuldig. Es ist wirklich eine Sünde, dass ich Euch niemals zuvor den Hof gemacht habe.«

Madlen setzte sich auf und verspürte nun doch so etwas wie Verlegenheit. Ihr wurde bewusst, dass John mit Sicherheit nicht das erste Mal bei einer Frau gelegen hatte, und sie stellte sich zweifelnd die Frage, wie es nun weitergehen sollte. Er schien ihre Unsicherheit zu bemerken, drehte sich um und bot ihr anschließend ein Glas Champagner an, das er wortlos an sie weiterreichte, bevor er selbst sein Glas nahm und den Inhalt in einem Rutsch hinunterkippte.

»Ah … das tut gut«, sagte er mehr zu sich selbst und leckte sich ungeniert das letzte Tröpfchen von der behaarten Oberlippe. Mit einem Blick des Bedauerns stellte er das leere Glas auf dem Tischchen ab und setzte ein zufriedenes Grinsen auf, als er sich ihr erneut zuwandte.

Madlen saß aufrecht im Bett und nippte nur an ihrem Glas. Dabei schaute sie John nicht an, sondern fixierte die Bettdecke, die sie rasch über ihre Blöße gezogen hatte.

»Geht es dir gut?« Johns Stimme war weich, und er setzte eine fürsorgliche Miene auf. Mit einem Finger strich er ihr eine Locke aus dem Gesicht, weil sich ihr Haar im Eifer des Gefechts aufgelöst hatte und die wogenden dunklen Wellen ihre Schultern und das halbe Gesicht bedeckten.

»Denkst du, John, dass ich eine Hure bin?« Die Frage kam unvermittelt, und Madlen getraute sich nicht, Johns verdutzten Blick zu erwidern.

»Was redest du da?« Er zog die Stirn in Falten. Seine Lider verengten sich, als ob er sie nicht verstanden hätte.

»Ich will von dir wissen, ob du mich für eine Hure hältst.« Die Antwort war umso klarer.

John schien verblüfft zu sein. »Weil du mit *mir* geschlafen hast?« Seine abwehrende Stimme verriet, dass er den Inhalt der Frage auf sich bezog.

»Nein, John«, beeilte sie sich zu sagen und begegnete seinem verwirrten Blick mit entwaffnender Ehrlichkeit. »Ist es nicht unschicklich, wenn ein Mädchen sich so rasch einem Mann hingibt, den es kaum kennt?«

»Wer erzählt einen solchen Unsinn?« Er sah sie erstaunt an.

»Einmal habe ich meinen Vater belauscht, wie er mit meinem ältesten Bruder über die Natur der Frauen gesprochen hat. Eine Hure erkennst du daran«, sagte er mit hämischer Miene, »dass sie sich ohne zu zögern hingibt und dass es ihr Spaß macht, von einem Mann genommen zu werden. Eine sittsame Ehefrau ziert sich zunächst, dann verzieht sie ohne einen Laut das Gesicht und ist froh, wenn es vorbei ist.«

Madlen sah ihn zweifelnd an. »Ich fand es wundervoll, mich dir sogleich hinzugeben. Aber ich will nur dich und sonst niemanden.«

Für einen Moment sah es so aus, als ob John in schallendes Gelächter ausbrechen würde. Doch dann räusperte er sich nur und blickte mit einem sanften Lächeln auf sie herab.

»Ach, Madlen.« Seine Stimme war ebenso mitfühlend wie sein Blick, als er ihr Gesicht in seine Hände nahm und sie zärtlich auf den Mund küsste. Danach schlüpfte er zu ihr unter die Decke und legte einen Arm um ihre Schultern. »Du machst mich ganz sprachlos mit deinem Bekenntnis. Und davon ganz abgesehen«, bemerkte er scherzend, »warum sollte ich denken, dass du eine Hure bist?« Er lachte verhalten. »Glaub mir, ich hatte Dutzende von Huren, aber eine Jungfrau war bisher nicht dabei.«

Dutzende von Huren? dachte sie nur und wurde im Nu von einer vagen Enttäuschung ergriffen. Anstatt zu antworten, kniff sie die Lippen zusammen. Er hatte wohl amüsant und tröstend klingen wollen. Dass er kein Kind von Traurigkeit war, konnte man ihm ansehen. Außerdem war er Soldat gewesen. Bei solchen Männern gehörte der regelmäßige Besuch bei einer Hure zum Alltag wie essen und trinken.

»Habe ich was Falsches gesagt?« Johns Blick schien alarmiert. »Es tut mir leid«, schob er rasch hinterher. »So viele waren es gar nicht.

Außerdem hat keine der Frauen jemals zu mir gesagt, dass sie niemand anderen will als mich.«

»Du kennst mich nicht«, erwiderte Madlen resigniert. »Was würdest du sagen, wenn ich doch eine Hure wäre?«

»Du bist keine Hure«, erwiderte er hartnäckig. »Und wer so etwas behauptet, bekommt es mit mir zu tun.«

»Es gibt sogar Männer, die behaupten, ich sei eine Hure des Teufels.« Stratton hatte so etwas zu ihr gesagt, nachdem er erfolglos versucht hatte, sie zu begatten. Und bevor Cuninghame ihn zum Schweigen gebracht hatte, war er nicht müde geworden, die Mär von der Hexe, die seinen Schwanz verflucht hatte, in der Stadt zu verbreiten. Ruth, ihre Dienstmagd, hatte es ihr zugetragen. Und vielleicht war es das gewesen, warum Cuninghame ihn vorsorglich vor den Richter gebracht hatte.

John machte ein betroffenes Gesicht. »Madlen.« Seine Hand strich sanft über ihr Haar. »In diesen Tagen wird viel behauptet, was nicht der Wahrheit entspricht. Schau, ich bin ein Papist wie dein Vater und fühle mich dem katholischen Glauben verpflichtet, aber niemand darf es erfahren, weil je nachdem, in welcher Gesellschaft ich mich bewege, mein Leben auf dem Spiel steht. Es gibt genug Leute, die behaupten, wir würden schwarze Messen feiern und dabei unsere Kinder fressen. Das ist Geschwätz, auf das man nicht hören sollte, und sonst nichts.«

»Was mich betrifft, so haben die Leute wohl recht.« Madlen schluckte, und doch war ihr Blick unmissverständlich.

»Was willst du damit sagen, sie haben recht?« John musterte sie.

Madlen zitterte – nicht nur ihre Hand, sondern auch ihre Lippen. Er nahm ihr das Glas aus der Hand und stellte es auf das Tischchen zurück.

»Ich bin Cuninghames Hure.« Jetzt war es heraus, und sie wusste nicht, ob es Erleichterung brachte. Sie hob den Kopf und blickte um sich. »Alles, was mich umgibt, gehört ihm – die Wohnung, die Dienerschaft, meine Kleider, ja sogar das Bett, in dem wir gerade liegen. Und wenn du es genau nehmen willst, bin auch ich sein Besitz. Mit Haut und Haaren.«

Sie warf John einen resignierten Blick zu und erhob ihre Hand, als ob sie einem imaginären Gast zuprosten würde. »Slàinte Mhath, Master

Cuninghame. Sogar den Champagner bezahlt mir mein Gönner.« Sie ließ die Hand sinken und spürte die Wärme, als John sie ergriff.

»Aber du schläfst nicht mit ihm!« Seiner Stimme nach zu urteilen, schien ihm dieser Umstand wichtig zu sein.

»Nein«, fuhr sie mit bedächtiger Stimme fort und wich dabei seinem prüfenden Blick aus. »Er kann es nicht auf normale Weise tun. Seine Manneskraft ist ihm angeblich abhandengekommen. Aber ich lasse es zu, dass er andere schlimme Dinge mit mir tut.«

»Was für ... Dinge?« John sah sie forschend an.

Stockend erzählte Madlen die ganze Geschichte. Wie sie nach Edinburgh gekommen und schon nach wenigen Tagen auf der Jungfrauenversteigerung gelandet war, weil sie ein hartnäckiger Hunger quälte und sie kein Geld mehr besaß, um etwas kaufen zu können. »Betteln wollte ich nicht, und dann ist Ebenezer Wentworth gekommen und hat mir den Himmel auf Erden versprochen, wenn ich ihm folgen würde.« Flüsternd berichtete sie von Cuninghames Schuldschein, den sie voller Verzweiflung unterschrieben hatte. Und dann erzählte sie von dem merkwürdigen Ansinnen des Lords, dass Stratton sie schwängern sollte.

»Hinter vorgehaltener Hand hat man sich erzählt, Stratton sei ein Hurenbock, der es mit Männern und Frauen gleichermaßen treibe. Ich habe mich regelrecht vor ihm geekelt. Warum Chester ausgerechnet ihn ausgesucht hat, weiß ich nicht.«

»Wie konntest du so etwas zulassen?« Entsetzen zeichnete sich auf Johns Miene ab.

»Chester hat mir gedroht.« Madlen musste ihre Verzweiflung nicht spielen, um John zu überzeugen. Ihre Augen verrieten, dass sie bisher keinen Ausweg gesehen hatte, dem Lord zu entkommen. »Wenn ich nicht tue, was er verlangt, wird er mich in die Sklaverei verkaufen – an einen marokkanischen Emir, zu dem er geschäftliche Verbindungen unterhält. Der Muselmane wolle mich für seinen Harem haben und habe schon angefragt.«

In Johns Augen blitzte die nackte Wut. »Dieses Schwein«, zischte er böse, und gleichzeitig nahm er Madlen in seine schützenden Arme, wo sie an seiner Brust zu weinen begann, erleichtert, endlich einen Menschen gefunden zu haben, bei dem sie sich alles von der Seele reden konnte.

»Ich werde ihn töten«, sagte John kalt.

Madlen spürte, wie ihr eigenes Herz schneller schlug. Sie hatte Hilfe gesucht und offensichtlich gefunden. Doch nun wurde ihr schlagartig klar, dass sie einen Fehler begangen hatte, indem sie ausgerechnet John in ihre tiefsten Geheimnisse einweihte. Er war ein Highlander und damit ein Mann mit Prinzipien, und obwohl er sich aus dem Krieg zurückgezogen hatte, hieß das noch lange nicht, dass er alles Unrecht der Welt auf sich beruhen ließ. Voller Angst sah sie zu ihm auf. »In Gottes Namen, ich will nicht, dass du dich für mich unglücklich machst, indem du ihn umbringst, John. Denk außerdem ja nicht, dass das so einfach wäre. Chester besitzt eine Privatarmee, die sich um seine Sicherheit kümmert. Er hat unglaublich viel Macht. Wenn er herausbekommen sollte, was du vorhast, zieht er an einem einzigen Faden und lässt uns beide töten.«

»Madlen!« John fasste sie schmerzhaft bei den Oberarmen und erzwang ihre ganze Aufmerksamkeit. »Willst du etwa warten, bis Cuninghame dich noch einmal von irgendeinem Kerl vergewaltigen lässt? Oder dich zu diesem Emir nach Afrika schickt?«

»Nein, John, natürlich nicht. Aber was sollte ich machen?«

»Man könnte ihn vor den Richter bringen«, entgegnete John voller Entschlossenheit, »indem man seine Machenschaften vor aller Öffentlichkeit an den Pranger stellt.«

»Um Himmels willen!« Madlen fuhr der Schreck in die Glieder. »Wie stellst du dir das denn vor?« Ihre Stimme überschlug sich beinahe, und John konnte nicht entgehen, dass sie ihn nicht nur für naiv, sondern auch für wahnsinnig hielt. »Er ist ein einflussreicher Politiker. Und mir würde sowieso niemand glauben. In den Augen der meisten Leute bin ich nur eine Hure, die ihrem Vater davongelaufen ist, auf Kosten eines vermögenden Mannes lebt und dabei keinerlei Rechte für sich in Anspruch nehmen kann.«

»Vor Gott hat jeder Mensch Rechte«, erwiderte John. »Selbst wenn es genügend Erdenbewohner gibt, die das noch nicht begriffen haben, allen voran solche, die jeden Sonntag in der Kirche sitzen und meinen, besonders heilig zu sein.« Er lockerte seinen Griff, weil er bemerkte, dass er ihr wehtat. Sie wollte nicht weinen, und doch brach sie in Tränen aus.

»Außerdem habe ich noch nicht alles erzählt.« Nun schluchzte sie hemmungslos. »Stratton hatte recht. Ich habe mit dem Teufel paktiert. Chester hat nicht nur Geld und Einfluss, zu allem Übel besitzt er magische Kräfte. Es ist unmöglich, ihm zu entkommen.«

»So ein Unsinn!« John schnaubte verärgert. »An so etwas glaube ich nicht. Er kann dich nicht festhalten – selbst wenn er meint, ein Recht darauf zu haben. Wenn alle Stricke reißen, fliehe ich mit dir in die Neue Welt. Ich habe meinen gesamten Sold gespart, und wenn du willst, buchen wir morgen eine Passage.«

Für einen Moment war Madlen zu verblüfft, um zu antworten. Johns aufrichtige Sorge und die spontane Absicht, für sie alles aufzugeben, hätten sie unter normalen Umständen in einen Glückstaumel verfallen lassen. Ihr Verstand holte sie jedoch mitleidlos aus ihren Träumen zurück.

»Und wohin sollten wir deiner Meinung nach gehen?«, rief sie verzweifelt.

»Nova Scotia.« Johns Stimme klang so selbstverständlich, als ob er einen Sonntagausflug planen würde.

»Nova Scotia?« Sie schüttelte mutlos den Kopf. »Selbst in der Neuen Welt würde Chester uns finden. Seine Leute sind überall.«

»Was weiß ich?«, rief John ungeduldig. »Dann begeben wir uns eben in französisch besetztes Gebiet oder auf die hispanischen Inseln.«

»Und landen in der Sklaverei?« Madlen war anzusehen, dass sie John trotz seines großzügigen Angebots für verrückt hielt. Sie war längst nicht so naiv, wie es schien, und kannte sich, was die politischen Verhältnisse in Übersee betraf, besser aus als mancher Mann. Schließlich hatte sie bei endlos erscheinenden Golfnachmittagen an Cuninghames Seite lange genug Debatten über Politik und Wirtschaft zwischen ihm und seinen Parlamentskollegen verfolgt. Wenn man auswanderte, ganz gleich wohin, musste man sich zwangsläufig in die Obhut irgendeines Königs oder einer sonstigen weltlichen Macht begeben, ansonsten hatten Piraten und Sklavenhändler ein leichtes Spiel.

»Ich bitte dich, John.« Sie sah ihn flehentlich an. »Lass uns noch einmal darüber schlafen. Ich will nicht, dass du dein Leben wegwirfst, nur weil *ich* einen Fehler gemacht habe. Ich glaube, es war eine dumme Idee, dir davon zu erzählen.«

»Das war es nicht«, sagte er und sah sie liebevoll an. »Ich bin froh, dass du mir alles erzählt hast. Und ich werde einen Weg finden, dir zu helfen. Am besten packst du ein paar Sachen und kommst gleich mit mir mit.«

Panik flackerte in ihren Augen auf. Er meinte es ernst, und so wie er sie anschaute, würde er sich kaum davon abbringen lassen, sie notfalls auf der Stelle zu entführen.

»Wie sollte das gehen? Spätestens morgen früh würde Ruth nach mir suchen lassen, und als Erstes würde sie Chester informieren. Außerdem ist da noch Wilbur, mein kleiner Bursche, der die Depesche überbracht hat. Ich kann ihn unmöglich bei Chester zurücklassen. Er wäre ihm vollkommen ausgeliefert.« Madlen begann erneut zu schluchzen. John drückte sie an sich und klopfte ihr den Rücken, als ob er ein Neugeborenes beruhigen wollte. »Komm schon, Madlen, lass mich nur machen. Wir werden einen Weg finden, das verspreche ich dir.«

Sie atmete tief durch und riss sich zusammen, bevor sie sich aus Johns Umklammerung löste und mit gefurchter Stirn zu ihm aufschaute.

»Wenn du tatsächlich vorhast, mir zu helfen, brauchen wir einen verdammt guten Plan. Ich weiß nicht, was hier vor sich geht, aber Chester tut Dinge, die nicht mit unserem Herrgott im Einklang stehen. Ich bin überzeugt, er ist mit dem Satan im Bunde. Man kann ihm nur nichts beweisen.«

John kniff erneut seine Lider zusammen und schüttelte zweifelnd den Kopf.

»Hexen und Zauberer«, schnaubte er mit einem ironischen Grinsen. »Das sind nichts als Gruselgeschichten für Kinder und schwachsinnige Untertanen, um sie gefügig zu machen. Für alles, was unter Gottes Himmel geschieht, gibt es eine nachvollziehbare Erklärung, man muss sich nur die Mühe machen, danach zu suchen.«

»Ich habe durch Zufall etwas gefunden, das meine Befürchtungen beweisen könnte«, widersprach Madlen aufgeregt. »Vor ein paar Monaten weilte ich für eine Woche in Wichfield Manor, Chesters Landhaus, draußen in North Berwick. Eines Nachmittags begab er sich mit ein paar Männern zur Jagd, und weil es mir langweilig wurde, bin ich ein wenig herumspaziert und versehentlich in seine Bibliothek geraten. Die

Tür dorthin ist normalerweise verschlossen, aber an diesem Tage war sie nur angelehnt, und weil sich außer den Dienstboten niemand im Haus befand, bin ich hineingegangen. Auf Chesters Schreibtisch lag ein schwarzes, in Leder gebundenes Buch mit einem auffälligen goldenen Symbol bedruckt, das ich bis dahin noch nie gesehen hatte. Es sah aus wie eine spiegelverkehrte Sechs. Ich öffnete das Buch und las ein paar Seiten. Es handelte sich um merkwürdige Formeln und seltsame Zeichnungen. Ein paar der Bilder sahen aus, als wollte man Menschen in einem Glaskolben züchten, wie eine Pflanze, und dann gab es Bilder, bei denen man einen nackten, an einen Stuhl gefesselten Mann zur Ader ließ. Das Blut tropfte in einen Trichter, der mit einem gläsernen Rohr verbunden war, das zu einem weiteren Glaskolben führte. Die schmerzverzerrte Miene des Mannes verriet, wie sehr er litt. Obwohl ich die Bilder abstoßend fand, konnte ich nicht aufhören, darin zu blättern. Seite auf Seite war erfüllt von seltsamen Wesen, die halb Mensch, halb Tier waren und die miteinander kopulierten und neue merkwürdige Wesen zeugten. Und dann erblickte ich eine gewöhnliche Frau, die man ebenfalls auf einem Stuhl festgebunden hatte, und einen riesigen Mann mit einem außergewöhnlich großen Geschlecht, der versuchte, in die Frau einzudringen. Beim nächsten Bild war die Frau schwanger, und das Kind im Mutterleib war umgeben von einem Strahlenkranz, als ob es ein Heiliger wäre.«

John erwiderte nichts, er sah sie nur an.

»Du hältst mich für verrückt? Habe ich recht?« Ihre Stimme klang zaghaft.

»Nicht dich«, entgegnete er bestimmt, »sondern Cuninghame. Gibt es noch weitere Indizien, dass mit ihm etwas nicht stimmt?«

»Eines Tages habe ich etwas Merkwürdiges in Chesters Tasche gefunden«, fuhr Madlen mit bebender Stimme fort. »Einmal in der Woche kommt er, um mit mir zu Abend zu essen, und als unvermittelt ein Bote erschien, um ihn nach Wichfield Manor zu rufen, ist er überstürzt aufgebrochen und hat seine Tasche hier vergessen. Als ich ihm nacheilen wollte, um sie ihm zu geben, war er schon davongefahren. Von Neugier getrieben, habe ich hineingeschaut und außer einem weiteren Buch mit ähnlichem Inhalt eine längliche Glasröhre gefunden, die in einer Metallvorrichtung aus Messing steckte. Als ich die Vorrichtung entfernte, trat eine längliche Nadel hervor, an der frisches Blut klebte.«

»Vielleicht war es eine Lanzette, die Cuninghame behalten hat, nachdem ihn der Doktor zur Ader gelassen hatte.« John konnte sich die Zusammenhänge offenbar ebenso wenig erklären wie Madlen.

»Nein, John, du verstehst es nicht«, erwiderte sie ungeduldig. »Es war keine Lanzette. In dem Glasbehälter befand sich eine übelriechende bernsteinfarbene Flüssigkeit, und als ich die Vorrichtung in meinen Händen hielt, ließ sich die daran befindliche metallische Verlängerung ins Innere des Glaskolbens drücken und bewirkte, dass die Flüssigkeit an der Nadelspitze herausquoll.«

John bemerkte, wie sich auf Madlens Armen eine Gänsehaut bildete.

»Hast du so etwas schon einmal gesehen, John?«

»Nicht dass ich wüsste«, antwortete er zögernd. »Obwohl ich im Krieg eine Weile einem Wundarzt assistiert habe. Vielleicht ist es ein neuartiges medizinisches Instrument?«

»Chester ist kein Arzt, John. Er ist noch nicht einmal ein Naturwissenschaftler. Er ist Parlamentarier, Bankier, Schiffseigner und was weiß ich sonst noch alles, aber er ist kein Arzt.«

»Hast du eine Ahnung, wie er seine freie Zeit verbringt, abgesehen vom Golfspiel und seiner Passion, Hinrichtungen beizuwohnen und junge Frauen zu missbrauchen?« In Johns Augen leuchtete ein untrüglicher Jagdinstinkt, wie er den Highlandern von Natur aus innewohnte.

»Neben seinen zahlreichen Ämtern in der Politik hat man Chester vor gut einem Jahr zum Großmeister der ›Bruderschaft der Panaceaer‹ ernannt. Deren Mitglieder sind durchweg höhergestellte Persönlichkeiten. Angeblich ist es ein Wohltätigkeitsverein, der Geld für Armenhäuser und Hospitäler sammelt, aber ich glaube, dass sich in Wirklichkeit etwas anderes dahinter verbirgt.«

»Hast du Beweise?« Johns lauernder Augenausdruck beunruhigte sie zwar, aber es war besser, wenn er wusste, wie die Dinge standen, damit er nicht unüberlegt handelte.

»Nicht direkt. Ich weiß nur soviel, dass Chester seine Verbindungen in der Bruderschaft genutzt hat, um Stratton an den Galgen zu bringen, und allein die Tatsache, dass Männer wie Ebenezer Wentworth zu dieser Bruderschaft gehören, zeigt mir, dass es mit der Wohltätigkeit nicht weit her sein kann.«

John überlegte einen Moment, und dann sah er sie mit seinen klaren grünen Augen entschlossen an. »Alles, was du mir gerade erzählt hast, bestärkt mich nur in dem einen Gedanken. Ganz gleich, was Cuninghame treibt und mit wem – *du* musst hier raus, und zwar schnell.«

Sie hatte protestieren wollen, doch er kam ihr zuvor.

»Madlen, ich meine es ernst. Auch wenn wir noch nicht vertraut miteinander sind, liegt es in meiner Verantwortung, dich den Klauen eines solchen Scheusals zu entreißen.« Er packte sie an der Schulter und zwang sie, ihm in die Augen zu schauen. »Hast du mich verstanden? Für mich ist es eine Frage der Ehre, ob ich es zulassen darf, dass Cuninghame dich noch einmal in eine solch furchtbare Lage bringt.«

Ihr Nicken war halbherzig, obwohl ihr seine spontane Ritterlichkeit das Herz wärmte. »Was soll ich tun?«

»Bis morgen Abend packst du das Notwendigste ein und regelst unauffällig deine Angelegenheiten. Bei Anbruch der Dunkelheit und noch bevor die Stadttore schließen, komme ich dich und deinen kleinen Burschen am Leith Wynd Port abholen. Bis dahin ist mir etwas eingefallen, wie wir dich für eine Weile verstecken und Cuninghame zukünftig aus dem Weg gehen können.«

»Ach, John!« Zitternd vor Dankbarkeit und Erleichterung umarmte sie ihn und legte ihren Kopf auf seine Schulter, während er ihr beruhigend über den Rücken streichelte. Beiläufig fiel ihr Blick auf eine kleine goldene Uhr, die im Kerzenschein eines fünfarmigen Leuchters auf einer Anrichte stand. Deren filigran gearbeiteter Unterbau zeigte Diana, die Göttin der Jagd, auf einem riesigen Hirsch. Es war kurz vor zehn, in einer halben Stunde würden die Tore zur Nacht geschlossen.

John schien zu ahnen, was ihr im Kopf herumging. Das ganze Gerede über Cuninghame und seine Untaten hatte ihre Lage in Madlens Augen nicht besser gemacht. Im Gegenteil, ihre Furcht war größer geworden, und die Sorge, dass Johns Plan nicht funktionieren könnte, kam nun hinzu. Der Gedanke, dass er sie vorerst hier allein zurücklassen musste, machte sie beinahe wahnsinnig.

»Keine Angst, Madlen, ich werde die Nacht bei dir verbringen.«

»Du bist ein Engel«, flüsterte sie gerührt und atmete erleichtert auf.

»Nicht ganz«, erwiderte er mit einem breiten Grinsen, das eindrucksvoll sein makelloses Gebiss präsentierte. Dann setzte er eine Miene des Bedauerns auf und stieg, nackt wie er war, aus dem warmen Bett. Mit einem »Bin gleich zurück!« verabschiedete er sich in die Küche, wo sein Plaid und sein Gürtel auf dem Boden zurückgeblieben waren.

Als er zu Madlen zurückkehrte, verriegelte er von innen die Tür und legte seine Sachen auf den Stuhl. Seinen schwarzen Dolch deponierte er unter dem Kopfkissen, bevor er wieder zu ihr unter die Bettdecke stieg.

»Nur für den Fall, dass Cuninghame auf die Idee kommen sollte, uns in seinem Eigentum zu überraschen«, knurrte er düster und klopfte mit der flachen Hand auf den silbernen Brokatstoff.

Madlen sah ihn entsetzt an. Der Gedanke, dass Cuninghame mitten in der Nacht hier auftauchen könnte, ängstigte sie. »Für gewöhnlich weilt er von Sonntag bis Mittwoch in North Berwick«, sagte sie hastig, wie um sich selbst zu beruhigen. »Bisher hat er mich nie außer der Reihe besucht.«

»Umso besser.« John schloss sie in seine Arme und gab ihr einen Kuss auf die Stirn. »Schlaf, mein Herz. Du musst keine Angst haben. Ich werde deine Träume bewachen.«

Sie senkte erschöpft die Lider und kuschelte ihren Kopf an seine Brust. Es war lange her, seit sie sich das letzte Mal so sicher und geborgen gefühlt hatte.

John verließ in aller Frühe das Haus. Ein langer Kuss und eine rasch dahingeflüsterte Versicherung, noch vor dem Abend zum verabredeten Treffpunkt zu kommen, um sie endgültig aus ihrem goldenen Käfig zu befreien, mussten Madlen zur Beruhigung ausreichen.

Im Dauerlauf kehrte John nach Leith zurück. Er überholte dabei sogar zwei Botenläufer, um pünktlich beim Öffnen der Stadttore mit Händlern und Bauern in die Hafenstadt gelangen zu können.

Sein Plan stand fest. Er würde heute nicht zur Arbeit erscheinen, Paddy sollte ihn krank melden. Danach würde Abraham Brumble ihn wahrscheinlich feuern, aber das war nun gleichgültig. Auf dem St. Ninians Churchyard hatte John seine ganze Habe vergraben – hinter dem Grabstein von William Brodie, einem Kameraden, der im vorigen Jahr gehängt worden war, weil er in Brumbles Schreibstube eingebrochen und die Schiffskasse hatte mitgehen lassen. Dummerweise hatte sein Weib den plötzlichen Geldsegen nicht für sich behalten können, sondern in der Nachbarschaft herumgeplappert, dass man sich nun ein Leben in den neuen Kolonien leisten könne. Mit eigener Farm und ein paar Sklaven, die einen von morgens bis abends bedienten. Es hatte exakt drei Tage gedauert, bis Brodie für ihre Redseligkeit mit dem Leben bezahlte. John war bei der Beerdigung auf die Idee gekommen, dass wohl kaum jemand in Brodies Grab einen Krug mit einhundert englischen Pfund vermuten würde. Dazu kamen ein Degen von allererster Güte und ein Kampfdolch, der es ihm ermöglichte, beidhändig seine Verteidigung aufzunehmen. Wenn alles nach Plan lief, würde er diese Waffen zwar nicht gebrauchen, aber sie vermittelten eine gewisse Sicherheit. Und sei es nur, um Madlen lästige Verehrer vom Halse zu halten.

Bevor er mit ihr fliehen konnte, musste er diesen Schatz heben. Der Morgen dämmerte bereits, als er die Baracke erreichte, in der seine Kameraden sich fertigmachten, um zur Arbeit zu gehen.

Paddy, der in Kniehosen und kurzer Arbeitsjoppe an einem klapperigen Tisch saß und sich ein trockenes Stück Brot und einen Krug abgestandenes Ale einverleibte, sah überrascht auf.

»Hey, Kumpel, wo bist du denn versackt? Wir haben den ganzen Abend auf dich gewartet, dachten schon, wir müssten jemand zum Tolbooth schicken, weil du unter die Räder gekommen bist.«

John antwortete nicht. Er ging zu seinem Bett und holte seine Kiste hervor. Rasch durchwühlte er seine Papiere. Die Entlassungsurkunde der Armee hatte er nur noch aus Sentimentalität behalten. Einen Staat konnte man damit nicht mehr machen. Im Gegenteil – für Montrose gekämpft zu haben war etwas, das man in diesen Zeiten und in dieser Gegend besser für sich behielt. Während John die Urkunde in ein mit Leder umhülltes Stammbuch legte, das seine noble Herkunft bezeugte und einem Passierschein gleichkam, hatte er eine glorreiche Idee. Montrose war nach Frankreich geflohen, also warum sollte er nicht auch mit Madlen dorthin gehen? Viele seiner ehemaligen Befehlshaber hatten außer in den Niederlanden in Frankreich Zuflucht gesucht. Es war nicht so weit wie Amerika, und Häfen, in denen man Arbeit finden konnte, gab es dort überall. Frankreich befand sich fest in katholischer Hand, und damit war er, was seinen Glauben betraf, von jeglichem Versteckspiel erlöst.

John spürte, wie er Mut fasste. Eigentlich war alles ganz einfach. Schiffe zum Kontinent liefen regelmäßig aus, und die Passage war längst nicht so teuer, als wenn man nach Übersee wollte. Außerdem dauerte die Reise nicht annähernd so lange und war bei weitem nicht so gefährlich.

»Was ist los mit dir, Mann?« Paddy hatte ihm mit seiner großen Pranke hart auf die Schulter geschlagen. John schnellte herum, als ob er einen Feind vor sich hatte. Die anderen waren inzwischen bis auf Randolf schon nach draußen gegangen.

»Hat dir die Hure, bei der du die Nacht verbracht hast, mit ihrem selbstgepantschten Fusel das Hirn vernebelt?«

John dachte an Madlen, und plötzlich ärgerte es ihn, dass Paddy nicht die geringste Ahnung hatte, was die Wahrheit betraf.

»Du denkst auch, du hättest die Weisheit mit Löffeln gefressen, was?«, rutschte es ihm heraus. »Du hattest unrecht. Sie ist keine Hure und schon gar nicht des Teufels.«

Es dauerte einen Moment, bis Paddy begriff, worauf John hinauswollte. »Sag bloß, du bist ihr leibhaftig begegnet?«

John verspürte einen plötzlich aufkeimenden Stolz, als er an Madlen dachte und dass sie ihm ihre Jungfernschaft geschenkt hatte.

»Ich habe die Nacht bei ihr verbracht. Sie ist wahrhaft göttlich, aber nicht so, wie du es vermutet hast. Sie ist ein anständiges Mädchen.«

Paddy schüttelte ungläubig den Kopf und sah zu Randolf hin, der auf einem der hinteren Betten saß und seine eisenbeschlagenen Schuhe schnürte.

»Der Kerl hat tatsächlich den Verstand verloren!«

Randolf schaute irritiert auf. »Hä? Was ist hier überhaupt los?«

»Ich denke, dass unser junger Freund vermutlich an der Franzosenkrankheit leidet, es heißt, ihr Ausbruch gehe mit plötzlicher Verwirrung einher.« Randolf schaute immer noch fragend. Doch Paddy hatte, bevor er sich versah, Johns Faust im Gesicht. Wie ein Schlachtochse, den der Bolzen getroffen hat, ging er zu Boden.

Aber Paddy wäre nicht Paddy gewesen, wenn er nicht trotz blutender Nase sofort auf die Beine gesprungen wäre. Er hatte früher für Geld geboxt, und als er zu alt dafür geworden war, hatte er andere im Faustkampf ausgebildet.

Mit gesenktem Kopf ging er auf John los, um sich zu revanchieren. John wich geschickt aus, als Paddy mit wutschnaubender Miene zu einem Gegenschlag ausholte und anstatt Johns Kinnlade eine Bretterwand traf. Das Holz erzitterte, und Paddy fluchte laut, bevor er herumschnellte, um John abermals zu attackieren. Randolf war mittlerweile aufgestanden und sah den beiden Männern fasziniert zu. Paddy schaffte es nicht, John auch nur einen einzigen Treffer zu verpassen, was ihn immer wütender werden ließ.

»Komm her, du schottische Sau! Ich werde dir zeigen, was ein gestandener Ire mit euresgleichen zu tun vermag.«

»Hey, Paddy, komm wieder auf den Boden«, rief ihm Randolf zu. »Was kann so schlimm sein, dass du dich derart mit John in die Wolle bekommst? Ich denke, ihr seid Freunde.«

John wartete einen günstigen Augenblick ab, als Paddy mit gesenktem Kopf auf ihn losging wie ein wütender Stier. Im richtigen Moment wich er ihm wie ein Torero aus und stellte ihm ein Bein. Der Ire fiel der Länge nach auf den Bauch, und bevor er sich aufrappeln konnte, war John auf seinen Hintern gesprungen und stieß ihm ein Knie in den Rücken. Erbarmungslos riss er Paddy den linken Unterarm nach hinten und drückte dessen Hand bis zu den Schulterblättern, so dass jede Bewegung, die der Ire von nun an vollzog, nur noch ein Meer aus Schmerzen sein konnte. Gleichzeitig umfasste er die Kehle des Kameraden und drehte ihm geschickt den Kopf zur Seite.

»Ich könnte dir das Genick brechen, Paddy« knurrte John gefährlich leise. »Also, gibst du auf?«

»Fahr zur Hölle, Schotte!«, stieß Paddy unversöhnlich hervor. »Du hast genug anständige Männer auf dem Gewissen, da kommt es auf mich auch nicht mehr an.«

John verstärkte seinen Griff und beugte sich zu Paddys Ohr hinunter. »Ich brauche deine Hilfe, Ire«, flüsterte er heiser. »Selbst wenn du mich für verrückt erklärst und ich es nicht gerne zugebe, dass du sogar recht haben könntest. Also was ist?«

Paddy stieß ein Brummen hervor, was man als Zustimmung werten konnte.

John ließ von ihm ab, immer noch auf Abstand, falls es sich Paddy anders überlegte.

»Wir müssen los«, bemerkte Randolf mit ungeduldiger Miene. Mit seinen ungekämmten hellen Haaren und den noch helleren Brauen sah er aus wie ein riesiger, unausgeschlafener Geist. »Oder wollt ihr, dass wir alle gefeuert werden?«

»Ich komme nicht mit«, erklärte John emotionslos. »Vorgestern war mein letzter Arbeitstag, und bevor ich mich endgültig auf und davon mache, habe ich noch etwas zu erledigen.«

»Meine Rede«, krächzte Paddy mit aufgebrachter Stimme. »Der Kerl hat sich dumm und dämlich gevögelt.« Mit einer Geste gab er Randolf zu verstehen, dass er schon einmal nach draußen verschwinden sollte.

»Sag Brumble, ich komme gleich nach. Die fehlende Zeit kann er von meinem Lohn abziehen. Wenn ich John wieder zu Verstand gebracht habe, wird er es sein, der mir den Abzug bezahlt.«

Nachdem Randolf die Tür hinter sich verschlossen hatte, wandte sich Paddy mit blutender Nase um. Während er sich das Gesicht mit dem Ärmel abwischte, sah er John immer noch verständnislos an.

»Willst du mir vielleicht sagen, was in dich gefahren ist, wenn es nicht am Ende der Satan selbst sein sollte?«

»Vielleicht setzt du dich lieber«, murmelte John mit einem anzüglichen Grinsen. »Sonst kippst du mir noch aus den Latschen.«

Paddy schnaubte verächtlich, und doch tat er, was John ihm gesagt hatte, und nahm auf dem gegenüberstehenden unteren Bett Platz.

John versuchte sich kurzzufassen, soweit das überhaupt möglich war, und erzählte die ganze Geschichte, bis auf die erotischen Passagen, die er mit Absicht so bescheiden wie möglich hielt.

Paddy hatte trotz seines Ärgers aufmerksam zugehört.

Nachdem John seine Geschichte zu Ende erzählt hatte, trat eine Pause ein, in der niemand etwas sagte. Trotzdem sah Paddy ihn die ganze Zeit über an. Die kleinen hellen Augen des Iren, die John immer an die eines Wildschweins erinnerten, wirkten so hypnotisierend, dass John ihnen auswich.

»Du bist noch wahnsinniger, als ich dachte, Schotte«, bemerkte Paddy mit einem Kopfschütteln. Dann sah er ihn aufgebracht an. »Willst du wirklich sterben, John? Willst du das? Und deine Madlen gleich mit?«

»Ich werde sie nach Frankreich bringen. Mein Plan ist schon fertig hier drin.« John tippte auf seine Stirn. »Und wenn wir dort angekommen sind, fangen wir gemeinsam ein neues Leben an. In Schottland ist es mir ohnehin zu eng und zu ungemütlich geworden. Du weißt selbst, dass es für uns Katholiken hier nicht zum Besten steht. Komm doch mit, wenn du willst. Ich habe Geld genug, um dir eine Passage zu spendieren.«

»Danke für dieses großzügige Angebot«, erwiderte Paddy ironisch. »Cuninghame wird euch finden, und wenn es in China sein sollte. Für so etwas hat er seine Leute. Und die werden nicht nur dir die Kehle durchschneiden, sondern mir noch dazu, falls er herausfinden sollte, wer euch beiden zur Flucht verholfen hat.« Paddy machte eine Pause und kniff seine Lider zusammen, bevor er verständnislos fortfuhr. »Sie ist Cuninghames Leibeigene, John, kapierst du das nicht! Sie hat einen Berg an Schulden bei ihm. Sie hat ihm nicht nur ihren Körper verkauft, sondern auch ihre Seele. An den Galgen zu kommen ist das Mindeste, was dir blühen wird, wenn du ihr tatsächlich zur Flucht verhilfst und man euch findet.«

»Ich hätte nie gedacht, dass du ein solcher Feigling bist, Paddy.« John versuchte vergeblich, seine Enttäuschung zu verbergen. »Ich dachte, ich kann mich auf deine Freundschaft verlassen. Sag mir wenigstens, was Cuninghame an sich hat, dass du dir so sehr in die Hosen scheißt?«

Paddy atmete tief durch, bevor er zu einer Antwort ansetzte. »Er ist der Satan in Menschengestalt. Man sieht es ihm kaum an, aber er soll Hunderte von armen Seelen auf dem Gewissen haben. Er stiehlt sie bei Nacht und Nebel. Meist sind es Arme, die keinerlei Angehörige haben, oder er kauft die Kinder aus mittellosen Familien und verspricht ihnen ein besseres Leben. Doch dann verschwinden sie plötzlich und werden nie mehr gesehen. Denkst du, es ist ein Zufall, dass er in Armenhäuser investiert und sich um die Waisen der Stadt kümmert?«

»Wenn das wahr ist, was du sagst – warum hat ihn dann noch niemand vor Gericht gebracht?«

»John, dass ausgerechnet du diese Frage stellst? Wir befinden uns mitten im Krieg. England gegen Schottland. Royalisten gegen die Covenanters. Alle gegen Irland. Und dazwischen Männer wie du, aus den Highlands, die nicht wissen, auf welcher Seite sie stehen und sich deshalb von jedem dahergelaufenen Kriegsherrn als Söldner anwerben lassen, wenn er nur laut genug zu brüllen versteht. Von Männern wie Cromwell, der sich kurzerhand zum Nationalhelden ernannt hat, oder zuvor König Charles, auf den nun keiner mehr auch nur einen einzigen Dukaten setzt. Wer in Gottes Namen sollte in diesem Durcheinander noch Ordnung schaffen, geschweige denn sich um die Vernichtung des Satans kümmern? Er ist überall und reibt sich die Hände!« Paddy sah John mit einem Ausdruck im Gesicht an, als ob er ein neues Evangelium zu verkünden gedachte. »Und nicht zu vergessen die Pest«, fuhr er mit erhobenem Finger fort, »die dieser Hölle noch die Krone aufgesetzt hat. Das alles ist die beste Voraussetzung für Burschen wie Cuninghame, um unbeobachtet von aller Welt ihrem teuflischen Anführer zu huldigen.«

John war anzusehen, dass ihn Paddys Ausführungen beschäftigten.

»Aber …«, setzte er von neuem an, kam aber nicht weit.

»Gott ist tot«, schimpfte Paddy und bekreuzigte sich gleichzeitig. »Satan hat heimlich die Herrschaft übernommen. Und er hat seine Helfershelfer wie Cuninghame oder Cromwell, die das Höllenfeuer schüren, damit es schön heiß bleibt.«

»Du müsstest dich hören«, rief John und lachte matt. »Wenn du so weitermachst, kannst du dich glatt nächsten Sonntag in St. Giles auf die Kanzel stellen und den puritanischen Schwätzern Konkurrenz machen. Sie würden nicht einmal bemerken, dass ein Katholik vor ihnen steht.«

»Nein, John, es ist wie beim Schach. Wenn du die Dame verlierst, hast du die ganze Partie so gut wie verloren. Und deine Dame taugt erst gar nicht zum Spiel.«

»Dann spielen wir eben Checkers«, erwiderte John mit einem zuversichtlichen Grinsen. »In diesem Spiel darf die Dame nur jeweils ein Feld weiterziehen. Step by step. Und wenn man die richtige Strategie anwendet, kann man gar nicht verlieren.«

5

Edinburgh 1647 – »Fegefeuer«

Mit einem Spaten bewaffnet, machte sich John am späten Vormittag nach St. Ninian auf. Das presbyterianische Gotteshaus mit seinem baufälligen Glockenturm lag in der Nähe der Docks, mitten in einem heruntergekommenen Viertel. Der Himmel war klar, und die Sonne spiegelte sich auf dem verschmutzten Wasser des Hafenbeckens. Ein paar Ratten huschten auf der ständigen Suche nach Nahrung umher und taten sich ohne Scheu an den Resten einer toten Taube gütlich.

John knurrte ebenfalls der Magen. Vor Aufregung hatte er am Morgen noch nicht einmal ein Stück Brot herunterbringen können. Doch an Essen war zunächst nicht zu denken.

Auf dem Friedhof hinter der Sakristei waren eine stattliche Anzahl ungeordnet aufgestellter Grabsteine zu sehen, an denen man mühelos den Rang der Toten erkennen konnte. Große Monumente waren darunter, mit majestätischen Säulen und Kugeln, bisweilen aus Marmor, mit goldenen Lettern versehen, aber auch etliche kleine bis halbhohe Kalksandsteinblöcke, nur grob behauen und mit verwitterter Aufschrift. Die meisten standen windschief, mit einer Neigung, als drohten sie jeden Moment umzukippen, und doch waren sie anscheinend so fest mit der Erde verankert, als hätten sie Wurzeln geschlagen.

Der Rasen um die Gräber war beinahe menschenleer. Nur drei alte Weiber, die sich ein paar Yards entfernt vor einem frisch aufgeworfenen Grabhügel versammelt hatten, schauten kurz auf, als sich John daranmachte, Brodies letzte Ruhestätte sorgfältig vom spärlichen Grün zu befreien, bevor er die Erde herauszuschaufeln begann. Wahrscheinlich hielten die Frauen ihn für den neuen Totengräber, denn sie sagten kein Wort, als er mit ruhigen Zügen den lockeren Untergrund neben sich aufwarf. Nach zwei Ellen stieß er auf einen harten Gegenstand, aber es war kein Sarg. Holz war nicht nur unglaublich teuer, weil es wegen der hohen Steuern aus Norwegen beschafft werden musste, es existierte darüber hinaus eine ungeliebte königliche Anweisung, dass Verstorbene lediglich in einem wollenen Leichentuch zu bestatten waren. Bei dem Gegenstand, den John so unvermittelt freigelegt hatte, handelte es sich

um eine viel kleinere, längliche und mit Schafwolle ausgelegte Metall-
kiste, in der er seit mehr als zwei Jahren seine Waffen verborgen hielt,
um sie vor Rost zu schützen. Nachdem er den letzten Rest Erde mit
den Händen beiseitegeschaufelt hatte, barg er die Kiste und sah sich
noch einmal sorgsam um, bevor er den Deckel öffnete. Aus der Kirche
war der näselnde Sermon eines Priesters zu hören, der vor einer Weile
mit Glockengeläut zur Messe gerufen hatte.

John hob beunruhigt den Kopf. Nach einigem Suchen fiel sein Blick
auf ein offenes Grab am Ende des Friedhofs. Er musste sich beeilen,
wenn er unbeobachtet davonkommen wollte. Hastig nahm er den in
Samt eingeschlagenen schweren Degen und legte das dazugehörige
Schwertgehenk an, dessen breiter Haltegurt quer über seine Brust verlief. Dann steckte er den gut eine Elle langen Parierdolch in die Leder-
scheide. Degen und Dolch waren beide so spitz, dass man einer Fliege
das Auge hätte ausstechen können, und immer noch scharf genug, um
einem Gegner mühelos den Wanst aufzuschlitzen. John förderte zudem
einen mit Stoff umwickelten Krug zutage, der sich neben der Kiste befunden hatte, und zerschmetterte ihn mit einem dumpfen Aufprall auf
einem am Boden liegenden Stein. Zwischen den Scherben fand sich ein
Lederbeutel, der mit zehn Goldguinean und dreißig Merks gefüllt war –
alles zusammen ein Vermögen im Wert von mehr als einhundert englischen oder gut tausend schottischen Pfund. John steckte den Beutel in
seine Felltasche, die er verborgen unter dem Plaid an einem Taillengür-
tel trug.

Voller Ungeduld warf er die Einzelteile in die Kiste und die restlichen
Scherben in das offene Erdloch und schaufelte Brodies Grab wieder zu.
Genauer betrachtet, hatte die Stelle die Bezeichnung Gottesacker wahrlich verdient. Es sah aus wie ein umgepflügtes Stück Erde, und John
machte sich trotz schlechten Gewissens nicht mehr die Mühe, die verbliebenen Grasmatten auf dem Grab zu verteilen, damit es unberührt
wirkte.

Der Pfarrer samt Trauergesellschaft rückte schon hinter der nächsten Mauerecke an, und der Klagegesang der Beerdigungsteilnehmer
erhob sich in sphärische Höhen. Brodies Witwe musste beim nächsten
Besuch der Grabstätte wohl vermuten, dass »wee Willi«, wie sie ihn
früher genannt hatte, als Untoter wiederauferstanden war.

John ließ den Friedhof rasch hinter sich, indem er sich mit großen Schritten in Richtung Hafenstraße entfernte. Er war wie getrieben, und sein Herz würde sich erst wieder beruhigen, wenn er mit Madlen und dem Jungen auf einer Handelsfregatte gen Frankreich schipperte. Als der Degen beim Gehen klirrend an seinen Oberschenkel stieß, wurde ihm erst bewusst, wie lange er keine solche Waffe mehr getragen hatte. In seiner Erinnerung tauchten plötzlich all jene Gestalten auf, denen er zuletzt beim Sterben in die Augen gesehen hatte, nachdem sein Schwert sie durchbohrt hatte. Er würde sich niemals an das Gefühl gewöhnen können, wenn die Klinge ins Fleisch des Gegners eindrang. In Gedanken nahm er immer noch den Geruch des Blutes wahr, hörte das Keuchen und Röcheln des Opfers, die unbezwingbare Stille, wenn es vorbei war, aber der Degen noch steckte und man ihn mit zusammengebissenen Zähnen wieder herausziehen musste. John war ein erstklassiger Schwertkämpfer. Von Kindesbeinen an hatte sein Lehrer ihm ein außergewöhnliches Talent bescheinigt. Aber er hasste es nun einmal, Menschen zu töten, erst recht, wenn es auf den Befehl eines Tyrannen und in hinterhältiger Absicht geschah. Er hoffte, dass es nie mehr so weit kommen würde oder wenigstens nicht, solange sich Madlen und Wilbur in seiner Begleitung befanden.

Der Hafen, den er nach kurzer Zeit erreichte, und die majestätischen Schiffe mit ihren hochaufragenden Masten und den weißen Segeln, die sich im Wind blähten, brachten ihn auf andere, schönere Gedanken. Als er die Schreibstube des Schiffsmaklers betrat und seinen Wunsch für drei Passagen nach Frankreich äußerte, hatte sich seine Laune so weit gebessert, dass er von Glück hätte sprechen können. Erst recht, als es danach aussah, als ob seine Pläne ohne größere Umstände zu verwirklichen sein würden.

»Morgen früh läuft die La vie en Rose aus, mit Zielhafen Calais.« Der Agent sah ihn mit zusammengekniffenen Lidern hinter dicken Lesegläsern an. »Sie ist nicht sehr komfortabel, aber es ist eine der letzten Möglichkeiten, überzusetzen, bevor die Herbststürme beginnen und der Schiffsverkehr eingestellt wird.«

John nickte schweigend. Schon morgen – besser konnte es gar nicht kommen. Je eher sie an Bord eines Schiffes verschwanden, umso weniger bestand die Möglichkeit, dass jemand ihre Flucht verhinderte.

Der Agent begann in einem Wust von Papieren nach den entsprechenden Reiseformularen zu suchen. Seine schwarze Perücke war leicht verrutscht, und mit seinen hängenden Wangen und der hochstehenden Nasenspitze sah er aus wie ein Maulwurf, der vergeblich versuchte, den Eingang zu seinem Hügel zu finden. Mit einem »Wer sagt es denn?« schaute er auf und präsentierte John ein bedrucktes Blatt Papier. In der Annahme, dass John nicht lesen und schreiben konnte, nahm er den Federkiel selbst in die Hand, tauchte ihn in das entsprechende Fässchen und sah ihn auffordernd an. »Ihr Name, Mister?«

»Cameron, John Cameron.«

Der Agent musterte ihn mit einem Mal nachdenklich. Dabei erschienen John die Augen hinter den dicken Lesegläsern so winzig wie Stecknadelköpfe. Der Mann war ohne Frage stark kurzsichtig, und erst jetzt schien ihm aufzufallen, dass es sich bei seinem Kunden um einen Highlander handelte. Ein Anflug von Misstrauen lag im Blick des Agenten, und John bemühte sich, gleichgültig zu wirken. Offenbar hatte der Mann seine Vorurteile und hielt ihn für barbarisch und schmutzig, wie John an seiner abschätzigen Miene erkannte.

»Ihr wisst, Sir, dass Ihr für die Einreise nach Frankreich von sämtlichen Krankheiten befreit sein müsst«, bemerkte der Mann näselnd, »sonst schickt man Euch notfalls nach Schottland zurück. Was das bedeutet, muss ich nicht sagen. Das Schiff, mit dem Ihr gekommen seid, wird Euch nicht mitnehmen, und so müsst Ihr selbst einen Weg finden, um nach Hause zurückzugelangen.«

John spürte Wut in sich aufsteigen. »Aye, ich habe weder Läuse noch Flöhe, leide auch nicht unter der Syphilis. Ich erfreue mich bester Gesundheit und habe sogar schon die Pest und die Pocken überstanden. Reicht das?«

Der Mann sah ihn abermals prüfend an, vielleicht auch ein wenig beleidigt, weil ihm Johns selbstgefälliger Tonfall missfiel.

»Wer wird Euch begleiten?«

»Meine Frau und mein Bursche.«

»Habt Ihr Papiere, die Eure freie Herkunft bescheinigen?«

John legte das Stammbuch auf den Tisch. »Aye. Meine Frau ist noch nicht eingetragen, aber das werden wir nachholen, sobald wir in Frankreich sind.«

Frauen galten nicht viel, und so war es nicht wichtig, ob Madlen einen Pass besaß, solange sie einen Mann an ihrer Seite hatte, der behauptete, ihr Master zu sein. Wilbur war ohnehin kein Problem. Niemand würde an einem dunkelhäutigen Burschen zweifeln, sofern sein weißer Herr in der Nähe war.

John fühlte sich eigenartig, als er die gesiegelte Passage in Händen hielt. *Frankreich*, dachte er nur und nahm, nachdem er das weiße Gebäude wieder verlassen hatte, die kleine Zweimastbrigantine in Augenschein, die im östlichen Teil des Hafens lag und mit ihren zwölf Kanonen an Bord einen ausreichenden Schutz gegen Piratenschiffe bot. Die Galionsfigur, ein schwarzhaariges, vollbusiges Mädchen mit glühenden Augen, trug eine rote Rose zwischen den Lippen. John dachte an Madlen. Der Gedanke, den Rest des Lebens mit ihr zu verbringen, stimmte ihn euphorisch. Bis gestern hatte er sich überhaupt nicht vorstellen können, jemals eine Frau zu finden, die ihn so sehr interessierte, dass er alles, woran sein Herz hing, für sie aufgeben könnte, und heute nun trug er die Verantwortung für eine ganze Familie, wenn man Wilbur dazurechnete. Vielleicht war Madlen tatsächlich bereit, ihn schon bald zu ehelichen. So Gott wollte, würden sie eigene Kinder bekommen, und wenn alles gut lief, reichte es möglicherweise, um ein kleines Haus zu beziehen, mit ein paar Ziegen und Kühen und einem eigenen Obst- und Gemüsegarten. Er würde bis zum Umfallen arbeiten, wenn es sein musste, um ihnen allen ein gutes Auskommen zu sichern.

John war so damit beschäftigt, sein zukünftiges Leben zu verplanen, dass ihm gar nicht in den Sinn kam, an Cuninghame und damit an die wahre Ursache seiner misslichen Lage zu denken.

Erst als sich der Abend herabsenkte und die Turmuhr fünf schlug, holte die Realität ihn wieder ein.

Paddy kehrte wie verabredet mit Randolf ein wenig früher in die Baracke zurück, weil die beiden John trotz aller Vorbehalte beistehen wollten, wenn er Madlen und Wilbur vom Leith-Tor abholte.

»Was auch immer du vorhast«, erklärte ihm Paddy mit leicht spöttischer Miene, »du kannst nicht zurück. Ich soll dir von Brumble ausrichten lassen, dass er dich hier nicht mehr sehen will.«

»Umso besser.« John grinste. »Ab heute geht es für mich ohnehin nur noch bergauf, da würde ein Kerl wie Brumble nur stören.«

John wollte die Nacht mit Madlen und dem Jungen in einer Hafenkaschemme verbringen, in der er für wenig Geld ein Zimmer gemietet hatte. Von dort aus mussten sie sich am nächsten Morgen so früh wie möglich zum Schiff begeben, noch bevor Cuninghame Madlens Flucht bemerken und beim Hafenmeister Alarm schlagen konnte.

Im Schutz der hereinbrechenden Dämmerung wartete John zusammen mit Paddy und Randolf in der Nähe der nördlichen Stadtmauer von Edinburgh. Während John sich auf Höhe der Trinity Church platziert hatte, um die Toreinfahrt des Leith-Portals einsehen zu können, standen Randolf und Paddy am gegenüberstehenden College und taten, als ob sie sich angeregt unterhielten.

John wirkte überaus selbstbewusst, dabei wurde er in Wahrheit von tausend Ängsten gepeinigt. Von Ferne sah er Paddys düstere Miene. Dessen Worte hallten ihm im Ohr, als er ihm riet, die Finger von Madlen zu lassen, weil sie in seinen Augen nichts anderes als eine hinterlistige Hure war. Er verdächtigte sie sogar, John übers Ohr zu hauen, obwohl er keinen Beweis dafür nennen konnte und auch keinen Grund. Und nur deshalb hatte er John begleitet. Falls an der Geschichte etwas faul sein sollte, wollte er ihm zur Seite stehen. John trieben unterdessen ganz andere Sorgen. Was wäre, wenn Madlen der Mut verlassen und sie es sich anders überlegt hatte? Oder wenn ihr Plan aufgeflogen und ihr jemand gefolgt war, um sie zurückzubringen?

Die Zeit verrann, und die Sonne war längst untergegangen. Die Studenten des Colleges gingen zur Abendmesse. John begann gemeinsam mit ihnen leise zu beten, was eigentlich nicht seine Art war. Paddy machte unterdessen ein Zeichen, indem er die Hand hob und fünf Finger zeigte, was nichts anderes bedeutete, als dass er gefühlte fünf Minuten warten würde, danach hielt er die Geschichte für aussichtslos. John störte sich nicht daran. Wenn Madlen nicht rechtzeitig erscheinen sollte, würde er notfalls selbst in die Stadt laufen und nach dem Rechten sehen.

Von weitem war eine Sänfte, getragen von vier kräftigen Highlandern, zu erkennen, die sich stetig über die mit Mist verdreckte Straße näherte. Die weißen Hemden der Träger leuchteten in der Dunkelheit mit den seitlich am Tragegestänge angebrachten Funzeln um die Wette.

87

Vor dem Stadttor setzten die Träger die Sänfte ab. Zwei kleinere Personen stiegen aus, Geld wechselte den Besitzer. Dann kamen die beiden Gestalten auf den Ausgang des Stadttores zu. Johns Herz hämmerte wie ein Trommler auf einem Galeerenschiff, als die beiden von den Soldaten durchgewinkt wurden.

John hatte eine Fackel entzündet, mit der er ein Zeichen gab, indem er sie dreimal hin und her schwenkte und das Licht so nahe wie möglich an sein Gesicht hielt. Wenn es Madlen war, musste sie ihn erkennen.

»John?« Ihre Stimme war zaghaft. Sie trug einen schwarzen Umhang und hielt Wilbur an der Hand, als ob es ihr eigenes Kind wäre, und in der anderen Hand hielt sie eine erstaunlich kleine Reisetasche – zumindest für eine Frau, die kurz davor war, die Stadt für immer zu verlassen.

»John, bist du es?«

John ließ die Fackel fallen, als sie sich von Wilbur und ihrer Tasche löste und sich ihm in die Arme warf.

»O Gott, John, ich habe es wahrhaftig getan.« Madlen schluchzte vor Erleichterung, und John musste sie küssen. Dabei störte es ihn nicht, dass Randolf und Paddy danebenstanden.

»Wer ist das?« Madlens Blick wirkte erschrocken, als Paddy die Fackel aufhob, um die beiden Liebenden zu beleuchten.

»Könnt ihr das Knutschen nicht auf später vertagen?«, brummte der Ire. »Wir sollten schleunigst von hier verschwinden.«

»Das sind Paddy und Randolf«, erwiderte John und strich Madlen beschwichtigend über den Rücken. »Sie werden uns sicher nach Leith zum Hafen begleiten, dort habe ich uns ein Zimmer für die Nacht gemietet. Schon morgen früh geht es nach Frankreich.«

Madlen erwiderte nichts, sondern kümmerte sich um Wilbur, der vor Angst oder Kälte zitterte. Sie nahm ihren großen Wollschal ab und legte ihn dem Jungen um die bebenden Schultern.

John gefiel ihre Mütterlichkeit, ein weiterer Beweis, dass sie nicht das war, was Paddy von ihr behauptete. »Hast du dem Jungen gesagt, was wir vorhaben?«

»Nein, natürlich nicht.« Madlens Augen blitzten im Schein des Feuers, als sie energisch den Kopf schüttelte. »Ich habe mit niemanden darüber gesprochen. Aber der Junge vertraut mir. Er weiß, dass ich gut für ihn sorgen werde, ganz gleich, was geschieht.«

John nahm Paddy die Fackel ab und beugte sich zu Wilbur hinab. »Vertraust du mir auch, Kumpel?«

Der Junge nickte schüchtern und mied seinen Blick. In seiner glitzernden Uniform sah der kleine Mohr aus wie ein Märchenprinz, der sich in die falsche Geschichte verirrt hatte.

Paddy gab das Zeichen, und gemeinsam marschierten sie die St. Ringens Suburb hinab. Es war rasch dunkler geworden. Paddy ging mit einer Fackel bewaffnet vor John, der mit Madlen und dem Jungen die Mitte bildete. Zum Schluss folgte Randolf, dessen gewaltige Erscheinung allen den Rücken deckte.

Das Stadttor von Leith war bereits in Sicht, als sich zwei Wachsoldaten aus dem Schatten des Tores lösten und mit brennenden Fackeln auf sie zumarschierten. Ihre Anwesenheit war nichts Besonderes, die üblichen Rotröcke eben, mit Helm, Lederwams und Spieß ausgerüstet, wie sie überall an den Stadt- und Landesgrenzen zu finden waren. John blieb mit Madlen zurück, während Paddy und Randolf den Männern entgegenschritten. Es würde eine normale Kontrolle sein, nicht mehr. Hier in Leith waren die Wachen nicht so streng, wenn es um den Besitz von Waffen ging. Sie waren es gewöhnt, dass täglich Korsaren im Hafen anlegten, die ihr Schiff niemals unbewaffnet verließen. Doch dann lösten sich plötzlich noch weitere Gestalten aus dem Schutz der Mauer. John, der bisher die Ruhe behalten hatte, zog seinen Degen.

Plötzlich hörte er das Geräusch herannahender Stiefel und eine drohende Stimme, die sich aus der Dunkelheit erhob: »Habeas corpus ad subjiciendum – im Namen des schottischen Parlamentes, ihr seid verhaftet!«

John handelte geistesgegenwärtig und zog Madlen und den Jungen in ein nahes Gebüsch. Nicht weit entfernt befand sich ein Garten mit Obstbäumen und Sträuchern, dort wollte er sie in Sicherheit bringen.

»John«, rief Madlen mit erstickter Stimme, als sie die ersten Hecken erreichten. Hinter ihnen schien ein regelrechter Tumult ausgebrochen zu sein. »John, lass mich gehen. Ich bin mir sicher, dass es Chesters Leute sind, die dahinterstecken. Sie haben es nur auf mich abgesehen.«

John packte sie und hielt ihr den Mund zu. Seine Hände steckten in derben Lederhandschuhen und dämpften ihr Keuchen. »Sei still!«, flüsterte er heiser. »Verdammt, Madlen, es gibt kein Zurück. Hock dich mit Wilbur unter die Sträucher und warte, bis die Sache erledigt ist.«

Sie wimmerte leise, als er sie mit sanfter Gewalt zwang, unter einen ausladenden Busch zu kriechen. Wilbur kauerte zitternd an ihrer Seite, als John in die Finsternis entschwand, um Randolf und Paddy zu helfen, denen es aus Geldmangel an richtigen Waffen fehlte. Mehrere Fackelträger hatten sich um die beiden geschart und ihre Degen gezogen. Lediglich mit ihren langen Eichenspießen bewaffnet, standen die beiden Hafenarbeiter mit dem Rücken zur Mauer und hielten ihre Angreifer auf Abstand. Im nächsten Moment sah John aus den Augenwinkeln, wie eine weitere Gestalt ganz in seiner Nähe den Degen zog und auf ihn zusprang.

John parierte geschickt, und obwohl nur ein spärliches Licht herrschte, ließ der Angreifer seine schwere Waffe wie einen Derwisch tanzen. Stahl klirrte auf Stahl, und John beschlich das Gefühl, es mit einem wahren Meister des Faches zu tun zu haben. Für einen Lowlander – falls er einer war – führte der Söldner den Degen unglaublich flink. Auf Dauer würde es zu anstrengend werden, ihm Paroli zu bieten. John nutzte einen günstigen Moment, als sich ihre Klingen kreuzten. Er zog seinen Dolch aus dem Gürtel und stieß dem anderen die Waffe zwischen die Rippen. Der Mann sackte stöhnend zusammen.

Einen Augenblick lang ruhte Johns prüfender Blick auf ihm, doch der Angreifer blieb reglos liegen. John wandte sich wild entschlossen dem nächsten Gegner zu. Von weitem sah er Randolf und Paddy, die sich ebenso wacker hielten. Aber ohne anständige Waffen würde ihr Kampf schon bald ein blutiges Ende nehmen.

Ein Geräusch ließ John herumfahren. Ein Angreifer, der eine schwarze Maske trug und sich erstaunlich sicher bewegte, griff John von der Seite her an. Der Kampf war hart und schnell. John spürte, wie ihn die Kraft verließ, ein Umstand, den er nicht für möglich gehalten hätte, weil er sich in glänzender Form befand. Doch was ihm noch viel schauriger erschien, war die Tatsache, dass der Kerl, den er mit dem Dolch ins Jenseits befördert zu haben glaubte, plötzlich wieder auferstand und ihn erneut zu attackieren versuchte.

Wie ein Berserker teilte John seine Hiebe nach beiden Seiten aus. Dabei ließ er jeden Anspruch auf Eleganz hinter sich. Die Nacht war durchdrungen von Keuchen und Rufen und hastig gebrüllten Befehlen. »Ich brauche sie lebend«, war einer davon.

Während John zur besseren Verteidigung im Lichte einer Fackel auf einen Mauervorsprung sprang, sah er, wie Paddy zu Boden ging – nicht durch einen Degen, sondern durch den Schlag eines Gegners, der dem Iren an Größe und Kraft das Wasser nicht reichen konnte und der ihn trotzdem mit einem einzigen Fausthieb gegen die Mauer schleuderte.

Paddy stand nicht wieder auf, und Randolf stürzte sich mit einem markerschütternden Wikingerschrei auf seine Gegner. Mit schlafwandlerischer Sicherheit schlug er den beiden Männern im Halbdunkel die Waffen aus der Hand, doch was dann folgte, war so unglaublich, dass John vor Staunen beinahe seinen eigenen Widersacher vergaß. Der Kerl, der Paddy zu Boden geschickt hatte, machte einen übermenschlich anmutenden Satz und sprang Randolf wie eine wild gewordene Raubkatze an die Kehle. Der Norweger ging zu Boden und versuchte vergeblich, den Griff des Angreifers zu lockern. Röchelnd schlug und trat er um sich. John büßte für seine Unachtsamkeit, indem er beim nächsten Schlag seinen Degen verlor. Während das Metall klirrend zu Boden ging, waren seine Gegner nahe genug herangekommen, um ihn zu stellen. Mit ausgestrecktem Arm hielt er ihnen den Dolch entgegen, ein ärmliches Überbleibsel seiner Verteidigung. Das hämische Lachen seiner Gegner war trotz ihrer Masken nicht zu überhören. Der Kampf war so gut wie gelaufen. Randolf und Paddy lagen reglos am Boden, und eine der schwarzgekleideten Gestalten sprach mit der herbeieilenden Stadtwache, die daraufhin abzog und die Männer gewähren ließ, als sie Paddy und Randolf zu fesseln begannen.

Einer der schwarzmaskierten Männer, der John von unten herauf mit seinem eigenen Degen bedrohte, blaffte ihn an: »Komm da runter, du Narr! Es ist vorbei!«

John blickte fieberhaft in die nachtschwarze Umgebung, voller Hoffnung, trotz aller Ausweglosigkeit, einen Fluchtweg zu finden. Er war ein guter Läufer und kannte die Gegend wie das Innere seiner Felltasche. In der Dunkelheit würde man ihn so schnell nicht finden. Er wartete einen günstigen Moment ab und sprang von der Mauer hinunter in den schräg verlaufenden Wassergraben, der, kaum gefüllt, die Festungsmauern umgab. Beim Aufprall verlor er das Gleichgewicht und rollte ein Stück den grasbewachsenen Hang hinunter, doch bevor er im eiskalten Wasser landete, fing er sich wieder, kam auf die Füße und begann zu rennen. Madlen würde er später holen, und er hoffte inbrünstig, dass sie blieb, wo sie war, damit man sie und den Jungen nicht entdeckte.

Nur vom Sternenlicht geleitet, hastete John in die Dunkelheit. Hinter sich hörte er die wütenden Rufe seiner Verfolger. Schon glaubte er sich in Sicherheit, als er einen Weg erreichte, der von der Festungsmauer zum Leith Water führte, einem Ausläufer des Hafenbeckens, der sich unter der Stadtmauer hindurch ins offene Gelände erstreckte. Der üble Geruch des Flusswassers, das den Anwohnern zur Abfallentsorgung diente, stieg ihm bereits in die Nase. Auch der Untergrund war weicher geworden. Doch dann bemerkte er, dass er nicht mehr alleine war. Seine Verfolger lauerten ihm auf wie zwei schwarze Schatten, und als er zum Angriff überging, schien jede Gegenwehr zwecklos. Die Kerle hatten übermenschliche Kräfte, obwohl sie John viel kleiner erschienen als er selbst. John zog seinen Dolch und stach blind zu. Doch der Stich ging ins Leere. Im nächsten Augenblick traf ihn ein Hieb am Kinn, der ihm für einen Moment die Besinnung raubte. Im Reflex war ihm der Dolch aus der Hand geglitten. John sackte von Schmerzen betäubt in die Knie.

Bevor er sich aufzurappeln vermochte, hatte einer der beiden Angreifer ihn schon bei den Haaren gepackt und hielt ihm einen Dolch an die Kehle. John schaffte es, seinen Gegner blitzschnell bei den Armen zu packen und ihn über seine Schultern nach vorne zu katapultieren. Ohne Frage ein gefährliches Manöver, aber der andere löste den Griff und stürzte kopfüber ins feuchte Gras. Zu Johns Erstaunen stand er jedoch sofort wieder auf. John stellte sich ihm aufs neue und erhielt aus der Dunkelheit heraus einen Schlag in den Magen, so hart, dass er glaubte, seine Eingeweide würden gegen die Rippen gepresst. Röchelnd gelang es ihm, wenigstens stehen zu bleiben. Für einen Moment meinte er zu ersticken, erst recht, als er sich so heftig erbrach, dass er befürchtete, sein Innerstes würde sich nach außen kehren.

Während er sich vornüberbeugte, erhielt er den nächsten Schlag, der seinen ungeschützten Nacken traf. Er knickte ein und fiel in eine tiefe Bewusstlosigkeit, noch bevor seine Knie den Boden berührt hatten.

Madlen saß zusammen mit dem Jungen immer noch frierend unter dem Strauch. Es war nackte Angst, die sie erbeben ließ, und nicht die Kälte, die sich mit Einbruch der Nacht herabgesenkt hatte. Äste knackten, und Männerstimmen hallten durch das Dunkel. Wilbur hockte still wie ein Kitz, das dem Instinkt seiner Mutter gehorchte.

Die Zeit schien stillzustehen. Madlen gingen die schrecklichsten Bilder durch den Kopf. John, der wie aufgespießt von Säbeln und Dolchen am Boden lag. John, der gefangengenommen und abgeführt wurde und auf Nimmerwiedersehen im Tolbooth-Gefängnis verschwand. John, den man auf dem Horsemarket dem Henker überließ und das Herz herausschnitt. Und – wie John das Weite suchte, enttäuscht von ihrer Dummheit, weil es ihr nicht gelungen war, unbemerkt zu entfliehen, und sie ihn damit erst in diese entsetzliche Lage gebracht hatte.

Plötzlich zerriss wütendes Hundegebell die Stille der Nacht. Die Townguards hatten ihre Bluthunde von der Kette gelassen. Das Bellen wurde lauter, und Madlen kniff die Augen zusammen, obwohl sie ohnehin kaum etwas sehen konnte. Ihr Griff, mit dem sie Wilburs kleine Hand umfing, wurde fester. Ununterbrochen flüsterte sie leise Gebete in die Ohren des Jungen. Er zuckte verdächtig, und Madlen spürte, dass er zu weinen begonnen hatte.

Ob er an seine Mutter dachte? Madlen konnte nur ahnen, dass man ihn kaum entwöhnt ihrer Brust entrissen hatte. Irgendwo im fernen Afrika oder in Indien – wer wusste das schon? Chester hatte ihn ihr geschenkt, als sie in Graystoneland eingezogen war. Madlen hatte sogleich mütterliche Gefühle für den Jungen entwickelt, obwohl Chester fortwährend betonte, dass er nichts weiter als ein gewöhnlicher Sklave sei, ein junges, intelligentes Tier, das man zu Botendiensten und anderen Zwecken benutzte, denen sie lieber keinen Namen geben wollte.

Nun trug sie die Schuld am Schicksal des Jungen, weil sie ihn in ihre Misere mit hineingezogen hatte. Verdammt, warum hatte sie John in ihre Not eingeweiht und ihn zu einem solchen Plan verleitet? Doch für Reue war es zu spät. Die Rotte der Bluthunde näherte sich unaufhörlich. Madlen sprang auf, nahm ihre Tasche, die sie die ganze Zeit über nicht losgelassen hatte, und zog Wilbur mit sich. Wenn John nicht zu ihr fand, musste sie zu John finden.

Trotz der Düsternis rannte sie in Richtung des Firth of Forth. Wenn es ihnen gelang, das Leith Water zu durchqueren, würden die Hunde die Spur verlieren. Die Fackeln der Festung, die sie in der Ferne erblicken konnte, gaben ihr eine vage Orientierung, dazu kam der würzige Westwind, der von der Meeresbucht heranwehte und den Geruch von Fisch und Seetang mit sich trug. Wilbur folgte ihr tapfer mit seinen orientalischen Stiefelchen, deren Spitzen stark nach oben gebogen waren und die es ihm nur notdürftig ermöglichten, Schritt zu halten.

Madlen konnte die Tränen der Verzweiflung nicht unterdrücken, als sie sich noch einmal umdrehte. Keine Spur von John und seinen Kameraden. »Komm!«, stieß sie mit erstickter Stimme hervor und trieb Wilbur in Richtung Fluss. Das wütende Gebell der Hunde war immer noch zu hören. Fackeln leuchteten auf.

Aus purer Angst rannte Madlen geradewegs auf das Wasser zu, in dem sich lediglich die Sterne spiegelten.

»Kannst du schwimmen?«

Wilbur schüttelte entsetzt den Kopf. Wer sollte es ihm auch beigebracht haben? dachte sich Madlen. Boten wuchsen in Städten auf und hatten selten Gelegenheit, in einem Loch oder in einem Fluss schwimmen zu lernen. Madlen war in den Highlands aufgewachsen und hatte früh mit ihren Brüdern gelernt, sich über Wasser zu halten. Ihre Mutter hatte darauf bestanden, dass sie es lernte, weil sie zwei Schwestern verloren hatte, die beim Kentern einer Fähre ertrunken waren, weil sie nicht hatten schwimmen können. Im Sommer hatten sie mit den anderen Kindern des Clans im Loch Leven sogar nach Muscheln getaucht.

»Hab keine Furcht«, flüsterte sie tapfer. »Wenn wir nicht stehen können, werde ich dich halten.«

Wilbur sträubte sich heftig, als sie ihn die Böschung hinab zum Ufer zog.

»Wir müssen hinüber, Wilbur«, zischte Madlen hektisch, »oder willst du, dass dich die Hunde beißen?«

»Nein, Mylady«, stieß er bibbernd hervor.

Madlen nahm ihm den Umhang ab, damit es weniger Stoff gab, der sich mit Wasser vollsaugen und ihn nach unten ziehen konnte. Aus dem gleichen Grund entledigte sie sich ihrer Unterröcke und auch ihrer Tasche, weil sie einsehen musste, dass die wenigen Habseligkeiten, die sie bei sich trug, nun auch nichts mehr nützten. Nur etwas

Geld und ein emailliertes Bild ihrer Mutter, das sie zu den Münzen in einen Lederbeutel steckte, den sie um den Hals trug, wollte sie behalten. Dann setzte sie einen Fuß in die dunklen Fluten.

Das Wasser war eiskalt und stank zum Himmel. Für einen Moment hielt sie die Luft an. Doch dann spürte sie die Entschlossenheit in ihrem Innern. Wo auch immer sie hingehen würde – zu Chester wollte sie auf keinen Fall zurückkehren. Sollte John sie im Stich lassen, würde sie notfalls versuchen, sich in die Highlands durchzuschlagen oder ins Ausland, um sich unter falschem Namen als Magd zu verdingen. Ob das mit Wilbur möglich war, würde sich zeigen.

Das Wasser reichte ihr bis zu den Hüften, als sie Wilbur nötigte, ihr endlich zu folgen. Die Hunde waren jetzt schon so nahe, dass sie eine direkte Witterung hätten aufnehmen können.

Der Junge schien Madlens Angst zu spüren und watete wortlos in das eiskalte Nass. Sie trug ihr Haar aufgesteckt und gab dem Jungen zu verstehen, dass er sich an ihrem Nacken festhalten sollte. Mutig schritt sie voran, und dabei hielt sie die Arme des Jungen fest umklammert. Bis zur Mitte des Flusses schien alles gutzugehen. Sie hatte jedoch nicht bedacht, dass die Flut einsetzte und der Firth sich unentwegt weiter in den Hafen hineindrückte und den Fluss anschwellen ließ. Schon bald stand ihr das Wasser bis zum Kinn, und sie musste feststellen, dass es ihre Kräfte überstieg, zusammen mit dem Jungen, der ihr angstvoll die Luft abschnürte, zum anderen Ufer zu gelangen.

Ein paar Mal tauchten sie unter, und der Junge begann zu husten, während er panisch nach Luft rang, als sie gemeinsam wieder auftauchten. Madlen war viel zu sehr mit dem Kind beschäftigt, als dass sie bemerkt hätte, wie sich ihre Verfolger mit den Hunden genähert hatten.

»Da sind sie!«, rief eine dunkle Männerstimme.

Im Nu hatten Fackelträger das Ufer umstellt. Madlen sammelte ihre ganze Kraft, um wenigstens ihren Kopf und den Kopf des Jungen über Wasser zu halten. Doch je mehr sie sich anstrengte, umso mehr verließen sie die Kräfte. Weil sie sich denken konnte, dass ihre Verfolger im Auftrag von Chester Cuninghame nach ihr suchten, verließ sie auch noch das letzte bisschen Mut. Lieber wollte sie sterben, als nochmal in Chesters Hände zu fallen. Doch da war der Junge. Auch er würde sterben, wenn sie sich einfach auf den Grund des Flusses sinken ließ.

Noch einmal tauchte sie auf. Das Ufer schien in Reichweite, und doch war es zu weit entfernt, um aus eigener Kraft dorthin zu gelangen. Vielleicht hatte Gott es so gewollt: Sie und der Junge, vereint im Himmel, und eines nicht allzu fernen Tages würde auch John noch hinzukommen. Selbst wenn der ein oder andere von ihnen noch eine Weile im Fegefeuer schmoren musste. Irgendwann wären sie wieder zusammen. Ganz im Gegensatz zu Chester, der, wie sie glaubte, in der Hölle landen würde und ihnen somit nie wieder in die Quere kommen könnte. Ein tröstlicher Gedanke, während ihre Lungen sich langsam mit Wasser füllten.

Plötzlich wurde sie von kräftigen Händen ergriffen. »Ich hab sie«, keuchte ihr jemand ins Ohr. Feuer spiegelte sich auf den schwarzen Wellen. »Hier, nimm den Burschen, er lebt noch.«

Madlen spürte, wie sie hart auf der Uferböschung landete. Zwei Hände hoben sie mit Leichtigkeit an und drückten ihr das Wasser aus den Lungen. Jemand hielt ihr die Nase zu und blies ihr seinen heißen Atem in den Schlund. Es war, als ob man ihr die Brust zerreißen würde. Sie hustete, es tat unsäglich weh. Ein Mann riss ihr die Kleider vom Leib und presste ihr die Handflächen rhythmisch aufs Herz. Wieder hustete sie, erbrach sich und spuckte Wasser aus. Und als sie zu atmen begann, schien Feuer ihre Eingeweide zu durchdringen.

»Sie lebt.« Es klang nüchtern und düster zugleich. Hatte Madlen noch eben verzweifelt gehofft, dass es John und seine Kameraden waren, die sie gerettet hatten, so musste sie nun feststellen, dass sie die Stimmen von Wichfield Manor her kannte. Chesters Männer, war ihr letzter Gedanke, bevor sie eine gnädige Ohnmacht von ihrer Enttäuschung erlöste.

6

Edinburgh 1647 – »Tolbooth«

John kam nur langsam zu sich. Seine Zunge klebte am Gaumen. Als er sie löste, schmeckte er Blut. Seine Augenlider waren geschwollen, und sein Schädel dröhnte, als ob er zehn Nächte durchgezecht hätte. Erst als er sich den schmerzenden Nacken massieren wollte, bemerkte er die

Ketten an seinem Handgelenk. Schlagartig öffnete er die Augen. Es war stockfinster und kalt und stank nach verfaultem Stroh, und da er etwas Pelziges an seinen Fingern spürte, schlug er zu – soweit es ihm möglich war. Ein schrilles Quieken bestätigte ihm, dass er getroffen hatte. Allmählich kehrte die Erinnerung zurück. Mein Gott, Madlen! Ein Feuerstoß schoss durch seine Adern und bewirkte, dass er sich zu schnell aufsetzte und selbst in absoluter Dunkelheit kreisende Sterne sah.

»John?«

Die brummige Stimme kam ihm bekannt vor.

»Paddy?«

»Herr im Himmel, alter Hundesohn, du lebst. Ich dachte schon, du wärst längst verreckt.«

Plötzlich kam John ein fürchterlicher Gedanke. Was wäre, wenn er erblindet war?

»Ich kann dich nicht sehen, Paddy«, krächzte er heiser. »Sag, haben wir Tag oder Nacht?« Johns Stimme spiegelte seine verhaltene Panik wider.

»Ruhig Blut, Junge«, beschwichtigte ihn Paddy. »Es ist Nacht, und dass du nichts siehst, liegt daran, dass man uns im sogenannten Thieves Hole eingesperrt hat.«

»Wo sind wir?«

»Im Canongate Tolbooth, in Edinburgh.«

»Canongate Tolbooth?« John hätte es ahnen können, und doch kam ihm Paddys Bestätigung unwirklich vor.

»Was hast du erwartet?« Der Ire klang fatalistisch. »Sei froh, dass sie uns nicht in den großen Tolbooth neben St. Giles gesperrt haben. Dort gibt es eine Folterkammer, die so manche Wache zu üblen Spielen mit den Gefangenen verleitet.«

»Wie kommt es, dass man uns hier eingelocht hat?« John war immer noch verwirrt. Es dauerte eine Weile, bis sich das Bild der vorangegangenen Geschehnisse langsam vervollständigte.

»Was dachtest du, Kumpel? Dass sie uns laufen lassen? Wenn du mich fragst, können wir froh sein, dass uns die Kerle nicht umgebracht haben. Schnell genug waren sie und unglaublich stark dazu. So etwas habe ich bisher noch nicht erlebt, und ich habe schon so manchen Kampf ausgefochten.«

97

John erwiderte nichts. Dabei musste er Paddy recht geben. Auch er hatte noch nie gegen einen solch überlegenen Gegner gekämpft.

»Hier, nimm das, mein Freund!« Die zittrige Hand des Iren fasste John am Ärmel seines Hemdes.

John tastete sich unbeholfen zu Paddys Händen hin.

»Vorsicht«, mahnte der Ire, als John eine allzu ungestüme Bewegung vollzog. »Es ist ein Becher mit Wasser – willst du alles verschütten?«

John grunzte ein kaum verständliches »Danke« und führte den Becher zu seinen ausgetrockneten Lippen. Er trank gierig und atemlos.

»Ich habe es extra für dich aufgehoben«, murmelte Paddy, »ich dachte, falls du doch wieder zu dir kommst, würde es dich freuen.«

»Das tut es, Mann, das tut es.« John war gerührt, während er sich den letzten Tropfen Wasser von den Lippen leckte. Paddys Hilfsbereitschaft bedeutete ihm weit mehr als ein kleiner Freundschaftsdienst. Es war ihm Beweis genug, dass er ihm offenbar nichts nachtrug. Möglicherweise hatte er ihm sogar verziehen, dass er ihn in eine solch schlimme Lage gebracht hatte. Das Wasser wirkte belebend, auch wenn es abgestanden schmeckte. Allmählich schlossen sich Johns letzte Erinnerungslücken.

»Was ist mit Madlen und dem Jungen?« Seine Stimme klang gehetzt. »Weißt du, ob sie entkommen konnten?«

»Madlen lebt.« Paddys Stimme war düster und hörte sich nicht an, als ob er sich freute. »Und soweit ich gehört habe, geht es ihr gut.«

»Und der Junge?« John dachte mit Schreck an den kleinen Mohren, der keine Wahl gehabt hatte, außer Madlen und ihm zu folgen.

»Beide wurden nach unserer unrühmlichen Niederlage angeblich unversehrt aus dem Leith Water gefischt. Allerdings hat niemand etwas darüber berichtet, wie sie dorthin gelangt sind.«

»Was ist mit Randolf?« Nach Madlen galt die zweitgrößte Sorge seinem norwegischen Kameraden, der wie Paddy nur durch seine Schuld in diese vertrackte Lage gekommen war.

»Ich bin hier, Kumpel.« Ein leises Aufstöhnen folgte.

John versuchte vergeblich, mit angestrengten Blicken die Düsternis zu durchdringen. »Also hat man uns dorthin gesteckt, wo normalerweise nur Landesverräter enden oder solche, die kein Schmiergeld bezahlen können.«

»Da irrt Ihr Euch, mein Herr.« Die Stimme, die sich in ihre Unterhaltung einmischte, war fremd, alt und brüchig. »Den wirklich Gefährlichen gewährt man eine Frischluftkur auf dem Bass Rock.«

»Wer ist das?« John versuchte, sich eine Vorstellung von seinem Gegenüber zu machen.

»Ich bin Doktor James Whitebell, ein Minister der Episkopalkirche. Ich wurde wegen meiner Königstreue und meiner Einstellung gegen die Covenanters verhaftet. Mein Prozess steht noch aus, aber wenigstens meine Frau und meine Kinder konnten mit dem Schiff nach Holland entkommen.«

John stieß einen tiefen Seufzer aus, weil ihm einfiel, dass die Fregatte nach Frankreich inzwischen ohne ihn und Madlen abgelegt hatte. »Wer immer Ihr auch seid und was immer Euch hierhergebracht hat«, bekannte er mit rauer Stimme, »Ihr habt mein aufrichtiges Mitleid.«

Einen Moment lang war es still, bis John sich erneut an Paddy wandte. »Es scheint, als hätte ich tatsächlich etwas verpasst«, bemerkte er trocken.

»Das kann man wohl sagen, Soldat.« Der Ire lachte ironisch. »Du warst ziemlich weit weg, Junge. Ganze zwei Tage und Nächte. Nicht umsonst dachten wir, dass es dich endgültig erwischt hat. Sogar der Advokat des Town Councils hat sich inzwischen in dieses Loch verirrt und uns die Anklagepunkte des Gerichts verlesen.«

»Was in Gottes Namen wirft man uns vor?«

»Rebellion gegen das schottische Parlament. Widerstand gegen die Staatsgewalt. Versuchter Mord. Geiselnahme. Sie behaupten, du hättest Madlen entführt und ihr Gewalt angetan, um an Lösegeld zu kommen.«

»Wer denkt sich solch einen Schwachsinn aus?« Johns Stimme überschlug sich beinahe. Die Anschuldigungen waren vollkommen haltlos. Niemals hätte er Madlen etwas Derartiges antun können, aber die Vorstellung, dass ihr möglicherweise jemand anderes Gewalt angetan hatte, nachdem er sie und den Jungen im Obstgarten hatte zurücklassen müssen, machte ihn schier wahnsinnig.

»Hat sie jemand vergewaltigt? Weißt du etwas darüber?«

»Nicht, dass ich wüsste. Allerdings hast du dir offenbar mächtige Feinde gemacht, indem du deine Finger nicht von ihr lassen konntest. Es tut mir leid, es sagen zu müssen, aber ich hatte dich gewarnt«, erklärte Paddy.

»Du hattest recht«, gab John resigniert zu. »Aber ich konnte nicht anders handeln. Ich habe mich das erste Mal in meinem Leben hoffnungslos verliebt, und sie benötigte meine Hilfe.« John versuchte vergeblich, sich von den Geschehnissen nach seiner Ohnmacht ein Bild zu machen. Paddy hingegen schien trotz ihrer Gefangenschaft eine Verbindung nach draußen zu haben. Wie sonst hätte er wissen können, wie es Madlen inzwischen ergangen war. »Sag nur, Paddy, woher weißt du das alles?«

»Rednose Rosie hat netterweise unsere Verpflegung übernommen«, grunzte der Ire selbstzufrieden. »Sie schuldete mir noch etwas, doch in Wahrheit tut sie es eher für dich.« Er lachte kurz auf.

»Für mich?« John gab den Unschuldigen, dabei konnte er sich denken, worauf Paddy hinauswollte. Rosie war eine Schankhure, die keinem Frauenwirt Rechenschaft ablegen musste und sich die Männer selbst aussuchen konnte. John war für sie weit mehr als ein zahlender Freier gewesen, den sie nur gegen Geld in ihr Bett locken wollte. Im Gegenteil, nach nicht allzu langer Zeit hatte sie ihn völlig umsonst bedient. Wie sich schon bald darauf herausstellte, war der Grund dafür nicht nur sein gutes Aussehen gewesen, sondern die Absicht, ihn an sich zu binden. Er war ein riesiger Kerl, um den jeder, der Böses im Schilde führte, einen Bogen machte, und sie benötigte einen Zuhälter, der sie beschützte und dem sie dafür einen Teil des Geldes gab, das sie mit den Freiern verdiente. Sie wollte den Kreis ihrer Kunden erweitern, bis hinunter nach Leith, und das konnte Ärger mit anderen Huren und betrunkenen Seemännern bedeuten.

John hatte sie für verrückt erklärt. Allein die Vorstellung, Geld von einer Hure zu nehmen, anstatt sie zu bezahlen, fand er absurd. Er hatte ihr vorgeschlagen, sie solle sich einen anderen suchen, weil ihm der Gedanke, ein Mädchen auf diese Weise auszunutzen, ganz und gar nicht behagte. Danach war Rosie lange beleidigt gewesen und hatte ihn eine ganze Weile lang ignoriert. Später hatte sie sich eines Besseren besonnen und ihm im Half Moon Inn immer wieder schmachtende Blicke zugeworfen, ganz gleich, welchem Mann sie gerade in den Armen lag. Dennoch hatte John sie fortan gemieden wie der Teufel das Weihwasser.

»Als sie gestern hier aufkreuzte, hat sie es mir erzählt«, flüsterte Paddy resigniert. »Und ich habe gedacht, die Kleine hätte deinen Hintern längst vergessen. Aber da war ich wohl im Irrtum. Wenn sie dich schon hängen sehen muss, hat sie mir gestanden, will sie dich bis dahin wenigstens nicht hungern lassen.«

»Das nenne ich großzügig«, schnaubte John ernüchtert. »Und was weiß sie sonst noch? Hat sie etwas über Madlen gesagt?« Das Wohlergehen seiner Geliebten interessierte ihn weit mehr als die Unterstützung aller Huren, die er in Edinburgh und Umgebung jemals gehabt hatte, und das waren nicht wenige. Jedoch war keine von ihnen wie Madlen gewesen. Nie zuvor hatte er sich derart spontan in ein Mädchen verliebt. Und dass sein körperliches und geistiges Unvermögen ihr Unglück nun noch viel schlimmer gemacht hatten, schmerzte ihn weit mehr, als er sich eingestehen wollte.

»Sie sagte nur, dass sich Madlen wieder in Chester Cuninghames Obhut befindet«, ergänzte Paddy seinen kurzen Bericht, »und dass unser schwarzer Lord sie in Wichfield Manor verborgen hält, bis der Prozess beginnt.«

»Prozess?« John Stimme klang alarmiert. »Welcher Prozess?«

Paddy schnaubte verächtlich. »Unser Prozess! Oder dachtest du etwa, man lässt uns nach allem, was man uns vorwirft, nach ein paar Tagen Arrest einfach laufen?«

»Und was hat der Prozess mit Madlen zu tun?« John begriff gar nichts mehr.

»Sie ist Kronzeugin der Anklage und wird gegen uns aussagen!«, erwiderte der Ire.

Wenn Paddy ihm mit der Faust ins Gesicht geschlagen hätte, wäre es nicht schlimmer gewesen.

»Du lügst«, flüsterte er. »Das würde sie mir nicht antun.«

»Es ist keine Lüge, John. Das kleine Luder hat dich hereingelegt. Warum, weiß nur der Teufel.«

Paddys aberwitzige Mutmaßungen bereiteten John eine schlaflose Nacht, und der anbrechende Tag gab ihm schließlich den Rest. Nicht nur Paddy, Randolf und der Minister befanden sich zusammen mit John im Thieves Hole. Als es heller wurde, sah er neun weitere Gestalten, die angekettet am Boden hockten. Arne, der schwindsüchtige Holländer. Geoffrey Fitzgerald, ein hitziger Waliser mit permanent hochrotem Kopf, der nie als Soldat gedient hatte und dessen ausschweifende Reden über den Bürgerkrieg John gehörig auf die Nerven gingen. Neben ihm saß David Ogilvy, ein junger, breitschultriger Lowlander mit fuchsrotem Haar, der meist schweigsam und fleißig war. Hinter ihm hockte Ruaraidh MacAlpine, ein drahtiger Mittzwanziger mit schulterlangen braunen Locken und einem schmalen, nachdenklichen Philosophengesicht, der wie John ebenfalls aus den West-Highlands stammte. Gerald Webb, ein kleiner struppiger Kerl, krümmte sich zwischen den Männern wie ein Wurm am Boden und schnarchte. Er war ein ehemaliger Galeerensträfling und entsprechend ausgemergelt und hager. Peter Huntlay, ein beleibter Mittvierziger, dem Frau und Kinder bei der Pest gestorben waren und der seitdem vom Leben nichts mehr erwartete, lag unter einer graubraunen Decke im Stroh und schlief. Archibald Thomas aus Leith, der hellwach neben ihm saß, setzte im trüben Morgenlicht sein typisch irres Grinsen auf, als John wie zur Begrüßung die Hand hob. Er war Ende zwanzig und geistig zurückgeblieben. Im letzten Jahr war seine Mutter gestorben, die sich bis dahin um ihn gekümmert hatte. Seitdem lebte er unter der Obhut seiner Kameraden in der Baracke. Dazu kamen Micheal und Malcolm MacGregor. Die beiden hockten stumm und bleich an die Wand gelehnt und machten den Eindruck, als müssten sie sich jeden Moment übergeben.

Cuninghame hatte als angesehener Parlamentsabgeordneter für die Festnahme der gesamten Baracke gesorgt. Paddy hatte John zunächst mit Absicht nichts davon erzählt, weil der Schock sonst noch größer gewesen wäre. Für einen Moment stellte sich John das Gesicht Abraham Brumbles vor, als man ihm mit einem Schlag die gesamte Lademannschaft verhaftet hatte.

Einige der Männer lächelten schwach. John war erleichtert, dass sie ihm keinerlei Vorwürfe machten. Vielleicht lag es daran, dass Paddy ihnen nicht alles erzählt hatte.

»Warum?«, krächzte John mit Blick auf die beiden Jungen. »Die zwei haben überhaupt nichts mit der Sache zu tun.«

»Sie sagen, wir hätten alle unter einer Decke gesteckt. Sie haben unsere ganze Bude hochgenommen und unter deinem Bett das Geld und die Passagen entdeckt. Außerdem sind die meisten von uns Katholiken. Irgendjemand hat herausgefunden, dass du eine Weile unter Montrose und MacColla gedient hast. MacColla hat im Sommer in Irland eine neue Armee gegen das englische Parlament zusammengestellt und benötigt dringend Geld. Man wirft uns vor, wir hätten beabsichtigt, eine irisch-katholische Rebellion zu unterstützen, indem wir Cuninghames Mündel als Geisel nehmen wollten, um von ihm eine große Summe zu erpressen. Mit dem Erlös wollten wir nach Frankreich fliehen und von dort aus MacCollas Armee finanzieren.«

John rang sich ein müdes Lachen ab. »Das kann doch nicht ihr Ernst sein. So etwas Verrücktes habe ich ja überhaupt noch nicht gehört!«

»Leider ist es nicht verrückt genug, um die Geschworenen vom Gegenteil zu überzeugen.« Paddys Miene drückte ernsthafte Sorge aus. »Nicht nur das Gericht, sondern die ganze Stadt wird gegen uns sein. Der Mob hat nur auf einen solchen Augenblick gewartet. Der König steht unter Beobachtung, weil er sich mal wieder nicht an die Abmachungen mit dem Parlament gehalten hat, und unsere Königin ist eine überzeugte Katholikin. Die meisten mögen sie nicht. Ein Haufen räudiger Papisten, an denen man seinen ganzen Hass auslassen kann, ist genau das, was dieser Stadt zu ihrem Glück noch fehlt. Wenn es gut läuft, schaffen wir es halbwegs unversehrt bis zum Galgenbaum. Wenn nicht, hat man uns unterdessen gelyncht.«

John ließ den Kopf hängen und atmete erschöpft aus. Seine Augen füllten sich mit Tränen, und er verbarg sein Gesicht in den Händen, weil er nicht wollte, dass die anderen seine Wut und seine Entrüstung sahen. Dass es so schlimm kommen konnte, hätte er niemals geglaubt.

»Das alles habt ihr meiner Dummheit zu verdanken«, brach es aus ihm hervor. »Gott, vergib mir!«

»Woher weißt du, dass Gott mein zweiter Vorname ist?«, flüsterte Paddy mit einem fatalistischen Lächeln.

»Sei vorsichtig, was du sagst«, erwiderte John mit ironischem Unterton. »In den Ohren der Puritaner ist das die reine Blasphemie und wird mit dem Tode bestraft. Ich will nicht für ein weiteres Unglück verantwortlich sein.«

Paddy legte ihm tröstend die Hand auf die Schulter. »Es bringt nichts, John, wenn du dir Vorwürfe machst. Was passiert ist, ist passiert.

Und wenn du schon Gottes Güte herausforderst, so tu mir und den anderen einen Gefallen und glaube daran, dass das alles hier einen Sinn ergibt, auch wenn er sich uns im Moment noch nicht erschließt.«

Die weißgetünchten Gerichtsräume des Hohen Gerichtshofes im Parlamentsgebäude von Edinburgh waren viel zu eng, um all die Neugierigen aufzunehmen, die sich in der nebligen Morgendämmerung vor dem Ostportal von St. Giles versammelt hatten, um den Prozess zu beobachten.

Sir Alexander Bricks, der stellvertretende Lord Justice Clerk, der als oberster Richter wiederum den Leiter des obersten Gerichtshofes von Schottland vertrat, trug eine hellrote Seidenrobe mit weißem Spitzenkragen und einen schwarzen Hut über seiner teuren Perücke, den er auch während der Verhandlung nicht abnahm. Unter seiner edlen Kleidung machte er nicht gerade den Eindruck, als ob er ein humorvoller Mensch wäre. Es hieß, er habe ein heftiges Magenleiden und sei nicht in der Lage, länger als eine Stunde zu sitzen. Außerdem hatten er und seine zwölf Geschworenen noch fünf andere Fälle zu erledigen. Deshalb dauerte eine Verhandlung in der Regel nicht länger als zwanzig Minuten, kaum ausreichend, um sich mit der Verteidigung eines Delinquenten zu beschäftigen. Bricks sauertöpfische Miene bestätigte diesen Eindruck, und die finster dreinblickenden Geschworenen, die auf einer Balustrade hinter ihm thronten, wirkten auch nicht gerade erheiternd. Pfiffe und Zurufe brandeten auf, als die Gefangenen – John und seine Kameraden – der Reihe nach durch eine enge Gasse von Menschen vor den Richter und dessen Beisitzer geführt wurden.

Dass die Angeklagten nicht wie üblich mit Eiern und faulem Gemüse beworfen wurden, war dem Umstand zu verdanken, dass es wegen der schlechten Wirtschaftslage nichts gab, was die Meute hätte entbehren können. Stattdessen forderten die Zuschauer lautstark einen möglichst grausamen Tod für die Angeklagten.

John versuchte ruhig zu bleiben, obwohl der Boden unter ihm wankte, als man Mistress Madlen Eleonore MacDonald in einem scharlachroten Kleid zur Zeugenkanzel führte. Ihr Gang war so unsicher, dass sie von Cuninghames Lakaien gestützt werden musste. Lord Cuninghame selbst saß, ganz in Schwarz gekleidet mit weißem

Kragen, in der ersten Reihe der Zuschauer und unterschied sich damit äußerlich nicht von den Advokaten und Parlamentsabgeordneten, die ihn umgaben. Wenn John nicht alles täuschte, hatte sich sogar der Lord Provost von Edinburgh, Sir Archibald Todd, unter den honorigen Beobachtern eingefunden.

Madlen trug ihr Haar unter einer weißen Haube verborgen. Der Ausschnitt ihres Kleides war züchtig mit einem weißen Kragen bedeckt. Ihr Blick wirkte seltsam fern, der Auftritt vor all diesen geifernden Menschen berührte sie anscheinend nicht. John hoffte inbrünstig, dass sie ihn ansehen würde, doch auch das tat sie nicht. Stattdessen starrte sie stur geradeaus.

»Es macht den Anschein, als ob man ihr ein Rauschmittel verabreicht hat«, flüsterte Paddy rasch von der Seite. Ihre Augen wirkten tatsächlich glasig, aber John wusste nicht, ob ihn diese Erkenntnis trösten sollte.

Hier und da war ein Wispern zu vernehmen, als jemand meinte, die Arme habe wohl ihre Seele verloren, nach allem, was die Angeklagten ihr angetan hatten.

John hätte am liebsten laut aufgeschrien oder ihr wenigstens zugerufen, dass das alles nur ein abgekartetes Spiel sein konnte, dabei wirkte Madlen so abwesend, dass es ihn ängstigte und ihm jeglicher Einspruch sinnlos erschien.

»Er hat sie verhext«, flüsterte Paddy, »das kann sogar ein Blinder sehen.«

»Ruhe da unten!«, rief der Richter und wies seine Schergen mit einem Nicken an, unter den Gefangenen für Ordnung zu sorgen. Paddy bekam einen Stock zwischen die Rippen, und John sah, wie er sich vor Schmerz auf die Lippen biss. Blitzschnell zog er den Kopf ein, als einer der Wachhabenden auch auf ihn einzuschlagen drohte.

»Mistress MacDonald«, begann der Richter mit jovialem Tonfall, »schildern Sie uns bitte, was in jener Nacht von Sonntag auf Montag geschehen ist.«

John wunderte sich, dass Madlen überhaupt zu sprechen begann. Und als sie es tat, wirkte sie auf ihn wie eine dieser mechanischen Puppen, die man jüngst in Japan erfunden hatte und die Hände und Gesicht bewegten, wenn man sie wie ein Uhrwerk aufzog.

Mit verwaschener Stimme erzählte Madlen von Johns Aufwartung am letzten Sonntag, gerade so, als ob er sie überfallen hätte. Seltsam abwesend beschuldigte sie ihn, ihr die Jungfernschaft geraubt zu haben, dabei sei er roh und brutal zu Werke gegangen. Danach habe er sie und ihren Burschen aus ihrem Haus entführt, dafür gebe es mehrere Zeugen.

John blieb vor Empörung der Mund offen stehen, als Ruth, Madlens Dienerin, den Zeugenstand betrat und erzählte, dass er sie gefesselt und geknebelt in der Speisekammer zurückgelassen habe, bevor er sich ihrer Herrin bemächtigt hatte. Dass die vorgeladenen Lakaien nichts anderes bezeugten, war zu erwarten. Sie sagten aus, sie hätten Ausgang gehabt und Ruth angeblich erst am späten Abend gefunden.

Bei so viel Dreistigkeit konnte John nur den Kopf schütteln. Cuninghame hatte nicht nur sein Personal im Griff, sondern auch den gesamten Gerichtssaal, als die Menge sich brüllend und schreiend erhob und Johns Hinrichtung forderte. Danach wurden die Wachen von Leith in den Zeugenstand gerufen und bestätigten, dass man John und seine Kameraden dabei erwischt habe, wie sie Madlen und ihren Burschen gegen deren Willen in die Hafenfestung bringen wollten, um sie dort aller Wahrscheinlichkeit nach bei den Docks zu verstecken, bis sie das Lösegeld erhalten hatten. Cuninghames Privatarmee sei es zu verdanken gewesen, dass man die völlig verstörte Frau auf ihrer Flucht vor den Entführern schließlich aus dem eiskalten Leith Water geborgen habe.

John wurde als Erster in den Angeklagtenstand gerufen, weil nicht alle Gefangenen gleichzeitig Platz hatten und ihm die schwersten Vergehen vorgeworfen wurden. Seine Hände waren immer noch aneinandergekettet, nur die Fußketten hatte man aufgeschlagen, bevor man ihn die wenigen Stufen hinauf auf das Holzpodest führte. Er hatte bisher keinen Spiegel zur Verfügung gehabt, aber wahrscheinlich sah er genau so aus, wie die Advokaten ihn haben wollten: ein großes wildes Tier mit einer langen rötlichen Mähne, direkt aus den Highlands, brutal, unbezwingbar und ohne Manieren. Sein Hemd war am Ärmel zerrissen, sein Plaid nur notdürftig gegürtet, und Bart und Kopfhaar standen vor Schmutz. Außerdem hatte er ein schönes Veilchen, wie Rosie sein blau unterlaufenes Auge genannt hatte, und eine blutverkrustete Unterlippe, die ihn wie einen notorischen Faustkämpfer aussehen ließen.

Der Advokat verlas seine Vita. Zum Schluss hob er den Kopf, und seine näselnde Stimme nahm einen scharfen Ton an.

»Stimmt die Aussage, dass Ihr als Captain in der königstreuen Kavallerie des James Graham, 1. Marquess of Montrose gedient habt?«

John blieb nichts anderes als zu nicken. Und wenn es bis jetzt Männer in diesem Saal gegeben hatte, die Verständnis dafür aufbringen konnten, dass er sich unerlaubt einer unverheirateten schönen Frau bemächtigt hatte, so verziehen sie ihm nicht, dass er unter dem Kommando eines erklärten Erzfeindes und dazu als katholischer Offizier in den Krieg gegen die Covenanters gezogen war. Der Mob kochte vor Wut, und John stellte sich, da Cuninghames Verbindungen so offensichtlich geworden waren, nicht mehr die Frage, woher das Gericht all diese Informationen besaß.

Madlen hatte man auf einen Stuhl unterhab der Empore in Cuninghames Nähe gesetzt. Sie ließ den Kopf hängen, als ob er zu schwer wäre, und die Tatsache, dass Ruth ihr die Hand hielt, empfand John als einen schlechten Scherz. Die hasserfüllten Augen der Dienerin bohrten sich indes regelrecht in sein Gesicht.

Der beisitzende Advokat erhob das Wort, indem er die Anklagepunkte mit näselnder Stimme von einem Blatt ablas. »John Cameron – oder sollte ich besser sagen: … Iain Mhic Dhonnchaidh Chloinn Camshrōn Loch Iol à Blàr mac Faoltaich, wie Euer voller gälischer Name lautet … Euer Vater ist ein Cousin des alten Cameron of Loch Iol. Somit habt Ihr Anspruch auf eine hochwohlgeborene Behandlung.«

In Edinburgh hatte John bisher darauf verzichtet, Gälisch zu sprechen oder die gälische Form seines Namens zu verwenden, zum einen, weil es in der Stadt ohnehin nicht genug Menschen gab, die seine Sprache beherrschten, und zum anderen, weil er anonym bleiben wollte, um von den überwiegend protestantischen Covenanters nicht als ehemaliger Cavallier entlarvt zu werden. Zudem sollte niemand wissen, dass er bei Montrose aus Gewissensgründen seinen Dienst quittiert hatte und im Streit gegangen war.

Ein aufgebrachtes Raunen ging durch den Saal. John beschlich eine Ahnung, was die ironisch gemeinte Andeutung des Beisitzers zu seiner höhergestellten Verwandtschaft in den Highlands zu bedeuten hatte. Falls man ihn zum Tode verurteilen würde – und darauf lief es hinaus –, hatte er Anspruch darauf, geköpft zu werden. Die Vorstellung, seinen Hals schon bald unter die schottische Jungfrau zu legen, das erste automatische Fallbeil Schottlands, das jüngst seinen Einzug in die schottische Justiz gehalten hatte, ließ John erschauern. Resigniert erwiderte er Paddys ängstlichen Blick.

Bevor die Menge sich in eine hasserfüllte Rage hineinsteigern konnte, fuhr der Beisitzende fort. »Master Cameron, Ihr werdet beschuldigt, vom 27. auf den 28. Oktober 1647 in die Wohnung der Madlen MacDonald im Graystoneland, in der unteren Canongate, dritter Stock, eingedrungen zu sein, die junge Frau vergewaltigt und sie anschließend entführt zu haben, um von ihrem ehrbaren Vormund, Lord Chester Cuninghame of Berwick upon Tweed, eine nicht geringe Summe für ihre Freilassung zu erpressen, die Ihr nach Eurer Flucht ins Königreich Frankreich dazu verwenden wolltet, um von dort aus die irische Rebellenarmee zu unterstützen.« Der Mann stockte einen Moment und sah John fragend an. »Schuldig oder nicht schuldig? Wie lautet Eure Antwort?«

Alle Augen richteten sich auf John.

»Tötet das Schwein! Schlitzt ihn auf! Schneidet ihm unverzüglich die Eier ab!« Aus den Reihen der Zuschauer schlug ihm die reine Mordlust entgegen.

Was sollte er sagen? Dass Madlen gelogen hatte? Auf Falschaussage stand der Tod durch Erhängen. Sein Blick wanderte über die Anwesenden in der ersten Reihe hinter den Angeklagten. Sie hatten sich zum großen Teil der Falschaussage schuldig gemacht. Und wenn es auch nur insoweit zutraf, dass sie andere bedauernswerte Kreaturen zur Falschaussage gezwungen hatten. Die Folgen wären dieselben gewesen. Allerdings – wo kein Kläger, da kein Richter. John blickte in die meist tumben Gesichter der sogenannten ehrenhaften Männer, denen angeblich nichts weiter am Herzen lag, als die Ruhe und Ordnung der Stadt und die Ehre einer bis dahin unbescholtenen Jungfrau wiederherzustellen. Er war beinahe sicher, dass sich unter den Anwesenden auch Ebenezer Wentworth befand, der das wahrscheinlich am meisten bedauerte.

Dann traf sein Blick auf Lord Chester Cuninghame, dessen teuflisches Grinsen ihn einen Moment ins Wanken geraten ließ, ob er nicht besser die wahre Geschichte erzählen sollte, ganz gleich, ob sie jemand hören wollte. Wegen Madlen jedoch, die unter der Wahrheit nur noch mehr zu leiden gehabt hätte, verwarf er diesen Gedanken.

»Heilige Jungfrau, steh mir bei!«, murmelte er und biss die Zähne zusammen, bevor er laut zu sprechen begann.

»Ich bekenne mich schuldig.« Johns Stimme war ruhig und getragen. Er wusste genau, was er tat. »In allen Anklagepunkten. Unter einer Bedingung: Ich möchte, dass meine zwölf Kameraden von jeglicher Schuld freigesprochen werden. Sie wussten nichts von meinen Absichten, und es wäre ein großes Unrecht, wenn sie wegen meiner Sünden vor Gottes Angesicht treten müssten.«

Auf den Stehplätzen brach ein Tumult aus. »Tod den Papisten!«, war noch die netteste Variante, die John zu hören bekam. Der ganze Saal brüllte und tobte. Der Richter hatte Mühe, das Volk zu beschwichtigen. Erst als die Wachsoldaten mit Stockhieben für Ordnung gesorgt hatten, kehrte langsam wieder Ruhe ein. Der Richter und seine Geschworenen berieten sich flüsternd, und anschließend verkündete ein Sprecher, dass man auf eine weitere Befragung der Angeklagten verzichten wolle.

Zur Urteilsverkündung musste John sich wieder unter den anderen Gefangenen einreihen. Als er an Micheal und Malcolm vorbeiging, schauten sie mit hängenden Köpfen zu Boden und hatten leise zu weinen begonnen. Beim Anblick ihrer wirren dunklen Locken, die ihnen bis zu den Schultern reichten und ihre weichen, bartlosen Gesichter verdeckten, krampfte sich John das Herz zusammen. Verdammt, sie waren noch keine siebzehn. Und auch wenn sie im Krieg und an Deck eines Schiffes als vollwertige Männer galten, benahmen sie sich wie Welpen, denen das Leben noch kaum etwas abverlangt hatte. Die beiden Burschen waren entschieden zu jung, um dem Scharfrichter vorgeführt zu werden. Mit geschlossenen Augen stellte sich John neben Paddy und Arne, den Holländer, der wegen seiner schwächelnden Gesundheit ohnehin dem Tode geweiht war.

John betete stumm zu allen Heiligen, die ihm in den Sinn kamen, dass der Richter sich seiner Bitte erbarmen mochte und die übrigen Männer ungeschoren davonkommen ließ.

109

Mit einem Glockenläuten rief der Vorsitzende zur Aufmerksamkeit, und alle, die einen Sitzplatz innehatten, mussten sich erheben.

»Master John Cameron.« Der Richter sah ihm direkt in die Augen. »Das hohe Gericht ist zu der Überzeugung gelangt, dass es nicht an Euch ist, Bedingungen zu stellen. Nichtsdestotrotz hat uns Eure offene Aussage zu einer gewissen Milde bewogen.« Dann hob der Richter den Kopf, und sein arroganter Blick streifte die Menge. »Im Namen des schottischen Parlamentes ergeht folgendes Urteil: Der Verurteilte John Cameron ist nicht nur des Landesverrates, sondern auch der Spionage für schuldig befunden worden. Die Geschworenen sind zusammen mit dem Gericht zu der Überzeugung gelangt, dass dies aufgrund der Herkunft des Angeklagten und seiner ehemaligen Stellung in der königlichen Armee nur eine Strafe nach sich ziehen kann: die Enthauptung. Das Urteil wird am kommenden Samstag vor dem Mercat Cross vollstreckt werden. Bei den übrigen Angeklagten hat das Gericht wegen des Geständnisses des Hauptangeklagten Milde walten lassen. Sie werden wegen verschwörerischer Umtriebe gegen das schottische Volk zu lebenslanger Zwangsarbeit in den Pyritminen von Massachusetts verurteilt.«

John presste die Lippen zusammen. Die angebliche Vergewaltigung Madlens hatte in der Urteilsfindung keinerlei Rolle mehr gespielt. Das Ganze war nur als Aufhänger benutzt worden, um ihm eine viel schwerwiegendere Tat zu unterstellen und der Bevölkerung zu zeigen, dass es allerorten von katholischen Agitatoren und Spionen nur so wimmelte.

Die Menge grölte von neuem. Man hörte sowohl Beifall als auch Buhrufe, weil manchem das Urteil für die übrigen Angeklagten nicht hart genug erschien.

John schluckte, und plötzlich wurde ihm bewusst, dass er in drei Tagen zu einer solchen Regung nicht mehr fähig sein würde.

Seine Kameraden erschienen ihm wie betäubt. Einerseits war jeder froh, mit dem Leben davongekommen zu sein, andererseits konnte sich offenbar niemand von ihnen vorstellen, was es bedeutete, nach Massachusetts verschleppt zu werden. Zudem war ihnen nicht klar, was das Wort »Pyritminen« besagte. John hatte davon gehört, dass in diesem Teil der Neuen Welt die Puritaner das Heft in der Hand hielten und so ziemlich alles mit dem Tode bestraft wurde, was den unglaublich strengen Gesetzen zuwiderlief. Selbst ein Kind, das nicht den Worten des Vaters gehorchte, konnte gehängt werden.

Der Weg zurück ins Tolbooth-Gefängnis geriet zu einem Spießrutenlaufen, das John wie in Trance ertrug. Bis zum Gefängniswagen hatten er und seine Kameraden etliche Fußtritte und Fausthiebe abbekommen, doch es störte ihn nicht. Viel schlimmer war die Erkenntnis, Madlen davonfahren zu sehen, seelenlos, wie ein Geist, in einer Kutsche, die aussah wie das Fuhrwerk des Teufels.

Tief in ihrem Innern wusste Madlen, dass sie etwas Furchtbares getan hatte, das nicht mehr rückgängig zu machen war. Doch was es genau war, begriff sie nicht, als Chester sie in ihre Wohnung in der Canongate geleitete, bevor er mit der Kutsche davonfuhr. Als Ruth sie in ihre Bettkammer brachte, hatte sie nur noch das Bedürfnis, sich in ihre Kissen zurückzuziehen und zu schlafen. Sie war so müde, und die Welt um sie herum erschien ihr unwirklich und fern. Ruth reichte Madlen einen Becher mit der Medizin, die ihr Chester verordnet hatte, und befahl ihr, diese bis auf den letzten Tropfen zu trinken. Madlen war übel. Dankend lehnte sie ab. Ruth ließ sich jedoch nicht beirren und setzte wieder diese strenge Miene auf, die sie immer zeigte, wenn Chester ihr etwas befohlen hatte.

Wie in Trance nahm Madlen den Becher und führte ihn an die Lippen. Für einen Moment flackerten einzelne Bilder auf. John, wie sie mit ihm Champagner getrunken hatte. John, wie er ihr in die Küche gefolgt war und wie sie sich geliebt hatten. John, wie er am Leith-Tor gestanden und sie abgeholt hatte und … John, wie er heute in diesem merkwürdigen Saal gestanden hatte. Was hatte er dort gewollt?

Schlagartig kam die Erinnerung zurück. Mit einem Aufschrei stieß Madlen den Becher von sich und sprang aus dem Bett, dann lief sie zum Fenster und starrte auf den Tolbooth, dessen mehrstöckige Fassade man von ihrem Fenster aus gut sehen konnte. Ruth war ihr gefolgt und versuchte, sie ins Bett zurückzuziehen, doch Madlen war stärker und schlug sie zur Seite. Mit nackten Füßen, das Nachthemd bis zu den Knien gerafft, rannte sie an ihrer Dienerin vorbei, die kalten

Granitstufen hinunter zum Haupteingang. Mit einer Leichtigkeit, die man ihr nicht zugetraut hätte, öffnete sie das schwere grüne Portal, und obwohl es schon dunkel war, lief sie direkt auf das Tolbooth-Gefängnis zu. Die beiden Wachen schauten verwirrt, als die junge Frau plötzlich vor ihnen auftauchte, weiß wie ein Gespenst und verfolgt von ihrer aufgebrachten Dienerschaft.

»Ich muss hier rein!«, rief Madlen mit undeutlicher Stimme, als die Männer sie daran hindern wollten, zum Eingang hinaufzustürmen. Sie wehrte sich wie eine Wahnsinnige, doch die beiden Wachen waren stärker und hielten sie fest.

»Schau dir diese Verrückte an!« Einer der Wachmänner grinste kopfschüttelnd. Der andere hatte Madlen erkannt. »Sie ist die Mistress von Lord Cuninghame«, erklärte er überrascht. »Soweit ich weiß, hat sie heute gegen John Cameron ausgesagt.«

Madlen hörte den Namen und geriet vollkommen außer sich. »Iain!«, schrie sie. »Iain! Am bi thu gam Chluinntinn – kannst du mich hören? Was immer ich auch getan habe … tha gaol agam ort!«

Ruth war so weit heran gekommen, dass sie sich wie eine Rachegöttin vor den beiden Söldnern aufbauen konnte. »Bringt sie zum Schweigen, verdammt! Oder wollt ihr es mit dem Zorn eines Parlamentsabgeordneten aufnehmen.«

Einer der Wachleute hielt Madlen rechtzeitig den Mund zu, bevor sie noch einmal ansetzen konnte. Als sie ein wenig zur Ruhe gekommen war, flößte Ruth ihr gewaltsam den Inhalt einer Phiole ein, die Cuninghame ihr überlassen hatte. Widerwillig schluckte Madlen die bittere Medizin.

»Paddy?« John war aus einem traumlosen Schlaf erwacht. Nach dem Prozess hatte man sie ins Thieves Hole zurückgebracht, und obwohl ihm nicht nach Schlafen zumute war, musste er eingenickt sein.

»Was ist, Bruder?« Die Stimme des Iren klang bleiern. Ein lautes Schnarchen erfüllte die Zelle.

»Hast du das auch gehört?«

»Was?«

»Ich glaube, ich habe Madlens Stimme vernommen. Sie hat meinen Namen gerufen.«

»Woher? Aus der Hölle?« Paddy nahm ihn nicht ernst.

»Nein«, erwiderte John verärgert. »Von draußen.«

»John, du träumst, aber das ist kein Wunder, nach allem, was du heute durchgemacht hast. Tu mir jedoch einen Gefallen: Schlag dir diese Frau aus dem Kopf, noch bevor man dir den Kopf abschlägt. Sie hat es nicht verdient, dass du sie mit in den Himmel nimmst.«

»Ich weiß, dass sie mich liebt«, bemerkte John trotzig. »Man hat ihr ein Rauschmittel eingeflößt. Ansonsten hätte sie niemals gegen mich ausgesagt.«

»Cuninghame hat sie von Beginn an verhext, John. Er ist der Teufel, und sie ist seine Hure. Wann wirst du es endlich begreifen? Du würdest sie niemals haben können, weil er ihre Seele besitzt. Sie ist der Tod – für jeden Mann, der ihr zu nahe kommt. Und du bist der Nächste, der den Preis dafür zahlt.«

»Wir müssen sie von hier fort bringen, Ehrwürden.« Ruths Stimme klang wie von ferne, als Madlen am nächsten Tag in ihrem Bett erwachte. Verschwommen konnte sie Chesters Gesicht erkennen. Er wirkte nicht besorgt, eher kühl und distanziert, als er sich an ihre Seite setzte.

»Madlen, mein Kleines, wie geht es dir?« Sein Blick war lauernd und seine Anteilnahme unecht.

»Was hat er Euch angetan, Chester?« Madlens Stimme war brüchig.

»Was meinst du, meine Liebe?«

»Warum wolltet Ihr, dass John auf so grausame Weise stirbt?«

»John?« Er lächelte falsch. »Nun, dass müsstest du doch am besten wissen, nicht wahr? Immerhin war er es, der dich entehrt hat und dich entführen wollte.«

»John ist unschuldig. Ich war es selbst, die Euch verlassen wollte. Das wisst Ihr nur zu gut.«

»Dann war er es eben, der dich auf törichte Gedanken gebracht hat. Auf sehr törichte Gedanken, meine Liebe. In Wahrheit willst du mich gar nicht verlassen – habe ich recht?«

Als er die Hand auf ihre Stirn legte, konnte sie spüren, wie er ihren Willen brach und wie sie folgsam nickte, doch sobald er die Hand fortgezogen hatte, war es ihr möglich, erneut klar zu denken.

»Ist das der Grund? Weil er mir geholfen hat, meinen eigenen Weg wiederzufinden?«

Cuninghame lächelte milde. »Möchtest du wirklich, dass er am Leben bleibt?«

Madlen nickte heftig. Ihre Augen füllten sich mit Tränen. »Chester, ich bitte Euch. Es war alles meine Schuld. Eine dumme Idee. Ich schwöre Euch, ich werde Euch niemals mehr hintergehen, wenn Ihr dafür sorgt, dass er leben darf.« Ihre Stimme klang erstickt, und sie spürte die Tränen, die ihr heiß über die Wangen liefen und ihre bebenden Lippen benetzten.

Cuninghame seufzte und griff nach ihren Händen. Er fühlte sich kalt, knochig und trocken an, und sein Gesicht wirkte wie erstarrt unter seiner scheinbaren Freundlichkeit. »Weil du es bist und weil es mein Herz zerreißt, wenn ich dich traurig sehe«, begann er scheinheilig.

Madlen hatte zu weinen aufgehört und starrte ihn abwartend an.

»Also gut, ich werde sehen, was sich machen lässt. Obwohl es nicht leicht werden wird, denn soweit ich gehört habe, fiebert der Mob von Edinburgh der Hinrichtung eines Papisten regelrecht entgegen – besonders weil er das schottische Volk hintergangen hat und ihn dabei nichts davon abhielt, sogar eine ehrbare Jungfrau zu schänden.«

Madlen hielt den Atem an. »Ich tue alles, was Ihr wollt«, stieß sie nochmals hervor, »wenn Ihr ihm nur das Leben schenkt. Ich verspreche es Euch.«

»Und was macht dich so sicher, dass es ihm besser ergeht, wenn er am Leben bleibt?« Cuninghame genoss ihren entsetzten Blick.

»Was soll das bedeuten?« Trotz ihrer Müdigkeit riss sie die Augen auf. »Was habt Ihr mit ihm vor?«

»Kommt ganz darauf an, wie du dich zukünftig benimmst …« Für einen Moment herrschte eine bedrückende Stille. Dann stand Cuninghame auf und brach in schallendes Gelächter aus. »Du siehst hinreißend aus, wenn du Angst hast.«

Er schnippte mit den Fingern, bevor er das Zimmer verließ, und gab Ruth damit ein Zeichen, dass Madlen ihre Medizin benötigte.

Madlen wehrte sich nicht, als Ruth ihr die Phiole an die Lippen setzte.

Sie schluckte die bittere Flüssigkeit mit ebenso bitterer Miene hinunter. Und wenn man sie umbringen würde! Was konnte es Schlimmeres geben, als an Johns Hinrichtung schuld zu sein. Lieber wollte sie sterben.

7

Edinburgh/Bass Rock 1647 – »Rednose Rosie«

Mit einem rasselnden Geräusch wurde die Tür zur Gefängniszelle geöffnet, und eine hübsche junge Blondine huschte herein. Sie schlug die Kapuze ihres himmelblauen Umhangs zurück. Ihr Lächeln war alles andere als scheu. »Guten Morgen, meine Herren«, trällerte sie unangemessen fröhlich und präsentierte den überrascht dreinblickenden Gefangenen einen vollen Korb mit Proviant.

»Rosie!« Paddy strahlte über das ganze Gesicht. Rosemary Elkwood hatte gehalten, was sie versprochen hatte. Als sie reihum ging und den Männern Brot, Ale, geräucherte Würste und gepökeltes Fleisch anbot, bückte sie sich bei jedem Einzelnen tief genug, damit er einen Moment lang ihre ganz intimen Auslagen genießen konnte. John hatte man in der hintersten Ecke des Raumes angekettet, vielleicht weil er sich von nun an von den anderen Gefangenen unterschied. Er hatte nur noch einen Tag und eine Nacht zu leben. Die Frage, ob er seine Familie über sein Schicksal benachrichtigen wollte, hatte er stoisch verneint. Paddy und seine übrigen Kameraden würden so lange hier eingekerkert sein, bis ein Schiff mit Deportierten in die Neue Welt aufbrach, und das konnte in dieser Jahreszeit noch gut zwei Monate dauern.

Johns üble Laune ließ darauf schließen, dass er langsam begriff, in welch aussichtsloser Lage er sich befand.

Er hob noch nicht einmal den Kopf, als Rosie vor ihm Aufstellung nahm.

»John«, sagte sie sanft und warf ihre weizenblonde Mähne zurück.

Erst jetzt schaute er sie von unten herauf an und lächelte schwach. »Danke, dass du die Männer versorgst«, sagte er leise. »Ich wusste immer, dass du ein gutes Mädchen bist.«

Von einem Mauervorsprung vor den Blicken der anderen Gefängnis-insassen geschützt, stellte Rosie den Korb zur Seite und hob ihre Röcke. Darunter war sie nackt. John schaute zwangsläufig auf ihr klei-nes goldenes Vlies und ihre festen weißen Schenkel. Der Anblick ihrer verlockenden Weiblichkeit berührte ihn nicht.

»John«, flüsterte sie abermals, und dabei fixierte sie seine Augen, als ob sie ihn beschwören wollte. »Mein Leib gehört dir ebenso wie mein Herz, ganz gleich, ob du es willst oder nicht. Lass mich dir ein letztes Mal Vergnügen bereiten. Hier und jetzt. Ich bitte dich. Vielleicht zeugst du mir einen Jungen, der so aussieht wie du. Dann würdest du in ihm weiterleben.«

»Rosie«, antwortete er heiser. Hastig schluckte er seine Verlegenheit hinunter, weil er für einen Moment nicht wusste, was er ihr antworten sollte. Trotz der Ketten gelang es ihm, sich weit genug im Sitzen aufzu-richten, damit er nicht so verzweifelt auf sie wirkte.

»So leid es mir tut – das kann und will ich nicht annehmen.«

»Warum denn nicht?« Sichtlich enttäuscht ließ Rosie die Röcke fal-len und ging vor ihm auf die Knie. Ohne seine Zustimmung abzuwar-ten, küsste sie ihn stürmisch. John wehrte sie halbherzig ab. Obwohl ihm absolut nicht der Sinn nach weiblicher Zuwendung stand – schon gar nicht nach ihrer –, wollte er Rosie nicht wehtun, weder körperlich noch im Herzen.

»Bitte!« Er hielt sie bei den Schultern gefasst und versuchte sie auf Abstand zu halten. »Denk an Paddy«, zischte er. »Er liebt dich auf-richtig, und er ist mein Freund. Für ihn kannst du weit mehr tun.«

»Aber *ich* liebe *dich*, und außerdem ist Paddy einverstanden mit dem, was wir tun«, flüsterte sie mit tränenerstickter Stimme. »Er war es, der auf diese Idee gekommen ist.«

»Was?« John riss ungläubig die Augen auf und reckte den Hals, um das Gesicht von Paddy zu sehen. Weil er angekettet war, gelang es ihm nicht.

»Er sagt, er wird mich in die Neue Welt mitnehmen«, fuhr Rosie treuherzig fort. »Er wird mich heiraten, wenn ich von dir schwanger bin. Selbst ein Zwangsarbeiter kann dort eine Familie gründen, wenn seine Frau bereit ist, ihn zu begleiten. Er würde deinem Kind ein guter Vater sein.«

John schüttelte entrüstet den Kopf. In was für einem Albtraum befand er sich hier? »In Gottes Namen, ich dachte, nur mich hätte der Verstand verlassen«, spöttelte er unsicher. »Hat Paddy das Gefängnisfieber erwischt?«

»Dann willst du es also nicht?« Rosies Blick drückte tiefstes Unverständnis aus. »Es liegt an mir, habe ich recht? Du findest mich nicht hübsch genug!« Unentschlossen nestelte sie an der kleinen weißen Schnur ihrer Bluse, die ihren prallen Ausschnitt zusammenhielt.

John musste nun doch lächeln. »Nein, Süße, an dir liegt es wahrlich nicht. Schon gar nicht an deinem Aussehen.« Sie war schön wie die Sünde, und den Namen Rednose Rosie hatte sie nur bekommen, weil sie im letzten Winter ein hartnäckiger Schnupfen geplagt und sie sich permanent für ihre rote Nase entschuldigt hatte. Trotzdem wäre John im Traum nicht auf den Gedanken gekommen, sie zur Mutter seiner Kinder zu machen. Er mochte sie, aber er liebte sie nicht. So einfach war das.

Bei Madlen sah die Sache vollkommen anders aus. Wegen ihr ging er nun in den Tod, und nur der Teufel wusste, warum das so war.

»Es liegt an mir und an nichts sonst«, flüsterte er sanft. »Ich bin es, der es nicht wert ist, von dir geliebt zu werden. Ich habe wohl nie gespürt, was ich dir wirklich bedeute.« Wieder musste er an Madlen denken, deren Zuneigung ihm in früheren Zeiten auch entgangen war. Vielleicht hatte er schon immer zu jener Sorte von Männern gehört, die nichts begriffen, sobald es mit Liebe zu tun hatte, und die Frauen nur unglücklich machten.

»Sag das nicht, John.« Rosie verzog das Gesicht zu einer traurigen Miene und strich ihm hilflos eine dicke rötliche Haarsträhne aus der Stirn. Unvermittelt rollten ihr ein paar Tränen über die Wangen bis zu ihrem kleinen spitzen Kinn, wo sie wie verlorene Perlen in das schmutzige Stroh fielen. Obwohl er wie eine Ziege stinken musste, beugte sie sich zu ihm vor und umarmte ihn fest. Ihre Schultern bebten, als er ihre Umarmung unbeholfen erwiderte. »Wartest du wenigstens auf mich, John, wenn du im Himmel bist?«

John verspürte einen Kloß in der Kehle und räusperte sich, bevor er etwas erwidern konnte. »Ich glaube, es ist besser, wenn du jetzt gehst.«

Rosie ließ von ihm ab und putzte sich mit dem Ärmel die Nase. Dann sah sie ihn mit ernsten Augen an. »Da ist noch etwas, das du wissen solltest. Die Teufelshure, die Schuld daran trägt, dass du dein Leben verlierst und dass all diese anständigen Männer hier in die Deportation geraten – man hat sie aus der Stadt gebracht. Ab sofort residiert sie in Wichfield Manor, und es heißt, Lord Chester Cuninghame habe um ihre Hand angehalten und sie habe mit Freuden zugestimmt.«

John kniff die Lider zusammen. »Woher weißt du das?«

»Unsere Kundschaft im Half Moon zerreißt sich seit Tagen darüber das Maul, und außerdem ist der Hochzeitstermin an der hölzernen Tafel von St. Giles angeschlagen. In kaum zwei Wochen wird diese Hure Cuninghames Braut sein.«

»Warum erzählst du mir das?« John konnte den Schmerz, den er über diese Nachricht verspürte, kaum unterdrücken.

»Weil ich nicht möchte, dass dein Herz an etwas hängt, das es nicht wert ist.«

In dem Bewusstsein, dass es die letzte Nacht seines Lebens sein würde, hatte John sich vorgenommen, nicht einzuschlafen und wachenden Auges den Morgen abzuwarten, bis man ihn zum Schafott führte. Umso überraschter war er, als spät in der Nacht eine Gruppe von schwarzgekleideten Männern mit Hüten und Masken erschien. Zunächst war nur ein Murmeln zu vernehmen, doch dann polterte Gefängnisdirektor Fergusson, der noch seine Nachtmütze trug, von zwei Fackelträgern flankiert, ins Thieves Hole und verkündete den Abtransport aller Gefangenen – bis auf den Minister.

Paddy baute sich vor dem bleich aussehenden Fergusson auf. »Was geht hier vor?«, brüllte er. »Was sind das für Kerle, und warum überfällt man uns mitten in der Nacht?«

Die schwarzmaskierten Gestalten zogen ihre Degen und richteten sie auf Paddy.

Fergusson wirkte überaus irritiert, und zu Johns Überraschung antwortete er. »Auch wenn es Euch nicht zusteht, Master Hamlock, die Pläne des hohen Gerichts zu hinterfragen, will ich Euch nicht dumm sterben lassen. Diese Männer gehören zur Geheimpolizei. Man wird

Euch auf Anordnung eines hohen Parlamentsabgeordneten noch heute Nacht in ein anderes Gefängnis verlegen.«

Paddy warf einen Seitenblick auf John, der kaum merklich den Kopf schüttelte. Vielleicht war es ein Irrtum, dass man ihn nochmals verlegte, obwohl er morgen in aller Frühe dem Scharfrichter vorgeführt werden sollte. Aber selbst wenn es so war, wollte John nicht allein mit dem verstörten Minister der Episkopalkirche im Thieves Hole zurückbleiben und von allen Gefährten verlassen seinem grausamen Schicksal ins Auge sehen.

Paddy schien weit beunruhigter als John zu sein, als man die Gefangenen in Begleitung von mehreren schwerbewaffneten Maskenträgern hinaus auf die Straße führte. »Was ist hier los, Kumpel?«, flüsterte er.

»Keine Ahnung«, erwiderte John leise und sah sich im flackernden Schein eines brennenden Feuerkorbes um.

Draußen rauschte ein kühler Nachtwind. Nur etwa zwanzig Söldner, die mit ihren Pferden den Vorhof des Tolbooth umzingelten, hielten sich in der unteren Canongate auf. Ansonsten war niemand zu sehen. Zwei vergitterte Gefängniskarossen standen auf der Straße, die jeweils von zwei Pferden gezogen wurden. John nutzte den Moment, bevor man ihn zu einem der Wagen führte, um einen Blick auf Graystoneland zu erhaschen. Die Fensterfront war stockdunkel. Der Gedanke, dass Cuninghame Madlen zur Frau nehmen wollte, schnürte ihm die Kehle zu, und die Ungewissheit, ob sie ihn tatsächlich kaltblütig betrogen hatte, schmerzte ihn mehr, als er sich einzugestehen vermochte. Mit einem Mal hasste er Rosie. Warum hatte sie ihren Mund nicht gehalten und ihm diese Schmach erspart?

Die Reiter bereiteten sich stumm auf ihren Abmarsch vor. John stellte sich die Frage, ob die schwarzvermummten Gestalten Cuninghames Leute waren. Wie bei dem Überfall vor Leith trugen sie Schwerter und zwei Radschlosspistolen, die links und rechts vom Sattelknauf in ledernen Holstern steckten. Für einen Moment überlegte John, ob es möglich wäre, den Söldnern zu entkommen, doch dann fiel sein Blick auf Micheal und Malcolm, die, von zwei schwerbewaffneten Männern eskortiert, zu einer der Karossen geführt wurden.

Zu sechst steckte man die Gefangenen unter den Augen des Gefängnisdirektors in den Pferch. John protestierte nicht, als man ihn von Paddy trennte und in die vordere Karosse zu Micheal und Malcolm MacGregor stieß, die zitternd in dem grob zusammengezimmerten Holzverschlag saßen und sich bei den Händen hielten. Drei weitere Gefangene kamen hinzu, nachdem John den Jungs gegenüber seinen Platz eingenommen hatte, dann wurde die Tür hinter ihnen mit einem Vorhängeschloss gesichert. Nur eine winzige vergitterte Luke ließ einen Blick nach draußen zu. Geoffrey Fitzgerald, dessen Wärme John an seinem Oberarm spürte, als er gegen ihn gedrängt wurde, war der Erste, der das Wort ergriff.

»Aye«, knurrte er dumpf und stieß John in die Seite. »Was jetzt, Highlander? Hast du eine Idee, wie wir diesen Schlamassel für uns nutzen können? Schließlich warst du es, der uns in die Scheiße geritten hat. Also, sag was!«

»Ihr wollt doch nicht etwa ausbrechen?«, flüsterte David Ogilvy. Im Schein der Fackel, die von draußen hereinleuchtete, warf er einen gehetzten Blick auf Ruaraidh MacAlpine, der missmutig an seinen Ketten zerrte.

»Geoff redet Schwachsinn«, bemerkte John ärgerlich. »Hast du die Wachmannschaften gesehen? Wenn auch nur einer von uns versucht zu entkommen, sind die anderen verloren.«

Randolf und den Holländer hatte man mit dem Rest der Mannschaft zu Paddy gesperrt. John konnte sich lebhaft vorstellen, was geschehen würde, wenn es einem Teil der Männer gelänge, in die Nacht zu entkommen, und den anderen Gefangenen nicht. Die zurückgelassenen Kameraden würden dafür büßen müssen und vielleicht sogar mit dem Leben bezahlen.

»Feigling«, zischte Geoffrey ihm zu.

John grinste mitleidig. Früher hätte ihn eine solche Anschuldigung in einen Kampf auf Leben und Tod getrieben, nun ließ es ihn kalt. Womöglich ließ sich seine Gelassenheit dadurch erklären, dass er selbst nichts mehr zu verlieren hatte und dass Geoffrey ihm ohnehin gleichgültig war.

Angekettet saßen sie da, stumm und völlig ahnungslos, wohin es gehen würde. Durch einen Spalt im Holz konnte John beobachten, wie ein Fremder mit schwarzem Hut, der von mehreren Fackelträgern begleitet wurde, Fergusson zum Abschied einen gut gefüllten Lederbeutel überreichte. Es wirkte beinahe, als ob die Gefangenen wie Vieh den Besitzer wechselten.

Eine innere Stimme verriet John, dass das nichts Gutes bedeuten konnte, aber er sagte nichts zu den übrigen Männern, um sie nicht weiter zu ängstigen. Mit einem Ruck setzte sich der Wagen in Bewegung. »Wird man uns töten?« Malcolms Stimme zitterte vor Angst.

»Nein«, beschwichtigte ihn John. »Wir werden in ein anderes Gefängnis verlegt.« Nun wünschte er sich doch, dass Paddy in seinem Wagen sitzen würde. Er hatte immer eine Idee und zudem das hellseherische Talent seiner verstorbenen Mutter geerbt.

»Und was ist mit dir, John?« Geoffreys Stimme klang zynisch. »Solltest du nicht morgen geköpft werden? Wäre seltsam, wenn man dich jetzt noch woandershin verlegt, und das mitten in der Nacht, aye?«

»Vielleicht werden wir alle geköpft, und es will uns nur niemand sagen?« Micheals jugendliche Stimme verriet nackte Panik.

»Nein, Micheal. Hab keine Angst.« John versuchte den Jungen durch Gleichmut zu beruhigen. »Geoff hat das nicht so gemeint.«

Der Wagen hatte für einen Moment angehalten. Von draußen waren ein lautes Kommando und das leise Schnauben der Pferde zu hören, weil sie die Unruhe spürten. Eine kehlige Männerstimme, die in der Stille der Nacht verhallte, bestätigte den Befehl. Das Rasseln der Ketten und ein sich anschließendes knarrendes Geräusch zeigten an, dass die Stadtwachen trotz der späten Stunde das Fallgitter des Südportals öffneten. Ohne weitere Kontrollen ließ man sie passieren.

Die seltsame Karawane machte sich auf den Weg nach Süden. Für John fühlte es sich wie eine heimliche Flucht an. Das nächste Gefängnis lag zwei Tagesmärsche entfernt, genau in die entgegengesetzte Richtung.

Oder ging es tatsächlich zum Bass Rock, den man bei gutem Wetter vom Hafen aus sehen konnte? Das aber vermochte John kaum zu glauben. Handelte es sich doch um ein Gefängnis des schottischen Parlamentes, in dem zurzeit nur politische Gefangene inhaftiert wurden, die nichts weiter verbrochen hatten, als gegenüber Parlament und Kirche ihre oppositionelle Gesinnung kundzutun. Es ging das Gerücht um, dass man die Inhaftierten dort grausam folterte, bis sie ihren Verstand verloren und zu angepassten Lakaien wurden.

121

Das Klappern der Hufe vermischte sich mit dem Rattern des Wagens. Von draußen spendeten die Flammen der Fackelträger, die den merkwürdigen Zug in die Nacht begleiteten, ein spärliches Licht. Obwohl John die Sache alles andere als begreiflich war, entspannte er sich ein wenig und nickte tatsächlich ein. Er hatte die letzten Nächte kaum geschlafen, und die Aufregung der vergangenen Tage forderte nun ihren Tribut.

Es musste ein Traum sein, der erste seit Monaten, als er sich plötzlich in einen Adler verwandelte und über die mondhellen Klippen einer Steilküste flog, hin zu einem düsteren Anwesen, das die aufbrausende See überragte – eine uneinnehmbare Festung, die von Wasser, Felsen und hohen Mauern umgeben war. Von oben herab konnte er aufragende verwitterte Grabsteine erkennen, zwischen denen sich schemenhaft weiße Figuren bewegten. Ihre schmerzverzerrten Gesichter schienen um Hilfe zu rufen. John zögerte einen Moment. Doch dann setzte er zum Tiefflug an, um zu hören, was sie zu sagen hatten. Ihre schrillen Stimmen vermischten sich mit dem Wind, so dass es ihm unmöglich erschien, ihr Ansinnen zu erfahren. Tief in seinem Inneren wusste er, dass er diesen Ort niemals freiwillig aufsuchen würde.

Als John erwachte, dämmerte der Morgen, und das Kreischen der Möwen ersetzte das Kreischen in seinem Traum. Eine stürmische Böe fuhr in den Wagen und ließ ihn frösteln. Es roch weit intensiver nach Tang und nach Fisch als am Hafen von Leith. Ein kurzer Blick durch die Gitter verriet ihm, dass sie tatsächlich auf einer Straße unterwegs waren, die zu einem kleinen Ort direkt am Wasser mit weißgetünchten, reetgedeckten Häusern führte. Von Ferne sah man eine gewaltige Burg.

»Wo sind wir?«, murmelte John mehr zu sich selbst. Er kannte sich jenseits von Edinburgh nicht besonders gut aus, obwohl er sonst schon beinahe überall in Schottland herumgekommen war.

»Lass mich mal sehen!« Ruaraidh drängte ihn zur Seite und steckte seine Nase in den stürmischen, nasskalten Morgen. »North Berwick. Von hier aus kann man die Festung Tantallon erkennen«, erklärte er mit belegter Stimme, und John entging nicht, dass sich sein gälisch sprechender Stammesbruder vor den anderen bekreuzigte. »Heilige Maria und Joseph, sie bringen uns tatsächlich auf den Bass Rock!«

Beim Anblick des gewaltigen Tantallon Castle wurde John von einer merkwürdigen Kälte ergriffen. Er hatte das rotschimmernde Gemäuer, das mit seinen riesigen Wehrtürmen und Zinnen hoch auf einer Klippe thronte, noch nie in natura gesehen, aber es entsprach exakt der Umgebung in seiner nächtlichen Vision.

Draußen auf dem Meer, knapp zwei Meilen von Tantallon entfernt, umspülte die stürmische See einen klobigen Basaltkegel, auf dem eine Kirche und eine Festung zu erkennen waren. John erinnerte sich plötzlich an die Worte des Ministers, der mit ihnen im Tolbooth inhaftiert gewesen war. »Frischluft schnappen«, hatte er die Verlegung von Häftlingen auf den Bass Rock genannt.

Gleichzeitig ließ dieser abgelegene Ort Johns Herz unvermittelt höher schlagen. Wenn es denn stimmte, was Rosie gesagt hatte, befand sich Madlen ganz in der Nähe. Cuninghames Herrenhaus lag nur wenige Meilen von North Berwick entfernt, einer Ortschaft, die wegen ihrer zahlreichen Hexenprozesse inzwischen eine traurige Berühmtheit erlangt hatte.

Als die Kolonne an dem kleinen Festungshafen zum Stehen kam, schien alles vorbereitet zu sein. Mehrere Boote lagen in der Brandung. Die Gefangenen wurden mit harschen Befehlen aus dem Wagen geholt. Müde und zum Teil orientierungslos torkelten die zwölf Gestalten mit ihren Ketten an Händen und Füßen in den Sand hinaus. Es war hell, und erst jetzt konnte John einen Blick auf die Söldner erhaschen. Immer noch maskiert, führten einige von ihnen ihre nachtschwarzen Pferde zusammen und überließen sie ein paar Pferdeknechten. Die anderen Söldner brachten die Gefangenen zu den Booten. Die See war rau, und die Wellen schlugen hoch, als das erste Boot ins Wasser geschoben wurde. John hielt einen der Wachmänner am Arm fest, weil er ihm klarmachen wollte, dass man ihnen wenigstens die Fußfesseln aufschlagen sollte. Falls eines der Boote kentern würde, wären die gefesselten Männer zum Tode verurteilt.

Sein Gegenüber wertete Johns Anliegen als Angriff und schlug ihm so hart ins Gesicht, dass er quer über den Sandboden geschleudert wurde. Im Nu brach ein Tumult aus, weil Paddy sich von seinem Bewacher losriss und sich auf Johns Peiniger stürzte, aber auch er wurde mit solcher Brutalität zu Boden geworfen, dass sich noch nicht einmal

123

Randolf getraute einzugreifen. Als sich dann noch ein Schuss aus einer Pistole löste und vor ihren Füßen mit einem ohrenbetäubenden Knall Sand und Steine aufspritzen ließ, war keiner der Gefangenen mehr bereit, auch nur den geringsten Widerstand zu leisten.

John richtete sich mühevoll auf. Während er sich mit der Zunge über die Unterlippe fuhr, schmeckte er Blut. Den Kopf stolz erhoben, trotzte er dem Blick seines Widersachers. Seine Wange brannte wie Feuer, und obwohl ihm durch den Schlag gehörig der Kopf schwirrte, biss er eisern die Zähne zusammen. Vor den Männern wollte er sich keinesfalls unterkriegen lassen.

»Das sind Schergen des Teufels«, giftete Arne leise, als er plötzlich neben John auftauchte. »Sie bringen uns geradewegs in die Hölle. Von dort aus gibt es kein Zurück. Sie werden uns auf Spieße stecken und rösten. Du wirst es sehen.«

John hob eine Braue und sah den klapperigen Holländer mitleidig an. »Hast du ein Rauschmittel eingenommen? Oder hat man dir als Kind zu viele Märchen erzählt.«

»Das ist kein Märchen«, verkündete Arne mit unheilschwangerer Stimme. »Immerhin wollten sie dir den Kopf abschlagen. Nicht gerade märchenhaft, oder?«

Unweit der Insel lag eine Dreimaster-Fregatte vor Anker – ein englisches Kriegsschiff, wie man an der Flagge erkennen konnte. Vielleicht brachte es Proviant oder Munition, um die beiden Festungen im Krieg gegen die Königstreuen zu unterstützen. Jedenfalls machte das Schiff einen verlassenen Eindruck. Bis auf zwei Männer, die sich an Deck bewegten, war niemand zu sehen.

Die drei Ruderboote, die mit je vier Häftlingen und vier Aufpassern besetzt waren, wirkten dagegen wie Nussschalen in ihrem aussichtslos wirkenden Kampf gegen die schäumende See. Malcolm und Micheal hatte man von John getrennt und in eines der anderen Boote verfrachtet. Verzweifelt schauten sie zu ihm herüber. Wie Galeerensklaven hatte man die beiden Jungen und die übrigen Gefangenen an die Holzbänke angekettet, und nun verlangten ihre Peiniger von ihnen, dass sie sich bis zur Erschöpfung in die Ruder legten.

Nachdem sie den kleinen, künstlich angelegten Hafen erreicht hatten, wurden die Gefangenen mit Stöcken und Fußtritten von Bord getrieben. Der Eingang zur Festung wurde mit schweren schmiedeeisernen Gittern gesichert. Auf den Festungsmauern patrouillierten Soldaten in den dunkelroten Uniformen des Parlamentes, ihre Gesichter waren nicht maskiert. Die maskierten Männer, die sie begleiteten, mussten somit Angehörige der Geheimpolizei sein. Anders war es nicht zu erklären, dass sie selbst hier draußen ihre Gesichter nicht zeigten.

Die Söldner trieben die Gefangenen nach der Anmeldung in der örtlichen Kommandantur durch den dunklen, von hohen schwarzen Mauern umgebenen Innenhof. Es regnete in Strömen, und die Fußketten der Gefangenen rasselten über das nass glänzende Basaltpflaster, als die Männer in Reih und Glied in ihre unwirtlichen Unterkünfte getrieben wurden. Fackeln wurden entzündet. Noch immer von maskierten Schergen begleitet, ging es für John und seine Kameraden gut ein Stockwerk in die Tiefe.

Der Gestank, der ihnen entgegenschlug, war selbst für unempfindliche Nasen widerlich. John beobachtete, wie nicht nur Paddy das Gesicht verzog, als sie, eingehüllt in eine Wolke von Exkrementen und verfaultem Fisch, weiter die Treppe hinabgingen. Am Grund der Hölle angekommen, wurden sie zu viert in eine Zelle gesteckt, die man aus dem Fels herausgehauen und mit fingerdicken Eisenstäben versehen hatte.

Gott hatte vermutlich ein Einsehen, dachte sich John, als man ihm neben Ruaraidh noch Micheal und Malcom zugesellte. Die beiden Jungen fühlten sich in seiner Gegenwart sicherer als bei irgendjemandem sonst aus der Truppe.

Jeder Einzelne von ihnen wurde an weitere Eisenringe in der Wand angekettet. Was das bedeutete, wusste John bereits aus dem Tolbooth. Wenn man sich erleichtern wollte, musste man in eine Rinne scheißen und pinkeln und dabei verdammt gut zielen, sonst saß man die nächste Zeit in seinen eigenen Exkrementen. Ein Krug Wasser und ein harter Kanten Brot waren das Einzige, das man als Verpflegung zu erwarten hatte. Rosie würde sich nicht hierhin verirren, dachte er bitter. Soviel war sicher.

In Agonie verbrachten sie die nächsten Tage. Allein schon um Micheal und Malcolm nicht weiter zu ängstigen, beteiligte sich John nicht an düsteren Spekulationen, was man mit ihnen vorhaben könnte. Die

Zellen waren so angelegt, dass er und seine Mitgefangenen die übrigen Männer hören, aber nicht sehen konnten.

Eines Nachmittags brach Unruhe aus, als man Peter Huntlay und Gerald Webb überraschend aus den Zellen holte und sie nach oben führte. Beide Männer zitterten vor Angst. Ihre Blicke erinnerten John an Stiere, die man zur Schlachtbank führt.

»Was habt ihr mit ihnen vor?« Paddys Stimme überschlug sich beinahe, aber niemand antwortete ihm.

»Ihr Schweine!«, brüllte Geoffrey Fitzgerald, nachdem die Männer schon längst über die steinerne Wendeltreppe verschwunden waren.

Eine heftige Diskussion entbrannte unter den Zurückgebliebenen, warum man ausgerechnet die beiden ausgesucht hatte und wohin man sie verschleppt haben könnte.

»Vielleicht bekommen sie Hafterleichterung«, sagte John leise, um die beiden Jungen zu beruhigen. Doch in Gedanken verfolgte ihn seine Vision und Madlen, von der er nicht wusste, ob er sie jemals wiedersehen würde.

Die Mauern waren dick, so dass man noch nicht einmal die Wellen hören konnte, die sich an den glatten Felswänden brachen, aber die Schreie von Gerald und Peter drangen wie von Ferne durch sämtliche Ritzen. Niemand sagte auch nur ein einziges Wort, dabei war es, als ob die Fackeln an der Wand durch die stockenden Atemzüge der Häftlinge zu flackern begannen.

Peter und Gerald kehrten nicht zurück. Die übrigen Männer wurden von bleierner Angst ergriffen. John konnte nicht schlafen, und auch Ruaraidh machte kein Auge zu. Micheal hatte Johns Hand ergriffen und ließ sie noch nicht einmal los, wenn er pinkeln musste.

Am nächsten Tag wiederholte sich das grausame Spiel, als erneut vier Maskierte erschienen und diesmal Arne und Archibald abführten. Arne war ganz erstarrt vor Angst, und Archibald grinste so blöde, als ob es zu einem Picknick ginge. Randolf und Paddy legten sich in ihre Ketten, und auch Geoffrey und David brüllten sich ihre Empörung aus dem Leib.

»Nehmt uns, ihr Drecksäcke!«, rief Randolf. »Ihr Feiglinge, macht ihr euch in die Hosen, weil ihr denkt, dass wir uns wehren könnten? Nehmt ihr deshalb zuerst die Schwachen?«

John hielt Malcom und Micheal wortlos mit seinen Blicken fest. Er hatte wie Ruaraidh beschlossen zu schweigen, weil sie gemeinsam in der hintersten Zelle saßen und die Söldner nicht auf die Jungen aufmerksam machen wollten. Die beiden hatten stumm zu beten begonnen. Mit zusammengekniffenen Augen saßen sie da, ihre Lippen formten lautlos das Vaterunser auf Gälisch. »Ar n-Athair a tha air nèamh, Gu naomhaichear d'ainm. Thigeadh do rìoghachd. Dèanar do thoil air an talamh, mar a nìthear air nèamh …«

Arnes heisere Schreie hallten voller Grauen durch das kalte Gemäuer. Von Archibald hörte man keinen Laut.

Die Jungen hatten zu weinen begonnen – erst leise, dann immer heftiger. Ihr verzweifelter Anblick und die Tatsache, sie nicht trösten zu können, waren für John schlimmer als der Hunger und die Erschöpfung, die ihn plagten.

Am nächsten Morgen zuckte er zusammen, als sich die Eisentür oberhalb der Wendeltreppe erneut öffnete. Es war nur ein älterer Wärter, der sein bärtiges Gesicht offen zeigte und die übliche Tagesration Gerstenbrei brachte. John stellte sich schlafend, als der Mann vor die Zelle trat und ihm den Napf hinstellte. Aus halb geschlossenen Lidern beobachtete er den Wärter und studierte jede seiner Bewegungen – wo er die Schlüssel für die Zellentüren trug und wie nah er den Gittern kam.

Paddy war nicht so geduldig. »Was habt ihr mit unseren Kameraden angestellt?«, rief er barsch. »Ich will wissen, ob sie noch leben. Oder ob ihr sie kaltblütig umgebracht habt?«

Der Mann blieb stehen, den Steinkrug noch immer in der Hand, und sah ihn mit hellen, abweisenden Augen an. Plötzlich grinste er hämisch. »Sind wir nicht alle dem Tod geweiht, Sir? Eines Tages …« Ohne eine weitere Erklärung schlurfte er davon.

Gegen Abend wurde die Tür ein weiteres Mal geöffnet.

Die vier maskierten Söldner blieben vor Johns Zelle stehen. Konzentriert sammelte John all seine Kräfte. Wenn er irgendwie freikommen sollte, würde er kämpfen – um das Leben der Jungs und um das seiner Kameraden, ganz gleich, ob er selbst dabei sterben würde.

Zuerst schlugen die Männer Malcolms Fußketten auf. Der Junge war kalkweiß im Gesicht, während sie ihn aus der Zelle führten, und seine Knie schlotterten, als ob er jeden Moment zusammenbrechen würde.

»John«, schluchzte er heiser, das Gesicht tränennass.

John legte sich mit voller Kraft in die Ketten. »Lasst den Jungen, ihr gottlosen Schweine!«, brüllte er, außer sich vor Zorn. »Nehmt mich, verdammt!«

Einer der Männer wandte sich zu ihm um und gab den drei anderen ein stummes Zeichen. Ein breitschultriger Söldner packte Malcolm am Arm, und ein weiterer spreizte mit einem Fußtritt seine Beine, damit er ihm mit einem mächtigen Hammer die Splinte aus den Fußketten herausschlagen konnte, um sie zu öffnen. Dann führte er den vor Angst schlotternden Jungen die Treppe hinauf. Malcolm wehrte sich nicht, ebenso wenig wie Micheal, der ihm in gleicher Weise folgen musste. Beide gingen mit unsicheren Schritten vor ihren Peinigern her.

Die zwei verbliebenen Männer näherten sich John in geduckter Haltung. Jeder von ihnen hielt einen Totschläger in der Hand, als ob sie ein Raubtier zu bezwingen hätten. Was folgte, ging so rasch, dass John kaum zu reagieren vermochte. Einer der Männer griff ihm ins Haar und riss seinen Kopf zur Seite, während der andere auf ihn zusprang, um ihn festzuhalten. Doch so leicht war John nicht zu überwältigen. Mit einer flinken Drehung warf er einen der Angreifer zu Boden und stürzte sich auf ihn. Es gelang ihm, den Mann mit seinen Handketten zu würgen. Ein heftiger Kampf folgte, in dem John den Kürzeren zog, als ihm jemand mit dem Totschläger so heftig über den Nacken fuhr, dass er sofort das Bewusstsein verlor.

John erwachte, weil ihm jemand einen Schwall kaltes Wasser über den Kopf schüttete. Als er abrupt die Lider öffnete, sah er den hellerleuchteten Raum zunächst nur wie durch einen Nebel. John spürte, dass er nackt war und auf etwas Kaltem, Hartem lag. In seinem Schädel hämmerte es wie in einer Silbermine. Das Wasser rann ihm übers Gesicht und tropfte ihm aus den Haaren, und im ersten Moment glaubte er zu ersticken, so schmerzhaft war jeder Atemzug. Selbst das Herzklopfen tat weh.

Als er die Augen weiter zu öffnen versuchte, schmerzte das Licht, als ob man ihm eine glühende Nadel in die Pupille gestochen hätte. Sein ganzer Körper war ein einziger, kaum zu ertragender Schmerz. Er wollte aufstehen, aber es war ihm noch nicht einmal möglich, den Kopf zu drehen. Allem Anschein nach hatte man ihn an eine Trage gefesselt – mit eisernen Klammern an Hals, Händen, Füßen und Rumpf. Die Gerüche, die ihm unvermittelt in die Nase stiegen, erschienen ihm fremd und noch unerträglicher als in dem lausigen Keller, und jedes Geräusch war eine Qual. Ein Krug stürzte zu Boden, und John zuckte zusammen, weil ihm der Aufprall so laut wie ein Musketenschuss erschien.

Wie von ferne hörte er eine Stimme. Über sich sah er die verschwommene Silhouette eines Mannes, der einen weißen Kapuzenmantel trug und die Hände erhob, als wollte er ein Gebet sprechen.

»O Uroboros, Herr der Ewigkeit und des Lichts,
alles in einem, eines in allem – wir rufen Dich an!«

Einen Moment lang flackerte das Licht, und dann fielen die übrigen Gestalten wie ein Chor in die Litanei ein.

»O Uroboros, Herr der Ewigkeit und des Lichts,
alles in einem, eines in allem – wir rufen Dich an!«

Danach war wieder nur die dunkle Stimme eines Einzelnen zu hören. Irgendwie kam John diese Stimme bekannt vor.

»Bevor wir Deine Werke sehen,
lass uns durch zwölf Tore gehen,
Feuer, Wasser, Luft und Erde,
zu einem Elemente werde,
Schwefel, Salz, Mercurius
bringen uns den Lebensfluss,
O Herr der Geister komm ganz leis'
und gib uns dein Geheimnis preis,
vom dunklen Norden aus der Nacht,
hast du ein Licht in uns entfacht,
Sohn des Feuers, Stein der Weisen,
Lass uns Deine Mächte preisen!«

Der Raum verdüsterte sich, und ein eisiger Wind fegte durch das Zimmer. John fror plötzlich erbärmlich in seinem Adamskostüm. Ein Chor aus mehreren Kehlen stimmte von neuem einen sonoren lateinischen Gesang an. Als das Licht wieder heller wurde, versuchte John vorsichtig zu blinzeln.

»Er kommt zu sich«, sagte eine heisere Stimme. Jemand betastete respektlos sein Geschlecht und wog es prüfend in der Hand. »Ein prächtiger Kerl. Auf dem Sklavenmarkt von Marokko wäre er reines Gold wert. Nicht nur als Leibwächter, sondern als Bettgefährte für zahlungskräftige Sodomiten.« Gelächter brandete auf, und ein weiterer zwickte ihm in den Hoden.

John stieß einen tierischen Laut aus. »Ihr Scheißkerle, fasst mich nicht an und bindet mich augenblicklich los!«

Verblüfft und zugleich voller Panik, sah John, wie sich einer der Männer mit einem Dolch an ihm zu schaffen machte und ihm einen tiefen Schnitt in den Oberschenkel beibrachte.

Ein dumpfer, brennender Schmerz durchzuckte Johns Lenden.

Interessiert beäugten die sechs kapuzenverhüllte Köpfe die Wunde. »Es ist vollbracht!«, frohlockte eine eunuchenhafte Männerstimme. »Das Elixier des Lapis Philosophorum hat ihn mit Hilfe des großen Geistes verwandelt!«

Als sich ein weiterer Mann mit hellblauen Augen und weißem Bart über John beugte und mit einer Kerze und einem Spiegel und unter Zuhilfenahme einer riesigen Lupe in seine Augen leuchtete, hatte John abermals das Gefühl, als würde man ihn mit einem spitzen Gegenstand blenden. Er stieß einen schmerzverzerrten Laut aus und kniff für einen Moment die Lider zusammen.

Nach einer Weile öffnete er sie wieder, weil er sehen wollte, wer ihn da peinigte. Zu seiner Überraschung konnte er in dem kleinen Spiegel, den der Kerl vor seine Augen hielt, die rückwärtige Umgebung erkennen. Überall tauchten bauchige Flaschen auf, aus denen merkwürdiger weißer Rauch aufstieg. John hatte schon viel von den Hexenküchen der Alchimisten gehört, aber noch nie eine gesehen. Über sich bemerkte er ein Deckengewölbe mit bunten Malereien. Im Feuerschein der Fackeln konnte man die zwölf Sternzeichen erkennen, jedes versehen mit einem fremdartigen Symbol. Befand er sich in einer Kirche? Ruaraidh hatte ihm gesagt, auf der Insel gebe es eine alte Abtei. Aber das konnte nicht sein! Nirgendwo sah man Statuen von Heiligen, und die schemenhaften Gestalten, die sich um ihn herum bewegten, waren zwar gekleidet wie Priester, aber auf ihren ungebleichten Kapuzenumhängen befanden sich keine Kreuze, sondern blutrote spiegelverkehrte Sechsen.

130

»Seine Pupillen reagieren nur spärlich auf das einfallende Licht«, stellte sein Peiniger ungerührt fest.

»Dann ist doch alles in bester Ordnung«, gab ein Dritter zurück. »Es ist der Beweis dafür, dass er von nun an die Sehfähigkeit einer Katze besitzt.« Ein Lachen aus mehreren Kehlen folgte.

»Vergesst nicht, dass er noch gezeichnet werden muss, bevor ihr ihn in die Zelle zurückbringt«, mahnte eine andere Stimme.

John stieß mit zusammengebissenen Zähnen einen Fluch aus, nachdem ein Mann aufgetaucht war, der mit einer Nadel und einem Hämmerchen seine massige Schulter bearbeitete. Die schnell aufeinander folgenden Stiche erschienen ihm wie hackende Krähenschnäbel. Ohne Rücksicht auf Johns schmerzverzerrtes Gesicht fuhr der Kerl fort.

»Bevor er die zweite Dosis des Elixiers erhält, müssen wir ihn mit Belladonna und Opium behandeln, damit seine Schmerzempfindlichkeit abnimmt«, gab ein dunkelhäutiger Kapuzenträger zu bedenken. »Ansonsten ist er hinterher nicht zu gebrauchen.«

»Bevor er schmerzfrei wird, muss er noch lernen, uns zu gehorchen.«

Ehe John sich versah, beugte sich das Gesicht Chester Cuninghames zu ihm hinab und bestätigte seine schlimmsten Befürchtungen.

»Na, wen haben wir denn da?« Nicht nur die überlaute Stimme des schwarzen Lords fuhr John bis in die Tiefe seiner Eingeweide, das satanische Grinsen erschien ihm nicht weniger schlimm.

»Cuninghame, Ihr seid nichts weiter als ekelerregender Abschaum«, entfuhr es ihm wutentbrannt. »Welchem Teufel habt Ihr Eure verlorene Seele verschrieben.«

»Master John?«, entgegnete der Lord, als wäre er überrascht, ihn hier anzutreffen. »Eigentlich solltet Ihr selbst längst in der Hölle schmoren und meinem Meister Gesellschaft leisten. Die Meute vor St. Giles war ziemlich enttäuscht, als Ihr nicht wie vereinbart zu Eurer Hinrichtung erschienen seid. Es hat mich ein schönes Sümmchen gekostet, Euch und Eure Kameraden dem Parlament abzukaufen.«

»Wo ist Madlen?«, stöhnte John »Was hast du Höllensohn mit ihr gemacht?«

»Es geht ihr gut«, erwiderte Cuninghame gleichmütig. »Sie wäre sehr damit einverstanden, einen Mann wie dich an meiner Seite zu sehen.«

131

Cuninghames Finger wanderten spielerisch über Johns muskulösen Körper und machten bei seinem Geschlecht halt.

»Du könntest ihr und auch mir zu Diensten sein … und unserer Bruderschaft obendrein.«

»Nimm deine Pfoten von mir, du räudiger Köter!« John rüttelte wie wild an seinen Fesseln. In seiner Vorstellung starb Cuninghame im gleichen Moment tausend grausame Tode, doch der schwarze Lord grinste nur belustigt. »Dein Mädchen gehört mir, falls du es noch nicht begriffen haben solltest. Ich werde sie in einer Woche offiziell zu meiner Frau machen. Aber wenn du tust, was ich sage, und meinem Willen folgst, darfst du ab und an das Bett mit ihr teilen, unter der Voraussetzung, dass es dir nichts ausmacht, wenn ich dabei zuschaue.«

»Lieber würde ich sterben«, zischte John mit zusammengebissenen Zähnen, »als mit einem Satan wie dir zu paktieren!«

»Diesen Gefallen, mein Lieber«, säuselte Cuninghame, »kann ich dir leider nicht tun. Gestorben wird jetzt nicht mehr. Ab heute besitzt du das ewige Leben!«

8

North Berwick/Bass Rock 1647 – »Höllenfeuer«

Madlen spielte ernsthaft mit dem Gedanken, sich rückwärts zehn Yards in die Tiefe zu stürzen, falls der weißhaarige Mann am anderen Ende des Zimmers auch nur einen Schritt näher kommen sollte.

Sie saß rücklings auf dem Fenstersims. Die Holzläden unterhalb der Glasfenster waren sperrangelweit geöffnet. Nur mit einem weißen bodenlangen Seidenhemd bekleidet, klammerte sie sich mit einer Hand am Gemäuer fest. Sie hatte geweint, und sie spürte die Kälte nicht, die ihren Körper mit einer Gänsehaut überzog. Über die weiten Felder von Wichfield Manor wehte ein stürmischer Nachtwind herein, der ihr langes dunkles Haar zerzauste und die dicken Kerzen auf den eisernen Ständern wild aufflackern ließ. Die Fensterläden schlugen in rhythmischen Abständen so fest gegen die Außenmauer, dass sie deren Erschütterung spüren konnte.

Ruth, ihre Dienerin, stand im Hausmantel halb verdeckt hinter Chester Cuninghame und presste die rechte Faust an ihren offenen Mund. In der anderen Hand hielt sie eine geschlossene Leuchte. Es war wohl weniger die Sorge um Madlen, die in ihr faltiges Gesicht geschrieben stand, als die Sorge um sich selbst, falls ihr Mündel sich tatsächlich das Leben nahm. Sie hatte Cuninghames Order, ständig auf Madlen aufzupassen, sträflich missachtet. Inzwischen war Madlen klar, dass Ruth sie verraten hatte. Ihre Dienerin und die beiden Lakaien waren es gewesen, die Cuninghame nach ihrer Flucht auf ihre Spur angesetzt hatten. Und Ruth war es auch gewesen, die Chester erst auf die Idee gebracht hatte, Madlen nach Johns Verurteilung in Wichfield Manor unterzubringen, um sie in dieses düstere Turmzimmer einzusperren. Auf diese Weise sollte sie geläutert und von ihren sündigen Gedanken befreit werden, bevor der Lord sie zu seinem angetrauten Eheweib machte.

Zwischen schwarzen Eichenholzmöbeln und dämonischen Fratzen, die ihr aus wirren Ölgemälden entgegensprangen, meinte Madlen kurz davor zu sein, den Verstand zu verlieren. Zu dieser gruseligen Umgebung kam die Sorge um John. Sie wusste nicht, ob man ihn – wie vorgesehen – bereits vorgestern früh zum Schafott geführt hatte oder ob er – Chesters Versprechen zufolge – noch lebte. Die Vorstellung, er könne längst tot sein, brach ihr schier das Herz. An Chesters Versprechen, Johns Leben zu retten, konnte sie erst glauben, wenn er ihr einen Beweis erbracht hatte. Daher hatte sie Ruth gedroht, sich aus dem Fenster zu stürzen, falls man ihr nicht umgehend verriet, was mit John tatsächlich geschehen war.

Erst jetzt, wo Madlen am offenen Fenster kauerte, hatte Ruth den Ernst der Lage begriffen und Cuninghame alarmiert. In einem langen, zugeknöpften Hausmantel aus weichem Ziegenwollstoff und in seidenen Pantoffeln stand er vor ihr und sprach in der gleichen beschwörenden Weise auf sie ein, wie er es auch bei der Sache mit Stratton getan hatte.

»Madlen«, wisperte er in scharfem Ton, »dein Selbstmord würde niemandem etwas nützen, am allerwenigsten John Cameron. Ich war es, der ihn samt seiner Kameraden aus dem Tolbooth freigekauft hat. Er und seine Leute befinden sich an einem sicheren Ort in meiner Obhut.

Ich habe ihm gesagt, dass du bei mir in Sicherheit bist und es kaum erwarten kannst, ihn in deine Arme zu schließen.«

Madlen sah in sein Gesicht. Cuninghames Augen funkelten, und seine kämpferische Haltung erschien ihr in seiner legeren Kleidung grotesk.

»Ihr lügt«, schleuderte sie ihm mit tränenerstickter Stimme entgegen. »Man hat ihn längst umgebracht!« Mit der rechten Faust schlug sie sich so fest gegen die Brust, dass sie beinahe das Gleichgewicht verlor. »Ich weiß es. Hier drin!« Cuninghame sprang einen Schritt nach vorn, doch Madlen fing sich wieder und lehnte sich so weit hinaus, dass sie nur noch einen Hauch davon entfernt war, hinunterzustürzen. »Bleibt, wo Ihr seid!«, schrie sie drohend. »Oder ich springe, dann kann ich John wiedersehen, wann immer es mir beliebt!«

»Glaubst du tatsächlich, du findest ihn in der Hölle?« Cuninghames Stimme klang plötzlich ungewohnt freundlich. »Dort würdest du nämlich landen, wenn du deinem Leben selbst ein Ende setzt.«

Für einen Moment gelang es ihm, Madlen zu verunsichern.

»Ich weiß, dass du mir nicht vertraust, aber wenn du es zulässt, werde ich dich zu ihm bringen. Dann kannst du dich selbst von seiner Unversehrtheit überzeugen.«

Der Lord streckte ihr seine sehnige Hand entgegen. Madlen spürte, wie etwas Dunkles, Kaltes von ihren Gedanken Besitz ergriff. Hätte sie nicht plötzlich Johns Gesicht vor Augen gehabt, so lebendig und schön, wie sie es in Erinnerung hatte, wäre sie unverzüglich gesprungen. Auch wenn es Hexenwerk sein musste – sie konnte John tatsächlich sehen. Er lag auf einer Strohmatratze und schlief. Sein weicher Mund war entspannt, aber die Umgebung schien düster. Ein Rattenloch, schmutzig und feucht. Von Unversehrtheit konnte wohl kaum die Rede sein. Seinen geschundenen, blutverschmierten Körper hatte man nur notdürftig mit einem ärmellosen Hemd bedeckt, und an Hand- und Fußgelenken trug er eiserne Fesseln. Ihr Blick blieb an einem seltsamen Symbol haften, das schwarz und geschwollen auf seiner Schulter prangte.

Madlen kniff die Augen zusammen, um es besser entziffern zu können. »Was ist das?«, sagte sie mehr zu sich selbst und fixierte die spiegelverkehrte Sechs.

»Es ist eine Tätowierung«, eröffnete ihr Cuninghames einschmeichelnde Stimme. »Eine Cornuta oder das Zeichen für eine Retorte, ein Glasgefäß, das man in der Alchemie verwendet. Es bedeutet, dass John schon bald einer der Unseren sein wird. Ein treuer Vasall, der meinen Befehlen folgt, und wenn das Schicksal es will, wird er der Vater deines Kindes.«

Madlen erschrak, weil ihr erst jetzt zu Bewusstsein kam, wie unglaublich all diese Bilder waren und dass Cuninghame sich ihres Geistes bemächtigt hatte, um ihr Johns Elend und das seiner Kameraden zu zeigen. In ihrer Verwirrung lehnte sie sich zurück und wäre beinahe in die Tiefe gestürzt, doch Cuninghame hatte zu einem unerwartet kraftvollen Sprung angesetzt und hielt Madlen mit stahlharter Hand gepackt. Sie landete mit ihm auf dem hölzernen Boden, und er stellte sie wie eine Puppe auf die Beine.

»Du solltest vorsichtiger sein, was dein Leben betrifft«, erklärte er nüchtern.

»Vor allem weil ich dich brauche, um neues zu spenden. Ich hatte mir deine Paarung mit einem stattlichen Hengst zwar anders vorgestellt, aber nun werden wir das Beste daraus machen.« Mit einem matten Lächeln übergab der Lord sie den beiden schwarzgekleideten Söldnern, die am Eingang Stellung bezogen hatten. Wie Schraubzwingen gruben sich die Finger der Männer in ihre Arme.

Madlen spürte, wie ihr die Sinne schwanden, nicht vor Schmerz, sondern vor Entsetzen. »Was meint Ihr damit?«, keuchte sie. Dass Cuninghame wusste, dass sie mit John das Lager geteilt hatte, war anzunehmen. Wahrscheinlich hatte Ruth sie belauscht und dem Lord sofort Bericht erstattet.

»Ich habe eine Überraschung für dich«, verkündete Cuninghame mit einer Miene, die im flackernden Kerzenschein geradezu satanische Züge annahm. »Wenn du willst, kannst du schon heute deinen Liebsten wiedersehen. Du musst nur tun, was wir von dir verlangen.«

»Was habt Ihr vor?« Madlen fürchtete sich vor Cuninghames Fähigkeiten, und es war ihr nicht möglich, die Panik in ihrer Stimme zu unterdrücken.

»Was wäre, wenn John nur darauf warten würde, mit dir das Lager zu teilen? Würdest du zu ihm gehen?«

Die Stimme des Lords war einschmeichelnd, doch Madlen traute ihm nicht. Was wäre, wenn er tatsächlich mit dem Satan im Bunde stand? Wenn er Gedanken lesen konnte und ihre beeinflusste? Niemals würde sich John freiwillig von ihm einnehmen lassen – falls er überhaupt noch lebte. Unvermittelt sah sie all die Buchseiten vor sich, die sie in Chesters Bibliothek vor Wochen verbotenerweise durchstöbert hatte. Bilder von gefesselten Kreaturen, ungeborenen Kindern und merkwürdige Zeichen, deren Sinn sie nicht verstanden hatte, geisterten erneut durch ihren Kopf.

Bevor sie den Mut aufbrachte, Fragen zu stellen, setzte ihr Gönner eine entschlossene Miene auf und wandte sich an die Wachen.

»Bringt sie in die Krypta!«, schnarrte er erbarmungslos. »Und sagt Bruder Mercurius, er soll sich ihrer widerspenstigen Seele annehmen und sie auf die Paarung vorbereiten.« Seine Stimme war hart und so eisig wie die Angst, die Madlen in die Glieder fuhr. Vergeblich versuchte sie sich dem Griff der beiden Söldner zu entwinden.

»Chester! Ich bitte Euch, ich werde alles tun, was Ihr von mir verlangt, wenn Ihr mich nicht in diesen Keller sperrt!« Ihre Stimme überschlug sich vor Angst. Sie ahnte, dass er mit Hilfe einer bösen, unerklärlichen Instanz, die dort unten in der verbotenen Krypta hauste, all seine Söldner und Diener zu willfährigen Lakaien gemacht hatte. Sie konnte es an ihren leblosen Augen erkennen, nachdem man die Söldner in der sogenannten Ordenskapelle einer geheimen Prozedur unterzogen hatte, an der außer den Betroffenen nur Chester und seine Gefolgschaft teilnehmen durften. Danach wirkten sie nicht mehr wie Menschen, sondern wie Marionetten.

»Es tut mir leid, Madlen«, erwiderte Cuninghame tonlos. »Ich dachte, dir wäre klar, dass du einen Vertrag unterschrieben hast, an den du dich halten musst, aber da dem offenbar nicht so ist, werde ich zu anderen Maßnahmen greifen, um dir den nötigen Gehorsam beizubringen.«

»Chester, um Gottes willen!« Ihre Augen nahmen einen flehenden Ausdruck an, und ihre Beine versagten den Dienst. Kraftlos hing sie in den Armen der Wachleute und musste zulassen, dass man sie die enge Wendeltreppe hinab in die unteren Stockwerke schleppte.

»Lass Gott aus dem Spiel, Madlen«, hallte es schneidend hinter ihr her. »Er kann dir nicht helfen. Aber hab keine Furcht! Die Prozedur tut nicht weh, und hinterher wirst du dich besser fühlen.«

John blinzelte ungläubig, als er sich aufrichtete und seine Umgebung inspizierte. Allem Anschein nach hatte man ihn zurück ins Verlies gebracht. Davon zeugte nicht nur die kahle Umgebung, sondern auch der Geruch, der ihm noch intensiver in die Nase stach. Dazu kam das Rascheln der Ratten, das so laut war, als ob es Wildschweine wären, die durch das Unterholz streunten. Nicht weit entfernt erhob sich die Atmung von ein paar reglosen Gestalten, so geräuschvoll wie ein Wind, der durch einen morschen Dachboden pfiff. John ließ seinen Tränen freien Lauf, nachdem er Paddy, Malcolm, Micheal, Randolf, Ruaraidh und David lebend im hintersten Winkel seiner Zelle entdeckt hatte.

Mühsam kroch John zu Micheal hin, der ihm am nächsten lag. Man hatte ihn und die anderen nicht mehr an die Wand gekettet, dafür trugen sie nun schwereres Eisen an Händen und Füßen. Erst als er über Micheals verfilzte Locken strich, fiel ihm auf, dass es Nacht war und keine einzige Fackel brannte. Wie war es möglich, dass er den Jungen trotzdem so deutlich sehen konnte, als ob Vollmond wäre? Verblüfft sah er sich um. Die Umgebung schien grau – in unzähligen Schattierungen – und so klar, dass er nicht nur jeden Mauerstein zählen konnte, sondern auch jedes einzelne Haar auf Micheals Kopf.

Erinnerungsfetzen zogen an Johns geistigem Auge vorbei. Malcolm, wie er leichenblass neben ihm lag, fixiert mit eisernen Ringen an Hals, Händen und Füßen, auf einer eisernen Trage, nackt wie Gott ihn geschaffen hatte. Dazu die weißgewandeten Männer, deren Gesichter von Kapuzen verdeckt waren und die den hilflosen Jungen umkreisten, mit sonoren Beschwörungsformeln, wie ein goldenes Kalb, anscheinend mit der satanischen Absicht, Gott ins Handwerk zu pfuschen. Ohne Gnade hatten sie den völlig apathisch wirkenden Jungen zur Ader gelassen, indem sie ihm eine dicke Hohlnadel mit einem daran befindlichen dünnen Schlauch in die Armbeuge stießen. Unentwegt war sein dunkler Lebenssaft in einen großen gläsernen Kolben geflossen. John spürte noch sein Entsetzen, als Cuninghame an seiner Seite erschienen war, ebenso weißgewandet, und den Befehl gegeben hatte, das gewonnene Blut mit einer goldenen Flüssigkeit zu vermischen, um es dann dem bewusstlosen Malcolm mit der gleichen Nadel und einem daran befindlichen länglichen Glaskolben zurück in die blaugeschwollene Vene zu pumpen, die man kurz zuvor geöffnet hatte.

John wurde von einer ohnmächtigen Wut überwältigt. Auch er hatte all diese Teufeleien hinnehmen müssen. Er sah Geoffrey, wie er verzweifelt um Gnade schrie, als man ihm, in gleicher Weise gefesselt, nur auf dem Bauch liegend, eine ellenlange Hohlnadel in den Rücken jagte und ihm mit dem gleichen Glaskolben zunächst eine klare, dann blutige Flüssigkeit abzapfte. So lange, bis er das Bewusstsein verlor und nicht wieder zu sich kam. Etwas Ähnliches war auch mit David Ogilvy geschehen, nur dass man ihm anschließend eine bernsteinfarbene Flüssigkeit zurück in die Adern gepumpt hatte. Archibald, der Schwachsinnige, hatte genauso leiden müssen wie Geoffrey, mit dem Unterschied, dass er nicht begriff, dass er dem Tode geweiht war, als man seinen Rücken mit Whisky abrieb, wie bei einem Schwein, das geröstet werden sollte. Am Anfang hatte er noch abwesend gegrinst und nach einem Drink verlangt, später hatte er mit weit aufgerissenen Augen nach seiner Mutter geschrien, bis er bald darauf das Bewusstsein verloren hatte. Cuninghames Teufel hatten ihn vor Johns Augen bis auf das Mark ausbluten lassen. John konnte nichts tun, außer beten und hoffen, dass das Stöhnen des Jungen endlich verebbte.

Auch ihm selbst hatte man abermals eine helle Flüssigkeit in den Körper gepumpt, doch diesmal waren es nicht seine Sinne, die verrückt spielten, sondern Muskeln und Sehnen, die sich schmerzhaft dehnten und wieder zusammenzogen. Schließlich hatte ihn eine gnädige Ohnmacht erfasst und in einem Gefühl seltsamer Körperlosigkeit zurückgelassen.

Auf grausame Weise ins Leben zurückgekehrt, dankte er Gott in der Abgeschiedenheit dieses Kerkers, dass er nicht hatte zusehen müssen, wie man Randolf und Paddy dieser Folter unterzogen hatte. Dass sie nicht ungeschoren davongekommen waren, konnte er sich denken. Aber so wie es aussah, lebten sie noch, und das war vorerst die Hauptsache.

Wie die anderen lagen sie halbnackt in schmutzigen, ärmellosen Hemden auf dem Boden der Zelle, wie Vieh, das auf den Schlächter wartete, und rührten sich nicht. John kam es einem Wunder gleich, dass sie die Prozedur überlebt hatten. Einen Moment überlegte er, ob er die anderen aufwecken sollte, aber dann gelangte er zu dem Schluss, dass es vielleicht besser war, wenn sie das Höllenfeuer auf diese Weise wenigsten eine Weile verschliefen.

Beinahe zärtlich strich er Micheal über Rücken und Schulter, dabei spürte er die leichte Erhebung unter seinen Fingerspitzen und fuhr ihr nach. Eine gespiegelte Sechs, so groß wie ein Schilling, zeichnete sich auf dem mageren Schulterknochen des Jungen ab. Von weitem hätte man denken können, es sei ein zu groß geratenes Muttermal.

Plötzlich erinnerte sich John an das Gefühl hackender Krähenschnäbel und den Schmerz, den er empfunden hatte, als ein grober Kerl seine eigene Schulter mit einer Nadel und schwarzer Tinte traktierte. In Panik schaute er an sich hinab und spuckte auf jene Stelle, an der die gleiche merkwürdige Sechs zu sehen war. Doch so fest er auch mit seinem Daumen über die geschwollene Stelle rieb, das geheime Symbol ließ sich nicht entfernen. Er hatte von Seeleuten gehört, dass die Heiden in Asien auf diese Weise ihre Körper bemalten. In Schottland war man damit ein Ausgestoßener, auf den die Leute mit Fingern zeigten. Es war nichts anderes als ein Hexenmal, das besonders den Puritanern verhasst sein würde. Denn nach dem Alten Testament war es strengstens verboten, den Körper mit einem dauerhaften Zeichen zu versehen.

Madlen war noch nie so weit in die Tiefen von Wichfield Manor vorgedrungen, und freiwillig hätte sie es auch niemals getan, wenn sie nicht in Begleitung zweier Söldner gewesen wäre.

Cuninghames Ordenskapelle – wie er die alte Krypta bezeichnete, über der er seinen Herrensitz erbaut hatte – lag in einem tief verborgenen System von verwirrenden Gängen, die weitaus länger existierten als das darüberstehende Haus und nur von Eingeweihten betreten werden durften.

Vergeblich versuchte Madlen sich den Weg zu merken, falls sie alleine hier herausfinden musste. Ausgelegt mit einem schwarzweißen Schachbrettboden und einer steinernen Kuppel versehen, verfügte die achteckige Halle über keinerlei Fenster. Ein Dutzend schwarzer Kerzen auf hohen silbernen Kandelabern illuminierte den Raum. Auch fehlte jegliches Mobiliar bis auf eine schmale Pritsche und eine Art steinerner Altar – ein schwarzer massiver Tisch aus reinem Marmor, so breit und lang wie eine Tür, die auf einem hüfthohen Steinblock auflag. Darauf hatte man ebenfalls silberne Leuchter gestellt. Darüber befand sich das mannshohe Ölgemälde eines nackten gehörnten Hirtengottes, der sie mit seinen dunklen, stechenden Augen direkt anschaute.

Beiläufig fiel ihr Blick auf den riesigen Phallus, der zwischen seinen Lenden emporragte.

Die beiden Männer, die sie bis hierhin begleitet hatten, übergaben Madlen einer großen verhüllten Gestalt, die einen bodenlangen weißen Kapuzenumhang trug. Madlen hatte schon einige Männer auf Wichfield Manor kommen und gehen gesehen, aber jemand von solcher Größe war ihr noch nie aufgefallen. Der Mann war breitschultrig wie John, sein Gesicht konnte sie jedoch nicht erkennen, da es unter der Kapuze verborgen war. Er verneigte sich kaum merklich und hob seine Hände, die in weißen Seidenhandschuhen steckten.

»Ah, welch edler Besuch«, sagte er mit einer angenehm rauen Stimme, und für einen Moment dachte Madlen, es sei tatsächlich John, der zu ihr sprach. Mit einer fließenden Bewegung überreichte er ihr einen goldenen Pokal, in dessen äußeren Rand verschiedene fremdartige Zeichen eingraviert waren.

»Trink!«, befahl er mit fester Stimme.

»Nein«, erwiderte Madlen fest. Sie wollte Cuninghames Spielchen nicht mitmachen und sich weigern, den Anweisungen seiner Helfershelfer zu folgen.

»Denkt an Euren Geliebten«, sagte der Mann in eindringlichem Tonfall. »Wenn Ihr ihn je wiedersehen wollt, müsst Ihr tun, was Euer Meister befiehlt.«

»Mein Meister? Ach ja?« Madlen nahm all ihren Mut zusammen und setzte ein spöttisches Lächeln auf. Cuninghame stand einer Bruderschaft vor, von deren Machenschaften sie bisher nichts erfahren hatte. Wollte dieser merkwürdige Kerl sie nun etwa einweihen? Aber soweit sie wusste, waren Frauen in solchen Kreisen unerwünscht.

»Ich wüsste nicht, dass ich zu den Euren gehöre«, fuhr sie mit störrischer Miene fort. »Oder habt Ihr vielleicht die Regeln geändert?«

Sie spürte die warmen Finger des Mannes, wie er sie zur Seite nahm und eingehend betrachtete. »Ihr seid eine außergewöhnlich schöne Frau«, bemerkte er leise. »Es wäre schade um Euch und Eure Nachkommen, wenn Ihr nicht tätet, was man Euch sagt!«

»Was wollt Ihr mir damit andeuten?« Madlen sah hastig zur Seite und überlegte einen Moment, wie sie dem Kapuzenträger entkommen konnte. Die Söldner standen immer noch am Ausgang und bewachten die eiserne Tür.

»Trinkt!«, wiederholte der Mann unnachgiebig.

»Der Trank ist nicht dazu gedacht, meinen Durst zu stillen – habe ich recht?« Madlen versuchte auf Zeit zu spielen, bemüht, ihre Stimme nicht zittern zu lassen.

»Der Trank wird weit mehr für Euch tun, als Euren Durst zu stillen«, erklärte der Mann dunkel. »Er wird Euch eine unsterbliche Seele bescheren.«

»Was?« Madlen wich mit Erstaunen zurück. Sie ging selten zur heiligen Messe und betete nur, wenn sie es für angebracht hielt, meist in Notsituationen, doch es nützte nicht immer. Daher verließ sie sich lieber auf ihren Verstand.

»Ihr versündigt Euch«, entgegnete sie schroff. »Pater Cedric lehrte mich, dass die Seele von Natur aus unsterblich sei. Also was könnte ich gewinnen? Der Einzige, der daran etwas ändern könnte, wäre Gott. Und das seid Ihr nicht.«

»Nein, ich bin nicht Gott«, hauchte der Mann. »Aber möglicherweise diene ich seinem Gegenspieler, der weit mächtiger ist und dessen Diener wir alle sind, oft genug, ohne es zu wissen.« Er hob den Becher und nahm selbst einen Schluck, wie zum Beweis, dass es gefahrlos war, daraus zu trinken.

Madlen zuckte zurück, als der Unbekannte den Kopf hob und unter der Schwärze seines Gesichts ein Paar Pupillen zum Vorschein kamen, die wie ein loderndes Feuer flackerten. Überrascht konnte sie sehen, wie deren Iris sich in ein dunkles Grün verwandelte. Sie konnte ihren Blick nicht von dem Gesicht des Mannes abwenden, während es auf faszinierende Weise heller wurde. Sein Antlitz erschien ihr so glatt und strahlend wie das eines Engels. Seine Nase war lang und schmal, die Augen waren glänzend und so klar wie ein See in den Highlands. Als der Mann die Kapuze endlich zurückschlug, sah sie seine zimtbraune

Mähne, die ihm bis über die Schultern reichte. Sein Mund war sinnlich, und seine Zähne erschienen ihr ebenmäßig und kraftvoll, als er sie zu einem amüsierten Lächeln bleckte.

»John?« Ihre Stimme versagte ihr beinahe den Dienst. Wie konnte es sein, dass er hier unten war? Hatte Cuninghame ihn hier gefangengehalten und ihm ein Ultimatum gestellt? Oder war er freiwillig in Cuninghames Dienste eingetreten? Nein, unvorstellbar! Und doch …

Madlen schaute wie erstarrt zu ihm auf. Es war tatsächlich John – jedenfalls sah die Gestalt haargenau so aus. Für einen Moment glaubte sie, den Verstand zu verlieren. Trotz allem fühlte sie sich auf magische Weise von ihm angezogen – so sehr, dass es ihr unmöglich erschien, ihm zu widerstehen. Das Herz klopfte ihr bis zum Hals, als er ihr erneut den Becher reichte.

»Trink, Madlen!«, sagte er mit schmerzhaft vertrauter Stimme, und dabei legte er seinen Arm um ihre Schultern, als ob es die selbstverständlichste Sache der Welt wäre. »Und du wirst das Paradies darin finden.«

Madlen trank aus dem Becher. Es war ein süßer, schwerer Wein, der ihr unvermittelt die Sinne vernebelte. Eine plötzliche Hitze durchfuhr ihren Leib, dunkel und erregend. Sie sah, wie der Mantel des Mannes zu Boden fiel. Darunter war er nackt, mit muskulösen Armen und Beinen. Brust und Bauch waren nicht weniger muskelbepackt und zudem zimtfarben behaart.

Madlen blinzelte und ließ ihren Blick ungläubig abwärtswandern. Nicht nur, dass sich zwischen seinen Schenkeln ein stattliches Geschlecht erhob. Nein, er hatte auch exakt die gleichen Narben wie John – in der Leiste und unter den Armen sowie über den Rippen und auf den Oberarmen.

»Woher …« Madlen wollte es zu gerne glauben. »John?«, wisperte sie fassungslos.

»A bheil teagamh sam bith ort – zweifelst du etwa?« Er sprach Gälisch.

Trotz des gewaltigen Schrecks verharrte Madlen in stummer Faszination.

Eine warnende Stimme erhob sich in ihrem Innern. Und wenn es nun doch der Teufel persönlich war, der sie verführte?

John war ein guter Mensch – und Cuninghame? Ein gefährliches Monster? Tausend Gedanken schwirrten durch Madlens Kopf, während ihre Hand wie von selbst ein weiteres Mal den Becher ergriff.

Als ihre Lippen den Rand berührten, hatte sie längst keinen Willen mehr, und als sie schluckte, spürte sie, wie der Inhalt des Bechers in ihrem Innern eine Flamme entfachte, die nicht nur ihre Seele dahinschmelzen ließ, sondern auch ihren Körper.

Paddy war der Erste, der die Stille durchbrach. Er war kurz nach John zu sich gekommen und setzte sich mit einem Stöhnen auf.

»O Gott, John, du lebst!«, stieß er hervor, als er in die weit aufgerissenen Augen des Schotten sah, der ihn in der Dunkelheit anstarrte. Dann sah er sich gründlich um, bevor sein Blick zu John zurückkehrte. »Wo sind die anderen?«

»Tot, denke ich.« Johns Stimme verriet seine Trauer, aber auch seine Wut.

»Was ist mit uns geschehen?« Paddy betrachtete eingehend seine nackten Arme, an denen seltsamerweise keinerlei Einstichstellen zu sehen waren, und schließlich die Tätowierung, die ihn genauso zeichnete wie alle anderen. »Sie haben uns gebrandmarkt, diese Dreckschweine!« Paddys ganze Empörung brach aus ihm hervor. »Wenn ich jemals wieder hier herauskomme, werde ich diesen verdammten Kapuzenmännern jeden einzelnen Knochen brechen!«

»Wenn es denn nur das Zeichen wäre«, bemerkte John und lachte ironisch.

»Was meinst du damit?« Der Ire sah zweifelnd an sich herab und packte sich mit der Rechten voller Panik zwischen die Beine, wo er augenscheinlich fand, was er suchte. Erleichtert ließ er die Schultern sinken und atmete aus. Zum Eunuchen hatte man ihn zum Glück nicht gemacht.

»Kannst du sehen?« Johns Frage klang völlig harmlos.

»Aye? Warum – ist jemand von uns geblendet worden?« Paddy blickte ihn erschrocken an.

»Nein, es ist eher das Gegenteil der Fall. Schau dich um, siehst du irgendwo eine Fackel?«

»Nein?« Paddys Blick wirkte verblüfft.

»Ist es Tag?«

»Nein, offenbar nicht.« Wieder schaute Paddy sich suchend um.

»Aber du kannst sehen?« Johns Frage klang provozierend.

»Aye, jeden Stein und jeden Halm.« Erst jetzt schien Paddy zu begreifen.

»Teufel! Wie ist das möglich?« Der Ire sprang auf und irrte schwankend in der Zelle umher, als ob er nach etwas suchen würde. Dabei nahm er alles genau unter Beobachtung. Als er sich zu John umdrehte, stand ihm die Ratlosigkeit ins Gesicht geschrieben.

»Ich kann nicht nur in der Dunkelheit sehen«, sagte er plötzlich. »Ich weiß sogar, was *du* denkst! … Du denkst, du bist verrückt geworden. Habe ich recht?«

John schenkte ihm ein mitleidiges Lächeln. »Ist das ein Wunder?«

»Nein, John, du verstehst nicht, was ich meine!« Paddy klopfte sich vor die Brust, dort, wo er sein Herz vermutete. »Ich spüre es hier drin, was du fühlst und was in deinem Kopf vorgeht … und überhaupt, John. Ich muss dir nichts verzeihen. Ebenso wenig die anderen. Es ist nicht deine Schuld, dass es so weit gekommen ist. Cuninghame und seine Männer sind die Schuldigen.«

John sah ihn ungläubig an und senkte den Blick. Paddy hatte ausgesprochen, was ihn tatsächlich im Innern bewegte. Er machte sich unentwegt Vorwürfe, weil er sich für das Unglück seiner Kameraden verantwortlich fühlte. Seine Mundwinkel zuckten gefährlich. Paddy war in drei Schritten bei ihm. John ließ es zu, dass er ihn umarmte. Dann sank er mit dem Iren zu Boden und begann zu schluchzen, während Paddy ihn hielt und Johns Nacken streichelte, geradeso als ob er sein Kind wäre.

»Ich kann in dein Herz schauen, John«, flüsterte Paddy. »Ist das nicht großartig? Ich sehe, dass du Angst hast, genauso wie ich. Aber was immer die da oben mit uns angestellt haben – wir werden nicht zulassen, dass sie uns unsere Seelen nehmen. Vorher schicken wir sie zur Hölle. Das verspreche ich dir.«

John löste sich aus Paddys Umarmung. Auch er spürte ungewohnt deutlich, dass der Ire die gleichen Gefühle hegte wie er selbst und dass er es ehrlich meinte. Es war, als ob er in seine Gedanken eindringen konnte. Verlegen rieb er sich die Augen und atmete tief durch.

»Wir müssen die anderen wecken«, erklärte der Ire entschlossen. »Ich will wissen, ob sie die gleiche Gabe haben.«

Reihum rüttelte er die übrigen Kameraden bei den Schultern, so lange, bis sie sich ziemlich desorientiert und unter Schmerzen erhoben. Jeder von ihnen konnte in der tiefsten Dunkelheit sehen und mindestens zehnmal besser hören und riechen als zuvor. Micheal erbrach sich mehrmals und spuckte das dargebotene Wasser aus, weil es ihm so bitter erschien, als wäre es reines Gift.

»Herr im Himmel, was haben die nur mit uns gemacht?« Ruaraidh sah an sich herab, als ob er einen neuen Menschen vor sich hätte. Als er in die Runde schaute, schien seine Verwirrung komplett.

»Ich kann eure Herzen schlagen hören«, flüsterte er andächtig. »Und ich kann spüren, wie jeder Einzelne von euch sich fühlt.«

Randolf rasselte mit seinen Ketten, als wollte er nochmals überprüfen, dass seine Sinne ihn nicht täuschten, weil auch er glaubte, alles viel lauter zu hören. Dabei fiel ihm auf, dass Eisen und Ketten weitaus dicker geschmiedet waren als zuvor. Wortlos stand er auf. Er nahm einen der eisernen Wassernäpfe und stellte ihn mit der Öffnung nach unten auf den Boden. Dann ballte er seine Rechte und schlug zu. Die anderen zuckten erschrocken zusammen, weil ihnen Randolfs Absicht entgangen war und das Geräusch ungewohnt laut in ihren Ohren dröhnte.

Als sie zu dem Napf hinschauten, war er so platt wie eine Flunder. Randolf sprang wie von Hornissen gejagt auf und ging zu den Gefängnisstäben, die die Zelle begrenzten. Zur Überraschung seiner Kameraden setzte er an und zog mit beiden Händen daran, um die dicken Stäbe zu verbiegen. Es machte den Anschein, als ob er sich konzentrierte, und dann bewegten die Eisenstäbe sich, nicht viel, aber sie bewegten sich.

»Nicht nur unsere Sinne sind geschärft«, verkündete Randolf triumphierend, »auch unsere körperlichen Kräfte sind beträchtlich gewachsen.«

John horchte auf. Er konnte Schritte hören, obwohl die Tür zum Verlies sich noch nicht geöffnet hatte.

»Schnell, da kommt jemand. Legt euch hin und stellt euch schlafend!«, rief er.

Kaum dass die Männer sich auf den Boden gelegt hatten, öffnete sich die Tür zum Verlies. Zwei Wärter kamen herein und brachten Wasser und Brei. John lag ganz nahe an den Stäben und stellte sich schlafend. Blinzelnd beobachtete er den Älteren, der dem Jüngeren im Abstand von einem Yard folgte und einen dicken Schlüsselbund an seinem Gürtel trug. Das Licht der Fackel schmerzte John in den Augen, und er fragte sich, wie es erst sein würde, wenn er wieder ans Tageslicht gelangte. Als der jüngere Kerl mit dem Napf nahe genug herangekommen war, sprang John unvermittelt auf und packte ihn bei den Armen. Der Napf fiel scheppernd zu Boden, und bevor der Ältere um Hilfe rufen konnte, hatte John seinem Opfer die Handkette so geschickt um den Hals geschnürt, dass der junge Wärter verzweifelt nach Luft ringen musste. Blitzschnell hatte John ihm den Dolch entwendet und setzte ihm die Spitze schmerzhaft an die Leber. Dann ging John mit seinem Opfer zu Boden, weil dem jungen Kerl vor Furcht und Atemnot die Beine versagten. Der Ältere versuchte derweil zu fliehen, um Alarm zu schlagen.

»Das ist keine gute Idee«, rief John ihm hinterher. »Wenn du abhaust, ist dein Kamerad tot!«

Paddy, der sich wie die anderen hinter John gestellt hatte, warf dem Schotten einen zweifelnden Blick zu. Welcher Wachmann spekulierte auf die Unversehrtheit seines Kameraden, wenn es darum ging, die eigene Karriere zu retten? Doch John hatte in den vergangenen Tagen etwas beobachtet, was Paddy und den anderen entgangen war. Die beiden Männer, die ihnen das Essen brachten, waren zwar gewöhnliche Söldner, aber sie hegten ein besonderes Verhältnis. Das Röcheln des jüngeren Mannes, den John in seiner Gewalt hatte, wurde immer leiser.

Zögernd kam der ältere Soldat zurück und blieb mit einem gewissen Sicherheitsabstand zu den Zellen stehen.

»Wirf deinen Schlüssel herüber!« John sah den alten Kerl auffordernd an, und als der Wächter nicht sofort tat, was er sagte, verstärkte er nochmals seinen Griff, so dass sein Gefangener blau anlief.

Mit zusammengekniffenen Lippen nahm der Wachmann sein Schlüsselbund vom Gürtel und warf es in die Zelle hinein. Paddy war sofort zur Stelle und hob den Ring mit den Schlüsseln auf. Hastig öffnete er die eiserne Tür und packte den Alten. Anschließend nahm Ruaraidh den jungen Wachmann in Empfang. John erhob sich stöhnend und ergriff den Schlüssel, um seine eigenen Ketten und die seiner Mitgefangenen mit einem kleinen, kompliziert gedrehten Schlüssel zu öffnen. Dann zog man gemeinsam den beiden Wachmännern die Kleider vom Leib und fesselte sie mit Stricken, die im Gang vor den Zellen an einem Haken hingen. Anschließend knebelte man sie mit ihren eigenen Halstüchern und setzte sie in die hinterste Ecke der beiden Gefangenenlöcher.

Malcolm und Micheal wurden angewiesen, rasch die Kleidung der Soldaten anzulegen, die ihnen nur leidlich passte, weil beide Jungen eine stattliche Größe besaßen. Aber nur so würden sie auf dem Weg nach draußen vermutlich der Aufmerksamkeit der Festungssoldaten entgehen.

John streckte sich, um seine Glieder zu wärmen, während Paddy und die Kameraden sich in den Zellengang begaben, wo sie stehenblieben und ihn ansahen, als ob sie seine Befehle erwarteten.

»John, *du* warst Captain bei den königlichen Cavaliers«, bemerkte Paddy mit einem aufmunternden Grinsen, »also wirst *du* uns auch in die Freiheit führen.«

9

Bass Rock 1647 – »Die Gezeichneten«

Auf der Treppe zum Kerkerausgang empfand John mit einem Mal die Schwere der Verantwortung, die auf seinen Schultern lastete. Nun war es seine Angelegenheit, ob es ihnen gelingen konnte, unversehrt von der Insel zu fliehen. Ein Gefühl, das er in dieser Deutlichkeit seit seinem letzten Kriegseinsatz nicht mehr verspürt hatte. Mit dem kleinen, aber feinen Unterschied, dass man im Krieg wenigstens eine wärmende Uniform trug und kein härenes Hemd. Dazu besaß man ein ganzes Waffenarsenal, das einem Stärke und Sicherheit vermittelte. Das Einzige, was John zur ihrer Verteidigung vorweisen konnte, war sein Körper und der Dolch des jungen Wachmannes, den er in seiner

Linken hielt. Paddy, der direkt hinter ihm ging und den Dolch des Alten erbeutet hatte, gab ihm dabei die nötige Deckung. Der Ire verfügte im Gegensatz zu den übrigen Kameraden über ausreichend kämpferische Erfahrung. Er hatte wie John in verschiedenen Armeen gedient. Erst nachdem er seine gesamte Familie durch ein rätselhaftes Fieber verloren hatte, war er zu der Überzeugung gelangt, dass Gott ihn für die vielen Toten bestrafen wollte, die er auf diversen Feldzügen hinter sich gelassen hatte. Seitdem hatte er dem Krieg den Rücken gekehrt. Sein gälisches Blut konnte er trotzdem nicht verleugnen. Er gehörte immer noch zu jenen, die ungern einen Faustkampf verpassten.

John blickte zurück und bemerkte in Paddys Augen einen verräterischen Glanz. In seiner Rechten blitzte die Waffe des Kerkerwächters. Die übrigen Männer hatten nur ihre Ketten, mit denen sie notfalls jemanden erschlagen oder erwürgen konnten. Nur der Teufel konnte wissen, was sie dort draußen auf dem Festungshof erwartete.

Als John vorsichtig die Tür zum Hof öffnete, blies ihm ein rauer Wind ins Gesicht. Zu seiner Überraschung dämmerte nicht der Morgen, sondern der Abend. Dunkle Wolken hatten sich über die Insel herabgesenkt, und zwischen einzelnen Nebelfetzen leuchtete ein runder Vollmond, der das Mauerwerk mit einem verwirrenden Spiel von Licht und Schatten überzog. John erschien die Umgebung trotz fehlender Sonne taghell. Dass es seinen Kameraden offenbar genauso erging, musste an ihren neu erworbenen Fähigkeiten liegen.

»Teufelszeug«, murmelte Ruaraidh und kniff immer wieder die Lider zusammen, weil er seine plötzlichen Fähigkeiten nicht wahrhaben wollte. Und es waren nicht nur ihre Augen, die verrückt spielten.

Das Rauschen der Wellen kam John wie ein tosender Orkan vor und erschrak ihn und die anderen Kameraden ebenso wie das ohrenbetäubende Horn, in das einer der Wachsoldaten gestoßen hatte. Offensichtlich wollte der Wachhabende die übrigen Soldaten warnen, als er plötzlich sieben abgerissene Gestalten erblickte, die auf das Haupthaus zuliefen.

Für einen Moment waren John und seine Leute zu abgelenkt, um die Gefahr zu erkennen, die mit einer Truppe ausschwärmender Soldaten aus der Garnisonsbaracke auf sie eindrang. Ein Schuss krachte aus einer

Muskete und traf Malcolm, der seine Rechte reflexartig auf den Bauch presste und stöhnend zu Boden ging. John sah aus den Augenwinkeln, dass Ruaraidh sich um den Jungen kümmerte und die Soldaten auf den Festungsmauern mehrere Fackeln entzündeten, um besser sehen zu können. Anscheinend verfügten sie nicht über die gleichen Fähigkeiten wie die Ausbrecher. Während John unbewusst eine Hand zur Faust ballte, erinnerte er sich an Randolfs Vorführung mit dem Blechnapf. Der Norweger hatte nicht zu Unrecht vermutet, dass sie nach der seltsamen Folter durch Cuninghames Schergen nicht nur ungewöhnlich gut sehen konnten, sondern zudem unverhältnismäßig an Stärke gewonnen hatten.

Obwohl auch John diese Sache für die reinste Hexerei hielt, sammelte er all seine Kraft und rannte in die Richtung jenes Soldaten, der zu einem nächsten Schuss nachgeladen hatte. John war fasziniert, wie rasch ihn seine Füße trugen, und er war ebenso verdutzt wie sein Gegner, als er plötzlich vor ihm stand. Erst als er zum Schlag ausholte und dem Söldner mit nur einem Hieb den Schädel zertrümmerte, bekam er eine Ahnung davon, welch gewaltige Kraft allein in seinen Händen steckte. Verwirrt ließ er den blutüberströmten Toten liegen und wandte sich einem weiteren Trupp von acht Wachleuten zu, die in Zweierreihen angerückt waren, um ihre Kameraden zu unterstützen.

Paddy und Randolf hatten inzwischen ebenfalls ihre Kraft und Schnelligkeit entdeckt, und auch David Ogilvy hatte jegliche Scheu verloren, die er gewöhnlich bei einer Schlägerei an den Tag legte, indem er einen Söldner nach dem anderen umpflügte wie ein marschierendes Ackerross. Bald war der halbe Hof übersät mit toten Soldaten.

Der wachhabende Sergeant im Ausguck blies abermals panisch in sein Horn, woraufhin sich drei schwarze Gestalten aus dem Schatten des Mauerwerks lösten. Sie trugen schwarze Uniformen, ihre Gesichter waren mit einer schwarzen Maske bedeckt. Geheimpolizisten, zuckte es John durch den Kopf. Sie mussten zu Cuninghames Leuten gehören. John war sich darüber im Klaren, dass sie ebenfalls über besondere Gaben verfügten. Zu lebhaft erinnerte er sich an das Feld vor dem Leith Water, als die beiden Männer ihn kurzerhand schachmatt gesetzt hatten.

Wie in Leith sprang einer der Söldner John direkt vor die Füße, doch im Gegensatz zu dem ungleichen Kampf am Leith Water konnte

John nun parieren. Die Augen seines Gegenübers leuchteten unnatürlich hell im Schein einer brennenden Fackel, die in einer Eisenfassung an den Festungsmauern steckte. In einer Hand hielt der Mann einen Degen, in der anderen seinen Kampfdolch. John wich dem ersten Stich geschickt aus. Anstatt zu verharren und auf den nächsten Angriff zu warten, sprang er blitzschnell zu einem der toten Soldaten und zog dessen Degen, um sich besser verteidigen zu können. Schlag auf Schlag klirrten Degen und Dolche aufeinander. Der Kampf mit zwei Waffen war Johns Spezialität, obwohl die Taktik, gleichzeitig mit Dolch und Degen zu kämpfen, zu den gefährlichsten gehörte.

Immer wieder versuchte sein Gegenüber, eine Lücke zu finden, um ihm den Dolch in die Seite zu stoßen. John konnte zunächst ausweichen, war aber einmal nicht schnell genug, und so schlitzte die Klinge des Gegners sein Handgelenk auf. Ein heller Schmerz brannte auf und erlosch sogleich wieder. John konzentrierte sich aufs Neue, bemüht darum, seine Revanche zu bekommen. Auch die anderen kämpften, bis auf Micheal, der sich mit dem schwerverletzten Malcolm in den Schatten der Mauer zurückgezogen hatte.

John gelang es, seinem Widersacher den Degen aus der Hand zu schlagen. Der Mann sprang zur Seite und ergriff überraschend die Flucht. Mit der Geschmeidigkeit einer Katze rannte er über den Hof und überwand dabei mit einem eleganten Sprung eine Mauer. John war in der Lage, ihm mühelos zu folgen. Alles in ihm war nur noch Instinkt. Er rannte und sprang wie ein Hund, der über einen Graben hechtet. Dabei trieb er seinen Gegner immer mehr in die Enge, bis dieser mit dem Rücken zur Klippe stand. Der schwarze Soldat hatte immer noch den Dolch in der Hand, den er ihm drohend entgegenhielt. Dann setzte er plötzlich zum Sprung an. John überlegte nur kurz, dann biss er die Zähne zusammen und sprang dem Söldner entgegen. Noch in der Luft stieß er seinem Gegner den Degen ins Herz. Der Maskierte stürzte rückwärts die Klippe hinunter. John hatte Mühe, die Balance zu halten und nicht selbst in den Abgrund zu stürzen. Von oben sah er, wie der Körper auf dem Felsen zerschmettert wurde und die Gischt den Leichnam mit brodelndem Schaum überrollte.

John befahl sich, einen klaren Kopf zu bewahren. Rasch sah er sich um. Ruaraidh, Randolf und Paddy versuchten die zwei verbliebenen

Geheimpolizisten in Schach zu halten. David kümmerte sich um die beiden Jungen, die völlig verstört im Schatten des Mauerwerks hockten. Oberhalb des Hofes standen zwei Soldaten mit Musketen bewaffnet und mühten sich, im spärlichen Licht der Fackeln ein Ziel zu erfassen. Allem Anschein nach fehlten ihnen die besonderen Fähigkeiten der Geheimpolizisten. John rannte los und löschte im Vorbeilaufen mehrere Fackeln, so dass für die Männer alles in bleierner Düsternis versank.

Plötzlich schnellte einer von Cuninghames Söldnern aus einem verborgenen Winkel hervor und sprang aus dem Stand auf einen drei Meter hohen Sockel. Dort griff er sich die Muskete eines gewöhnlichen Wachsoldaten. Im Gegensatz zu dem völlig verwirrten Kameraden konnte er trotz Dunkelheit ein Ziel erfassen. Der Schuss hallte von den Steinwänden wider und traf Ruaraidh, der sofort zu Boden ging. John sah, dass der Schuss in Ruaraidhs Unterleib eingedrungen war und dass die Verblüffung des jungen Highlanders schon bald purer Todesangst wich, als er das Blut sah, das für einen kurzen Moment zwischen seinen Fingern hervorquoll.

John reagierte rasch und warf seinen Dolch nach dem Todesengel. Er traf ihn mitten ins Herz. Der Kerl sackte mit einem Stöhnen zusammen, stürzte die Mauer hinunter und blieb regungslos auf dem Basaltpflaster liegen.

Dann nahm John die Verfolgung des letzten Häschers auf, der ebenfalls auf die Mauerkrone geflohen war. Es war zu befürchten, dass er sich einer weiteren Muskete bemächtigte und auf sie abfeuerte.

Paddy war John gefolgt. »Sollen wir?« fragte er angriffslustig und streckte John die Hand hin. John warf ihm einen verwirrten Blick zu.

»Springen, meine ich.«

John nickte nur und fasste ihn bei der Hand. Einen Moment später rannten sie los, direkt auf die Mauer zu. Auf ein stummes Zeichen von Paddy sprangen sie mitten im Lauf drei Yards in die Höhe. John empfand es einen Moment lang so, als ob er fliegen könne. Cuninghames Söldner lauerte hinter einer Mauerzinne. Ein Schuss krachte, und der Geruch von Schwefel lag in der Luft, doch offenbar war niemand getroffen worden. Etwas unbeholfen landeten John und Paddy in der Nähe des Söldners und duckten sich. Der Verfolgte warf die Muskete zu Boden und rannte den schmalen Wehrgang in die entgegengesetzte

Richtung. Ein unentschlossener Söldner stellte sich ihm in den Weg. Wütend stieß er den jungen Mann über die Mauerbrüstung, so dass der Unglückselige mit einem gellenden Schrei mehr als acht Yards in die Tiefe stürzte.

John hetzte über einen Mauerpfad, in der Absicht, den Kerl zu schnappen, der ihm und seinen Kameraden nach dem Leben getrachtet hatte. Und er wollte Antworten. Nur wenn er den Mann lebend zu fassen bekam, konnte er erfahren, was in jener grauenhaften Folterkammer mit ihnen geschehen war. Noch einmal sammelte er seine Kräfte zum Sprung und überwand eine Distanz von beinahe fünf Yards. Mit ausgestreckten Händen riss er den Fliehenden zu Boden und schlug mit ihm zusammen auf dem harten Wehrgang auf. Der andere wehrte sich mit einem Dolch, den John übersehen hatte. Paddy war dicht hinter ihnen, aber er konnte nicht helfen, weil der Gang zwischen den Zinnen zu schmal war. John spürte, wie der Mann ihn erwischte und die Klinge unterhalb seines linken Rippenbogens in seine Eingeweide drang. Der sengende Schmerz und die nasse Wärme des Blutes betäubten seine Sinne – aber nur kurz. John bekam das Handgelenk des Mannes zu fassen und stieß ihn mit einem entschlossenen Ruck von sich. Gleichzeitig zog er den Dolch aus der Wunde. Scheppernd schlitterte die Waffe über das Pflaster. Paddy hob den Dolch auf und sah das Blut an dem reichverzierten Hirschhornknauf. Ohne zu zögern, nahm er eine Angriffshaltung ein.

»John, bist du in Ordnung?« Die Stimme des Iren klang besorgt.

John antwortete nicht, er war viel zu beschäftigt damit, seinen Gegner am Boden zu halten. Als er sich abstützen wollte, rutschte er auf seiner eigenen Blutlache aus. Sein Gegner entwand sich geschickt seinem Griff und schaffte es, auf die Füße zu gelangen. John keuchte schwer, als er ebenfalls aufzustehen versuchte, um dem Kerl hinterherzulaufen. Doch Paddy kam ihm zuvor und sprang einfach über ihn hinweg. Noch im Sprung stach er dem fliehenden Söldner sein Messer in den Rücken. Der Mann stürzte keuchend zu Boden. Paddy umfasste seinen Kopf. In einer fließenden Bewegung brach er ihm das Genick.

»Du hast ihn umgebracht!« Johns Stimme war nur noch ein Krächzen.

»Aye. Und?« Paddy schüttelte verständnislos seinen grauen Lockenkopf. Dann fiel er auf die Knie und löste vorsichtig Johns Finger von der offenen Wunde.

»Gott ist mit dir! Es hat aufgehört zu bluten!« Die Verblüffung war dem Iren anzusehen.

»Was?« Mit banger Miene betastete John die blutverschmierte Stelle. Sie hatte sich geschlossen, und es hatte aufgehört zu schmerzen.

Ungläubig raffte John sein Hemd in die Höhe. Selbst in der Dunkelheit konnten beide Männer erkennen, dass die Wunde sich vollkommen geschlossen hatte. John erinnerte sich plötzlich an die Folter und dass man ihn mit einem Dolch verletzt hatte. Auch davon war nun nichts mehr zu sehen.

»Herr im Himmel«, flüsterte Paddy und bekreuzigte sich rasch. Was wie ein göttliches Wunder wirkte, verursachte dem Iren eine gewaltige Gänsehaut. Er stand auf und starrte hinunter auf den menschenleeren Hof. In der Festung brannten noch Lichter, aber selbst wenn es dort noch jemanden gab, der ihnen hätte gefährlich werden können, traute er sich nicht nach draußen.

John war mittlerweile aufgestanden und lief vor Paddy zu einer engen Wendeltreppe hin, die nach unten führte. Im Hof trafen sie auf die anderen. Malcolm huschte mit Ruaraidh und Micheal zum Wassertor, gefolgt von Randolf und David Ogilvy, die wie zwei Wachhunde die Umgebung inspizierten. Obwohl Ruaraidh und Malcolm lebensgefährlich verletzt gewesen waren, gingen sie ohne größere Probleme aufrecht.

John forderte Ruaraidh und Malcolm auf, ihre Wunden zu entblößen. Nichts war mehr zu sehen. Lediglich das getrocknete Blut auf ihrer Haut zeugte von einer Verletzung.

»Wir sind verflucht«, murmelte Paddy mit leichenbleicher Miene, ohne ihn anzusehen.

»Wenn das ein Fluch ist«, bemerkte John und inspizierte die Stelle, wo zuvor ein Schnitt seinen Unterarm gezeichnet hatte, »dann ist es ein guter Fluch.«

»Es gibt keine guten Flüche«, flüsterte Paddy. Er wandte sich so hastig um, dass John sich erschrocken duckte. Keinen Moment zu spät. Der Söldner, dem Paddy das Genick gebrochen hatte, war wieder auferstanden und im Begriff, von oben eine weitere Muskete abzufeuern.

153

Paddy warf geistesgegenwärtig sein Messer. Mit einem dumpfen Laut stürzte der Mann die Mauer herab auf das Pflaster. Regungslos blieb er mit offenen Augen auf dem Rücken liegen, während das Messer in seinem Herzen steckengeblieben war.

Paddy zögerte, als er das Messer herausziehen wollte und Randolf ihn beim Arm gefasst hielt.

»Warte!«, murmelte Randolf mit ungewohnt ängstlicher Stimme. »Vielleicht sind sie unsterblich, und wenn du das Messer herausziehst, erholt er sich wieder?«

»Solange wir nicht wissen, was hier tatsächlich läuft, ist mit allem zu rechnen.« John ging in die Knie und fasste nach dem Puls des reglos daliegenden Söldners. Er lebte noch, aber er rührte sich nicht. In jedem Fall stimmte etwas nicht mit den Geheimpolizisten. Einer war die Klippen hinuntergestürzt. Einem anderen hatte Paddy das Genick gebrochen, und ein dritter lag auf dem Pflaster, einen Dolch in der Brust, und war doch nicht tot.

John erinnerte sich an Cuninghames Worte: »Gestorben wird jetzt nicht mehr. Ab heute besitzt du das ewige Leben!« Was, zum Teufel, hatte es mit diesem Satz auf sich?

War es möglich, dass Cuninghame mit seinen mysteriösen Machenschaften Gott ins Handwerk pfuschen konnte?

Die gewöhnlichen Soldaten schienen tatsächlich tot zu sein. Und die, die es nicht waren, hatten sich angstvoll zurückgezogen. Von Cuninghame und seinen weißgewandeten Brüdern war ohnehin nichts zu sehen gewesen.

»Wir müssen nach unseren Kameraden suchen«, beschloss John. »Wer weiß, vielleicht leben sie noch, und man hat sie nur in andere Zellen gesperrt.«

John machte sich mit Paddy, Randolf und Ruaraidh auf, die Festung zu durchsuchen.

David blieb mit den MacGregor-Zwillingen unten am Bootsanleger zurück.

John und seine Kameraden kannten keinerlei Gnade. Auf ihrem Weg durch Gänge und Räume wurde jeder niedergemacht, der sich ihnen in den Weg stellte.

Nachdem sie die Suche schon hatten aufgeben wollen, folgten sie einem üblen Geruch und stießen hinter der alten Abtei auf eine verschlossene Kammer. Randolf und John rammten gemeinsam die eisenbeschlagene Eichenholztür mit ihren Schultern auf. Aber statt ihrer lebenden Kameraden fanden sie lediglich einige bereits verweste Leichen.

»Großer Gott«, grunzte Paddy und hielt sich vor Ekel die Hand vor Mund, als er auf die sterblichen Überreste von Arne stieß.

Nachdem John die Enden der Leinentücher aufgeschnürt hatte, fanden die Männer den Tod der bis dahin vermissten Kameraden bestätigt.

»Lass uns so schnell wie möglich von hier verschwinden, John!«, stieß Paddy mit zitternder Stimme hervor und schaute auf die Toten. »Wer weiß, welche Teufeleien sich sonst noch hier auf der Festung befinden.«

John sah ein, dass er sein Bedürfnis nach Rache auf später verschieben musste. Auf dem Weg zum Anleger entkleideten sie die getöteten Soldaten und zogen deren Uniformen und Stiefel über. Randolf und Ruaraidh sammelten Pistolen und Degen ein und verteilten sie an die übrigen Kameraden. Dann liefen sie zum Anleger, wo David und die Jungen bereits auf sie warteten. Zusammen machten sie eines von den Booten klar. Die anderen Boote banden sie los, damit ihnen niemand folgen konnte.

Der Dreimaster war verschwunden. Offenbar hatte er an den Tagen nach ihrer Ankunft die Segel gehisst. Paddy fluchte leise vor sich hin, als sie ihre kleine Schaluppe gemeinsam in die Brandung schoben.

»Wäre auch zu schön gewesen«, zischte er. »Wir hätten nach Frankreich segeln können oder wohin auch immer – Hauptsache in eine bessere Welt.«

»Hast du überhaupt eine Ahnung, wie man ein solches Schiff manövriert?« John sah den Iren mit hochgezogener Braue an, während er Malcolm und Ruaraidh die Hand reichte, um sie ins Boot zu ziehen. David und Randolf saßen am Ruder und sorgten mit kräftigen Schlägen dafür, dass sie endlich ablegen konnten.

»Natürlich«, prahlte Paddy. »Ich entstamme schließlich einer Seefahrernation.«

»Meine Mutter konnte exzellent mit Nadel und Faden umgehen«, bemerkte John ironisch und übergab ihm das Steuer, »deshalb kann ich noch lange keinen Rock schneidern.«

Randolf schmunzelte leise, und Paddy schnaubte beleidigt.

»Für die Navigation eines Ruderbootes wird es gerade noch reichen.«
Das Boot schaukelte trotz der kräftigen Brise nur wenig.

Johns Blick fiel auf Micheal und Malcolm, deren Gesichter so bleich wie das Mondlicht waren. John ahnte, dass nicht der Seegang daran Schuld trug, sondern das Grauen, dass sie erlebt hatten.

Die Sicht war klar, und Tantallon Castle wirkte auf der gegenüberliegenden Klippe wie ein großer steinerner Schatten. In der Ferne konnte man sogar den North Berwick Law erkennen, die einzige größere Erhebung weit und breit, die einen militärischen Ausguck beherbergte.

»Wir müssen uns an den Wachen von Tantallon vorbeimogeln«, murmelte John. »Fehlte gerade noch, wenn Cuninghame dort seinen Nachschub sitzen hätte.«

»Zuerst benötigen wir Pferde.« Ruaraidh warf einen ängstlichen Blick zurück auf die Festung, die sich unter ihren stetigen Ruderschlägen zügig entfernte. Allem Anschein nach fühlte er sich gut, aber nach seinem Gesichtsausdruck zu urteilen, war ihm seine plötzliche Heilung nach der Musketenattacke immer noch suspekt.

»Wo sollen wir Geld für unsere Flucht herbekommen?« Micheal meldete sich zum ersten Mal zu Wort. Meist waren die Jungen zu schüchtern und ehrerbietig gewesen, um sich an den Gesprächen der Männer zu beteiligen. Doch nach allem, was sie zusammen durchgemacht hatten, gebührte ihnen Anerkennung.

»Wir müssen stehlen«, antwortete John mit gelassener Stimme. »Anders wird es kaum möglich sein, an etwas zu essen zu gelangen. Es sei denn, uns wäre unverhofftes Jagdglück beschieden. Aber im Grunde genommen ist es zu aufwendig, einen Hirsch zu erlegen. Außerdem könnten wir bei einer offenen Jagd leichter gestellt werden, als wenn wir die Insassen einer Kutsche erleichtern.«

»Straßenraub ist ein schweres Verbrechen, das mit dem Tode bestraft wird«, bemerkte Micheal mit verzweifelter Miene.

»Dummkopf«, schalt ihn Malcolm mit heiserer Stimme. Er kauerte im hinteren Teil des Bootes und hielt sich den Leib, als ob ihn die Kugel tatsächlich schwer verletzt hätte. »Denkst du wirklich, darauf kommt es jetzt noch an?«

»Ruhe!«, bestimmte Paddy mit fester Stimme. »John ist ab sofort unser Anführer. Er wird uns sagen, was zu tun ist!«

John hätte selbst zu gerne gewusst, wie es weitergehen sollte. Alles erschien ihm wie ein nicht enden wollender Alptraum. Die Festung. Die Folter. Die toten Kameraden. Die Tatsache, dass sie in der Nacht sehen konnten, und all die anderen Fähigkeiten, die ihm mehr wie ein Fluch denn wie ein Segen erschienen. Die Frage, was Cuninghame mit all seinen mysteriösen Grausamkeiten bezweckte, war nach wie vor unbeantwortet. Aber es gab noch etwas anderes, das John weitaus mehr beschäftigte: Was war aus Madlen geworden? Hatte sie ihn wirklich hintergangen? Und wenn ja, warum. Tief in seinem Herzen glaubte er zu spüren, dass sie seine Hilfe benötigte. Sie konnte nicht das sein, was Paddy und Rosie von ihr behauptet hatten.

Sie war wie er und die anderen in die Klauen dieses Dämons geraten, und er musste sie retten, selbst wenn er dafür mit seinem Leben bezahlte.

»Zieht die Köpfe ein und rudert weiter nach Westen«, belehrte sie Paddy, während er auf eine Gruppe von Fackelträgern deutete, die sich am Ufer unterhalb der Festung Tantallon versammelt hatten und einige Boote bestiegen. John schickte ein Dankgebet zum Himmel, dass der Mond zuverlässig hinter einer Wolke verschwunden war, und hoffte, dass es sich bei dem Trupp, der nun in die aufgepeitschte See ruderte, nicht um Cuninghames Männer handelte. Offenbar waren sie auf die Signalhörner des Bass Rock aufmerksam geworden und hatten die Anweisung ihres Festungskommandanten, unverzüglich auf der gegenüberliegenden Insel nach dem Rechten zu schauen, sogleich in die Tat umgesetzt.

»Weiter westwärts«, befahl Paddy den Ruderern.

»Wenn wir auf Kurs bleiben, halten wir direkt auf das Dorf Auldham zu«, warf Ruaraidh ein. »Ich war vor ein paar Jahren schon mal dort, als ich noch zu General Hamiltons Fußtruppe gehörte. Dort liegt die Canty Farm, die dem Castle als Kornspeicher und Wechselstall dient.«

Randolf setzte ein breites Grinsen auf und erhöhte die Schlagzahl. »Was will man mehr?«, raunte er in Johns Richtung

John und seinen Männern gelang es, unentdeckt an Land zu gehen. Leise sprangen sie einer nach dem anderen in die flache Brandung und schoben das Boot in geduckter Haltung auf eine Sandbank. Von ferne sahen sie die weißen strohbedeckten Fischerhütten im Schutz der Klippe und dahinter ein mit einer hohen Mauer umfriedetes Gebäude. »Ganz in der Nähe befindet sich der Garnisonsstützpunkt der Festungsgarde«, flüsterte Ruaraidh. »Ein langer Bau, wo die Männer während ihrer Schlafzeiten untergebracht sind.«

»Wenn ich mich recht entsinne, sind wir hier vorbeigekommen, bevor wir auf die Boote umgestiegen sind«, fügte John erstaunt hinzu. Mit seinen neuen Fähigkeiten, auch im Dunkeln zu sehen, empfand er die gesamte Umgebung als fremd und unwirklich. Außerdem konnte er schon jetzt die Anwesenheit der Pferde riechen und sogar die Wärme ihrer Leiber spüren, obwohl sie noch nicht einmal das hölzerne Tor der Vierung erreicht hatten. In geduckter Haltung schlichen sie an den Hof heran, der mit seinen Stallungen und dem länglichen Wohnhaus wie ein Karree angelegt war. Sogar der Geruch der Menschen stieg ihm unnatürlich intensiv in die Nase, und wie ein Tier konnte er anscheinend unterscheiden, um wen es sich dabei handelte. Ungläubig schüttelte John den Kopf, als er die flüsternden Stimmen eines Mannes und einer Frau vernahm. Offenbar lagen sie beieinander und stöhnten leise. Die Frau bat den Mann mit keuchender Stimme, vorsichtig zu sein, damit er seinen Samen nicht in sie verströmte. Ein anderer Mann schnarchte laut. Ein weiterer wanderte im Haus herum. John konnte die Schritte mitzählen.

»Hörst du das auch?« Randolf sah ihn mit einem Blick an, als ob er seinen eigenen Sinnen misstraute.

Paddy grinste. »Ja, da vergnügen sich zwei«, grunzte er leise. »Es erscheint mir beinahe, als ob ich im selben Bett liegen würde. Verrückt, oder?«

Ruaraidh spitzte die Ohren. »Jetzt höre ich es auch«, erklärte er schmunzelnd.

David und die Jungs machten zunächst ein verwirrtes Gesicht, doch dann grinsten auch sie.

»Psst!« John hob warnend die Hand und gebot den Männern für einen Moment Einhalt, als sie die Mauer mit dem großen Hoftor erreicht hatten. »Wir überwältigen den Wachhabenden und satteln so leise wie möglich die Pferde.«

Randolf setzte eine besorgte Miene auf. »Das Tor ist bestimmt von innen mit einem Balken verschlossen. Wie willst du es überwinden, ohne dass jemand etwas mitbekommt?«

»Springen«, antwortete John, als ob es die selbstverständlichste Sache der Welt wäre. Als die anderen – bis auf Paddy – ihn immer noch zweifelnd anschauten, nahm er Anlauf und zeigte, was er meinte, indem er mit einem eleganten und vor allem lautlosen Sprung die drei Yards hohe Mauer überwand.

Zwei irische Wolfshunde stürmten ihm mit rauem Gebell entgegen. John stand mit dem Rücken zur Wand, und obwohl die Bestien knurrten, als ob sie ein Ungeheuer gesehen hätten, griffen sie ihn nicht an. Er hatte zwar einen verdächtigen Geruch in der Nase gehabt, aber die Hunde hatten sich vor seinem Sprung völlig still verhalten.

Trotz ihrer Zurückhaltung hatten sie im Nu das halbe Haus aufgeweckt. Paddy und Randolf fassten all ihren Mut und überwanden die Mauer auf die gleiche Weise wie John. Ruaraidh und die Zwillinge zögerten noch, als Paddy bereits den ersten Knecht überwältigt hatte und das Tor mit einem leisen Knarren öffnete. Ein Soldat erschien mit offener Hose im Haupteingang und versuchte seine Pistole abzufeuern, doch zum Glück hatte sie eine Zündhemmung. Im Gegensatz zu John konnte er nicht in die Nacht hinaussehen, und das Öllicht, das er neben sich abgestellt hatte, half nicht, zu erkennen, wer sein Schäferstündchen gestört hatte.

John huschte aus dem Schatten einer Mauer und überwältigte den Mann. Er nahm ihm die Pistole ab und hielt ihm die kalte Mündung an den Kopf. »Los, du Spaßvogel, steh auf! Beim nächsten Mal geht sie vielleicht los.«

Während sich der Mann mühsam erhob, bemächtigten sich Randolf und David eines weiteren Söldners, und inzwischen war auch Ruaraidh aufgetaucht, der sich des dritten Mannes annahm, indem er ihn mit einem wohldosierten Schlag in die Bewusstlosigkeit schickte. Paddy stellte sich dem vierten entgegen, der halbnackt aus dem Haus stürmte und einen Degen in der Hand hielt. Er entwaffnete den Mann und bedrohte ihn anschließend mit seinem eigenen Degen. Keiner der Männer schien aus Cuninghames Schmiede zu kommen, denn offenbar konnte niemand von ihnen in der Dunkelheit sehen. John und seine Kameraden scheuchten ihre Gefangenen in das Innere des Hauses.

159

Die Frauen flohen kreischend in die Küche, als John und seine Männer mit ihren Geiseln dort auftauchten.

Das Küchenfeuer spendete zusammen mit zwei Öllichtern ausreichend Helligkeit, um die Frauen beim Anblick der fünf wild aussehenden Männer in panische Angst zu versetzen.

Zwei ältere Mägde, die offenbar in ihren Kleidern geschlafen hatten, und eine rassige schwarzhaarige Schönheit in einem dünnen wadenlangen Hemd, die John schmerzhaft an Madlen erinnerte, kauerten ängstlich am Boden. Randolf fesselte die Männer, und John, der immer noch die geladene Pistole in seiner Hand hielt, kümmerte sich mit einem um Verständnis heischenden Lächeln um die Frauen.

»Ladys«, sagte er mit einer angedeuteten Verbeugung. »Wir werden euch nichts tun, wenn ihr uns die Pferde überlasst und uns etwas zu essen einpackt.« Sein Blick wanderte zu Malcolm und Micheal, die mit unsicherem Blick am Kücheneingang standen. Ihre viel zu engen Kleider waren blutbesudelt und zerrissen. »Außerdem benötigen die beiden anständige Kleider und Stiefel.«

Die Schwarze setzte ein spöttisches Lächeln auf. »Sehr wohl der Herr«, säuselte sie. »Darf es sonst noch etwas sein?« Mit einem ungläubigen Blick beäugte sie Johns Uniform, die er einem toten Festungssoldaten abgenommen hatte. An seiner Kleidung klebte ebenfalls Blut.

Paddy änderte schlagartig seine Miene und packte die Schöne am Arm, damit sie aufstand. Dann zog er die junge Frau so eng zu sich heran, dass sie sein Geschlecht spüren konnte. »Uns ist nicht zum Spaßen zumute, meine Süße. Und wenn du es genau wissen willst – ich habe nichts dagegen, und wenn dieses ›Sonst noch etwas‹ hier auf dem Küchentisch geschieht. Ich habe seit Wochen kein so hübsches junges Ding wie dich geritten.«

Das Mädchen konnte an seinen blitzenden Augen erkennen, wie ernst er es meinte.

Plötzlich stieg John der Geruch von Furcht in die Nase, die sie augenscheinlich empfand. Er hörte ihr hämmerndes Herz, dabei wusste er, dass Paddy nur geblufft hatte, um sie gefügig zu machen. Einer der Söldner, ein stämmiger Kerl im mittleren Alter, der es noch kurz zuvor mit ihr getrieben hatte, war die Wut anzumerken, die er wegen Paddys

160

ungebührlicher Annäherung empfand. Mit einem Blick versicherte sich John, dass die Fesseln des Mannes fest genug saßen.

»So, mein Täubchen, jetzt tust du, was ich dir gesagt habe«, befahl Paddy mit einer gefährlich ruhigen Stimme. »Oder willst du, dass dein tapferer Beschützer das Zeitliche segnet?« Mit einem kalten Grinsen setzte er dem Söldner seinen erbeuteten Degen an die Kehle.

Der Schwarzhaarigen lag offenbar etwas an dem Mann, denn sie beeilte sich, Hosen, Jacken, Stiefel und wollene Strümpfe heranzuschaffen.

Als Malcolm sein Hemd über den Kopf zog und für einen Moment mit nacktem Oberkörper mitten in der Küche stand, gab eine der Frauen einen hysterischen Schrei von sich. Auch den anderen beiden Frauen war so etwas wie ehrfürchtiges Grauen anzusehen. John schaute überrascht auf.

»So schön, dass man bei seinem Anblick den Verstand verlieren muss, ist er nun auch wieder nicht«, witzelte Ruaraidh und schaute grinsend in die Runde.

»Er trägt eine Cornuta!« Die ältliche Magd deutete auf das eintätowierte Mal, das Malcolm und seine Kameraden seit ein paar Tagen auf den Schultern trugen.

Paddy entblößte ungeniert seinen Ärmel. »Meinst du dieses Zeichen, Frau?«

Die Frau bekreuzigte sich hastig. Ihr Blick wanderte zu den gefesselten Männern, die wie erstarrt auf das rundliche Mal glotzten.

»Wie ist das möglich?«, flüsterte der Liebhaber der Schwarzhaarigen und sah John fragend in die Augen. »Wenn Ihr zu den Gezeichneten gehört – warum taucht Ihr dann mitten in der Nacht in den Uniformen der Festungssoldaten auf und bedroht uns? Ihr könntet jedes Pferd nehmen und Euch an den Vorräten bedienen, solange es Euch beliebt, dazu bedarf es keiner Bedrohung durch Waffengewalt.«

»Gezeichneten?« John verengte fragend seine Lider.

»Die Männer des schwarzen Lords«, belehrte ihn der Stallknecht. »Sagt nur, Ihr tragt eine Cornuta und wollt uns glauben machen, nichts darüber zu wissen?«

»Vielleicht wollen sie uns eine Prüfung auferlegen«, mutmaßte eine der Mägde und schaute John verunsichert an. Doch niemand antwortete darauf. Die Worte der Frau ergaben weder für John noch für seine Männer einen Sinn.

Paddy schnellte hervor und griff sich die Alte, dann schüttelte er sie grob. »Was hat es mit den Gezeichneten auf sich, Weib? Entweder du sagst mir die ganze Wahrheit, oder ich schicke dich als Erste in die Hölle.«

Die Frau war fast ohnmächtig vor Angst. John konnte es so intensiv spüren, dass es ihm beinahe selbst das Herz zerriss. Mit einem Schritt ging er auf sie zu, während sie schlotternd in Paddys Armen verharrte. Sanft löste John den Griff des Iren und schenkte der bleichen Magd ein ermutigendes Lächeln. Als er spürte, wie sie sich ein wenig entspannte, fasste er sie bei der Hand und führte sie zu einem Tisch. Wortlos deutete er ihr an, dass sie sich setzen sollte. Dann nahm er einen Krug vom Bord und hielt ihn unter den Zapfhahn eines Whisky-Fässchens, das auf einem niedrigen Schränkchen stand. Er füllte den Becher randvoll und nahm zunächst selbst einen kräftigen Schluck, bevor er ihn an die Magd weiterreichte. Zitternd führte die Frau den Krug an die Lippen und leerte ihn in einem Zug.

»Und?«, fragte John, als sie den Krug abgesetzt hatte. »Geht es jetzt besser?«

»Aye«, flüsterte die Frau, vermied es aber, ihm in die Augen zu sehen.

»Na also, wir sind doch keine Unmenschen. Und nun erzählt mir, was es mit den Gezeichneten auf sich hat.«

Die Frau räusperte sich und sah sich nach ihren beiden Mitstreiterinnen um, und als sie von dort keine Hilfe erhielt, wanderte ihr Blick zu den gefesselten Männern, die genauso schweigsam verharrten.

»Unmenschen wäre durchaus das richtige Wort«, stieß sie bebend hervor. Dann sah sie John in die Augen, prüfend, als ob sie nach etwas suchte, das ihr versicherte, ihm vertrauen zu können. »Ihr seid keine Menschen. Ihr wart es vielleicht einmal, doch nun seid Ihr es nicht mehr.«

John schenkte ihr ein irritiertes Lächeln und schüttelte kaum merklich den Kopf. »Wie soll ich das verstehen?«

»Versucht, das Mal zu entfernen.« Die Frau sah ihn herausfordernd an.

Paddy gab seinen Degen an Ruaraidh weiter und entledigte sich seiner Jacke. Dann zog er das Hemd aus. »Darauf hätte ich schon früher kommen können«, brummte er und hielt John die nackte Schulter entgegen. Mit einem Finger deutete er auf die Tätowierung, dann übergab er John einen Kurzdolch, den er zuvor einem der Gefangenen abgenommen hatte.

»Schneid es heraus!«

»Was?« John sah ihn ungläubig an.

»Schneid es heraus, verdammt, bevor ich es mir anders überlege.«

John überwand sich und setzte die Spitze des Dolches unterhalb des seltsamen Gebildes an. Dann stieß er mit der flachen Klinge in die Hautoberfläche. Paddy gab einen zischenden Laut von sich, und John schnitt das Mal aus Paddys Schulter, wie die faule Stelle eines Apfels. Blut quoll aus der Wunde heraus, und das Hautstück fiel zu Boden, nachdem John den letzten Zipfel abgeschnitten hatte. Doch bevor er ein herumliegendes Stück Leinen auf die Wunde pressen konnte, war das Fleisch ohne Narbenbildung nachgewachsen, und das Mal hatte sich erneuert.

»Es geht nicht mehr weg!« Paddy sah John entsetzt an, und auch in den Augen der übrigen Kameraden machte sich Panik breit.

»Man hat Euch verhext, Sir«, erklärte die Frau.

John wandte sich um und sah in die entgeisterten Gesichter seiner Kameraden.

»Das sieht doch ein Blinder. Die sind noch nicht fertig«, plapperte ein Knecht dazwischen, der augenscheinlich nicht so dumm war, wie es sein tumber Gesichtsausdruck vermuten ließ. »Schätze, die Jungs sind abgehauen, bevor der Lord es zu Ende bringen konnte. Das ist der Grund, warum sie sich so merkwürdig benehmen und nicht wissen, was mit ihnen geschehen ist.«

»Halt dein loses Mundwerk, Harry!«, polterte der Liebhaber der Schwarzhaarigen. Jetzt hatte auch er es mit der Angst zu tun bekommen, wie John unzweifelhaft riechen konnte.

»Was meint er, wenn er sagt, wir seien noch nicht fertig?« John wandte sich erneut an die Magd.

»Ich weiß es nicht, Herr.« Die Frau log – auch das konnte John spüren. Tränen traten in ihre Augen.

Während sie zu schluchzen begann und um Gnade flehte, erhob sich die Schwarzhaarige und kam zu John an den Tisch. Sie schaute ihm geradewegs in die Augen.

»Harry meint«, begann sie zögernd, »dass man noch keinen willfährigen Lakaien aus Euch gemacht hat, der auf Befehl jegliches Leben auslöscht, ganz gleich, ob es sich um Frauen und Kinder handelt. Es bedeutet, dass Ihr womöglich noch Herr Eurer Seele seid und nicht gänzlich dem Leibhaftigen geweiht wurdet.«

»Moira«, stieß der Söldner hervor. »Sei still, du redest dich um Kopf und Kragen. Du weißt, *er* kann alles sehen und alles hören, wenn er es nur will!«

Das Mädchen stockte einen Moment. John ergriff ihre Hand und drückte sie sanft. »Bitte, sprich weiter«, sagte er leise.

»Ich kann es an Euren Augen erkennen«, erklärte sie mit einem zaghaften Lächeln. »Sie sind klar und grün und nicht schwarz und leblos. Ihr solltet schleunigst das Weite suchen. Sie werden Euch jagen. Der Lord hat noch jeden bekommen, den er haben wollte. Er ist mit den Mächten der Finsternis im Bunde und hat mehr Einfluss auf die Geschicke der Menschen als das Parlament und der König zusammen.«

»Sogar mehr Macht als Cromwell?« John hatte spöttisch klingen wollen, aber der Blick des Mädchens versicherte ihm, wie ernst sie es meinte.

»Bei Gott!« John fasste sie bei den Armen und zwang sie, ihm noch mal in die Augen zu schauen. »Wenn du weißt, was mit uns geschehen ist, dann sag es uns jetzt! Wir wurden gefoltert, man hat uns das Blut aus den Adern gepumpt und unsere Freunde ermordet!«

»Es tut mir leid. Ich muss Euch enttäuschen«, entgegnete die Frau mit aufrichtigem Bedauern in der Stimme. »Genaues wissen wir auch nicht. Wir gehören zum Gesinde des Earls of Lauder. Er hat uns in den Dienst des schottischen Parlaments gestellt. Wir haben einen Eid ablegen müssen, über die Machenschaften des schwarzen Lords zu schweigen. Seine Söldner haben die Erlaubnis erhalten, auf diesem Hof ihre Pferde unterzustellen, und sie nutzen eine der Scheunen als Lager für Kleidung, Waffen und als Unterstand für die Karossen des Lords. Ab und an essen seine Schergen in unserer Küche, aber selbst dann nehmen sie ihre Augenmasken nicht ab. Manchmal können wir sie belauschen. Es gibt Gerüchte im Ort, die besagen, die Söldner des Lords seien unsterblich und man könne sie nur töten, indem man ihnen die Köpfe abschlägt oder das Herz herausschneidet. Ich weiß nicht, ob es stimmt. Aber eines weiß ich genau. Seit ich hier arbeite, wurden schon Dutzende guter Männer zur Festung gebracht. Hinterher benahmen sie sich wie seelenlose Geschöpfe, die über gewaltige Kräfte verfügten und deren Verletzungen unverzüglich verheilten. Wenn sie sich ihrer Kleider entledigten, um neue Uniformen angepasst zu bekommen, trugen sie alle eine Cornuta auf ihrer Schulter. Das Zeichen der Alchemisten für ein leeres Gefäß.«

Die Schwarzhaarige ging zu Paddy, der immer noch wie versteinert dastand, und streckte die Hand nach ihm aus. Der Ire wich irritiert zurück, ließ es dann aber geschehen, dass die junge Frau ihn berührte. Zögernd streichelte sie über die gespiegelte Sechs auf seiner Schulter, beinahe, als ob es etwas Kostbares wäre.

»Flieht, wenn Ihr ein menschenwürdiges Leben führen wollt.« Ihre Augen zeigten ehrliches Mitgefühl, als sie zu John aufsah. »So Gott es will, wird Euch der schwarze Lord nicht erwischen. Aber eins müsst Ihr mir versprechen: Verratet niemandem, was Ihr von uns erfahren habt.«

John lächelte dankbar. »Ihr könnt Euch auf mich und meine Kameraden verlassen. Und es wäre schön, wenn Ihr uns nach unserem Verschwinden ebenso wenig ans Messer liefern würdet.«

10

North Berwick 1647 – »Versuchung«

Madlen befand sich in einem merkwürdig schwebenden Zustand. Umgeben von waberndem Nebel, tauchte sie in ein Reich voller schemenhafter Gestalten, deren Bedeutung sie nicht einmal erahnen konnte. Sie hätte Angst empfinden sollen, aber das tat sie nicht. Vielleicht hätte man es Neugierde nennen können oder Abenteuerlust, als sie die Hand jenes Mannes ergriff, von dem sie nun sicher war, dass es John sein musste. Es war merkwürdig, beinahe so, als ob sie jeglichen eigenen

Willen verloren hätte, und nur eine äußerst zarte Stimme, die den Namen »Gewissen« trug, meldete sich widerstrebend, während sie es zuließ, dass er sie in seine Arme zog. Madlen leistete keinerlei Widerstand, als er seinen heißen, mächtigen Dorn zwischen ihre Schenkel stieß und in einer fließenden Bewegung in sie eindrang. Anstatt sich zu wehren, wie es der Anstand gefordert hätte, genoss sie das Gefühl tiefer Befriedigung und kam ihm entgegen, als er mit beiden Händen ihre Schenkel umklammerte und sie sich im Rhythmus seiner Stöße zu wiegen begann. Ein dunkles, kehliges Lachen entwich seinen Lippen.

Er neigte den Kopf und saugte an ihren aufragenden Brustspitzen. Madlen steigerte sich in einen Rausch der Ekstase, als sie spürte, wie die Hitze des Mannes in ihr Innerstes strömte.

Sie schlug die Augen auf und sah Johns Gesicht, während er seinen geöffneten Mund auf ihren presste und seine Zunge sich mit ihrer verband. Sie sog seine Gegenwart regelrecht in sich auf, und ohne darüber nachzudenken, wie so etwas möglich sein konnte, schlang sie die Arme um seinen Nacken und ließ es zu, dass er sich noch härter und tiefer in sie vergrub, bis ihr Fleisch ihn so eng umschlossen hielt, dass ihr Innerstes wieder und wieder erbebte.

Noch einmal stieß er erbarmungslos zu, aber die unbeschreibliche Wonne wandelte sich plötzlich in einen unbeschreiblichen Schmerz, und statt tiefer Glückseligkeit stellte sich eisige Kälte ein, die ihr nicht nur in alle Glieder kroch, sondern beinahe das Herz gefrieren ließ.

Madlen erwachte auf einer steinernen Pritsche, völlig entblößt, einsam und schutzlos. In Panik schreckte sie von dem ungemütlichen Lager in die Höhe und erblickte den hellgewandeten Ordensbruder, der sich salbungsvoll lächelnd über sie beugte. Er war hässlich wie eine Kröte, und als er seine knochigen Hände nach ihr ausstreckte, wich sie angstvoll zurück.

»Wo ist John?«, schrie Madlen in die Düsternis, die nur durch das spärliche Licht schwarzer Kerzen erhellt wurde. Der Alte lachte, es klang wie das Meckern einer Ziege. Madlen hätte ihn ohrfeigen mögen, so sehr verabscheute sie ihn.

»Was hab Ihr mit mir gemacht?«

»John war eine Illusion. Ich bin Bruder Mercurius. Ich habe mir die Freiheit genommen, mich mit Euch zu vereinen, meine Teuerste.« Amüsiert schien er sich an ihrem Entsetzen zu weiden. »Ihr seid eine wahrhaft prächtige Hure. Ein Jammer, dass Meister Chester Eure Talente nicht für sich selbst nutzen kann.«

»Ihr habt mir Gewalt angetan!« Hastig versuchte Madlen, ihre Scham mit den Händen zu bedecken. Der Gedanke, es mit diesem Scheusal getrieben zu haben, ließ ihr augenblicklich die Galle emporsteigen.

»Ich kann nicht glauben, dass Chester Cuninghame so etwas zulässt!«

»Wenn Ihr Euch da nicht mal täuscht.« Der Alte kicherte. »Falls niemand aus Chesters Stall in der Lage sein sollte, Euch ein Kind zu zeugen, muss ich es eben versuchen. Versteht mein ungebührliches Vorgehen als Prüfung.«

»Es ist Hexerei!«

»Hexerei?«, krächzte der Alte. »Was für ein bösartiges Wort! Vielleicht habe ich euch ein hübsches Fohlen gezeugt. Und Ihr seid so undankbar und verstoßt mich. Dabei hatte ich nicht den Eindruck, dass es Euch zuwider war.«

»Ihr habt was?« Madlen übergab sich beinahe vor Angst bei dem Gedanken, dass er ihr ein Kind gezeugt haben könnte. »Ihr habt mich verhext und mir ein Gift verabreicht, das meine Sinne betört. Es ist nicht meine Schuld, dass ich nicht mehr klar denken konnte!« Ihre Stimme war eine einzige Anklage. »Aber warum? Chester wollte, dass Stratton mich nimmt, und dafür hat er keine Rauschmittel benötigt. Also warum Ihr, und warum dieser Trank?«

Der Alte schnellte fauchend herum. Seine Augen glänzten wie glühende Kohlen, und erst jetzt sah sie, dass er einen Handschuh ausgezogen hatte und seine blauadrige Hand Fingernägel wie Raubtierkrallen besaß. Sein Gesicht verzog sich zu einer dämonischen Fratze. Madlen stockte vor Schreck der Atem.

»Kennt Ihr eine Frau, so unanständig sie auch sein mag, die sich freiwillig mit dem Teufel vereint?«

Madlen sah ihn fassungslos an.

»Nein?« Wieder lachte er abfällig, und das Lachen hallte in schrecklicher Weise von allen acht Wänden wider. »Eure Seele gehört nun mir, kleine Madlen – wie auch Euer Körper und das, was er hervorbringen wird. Nicht nur für heute, sondern für alle Ewigkeit.«

Madlen spürte, wie sie erstarrte, als seine eiskalte Faust ihr Herz umklammerte, obwohl er sie gar nicht berührte.

»Was tut Ihr mit mir?« Ihre Stimme war schrill vor Angst.

»Das kann geschehen, wenn ein Mädchen seinem Herrn den Gehorsam verweigert«, erklärte er düster, »und sich dazu noch mit dem falschen Mann einlässt.«

»Wollt Ihr mich töten?«

»Nein«, flüsterte er heiser. »Ich will Euch besitzen, Euch und Eure Brut. Ganz gleich, was Ihr anstellt und wo Ihr Euch gerade befindet – ich werde bei Euch sein.«

Madlen schluckte ihre Verzweiflung hinunter und sprang, nackt wie sie war, von ihrem Lager auf. Dann ging sie dem Dämon – denn nichts anderes konnte er sein – mit gekreuzten Fingern mutig entgegen, als ob sie ihn mit reiner Gottgläubigkeit in sein finsteres Reich vertreiben wollte. Und wirklich, als Madlen kurz davor stand, ihn zu berühren, zerfiel seine Erscheinung in Tausende von winzigen Lichtern. Allein sein Lachen dröhnte wie ein abebbendes Echo so laut von den Wänden wider, dass sie sich vor Schmerz die Ohren hielt. Dann trat eine plötzliche Stille ein. Nur die Kerzen flackerten, und ein eisiger Wind fuhr durch die steinerne Halle.

Madlen war wieder allein.

»Gottesmutter Maria!« Madlen fiel zitternd auf die Knie, die Hände flehend zum Himmel gestreckt. »Hilf mir!«, flüsterte sie mit tränenerstickter Stimme. »Bitte!« Nie in ihrem Leben hatte sie den Beistand der Heiligen mehr ersehnt als in jenem Augenblick, als sie mutterseelenallein auf dem kalten Marmor kauerte. Der Fürst der Finsternis hatte also nicht nur ihren Leib entweiht, er hatte ihre Seele ins Verderben gestürzt. Und sie hatte es zugelassen, ja hatte sich ihm hingegeben, ohne den geringsten Widerstand zu leisten.

Sie war eine Sünderin, und nun war sie auch das, was die Leute in der Stadt von ihr behaupteten: eine Teufelshure, die ihrem düsteren Herrn zu Diensten sein musste, wann immer er es wollte.

John und seine Kameraden hatten die Bewohner der Garnison gefesselt zurückgelassen. Bei Tagesanbruch wurden weitere Bedienstete aus North Berwick erwartet, die nicht auf dem Hof wohnten. Sie würden die Gefesselten finden und früh genug Alarm auf der Festung Tantallon schlagen, falls bis dahin Festungssoldaten aufgekreuzt waren, die das Massaker auf dem Bass Rock bemerkt hatten.

Zuvor hatten die Fliehenden in den weitläufigen Stallungen vier stattliche Rappen und drei braune Stuten gesattelt und gezäumt. Die schwarzhaarige Moira hatte ihnen ausreichend Proviant eingepackt und einen Zugang zur Kleiderkammer gezeigt, in der Cuninghames Söldner einen Teil ihrer Ausstattung aufbewahrten. Dort hatten John und seine Männer schwarze Hosen und schwarze Jacken vorgefunden, dazu schwarze kniehohe Reitstiefel in verschiedenen Größen. In der Waffenkammer, die Randolf mit roher Gewalt aufgebrochen hatte, fanden sich ausreichend Musketen, Pistolen sowie Blei und Pulver. Außerdem gab es dort bessere Degen und Dolche als jene, die sie den Söldnern auf der Festung abgenommen hatten. Aber das weitaus Wichtigste waren die schwarzen Augenmasken, aus Leder und mit schimmernder Seide bespannt, die gleich kistenweise zur Verfügung standen. Zusammen mit der nachtschwarzen Kleidung würden sie als Cuninghames Männer zu erkennen sein, und weder die Leute des Sheriffs von Edinburgh noch die vielen herumstreunenden Soldatenregimenter würden sie behelligen.

Paddy und die anderen warfen John einen erwartungsvollen Blick zu, als sie das Tor zur Garnison hinter sich geschlossen hatten. »Und jetzt? Wo soll es hingehen?« Paddys Frage klang ein wenig provozierend.

John stieg schwungvoll in den Sattel und zügelte den schnaubenden Hengst. »Ich will mit euch zurück in die Highlands. Mein Clan hat zum Glück vor einiger Zeit das politische Lager gewechselt, und der Ruf seiner Männer ist brutal genug, dass sich weder ein englischer Söldner noch einer von Cuninghames Leuten in sein Revier verirren wird.«

»Du willst in die Highlands?« Ruaraidhs Augen leuchteten unnatürlich. An seiner Stimme konnte man nicht hören, ob er John für verrückt hielt oder ob er sich freute, endlich nach Hause zu kommen. »Das ist eine verdammt lange und auch gefährliche Reise. Denkst du nicht, es wäre besser, wir würden uns zum nächsten Hafen durchschlagen und von dort aus nach Frankreich fliehen?«

169

»Wenn Cuninghame erfährt, dass wir ausgebrochen sind, wird er sämtliche Häfen dichtmachen lassen, in denen Soldaten des Parlaments patrouillieren. Außerdem müssten wir mehrere Postkutschen überfallen, um an das Geld zu kommen, das man für eine solche Reise benötigt. Da sind die Highlands das geringere Übel. Dort traut sich niemand hin, der ein bisschen Verstand hat, und wir haben tausend Möglichkeiten, uns dort zu verstecken. Außerdem bin ich mit Cuninghame noch nicht fertig. Denkt ihr ernsthaft, wir sollten den Tod unserer Kameraden ungesühnt lassen?«

»Sag bloß, du willst dich mit diesem Teufel noch ein zweites Mal anlegen?« Paddy konnte sein Erstaunen nicht zurückhalten.

»Nicht nur das«, knurrte John ungehalten. »Es gibt da noch etwas anderes, das ich unbedingt herausfinden muss.«

Auf dem Ritt durch die Nacht fluchte Paddy in einem fort, weil er John für völlig verrückt hielt. John hatte ihm und den übrigen Männern freigestellt, ob sie ihn bei seiner ganz besonderen Mission begleiten wollten. Randolf und Paddy waren nicht bereit, ihn alleine ziehen zu lassen, nachdem er ihnen offenbart hatte, was er zu tun beabsichtigte. »Hat dir die Hure nicht genug Schaden zugefügt?«, zischte er, nachdem John ihm mitgeteilt hatte, dass er nach Wichfield Manor reiten wollte, um von Madlen selbst zu erfahren, was sie dazu gebracht hatte, gegen ihn auszusagen.

»Sie ist keine Hure, Paddy«, stellte John unmissverständlich fest. »Wenn Cuninghame sie gefangenhält, ist es meine Pflicht, sie aus seinen Klauen zu befreien.«

»Und was ist, wenn sie dich hintergangen hat und sich nicht freut, dich zu sehen?«

»Daran kann und will ich nicht glauben.«

Ruaraidh und David wurden von John angewiesen, sich mit Malcolm und Micheal nach Musselburgh zu begeben, um dort an einer alten Abtei bis zum Anbruch des Tages zu warten. Falls die Sache schiefginge und John und die anderen nicht rechtzeitig zu ihnen stoßen sollten, würden die vier zum Loch Lochy aufbrechen und beim Clan Cameron Schutz suchen.

Nach einer kurzen Verabschiedung trennten sich die Wege der Männer.

»Was ist es, John, das dich so unvernünftig sein lässt?«, fragte Paddy mit unwirschem Blick, als er sein Pferd neben Johns Rappen lenkte. »Hat sie dir den Schwanz verhext oder das Hirn?«

»Mein Herz.«

»O bei allen Heiligen, das ist ja schlimmer als gedacht«, knurrte Paddy und machte eine wegwerfende Handbewegung.

Randolf folgte ihnen schweigend auf einem weiteren Rappen. Er war kein besonders guter Reiter und hatte Mühe, das temperamentvolle Pferd in die richtige Richtung zu lenken. Schon deshalb hatte er offenbar beschlossen, sich aus diesem Disput herauszuhalten.

»Aber du hast nicht vergessen, dass wir es deinem Schätzchen zu verdanken haben, dass wir bei Nacht plötzlich sehen können wie Luchse, stark sind wie Ochsen und man uns zu allem Übel in dieser Kammer des Grauens mit einem merkwürdigen Zeichen gebrandmarkt hat?« Paddy war klug genug, die Toten nicht anzusprechen, weil er wohl ahnte, dass er damit nicht Madlen, sondern John treffen würde.

»Das war nicht Madlen, Paddy. Hast du nicht selbst gesagt, dass alles ganz alleine Cuninghames Schuld ist? Und das ist genau der Grund, warum ich wissen muss, ob sie freiwillig bei ihm ist oder nicht. Was wäre, wenn er sie einer ähnlichen Prozedur unterzieht, wie er es mit uns gemacht hat?«

»Vielleicht hat er es längst getan«, erwiderte Paddy düster. »Und du hast es nur nicht bemerkt.«

John antwortete nicht, sondern gab seinem Pferd die Sporen.

Wichfield Manor lag unmittelbarer an der Küste, in direkter Nachbarschaft zum Herrensitz Seton Hall. Eine zweite Ansammlung von kleinen Farmhäusern, die sie lautlos passierten, trug den sinnigen Namen Chesterhall. John fragte sich, ob der Ort zu Chester Cuninghames Besitz gehörte. Hinter einem kleinen Pinienwäldchen lag St. Germains, eine uralte Templerkapelle, wie Paddy bei ihrer Ankunft an dem halbverfallenen Gebäude zu berichten wusste. Von hier aus war es nur ein Katzensprung bis zum streng bewachten Anwesen des schwarzen Lords. John beschloss, die Pferde in dem verlassenen Kirchlein unterzustellen. Die katholische Kapelle war immer noch schön anzusehen, mit ihren gotischen Bögen und ehemals farbigen Fenstern, die bis auf wenige zertrümmert waren.

Knarrend öffnete Paddy das hölzerne Portal. John und Randolf folgten ihm zusammen mit den Pferden ins Innere. Das Dach war erstaunlich gut erhalten. Nur ein paar Schindeln fehlten. Trotz der Zerstörung brannte im Innern ein ewiges Licht. Randolf erschrak vor ein paar kunstvoll gefertigten steinernen Fratzen, die den Weg zu einem unscheinbaren Altar säumten. Eine ehemals prachtvolle Statue der Gottesmutter lag in Teilen zerbrochen auf dem Boden. Irgendjemand hatte ihre Augen mit Hammer und Eisen bearbeitet, so dass sie aussah, als ob sie geblendet worden wäre. Paddy führte sein Pferd bis fast zum Altar und bekreuzigte sich rasch. »Was ist das nur für eine verdammte Scheiße!«, fluchte er leise. »Selbst unsere Heiligenstatuen lassen diese heidnischen Hunde nicht in Ruhe.«

John erwiderte nichts, weil er es für müßig hielt, sich über den Hass aufzuregen, den manche Protestanten den sogenannten Papisten gegenüber empfanden. Mit einiger Kraft drängte er seinen Hengst in eine Nische, damit auch Randolf Platz für sein Pferd fand. Das Versteckspiel war nötig, weil Cuninghames Hauptquartier mit all seinen Söldnern nur eine viertel Meile entfernt war. Um nicht vorzeitig entdeckt zu werden, mussten sie sich zu Fuß dorthin begeben.

Wortlos setzte John eine der Masken auf. Zwei weitere übergab er an Paddy und Randolf. Falls sie zu dieser nachtschlafenden Zeit auf Menschen stießen, würde man sie zunächst für Cuninghames Söldner halten.

Das Rauschen des Meeres übertönte beinahe alle übrigen Geräusche, als sie nach draußen traten, allerdings nicht die Stimme in Johns Kopf. Was würde er tun, wenn Madlen in Cuninghames Hauptquartier nicht vorzufinden war? Oder wenn er irgendetwas Niederträchtiges mit ihr angestellt hatte? Dabei war es ihm ziemlich gleichgültig, ob er auf Cuninghame selbst oder seine Soldaten stieß. Um Madlen zu retten, würde er kämpfen, bis ihn die Kräfte verließen oder man ihn zur Hölle schickte, aber aufgeben würde er nicht.

Wie Wölfe schlichen sie zu dem völlig still daliegenden herrschaftlichen Anwesen, das hochaufragend und mit etlichen Türmchen versehen aus hellem Sandstein erbaut worden war. Es hatte vier Stockwerke und Dutzende von Kaminen, die eine Vielzahl von Räumen erahnen ließen. John hasste den Gedanken, jedes einzelne Zimmer durchkämmen zu müssen, um Madlen zu finden, und die Vorstellung, über die Dächer in eines der Zimmer eindringen zu müssen, behagte ihm auch nicht.

Auf einen Ruf, der sich anhörte, als käme er von einem Käuzchen, verteilte er sich mit Paddy und Randolf entlang des kunstvoll geschmiedeten Eisenzauns, den es zunächst zu überwinden galt. Ob Hunde das parkartige Grundstück bewachten, konnte er nicht mit Sicherheit sagen. Gebell hatte er keines gehört, und riechen konnte er auch nichts.

Mühelos überwand John den eisernen Zaun. Seine Kräfte schienen von Stunde zu Stunde zuzunehmen. Mittlerweile verspürte er auch keine Schmerzen mehr in Muskeln und Sehnen. Trotzdem war Vorsicht geboten. Cuninghames Leute verfügten nicht nur über die gleichen Kräfte, sie schienen darüber hinaus mit dem Leben eines normal denkenden Mannes abgeschlossen zu haben.

Von drei Seiten schlichen John, Paddy und Randolf an das Haus heran. Im Untergeschoß entdeckte John ein schwaches Licht. Vorsichtig hob er den Kopf, um einen Einblick in eines der kleinen Fenster zu erlangen. Eine Magd war über ihrem Nähzeug eingeschlafen. Schnarchend saß sie an einem Tisch in einem Zimmer, das wie eine Küche aussah. Im Kamin brannte ein spärliches Feuer, mit einem großen Kessel darüber, aus dem schwacher Dampf aufstieg. John nahm den Knauf seines Dolches und klopfte auf das Holz des unteren Fensterladens, der im Gegensatz zur fest verankerten Glasscheibe darüber geöffnet werden konnte.

Die Frau schreckte auf und schaute unsicher umher. Als sie sich mühsam erhob, um das Feuer zu schüren, ruckelte John abermals an der Fensterlade, sachte und nicht zu laut, so dass der Eindruck entstand, sie sei vielleicht nicht ganz verschlossen. Die Frau fiel darauf herein und öffnete die Lade einen Spalt, um sie dann wieder zu verschließen. Dabei hatte sie nicht mit dem Eindringling gerechnet, der die Lade blitzschnell nach außen aufriss. Gnadenlos packte John die Magd bei ihrem Nacken, und noch bevor sie schreien konnte, hatte er ihr den Mund zugehalten und den Dolch an die Kehle gesetzt.

»Wenn du leben willst, bist du still«, knurrte John ihr leise ins Ohr. Ihre Augen weiteten sich und huschten voller Verwirrung über

Johns Aufmachung, die bis auf den fehlenden Hut komplett der Uniform von Lord Cuninghames Soldaten glich.

»Wer seid Ihr?«, flüsterte sie heiser.

»Das tut nichts zur Sache«, entgegnete er barsch. »Sei brav, altes Mädchen, und öffne die zweite Lade, dann geschieht dir nichts.«

Mit ausgestrecktem Arm tat die Frau, was er verlangte. Mit einer flinken Bewegung kletterte er ins Innere.

»Ist dein Herr anwesend?« John wusste nicht, was er tun würde, wenn sie diese Frage bejahte. Er brannte förmlich darauf, Cuninghame umzubringen. »Nein«, sagte die Magd mit zitternder Stimme. »Mein Herr weilt bis morgen zur Parlamentssitzung in Edinburgh. Außer den Dienstboten und ein paar Wachleuten ist niemand im Haus.«

Die Frau machte nicht den Eindruck, als ob sie unter Cuninghames Zauberkräften stand. Sie wirkte unter ihrer weißen Haube mit ihren vor Aufregung roten Apfelbäckchen ziemlich normal. Dass sie sich leicht einschüchtern ließ, konnte er an ihren zuckenden Augenlidern ablesen, die sich jedes Mal regten, wenn John auch nur seinen Kopf drehte.

»Und die Dame des Hauses – wo ist sie?« John war bemüht, so gleichgültig wie möglich zu klingen.

»Die Dame des Hauses?« Die Magd sah ihn verwirrt an.

»Mistress Madlen MacDonald«, erwiderte John mit ungeduldiger Stimme. »Oder muss ich bereits Lady Chester Cuninghame sagen?«

»Ach so!« Die Frau schien erleichtert, weil sie ihn plötzlich verstand. »Nein, eigentlich ist die Hochzeit für die nächste Woche geplant«, erklärte sie arglos, verspannte sich aber sogleich wieder, als sie Johns finstere Miene gewahrte und den Dolch, den er aufs Neue hob.

»Wo ist sie?«, presste er mühsam hervor.

»Oben, im Turmzimmer, aber ich bitte Euch, lasst sie in Frieden. Es geht ihr nicht gut. Tag und Nacht wacht jemand an ihrem Bett. Der Doktor sagt, sie darf das Haus nicht verlassen.«

»Es geht ihr nicht gut?« Johns Miene nahm einen panischen Ausdruck an. »Was hat dieses Schwein mit ihr angestellt?« Er packte die Frau am Arm und bugsierte sie zur Tür.

»Halt!«, jammerte sie. »Wo wollt Ihr mit mir hin?«

»Du bringst mich jetzt zu Madlen MacDonald«, bestimmte John mit unnachgiebiger Stimme, und gleichzeitig drückte er ihr sanft den

174

Dolch in die Seite. »Und sollte sich uns unterwegs jemand in den Weg stellen, weil du um Hilfe schreist, bist du die Erste, die dran glauben muss.«

Zunächst sorgte John dafür, dass die Magd den Hinterausgang öffnete und Randolf und Paddy zu ihm hineinschlüpfen konnten. Gemeinsam schlichen sie mit der vor Angst erbleichten Frau zur Haupttreppe. Breite Stufen aus schwarzem Marmor führten mehrere Stockwerke hinauf.

»Weiter oben könnte es Ärger geben«, gab John seinen Männern zu verstehen. »Angeblich ist Madlen nicht allein.«

Paddy zog mit einem demonstrativen Grinsen eine der geladenen Radschlosspistolen aus einem überkreuzten Brustholster und deutete zu dem kaum erleuchteten Aufgang hinauf. »Ich bin gegen alles gewappnet«, murmelte er mit heiserer Stimme. Randolf hielt seinen Degen zum Angriff bereit, während John die Magd ins nächste Stockwerk dirigierte.

Es war zu erwarten, dass das Haus auch im Innern bewacht wurde, und so dauerte es nicht lange, bis ein Poltern zu hören war und zwei bis an die Zähne bewaffnete Söldner das Treppenhaus herunterstürmten. Sie trugen die gleichen schwarzen Uniformen wie John und seine Leute, hatten aber auf ihre Masken verzichtet. Verwirrt schauten sie die Eindringlinge an. John nutzte die Situation und stieß die schreiende Magd zur Seite. Dann stürzte er sich auf einen großgewachsenen blonden Hünen, dessen Augen ihm merkwürdig leblos erschienen.

Der Söldner setzte noch oberhalb der Stufen zum Sprung an und landete wie eine Raubkatze auf dem nächsten Treppenabsatz. John wich unglaublich schnell zur Seite, und statt sich dem Mann zu stellen, stürmte er weiter hinauf. Seinen fluchenden Angreifer, der ihm zu folgen drohte, überließ er Randolf. Hinter sich hörte er das Klirren der Degen. Der zweite Mann stellte sich John mit Entschlossenheit in den Weg. Er besaß glattes schwarzes Haar, das ihm bis über die Schulter reichte. Sein Blick hatte etwas Dämonisches und erschien doch seltsam leer. Dolche und Degen krachten in einer Geschwindigkeit gegeneinander, die für das normale menschliche Auge nicht mehr nachzuvollziehen war. Johns Gegner schien überrascht, dass er keine Mühe hatte, in gleicher Weise zu parieren. Der Söldner stieß ein paar heillose

Flüche aus, als John ihn mit seiner Klinge erwischte und seine Attacke ohne Wirkung blieb.

Schließlich bezwang John ihn mit dem Degen und stieß ihm dann den Parierdolch mitten ins Herz. Der Mann taumelte und fiel, den Mund zu einem lautlosen Schrei geöffnet, auf die Stufen. Dort blieb er liegen wie tot. Doch durfte man diesem Frieden trauen? John bezweifelte es, nach allem was er auf der Festung erlebt hatte. Solange der Dolch im Herz stecken blieb, schien der Kerl erledigt zu sein, doch was würde passieren, wenn er ihn herauszog?

John erinnerte sich an Moiras Worte. Aus dem Augenwinkel heraus registrierte er, dass Randolf und Paddy den anderen Angreifer zur Strecke gebracht hatten. Auch ihm steckte ein Dolch in der Brust.

»Du hast doch gehört, was die schöne Moira gesagt hat«, befand John mit grimmiger Miene. »Wir müssen sie köpfen, um sie zu töten.«

Sein Blick wanderte für einen Moment zu seinen Kameraden, deren Gesichter zeigten, dass sie ahnten, was in John vorging. Er hatte keine Zeit zu verlieren. Er wollte so schnell wie möglich zu Madlen, aber es war nicht seine Art, die Drecksarbeit anderen zu überlassen.

»Ich mache das!« Paddy zögerte nicht. Während John weiter die Treppe hinauflief, nahm der Ire den schwereren Degen des Söldners und schlug dem Mann in mehreren Hieben den Kopf ab.

Die Magd, die sie bis hierher begleitet hatte, war in Ohnmacht gefallen, und weitere Söldner waren zunächst nicht in Sicht.

John flog buchstäblich die Stufen hinauf. Randolf folgte ihm, offenbar unschlüssig, ob er das Richtige tat.

»Du kannst bei Paddy bleiben«, rief John ihm auf halber Strecke zu und riss sich die Maske vom Gesicht. »Ich erledige das schon.«

Die Flure wirkten bedrohlich, nicht nur, weil es kaum Leuchter gab. Überall hingen seltsam anmutende Ölgemälde. Manche stellten die ewige Verdammnis dar. Nackte, sich windende Leiber ineinander verschlungen, mit schrecklichen Fratzen, schmorend im Höllenfeuer. Manche enthielten Motive aus der griechischen Mythologie. Spärlich bekleidete Jungfrauen in den lüsternen Klauen gehörnter Dämonen. John erschrak zunächst, als er am Ende des Flurs eine mannshohe Gestalt erblickte. Es war ein gehörnter Satyr, wie er bei näherer Betrachtung feststellte, ein Waldgeist aus rötlichem Marmor.

Den Degen vor sich gestreckt, hätte John beinahe eine Frau getötet, die mit einer Flasche und einem Becher in der Hand aus einer der vielen Türen trat. Als sie ihn sah, stieß sie einen hysterischen Schrei aus und ließ die Öllampe fallen. Sofort stand der orientalische Teppich in Flammen. Noch bevor sich John darum kümmern konnte, sah er, dass es Ruth war, Madlens Dienerin, die ihm schreckensbleich in die Augen starrte.

»Was? … Was treibt Ihr hier?« Ihre Lippen bebten vor Furcht.

John nahm keine Rücksicht darauf, dass nun auch der schwere Samtvorhang lichterloh brannte. Die Flammen schlugen bis zu den Deckenbalken hoch. Zäher Rauch breitete sich aus.

»Wo ist sie?«, brüllte er Ruth entgegen und bedrohte sie mit seinem Degen.

»Dort!« Die Dienerin zeigte ohne Widerstand auf die halb geöffnete Tür. John war zu ungeduldig, um Vorsicht walten zu lassen. Er eilte in das Turmzimmer und sah das scharlachrote Himmelbett, in dem eine offenbar schlafende Frau unter einem Wust von Decken ruhte. Als er das Bettzeug zurückschlug, erkannte er, dass es tatsächlich Madlen war. Er beugte sich über sie, und als er sie an der Schulter berührte, schlug sie schlaftrunken die Augen auf.

»Madlen!« Vor Glück rang er mit den Tränen. Madlen war anscheinend unversehrt, wenn auch so bleich wie das feine seidene Hemd, das sie trug. Er hob sie auf und schloss sie in seine Arme, doch als er sie küssen wollte, schlug sie nach ihm.

»Weiche von mir, Satan!« Sie lallte wie eine Betrunkene.

»Madlen! Ich bin es, John!«

»Aye, das habt Ihr schon einmal gesagt, aber diesmal falle ich nicht darauf herein!«

»Madlen, komm zu dir!« John war verwirrt und versuchte vergeblich, ihre Schläge abzufangen. Sie traf ihn am Kopf und im Gesicht. Er nahm es hin, während er die strampelnde Frau zur Treppe hinaustrug.

»Lasst mich los!«, schrie sie nun lauter und versuchte sich aus seinem Griff zu befreien. »Ihr seid der Teufel in Menschengestalt!«

»Madlen, verdammt!« John nahm sie so fest in seine Arme, dass sie sich kaum noch zu bewegen vermochte. Im Laufschritt rannte er mit ihr die endlos erscheinenden Treppen hinunter, froh darüber, dass ihm keine Soldaten begegneten. Im Haus hatte es trotzdem überall zu rumoren begonnen, es knisterte laut, und ein Rauschen verriet, dass der gesamte Dachstuhl in Brand geraten war. Auf dem Hof hatte der helle Feuerschein Knechte und Mägde aus den Gesindehäusern gelockt, und als John in die Empfangshalle kam, konnte er sehen, dass Randolf und Paddy ihm weitere Soldaten vom Hals gehalten hatten. Vier übel zugerichtete Leichen lagen in Reih und Glied neben den zwei bekannten Söldnern. Madlen strampelte wie wild. John warf sie über die Schulter und hielt sie mit eiserner Hand fest, damit er ihr Herr werden konnte.

»Was ist mit ihr?«, rief Paddy ihm zu, als sie zum Hinterausgang stürmten, durch den sie hereingekommen waren.

»Ihr seid der Teufel!«, brüllte Madlen heiser. »Gott der Herr wird Euch strafen. Ich war Eure Hure, aber ich habe es nicht freiwillig getan, Ihr habt mich getäuscht!«

Randolf hob eine Braue und sah Paddy von der Seite her an, als wollte er Johns Vorhaben, das Mädchen zu retten, in Frage stellen. Paddy schüttelte stumm den Kopf. Jetzt war nicht der Zeitpunkt, Johns Handeln zu kritisieren. Erst einmal mussten sie hier heraus. Außerdem konnte man nie wissen, wer sich sonst noch im Haus verbarg. Das gesamte Anwesen strahlte eine gruselige Atmosphäre aus.

Mit Leichtigkeit trug John die kreischende Madlen ins Freie und übersprang mit ihr zwei mannshohe Zäune, bevor sie Wichfield Manor hinter sich lassen konnten. Paddy und Randolf eskortierten sie, um eventuelle Verfolger auf Abstand zu halten. Das Haupthaus brannte inzwischen lichterloh. Die lodernden Flammen drohten auf die Nebengebäude zu springen. Die beste Voraussetzung für eine unbeobachtete Flucht. Alle Söldner, die noch lebten, würden damit beschäftigt sein, das Feuer zu löschen.

Bei der Templerkapelle angekommen, stellte John das zeternde Mädchen auf die Füße. Kaum dass sie frei war, machte sie Anstalten, davonzurennen. John setzte ihr nach und hielt sie fest. Sie wehrte sich nach Leibeskräften.

»Lasst mich doch gehen«, bettelte Madlen weinend und zerrte an seinen Armen. »Warum tut Ihr mir das an?«

»Madlen!« John schüttelte sie unsanft. »Ich bin es, John!«

»Nein, das seid Ihr nicht!«, schrie sie aufgebracht. »Ihr seid der Satan, und Ihr wollt mich nur besteigen. Nehmt meinen Leib, aber lasst meine Seele in Ruhe!« Zitternd brach sie zusammen und betete schluchzend das Ave Maria.

»Sie ist durchgedreht, John.« Paddys nüchterne Feststellung machte die Sache nicht besser.

John sah, dass Madlen fror. Rasch zog er sein Wams aus und hüllte sie in die wärmende Jacke. Er hob sie erneut auf und trug sie in Richtung Altar, wo er sie auf einer verwitterten Holzbank absetzte. Im Innern der Kapelle, zwischen den dampfenden Pferdeleibern, erschien es ihm wärmer. Er spürte, dass Madlen Angst vor ihm hatte. Er konnte ihr Herz hämmern hören und ihre Verzweiflung riechen.

»Madlen, ich bin es, John. Ich liebe dich, hörst du?«, flüsterte er und küsste ihr die Tränen von der Wange. »Ich bin gekommen, um dich aus den Fängen dieses Scheusals zu retten.«

Randolf war es gelungen, im Schutz der Kapelle eine Fackel zu entzünden. Paddy stand neben ihm und seufzte leise, als wollte er sagen: Ich wusste gleich, dass das keine gute Idee war. Nebenbei überprüfte er die Pistolen.

Madlens Augen zeigten pure Verwirrung, als sie ungläubig in das Licht blinzelte. »Wer sind diese Männer?«

»Es sind Paddy und Randolf. Kannst du dich an sie erinnern? Sie waren dabei, als wir dich und Wilbur am Leith-Tor abgeholt haben.«

»Wilbur!« Der Name kam wie ein Schrei. »Wo ist er?« In Panik schaute Madlen sich um.

»Wo war er zuletzt?« John konnte spüren, wie groß ihre Verzweiflung war, weil ihr der Junge fehlte.

»Er schläft im Gesindetrakt!« Ihre Stimme war nur noch ein Flüstern.

»Wir kümmern uns darum!« Paddy gab Randolf mit einem Wink zu verstehen, dass er ihm folgen sollte. Sein Blick fiel auf John, der nicht wusste, ob er ohne schlechtes Gewissen zurückbleiben konnte.

»Bleib du bei dem Mädchen! Wir werden den Jungen schon finden.« John nickte dankbar.

Einen Moment herrschte Stille in der Kapelle, als die beiden gegangen waren. Randolf hatte zuvor die Fackeln gelöscht, weil er nicht wusste, wo er sie hätte aufhängen können. John betete vor dem Ewigen Licht zur heiligen Jungfrau, dass es den beiden gelang, den Jungen zu finden und ihn unversehrt zur Kapelle zu bringen. Instinktiv wusste er, dass Madlens Vertrauen zu ihm davon abhängen würde.

Vorsichtig streichelte er über ihr Haar und wiegte sie in seinen Armen, während sie immer noch schluchzte. Es erschien ihm seltsam, trotz Dunkelheit ihr Gesicht sehen zu können.

»Bist du es wirklich?«, fragte sie flüsternd und starrte ihn mit aufgerissenen Augen an. »Oder bist du wieder so ein grausamer Traum, der mich am Ende zur Teufelshure macht?«

»Madlen, hat Ruth dir etwa ein Gift in den Tee gegeben?«

»Ruth?« Sie zuckte kaum merklich. »Wo ist sie?«

»Sie ist in Wichfield Manor zurückgeblieben.«

»Wo bin ich?«

»In Sicherheit. Du bist bei mir, Madlen. Ich bin's, John.«

John war sicher, dass man ihr eine Droge verabreicht hatte, deren Wirkung nicht ewig anhalten konnte. Spätestens wenn sie wieder zu sich kam, würde sie begreifen, wer er war und dass er gekommen war, um sie zu beschützen. Er spürte, wie sie zu weinen begann.

»Bist du es wirklich?«

»Aye, mein Herz.« Voll zärtlicher Ungeduld küsste er sie auf den Mund.

»Ich dachte, Chesters Männer hätten dich getötet. Und es wäre meine Schuld.«

»Nein, ich konnte Cuninghames Schergen entkommen, und nun bin ich hier, um dich zu befreien.«

»Wie ist das möglich? Ich konnte dich sehen, wie du in einem dunklen Kerker gefangen warst.«

»Du hast mich gesehen?« Für einen Moment schreckte John zurück, weil er nicht wusste, wie er die Antwort werten sollte. War Madlen etwa auf der Festung gewesen und hatte gewusst, was man mit ihm und seinen Kameraden dort angestellt hatte?

»Ich wollte mich aus dem Fenster stürzen, weil ich dachte, ich sei schuld an deinem Tod, und dann kam Chester zu mir und meinte, du seist noch am Leben«, erklärte sie stockend. »Und dann hatte ich plötzlich eine Vision und konnte dich vor meinem geistigen Auge in diesem Kerker beobachten. Es muss Chester gewesen sein, der meinen Geist auf magische Weise beeinflusst hat.«

John bemerkte, wie ein Schauer durch ihren Körper lief. Der Gedanke, dass sie sich seinetwegen das Leben nehmen wollte, ließ ihn nach Atem ringen.

»Cuninghame und seine Leute haben uns auf den Bass Rock verschleppt.« John überlegte einen Moment, ob er Madlen erzählen sollte, was Cuninghame und seine Brüder sonst noch mit ihnen angestellt hatten, aber dann entschied er, dass es besser war, Madlen nicht in die grausamen Einzelheiten einzuweihen.

»Wie war es euch möglich, dass ihr ihm entwischen konntet?«

Sie sah ihn mit großen bangen Augen an, und John spürte, dass sie wirklich Angst um ihn gehabt hatte.

»Niemand ist bisher vom Bass Rock entkommen.«

»Es ist uns gelungen, die Wächter zu überwältigen. Dann haben wir uns mit Waffengewalt zum Bootsanleger durchgeschlagen.«

»Habt ihr Soldaten auf dem Gewissen?«, fragte sie leise.

»Es musste sein«, erklärte John ihr mit rauer Stimme. »Wir konnten keine Rücksicht auf Wachmannschaften oder Cuninghames Söldner nehmen. Sie hatten zuvor fünf meiner Kameraden auf grausame Weise getötet.« Er zögerte einen Moment, als er ihr entsetztes Gesicht sah. »Dann sind wir in ein Boot gestiegen und übers Meer nach North Berwick geflohen.«

»Oh, mein Gott, John!« Sie strich ihm mitfühlend über das verfilzte Haar und drückte ihren Kopf an seine Brust. »Es tut mir so leid, dass ich all das verschuldet habe. Ich schwöre, ich wollte nicht gegen euch aussagen. Ich habe erst hinterher erfahren, was ich getan hatte. Chester und seine Schergen haben mir mit Gewalt etwas eingeflößt, das mich willenlos machte und mich den Verstand verlieren ließ.«

John war erleichtert, als er ihre aufrichtige Anteilnahme spürte. Allem Anschein nach hatte sie absolut nichts mit Cuninghames Machenschaften zu tun. Im Gegenteil, sie zählte wie alle anderen hier zu seinen Opfern.

»Es muss dir nicht leidtun, Madlen«, flüsterte er entschlossen. »Du kannst nichts dafür. Ich werde nicht zulassen, dass dieser Hund uns noch mal gefährlich wird.«

Madlen war vollkommen erschöpft. John wiegte sie so lange, bis sie in seinen Armen eingeschlafen war. Der Wind pfiff immer noch um die eingefallenen Mauern, als John schließlich Schritte hörte. Schon von weitem konnte sein hochsensibles Gehör drei sich nähernde Gestalten ausmachen. Zwei Männer und eine viel kleinere Gestalt, die kürzere Schritte machte. Als er sah, dass es Paddy und Randolf tatsächlich gelungen war, das völlig verstörte Mohrenkind aus dem brennenden Gesindehaus zu retten, machte sein Herz einen Sprung. Wilburs schwarze Augen glänzten misstrauisch im Schein der Fackel, als er barfuß in einem Schlafgewand die Kapelle betrat. Erst als er Madlen in Johns Armen erkannte, huschte ein Lächeln über sein schönes Gesicht.

»Wilbur!« Madlen war erwacht. Ihre Freude schien grenzenlos, als sie den Jungen in ihre Arme schloss. Doch dann wurde ihr Blick ängstlich, als sie zu John und seinen Männern aufschaute. »Was soll denn jetzt nur aus uns werden?«

»Keine Angst.« John nahm ihre Hand und versuchte sie mit einem Augenzwinkern zu beruhigen. »Ich bringe dich und den Jungen nach Hause. Wir gehen zurück in die Highlands, Madlen. Dorthin werden sich weder unser finsterer Lord noch seine Söldner verirren. Es ist zu gefährlich für sie, dorthin vorzudringen.«

Madlen stieß einen tiefen Seufzer aus. »Abgesehen davon, dass ich mich davor fürchte, meinem Vater unter die Augen zu treten, bin ich nicht sicher, ob wir Chester jemals entkommen können. Er paktiert mit dem Satan, John, und er fürchtet sich nicht vor der Hölle.«

»Dann hat er den Clan Cameron noch nicht kennengelernt«, erwiderte John mit einem boshaften Lachen. »Wenn er uns folgen sollte, wird er es bitter bereuen.«

II

Auf der Flucht 1647 – »Jagdfieber«

Paddy hatte nicht nur Wilbur vor den Flammen gerettet, im Vorbeilaufen hatte er sich zwei herumliegende Decken gegriffen, weil weder der Junge noch Madlen über wärmende Kleidung verfügte. Außerdem trug er noch etwas anderes mit sich, an das John in der ganzen Aufregung keinen Gedanken verschwendet hatte – Bücher.

John sah den Iren fassungslos an, als er mehrere dicke Lederbände aus den verqualmten Decken schüttelte. »Sag nur, dir ist es in all dem Tumult gelungen, in Cuninghames Bibliothek einzudringen?«

»Irgendjemand hatte die Türen aufgestoßen«, bestätigte Paddy achselzuckend, »bevor wir daran vorbeiliefen. Die Bücher lagen wahllos herum.«

John wusste, dass Paddy nicht lesen konnte. Deshalb wunderte es ihn umso mehr, dass er die Bücher eingesteckt hatte. »Was hattest du damit vor?«

»Ich dachte mir«, hob Paddy beinahe entschuldigend an, »bevor alles verbrennt, kannst du vielleicht etwas davon gebrauchen. Wäre doch möglich, dass etwas darin steht, das uns erklärt, was diese Teufel mit uns angestellt haben?«

Im Schein der Fackel, die Randolf für Madlen und den Jungen entzündet hatte, betrachtete John die goldene Schrift und die seltsamen Zeichen.

»De Alchimia Opuscula complura Veterum philosophorum … Rosarium philosophorum. Secunda pars alchimiæ de lapide philosophico vero modo præparando …«, las John mit leiser Stimme, als er einen schwarzen Einband in die Hand nahm. »Johann Valentin Andreae, Chymische Hochzeit: Christiani Rosencreutz, Anno 1459.«

»Was bedeutet das?« Randolf bückte sich hinab, um etwas zu sehen, aber auch er konnte nicht lesen, schon gar nicht in Lateinisch.

John beherrschte das Lateinische nur leidlich. Bevor er unter Montrose gedient hatte, war er für eine Weile in Frankreich gewesen und hatte sich dort als Söldner verdingt. In dieser Zeit hatte er versucht, mit Hilfe eines Lehrbuches für lateinische Sprache die Grundlagen von Französisch und Italienisch zu ergründen. Dabei war ihm aufgefallen, dass es auch viele gälische Wörter gab, die man auf das Lateinische zurückführen konnte.

»Übersetzt heißt es: Mehrere Werke von der Alchimie und den alten weisen Philosophen, unter anderem der Weisen des Rosenkreuzes.« Er biss sich auf die Unterlippe und kniff die Lider zusammen, als ob er genauer hinsehen musste. »Und weiter heißt es hier … Alchimie Band

Zwei – vom wahren Stein der Weisen und wie er hergestellt werden kann.« Lächelnd sah er zu Paddy auf. »Du bist ein Fuchs, Bruder. Es sind alchemistische Geheimlehren. An Cuninghames Bücher hätte ich zuletzt gedacht. Vielleicht erfahren wir durch die Schriften, was hinter seinen Machenschaften steckt.«

»Denkst du, der schwarze Lord wird sich ärgern, wenn er feststellt, dass wir einen Teil seiner Bücher geklaut haben?« Paddy war ein einfacher Kerl. Bücher erschienen ihm als ein kostbarer Schatz, den sich nur Privilegierte leisten konnten.

»Ich glaube, unser geschätzter Lord hat im Moment andere Sorgen.« John lachte trocken und ließ drei weitere Bände durch seine Finger wandern.

Eines der Bücher war schwarz, und auf dem Deckel prangte eine goldene spiegelverkehrte Sechs.

Madlen, die sein Treiben beobachtet hatte, schnappte erschrocken nach Luft.

»Das ist das geheime Buch, von dem ich dir erzählt habe! Das mit den nackten Frauen und den ungeborenen Kindern, die sie in Gläsern züchten.« Ihre Augen weiteten sich vor Entsetzen. »Es liegt gewöhnlich auf Chesters Schreibtisch.« Sie packte John bei der Schulter, um sich seiner Aufmerksamkeit zu versichern. »Ich wette, für Chesters Bruderschaft ist es so was wie ein Heiligtum, und er und seine Panaceaer werden Rache nehmen, wenn sie herausfinden, dass es verschwunden ist!«

Auf Paddys Unterarmen, die aus seiner aufgekrempelten Joppe hervorschauten, bildete sich eine Gänsehaut. Er schien erst jetzt zu begreifen, was er da aus Cuninghames Bibliothek gestohlen hatte.

John sah Madlen verständnislos an. »Na und? Was hat das für uns zu bedeuten? Wir haben seine heiligen Hallen zerstört. Denkst du ernsthaft, da kommt es ihm auf ein paar heilige Bücher an?«

John nahm ein weiteres, silberbeschlagenes Exemplar in die Hand und betrachtete es. Auf dem Buchdeckel befand sich ein fünfzackiger silberner Stern, umrahmt von einem Kreis in lateinischer Schrift. Im Schein der Fackel leuchtete aus der Mitte des Sterns ein blutroter Rubin. Die beiden Deckel waren mit einem breiten Messingschloss versehen, für das man einen passenden Schlüssel benötigte.

Demonstrativ zückte John seinen Dolch und machte sich an dem Schloss zu schaffen. Er ging grob genug vor, dass es sich nach wenigen Ansätzen aus der ledernen Verankerung löste und aufsprang. Respektlos blätterte er einzelne Seiten durch, ohne sie wirklich anzuschauen. Dann bedachte er seine Begleiter mit einem ironischen Blick. »Das Buch ist alles andere als heilig, es bestätigt lediglich, wie skrupellos Cuninghame ist.«

Madlen, die ihm über die Schulter geschaut hatte, schüttelte energisch den Kopf. »Das hier ist mit Sicherheit etwas Besonderes. Es ist ein Werk voller Zaubersprüche. Wer so etwas liest, kann den Satan herbeirufen.«

»Maria und Josef!«, stieß Paddy hervor und bekreuzigte sich hastig. Dann betrachtete er das Buch mit einigem Argwohn. »Wenn es mit dem Teufel zu tun hat, sollten wir es lieber hier zurücklassen.«

»Kommt gar nicht in Frage«, beschied John und machte sich auf, die Bücher in seinen Satteltaschen zu verstauen. »Wenn Madlen recht hat, können wir daraus etwas lernen, von dem wir bisher noch nicht einmal geahnt haben, dass es existiert.«

In scharfem Ritt ging es durch die Nacht. John hatte Madlen zu sich auf den Sattel genommen und eine der Decken fest um sie gelegt. Wilbur saß ebenfalls in eine Decke gewickelt vor Paddy und klammerte sich mit verstörtem Blick am Sattelknauf fest. Nach etwa fünf Meilen erreichten sie Musselburgh. Außerhalb des kleinen Fischernestes, das seinen Namen den üppigen Muschelbänken verdankte, gab es eine verfallene Abtei. Das ehemals eindrucksvolle Gemäuer erhob sich wie eine gezackte Krone auf der höchsten Stelle des Stony Hill, einem Hügel, von dem aus man bei Tag den Firth of Forth und sowohl die Festung von Edinburgh als auch die Ebene vor North Berwick überblicken konnte.

Ruaraidh hatte die Pferde hinter dem zerstörten Kreuzgang an einer Eiche angebunden, so dass sie von der Straße aus nicht zu sehen waren. Als John und seine Gefährten von den Pferden abstiegen, kam der junge Highlander aus seiner Deckung hervor und hielt ihnen einen gebratenen Kaninchenschlegel entgegen. Hinter ihm tauchte David aus einem Schatten auf. Seine dunklen Augen drückten Erleichterung aus, und auch er nagte an einem Kaninchenbein. Gleich sechs von den schwarzen Langohren hatten sie mühelos zur Strecke gebracht. Menschen, die in der Lage waren, auch nachts zu sehen wie Luchse, und die dabei schneller liefen als ein Hase, konnten die sonst so vorsichtigen Tiere nichts entgegensetzen. Danach hatte Ruaraidh die leblosen Tiere abgezogen und der Reihe nach über einem Feuer gebrutzelt.

»Sieht aus, als hättet ihr eine ganze Familie ausgerottet«, spottete John, während er Madlen vom Pferd half. Anschließend reichte er ihr und Wilbur einen Kaninchenschlegel weiter, bevor er selbst etwas für sich nahm. Micheal und Malcolm kamen mit verschlafenen Gesichtern aus den Ruinen hervorgekrochen, während sie sich die Kleider glattstrichen.

»Wir können uns nur eine kurze Rast erlauben«, mahnte John und biss herzhaft in ein Stück weißes Fleisch. Wenigstens sein Appetit war menschlich geblieben, stellte er mit einem Anflug von Erleichterung fest, auch wenn alles etwas intensiver schmeckte. Ein Krug Bier, den ihnen Moira eingepackt hatte, machte die Runde, und mit wenigen Worten klärte er Ruaraidh, David und die beiden Jungen über die bisherigen Geschehnisse auf. Dass Cuninghames Herrensitz in Flammen aufgegangen war, interessierte sie wenig. Dass John offenbar tatsächlich dessen Braut gerettet hatte und für sich beanspruchte, verstörte sie mehr, erst recht als John die junge Frau demonstrativ in den Arm nahm und sie liebevoll zu sich heranzog.

»Bevor wir Edinburgh den Rücken kehren, müssen wir noch nach Restalrig.« Paddys Stimme klang ruhig, aber bestimmt.

»Restalrig?« John wischte sich hastig den Mund mit dem Ärmel ab und bedachte ihn mit einem verständnislosen Blick. »Was willst du denn da? Es liegt in unmittelbarer Nähe zu Edinburgh. Dort wimmelt es nur so von Soldaten.«

Paddy schaute Madlen an, die sich von John gelöst hatte und nun in Decken gehüllt zusammen mit Wilbur am Feuer kauerte.

»Was dir recht ist, sollte mir nur billig sein.« Mit einem schnellen Blick zu den Kameraden versicherte er sich ihrer Aufmerksamkeit. »Ich will, dass wir Rosie mit uns nehmen. Sie wohnt dort mit ihrer Mutter. Wenn Cuninghame und seine Leute bemerken, dass wir ausgebrochen sind, werden sie ausziehen und nach unseren Angehörigen fragen, und wenn sie feststellen, dass wir hier in der Gegend keine haben, werden sie fragen, wer uns im Tolbooth versorgt hat. Somit schwebt Rosie in Lebensgefahr. Sie werden sie finden und nicht davor zurückschrecken, sie zu foltern, falls sie ihnen nicht verrät, wohin wir geflohen sein könnten.«

Paddys Angst um das Mädchen war deutlich zu spüren. Den anderen Männern war jedoch anzusehen, dass sie sich freiwillig nicht in die Nähe von Edinburgh wagen würden. Dort wimmelte es von Toun Rats, den sogenannten Stadtbrigaden, und zudem konnte niemand wissen, wie sehr ihnen Cuninghames Söldner schon auf den Fersen waren.

John war der Letzte, der Paddys Bitte abschlagen durfte. Schließlich hatte der Ire ihm selbstlos geholfen, Madlen zu retten. Allerdings war es fraglich, ob Rosie von Paddys Idee, sie auf die Flucht mitzunehmen, begeistert sein würde.

»Was macht dich so sicher, dass sie dir folgen wird?« John sah Paddy mit einer hochgezogenen Braue an. Rosie war ein Mädchen aus den Lowlands. Auch wenn sie aus einfachen Verhältnissen stammte und ihr halbes Leben mit besoffenen Kerlen in einer Schankstube verbracht hatte, war sie doch einen geregelten Alltag gewöhnt. Der Hunger, der Kampf und die mitunter ungehobelten Sitten, die sie weiter im Norden erwarteten, verlangten eine raue Natur.

»Sie liebt mich«, antwortete Paddy schlicht. »Und wenn es für mich nicht reicht, für dich reicht es auf jeden Fall«, schob er mit leicht sarkastischem Unterton hinterher. Er würde nie damit zurechtkommen, dass Rosie an ihm zwar interessiert war, ihr Herz aber für John schlug.

John verzog keine Miene, doch ein Blick auf Madlen offenbarte ihm das ganze Problem. In Rosies Vorstellung war sie eine niederträchtige Mätresse, die nicht nur seine Verurteilung zum Tode zu verantworten hatte, sondern auch das Schicksal der übrigen Männer. Dass Rosie darüber hinaus an ihm einen Narren gefressen hatte, war hinlänglich bekannt und machte die Sache nicht leichter. Wenn er nicht höllisch aufpasste, würde nicht Cuninghame das Problem sein, sondern zwei rivalisierende Frauen und ein eifersüchtiger Ire. Andererseits musste er Paddys Bedenken recht geben. Es war durchaus zu vermuten, dass Cuninghame auf seiner Suche nach den entflohenen Gefangenen zuerst bei der jungen Schankhure anklopfen würde. Schon allein der Gedanke, dass sie dessen seelenlosen Schergen hilflos ausgeliefert sein würde, ließ John erschauern.

»Also gut«, sagte er schließlich und rief zum Aufbruch.

»Was ist das für ein Mädchen, von dem Paddy gesprochen hat?«, fragte Madlen ihn prompt, als sie eine Meile geritten waren.

»Sie ist seine Freundin«, antwortete John ausweichend und lenkte seinen Hengst auf einen Hohlweg hinunter zur Küste, von wo aus sie auf die Straße nach Restalrig gelangten.

»Und was hast *du* mit dem Mädchen zu schaffen?« Madlen ließ nicht locker. John stieß einen verhaltenen Seufzer aus. So waren die Frauen. Für sie spielte es offenbar keine Rolle, welche Qualen er wegen ihr die letzten Tage durchlebt hatte. Auch nicht, dass er sich fühlte, als würde er im Körper eines Fremden stecken, weil er noch immer nicht damit zurechtkam, in der Nacht sehen zu können und das Gehör eines Hundes zu haben. Doch er sah es Madlen nach, weil sie nichts davon ahnen konnte und er mit einem Mal ihre Angst spürte, ihn ein weiteres Mal zu verlieren – nicht an Cuninghame und seine Schergen, sondern an eine andere Frau. Er vergrub sein Gesicht in ihrem wehenden Haar und küsste ihren warmen Nacken.

»Es wird nie eine andere für mich geben«, raunte er leise. »Ich liebe dich mehr als mein Leben, oder denkst du ernsthaft, sonst wäre ich in Wichfield Manor aufgekreuzt, um dich zu retten?«

»Nein«, flüsterte Madlen mit erstickter Stimme. »Es tut mir leid. Ich wollte nicht ...« Ihr Herz schlug stärker, und ihre Angst schien noch zu wachsen. John fasste sie fester um die Taille. »Sch...«, machte er leise. »Du brauchst keine Sorge zu haben, Madlen, solange ich lebe, werde ich bei dir sein und noch darüber hinaus.«

Restalrig war ein vergleichsweise schmucker Ort mit zehn weißgetünchten Häusern, einer presbyterianischen Kirche und einer gepflasterten Straße. Was ansonsten zum Vorteil geriet, erwies sich hier als Problem. Die eisenbeschlagenen Hufe der Pferde klapperten so laut, dass das halbe Dorf aus dem Schlaf hochschrecken würde, wenn sie sich nicht vorsahen. John lenkte sein Pferd auf die seitliche Grasnarbe, die anderen folgten ihm. Unbemerkt erreichten sie die bescheidene Fischerkate hinter dem Friedhof, in der Rosie mit ihrer Mutter lebte. John und Paddy mochten die ältere Frau nicht, die regelmäßig im Half Moon Inn aufgetaucht war, um den Lohn ihrer Tochter zu versaufen. Nicht nur durch Rosies Anstellung in der Schänke konnte sich auch die Alte einen bescheidenen Luxus leisten. Mitunter war es Rosies Mutter es selbst gewesen, die für das Mädchen die Freier beschaffte, um noch mehr Geld zu verdienen. Paddy hatte das habgierige Weib schon oft verflucht und Rosie bekniet, sie solle ihre unehrenhaften Liebesdienste an den Nagel hängen und mit ihm in die Neue Welt gehen, doch die Alte hatte ihre Tochter zu gut im Griff, als dass Rosie so ohne weiteres davongelaufen wäre.

Lautlos hatten John und Paddy sich in die gute Stube geschlichen. Paddy legte dem Mädchen seine große, warme Hand auf den Mund, bevor sie in Todesangst ihre himmelblauen Augen aufriss. Ihre Mutter lag schnarchend auf einem Strohsack am glimmenden Kaminfeuer und merkte von alledem nichts.

Rosie machte Anstalten sich zu wehren, doch Paddy hatte sie fest im Griff. Erst als sie Johns Gesicht im schwachen Lichtschein der Glut erkannte, entspannte sie sich. John legte einen Zeigefinger auf seine Lippen, um ihr zu bedeuten, dass sie ihre schlafende Mutter nicht aufwecken sollte.

Flüsternd wies Paddy sie an, ein paar Sachen zusammenzupacken und ihm nach draußen zu folgen. Im Nachthemd und nur mit einem Dreieckstuch um die Schultern stand Rosie wenig später mitten im Hühnerhof und hörte sich ungläubig Paddys Vorschlag an, sie mit in die Highlands zu nehmen.

»Ich kann meine Mutter nicht alleine lassen!«, erklärte sie zögernd. »Und dann noch ohne ein Wort!«

»Rosie«, schnaubte Paddy. »Du wolltest mit mir nach Amerika gehen! Wenn du hierbleibst, werden Cuninghames Schergen hier auftauchen und dich foltern, bis du deinen Namen nicht mehr kennst. Sie werden jeden, der mit uns zu tun hatte, bis aufs Blut ausquetschen, so lange, bis sie wissen, wo wir zu finden sind.«

»Heilige Scheiße!« Rosie sah sich verzweifelt um. Plötzlich fiel ihr Blick auf Madlen. »Das ist doch …« Sie verschluckte sich fast und musste erst nach Luft ringen, bevor sie weitersprechen konnte.

Paddy kam ihr zuvor und legte ihr einen Arm um die Schultern. Dann führte er sie ein Stück von den anderen weg.

»Hör zu!«, flüsterte er streng. »Es tut mir leid, aber du wirst dich jetzt sofort anziehen und mit uns kommen. Deine Mutter wird es

189

auch ohne dich schaffen. Es ist außerdem besser, wenn sie nicht weiß, wo du bist. Dann kann sie Cuninghames Häschern mit voller Überzeugung antworten, du seist ihr davongelaufen. Und wenn du mich fragst, hat sie dich ohnehin lange genug ausgenutzt.«

»Aber …« Rosie versuchte abermals zu widersprechen.

»Nichts aber«, knurrte Paddy düster. »Ich kann dich nicht hierlassen. Es ist zu gefährlich.«

»Ich weigere mich, mit dieser Hexe zu reisen«, zischte sie. »Ganz gleich, wohin! Sie ist schuld, dass man euch verhaftet hat. Und nicht nur das! Ich bin beinahe vergangen vor Angst, nachdem ich feststellen musste, dass man euch aus dem Gefängnis geholt hat. Offiziell wurde uns gesagt, man habe euch nach Übersee verschifft. Von John haben sie erzählt, er sei über Nacht an der Ruhr gestorben und man habe seine Leiche verbrennen müssen.« Energisch tippte sie sich gegen die spärlich bekleidete Brust. »Ich habe tagelang nur noch geheult, weil ich glaubte, keinen von euch je lebend wiederzusehen. Und als ihr gerade vor mir standet, glaubte ich, Gespenster zu sehen!«

Paddy drückte sie stumm an sich. Unvermittelt begann Rosie zu weinen.

»Ist schon gut«, versuchte er das Mädchen zu beruhigen. »Komm jetzt, wir dürfen keine Zeit verlieren. Und was Madlen betrifft …« Er zögerte einen Augenblick, als er spürte, wie sie sich in seinen Armen versteifte. »Sie ist genauso Cuninghames Opfer, wie wir es sind. Ich erkläre dir alles später. Versprochen.«

John war froh, dass die Frauen sich in der Dunkelheit nicht sehen, geschweige denn sprechen konnten. Während Wilbur zu Ruaraidh auf das Pferd gewechselt war, ritt Rosie mit Paddy auf dessen Rappen. Madlen verzichtete darauf, weitere Fragen zu stellen, und schlief zeitweise während des Ritts vor Erschöpfung in Johns Armen ein. Im Morgengrauen überquerten sie an einer seichten Stelle den Auin Flu bei Kineil, einen Zufluss des Forth. Noch war das sandige Flussufer menschenleer, aber das würde sich mit Anbruch des Tages ändern. Allen war klar, dass sie von nun an vorsichtig sein mussten, denn in dieser Gegend wimmelte es wegen des Bürgerkrieges von marodierenden Regimentern der verschiedensten Kriegsparteien.

Gegen zehn Uhr in der Frühe störte ein Parlamentsdiener in Edinburgh die 44. Sitzung des House of Lords. Der Vorsitzende unterbrach ungehalten die Rede eines Abgeordneten, bevor er seinem entfernten Verwandten, Sir Chester Cuninghame of Berwick upon Tweed, mit einem missmutigen Nicken erlaubte, die Parlamentsräumlichkeiten zu verlassen.

Verärgert stürmte Cuninghame in den Flur, der zu den einzelnen Versammlungsräumen führte. Ein Bote, der ganz in Schwarz gekleidet war, empfing ihn mit versteinerter Miene. Was er ihm zu sagen hatte, klang äußerst unglaubwürdig, und doch wusste Cuninghame sofort, dass der Mann keinen Unsinn redete.

Cuninghame unterdrückte nur mit Mühe sein Entsetzen. »Lasst die Kutsche vorfahren und unterrichtet unverzüglich die Bruderschaft«, wies er den Boten an. »Zudem werdet Ihr Bruder Mercurius und die anderen Brüder sofort zu einem außerordentlichen Treffen im Heriot's Hospital einberufen. Sagt Ihnen, dass es eilt.«

Cuninghame wies den wartenden Parlamentsdiener an, ihn beim Lordpresident zu entschuldigen und zugleich einige weitere Mitglieder, die ebenfalls der »Bruderschaft der Panaceaer« angehörten, darüber zu informieren, dass ein Notfall eine sofortige Zusammenkunft notwendig machte.

Der große festungsähnliche Bau im Südwesten Edinburghs war von einer schlossähnlichen Parkanlage umgeben. Sauber gestutzte Hecken und kleine, frisch gepflanzten Bäumchen säumten in Reih und Glied prächtig angelegte Blumen- und Gemüsebeete. Das stattliche Gebäude, das der königliche Goldschmied George Heriot bereits 1628 für vaterlose Kinder geplant hatte, war erst vor kurzem fertig geworden. Den Gerüchten zufolge galt es als das Werk eines heimlichen Schwerenöters, der für die Existenz einiger illegitimer Erben verantwortlich war und auf diese Weise vor seinem Tod Gott um Vergebung all seiner Sünden gebeten hatte.

Noch wusste niemand, dass die honorigen Mitglieder der an Heilkunde interessierten Bruderschaft der Panaceaer, die sich mit einer großzügigen Waisenhausspende im letzten Jahr als Wohltäter erwiesen hatten, in Wahrheit keine guten Taten beabsichtigten, sondern einen teuflischen Plan verfolgten. Die elternlosen Jungen und Mädchen, die hier in Kürze eine Zuflucht finden sollten, würden ihnen auf Jahre hinaus das menschliche Material für ihre Experimente liefern.

Cuninghames Kutsche passierte das Portal unter dem hoch aufragenden Glockenturm und kam im Innenhof des Hospitals zum Stehen. Ein Lakai öffnete den Verschlag und klappte rasch die kleine Steighilfe aus, damit der Lord bequem das weiße Kiesbett betreten konnte.

Boswick Taggert, Cuninghames persönlicher Adjutant, der am Eingangstor zur großen Empfangshalle bereits auf ihn gewartet hatte, begleitete ihn über die marmorverkleideten Böden der unteren Etage bis hin zu einem noch leeren Versammlungssaal, den die Bruderschaft mit Zustimmung der örtlichen Treuhandstiftung für ihre allwöchentlichen Zusammenkünfte zur Verfügung gestellt bekommen hatte. Obwohl die Sitzungen unter allerstrengster Geheimhaltung stattfanden, gab man sich so den Anschein öffentlicher Verbundenheit und distanzierte sich geschickt von den zum Teil misstrauisch beäugten Freimaurerlogen, die mitunter von parlamentarischen Spionen unterwandert waren. Cuninghame und seine Leute machten es umgekehrt: Sie unterwanderten das Parlament, indem sie ausgewählten, honorigen Mitgliedern ihre fragwürdigen Dienste für horrendes Geld zur Verfügung stellten und im Falle der Zahlungsunfähigkeit eines hochrangigen Kunden auch nichts gegen die Vergabe von lukrativen Titeln und Posten einzuwenden hatten.

Das frühe Nachmittagslicht fiel schräg durch die gläsernen Fenster. Nervös zupfte Cuninghame an seinem Spitzenkragen, während er sich von Taggert über das Ausmaß der Katastrophe unterrichten ließ. Dabei wusste er nicht so recht, ob sein Blut vor Wut über die Unfähigkeit seiner Leute in Wallung geriet oder vor Ärger, weil er den Widerstand eines einfachen Highlanders unterschätzt hatte.

Nacheinander trafen elf Männer ein, die wie Cuninghame dem Anlass gemäß einen schwarzen Kapuzenmantel trugen. Ein Lakai hatte ein Feuer im Kamin entzündet und eine Kiste mit den für die Versammlung nötigen Utensilien auf einen Tisch gestellt.

Cuninghame wirkte trotz seines Ärgers souverän wie immer, als er der Regel gemäß das goldene Zepter erhob und als Großmeister des Ordens die Eingangszeremonie mit einem Alchimistengebet eröffnete. Nachdem alle Brüder um den ovalen Tisch Platz genommen hatten, begann der schwarze Lord mit ausdrucksloser Miene Bericht zu erstatten. Nur seine Stimme vibrierte leicht, als er zu sprechen anhob.

»Wie man mir erst vor einer Stunde berichtete, ist es unseren Gefangenen gestern Nacht gelungen, vom Bass Rock zu entkommen. Allem Anschein nach töteten sie bei ihrer Flucht zehn Wachsoldaten der parlamentarischen Justiz, die sich ihnen bei ihrer Flucht in den Weg stellten. Und – was beinahe noch schwerer wiegt – drei Söldner aus meinem Geheimregiment, die ihr Entkommen zu verhindern suchten. Nachdem ihnen die Überfahrt nach North Berwick geglückt war, haben sie Kleidung und Pferde aus unserer Garnison entwendet. In den frühen Morgenstunden haben sie Wichfield Manor in Schutt und Asche gelegt. Dabei wurden sechs meiner besten Männer getötet. Zudem ist es ihnen gelungen, meine zukünftige Gemahlin Mistress Madlen MacDonald zu entführen.« Cuninghame atmete tief durch, und obwohl es ihm schwerfiel, versuchte er einen ruhigen Eindruck zu vermitteln. Jeder hier im Raum wusste, was er Madlen zuvor angetan hatte und dass die Heirat mit ihr nur ein Vorwand sein sollte, um die dunklen Machenschaften des Ordens zu tarnen.

»Und als ob das alles noch nicht genug wäre«, fuhr er ungerührt fort, »hat diese Horde von Bastarden einige unserer wichtigsten Bücher geraubt.«

Hatten zuvor alle nur fassungslos Cuninghames Worten gelauscht, brandete nun wahre Entrüstung auf.

»Wie konnte das geschehen?«, brüllte Ebenezer Wentworth und verzog sein Gesicht zu einer empörten Grimasse. »Ich hoffe, Bruder Chester, du weißt, was das bedeutet! Wenn es diesen Bastarden gelingen sollte, ihre Informationen an die falschen Leute zu bringen, sind wir geliefert.«

Cuninghame leckte sich hastig die Lippen. Dann sah er Wentworth mit zusammengekniffenen Lidern an. Dieser Giftzwerg störte bereits seit längerem seine Kreise. Immer wieder versuchte er, seinen Führungsanspruch im Orden zu untergraben. Es wurde höchste Zeit, dass er ihn dafür büßen ließ.

»Dir ist hoffentlich klar, Chester, dass du damit nicht nur dich selbst in eine missliche Lage gebracht hast«, schob Wentworth wie zur Bestätigung von Cuninghames Befürchtungen hinterher, »sondern die gesamte Bruderschaft. Wie sollten wir das vor König Charles verantworten, der ohnehin schon genug an Leid zu verkraften hat. Von anderen hohen Parlamentsabgeordneten, deren Vertrauen wir genießen, ganz zu schweigen. Die Liste unserer Kundschaft ist lang. Nur wenn sie es bleibt, sind wir in der Lage, unsere Sache voranzutreiben, damit wir uns eines nicht allzu fernen Tages Herrn einer weltumspannenden Organisation nennen können, auf deren Wohlwollen die Mächtigen ausnahmslos angewiesen sind. Nicht auszudenken, wenn unsere Widersacher oder das Kirchenvolk dahinterkommen sollten, wie unsere genauen Pläne aussehen und wer unser wahrer Auftraggeber ist!«

»Kein Uneingeweihter wird erfahren, was hinter unseren Forschungen steckt«, entgegnete Cuninghame barsch und schlug mit seinem schwarzen Ordensstab, den ein silberner Totenkopf schmückte, demonstrativ auf den Tisch. Einige seiner Mitbrüder zuckten zusammen. »Die Entflohenen wissen nichts über ihren Zustand, und bevor sie es herausbekommen, haben wir sie entweder getötet oder wieder eingefangen.«

»Gehe ich recht in der Annahme«, resümierte Sir Baxter of Fieldbarton, ein Adliger aus der Nähe von Carlisle, »dass die Männer noch nicht dem ›Caput mortuum‹ unterzogen wurden?«

»Ja, das seht Ihr richtig. Die Gefangenen besitzen noch ihren Geist«, gab Cuninghame ungerührt zu Protokoll. »Doch das macht nichts. Wir werden sie in jedem Fall finden und ihrer Bestimmung zuführen. Ich habe Bruder Mercurius in den vergangenen Tagen erlaubt, in Madlens Seele einzudringen. Er hat sie mit seiner dunklen Gabe markiert. Somit ist *er für immer und ewig* Herr ihres Geistes und kann sie finden.«

»So ist es!« In diesem Moment betrat ein weißgewandeter Mann den Raum, und während er mit hallenden Schritten den Weg zu Chester Cuninghame antrat, erhoben sich die übrigen Brüder hastig von ihren Stühlen und verbeugten sich ehrfürchtig. Auch Cuninghame selbst verbeugte sich tief und küsste den Ring des Neuankömmlings mit ergebener Anteilnahme. Keiner der Anwesenden wusste Genaues über Mercurius, über sein Alter und seine Herkunft, aber dass er in direkter Weise mit dem Satan und all seinen Dämonen in Verbindung stand, daran zweifelte niemand. Vor knapp zwei Jahren war er inmitten der Pestwirren mit seiner Fregatte im Hafen von Leith gelandet. Sein

Schiff, hieß es, kam direkt aus dem Sultanat Marokko und trug etwas mit sich, dem sich keiner in Edinburgh, der über Geld und Einfluss verfügte, entziehen konnte. Angeblich besaß Mercurius nicht nur übernatürliche Kräfte, die er von den Heiden in Afrika mitgebracht hatte, sondern auch die Rezeptur für ein magisches Elixier, das er mit Hilfe des »Lapis Philosophorum« – dem sogenannten Stein der Weisen – herstellen konnte. Es versprach die Heilung sämtlicher Krankheiten und in einer speziellen Dosierung, mit der man zu zwei Dritteln das Blut im Leib eines Menschen ersetzte, sogar das ewige Leben. Dass dies seinen Preis hatte, konnte sich jeder denken, der mit Mercurius in Berührung kam. Doch die Gier nach Einfluss und Macht war stärker als die Angst um das eigene Seelenheil.

»Bruder Mercurius, es ist gut, dass Ihr so rasch zu uns kommen konntet«, erklärte Cuninghame mit einer Miene, die keinen Rückschluss auf seine wahren Gefühle zuließ.

»Entschuldigt meine Verspätung«, erwiderte Mercurius mit einem ironischen Lächeln. Mit einer herrischen Geste wischte er sich die Kapuze vom Kopf, und hervor trat ein fast kahler Schädel, der nur von einem Gespinst von weißen Haaren bedeckt war. Seine Nase war krumm und runzlig, die Ohren waren riesig, und seine verdorrten Lippen und die ledrige Gesichtshaut glichen einem rotbraunen Winterapfel, der zu lange im Keller gelegen hatte. Und doch wirkten seine hellwachen Augen, durchdrungen vom einfallenden Sonnenlicht, wie zwei glühende Eiskristalle.

»Bruder Mercurius«, Cuninghame flüsterte fast, »auf Euch ruhen all unsere Hoffnungen. Habt Ihr schon eine Ahnung, wohin wir unsere Schergen entsenden können?«

»Eine Ahnung?« krächzte der Alte mit einer Stimme, die keinen Zweifel daran ließ, dass er die Geschehnisse aufs schärfste missbilligte. »Ich habe Gewissheit, und das ist Euer Glück. Ansonsten sähe die Angelegenheit finster aus. Das Mädchen befindet sich unter meiner Kontrolle.« Er senkte den Kopf, und als er ihn wieder hob, flackerte ein unseliges Licht in seinen Augen. »Ich habe unsere Höllenhunde bereits auf den Weg gebracht, mit dem Auftrag, jeden zu töten, der mit den Fliehenden in Berührung gekommen ist, um sicherzugehen, dass es keine weiteren Mitwisser gibt.«

12

Auf der Flucht 1647 – »Blutzoll«

Am frühen Morgen erlebten John und seine Männer eine weitere unangenehme Überraschung. Im ersten Moment blendete sie die rötliche Sonne über der hoch aufragenden Burg von Sruighlea – oder Stirling, wie die Lowlander es nannten – so stark, dass sie die Hände schützend vor die Augen legen mussten. Langsam dämmerte ihnen, warum Cuninghames Schergen schwarze Masken anlegten: nicht, um ihre Gesichter zu verbergen, sondern um die empfindlichen Augen vor Fackel- oder Tageslicht zu schützen.

Erschöpft erreichten sie einen Pinienwald unterhalb des Abbey Craig, einem felsigen Hügel auf der gegenüberliegenden Seite der Festung, direkt an den Ufern des Forth. John stieß einen erleichterten Seufzer aus, als er zusammen mit den anderen Männern die Sättel und das mitgeführte Gepäck hinter einem Felsvorsprung verstauen konnte, der ihnen für ein paar Stunden ein verborgenes Lager bot. Sie waren die ganze Nacht geritten. Die Pferde soffen sich am Flussufer die Bäuche voll, als ob sie eine Wüste durchquert hätten. John kratzte sich nachdenklich hinter dem Ohr. Dann wies er die Zwillinge an, die Tiere sofort nach dem Tränken hinter einem Busch zu verstecken. Wenn sie der Gefahr entgehen wollten, von Spitzeln des Sheriffs entdeckt zu werden, durften sie nur nachts reisen.

Vor Cuninghames Söldnern mussten sie Tag und Nacht auf der Hut sein.

Und je weiter sie in die Highlands vordrangen, mussten sie auf feindlich gesinnte Clans aufpassen, mit denen auch nicht zu spaßen war. Dummerweise konnten Cuninghames Männer auch in der Dunkelheit sehen, ansonsten gab es auf den Wegen verdammt wenige Möglichkeiten, sich zu verstecken, um auf die Dauer nicht aufzufallen. Wo sonst hätte man sich – außer in Wäldern – vor militärischen Patrouillen und neugierigen Bauern verbergen sollen? Jedoch in den vergangenen einhundert Jahren hatte Schottland beinahe seinen gesamten Baumbestand verloren. Das meiste war für die königliche Armada draufgegangen oder für die zahlreichen Festungen, die in Zeiten der fortwährenden Kriege wie Pilze aus dem Boden geschossen waren. Holz war so kostbar, dass es nur noch mit Genehmigung der jeweiligen Landlords oder des Parlamentes geschlagen werden durfte. Einzig den immer zahlreicher werdenden Kohleminen und in den Highlands dem Torf, der dort gestochen wurde, hatten es die Menschen zu verdanken, dass sie im Winter nicht frieren mussten.

Wie betäubt sank Madlen in den Staub, nachdem John und die anderen Männer ein provisorisches Lager errichtet hatten. Im Schatten eines großen Baumes erschien ihnen das Tageslicht halbwegs erträglich. John entledigte sich seiner Kleidung und nahm ein ausgiebiges Bad am Ufer des Forth, um seine empfindliche Nase von dem fortwährenden Gestank zu erlösen, der ihn seit dem Bass Rock begleitete.

Madlen erschrak, als sie Johns Tätowierung sah. Es war genau das Zeichen, das sie in ihrer Vision im Turmzimmer von Wichfield Manor gesehen hatte. Chester Cuninghame hatte ihn also auf geheimnisvolle Weise gezeichnet. Und nicht nur ihn, sondern auch die anderen Männer, die nun nach und nach ihre Kleidung auszogen und zu John ins Wasser stiegen. Doch was hatte das zu bedeuten? Dass sie nun zu Cuninghames Schergen gehörten? Der Lord hatte ihr gegenüber eine entsprechende Andeutung gemacht, und doch konnte sie es nicht glauben. John und seinen Männern brannte das Feuer des Widerstandes in den Augen und nicht die Willfährigkeit eines Lakaien. Schmerzhaft wurde ihr bewusst, dass den Männern all dieses Leid erspart geblieben wäre, wenn sie John in Ruhe gelassen hätte.

Rosie kreischte vor Angst, als sie die Tätowierung auf Paddys Schulter entdeckte. »Ein Hexenmal!«, zischte sie mit bebenden Lippen und kam näher heran. Sie streckte die Finger nach dem geheimnisvollen Symbol aus, wagte aber nicht, es zu berühren.

Der Ire griff nach Rosies Hand und führte sie mit sanfter Gewalt zu jener Stelle, an der man ihn gezeichnet hatte. »Denkst du nur, weil irgend so ein Arschloch ein Tintenmal in meine Haut geritzt hat, sei ich ein anderer Mensch?«, giftete er. Seine Haltung war trotzig. Dabei wirkte er nicht wie ein seelenloser Söldner, sondern eher wie ein tapsiger, unglücklicher Bär.

Rosie schien zu spüren, dass sie ihm Unrecht tat, wenn sie ihn nur wegen des Mals verteufelte. »Nein ... nein«, stotterte sie leise und betastete zögernd die münzgroße Erhebung auf seiner Haut.

»Und?« knurrte Paddy mürrisch. »Wie fühlt es sich an? Wie die Schulter des Satans?«

»Vergib mir«, flüsterte Rosie und schaute zu Boden. Nachdem Paddy sich abgetrocknet hatte, zückte sie ihren mitgebrachten Kamm und die Schere, um ihm und den anderen das Haar und die Bärte zu stutzen.

John, der die Szene nachdenklich beobachtet hatte, warf einen prüfenden Blick zu Madlen hin, die ihm zaghaft zulächelte. Er lächelte zurück. Danach drehte er sich um und wusch sich gründlich. Anschließend stieg er prustend ans Ufer, die Muskeln glänzend vom abperlenden Wasser, und trocknete sich ab. Auch er ließ sich von Rosie rasieren, nachdem er sich angezogen hatte. Rosie hatte viele Talente. Neben einer Schankwirtin und einer kundigen Hure gab sie eine versierte Baderin ab. Bevor sie ihm den Bart stutzte, bestand sie darauf, seinen verspannten Nacken zu massieren und ihm das Haar auszukämmen.

Als die Schneide des Messers an Johns Kehle vorbeischrappte und er ihren verbindlichen Blick gewahrte, fragte er sich für einen Moment, ob es klug war, ihr auf diese Weise sein Leben anzuvertrauen. Irgendwann musste sie bemerken, dass es nichts nützte, wenn sie ihn weiter umwarb, und dann würde ihre Zuneigung in Rache umschlagen.

Nachdem sie den anderen Männern weit weniger zuvorkommend zur Hand gegangen war, ließ Rosie sich nicht weit entfernt von ihm nieder und warf ihm hier und da sehnsüchtige Blicke zu.

Dabei hatte John nur Augen für Madlen. Eingehüllt in eine alte Decke, erschien sie ihm sogar begehrenswerter als in ihrer vornehmen Robe, die sie bei Strattons Hinrichtung getragen hatte. Sie teilte sich mit Wilbur ein Stück grobes Brot, das John ihnen zuvor zusammen mit einem Stück geräucherten Fisch aus dem Proviantpaket gegeben hatte. Sie hielt sich tapfer, und am liebsten hätte John sie ausgiebig umarmt und geküsst, doch das erlaubte er sich nicht, wenn sie unter Beobachtung standen.

Malcolm und Micheal räusperten sich verlegen, nachdem sie ihre Kleider wieder angelegt hatten, und traten vor, weil sie an John eine Bitte herantragen wollten.

»Unser Vater wohnt nicht weit von hier«, begannen sie scheu. »Wäre es vielleicht möglich, dass wir ihm ein Lebenszeichen überbringen? Wir sind ihm ewig nicht mehr begegnet, und wer weiß, ob wir ihn überhaupt jemals lebend wiedersehen.« John warf Paddy einen fragenden Blick zu

Der Ire schüttelte energisch den Kopf. »Wenn ihr nicht wollt, dass eure Familie ausgelöscht wird«, erwiderte er mit finsterem Blick, »ist es besser, sie nichts von eurem Schicksal wissen zu lassen.«

Micheal nickte bedrückt, Malcolm jedoch verzog keine Miene. Wortlos setzte er sich auf seinen Platz und nahm einen Schluck Bier, den Ruaraidh ihm mit einem aufmunternden Lächeln offerierte. John war froh, dass Paddy ihm den Job abgenommen hatte, die Jungs zu enttäuschen. Aber der Ire hatte recht. Es war besser, keine unnötigen Risiken einzugehen.

Bis in die Highlands waren es noch gut achtzig Meilen. Sie würden mindestens zwei Nächte benötigen, um an ihr Ziel zu gelangen – falls nichts Unvorhergesehenes dazwischenkam.

John konnte sich lebhaft ausmalen, welches politische Durcheinander zurzeit in den Highlands herrschte. Eine unberechenbare Mischung aus wankelmütigen Presbyterianern, verhassten Katholiken, irischen Rebellen, Engagers, Levellers und königstreuen Jakobiten machte sich gegenseitig das Leben schwer. Dazu gesellten sich in letzter Zeit Anhänger der parlamentarischen englischen Truppen, der sogenannten New Model Army, die von Oliver Cromwell befehligt wurde. Versteckt in den Tälern der Highlands, stand ihnen eine überschaubare Anzahl von Clanoberhäuptern mit ihren kampfwütigen Männern entgegen, die – bis an die Zähne bewaffnet – oft selbst nicht mehr wussten, nach welchem politischen Wind sie ihr Fähnchen richten sollten.

Randolf erklärte sich bereit, die erste Wache zu übernehmen, damit die anderen ein wenig schlafen konnten.

Johns Blick haftete an Madlen, die auf dem Boden saß und mit geschlossenen Augen an seiner Satteltasche lehnte. Er konnte spüren, dass sie nicht schlief. Irgendetwas arbeitete in ihr. Er schaffte ein wenig Platz und setzte sich neben sie und den Jungen. Als er ihre Hand ergriff, sah sie ihn an.

»Wie geht's dir?« Johns Frage klang mindestens so freundlich, wie sie gemeint war, doch Madlens Blick verfinsterte sich so sehr, dass er Angst haben musste, sie würde in Tränen ausbrechen.

»Das ist alles meine Schuld«, flüsterte sie schwach. »Ohne mich würdet ihr froh und munter im Hafen von Leith eure Säcke schleppen und nicht auf der Flucht vor jemandem sein, der so gefährlich ist, dass man Vater und Mutter verleugnen muss.«

John strich ihr sanft über die Wange. »Keiner von uns konnte das voraussehen.«

»Ich hatte solche Angst um dich.« Madlens Stimme klang rau. Sie sah ihn nicht an. Ihr Blick glitt zum Wasser und dann hinauf zur gegenüberliegenden Burg. »Ich kann mich nicht mehr erinnern, was ich im Gerichtssaal alles gesagt habe, nur dass es falsch war, weiß ich noch. Hinterher, als ich wieder zu Verstand gekommen bin, habe ich gedacht, ich müsse sterben vor Unglück.« Eine Träne rann ihre Wange hinunter und tropfte auf ihren Schoß.

John umarmte sie schweigend und räusperte sich. »Ich habe nicht einen Augenblick daran gezweifelt, dass du unschuldig bist«, flüsterte er.

Das war eine Notlüge. In den Tagen nach seiner Verurteilung hatte er mit seinem Schicksal gehadert und sich gefragt, ob Madlen wirklich etwas an ihm gelegen hatte oder ob sie ihn nur hatte benutzen wollen. John strich ihr eine Haarsträhne aus dem Gesicht und ließ seinen Blick in den blauen Himmel schweifen, an dem ein paar Seevögel vorbeizogen. »Wer sagt dir denn, dass es nicht Gottes Wille ist, was hier geschieht? Vielleicht sind wir nur seine Werkzeuge und bemerken es nicht.«

»Und was ist, wenn Paddys Freundin recht behält und *ich* in Wahrheit das Werkzeug des Satans bin?« Madlen warf einen schrägen Blick auf Rosie, die ein paar Yards entfernt in Paddys Armen döste.

John schüttelte den Kopf. Dann küsste er Madlen zärtlich auf den Mund. »Für mich bist und bleibst du ein Engel.« Seine Stimme war sanft. »Ich würde sofort wissen, wenn du etwas Böses im Schilde führst. Also mach dir keine unnötigen Sorgen.«

Madlen schluckte und blickte zu Boden. Sie sah ziemlich bekümmert aus, irgendetwas schien ihr gewaltige Sorgen zu bereiten.

John spürte förmlich, wie schwer ihr das Herz war.

»Was ist denn noch, Madlen?«, fragte er vorsichtig. »Nur wenn du mit mir sprichst, kann ich dir helfen.«

»Vielleicht bin ich schwanger«, brach es aus ihr hervor. »Und …« John machte ein überraschtes Gesicht. Wenn es weiter nichts war! Er hatte schon Angst, sie sei krank.

»Woher weißt du …? Es ist doch noch gar nicht so lange her, seit wir beieinandergelegen haben?«

»Vor einer Woche hätten meine unreinen Tage einsetzen müssen. Aber sie sind ausgeblieben, nachdem wir uns geliebt haben.« Sie räusperte sich. »Ich meine … vielleicht hat es ja nichts zu bedeuten.«

»Nichts zu bedeuten?« John sah sie fassungslos an und drückte sie spontan an sich. »Es könnte sein, dass ich Vater werde, und du sagst, es hat nichts zu bedeuten?« Seine Augen wurden ganz andächtig. »Ich wäre der glücklichste Mensch auf der Welt, wenn ich der Vater deines Kindes sein dürfte.« Nicht einen Moment lang zweifelte er daran, dass er der Erzeuger dieser Leibesfrucht sein musste. Er nahm ihre rechte Hand an seine Lippen und küsste sie. »Madlen MacDonald«, flüsterte er inbrünstig, »willst du meine Frau werden, sobald wir zu Hause angekommen sind?«

Nach einem Moment schieren Glücks brachte Madlen ein gequältes Lächeln zustande. Eigentlich hatte sie nicht anderes vorgehabt, als John die Geschehnisse in Cuninghames Krypta zu beichten – dass Bruder Mercurius sie mit einer hinterhältigen List dazu verführt hatte, bei ihm zu liegen. Sie wollte nicht, dass Lug und Betrug zwischen ihnen stand. Doch John hatte so schnell reagiert und die vermeintlich gute Nachricht mit so glücklicher Miene auf sich bezogen, dass sie es nicht gewagt hatte, ihn in die wahren Begebenheiten einzuweihen. Die Hoffnung, dass er der Vater ihres möglichen Kindes sein könnte, war groß, aber die Angst, dass es die Frucht dieses Satans sein könnte, war noch viel größer. Johns spontanen Heiratsantrag abzulehnen erschien ihr unmöglich. Erst recht, wenn er sie – wie eben – mit seinen unglaublich treuen Augen ansah. Ganz gleich, ob sie es nach ihm mit dem Teufel getrieben hatte oder nicht. Nun, wo er sich so sehr freute, durfte er es nicht erfahren. Im Stillen hoffte Madlen, dass die Begegnung mit Mercurius nicht mehr als ein böser Traum gewesen war.

»Ja«, flüsterte sie mit tränenerstickter Stimme. »Ich könnte mir nichts Schöneres vorstellen, als an deiner Seite zu leben und dir Kinder zu schenken.« Sie lächelte schüchtern.

John riss sie stürmisch in seine Arme, doch gleich nahm er wieder Abstand und betrachtete sie zärtlich.

»Wenn es stimmt, dass ich schwanger bin, kann man es jetzt ohnehin noch nicht sehen«, belehrte sie ihn. »Es ist noch zu früh. Und außerdem kann noch ganz viel geschehen.« Im Geheimen hoffte sie, dass die Frucht vielleicht abging, wie es bei ihrer Mutter öfter der Fall gewesen war.

»Trotzdem solltest du auf dich achtgeben«, entgegnete John mit Sorge in der Stimme. »Wir werden mehr Pausen einlegen, und ich werde noch mehr als zuvor darauf achten, dass wir unser Ziel sicher erreichen.«

Madlen betrachtete ihn lange. John strahlte plötzlich wie ein junger Gott. Die Müdigkeit aus seinem Gesicht war verflogen. Offenbar verfügte er mit einem Mal über kaum bezwingbare Kräfte. Bis auf den Umstand, dass er offenbar Mühe hatte, im Tageslicht schmerzfrei zu sehen. Aber ganz gleich, was Chester mit ihm angestellt hatte, sein Ziel, ihn zu einem willfährigen Lakaien zu machen, hatte der Lord nicht erreicht. Nur die schwarze Uniform von Cuninghames Söldnern, die John trug, irritierte Madlen ein wenig. Sie konnte sich gut vorstellen, dass er ein vorbildlicher Soldat gewesen sein musste und dass er es unweigerlich wieder sein würde, wenn sie in die Scharmützel der Highlands und ihrer Clans zurückkehrten.

Plötzlich wurde ihr klar, dass sie ihn nicht nur in ihre Auseinandersetzung mit Chester Cuninghame hineingezogen hatte. Sie hatte ihm, ohne es zu wollen, die Freiheit genommen, ein friedliebender Mensch zu sein. Von nun an würde er wieder kämpfen müssen.

»Ach, John«, sagte sie leise. »Ich hoffe so sehr, dass du es nicht eines Tages bereust, mir begegnet zu sein.«

Gegen Abend zog dichter Nebel über den Forth und hüllte die Landschaft in ein graues Gespinst feuchter, kühler Luft. Nicht einmal die Burg auf dem gegenüberliegenden Hügel war noch zu erkennen. Den ganzen Tag über hatten sich John und seine Begleiter still verhalten, damit die vorüberziehenden Soldatenregimenter ihnen keine Beachtung schenkten. Paddy wandte sich – nach einer Mütze voll Schlaf – dem kindlichen Mohren zu. Der Junge hatte kaum geschlafen und schien sich zu langweilen. Während Madlen, eingerollt in ihre Decke, immer noch fest in Johns Armen schlief, hatte ihr kindlicher Diener mit einem Stöckchen Tiere und Gesichter in den Sand gemalt und sogar seinen Namen geschrieben. Paddy stieß ihn an der Schulter an, als der Junge, ohne es zu merken, nahe genug an den Iren herangekrochen war. Wilbur schrak auf und sah sich hastig um, ob irgendjemand sein Verhalten missbilligte. Doch die Männer lächelten ihn nur freundlich an.

»He, Kleiner«, raunte der Ire ihm zu. »Wenn du mir das Schreiben beibringst, zeige ich dir, wie man Checkers spielt.«

»Ich weiß, wie man Checkers spielt«, erwiderte der Junge altklug. »Außerdem beherrsche ich verschiedene Kartenspiele und Schach. Ich wurde dazu erzogen, den Damen Kurzweil zu bereiten.«

Paddy zog eine Braue hoch und sah grinsend in die Runde. »Oho! Den Damen Kurzweil bereiten«, wiederholte er näselnd, um die vornehme Ausdrucksweise des Jungen nachzuäffen. »Das kann ich auch, mein Freund. Heiliger Christ«, meinte er vergnügt, »früh krümmt sich, was ein Häkchen werden will!«

David und Ruaraidh brachen in verhaltenes Gelächter aus. »Ich glaube nicht, dass er das Gleiche meint wie du, Ire«, erklärte Ruaraidh amüsiert.

John schüttelte lachend den Kopf, aber er sagte nichts dazu, weil er Madlen nicht wecken wollte. Umso überraschter war er, als sie aufschrak und nach ihm schlug.

»Nein!«, schrie sie. »Nicht! Ihr sollt mich in Ruhe lassen! Weicht von mir! Ihr seid der Satan!« Wieder schlug sie nach John. Dabei war ihr Blick starr auf sein Gesicht gerichtet. Geschickt fing er ihre Handgelenke auf und hielt sie so fest umklammert, dass sie sich kaum noch regen konnte.

»Madlen!« Rasch zog er sie an sich und umschloss sie so eng mit seinem linken Arm, dass sie ihm nicht entwischen konnte. Mit der rechten Hand verschloss er ihr den Mund, damit sie nicht noch lauter schrie.

»Madlen! Komm zu dir! Ich bin's, John!« Seine Stimme war eindringlich.

Paddy und die übrigen Männer sahen beunruhigt auf. Selbst Rosie war von ihrem provisorischen Lager aus Satteldecken und Jacken hochgefahren und schaute mit verwirrter Miene zu ihrer Konkurrentin hin.

»Sie ist besessen«, zischte sie mit panischem Blick. »Sieh doch, der Satan hat von ihr Besitz ergriffen!«

»Rosie!« Paddy warf ihr unter seinen buschigen Brauen einen warnenden Blick zu.

John versuchte Madlen zur Besinnung zu bringen, indem er sie bei den Schultern packte und kurz und heftig schüttelte. Es schien zu helfen, weil ihre Augen klarer wurden und sie ihn anschaute, als ob sie aus einer anderen Welt zurückgekehrt sei.

»John!« Ihr Blick zeugte von Erkenntnis, und ebenso unvermittelt, wie sie nach ihm geschlagen hatte, fiel sie ihm nun um den Hals. Gleichzeitig brach sie in Tränen aus.

»Die Bruderschaft wird uns finden«, stammelte sie und verbarg ihr Gesicht an Johns Schulter.

»Madlen«, rief John und schob sie ein Stück von sich weg, um ihr in die Augen schauen zu können. »Hör sofort auf damit, einen solchen Blödsinn zu reden!« Er versuchte seiner Stimme einen strengen Unterton zu verleihen, so wie er es aus seiner Armeezeit gewohnt war, wenn er seiner Truppe einen schwierigen Befehl erteilen musste. »Du machst den Jungs noch Angst!«

Mit tränenverhangenen Augen schaute Madlen zu ihm auf. »So glaub mir doch, John«, flüsterte sie mit bebenden Lippen. »Ich habe den Satan gesehen. Er ist mir im Traum erschienen und hat mich mit hämischer Miene angelächelt. Er hat geschworen, er werde uns finden, ganz gleich, wohin wir uns verkriechen.«

»Ich sage doch, der Teufel ist in sie gefahren«, schrie Rosie mit bleichem Gesicht. Sie war aufgesprungen und hatte sich an den äußersten Rand der kleinen halbrunden Felsformation zurückgezogen, als ob sie vor der Pest Reißaus nehmen wollte. Mit dem Rücken zur Wand stand sie da, schweratmend, eine Hand wie zum Schutz auf ihr Herz gelegt, die andere auf Madlen gerichtet. »Sie wird uns alle ins Verderben reißen! Ihr müsst sie töten! Nur so könnt ihr den Dämon in ihr zum Schweigen bringen!«

»Halt den Mund, Weib!« Für einen Moment sah es aus, als wollte Paddy sie schlagen. Rosie zuckte ängstlich zurück, selbst nachdem er seine von Schwielen gezeichnete Pranke hatte sinken lassen. Mit einem Mal war es totenstill. Nur das Rauschen des Flusses war zu hören, und ein paar Nebelkrähen, die ihrem Namen alle Ehre machten.

Auch Madlen war verstummt. John drückte sie wortlos an sich und seufzte schwer, während er ihr mit der flachen Hand über den Rücken strich. »Sobald die Dämmerung heraufzieht, sollten wir aufbrechen.« Dann blickte er in die Runde. »Wo sind Micheal und Malcolm?«

Paddy sah sich suchend um. »Sie haben sich abwechselnd schlafen gelegt, unter den Eichen, bei den Pferden. Zusammen mit Randolf sollten sie dort Wache halten.«

John ging auf die Knie, weil er aufstehen wollte, und tätschelte Madlen beruhigend die Wange, was soviel bedeuten sollte, dass sie sitzen bleiben und sich von ihrem Alptraum erholen konnte, bis alles zum Aufbruch bereit war. Dann wandte er sich wieder Paddy zu. »Geh und sag ihnen, sie sollen die Pferde satteln und unsere Sachen zusammenpacken.«

»Aye, aye, Sir!« Paddy salutierte kurz, als ob John tatsächlich der Offizier eines Regimentes wäre, dann verschwand er hinter dem Felsen in einem dichten Gebüsch, das zu den Bäumen führte, unter denen die Pferde grasten.

Es dauerte nicht lange, und er kam aufgeregt zurück, gefolgt von Randolf, dem noch der Schlaf in den Augen stand. Beide wirkten ziemlich besorgt.

»Sie sind weg«, stieß Paddy keuchend hervor.

»Wer?« John sah ihn verständnislos an.

Randolf kam dem Iren mit einer Antwort zuvor. »Es ist meine Schuld«, gab er zerknirscht zu. »Ich habe geschlafen und nicht auf sie achtgegeben. Micheal und Malcolm sind abgehauen. So wie es scheint, sind sie zu Fuß unterwegs. Die Pferde stehen noch an ihrem Platz. Verdammt!«

Nur langsam begriff John, was die Aussage des Norwegers zu bedeuten hatte. Micheal und Malcolm hatten sich seinem Befehl widersetzt und das Weite gesucht. John war sicher, dass es Heimweh gewesen sein musste, das die Zwillinge zur Flucht getrieben hatte. Er schob Madlen ein wenig zur Seite und stand auf. »Die Verwandten der beiden leben in Banoxborn. Das sind gut acht Meilen von hier.« John spürte die Blicke aller Anwesenden auf sich ruhen. Die Entscheidung, die beiden Jungs zu suchen, barg ungeahnte Gefahren und verschlechterte ihre Aussichten, unbehelligt in die Highlands zu gelangen. »Wir können sie nicht sich selbst überlassen«, erklärte er mit gefasster Stimme. Sein Blick wanderte zu Rosie hin, die ihn abschätzig ansah, und dann schaute er zu Paddy, der ihm nur recht geben konnte. »Jeder, der mit uns zu tun hatte, könnte verfolgt und getötet werden. Wenn Micheal und Malcolm in die Hände der New Model Army fallen, sind sie in ernster Gefahr, aber wenn sie an Cuninghames Schergen geraten, dann gnade ihnen Gott, dass sie ihnen nicht etwas noch Schlimmeres antun.«

»Was schlägst du vor?« Ruaraidh sah ihn aus schmalen Lidern an.

»Du und Paddy, ihr werdet mich begleiten. Randolf und David bleiben hier bei den Frauen und dem Jungen. Wir werden noch vor Einbruch der Nacht mit den Zwillingen zurück sein. Das verspreche ich euch.«

Madlen lief John hinterher, als er mit den anderen zu den Pferden ging. Ihr Alptraum war ihr immer noch gegenwärtig. Das hässliche Gesicht des satanischen Bruders, der sie mit einer List dazu gebracht hatte, ihm zu Willen zu sein, war ihr im Traum erschienen und hatte ihr mit einem bösartigen Grinsen versichert, dass sie seine Leibeigene sei und er sie überall finden könne, wenn er nur wolle.

Seine Andeutung, der Leibhaftige selbst zu sein, verfolgte sie seit jenem unseligen Moment, als sie sich fleischlich mit ihm vereint hatte. John davon zu erzählen kam ihr, nach allem, was Rosie geäußert hatte, nun erst recht nicht mehr in den Sinn. Was sollte er von ihr denken, wenn sie zugab, ihn mit dem Satan verwechselt zu haben, ganz gleich unter welchen Umständen? Es mit einem Trunk zu entschuldigen, erschien ihr völlig unmöglich. Schließlich hatte sie dieses Argument schon einmal benutzt, um ihre verhängnisvolle Aussage vor Gericht zu begründen.

»John!« Ihre Stimme war atemlos, als sie ihn endlich erreichte. Er wandte sich um und machte ein besorgtes Gesicht. Er hatte augenscheinlich Angst, obwohl er sich Mühe gab, es vor ihr und den anderen zu verbergen. Seine große, muskulöse Gestalt machte es ihm leicht, entschlossen und unverzagt zu wirken, aber im Herzen war er ein Mensch mit edlen Grundsätzen, der sich für alles, was ihm anvertraut war, verantwortlich fühlte und es zutiefst verabscheute, Gewalt anzuwenden.

Er legte eine Hand auf ihre Schulter und sah sie mit seinen sanften Augen an. »Madlen, du musst zu den anderen gehen und auf mich warten, bis ich zurück bin. Es geht leider nicht anders.«

»Das ist es nicht, John«, brach es aus ihr hervor. »Ich habe mich entschlossen, euch so bald wie möglich zu verlassen. Ihr habt den ganzen Ärger nur wegen mir. Ich kann es nicht verantworten, dass Cuninghames Männer euch finden.«

John schüttelte den Kopf und lächelte müde. »Madlen, es gibt kein Zurück, und es liegt nicht an dir. Wir sind Geächtete, seit uns die Flucht vom Bass Rock gelungen ist. Das verbindet uns mit Tausenden von Söldnern, die ebenfalls aus diversen feindlichen Lagern entkommen konnten. Genau wie diese Männer dürfen wir uns nicht von der gegnerischen Seite erwischen lassen, ganz gleich, ob du nun bei uns bist oder nicht. Glaubst du ernsthaft, es erginge uns besser, wenn wir dich in irgendeiner Bauernkate zurückließen. Ganz abgesehen davon, dass dies nur über meine Leiche geschehen würde.«

Madlens Augen füllten sich erneut mit Tränen – nicht nur wegen Johns aufrichtigem Bekenntnis, zu ihr zu stehen, sondern auch, weil sie ihm nicht die ganze Wahrheit erzählen konnte.

Sie nahm ihn beiseite, während Paddy und Ruaraidh längst aufgesessen und ihre Pferde den Hügel hinab durch dichtes Gesträuch in Richtung Straße gelenkt hatten.

»Rosie hat recht«, flüsterte Madlen. »Ich bin vom Teufel besessen. Er ist in meinem Kopf und in meinen Träumen, seit mich Cuninghame in Wichfield Manor gefangengehalten hat. Und er weiß immer, wo ich mich befinde. Ich glaube, er kann durch meine Augen sehen. Solange ich bei euch bin, seid ihr in großer Gefahr.«

Über Johns Gesicht flog ein Schatten. Er hob seine Hände, und seine starken Finger gruben sich in ihre Schultern.

»So, Weib«, zischte er leise. »Jetzt sage ich dir etwas: Wenn du nicht aufhörst, einen solchen Unsinn zu reden, muss ich leider von meinem Recht Gebrauch machen, dich zu züchtigen, auch wenn wir noch nicht offiziell miteinander verheiratet sind. Du bringst uns nicht in Gefahr, weil du bei uns bist, sondern weil die anderen nachher noch glauben, dass dein Gerede der Wahrheit entspricht. Willst du etwa, dass die Jungs all ihren Mut verlieren? Oder Rosie durchdreht und dich bei nächster Gelegenheit einem Hexenjäger meldet?«

Mit einem Ruck befreite sich Madlen aus seiner schmerzhaften Umklammerung. Für einen Moment wusste sie nicht, ob sie wütend sein oder ihn auslachen sollte. Obwohl es in dieser Situation beim besten Willen nichts zu lachen gab. Dass John zukünftig als ihr Ehemann das Recht haben würde, sie zu schlagen, wusste sie wohl, aber sie traute ihm nicht zu, dass er es tatsächlich tun würde. Vielmehr nahm sie ihm übel, dass er ihr nicht glaubte und eher auf Rosies Gemüt Rücksicht nahm als auf ihre eigenen Ängste.

»Oder ist es wegen deinem Vater?« Fragend hob er eine Braue. »Hast du Angst vor deinem Clan, weil du denkst, dass sie dich bei deiner Rückkehr bestrafen werden?«

Madlen antwortete nicht gleich. Ein aufmunterndes Lächeln erhellte seine strengen Züge. »Wenn es so ist, betrachte dich als von mir geraubt. Wenn erst ein Priester unsere Verbindung gesegnet hat, wird dein Vater nichts mehr dagegen ausrichten können. Es sei denn, er ist auf eine blutige Fehde aus.«

»Du bist ein Narr«, schnaubte Madlen. »Es hat keinen Sinn, dich zu überzeugen. Also lasse ich es. Aber sag mir hinterher nicht, ich hätte dich nicht gewarnt.«

Johns Miene drückte Ärger aus, als er ohne ein weiteres Wort auf sein Pferd stieg. »Geh zurück zum Lager!«, rief er ihr in einem knappen Befehlston zu. »Wir reden darüber, wenn ich zurückkomme.« Ohne sich noch einmal nach ihr umzuschauen, gab er seinem Rappen die Sporen.

»Pass auf dich auf«, flüsterte Madlen mit erstickter Stimme, als er mit seinen Kameraden beinahe lautlos im Nebel verschwand.

Der Ritt nach Banoxborn verlief erfreulich ereignislos. Sie bemerkten lediglich ein paar Späher, die ihnen auf der Straße nach Donbritoun entgegenkamen und denen sie wegen ihres guten Gehörs rechtzeitig ausweichen konnten. Trotzdem wurde John von einer heillosen Unruhe ergriffen, als die ersten abgebrannten Ruinen am Rande des Weges aus dem dichten Nebel auftauchten. Brandgeruch lag in der Luft und noch etwas anderes …

»Blut«, murmelte Paddy, der neben John ritt. Ein paar Wölfe heulten in der Ferne, auch sie mussten das Blut schon gewittert haben.

»Warum ist es so still hier?« Ruaraidh sah sich aufmerksam um.

Es war eine Frage, die John sich auch schon gestellt hatte.

Je weiter sie in den Ort hineinritten, umso mehr offenbarte sich ihnen die Katastrophe. Alles schien tot zu sein. Hühner, Katzen und Kühe. John unterdrückte ein Würgen, als er den ersten leblosen Menschen entdeckte. Der Tote lag vor seiner Hütte, Arme und Beine fehlten. In seinem Torso steckte ein eiserner Schürhaken. Der Boden war mit Blut getränkt. Paddy hatte die Pistole gezogen, obwohl es fraglich war, ob sie im feuchten Nebel überhaupt funktionierte. Ruaraidh zog es vor, sich auf seinen Degen zu verlassen, den er aus der seitlichen Sattelscheide gezogen hatte. Vergeblich versuchten die Männer mit ihren empfindlichen Augen den Nebel zu durchdringen und aus der gespenstischen Stille etwas herauszuhören, das ihnen Aufschluss darüber geben konnte, was hier geschehen war.

»Weißt du, wo die Familie der Jungs ihre Hütte stehen hat?« Paddy war in ein Flüstern verfallen, das seine ganze Unsicherheit zum Ausdruck brachte.

Furchtsam ließ er seinen Blick über die zum Teil zerstörten Häuser schweifen.

»Im Südwesten des Dorfes«, antwortete John ebenso leise, während sein Blick auf den halbnackten Körper einer toten und zuvor offenbar vergewaltigten Frau fiel. Sie lag hinter einem Misthaufen. Ihr Hund lag mit durchschnittener Kehle vor einem umgekippten Wasserfass. John zügelte sein Pferd und sprang ab. Dann ging er auf die Frau zu, nicht nur um zu sehen, ob sie vielleicht doch noch lebte, sondern auch um einen Blick in ihr offenstehendes Haus zu werfen. Zielstrebig marschierte er, den Degen im Anschlag, auf den Hauseingang zu, der wie ein schwarzes Loch wirkte, das jeden, der eintrat, zu verschlingen drohte.

»John!« rief Ruaraidh leise. »Bist du des Wahnsinns? Was machst du da? Lass uns abhauen! Hier war der Satan zu Besuch. Was willst du tun, wenn er plötzlich zurückkehrt?«

John wandte sich mit einem matten Lächeln zu seinem Kameraden um. »Ihn zur Hölle schicken, was sonst?«

Im Krieg hatte er Dutzende solcher Dörfer durchquert, in denen der Teufel gehaust hatte. Dieser hässliche Kerl mit dem Pferdefuß brachte es mühelos fertig, über Nacht die Seelen Tausender guter Männer zu stehlen und sie damit in grausame Todesengel zu verwandeln, denen ein Aufenthalt in der Hölle völlig gleichgültig zu sein schien. Auch wenn John um das Böse in der Welt wusste, so fragte er sich immer wieder, wie es möglich war, dass sich anständige, gottesfürchtige Menschen von jetzt an gleich wie wilde Tiere benahmen, die ihr Christsein vergaßen und sich mit Freude am Leid anderer Menschen weideten.

John kniete bei der Frau nieder. Ihm war aufgefallen, dass sie ein bläuliches Mal auf den Rücken trug. Vorsichtig fuhr er mit seinem Finger darüber. Ein winziges Loch zwischen den Knochen des Rückgrats bestätigte seinen Verdacht. Irgendjemand hatte ihr nicht nur das Blut genommen, sondern mit einem spitzen Gegenstand in den Rücken gestochen. Bilder tauchten in Johns Erinnerung auf, als man seine Kameraden auf dem Bass Rock mit dicken Nadeln gefoltert hatte, die man ihnen in den Rücken stach, um ihnen buchstäblich das Leben herauszusaugen.

Vorsichtig trat er ins Haus. Seine Ohren waren geschärft, und seine Augen durchdrangen die Düsternis wie ein heller Sonnenstrahl.

Obwohl der Überfall erst vor kurzem geschehen sein musste, lag bereits ein penetranter Leichengeruch in der Luft. Im Haus fand er weitere Tote, denen man wohl erst das Blut abgezapft und dann die Kehle durchschnitten hatte, um die eigentliche Todesursache zu verschleiern.

John bekreuzigte sich und sprach ein kurzes Gebet, als er einen toten Säugling betrachtete, der wie eine Puppe auf dem Bauch liegend in seiner Wiege verharrte. Wer immer auch hier gewesen war, hatte noch nicht einmal vor einem Kind haltgemacht.

Erschüttert kehrte John nach draußen zurück.

»Was denkst du?«, fragte Paddy leise, nachdem er aufgesessen hatte und sie zum anderen Ende des Dorfes geritten waren. »Glaubst du, es waren Cromwells Soldaten?«

John sah ihn durchdringend an und fuhr sich mit einer Hand über das Gesicht, als ob er die schrecklichen Bilder vertreiben wollte, die sich in seinen Kopf einzubrennen begannen.

»Obwohl ich schon einiges an Elend gesehen habe, das von Soldaten angerichtet wurde, kann ich es mir in diesem Fall kaum vorstellen«, antwortete er mit bitterer Stimme. »Wenn du die Wahrheit wissen willst: Ich habe da einen schlimmen Verdacht.«

»Was soll das heißen?« Ruaraidh sah ihn aufgeschreckt an.

»Wer immer das hier gewesen ist, hat nichts mitgehen lassen. Wenn es Soldaten gewesen wären, hätten sie geplündert und alles gestohlen, was nicht niet- und nagelfest war.«

Mit gezückten Degen ritten die Männer im Halbdunkel auf eine abgebrannte Scheune zu. Das Haus dahinter gehörte Malcolms und Micheals Eltern. Die Mutter war kurz nach deren Geburt gestorben, aber der Vater hatte noch zweimal jüngere Frauen geheiratet und mit ihnen insgesamt vierzehn weitere Kinder gezeugt. Für Micheal und Malcolm war kein Platz mehr gewesen, nachdem der älteste Bruder zusammen mit dem Vater die Farm übernommen hatte.

John spürte, wie sich seine Eingeweide verkrampften, als er auch hier den intensiven Blutgeruch wahrnehmen konnte.

Im Haus lagen neun Tote, weitere sieben im Hof. Zwei Tote fand John in einer kleinen Kapelle, die der Hausherr in Ermangelung einer richtigen Dorfkirche hatte erbauen lassen. Alle Toten wiesen ausnahmslos das gleiche Mal auf. Ein blutunterlaufenes Loch im Rücken, das von keinem gewöhnlichen Dolch stammen konnte.

Als John zu Paddy und Ruaraidh zurückkehrte, setzte er eine entschlossene Miene auf. »Ich glaube, dass es Cuninghames Leute waren«, erklärte er, »die hier ihr Unwesen getrieben haben.«

Mit einem Nicken forderte er Paddy auf, von seinem Pferd abzusteigen, damit er die Toten besser untersuchen konnte.

An einer Frau, deren Kleider zerrissen waren und die mit seltsam abgewinkelten Beinen auf dem hölzernen Küchenboden lag, demonstrierte John, worauf er hinauswollte. Vorsichtig strich er einen Teil ihres zerrissenen Mieders zur Seite und zeigte Paddy den Einstich.

»Heiliger Christ!« Der Ire bekreuzigte sich. »Ruaraidh! Komm her und sieh dir das an!«

Widerwillig stieg Ruaraidh von seinem Pferd. »Was willst du von mir?« Nervös schaute er sich um. »Die Dunkelheit bricht herein, und wir stehen hier an diesem teuflischen Ort und betrachten all die Toten.« Ihm war anzusehen, dass es ihn schauderte. »Wir sollten unsere Suche nach den Jungs fortsetzen. Wenn es stimmt, was du sagst, John, sind sie in weit größerer Gefahr als gedacht.«

John erhob sich sogleich und nickte. »Du hast vollkommen recht. Lass uns weitersuchen.«

Sie getrauten sich nicht, nach Malcom und Micheal zu rufen, weil niemand wissen konnte, ob die Höllensöhne, die dieses Massaker angerichtet hatten, noch in der Nähe waren.

John war der Erste, der ein scharrendes Geräusch wahrnahm. Er machte ein Zeichen und hob den Kopf, wie ein Hund, der Witterung aufnimmt.

Paddy und Ruaraidh hatten es auch gehört. Aber wo kam das Geräusch her? Kein lebendes Wesen war zu sehen, und die meisten Gebäude hatte man in Schutt und Asche gelegt. Das Kratzen schien aus einer verfallenden Scheune zu dringen, deren eingestürzte Balken noch qualmten.

Die Männer eilten über den verwüsteten Hof und blieben an einem Schutthaufen stehen, wo sie mit bloßen Händen die grobbehauenen Sandsteine beiseiteschafften.

Darunter kam eine verwitterte Holzklappe zum Vorschein, die zu einem Erdloch führte. Paddy und Ruaraidh hielten ihre Degen kampfbereit, während John die Klappe schwungvoll öffnete.

»Wer da?«, rief John mit dunkler Stimme.

Momente vergingen in nervöser Anspannung.

»Komm hervor, oder wir räuchern dich aus!« Paddy machte einen Schritt nach vorn, um in das finstere Loch zu schauen.

Dann war ein Rascheln zu hören. Die Blicke der Männer hefteten sich gebannt an den Ausgang. »Ich bin unbewaffnet«, rief eine klägliche Jungmännerstimme, und dann tauchte ein dunkler Lockenschopf auf.

John atmete tief durch, als er erkannte, dass es tatsächlich Micheal war, der auf allen vieren die enge Steintreppe emporkroch. Auf den ersten Blick erschien er unverletzt zu sein, doch seine Miene zeigte die reinste Verwirrung. John sprang ihm bei und stützte seinen Ellbogen, damit er sich aufrecht hinstellen konnte.

»Wo ist Malcolm?«, fragte er mühsam beherrscht und spähte den Abgang hinunter.

»Sie haben ihn mitgenommen.« Die Stimme des Jungen bebte vor Aufregung.

»Mitgenommen?« Paddy sah ihn bestürzt an. »Wer hat ihn mitgenommen?«

Micheal war ein großer sehniger Bursche, der wie sein Bruder auf den ersten Blick recht unerschrocken wirkte, aber in Wirklichkeit hatten beide einen weichen, manchmal noch kindlichen Kern. Beim Anblick des zerstörten Dorfes und all der Toten brach er unvermittelt in Tränen aus.

»Micheal.« Johns Stimme war heiser, als er ihm einen Arm um die Schulter legte. »Wir benötigen deine Hilfe, sonst können wir nichts für Malcolm tun. Also sag uns, wo er sein könnte!«

»Ich glaube, dass es Cuninghames Leute waren, die ihn mitgenommen haben. Sie trugen die gleichen Uniformen wie wir. Kaum dass wir angekommen waren und in der Küche unseres Vaters saßen, tauchten sie auf und haben alles durchkämmt. Einige Männer aus dem Dorf haben versucht, sie aufzuhalten, aber es waren mindestens zehn. Du weißt, wie unglaublich stark sie sind. Bevor wir uns mit Mistgabeln und Dreschflegeln bewaffnen konnten, sind sie in sämtliche Häuser eingedrungen, haben wahllos Menschen getötet und alles in Brand gesteckt. Während Malcolm nach draußen lief, hat unser Vater mir befohlen, mich im Keller zu verstecken. Er dachte, dass sie es auf Malcolm und mich abgesehen hätten. Ich wollte erst nicht – doch dann sagte er, wenn sie uns nicht finden, ziehen sie vielleicht wieder ab. Ich konnte das nicht glauben, weil sie schon so viel zerstört hatten. Trotzdem habe ich getan, was er sagte.« Micheal stockte einen Moment und blickte John hilfesuchend an. Der Junge wirkte wie ein Häufchen Elend. Ihm war anzusehen, dass er sich heftige Vorwürfe machte. »Er war mein Vater, ich musste ihm gehorchen. So ist es doch, oder?«

Tränen liefen ihm über das Gesicht. John strich ihm über die verschwitzen Locken und drückte ihn an seine Brust. »Natürlich musstest du ihm gehorchen.«

»Sind sie alle tot?« Micheals Stimme war kaum zu hören, sein Blick irrte über den Hof.

John nickte stumm. »Ich befürchte, ja«, murmelte er. »Die Mörder haben niemanden am Leben gelassen.«

»Wir müssen sie beerdigen, sonst werden ihre Leichen von den Raben und Wölfen gefressen.« In Micheals hellen Augen spiegelte sich das Grauen, das er empfand.

»Wir haben keine Zeit, jemanden zu beerdigen«, erklärte Paddy. »Wir sollten unverzüglich aufbrechen. Wenn es Cuninghames Häscher waren, die sie auf dem Gewissen haben, und sich Malcolm in ihrer Gewalt befindet, werden sie ihn foltern, damit er uns und unser Lager verrät. Wenn es schlecht läuft, wird er ihnen sagen, wo David, Randolf und die Frauen zu finden sind.«

John sah alarmiert auf. »Du hast recht. Wir sollten verschwinden. Wenn es Tag wird, werden die Bewohner der umliegenden Dörfer die Toten an diesem Ort finden und ihnen ein christliches Begräbnis bereiten.«

Micheal setzte sich hinter John auf den Rappen. Der Junge klammerte sich an John und legte den Kopf an seine Schulter, als ob er bei ihm Schutz suchen wollte.

»Es ist meine Schuld, John. Habe ich recht?« Micheals Stimme klang immer noch erstickt.

»Ich hätte Malcolm davon abhalten müssen, nach Hause zu laufen. Stattdessen bin ich mit ihm gegangen.«

»Wenn überhaupt jemand irgendeine Schuld trägt«, bemerkte John leise, »bin ich es. Ohne mein Handeln wäre keiner von euch je in diese Lage geraten.«

»Aber was ist, wenn sie nur wegen uns hierhergekommen sind?«, fragte Micheal verzweifelt. »Unsere Familie könnte noch leben, wenn wir ...«

»Das glaube ich nicht«, fiel John ihm ins Wort. »Es wirkte auf mich, als hätten sie solche Überfälle schon öfter begangen.« Er beließ es dabei und trieb sein Pferd an. Er wollte den Jungen von grausamen Ein-

zelheiten verschonen, die ihm bei der Untersuchung der Leichen aufgefallen waren.

»Unser Großvater erzählte uns früher oft schaurige Geschichten«,
fuhr Micheal leise fort. »Nicht immer sollen es Soldaten sein, die Dörfer außerhalb von Festungsmauern überfallen und sie anschließend
niederbrennen. Manchmal sind es die Schergen des Teufels, die bei
Nebel erscheinen und nicht nur Menschen schänden, sondern auch
ihre Seelen mit sich nehmen. Später wird dann gesagt, es seien Soldaten des Königs gewesen. Aber dann kann es niemand mehr beweisen.
Weil die, die es gesehen haben, tot sind, und diejenigen, die sie finden,
nicht wissen, was genau geschehen ist.«

»Davon habe ich nie zuvor gehört«, gestand John.

»Vielleicht kommt das daher, dass du aus den Highlands stammst«,
erwiderte Micheal mit treuherzigem Blick. »Mein Großvater sagte
auch, dort gehe es so barbarisch zu, da getraue sich noch nicht einmal
der Teufel hin.«

John musste lächeln, obwohl ihm der Kummer des Jungen und die
Sorge um Malcolm das Herz zusammenzogen. Er tätschelte Micheals
Hand und gab dem Rappen die Sporen, um Paddy und Ruaraidh, die
schon vorausgeritten waren, zu folgen.

13

Auf der Flucht 1647 – »Blutsbande«

Madlen hatte sich gut überlegt, was sie tat. Der Entschluss, bei ein-
brechender Dunkelheit das Lager zu verlassen, kam nicht von ungefähr. Rosie hatte ihr während Johns Abwesenheit unmissverständlich
klargemacht, dass sie nicht hierhergehörte.

»Wir haben es dir zu verdanken, wenn wir alle vor die Hunde gehen«, hatte sie ihr in einem Moment zugezischt, als sie sich von Randolf und David unbeobachtet glaubte. »Wer mit dem Teufel das Lager
geteilt hat, hat keine Mühe, sich eines guten Mannes zu bedienen. Du
hast John mit deinen magischen Kräften verhext, und du wirst ihn und
alle, die ihm etwas wert sind, ins Verderben stürzen. Teufelshuren wie

du gehören nicht in das Bett eines anständigen Kerls, sondern auf den Scheiterhaufen. Wenn wir erst an unserem Ziel angekommen sind, werde ich dafür sorgen, dass man dich vor den Richter bringt!«

Madlen war erschrocken zurückgewichen. Für gewöhnlich war sie nicht auf den Mund gefallen. Nicht der Hass, den Rosie ihr entgegenbrachte, verschlug ihr die Sprache, sondern die Gewissheit, dass Paddys Freundin etwas gesagt hatte, das – so furchtbar es auch klang – der Wahrheit entsprach. Sie hatte sich mit dem Teufel eingelassen und damit, ohne es zu wollen, einen Pakt mit ihm geschlossen. Daran war nun nichts mehr zu ändern. Ein jeder, der etwas von Hexen verstand, wusste, was die Penetration des Teufels für eine Frau bedeutete. Man kam nicht mehr von ihm los und verlor auf Dauer den Verstand.

Madlen zog ihre Decke enger um die Schultern. Wilbur saß am Feuer und spielte mit Kieselsteinen. Randolf stand an Rand des Felsvorsprungs. Eine Hand an seinem Waffengürtel, schaute er wachsam in die Dunkelheit. Mit unsicheren Schritten ging Madlen zum Fluss. Im Vorbeigehen bedeutete sie dem hünenhaften Norweger mit einem Nicken, dass sie hinter einem Gesträuch ihre Notdurft verrichten wollte. Nachdem sie eine Weile mit bloßen Füßen durch das kalte Wasser gewatet war, fühlte sie sich unbeobachtet und beschleunigte ihre Schritte. Schließlich begann sie zu rennen, bis der Fels, hinter dem sich ihr Lager befand, außer Sichtweite geriet. Je weiter sie lief, umso fester wurde ihr Entschluss, niemals zu John zurückzukehren und nicht mit ihm in die Highlands zu fliehen. Abgesehen davon, dass sie tatsächlich Angst hatte, ihrem jähzornigen Vater unter die Augen zu treten, wollte sie auf keinen Fall eine Fehde zwischen Johns Clan und ihrem eigenen riskieren. Dass John für sie kämpfen würde, indem er sie ohne die Zustimmung ihres Vaters für sich beanspruchte, schmeichelte ihr. Dass er damit die Anhänger seines eigenen Clans in eine blutige Auseinandersetzung hineinziehen könnte, ließ sie indes erschauern. Es hatte schon genug Tote im Krieg gegeben. Das ganze Land war mit frisch aufgeworfenen Gräbern übersät. John hatte versucht, dem Töten und dem Elend des Krieges zu entkommen. Durch ihr unbedachtes Verhalten jedoch hatte sie seinen Traum von einem anderen, friedlichen Leben zerstört. Wenn sie zuließ, dass es so weiterging, würden Rosies Prophezeiungen in Erfüllung gehen.

Madlen wusste nicht, wohin sie sich wenden sollte. Sie wollte nur weg und hoffte, dass John sich Wilburs annehmen würde. Sie musste den kleinen Mohren zurücklassen, um ihn nicht noch tiefer in ihr Schicksal hineinzuziehen. Vielleicht würde es ihr gelingen, nach Irland zu fliehen und dort in einem Kloster um Aufnahme zu bitten – oder sie endete als Hafenhure in Dunbarton. Dort würde sie bestimmt niemand suchen.

Nach einer Weile erreichte sie einen Weg, der zu einem Nebenfluss des Forth führte. Wenn sie sich entlang des Gewässers hielt, würde sie irgendwann in Dunbarton ankommen. Von dort aus gab es Schiffe, die nach Irland und Frankreich segelten. Natürlich grenzte dieses Vorhaben an Wahnsinn. Sie besaß weder Geld noch anständige Kleidung. Den Gedanken an das Kind, das sie womöglich unter dem Herzen trug, drängte sie beiseite, und auch ihr eigenes Befinden war ihr gleichgültig. Selbst ihren Tod würde sie billigend in Kauf nehmen. Wenn sie nüchtern über ihr Leben nachdachte, hatte sie keinerlei Hoffnung mehr, dass sich noch irgendetwas zum Besseren wenden könnte.

Als John mit seinen Kameraden ins Lager zurückkehrte, spürte er sofort die Unruhe.

»Madlen ist verschwunden«, erklärte David mit düsterer Miene. »Rosie sagt, sie wurde vom Teufel geholt.«

»Wer hat sie zuletzt gesehen?« John blickte alarmiert in die ratlosen Gesichter.

»Irgendwann musste es so kommen!« Rosie trat ihm wütend entgegen und spuckte ihm vor die Stiefel. »Wahrscheinlich ist sie davongerannt, um dem Teufel unser Versteck zu verraten. Aber wenn du mich fragst, ist es gut, dass sie fort ist. Sie hat nicht nur dir den Kopf verdreht. Jetzt könnt ihr Männer endlich wieder klar denken.«

John schüttelte ungläubig den Kopf. Dann sah er abwechselnd von David zu Randolf. »Wie lange wird Madlen schon vermisst?«

»Vielleicht eine Stunde?« Randolf vermied es, John in die Augen zu schauen.

»Und niemand von euch hat etwas bemerkt?« John konnte es kaum fassen. Schließlich hatten Randolf und David die Aufgabe gehabt, die Frauen und den Jungen zu bewachen.

Randolf zuckte mit den Schultern. »Ich habe mit dem Mohren gespielt.« Mit einem Nicken deutete er auf Wilbur, der zitternd am Feuer hockte. Seine düstere Miene bezeugte den Schmerz, den er über Madlens Verschwinden empfand. »Sie sagte, sie wolle ihre Notdurft verrichten. Ich konnte ihr doch nicht folgen, um ihr dabei zuzusehen. Schließlich ist sie keine Gefangene.«

»Und als sie nicht wieder auftauchte, hat niemand nach ihr gesucht?« John lief durch die Dunkelheit zum Flussufer hinunter. »Was wäre, wenn sie ertrunken ist?«, rief er zu den Männern hinauf »Habt ihr darüber schon einmal nachgedacht?« Er wandte sich um und näherte sich mit raschen Schritten dem Feuer, dabei bedachte er David und Randolf mit einem anklagenden Blick.

»Hexen ertrinken nicht«, entgegnete Rosie mit dozierender Miene. John verengte seine Lider. Wutschnaubend ging er auf sie los und packte sie bei den Schultern. Dann schüttelte er sie erbarmungslos. »Du elendes Weib, du bist ja weit schlimmer, als ich dachte. Schämst du dich nicht?«

Paddy, der Angst hatte, dass John die Beherrschung verlieren könnte, ging dazwischen und stellte sich vor seine Geliebte. »Lass sie in Ruhe!«, fauchte er. »Rosie hat recht. Seit du dich mit dieser Frau eingelassen hast, verfolgt uns das Unglück. Was ist, wenn sie mit Cuninghame und seinen Männern im Bunde steht? Sie kann dir tausend Lügengeschichten erzählen. Wenn du mich fragst, hat sie nicht nur deinen Schwanz, sondern auch dein Hirn verhext. Wir können froh sein, wenn sie bleibt, wo sie ist!«

Bevor Paddy begreifen konnte, wie ihm geschah, hatte er Johns Rechte im Gesicht. Der Schlag war so heftig, dass seine Lippe aufsprang und er ins Taumeln geriet. Er riss Rosie mit sich zu Boden, die einen schrillen Schrei ausstieß.

Ruaraidh sprang herbei, um John festzuhalten, damit er nicht nachsetzen konnte, während Randolf sich um Paddy kümmerte, der schnell wieder auf den Füßen war und mit erhobenen Fäusten auf John losmarschierte. David half Rosie auf die Beine. Irritiert strich sie ihr Kleid glatt. Wilbur und Micheal standen beim Feuer und beobachteten das Geschehen mit aufgerissenen Mündern.

John schüttelte Ruaraidh wie eine lästige Fliege ab. Dann stand er da und machte ein Gesicht, als ob er für einen Moment die Besinnung verloren hätte und nun wieder zu sich käme.

»Räumt das Lager und wartet auf mich!«, knurrte er düster. »Ich werde Madlen suchen. Weit kann sie nicht sein.«

Lautlos verschwand er in der Dunkelheit.

Madlen rannte ohne Rast durch die mondhelle Nacht. Der Nebel hatte sich verflüchtigt, und mit einem Mal war es lausig kalt. Ihre wunden Füße schmerzten, weil sie das Barfußgehen aus ihren Zeiten in den Highlands nicht mehr gewohnt war.

Immer weiter lief sie am Fluss entlang. Weit und breit war kein Haus zu sehen, nur vereinzelte Bäume, die wie gespenstische Wesen ihre Äste gen Himmel reckten. Ein Käuzchen rief, und ein Wolf heulte. Für einen Moment ergriff Madlen nackte Angst. Was wäre, wenn ihr ein Wolfsrudel begegnete? Mit dem Dolch, den John ihr zu ihrem eigenen Schutz überlassen hatte, würde sie sich kaum gegen wilde Tiere verteidigen können.

Edinburgh hat mich völlig verweichlicht, dachte sie. Wenn sie sich recht besann, war sie in nur knapp einem Jahr zu einer unbedarften Städterin geworden.

Ein Geräusch ließ sie innehalten. Stammte es von einem Menschen oder einem Tier? Ihre Blicke versuchten die Nacht zu durchdringen, während sie ängstlich den Atem anhielt. Da! Schon wieder! Es klang wie ein Knurren oder ein Jaulen, aber ganz gleich was es war, es wirkte nicht sonderlich vertraut. Ein Moment später hörte sie ein merkwürdiges Zischen.

In gebückter Haltung schlich sie in der Dunkelheit über eine Anhöhe voran. Unten am Flussufer, in vielleicht zweihundert Yards Entfernung, glaubte sie den schwachen Lichtschein eines Feuer zu sehen. Vor ihr lag ein Hügel. Von der Kuppe aus würde sie besser erkennen können, wer das Feuer entzündet hatte. Vielleicht waren es Schäfer, die mit ihren Familien und ihren Herden über Land zogen. Bei ihnen befanden sich oft große Hunde, die nicht nur Wegelagerer, sondern auch Wölfe und Bären auf Abstand hielten. Möglicherweise konnte sie bei ihnen Schutz für die Nacht suchen.

In geduckter Haltung näherte sie sich einem kleinen Felsvorsprung.

An einer knorrigen Eiche ging sie in die Hocke und spähte über hohe Grasbüschel hinunter zu einer Reihe von Weidensträuchern und einigen ausladenden Bäumen, die das Flussufer säumten. Dahinter konnte sie mehrere Gestalten erkennen. Der Größe nach waren es ausschließlich Männer. Sie standen mit Bechern in den Händen um ein Feuer herum und tranken. Ihre Pferde grasten am Fluss. Madlen vermochte nicht zu sagen, ob es Soldaten waren, dafür war das Licht zu schwach. Aber es waren auf jeden Fall keine Schäfer. Pferde zu besitzen war ein Privileg, das den Reichen oder Soldaten vorbehalten war.

Zögernd bog sie einen Ast zur Seite. Ihr Atem stockte, als sie am Rande des Lagers einen Mann entdeckte, den man nackt und bäuchlings an einen kahlen Baum gefesselt hatte. Mit rasendem Herzklopfen schlich Madlen näher heran.

Als sie die Uniformen von Cuninghames Söldnern erkannte, hatte sie für einen Moment die Hoffnung, dass es John sein könnte, der Micheal und Malcolm gefunden hatte. Aber dann erkannte sie, wie absurd dieser Gedanke war, als einer der Männer sich vom Fluss mit einem glühenden Gegenstand, den er zuvor aus dem Feuer gezogen hatte, auf den Gefesselten zubewegte.

Der Söldner hatte sich seiner Maske entledigt. Mit Entsetzen sah Madlen, dass sein Opfer einer der MacGregors aus Johns Mannschaft sein musste, den er unter Anwendung der Folter befragte.

Also hatte John die Zwillinge noch nicht gefunden.

Der Söldner begann den Jungen mit dem glühenden Eisen zu traktieren und ließ auch die empfindlichsten Stellen nicht aus. Anstatt zu schreien, presste der dunkelgelockte Junge seine Lippen fest aufeinander. Ab und an entwich ihm ein Stöhnen, und sein ganzer Körper erzitterte.

Madlen hielt sich die Hand vor den Mund, um ein Aufschluchzen zu unterdrücken. Sie dachte darüber nach, sich den Männern im Austausch gegen den Jungen zu ergeben. Vielleicht ließen Cuninghame und Bruder Mercurius nach ihr suchen und hatten deshalb die Männer geschickt.

Was aber wäre, wenn ihr Auftauchen den Söldnern nicht ausreichen würde und sie trotzdem wissen wollten, wo John und seine Kameraden steckten? Sie würde nicht so tapfer sein können wie dieser arme

Junge. Madlen überlegte, ob sie zum Lager zurücklaufen sollte, um Hilfe zu holen, aber sie war seit gut zwei Stunden unterwegs und bis sie mit den anderen zurückkommen würde, wäre der Junge längst tot.

Also musste es ihr gelingen, ihn zu befreien. Die Söldner legten bei ihrer Folter immer wieder eine Pause ein, bei denen sie das Opfer mit seinen Qualen sich selbst überließen. Vielleicht konnte es ihr in dieser Zeit gelingen, den Jungen unbeobachtet loszuschneiden. Wenn er schnell genug war, könnte er möglicherweise über den Fluss fliehen. Sie selbst würde sich zwischen Gras und Sträuchern verstecken, bis die Soldaten wieder abgerückt waren.

Der Baum mit dem Gefolterten war gut dreißig Yards entfernt. Noch hatte sie niemand bemerkt. Entschlossen zog Madlen ihren Dolch vom Gürtel und hob den Kopf.

Wie aus dem Nichts legte sich eine große warme Hand auf ihren Mund. Eine große Gestalt schob sich gegen sie und drückte sie zu Boden. Ihr Aufschrei wurde jäh erstickt.

»Denk nicht einmal daran zu schreien«, flüsterte ihr eine dunkle Stimme ins Ohr. Für einen Moment glaubte Madlen zu sterben, so sehr ängstigte sie sich. Dann jedoch sprach der Fremde beruhigend auf sie ein.

»Sch…, Madlen, ich bin's.«

»John?« Mehr als ein Flüstern brachte sie nicht hervor. Trotzdem hob einer der Lagerbewohner den Kopf und lauschte in die Nacht hinein. Johns Lippen berührten ihren bloßen Nacken, und ein Schauer der Erleichterung lief über ihren ausgekühlten Körper. Sie spürte seine Wärme und die Kraft, mit der er sie niederhielt. Eine ganze Weile lagen sie völlig regungslos da. Sie glaubte seinen Herzschlag zu spüren, und obwohl die Gefahr noch längst nicht gebannt war, fühlte sie sich plötzlich geborgen.

Erst als der Söldner zum Lagerfeuer zurückgekehrt war und sich gesetzt hatte, begann John sich zu regen. »Du bleibst hier liegen und rührst dich nicht«, bestimmte er leise. »Ganz gleich, was geschieht. Hast du mich verstanden?«

Madlen nickte stumm. Dann spürte sie, wie John seine Pistole am Gürtel zurechtrückte. In der anderen Hand hielt er seinen Degen.

»Du allein kannst sie nicht besiegen«, flüsterte Madlen voller Panik. »Sie werden dich und den Jungen töten.«

»So einfach geht das nicht«, erwiderte John mit Nachdruck.

»Dafür müssten sie mir und dem Jungen erst einmal den Kopf abschlagen oder das Herz herausreißen«, sagte er leise zu Madlen. Aber diese Erkenntnis schien sie nicht zu beruhigen.

Madlen riss entsetzt die Augen auf. War John nun vollkommen verrückt geworden? »Narr!« Sie flüsterte, um ihn nicht in Gefahr zu bringen, doch er ignorierte ihren Einwand und kroch langsam und vorsichtig in Richtung des Gefangenen.

John wusste, dass er keinen Laut von sich geben durfte. Er betete, dass der Wind günstig stand und diese Höllenhunde nicht in der Lage waren, seine Witterung aufzunehmen. Cuninghames Männer besaßen vermutlich wie er die Fähigkeit, auch in völliger Dunkelheit zu sehen, und ihr Geruchssinn funktionierte womöglich so gut wie der eines Hundes.

Nachdem er den Baum fast erreicht hatte, konnte er die Schmerzen des Jungen spüren. Malcolm würde unter der Folter nicht sterben, weil seine Wunden sich von selbst wieder schlossen, aber der Schmerz, den er empfand, war weit heftiger als bei einem normal fühlenden Menschen.

Paddy hatte auf dem Bass Rock gesagt, er könne Johns Gedanken erspüren, und John konnte spüren, was Madlen empfand, und nun auch, was in Malcolm vor sich ging. Also warum sollte es nicht auch umgekehrt möglich sein?

Konzentriert versuchte er, Malcolm kraft seiner Gedanken eine Botschaft zukommen zu lassen.

Malcolm wurde sofort auf John aufmerksam. Sein ängstlicher Blick verriet, dass er befürchtete, nicht der Einzige zu sein, der seine Gegenwart wahrnehmen konnte.

Lautlos schnitt John ihm die Fesseln durch. Malcolm verharrte in seiner Position, bis John ihm den Degen entgegenhielt. Erst dann wagte der Junge, seine Hand nach der Waffe auszustrecken. Er nahm den Degen an sich und drehte den Kopf, um sich nach Cuninghames Männern umzusehen. John nickte ihm zu, dass er sich in seine Richtung bewegen sollte. Doch anstatt sich davonzuschleichen, hob Malcolm die Klinge und stürmte nackt und verletzt, wie er war, auf die überraschten Söldner zu.

John blieb nichts anderes übrig, als aufzuspringen und mit der Pistole auf ihren Anführer zu zielen. Ein Schuss hallte durch die lautlose Nacht und traf den Uniformierten mitten ins Herz. Der Mann sackte zusammen, doch vermutlich war er nicht wirklich tot. John warf die Pistole weg, weil er keine Zeit hatte, sie nochmals zu laden, und nahm seinen Parierdolch. Dann rannte er in den aufgebrachten Haufen von Männern hinein, die gegen den Jungen kämpften. Malcolm hatte mittlerweile erkannt, welche neuen Möglichkeiten in ihm steckten, und nutzte sie gnadenlos aus. Es musste der Hass gegen diejenigen sein, die seine Familie getötet und sein Dorf zerstört hatten, der ihn antrieb. Anders war es nicht zu erklären, dass er selbst die Schergen des Lords das Fürchten lehrte, indem er mit seiner Klinge das Herz eines Gegners aufspießte. Der Mann war zwar nicht tot, blieb jedoch für eine Weile regungslos am Boden liegen. John machte einen gewaltigen Satz und sprang einem der Männer in den Rücken. Er durchschnitt die Kehle des Soldaten und nahm ihm, nachdem er zu Boden gestrauchelt war, das Schwert aus der Hand. Es war länger und schwerer als das eines gewöhnlichen Soldaten. Blut spritzte, als er dem Mann mit einem einzigen Hieb den Kopf abschlug. Einen Moment später musste John sich gleich nach zwei Seiten verteidigen. Blitzschnell wandte er sich um und rammte das Schwert seinem Angreifer in den Bauch. Trotz seiner schweren Verletzung versuchte der Mann ihn noch zu attackieren.

John wich zurück und zog das Schwert aus der klaffenden Wunde. Dann drehte er sich einmal um die eigene Achse und enthauptete seinen Gegner mit einem einzigen Streich. Wie von Teufeln getrieben, sprang er auf und köpfte einen weiteren Söldner.

Während Malcolm seinem nächsten Gegner mit dem Mut eines Racheengels entgegentrat, enthauptete John die am Boden liegenden Söldner. Schließlich wandte er sich dem letzten Soldaten zu, der Malcolm von rückwärts zu attackieren versuchte. John näherte sich geschickt von der Seite, hob sein Schwert und schlug dem Widersacher mit einem gewaltigen Streich den Kopf ab.

Dann trat eine gespenstische Stille ein. Nur noch das Keuchen von

Malcolm war zu hören. Während der Junge erschöpft zu Boden ging, um sich einen Moment von den Strapazen zu erholen, kümmerte John sich um die Enthaupteten. Der Reihe nach packte er die acht abgetrennten Köpfe bei den Haaren und warf sie in den Fluss. Allein die Vorstellung, dass diese Männer wieder auferstehen könnten, schien verrückt, aber John wollte einfach verhindern, dass Kopf und Körper auf magische Weise wieder zueinanderfanden.

Blutbesudelt stand John wenig später vor Malcolm und hielt ihm die Hand hin, um ihm aufzuhelfen. Im nächsten Moment fiel der Junge ihm in die Arme und begann hemmungslos zu weinen.

»Wir haben Micheal gefunden, es geht ihm gut«, versicherte John und drückte den Jungen an sich. Dann löste er sich von ihm und betrachtete seinen malträtierten Rücken. Vorsichtig fuhr er mit den Fingerkuppen über die Wunden. Sie hatten sich wie von Geisterhand geschlossen. Noch nicht einmal eine Narbe war zu sehen.

»Wo ist mein Bruder?«, fragte Malcolm, der sich kaum für seine Verletzungen interessierte.

»Micheal ist im Lager«, erwiderte John. »Wir haben ihn in einem Keller unter einer Scheune gefunden.«

»Es ist alles meine Schuld«, schluchzte Malcolm und vergrub sein Gesicht in seinen blutigen Händen. Als er aufsah, war seine Stirn verschmiert, als ob er sich eine Kriegsbemalung verpasst hätte. »Ich hätte auf dich und Paddy hören sollen.«

»Wir können noch Wetten eingehen, wer auf der Liste der Schuldigen ganz oben steht«, scherzte John bitter, »aber wenn du mich fragst, steht Cuninghame an oberster Stelle.«

Madlen war aufgestanden und starrte immer noch ungläubig in Johns Richtung. Am Ufer des Flusses lagen die kopflosen Leichen, die sein martialischer Feldzug hinterlassen hatte. Kleine schwarze Erhebungen auf silbern schimmerndem Sand. Das, was sie soeben gesehen hatte, würde sie ihr Leben lang nicht vergessen. Die Brutalität und die Entschlossenheit, mit der John vorgegangen war, ließ sie erschauern. War er wie sie von einem Dämon besessen? Woher nahmen er und Malcolm die Kraft und die unglaubliche Schnelligkeit? Und warum waren Malcolms barbarische Verletzungen spurlos verschwunden?

Ratlos stand sie da, im Nachthemd, in eine schmutzige Decke gehüllt, die sie partout nicht wärmen wollte. Ihre Knie schlotterten vor Kälte und auch vor Furcht.

Malcolm war überrascht, als er sie sah. »Wieso ist sie hier? Und wo sind die anderen?«

»Sie sind noch im Lager«, murmelte John, während er auf Madlen zuging. Sein Blick streifte sie, und seine Augen leuchteten für einen Moment unnatürlich im Mondlicht auf. Wie sehr hätte sie sich gewünscht, dass er sie nun in den Arm nahm. Doch er blieb in gebührendem Abstand vor ihr stehen, als ob er plötzlich ihre Nähe scheute.

»Wir müssen rasch zu den anderen zurückkehren«, erklärte John. »Wasch dir das Blut ab«, befahl er Malcolm, »und nimm dir für dich und das Mädchen ein paar Kleider von den Toten. Dann hilf mir, die Leichen ins Wasser zu schaffen.«

»Da ist noch etwas«, bemerkte Malcom mit zögerndem Blick.

John horchte auf und ließ sich von dem Jungen zu den Satteltaschen der Söldner führen. Malcolm bückte sich und holte aus einer ledernen Tasche, die mit Wolle ausstaffiert war, ein paar bauchige Glasflaschen, die man mit einem Korken versehen hatte. John nahm eine der Flaschen entgegen, zog den Korken heraus und roch an dem durchsichtigen Fläschchen. Angewidert verzog er das Gesicht. »Blut?«

»Blut … und irgendetwas anderes«, berichtete Malcom. »Ich habe gesehen, wie sie die Flüssigkeit den Menschen im Dorf mit langen Nadeln aus den Leibern gesogen haben, um sie danach in Flaschen zu füllen.«

Malcolm hielt John ein paar fingerlange Messingröhrchen entgegen, die an ihrem Ende schräg abgeschliffen waren, wie bei einem Lasseisen. Daran befand sich ein Glaskolben. Alles war mit Blut besudelt.

»Wirf es in den Fluss!«, befahl John. »Sofort! Und versenke es so tief, dass es niemand finden kann.«

Der Junge nickte gehorsam. John dachte an Cuninghames Alchimistenküche auf dem Bass Rock und an Madlens Schilderungen in Graystoneland – an das, was sie in Cuninghames Tasche gefunden hatte. Plötzlich zweifelte er daran, dass sie von solchen Teufeleien wirklich nichts mitbekommen hatte. Rasch durchsuchte er die Satteltaschen nach Geld. Er fand einhundert englische Pfund, ein verdammt hübsches Sümmchen, wenn man wie er und seine Begleiter beinahe nichts außer Lumpen besaß. Damit konnten sie sich anständige Kleider kaufen, und der Gedanke, auf der Reise irgendwo einzukehren, ein paar Krüge Whisky zu trinken und eine Pfeife zu rauchen, erschien John verlockend, wenn auch in der momentanen Lage ziemlich abwegig.

Madlen überlegte inzwischen fieberhaft, ob und wie sie ihre Flucht fortsetzen konnte.

Der grausame Zwischenfall und sein Verhalten danach hatten ihren Entschluss, John zu verlassen, bestärkt. Doch die Aussichten, ihm zu entkommen, standen nicht gut. Sie drehte sich um und ging zur Straße, während er und Malcolm am Wasser beschäftigt waren. Wenn er ihr folgte, würde sie ihm erklären, dass sie keinen Sinn darin sah, ihm in die Highlands zu folgen. Solange Cuninghame nach ihr suchen ließ, war sie für jeden, der mit ihr zu tun hatte, ein unkalkulierbares Risiko. Zudem stand zu vermuten, dass Cuninghame und seine Bruderschaft selbst in den Highlands Verbündete hatten, die Jagd auf sie machen konnten. Hinzu kam, dass alleine Rosie schon dafür Sorge trug, dass sie in kürzester Zeit als Hexe verschrien sein würde. Spätestens nach dem, was sie heute mit angesehen hatte, war Madlen klar, dass der Teufel nicht nur sie selbst verfolgte, sondern alles, mit dem sie in Berührung kam, mit seinem schrecklichen Bann belegte.

Schluchzend irrte sie durch die Dunkelheit, doch schon bald spürte sie das Donnern der Hufe. John war ihr mit seinem Rappen gefolgt. Harsch zügelte er den Hengst direkt vor ihren Füßen. Dann beugte er sich zu ihr hinab und machte einen Versuch, sie auf sein Pferd zu ziehen. Sie wich ihm aus und rannte davon.

»Vermaledeites Weib!«, fluchte er laut.

Malcolm, der John auf einem zweiten Pferd gefolgt war, preschte an ihr vorbei und stellte sich ihr in den Weg. John kam näher heran und sprang aus dem Sattel. Dann packte er sie bei den Schultern. Sie heulte auf vor Schmerz. Überrascht ließ er sie los und brüllte sie an. »Kannst du mir sagen, warum du schon wieder davonläufst? Reicht es dir nicht, dass ich für dich mein Leben aufs Spiel setze? Ich habe dir die Ehe angetragen und geschworen, dich mit Leib und Leben zu schützen. Also, was willst du noch? Bin ich dir nicht gut genug, oder machst du doch gemeinsame Sache mit Cuninghame?«

Er funkelte sie zornig im Mondlicht an, und Madlen empfand Wut und Verzweiflung über sein grobes Vorgehen. Wie konnte er ihr nur unterstellen, Chesters Komplizin zu sein, nach allem, was zwischen ihnen geschehen war?

»Aye, du hast recht«, schleuderte sie ihm trotzig entgegen. »Du bist mir nicht gut genug! Ich hätte einen Lord haben können, doch nun habe ich dich: einen dreckigen Highlander, der zu feige war, für seinen König zu kämpfen und der mich nicht vor meinen Feinden schützen kann.« Ihre Absicht war es, ihn zu kränken. Wenn er beleidigt genug war, würde er sie vielleicht ziehen lassen.

Sein Blick verriet, wie sehr ihn ihre Worte trafen. Für einen Moment glaubte sie, er würde sie schlagen. Doch er starrte sie nur an, seine Miene war wie versteinert.

»Zu spät«, murmelte er. »Allem Anschein nach trägst du mein Kind unter dem Herzen, und damit gehörst du mir, auch wenn du denkst, dass sein Vater nur ein dreckiger Highlander ist.« Er packte sie, zerrte ihre Hände auf den Rücken und fesselte sie. »Du wirst mir Gehorsam schwören, ob du es willst oder nicht.« Seine Stimme klang gepresst, während er die Stricke so festzog, dass es ihr wehtat. »Und wer auch immer etwas dagegen hat, wird es zu spüren bekommen.«

»John!«, stieß sie mit weinerlicher Stimme hervor. »Lass mich gehen! Ich bitte dich!«

»Es tut mir leid«, zischte er. »Ich will dir nicht wehtun, aber ich kann nicht riskieren, dass du uns noch einmal davonläufst. Es ist zu deinem und zu unserem Schutz.«

Madlen sträubte sich heftig. »Du elender Hund«, fluchte sie. »Und ich dachte, dir liegt was an mir.«

»Tut es auch«, gab er verärgert zurück. »Aber ich muss dich vor dir selbst schützen. Und mich und meine Begleiter. Es wäre fatal, wenn du deinem Lord in die Finger fällst und ihm brühwarm erzählst, wo wir zu finden sind. Er könnte dich entführen und mich dann erpressen – falls du doch auf meiner Seite stehst.«

Madlen zerrte an ihren Fesseln. Am liebsten hätte sie John eine Ohrfeige verpasst. »Du denkst also ernsthaft, ich bin eine Verräterin?« Ihre

Stimme überschlug sich beinahe, während John sie ohne Rücksicht auf sein Pferd hob und sie in ihre Decke wickelte. Rasch schwang er sich hinter ihr in den Sattel und umfasste sie so fest, dass sie sich kaum noch zu rühren vermochte. »Wer kann es wissen?«, sagte er leichthin und gab seinem Pferd die Sporen.

Malcolm, der die ganze Angelegenheit staunend beobachtet hatte, folgte ihnen mit zwei weiteren Pferden durch die eiskalte Nacht.

Paddy und Randolf kamen ihnen entgegengeritten. Sie hatten den Schuss gehört. Dem Iren war das schlechte Gewissen anzusehen. Ein Schwall von Fragen sprudelte förmlich aus ihm heraus, als er sah, dass sich nicht nur Madlen, sondern auch Malcolm in Johns Begleitung befand.

Malcolm berichtete den beiden Männern stockend von seinem Leidensweg. Von Cuninghames Söldnern, die offenbar auf der Jagd nach Menschen, denen sie das Blut aussaugen konnten, ins Dorf gekommen waren und nicht, weil sie Fliehende gesucht hatten.

Paddys Blick wirkte alarmiert, erst recht, als er auf die gefesselte Madlen fiel. Fragend schaute er zu John herüber, der ihm jedoch auswich.

Im Lager wurden sie mit Freudengeschrei empfangen, doch augenscheinlich nicht, weil Madlen zurückgekehrt war, sondern wegen Malcolm, der sich kaum vor den Umarmungen seines Bruders retten konnte. Hastig berichtete Malcolm, was ihm nach dem Überfall des Dorfes widerfahren war und wie tapfer er den Folterungen seiner Häscher widerstanden hatte. Über den Kampf gegen Cuninghames Schergen verlor er jedoch kaum ein Wort, er berichtete lediglich, dass es acht gewesen waren und John die meisten der Söldner erledigt hatte.

Paddy warf John einen anerkennenden Blick zu. »Ich schätze, du hast es nicht ohne Grund in MacCollas Armee bis zum Captain gebracht.«

John kommentierte Paddys Bemerkung nicht. »Können wir aufbrechen?«, fragte er knapp, nachdem er für einen Moment voller Rührung beobachtet hatte, wie Malcolm und Micheal sich immer noch in den Armen lagen.

»Aye, es ist alles gepackt«, erklärte David. Dann fiel sein Blick auf Madlen, die John ohne ein Wort von seinem Pferd geholt hatte. Nur im Hemd stand sie da, die Decke war heruntergefallen, und die Hände waren immer noch auf den Rücken gebunden. Ihre Brüste drückten sich durch den dünnen Stoff. Es war nicht zu übersehen, dass sie fror.

Rosie versetzte Paddy einen Hieb in die Seite. »Glotz nicht so lüstern«, maulte sie halblaut. »wenn du mit mir hinter den Busch gehst, zeige ich dir etwas Besseres.«

John bedauerte, Madlen so behandeln zu müssen. Er bückte sich rasch und hüllte sie fürsorglich in die Decke ein, um sie vor den Blicken seiner Kameraden zu schützen und um sie warmzuhalten. Während Madlen ihn mit Blicken zu töten schien, nickte er Malcolm zu und bat ihn, eine der Uniformen zu bringen, die sie den toten Söldnern ausgezogen hatten.

Malcolm eilte diensteifrig herbei und überreichte John das gestohlene Kleidungsstück. John nahm Jacke und Hose sowie einen Gürtel entgegen. Dann schaute er in die Runde. Sein Blick fiel auf Wilbur, der ängstlich zu ihm hochstarrte. Der Junge schien zu spüren, dass längst nicht alles in Ordnung war, obwohl Madlen unversehrt zurückgekehrt war.

»Nimm den Kleinen auf dein Pferd!«, befahl John, an Ruaraidh gewandt. »Und dann reitet voraus! Ich habe noch etwas zu erledigen.«

Als die Männer mit Rosie und dem Jungen außer Sicht waren, trat John an Madlen heran und löste ihre Fesseln. Anschließend hielt er ihr die Kleider entgegen.

»Zieh das an!«, sagte er, bemüht, nicht allzu unfreundlich zu klingen.

»Das werde ich nicht«, erwiderte sie trotzig. »Die Sachen sind mir zu weit und voller Blut. Außerdem stammen sie von Cuninghames Männern. Ich will nicht, dass man mich für einen der Ihren hält.«

John packte sie fest am Arm und zog sie zu sich heran. »Ich habe mich wohl nicht klar genug ausgedrückt«, knurrte er. »Ab jetzt tust du, was *ich* dir sage.« Er machte eine herrische Geste und hielt ihr nochmals die Kleider hin. Als sie keine Anstalten machte, seinem Befehl zu gehorchen, griff er nach dem spitzenbesetzten Ausschnitt ihres Nachthemds und zerriss den feinen Stoff mit einem Ruck. Beinahe schwebend glitt die kostbare Seide an ihrem bloßen Körper hinunter.

Vollkommen nackt, verpasste Madlen ihm eine schallende Ohrfeige. Er wich zurück und starrte sie an. Sein Blick fiel auf ihre makellose Gestalt. Sie war wunderschön, und wenn sie wütend war, war sie noch schöner. Für einen Moment überkam ihn ein unbändiges Verlangen. Der Gedanke, seine Macht auszuspielen und sie hier und jetzt einfach zu nehmen, ließ ihn nicht los.

Er machte einen Schritt auf Madlen zu, und als sie zurückwich, griff er nach ihrer schmalen Taille, zog sie zu sich heran und umarmte sie fest. Bevor sie einen erstickten Schrei ausstoßen konnte, küsste er sie hart. Einen Augenblick lang hatte er das Gefühl, dass sie sich ihm entgegendrängte. Doch sobald er sie losließ, holte sie aus, um ihm noch einmal ins Gesicht zu schlagen. Er war schneller und fing ihr Handgelenk ab.

»Du verdammter Bastard!«, keuchte sie fassungslos. »Hast du mich aus den Klauen des Satans gerettet, um mich in die Gewalt deines eigenen Dämons zu bringen, der dich neuerdings beherrscht?«

John war wütend und erschrocken zugleich. Was war, wenn sie recht behielt, und Cuninghame nicht nur seinen Körper verändert hatte, sondern auch seinen Geist? Wieder fiel sein Blick auf ihre wunderschönen Brüste, auf die runden Hüften und das kleine Dreieck zwischen ihren Schenkeln. Er spürte, wie sein Schwanz schmerzhaft zu wachsen begann. Auch in dieser Sache hatte sich offenbar etwas verändert. Nur hatte er bisher noch keine Gelegenheit gehabt, es zu bemerken. »Wenn du dich nicht sofort anziehst«, schnaubte er, »könntest du recht behalten. Ich gebe dir eine Minute, ansonsten übernimmt mein Dämon das Kommando.«

Widerwillig zog Madlen die blutbefleckten Kleider über – die knielangen Hosen, das breitschultrige Wams, darüber einen Gürtel, der ihr im letzten Loch noch zu weit war. Der Schaft der ansonsten kniehohen Lederstiefel reichte ihr bis zu den Oberschenkeln. John hatte sie die ganze Zeit nicht aus den Augen gelassen und half ihr in den Sattel.

Ihre Blicke trafen sich in der Dunkelheit, einen Moment, bevor John mit Fußtritten das Feuer löschte. Dann war es finster. Nur das schwache Mondlicht wies ihnen den Weg. Von nun an besaß sie ein eigenes Pferd, das John, nachdem er selbst aufgesessen hatte, an einem langen Zügel mit sich führte. Er wollte vermeiden, dass sie ihm noch einmal entwischte. Plötzlich bemerkte er zu seinem Entsetzen, dass er vergessen hatte, die beiden geladenen Pistolen an den Satteltaschen zu entfernen.

»Du brauchst keine Angst zu haben«, sagte sie kühl. »Ich käme nicht auf die Idee, eine Waffe zu benutzen.«

John war verblüfft, dass sie wusste, was er gedacht hatte.

»In deinen Augen mag ich vielleicht eine Verräterin sein, aber es bedeutet nicht, dass ich deshalb zur Mörderin werde«, sagte sie, doch allein ihr Blick bezeugte das Gegenteil.

»Dann haben wir Gleichstand, was die gegenseitigen Beleidigungen angeht«, bemerkte er tonlos. »Ich ahnte nicht, dass du Gedanken lesen kannst.«

Mit einem Schnalzen trieb er die Pferde an.

14

West Highlands 1647 – »Loch Iol«

Nachdem sie den Forth an einer seichten Stelle überquert hatten, führte John seine Begleiter unter äußerster Umsicht durch die Hügel von Lomond. Es gab einen schnelleren Weg nach Lochaber, dort, wo der Clan Cameron beheimatet war, über eine militärisch befestigte Straße, die über Badenoch führte. Naturgemäß wimmelte es dort von Soldaten.

Mit einem Stock zeichnete er die Strecke in den Staub, während Ruaraidh MacAlpine, der von den Inseln stammte und die Highlands beinahe genauso gut kannte wie John, nachdenklich nickte. »Wir ziehen quer durch die westlichen Grampian Mountains, am Ben Nevis vorbei und dann runter bis Loch Leven«, erklärte John seinen Kameraden.

»Durch das Land der MacDonalds of Glencoe?« Ruaraidh warf einen Blick zu Madlen, die auf ihrem Pferd saß und teilnahmslos zu Boden schaute. Es war das Gebiet ihres Vaters. John nickte und sagte nichts weiter dazu. Er fragte sich nur, ob Madlens Unmut noch größer werden konnte, und hoffte im Stillen, dass ihnen niemand von ihrer streitbaren Familie über den Weg laufen würde.

Johns irritierten Blicke wanderten immer wieder entlang der scharfen Schattierungen von Grau, die ihm ein klares Bild der Umgebung lieferten. Zudem übermittelte ihm sein Gehör jedes noch so leise

Geräusch: neben den dumpfen Schlägen der Pferdehufe selbst das Rascheln einer Maus, das regelrecht bedrohlich klang. Paddy und den anderen schien es ähnlich zu ergehen. Mehrmals horchten sie auf, als von weither Stimmen von Wegelagerern, das Klirren von Waffen und die Befehle von Soldaten zu hören waren. Bis zum Loch Tay stieg die Anspannung, weil sie sich wegen fehlender Alternativen auf einem viel benutzten Pfad befanden. Von dort aus ritten sie weiter nordwestlich auf versteckten Nebenwegen an Loch Dohert vorbei bis Tayndrom. In Absprache mit Ruaraidh entschieden sie sich, das Gebiet des feindlich gesinnten Marquess von Argyll zu umgehen und auf einer schlechteren Straße nach Norden in die Berge zu ziehen, um von dort aus über Loch Leven zum Loch Iol zu gelangen. Johns Ziel war Tor Castle, ein monströses steinernes Fort aus den Zeiten der früheren schottischen Könige – und der momentane Hauptsitz der Camerons of Loch Iol. Seit geraumer Zeit war es ein Stützpunkt der Royalisten, soweit John zu Ohren gekommen war. Montrose hatte dort '45 gegen die Covenanters in einer blutigen Schlacht gekämpft und gewonnen. John stellte sich für einen Moment die Frage, was ihn bei seinen Stammesbrüdern erwartete. Ob sie es ihm übelnahmen, dass er die Armee von Montrose und MacColla so ruhmlos im Stich gelassen und ob er damit in ihren Augen die Interessen der Highlands verraten hatte?

Nach einem mühsamen Aufstieg gelangte die kleine Truppe zum Gebiet der MacDonalds of Glencoe und damit in das Refugium von Iain MacIain, Madlens despotischem Vater.

John ahnte, dass Madlen sein Vorgehen missbilligte, aber er konnte keine Rücksicht auf sie nehmen. Als sie in der regnerischen Morgendämmerung auf einem ehemaligen Einsiedlerhof eine Rast einlegten, waren ihr die Erschöpfung und der Unmut über die eingeschlagene Route anzusehen. John hätte sie am liebsten in seine Arme genommen, aber er hielt sich zurück. Zu sehr verfolgten ihn ihre wüsten Beschimpfungen vom Abend zuvor. Ganz zu schweigen von Paddys Mutmaßungen, dass Madlen womöglich eine Spionin war.

Ihre mögliche Schwangerschaft machte seinen Gefühlswirrwarr komplett. Er liebte sie, gar keine Frage, doch kannte er nach so kurzer Zeit ihren wahren Charakter? John stieg von seinem Rappen ab und warf Madlen einen prüfenden Blick zu. Durfte er ihr wirklich vertrauen? Er wusste es nicht, und doch übergab er ihr die Zügel seines Hengstes, als ob er für sich selbst und die anderen ein Zeichen setzen wollte.

Hinter dem Haus stürzte ein Wasserfall zu Tal und übertönte mit seinem Rauschen sogar das Meckern der Ziegen, die sich in einem notdürftig zusammengezimmerten Verschlag neugierig an das Gatter drängten. Zwei große schwarze Hunde legten sich angriffslustig keifend in ihre viel zu kurzen Ketten. Für einen Moment hatte John das Bedürfnis, die Handballen auf seine empfindlichen Ohren zu pressen. Er ignorierte den Schmerz und näherte sich behutsam dem Eingang der Hütte. Aus losen Kalksteinen erbaut und mit verwittertem Schiefer bedeckt, verfügte sie über kein einziges Fenster, dafür jedoch über einen stattlichen Rauchabzug oberhalb des Giebels, aus dem es heftig qualmte.

An das Hauptgebäude schlossen sich ein baufälliger Stall und eine verwitterte Scheune an, die ebenso uralt waren wie das eigentliche Gasthaus.

David und Randolf sahen sich angespannt um, weil sie sichergehen wollten, dass nicht unvermittelt Soldaten auftauchten. Malcolm und Micheal waren auf ihren Pferden sitzen geblieben. Ihnen war die Erschöpfung anzusehen. Ruaraidh stieg ab und hob Wilbur vom Pferd. Dann legte er schützend einen Arm um die Schultern des Jungen, der ein ängstliches Auge auf die Hunde geworfen hatte. Paddy half Rosie beim Absteigen, als plötzlich der Besitzer der Hütte nach draußen trat.

John kannte den Pächter des Anwesens nur zu gut. Er war dabei gewesen, als Cullen Stewart, ein gebrochener Kriegsheld von fast sechzig Jahren, seine vorletzte Schlacht geschlagen hatte. Mit kahlem Schädel und einem Bein, das man ihm damals nach einem Axthieb bis zum Oberschenkel hatte abnehmen müssen, war er nicht mehr der unbesiegbare Krieger, der John einige Male vor dem Tode bewahrt hatte. Stewart, der im Sommer mit seinem ältesten Sohn für seinen Laird Ziegen und Schafe hütete, kümmerte sich nur im Herbst und Winter um die heruntergekommene Gastwirtschaft. Meist fehlte es ihm an zahlungskräftiger Kundschaft, und im Krieg wimmelte es überall von marodierenden Banden, die ihn bereits mehrmals ausgeraubt hatten.

Sein viertes Weib, eine dürre Gestalt, die einen ungepflegten Eindruck vermittelte, war kaum älter als Madlen. Sie spähte zur Tür heraus, nachdem Stewart mit misstrauischer Miene und auf seinen Degen gestützt mit seinem Holzbein nach draußen gehumpelt war. Hinter ihr erschienen die Köpfe einer unübersehbaren Kinderschar, die Stewart mit einer unwirschen Geste ins Haus zurückscheuchte.

John hatte sich das schulterlange Haar zurückgebunden, und auf die schwarze Augenbinde von Cuninghames Söldner hatten er und seine Kameraden ganz verzichtet, weil man damit in den Highlands keinen Eindruck schinden konnte. Außerdem schienen sich seine Augen langsam an die Lichtempfindlichkeit zu gewöhnen. In einer höflichen Geste nahm er seinen schwarzen Filzhut ab und verbeugte sich leicht.

»Fáilte mhōr, shean charaid – Seid gegrüßt, alter Freund.«

»Was wollte ihr?«, schnarrte Stewart unfreundlich, wobei er die Lider ebenso zusammenkniff wie John.

»Essen und schlafen«, raunte John unmissverständlich.

Der Alte musterte die anwesenden Männer, dann fiel sein Blick auf die völlig übermüdeten Frauen. »Zu dieser Zeit?«

»Würde ich es sonst sagen?« John war zwar gekleidet wie ein Söldner aus den Lowlands, aber er hatte in weichem Gälisch gesprochen, das für seinen Clan typisch war. Für Stewart, dessen Augenlicht bereits nachgelassen hatte, ein Grund, näher heranzuhumpeln, damit er seinen Besucher genauer betrachten konnte.

»Heilige Maria«, flüsterte der Alte leise, nachdem er sich John auf Armeslänge genähert hatte. »Wenn das nicht Iain Mhic Dhonnchaidh ist, fresse ich mein Holzbein samt Krücke.«

John grinste. »Ich dachte schon, du erkennst mich nicht mehr.« Er trat auf den erstaunt blickenden Mann zu und umarmte ihn fest. Danach ging er auf Abstand und strahlte sein überraschtes Gegenüber mit ehrlicher Freude an.

»Willkommen zu Hause«, murmelte Stewart mit beherrschter Miene. »Ich dachte, du wärest längst unter die Hufe unserer Feinde geraten. Es hieß, wer nicht zusammen mit Montrose die Flucht ins Exil antreten konnte, wurde verhaftet und in Ketten gelegt.«

John schlug dem Alten kameradschaftlich auf die Schulter. »Täuschen und Tarnen«, bemerkte er lachend. »War es nicht das, was man uns in der Armee beigebracht hat?«

»Heißt das, du warst im Exil?«

»Nicht ganz«, erwiderte John. »Aber wenn du mir und meinen Begleitern einen Drink spendierst, könnte ich deine Neugier befriedigen.«

»Kommt rein und seid meine Gäste.« Erstaunlich schnell hatte Stewart zu blendender Laune gefunden. »Hey, Peg«, brüllte er quer über den Hof. »Sag den Kindern, es besteht keine Gefahr. Sie können rauskommen und die Pferde versorgen. Es sind Camerons Leute. Richte die Stube und bring uns den guten Whisky!«

John wollte Madlen vom Pferd helfen, doch sie war längst allein abgestiegen und hatte einem der größeren Jungen die Zügel beider Tiere übergeben.

Peg, die Mühe hatte, sechs temperamentvolle Bälger zu bändigen, beäugte Madlen und Rosie argwöhnisch, als die beiden Frauen sich anschickten, ins Haus zu gehen. Zumal Madlen die zerfetzte und viel zu große Uniform eines Soldaten trug. Wilbur erfreute sich verhaltener Aufmerksamkeit, als einer von Stewarts jüngeren Söhnen auf den Hof hinausstürmte und ihn fragte, ob er ein Engländer sei. Jimmy, so hieß der kleine Kerl, hatte wohl noch nie zuvor einen Mohren gesehen.

»Wie kommst du darauf, dass er ein Engländer ist?« Malcolm, der nun auch von seinem Pferd abgestiegen war, sah den rothaarigen Jungen neugierig an.

»Vater sagt immer«, krakeelte Jimmy vorlaut, »die Engländer sehen aus wie die Affen. Und sieht er nicht aus wie ein Affe?«

Wilbur blitzte den Jungen böse an. »Selber Affe«, schimpfte er, und Ruaraidh, der ihm zur Seite stand, fuhr ihm mit einer Hand tröstend über die schwarzen Locken. »Er hat es nicht so gemeint«, beschwichtigte er Wilburs Entrüstung. Dann warf er Jimmy einen fragenden Blick zu. »Und du? Hast du je einen Affen gesehen?«

»Nein.«

»Siehst du!« Ruaraidh klopfte Wilbur bestätigend auf die Schulter. »Er weiß gar nicht, wie ein Affe aussieht.«

Wilbur setzte eine versöhnliche Miene auf. »Kannst du wenigstens lesen und schreiben?«

Jimmy schüttelte den Kopf und sah beschämt zu Boden.

»Ich könnte es dir beibringen«, entgegnete Wilbur mit jovialer Miene. »Dann könntest du bei Gelegenheit nachlesen, wo ich geboren wurde. Aber das dauert länger, und deshalb will ich versuchen, es dir zu erklären, sobald wir Zeit dazu haben«, fügte er altklug hinzu. »Dort, wo ich herstamme, haben alle Menschen eine so dunkle Hautfarbe wie ich.«

Jimmy war vor Staunen der Mund offen stehen geblieben. Mit dem Ärmel seines zerschlissenen Hemdes wischte er sich den Rotz von der Nase. »Na gut, wenn du etwas gegessen hast, komm hinters Haus. Ich warte auf dich.«

Wilbur flog ein Lächeln übers Gesicht. »Darf ich?« Er schaute John an, der die Unterhaltung der Jungen beiläufig verfolgt hatte. Offenbar hatte ihn Wilbur längst als seinen persönlichen Clanchief anerkannt. John gab die Frage an Madlen weiter, die neben dem Eingang zur Hütte stehengeblieben war. Auch wenn er hier als Anführer galt, so handelte es sich immer noch um Madlens Diener, und er wollte ihrer Entscheidung nicht vorgreifen.

Sie nickte und lächelte in Wilburs Richtung, dabei streifte sie John kaum mit Blicken.

John stieß einen leisen Seufzer aus, weil Madlen ihm offenbar auswich. Mit einem Wink, der den anderen sagte, dass sie ihm folgen durften, betrat er die Hütte. Johns Geruchssinn reagierte sofort, als ihm eine übelriechende Mischung aus saurer Milch, ungewaschener Kleidung, fauligem Stroh und Urin entgegenschlug.

Für gewöhnlich waren die Frauen in den Highlands ein Vorbild an Sauberkeit und Ordnung, aber wenn man sich Peg und ihren Haushalt ansah, musste sie irgendwo anders geraubt worden sein. Überall stand Gerümpel herum. Zunächst humpelte Stewart um eine Bank, um einen Tisch freizuräumen, damit die Gäste sich setzen konnten.

»Ich bezahle dir das Essen und den Whisky«, versicherte John, dem die Armut seiner Gastgeber nicht entgangen war. Auffordernd hielt er Stewart eine silberne Münze entgegen.

»Willst du mich beschämen?« Stewart setzte eine beleidigte Miene auf. »Wäre ja noch schöner, wenn ich meine nächsten Nachbarn nicht einladen könnte.«

Im Nu waren Brot, Zwiebeln und eine Schüssel mit Salzheringen aufgetischt. Dazu gab es selbstgebrautes Bier und Whisky vom Fass. Rosie rümpfte die Nase, als ein Topf mit gesalzenem Haferbrei folgte, aus dem alle reihum mit ein und demselben Löffel aßen.

Madlen hatte unbeabsichtigt neben John Platz genommen.

Während er einen Hering samt Gräten verschlang, verspürte sie nicht den geringsten Appetit, allerdings nicht, weil es ihr hier an städtischer Etikette fehlte oder das Essen nicht ihrem Anspruch entsprach. Nach beinahe zwei Jahren war sie wieder zu Hause und spürte, wie Stewart ihr die in den Highlands typische Aufmerksamkeit schenkte, die man leicht als hemmungslose Neugier bezeichnen konnte.

»Bist du nicht die Tochter des alten MacIain Dhuibh?«, krächzte er und trat mit vorwitziger Miene an den Tisch heran.

Madlen wagte es nicht, ihn anzuschauen, während John unbekümmert sein Bier trank. Ohne zu zögern, strich der Alte ihr mit seinen von Gicht befallenen Fingern das lockige Haar aus dem Gesicht. Dann sah er zu John hin. »Gehört sie zu dir?«

»Ich fürchte, ja«, bekannte John mit einem schwachen Lächeln und biss erneut von seinem Brot ab, während er Madlens erboste Miene und dann die teilnahmslosen Gesichter seiner Gefährten registrierte, die ihre Suppe löffelten oder sich mit einem Stück Hering beschäftigten. Bis auf Rosie, die ihm einen vernichtenden Blick zuwarf. John ignorierte das Verhalten der anderen und ergriff Madlens kalte Rechte, als ob es selbstverständlich wäre. Sie ließ es geschehen, dass er sie wärmte und sanft dabei drückte, aber sie wollte ihm nicht in die Augen schauen.

Stewart bedachte John mit einem ironischen Blick. »Dann warst du es also, Mann, der sie damals Alec MacLean ausgespannt hat«, bemerkte er grinsend. »Habt ihr beide euch deshalb aus dem Staub gemacht?«

»Nein.« John nahm einen Schluck Whisky.

Madlen rutschte das Herz buchstäblich in die Hose. Was wäre, wenn John dem Alten die Wahrheit erzählte?

»Ganz so einfach ist es nicht«, erklärte er. »Wie der Zufall es wollte, sind Madlen und ich uns in Edinburgh bei einer Hinrichtung über den Weg gelaufen.«

»Hinrichtung? Nicht gerade ein gutes Omen für eine Liebschaft. Oder, Mylady?« Stewart warf Madlen einen schrägen Blick zu.

Madlen blieb stur und antwortete nicht. Ich trage keine Schuld daran, hätte sie sagen können, doch genau genommen stimmte es nicht.

»Alec wird sie sich trotzdem aus dem Kopf schlagen müssen«, erklärte John. »Ich habe inzwischen beschlossen, sie für mich zu behalten.«

Madlen sah ihn überrascht an. Offenbar hatte John tatsächlich die Absicht, ihre Flucht vor dem für sie vorgesehenen Ehemann auf seine Kappe zu nehmen.

»Wegen Alec brauchst du dir keine Sorgen mehr zu machen«, spöttelte Stewart und schenkte John noch einen Krug Whisky nach. »Er gehörte zu Alasdair MacDonalds Söldnern und ist im Frühsommer am Mull of Kintyre bei einer Schlacht mit General Leslies Leuten gefallen. Anschließend hat Leslie mit seinen ach so christlichen Covenanters auf Dunaverty Castle ein Massaker veranstaltet, das seinesgleichen sucht. Insgesamt wurden dreihundert überwiegend katholische Seelen dahingemeuchelt. Ohne Rücksicht auf Frauen und Kinder.«

Madlen musste sich fassen. Ihr Verlobter war tot? Und eine größere Anzahl ihrer Verwandten war bei einem Massaker getötet worden?

John sah sie an, dann legte er seinen Arm um ihre Taille, um sie sanft an sich zu drücken. Madlen schluckte ihre Tränen hinunter und ließ es geschehen.

»Ich habe davon gehört«, sagte er, »und fühle mich in meiner Meinung bestätigt, dass man diesen Krieg mit Recht als den ›Teufels-Galopp‹ bezeichnen kann.«

»Dann weißt du vielleicht auch, dass der Marquess von Argyll und das schottische Parlament den alten Colla Ciotach und zwei seiner Söhne vor nicht ganz vier Monaten am Mast einer Galeere haben aufknüpfen lassen.«

John nickte. Seine Stirn legte sich in Falten »Ich war im Hafen von Leith, als man ihn dort mit einer Fregatte an Land brachte«, bestätigte er leise. »Soweit ich weiß, wollte man ihm erst in Edinburgh den Prozess machen, doch dann hat man ihn nach Stirling verlegt.«

Madlen, die augenscheinlich in Cuninghames Elfenbeinturm nichts von diesen Geschichten mitbekommen hatte, war kreidebleich geworden. Colla Ciotach MacDonald of Colonsay, der Vater von Alasdair MacColla, war ein entfernter Cousin ihrer Großmutter gewesen.

»Wisst Ihr auch etwas über meinem Vater und meine Brüder?« Madlen hatte keine Ahnung, ob es Sorge war, die sie trieb, oder eine ihr unanständig erscheinende Hoffnung auf eine Erlösung von allem Übel.

»Deine Brüder sind zurzeit mit MacColla in Irland unterwegs und unterstützen die Rebellion dort, und um deinen Vater brauchst du dir keine Sorgen zu machen. Der alte MacIain sitzt wie eine Kröte im Sumpf in seiner Burg und stiehlt nach wie vor sämtliche Rinder in der Umgebung, die es bei drei nicht in einen gut bewachten Stall geschafft haben. Anschließend lässt er ihnen schnellstmöglich das Fell über die Ohren ziehen, damit man das Brandzeichen nicht mehr sieht, und verkauft das Fleisch an vorbeimarschierende Truppen. Wobei es ihm ziemlich gleichgültig zu sein scheint, welche Fahne sie schwingen.«

Madlen kniff peinlich berührt die Lippen zusammen. Ihr Verlobter war tot und ihr Vater ein Dieb und Kollaborateur. Die erste Nachricht kam überraschend, und obwohl sie nicht unbedingt um Alec trauerte, weil sie ihn als groben, ungehobelten Kerl in Erinnerung hatte, tat ihr leid, was geschehen war. Die zweite Nachricht war ein offenes Geheimnis und einer der Gründe, warum sie ihrer Familie den Rücken gekehrt hatte. Mit einem berüchtigten Viehdieb als Vater war man einfach keine gute Partie. Dazu kam der ein oder andere Onkel, der sich als Pirat einen Namen gemacht hatte.

Stewart schenkte Madlen einen wissenden Blick, und obwohl ihr anzusehen war, dass sie seine Erläuterungen nicht begrüßte, wandte er sich erneut an John und fuhr ungeniert fort: »Dein zukünftiger Schwiegervater ist ganz gut im Geschäft. Wegen seiner zwielichtigen Kundschaft kann er sich sogar schwedische Söldner leisten, die ihm seine streitbaren Söhne ersetzen und Tag und Nacht nicht von seiner Seite weichen. Vor ihm solltest du dich also in Acht nehmen, auch wenn er im Moment andere Sorgen hat. Wenn er erfährt, dass du dir seine Tochter geschnappt hast, und er dich in die Finger bekommt, kannst du dich auf eine gehörige Abreibung gefasst machen.«

»Dazu hätte er auch allen Grund«, spöttelte John. »Er wird sich vor Freude den Bart ausreißen, wenn er herausbekommt, dass es ein Cameron sein wird, der ihm in nächster Zeit einen Enkel beschert.«

»Dann habt ihr bereits geheiratet?« Stewart war die Verblüffung anzusehen. Paddy und die anderen wirkten nicht weniger überrascht.

»Nein«, beeilte sich John zu sagen. »Wir werden es nachholen, sobald ich in die Dienste meines jungen Lairds eingetreten bin.«

»Heißt das, du warst noch gar nicht zu Hause?«

John schüttelte den Kopf und nahm einen weiteren Schluck Whisky. »Wir kommen direkt aus Edinburgh«, erklärte er und wischte sich den Mund mit dem Handrücken ab. »Dort hat man mir und den hier anwesenden Männern den Prozess gemacht. Interessanterweise weil wir angeblich die von dir angesprochene Rebellion in Irland unterstützen wollten, indem wir einen Parlamentsabgeordneten erpressten. Man hat mir vorgeworfen, dessen Verlobte entführt und vergewaltigt zu haben.«

»Und?« Stewart sah ihn erwartungsvoll an. »Hast du es getan?«

John grinste verlegen und sah Madlen nicht an. Unter dem Tisch hatte er ihre Hand ergriffen und drückte sie sacht. »Natürlich nicht. Oder denkst du, ich hätte es nötig, einer Frau Gewalt anzutun?«

Stewart schüttelte grinsend den Kopf, und es war, als suche er Madlens Blick. »Es tut mir leid, Mylady, das sagen zu müssen, aber bis heute habe ich in Johns Gesellschaft noch keine Frau getroffen, die sich ihm nicht mit Freuden hingegeben hätte.«

Für einen Moment herrschte angespannte Stille am Tisch. Rosie machte ihrem Namen alle Ehre, als ihr eine flammende Röte den Hals hinaufschoss. Auch Madlen hatte mit ihrer Fassung zu kämpfen. Paddy hüstelte, und John beeilte sich, in seinen Erläuterungen fortzufahren.

»Trotz allem hat man uns schuldig gesprochen. Meine papistische Vita unter Montrose und den Royalisten hat ausgereicht, um jeglichen Verdacht zu erhärten, und meiner noblen Herkunft habe ich es zu verdanken, dass man mich großzügig zum Tod auf dem Schafott verurteilt hat. Meine Freunde wollte man in die Neue Welt deportieren. Aber bevor es dazu kam, ist es uns gelungen zu fliehen.«

Madlen hätte John küssen können. Kein Wort war ihm über die Lippen gekommen, was ihre düstere Rolle in der Geschichte betraf. Also durfte sie darauf hoffen, dass er es auch sonst niemandem erzählen würde. Bei Rosie war sie sich nicht so sicher. Ihr Blick verriet, dass sie

Madlens Erleichterung zur Kenntnis genommen hatte. Und es würde sicher nur eine Frage der Zeit sein, bis sie sich dieses Wissen zunutze machte.

Stewart richtete sein Augenmerk auf John, dann fiel sein Blick auf dessen stattliche Begleiter, bevor er leise durch die verbliebenen Zähne pfiff. »Dann seid ihr also auf der Flucht? In den Uniformen eines Regimentes der Lowlander?« Endlich schien er zu begreifen, dass die Kleidung der Männer nur eine Tarnung war.

»Aye«, bestätigte John. »Wir hatten einen blutigen Zusammenstoß mit Anhängern der Covenanters bei Stirling«, erklärte er zögernd, weil es nur zum Teil der Wahrheit entsprach. »Wir haben sie ausnahmslos erledigt. Um nicht aufzufallen, haben wir ihnen die Kleidung und die Pferde genommen. Daraufhin sind wir die ganze Nacht durchgeritten.«

Stewart hob eine Braue. Er wusste aus eigener Erfahrung, dass John in früheren Zeiten als gefürchteter Krieger galt, der nicht lange fackelte, wenn es darauf ankam.

»Ich hoffe, dass wir bei Ewen Cameron unterschlüpfen können«, sagte John mit offener Miene. »Ich habe gehört, dass er sich gegen Archibald Campbell gestellt hat und seit neuestem nicht mehr für den Marquess von Argyll, sondern für die Sache des Königs kämpft.«

Stewart lächelte feinsinnig. »Dann weißt du es also noch gar nicht.«

»Was weiß ich noch nicht?« John sah alarmiert auf.

»König Charles ist aus seinem Hausarrest in England geflohen. Er befindet sich auf der Isle of Wight unter dem Schutz der Engagers, also jenen, die seit neuestem Religion *und* König für Schottland vertreten. Und wenn es auch nur ist, um wie Montrose die Interessen des Adels und der Clanchiefs zu verteidigen. Erst vorgestern kam ein Bote hier durch. Er war auf dem Weg zum Hauptquartier des Duke of Hamilton in der Nähe von Inverness. Angeblich ist König Charles auf sämtliche Forderungen der hiesigen Presbyterianer eingegangen. Nachdem das englische Parlament offenbar kein Interesse an den religiösen Notwendigkeiten der Presbyterianer gezeigt hat, kommt es hier und da zu einem Umdenken. Manche Covenanters wollen sich die Ignoranz der Engländer gegen die alten Abmachungen nicht gefallen lassen und befürchten, zusammen mit zahlreichen Adligen in den

Highlands, eine englische Invasion unter Oliver Cromwell abwenden zu müssen. Cromwell wird von Tag zu Tag mächtiger, und seine New Model Army unterstützt ihn in seinem Machtanspruch. Wenn er tatsächlich Schottland angreift, wird eintreten, was bisher niemand für möglich gehalten hat. Unter den gegebenen Umständen bliebe den Covenanters gar nichts anderes übrig, als sich gegen Cromwell zu stellen und damit auf die Seite des ungeliebten Königs. Wer weiß, vielleicht werden sie sich am Ende sogar mit den Engagers zusammenschließen? Überall in der Gegend werden nun Männer zusammengezogen, die auf Seiten der Monarchie stehen und notfalls für sie kämpfen werden.«

John seufzte schwer. »Eigentlich war Politik noch nie meine Sache«, bekannte er mit gedämpfter Stimme. »Erst recht nicht, wenn niemand mehr weiß, wo oben und unten ist. Aber manchmal bleibt einem einfach keine andere Wahl, weil von allen Seiten erwartet wird, dass ein Mann sich zu seiner Loyalität bekennt. Ganz gleich, wen sie betrifft.«

Stewart lachte unfroh, und dann sah er Madlen an, die sich denken konnte, was John mit seinen Andeutungen meinte. Er würde für seinen Laird kämpfen müssen, sobald er in seinen Clan zurückgekehrt war. Unabhängig davon, wie dort die politische Stimmung sein würde.

»Lediglich die Katholiken ziehen mal wieder den Kürzeren«, fügte Stewart hinzu und dabei sah er John mitleidig an. »Gleichgültig, wer gewinnt. Ihr Papisten seid keinesfalls im Geschäft, was die Mitbestimmung in den Armeen betrifft. Es gibt kaum noch katholische Offiziere in den großen Regimentern. Deinesgleichen wird man allenfalls als Musketenfutter dulden.« Paddy und Ruaraidh hatten aufgehört zu essen und sahen Stewart mit besorgter Miene an. »Man spricht davon, dass die Gesetze gegen die Papisten verschärft werden sollen. In manchen Gegenden werden selbst heimliche Messen strengstens verfolgt und Priester gehenkt, wenn sie sich nicht rechtzeitig aus dem Staub machen und in gegnerische Hände fallen. Man will das Übel sozusagen mit der Wurzel ausrotten. Also solltest du dich mit deiner Heirat beeilen, bevor es zu spät ist. Wer weiß, ob du in nächster Zeit noch einen Priester auftreiben kannst.«

Nach dem Essen brachten Stewarts Söhne die Pferde in einen Unterstand. Seine Frau richtete den Gästen eine Schlafstatt in der Scheune. Madlen war so müde, dass es ihr vollkommen gleichgültig war, wo sie ihr Haupt niederlegen konnte.

Rosie folgte Paddy hinter einen Holzverschlag. Paddy hatte zuvor ein wenig mit ihr geschäkert und ihr etwas zugeraunt, das Madlen nicht verstanden hatte. Mit anzüglichen Blicken, die sie John und nicht Paddy zuwarf, legte sich die dralle Blondine auf das provisorische Lager. Stewarts Frau hatte einen ganzen Stapel karierter Decken gebracht. Durch eine lückenhafte Bretterwand konnte Madlen beobachten, wie Paddy sich zusammen mit seiner Freundin hinter dem Verschlag eine halbwegs gemütliche Schlafstatt bereitete. John hatte sich an den Satteltaschen zu schaffen gemacht, während die übrigen Männer zusammen mit Wilbur ein Lager in der Nähe des Scheunentores aufgeschlagen hatten. Im Innern der Hütte herrschte ein schummeriges Licht. Madlen schaute erstaunt auf, als John zu ihr zurückkehrte und seine Decke direkt neben ihre legte.

Doch bevor sie etwas dazu sagen konnte, sah sie, dass er das mit Silber beschlagene Buch mitgebracht hatte, auf dem der fünfzackige Stern aufgebracht war. Der Rubin in seiner Mitte fesselte ihren Blick. Ihr Herz klopfte hart, als John sich neben ihr niederließ und den Buchdeckel vor ihren Augen öffnete.

Als sie sich abwenden wollte, fasste er sie am Arm und zwang sie, ihn anzuschauen. Es tat ihr weh, seine Nähe zu spüren, die Tiefe seiner grün schimmernden Augen, die ihn anschauten, als ob er zum Grund ihrer Seele vordringen wollte.

»Sag mir die Wahrheit«, flüsterte er rau. »In Gottes Namen – hast du eine Ahnung von dem, was in diesem Buch steht?«

»Nein«, erwiderte sie mit erstickter Stimme. »Chester hat seine Machenschaften stets vor mir geheimgehalten.«

»Wenn du mir die Wahrheit verschweigst«, bemerkte er mit leiser drohender Stimme, »werde ich es herausfinden. Und dann gnade dir Gott.«

Madlen erschauerte unter seinem eindringlichen Blick. Sie wollte ihm ausweichen, doch er ließ sie nicht los.

»Ich habe mit ansehen müssen«, erklärte er mit bitterer Stimme,

»wie unter Cuninghames satanischem Treiben fünf meiner Gefährten grausam gestorben sind. Und ich habe nicht die leiseste Ahnung, warum. Wenn ich dir je etwas bedeutet habe, musst du mir sagen, was mit ihnen geschehen ist.«

Madlen spürte, wie sich ihre Kehle verengte, und sie meinte kaum noch atmen zu können. Sie hatte die ganze Zeit über befürchtet, dass John und seine Kameraden von Cuninghame und seinen Gefolgsleuten gefoltert worden waren, aber dass es so furchtbar gewesen war, hatte sie nicht geahnt. Gerne hätte sie mehr erfahren, doch sie wagte es nicht, ihn danach zu fragen. »Ich schwöre beim Leben meiner Mutter, ich weiß es nicht«, flüsterte sie.

John kniff die Lippen zusammen und stieß einen Seufzer aus. »Also gut«, sagte er und klappte das Buch auf. »Dann muss ich es eben selbst herausfinden.«

»Das darfst du nicht tun«, erklärte Madlen voller Verzweiflung. »Es ist schon gefährlich, nur da hineinzuschauen.«

»Und woher willst du das wissen?«, knurrte John verhalten zurück. »Ich denke, du weißt nicht, was es mit dem Buch auf sich hat?«

»Es ist Teufelswerk«, gab sie leise zurück. Ruaraidh und David schauten irritiert auf. John ahnte, dass sie ihr geflüstertes Gespräch hören konnten. »Du hast selbst gesagt, dass Chester satanische Dinge betreibt.« Sie nahm allen Mut zusammen und versuchte ihm, das Buch aus der Hand zu nehmen. Aber er ließ es nicht zu.

»Wenn du schon nichts zur Aufklärung beitragen kannst, ist es besser, du legst dich hin und schläfst«, sagte John in einem Ton, der keinen Zweifel darüber aufkommen ließ, wer hier die Befehle erteilte. »Ich muss wissen, wer unser Feind ist und wo er steht. Es ist viel gefährlicher, die Wahrheit zu verleugnen, als ihr ins Auge zu sehen.«

Madlen sah ihn entgeistert an. »Aye, John Cameron«, sagte sie mit einem fatalistischen Unterton in der Stimme. »Ich habe eben Angst vor Chester Cuninghame und seinen satanischen Machenschaften. Und die solltest du auch haben.«

Sein Blick war entwaffnend. »Denkst du, ich fürchte den Tod?« Ein müdes Lächeln flog über seine Lippen. »Schau dich doch um! Wir sind tagtäglich vom Tod umgeben und haben uns schon beinahe daran gewöhnt. Also wovor sollte ich Angst haben?«

»Vor der Hölle und vor dem Unerklärlichen.«

»Wenn es so ist, sollte ich tatsächlich Angst haben. Und zwar vor dir.«

»Vor mir? Was habe ich damit zu tun?« Madlen sah ihn verständnislos an.

»Sein Herz an eine Frau wie dich zu verlieren ist für einen Mann wie mich die reinste Hölle, zumal wenn sie so unerklärlich ist wie das Mysterium selbst.«

»Aber ...« Madlen war sprachlos. Er liebte sie also tatsächlich, ganz gleich, in welchen Schwierigkeiten sie steckte.

Ein spöttisches Lächeln huschte über seine Lippen, und ohne auf eine Antwort zu warten, wandte er sich wieder dem Buch zu.

Madlen drehte sich ab, damit er nicht sah, wie sehr sie ihn und seine Nähe plötzlich vermisste. Sie legte sich nieder und zog wie zum Schutz vor ihren eigenen Gefühlen die Decke über den Kopf.

Als John nach einer Weile über ihre Schultern blickte, war Madlen allem Anschein nach eingeschlafen. Hinter dem Holzverschlag vernahm er indes eindeutige Geräusche: raschelnde Kleider, ein rhythmisches Keuchen und ab und an ein leises Stöhnen. Durch einen Spalt konnte er Rosies puppenhaftes Gesicht sehen, wie es verzückt zu blühen begonnen hatte. Ihre hellen Augen waren starr auf John gerichtet, während sich Paddy mit heruntergezogener Hose zwischen ihren leicht gespreizten Schenkeln vor und zurück bewegte.

John schluckte schmerzhaft und streckte sich der Länge nach neben der schlafenden Madlen aus. Dabei kam er ihr so nahe, dass er die Wärme ihres Körpers spüren konnte. Der Gedanke, mit ihr das Gleiche zu tun – allerdings nicht in dieser schmutzigen Umgebung –, ließ seine Lenden erwachen. Resigniert rollte er sich auf die Seite und betrachtete erneut das merkwürdige silberne Zeichen auf dem Buchdeckel. Auf dem Ring, der den Stern umgab, waren fünf lateinische Worte eingraviert. Aqua, Humus, Spiritus, Aura, Caminus ... – Wasser, Erdreich, Geist, Hauch? Feuerstätte? ... John konnte auf Anhieb keinen Zusammenhang zwischen den einzelnen Worten herstellen. Dass sie etwas zu bedeuten haben mussten, lag auf der Hand. Resigniert blätterte er die nächsten Seiten durch, bemüht darum, Paddys leises Keuchen zu ignorieren. Vergeblich durchsuchte er das Hexenwerk nach Zaubersprüchen,

245

die ihm ein entsprechendes Erfolgserlebnis bei Madlen verheißen würden. Was er jedoch zum Ende des Buches fand, ließ ihn alles andere vergessen. Der Spruch, den er wie zufällig aufschlug, war in Latein verfasst und verhieß dem, der ihn anwandte, den Tod auf immer zu besiegen. Dann folgte eine Rezeptur für ein Elixier, das die Bezeichnung »Lapis Philosophorum« trug. Übersetzt hießen die Worte »Stein der Weisen«. Ein unter Alchemisten gebräuchlicher Begriff für einen magischen Stein, der alles Mögliche zu verwandeln vermochte. In diesem Fall war es anscheinend der Begriff für eine magische Flüssigkeit, deren Herstellungsmethode John als ungemein grausam empfand. Neben einem tatsächlichen »Stein der Weisen«, dessen Herkunft in Afrika zu suchen war, benötigte man diverse Körpersäfte eines Menschen, die man aus Hirn, Knochenmark und Blut gewann. Die daraus gewonnene Grundsubstanz musste zusammen mit dem »Stein der Weisen« in mehreren Schritten erhitzt und gereinigt werden, bevor sie zum Elixier »Lapis Philosophorum« wurde. John erschauerte bei dem Gedanken, dass es sich beinahe so verhielt, als ob man einen Whisky brannte. Die fragwürdigen Ingredienzien mussten den Opfern bei lebendigem Leibe abgenommen werden, wie es weiter im Buch hieß. Damit das daraus gewonnene Serum die notwendige Qualität erhielt, benötigte man ständig frische und wenn möglich junge und kräftige Menschen, die mit dem geheimnisvollen Elixier noch nicht in Berührung gekommen waren. John dachte an die Toten von Banoxborn, und plötzlich erkannte er einen Zusammenhang. Nur in Ausnahmefällen, wenn es nicht anders ging, konnte man sich mit minderwertiger menschlicher Ware zufriedengeben, wie es der Schreiber des Buches respektlos formulierte. Voller Anspannung las John weiter. Wenn man einem Menschen eine winzige Dosis des Elixiers in Mund oder Adern einflößte, konnte er von sämtlichen Krankheiten geheilt werden. In größeren Mengen versprach es ewige Jugend, solange es im Körper zirkulierte. Aber nach einer Weile war die Wirkung verbraucht, und es musste erneuert werden. Tat man es nicht, alterte man schneller als je zuvor und starb einen elenden Tod. Nur ein einmaliger, fast kompletter Austausch des eigenen Blutes mit der geheimnisvollen Substanz verhieß Unsterblichkeit.

John stockte der Atem, so sehr, dass er kaum in der Lage war, weiterzublättern.

Allem Anschein nach hatten Cuninghame und seine finstere Bruderschaft genau diesen Austausch an John und seinen überlebenden Kameraden vollzogen. Was das bedeutete, konnte er sich denken. Sie würden unsterblich sein, ob es ihnen gefiel oder nicht.

Fassungslos starrte John zu seinen schlafenden Freunden hinüber. Bis auf Randolf, der die erste Wache übernommen hatte, lagen sie da wie unschuldige Kinder – wenn man von Paddy absah, der sich soeben von Rosie heruntergerollt hatte.

John schüttelte immer noch ungläubig den Kopf. Das war also das Geheimnis ihrer Unverletzlichkeit. Als er weiterlas, lüftete sich ein weiteres Rätsel. *Um einen Unsterblichen töten zu können, muss man ihn köpfen oder ihm das Herz herausschneiden*, stand dort zu lesen. Alles andere war zwecklos, da der Heilungsprozess nach einer Verletzung gewöhnlich eine solche Geschwindigkeit annahm, dass es faktisch unmöglich war, daran zugrunde zu gehen. Ein gut gesetzter Pistolenschuss, bei dem die Kugel im Herzen steckenblieb, oder ein Messerstich ins Herz konnten gleichwohl zum Tod führen, weil eine solche Verletzung das ansonsten unsterbliche Opfer zur Bewegungslosigkeit verurteilte, solange die Kugel oder die Klinge nicht aus dem Herzen entfernt wurden. Damit bestätigten sich Johns bisherige Erfahrungen und auch die Vermutungen der Frauen in North Berwick, die etwas Ähnliches berichtet hatten.

Der Verletzte konnte auf diese Weise durchaus verhungern oder von wilden Tieren gefressen werden.

In einem weiteren Abschnitt hieß es, dass sich die Sinne der Unsterblichen verschärften. Der Geschmack wurde intensiver, was John beim Verzehr der Heringe aufgefallen war, und der Geruchssinn dieser Menschen glich dem eines Wolfes. Einmal aufgenommene Duftspuren konnten immer wieder verfolgt werden – auch über mehrere hundert Yards hinweg. Die Augen änderten ihre Beschaffenheit. Pupillen leuchteten bei nächtlichem Lichteinfall, und als Unsterblicher war man in der Lage, auch im Dunkeln zu sehen, dafür war das Sehvermögen bei Tage empfindlicher, so dass man das Sonnenlicht scheute.

Am Ende des Buches folgte eine Liste all jener Kunden, die bereits gegen horrendes Geld in den Genuss des Elixiers gekommen waren und sich nun in einer unseligen Abhängigkeit befanden. Meist hatten sie das Elixier nur in geringen Mengen gekauft. Das Mittel war unglaublich teuer, und wie aus der Liste zu ersehen war, hatte niemand einen Komplettaustausch vornehmen lassen. Die Namen waren verschlüsselt, aber allein die Anzahl der offenbar zahlungskräftigen Kunden ließ John erschauern. Hunderte hatten in den letzten zwei Jahren mehr als eine Million Pfund Sterling an Cuninghame und seine Bruderschaft der Panaceaer gezahlt.

John klappte das Buch zu und hielt inne, dann sah er auf Madlen herab. Wenn sie bisher nichts davon wusste, durfte sie es auch jetzt nicht erfahren. Das Buch hatte mehr Sprengkraft als alle Kanonen dieser Welt. Und was es für ihn und seine Kameraden bedeutete, würde sich erst noch herausstellen.

15

West Highlands 1647 – »Tor Castle«

Madlen lag auf dem Rücken. Unter sich spürte sie die harte Erde, Steine, die ihr unangenehm in die Rippen stachen. Es war kalt, der Wind pfiff scharf um die Felsen. In der Ferne meinte sie einen Dudelsackpfeifer zu hören, der das schauerliche Kriegsgeheul der MacDonalds of Glencoe anstimmte. Über ihr kreiste ein schwarzer Vogel, vielleicht ein Adler, der auf Beute lauerte. Immer wieder durchstieß der Vogel das gleißende Sonnenlicht. Madlen beschlich das Gefühl, dass der Vogel mit jeder Drehung näher zu ihr heruntergelangte. Der Wind blies ihr das Haar ins Gesicht. Der Versuch, es beiseitezustreichen, misslang ebenso wie die Absicht, sich zu erheben, um davonzulaufen. Angstvoll war sie bemüht, wenigstens den Kopf zu drehen, doch auch das schien unmöglich. Der Vogel kam näher und näher, und die Sorge, dass er auf ihrer Brust landen und ihr die Augen auspicken könnte, ließ sie beinahe wahnsinnig werden.

Der Dudelsackpfeifer steigerte seinen Einsatz, und nun glaubte sie, das Geschrei unzähliger Männer zu hören, die sich mit Schilden und Schwertern eine blutige Schlacht lieferten. Musketen krachten, und das dumpfe Donnern einer Kanone zerriss den Morgen.

Der Vogel näherte sich unaufhörlich. Es war ein Rabe. Nun konnte sie ihn sehen. Er war noch jung und längst nicht so groß, wie es den Anschein gehabt hatte. Mit schnellem Flügelschlag schwebte er über ihr. In seinen Krallen trug er ein silbern glänzendes Symbol: einen fünfzackigen Stern, umgeben von einem Ring, darauf ein lateinischer Spruch. Aus der Mitte heraus leuchtete ein blutroter Rubin. Sie kannte das Zeichen. Es war auf Chesters geheimem Buch zu finden.

Der Rabe kam noch näher heran und öffnete seine Krallen. Dann legte er das Emblem vorsichtig auf Madlens Brust ab, als wollte er sagen: Du bist eine Gezeichnete – eine Frau, die nicht mehr sich selbst gehört, sondern dem, der dieses Symbol sein Eigen nennt.

Plötzlich erhob sich aus der Mitte des Rubins ein strahlendes Licht wie ein breiter schimmernder Fächer. Darin verborgen entstand das Bild eines Mannes – eines hässlichen alten Mannes, wie sie bei genauer Betrachtung feststellen musste.

Madlens Herz drohte zu bersten, als sie Bruder Mercurius erkannte. Er lächelte, hintergründig und verschlagen. »Sag mir, wo du bist, kleine Madlen«, flüsterte er heiser. »Ich muss es wissen, damit ich dich retten kann.«

Madlen wollte schreien, doch mit einem Mal wandelte sich die Gestalt zu einem vertrauten Anblick. Es war John, der ihr einen Kuss zuwarf und sie danach in ihr Brautgemach trug. Ihr Herzschlag beruhigte sich, als er sich über sie beugte und ihr ein seliges Lächeln schenkte.

»Ich werde es sein, der dich und dein Kind tötet, wenn du mir die Wahrheit verschweigst«, flüsterte er sanft. Unvermittelt verwandelte er sich in Bruder Mercurius zurück, der in ein schallendes Gelächter ausbrach, und erst jetzt war es Madlen möglich, einen gellenden Schrei auszustoßen.

John fuhr schlagartig auf. Den Degen in einer Hand, den Dolch in der anderen, sah er sich kampflustig um. Es war der Schrei einer Frau gewesen, der ihn aus einem leichten Schlaf geweckt hatte – Madlens Schrei, wie er begriff, als er herumfuhr und sie neben sich im Stroh liegen sah. Aus großen blauen Augen starrte sie ihn an. Sie hatte sich so in ihrer Decke verheddert, dass sie sich nicht mehr zu rühren vermochte. Ihr Atem ging hastig, Schweiß stand auf ihrer Stirn. John legte Degen und Dolch zur Seite, nachdem er festgestellt hatte, dass keine Gefahr lauerte, und half ihr, sich aus der Decke herauszuwinden.

»Danke«, flüsterte sie. Ihr Blick irrte umher, als ob sie sich vor einem Ungeheuer fürchtete.

»Geht's dir gut?« John legte ihr besorgt seine Rechte auf den Arm. Gern hätte er sie an sich gedrückt, doch es sah nicht danach aus, als ob sie es wollte.

»Ja, es ist alles in Ordnung«, antwortete sie mit verlegenem Blick. »Hab wohl schlecht geträumt.«

»Kein Wunder.« John verlieh seiner Stimme einen versöhnlichen Tonfall.

»Nach allem, was du in letzter Zeit durchgemacht hast.« Während Madlen sich aufrecht hinsetzte, legte er ihr fürsorglich die Decke um die Schultern. Sie zitterte, offenbar vor Kälte. John widerstand dem Bedürfnis, sie an sich zu drücken, um sie zu wärmen.

Draußen war es immer noch hell. Ruaraidh hatte, ohne Johns Anweisung abzuwarten, mit Randolf die Wache gewechselt. Der blonde Norweger warf Madlen unter seinen zusammengezogenen Brauen einen leicht verärgerten Blick zu, weil ihr Schrei ihm den ersten Schlaf geraubt hatte.

John erinnerte sich ungern an das, was er vor seinem viel zu kurzen Schlaf in Cuninghames geheimem Buch gelesen hatte; und er fragte sich ernsthaft, wie er all diese Ungeheuerlichkeiten seinen Kameraden beibringen sollte. Er hatte das Buch unbemerkt von den anderen zurück in seine Satteltasche gepackt; und nun blickte er reihum in die verschlafenen Gesichter der Männer, die nicht einmal ahnten, was wirklich mit ihnen geschehen war. Er würde es vorerst dabei belassen. Denn sie würden sich nur unnötig ängstigen, ebenso wie Madlen – falls es stimmte, was sie sagte, und sie tatsächlich nichts von Cuninghames Machenschaften wusste. Ganz zu schweigen von Rosie. Offenbar war sie mit einer geradezu sträflichen Einfältigkeit gesegnet, die alles für Hexenwerk hielt, das einer für sie plausiblen Erklärung entbehrte. John ahnte, warum sie ihm nie wirklich ans Herz gewachsen war. Sein Blick fiel auf Paddy, der sich wohlig in ihren Armen räkelte. Auch er war kein Mann, dem man ohne weiteres eine solche Geschichte zumuten konnte. Er war zwar neugierig und hielt sich für allwissend, aber diese Sache war etwas anderes als der übliche Hafenklatsch, der ihn gewöhnlich interessierte. Solange sie keine Bleibe gefunden hatten, war es ohnehin müßig, mit ihm und den anderen über das Buch, dessen Wirkung und weitere Schritte zu beraten.

Am frühen Nachmittag brachen sie auf und verabschiedeten sich von Cullen Stewart und seiner Familie. John versprach dem Alten, bald wieder einmal vorbeizuschauen. Als alle aufgesessen hatten, lenkten sie die Pferde über eine alte Militärstraße hin zum Glen Etive, einem breiten, kaum bewohnten Tal mit Bachläufen, Sträuchern und von Mooren durchzogenem Weideland. Eine seltsame Mischung aus Wiedersehensfreude und Unbehagen tat sich auf, die Madlen hinter jedem Hügel entgegenzuspringen drohte. Freude, weil sie in dieser Gegend als Kind mit ihren Brüdern und Cousinen gespielt hatte. In ihrer Phantasie hatten die Jungs fremde Piratenschiffe gekapert oder waren als ruhmreiche Ritter in die Schlacht gezogen. Den Mädchen wurde dabei allenfalls die Rolle einer Prinzessin zuerkannt, die geraubt auf der Burg ihres Feindes auszuharren hatte, bis ein unerschrockener Held auftauchte und sie befreite.

Ihr Blick fiel auf John, und plötzlich ergriff sie die Furcht, die ihr durch die Glieder fuhr wie ein unerwarteter Blitz. Wie sollte ihre Zukunft aussehen?

John, der voranritt, hatte kurz vor Dalness einen steilen, steinigen Weg zu einem Pass eingeschlagen, weg aus dem Tal, hinauf zu den drei Geschwistern, einem Bergmassiv, das aus drei beeindruckenden Erhebungen bestand, dem Beinn Fhada, dem Gear Aonach und dem Aonach Dubh, die zusammengenommen das Coire Gabhail einrahmten – das sogenannte verlorene Tal – ein langgezogenes immergrünes Hochplateau. John schien diesen Platz weit besser zu kennen, als sie angenommen hatte, und Madlen fragte sich, ob er die Route in der Absicht eingeschlagen hatte, um eine Konfrontation mit den Regimentern des Marquess of Argyll zu vermeiden, oder ob er ganz nebenbei herausfinden wollte, ob der Clan der MacDonalds of Glencoe an diesem Ort wieder einmal gestohlene Rinder mit fremden Brandzeichen verbarg.

In der schwarzen Uniform, den Hut tief ins Gesicht gezogen, Dolch und Degen am Gürtel, vermittelte John ihr einen Eindruck, wie respekteinflößend er als Captain in einer Armee auf seine Mannschaften gewirkt haben musste. Obwohl er nicht unfreundlich zu ihr war, blieb seine Miene verschlossen. In Gedanken ging sie zehn Jahre zurück. Schon damals war er ihr Ritter in einer glänzenden Rüstung gewesen, obwohl er nur sein Plaid und ein altes Hemd getragen hatte, als er zusammen mit seinem Vater auf dem Hof ihrer Familie erschienen war, um zwei gut erhaltene Musketen zu verkaufen. Madlens Vater Iain MacIain, ein cholerischer Mann, hatte die beiden, nachdem sie gegangen waren, als Halsabschneider bezeichnet, wie alle Camerons, weil sie ihm nach zähen Verhandlungen angeblich einen viel zu hohen Preis für die Waffen abverlangt hatten. Madlen erinnerte sich noch gut, wie sie von einem Heuschober aus voller Schrecken das weitere Geschehen beobachtet hatte. Hal und Robin, zwei zwielichtige Iren, die ihr Vater erst vor kurzem in seine Dienste aufgenommen hatte, beauftragte er damit, den beiden Camerons vor der Überquerung des Lochs – als Räuber getarnt – aufzulauern, um ihnen das gezahlte Geld wieder abzufordern. Die Halstücher vors Gesicht gebunden und bis an die Zähne bewaffnet, waren sie John und seinem Vater zu Pferd in einigem Abstand gefolgt. Madlen wusste, dass Iain MacIain auch vor Toten und einer möglichen Fehde nicht zurückschreckte, um sein Geld zurückzubekommen.

Angsterfüllt hatte sie im Heu gesessen und für John und seinen Vater gebetet, und erst als Hal und Robin zurückkehrten, ohne Geld und zudem schwer verletzt, wusste sie, dass man es mit einem Cameron nicht so ohne weiteres aufnehmen konnte. Von diesem Moment an hatte sie John endgültig in ihr Herz geschlossen. Ob sie jemals eine gemeinsame Zukunft haben konnten, blieb fraglich. Nur dass sie ihn liebte, ganz gleich, was geschah, bezweifelte sie nicht.

Als ob er ihre Gedanken gespürt hätte, sah John sie an und lächelte.

»Du brauchst keine Angst zu haben«, bemerkte er leise. »Ich werde nicht zulassen, dass dich dein Vater entehrt. Ich stehe zu meinem Wort. Auch wenn du mich für einen heruntergekommenen Highlander hältst, dem das Glück einer Frau gleichgültig ist.«

»Ach, John«, sagte sie rau und hätte noch hinzufügen wollen: Ich habe das gestern nicht so gemeint. Ihre Stimme versagte ihr jedoch den Dienst. Sie räusperte sich hastig und presste lediglich ein heiseres »Danke« hervor.

Bevor sie die Stelle erreichten, an denen ein Pfad hinunter zum Fluss Coe führte, war der Nebel zwischen den Bäumen auf einmal so dicht, dass man kaum seine Hand vor Augen sehen konnte. Deshalb war ihr Schreck umso größer, als John und seine Kameraden gleichzeitig blankzogen, obwohl niemand zu sehen war. Die Pferde scheuten ein wenig, und Madlen wusste nicht, ob das Verhalten der Männer daran Schuld trug oder ob sie ebenfalls eine Gefahr witterten.

Wie aus dem Nichts traten fünf schwerbewaffnete Gestalten aus den Büschen heraus und bauten sich mit erhobenen Claymores vor John und seinen Gefährten auf. Sie trugen allesamt die Plaids der Mac-Donalds. Madlen meinte auf der Stelle zu sterben, als sie in das graubärtige Gesicht von Onkel Cuthbert blickte, ein älterer Cousin ihres Vaters, der ihm samt seiner Söhne die Treue geschworen hatte. Für einen Moment hoffte sie, dass Cuthbert sie nicht erkennen würde, weil er kurzsichtig war, doch dann sah sie Alexander und Gilbert, zwei seiner jüngeren Söhne, mit denen sie eine Weile die Schulbank gedrückt hatte. Seit gut zwei Jahren hatte sie niemanden mehr aus ihrem Clan zu Gesicht bekommen. Zu wenig Zeit, um sich so sehr zu verändern, dass man von der eigenen Verwandtschaft nicht mehr erkannt wurde. Neben ihnen stand Gilleasbuig MacLean, der jüngere Bruder ihres verstorbenen Verlobten. Dazu kamen zwei hünenhafte Kerle, die sie nicht kannte und die mit ihren struppigen dunklen Haaren und den verwegenen Bärten wie Straßengesindel auf sie wirkten.

»Gebt euch zu erkennen!«, brüllte ihr Onkel. Er war aufgeregt, wie Madlen an seiner hellen Stimme erkennen konnte und daran, wie verkrampft er seine Muskete in der Hand hielt. Wahrscheinlich waren sie auf der Jagd gewesen. Das Wild des Marquess of Argyll war immer eine Versuchung wert. Jetzt zielte ihr Onkel auf John, doch der bewahrte die Ruhe und hob nur vorsichtig die Hand, um anzuzeigen, dass man in friedlicher Absicht kam. Die beiden unbekannten Krieger hatten die Hand an ihre Claymores gelegt, und auch Gilleasbuig trug eine Muskete.

Madlen straffte die Zügel ihres Pferdes, das unruhig zu tänzeln begann. Damit erregte sie unbeabsichtigt die Aufmerksamkeit ihres argwöhnischen Onkels. Er schwenkte den Lauf der Muskete in ihre Richtung, und das war für John Grund genug, sein Pferd in die Schusslinie zu lenken und das Wort zu ergreifen.

»Ihr werdet doch wohl nicht auf eine wehrlose Frau schießen wollen?«

Cuthbert kniff die Lider zusammen, weil er offenbar kaum etwas erkennen konnte. »Nimm den Hut ab«, keifte er unfreundlich in Madlens Richtung und fuchtelte dabei gefährlich mit dem Musketenlauf herum.

Die Anspannung wuchs, als Madlen nicht sofort das tat, was er sagte. Sie bemerkte, wie Paddy einen wissenden Blick zu John warf und dieser wiederum zu Randolf, dessen Miene so finster war wie eine mondlose Nacht. Ihre Angst, dass die Männer wegen ihr eine weitere Dummheit begehen könnten, stieg, und als sie die Hand hob, um den Hut abzunehmen, krachte ein Schuss. Später konnte sie sich nicht mehr daran erinnern, was genau danach geschehen war, nur dass sie glaubte, gestorben zu sein, weil sie für einen Moment dachte, die Kugel habe sie getroffen. Ihr Pferd hatte gescheut und sie zu Boden geworfen.

Während sie sich bereits auf dem Weg in die Hölle wähnte, brach um sie herum ein erbarmungsloser Kampf aus. Das erstickte Fluchen wütender Männerstimmen, das Klirren der Schwerter und Wiehern der Pferde erinnerten sie an ihren Traum. In den Tumult drang das angstvolle Geschrei einer Frau. Rosie saß ebenfalls am Boden und duckte sich, während Paddy den Degen schwang. David eilte auf Johns Kommando herbei und zog Madlen aus der Gefahrenzone, während Malcolm den Kameraden tapfer zur Seite stand. Sein Bruder Micheal hatte sich um den völlig verstörten Wilbur gekümmert und sich rasch seiner angenommen, nachdem Ruaraidh ohne Zögern mit Dolch und Degen ins Getümmel gestürzt war. Obwohl die MacDonalds zahlenmäßig unterlegen waren, wichen sie keinen Schritt zurück. Jedoch gelang es John und seinen Kameraden auf wundersame Weise, sie ohne größeres Blutvergießen zu entwaffnen. Alles ging so schnell, dass Madlen es kaum zu verfolgen mochte. Ihr Onkel lag mit blutender Nase am Boden und hielt sich den Bauch. John und Randolf hatten mit nur einem Schlag seine furchteinflößenden Begleiter ins Reich der Träume geschickt. Gilleasbuig MacLean gab auf, nachdem Ruaraidh ihn soweit entwaffnet hatte, dass ihm nicht einmal sein Kampfdolch geblieben war. Alexander und Gilbert waren mitten im Kampf ins Gebüsch verschwunden. Doch David Ogilvy hatte ihnen nachgesetzt. Er hielt sie wie zwei ersäufte Katzen am Kragen ihres Hemdes gepackt, als er sie zum Ort des Geschehens zurückbugsierte.

Onkel Cuthbert, der schnaubend auf die Füße gekommen war, spuckte vor ihnen aus. Blut rann ihm übers Gesicht. Seine Augenbraue war aufgeplatzt, und anscheinend war seine Nase gebrochen. »Elende Feiglinge«, schimpfte er und sah sich wutentbrannt nach seinen furchtsam dreinblickenden Söhnen um. »Wartet, wenn wir nach Hause kommen. Dann könnt ihr euch warm anziehen.«

Madlen bewunderte seine Gelassenheit. Immerhin hatte er einen Kampf verloren und durfte sich glücklich schätzen, überhaupt noch am Leben zu sein. Und ob er es blieb, würde in der Macht seiner siegreichen Gegner stehen.

Doch Cuthbert war ein typischer Highlander. Aufgeben war nicht seine Sache, und seiner Meinung nach war man erst tot, wenn man in den Himmel gelangte oder zur Hölle fuhr, je nachdem, was man beim heiligen Petrus zur Entlastung seiner Sünden vorbringen konnte.

Völlig verdutzt hielt er inne, als er sah, dass seine hünenhaften Begleiter reichlich lädiert und bewusstlos am Boden lagen. Als er aufschaute, bemerkte er Madlen. John hatte sich als Erstes ihrer Unversehrtheit versichert und ihr auf die Füße geholfen. Fürsorglich hielt er sie im Arm und sprach beruhigend auf sie ein. Am liebsten hätte sie sich an ihn geschmiegt und ihn vor Erleichterung geküsst, wenn die Situation nicht so verworren gewesen wäre.

»Madlen?« Cuthbert sah aus, als ob er einen Geist gesehen hätte. Gilleasbuig schaute nicht weniger irritiert in ihre Richtung.

Madlen richtete sich auf und strich sich das Haar aus der Stirn. Der Versuch, eine stolze Haltung einzunehmen, wollte ihr nicht recht gelingen.

Gilleasbuig schnappte nach Luft. »Heilige Maria, Mutter Gottes! Madlen! Sieh doch nur, Cuthbert, sie ist es wirklich!«

»Verdammtes Luder, wie siehst du denn aus?«, blökte Cuthbert ihr aufgebracht entgegen. »Und vor allem – wo hast du dich die ganze Zeit nur herumgetrieben? Dein Vater hat dich überall suchen lassen! Überhaupt, was hast du mit diesen Kerlen zu schaffen?«

»Ich kann es erklären«, stotterte Madlen, obwohl sie beim besten Willen nicht wusste, wie sie es anstellen sollte. Ihr Blick fiel auf Rosie, die immer noch am Boden saß. Dann sah sie in die verschlossenen Gesichter von Johns Kameraden, die sie allesamt mit den gleichen missbilligenden Blicken bedachten wie ihr Onkel.

»Erklären?«, schnarrte Cuthbert zurück. »Mir musst du nichts erklären. Deinem Vater wirst du Rede und Antwort stehen müssen. Du bist uns einfach davongelaufen und hast unsere gesamte Familie entehrt. Du stehst immer noch unter seiner Gewalt, und ich freue mich jetzt schon, zu sehen, wie er dir vor unserem versammelten Clan den nackten Hintern versohlt.«

Madlen fühlte sich elend. Der Gedanke, ihrem Vater gegenüberzutreten, war beinahe schlimmer, als an Bruder Mercurius denken zu müssen.

»Da irrst du dich, Mann«, kam ihr John zuvor. Als er Cuthberts verwirrte Miene sah, grinste er. »Der Einzige, der das Recht hat, ihr den Hintern zu versohlen, bin ich. Sie ist meine Frau.«

Cuthbert bekam einen Hustenanfall. »Deine Frau?«, krächzte er ungläubig. »Wer bist du überhaupt, und wie kannst du es wagen, die Tochter des hiesigen Lairds zu entführen und dann seelenruhig mit ihr hier aufzutauchen, um uns anzugreifen?«

Bei aller Abscheu, die sie empfand, bewunderte Madlen für einen Moment den Mut ihres Onkels. Noch mehr bewunderte sie indes die Standhaftigkeit von John, obwohl sie ihn am Tag zuvor so heftig beleidigt hatte.

»Mein Name ist Iain Mhic Dhonnchaidh Chloinn Loch Ial à Blàr mac Faoltaich. Ich bin mir sicher, dass wir uns schon begegnet sind.«

Cuthbert hob eine seiner buschigen Brauen. »Das wird ja immer schöner«, spöttelte er. »Dann bist du also der Bursche, der seinen Vater beinahe in den Ruin getrieben hat?« Trotz seiner Verletzungen schnalzte er besserwisserisch mit der Zunge. »Soweit ich weiß, hatte dein alter Herr einen Herzanfall, als du in die Armee von Montrose eingetreten bist. Argyll und seine Covenanters waren drauf und dran, eurer Familie den Krieg zu erklären.« Cuthbert kicherte belustigt, als er Johns versteinerte Miene gewahrte. Dann sah er wieder zu Madlen hin. »Also einen Cameron of Loch Iol hast du dir geangelt. Obendrein einen, der einst seinen Clan verraten hat. Ihr beide seid ein feines Gespann. Glaubt ihr ernsthaft, dass man eure Liebschaft in den Highlands akzeptieren wird?« Wieder spuckte er aus, doch diesmal vor John. »Dir ist doch klar, dass dein Schwiegervater einen saftigen Brautpreis verlangen wird. Wenn du nicht zahlst, wird er die Rechnung deinem jungen Laird präsentieren, und ob der bereit ist zu zahlen, wird man noch sehen. Vielleicht habt ihr sogar Glück, und er gibt euch das Geld. Das Verhältnis zwischen unseren Clans hat sich inzwischen gebessert. Wobei dein Laird in meinen Augen ein vorlauter Jüngling ist, der sich mit seinem Übertritt zu den Königstreuen mächtige Feinde in der eigenen Familie geschaffen hat. Auf Dauer wird das nicht gutgehen.«

John lächelte spöttisch. »All das wird an meiner Ehe mit Madlen nichts ändern.«

»Du kannst diesem dahergelaufenen Verlierer doch nicht einfach unsere Cousine überlassen«, maulte Gilleasbuig. Nach dem Tod seines Bruders wäre er der Nächste gewesen, der auf Madlen Anspruch erheben durfte.

Madlen erschauerte. Im Gegensatz zu seinem Bruder war Gilleasbuig längst nicht so feist und so grob. Dafür war er verschlagen und grausam. Der Spitzname »Katzenquäler« war nicht ohne Grund bis ins Erwachsenenalter an ihm haften geblieben.

John gab sich unbeeindruckt. »Fesselt die Kerle!«, sagte er nur und nickte Paddy und Randolf zu, die wie eine Verhandlungseskorte hinter ihm standen.

Cuthbert verlor seine Fassung, als Randolf einen Strick aus seinen Satteltaschen zog und ihm die Hände auf den Rücken band. »Seid ihr verrückt? Was habt ihr vor?«

»Lösegeld fordern!« John grinste boshaft. »Du und die nutzlosen Leibwächter deines Lairds seid von nun an der Brautpreis, den du im Namen meines Schwiegervaters gefordert hast.«

John stellte sich selbst die Frage, was er sich dabei gedacht hatte, als er sich mit seinen Begleitern und einem Tross von fluchenden und stöhnenden MacDonalds in Bewegung setzte, die er, an Stricke gebunden wie eine Karawane der Verdammten, hinter sich herzog.

Er hatte weiß Gott genug eigene Sorgen, und wie der junge Ewen Cameron auf sein merkwürdiges Gastgeschenk reagieren würde, war beim besten Willen nicht abzusehen. Cuthbert und der vorlaute Gilleasbuig hatten jedoch eine Abreibung verdient. Sie laufen zu lassen wäre nicht nur dumm gewesen, weil sie unverzüglich ihren Laird über Madlens Wiederauftauchen informiert hätten. Es war anzunehmen, dass Iain Mac Iain sofort einen Boten zum Sitz der Camerons entsandt hätte, um dem Clanchief dort Johns Erscheinen anzukündigen. Seine Aussicht, bei Ewen Cameron of Loch Iol erfolgreich um Unterstützung zu bitten, wäre unter diesen Umständen geschmolzen wie Schnee in der Sonne.

Der Nebel hatte sich über den hohen Bergen um den Loch Leven gelichtet. Schwärme von Raben zogen krächzend ihre Kreise, als sie jene Stelle erreichten, an der sich der Loch Leven mit dem Loch Iol vereinte.

Der Wolkenhimmel riss auf, und die Abendsonne flutete in leuchtendem Gold über das tiefblaue Wasser. In einiger Entfernung, inmitten von Loch Leven, leuchteten die zahlreichen, nach Westen ausgerichteten Grabsteine der Insel Sankt Munda auf. Der Friedhof dort beherbergte die letzten Ruhestätten der MacDonalds of Glencoe, der Camerons of Lochaber und der Stuarts of Appin friedlich nebeneinander – allen Fehden zum Trotz. John und seine Begleiter umrundeten das Loch, um endlich auf das Land der Camerons von Loch Iol zu gelangen.

Bei Anbruch der Dämmerung erreichten sie das Gebiet von Lochaber. Zu früheren Zeiten wären sie hinter jedem Strauch einer Ansammlung von streitbaren Highlandern in die Arme gelaufen, doch in den vergangenen Kriegsjahren hatten Tausende guter Männer ihr Leben gelassen. Inzwischen wurde jeder, der alt genug war, in einem der Regimenter zu kämpfen, für den Krieg rekrutiert.

Wehmütig dachte John daran zurück, dass es immer noch als Ehre des Kriegers galt, im Kampf zu sterben, und wie schmerzlich er trotz dieses zweifelhaften Ruhmes jeden einzelnen Freund vermisste, den er auf eine solch grausame Weise verloren hatte.

Plötzlich überkam es John wie eine Erleuchtung. Eine alte Frau, die mit einem Jungen im Halbdunkel am Wegesrand stand und einen Korb mit Reisig auf ihrem Rücken trug, erinnerte ihn an Granny Beadle und an seinen Schwur, mit dem er damals in der Kings-Close Gott den Allmächtigen so bitter herausgefordert hatte. Noch immer klangen die mahnenden Worte der alten Frau in seinem Ohr. Was wäre, wenn Cuninghame ihm und seinen Kameraden tatsächlich das ewige Leben geschenkt hatte? Auch wenn der schwarze Lord und seine Bruderschaft mit ihren Foltermethoden und Todesschwadronen gewiss kein edles Ziel verfolgten, so hatten sie John mit ihrem geheimen Buch auf eine Idee gebracht. Sollte der Allmächtige sich tatsächlich des Satans bedient haben, um John von seiner Güte zu überzeugen? Und wenn Cuninghame tausendmal ein Satan war, was hinderte John daran, sich mit dessen Hilfe in einen Engel zu verwandeln? Wenn es ihm gelang, herauszufinden, wie man das Elixier auch ohne menschliche Opfer herstellen konnte, würde er Alten, Kranken und hoffnungslos verlorenen Kriegern zur Seite stehen und sie von einem unwürdigen Tod ins ewige Leben befördern.

Vorsichtig sah er sich um. Als Erstes würde er dafür sorgen, dass Madlen die lebensspendende Substanz erhielt. Wenn er tatsächlich unsterblich war, wollte er sein Leben nicht ohne die Frau verbringen, die er von ganzem Herzen liebte. Als Zweites würde er das Leben von Wilbur verlängern. Der kleine Mohr war noch zu jung, um dem Tode ins Auge zu blicken. Seine Jugend und die schwarze Hautfarbe erinnerten John an Jeremy Cook, den kleinen Chimney sweep, den er auf so furchtbare Weise verloren hatte. Was wäre geschehen, wenn der Junge mit Hilfe dieses geheimnisvollen Elixiers am Leben geblieben wäre? John hätte alle Zeit dieser Welt gehabt, um ihn aus diesem verdammten Kamin zu befreien.

Die ganze Zeit über konnte John an nichts anderes mehr denken, und daher bemerkte er trotz seiner neu erworbenen Fähigkeiten nicht, wie Randolf und Paddy und auch die übrigen Gefährten beinahe lautlos ihre Degen zogen, weil ein barbarisch aussehender Trupp wie aus dem Nichts hinter ihnen erschienen war.

Rosie stieß einen unterdrückten Schrei aus, als sie die wilden Gestalten sah, die ihre massigen Pferde immer näher an sie heranlenkten.

Madlen blieb ruhig auf ihrem Rappen sitzen. Sie hatte offenbar sofort erkannt, dass es sich um Krieger des Cameron-Clans handeln musste. Ihre Plaids trugen dieselben Farben, wie John sie getragen hatte, bevor er in diese schreckliche Uniform gestiegen war.

Es war Bran MacPhail, der den Trupp anführte. John, der den dunkelhaarigen Hünen noch aus seinen Jugendzeiten kannte, rief ihm eine nur unter Eingeweihten bekannte Losung zu: »Dà thaobh Loch Ial 's dà thaobh Lòchaidh – Loch Ial, Loch Ial.« Was soviel bedeutete wie: »Auf beiden Seiten des Loch Ial und auf beiden Seiten von Lòchaidh – Loch Ial, Loch Ial.«

Bran schaute verdutzt. Mit misstrauischer Miene musterte er John so lange, bis ihm ein Licht aufzugehen schien. Anscheinend hatte er seinen abtrünnigen Clanbruder wegen der fremdartigen Aufmachung nicht gleich erkannt.

»Steckt die Waffen weg!«, befahl er trotzdem mit barscher Stimme. Dabei ritt er mit seinem Kaltblüter gefährlich nahe an Madlen vorbei. »Folgt uns, und kommt dabei nicht auf die Idee, irgendwelchen Unsinn zu machen!«

John nickte ergeben, nachdem er sich umgeschaut und zwölf schwerbewaffnete Reiter ausgemacht hatte. Einige davon kannte er sogar noch aus seiner Kindheit, aber ob auch sie ihn im Halbdunkel und in dieser seltsamen Aufmachung als einen der ihren ansahen, blieb fraglich. Ohne Murren steckte er den Degen in die Halterung an seinem Sattel.

»Es sind Leute aus meinem Clan«, raunte er Paddy und Randolf zu, denen er die Anspannung, aber auch die Entschlossenheit ansehen konnte, sich wegen ihrer neu gewonnen Fähigkeiten nichts mehr gefallen zu lassen. Ruaraidh, der die rauen Sitten der Highlands gewohnt war, schien nicht sonderlich überrascht zu sein. Nur Wilbur, der vor ihm auf dem Sattel saß, zitterte vor Angst, und nicht, weil ihm kalt war.

Cuthbert und seine Mitgefangenen schienen beim Anblick der schwerbewaffneten Reiter Hoffnung zu schöpfen, dass man auf Verbündete gestoßen war. Unentwegt krakelte Madlens Onkel wüste Beschimpfungen in Johns Richtung, wobei er ihn als hinterlistigen Spion und Frauenschänder bezeichnete, der mit den Engländern gemeinsame Sache mache.

Bran ritt an Johns Seite und hob interessiert eine seiner dunklen Brauen, dabei lehnte er sich ein wenig aus dem Sattel, um sich John mit einem ironischen Lächeln zu nähern.

»A Ghille Iain, darf man fragen, was du hier für ein Spiel spielst?« Er hatte John als Freund bezeichnet, doch sein abschätzender Blick verriet, dass er nicht sicher war, ob es sich eher um einen neugewonnenen Feind handelte. Dann wanderte sein Augenmerk zur nachfolgenden Truppe. Für einen Moment schenkte er seine Aufmerksamkeit den beiden hübschen Frauen, bevor er jeden Einzelnen von Johns Kameraden ins Visier nahm, deren Gesichter in der Abenddämmerung kaum zu erkennen waren. Zuletzt bedachte er Cuthbert MacDonald mit einem abfälligen Grinsen, weil der Alte an seinen Stricken zerrte, während er und seine Mitgefangenen mit einigem Widerwillen hinter ihren Peinigern hermarschierten.

»Kannst du mir nicht wenigstens verraten, was du mit Cuthbert und seinen Leuten vorhast?« Bran bedachte John mit einem amüsierten Blick.

»Bring mich zu Ewen!«, erwiderte John mit fester Stimme. »Dann werde ich es dir und unserem Laird erklären.«

Tor Castle war ein beeindruckendes Gebäude. Fünf steinerne Wehrtürme fügten sich mit dicken Mauern und Zinnen in ein harmonisches Ganzes, das auf einem massiven Felsplateau den träge dahinfließenden River Lochy überragte. Zu Zeiten des Clan Chattan, der das trutzige Gemäuer einst erbaut hatte, galt die Burg als uneinnehmbar, was sie in diesen Tagen nicht nur zum Clansitz der Camerons of Loch Iol, sondern auch zu einem beliebten Stützpunkt der Königstreuen gemacht hatte.

Die Zeiten waren gefährlich, jederzeit musste mit einem Angriff gerechnet werden, somit hatte Ewen Cameron of Loch Iol bereits weit vor dem Hauptportal, in das ein gepflasterter Weg in den Innenhof führte, Wachen aufstellen lassen. Vorbei an brennenden Fackeln, die den Pfad zum Aufgang der Festung säumten, ritten John und seine Begleiter auf den majestätischen Eingang zu, der mit einer hochgezogenen eisernen Falltür gesichert war und die ankommenden Reiter wie ein düsteres gezahntes Maul zu verschlingen drohte.

Im Innenhof befahl Bran mit lautstarker Stimme, abzusitzen. Ein herbeieilender Page nahm ihm die Zügel ab, ein anderer erhielt einen hastig geflüsterten Befehl, bevor er sich verbeugte und hinter einer der vielen Türen verschwand.

Madlen sah sich staunend um. Nie zuvor hatte sie die Gelegenheit gehabt, den Clansitz der Camerons zu besichtigen. Was nicht nur daran lag, dass ihre Clans bis vor kurzem verfeindet gewesen waren. Bevor sie nach Edinburgh geflohen war, hatte Ewen Cameron in Inverary im

261

Schloss des Marquess von Argyll gelebt, und für Madlen war es noch unvorstellbarer gewesen, dorthin zu gelangen, weil die Clans der Campbells und MacDonalds völlig unterschiedliche religiöse und politische Meinungen vertraten. Doch nun hatte Ewen, dessen Familie der katholisch beeinflussten königstreuen Episkopalkirche angehörte, offenbar mit seinem presbyterianischen Onkel gebrochen und Tor Castle zur neuen Zuflucht seines Clans erklärt.

Der Hof wurde von unzähligen Fackeln erleuchtet und war voller Menschen, die John und seine Begleiter neugierig betrachteten. Zwei in Plaids gekleidete Krieger kamen auf Zuruf herbeigeeilt und entwaffneten John und die anderen Männer. Madlen hörte, wie John den leisen Befehl an Paddy und die anderen ausgab, keinerlei Widerstand zu leisten.

Wilbur hatte sich ängstlich an Madlens Seite gedrängt, weil er offenbar die Gefahr spürte, die von den verunsicherten Menschen auf beiden Seiten ausging. Rosie starrte voller Erstaunen die Söldner an, die, schwer bewaffnet und halb nackt, in ihren Plaids herumstanden und sie und Madlen nicht weniger interessiert begafften.

Als Ewen nach draußen trat, war es schlagartig still. Madlen hatte ihn nur ein- oder zweimal gesehen, und damals war er noch ein junger Bursche gewesen.

Nun war er beinahe so groß und breitschultrig wie John. Sein Haar war lang und glänzte so schwarz wie seine Augen. Madlen fand, dass er weit mehr das Blut der MacDonalds in sich trug als das der Campbells oder der Camerons. Seine Aufmachung erschien ihr im Gegensatz zu seinem verwegen wirkenden Gefolge edel. Er trug eine safranfarbene Samtjacke, hellbraune knielange Seidenhosen und Stulpenstiefel aus feinem Leder. Von Kopf bis Fuß ein junger Gentleman, wirkte er vollkommen anders, als Cuthbert ihn bezeichnet hatte.

Wortlos kam er John entgegen. Nur einen Augenblick lang stutzte er, doch dann schien auch er sein Gegenüber zu erkennen und begrüßte ihn mit einem Handschlag.

»Iain MacDhonnchaidh«, erklärte er mit erstaunlich tiefer Stimme. »Wo hast du dich nur die ganze Zeit herumgetrieben? Wir hätten dich hier gut gebrauchen können.«

John nickte. »Es tut mir leid, ich war verhindert. Es ist eine längere Geschichte.« Dann räusperte er sich verlegen. »Ich bin gekommen, um mit meinen Männern in deine Dienste einzutreten und dafür den Schutz unseres Clans zu erbitten.«

Ewen antwortete nicht sofort. Außer dem Wind, der aufgefrischt war und das Banner der Camerons hoch auf dem Turm heftig flattern ließ, war für einen Moment nur das Knistern des Feuers zu hören.

»Zu welchem Regiment gehört eure Uniform?« Ewens Blick fiel auf die Cornuta, die mit silbernem Faden auf Brust und Ärmelaufschlägen von Johns Uniform aufgestickt worden war.

»Wir haben die Uniformen auf dem Weg hierher von Anhängern der Covenanters erbeutet«, wich John geschickt aus, um Cuninghames Namen nicht ins Spiel bringen zu müssen. Das war nicht gelogen, aber die ganze Wahrheit konnte er unmöglich erzählen. In kurzen, ruhigen Sätzen berichtete er von ihrer Gefangennahme aus politischen Gründen, der anschließenden Flucht und dem Kampf in der Nähe von Stirling. Kein Wort von Cuninghames Folter und Madlens Odyssee.

»Du kannst ihm nicht trauen«, krakeelte eine Stimme aus dem Hintergrund. Cuthbert sah seine Felle davonschwimmen. Madlen glaubte im Erdboden zu versinken, als er mit erhobener Hand auf sie deutete.

»Sie ist Madlen MacDonald, die abtrünnige Tochter unseres Lairds!« Sein aufgeschwollenes Gesicht verzog sich zu einer gehässigen Miene. »Euer feiner Clansmann hat sie entführt, und nun beansprucht er sie für sich, obwohl sie Gilleasbuig MacLean versprochen ist.«

Ewen war trotz seiner Jugend recht selbstbewusst. Er hatte nach dem Tod seines Vaters früh Verantwortung übernehmen müssen und befehligte mehrere hundert Krieger. Madlen spürte, wie er sie eingehend musterte.

»Ich kenne das Mädchen«, bemerkte er kühl in Cuthberts Richtung. Dann wandte er sich ihr erneut zu und lächelte sie – für einen gestandenen Kerl, der nun einmal war – viel zu schüchtern an.

»Sie ist die Cousine meiner Verlobten«, fuhr er mit sanfter Stimme fort, »und ich heiße sie auf unserer Burg herzlich willkommen. Ab heute gehört sie zu unserer Familie, wenn sie es möchte.« Madlen glaubte für einen Moment, sich verhört zu haben, so gut war diese Nachricht. »Wenn MacIain sie unbedingt wiederhaben will, muss er selbst herkommen und mir erklären, warum mein Cousin John nicht der rechte Ehemann für sie sein soll.«

Dann wandte Ewen sich Rosie zu, die in der zweiten Reihe neben Paddy stand und offenbar nicht wusste, wie sie sich gegenüber dem gutaussehenden, gälisch sprechenden Clanchief verhalten sollte. Sie hob ihren verschmutzten Rock an, dann knickte sie mit einem Knie ein, wie eine Magd, die ihrem Herrn Respekt zollt.

Ewen grinste amüsiert. »Und wer ist diese schöne Maid?«, fragte er in lupenreinem Englisch. »Madame«, raunte er zuvorkommend, während er ihre Rechte ergriff und mit einer galanten Geste einen Handkuss andeutete. Rosie schaute ihn erstaunt an, offenbar hatte sie sämtliche Einwohner der Highlands für Barbaren gehalten, selbst John, dessen barbarisches Äußeres sie noch immer faszinierte. Doch nun hatte sie nur noch Augen für Ewen. Und als er sie nach ihrem Namen fragte, schaute sie auf und verschluckte sich beinahe vor Verlegenheit.

»Rosie«, stotterte sie und warf Paddy, dem ihre Begeisterung für den jungen Laird nicht entgangen war, einen beschwichtigenden Blick zu. »Rosie Elkwood.«

»Wenn Ihr wollt«, krakeelte Cuthbert erneut an Ewen gerichtet, »dann nehmt Euch doch dieses Weib für Euren Cousin! Ihre Brüste sind nicht weniger drall als die von Madlen, und ihre Hüften versprechen, dass sie ihm unzählige Kinder gebiert.« Cuthbert warf John einen verächtlichen Blick zu. Er dachte keinen Augenblick daran, in seinen Forderungen nachzulassen. »Wir verlangen die Auslieferung unseres Besitzes! Madlen gehört Gilleasbuig, und wenn Ihr sie nicht herausgebt, fordern wir einen Brautpreis als Entschädigung.«

Ewen wandte sich grinsend an John, der, ohne zu fragen, Madlens Hand ergriffen und sie schützend an sich gezogen hatte. »Was ist mit euch? Seid ihr beiden denn schon vor den Priester getreten?«

John schüttelte ehrlich den Kopf. »Nein, noch nicht, aber so gut wie.«

Ewens Blick ruhte auf Madlen. »Liebst du diesen Mann?«

Madlen glaubte ihr Herz pochen zu hören, so laut kam es ihr vor. Rasch sah sie John ins Gesicht, doch er zeigte keine Regung. Wahrscheinlich wollte er sie nicht zu etwas drängen, das sie später bereuen würde.

»Ja«, sagte Madlen mit einer Aufrichtigkeit in der Stimme, die John sichtlich überraschte. »Ich liebe ihn – mehr als mein Leben.«

»Und du, John?« Ewen sah ihn erwartungsvoll an. »Liebst du sie auch?

John wandte den Kopf und sah ihr direkt in die Augen.

»Ja«, gab er flüsternd zu. »Ich liebe sie, von ganzem Herzen.«

»Dann erkläre ich euch hiermit als füreinander versprochen. Mein Priester soll euch so bald wie möglich seinen Segen geben.« Ewen drehte sich zu Cuthbert um und wandte sich damit an die immer noch gefesselten MacDonalds, die ihn anstarrten, als habe er den Verstand verloren. »Sagt ihrem Vater, dass ich sie mit meinem Cousin vermähle. Gewiss kein Problem, da ich selbst eine MacDonald zur Frau nehmen werde. Sagt ihm auch, es wird die Allianz unserer Clans noch mehr stärken.« Ewen lächelte hintergründig, und Madlen hätte ihm vor Freude um den Hals fallen können, als sie in Cuthberts verdutztes Gesicht blickte.

»Und was den Brautpreis betrifft …«, erklärte er mit fester, ein wenig affektiert klingender Stimme. »Euer Leben sollte deinem Clanchief als Brautpreis genug sein.« Mit einem herrischen Nicken wies er zwei seiner Hofknechte an. »Macht sie los und lasst sie laufen!«

Der Abend verging für John wie im Traum, als sie wenig später alle zusammen in der großen Halle am Feuer saßen.

Dass Ewen ihn wie ein lange vermisstes Familienmitglied akzeptierte, kam unerwartet und machte ihn nicht nur deshalb glücklich. Es war das erste Mal seit langem, dass er sich wieder vollständig fühlte und seine Wurzeln spürte. Plötzlich wurde ihm auch klar, wie sehr er seinen Clan vermisst hatte.

Ewen schien sich über die unvermittelte Verstärkung seiner Krieger aufrichtig zu freuen. Anders war es nicht zu erklären, dass er eine spontane Zusammenkunft aller Festungsbewohner arrangieren ließ.

Mindestens fünfzig Männer und Frauen hatten sich auf Einladung ihres Lairds an Tischen und Bänken versammelt, während in einem Kamin ein wohliges Feuer prasselte. Mägde servierten das eingepökelte Fleisch eines gewaltigen Rothirsches, den Ewen vor Wochen bei einer Jagd auf Wölfe in den Grampian Mountains erlegt hatte. Dazu gab es frisch gebackenes Gerstenbrot, gekochtes Gemüse und einen Apfelkuchen. Zwischen den einzelnen Gängen sang Gellart O'Antrim, ein weißhaariger irischer Barde, der sich auf traurige Heldenballaden verstand, mit denen man das Andenken gefallener Kameraden – erst recht bei fröhlichen Anlässen – aufrechterhalten wollte.

John und seine Kameraden hatten die unseligen Uniformen der Cuninghame-Söldner gegen solide gewebte Hemden und Plaids der Camerons tauschen dürfen und waren damit nicht mehr von den übrigen Kriegern zu unterscheiden. Selbst Wilbur hatte man in ein kleines Plaid gesteckt, er platzte beinahe vor Stolz, als er zwischen Paddy und John bei den Männern sitzen durfte.

»Ich bin froh, dass du zu uns gestoßen bist, John, und uns Verstärkung mitgebracht hast«, bekannte Ewen, nachdem er sich an den Tisch der Neuankömmlinge gesetzt hatte. »Wir können jeden Mann gebrauchen. König Charles ist erst vor wenigen Tagen aus seinem Exil in Hampton Court zur Isle of Wight geflohen. Es heißt, er habe auf Carisbroke Castle bei Gouverneur Hammond um Schutz vor den Engländern ersucht und eine Unterredung mit Angehörigen des schottischen Parlamentes gefordert. Ich habe keine Ahnung, was er genau vorhat. Offenbar will er in Schottland Verbündete suchen. Das kann nur bedeuten, dass er sich noch einmal bemühen wird, mit den Covenanters ins Gespräch zu kommen, weil er die Unterstützung ganz Schottlands benötigt, um sich gegen die Interessen des englischen Parlaments durchzusetzen. Wenn Argyll und seine Covenanters auf die Vorschläge des Königs eingehen und den König stützen, indem sie ihm in Schottland Zuflucht gewähren und zu neuer Macht verhelfen, könnte das zu einer erneuten Auseinandersetzung mit England führen. Tun sie es nicht, wird es nicht weniger ungemütlich. Dann könnte es hierzulande zu einem erneuten Konflikt zwischen Royalisten und Covenanters kommen. Der Duke of Hamilton gegen den Marquess of Argyll. Das heißt, ich müsste mich ein weiteres Mal zwischen Königstreue und meinem Onkel entscheiden. Aber was auch geschieht, es bedeutet in jedem Fall Krieg.«

John nickte wissend und zog die Stirn in Falten. »Und was ist, wenn der König das Land verlässt und nach Frankreich flieht?«

»Mal den Teufel nicht an die Wand«, spöttelte Ewen und lächelte schwach.

»Dann können wir uns erst recht auf was gefasst machen. General Cromwell und seine New Model Army sind jetzt schon größenwahnsinnig. Man munkelt, dass er den König ins Exil schicken will und sich als von Gott berufener Führer von ganz England und Wales sieht. Man muss kein Hellseher sein, um zu sagen, dass er im Falle eines Erfolges auch vor Schottland und Irland nicht haltmachen würde.«

»Ganz gleich, wie es weitergeht«, entgegnete John. »Ich hätte nicht damit gerechnet, dass du uns mit offenen Armen aufnimmst. Schließlich habe ich euch damals im Stich gelassen und später unter Montrose meinen Dienst quittiert.« John wollte sichergehen, dass es sich bei Ewens Großzügigkeit nicht um ein Missverständnis handelte. »Außerdem ist mir das schottische Parlament auf den Fersen. Was willst du tun, wenn die Söldner der Covenanters hier aufkreuzen und meine Auslieferung fordern?«

Ewen brach unvermittelt in schallendes Gelächter aus. »Glaubst du ernsthaft, sie trauen sich hierher?« Er schnaubte belustigt. »Nein, mein Lieber, außer ein paar völlig verrückten Engländern fällt mir niemand ein, der sich bis hierher wagen würde. Sonst wäre mein Onkel mit seinen Soldaten längst hier gewesen. An der Küste, ja – da kannst du General Leslie und seine Leute finden. Aber nicht in den Glens. Dafür haben sie schon zu viel Lehrgeld bezahlt.«

»Danke, dass du mich und meine Begleiter aufgenommen hast.« John hob seinen Krug mit Whisky und prostete Ewen lächelnd zu. »Slàinthe mhat – auf unsere Familie.«

Ewen erwiderte den gälischen Trunkspruch mit einer herzlichen Geste. »In früheren Zeiten warst du mein Vorbild«, erklärte er John mit einem Augenzwinkern. »Schon alleine, weil du es gewagt hast, dich gegen deinen strengen Vater zu erheben. Es hat mir Mut gemacht, mich später gegen die Interessen meines übermächtigen Onkels zu stellen.«

John fühlte sich mehr als nur geehrt. Er hatte lange darunter gelitten, dass sein Vater ihn wegen seiner Königstreue verstoßen hatte. Und jetzt erwies ihm sogar sein eigener Laird die Ehre, in den Schoß der Familie zurückzukehren. Eigentlich die besten Voraussetzungen, um in eine rosige Zukunft zu schauen. Wenn da nicht etwas gewesen wäre, das ihm wie ein Rabe auf der Schulter saß und ihn ständig in den Kopf pickte. Sein Blick fiel auf Madlen, die es immer noch vor Cuninghame und dessen Schergen zu schützen galt.

Als ob sie seine Blicke vom Nachbartisch aus gespürt hätte, wandte sie sich zu ihm um und lächelte.

»Du hast wirklich Glück, mein Lieber«, bemerkte Ewen, der Johns Blicken gefolgt war. »Eine echte MacDonald sein Eigen zu nennen ist eine aufregende Sache. Die Frauen dieses Clans sind schön, temperamentvoll und wissen im Bett, was sie wollen. Meine Mary und deine Madlen sehen sich ziemlich ähnlich.« Er grinste John an. »Und? Sag, habe ich recht?«

John lächelte entrückt und antwortete nicht. Ja, Ewen hatte recht. Aber ob es ein Segen war oder ein Fluch, Madlen zu kennen und sie zu lieben, musste er erst noch herausfinden.

Madlen erschien ihm atemberaubend schön, in ihrem schlichten dunkelroten Wollkleid, das sie aus dem Fundus der Hausvorsteherin bekommen hatte. Es war tief ausgeschnitten und unter der Brust straff geschnürt. Sie sah so vollkommen darin aus, dass John vor Bewunderung der Atem stockte. Man hatte sie mit Rosie an den Tisch der Frauen gesetzt. Während Rosie noch schwieg und sich immer wieder zögernd nach John und Paddy umschaute, hatte Madlen schnell mit den Mädchen an Camerons Hof Freundschaft geschlossen, was nicht zuletzt daran lag, dass sie im Gegensatz zu Rosie die gälische Sprache fließend beherrschte.

Nach dem Essen erschienen zwei weitere Musiker, ein Trommler und ein Dudelsackpfeifer. Statt sehnsüchtiger Harfenklänge stimmten sie unter großem Applaus Kampfgesänge an. »Dhomhnaill Mac Gille bhraith«, einen bekannten Kriegsmarsch, spielten sie so schnell und rhythmisch, als ob sie gleich selbst zur Hölle fahren wollten. In Windeseile wurden Tische und Stühle zur Seite geschoben, und der ganze Saal begann zu tanzen. Auch John hielt es nicht mehr auf seiner Bank, und bevor Bran aufspringen konnte, um zu Madlen zu eilen, kam er ihm zuvor und schnappte sie ihm regelrecht vor der Nase weg. Im Nu hatten sich alle auf »Strip the willow« geeinigt. Nicht vier Paare, die diesen Tanz gewöhnlich bestritten, sondern mindestens vierzehn wirbelten bunt durcheinander und tanzten immer wieder die Reihe ab. Die Plaids der Männer flogen mit den Röcken der Frauen um die Wette.

Jedes Mal, wenn John Madlen zu fassen bekam, nahm er sie fest in den Arm und zwinkerte ihr zu. Rosies verliebte Blicke hingegen versuchte er konsequent zu ignorieren, wenn sie an der Reihe war, um mit ihm die nächste Runde zu drehen – nicht nur, weil Paddy sie mit kritischen Blicken beobachtete.

Außer Atem fanden sich Madlen und John in einer Pause beim Mundschenk wieder, der ihnen den köstlichen französischen Wein nachschenkte, den Ewen zur Feier des Tages auf seine erst kürzlich geschlossene Verlobung ausgegeben hatte. Dazu flossen Ale und Whisky in Strömen, und die Stimmung steigerte sich zur Raserei. Immer mehr Lieder wurden gespielt und gesungen. Mit erhitztem Gesicht kam Ewen auf John zu.

»Ich habe dir und deiner Verlobten eine Kammer im obersten Turmgeschoss richten lassen«, raunte er heiser, und dabei entging John nicht, dass seine Stimme verwaschen klang. »Ich muss noch bis Weihnachten warten«, fügte er mit ehrlichem Bedauern hinzu. »Um meine Braut offiziell ins Bett führen zu dürfen, aber das bedeutet nicht, dass ich meinen Männern das gleiche Los auferlege.«

John wusste nicht genau, was er meinte, doch es schien darauf hinauszulaufen, dass er als Verwandter des Lairds zusammen mit Madlen eine Kammer in der Burg seines Clanchiefs teilen durfte, während seine Kameraden, Wilbur und auch Rosie in einem Gesindetrakt untergebracht wurden. John zögerte einen Moment, weil er nicht besser gestellt sein wollte als seine Gefährten. Doch dann sah er ein, dass es keine günstigere Gelegenheit gab, die Bücher zu verstecken und in Ruhe mit Madlen ihre Pläne zu besprechen.

Schweigend gingen sie die steinerne Wendeltreppe hinauf. Ein kühler Lufthauch zog durch das Gemäuer und ließ die Fackel in der Hand des vorausgehenden Dieners unruhig flackern. Das Zimmer, vor dem der Bedienstete stehenblieb und dessen Tür er mit einem großen Schlüssel öffnete, beherbergte ein großes Eichenholzbett, das über und über mit weißem Linnen und einer Decke aus Wolfsfell überzogen war. Der Diener entzündete einen silbernen Kandelaber, der mit einer Waschschüssel und einem Standkreuz auf einer Kommode stand. Dann zog er sich zurück und schloss lautlos die Tür.

Flüchtig blickte John sich um und stellte die Satteltaschen, die er die ganze Zeit über nicht aus den Augen gelassen hatte, an den Bettpfosten. Cuninghames Buch war darin verborgen. Dazu legte er seinen

Waffengürtel mit Dolch und Degen. Dann setzte er sich aufs Bett und zog seine Stiefel aus. Draußen pfiff der Wind um die Mauern, und ab und an schallten die dumpfen Befehle der Wachmannschaften zu ihnen herauf. Madlen hatte ihm den Rücken zugekehrt und nestelte verlegen mit einer Hand an den Schnüren ihres Mieders.

»Soll ich dir helfen?«, fragte er leise und stand auf, von einer plötzlichen Unsicherheit ergriffen. Was wäre, wenn Madlen trotz des öffentlichen Bekenntnisses ihrer Zuneigung zu ihm das Bett nicht mit ihm teilen wollte?

Sie wandte den Kopf und lächelte schüchtern. »Warum nicht? Es ist ja nicht so, als ob wir uns noch nie begegnet wären.«

John wusste nicht, was er darauf antworten sollte. Er sehnte sich nach ihrer Zärtlichkeit, seit sie das erste Mal zusammen gewesen waren. Es war eine herbe, verletzliche Sehnsucht, die ihm den Atem nahm und ihm Angst machte. Obwohl er sie, nachdem sie davongelaufen war, gezwungen hatte, bei ihm zu bleiben, würde er sie niemals zwingen, mit ihm zu schlafen. Natürlich wollte er sie – hier und jetzt und in diesen wunderbaren Kissen, die geradezu einluden, sich mit einer Frau die ganze Nacht hindurch zu vergnügen. Aber Madlen war keine Hure, deren Habgier man sich schönreden musste, um der Einsamkeit zu entgehen und sich Erleichterung zu verschaffen.

Mit pochendem Herzen öffnete er die Schnüre ihres Mieders und zog sie so weit auf, dass das Kleid an ihr hinunterglitt. So stand sie da, nur noch im Unterrock, und es war ihm unmöglich, sich zurückzuhalten. Mit zarter Hand berührte er ihre nackten Schultern, strich ihr das lange dunkle Haar zur Seite. Dann beugte er sich hinab und küsste ihren Nacken. Er spürte die feine Gänsehaut, die ihren angespannten Körper überlief. Ohne ein Wort wanderten seine zitternden Finger zu ihren Brüsten, die er mit einer solchen Leichtigkeit liebkoste, dass ihre Brustwarzen zu reifen Himbeeren heranwuchsen.

»O John!«, flüsterte sie atemlos, als er sie an sich zog und sein hartes Geschlecht, das noch unter dem Plaid verborgen war, an ihren rundlichen Po presste. Sie streckte ihre Arme nach hinten, um ihn von rückwärts zu umarmen, und als sie bemerkte, dass dies zu mühsam war, wandte sie sich ihm zu, von Angesicht zu Angesicht, und zog ihm das Hemd aus. Dabei sah sie die ganze Zeit über in seine Augen.

Als er mit freiem Oberkörper vor ihr stand, umarmte sie ihn und drückte ihm ihren bloßen Busen zärtlich gegen den Bauch. Er stöhnte kehlig auf, als sie sich lange und intensiv küssten. John löste beiläufig den Gürtel seines Plaids und Madlen die Taillenschnur ihres Unterrocks. Ihr heißer Leib presste sich gegen sein Glied. Er zuckte zurück. »Jesus«, brachte er keuchend hervor und grinste sogleich. »Ich bin geladen wie eine Muskete.«

Sie war es, die auffordernd die wärmenden Decken aufschlug und ihn mit einer einladenden Geste ins Bett lockte. Sie legte sich vor ihm auf den Rücken und zog ihre Schenkel so weit an, dass sie all ihre Geheimnisse vor ihm enthüllte. Schwer atmend glitt er in sie hinein.

»Bist du sicher, dass du es willst?«, flüsterte er und wusste nicht, was er tun würde, wenn sie nein sagen sollte.

»Natürlich«, erwiderte sie kichernd. »Ich kann die ganze Zeit an nichts anderes denken.«

»Meine kleine geheimnisvolle, widerspenstige Frau«, flüsterte er rau, und dann nahm er sie mit sanften, langsamen Stößen. Ihr Atem ging schneller, und er hielt für einen Moment inne, um sich zurückzuhalten. Sie nutzte den Moment und zog seinen Kopf zu sich herunter. Ihre Münder fanden sich, und sie küsste ihn hungrig.

»Was soll ich nur mit dir machen?«, raunte er heiser.

»Mich lieben«, hauchte sie mit einem glücklichen Lächeln, bei dem sie die Augen geschlossen hielt. »Mich lieben.«

16

West Highlands 1647 – »Rabenjagd«

Die Stimmung in der hastig anberaumten Versammlung im Heriots Hospital fiel so düster aus wie das Wetter. Trotz des Sturmes, der sich mit tief dahinjagenden schwarzen Wolken ankündigte, hatte sich die komplette Bruderschaft der Panaceaer nach der Entsendung von Eilboten am frühen Nachmittag zu einer außerordentlichen und wie immer geheimen Sitzung zusammengefunden.

»Ich fordere deine unverzügliche Ablösung als Großmeister«, blaffte

Sir Ebenezer Wentworth, noch bevor Lord Chester Cuninghame alle Anwesenden begrüßen konnte. Cuninghame beschwichtigte zunächst mit erhobenen Händen den aufkommenden Tumult unter den übrigen Brüdern, die von Wentworths ungehörigem Angriff ebenso überrascht wurden wie er selbst. Dabei ließ er sich nicht anmerken, wie sehr ihn das Verhalten seines Stellvertreters erzürnte. Erst nachdem wieder ein wenig Ruhe eingekehrt war, fuhr er unbeirrt mit dem Willkommensritual fort, indem er die festgelegten lateinischen Begrüßungsformeln mit gesenkten Lidern und in gleichförmigen Tonfall sprach. Danach schaute er mit einer bemerkenswert neutralen Miene auf, um das Wort zu erteilen.

Zunächst meldete sich niemand. Leise stritt man untereinander darüber, ob es tatsächlich der Großmeister zu verantworten hatte, dass nicht nur eines der heiligsten Bücher der Bruderschaft, sondern dazu eine ganze Truppe von Gefangenen scheinbar spurlos verschwunden waren. Zu allem Übel waren am Tag zuvor acht kopflose Leichen in der Nähe des ehemaligen Parlamentssitzes von Stirling ans Ufer des Forth geschwemmt worden. Ein vermisster Spezialtrupp von Cuninghames Söldnern, wie sich bald darauf herausgestellt hatte, der vermutlich von den geflohenen Gefangenen getötet worden war.

Wentworth setzte sich aufrecht hin und rückte seine teure rotbraune Lockenperücke zurecht. Dann räusperte er sich gekünstelt in ein seidenes Taschentüchlein. Es kostete Cuninghame einiges an Kraft, seine finsteren Absichten gegenüber dem verhassten Bruder hinter einer Maske scheinbarer Gelassenheit zu verbergen. Wentworth würde den Tag nicht überleben, wenn es nach Cuninghame ginge, doch seine Macht schien zu schwinden, und die Fäden glitten ihm mit den neuesten Geschehnissen immer mehr aus der Hand.

»Offenbar sind die Geflohenen mit Hilfe des Buches doch hinter das Geheimnis unserer Machenschaften gekommen, sonst hätten sie deine Söldner am Forth nicht geköpft«, erklärte Wentworth. »Was ist, wenn ihnen das Buch weiteren Aufschluss über unsere Vorgehensweise gibt? Falls sie unserem Geheimnis auf die Spur kommen und ihr Wissen mit anderen teilen, ist unsere Bruderschaft am Ende. Es war purer Leichtsinn, das Buch nur hinter geschlossenen Türen zu verwahren. Man hätte es zumindest in einer eisernen Truhe oder an einem

weitaus sicheren Platz hinterlegen müssen.« Wentworth steigerte sich
regelrecht hinein, Cuninghames Unvermögen darzustellen. »Ein solcher Fehler hätte dir in deiner Position niemals unterlaufen dürfen.«

»Unsinn!« Mit einer fahrigen Handbewegung fegte Cuninghame die
Bedenken seines Rivalen vom Tisch. »Alles was in dem Buch geschrieben steht, befindet sich in meinem Kopf.« Er tippte sich demonstrativ
an die Stirn. »Somit ist uns nichts verloren gegangen. Falls die Geflohenen die Anleitungen im Buch überhaupt verstehen und ihr Wissen
mit jemand anderem teilen, werden sie schneller auf dem Scheiterhaufen landen, als sie denken können. Die meisten gewöhnlichen Menschen sind zu dumm, um zu begreifen, welche Macht hinter dem Inhalt
des Buches verborgen liegt. Für sie ist es allenfalls ein Hexenwerk, von
dem man besser die Finger lässt.«

Wentworth stand auf, das feiste Gesicht puterrot vor Erregung, und
dachte gar nicht daran, seine Hasstiraden gegen Cuninghame zu beenden. »Cameron und seine Männer sind aber keine Normalsterblichen mehr.« Er blickte mit selbstgefälliger Miene in die Runde. »Um
es genau zu sagen: Sie sind unsterblich! Und das haben sie allein unserem geschätzten Großmeister zu verdanken. Es sei denn, es erscheint
jemand, der sie von diesem Zustand erlöst, indem er ihnen in geeigne-
ter Weise entgegentritt.« Er hielt einen Moment inne, um seinen Worten eine besondere Wirkung zu verleihen. »Und so wie es aussieht«,
fuhr er stimmgewaltig fort, »sind unsere selbsterschaffenen Geschöpfe alles andere als geistlos, zumal ihnen ihr Geist nicht per ›Caput mortuum‹ genommen wurde!« Er beugte sich in Cuninghames
Richtung vor. »Hier geht es nicht allein um magische Rezepturen,
sondern auch um Listen, die im Anhang des Buches zu finden sind.
Was wird, wenn man uns und unsere Kundschaft mit dem Buch in
Verbindung bringt?«

»Was redest du da?«, zischte Cuninghame ihm zu. »Erstens ist jeder
Einzelne von uns zu angesehen, als dass man ihn mit dem Vorwurf der
Hexerei belasten könnte, und zweitens: Sollten Cameron und seine
Leute auf die Idee kommen, damit zum Sheriff zu gehen, wird man
glauben, sie hätten die Eintragungen gefälscht. Cameron ist ein zum
Tode verurteilter Geächteter, der nur wegen der Gnade des Parlamen-
tes der Vollstreckung seines Urteils entronnen ist. Seine Mannschaft

ist zur Deportation verurteilt. Auch diese Männer wird man hängen, wenn man sie stellt und herausfindet, dass sie geflohen sind.«

»Hängen allein reicht aber nicht mehr«, schnaubte Wentworth. »Wer sorgt dafür, dass man ihnen das Herz herausreißt, wenn man sie hinrichtet? Und überhaupt – kein gewöhnlicher Soldat wird sich ihnen wegen ihrer neugewonnenen Kräfte entgegenstellen können.«

Ein schwarzhaariger Bruder mit einer leicht gebogenen Nase erhob sich und bat um das Wort. Cuninghame erteilte es ihm gerne, wusste er doch, dass Sir Joseph Hope of Hopton stets auf seiner Seite stand.

»Ich denke, dass Bruder Chester hervorragende Arbeit geleistet hat«, näselte der feingliedrige Mann. »Die Vorgehensweise, Abtrünnige wie Stratton oder Cameron eines politischen Verbrechens zu bezichtigen, führt dazu, dass sie ihr Ansehen als ehrliche Bürger einbüßen und ihre Glaubwürdigkeit verlieren. Dieser Umstand dürfte es ihnen schwermachen, gegen uns auszusagen.«

Wentworth verzog das Gesicht. »Allmächtiger!«, stieß er hervor. »Begreift es denn niemand? Wir müssen Cameron und seine Leute einfangen und unverzüglich töten, bevor sie gegen uns vorgehen können. Man hätte Subjekte wie Stratton und Cameron einfach bei Nacht und Nebel umbringen und beseitigen sollen. So wie ich es von Beginn an gefordert habe. Das hätte weit weniger Umstände bereitet.«

»Stratton und Cameron stammten beide aus angesehenen Familien«, erwiderte Hopton und blickte zustimmungsheischend in die Runde. »Wenn man sie einfach getötet hätte, wäre es womöglich zu Untersuchungen gekommen, die dann zu unserer Bruderschaft geführt hätten. Ich halte es in jedem Fall für besser, wenn es eine durch das Parlament abgesegnete Erklärung für das Ableben dieser Männer gibt.«

Wentworth stolzierte unbeeindruckt die Sitzreihen entlang, während er sich erneut an die Runde wandte. »Abgesehen davon, dass diese Gelegenheit bei Cameron und seinen Männern nun vollkommen vertan ist, bleibt doch die Frage, warum Bruder Chester überhaupt Männer wie Stratton und Cameron ausgesucht hat, um sie umwandeln zu lassen. Solche Burschen sind viel zu eigenwillig und gefährlich, um mit ihnen zu experimentieren.«

Cuninghames Blicke sprühten vor Gift. »Stratton stammte aus einer

Adelsfamilie. Ich hatte ihn auserwählt, weil er mir versicherte, später unserer Bruderschaft beitreten zu wollen. Ich hatte eine Abmachung mit ihm. Er wollte Madlen MacDonald *nach* seiner Umwandlung ein Kind zeugen, damit wir endlich wissen, ob sich die Veränderungen eines Probanden auch auf ungeborenes Leben übertragen. Du weißt selbst, warum wir so verfahren mussten. Uns ist es nicht erlaubt, nach der hohen Weihe eine unreine Frau zu berühren. Es würde nicht nur unseren Geist beschmutzen, sondern uns auch die mentale Kraft rauben, um mit dem Unaussprechlichen Kontakt aufzunehmen. Woher sollte ich wissen, dass Stratton sich mit all seinen Kenntnissen gegen uns wenden würde?«

»Schon damals habe ich dieses Vorgehen nicht verstanden«, erwiderte Wentworth mit einem larmoyanten Unterton in der Stimme. »Wie kann man einer männlichen Hure, die es mit jedem Esel treibt, wenn man sie nur anständig genug bezahlt, ein solches Vertrauen entgegenbringen?« Er schüttelte mitleidig den Kopf und machte vor Cuninghame Halt. »Und was Cameron betrifft, so frage ich mich, warum du gezögert hast, ihn am Mercat Cross köpfen zu lassen. Die Menge hätte ihr Spektakel gehabt, und wir hätten ein Problem weniger.«

»Nach seiner Umwandlung wollte ich seine Manneskraft benutzen. Ich wollte, dass er Madlen besteigt, weil der Versuch mit Stratton fehlgeschlagen war.«

»Du wolltest *was*?« Wentworth sah ihn ungläubig an.

»Cameron empfindet etwas für Madlen, und sie scheint ihn abgöttisch zu lieben. Bruder Mercurius hat sie auf die Probe gestellt, indem er ihr suggerierte, er sei Cameron, und sie an seiner Stelle bestiegen hat. Nur benötigen wir leider eine menschliche Befruchtung, um zum Erfolg zu gelangen. Zu unserem Glück ist es Mercurius aber gelungen, ihre Seele zu markieren, weil sie ihn nahe genug an sich herangelassen hat«, führte Cuninghame weiter aus, was nichts anderes bedeutete, als dass der respekteinflößende Gehilfe des Unerklärlichen sie stets finden würde, ganz gleich, wo sie sich aufhielt. Selbst nach ihrem Tod würde er wissen, ob und wo sie als menschliches Wesen wiedergeboren worden war. »Man hätte sie und Cameron nur lange genug zusammen in einen Käfig sperren müssen, dann hätte der Highlander ihr das Kind gezeugt, das wir eigentlich von Stratton haben wollten.«

»Und warum hast du Camerons Geist nicht von Bruder Mercurius beeinflussen lassen?«, wandte Wentworh ein. »Er hätte ihn zu einem willfährigen Instrument machen können, und dann hätte er auch ohne Zwang getan, was du wolltest.«

Cuninghame kniff die Lippen zusammen. »Er hätte zum einen impotent werden können, und zum anderen hätte sich der Zustand des ›Caput mortuum‹ womöglich auf das Ungeborene übertragen und es wäre zeugungsunfähig oder verblödet zur Welt gekommen. Das wollten Mercurius und ich nicht riskieren.«

Wentworth blickte mit verengten Lidern in die Runde. »Und was ist mit den anderen Idioten? Warum hast du *sie* nicht wenigstens sofort von Cameron getrennt und zu willfährigen Söldnern gemacht? Denkst du, nur weil du der Großmeister bist, kannst du alles im Alleingang bestimmen, ganz gleich, was am Ende dabei herauskommt?«

»Das ist ja lächerlich«, schnaubte Cuninghame. »Die Regel besagt, dass wir die dreitägige Frist der Mensis philosophicus einhalten müssen, bevor wir mit der Geistesumwandlung beginnen. Die Männer hätten uns ansonsten unter der Hand wegsterben können, solange sich das Elixier noch nicht mit ihrem Körper verbunden hatte. Woher hätte ich wissen sollen, dass sie nach allem, was ihnen widerfahren ist, so rasch auf die Beine kommen und ein solches Desaster veranstalten?«

»Du hättest sie eben besser bewachen lassen müssen«, rief Wentworth vorwurfsvoll. »Du bist schließlich derjenige, der die Verantwortung für unser Labor auf dem Bass Rock übernommen hat. Wenn es so weitergeht, schlachtet dieser verrückte Highlander unsere gesamten Truppen ab, bevor wir auch nur den Hauch einer Chance bekommen, ihn wieder einzufangen, geschweige denn, ihn und seine Leute zu eliminieren.«

Für einen Moment herrschte betretenes Schweigen, dann setzte Wentworth eine joviale Miene auf und blickte abermals in die Runde. »Ich habe nichts gegen dich persönlich, mein Freund«, verkündete er Cuninghame gegenüber. »Aber deine Fehler gehen auf Kosten der Bruderschaft, und das ist auf Dauer nicht zu verantworten.«

Cuninghame sah ihn hasserfüllt an. »Was redest du da für einen hanebüchenen Unsinn?«, fauchte er. »Ich habe mein Vorgehen mit Bruder Mercurius abgesprochen.«

Im nächsten Moment, so als würde der Lord mit Mercurius in einer geheimen Verbindung stehen, öffnete sich die hölzerne Tür, und der dreizehnte Mann der Bruderschaft schwebte in einem weißen Habit herein. Mercurius war der eigentliche Herrscher über Sein oder Nichtsein in der Runde der Panaceaer, er bestimmte, wer für das Amt des Großmeisters ausersehen war. Als er seine Kapuze zurückstreifte, sorgte bereits seine Hässlichkeit dafür, dass sich alle Augen auf ihn richteten.

Bruder Mercurius legte den Kopf schief und musterte die Bruderschaft wie eine gefräßige Katze, die vor einer Schar in die Enge getriebener Mäuse steht. Wentworth war rasch an seinen Platz zurückgekehrt, und hier und da erklang ein leises Räuspern, sonst herrschte mit einem Schlag abgrundtiefes Schweigen.

»Ich verstehe eure Aufregung nicht, meine Brüder«, setzte Mercurius mit selbstgefälligem Lächeln an.

Cuninghame trat beinahe erleichtert zur Seite und überließ ihm einen großen, mit Gold verzierten Sessel, während er sich selbst auf einem viel kleineren Stuhl direkt neben Mercurius am Kopf des Versammlungstisches niedersetzte.

»Ja, es hat Tote gegeben«, gab Mercurius leichthin zu. »Auf der falschen Seite, wie wir mit Bedauern erfahren durften. Aber wie ihr euch denken könnt, habe ich meine Kontakte und weiß, wo sich unsere Gesuchten aufhalten.«

»Und wo wäre das?«, warf Wentworth ungebührlich vorlaut ein.

Mercurius bedachte ihn mit dem Blick eines Raubvogels. »In den Highlands«, antwortete er gleichmütig.

»In den Highlands«, wiederholte Wentworth mit leichter Ironie in der Stimme. »Heißt das, wir müssen Truppen in die vom Bürgerkrieg umkämpften Gebiete der Barbaren entsenden, um das Buch wiederzubekommen und die Diebe zu töten, bevor sie weiteres Unheil anrichten können?«

»Nein«, antwortete Mercurius mit einem süffisanten Lächeln, das seinen Ärger über die Einmischung des vorlauten Bruders ausdrückte. »Die Geflohenen sind bei einem meiner früheren Kunden untergeschlüpft. Es ist nicht ungefährlich, dort offen mit Truppen aufzutreten. Bei einem Highlander bedarf es keines Elixiers, um ihn zum

Äußersten zu treiben, wenn es darum geht, einen Kampf zu gewinnen, und erst recht nicht, wenn er bereits davon gekostet hat. Deshalb wähle ich eine andere Strategie.«

»Ein früherer Kunde?« Lord Angus Balfour of Barlay, ein Mittfünfziger mit einer grauhaarigen Lockenperücke, starrte Mercurius überrascht an. »Wer in den Highlands hat so viel Geld, sich zu unserer Kundschaft zählen zu dürfen?«

»Der Marquess von Argyll.« Mercurius lächelte maliziös. »Wobei er nicht in unser Geheimnis eingeweiht ist. Er glaubt wie fast all unsere Kunden, dass unsere Quellen in Afrika sprudeln. Bisher hat er lediglich kleinere Mengen des Lapis Philosophorum erworben, um seine offenen Beinwunden zu kurieren.« Mercurius grinste selbstgefällig. Jeder im Raum wusste, dass die Einnahme ihres Wundermittels bereits in geringen Mengen zur Sucht führte. Setzte man die geheimnisvolle Medizin ab, alterte man schneller, erkrankte erneut und fühlte sich wie das Leiden Christi persönlich. Von Mal zu Mal benötigte man mehr von der kostspieligen Substanz. Nur ein hochgefährlicher kompletter Austausch des Blutes führte zu nie versiegenden Kräften und zum ewigen Leben.

Längst noch nicht jeder Bruder hatte diese Prozedur über sich ergehen lassen. Sie war äußerst schmerzhaft und konnte den Tod bringen, wenn sich der Betroffene in einer körperlich labilen Verfassung befand.

»Außerdem hat der Marquess bereits in früheren Zeiten mehrmals unsere militärische Hilfe angefordert«, fuhr Mercurius fort.

Es war unter den Brüdern allgemein bekannt, dass Cuninghame seine hirnlosen Höllenhunde, wie man sein Regiment auch bezeichnete, gern an zahlungskräftige Kriegsherren vermietete. So konnten die Söldner nach einer gewonnen Schlacht bei verwundeten, hilflosen Feinden unbemerkt *das* abzapfen, was man zur Herstellung des Elixiers am meisten benötigte: frisches menschliches Blut.

»Argyll war es auch, der in einem Gespräch seinen Unmut darüber zum Ausdruck gebracht hat, dass sein Neffe Ewen, ein Nachfahre des alten Loch Iol, ihm den Gehorsam verweigert und mit seinen Kriegern zu den Königstreuen übergelaufen ist. Er wollte, dass wir etwas dagegen unternehmen und seinem Neffen eine Lektion erteilen. Doch ich musste passen, ohne Argyll erklären zu können, warum. Ewens Großvater gehörte bereits zu meinen Kunden, lange bevor ich das Elixier nach Europa brachte und diese Bruderschaft gegründet habe. Wir haben seinerzeit einen Nichtangriffspakt geschlossen. Dafür hat er mir seine Seele verkauft.« Mercurius setzte ein fatalistisches Grinsen auf. »Der Alte ist tot, und das, was von ihm übriggeblieben ist, wärmt sich in der Hölle die Eier. Er ist also einer von uns. Deshalb ist es mir nicht möglich, seinem ahnungslosen Neffen zu schaden, obwohl er – nach allem, was ich herausfinden konnte – John Cameron und die bezaubernde Madlen in Tor Castle aufgenommen hat.«

»Woher wollt Ihr das wissen?« Wieder war es Wentworth, der die Worte des erhabenen Bruder Mercurius anzweifelte.

Mercurius ließ sich jedoch seinen Unmut genauso wenig anmerken wie zuvor Cuninghame.

»Ich verfüge über ausgezeichnete Späher, Bruder Ebenezer, ein Umstand, den Ihr Euch merken solltet.«

Plötzlich peitschten Regen und Hagel so heftig gegen die kostbaren Glasfenster, das sie zu brechen drohten. Wegen des Unwetters entschloss man sich, die Sitzung vorzeitig abzubrechen. Außerdem war alles gesagt. Die Sache lag nun ganz allein in der Hand des Meisters.

Nach einer kurzen Unterredung mit Bruder Mercurius rief Cuninghame seinen Adjutanten heran. Boswick Taggert, ein gewaltiger Mann in einer gutsitzenden schwarzen Uniform aus gebürstetem Leder, setzte den Blick eines Bluthundes auf, als er den Befehl erhielt, ein Problem zu beseitigen, das bereits länger nach einer Lösung verlangte.

Madlen erwachte aus einem traumlosen Schlaf. Ein lautes Klopfen hatte sie geweckt. Widerwillig hob sie den Kopf und war für einen Moment verwirrt, weil das Bett neben ihr verwaist war. Wieder klopfte es, doch nicht an der Tür, sondern an den Fensterläden. Erstaunt schaute sie zu den halb geschlossenen Holzläden hin, die nur ein paar spärlichen Sonnenstrahlen Einlass gewährten. Wie konnte es sein, dass dort jemand klopfte? Das Fenster lag in mindesten zehn Yards Höhe. Neugierig stieg Madlen aus dem Bett.

Vorsichtig öffnete sie einen der Läden und wich zu Tode erschrocken zurück, als ein junger Rabe aufflog und für einen Moment krächzend und mit flatternden Flügeln in der Luft stand. Madlen hatte das Gefühl, dass er sie geradewegs anstarrte. Voller Panik warf sie die Holzläden zu und lehnte sich mit dem Rücken dagegen. Ihr Herz klopfte wie wild. Bilder eines Alptraums stiegen in ihr auf.

Als sich unvermittelt die Tür zu ihrer Kammer öffnete, schrie Madlen wie von Sinnen. Erst als sie sah, dass es John war, der auf der Schwelle stand, atmete sie auf.

»Madlen, mein Herz, was hast du?« Voller Sorge stürzte er zu ihr. Er trug ein frisches Hemd und sein neues Plaid. Das Haar war noch feucht, er hatte es zu einem Zopf gebunden.

»John, o mein Gott.« Mit einem Seufzer fiel sie ihm in die Arme. »Ich weiß nicht, was ich gedacht habe … Du warst plötzlich verschwunden und dann …« Sie geriet ins Stottern und wusste selbst nicht, wie sie die seltsame Begegnung mit dem Raben beschreiben konnte, ohne sich lächerlich zu machen.

Er küsste sie zärtlich. »Es tut mir leid«, erklärte er. »Ewen hat mich und die anderen Krieger zum morgendlichen Schwerttraining gerufen, danach habe ich ein Bad genommen. Ich wollte dich schlafen lassen.« Er löste sich von ihr und öffnete, bevor Madlen protestieren konnte, das Fenster.

Der Rabe war verschwunden. Warmes Sonnenlicht flutete herein.

»Du meinst es also ernst und willst wirklich für deinen Clan in den Krieg ziehen?« Madlen warf John einen Blick zu, der voller Zweifel war. Der Gedanke, dass er für die Camerons an Kampfhandlungen teilnehmen würde, ängstigte sie.

John zog sie auf das Bett und setzte sich neben sie. Er legte ihr einen Arm um die Taille und drückte sie an sich, während er zärtlich ihr Haar küsste.

»Was sollte ich anderes tun? Ich habe meinem Laird gestern vor allen Augen die Treue geschworen. Es musste sein. Nur mit der Unterstützung meines Clans kann ich uns vor Cuninghame und seinen Regimentern beschützen.« Er sah sie liebevoll an, und Madlen schluckte, weil sie seinen Schutz und sein Vertrauen gar nicht verdiente.

»Bist du nur wegen mir und meiner Flucht vor Chester in unsere Heimat zurückgekehrt?«, fragte sie.

»Notfalls wäre ich auch ohne dich in die Highlands geflohen, für den Fall, dass du Cuninghame den Vorzug gegeben hättest«, entgegnete er ehrlich. »Ich musste nicht nur dich und mich, sondern auch Paddy und die Jungs in Sicherheit bringen. Außerdem habe ich mir vorgenommen, nicht eher zu ruhen, bis wir Cuninghame und seinen Brüdern das Handwerk gelegt haben. Und das bedeutet nicht, dass ich mit meinem Schicksal hadere. Nach Ewens herzlichem Empfang habe ich wieder eine Familie. Ich habe dich – und ich habe Freunde, auf die ich mich verlassen kann. Was könnte einen Mann stärker machen, um selbst aus einem Kampf gegen den Teufel siegreich hervorzugehen?«

»John … ich habe Angst.« Madlen grauste vor dem Gedanken, Cuninghame jemals wieder gegenüberzutreten zu müssen. »Ich will Chester und seine Leute nie wiedersehen. Lass ihn dort, wo er ist. Könnten wir die Angelegenheit nicht einfach auf sich beruhen lassen? Ich meine, solange er uns nicht weiter verfolgt?«

»Du hast recht. Wir sollten dieses schreckliche Thema beenden.« John lächelte und küsste sie erneut. »Ich habe gute Nachrichten«, flüsterte er und drückte sie noch einmal an sich. »Ewen heiratet zu Weihnachten, und er hat mich gefragt, ob wir das Fest mit ihm teilen wollen, um uns ebenfalls vor einen Priester das Jawort zu geben. Was denkst du?«

Madlen war für einen Moment sprachlos. John hatte ihr augenscheinlich verziehen. Er sah sie mit einer solch erwartungsfrohen Miene an, dass sie es nicht fertigbrachte, nein zu sagen. Doch was wäre, wenn ihr Vater gegen die Camerons rebellierte? Oder Johns Vater, mit dem er seit ihrer Rückkehr noch gar nicht gesprochen hatte, einen Einwand gegen ihre Vermählung einbringen würde?

John machte ein angespanntes Gesicht. »Was ist …?«, bemerkte er unsicher. »Willst du mich doch nicht?«

»Natürlich will ich dich«, erwiderte Madlen hastig, während sie gleichzeitig nach Argumenten suchte, um Zeit zu gewinnen. »Der Hauspriester der Camerons gehört jedoch der Episkopalkirche an, und du bist katholisch.«

»Nun«, begann John vorsichtig, »wir bestellen einfach einen katholischen Priester hinzu. Ewen hat zugestimmt, dass wir uns in der Burgkapelle von einem katholischen Priester trauen lassen dürfen.«

»Aber es gibt kaum noch katholische Priester.« Madlens Einwand klang beinahe wie ein Protest. »Erst gestern habe ich erfahren, dass man in Dunbarton zwei Jesuitenpriester gelyncht hat, die eine katholische Messe gefeiert hatten.«

»Ich …« John sah sie so eindringlich an, als ob er sie beschwören wollte. »Ich dachte auch an dich«, fuhr er zögernd fort. »Ich meine, so weit ich weiß, bist du katholisch getauft. Auch wenn deine Mutter dich anders erzogen hat, gehörst du immer noch zur heiligen Kirche Roms.«

Madlen war überrascht, wie wichtig ihm sein Glaube war. »Ich weiß nicht, John, ob es dieser Tage klug ist, sich offen und ehrlich zum Katholizismus zu bekennen. Was soll aus unseren Kindern werden, wenn sie zeitlebens wegen ihres Glaubens verfolgt werden?«

John ging nicht auf ihre Worte ein. »Ewen meinte, wir könnten einen irischen Priester nehmen, der Zuflucht bei den MacDonalds of the Isles gefunden hat. Ewens Verlobte besteht ebenfalls darauf, dass ein katholischer Priester während ihrer Trauung anwesend ist, auch wenn er den beiden nicht den Segen spricht.«

Madlen stieß einen Seufzer aus. »Also gut, mein Liebling«, sagte sie lächelnd und strich ihm über die bärtige Wange. »Wenn es dich glücklich macht. Dann soll es so sein.«

John lächelte zufrieden, und Madlen küsste ihn zärtlich. Dann zog sie ihm das Hemd aus dem Gürtel und schob ihre andere Hand unter das Plaid, bis sie sein bestes Stück zu fassen bekam. Er reagierte sofort und streifte ihr das Nachthemd von den Schultern, um ihre aufgerichteten Brustwarzen zu küssen.

Madlen zog ihn aufs Bett. »Was mich betrifft«, stieß sie mit einer verführerischen Miene hervor, »so benötige ich keinen Priester, um zu wissen, dass ich zu dir gehöre. Ich weiß es auch so.«

Am nächsten Morgen schoss ein Bote zu Pferd durch das Hauptportal des Tor Castle, als John, gerüstet mit Schwert und Pistolen, die steinerne Wendeltreppe hinunter zum Speisesaal eilte, wo eine Reihe von Cameron-Kriegern bereits auf die Austeilung des gesalzenen Haferbreis wartete. Madlen hatte ihm mit ihrem fortwährenden Liebeshunger wenig Zeit zum Schlafen gelassen, und so gähnte er herzhaft bei dem Gedanken, in einer knappen Stunde an einer Einsatzbesprechung von Ewens Truppen teilnehmen zu müssen.

Nachdem der junge Bote sich durch einige wirr stehende Bankreihen bis zum Clanchief durchgekämpft hatte, machte er vor Ewen halt und verneigte sich. John beobachtete beiläufig, wie er Ewen eine in Leder eingebundene Depesche übergab.

Bran, der Anführer des berittenen Cameron-Horse-Regimentes, klopfte John augenzwinkernd auf die Schulter. »Du siehst ganz schön geschafft aus, Junge. Wenn du Verstärkung benötigst, um deine Frau zu beglücken, lass es mich wissen.« Ein paar weiße Zähne blitzten zwischen dem schwarzen Bart auf. John verpasste seinem neuen Kampfgenossen einen scherzhaften Stoß in die Seite.

Ewen war inzwischen aufgestanden und an Johns Tisch herangetreten. Mit einem Nicken bat er Randolf und David, die John gegenübersaßen, zur Seite zu rücken. Dann breitete er mit gerunzelter Miene ein kunstvoll bedrucktes Papier vor John aus. Darauf war das Bildnis eines grimmig dreinblickenden Highlanders mit zottigem Haar zu finden. Er war halb nackt, trug ein zerfetztes Plaid und war bis an die Zähne bewaffnet.

»Hast du eine Ahnung, wo das herkommen könnte?«, fragte er. »Mein Späher hat es in Callander entdeckt. Es hing an einem Brett für öffentliche Bekanntmachungen.«

»Gesucht!«, murmelte John und überflog die offensichtliche Fahndung nach einem gejagten Verbrecher. »John Cameron of Blàr mac Faoltaich, im Namen des schottischen Parlamentes zum Tode verurteilter Landesverräter, wird beschuldigt, auf seiner Flucht vor dem Gesetz, den ehrwürdigen Abgeordneten des schottischen Parlamentes, Angehörigen der Partei der Covenanters und Geschworenen bei Gericht, Sir Ebenezer Wentworth of Kirkliston, brutal ermordet zu haben.«

Weiter hieß es, der Kutscher des Getöteten könne bezeugen, dass John Cameron mit einer Bande von Gesetzlosen die Kutsche überfallen und seinen Herrn geköpft habe. Für die Ergreifung des Verbrechers war eine Belohnung von tausend Pfund ausgesetzt.

»Uh!« John entfuhr ein unwillkürlicher Laut der Entrüstung, bevor er ratlos in die Runde schaute. Wentworth? War das nicht der Kerl, der Madlens Unschuld auf einem Jungfrauenmarkt verhökert hatte? Und hatte er nicht zu Cuninghames engsten Vertrauten gehört? Wer immer ihn auf dem Gewissen hatte, hatte recht getan. Wentworth hatte in Johns Augen nichts anderes als den Tod verdient. Sicher hätte er ihn selbst gern getötet, wenn er die Gelegenheit dazu gehabt hätte, doch so war ihm jemand zuvor gekommen.

Wortlos blickte er in die entsetzten Gesichter seiner Kameraden, als er das Papier demonstrativ in die Höhe hielt. Randolf und David begriffen die Zusammenhänge ebenso wenig wie John, schienen aber im Gegensatz zu Bran und Ewen zu wissen, was ihn bewegte.

»Wentworth?« Randolf sah ihn erstaunt an, doch John schüttelte leise den Kopf, damit der Norweger vor Ewen und Bran nicht mit Einzelheiten herausplatzte. John wollte nicht, dass Madlens Verbindung zu Wentworth vor Uneingeweihten ans Licht kam.

Aufgebracht blickte er zu Ewen hin. »Das ist ausgemachter Schwachsinn!«, schimpfte er und hielt ihm den Steckbrief mit wütender Miene entgegen »Der Mord soll vor ein paar Tagen in Falkirk geschehen sein. Zu dieser Zeit hatten wir Callander schon längst hinter uns gelassen!« Entrüstet hob er die Brauen. »Ich bin gewiss kein Engel, aber schon gar nicht bin ich Jesus und kann an mehreren Orten gleichzeitig wandeln.«

»Mach dir keine Sorgen, John«, beruhigte ihn Ewen. »Ich weiß, dass ihr nichts dergleichen getan habt. Bei uns seid ihr sicher. Meine Männer haben mehr Covenanters auf dem Gewissen, als es Parlamentsabgeordnete in Edinburgh gibt. Und meine Leute sind loyal. Niemand wird euch verraten, und wer immer euch einfangen will, muss zunächst an meinen Truppen vorbei. Allerdings hat dein Gegenspieler allem Anschein nach einen ziemlichen Respekt vor dir.« Ewen deutete grinsend auf das zugegebenermaßen scheußliche Bild, das man von John gezeichnet hatte.

John zerknüllte das Papier und warf es quer über den Tisch, wo David es auffing und mit konzentrierter Miene entfaltete, um sich das Bildnis erneut anschauen zu können.

»Wenn Madlen sieht, wie hässlich du in den Augen der Lowlander bist«, scherzte er, »wird sie sich glatt einen anderen suchen.«

»Madlen darf auf keinen Fall etwas davon erfahren«, erklärte John mit entschlossener Miene. »Sie würde sich nur ängstigen.«

Ewen nahm das Papier und riss es in mehrere Stücke, dann warf er es in den Kamin, wo es in Flammen aufging. »Asche zu Asche«, sagte er leise.

Doch John ahnte, dass die Sache damit längst nicht erledigt war.

17

West Highlands 1647 – »Höllenhunde«

»Was hast du mit den Büchern angestellt?«, wollte Paddy wissen, als er zusammen mit John auf einem abgeschiedenen Posten vor Loch Awe bäuchlings auf der Lauer lag, um Söldner des Marquess of Argyll auszuspionieren. Etwa zweihundert Yards entfernt hatten Archibald Campbells Covenanters ein Lager aufgeschlagen und ein kleines Feuer entzündet.

John überlegte bereits angestrengt, wie er Ewen klarmachen sollte, dass er trotz der Entfernung jedes einzelne Wort verstand. Selbst das Zähneklappern der feindlichen Soldaten entging ihm nicht. In diesem Jahr war es kurz vor Weihnachten außergewöhnlich kalt. Der Boden war bis in die Tiefe gefroren, und Schneeflocken rieselten auf die wärmenden Plaids, in die sich John und Paddy eingerollt hatten. Wie Ruaraidh, David und Randolf, die sich weiter östlich positioniert hatten, konnte ihnen die Kälte kaum etwas anhaben. Seitdem sie Cuninghames Folter überlebt hatten, entstanden Erfrierungen erst gar nicht, oder – falls es doch einmal geschah – heilten sie sofort, ein weiteres Phänomen, das sie von gewöhnlichen Menschen unterschied und sie hier und da in den Verdacht gebracht hatte, mit dem Teufel im Bunde zu stehen. Mit der Zeit wurde es jedoch immer schwieriger, all die neu erworbenen Fähigkeiten vor den übrigen Kriegern geheimzuhalten.

»Warum willst du das wissen?«, fragte John leise und tat so, als ob er sich im fahlen Licht eines abnehmenden Mondes orientieren müsse. Dass er die Landschaft trotz der Dunkelheit mit glasklarem Blick übersehen konnte, wusste niemand besser als Paddy.

»Du weißt, was ich meine«, knurrte der Ire. »Seit wir in deinem Clan aufgenommen wurden, hältst du die Bücher verborgen. Wir haben aufgehört, darüber zu reden, was dieses Schwein mit uns angestellt hat.«

John sah ihn von der Seite her an. Er wusste, dass Paddy von Cuninghame sprach. »Ich dachte, es ist besser so. Wir können ohnehin nichts daran ändern. Aber wenn du meinst, ich hätte vergessen, was dieser Bastard uns angetan hat, bist du auf dem falschen Pfad. Allerdings sehe ich im Moment keine Möglichkeit, gegen ihn vorzugehen.« Er schnaubte ärgerlich. »Bis der nächste Bürgerkrieg gewonnen und die Bedrohung durch die Engländer gebannt ist, bleibt uns nichts weiter übrig als abzuwarten. Aber das heißt nicht, Cuninghame ungeschoren davonkommen zu lassen.«

Paddy packte ihn unvermittelt am Arm. »Das ist es nicht, John«, zischte er bitter. »Du weißt sehr genau, es wird von Tag zu Tag schwieriger, vor Ewen und den anderen zu verbergen, dass wir Fähigkeiten besitzen, die kein normaler Christenmensch haben kann. Irgendwann wird es unvermeidbar sein, dass er und seine Männer misstrauisch werden, erst recht, wenn sie das Zeichen auf unseren Schultern entdecken.« Paddy setzte eine besorgte Miene auf. »Ich bin sicher, dass du die Bücher gelesen hast und mehr über die Dinge weißt, die darin stehen, als du uns verraten willst. Ich kann es spüren, und auch das weißt du genau.«

»Also gut, wenn du es unbedingt hören willst. Aber sag nachher nicht, ich hätte dir Angst gemacht.« John räusperte sich. »Wenn es stimmt, was in dem Buch mit dem silbernen Hexenstern steht, hat Cuninghame mit seinen Panaceaern dafür gesorgt, dass man auf dem Bass Rock einen Teil unseres eigenen Blutes gegen das Elixier ›Fluidum Lapis Philosophorum‹ ausgetauscht hat. Damit hat er uns gewissermaßen das ewige Leben spendiert. Wenn es zutrifft, was in dem Buch steht, können wir nicht mehr krank werden, und solange man uns nicht den Kopf abschlägt oder das Herz herausschneidet oder es mit einem Dolchstich oder einer Kugel zum Stillstand bringt, sind wir unsterblich.« John grinste matt. »Dass unser schwarzer Lord zu so etwas fähig ist, haben wir ja schon vermutet. Dem Buch nach zu urteilen, ist es nun bittere Gewissheit. Obwohl«, fügte er hinzu und zuckte mit den Schultern, »eigentlich ist es eine gute Nachricht.«

»Heiliger Christopherus, hilf«, stöhnte Paddy. »Es bedeutet, das wir niemals in den Himmel aufsteigen werden.«

»Oder nicht in die Hölle fahren.« John lächelte schwach. »Bei unserem Sündenregister wäre das wohl wahrscheinlicher.«

Paddy sah ihn aus schmalen Lidern an. »Denk doch mal nach! Es bedeutet, wir sind verflucht! Und am Jüngsten Tag stehen wir draußen.«

John grinste ihn mitleidig an. »Obwohl ich ein gläubiger Katholik bin, auf den Jüngsten Tag konnte ich schon immer gut verzichten.

Und unter den gegebenen Umständen würde ich es Glück nennen, nicht sterben zu müssen. Es hätte auch anders kommen können.«

»Anders kommen?« Paddy sah ihn zweifelnd an. »Wie meinst du das?«

»Wenn man die Dosis des Elixiers zu gering hält, blüht man zunächst einmal auf, doch dafür altert man nach einer Weile sehr viel schneller und erkrankt an merkwürdigen Plagen, falls man die Einnahme nicht rechtzeitig wiederholt. Tut man es längere Zeit nicht, ist man zu einem qualvollen Sterben verurteilt. Im Anhang des Buches befindet sich eine ellenlange Liste von Kunden des Lords, die bereits einschlägige Erfahrungen gemacht haben dürften. Du würdest staunen, wer alles dazugehört und sich längst in unseliger Abhängigkeit von Cuninghames Bruderschaft befindet. Der halbe Königshof wird dort angeführt. Außerdem diverse Würdenträger über ganz England, Deutschland und Frankreich verteilt. Es ist wohl einer der geheimen Gründe, warum man ausgerechnet adligen Verbrechern den Kopf abschlägt oder sie vierteilt.«

»Aus Angst, dass sie wiederauferstehen?« Paddy sah ihn ungläubig an.

John setzte eine fatalistische Miene auf. »Wenn man ganz sichergehen will, scheint es die beste Lösung zu sein.«

Der Ire schüttelte ungläubig den Kopf, während John mit weiteren Einzelheiten herausrückte.

»Manche von Cuninghames Kunden konnten oder wollten nicht zahlen. Dann wurde entweder die Lieferung eingestellt, was ihren Tod bedeutete, oder man hat sie umgebracht, um ihr Schweigen zu gewährleisten. Die Kreuze hinter den Namen lassen darauf schließen, dass sie keinen natürlichen Tod gestorben sind. Stratton gehörte übrigens auch dazu.«

»Stratton war einer von Cuninghames Kunden? – Und was ist mit uns?«, keuchte Paddy. »Werden wir nun doch sterben, wenn das Elixier nicht mehr wirkt?«

John lachte freudlos auf. »Ich kann dich beruhigen. Wenn es nach den Eintragungen im Buch geht, gehören wir wohl zu denen, die keinerlei Nachschub benötigen, genauso wie Cuninghames Söldner. Mit ihnen hat man allerdings noch etwas anderes angestellt. Im Buch war an vielen Stellen von ›Caput mortuum‹ die Rede, einer ziemlich unangenehm klingenden Prozedur, die man uns erspart hat. Wenn ich es richtig verstanden habe, handelt es sich um eine Art Geistesaustreibung, bei der man dem Betroffenen für immer den freien Willen nimmt.«

Paddy riss vor Entsetzen die Augen auf. »Du meinst, es laufen noch mehr solche Kreaturen herum wie wir?«

»Mit dem Unterschied, dass sie nach Cuninghames Pfeife tanzen. Wahrscheinlich haben alle seine Söldner dieses Elixier erhalten, ansonsten wären sie nicht so stark und könnten nicht mühelos Mauern von mehreren Yards im Sprung überwinden. Außerdem kann ich mir kaum vorstellen, dass ausgerechnet unser durchtriebener Lord darauf verzichtet hat, sein Wissen für die eigene Unsterblichkeit zu nutzen.«

»Und wie hoch ist der Preis, um dieses Elixier herzustellen?« Paddy konnte sich vorstellen, dass dieses seltsame Fluidum nicht vom Himmel fiel, sondern eher aus der Hölle stammte.

»Willst du die Wahrheit hören?« John hatte seine Feldflasche vom Gürtel gezogen und nahm einen Schluck Whisky. Bevor er weitersprach, bot er Paddy auch einen Drink an.

Der Ire trank in mehreren Zügen und nickte verhalten, als er die Flasche an John zurückgab. »Ich will alles wissen, ganz gleich, wie schlimm es sich anhört.«

John stellte die Flasche in Reichweite. »Es kostet das Leben von fünf gesunden Menschen, um so viel von dem Elixier zu erzeugen, wie in einen Humpen Ale hineinpasst, und du benötigst sechs Humpen davon, um einen gestandenen Mann wie dich in einen Unsterblichen umzuwandeln.«

»Heilige Mutter Gottes!« Paddy sah aus, als wollte er sich augenblicklich übergeben.

John fuhr fort. »Cuninghames Häscher saugen ihre Opfer so lange aus, bis kein Tropfen Flüssigkeit mehr in ihren Körpern ist. Mit allerlei seltsamen Geräten destillieren sie das Blut und die übrigen Säfte, bis die sogenannte Materia Prima übrigbleibt, jene Grundsubstanz, die später das Fluidum ausmacht.« Er schaute Paddy an, dessen Miene versteinert war.

»Kannst du noch folgen?«

»Sie nehmen lebende Menschen, um das Elixier herzustellen?«, flüsterte der Ire.

288

»Stell es dir so vor, als ob man einen guten Whisky braut. Die gefilterten Säfte der Materia Prima werden danach mit Hilfe eines magischen Steins, der ziemlich selten ist und aus Afrika stammt, in einer weiteren Prozedur, die sie Sublimation nennen, in ›Fluidum Lapis Philosophorum‹ umgewandelt, also jenes Elixier, das sie uns auf dem Bass Rock statt unseres eigenes Blutes in den Körper gejagt haben.«

Wut flackerte in den Augen des Iren auf. »Ich habe schon viele Grausamkeiten im Krieg erlebt, aber diese Vorstellung übertrifft alles.«

»Das ist der Grund, warum unsere Kameraden sterben mussten und warum die Toten in Banoxborn diese merkwürdigen Löcher in ihrer Haut aufwiesen.«

Paddy zog seine Lederhandschuhe aus. Angewidert betrachtete er die Finger seiner rechten Hand. »Willst du damit sagen, dass ich das Blut von Arne, Geoffrey, Archibald und weiß Gott von wem sonst noch in mir trage?«

»Sieht ganz so aus.«

»Herr im Himmel, John. Wie kommt man nur auf eine solche Idee?«

»Die Schuld an der ganzen Misere trägt ein Schiff aus Marokko, das im Frühjahr 1646 in Leith anlandete. Ein französischer Korsar mit dem Namen Matuín Lefèvre hat Cuninghame die afrikanischen Rezepturen mit einem Stein verkauft. Bald darauf gründete der Lord die Bruderschaft der Panaceaer, um weitere finanzielle Mittel und Unterstützung aus einflussreichen politischen Kreisen zu erhalten, damit er sein Elixier in großem Stil herstellen und an reiche Männer und Frauen verkaufen konnte. Außerdem benötigte er ein Netzwerk von Söldnern und Beamten, um unliebsame Kunden und auch die Leichen der Opfer zu beseitigen und deren Tod – falls nötig – zu legitimieren.« John hob eine Braue, während es Paddy die Sprache verschlagen hatte. »Und ich habe noch etwas in den Büchern entdeckt: Zaubersprüche, die es der Bruderschaft ermöglicht, die Gehilfen der Finsternis herbeizurufen. Sie nennen es, den ›Kontakt zum Unerklärlichen‹ aufnehmen.«

Paddys Gesicht war wie erstarrt. »Niemand darf davon erfahren«, erklärte er mit zitternder Stimme. »Es ist eindeutig Satanswerk. Wo hast du die Bücher versteckt?«

»Ich habe sie in einer Kommode in unserem Turmzimmer verschlossen. Den Schlüssel trage ich immer bei mir«, erwiderte John.

»Warum hast du sie nicht verbrannt?«

»Wer weiß, vielleicht können wir sie noch einmal gebrauchen, und sei es nur, um Cuninghame und seine Gefährten der Hexerei zu überführen. Obwohl es schwierig werden wird, die reichsten und mächtigsten Männer des Landes wegen Zauberei zu verklagen.«

»Und Madlen?« Paddy verengte misstrauisch die Lider. »Sie weiß doch sicher davon.«

»Nein!« Johns Stimme war ungewohnt scharf. »Sie ahnt noch nicht einmal etwas von Cuninghames Machenschaften. Sie weiß lediglich, dass er magische Dinge tut, die nicht mit dem rechtschaffenen Verhalten eines Christenmenschen zu vereinbaren sind.«

»Warum bist du dir da nur so sicher?«

»Sie hätte es mir gesagt, und außerdem habe ich ihr nichts von unserer Verwandlung verraten. Wenn sie es dennoch wüsste, würde ich es spüren.« Mit einer entschiedenen Geste schlug John sich eine Faust auf die Brust. »Hier drinnen!«

Erst am Abend des übernächsten Tages kehrten John und seine Kameraden nach Tor Castle zurück.

Madlen stand im Küchentrakt, als der Tross von fünfzehn Reitern im Hof erschien. Sie trug ein wärmendes Cape und konnte beobachten, wie John und Bran acht gefesselte Männer, die trotz ihrer Plaids völlig durchgefroren waren, hinunter ins Verlies geleiteten. Es waren Archibald Campbells Männer. Sie würden nützlich werden, sobald es Gefangene auf der gegnerischen Seite gab.

Ewen Cameron war schon im Haupthaus verschwunden und hatte seine Männer mit ein paar Befehlen zurückgelassen. Erst vor ein paar Stunden war ein Bote von den Inseln gekommen, um die Ankunft von Ewens zukünftiger Ehefrau zu vermelden.

John begab sich ins Badehaus, wo Madlen ihn mit einer Holzwanne voll dampfendem Wasser erwartete. Sie wusste, dass es für John nach längerer Abwesenheit im Feld nichts Schöneres gab, als ein heißes Bad zu nehmen. Sie hatte Ewens Haushälterin gefragt, ob sie einen der großen Bottiche für ihn allein herrichten dürfe, weil die übrigen Männer ohnehin keinen großen Wert auf ein Bad legten und sich lieber am mannshohen Kamin in der Halle bei einem heißen Bier aufwärmten.

Wilbur hatte Madlen beim Tragen der Torfstücke und der schweren Wasserkessel geholfen, die sie über dem Kaminfeuer erhitzt hatte. Als John zur Tür hereinkam, scheuchte sie Wilbur zum Essen hinaus, eine Anweisung, die der ewig hungrige Junge sich nicht zweimal sagen ließ.

John schloss die Tür hinter ihm nicht nur, sondern verriegelte sie, wie er es immer tat, wenn er ein Bad nahm. Er wollte nicht, dass jemand das Zeichen auf seiner Schulter entdeckte. Madlen rieb sich den Schweiß von der Stirn. Sie hatte sich die Haare hochgesteckt, und John fasste sie bei der Taille und zog sie zu sich heran. Dabei küsste er ihren Hals, bevor sie ihm beim Ablegen der Kleider helfen konnte.

»Du siehst zum Anbeißen aus«, hauchte er in ihr Ohr. Schneller als erwartet hatte er sich zu ihr hinuntergebeugt und ihre Brüste geküsst, die sich ihm aus dem Ausschnitt ihres einfachen Wollkleides wie zwei pralle Äpfel entgegendrückten. Johns langes Haar fiel auf Madlen herab und strich über ihre empfindliche Haut. Sie streckte sich unter seinen Liebkosungen und stieß einen leisen Seufzer aus, als er lächelnd zu ihr hinunterschaute.

»Hast du eine Ahnung, dass dieser Anblick jeden anständigen Soldaten in ein reißendes Tier verwandeln kann, vor allem wenn er wochenlang ohne weibliche Zuwendung im Feld zubringen musste?«

»Dann habe ich ja Glück«, erwiderte sie amüsiert und umarmte ihn zärtlich, »dass es bei dir nur ein paar Tage waren und du mich leben lässt.«

Mit einem Grinsen öffnete John seinen Waffengürtel und legte ihn zusammen mit dem Plaid auf einem Schemel ab. Nur im Hemd stand er da und sah sie erwartungsvoll an. »Mal sehen, was ich mit dir anstellen werde.« Mit einem schnellen Blick vergewisserte er sich, dass sie wirklich alleine im Zimmer waren. Erst dann zog er sein Hemd aus und stieg vollkommen nackt in den Bottich. Als Madlen damit begann, ihn einzuseifen und ihm den Rücken mit einer Bürste zu schrubben, packte er ihr Handgelenk und zog sie so weit zu sich herab, bis sich ihre Lippen berührten. Sein Kuss war fordernd.

»Willst du nicht zu mir kommen?«, flüsterte er rau. »Ich sehne mich nach einem willigen Bademädchen.«

Madlen kicherte, als sie spürte, wie seine feuchte Hand unter ihre

Röcke wanderte – zunächst das Knie hinauf, dann zwischen die Oberschenkel und noch weiter bis zu ihrem weichen, dunklen Vlies. Sie hielt ganz still und schloss die Augen, während sie unter den zärtlichen Berührungen seiner Finger erschauerte.

»Komm, lass mich dein Mieder öffnen«, flüsterte er, »und dann steig zu mir in den Bottich.«

Madlen ging in die Hocke, und John beugte sich halb über den Rand des Bottichs, um die Schnüre ihres Mieders zu lösen. Dann zog er ihr das Kleid herab, bis ihre Brüste zum Vorschein kamen, und noch weiter, bis auch ihr Unterrock über ihre wohlgeformten Hüften zu Boden glitt. Johns Blick wanderte über ihr kleines Bäuchlein, das ihre Schwangerschaft bereits verriet. Ohne Zögern stieg sie zu ihm ins Wasser und hockte sich in der warmen Seifenlauge über seinen Schoß. Dabei spürte sie, wie sein erigiertes Glied ihre Scham berührte. Während sie ihn mit einer fließenden Bewegung in sich aufnahm, sah sie ihm tief in die Augen. Sein Gesicht nahm einen verträumten Ausdruck an, während sie sich langsam hin und her bewegte. Seine Hände wanderten genussvoll über ihren Körper, und er warf den Kopf in den Nacken, als sie sich ihm mit einem gehauchten Seufzer so weit entgegenschob, dass er bis zum Ansatz seines Schafts in ihr steckte. Unter der Wasseroberfläche spürte sie seine Hände, die ihre Hüften umfassten und sie dazu animierten, sich langsam auf und ab zu wiegen. Nur ein leises rhythmisches Keuchen im Takt seiner Stöße ließ sie erahnen, wie sehr er es genoss, sie zu nehmen.

Madlen beugte sich vor und legte ihre Arme um seinen Hals, und während sie ihn immer drängender in sich spürte, glaubte sie, vor Lust zu vergehen. Ihre hungrigen Lippen fanden sich, und seine Küsse wurden heißer und fordernder. Ihr Schoß zog sich unter seinen kurzen, heftigen Stößen zusammen, und ihre nassen Brüste rieben sich an seiner Brust. Wie auf einen geheimen Befehl begann sie ihn so hart zu reiten, dass das Wasser über den Rand des Bottichs schwappte.

»Du bist ein Naturtalent«, flüsterte er atemlos und sah ihr mit glasigem Blick in die Augen.

Völlig erschöpft lehnte sie ihre Stirn an seinen Scheitel und streichelte über seinen Rücken. Dabei spürte sie, wie seine Lippen gälische Liebesschwüre an ihren Hals flüsterten, die ihr eine wohlige Gänsehaut über den Körper jagten.

»Ich liebe dich«, erwiderte sie leise – dreimal hintereinander, so oft, wie er es zu ihr gesagt hatte. Beinahe enttäuscht ließ sie es zu, dass er sie anhob, um sich aus ihr zurückzuziehen. Trotzdem blieb sie noch eine Weile auf seinem Schoß sitzen, während sie ihm eine feuchte Haarsträhne aus dem Gesicht strich. Beim Anblick seiner klaren tiefgrünen Augen musste sie schlucken. Es hätte alles so schön sein können.

»Was hast du?« Seine Miene war plötzlich wachsam.

»Ach, nichts«, flüsterte sie.

»Du hast doch was?« Er zog die Brauen zusammen, was er immer tat, wenn ihm etwas nicht behagte.

»Ich mache mir Sorgen, wenn du mit Ewens Leuten unterwegs bist. Ich meine … Ich habe Angst, dass du eines Tages nicht mehr nach Hause kommst.« Obwohl John und seine Kameraden bisher keine Verluste zu beklagen hatten, war Madlen in ständiger Unruhe. Dabei hielten sich selbst Micheal und Malcolm wacker, denen einige Clanmitglieder wegen ihrer Unerfahrenheit im Kampf einen schnellen Tod vorausgesagt hatten. Einige von Ewens Männern waren in einem Scharmützel mit Angehörigen Argylls gefallen. Man hatte die Leichen vor der Rückkehr der Überlebenden zur Burg transportiert. Während Johns Regiment weiteren Angriffen standhielt, um das angestammte Gebiet westlich von Loch Iol gegen die Angriffe der Covenanters zu verteidigen, hatte Madlen schlaflose Nächte. Johns Kampferfolge machten ihr Angst. Wer wusste schon, wie lange diese Glückssträhne noch anhalten würde? Dass der Barde mittlerweile fast nur noch Heldenlieder auf die neu hinzugekommenen Krieger sang, war offenbar nur Madlen aufgefallen.

»He.« John strich ihr eine Locke hinter das Ohr und hob ihr Kinn an, damit sie ihm in die Augen sehen musste. »Du bist die Frau eines Highlanders. Wie kommst du darauf, dass es jemanden gibt, der mich besiegen könnte?«

»Es sind schon zu viele gestorben, John. Und zu viele in Gefangenschaft geraten. Die Leute, die ihr heute ins Verlies geworfen habt, sind auch Highlander.«

»Ja, andere Highlander.« Er lächelte stolz. »Es sind keine Camerons. Mach dir also keine Sorgen.«

»Du nimmst mich nicht ernst«, schalt sie ihn, und dann verstummte sie abrupt, weil sie spürte, wie ihr die Tränen in die Augen stiegen. John bemerkte es sofort. Er nahm sie fest in die Arme, wie ein kleines Tier, das Schutz vor der Wildnis sucht.

»Was ist los, Mädchen?«, flüsterte er. »Da ist noch was anderes, ich kann es spüren. Sag es mir!« Er klang streng.

»Es geht um Rosie.« Madlen rang nach Atem, als ob sie einen Berg erklommen hätte, und atmete geräuschvoll wieder aus.

»Was ist mit Rosie?« Seine Stimme war hart und unnachgiebig.

»Sie redet über mich. Sie sagt, ich sei vom Teufel besessen und mein Kind müsse nach der Geburt exorziert werden.«

John kniff die Lippen zusammen. »Dieses kleine Biest«, fluchte er. »Ich werde mit Paddy reden müssen. Wenn sie so weitermacht, muss sie gehen. Es ist nicht recht, wenn sie falsches Zeugnis ablegt. Ich werde Ewen bitten, dass er ihren Fall bei der nächsten Clansitzung behandelt.«

»O nein, bitte nicht«, stieß Madlen hervor. »Das würde doch alles nur noch schlimmer machen. Die Leute würden erst recht zu reden anfangen, und wo sollte sie hin, wenn Ewen sie aus dem Clan verstößt? Du würdest Paddy als deinen Freund verlieren. Und dann würde Rosie ihr Leid an jeder Haustür klagen, an die sie klopft, und im Nu wissen es sämtliche Familien in den Highlands.«

»Was sollten sie wissen?« John sah sie fragend an.

»Dass ich vom Teufel besessen bin und als Hure Nacht für Nacht in sein Bett krieche.«

»Das behauptet Rosie?« John sah Madlen ungläubig an. »Heißt das, ich bin der Teufel?«

»Ich glaube nicht, dass sie dich meint. Sie denkt, ich würde dich mit dem Teufel betrügen. Sie hat mir ins Gesicht gesagt, dass ich Cuninghames Hure sei und nur hier, um dich auszuspionieren.«

»Es reicht!« Johns Stimme verriet seinen Zorn, als er Anstalten machte, aus dem Bottich zu steigen.

Madlen fühlte sich unglücklich, als er sich hastig abtrocknete und ein frisch gewaschenes Hemd überstreifte, das sie für ihn bereitgelegt hatte. Wortlos zog er Strümpfe und Stiefel an und gürtete sein Plaid. Vor einem milchigen Spiegel kämmte er sich das Haar zurück und bändigte es mit einer Lederschnur. Dann wandte er sich zur Tür. Mad-

294

len stand vor dem Bottich, nur mit einem Handtuch bekleidet, und sah ihn fassungslos an. »Wo willst du hin?«

»Dem schwatzhaften Weib die Leviten lesen – was sonst?«, erwiderte er barsch.

»John, das gibt Ärger!« Ihre Stimme klang flehend. »Paddy wird dir das nicht verzeihen.«

»Das ist mir gleich«, schimpfte er. »Selbst Freundschaft hat ihre Grenzen. Ich werde nicht zulassen, dass Rosie dich verleumdet. Was sie erzählt, ist gefährlich. Wenn sie dich vor den Hexenjäger bringt, kann noch nicht einmal Ewen etwas für dich tun. Und wenn jemand auf die Idee käme, uns Männer mit in die Sache hineinzuziehen, müssten wir eine Menge Dinge erklären, die wir nicht erklären wollen oder können.«

»Wie meinst du das?« Madlen sah ihn verständnislos an. Sie hatte nicht die geringste Ahnung, was der letzte Satz zu bedeuten hatte.

»Nichts«, antwortete John. »Lass mich die Sache regeln.«

Hastig strebte John auf die große Versammlungshalle zu. Schon von weitem dröhnte ihm das Gegröle seiner betrunkenen Kameraden entgegen. Auch Paddy hatte schon zu tief ins Glas geschaut. Rosie saß angeheitert auf seinem Schoß. Als John den Raum betrat, prosteten ihm Ewen und seine Gefolgschaft lautstark zu. Die Musik spielte auf, und John wusste, dass dies nicht der richtige Zeitpunkt war, um Rosie zur Rede zu stellen. Gleichwohl war er zu wütend, um die Sache noch länger auf sich beruhen zu lassen. Ohne nach links und rechts zu schauen, ging er auf Paddy und dessen Geliebte zu. Er ignorierte Paddys Angebot, aus seinem Becher zu trinken, und beugte sich so weit herab, bis sein Mund Rosies Ohr fast berührte. Mit honigsüßer Stimme forderte er sie auf, mit ihm nach draußen zu kommen. Sie lächelte nicht weniger süß und sprang mit einer grazilen Drehung von Paddys Schoß, dann folgte sie John in einen düsteren Gang, der zum Burghof führte.

»He! Wo wollt ihr zwei Turteltauben denn hin?«, brüllte Paddy hinter ihnen her. Die Eifersucht in seiner Stimme war nicht zu überhören.

John hielt vor einer abseits liegenden Vorratskammer inne, packte eine Fackel aus einer Halterung und zog Rosie in den mit Säcken und Fässern vollgestopften Raum hinein. Mit einer herrischen Geste schloss er die Tür, bevor er die Fackel in einen anderen Ständer steckte.

»Nicht so stürmisch, Soldat«, säuselte Rosie lüstern und schickte sich an, ihre Röcke zu heben. »Du bekommst sofort, was du brauchst. Wusste ich doch, dass das kleine Luder es dir nicht anständig besorgen kann. Ich kann es kaum erwarten, mal wieder deinen harten Prügel zu spüren.« Sie bückte sich und streckte ihm ihre nackte Kehrseite entgegen, damit er sie wie in guten alten Zeiten nehmen konnte.

Der Schlag mit der flachen Hand war so schmerzvoll, dass sie mit einem Aufschrei zusammenzuckte. John hatte sich im letzten Moment zurückgehalten und nur mit halber Kraft zugeschlagen, weil er sie nicht ernsthaft verletzen wollte. Doch am liebsten hätte er ihr anständig den Hintern versohlt. Wie vom Blitz getroffen ließ sie die Röcke fahren und wirbelte herum. Mit einer Mischung aus Empörung und Überraschung sah sie John ins Gesicht. »Bist du unter die Folterknechte gegangen?«, keifte sie ärgerlich. »Wenn es dir beliebt, eine Frau zu schlagen, nimm deine eigene.«

John machte einen Schritt auf sie zu. Mit einer Hand packte er sie am Arm, mit der anderen am Hals. Er hatte Mühe, sich zu beherrschen.

»Ich warne dich«, zischte er, während sie angsterfüllt röchelte. »Wenn du dein loses Mundwerk nicht hältst und meine Frau weiterhin als Hexe bezichtigst, werde ich dir höchstpersönlich zeigen, was es heißt, mit dem Satan in Feindschaft zu leben. Haben wir uns verstanden?«

»Ja.« Es war kaum mehr als ein Röcheln, das aus ihrer Kehle drang. Mit einem Ruck ließ er sie los.

»Ich werde Paddy sagen, was du mit mir gemacht hast«, schluchzte Rosie, während sie vor John zurückwich.

John packte sie erneut, diesmal noch härter. »Du magst im Bett talentiert sein, aber ansonsten bist du ein äußerst dummes Geschöpf. Mit deinem losen Mundwerk bringst du nicht nur Madlen in Gefahr, sondern auch Paddy und alle meine Männer. Überleg dir gut, was du tust. Ich habe keine Skrupel, dich zu töten, wenn auch nur einer von uns wegen dir zu Schaden kommt. Da wird dir auch Paddy nicht helfen können. Im Gegenteil, ich werde ihn mit Freuden von dir erlösen.«

»Hat sie dir so sehr den Kopf verdreht«, zischte Rosie verbittert, »dass du sogar für sie zum Mörder würdest.«

»Verschwinde!«, brüllte John. »Sofort, bevor ich mich hier an Ort und Stelle vergesse!«

Rosie verzog ihren Mund zu einem abfälligen Grinsen, doch zitterte sie gleichzeitig am ganzen Leib. Hastig floh sie durch die halb geöffnete Tür.

John lehnte sich schwer atmend gegen die Wand. Ihm war schwindelig – ein merkwürdiger Umstand, wenn er daran dachte, dass er Dutzende Männer im Kampf getötet hatte, ohne auch nur mit der Wimper zu zucken.

Nachdem sich sein Herzschlag wieder beruhigt hatte, straffte er seine Schultern und ging zurück zum Bankettsaal. Während ihn Rosie keines Blickes würdigte, war sein Clanchief bester Laune.

Madlen saß neben ihm. Ewen hatte einen Arm um ihre Schultern gelegt. »Setz dich, Bruder«, rief er John weinselig entgegen. »Bald werden wir Hochzeit halten. Der Priester ist schon bestellt.«

Wie auf ein geheimes Zeichen trat ein Mann durch das Hauptportal. Pater O'Reilly, wie er sich vorstellte, trug die lange Kutte eines Jesuitenpaters und verbeugte sich ehrerbietig, als er vor Ewen haltmachte. Obwohl er ein jungenhaftes Gesicht besaß, zuckte Madlen zusammen, als sie in seine brennenden Augen sah. John bemerkte ihre Wandlung, konnte sich jedoch keinen Reim darauf machen.

»Geht's dir nicht gut?«, flüsterte er ihr zu, während Ewen sich mit dem Priester beschäftigte und ihn nach seiner Reiseroute befragte.

Madlen schüttelte hastig den Kopf. »Ich glaubte, den Priester zu kennen«, gab sie leise zurück, »aber das muss ein Irrtum sein.«

»Er ist Katholik und kommt direkt aus Irland«, erklärte John. »Woher solltest du ihn kennen? Oder hast du ihn vielleicht schon einmal im Haus deines Vaters gesehen?«

»Nein, ausgeschlossen.« Wieder schüttelte sie hastig den Kopf.

»Das sind John und Madlen«, stellte Ewen sie dem Priester vor.

Der schwarzhaarige Mann entblößte eine sauber rasierte Tonsur, als er die Kapuze zurückschlug, um sich erneut vor Ewen zu verbeugen. Dabei streifte er John mit einem schnellen, rabenschwarzen Blick. Doch niemand außer Madlen schien das Dämonische in ihm zu bemerken.

Als er sich Madlen zuwandte und sie huldvoll anlächelte, fiel es ihr schwer, dieses Lächeln zu erwidern. Seine runden kleinen Augen erinnerten sie an den Raben aus ihrer Vision. Sie mochte den Mann nicht und glaubte zu spüren, dass eine Gefahr von ihm ausging.

»Und ihr wollt euch das Jawort geben?«, fragte er leutselig. Sein Blick ruhte immer noch auf Madlen, die ihm geflissentlich auswich. Dann widmete er sich John, der nichts gegen ihn zu haben schien, was vielleicht daran lag, dass er sich mit Leib und Seele der katholischen Kirche verschrieben hatte. »Eine hübsche Braut habt ihr da. Mir ist zu Ohren gekommen, dass sie bereits guter Hoffnung ist, oder irre ich mich?«

»Woher wisst Ihr das?«, warf Madlen ein, bevor John etwas entgegnen konnte. Bisher hatte sie aus gutem Grund nicht offen über ihre Schwangerschaft gesprochen. Nur Rosies und Johns Kameraden wussten Bescheid.

»Gott weiß alles, mein Kind«, erwiderte O'Reilly huldvoll. »Und ich bin sein Diener.«

John zog es vor, die Bemerkung des Priesters unkommentiert zu lassen. Vielleicht war es ihm peinlich, dass der Priester nun wusste, dass er und Madlen das Lager schon vor dem Segen der Kirche geteilt hatten. Obwohl das in den Wirren des Krieges nicht als außergewöhnlich erschien.

»Könnt Ihr uns auch verheiraten?« Paddy prostete dem Priester vom Nachbartisch zu, während er mit der anderen Hand auf Rosie deutete, die auf der Bank neben ihm saß. Ihr Blick war so entrückt, dass Madlen sich besorgt fragte, was John mit ihr angestellt hatte.

»Aber gewiss!«, rief O'Reilly eine Spur zu laut. »Wenn ihr beide Katholiken seid, jederzeit.«

Wenn eine Doppelhochzeit Unglück brachte, wie Madlens Mutter immer behauptet hatte, dann würde eine dreifache Hochzeit die reinste Katastrophe herbeiführen. Madlen musste sich nur Rosie ansehen, die nun mit einem alkoholschwangeren Grinsen zu ihrem zukünftigen Ehemann aufsah. Auch Paddy grinste selig, während er ihren drallen Hintern fest im Griff hatte. Es war keine Liebe, die die beiden verband, sondern nichts als Begehren auf Paddys Seite, und vielleicht dachte Rosie, es dem Iren schuldig zu sein. Schließlich war es Paddy gewesen, der sie von der Hurerei erlöst hatte.

Für einen Moment meldete sich Madlens Gewissen. Verhielt es sich mit John und ihr nicht ebenso? Nein! dachte sie entschlossen. Sie liebte John, und er liebte sie. Nur dass er für sie sein Leben riskieren musste, störte sie.

Dass ihre Sorgen durchaus berechtigt waren, musste Madlen schon am nächsten Tag erkennen. Noch in der Nacht war ein Bote zu Pferd erschienen, der den Überfall einer englischen Fregatte in einer Bucht am Loch Moidart verkündete. Unter einem Colonel der Levellers war eine bis dahin unbekannte Truppe von feindlich gesinnten Engländern mordend und brandschatzend ins Gebiet der Camerons vorgedrungen. Ewen hatte unverzüglich seine besten Krieger zusammengerufen und mit benachbarten Clans zum Gegenangriff geblasen.

Madlen blieb zitternd zurück, nachdem sie John im Burghof mit einem innigen Kuss verabschiedet hatte. Angsterfüllt sah sie ihm nach, als er zu Pferd, mit zwei Pistolen bewaffnet und einem riesigen Breitschwert, das er quer über dem Rücken gegürtet trug, mit fünfzig anderen Reitern im Frühnebel verschwand.

Der Ritt nach Moidart führte durch nebelverhangene Wälder und kahle Gebirgszüge. Bran hatte Späher entsandt, doch bis zum Nachmittag war ihnen weder ein Engländer begegnet, noch waren ihnen feindliche Clans über den Weg gelaufen. Als John bei Einbruch der Dämmerung die erste Rauchfahne am anderen Ufer des Lochs sah, wusste er sofort, dass es sich um kein wärmendes Kaminfeuer handelte. Ewen gab seinem Hengst die Sporen. Trotz seiner Jugend preschte er mutig voran.

Paddy war es, der den ersten Toten entdeckte, als sie den kleinen Fischerort nördlich von Kinlochmoidart erreichten. Der leblose Mann hing halbnackt über einer Brunneneinfassung. Äußerlich war er unverletzt. Wenige Yards entfernt lag ein kleines Mädchen, ebenfalls scheinbar unverletzt, daneben vermutlich ihre Mutter, die das Kind wie in einer letzten, verzweifelten Geste bei der Hand hielt. Bei genauer Betrachtung sah man, dass sie, obwohl keine Wunden zu erkennen waren, grausam gelitten hatten. Ihre Gesichter waren zu schmerzverzerrten Masken erstarrt.

Als Bran und seine Männer hinter Sträuchern und Hecken zu suchen begannen, entdeckten sie weitere Leichen.

»Teufelswerk«, flüsterte der dunkelgelockte Hauptmann der Truppe, als er vergeblich versuchte, den Herzschlag eines Jungen zu ertasten, den er in einem Kuhstall gefunden hatte und bei dem er ebenfalls keine Verletzungen feststellen konnte. Unverzüglich ließ er das Dorf von Wachen umstellen. Abgesehen davon, dass sie nicht wussten, wer diese grausame Tat begangen hatte, war jederzeit mit dem Erscheinen benachbarter Clans zu rechnen, die möglicherweise ebenfalls alarmiert worden waren und sie beim Anblick der Toten zu Unrecht verdächtigten. Ewens Truppen hatten bereits vor Glen Scanan die Grenze zum benachbarten Land des Clan Ranald überschritten, einem Abzweig der MacDonalds of the Isles, die den überwiegenden Teil von Moidart beherrschten.

Am Ende entdeckten sie fünfzehn Tote. Offenbar hatten all diese Opfer versucht, ihren Mördern zu entkommen. Selbst in den hintersten Winkeln der Hütten fanden sich keine Überlebenden. Nirgendwo war eine Spur der Täter zu erkennen – wenn man von den großen Stiefelabdrücken im Schlamm und den unzähligen Pferdehufen einmal absah, die den Weg zu einer kleinen Kapelle säumten. Eine aus Ton gebrannte und buntbemalte Muttergottesfigur lag umgestürzt auf dem Boden. Jemand hatte ihr mit einem spitzen Gegenstand die Augen ausgekratzt. Paddy saß ab und kniete bei einer toten Frau nieder, die neben der Heiligenfigur in einer großen Pfütze lag. Man hatte ihr die Kleider vom Leib gerissen, ihr Gesicht war von schmutzigem Wasser bedeckt. John ritt auf seinem Rappen heran, während Paddy das schlammverkrustete rote Haar der Frau beiseiteschob. Am Nacken und am unteren Rücken der Frau entdeckte er eindeutige Spuren. Ein Blick und ein geheimes Zeichen genügten – eine Cornụta, die Paddy aus Daumen-, Zeige- und Mittelfinger formte, um John und die eingeweihten Kameraden wissen zu lassen, dass dieser Feind weitaus gefährlicher war, als sie angenommen hatten.

Randolf fluchte leise. John stieg vom Pferd ab und ging zu der Toten hin, als ob er sich selbst noch einmal davon überzeugen musste, dass man ihr das Blut genommen hatte. Er spürte, wie er unwillkürlich zitterte und ihm übel wurde, als er ihre fahle, ledrige Haut berührte. Furcht und das Verlangen nach Rache durchfluteten ihn. Er hatte Madlen in Tor Castle zurücklassen müssen. Was würde geschehen, wenn Cuninghames Söldner bis dorthin vordrangen und sich ihrer bemächtigten?

»Wir müssen die Höllenhunde finden«, sagte er mehr zu sich selbst. »Bevor sie noch mehr Unheil anrichten können.«

Ewen und seine Männer ahnten von alldem nichts, während sie die Leichen nacheinander in eine der Hütten trugen. Es schien ihnen überhaupt nicht aufzufallen, dass die Toten allesamt einen winzigen runden Einstich am unteren Lendenwirbel und im Nacken aufwiesen. David, Ruaraidh und den beiden MacGregor-Zwillingen entging indes nicht, was hier geschehen war. Micheal hatte Angst, wie John an seinen verstörten blauen Augen ablesen konnte, während Malcolm versuchte, seinen Bruder durch eine souveräne Miene zu beeindrucken.

»Komm her, Junge«, sagte John leise zu Micheal und packte ihn beruhigend am Arm. Micheal sah ihn nicht an, er wollte wohl nicht, dass John ihn für feige hielt. »Wir müssen die Bastarde finden und töten, bevor sie weiteres Unheil anrichten können. Und dafür brauche ich jeden Mann, auch dich. Ewen und seine Leute können sich Cuninghames Schergen allein nicht erwehren. Sie benötigen unsere Hilfe. Hast du verstanden?«

Micheal nickte. Seine Miene hellte sich auf. John hatte ihn bei seiner Ehre gepackt und ihm noch einmal klargemacht, dass auch er ein vollwertiges Mitglied seiner Mannschaft war.

John warf den anderen einen wissenden Blick zu, unbemerkt von Bran und Ewen, die immer noch die Häuser des Weilers durchkämmten und Wachen hatten aufstellen lassen.

In einer Scheune, die von Ewens Männern schon durchsucht worden war, hielt John mit seinen Leuten Rat. »Ihr wisst, mit wem wir es hier zu tun haben?«

Randolf bejahte mit ernster Miene, und auch David nickte wissend.

»Was hast du vor?«, wollte Ruaraidh wissen. »Ewen und die anderen haben keinerlei Ahnung, was da auf sie zukommen könnte. Willst du ihnen das Geheimnis von Cuninghames Männern verraten?«

»Nein«, beschied John. »Es würde sie nur unnötig ängstigen, und am Ende würde es auf uns zurückfallen. Niemand darf erfahren, was mit uns geschehen ist, sonst brennen wir schneller auf den Scheiterhaufen der Witch Finder, als wir davonlaufen können. Wir müssen gegen Cuninghames Männer kämpfen, und zur Not müssen wir nicht nur uns, sondern auch Ewen und die anderen schützen – und zwar so unauffällig wie möglich.«

John überzeugte Ewen davon, ihn und seine Leute zu einem Spähtrupp einzuteilen, der nach den Mördern suchen sollte.

Trotz der Dunkelheit, die hereinbrach, fanden John und seine Männern eine Spur. Hinter einer Biegung von Loch Moidart konnten sie Cuninghames Männer riechen. Der Geruch kam mit dem Wind. John hatte diese eigentümliche Mischung aus Weihrauch und ranzigem Fett schon einmal wahrgenommen – damals am Forth, bevor er die Kerle geköpft hatte, um Malcolm und Madlen zu retten. Inbrünstig hoffte er, dass der Geruch kein Indiz für die Umwandlung war und er selbst nicht auch so stank.

Randolf hatte die geflüsterten Mitteilungen der Söldner schon gehört, als sie noch eine Meile entfernt waren. John machte ihn per Zeichensprache darauf aufmerksam, dass es auch möglich war, dass man sie hörte.

Bran, der Johns Truppe mit zehn Kriegern begleitete, schaute verwirrt auf, als John sein Pferd stoppte, um es an einen Baum anzubinden.

»Was ist los?«, fragte Bran mit viel zu lauter Stimme. »Hier ist doch weit und breit niemand zu sehen.«

John bedeutete ihm zu schweigen.

»Vertrau mir, Bran«, flüsterte er. »Deine Männer dürfen nicht sprechen und nicht das leiseste Geräusch verursachen. Und sie müssen gegen den Wind gehen, ansonsten sind sie des Todes.«

Brans Brauen hoben sich vor Verblüffung, aber auch Ärger, weil John offenbar der Meinung war, er sei der bessere Truppführer.

»Sag ihnen«, fügte John leise hinzu, »dass sie dem Gegner erst ins Herz stechen und ihm anschließend sofort den Kopf abschlagen müssen.«

Dass Bran ihn offenbar für übergeschnappt hielt, war an seiner Miene zu erkennen. John hätte die Männer aus Ewens Truppe liebend gern zurückgelassen, doch daran war nicht zu denken. Es war zu befürchten, dass der vierschrötige Hauptmann trotz seines respekteinflößenden Auftretens Probleme haben würde, seine kampflustige Mannschaft im Zaum zu halten, sobald sie das Lager der fremden Söldner erreichten.

John sah nur eine Möglichkeit, Brans Männer aus allem herauszuhalten: Er und seine Leute mussten schneller sein.

Ein Wink reichte, und dann stieß John mit Paddy und den anderen so schnell voraus, dass Brans Männer nicht folgen konnten. Auf einmal war es ihm gleichgültig, ob man sie für verhext hielt.

Cuninghames Söldner, dreißig an der Zahl, trugen allesamt ihre schwarzen Uniformen. Johns Truppe umfasste nur sieben Männer, die in ihren Plaids zweifelsfrei als Highlander zu erkennen waren. Der Mond ging im Osten hinter den Pinien auf, als sie mit aller Entschlossenheit aus dem Unterholz hervorbrachen, um die Schergen des Lords beim Abendessen zu attackieren. Sofort griffen die feindlichen Söldner zu den Waffen. Ein paar Schüsse fielen in der Dunkelheit, doch sie gingen glücklicherweise daneben, und zum Nachladen blieb anscheinend keine Zeit.

John nahm sich sogleich den Anführer vor. Erstaunt stellte er fest, dass es derselbe Mann war, der sie im Tolbooth von Edinburgh gegen Geld ausgelöst und zum Bass Rock gebracht hatte. Der Kerl hieß Taggert, wie er damals mitbekommen hatte. Taggert war gut und gerne zwei Meter groß und so breit wie ein Schrank. Johns Vorteil war das Claymore-Schwert, eine riesige Waffe, die er wie alle Highlander auf dem Rücken trug. Dieses Schwert hatte eine weitaus respektablere Reichweite als ein Degen.

John schlug mit aller Kraft auf seinen Gegner ein, doch Taggert wich geschickt aus und verpasste ihm während einer eleganten Drehung einen seitlichen Hieb. John spürte den Schmerz und das Blut, das ihm über die Rippen lief, aber es kümmerte ihn nicht. Von weitem sah er, dass Bran in den Kampf eingriffen hatte und dass die ersten seiner Männer fielen, weil sie den stärkeren und wendigeren Söldnern aus Cuninghames Regiment bei allem Kampfgeist nicht gewachsen waren

John setzte zum Sprung an, um Taggert aus der Höhe anzugreifen. Zwei Yards über dem Boden prallten sie zusammen. John hatte vorher seinen Schild fallen lassen und den Parierdolch gezogen. Mit einer fließenden Bewegung stach er Taggert ins Herz. Der Söldner fiel wie eine abgeschossene Taube zu Boden. John landete auf den Füßen und holte aus. Mit einem einzigen Hieb enthauptete er seinen Gegner.

Der Tod ihres Anführers entfachte eine deutliche Unruhe unter

303

Cuninghames Söldnern. Randolf und Paddy gelang es, weitere Männer zu enthaupten, und auch David und Ruaraidh hatten Erfolg. Malcolm hingegen lag am Boden, augenscheinlich verletzt, und Micheal stand vor ihm, um ihn in einem verzweifelten Kampf gegen einen von Cuninghames Männern zu verteidigen. Sein Gegner, ein großer, muskelbepackter Mann, hatte ihn schon mehrmals so schwer getroffen, dass sein Hemd blutgetränkt war. John enthauptete den Angreifer von hinten mit einem gewaltigen Schwung. Der Kopf flog über die Lichtung, und Micheal wich erschrocken zurück.

John half Malcolm auf die Beine und deutete ihm an, dass es in diesem Kampf keine Erholung gab. Fünf von Brans Männern hatten die Schergen mit der Cornuta auf ihren Uniformaufschlägen schon auf dem Gewissen, und Bran hatte Mühe, dem Angriff eines weiteren Söldners entgegenzutreten. John eilte hinzu, um den unglaublich flinken und viel stärkeren Soldaten auf Abstand zu halten.

Randolf tötete den Mann mit einem hinterlistigen Schlag aus der Deckung heraus. David jagte dem nächsten Angreifer sein Schwert ins Herz, und Ruaraidh schleuderte sein Claymore wie einen Speer und machte einem anderen Söldner endgültig den Garaus.

Ewen hatte offenbar die Kampfgeräusche am anderen Ufer des Lochs gehört, wo er auf die Suche nach den Mördern gegangen war. Nun brach er mit seiner Truppe durch das Dickicht und mischte sich ins Kampfgeschehen ein. Etwa zehn Söldner von Cuninghames Truppe lebten noch – zu viele, um von einem Sieg zu sprechen.

John rief Ewen ein paar gälische Einsatzbefehle zu. Er wollte ihn warnen und ihm erklären, dass man keine Gefangenen machen dürfe. Doch Ewen hatte sich längst den ersten Angreifer vorgenommen. Für ihn waren es Engländer, weil draußen auf dem Loch eine englische Fregatte vor Anker lag.

John sah mit Sorge, wie Ewen einem der Söldner hinunter zum Ufer des Lochs nachsetzte und wie vier weitere Söldner aus Cuninghames Truppe dem ungleichen Paar folgten. Er fragte sich, was die Männer dort unten vorhatten. Vielleicht wollten sie Ewen in eine Falle locken, um ihn später als Geisel zu präsentieren? Danach würden sie ihn im Austausch für John und seine Männer anbieten. John ahnte, dass dies nur der Auftakt zu einer weiteren Verfolgungsjagd durch die Highlands werden würde, bei der er und seine Leute letztendlich den Kürzeren ziehen mussten. Und noch etwas anderes beunruhigte ihn: Wenn Ewen keine Warnung erhalten hätte, wären Cuninghames Schergen mühelos bis Tor Castle vorgedrungen und hätten auf dem Weg über Loch Iol verbrannte Erde hinterlassen, indem sie Material für ihre grausamen Experimente gesammelt und die Toten den Engländern oder Covenanters in die Schuhe geschoben hätten.

John gab Paddy ein Zeichen, und gemeinsam stellten sie Ewen und seine Verfolger am Ufer des Lochs. Ewen stand mit seinen Gegnern knietief im Wasser und versuchte verzweifelt, sich ihrer zu erwehren.

Mit seinem Schwert säbelte er das umstehende Schilfrohr ab. Zu Johns Überraschung schaffte er es, seinen viel wendigeren Gegner zu entwaffnen, verlor aber das Gleichgewicht und fiel rücklings ins Wasser. John wollte ihm zur Hilfe eilen, doch einer der Söldner bedrohte ihn von vorn. Aus einem Augenwinkel heraus sah er, dass Ewens Gegner sich nur mit den Fäusten bewaffnet auf sein Opfer gestürzt hatte. Gnadenlos drückte er ihn unter Wasser. Er würde Ewen ertränken, wenn John ihm nicht half.

Zwei andere Söldner hatten ein Boot klargemacht, mit dem sie offenbar zu fliehen gedachten. Von hier aus konnte man die Fregatte sehen, die draußen im Loch vor Anker lag. Paddy lieferte sich ein heftiges Gefecht mit einem weiteren Söldner.

Obwohl Ewen immer noch unter Wasser gedrückt wurde, war es ihm gelungen, den Sgian Dubh zu ziehen. Er stach dem Mann in den Arm, und für einen Moment lockerte sich dessen Griff. Ewen kam prustend an die Oberfläche und packte den Kerl am Kragen. Mit einer schnellen Bewegung durchschnitt er ihm die Kehle. Der Söldner röchelte, während er beide Hände auf die blutende Wunde drückte. Ewen nutzte den Moment, um aufzuspringen und nach seinem Claymore zu greifen. Mit einem gewaltigen Hieb enthauptete er den Söldner.

John stieß seinem Gegner, der sich durch das Schicksal seines Kameraden ablenken ließ, mit einer Drehung den Parierdolch ins Herz. Der Mann fiel ins Wasser und versank drei Fuß tief auf den Grund, wo er zunächst regungslos liegen blieb.

Paddy hatte seinen Gegner ebenfalls zu ertränken versucht, doch dem Söldner gelang es, sich zu befreien und aufs offene Wasser hinauszuschwimmen. Paddy konnte nicht schwimmen. Mit kräftigen Ruderschlägen entfernten sich die beiden anderen Söldner in ihrem Boot.

John sah ihnen nach, unentschlossen, ob er ihnen folgen sollte. Auf der Mitte des Lochs machten sie halt. Einer von beiden Insassen stand auf und riss sich die Maske vom Gesicht.

»Wir werden euch kriegen, John Cameron. Aber zuerst holen wir uns deine Frau!« Der Mann setzte sich hin, ohne Johns Antwort abzuwarten, und das Boot nahm wieder an Fahrt auf und erreichte kurz darauf die Fregatte.

John stand wie versteinert da. Es dauerte einen Moment, bis er begriffen hatte, wer ihnen soeben entkommen war. Lord Chester Cuninghame, sein schlimmster Feind, hatte höchstselbst den Weg in die Highlands angetreten, was darauf schließen ließ, wie dringlich seine düstere Mission sein musste.

»Wer war das?« Ewens Blick ließ seine Verwirrung erkennen.

»Das …«, führte John zögernd aus, »… ist einer der gefährlichsten Männer überhaupt … Lord Chester Cuninghame of Berwick upon Tweed.«

18

West Highlands 1647 – »Teufelsbraut«

Mit einem Wolltuch, das sie sich rasch gegen die Kälte um die Schultern gebunden hatte, kehrte Madlen in ihr Turmzimmer zurück. Nachdem sie die Tür hinter sich geschlossen hatte, erschrak sie beinahe zu Tode, als plötzlich ein Fremder vor ihr stand.

Es war der irische Pater, wie sie einen Moment später erkannte; er lächelte sie unverschämt an.

»Was wollt Ihr?« Ihre Begrüßung fiel nicht besonders freundlich aus, aber was hatte der Kerl auch im Schlafgemach einer ihm unbekannten Frau zu suchen?

»Ich komme, um zu holen, was mir gehört«, erklärte O'Reilly gefährlich leise, und bevor Madlen aus dem Zimmer fliehen konnte, hatte er sie gepackt und die Tür hinter ihr verriegelt.

»Lasst mich sofort gehen!«, schrie sie. »Oder ich werde die ganze Burg zusammenschreien.

»Das werdet Ihr nicht«, sagte er siegesgewiss, und einen Augenblick lang glaubte Madlen, dass sie sich in einem Albtraum befand. O'Reilly änderte seine Gestalt von einem Herzschlag auf den nächsten: Aus dem jungen asketischen Mann wurde ein alter vertrockneter Greis.

»Darf ich mich vorstellen?« Sein Lachen war heiser. »Bruder Mercurius – ich hoffe, Ihr erinnert euch noch an mich, kleine Madlen.«

Madlen glaubte zu fallen. Verzweifelt suchte sie Halt an den Mauerwänden.

Nicht nur die plötzliche Verwandlung des Mannes schockierte sie, sondern auch das, was er ihr angetan hatte, drängte sich in ihre Erinnerung.

»Wie könnte ich euch je vergessen?«, flüsterte sie atemlos. »Ihr habt mich gegen meinen Willen genommen, indem ihr eine List angewandt habt.«

»Eine List?«, säuselte Mercurius. »Ich habe gespürt, wie sehr du es genossen hast.«

»Was wollt ihr?« Ihre Stimme gehorchte ihr kaum.

»Die Bücher!« Seine Miene verdüsterte sich plötzlich.

»Welche Bücher?« Madlen tat so, als ob sie nicht wüsste, wovon er sprach. Doch er wäre kein Teufel oder Hexenmeister gewesen, wenn er nicht in ihre Gedanken hätte eindringen können. Sein Blick fiel auf die schmucklose Eichentruhe, die in einer Nische halb verborgen hinter dem Bett stand. Mit dem schweren eisernen Schloss vermittelte sie den Eindruck, als enthielte sie ein Geheimnis.

»Öffne die Truhe!«, befahl Mercurius ihr kalt.

»Ich habe keinen Schlüssel«, gestand sie ehrlich.

Bruder Mercurius grinste fahl. »Und wer hat den Schlüssel?«

»Ich weiß es nicht.« Ihre Stimme zitterte. Sie wollte unbedingt vermeiden, Johns Namen zu nennen. Außerdem hatte er ihr verboten, mit irgendjemandem darüber zu sprechen, was er in dieser Kiste verbarg.

Mercurius ging auf sie zu, und bevor sie zurückschrecken konnte, legte er ihr seine flache knochige Hand auf die Stirn. »Dann werde ich sie eben selbst öffnen müssen, aber du wirst mich für diese Mühe bezahlen.« Er leckte sich lüstern über die welken Lippen, während Madlen

307

wie gelähmt in die Kissen ihres Bettes sank. Mercurius hatte sie – wie auch immer – zur Bewegungslosigkeit verdammt. Ohnmächtig, auf dem Rücken liegend, musste sie mit ansehen, wie er die Kiste hinter dem Bett hervorschob und dann seine Augen schloss. Er hob seine Hände und murmelte Beschwörungsformeln, die Madlen nicht verstehen konnte. Ein leises Klicken verriet, dass das Schloss sich selbstständig gemacht hatte. Als wäre es ein Kinderspiel, öffnete Mercurius den Deckel der Kiste.

Triumphierend hielt er das Buch mit dem Stern in seinen Händen.

»Willst du sehen, was es zu tun vermag?«, fragte er scheinbar freundlich.

Madlen war nicht fähig, den Kopf zu schütteln. Sie lag stocksteif auf dem Bett. Ihr Herz schlug so wild, als ob es jeden Moment zerspringen könnte. Die nackte Angst kroch ihr den Leib herauf, als sie sah, wie Mercurius unter stetigem Gemurmel abermals sein Äußeres veränderte. Diesmal wurde er zu Bran, den Anführer von Ewens Truppen. Mit gierigen Augen betrachtete er sie.

Bran war eigentlich ein integerer, gutaussehender Mann, der sie jedes Mal mit einem freundlichen Lächeln bedachte, wenn sie ihm in den Burgmauern begegnete. Seine Frau war letztes Jahr im Kindbett gestorben, und soweit sie wusste, hatte er noch kein neues Weib für sich gefunden.

»Hast du eine Ahnung, wie sehr ich dich begehre?«, flüsterte Brans Gestalt – allerdings immer noch mit Mercurius' Stimme. »Nein?« Er grinste anzüglich und machte sich daran, sein honigfarbenes Wams aufzuknöpfen. Dann öffnete er seinen Hosenbund und ließ die locker geschnittene Kniehose auf seine Stiefel fallen.

Sein aufrechter Phallus streckte sich ihr fordernd entgegen. Madlen erschauerte vor Abscheu. Sie ahnte, was Mercurius mit ihr vorhatte. Inbrünstig begann sie, um Rettung vor diesem Dämon zu beten. Mercurius schob ihr das Nachthemd in die Höhe und spreizte ihre Schenkel. Dann kniete er sich mit wippendem Gemächt dazwischen und beugte sich so weit zu ihr hinunter, bis seine behaarte Brust ihre Haut berührte. Madlen spürte seinen heißen Atem und den schwarzen Bart an ihrer Wange. Mercurius sah aus wie Bran, und er roch wie Bran, immer ein bisschen nach Whisky, aber auch nach herb duftender Seife.

»Bran würde dich gern zu seiner Bettgefährtin machen, wenn er nur könnte«, zischte Mercurius. »Ich werde dir zeigen, was er mit dir anstellen wird, sobald du den Schutz deines Liebhabers verlierst.«

Madlen hätte schreien wollen, doch vor Panik drang kein Laut über ihre Lippen. Sie musste es zulassen, dass Mercurius mit seinem Glied in sie eindrang wie mit einem brennenden Schwert und sie unter solch erbarmungslosen Stößen nahm, dass sie befürchtete, ihr Kind zu verlieren.

Mehrmals verging sich der Dämon an ihr, wobei er immer wieder die Gestalt wechselte. Mal war er ein zwergenhafter Knecht, der die Pferde betreute, dann wieder ein hochgewachsener Soldat aus den Mannschaften und schließlich der König selbst, den Madlen bisher nur auf Bildern gesehen hatte.

Madlen zog sich so weit in sich selbst zurück, dass sie ihre Empfindungen nur noch oberflächlich wahrnahm. Umso schlimmer kam es ihr vor, als Mercurius sie mit einem Fingerschnippen von ihrer Starre erlöste. Ihr erster Gedanke war Flucht, doch die Tür war verschlossen.

Mercurius stand vor ihr, die Kapuze hochgezogen wie ein Scharfrichter. Als er sie herabzog, war er wieder der Priester, den Ewen für sie zu ihrer Hochzeit an den Hof bestellt hatte.

»Ich erwarte euch heute Nachmittag zur Beichte in der Burgkapelle, kleine, lüsterne Madlen. Was würde sein, wenn dein zukünftiger Gemahl erfährt, dass du doch die Hure bist, für die dich jedermann hält und dass du es mit so viel verschiedenen Männern getrieben hast?«

Madlen zog sich ihr Nachthemd über ihre Blöße. Sie spürte noch immer den Schmerz zwischen ihren Schenkeln und die klebrige Nässe. Sie nahm all ihren Mut zusammen und spuckte vor Mercurius aus. »Ihr seid ein Satan, doch ich werde mich Euch niemals freiwillig hingeben. Gott der Herr wird über Euch richten und Euch schließlich hinwegfegen wie einen hässlichen Käfer, den man zertritt.«

»Bis dahin, kleine Madlen«, erwiderte Mercurius unbeeindruckt, »wirst du meine gehorsame Dienerin sein und mir dabei helfen, deinen zukünftigen Gemahl und seine Gefolgschaft zurück in die Arme ihres Meisters zu führen, damit sie die längst überfällige Initiation erhalten.«

»Niemals!«, brach es aus Madlen heraus. Was immer der Dämon mit dem Wort Initiation meinte – es konnte nichts Gutes bedeuten, wie alles, was mit Cuninghame und seinen Brüdern zu tun hatte. »Eher werde ich sterben!«

Mercurius näherte sich mit schlangenhaftem Lächeln und legte ihr seine Hand auf den gewölbten Leib. »Es wird ein Junge«, flüsterte er heiser. »Ein hübscher Junge. Und wenn du willst, dass er gesund das Licht der Welt erblickt und so stark wie sein Vater wird, wirst du tun, was ich dir sage. Oder ich lasse ihn in deinem Inneren verwelken, wie eine Blume, der man das Wasser nimmt.« Als ob es eines Beweises bedurft hätte, ließ er eine blühende Lilie, die in einem Topf auf dem Tisch stand, binnen weniger Atemzüge zugrunde gehen, ohne sie zu berühren.

»Kein Wort darüber zu deinem Mann. Ich hoffe, du hast mich verstanden?« Mercurius steckte die Bücher unter sein Habit.

Madlen zitterte am ganzen Leib und legte instinktiv eine Hand schützend auf ihren Bauch. »Warum denkt Ihr, dass ausgerechnet ich Euch helfen könnte? John würde niemals auf mich hören und sich Eurer Bruderschaft keinesfalls freiwillig stellen. Cuninghame wird es nicht wagen, mit seinen Männern in die Highlands zu kommen, um ihn zu holen.«

»Da wäre ich mir nicht so sicher. Sollte es jedoch nicht gelingen, wirst du deinen John zu uns führen, ganz gleich, ob du es willst oder nicht. Sein und dein Schicksal sind euch vorherbestimmt.« Ohne ihre Antwort abzuwarten, drehte er sich um und verschwand genauso lautlos im Nichts, wie er gekommen war.

Noch in der Nacht hatte John versucht, Ewen und Bran eine Erklärung für seine und die außergewöhnlichen Fähigkeiten seiner Kameraden zu liefern.

»Es ist schwer zu beschreiben«, begann er mit heiserer Stimme, nachdem Ewen ihn im Beisein von Bran zur Rede gestellt hatte. Stockend berichtete er von ihrer Gefangennahme durch Cuninghames Söldner und der Folter in einer mysteriösen Alchemistenhöhle auf dem Bass Rock. »Seitdem sind meine Männer und ich körperlich stärker geworden und so gut wie unverletzlich, und wir besitzen ein schärferes Augenlicht. Außerdem können wir Gerüche und Geräusche weitaus früher und intensiver wahrnehmen.«

Ewen betrachtete ihn mit einem faszinierten Blick. »Kann man diese Gabe käuflich erwerben?«

»Wenn man Geschäfte mit dem Satan machen möchte, vielleicht«, erwiderte John zögernd. »Allerdings kann ich dir nur dringend davon abraten, mit Cuninghame in Verbindung zu treten. Der Mann betreibt schwarze Magie, und er ist zu gut im Geschäft, als dass es selbst dich nicht den Kopf kosten würde, wenn du sein Handeln bei Hofe oder dem Parlament offenbarst.« John sah den Clanchief eindringlich an. »Es ist wirklich gefährlich, Ewen. Es könnte dich und unseren Clan ruinieren, wenn du den Versuch unternimmst, zu Cuninghame Kontakt aufzunehmen, um so zu werden wie wir.«

Bran sah John zweifelnd an. Die ganze Sache war ihm unheimlich. Er war groß und stark wie ein Bär, aber auch gottesfürchtig, und so sehr er die himmlischen Heerscharen verehrte, so sehr fürchtete er die Hölle.

Ewen schien weit weniger beeindruckt. »Denk immer daran«, mahnte ihn John, »fünf meiner Kameraden haben die Prozedur nicht überlebt. Und so wie es aussieht, müssen andere Menschen dafür sterben, damit das Elixier hergestellt werden kann.« Er verschwieg mit Bedacht, dass sie zusammen mit ihrer Unverletzlichkeit aller Wahrscheinlichkeit nach auch das ewige Leben gewonnen hatten, sofern ihnen nicht jemand den Kopf abschlug. Ebenso erwähnte er nicht, dass selbst Ewens Onkel, der Marquess of Argyll, offenbar zu Cuninghames Kundschaft gehörte. Dass John die geheimen Bücher nicht als Beweis vorzeigen konnte, verstand sich von selbst. Somit rang er beiden Männern das Versprechen ab, mit niemandem über ihr Geheimnis zu reden.

»Ewen, du willst doch nicht, dass wir der Hexerei angeklagt werden?«, fragte John. Sein Blick war beinahe flehend. »Das würde auch auf dich und unseren Clan zurückfallen, und falls Cuninghame einen weiteren Angriff vornimmt, wären wir nicht in der Lage, euch zur Seite zu stehen.«

Ewen stimmte zu Johns Erleichterung zu und nahm Bran einen Eid ab, ebenfalls zu schweigen.

»Selbst Madlen darf nichts über unsere Begegnung in Moidart erfahren«, fügte John hinzu. »Sie weiß nichts von unserer Gabe.«

John wollte Madlen unbedingt schützen, damit sie nicht unter Verdacht geriet, eine Hexe zu sein.

Trotz des Siegesgeheuls, das Ewen und seine Truppen demonstrativ bei der Rückkehr aus Moidart verbreiteten, war John nicht zum Feiern zumute. Wenn man es genau betrachtete, gab es ohnehin keinen Grund zu frohlocken. Sie waren hungrig, müde und durchgefroren. Sie hatten zehn gedungene Männer verloren, und weitere zehn aus den eigenen Reihen waren so schwer verletzt, dass sie in den nächsten Wochen und Monaten nicht würden kämpfen können. John hatte so viel Blut gesehen wie in den letzten drei Jahren nicht mehr.

Ihm fiel ein Stein vom Herzen, als sie zurückgekehrt waren und er sicher sein konnte, dass Cuninghame mit dem Rest seiner Truppe nicht bis Tor Castle vorgedrungen war, um Madlen zu entführen. Die Sorge um sie schwand aber nur kurz, als er Madlen zwar unversehrt, aber äußerst bekümmert in ihrem Zimmer vorfand. Sie begrüßte ihn kaum, war in sich gekehrt und wirkte zutiefst unglücklich, obwohl er doch unverletzt geblieben war.

Am nächsten Morgen ernannte Ewen ihn zu Brans Stellvertreter, weil er wusste, dass man den Sieg letztlich John und seinen Männern zu verdanken hatte.

Madlen hätte also stolz auf ihn sein können. Stattdessen war sie merkwürdig still, und manchmal weinte sie auch, wenn sie sich unbeobachtet glaubte. John beschlich ein furchtbarer Verdacht. Vielleicht liebte sie ihn doch nicht so sehr, wie er geglaubt hatte. Dagegen sprach allerdings, dass sie es zu genießen schien, wenn er sie in seine starken Arme nahm. Doch auch im Bett zeigte sie nicht mehr das gleiche Temperament wie noch vor seinem Abmarsch. Vielleicht lag es gar nicht an ihm, sinnierte John, sondern an dem Barden, der bei den allabendlichen Zusammenkünften in der großen Halle den Kampf in Moidart besang. Seit ihrer Rückkehr wurde der Mann nicht müde, vom Mut der Krieger zu berichten, vor allem von Ewen, der einem Söldner angeblich mit den Zähnen die Kehle durchbissen hatte, und von John, der mit seinem Claymore mehrere feindliche Gegner ins Jenseits geschickt hatte, indem er sie aus dem Stand enthauptet hatte. Welche Frau liebte schon die Aufzählung solcher Grausamkeiten? Womöglich verabscheute Madlen sein Verhalten im Kampf, weil sie ahnte, dass er sich in Wahrheit wie ein Monster verhielt.

Auch Ewens Verlobte schien nicht gerade glücklich darüber zu sein, einen Mann küssen zu dürfen, der sein Gebiss wie ein Wolf in die Kehle eines Feindes geschlagen hatte.

Aus irgendeinem Grund wagte es John nicht, Madlen auf ihren Kummer hin anzusprechen. Er konnte spüren, dass es etwas mit ihm zu tun hatte, und die Angst, dass sie ihn als Ehemann abweisen könnte, saß zu tief. Dabei verzehrte er sich beinahe vor Sehnsucht nach ihr. Das verdammte Elixier hatte nicht nur eine stärkende körperliche Wirkung, die seine Wunden auf der Stelle heilen ließ. Sein Drang, bei Madlen zu liegen, hatte ebenfalls zugenommen. Vor dieser grausamen Prozedur war er ein ganz normaler Kerl gewesen, dem es vollkommen ausgereicht hatte, einmal pro Woche zu einer Hure zu gehen. Jetzt konnte er an nichts anderes mehr denken, als Madlen zu nehmen, wenn er sie nur sah – und erst recht, wenn sie vollkommen nackt neben ihm lag.

Zu seiner körperlichen kam eine bisher nicht gekannte seelische Empfindsamkeit. Er spürte jede Gefühlsregung der Menschen in seiner Umgebung. Manchmal sah er ihre Gemütszustände vor seinem geistigen Auge sogar in flammenden Farben: die hellrote Kampflust seiner Kameraden, den graugrünen Unmut von Paddy, wenn er ihn wieder einmal wegen seiner Einfältigkeit neckte, oder die tiefblaue Todesangst seiner Gegner, die sich zu eisblauer Hysterie steigerte, wenn sie begriffen, dass ihre letzte Stunde geschlagen hatte. Schließlich wurde aus diesem Blau ein helles Weiß, wenn sie starben.

»Es ist die Schwangerschaft«, erklärte ihm Bran, als er John einen Tag vor dem Weihnachtsfest dabei ertappte, wie er mit besorgter Miene zu Madlen hinübersah, die den übrigen Frauen dabei half, in der großen Halle die Tische für das Hochzeitsmahl am nächsten Tag zu decken. Bran war John in den letzten Wochen von allen Kriegern am meisten ans Herz gewachsen.

»Ich weiß, wovon ich spreche«, fügte Bran mit einem schmerzlichen Lächeln hinzu und reichte John einen Krug mit Whisky. »Weiber sind launisch, wenn sie ein Kind erwarten – noch launischer, wie sie es vor ihren unreinen Tagen sind.«

John blickte auf und nahm einen großen Schluck Whisky, bevor er ein fatalistisches Lächeln aufsetzte. »Ich habe keine Ahnung von Madlens unreinen Tagen«, erklärte er beinahe mit Bedauern. »Wir haben gleich bei unserem ersten Treffen beieinandergelegen, und sie war sofort guter Hoffnung.«

Bran hob eine seiner buschigen Brauen und grinste.

»Es war meine Schuld«, fügte John erklärend hinzu. »Sie war noch Jungfrau, und ich konnte mich nicht zurückhalten, weil sie mir auf den ersten Blick den Verstand geraubt hat.«

Bran lächelte milde. »Dann seid ihr also wahrhaft füreinander bestimmt. Das behauptete jedenfalls meine Schwiegermutter, wenn eine Frau gleich beim ersten Mal guter Hoffnung ist. Ich habe ihrer Tochter sechs Kinder gezeugt. Kaum war sie wieder fruchtbar, hat sie das nächste empfangen.«

John erwiderte nichts, er beobachtete die Frauen, wie sie Ewens und seinen Platz mit getrockneten Rosen schmückten, weil frische Blumen an Weihnachten nicht zu bekommen waren. In seinen Augen jedoch waren getrocknete Blumen eher ein Zeichen von Vergänglichkeit und nicht von Freude und Zuversicht.

Bran schien seine Bedenken zu spüren. »Ich weiß, was in dir vorgeht. Die Frauen tragen das ganze Risiko. Ich kann es mir nicht verzeihen, dass meine Kitty bei der Geburt unseres siebten Kindes gestorben ist. Sie war etwas ganz Besonderes. So eine Frau findet man nicht alle Tage.«

»Madlen ist für mich auch etwas Besonderes«, erwiderte John mit belegter Stimme. »Und nichts wäre schlimmer, als wenn sie sterben würde.«

»Ich weiß, John.« Bran klopfte ihm auf die Schulter. »Deshalb habe Geduld mit ihr, und pass gut auf sie auf. Mit Gottes Hilfe werdet ihr noch eure Enkel erleben.«

John durchfuhr es wie ein Blitz. Die Vorstellung, dass Madlen eines Tages sterben musste und ihn auf ewig allein zurückließ, empfand er als grausam. Er würde auf Cuninghame und dessen Wissen angewiesen sein, wenn er ihr auch das ewige Leben schenken wollte – vorausgesetzt, dass sie es überhaupt wünschte. Also würde er in die Höhle des Löwen zurückkehren müssen, und außerdem dürfte er den Lord nicht töten, bevor er ihm das Geheimnis zur Herstellung und Verabreichung des Elixiers entrissen hatte.

Bevor John weiter darüber nachdenken konnte, erschienen die

Bräute. Er hatte gar nicht bemerkt, dass Madlen für einen Moment den Raum verlassen hatte, um sich umzuziehen. Die Schneiderin der Burg hatte sie und Ewens Braut Mary zur vorabendlichen Jungfernfeier mit blassblauen Seidenkleidern ausstaffiert, tief ausgeschnitten und mit reichlich Spitze verziert. Madlen und Mary sahen beinahe aus wie Geschwister, nur dass Mary kohlschwarze Augen hatte.

John und Ewen trugen festliche Plaids aus feinem Stoff in den grünroten Farben der Camerons. Die Musik spielte auf, und Madlen schien auf dem Dielenboden des Saals für einige Zeit ihre Sorgen zu vergessen. John tanzte die halbe Nacht mit ihr, obwohl er etlichen anderen Frauen einen Tanz versprochen hatte. Rosie, die eine von Marys Brautjungfern war, gehörte nicht dazu. Seit der Sache in der Vorratskammer hatte sie weder mit John noch mit Madlen gesprochen. Ihr Streit war einer der Gründe dafür, warum Paddy die Hochzeit mit ihr auf das Frühjahr verschoben hatte.

Am späten Vormittag des nächsten Tages fanden die Trauungszeremonien statt. Madlen und Mary sahen wundervoll aus. Ihre Kleider waren ein Traum aus cremefarbener Seide, die Ewen trotz der schlechten Zeiten auf Umwegen über Antwerpen besorgt hatte. Die braunen Locken der Bräute waren jeweils mit seidenen Blüten zu einer kunstvollen Turmfrisur hochgesteckt worden. Ihre zarten Gesichter hatte man nach der neuesten Mode mit pastelligen Farben geschminkt.

Ewen und John waren noch mehr herausgeputzt als am Abend zuvor. Im Gegensatz zu den Gästen, die ihre Waffen beim Eintritt in die Burg hatten abgeben müssen, trugen sie eine Radschlosspistole samt Pulver- und Pistolengürtel, dazu mehrere Dolche, eine Gürteltasche aus Dachspelz und einen fein gearbeiteten schottischen Säbel, der viel leichter als ein Claymore war und um dessen Griff man einen reich verzierten silbernen Korb geschmiedet hatte.

Die Männer wurden von vier Brautführern begleitet. John hatte Paddy und Bran gewählt. Ewen wurde von seinem Schwager und einem älteren Cousin begleitet. Auf dem Weg zur kleinen Kapelle, die sich fünfzig Yards außerhalb der Burg am Ufer des Loch erhob, hatten sich nahezu einhundert Krieger zu einem Spalier versammelt, darunter Randolf, David, Ruaraidh und die MacGregor-Zwillinge. Zwanzig

Männer von Ewens eigener Garde schossen mit ihren Musketen Salut, als die beiden Paare zum Kirchenportal schritten, und die versammelte Mannschaft rief aus heiseren Kehlen das Motto des Clans: »Aonaibh ri chèile – Vereinigt Euch!«

Madlen zitterte trotz aller Pracht wie eine Bettlerin im Regen, als John und sie, gefolgt von Ewen und dessen Braut, vor den irischen Pfarrer traten.

Ewen und Mary hatten mit dem Minister der Episkopalkirche bereits eine ähnliche Zeremonie gefeiert. Nun kam der Clanchief dem Wunsch seiner Frau nach, den Segen eines katholischen Priesters zu erlangen. Beinahe wehmütig schaute Mary zu, wie der schwarzgewandete Jesuitenpater die Hände von John und Madlen vereinte. Als Bran den Brautring an John überreichte, zuckte Madlen zurück. Auch Bran gegenüber benahm sie sich seit seiner Rückkehr merkwürdig. Dabei war er stets freundlich zu ihr gewesen. Nur Wilbur, der kleine Mohr, der nun in einem neuen Plaid neben ihr stand, konnte ihr ein Lächeln entlocken. Zärtlich strich Madlen ihm über das Haar, als er sie mit seinen großen Brombeeraugen ansah. Erst danach hauchte sie ihren gälischen Trauspruch, der sie auf ewig an ihren Ehemann in Gehorsam und Liebe binden würde. Die Stimme des Priesters klang düster, sein Blick war wie erstarrt, als er Madlen bei ihrem Schwur eingehend betrachtete.

John musste die Hand seiner Frau festhalten, so sehr zitterte sie, als er ihr den goldenen Ring überstreifte.

»Bis dass der Tod euch scheidet.« John durchfuhr bei diesem Satz ein Schauer. Madlen schaute zu Boden, obwohl es schicklich gewesen wäre, dem Geistlichen in die Augen zu blicken. John spürte, dass etwas nicht stimmte. Vielleicht lag es daran, dass Madlen den Pater nicht mochte.

Er hingegen war froh, dass er dem Wunsch seiner verstorbenen Mutter nachkommen konnte, die sich nichts sehnlicher gewünscht hatte, als ihn bei einer katholischen Trauung zu sehen.

Bei ihrer Rückkehr zur Burg grölten die Männer in der Halle den Schlachtruf der Camerons of Loch Iol, als Ewen und John mit ihren frisch angetrauten Ehefrauen zur Tür hereinschritten: »A Chlanna nan con, thigibh an seo 's gheibh sibh feòil – Söhne der Hunde, kommt her, und Ihr werdet Fleisch bekommen!«

Da man wegen des Krieges kaum Zeit zur Jagd gefunden hatte, fielen die Fleischrationen eher spärlich aus. Es gab Hammel am Spieß, gekochte Jakobsmuscheln in heller Soße, Krebsfleisch aus dem nahen Fluss sowie eingelegtes Gemüse und frisches weißes Brot, wie es sonst nur in vornehmen Haushalten der Adligen üblich war. Zum Nachtisch reichte man kleine, in einem speziellen Eisen gebackene flandrische Kuchen, die man mit Butter und Marmelade bestrich.

Während des Essens erschien unvermittelt ein Bote und kündigte zwei unangemeldete Hochzeitsgäste an.

Ewen nickte beiläufig und ließ mit einem Wink seine Hauswachen aufmarschieren. Unruhe kam auf, was eine solche Maßnahme an einem solchen Ehrentag rechtfertigte.

John hatte unterm Tisch seine Waffe gezogen. Ihm nahm es beinahe den Atem, als er sah, wer da vor der Tafel erschien.

Es war sein alter Vater, ein großer gebeugter Mann mit schütterem, grauem Haar, gefolgt von seinem jüngeren Bruder Tomas, der im Vergleich zu John etwas kleiner und gedrungener war und rötlich blondes Haar hatte. Dass die beiden den Mut gefunden hatten, hier zu erscheinen, rührte ihn. Sie standen mit Ewen in einer Fehde, seit er die Seite gewechselt hatte.

Johns Bruder trug ein totes Schaf über den Schultern, das er aufmerksamkeitsheischend zu Boden warf.

»Leis gach deagh dhurachd airson do bhanais – mit unseren besten Wünschen zu deiner Hochzeit!«, riefen die beiden wie aus einem Mund.

Das Tier landete direkt vor dem Tisch des Hausherrn. Seine Ehefrau schien alles andere als erfreut über das mit Blut besudelte Gastgeschenk zu sein. Ewen stand auf und prostete den beiden Neuankömmlingen freundlich zu.

»Habt Dank für euren großzügigen Hochzeitstribut«, erklärte er diplomatisch und erhob den silbernen Becher des Clanchiefs.

Johns Vater setzte eine überraschte, unentschlossene Miene auf.

Wahrscheinlich hatte er mit einem weitaus kälteren Empfang gerechnet.

»Ihr seid herzlich eingeladen, mit uns zu essen«, rief Ewen ihm aufmunternd entgegen.

Allen war klar, dass Duncan Cameron und sein jüngerer Sohn Tom ihr Erscheinen als reine Verpflichtung empfanden. Doch dann fiel Duncans Blick auf John. Mit allem hatte er wohl gerechnet, aber nicht damit, seinen ältesten Sohn an der Hochzeitstafel des Clanchiefs zu finden.

John entging nicht, wie sein Vater die Farbe wechselte, als er Madlen in ihrem Brautschmuck an seiner Seite erkannte.

»Was zum Teufel …?«, sagte er leise und stieß Tomas grob in die Rippen.

Für einen Moment machte es den Eindruck, als wollte der Alte auf der Stelle umkehren. Jedoch die Blöße, Ewens Angebot abzuschlagen, konnte er sich schon allein deshalb nicht geben, weil er damit das heilige Gastrecht der Highlands verletzt hätte.

So kamen Duncan und Tomas neben Madlen zu sitzen, die Johns Vater noch von früher her kannte und den stattlichen weißhaarigen Mann immer bewundert hatte. Seine leuchtend blauen Augen stachen aus dem gebräunten faltigen Gesicht wie zwei glühende Edelsteine hervor, und sein energisches Kinn ließ den unbeugsamen Charakter erahnen.

John kam seinem Vater entgegen. »Anscheinend hat es sich nicht bis Blàr mac Faoltaich herumgesprochen, dass wir eine Doppelhochzeit feiern, sonst würdest du nicht so überrascht dreinschauen.« Er wusste, dass sein Vater zu stolz war, um seine Unwissenheit zuzugeben.

»Es ist schön, dich bei guter Gesundheit zu sehen, mein Sohn.« Der alte Cameron verzog keine Miene, doch an den Händen seines Vaters, die sich unter dem Tisch zu Fäusten ballten, konnte John dessen Anspannung erkennen. Duncans prüfender Blick wanderte zu Madlen hin. Wohlwollend glitt er über ihr Gesicht und ihre üppigen Rundungen.

»Mit dem Mädchen hast du eine gute Wahl getroffen«, bemerkte er anerkennend, wobei er Madlen nicht ansah, sondern John und dabei einen Blick aufsetzte, als wolle er ihm zum Kauf einer Zuchtstute gratulieren. »Ich kann ihren Vater zwar nicht leiden, aber ihre Mutter ist ein wahres Goldstück gewesen. Von ausgesprochener Schönheit und weitaus klüger als ihr betrügerischer Gemahl. Ich hätte sie gerne als die meine gesehen, wenn Iain ihr nicht vorzeitig die Jungfernschaft geraubt hätte. Somit kommt also zusammen, was schon lange zusammengehörte.«

Duncan schien ehrlich begeistert zu sein, Madlen hingegen war ein wenig schockiert über die Äußerungen zu ihrem Vater und das späte Bekenntnis zu ihrer Mutter.

»Dass du diesen Nichtsnutz zum Manne nimmst«, erklärte Duncan an Madlen gewandt und deutete mit einem Nicken auf John, »ist dir hoch anzurechnen. Weiß dein alter Herr davon?«

Madlen, die offenbar nicht wusste, was sie antworten sollte, schüttelte den Kopf.

»Das nenne ich wahre Gerechtigkeit«, murmelte Duncan und lächelte dabei. »Dein Vater hat mich oft genug übers Ohr gehauen, da ist es nur richtig, dass er keinen Brautpreis erhält.«

»Den Brautpreis hat Ewen bezahlt«, warf John mit tonloser Stimme ein, ohne darauf einzugehen, dass der Brautpreis Onkel Cuthberts Leben gewesen war, was seinen Vater sicherlich amüsiert hätte.

»Ich trage Johns Kind unter dem Herzen«, erklärte Madlen mit überraschend harter Stimme, »und ich werde das Glück dieses Kindes nicht von der Zustimmung seiner Großväter abhängig machen.«

John musste grinsen, als er die verblüffte Miene seines Vaters bemerkte. Er war selbst erstaunt, wie mutig Madlen sich dem Alten entgegenstellte. John legte seine rechte Hand auf ihre Hand, und Duncan konnte sehen, wie der Ehering in einem Sonnenstrahl aufblitzte. Er trug ihn rechts, wie jeder gute Katholik.

Duncan blickte zu Madlen hin. Plötzlich wurden dem Alten die Augen feucht. »Ich merke schon, ihr habt euch verdient«, brummte er und nickte John missmutig zu. »Deine Mutter wäre stolz auf dich. Sie war genauso widerspenstig wie Madlen, als wir geheiratet haben. Vielleicht schafft deine Frau es ja, einen anständigen Kerl aus dir zu machen.«

»Das ist immer eine Frage der Sichtweise«, antwortete John diplomatisch. Er musste nun lauter sprechen, weil die Musik zu spielen begonnen hatte und Ewen und Mary zu Bagpipes und Geigen die Hochzeitspolka eröffneten. »Ich bin nach Hause zurückgekehrt, und ich diene treu unserem Laird, was man von dir und Tomas nicht gerade behaupten kann. Also, was willst du mehr?«

Duncan erwiderte nichts und trank einen großen Schluck Whisky. Dann sah er Madlen an. »Ich freue mich, dass ihr euch mit Ewen und seinen Leuten so gut versteht.« Er räusperte sich, während er dem Paar auf der Tanzfläche zusah. »Ich hoffe nur, dass ihr beiden auf dem richtigen Pfad seid und nicht eines Tages mit euren Familien vom Teufel zermalmt werdet.«

Dann gab Duncan seinem Sohn Tomas, der die ganze Zeit über gar nichts gesagt hatte, ein Zeichen, dass er aufzubrechen gedachte.

Madlen saß wie versteinert am Tisch und rührte sich nicht. John hätte gerne gewusst, was ihre plötzliche Blässe ausgelöst hatte. War es das unverschämte Verhalten ihres Schwiegervaters gewesen oder die schroffe Art, mit der er sich verabschiedet hatte, ohne ihnen Glück zu wünschen?

19

West Highlands 1647 – »Claymore«

Einen Moment lang hatte John auf eine Versöhnung mit seiner Familie gehofft. Am liebsten wäre er seinem Vater hinterhergelaufen und hätte ihn zur Rede gestellt, aber bei dem alten Starrkopf war es zwecklos, auf Vernunft zu hoffen.

Der restliche Tag verlief für ihn und Madlen in gedämpfter Freude – nicht nur wegen des unfreundlichen Familienbesuchs. Madlen sah alles andere als fröhlich aus. Sie war noch bleicher als die Tage zuvor und entschuldigte sich bei allen, die mit ihr tanzen wollten, und erklärte, sie sei unpässlich.

Während Ewen und Mary sich buchstäblich die Füße wund tanzten, wich John nur selten von Madlens Seite. Was ihn allerdings nicht davon abhielt, sich hemmungslos zu betrinken. Immer wieder gesellten sich seine Männer zu ihm und prosteten ihm und seiner Braut zu. Die Mägde servierten zum Braten riesige Krüge mit Bier, und zu den Fischgerichten reichten sie teuren deutschen Moselwein, den Ewen neben ein paar Galonen Rotwein in Fässern auf abenteuerlichen Wegen von Verbündeten aus Frankreich geliefert bekommen hatte. Zudem floss der selbstgebrannte Whisky aus den Wassern des Ben Nevis in Strömen.

John konnte sich kaum noch auf den Beinen halten, als er Madlen aufforderte, ihm ins Brautgemach zu folgen. Bran, der selbst mehr torkelte als ging, stützte ihn, als er die enge Wendeltreppe hinaufsteigen wollte.

Dabei hätte John beinahe vergessen, in der Dunkelheit eine Fackel von der Wand zu nehmen. Doch Bran, der nicht in der Düsternis sehen konnte, sorgte rechtzeitig für ein Licht, indem er einer vorbeieilenden Dienerin einen Kerzenleuchter aus der Hand nahm

Johns glasiger Blick hatte sich an Madlens Ausschnitt geheftet. Die Absicht, ihr eine unvergessliche Hochzeitsnacht zu bereiten, war ehrlich gemeint, aber in seinem Zustand war dieses Unterfangen ziemlich aussichtslos. Bran machte ein paar deftige Witze, als sie unter abenteuerlichem Wanken endlich das Brautgemach erreichten. John entzündete ein weiteres Licht und sah sich erstaunt um. Die Mädchen hatten das Bett mit getrockneten Rosenblüten bestreut und für Getränke und Leckereien gesorgt: Wein, kandierte Früchte und süßes Short Bread – Köstlichkeiten, die in diesen schlechten Zeiten in den Highlands kaum zu bekommen waren.

Bran nahm sich ein Stück Short Bread in Form eines Herzens und lächelte süffisant. »Darf ich die Braut wenigstens einmal küssen?« Ohne Johns Antwort abzuwarten, hatte er sich zu Madlen heruntergebeugt. Sein alkoholgeschwängerter Atem streifte ihre Lippen. Doch ehe es zu einem Kuss kam, wich Madlen aus und erteilte ihm eine schallende Ohrfeige. Bran schreckte verblüfft zurück. Selbst John wurde mit einem Mal nüchtern.

»Madlen?« Er sah sie entsetzt an, während sie sich wie ein verletztes Tier fluchtartig hinter das Bett zurückzog. »Warum hast du das getan?«

»Er soll mich nicht anfassen«, schluchzte sie auf.

»Schon gut, schon gut«, murmelte Bran, dem die Enttäuschung und der Schrecken anzusehen waren. »Ich dachte, du magst mich ein wenig.«

John stand die Ratlosigkeit ins Gesicht geschrieben. »Es tut mir leid, Bran. Ich weiß nicht, was in Madlen gefahren ist. Sie wird sich bei dir entschuldigen, sobald sie wieder zu Verstand gekommen ist. Das verspreche ich dir.«

»Lass es gut sein, John.« Bran lächelte verständnisvoll. »Ich werde es nicht persönlich nehmen. Wahrscheinlich ist es die Aufregung vor der Hochzeitsnacht.« Er zwinkerte Madlen zu, die ihn immer noch völlig verstört anblickte. »Ich wünsche euch beiden alles Gute für eure gemeinsame Zukunft.«

Kaum hatte John die Türe hinter Bran verriegelt, zog er sich die Kleidung vom Leib und legte sich auf das Bett. Er verzichtete darauf, seine Braut wegen der Ohrfeige weiter zur Rede zu stellen. In ehrlicher Absicht streckte er die Hand nach ihr aus, als wäre sie ein ängstliches Reh, das es nicht zu verscheuchen galt. »Komm zu mir, mo luaidh, dann kann ich dich wärmen.«

Madlen hockte immer noch vollständig bekleidet auf ihrer Seite und starrte gedankenverloren ins Kerzenlicht. Obwohl er sie mit »mein Liebling« angesprochen hatte, dachte sie offenbar nicht daran, sich ihm zuzuwenden.

»Kannst du mir verraten, was an einem Freudentag wie diesem in dich gefahren ist?« John verlor nun doch langsam die Geduld und musterte sie ärgerlich.

»Nichts«, flüsterte sie matt. »Ich bin nur müde.«

John sah, wie sie ihre Schuhe abstreifte und sich in die Kissen legte, wobei sie offensichtlich nicht vorhatte, sich auszuziehen.

Er beugte sich zu ihr und entfernte ihr einzeln die Nadeln sowie die weißen Blüten aus dem hochgesteckten Haar, was sie sich anstandslos gefallen ließ. Mit den Fingern glättete er ihre widerspenstigen Locken und strich sie ihr aus dem Gesicht. Madlen hatte Tränen in den Augen. Er küsste sie zärtlich.

»Mein Liebling«, flüsterte er. »Ist es so schlimm, mit mir verheiratet zu sein? Ich dachte, du seiest glücklich?«

»Das bin ich auch«, flüsterte sie tonlos und sah ihn dabei nicht an.

»Dann komm zu mir, und lass dich von mir lieben.« Es war eine Bitte, kein Befehl, und doch widerstand sie seinem verlangenden Blick.

»Ich kann nicht, John.« Ihre Stimme klang mutlos. »Aber wenn du mich nehmen möchtest, werde ich mich dir nicht verweigern. Schließlich hast du ab heute Anspruch auf ein gehorsames, williges Weib.«

»Madlen.« John sah sie ungläubig an. »Ich würde dich niemals nehmen, wenn du es nicht auch möchtest.«

»Danke«, flüsterte sie mit erstickter Stimme und drehte sich von ihm weg. Nach einer Weile hörte er ihre regelmäßigen Atemzüge.

Seufzend begann er zu beten. »Heilige Maria, mach, dass meine Frau wieder fröhlich wird. Ganz gleich, welche Sünden ich auf mich geladen habe. Ich bitte dich untertänigst darum.«

Gegen Morgen erwachte John aus einem traumlosen Schlaf. Madlen lag dicht an ihn geschmiegt und drückte ihren Po an sein Gemächt. Er war froh, dass sie noch schlief. Sein Schädel dröhnte wie nach einem Keulenschlag, und ein leichter Schwindel befiel ihn, als er sich aufsetzte. Kaltes Wasser würde helfen und vielleicht ein Weidenrindentee aus der Küche. Frierend schwang er sich aus dem Bett und schlüpfte in sein Hemd, das er vom Boden aufhob. Dann ging er zum Fenster, um die Läden zu öffnen. Draußen war es kalt und neblig. Tief sog er die frische Luft ein. Seltsam genug, dass er so gut wie unverwundbar war, aber gegen Kopfschmerzen nach zu viel genossenem Wein oder Bier zeigte das Elixier keinerlei Wirkung. Eher war das Gegenteil der Fall. Schmerzen empfand er intensiver als je zuvor. Jeder Hieb, jeder Stich war eine grausame Tortur, ganz gleich, ob er sofort verheilte. Es war, als hätte das Mittel nicht nur seine Sinne geschärft, sondern auch seine Schmerzempfindlichkeit.

Raben krächzten, als John hinausschaute. Die gesamte Burg schien nach einer durchzechten Nacht in einen Feenschlaf versunken zu sein. Nur ein paar Wachleute patrouillierten auf einem gegenüberliegenden Wehrgang. John lehnte sich über den breiten Mauervorsprung hinaus und schaute, ob niemand dort unten vorbeiging. Dann hob er das Hemd an und pinkelte in hohem Bogen hinaus. Anschließend wusch er sich in einer Schüssel die Hände und das Gesicht.

Noch etwas ungelenk legte er sein nach Bier und Whisky stinkendes Plaid an und zog seine Stiefel über. Dabei fiel sein Blick auf die Truhe, in der er Cuninghames Bücher aufbewahrte. Er dachte an die Trauungszeremonie und daran, dass er Madlen vor dem Tod erretten musste. Dafür benötigte er zunächst einmal Cuninghames Stein der Weisen und die Bücher. Vielleicht würde er sogar den Mut finden, einige der Zaubersprüche auszuprobieren – nicht jetzt, sondern später und ohne dass jemand davon erfahren würde. Er musste die Machenschaften des schwarzen Lords von Grund auf studieren, wenn er sich in ihn und seine dunklen Geheimnisse hineindenken wollte.

Als John den Schlüssel im Schloss drehte, erwachte Madlen. Sie wälzte sich ein wenig hin und her, und dann wandte sie sich ihm mit geschlossenen Augen zu. John gefiel es, wie sie mit einer Hand nach ihm tastete und dann mit gekräuselter Stirn feststellte, dass die andere

Seite des Bettes leer war. Amüsiert beobachtete er, wie sie verwirrt aufblickte, als ob sie nicht wüsste, wo sie war.

»Hier bin ich, bonnie Lassie«, sagte er leise, um sie nicht zu erschrecken.

»Was tust du da?« Ihre schlaftrunkene Stimme zitterte.

»Ich wollte nach den Büchern schauen. Mir ist da gestern etwas eingefallen, was ich noch klären müsste.«

»Tu das nicht!« Ihre Stimme war panisch, und erst jetzt bemerkte John, dass die Kiste nicht verschlossen war. Ohne Madlen zu beachten, öffnete er den schweren Eichendeckel und starrte in die gähnende Leere.

»Wo sind die Bücher?« Fassungslos sah John sie an. Sein Blick schwenkte von Madlen zur Kiste und wieder zurück. Madlens Augen und ihr harter Herzschlag verrieten, dass sie wusste, was mit den Büchern geschehen war. Plötzlich klärte sich das Bild. Madlens Niedergeschlagenheit, ihre Tränen – wie hatte er so blind sein können?

John ließ den Deckel der Kiste fahren und kehrte zum Bett zurück.

»Was ist passiert?« Er kam ihr so nah, dass er ihren gehetzten Atem spüren konnte.

»Ich kann es dir nicht sagen, John«, stieß sie angsterfüllt hervor.

»Und ob du das kannst«, erwiderte er und packte sie fest bei den Schultern. »Ich bin dein Mann.« Er war bemüht, seine Stimme so sanft wie möglich klingen zu lassen. »Du kannst mir vertrauen wie niemandem sonst.« Ohne ihre Antwort abzuwarten, drückte er sie an sich.

Unter seiner Umarmung entspannte sie sich ein wenig. Ihr Atem wurde ruhiger. Anscheinend glaubte sie ihm.

»Er war hier«, flüsterte sie. »Als du mit Ewen und den anderen Männern oben am Loch Moidart warst.«

»Wer war hier?«

»Der Priester.«

»Welcher Priester?« John war verwirrt.

»Der Priester, der uns gestern getraut hat. Jedenfalls sah er genauso aus. In Wahrheit aber war es Bruder Mercurius. Ich kenne ihn aus Cuninghames Haus. Er steht noch über Chester, und ich glaube, er ist der Satan persönlich.«

John war entsetzt. Cuninghames Männer sollten tatsächlich bis in

324

die Burg vorgedrungen sein? Bis in sein Schlafzimmer? Ein furchtbarer Gedanke!

»Wer ist dieser Mercurius, und warum hast du mir noch nie etwas von ihm erzählt?«, fragte er.

Madlen senkte den Kopf und begann zu weinen. Ihre Stimme versagte ihr den Dienst.

»Verdammt, Madlen!« John zwang sie, ihn anzusehen. »Reiß dich zusammen! Wenn es einem von Cuninghames Männern gelingt, während meiner Abwesenheit bis zu dir vorzudringen, so ist das keine harmlose Geschichte. Du warst in höchster Gefahr. Was hat dieser Scheißkerl mit dir angestellt? Sag es mir!«

»Er hat mich genommen«, schluchzte sie stockend. »Mehrmals und gegen meinen Willen. Er hat mich verhext, damit ich mich nicht mehr rühren konnte, und dann hat er immer wieder seine Gestalt verwandelt. Mal war er Bran, mal war er ein Soldat aus Ewens Truppen. Er hat das schon einmal getan, als ich in Cuninghames Gefangenschaft war – bevor du mich gerettet hast. Mercurius hat mich getäuscht, indem er sich in dich verwandelt hat. Ich habe gedacht, ich hätte dich in Cuninghames Kerker wiedergefunden, und bin dir gefolgt. Hinterher stellte ich fest, dass ich nicht bei dir gelegen hatte, sondern bei Mercurius.«

Einen Moment lang sagte Madlen nichts weiter, und auch John fehlten die Worte. Doch dann brach es mit Verzweiflung aus ihr hervor. »John! Was wirst du tun, wenn ich ein Kind vom Satan empfangen habe und gar nicht von dir? Ich müsste es wegmachen lassen. Aber ich wage es nicht, weil ich Angst habe, dass es genauso gut unser Kind sein könnte.«

Madlen begann hemmungslos zu weinen, und John saß wie vom Donner gerührt da und wusste nicht, was er von der Sache halten sollte.

»Mercurius hat mir auf den Kopf zu gesagt, dass das Kind ein Junge wird«, fuhr sie mit tränenerstickter Stimme fort. »Und wenn ich ihm nicht helfe, dich und deine Männer zu Cuninghame zurückzubringen, würde er das Leben in meinem Leib verkümmern lassen wie eine Blume, die verwelkt. Er kann es tun«, stieß sie verzweifelt hervor. »Er hat vor meinen Augen eine Blume verdorren lassen, ohne sie zu berühren.«

»Mein Gott, Madlen!« John nahm sie fest in den Arm. Er wollte sie trösten, doch er wusste nicht wie.

Ungezügelte Wut stieg in ihm auf. Was wäre, wenn dieser geheimnisvolle Satan sich immer noch unter ihnen befand? Gleichzeitig verspürte er eine grenzenlose Enttäuschung, weil Madlen sich ihm nicht sofort anvertraut hatte, nachdem er aus Moidart zurückgekehrt war. Er hielt sie immer noch im Arm und küsste ihren Scheitel.

»Sch…«, machte er und wiegte sie wie ein Kind. »Ich bin bei dir, und ich schwöre dir, solange ich lebe, wird dich niemand mehr anrühren, und wenn ich dafür töten muss.«

»Mercurius hat die Bücher mitgenommen«, erklärte Madlen mit einem Aufschluchzen. »Ich habe Angst, dass er immer noch hier ist. Vielleicht in Gestalt des Priesters, oder er ist Bran. Wer weiß das schon?«

John drückte sie noch einmal. Dann stand er auf und ließ sie in den aufgewühlten Kissen zurück. Ohne lange darüber nachzudenken, nahm er sein gewaltiges Claymore-Schwert vom Haken. »Bleib, wo du bist, und rühr dich nicht! Ich schicke dir Randolf oder David hinauf. Ich bin bald wieder da.«

»John?« Madlen bebte vor Angst. »Wo gehst du hin?«

John ignorierte ihr Flehen. Blinder Hass trieb ihn hinunter in den Burghof und weiter nach draußen in Richtung Kapelle, dorthin, wo er den Leibhaftigen in der Gestalt eines finsteren Jesuitenpaters vermutete.

Madlen zog sich in Windeseile einen Rock an und streifte eine Bluse über. Dann stürmte sie barfuß die Treppe hinunter. Falls Bruder Mercurius tatsächlich noch hier in der Nähe weilte und John auf ihn treffen würde, wäre die Katastrophe perfekt.

Ruaraidh kam ihr auf der Treppe entgegen. Der junge Highlander mit den wirren dunklen Locken und dem unrasierten schmalen Gesicht wirkte ziemlich verkatert. Er trug sein Plaid nur unordentlich um die Hüften gegürtet und ein Hemd, bei dem er sich noch nicht einmal die Zeit genommen hatte, es zuzuschnüren. Sein Waffengürtel mit einem Säbel baumelte lose darüber, und seine umgekrempelten Stiefel hatte er ohne Strümpfe über die nackten Füße gezogen. Halbherzig versuchte er, Madlen aufzuhalten. Doch sie riss sich los und stolperte an ihm vorbei die Treppe hinunter.

»He, junge Dame«, rief er ihr leicht verärgert hinterher. »Stehenbleiben, das ist ein Befehl.«

Madlen sah sich nicht um und lief, so schnell sie konnte, die kalten Stiegen hinunter. Ruaraidh war schneller und packte sie auf einem Treppenabsatz mit seinen sehnigen Armen um die Taille. Ruckartig wandte sie ihm ihr Gesicht zu, damit sie ihm in die Augen blicken konnte. Er ließ sie los, weil ihn die plötzliche Nähe ihrer Lippen offenbar verstörte.

»Ruaraidh«, presste sie atemlos hervor. »Du musst mir helfen, John aufzuhalten, damit kein Unglück geschieht.«

»Unglück?« Er sah sie begriffsstutzig an. »Er hat mir nur gesagt, ich soll einen Augenblick auf dich aufpassen, er sei gleich wieder zurück.«

»Dummkopf«, schalt sie Ruaraidh, der daraufhin das Gesicht verzog. »John ist einem von Cuninghames Brüdern auf der Spur, und niemand weiß besser als du, was das zu bedeuten hat.«

Bevor er recht begriff, was geschah, hatte Madlen ihn bei der Hand gefasst und stürmte mit ihm durch die Halle. Ein paar Betrunkene lagen noch unter den Tischen, andere, die schon erwacht waren, schauten völlig verstört zu ihnen herüber, als sie durch eine offene Tür in den Burghof stürmten. Eine Magd, die einen vollen Nachteimer nach draußen trug, blieb wie angewurzelt stehen.

»Hast du John gesehen?« Madlens Stimme verriet ihre Panik.

»Er war auf dem Weg zur Kirche. Er hat mich nach Pater O'Reilly gefragt. Wieso? Liegt jemand im Sterben?« Die Magd sah sie mit großen Augen an.

»Nein!«, antwortete Madlen mit erstickter Stimme und zerrte Ruaraidh mit sich, der sein riesiges Schwert in der Hand hielt.

Gemeinsam rannten sie über die Wiese am Ufer des Lochy entlang. Die Kapelle und das Priesterhäuschen lagen ein gutes Stück außerhalb der Burg. Morgennebel stieg vom Fluss auf. Die kleine Kirche wirkte mitten im Dunst wie von allen guten Geistern verlassen. Raben krächzten, und Madlen erinnerte sich an ihre Visionen. Das Kapellenportal stand auf. Aus dem Inneren waren ein Scheppern und das kehlige Keuchen eines Mannes zu hören.

Madlen brauchte Ruaraidh nicht anzutreiben, damit er sich in Bewegung setzte. Er tat es von ganz alleine. Dabei war er so schnell, dass sie nicht mithalten konnte. An der Tür angekommen, hielt er Madlen mit einer harten Geste zurück, während er anschließend sein Schwert mit beiden Händen gefasst hielt und vorsichtig durch das offene Portal in die Kapelle hineinschaute.

Madlen ließ sich trotz ihrer Angst nicht beirren, und als Ruaraidh in der Kapelle verschwunden war, setzte sie nach. John stand mit erhobenem Claymore vor dem Priester und fixierte ihn wie ein Jäger, der gedachte, einen Hirsch zu erlegen. O'Reilly schien jedoch nicht unvorbereitet zu sein. Er stand ebenfalls gerüstet in seiner Kutte vor dem Altar. Mit einem gewaltigen irischen Schwert bewaffnet, vermittelte er nicht unbedingt den Eindruck eines friedfertigen Gottesmannes. Vor dem Steintisch umkreisten sich die beiden Kontrahenten, beide jederzeit bereit, zuzuschlagen.

Als die Schwerter aufeinanderkrachten, schreckte Madlen so sehr zusammen, dass sie sich um Haaresbreite in die Röcke gepinkelt hätte. Funken sprühten, und selbst Ruaraidh stand da wie versteinert, weil er nicht wusste, wie er in diesem Kampf eingreifen sollte. Die Schläge kamen so rasch, dass Madlen sie nicht mit den Augen verfolgen konnte.

O'Reilly sprang aus dem Stand auf den Altar, um John von dort zu attackieren. Madlen hatte eine solche Wendigkeit nie zuvor gesehen, schon gar nicht bei einem Priester, obwohl die Männer in den Highlands allesamt unerschrockene Kämpfer waren und an Schnelligkeit von niemandem übertroffen wurden. Doch John war nicht unterlegen. Er sprang ebenfalls aus dem Stand gut zwei Yards in die Höhe und vollführte mit seinem Breitschwert eine unglaublich rasche Drehung. Er traf das Schwert seines Feindes und schlug es ihm beinahe aus der Hand. O'Reilly verlor das Gleichgewicht und kippte vom Altar, dabei rollte er sich jedoch geschickt zwischen den Holzbänken ab und kam hinter John zum Stehen.

Madlen schreckte zurück. Ruaraidh deckte sie mit seinem Körper, als O'Reilly ihnen zu nahe kam.

»Verschwinde hier!«, zischte Ruaraidh ihr zu. »Du hattest recht. Der Priester ist einer von Cuninghames Leuten.«

»Woher kannst du das so genau wissen?« Madlen sah ihn fassungslos an. Ob der Kämpfer Mercurius war oder nicht – er sah immer noch aus wie O'Reilly und nicht wie Mercurius.

»Das spielt keine Rolle, Madlen«, rief Ruaraidh ihr hastig zu. »Geh in Gottes Namen und hol Paddy, Randolf und die anderen.«

Doch Madlen war nicht fähig, sich von der Stelle zu rühren, und so ging der Kampf weiter, ohne dass sie sich getraut hätte, Verstärkung zu rufen. Es war die Angst, die sie zurückhielt, wenn sie den Ort des Geschehens verlassen würde, könnte John etwas Schlimmes geschehen.

John kämpfte so schnell und erbarmungslos, wie sie ihn nie zuvor gesehen hatte. Die Schwerter schlugen hart aufeinander – zu schnell, um verfolgen zu können, wer im Vorteil war.

Plötzlich zuckte John zurück. Blut spritzte, und Madlen schrie auf. Eine Holzbank zersplitterte, und ein Porzellangefäß mit gesegnetem Wasser ging zu Bruch. Johns Arm schien verletzt zu sein, doch im nächsten Moment war kein Blut mehr zu sehen.

Jetzt griff Ruaraidh doch in das Geschehen ein. Sein Angriff war nicht weniger schnell und gnadenlos, doch O'Reilly parierte gekonnt und stieß dem jungen Highlander das irische Schwert mit einem Hieb so tief in den Bauch, dass es auf der anderen Seite wieder hervortrat. Madlen kreischte in Panik, und Ruaraidh taumelte, während er sein Schwert fallen ließ. Sein Blick war erstaunt, als O'Reilly das Schwert mit einem schmatzenden Geräusch aus seinem Körper herauszog. Ruaraidh presste beide Hände mit einem verkrampften Gesichtsausdruck auf die stark blutende Wunde und ging in die Knie, dann fiel er vornüber auf das Pflaster der Kirche.

O'Reilly hob sein Schwert, als ob er Ruaraidh den Kopf abschlagen wollte. John ging dazwischen, und der Pater schlitzte ihm die Rippen auf. Sofort tränkte sich Johns Hemd mit Blut. John verlor für einen Moment seine Aufmerksamkeit, während er auf seine Wunde blickte. O'Reilly holte mit seinem Schwert gnadenlos aus. Madlen sah, dass er John den Kopf abschlagen würde, wenn kein Wunder geschah. Sie wollte zu ihrem Gemahl stürzen, um den Priester davon abzuhalten, doch von hinten packten sie ein Paar starke Hände und schleuderten sie in die nächste Kirchenbank. Paddy stürmte an ihr vorbei. Blitzschnell hatte er sein Claymore gezogen. Die Entschlossenheit in seinen grauen Augen hatte etwas Dämonisches. Er stieß ein paar irische Flüche aus, und die Wucht, mit der er O'Reillys Schlag nur eine Handbreit vor Johns Genick abfing, war so gewaltig, dass der falsche Pater augenblicklich ins Taumeln geriet. Paddy nutzte O'Reillys Unsicherheit und holte aus. Der Kopf des falschen Jesuiten wurde vom Rumpf getrennt und flog wie ein Ball davon. Mit einem Aufprall landete er auf dem Opfertisch, wo er die weiße Leinendecke mit Blut besudelte

Madlen hätte schwören können, dass der falsche Priester noch mit den Augen gerollt hatte. Ihr wurde übel, und sie spürte, wie eine plötzliche Kälte ihr in die Glieder kroch.

Ihre Knie waren plötzlich weich wie ein Brotpudding, und dann wurde es dunkel um sie.

Als Madlen zu sich kam, lag sie in Johns Armen. Sie war draußen auf der Wiese. Wilbur hockte neben ihr und hielt ihre Hand. Tränen der Erleichterung traten nicht nur in die schwarzen Augen des Jungen, auch John stieß einen erleichterten Seufzer aus. »Heilige Maria Muttergottes, ich danke dir«, flüsterte er.

Die Sonne durchbrach den Nebel. Dutzende Männer und Frauen hatten sich um die Kirche versammelt. Alle sahen übernächtigt aus.

Als man den Leichnam des Paters aus der Kapelle trug, ging ein Raunen durch die Menge.

Madlen fasste voller Panik unter Johns blutbesudeltes Hemd, dort, wo ihn der Priester getroffen hatte. »Bist du verletzt?« Ihre Stimme war kaum mehr als ein Krächzen.

»Nein!« Entschlossen schüttelte er den Kopf. »Das war nur ein Kratzer, ist schon vorbei.«

»Aber was ist mit Ruaraidh?« Die Angst um den jungen, mutigen Highlander schnürte ihr die Kehle zu. Eine Verletzung, wie er sie davongetragen hatte, führte unweigerlich zum Tod.

»Ich bin hier«, sagte eine sanfte, melodische Stimme, und Madlen glaubte abermals das Bewusstsein zu verlieren, als sie das bleiche, aber lächelnde Gesicht von Ruaraidh erblickte.

Er hockte neben ihr, als ob nichts gewesen wäre, und zog sein zerfetztes Hemd hoch, um ihr jeglichen Zweifel zu nehmen. Seine Haut am Bauch war zwar blutbeschmiert, aber nur ein blassroter Strich zeugte davon, dass er eine furchtbare Verletzung erlitten hatte.

Madlen blinzelte, um besser sehen zu können. »Das kann nicht sein«, flüsterte sie. »Ich habe doch gesehen, wie ihm der Pater das Schwert in den Leib gestoßen hat, so tief, dass es an der anderen Seite wieder hervorgetreten ist.«

»Sch…«, John sah sie beschwörend an. »Dein Verstand hat dir einen bösen Streich gespielt. Alles ist gut.«

Als man den kopflosen Leichnam des Paters mit einer Decke versah, um ihn davonzutragen, rieb sie sich ungläubig die Augen. Nein, sie hatte nicht den Verstand verloren. Irgendetwas stimmte hier nicht.

Ewen war mit ein paar Wachen hinzugekommen. Man hatte ihn geradewegs aus dem Ehebett geholt.

»Ich habe deinen irischen Priester getötet«, murmelte Paddy kleinlaut, als Ewen die Decke anhob und erstaunt die kopflose Leiche betrachtete. »Er gehörte zu den Söldnern, die wir oben in Moidart erledigt haben. Er hatte das Zeichen.«

Ewen nickte stumm. Er schien zu wissen, wovon Paddy sprach, und trotzdem wirkte er irritiert. Rosie stand neben ihm und sah Paddy nicht weniger ungläubig an. Der Protest der Menge über den gewaltsamen Tod des Paters hielt sich erstaunlicherweise in Grenzen. Die meisten waren Angehörige der Episkopalkirche. Das Leben eines papistischen Priesters interessierte sie nicht besonders. Ewen fragte sich lediglich, wie er den Verlust des Jesuiten seinem Schwiegervater erklären sollte, der ihn eigens aus Irland vermittelt hatte.

»Es ist gut möglich, dass er nicht der Mann war, für den wir ihn gehalten haben«, bemerkte John leise. »Vielleicht hat er den wahren Priester, den dein Schwiegervater geschickt hat, zuvor getötet.« Dann nahm er seinen Clanchief beiseite und raunte ihm eine weitere Begründung für Paddys Verhalten zu.

Die Brauen des jungen Lairds schnellten in die Höhe.

»Wirklich?« Sein Blick fiel auf Madlen, die immer noch kraftlos am Boden hockte.

»Wenn es so ist, hat er ohnehin keine andere Strafe verdient«, erklärte Ewen.

Madlen konnte sich denken, was John ihm erzählt hatte. Die Vergewaltigung einer Frau war in den Highlands ein schweres Vergehen – erst recht, wenn es sich beim Täter um einen katholischen Priester handelte, der nicht zum Clan gehörte. Madlen spürte Scham in sich aufsteigen. Sie hoffte, dass niemand sonst davon erfuhr, doch an Rosies neugierigem Blick war zu erkennen, dass sie etwas von der Unterhaltung aufgeschnappt hatte.

Fieberhaft durchkämmten John und die anderen anschließend die Umgebung und die Unterkunft des Mannes. Doch Cuninghames Bücher blieben verschwunden.

»Vielleicht war es gar nicht Bruder Mercurius, den ihr getötet habt, sondern ein Spion, der für Cuninghame arbeitet«, vermutete Madlen, als John sie am Nachmittag in ihrem Turmzimmer aufsuchte.

Sie lag im Bett. Eine Magd kümmerte sich in Ewens Auftrag um ihr Wohlergehen.

»Ganz gleich, wer es war«, sagte John und setzte sich an ihre Seite. »Ab heute werde ich dich nicht mehr alleine lassen. Wohin die Reise auch geht – du wirst mich begleiten, und sei es bis ans Ende der Welt.«

20

Sommer – Lowlands 1648 – »Witch Finder«

Seit der Auseinandersetzung am Ufer des Loch Moidart und dem Zwischenfall in der Kapelle waren weder Cuninghame noch dessen seltsamer Bruder Mercurius abermals in Erscheinung getreten.

Ein gutes halbes Jahr war seitdem vergangen, und dennoch hatte es keinen Tag gegeben, an dem John nicht an Vergeltung gedacht hatte. Er konnte die Angelegenheit nicht auf sich beruhen lassen, so sehr Madlen ihn auch beschwor.

Ruaraidh, Paddy, David und Randolf waren sich im Gegenzug einig, dass man Cuninghame und dessen Ratten – wie sie die Söldner des Lords getauft hatten – lieber nicht mehr über den Weg laufen wollte.

»Was willst du denn, John?«, hatte Ruaraidh in vertrauter Runde bemerkt. »Der Leibhaftige hat uns mit außerordentlichen Fähigkeiten bedacht. Eigentlich müssten wir ihm dankbar sein. Ewen zahlt uns den doppelten Sold, und der Barde singt unsere Lieder.«

»Glaubst du wirklich, diesen Umstand gibt es umsonst?« John sah den jungen Krieger herausfordernd an.

Ruaraidh antwortete ihm nicht, und auch die anderen blieben sonderbar stumm.

Keiner von ihnen war bereit, John in die Lowlands und nach Edinburgh zu folgen.

Lediglich Malcolm und Micheal erklärten treuherzig, dass sie John bis ans Ende der Welt begleiten würden, falls er es von ihnen verlangte. Doch das kam nicht in Frage. Die beiden Jungs hatten schon genug Grausames erlebt, eine neuerliche Konfrontation mit Cuninghame und seinen Schergen wollte John ihnen unbedingt ersparen.

Unterdessen hatte er eine Reihe von vergleichsweise harmlosen Verpflichtungen in Ewens Reiterei übernommen und still für sich einen Plan geschmiedet, wie es ihm gelingen konnte, gefahrlos in die Lowlands zu gelangen. Dort wurde er immer noch unter Androhung der Todesstrafe gesucht. Er hatte Madlen während der Schwangerschaft keine weiteren Aufregungen zumuten wollen. Monatelang litt sie unter Angstzuständen, und erst seit ein paar Wochen war ihr Lachen vollends zurückgekehrt.

John hätte sich und Madlen gern ein sorgenfreies Leben gewünscht. Der Frühling war jedoch mit Unwettern und einem zermürbenden Dauerregen über die Highlands hereingebrochen. Die politischen Entwicklungen in England hatten zudem jede Hoffnung auf Frieden zerstört. Ein Bürgerkrieg zwischen Schotten und Engländern stand unmittelbar bevor, dessen Ausgang nicht nur das Schicksal Charles' I. bestimmen würde. Die Royalisten hatten sich mit den Engagers unter General Hamilton, einem gemäßigten Covenanter, zu einer Armee der Königstreuen reformiert. Der Beschluss, gegen die Streitkräfte des englischen Parlaments und für den im Exil sitzenden König zu kämpfen, hatte moralische wie religiöse Grenzen gesprengt und alte Allianzen noch enger geschmiedet.

Als der Sommer bevorstand, verschärfte sich die Lage noch. Städte und ganze Regionen in den Lowlands und in weiten Teilen Englands wurden von den Royalisten erobert, die sie dann aber nach erbitterten Kämpfen mit der New Model Army wieder an den englischen General Oliver Cromwell und die ihn unterstützenden Covenanters verloren. Boten waren ausgesandt worden, um die letzten Reserven an Kriegern in den Highlands zu mobilisieren, weil General Hamilton dringend Verstärkung für seine Soldaten im Norden von England benötigte. Ewen war von einflussreichen Vertretern der schottischen Royalisten gebeten worden, ein Kavallerie-Regiment aufzustellen, das sich den Truppen unter General Munro anschließen sollte, die in den nächsten Tagen von Nordirland in Carlisle anlanden würden, um mit Verstärkung nach Süden zu marschieren, wo sie General Hamilton die notwendige Unterstützung bieten sollten.

John ahnte, dass die Gelegenheit, Cuninghame endlich das Handwerk zu legen, heranrückte, als er an einem nebligen Montagmorgen mit Paddy im Eiltempo zur großen Halle des Tor Castle schritt. Sie waren spät dran.

Ewen hatte die Offiziere seiner Regimenter zu einer Versammlung einberufen und schon mit seiner Rede begonnen, als John und Paddy sich neben Bran auf einer der Holzbänke niederließen.

»Ich brauche jeden Mann, der Erfahrung in der Kavallerie mitbringt«, rief der Clanchief über die Köpfe der Männer hinweg. Sein fordernder Blick ging durch die Reihen und blieb an John hängen, der mit David, Ruaraidh, Paddy, Randolf und den beiden MacGregor-Zwillingen seine eigene Truppe von Scharfschützen aufgebaut hatte. Jeder wusste inzwischen, dass die unbesiegbaren Sieben, wie man sie nun nannte, selbst bei Nacht besser sehen konnten als jeder Luchs, doch außer Ewen und Bran kannte niemand den Grund, warum das so war.

Wie die meisten der wild aussehenden Männer, die bei Haferbrot und Bier an den Tischen und Bänken saßen, war John bereit, jederzeit für seinen Clanchief und dessen Interessen zu kämpfen.

»John, ich möchte dir als Captain die Führung meines Scharfschützenregimentes anbieten.« Ewen hatte etwa achthundert Männer unter Waffen, die alle aus den umliegenden Dörfern stammten. Er wusste trotz seiner Jugend instinktiv, wem er ein Kommando anvertrauen konnte.

»Sind hier alle wahnsinnig geworden?«, schimpfte Paddy hinter vorgehaltener Hand, nachdem die Krieger sich mit einem einstimmigen »Aonaibh ri chèile!« lautstark dafür ausgesprochen hatten, die Interessen des Clans und damit die von König Charles zu unterstützen. »General Munro ist ein gottloser Schlächter. Er hat mehr irisches Blut vergossen, als sich ein frommer Mann vorstellen kann, und jetzt sollen wir an der Seite seiner Hurensöhne für Schottland kämpfen?«

John überging Paddys Einwand und nickte zögernd, während Ewen ihn immer noch abwartend anschaute. »Du kannst dich auf mich verlassen, Ewen. Meine Männer werden Teil deiner Truppe sein.«

Ewen nickte wohlwollend, und John dachte an Madlen. Sie war im achten Monat schwanger. Kein guter Zeitpunkt, um mit einem Trosswagen dreihundert Meilen gen Süden zu reisen, in einen Krieg, der nicht besonders aussichtsreich sein würde.

Paddy blickte ihn missmutig von der Seite an, als sie zu den Stallungen gingen, um sich mit den anderen Kameraden über den bevorstehenden Einsatz zu beraten.

»Beruhige dich doch!« John klopfte ihm beschwichtigend auf die Schulter. »In erster Linie ziehen wir für Ewen in den Krieg. Der Clan hat uns seinen Schutz angeboten, als wir in Not waren. Der zweite Grund könnte unsere Abrechnung mit Cuninghame sein. Wenn wir Edinburgh erobern und das Parlament wieder in die Hände der Royalisten fällt, werden wir von allen Anschuldigungen befreit. Außerdem können wir im Schutz eines riesigen Heeres unbehelligt in die Lowlands vordringen und tun, was schon längst hätte getan werden müssen.«

Die Miene des Iren verriet seine Ablehnung dieser Pläne. »Du bist nicht weniger verrückt«, bemerkte er aufgebracht. »Ich dachte, die Sache sei ausgestanden. Die schaurigen Brüder haben mit Sicherheit genug davon, sich von uns die Köpfe abschlagen zu lassen. Sonst wären sie längst noch mal aufgetaucht. Sie wollen nichts mehr mit uns zu tun haben – kapierst du das nicht?«

»Ausgestanden?« John sah ihn verständnislos an. »Denkst du wirklich, Cuninghame hätte uns vergessen?« Er schüttelte seine rotbraune Mähne und schnaubte verächtlich. »Die Panaceaer bleiben eine Bedrohung, solange wir leben. Denkst du wirklich, sie lassen das Morden sein? Während wir uns in Sicherheit wähnen, haben sie mit Gewissheit Hunderte von unschuldigen Menschen umgebracht. Wir werden erst unsere Ruhe finden, wenn wir dieser Bedrohung mit aller Konsequenz ein Ende bereiten. Nachdem Cuninghame mir seine sämtlichen Geheimnisse verraten hat, wird es mir ein Vergnügen sein, ihn und seine ganze Bande von jeglicher Unsterblichkeit zu befreien.«

Paddy schüttelte den Kopf. »Ewen zahlt uns einen ordentlichen Sold – der einzige Grund, für ihn zu kämpfen. Wenn diese Scheiße vorbei ist, will ich mit Rosie endlich eine Familie gründen. Schafe züchten und am Abend in Ruhe mein Pfeifchen rauchen.«

»Der Frieden wird eine Illusion bleiben, der wir uns nur allzu gerne hingeben«, bemerkte John nüchtern. »Die Menschheit besteht hauptsächlich aus Raubtieren, deren übelste Vertreter Dämonen wie Cuninghame und Wentworth sind. Sie verdienen sich am Elend anderer eine goldene Nase.« John zog seine Brauen zusammen. »Solange sie noch unter uns sind, ist die Herrschaft des Teufels gesichert, und es wird keinen Himmel auf Erden geben.«

»Du redest, als ob du auf einer Sonntagskanzel stehen würdest.« Paddy grinste schwach. »Wenn du recht haben solltest, halte ich es für einen weiteren Grund, solchen Leuten aus dem Weg zu gehen.«

John sah ihn nachdenklich an. »Abgesehen davon, Paddy, dass dir die Sache aus persönlichen Gründen missfällt – welches Risiko gehst du ein, wenn du in diesen Krieg ziehst? Du kannst nur sterben, wenn du dich besonders ungeschickt anstellst, doch falls wir auf Cuninghame und seine Schergen treffen, können wir ungestraft alte Rechnungen begleichen. Außerdem sind wir Ewens Kriegern an Kraft und Schnelligkeit überlegen. Wir könnten auf diese Weise ihr Leben schützen.«

»Vielleicht hast du recht, und wir sind wirklich unsterblich«, entgegnete Paddy. »Aber was ist mit Rosie? Sie ist es nicht. Sag bloß, ich soll sie in Munros Tross mitreisen lassen. Das ist kein Kampf, in dem Weiber etwas zu suchen haben. Und was Cuninghame betrifft: Was würdest du tun, wenn wir die Schlacht verlieren und seine Söldner uns gnadenlos überrennen? Denk an Madlen! Deine Frau ist hochschwanger.«

»Und deine wäre es gerne«, entgegnete John mit betont gleichgültiger Miene, obwohl er natürlich wusste, dass Paddys Einwand berechtigt war. »Allein deshalb kannst du sie nicht hier zurücklassen.«

Paddy blieb abrupt stehen und sah ihn herausfordernd an. »Du kannst es gerne mit schwarzem Humor versuchen«, sagte er. »Aber ich habe bei der Sache kein gutes Gefühl, John. Und du weißt, dass du dich auf meine Eingebungen stets verlassen kannst. Meine Familie besitzt das zweite Gesicht.«

John musterte ihn mit störrischem Blick. »Bisher konnten die Söldner des Lords uns nicht besiegen, und wenn ich Madlen in den Highlands zurücklasse, bringe ich sie eher in Gefahr, weil sie Cuninghames

Komplizen schutzlos ausgeliefert wäre. Cuninghames seltsamer Vertreter, Mercurius, hat sie vergewaltigt, als ich nicht da war. Er hätte sie eben so gut entführen können. Nur für den Fall, dass du es vergessen haben solltest.«

»Ein Grund mehr, die Nähe dieser Dämonen zu meiden. Sie sind leibhaftige Teufel, John«, bemerkte Paddy. »Wenn du denkst, es sei klug, sich noch mal mit ihnen einzulassen, hol dir von mir aus eine blutige Nase. Aber lass mich und Rosie aus dem Spiel.«

»Heißt das, du kommst nicht mit?«, fragte John.

Paddy sah ihn von unten herauf an und grinste schließlich. »Nein, ich werde dich und deinen Laird nicht im Stich lassen. Wenn ich nicht mitkäme, würden die anderen nur unangenehme Fragen stellen. Aber ich werde nicht die Konfrontation mit Cuninghame suchen. Mir reichen Cromwell und seine Army vollkommen.«

Madlen spürte nicht nur die Anspannung, die John erfasst hatte, als sie wenige Tage später eine große Kiste mit Kleidung und anderen Gegenständen packte. Sie spürte auch das Kind, das immer lebhafter strampelte und von dem sie inzwischen überzeugt war, dass es nur Johns Kind sein konnte, weil jede Bewegung des Ungeborenen ein Glücksgefühl in ihr erzeugte. Seit Monaten hatte sie keine Visionen mehr gehabt. Es war, als wäre ein böser Traum von ihr abgefallen, nachdem Paddy den Pater getötet hatte. Ob es tatsächlich Mercurius gewesen war, wusste niemand. Der Mann hatte das Zeichen der Panaceaer getragen und somit zu Cuninghames Leuten gehört.

Auch Rosie zeigte sich freundlicher. Vielleicht hatte Paddy ihr gut zugeredet. Jedenfalls hatte sie es aufgegeben, über Madlen herzuziehen. Zumal sie immer noch Schwierigkeiten hatte, sich in Gälisch zu verständigen und die Frauen der Burg meist auf Madlens Seite standen. Nicht nur Mary, Ewens junge Frau, erwies sich als eine zuverlässige Freundin.

Acht Trosswagen und über einhundert berittene Krieger hatten sich unter dem lautstarken Gedudel der Bagpipes und dem Schlag der Trommel draußen vor Tor Castle zum Abmarsch versammelt. Die Männer lachten und scherzten, als ob es sich um ein amüsantes Jagdvergnügen handeln würde, zu dem sie aufbrachen, und kein Krieg, dessen Ausgang niemand vorhersehen konnte. Dabei waren sie selbst und ihre muskelbepackten Rösser bis an die Zähne mit Waffen bestückt. An jedem Sattel steckten zwei Radschlosspistolen, dazu eine feuerbereite Muskete, Säbel, Claymores und Dolche. Zwei Wagen waren mit Pulverfässern und Bleikugeln verschiedener Kaliber gefüllt. Unter den Plaids trugen sie nicht nur ihr Hemd, sondern eine Lederjacke mit einem passenden Pulvergürtel, dem man wegen der Anordnung der prall gefüllten Hülsen, die daran baumelten, den sinnigen Namen »Zwölf Apostel« gegeben hatte. Während die Männer sich um die Bewaffnung kümmerten, waren die Frauen damit beschäftigt, die Vorräte zu zählen und Verbandszeug und Heilsalben so zu verstauen, dass sie jederzeit griffbereit waren.

Als Madlen sich anschickte, ihren Platz auf einem der Proviantwagen zu finden, kam John ihr zur Hilfe. In stummem Einverständnis nickte er ihr zu und lächelte sie an, während er sie auf den Wagen hob, und als er davonritt, um zu den anderen aufzuschließen, warf er ihr einen Kuss zu. Dass sie ihn und den Zug begleitete, beruhigte ihn zwar nicht, aber wenn sie hiergeblieben wäre, hätte er sich weit mehr Sorgen gemacht. In den nächsten zwei Monaten würde er mit Sicherheit nicht hierher zurückkehren können. Und so hätte sie das Kind in seiner Abwesenheit zur Welt bringen müssen.

Bran ritt an ihnen vorbei und zügelte seinen Friesen, als er Madlen und die beiden anderen Frauen sah, die mit ihr zusammen auf dem Wagen saßen. Madlen hatte sich längst mit ihm ausgesöhnt. Es tat ihr immer noch leid, dass sie ihn am Tag ihrer Hochzeit ins Gesicht geschlagen hatte. Er hatte ihre Entschuldigung ohne weitere Fragen angenommen. Wie hätte sie ihm auch erklären sollen, dass Mercurius sich in seine Gestalt verwandelt hatte, als er sie vergewaltigte? Dabei war Bran ein anständiger Kerl, der nach dem Tod seiner Frau einsam war und ein wenig zu sehr für sie schwärmte. Wie John sah er einfach umwerfend aus. Auf seinem dunkelbraunen Haar trug er ein taubenblaues Barett, an dem eine aufrechtstehende Fasanenfeder steckte. Seine Augen leuchteten, als er in einem eleganten Bogen die gestreckte Hand an die Stirn führte und einen schneidigen militärischen Gruß vollzog.

Margareth, eine junge rothaarige Magd, kicherte leise. Madlen wusste, dass sie Bran heimlich verehrte. Doch er hatte nur Augen für Madlen.

»Farewell, Myladys«, rief er ihnen aufmunternd zu, und dann gab er seinem Friesen die Sporen und stob an die Spitze des Trecks, wo John schon auf ihn wartete. Wie alle Krieger hatte Bran geschworen, Madlen und die anderen Frauen ohne Rücksicht auf das eigene Leben zu beschützen. In Methven hatten Regimenter der Covenanters im Sommer 1645 das Trosslager der Highlander gestürmt und alle Frauen und Kinder zerstückelt, die nicht schnell genug fliehen konnten. Und in Naseby hatten die Feinde den Huren, die dem Tross der Royalisten gefolgt waren, die Nasen abgeschnitten.

Als Letzter kletterte Wilbur zu Madlen auf den Wagen. Er wäre um nichts in der Welt ohne seine Herrin auf Tor Castle zurückgeblieben, und er war auch nicht das einzige Kind, das den Zug der Krieger begleitete. Annabell MacLean, eine gute Köchin, die gleichzeitig als Hebamme fungierte und Madlen auf dem Wagen begleitete, hatte zwei ihrer jüngeren Kinder mitgenommen, von denen eins noch an ihrer Brust trank. Ihr Mann war ein Scharfschütze, der zu Johns Truppe gehörte.

Rosie fuhr auf einem weiteren Wagen mit, der Madlens folgte. Ob sie jemals Freundinnen werden würden, wagte Madlen zu bezweifeln, aber sie war schon zufrieden, solange Rosie schwieg und sie in Ruhe ließ. Vor zwei Monaten hatte sie Paddy das Jawort gegeben, und seitdem waren sie nach ihren eigenen Aussagen in jeder Nacht damit beschäftigt, Nachwuchs zu zeugen, was ihnen aber bisher noch nicht gelungen war.

Madlen sah sich um und fühlte sich seltsam geborgen zwischen all diesen bewaffneten Männern.

Ohne jede Schwierigkeit erreichten sie Loch Lomond. Kurz vor Carlisle trafen sie auf General Munros Truppen, die aus Belfast kommend mit Schiffen an der nahen Küste eingetroffen waren. Mehr als zweitausend Soldaten, in deren Treck sie sich mühelos einreihten.

In Carlisle schlugen sie ihre Zelte in der Nähe des Schlosses auf, das der Familie der Countess of Carlisle gehörte, einer königstreuen Presbyterianerin, die ihr gesamtes Vermögen trotz der religiösen Unterschiede in die Sache des Königs gestellt hatte. Im Nu entstand eine richtige Stadt, und es hätte eine gewisse Gemütlichkeit aufkommen können, wenn es nicht auch hier pausenlos wie aus Eimern geschüttet hätte. Für die Jahreszeit war es ungewöhnlich kalt. Die Wege in den Lagern versanken im Matsch. Bald kam es zu ersten Erkrankungen. Durchfall machte die Runde, und ein bis dahin unbekanntes Fieber brach aus. John arrangierte, dass Madlen und die Frauen aus seinem Trupp in bescheidenen Räumlichkeiten des Schlosses unterkommen konnten. Im Vergleich zu den völlig durchnässten Zelten stellten ihre neuen Unterkünfte den reinsten Luxus dar. Es gab einen Kamin, und auf dem Boden lagen trockenes Stroh sowie Matratzen, die mit Heidekraut gefüllt waren, und Wolldecken, die frei von Wanzen waren. Ein paar Tage konnten sie bleiben, bevor es weiter nach Süden gehen sollte.

Während John mit seiner Truppe auf Patrouille ritt, hatten die Frauen die Erlaubnis erhalten, in die Stadt zu gehen. Madlen benötigte dringend einige Toilettenartikel, und außerdem wollte sie der Eintönigkeit ihrer Behausung entfliehen. Wilbur begleitete sie, weil er sie ohnehin nicht aus den Augen ließ und um ihr die Einkäufe tragen zu können. Annabell und Margareth hatten sich den beiden angeschlossen, während Rosie sich entschieden hatte, im Quartier zu bleiben.

Bran ließ den beiden Frauen zwei hünenhafte Wachleute zuteilen, um sie vor Gesindel und betrunkenen Soldaten zu schützen. In einem Getümmel von Händlern und Huren, die das schnelle Geschäft mit den königstreuen Söldnern witterten, versuchten Madlen und die beiden anderen Frauen, sich zu einem Stand für Seife und getrocknete Kräuter durchzuschlagen. Der Regen hatte nachgelassen, doch nun lag ein beinahe undurchdringlicher Nebel über der Stadt, der am Morgen vom Meer aufgezogen war.

Als Madlen den Raben sah, der sich wenige Yards vor ihr niedersetzte und sie zu beobachten schien, fuhr ihr der Schreck in die Glieder. Erst recht, als sie sich von dem Vogel regelrecht verfolgt fühlte. Annabell und Margareth fanden das zunächst amüsant, doch dann konnten sie Madlens Angst förmlich spüren.

Madlen hielt schockiert den Atem an, als sich der Vogel vor ihren Augen in einen Menschen verwandelte. Er trug ein schwarzes Gewand mit einer Kapuze, und als er sein Haupt entblößte, sah sie direkt in die Fratze von Bruder Mercurius. Grinsend zeigte er ihr seine scharfkantigen Zähne.

Sie schrie gellend auf und fasste sich instinktiv an den Leib. Das Kind schien ihre Panik zu spüren und trat ihr heftig gegen den Bauch.

»Was ist?«, rief Annabell zaghaft, als sie sah, dass Madlen ganz bleich geworden war.

»Da!« Madlen war es kaum möglich zu sprechen. »Siehst du den Mann?«, stieß sie keuchend hervor. »Den Kerl mit der Kapuze?«

Annabell warf ihr einen irritierten Blick zu und schaute ratlos in die Menge. »Wen meinst du denn?«

Doch so schnell wie die Gestalt erschienen war, war sie wieder verschwunden. Dafür zeichnete sich eine neue Bedrohung ab. Madlen war sich nicht sicher, aber für einen Moment glaubte sie, in der Menge, die den Markt bevölkerte, nicht nur Soldaten aus den eigenen Reihen zu erkennen. Von überall her tauchten schwarze Gestalten auf.

»Siehst du das nicht?«, fragte sie Annabell, die ihren Beobachtungen offenbar nicht folgen konnte.

»Was?« Annabell reckte ihren Hals und ließ ihren Blick suchend über die Menge schweifen.

»Dort, den älteren Mann, der zu uns herüberschaut.« Madlen deutete mit einem Nicken auf einen nicht weit entfernt stehenden Kerl, der sie mit seinen schwarzen Knopfaugen genauso intensiv anstarrte wie der Vogel zuvor. Im Gegensatz zu Mercurius war der Mann gut genährt und trug keine Kutte, sondern einen schwarzen Anzug mit einem weißen Kragen. Er schien Presbyterianer zu sein, umringt von weiteren Presbyterianern, oder vielleicht waren es auch Puritaner. Die strenge Kleidung ließ in jedem Fall darauf schließen, dass es honorige Männer sein mussten, die in der Stadt etwas zu sagen hatten.

Madlen wünschte sich, John wäre bei ihr. Es drängte sie, angesichts der undurchsichtigen Lage rasch auf vertrauten Boden zurückzukehren. »Komm, lass uns zum Schloss zurückgehen«, sagte sie und packte Annabell am Handgelenk.

»Aber wir haben doch noch gar nicht alles eingekauft«, protestierte Margareth, die zu ihnen aufgeschlossen hatte und einen Messingspiegel und eine Rosshaarbürste in der Hand hielt, die sie soeben erstanden hatte.

»Mir ist nicht gut«, fügte Madlen hinzu, als sie sah, dass die Männer sich in ihre Richtung in Bewegung setzten. Die beiden Wachen, die eigentlich auf sie aufpassen sollten, schäkerten mit ein paar leicht bekleideten Mädchen, die sich ihnen in den Weg gestellt hatten. Annabell und Margareth hatten Mühe, mit Madlen und Wilbur, der sich an die Fersen seiner Herrin geheftet hatte, mithalten zu können.

»Was ist denn los?«, rief Annabell verstört und schaute sich nach den beiden Wachen um, die augenscheinlich gar nicht mitbekommen hatten, wie schnell sich Madlen entfernte.

Madlen spürte ihr Herz pochen, als sie sich umdrehte und sah, wie nahe die schwarzgewandeten Fremden schon herangekommen waren. »Schneller, Annabell, Margareth!«, keuchte sie. Plötzlich stieß sie gegen einen der Stadtsoldaten.

»Packt sie!«, rief eine Stimme,

Kurz darauf war Madlen von schwarzgekleideten Männern umringt. Für einen Moment wurde sie von Panik ergriffen, weil sie sich an Cuninghames Schergen erinnert fühlte.

»Das muss ein Irrtum sein«, hörte sie Annabell rufen. Margareth schrie laut um Hilfe. Bevor die beiden Wachen, die sie begleitet hatten, herangekommen waren und erkannten, was geschah, waren Madlens Hände bereits mit Stricken gebunden.

»Ja, das ist sie«, sagte eine wohlbekannte Stimme. Madlen glaubte den Boden unter den Füßen zu verlieren, als sie in das Gesicht von Rosie blickte, die sie hasserfüllt ansah. Hier in den Lowlands konnte sie jeder verstehen, und dass Madlen zunächst aus purer Verzweiflung vergaß, Englisch zu sprechen, ließ den vornehm gekleideten Mann mit Hut, der nun nähergekommen war, hämisch schmunzeln. Er war feist und hatte ein breites verlebtes Gesicht mit einem sauber gestutzten Bart. Seine Augen wanderten flink über Madlens Gestalt.

»Eine hübsche schwarzhaarige Barbarin«, erklärte er mit kalter Miene. »Und sie soll eine Hexe sein? Seid ihr ganz sicher?« Der Mann schaute Rosie mit hochgezogener Braue an.

Rosie bestätigte seine Frage mit einem eifrigen Nicken. »Die Frau ist eine Teufelshure, die das Kind des Satans in sich trägt. Sie hat das Wetter verdreht. Lässt es hageln und regnen, und das mitten im Sommer. Alle sind krank. Die Männer wurden verhext. Das haben wir nur ihr zu verdanken«

Dass mittlerweile jeder meinte, es könne nur mit dem Teufel zugehen, wenn nicht nur die Ernte in der aufgeweichten Erde versank, war eine Tatsache, die der Mann mit einem Nicken kommentierte.

»Außerdem ist sie schuld, dass ich nicht schwanger werde«, fügte Rosie hastig hinzu.

Der Kerl grinste. »Aber an einem willigen Liebhaber mangelt es dir nicht, oder?«

Rosie ließ sich nicht beirren. »In ihrer Gegenwart wird die Milch sauer, und in unserem Lager ist ein unbekanntes Fieber ausgebrochen, das schon Dutzende dahingerafft hat. Wenn ihr nichts dagegen unternehmt, wird die Seuche am Ende noch die ganze Stadt vernichten.«

Der Mann fasste sich grübelnd ans Kinn, währen er Madlen von oben bis unten betrachtete.

Annabell und Margareth, die nie aus den Highlands herausgekommen waren und nur Gälisch verstanden, war die Ratlosigkeit anzusehen. Der Mann trug ein poliertes Messingschild am Revers seiner schwarzen Jacke. »Jeremia Hornsby, Witch Finder Generall« stand darauf.

Madlen versuchte sich vergeblich aus den Händen von Hornsbys Garde zu befreien und wandte sich an die beiden Wachen, die Bran ihnen zur Seite gestellt hatte. »So tut doch endlich etwas!« Ihre Stimme überschlug sich vor Verzweiflung, doch die beiden Männer starrten nur vor sich hin. Schnell hatten sie begriffen, dass sie den Männern des Sheriffs gegenüber in der Unterzahl waren. Eine solche Angelegenheit konnte nur General Munro klären.

»Lasst mich los!«, schrie Madlen voller Empörung. »Die Frau lügt! Sie ist ein keifendes Weib, das es schon länger auf meinen Ehemann abgesehen hat und ihn nicht bekommen kann. Ihr wollt den Worten einer solchen Hure doch keinen Glauben schenken?«

Hornsby betrachtete sie prüfend. »Seid Ihr papistisch?«

»Nein!« Madlen überlegte einen Moment, was die Zugehörigkeit zur katholischen Kirche mit ihrer Gefangennahme zu tun haben könnte.

»Und warum hast du dann papistisch geheiratet?« Rosie sah sie herausfordernd an. »Ihr müsst wissen«, fuhr sie fort und wandte sich diensteifrig dem Witch Finder zu, »am Morgen nach ihrer Hochzeit hat mein Mann den papistischen Priester geköpft, der sie vermählt hat. Der seltsame Kerl besaß die Frechheit, sich als Jesuit auszugeben – aber in Wahrheit war er der Teufel in Menschengestalt. Er hat sich mit ihr amüsiert, als ihr Verlobter im Feld weilte. Zunächst hat sie niemandem davon erzählt. Schon gar nicht ihrem zukünftigen Mann! Aber dann ist es doch herausgekommen, und ihr Ehemann hat mit dem Priester gekämpft. Weil der Priester der Teufel war, hätte er ihren

Ehemann beinahe getötet, wenn mein Paddy ihm nicht zur Hilfe geeilt wäre und den Kerl einen Kopf kürzer gemacht hätte. Danach hat man die Leiche verbrannt und die Asche vergraben, damit er als Kopfloser nicht wieder aus der Hölle zurückkehren kann.«

»Stimmt das?« Hornsby betrachtete Madlen, als ob sie ein seltenes Insekt wäre.

Madlen glaubte für einen Moment, das Bewusstsein zu verlieren. Sie erinnerte sich daran, dass der Minister der Episkopalkirche nach dem Tod des vermeintlichen Paters auf ein reinigendes Ritual bestanden hatte.

Madlen und John hatten daraufhin ihr Eheversprechen vor dem Minister wiederholt. Danach war über die ganze Angelegenheit der Schleier des Schweigens gebreitet worden. Bis zu diesem Moment hatte niemand aus dem Clan ein Wort darüber verloren.

»Ja«, gab Madlen mit leiser Stimme zu, »Ihr Mann hat den Priester geköpft, aber ich weiß nicht, warum.«

»Lügnerin!« Rosie lief rot an. »Wenn Paddy ihn einfach so geköpft hätte, wäre er vor ein Gericht gekommen, aber nach dem, was dieser Dämon dir angetan hatte, war sein Handeln nur recht.«

»Die Frau redet Unsinn, weil sie eifersüchtig ist! Meine Hochzeit geht sie nichts an. Mein Mann ist Captain in Munros Truppe. Wir sind ehrenwerte Leute«, verteidigte Madlen sich. Für einen Augenblick sah es so aus, als ob sie Hornsby überzeugen konnte, doch dann geschah etwas Ungeheuerliches.

21

Sommer – Lowlands 1648 – »Hexenjagd«

Der Rabe, der Madlen die ganze Zeit über zu verfolgen schien, landete auf ihrer Schulter, wo er seelenruhig sitzen blieb, selbst nachdem sie vor Schreck zusammengefahren war. Er krächzte unbeeindruckt, als ob er eine wichtige Mitteilung zu machen hätte, und benahm sich so zutraulich wie einer dieser exotischen Papageien, die neuerdings mit den Handelsschiffen aus der Neuen Welt kamen und reichen Leuten zum

Vergnügen dienten. Doch dieses schwarze Geschöpft war alles andere als unterhaltsam. Es brachte Madlen in arge Bedrängnis.

»Ihr werdet uns begleiten«, sagte Hornsby, der sich ebenfalls erschrocken hatte und den Vogel mit der Hand zu verscheuchen versuchte, doch das Tier hackte nach ihm.

Es war eine gespenstische Situation. Madlen konnte sich nicht wehren, man hatte sie gefesselt. Erst als einer der städtischen Wachen mit seinem Dolch nach dem Tier stach, machte es sich krächzend davon. Mittlerweile hatte sich eine Traube von Menschen gebildet, die gaffend um sie herumstanden.

Madlen hätte sich gewünscht, dass John oder wenigstens einer seiner Leute ihr zur Hilfe kamen, doch sie erkundeten den Weg hinunter nach Süden auf der Suche nach feindlichen Stellungen und würden nicht vor dem Abend zurückkehren.

»Wohin soll ich Euch begleiten?« Madlen vergaß vor lauter Aufregung zu atmen. Unvermittelt wurde ihr schwarz vor Augen.

Als sie erwachte, lag sie auf einer unbequemen Gefängnispritsche. Annabell saß neben ihr und hielt ihr die Hand. Madlens Herz jagte, und das Kind strampelte in ihrem Bauch, als würde es wissen, dass etwas Schlimmes geschehen war.

»Ich habe Wilbur zusammen mit Margareth und den Wachen ins Lager geschickt«, flüsterte Annabell. »Sie sollen Munros Offiziere bitten, dass sie einen Advokaten schicken.«

»Einen Advokaten?« Madlen sah sie ungläubig an. »Ich habe nichts getan, weshalb ich einen Advokaten benötige. Wie sollte er mir helfen?«

»Man wird dich als Hexe anklagen.« Annabell klang ängstlich. »Erst vor einem Monat hat man in Ayrshire eine Frau gehenkt, die mit dem Teufel im Bunde gewesen sein soll. In solchen Angelegenheiten gibt es Sondergerichte, die im Auftrag der Kirche entscheiden. Wenn es schlimm kommt, werden sie dich foltern, bis du gestehst. Da kann dir auch dein John nicht helfen.«

Madlen sah sie entsetzt an. »Grundgütiger, ich bin im achten Monat.«

Annabell zuckte vor Angst zusammen, dann senkte sie den Blick.

Fassungslos sah Madlen sie an. »Denkst du etwa, die Leute haben recht?«

Annabell sah verunsichert auf. »Rosie hat sie davon überzeugt, dass das Kind vom Teufel gezeugt worden sein könnte. Sie werden bestimmte Prüfungen unternehmen, um es herauszufinden.«

»Das Kind ist von John!« Madlens Stimme überschlug sich fast. Eine alte, längst verdrängte Angst kroch in ihr hoch.

»Ja …« Annabell schwieg für einen Moment und sah sie nicht an.

»Du glaubst doch nicht etwa, dass John …?«

Annabell biss sich auf die Unterlippe. Ihre Stimme war so leise, dass Madlen sie kaum verstand. »Mein Greg sagte vor nicht allzu langer Zeit, dass dein John und seine Männer mit dem Teufel im Bunde sein müssten, weil er noch niemanden zuvor gesehen hat, der auf solch eine weite Entfernungen ein Ziel trifft, und das sogar bei Nacht.« Sie zuckte entschuldigend mit den Schultern.

»Aber das hat man von Ewens Vater auch behauptet. Vielleicht liegt es bei den Camerons in der Familie.«

Madlen glaubte ersticken zu müssen, so überwältigt wurde sie von ihrer Furcht, dass sich die Untersuchungen auf John ausweiten konnten. Dass mit ihm und seinen Männern etwas nicht stimmte, seit sie durch Cuninghames Hölle gegangen war, wusste sie mittlerweile, aber ihr Ehemann hatte bisher keinerlei Anstalten gemacht, mit ihr darüber zu sprechen, und ihren Fragen war er stets ausgewichen. All das traf jedoch auch auf Paddy zu. Also wäre Rosies Mann genauso betroffen, wenn der Witch Finder hinter ihr Geheimnis käme.

Ein Gefängniswärter erschien und forderte Annabell mit einer groben Geste auf, die Zelle zu verlassen. Madlen folgte ihr in Panik zur Tür, bevor der Mann sie aufhalten konnte. Für einen Moment hielten sich die Frauen bei den Händen gefasst, bis sie getrennt wurden.

»Geh und hol Hilfe!«, rief Madlen ihr hinterher. »Aber lass John aus dem Spiel. Geh zu General Munro!«

Ein zerlumpter Gehilfe schob Madlen mitten in den Raum und stellte sie in gebührendem Abstand vor ein Tribunal von drei schwarzgekleideten Ermittlern. Mit ihrem weißgestärkten Kragen und den abgewetzten Perücken sahen die Männer aus wie die üblichen Sonntagsprediger, die nichts anderes als die Hölle und den Teufel im Kopf zu haben schienen. Mit arroganter Miene klärten sie Madlen darüber auf, dass sie nichts als die Wahrheit zu sagen habe.

»Ich bin keine Hexe«, fauchte Madlen, als man ihr als Erstes diese

Frage gestellt hatte. »Und schon gar nicht habe ich es mit dem Teufel getrieben. Ich bin nichts weiter als eine gehorsame Ehefrau.«

Hornsby, der als beisitzender Ermittler einen Ehrenplatz erhalten hatte, nickte stumm und vollführte eine fahrige Geste. Der Gehilfe nahm daraufhin Madlens gefesselte Hände und band sie an einen Flaschenzug, der von der Decke herabhing.

»Was habt ihr mit mir vor?« Madlen wand sich vor Angst, bevor der Mann sie ohne Warnung mit einem Ruck in die Höhe zog.

Ein höllischer Schmerz jagte durch ihren Körper. Für einen Moment glaubte sie, dass man ihr die Schultergelenke ausgerenkt hatte. Das Kind in ihrem Bauch trat nach allen Seiten.

»Bitte!«, schrie Madlen. »Habt Erbarmen!«

Doch Hornsby nickte nur, woraufhin ihr der Gehilfe, der seinen Anweisungen folgte, ohne sie anzuschauen, mit roher Gewalt die Kleider von Leib riss. Madlen begann zu schluchzen, während die Blicke der Männer sich an ihren Brüsten weideten und dann hinab zu ihrem splitternackten, dick geschwollenen Leib wanderten. Hornsby stand auf und trat zu ihr. Er hatte einen Stock in der Hand, an dessen Ende sich ein Nagel befand. Madlen spürte, wie ihr Herz zu rasen begann und sich ihr Bauch nach allen Seiten wölbte, weil das Kind darin trat, als wolle es den Witch Finder höchst persönlich verjagen. Hornsby legte seine Hand auf ihren schwangeren Leib und verfolgte die Bewegungen darin mit gerunzelter Stirn.

»Es scheint tatsächlich eine Teufelsbrut zu sein – warum sonst würde es sich so heftig wehren?«, sagte er leise. Dann drehte er sich um und bat seine Kollegen mit einem Wink heran.

Madlen keuchte vor Angst. Der Schmerz in den Lenden brachte sie beinahe um. Schwarze Punkte tanzten vor ihren Augen, als Hornsby mit seinen manikürten Fingern ihre Brustwarzen zu untersuchen begann. Er drückte und quetschte sie zwischen Daumen und Zeigefinger.

»Halt still, Weib!«, befahl er ärgerlich. »Ich muss dich melken, damit ich sehen kann, ob sich bereits schwarze Milch darin befindet.«

Madlen stöhnte vor Schmerz, während Hornsby vor den Augen seiner Mitstreiter in ekelerregender Weise ihren Körper abtastete. Milch förderte er keine zutage, stattdessen ließ er seine Hände über ihre Haut wandern und ließ keine Stelle aus.

»Ich muss dich auf Muttermale hin untersuchen«, krächzte er heiser. Zwischen ihren Brüsten wurde er offenbar fündig und setzte den eisernen Nagelstock an. Der Nagel war so lang wie ein Finger. Madlen befürchtete für einen Moment, dass Hornsby ihn ihr ins Herz jagen wollte, als er unvermittelt zustieß, doch der Nagel verschwand in ihrem Fleisch und hinterließ weder ein Loch, noch blutete es.

»Sieh an!«, meinte Hornsby mit einem hämischen Lachen. »Wer hätte das gedacht? Sie ist eine reinrassige Hexe. Kein Blut, keine Wunde und den Satan im Leib.«

Hornsby ging um sie herum und strich ihr die langen schwarzbraunen Locken zur Seite, dann trat er unvermittelt ihre Beine auseinander, die sie ohnehin nicht mehr trugen. Wie ein Stück Schlachtvieh hing sie in dem Eisengeschirr, das von der Decke baumelte. Hornsby bückte sich ein wenig und machte sich mit konzentrierter Miene an ihrer Scham zu schaffen.

Madlen schrie vor Schmerz und Empörung auf, als er seinen Mittelfinger tief in ihre Scheide schob. Dann zog er ihn wieder heraus und stieß ihr den Nagelstock in die Scheide. Madlen schrie sich die Seele aus dem Leib. Offenbar wollte er die Abtreibung der vermeintlichen Teufelsbrut gleich an Ort und Stelle vornehmen.

Madlen begann vor Angst zu zittern. Ihre Zähne schlugen aufeinander, als würde sie in einem Eisloch sitzen. Jeder Muskel schien sich zu verkrampfen. Während Hornsby mit dem Stock herumstocherte, beobachteten seine Foltergesellen Madlens Reaktionen. Zu ihrem Erstaunen blutete sie nicht und verspürte auch keine besonderen Schmerzen.

»Wir werden eine Engelmacherin beauftragen müssen«, erklärte Hornsby, nachdem er den Stock wieder herausgezogen hatte. »Die Leibesfrucht ist tatsächlich satanischen Ursprungs. Sie reagiert nicht auf den Nagelstock. Wir müssen verhindern, dass die Teufelsbrut lebend zur Welt kommt.«

»Aber, Herr«, wandte einer seiner blassgesichtigen Mitstreiter ein, »wir können der Frau ihr Kind nicht ohne richterliches Urteil nehmen. Wir müssen ihr zuerst den Prozess machen. Danach wird sie öffentlich gehenkt, und das Kind wird aus ihrem Leib geschnitten. Später wird man ihre Leichen verbrennen. Also wozu die Eile?«

Hornsby sah den Mann unwirsch an. »Schickt noch heute einen Boten nach Newcastle, der Richter Wardon bittet, unverzüglich hierherzukommen, damit das Urteil gefällt werden kann. Schreib ihm, dass wir eine Hebamme beauftragen, die uns sagen wird, wann das Kind zur Geburt ansteht. Sollte die Hexe noch vor der Verhandlung niederkommen, werden wir es vorher töten müssen. Wir können nicht zulassen, dass sie den Satan gebiert.«

Madlen hatte das Gefühl, sich in dem finstersten Alptraum ihres Lebens zu befinden. In ihrer Not dachte sie nicht an John, der ihr helfen könnte, sondern an jemand anderen, den sie eigentlich noch nicht einmal in dunkelster Nacht herbeigerufen hätte. In ihrem zerrissenen Gewand lag sie auf ihrer Pritsche und konzentrierte sich auf das Gesicht von Bruder Mercurius. »Falls du der Satan bist, kannst du nicht sterben, selbst wenn man dir hundertmal den Kopf abschlägt. Und wenn es tatsächlich dein Kind ist, das ich unter dem Herzen trage, so kannst du es nicht zulassen, dass man es tötet. Also komm und hilf mir! Dann werde ich alles tun, was du verlangst.«

John war außer sich vor Wut, als er am späten Nachmittag ins Lager zurückkehrte und von Madlens Unglück erfuhr. Gleichzeitig hatte er furchtbare Angst, die er jedoch nicht zeigte. Er fragte nicht um Erlaubnis, noch mal das Lager verlassen zu dürfen, sondern bestieg sein Pferd und galoppierte unter voller Bewaffnung davon. Annabell hatte ihm nicht sagen wollen, wie es zu Madlens Verhaftung gekommen war. Aber ganz gleich wer dafür die Verantwortung trug, er würde Rechenschaft ablegen müssen. Zuerst jedoch musste er Madlen aus dieser verhängnisvollen Lage befreien. Im Notfall würde er das Gefängnis von Carlisle in die Luft jagen, und Hornsby würde er töten – das stand so fest wie der Todestag seiner Mutter.

Als John die Gefängnismauern mit zwei gezogenen Pistolen stürmte, trat ihm nur ein schmächtiger Wachmann entgegen.

»Wo ist sie?«, brüllte er und setzte dem verblüfften Wächter die Mündung seiner Radschlosspistole an die Stirn. Dem Mann war anzusehen, dass er sofort wusste, um welche Frau es sich handelte. Er wich taumelnd zurück und sah John an, als ob der Teufel persönlich aufgetaucht wäre. »Sie ist nicht hier«, antwortete er hastig.

»Nicht hier? Was redest du, Mann? Bring sie her, oder ich werde dich auf der Stelle erschießen!« John zielte auf das Gesicht des Wachmanns.

»Sie wurde abgeholt«, stammelte sein Gegenüber, der kalkweiß geworden war. »Constable Hornsby hat sie verhört. Er sagte, sie sei eine leibhaftige Hexe und ihre Brut sei des Teufels.« Bei den letzten Worten überschlug sich die Stimme des Mannes beinahe vor Aufregung.

»Was habt ihr mit ihr gemacht?« In Johns Blick lag die reinste Mordlust.

»N… nichts«, stotterte der Mann. »Wir sollten auf Richter Wardon aus Newcastle warten, damit er entscheidet, was weiter mit ihr zu geschehen hat. Inzwischen war jemand hier, der eine sehr hohe Kaution für sie hinterlegt hat, damit sie bis zur Verhandlung auf freiem Fuß bleiben darf.«

»Könnte das Munro gewesen sein?« Paddy, der zusammen mit Bran in das Gefängnis vorgedrungen war, sah fragend zu John herüber.

John empfand zwar eine gewisse Dankbarkeit, dass ihm die Kameraden gefolgt waren, andererseits störten sie bei dem Versuch, die Wahrheit über Madlens Verbleib herauszufinden.

»Glaube ich nicht«, erwiderte Bran mit verärgerter Miene. »Ich war im Zelt des Generals und habe ihn um Hilfe gebeten. Er meinte, es gehe ihn nichts an, wenn die Frau eines Offiziers aus den Highlands als Hexe verklagt werde.«

John drohte vor Ungeduld die Nerven zu verlieren. Er brüllte erneut den Wächter an. »Rede du endlich! Wo ist Madlen jetzt?« Um seinen Worten Nachdruck zu verleihen, schoss er mit der zweiten Pistole in die Luft. Ein ohrenbetäubender Knall ließ alle zusammenfahren.

»Da müsst ihr den Constable fragen«, erklärte der Wächter mit bebender Stimme. »Nur er kann euch sagen, wer das Weib abgeholt hat.«

Als John die Haustür von Hornsbys Anwesen eintrat, hätte er beinahe die Haushälterin erschlagen, die im Flur lauerte. Es kümmerte ihn nicht, dass sie am Boden lag und ihn jammernd davon abzuhalten versuchte, den Salon ihres Herrn zu betreten. Hornsby hatte ein Nachmittagsschläfchen gehalten und war von seinem Sessel hochgeschreckt, als John in der Tür auftauchte und ihn ohne Vorwarnung ins rechte Bein schoss. Hornsby schrie auf und versuchte zu fliehen, dabei fiel er zu Boden. Dort hielt er sich vor Schmerzen wimmernd das blutige Knie, das die Kugel völlig zerschmettert hatte.

Bran und Paddy waren John gefolgt und betrachteten voll Schrecken das Blutbad, das er angerichtet hatte.

Inzwischen hatte John seine zweite Pistole nachgeladen und richtete sie erneut auf den am Boden liegenden Mann.

»Wenn du mir nicht sagst, wo sie ist, wird nicht nur dein Bein daran glauben müssen«, stieß er schwer atmend hervor.

»Wer seid Ihr?«, krächzte Hornsby, während das Blut zwischen seinen Fingern hervorquoll. »Ihr Geliebter oder einer ihrer vielen Verehrer, denen sie das Geld aus der Tasche gezogen hat.« Er schien zu ahnen, dass dieser Überfall mit Madlen zu tun haben musste. »Ich sage Euch, Ihr macht Euch nur unglücklich! Sie ist eine Hexe und hat es verdient, mit ihrem Satansbalg gehenkt und verbrannt zu werden!«

John zögerte nicht und schoss ein zweites Mal. Hornsby heulte auf, als die Kugel sein zweites Knie traf. Wie auch immer die Geschichte ausgehen würde – er würde fortan ein Krüppel sein. »Ich frage dich jetzt ein letztes Mal«, zischte John ihm zu. »Wo … ist … sie?«

»Sie wurde abgeholt«, keuchte Hornsby mit schmerzerfüllter Miene. »Ein Fremder war hier. Ich dachte zuerst, er sei ihr Ehemann. Wer würde sonst tausend englische Pfund in Gold als Kaution hinterlegen, damit sie bis zur Verhandlung auf freiem Fuß bleiben darf?« Hornsby begann vor Schmerzen zu wimmern.

John starrte ihn fassungslos an, dann glitt sein Blick zu Paddy und Bran. »Ehemann? Wer sollte das sein?«

»Er ist ein Mönch und ein Hexenjäger wie ich«, stöhnte Hornsby beinahe triumphierend, »und er sagte, er sei schon seit längerem auf ihrer Spur.«

»Du lügst!« John übergab die Pistolen an Paddy und zog seinen Degen. Dann hielt er dem Witch Finder die geschärfte Klinge an den Hals.

In Hornsbys Gesicht siegte die Angst über den Schmerz. »Der Mann hat einen Brief hinterlassen«, bemerkte er schwach. »Darin hat er sich verpflichtet, die Frau pünktlich zur Gerichtsverhandlung zurückzubringen. Dort hinten liegt das Schreiben. Darauf könnt Ihr seinen Namen lesen.«

Der Hexenjäger schien zu hoffen, dass John ihn in Ruhe lassen würde, wenn er den Beweis in Händen hielt, dass er nicht gelogen hatte. Mit zitternden, blutüberströmten Fingern deutete er auf einen Sekretär, der an der Wand gegenüberstand.

Bran nahm sich das gesiegelte Schreiben, das offen auf der Ablage von einer Bibel beschwert wurde, und gab es an John weiter.

Als John das Papier las, beschlich ihn ein Gefühl, als würde das Blut in seinen Adern gefrieren. Die Unterschrift war klar und deutlich: Bruder Mercurius. Darunter stand eine persönliche Losung, wie sie in Adelskreisen gebräuchlich war. »Der Eintritt ins Himmelreich wird mit dem Leben bezahlt – der Eintritt in die Hölle kostet die Seele.«

John sah Hornsby mit einer Verachtung an, als ob er selbst der Leibhaftige wäre.

»Wann war der Mann hier?«

»Vor nicht ganz zwei Stunden.«

»Hat er gesagt, wo er hinwollte oder was er mit Madlen vorhat?«

»Nein«, keuchte Hornsby. »Aber er hat versprochen, dafür zu sorgen, dass die Teufelshure ihre Brut nicht lebend zur Welt bringt. Er sagte, er benötige die Frau, um den Satan, der sie geschwängert hat, zu finden und um ihn dann vernichten zu können.«

John wechselte mit Paddy einen schnellen Blick. Trotz seiner Schmerzen schien Hornsby das stumme Einverständnis zwischen den beiden nicht zu entgehen.

John trat ganz nah an ihn heran und zog seinen Dolch. Der Hexenjäger schreckte zurück, doch anstatt ihn zu töten, schnitt sich John mit einer schnellen Geste in den linken Unterarm. Die Wunde war tief und blutig.

»Ihr habt Glück«, hauchte John mit eisiger Stimme. »Ihr habt den Satan gefunden.«

In Hornsbys Augen spiegelte sich das blanke Entsetzen wider, als sich die Wunde vor seinen Augen und ohne Narbe wieder schloss. Er öffnete den Mund, um zu schreien, doch aus seinem Mund kam nur ein gurgelnder Laut. John hatte ihm den Dolch in die Kehle gerammt.

Mit steinerner Miene zog er die Klinge aus dem sterbenden Mann. Dann wandte er sich zu seinen Begleitern um.

»Wir müssen ihnen folgen, bevor Mercurius ihr und dem Kind etwas antun kann!«

Paddy starrte ihn düster an. »Verdammt«, sagte er. »Wir müssen die anderen zusammenrufen. Alleine schaffst du das nicht.«

Bran sah ihn fragend an, als sie draußen vor dem Haus ihre Pferde bestiegen. »Warum bist du dir so sicher, dass wir Madlen und diesen Mercurius finden? Sie können überallhin geritten sein.«

Vor der Tür hatten sich ein paar Schaulustige versammelt, die sich aber offenbar nicht getrauten, ins Haus zu gehen. John ignorierte sie, als er sich in einer fließenden Bewegung auf seinen Rappen schwang.

»Bran, du kennst nur die halbe Geschichte«, bekannte er leise. »Mercurius ist der Teufel, der sich an Madlen vergangen hat. Wir dachten, dass wir ihn mit dem Tod des Paters beseitigt hätten, doch das war nur eine Illusion. Er will mich und meine Männer. Und ich habe eine Ahnung, wo er sich aufhalten könnte. Wenn wir ihm folgen, wird er dafür sorgen, dass wir ihn finden.«

Vom Ende der Straße näherte sich ein Regiment von Stadtsoldaten. Eile war geboten, wenn sie die Stadt noch rechtzeitig und ohne Schwierigkeiten verlassen wollten.

John ließ die beiden MacGregors im Lager zurück. Nur Paddy, Ruaraidh, David und Randolf folgten ihm. Bran ließ sich nicht abschütteln, obwohl John ihn mehrmals gewarnt hatte, dass diese Mission außerordentlich gefährlich werden würde.

Es fiel ihnen nicht schwer, Madlens Spur zu folgen. John und die anderen konnten sie buchstäblich riechen, auch wenn ihr Duft nach Maiglöckchen und Rosen von Schweiß und Tränen überdeckt wurde.

Die schwarze Kutsche des Lords hatte in Tynedale offenbar eine längere Rast für die Nacht eingelegt. John war ihr mit seinem Trupp so nahe gekommen, dass es durchaus möglich schien, Madlen mit Gewalt zu befreien. Doch so einfach würde es Mercurius ihnen nicht machen. Ein Trupp von zehn schwarzgewandeten Reitern begleitete das noble Gefährt, das von sechs Rappen gezogen wurde.

»Es sind zu viele Söldner«, flüsterte Paddy, der aus einer Entfernung von zweihundert Yards hinter sicherem Buschwerk Cuninghames Schergen reden hören konnte.

»Dann müssen wir eben eine List anwenden«, erwiderte John, der ebenso gut wie die anderen wusste, dass ein offener Angriff ein unkalkulierbares Risiko für Madlen und das Kind bedeuten würde.

353

Madlen wurde von fünf Söldnern eskortiert, als man sie in einem schwarzen Kapuzenmantel aus der sicheren Kutsche heraus in die Gaststube führte. Johns Herz verkrampfte sich für einen Moment, als er sah, wie sie sich schützend den Bauch hielt. Er trug die Schuld, dass sie in diese verzweifelte Lage geraten war.

Bei Anbruch der Dämmerung bat er Bran, bei den Pferden zu bleiben. »Denk dran, du musst ganz leise sein«, flüsterte John. »Sie können dich hören, auch wenn du glaubst, sie seien zu weit weg.«

Bran nickte verständig. Bereits seit geraumer Zeit wusste er um Johns besondere Fähigkeiten, und doch fiel es ihm schwer, sich vorzustellen, dass es noch andere Soldaten gab, die über ähnliche Möglichkeiten verfügten. Trotzdem verkniff er es sich, weitere Fragen zu stellen, als John mit seinen Männern bis an die Zähne bewaffnet in der hellen Nacht verschwand.

Vorsichtig näherten sich John und seine Männer den ersten Wachen, die Mercurius rund um die Gastwirtschaft hatte aufstellen lassen. John hatte dieses lautlose Heranschleichen mit seiner Truppe seit Monaten geübt, weil er gewusst hatte, dass sie sich auf einen völlig neuen Feind einstellen mussten. Wie recht er hatte, wurde ihm klar, als der Blick eines Söldners auf eine streunende Katze fiel. Aus reiner Boshaftigkeit warf der Mann ein Messer, mit dem er das Tier in die rechte Flanke traf. Die Katze schrie vor Schmerzen und rannte mit dem Dolch im Leib davon.

John nutzte die Gelegenheit und stürmte, ohne ein Geräusch zu verursachen, auf den Söldner zu. Er drückte dem überraschten Soldaten eine Hand auf den Mund und stieß ihm das Messer ins Herz. Paddy und Ruaraidh nahmen sich die anderen Söldner vor und machten sie gleichfalls unschädlich. Ohne Schwierigkeiten kletterte John an uralten dicken Efeuranken an der Fassade des Wirtshauses empor und starrte durch die Ritzen der zugeklappten Fensterläden in die dunklen Räume hinein, bis er Madlen endlich fand. Man hatte sie in einer winzigen Kammer untergebracht. Fieberhaft überlegte John, wie er Madlen unbemerkt durch das Fenster nach unten bringen konnte.

»Wer nicht wagt, der nicht gewinnt«, flüsterte er vor sich hin, während David unter ihm die Wache übernommen hatte. Als er versuchte, die Läden zu öffnen, erschien ihm das Knarren des Holzes beinahe so laut wie ein Donnerschlag. Madlen schien seine Nähe zu spüren, anders war es nicht zu erklären, dass sie gar keine Angst zeigte, als sie aufsah und sein Gesicht am Fenster erblickte.

»John!« Mit flüsternder Stimme lief sie ihm entgegen. »Du hättest mir nicht folgen dürfen! Es ist zu gefährlich …«

Er verschloss ihre Lippen mit einem Kuss, während er sich mit der anderen Hand am Fenstersims festklammerte. Erst nachdem er sich aufgeschwungen und ein Bein ins Innere der Kammer gestellt hatte, bedeutete er ihr, dass sie zu ihm hinausklettern sollte, um sich an ihm festzuhalten, damit er mit ihr absteigen konnte. Dass dies mit einem hochschwangeren Bauch nicht einfach sein würde, war abzusehen, aber Madlen begriff, dass es keine andere Möglichkeit gab, Mercurius und seiner Bande zu entkommen. Tapfer kletterte sie über den Fenstersims und legte in schwindelnder Höhe beide Arme um Johns breiten Nacken.

John war froh, dass sie den Kopf erhoben hielt und nicht hinunterschaute. Er spürte ihren heißen, bebenden Atem an seinem Ohr und spürte das Kind, wie es sich streckte und regte, weil ihm diese nächtiche Kletterpartie überhaupt nicht gefiel.

Unten nahm David die beiden in Empfang, und gemeinsam schlichen sie in geduckter Haltung davon.

Ebenso unbemerkt kehrten sie zu Bran zurück, der in einem Pinienwäldchen mit den Pferden auf sie gewartet hatte. Erleichtert fiel Madlen ihm in die Arme. Bis hierher war ihre Befreiung erstaunlich einfach gewesen. Doch John bedeutete beiden, dass sie immer noch nicht sprechen durften. Schon das Klirren des Pferdegeschirrs erschien ihm zu laut. John half Madlen vor sich auf das Pferd und straffte die Zügel, als plötzlich ein Schuss krachte. Beinahe gleichzeitig verspürte er einen furchtbaren Schmerz, der seinen Rücken durchzuckte und sich dann wie ein loderndes Feuer in seiner Brust ausbreitete. Die Pferde scheuten, und Paddy stieß einen seiner unchristlichen Flüche aus. Madlen stürzte zu Boden, bevor John sie zu halten vermochte. Seine Arme waren wie gelähmt. Von einem Augenblick auf den nächsten wurde er von einer tiefen Eiseskälte erfasst und musste ohnmächtig zusehen, wie sein Gaul durchging und ihn zu Boden warf. Dabei wäre er beinahe auf Madlen gefallen, die nun unmittelbar neben ihm lag. Sie war auf den Rücken gefallen und versuchte vergeblich aufzustehen. Um sie herum pfiffen Musketenschüsse. David und Ruaraidh kamen in geduckter Haltung heran und mühten sich, Madlen in Sicherheit zu bringen. Bran versuchte auf seinem Ross, den fliehenden Pferden zu folgen. Für einen Moment sah John das Gesicht von Paddy, der eine Pistole gezogen hatte und auf die herannahenden Verfolger zielte. Die Angreifer gehörten eindeutig zu Mercurius. Sie hatten die Flucht also doch bemerkt.

John versuchte zu sprechen, doch kein Wort kam ihm über die Lippen. »Er hat dich ins Herz getroffen«, sagte Paddy, der sich denken konnte, warum John zur Bewegungslosigkeit verurteilt war. »Aber das müsste gleich wieder vorübergehen. Die Kugel ist nicht steckengeblieben.«

John keuchte und rang nach Luft. Er hustete Blut. »Madlen!«, krächzte er.

David und Ruaraidh kümmerten sich um die Verletzte. Paddy nahm die Verfolger ins Visier, indem er aus sämtlichen Rohren schoss. Es war die einzige Möglichkeit, sich die Meute vom Leib zu halten.

Anders als Madlen konnte John nach kurzer Zeit wieder aufstehen. David war an ihre Seite gerutscht, während er Paddys Pistolen nachlud. »Das sieht nicht gut aus«, flüsterte er. Ruaraidh hatte sich inzwischen mit zwei Musketen hinter einem Felsen verschanzt und zielte auf die Herzen der Angreifer. Einige erlitten das gleiche Schicksal wie John und blieben regungslos liegen, andere luden nach und feuerten zurück.

Die Kugeln pfiffen an John vorbei, als er seine Lähmung abgeschüttelt hatte und sich zu Madlen beugte.

»John«, flüsterte sie erstickt. »Mir ist kalt, und ich kann nicht atmen.«

John spürte, wie sich ihm die Kehle zuschnürte, als er ihren Rücken untersuchte und das klaffende Loch auf Höhe der Lungen entdeckte.

»Bleib ruhig liegen«, stieß er gepresst hervor und zog seine Handschuhe und das Halstuch aus, um es ihr in die Wunde zu drücken. Gleichzeitig sah er sich um, wo er sie am besten in Sicherheit bringen konnte.

»Iain …« Ihre Stimme wurde schwächer. »Tha mi a'bāsachadh … ich werde sterben …«

»Nein«, widersprach er ängstlich. »Du wirst leben.«

»Küss mich …« John zerriss es schier das Herz, als sein Mund ihre Lippen berührte.

»Ich liebe dich … John. Ich war es … der Mercurius herbeigerufen hat, kannst du mir jemals verzeihen?«

»Du darfst nicht sprechen«, flüsterte John.

Die Angreifer hatten sich bis auf zehn Yards genähert, als Bran neben ihm auftauchte und ihm half, Madlen zwischen zwei Felsbrocken auf weiches Gras zu betten. Doch sie konnten nichts mehr für sie tun, wie John mit zitternden Händen feststellen musste. Vergebens tastete er nach ihrem Herzschlag. Er spürte, wie der Tod sie mit sanfter Gewalt umschloss und in seinem eigenen Geist in ein strahlend weißes Licht zersplitterte, das jede Wärme an sich zog.

John drückte Madlen die Augen zu. Wie aus dem Nichts schlug eine Kanonenkugel neben ihm ein.

»Covenanters!«, schrie Paddy.

Durch den Schusswechsel waren offenbar die Soldaten auf sie aufmerksam geworden und hatten einen Angriff der Royalisten vermutet.

Große Geschosse sausten ihnen um die Ohren und explodierten in unmittelbarer Nähe. Fast gleichzeitig griffen Cuninghames Schergen erneut an.

Paddy zerrte John von Madlens Leiche weg.

»Komm schon!«, brüllte er ihn an. »Wir müssen verschwinden!«

John dachte jedoch nicht daran, die Flucht zu ergreifen. Alles in ihm schrie nach Vergeltung. In blinder Wut verfolgte er zwei von Cuninghames Söldnern, die nun in entgegengesetzte Richtung rannten, offenbar um weitere Verstärkung zu holen. John konnte ihnen mühelos folgen und stellte die beiden auf einer Anhöhe. Voller Todessehnsucht stürzte er sich in den Kampf. Schwerter und Messer flogen so schnell, dass es für das menschliche Auge nicht zu sehen war. Schon bald lag der erste Söldner mit durchbohrtem Herzen am Boden. Den Kopf würde John sich holen, sobald er den zweiten erledigt hatte. Erneut krachte ein Schuss. John spürte sofort, dass es ihn noch einmal erwischt hatte. Wieder erfassten ihn die Kälte und ein ungeheurer Schmerz, aber nun war es ihm gleichgültig, ob er starb.

Plötzlich war er von Söldnern umzingelt. »Ihr sollt ihn nicht töten!« Die Stimme kannte er. »Ergreift ihn und legt ihn in Ketten!«

Noch während sich jemand an Johns Handgelenken zu schaffen

machte, brach ein neuer Tumult aus. Paddy, Ruaraidh und David preschten vor, um ihn zu befreien.

John sah, mit welcher Gewalt sie sich gegen die Söldner des schwarzen Lords zur Wehr setzten.

Ruaraidh stellte sich mit erhobenem Claymore vor John, der sich noch immer nicht rühren konnte, und benahm sich wie eine Hirschkuh, die ihr Junges vor einem Rudel blutgieriger Wölfe zu schützen versuchte. Plötzlich wurden sie von Soldaten mit Fackeln umringt. Ein Heer von brüllenden Männerstimmen drängte sich in das bestehende Scharmützel. Cuninghames Männer, die weit in der Unterzahl waren, gingen überraschend zum Rückzug über.

Royalisten näherten sich, mindestens hundert Mann, ein Aufklärungskommando unter General Munro, das ganz in der Nähe campierte und von Bran alarmiert worden war.

John war immer noch vollständig gelähmt, als Paddy ihn zusammen mit Bran hinter einen Busch zog und ihm die Kugel mit seinem Dolch aus dem Herzen schnitt. Bran hielt unterdessen Wache, damit niemand sie beobachtete. Gebannt fiel sein Blick immer wieder auf die tiefe, blutige Wunde.

»Ihr seid doch mit dem Teufel im Bunde«, bemerkte er matt.

»Nein, wir sind Engel in Menschengestalt«, verteidigte sich Paddy. »Das hört sich besser an. Findest du nicht?«

»Madlen«, flüsterte John, als das Leben wieder durch seine Adern floss.

»Ich habe Ruaraidh und David losgeschickt«, beruhigte ihn Paddy, »sie sollen bei ihr wachen, bis wir dazustoßen können.«

Paddy nahm John auf seine Schultern und trug ihn zu jener Stelle, wo sie Madlens Leiche zurückgelassen hatten. John kroch auf allen vieren an sie heran. Sanft legte er ihr seine Hände auf die Brust. Ihr Kleid war mit Blut durchtränkt. Die Gewissheit, dass sie tot war, traf ihn schlimmer als ein Pistolenschuss. Voller Trauer sah er auf. »Paddy, gib mir eine Fackel!«

»Großer Gott!« Paddy brachte es offenbar nicht über sich, Madlens Leichnam zu betrachten. »John, ihr ist nicht mehr zu helfen. Du machst es dir nur noch schwerer.«

»Das Kind«, stammelte John und tastete verwirrt über ihren Leib.

»John …« Paddy wagte es nicht, ihn zu berühren. »Ja, das Kind ist auch tot. Du kannst es nicht mehr retten.«

»Es ist nicht tot, Paddy«, flüsterte John. »Es ist fort.«

»Fort?« Paddys Frage klang wie ein ungläubiges Echo.

John glaubte, dem Wahnsinn zu verfallen. Seine Stimme war kaum mehr als ein heiserer Hauch.

»Irgendjemand hat es aus ihr herausgeschnitten.«

Beinahe lautlos ruderte eine Gruppe von sieben Männern das längliche Boot über die dunklen Wasser von Loch Leven. Vor ihnen lag, im Nebel versunken, die Insel Sankt Munda, auf der die Clans der Umgebung seit Jahrhunderten ihre Toten begruben.

John Cameron, der achte Mann, stand mit versteinerter Miene am Kiel und blickte auf den einfachen Piniensarg hinab, der auf der Insel zur letzten Ruhe gebettet werden sollte. Madlens einbalsamierten Leichnam nach Sankt Munda zu bringen, dorthin, wo auch ihre Mutter begraben lag, war alles, was er noch tun konnte.

Der Krieg gegen Cromwell war verloren, und die königstreuen Clanchiefs der Highlands kämpften darum, nicht mit Charles I. unterzugehen. Johns Bemühungen, Madlens Tod an Cuninghame und seinen Panaceaern zu rächen und die Leiche des Kindes zu finden, waren kläglich gescheitert. Offenbar hatten der schwarze Lord und seine Bruderschaft sich längst in ein anderes Land aufgemacht.

Mit Madlens Tod und dem Verlust des Kindes war Johns Glaube an einen guten Gott endgültig gestorben. Damals in Edinburgh, kurz vor Granny Beadles Tod, hatte er in seiner Verzweiflung den Allmächtigen herausgefordert, allen Menschen das ewige Leben auf Erden zu schenken. Der Allmächtige hatte ihn wirklich erhört. Doch was war die Unsterblichkeit, wenn es nur einen selbst betraf und niemand mehr da war, für den es sich lohnte zu leben? Ein Gott, der ihn auf diese Weise zum Narren hielt, konnte kein guter Gott sein. Aber wenn er kein guter Gott war, was war er dann? Der Teufel?

Deshalb hatte John bei Madlens Beerdigung auf einen Priester verzichtet. Er hatte keine Tränen mehr und war auch nicht fähig zu beten, weil er nicht wusste, zu wem. So stand er die ganze Zeit über nur da und rührte sich nicht. Wilbur neben ihm begann erneut zu schluchzen. John legte ihm stumm eine Hand auf die Schulter. Er hatte sich geschworen, für den Jungen zu sorgen, als wäre er sein eigenes Kind.

Ohne ein Wort senkten die Männer den Sarg im Schatten der Kapelle in die Tiefe. Bran spielte auf seiner Bagpipe ein altes, wehmütiges Feenlied, welches den tragischen Tod eines Mädchens besang, das sich allabendlich in einen weißen Schwan verwandelte und auf dem Flug zu seinem Geliebten von einem Bogenschützen getötet wurde.

Paddy, Randolf und Ruaraidh schaufelten das Grab zu, während David mit Hilfe von Malcolm und Micheal den schwarzen Stein aus frisch geschlagenem Schiefer aufrichteten. John hatte ihn eigens für Madlens Beerdigung anfertigen lassen.

Stumm las er noch einmal die Zeilen, die ein Steinmetz für ihn in den weichen Schiefer gemeißelt hatte:

Tha seo na cadal Madlen Nic Dhomhnaill Camshron bean ghaolach
aig Iain Camshron Loch Iol a Blàr Mac Faoltaich
Bhasaich i ann an 1648 – 21 Bliadhna agois le murtair
Bha a bas d aiseirigh – bidh a h-aiseirigh do bhas.

»Hier ruht Madlen MacDonald Cameron – geliebtes Weib von John Cameron Loch Iol of Blàr mac Faoltaich. Gestorben im Jahre des Herrn 1648 im Alter von 21 Jahren durch die Hand eines Mörders.

Ihr Tod war deine Auferstehung – ihre Auferstehung wird dein Tod sein.«

Teil II

22

Schottland 2009 – »Leith«

»Wenn Dough Weir glaubt, etwas gehört zu haben, dann ist es auch so.«

Dough nahm seine Taschenlampe, schaltete sie ein und leuchtete seinem jungen Kollegen provozierend ins Gesicht. Dann knipste er sie wieder aus und legte sie auf den Schreibtisch zurück, auf dem mehrere Flachbildmonitore aufgebaut waren, die ihm mittels Kameraüberwachung halfen, das Hafenareal von Leith im Blick zu behalten. Es war drei Uhr nachts und regnete in Strömen.

Dough betätigte die Computertastatur und schwenkte den Sucher zu den Containerhallen hinüber. Das gesamte Gelände war nur spärlich beleuchtet. Weil Energie teuer war, hatte man die Hälfte der Straßenlaternen abgeschaltet. Dough zoomte auf eine Scheinwerferlampe, in deren weißem Lichtkegel der Regen unzähligen schimmernden Bindfäden glich.

»Du willst doch jetzt nicht etwa rausgehen?« Randy, der gut dreißig Jahre jünger war als Dough, sah ihn zweifelnd an. »Es schüttet wie aus Eimern. Was sollte da draußen schon sein? Außer leeren Containern und ein paar verlassenen Bürobaracken wirst du nichts finden. Hier gibt's im Moment nichts zu stehlen, und bei dem Wetter geht sowieso niemand vor die Tür.«

»Du weißt es ja«, brummte Dough, der sich schon des Öfteren über die Nachlässigkeit des Jüngeren aufgeregt hatte. »Seit mehr als dreißig Jahren bin ich Nachtwächter im Hafen von Leith. Du hast noch in die Windeln geschissen, da hab ich hier schon meine Runden gedreht.«

Randy verzog das Gesicht. Die Story hatte er schon gut tausendmal gehört. Er kannte sie auswendig und wusste, was als Nächstes kam.

»Der einzige Unterschied zu damals ist«, äffte er seinen Vorgesetzten nach, »dass man heute nicht mehr Nachtwächter sagt, sondern Sicherheitsassistent. Dabei macht es keinen Unterschied. Es gibt nicht mehr Geld, und auch sonst bringt es keinerlei Vorteile.«

»Ach, sei still, du gehörst zu diesen Neunmalklugen«, erklärte Dough mit ärgerlicher Miene. »Große Klappe, nichts dahinter«, zeterte er. »Wir mussten noch arbeiten für unser Geld. Die jungen Kerle von heute wollen sich nur die Eier schaukeln und am liebsten fürs Rumsitzen doppelten Lohn kassieren.«

Dough zog seine schwarze Öljacke über und schlug sich die Kapuze hoch. »Security« stand in leuchtender Schrift auf dem Rücken. Dann schickte er sich an, die gläserne Wachstube zu verlassen. Draußen war es stockfinster.

»Willst du nicht wenigstens den Hund mitnehmen?«, rief Randy ihm hinterher, wobei er sich gemütlich in seinem Sessel zurücklehnte und an seinem Kaffee schlürfte.

Doughs Blick fiel auf Max, den Rottweilerrüden, der seelenruhig auf seiner Decke döste und nicht einmal aufschaute, als Randy die Leine in die Hand nahm. Dabei machte er ein genauso lustloses Gesicht wie sein Herrchen.

Dough warf Randy einen mürrischen Blick zu. »Dein schlechter Einfluss hat ihn versaut, aber es ist ohnehin besser, wenn ich den Köter hierlasse. Er stinkt, wenn er nass wird.«

Dough nahm sich die Taschenlampe und schaltete sie ein, bevor er nach draußen verschwand. Hinter ihm schnappte die Tür ins Sicherheitsschloss. Zuerst marschierte er zum Containerlager für Überseegüter. Dann würde er zu den Bürobaracken der einzelnen Handelsunternehmen gehen, die sich mit den Jahren hier angesiedelt hatten. Bisher war in diesem Areal noch nie etwas vorgefallen – wenn man von einem spektakulären Fall von Menschenhandel absah, den Dough zufällig vor zwei Jahren bei einem dieser Routine-Rundgänge aufgedeckt hatte. Sechsundzwanzig chinesische Flüchtlinge waren in einem luftdicht verschlossenen Stahlcontainer eingepfercht gewesen, elf von ihnen hatten noch gelebt. Drei ganze Wochen lang hatten diese bedauernswerten Menschen in dem stählernen Koloss zugebracht, der ihnen – vollgestopft mit asiatischer Maschinenbautechnik – kaum Platz gelassen hatte, die Beine auszustrecken. Zuletzt war nicht nur das Wasser, sondern auch noch der Sauerstoff knapp geworden. Doughs feinem Gehör hatten es die elf Überlebenden zu verdanken gehabt, dass sie aus dieser Hölle befreit worden waren. Der Gestank nach Verwesung, als man die Rampe geöffnet hatte, würde ihm sein ganzes Leben lang in Erinnerung bleiben.

Seitdem ging er immer zuerst beim China-Kontor vorbei und dann zu den Amerikanern. Doch im Moment standen die meisten Unterstände leer – eine Auswirkung der weltweiten Wirtschaftskrise, die wie ein Orkan über das Land hereingebrochen war. Das Containergeschäft hatte stark nachgelassen. In den vergangenen sechs Monaten hatte es daher zahlreiche Entlassungen gegeben, und viele Arbeiter befanden sich im Zwangsurlaub.

Unruhen machten die Runde, Gewerkschaften hatten zu Protestkundgebungen gegen Banker und Firmenbosse aufgerufen. Erst gestern hatten Unbekannte in Edinburgh einen Anschlag auf das Haus eines Bankdirektors verübt. Deshalb waren auch hier im Hafen die Sicherheitsmaßnahmen verstärkt worden. Dough konnte sich jedoch kaum vorstellen, dass sich jemand freiwillig hierher verirrte, um zu protestieren, schon gar nicht mitten in der Nacht.

Angst hatte er nicht. Er war jetzt achtundfünfzig, und in all den Jahren war ihm – von den Chinesen einmal abgesehen – niemand begegnet, der sich nicht hier hätte aufhalten dürfen.

Angestrengt horchte er in die Nacht hinein. Er meinte ein Scheppern gehört zu haben, wie damals, als er die Flüchtlinge fand. Doch als er noch einmal lauschte, war nur das Prasseln des Regens zu hören. Er ging weiter und überprüfte die Schlösser an mehreren Lagerhallen, dann ging er zu einer Kühlkammer, in denen gefrorene Rinderhälften aus Argentinien auf ihre Auslieferung in die Fleischmärkte von ganz Großbritannien warteten. Von weitem vernahm er ein Wispern – Stimmen. Er hatte sich also doch nicht getäuscht.

Dough blieb stehen und schaltete die Lampe aus, damit er von etwaigen Eindringlingen nicht entdeckt wurde. Nun erhellte nur das schummerige Licht der Hafenbeleuchtung die Szenerie. Wie ein Dieb schlich er voran, immer bemüht, nicht zu hart aufzutreten. Die Stimmen kamen näher. An der Hauptzufahrt für die Trucks huschte eine Gestalt zu einem Lagerhaus, in das sie sich Einlass verschaffte. Das Gebäude gehörte zur Cuninghame Ltd., einer amerikanischen Aktiengesellschaft, die ihre eigenen Sicherheitskräfte beschäftigte.

Doch bei Nacht waren sie hier selten zu finden. Er wusste das genau, weil sie sich bei ihm anmelden mussten, wenn es außer der Reihe etwas zu schützen gab, das von hafeneigenen Sicherheitskräften nicht bewacht werden sollte. Plötzlich vernahm er ein Aufstöhnen. Abrupt blieb er stehen und tastete nach seinem Mobiltelefon. Das Display war dunkel. Verdammt, er hatte vergessen, es aufzuladen.

»Scheiß Technik«, fluchte er leise. Eigentlich hätte er umkehren müssen – schon weil er die Weisung hatte, sofort Meldung an die örtliche Hafenpolizei zu machen, sobald ihm etwas verdächtig erschien. Doch Dough wollte auf Nummer sicher gehen. Nichts war peinlicher als ein Fehlalarm. Vielleicht waren es doch Leute von Cuninghame, die sich nur nicht an die Regeln hielten. Dann würde er sich höchstpersönlich bei der Hafenleitung beschweren.

Als er durch eine offene Hintertür ins Gebäude gelangte, spürte er, wie sein Herz heftiger zu schlagen begann, als es ihm guttat. Eine Bypass-Operation vor wenigen Jahren hätte ihn beinahe den Job gekostet. Nur mit Mühe hatte er hinterher seine Fitness unter Beweis stellen können.

Es wäre nicht schlecht für mich, wenn ich ganz alleine einer Schurkerei auf die Schliche käme, fuhr es ihm durch den Kopf. In seinen Gedanken heftete jemand die Ehrenmedaille der Hafenleitung an seine Brust, und der Chef der Sicherheitsfirma lud ihn zum Essen ein.

Die Stimmen waren lauter geworden. Offenbar gab es bei den Eindringlingen etwas zu verhandeln. Dough versteckte sich hinter einem Metallschrank, als er plötzlich im Dunkeln vier oder fünf Gestalten ausmachte, die sich gegenüberstanden. Er konnte nur etwas sehen, weil die Außenbeleuchtung des Hafens so angebracht war, dass ihr Licht exakt durch das gläserne Dachfenster fiel.

Überall standen Schränke und Holzkisten mit eingebrannten Aufschriften herum. Angeblich vertrieb Cuninghame Ltd. Computerequipment und Medizintechnik, doch es war auch schon von Waffenhandel die Rede gewesen, jedoch nicht hier in Schottland, sondern irgendwo in Übersee.

Die fünf Gestalten – ausnahmslos Männer – waren groß und breitschultrig. Sie standen sich gegenüber, einer von ihnen hielt die Hände hinter dem Rücken, als ob er gefesselt wäre.

»Mit uns hast du nicht gerechnet, was?«, sagte ein Mann mit dem eindeutigen Akzent eines Highlanders. Dough schätzte ihn nicht älter als dreißig. Seine Haare waren ziemlich kurz geschnitten, und er trug einen schwarzen Overall. Seine straffe Körperhaltung erinnerte an einen Soldaten.

»Wenn du mich fragst, ich würde ihn töten.« Die Stimme des zweiten Mannes war rau und wesentlich älter. Er sprach wie Randy, dessen Eltern vor Jahren aus Belfast hergezogen waren. Ein typisch irischer Singsang, bei dem alles in der gleichen Tonlage gesprochen wurde, und am Ende hörte es sich immer so an, als ob der Redner vollkommen von dem überzeugt war, was er erzählte. Kein »Isn't it?« oder »Don't you?«. Irische Selbstgefälligkeit, wie Dough es gerne nannte.

»Er ist ein Verräter und hat es nicht besser verdient. Aber du musst selbst wissen, was du mit ihm anstellst. Du bist der Boss.«

»Ich wollte euch nicht hintergehen, Chief«, stammelte sein Gegenüber, ein junger Kerl, kaum älter als zwanzig, mit einem spanischen Akzent, wie er bei den amerikanischen Einwanderern aus Mexiko üblich war. »Er hat mich gezwungen. Er sagte, ich müsste es tun. Er hat meine Schwester in seiner Gewalt und wird sie töten, wenn ich ihm nicht den passenden Code liefere.«

»Nette Geschichte, aber nicht sehr originell.« Der Soldat, den der Gefangene als Chief tituliert hatte, war unbeeindruckt. »Du hast keine Schwester, und wenn du je eine hattest, ist sie längst tot.«

Dough wusste für einen Moment nicht, ob er fasziniert sein oder ob er Angst haben sollte. Die Unterhaltung erinnerte ihn an einen Mafiafilm.

»Du hast recht, Amigo«, erklärte der Junge und setzte ein merkwürdiges Grinsen auf.

In diesem Moment brach ein gespenstischer Lärm los. Aus mehreren Kisten sprangen martialische Gestalten hervor und attackierten die fünf.

»Eine Falle«, brüllte einer der Angegriffenen und schnellte herum. Alles ging so rasch, dass Dough nur noch den Kopf einziehen konnte. Er glaubte das Zischen einer schallgedämpften Pistole zu hören, aber auch das Klirren aufeinanderprallender Schwerter. Schränke kippten um, und die Männer begannen heftig zu keuchen, während sie miteinander kämpften.

All das geschah in fast völliger Dunkelheit. Als Dough seine Nase für einen Moment zu weit aus der Deckung steckte, flog ein runder Gegenstand an ihm vorbei und schlitterte ihm beinahe bis vor die Füße. Während das Ding vor einer Stahlkiste liegen blieb, glaubte Dough zu halluzinieren. Es war ein Kopf! Ein menschlicher Kopf – mit Augen, die noch offen standen und halblangen braunen Haaren, in denen das Blut klebte.

»Jesus«, flüsterte Dough lautlos und bekreuzigte sich. Während die anderen sich noch gegenseitig die Schädel ein- oder abschlugen, stahl sich er hinter dem Schrank aus der Tür heraus und rannte um sein Leben.

Früh um sechs, im Nachthemd und mit verworrenen langen Haaren begab sich Lilian von Stahl in die Küche und schenkte sich schlaftrunken eine Tasse Tee ein, die ihre Mitbewohnerin frisch aufgebrüht hatte. Lilian hatte während ihrer Studienzeit als angehende Molekularbiologin in Edinburgh eine luxuriöse und doch bezahlbare Unterkunft gesucht und war in einer Annonce auf Jenna MacKays Angebot gestoßen, die in der Nähe der Princess Street eine Wohnung besaß und eine Bewohnerin suchte. Vier Zimmer mit je einem offenen Kamin, zwei Bäder und Stuckdecken inklusive.

Jenna MacKay war Spurenermittlerin bei Scotland Yard – eine Tätigkeit, die nicht selten unchristliche Arbeitszeiten mit sich brachte. Während sie noch im Bad weilte, setzte sich Lilian an den Küchentisch und startete ihren Laptop. Drei E-Mails waren im Posteingang zu finden. Eine von ihrem Vater, der sich nach ihrem Befinden erkundigte, eine weitere von der Uni, die sie für einen Vortrag über DNA-Polymerase buchen wollte, aber erst die letzte E-Mail weckte ihre Aufmerksamkeit. Alexander von Stahl, ihr Bruder, hatte ihr vor ein paar Tagen ein Päckchen geschickt, dessen Inhalt angeblich hochbrisant sein sollte.

Morgen, Lily, wollte nur kurz nachfragen, ob Du die Analyse schon durchgeführt hast? Wenn ja, ruf mich an und verrate mir, ob Dir die von mir gemachten Angaben ausreichen, um zu einem Ergebnis zu gelangen.
Gruß und Kuss
Dein Alex

Alex war Student der Biochemie in Köln und hatte vor einigen Wochen ein Praktikum bei den Vereinten Nationen beendet, das ihn im Rahmen eines internationalen pharmakologischen Projektes in die Urwälder von Brasilien geführt hatte. Seit seiner Rückkehr brütete er in seiner Studentenbude in Köln über der Frage, ob das Ayanasca – ein indianisches Gebräu aus seltenen Pflanzenextrakten, die nur zu bestimmten Jahreszeiten im Dschungel des Amazonas geerntet wurden und das ein alter Ayani-Schamane ihm gegen seinen MP3-Player überlassen hatte – so interessant sein konnte, dass man es weiteren Untersuchungen unterziehen sollte. Bei einer ersten Analyse hatte er eine erstaunliche Entdeckung gemacht, die er vorerst nur mit seiner Schwester teilen wollte.

Lilian dachte an die bernsteinfarbene Flüssigkeit in den sechs gläsernen Phiolen, die er ihr mit einer speziell gesicherten Luftfracht per Express zugeschickt hatte, und dass es besser sein würde, wenn Jenna zunächst nichts über deren Inhalt erfuhr.

»Genau genommen handelt es sich dabei um eine psychedelische Droge« hatte Alex ihr erklärt, »die als Quelle für Dimethyltryptamin angesehen werden darf und deren primäre Pflanzenstoffe bei ausreichender Dosis genügend Monoaminoxidasehemmer enthalten, um psychoaktiv zu wirken, was nichts anderes bedeutet, als dass sie Halluzinationen hervorrufen können. Der Clou bei meiner Entdeckung ist jedoch, dass die gewöhnliche Mischung verändert wurde und mit dem Stoff eine Verbindung zwischen einem offensichtlich vorhandenen genetischen Erinnerungsvermögen in den Körperzellen und jenem Teil des Gehirns hergestellt werden kann, das für Langzeiterinnerungen zuständig ist. Das bedeutet vermutlich nichts anderes, als dass man mit dem Mittel – in die Vene injiziert – über eine Art von Vision einen direkten Kontakt zu belebten Bildern aus der Vergangenheit seiner biologischen Vorfahren herstellen kann.«

Alex hatte die Substanz inzwischen im Selbstversuch ausprobiert und eine beängstigend echte Szene aus dem Ersten Weltkrieg miterlebt. Es musste eine Erinnerung seines damals achtzehnjährigen Urgroßvaters gewesen sein, die Alex in einer Art Alptraum widerfahren war. Jedenfalls hatte man seinem Vorfahren augenscheinlich in Verdun ein Bein abgeschossen, und er hatte danach noch sechs Tage mit zwölf toten Kameraden in einem stinkenden Keller verbringen müssen, bevor ihn die Franzosen mehr tot als lebendig in ein Lazarett gebracht hatten. Alex hatte die Ursprungsgeschichte nicht gekannt. Erst weitere Nachforschungen in seiner Familie hatten das Erlebnis des Urgroßvaters bestätigt.

»Sei vorsichtig«, hatte Lilian ihn gebeten. Alex hatte bereits vor seinem zwanzigsten Lebensjahr einschlägige Erfahrungen mit Drogen gesammelt. Nur seiner Schwester hatte er es zu verdanken gehabt, dass er nicht vollkommen ins Nirwana abgedriftet war.

»Keine Angst, Schwesterchen«, waren seine Worte gewesen, »niemand weiß besser als ich, wie man mit einem solchen Zeug umgehen muss.«

Lilian konnte sich zunächst unter dieser Vision, wie Alex sie beschrieb, nichts vorstellen. Seine wissenschaftlichen Darlegungen klangen durchaus fundiert und hatten nichts von jenem sinnlosen Gerede eines bekifften Wahnsinnigen, der er in seinen schlimmsten Zeiten einmal gewesen war.

»Der Schamane deutete an«, hatte er bei einem Anruf aus Den Haag vor wenigen Tagen berichtet, »dass nur die eindrücklichsten Erlebnisse in der Seele haften bleiben. Allerdings gehe ich davon aus, dass es nicht die Seele ist, die hier etwas speichert, sondern die Zell-DNA, die mit energetisch geladenen Informationen überschwemmt wird, sie aufnimmt und diese über die Zeugung neuen Lebens an nachfolgende Generationen weitergibt. Die Evolution«, fuhr er aufgeregt fort, »ist ein ständiger Anpassungsprozess der Natur. Dies geht nur über die biologische Registrierung und Weitergabe genetischer Erbinformationen. Wir konzentrieren uns in der Vererbungslehre ausschließlich auf körperliche Attribute wie Augen- und Hautfarbe als spezifische Rassemerkmale, die über Jahrtausende unter entsprechenden Lebensbedingungen zustande kommen. Warum aber sollte es nicht auch im psychologischen Bereich eine Weitergabe von Informationen geben? Das bedeutet: Wenn du eine schlechte oder eine gute Erfahrung machst, gibst du sie über die Zeugung eines Kindes unbewusst an die nächste Generation weiter, und dort ist sie ebenfalls über das Unterbewusstsein abrufbar.«

Lilian konnte sich kaum vorstellen, dass an der Sache etwas dran war, aber sie war neugierig genug, es notfalls an sich selbst auszuprobieren. In jedem Fall wollte sie zunächst die chemischen und genetischen Komponenten dieser Theorie näher unter die Lupe nehmen.

Ihre Untersuchungen im Labor hatten die Theorie ihres Bruders bereits insoweit bestärkt, als dass die Schamanendroge offenbar eine Art Neurotransmitter enthielt, der in der Lage war, eine energetische Verbindung zwischen der menschlichen Zell-DNA und den neuronalen Netzwerken des menschlichen Gehirns herzustellen.

»Was ist passiert?« Lilian sah Jenna leicht vorwurfsvoll an, als sie halb angezogen in der Küche erschien.

Jenna antwortete nicht sogleich, sondern knöpfte sich ihre Bluse zu und zog mit einer fließenden Bewegung ihre graue Kostümjacke über. Im Gegensatz zu Lilian, die üppige Rundungen besaß und mit ihrer dunkelbraunen Mähne und den gleichfarbigen Augen einer feurigen Spanierin glich, hatte Jenna eine maskuline Figur und gab gern die kühle Blonde mit Kurzhaarschnitt. Die Frisur so korrekt wie die Kleidung, hätte sie eher ein Kerl sein können. Dass sie im Bett eher Frauen bevorzugte als Männer, tat ihrer Freundschaft aber keinen Abbruch. Zumal Lilian gleich zu Beginn ihrer ersten Begegnung die Fronten geklärt hatte.

Jenna warf ihr die aktuelle Tageszeitung auf den Frühstückstisch. Lilian schaute verwundert auf.

»Lies«, sagte Jenna und deutete mit dem Zeigefinger auf einen Artikel, bei dem nur die Überschrift ins Auge stach.

Zeugen gesucht, stand dort in fettgedruckten Lettern. Darunter eine kurze Meldung. *In der Nacht von Samstag auf Sonntag ist es im Containerhafen von Leith zu einem Überfall gekommen. Obwohl es weder sichtbare Spuren noch eine Leiche gibt, will ein Augenzeuge gesehen haben, wie einem Mann der Kopf abgeschlagen wurde. Den Aussagen des Zeugen zufolge handelte es sich bei den Angreifern um mehrere Männer. Einer von ihnen hatte einen Highland-Akzent, ein anderer war offenbar irischer Herkunft. Das Opfer stammte nach Angaben des Zeugen vermutlich aus dem lateinamerikanischen Raum. Die Polizei von East Lothian bittet um Hinweise aus der Bevölkerung.*

»Und?« Lilian sah Jenna fragend an, während sie an ihrer Teetasse schlürfte. »Ist das nicht Sache der örtlichen Polizei? Was hat Scotland Yard damit zu tun?«

»Keine sichtbaren Spuren heißt nicht, dass es gar keine Spuren gibt. Seltsamerweise konnte das örtliche Polizei-Team, das den Fall übernommen hat, nichts Auffälliges feststellen. Einen Toten hat man auch nicht finden können. Taucher haben das gesamte Hafenbecken abgesucht – ohne Ergebnis. Wir haben auch keine Vermisstenanzeige erhalten. In der Halle wimmelt es von den unterschiedlichsten DNA-Spuren. Dort gehen täglich Hunderte von Arbeitern und Lieferanten durch. Es ist die reinste Sisyphusarbeit, wenn man da etwas Verdächtiges finden will. Um sieben habe ich eine Vorortbegehung, noch bevor die ersten Angestellten erscheinen. Man hofft wohl, dass die Spezialisten von Scotland Yard etwas mehr Licht in die Angelegenheit bringen können.«

»Denkst du, an der Sache ist etwas dran?« Lilian musterte Jenna mit aufrichtigem Interesse. Mit einem Special Agent im Haus konnte es nie langweilig werden, sie liebte die Geschichten, die Jenna oft schon beim Frühstück erzählte.

»Na ja, wir haben eine mysteriöse Kameraaufzeichnung. Umherhuschende Schatten, die sich für menschliche Verhältnisse viel zu schnell bewegen. Leider konnte man das Material nicht so weit aufbereiten, dass Personen zu erkennen sind, wenn man es langsamer abfährt. Was womöglich daran liegt, dass es in der Nacht ziemlich stark geregnet hatte und die Lichtverhältnisse schlecht waren.«

»Wer tut so etwas?«

»Was?«

»Den Menschen die Köpfe abschlagen?«

»Die gleichen Leute, die Kühe klonen und Laborratten züchten und sie danach im Müll entsorgen«, antwortete Jenna und goss Milch in eine Schüssel mit Cornflakes.

»Hey«, protestierte Lilian, »meine Laborratten leben im Luxus und haben Pensionsansprüche.«

Jenna lächelte beschwichtigend. »Obwohl ich glaube, dass der Kerl, der das gesehen haben will, ein Spinner ist. Wer macht sich schon die Mühe, seinem Opfer den Kopf abzuschlagen und hinterher alles perfekt aufzuwischen? Anders lässt es sich wohl kaum erklären, wenn keine Blutspuren am Tatort zu finden sind. Wie mir mein neuer Vorgesetzter, Detective Chief Superintendent Steve Murray, erst gestern am

Telefon mitteilte, sei angeblich alles klinisch rein gewesen, wie in einem OP-Saal, als die Polizei nur eine halbe Stunde nach der Alarmierung eintraf.« Jenna schob sich einen Löffel Cornflakes zwischen die Zähne und kaute geräuschvoll. »So what!« bemerkte sie mit vollem Mund. »Ich bin mir fast sicher, dass ich heute Morgen umsonst so früh rausmusste.«

Eine halbe Stunde nach Jenna verließ Lilian das Haus. Es regnete immer noch. Die Fahrt nach Rosslyn zu ihrem Institut würde mit dem Auto eine knappe halbe Stunde dauern. Es passte ihr ganz gut, heute etwas früher anzufangen. Nur so konnte sie ungestört noch einmal Alex' Schamanendroge untersuchen. Niemand durfte davon erfahren, bevor sie nicht sicher war, um was es sich genau handelte und welche Wirkung das Zeug tatsächlich entfaltete. Sie hatte Alex versprochen, Stillschweigen darüber zu bewahren. Nicht einmal ihren Vater durfte sie einweihen. Robert von Stahl war Professor und lehrte in München Genetik. Er hätte sich auch für die Sache interessiert, doch im Zusammenhang mit den früheren Drogenproblemen seines Sohnes hätte ihm die Angelegenheit nur unnötige Sorgen bereitet.

Wie ertappt fuhr Lilian zusammen, als das Mobiltelefon ausgerechnet einen Anruf ihres Vaters ankündigte. Sie stand in der Tiefgarage vor ihrem Golf und hatte in ihrer viel zu großen Tasche nach ihrem Schlüssel gegraben, den sie prompt auf den Boden fallen ließ.

»Hallo, Tochter, wie geht's dir?«

»Ich habe gerade an dich gedacht«, erwiderte sie lächelnd. Ihr Vater stand kurz vor der Pensionierung und strotzte mit seinen sechzig Jahren nur so vor Energie. Den Traum vom Nobelpreis hatte er immer noch nicht aufgegeben; es gab Dutzende Firmen weltweit, die ihn für eine Forschungstätigkeit umwarben.

Lilian ging in die Knie, um den Schlüssel aufzuheben.

»Alles in Ordnung?«, fragte er, als sie sich mit einem leisen Keuchen erhob.

»Ja, mach dir keine Sorgen«, erwiderte sie. »Mit der winzigen Ausnahme, dass in Leith ein Phantom herumläuft, das den Leuten die Köpfe abschlägt, ist alles bestens.«

»Was sagst du da?« Er klang beunruhigt.

»Nichts, war nur ein Scherz«, beschwichtigte sie ihn. »Ich muss los, ich rufe dich später zurück.« Nachdem sie aufgelegt hatte, überkam sie ein schlechtes Gewissen, weil sie vergessen hatte, sich nach seinem Befinden zu erkundigen, aber das konnte sie am Wochenende noch nachholen, wenn sie ihren sonntäglichen Pflichtanruf tätigte. Ihr Vater war seit mehr als zwanzig Jahren verwitwet. Lilian befürchtete, dass er vereinsamen würde, wenn sie sich nicht um ihn kümmerte.

Vor dreißig Jahren hatte er ihre Mutter während seines Studiums in Edinburgh kennengelernt. Sie war Pharmakologin und arbeitete in einem Institut, bei dem er ein Praktikum absolviert hatte. Sie war um einiges älter gewesen als er, obwohl sie auf Bildern stets weitaus jünger gewirkt hatte.

Nach Lilians Geburt vor knapp achtundzwanzig Jahren hatten sie für eine Weile in Berlin gelebt. Vier Jahre später war ihr Bruder geboren worden, und dann war die gesamte Familie in die Staaten ausgewandert. Kurz nach Lilians sechstem Geburtstag war ihre Mutter bei einem Autounfall ums Leben gekommen. Die genauen Umstände des Unfalls waren nie aufgeklärt worden. Ellen von Stahl war allein auf einer schnurgeraden Strecke in Massachusetts unterwegs gewesen, als sich ihr Wagen überschlug und in Flammen aufging. Bis heute litt ihr Vater darunter, dass er nicht bei seiner Frau gewesen war, als das Unglück passierte.

Für Lilian hingegen war ihre Mutter lediglich noch ein Schatten in ihrer Vergangenheit, an den sie sich kaum erinnern konnte. Sie vermisste sie nicht, und immerhin waren ihr Vater und Bruder geblieben. Als Alex älter geworden war, hatte Lilian gewissermaßen die Stelle ihrer Mutter übernommen und hatte sich um alltägliche Dinge gekümmert. Ihr Vater war meistens zu beschäftigt und ständig unterwegs. Ein einziges Mal im Leben hatte Lilian ausschließlich an sich selbst gedacht, mit achtzehn, als sie ihrer ersten großen Liebe begegnet und ihr Bruder auf die schiefe Bahn geraten war. Zuerst war es Marihuana gewesen, dann Ecstasy und schließlich Heroin. Dass Alex die Schule und sein Studium am Ende trotz allem erfolgreich absolvieren konnte, hatte er einzig seiner großen Schwester zu verdanken, die ihn mit konsequenter Strenge auf den Pfad der Tugend zurückgebracht hatte. Lilian hatte ihn auf Entzug geschickt und ihn währenddessen nicht aus den Augen gelassen.

Erst gegen Abend kehrte Lilian zur Wohnung zurück. Den ganzen Tag über hatte sie ihre eigentliche Arbeit vernachlässigte und mit Alex' mysteriösem Stoff herumexperimentiert. Ned und Ed, ein paar grau-weiße Laborratten, hatten mit Hilfe einer kleinen, wohldosierten Injektion eine Reise in die visuelle Welt ihrer Vorfahren unternehmen dürfen. Vielleicht waren es die Erinnerungen von Schiffsratten gewesen, die ihre kleinen Gehirne überfluteten, die auf den Planken einer wogenden römischen Barkasse den Ärmelkanal überquerten. Jedenfalls hatten die Tiere sich merkwürdig verhalten. Schwankend und wie betrunken waren sie auf ihrem Hamsterrad herumgeklettert und hatten fortwährend ängstlich gefiept. Dumm war nur, dass sie Lilian nichts von ihren Abenteuern berichten konnten.

Lilian fasste daher einen schwerwiegenden Entschluss. Am nächsten Samstag würde sie das Teufelszeug an sich selbst ausprobieren. Besser sie tat es, als wenn Alex es noch einmal versuchte. Doch sie wollte keine unnötigen Zeugen. Falls sie sich nach einer Injektion unerwartet in Miss Hyde verwandelte, sollte es niemand bemerken. Jenna würde am Freitag nach Bristol zu ihren Eltern fliegen und vor Sonntagabend nicht zurückkehren. Einen besseren Zeitpunkt gab es also nicht.

Als Jenna am Abend zurückkehrte, hatte sie nichts wesentlich Neues zu berichten.

»Wir haben Proben vom angeblichen Tatort genommen«, erklärte sie, während sie sich wie immer in der gemeinsamen Küche trafen. »Die Auswertung wird bis zum Freitag dauern. Drück mir die Daumen, dass die Ergebnisse negativ sind. Ich habe mich schon so auf das Wochenende mit meinen Eltern gefreut.«

Lilian drückte die Daumen – aber nicht wegen Jennas Eltern. Wenn ihre Freundin am Wochenende zu Hause bliebe, wäre es fraglich, wann sie mit ihrem Versuch erneut zum Zuge kommen könnte. Eine Ausweichmöglichkeit hatte sie nicht. Nur in ihrer Wohnung würde sie ungestört sein.

»Was ist denn jetzt?« Lilian war die Ungeduld anzumerken, als sie Jenna am Freitagmorgen an ihre Pläne fürs Wochenende erinnerte. »Bekommst du frei oder nicht?«

Jenna saß gedankenverloren am Küchentisch und trank ihren Kaffee. Der Regen hatte aufgehört, auf das Dachfenster zu prasseln, und die Morgensonne verwandelte das Edinburgh Castle, das man von der Küche aus sehen konnte, in eine gleißend erleuchtete Gralsfestung.

Als Jenna aufschaute, sah Lilian ihr an, dass sie kaum geschlafen hatte.

»Ich habe die ganze Nacht über Fachliteratur gewälzt. Entweder muss ich an meinen Fähigkeiten zweifeln, oder wir haben eine neue Spezies von Mensch entdeckt.«

Lilian sah sie erstaunt an. Sie hatte sich noch einen Becher Kaffee eingegossen und setzte sich auf die andere Seite des Küchentisches.

»Was soll das heißen – eine neue Spezies?« Sie lachte kurz auf. »Außerirdische? Das würde natürlich auch die merkwürdigen Kameraaufzeichnungen begründen.«

Jenna antwortete nicht. Ihre Miene war düster. Offenbar war sie nicht in der Stimmung, Witze zu machen.

»Hast du schon einmal Blut untersucht, dass keiner gängigen Blutgruppe zugeordnet werden kann und doch alle Attribute der menschlichen Natur besitzt?«

Madlen zuckte die Schultern. »Vielleicht wurde es durch Chemikalien verunreinigt. Wenn alles so klinisch sauber war, wie du sagst, hat möglicherweise hinterher jemand geputzt, und dabei gab es Irritationen in der Probe.«

Jenna biss sich auf die Unterlippe, bevor sie antwortete. »Ich habe keine Ahnung. Steve meint, ich hätte bei den Untersuchungen womöglich einen Fehler gemacht und etwas übersehen. Vielleicht willst du dir die Sache mal anschauen?«

»Jetzt?« Lilian sah ihre Freundin unsicher an. Sie hatte im Moment weder Zeit noch die Nerven, sich mit solchen Untersuchungen zu belasten.

»Montag«, erwiderte Jenna mit hochgezogenen Brauen. »Steve hat mir in seiner unendlichen Großzügigkeit freigegeben. Er glaubt, es sei vielleicht in letzter Zeit etwas viel Arbeit für mich gewesen, ich solle mich erst mal erholen, um hinterher wieder durchstarten zu können.«

Lilian lächelte triumphierend. »Ja!«, rief sie etwas zu euphorisch aus. »Montag wirst du klarer sehen, da bin ich mir sicher. Und wenn du willst, nehme ich mir frei, um dich zu unterstützen.«

Jenna nickte zufrieden. »Kannst du noch Katzenfutter kaufen? Ich komme nicht mehr in den Supermarkt, und du weißt, wie verfressen Watson ist.«

Mit einem demonstrativen Miau bog Jennas Perserkater um die Ecke, als habe er seinen Namen gehört, und sah Lilian erwartungsvoll an. An Watson, Jennas Liebling, hatte sie überhaupt nicht gedacht. Einerseits mochte Lilian sein reinweißes Fell und die großen blauen Augen, die ihn so menschlich erscheinen ließen. Andererseits benahm er sich manchmal wie ein hochnäsiger Aristokrat. Seine Zuneigung verteilte er nur an jene, die er für würdig erachtete, und er verschmähte beleidigt sein Futter, wenn es nicht aus der richtigen Dose kam.

»Komm her, mein Freund!«, flüsterte Lilian und streckte eine Hand nach ihm aus. Der Gedanke, Watson in ihre Experimente mit einzubeziehen, indem sie die Substanz zunächst noch einmal an ihm ausprobierte, kam ihr spontan. »Wir werden uns ein schönes Wochenende ohne dein Frauchen machen, nicht wahr?« Sie lächelte ihn mit grimmiger Vorfreude an. Er schien ihre finsteren Absichten zu spüren. Zumindest fauchte er leise und machte einen Buckel, bevor er mit wehender Fahne im Hausflur verschwand.

Am Nachmittag brachte Lilian ihre Freundin zum Flughafen und verabschiedete sich mit einem harmlosen Kuss, bevor sie eilig und voller Vorfreude auf ihr Experiment in ihren Golf stieg.

Auf dem Weg nach Hause gingen ihr Hunderte von Gedanken durch den Kopf. Sie hatte noch niemals an einer Zigarette gezogen, geschweige denn sich Drogen gespritzt. Zum Glück war sie fähig, eine Injektionsnadel zu setzen. So etwas lernte man in der molekularbiologischen Ausbildung. Was würde geschehen, nachdem sie sich das Serum verabreicht hatte? Wie lange würde es dauern, bis die Substanz ihre Zellen überschwemmte und die Informationen herauskopierten, die sie benötigten, um in ihrem Gehirn einen Prozess in Gang zu setzen, der möglicherweise die Wirkung jeder Designerdroge in den Schatten stellte. Wenn alles nach Plan verlief, würde sie in unbekannte Welten abtauchen, die noch kein Mensch zuvor gesehen hatte. Die Vorstellung, dass Hunderttausende von schicksalsträchtigen Informationen in den menschlichen und vielleicht auch tierischen Genen gespeichert sein mussten und ständig neue Erfahrungen hinzukamen, die an potentielle Nachkommen weitergegeben wurden, reizte sie über alle Maßen.

Die Theorien ihres Bruders erschienen ihr mittlerweile vollkommen logisch. Solange Ei und Samen noch bei ihren ursprünglichen Besitzern weilten, übertrugen sich alle Informationen, die ihnen freiwillig oder unfreiwillig widerfuhren, auf die genetische Ausstattung der vorhandenen Keimzellen. Später, wenn die zukünftige Leibesfrucht sich in die Fruchthöhle eingenistet hatte, waren es vornehmlich die Gedanken und Emotionen der Mutter, die sich auf das Kind übertrugen. So kam es möglicherweise zu dem, was man Menschheitsgedächtnis nannte, den siebten Sinn oder die Sehnsucht nach Orten, an denen man nie zuvor gewesen war.

Vielleicht war es sogar möglich, unterbewusst Menschen wiederzuerkennen, deren genetischer Ausstattung man bereits einmal begegnet war – nicht jetzt und nicht heute, sondern vor Hunderten von Jahren. Wenn Alex und sein Schamane recht behielten, würde man das, was manche als Reinkarnation ansahen, durch ein wissenschaftliches Experiment erklären können. Wer konnte schon wissen, was dabei alles zutage kam? Vielleicht waren es auch Geschehnisse und Erfahrungen, die man lieber gar nicht wissen wollte. Doch ganz gleich, was es auch sein würde: Es wäre eine Erkenntnis, deren Auswirkungen für die Zukunft unabsehbar waren.

23

Schottland 2009 – »Unvergesslich«

»Finde dich damit ab, dass du Gespenster gesehen hast«, hatte Randy mit einem mitleidigen Lächeln bemerkt. »Du gehst in Pension, ohne die Welt gerettet zu haben. Was macht das schon?«

Dough hätte sich denken können, dass er mal wieder das große Los gezogen hatte. Während er noch darauf hoffte, zum zweiten Mal eine Sensation enthüllen zu können, war in null Komma nichts eine niederschmetternde Blamage daraus geworden. Die Leitung der Sicherheitsfirma, bei der er angestellt war, vertrat sogar die Meinung, es sei besser für ihn, einen Nervenarzt aufzusuchen. Dabei war er sich vollkommen sicher gewesen mit dem, was er gesehen hatte. Ein Kampf unter Männern, so rasch, dass er deren Bewegungen nicht zu folgen vermochte, und ein Kopf, der ihm abgeschlagen vor die Füße gerollt war.

Nach der Alarmierung hatten Spezialisten mit Spürhunden die ganze Nacht und den nächsten Tag lang das Gelände abgesucht. Taucher hatten das Hafenbecken durchkämmt, auf der Suche nach einer kopflosen Leiche. Wieder und wieder hatte man Dough nach den Einzelheiten befragt, und damit war nicht nur seine eigene Glaubwürdigkeit in ein schlechtes Licht gerückt worden, sondern auch der Leumund seiner Firma. Der Einsatz der Untersuchungsbeamten hatte gewiss ein hübsches Sümmchen verschlungen. Aber, verdammt, man hatte ihn am Herzen operiert und nicht am Gehirn. Oder hatte er doch halluziniert? Sogar einem Alkoholtest hatte man ihn unterzogen, um seine Aussagefähigkeit zu überprüfen. Dabei hatte er schon lange vor der Herz-OP keinen Tropfen mehr getrunken und seiner Frau Cynthia zuliebe mit dem Rauchen aufgehört.

Am Tag nach dem vermeintlichen Mordanschlag war sein Sektions-Chef im Wachhäuschen erschienen und hatte ihn in den Zwangsurlaub geschickt. »Erholen Sie sich ein wenig! Fahren Sie mit ihrer Frau in die Highlands, bis Gras über die Sache gewachsen ist. Und wer weiß, vielleicht gefällt Ihnen die Auszeit so gut, dass Sie womöglich vorzeitig in Pension gehen möchten«, hatte der Chef erklärt.

Im Klartext hieß das: Einen wie dich können wir hier nicht mehr gebrauchen!

An seinem alten Arbeitsplatz packte Dough ein paar Habseligkeiten zusammen. Bevor er den Reißverschluss seines Rucksacks zuzog, warf er einen Blick auf den Rottweiler, der wie immer stoisch auf seiner Decke lag. »Der Hund wird dich vermissen.« Randy warf Dough einen mitleidigen Blick zu, während Kyle, der neue Kollege, ein zwanzigjähriger Kerl mit Zungenpiercing, bereits in der Tür herumlungerte, um seinen Schreibtisch zu übernehmen.

Auf der Fahrt in Richtung Falkirk stellte Dough sich die Frage, wie er Cynthia beibringen sollte, dass er ab sofort nicht nur jeden Morgen zu Hause frühstücken, sondern auch den Lunch und das Dinner am Abend mit ihr einnehmen würde. Ganz zu schweigen von den finanziellen Einbußen, die es immer gab, wenn er keine Nachtzuschläge und keinen Lohn für Überstunden erhielt. Sein Ford war zehn Jahre alt. Eigentlich hatte er sich im Frühjahr einen neuen Wagen leisten wollen. Daran war nun nicht mehr zu denken.

Auf der Callander Road hatte Dough das Gefühl, verfolgt zu werden, aber er schob den Gedanken gleich beiseite. Als er jedoch in die Glen Brae Street einbog, fuhr der funkelnagelneue schwarze Mercedes geradezu sträflich dicht auf und überholte ihn kurz darauf. Dough musste eine Vollbremsung hinlegen, als der fremde Wagen plötzlich am Ortsausgang nach Glen Village zum Stillstand kam und mit eingeschalteter Warnblinkanlage die Straße blockierte.

»Arschloch!«, entfuhr es Dough, während er spürte, wie ihm der Zorn den Blutdruck nach oben jagte. Missmutig parkte er seinen Wagen am Straßenrand und stellte den Motor ab. Dann öffnete er die Wagentür und sprang mit Schwung hinaus auf die Straße, um dem Kerl in der Nobelkarosse die Meinung zu geigen.

Es waren zwei, und sie waren so schnell, dass Dough noch nicht einmal sagen konnte, wie sie ausgesehen hatten, als man ihm unversehens Augen und Mund mit einem breiten Klebestreifen verband und ihm Hände und Füße mit Plastikfesseln fixierte. Bevor er sich rühren konnte, verlor er den Boden unter den Füßen, weil zwei kräftige Hände ihn in die Horizontale gebracht hatten. Er landete hart auf der Hüfte und hörte das Zuklappen einer Kofferraumtür.

Doughs Herz raste so stark, dass er glaubte zu sterben. Wenn das jetzt auch eine Halluzination war, konnte es nur daran liegen, dass er tatsächlich den Verstand verloren hatte. Vielleicht hatte Randy ihm heimlich etwas in den Kaffee gekippt. Er trieb sich gerne in Discos herum, und war es nicht so, dass man dort auch mit Drogen handelte, die einen Menschen in paranormale Welten katapultieren konnten? Aber warum hätte Randy so etwas tun sollen?

Dough überfiel die Furcht, nicht mehr atmen zu können. Es war eng und stickig in dem Kofferraum, und die Fahrt schien ewig zu dauern. Plötzlich gab es einen mordsmäßigen Ruck, und der Wagen geriet ins Schlingern. Er schleuderte herum, rumpelte über einen unebenen Untergrund, bis er endlich zum Stillstand kam. Dough hatte sich den Kopf und das Knie angestoßen. Wieder hörte er dumpfe Geräusche und die gedämpften Schüsse einer Pistole. Jemand fluchte auf Gälisch.

Vielleicht hatte es mit der IRA zu tun? Hatte es nicht vor kurzem einen neuen Anschlag in Nordirland gegeben? Es war verrückt, wie alles verrückt war in diesen unsicheren Zeiten. Vielleicht kamen sie jetzt sogar bis nach Schottland und entführten harmlose Nachtwächter. Obwohl sich Dough kaum vorstellen konnte, dass jemand bereit war, wegen ihm Lösegeld zu bezahlen, geschweige denn einen Terroristen aus der Haft zu entlassen.

Verschiedene Männerstimmen riefen sich Befehle zu. Dann waren ein Stöhnen und ein Gurgeln zu hören. Jemand stieß gegen den Wagen.

Einen Moment später wurde der Kofferraum aufgerissen. Ein Luftzug strich über sein Gesicht. Dough spürte sein hämmerndes Herz und dachte unwillkürlich: Nun hat mein letztes Stündlein geschlagen.

Doch keiner setzte ihm eine Pistole an den Kopf. Stattdessen riss ihm jemand die Klebebänder vom Gesicht ab. Ein heftiger Schmerz durchfuhr seine Wangen. Ängstlich blinzelte Dough in das Gesicht eines Mannes mit kurzgeschorenen rotbraunen Haaren. Er hätte schwören können, dass es einer der Kerle war, die er in jener Nacht im Lagerhaus gesehen hatte.

»Alles in Ordnung?«, fragte der Mann mit dem Akzent der Highlander.

Dough nickte nur, unfähig zu sprechen, aber er war sicher, dass es der Kerl aus dem Lagerhaus war.

»Er ist okay«, meinte ein zweiter Mann, dessen dunkle Locken im Nacken zu einem Zopf gebunden waren. Auch er kam aus den Highlands.

»Du kannst deinem Schöpfer danken«, sagte der erste und grinste ihn an. »Er wollte wohl nicht, dass du stirbst.«

Dough öffnete die Lippen. Alles kam ihm auf einmal unwirklich vor. »Sie sind nicht echt, oder?«, fragte er in einem fatalistischen Tonfall.

Der Typ über ihm setzte eine amüsierte Miene auf. »So echt wie die Madonna von Lourdes.«

»Gib ihm endlich die Injektion«, sagte der andere, und bevor Dough etwas erwidern konnte, spürte er einen feinen Einstich am Hals.

Dann wurde es dunkel um ihn.

Nachdem Lilian vom Flugplatz zurückgekehrt war, konnte sie endlich zur Tat schreiten. Entschlossen drängte sie jeden Zweifel zur

Seite, als sie die kostbare Fracht ihres Bruders aus ihrem Versteck holte. Die Box, in der das Elixier des alten Schamanen bruchsicher gelagert war, bestand aus schwarzem Styropor, der in der Unordnung, die in ihrem Kleiderschrank herrschte, gar nicht auffiel. Alex hatte ihr ausdrücklich versichert, dass es nicht gekühlt werden musste. Dann ging sie ins Bad, um sich vorzubereiten. Draußen war es schon dunkel. Lilian ließ die Rollos herunter, weil sie sich plötzlich beobachtet fühlte.

Während sie auf dem Rand der Badewanne saß und sich auszog, kam Watson hereingeschlichen und forderte laut miauend seine Abendration. Für einen Moment schaute Lilian ihn an, doch bevor sie den Gedanken vertiefen konnte, ob sie die Wirkungsweise der Substanz tatsächlich zunächst noch einmal an dem Kater ausprobieren sollte, war er schon wieder verschwunden. Katzen wittern instinktiv die Gefahr, dachte sie und schlüpfte mit einem Seufzer in ihren rosafarbenen Hausanzug.

Ein bisschen Bequemlichkeit würde bei dem Experiment gewiss nicht schaden.

Die Nervosität stieg, als sie sich erneut in die Küche begab, um den Kater zu füttern. Vielleicht sollte sie doch zunächst etwas essen oder einen Beruhigungstee trinken. Doch was wäre, wenn ihr übel wurde und sie sich übergab? Nein – nur ein Glas Wasser, das Telefon abstellen, und dann war sie bereit.

Im Schlafzimmer schloss sie die Tür und ließ sich im Schneidersitz auf dem schlichten Futon nieder. Mit spitzen Fingern zog sie die Injektionskanüle auf. Dabei zitterte sie so stark, dass sie zweimal absetzen musste, um nichts zu verschütten. Eine Stimme erhob sich warnend in ihrem Innern. War es richtig, was sie hier tat? Nebenwirkungen unbekannt, hallte es in ihrem Kopf. Konsequent versuchte sie ihre lebhafte Phantasie zu unterdrücken. Filme wie »Die Fliege« kamen ihr in den Sinn. Beispiele von zu Monstern mutierten Forschern.

»Schluss jetzt! Alex hat es auch überlebt«, sagte sie laut und legte die Injektion beiseite, nachdem sie die Nadel aufgesteckt hatte. Entschlossen schob sie den linken Ärmel des Hausanzugs hoch und legte eine Venenpresse am Oberarm an. Mit einem Ruck zog sie die Manschette zu und stellte sich vor, wie es wäre, drogenabhängig zu sein. Unwillkürlich dachte sie an ihren Bruder. Sie hatte ihm nichts von ihren Absichten erzählt und war froh, dass er sich nicht mehr gemeldet hatte. Ruhig sprühte sie etwas von der Desinfektionsflüssigkeit auf ihre Armbeuge. Am liebsten hätte sie beim Einstich die Lider geschlossen, doch sie musste die Stelle im Blick behalten. Also biss sie die Zähne zusammen und jagte sich die Nadel an der markierten Stelle vorschriftsmäßig in die Vene. Langsam drückte sie das Serum hinein.

Als die Kanüle vollständig geleert war, legte Lilian die Injektion beiseite. Sie dimmte das Licht herunter, legte sich kerzengerade auf den Rücken und streckte die Beine aus. Dann faltete sie die Hände über dem Bauch und wartete ab.

Sie fror. Ansonsten spürte sie nichts – keine Veränderung. Als nach fünf Minuten immer noch nichts geschah, war sie für einen Moment versucht aufzustehen, doch dann sah sie plötzlich ein grelles Licht, das immer größer wurde. Wie geblendet hielt sie die Hand vor Augen.

»Was zur Hölle ist das?«, flüsterte sie vor sich hin.

Es war kalt und wurde immer kälter. Die Luft um sie vibrierte von unbekannten Geräuschen. Nun konnte sie auch das Licht erkennen, und in seiner Umgebung wurde es schlagartig wärmer. Es war eine Fackel, die ihr jemand vor das Gesicht hielt.

»Ist sie tot?« Die Stimme klang zaghaft.

»Nein, sie lebt, grundgütiger Himmel! Aber die Kugel hat sie erwischt.« Ein zweiter Mann beugte sich über sie. »Madlen, komm zu dir! Kannst du mich hören?«

Lilian brauchte einen Moment, bis sie sich rühren konnte, dann sah sie den Mann an. Seine Augen glitzerten vor Aufregung, sie waren klar und grün, mit großen Pupillen. Soviel konnte sie im Schein der Flammen erkennen. Sein Gesicht war bärtig und trotz der Kälte schweißnass. Oder war es Regen, der sein Haar, das er an den Schläfen zurückgebunden hatte, strähnig herabhängen ließ? Fasziniert betrachtete sie seine sinnlichen Lippen. Er sprach sehr langsam und betont. Sie bemerkte seine eckigen Zähne und den breiten Mund, der sich zu einer Grimasse der Angst verzog. Er legte ihr einen Arm unter den Nacken und versuchte sie anzuheben.

Der Schmerz, der ihre Brust durchfuhr, war so stark und unerwartet, dass Lilian panisch nach Atem rang. Ein Feuer durchlief ihren gesamten Brustkorb und schien an den Schultern wieder hinauszutreten. Sie wagte es kaum, weiter zu atmen. Ein merkwürdiges Gefühl überkam sie – dass sie plötzlich nicht mehr allein war, dass etwas von ihrem Körper Besitz ergriffen hatte, etwas Gutes und Furchtbares zugleich.

Lilian spürte, wie ihr die Sinne schwanden, als der Mann sie voller Verzweiflung küsste und ein anderer Mann ihn bedrängte, sie ins Gras zu betten und zurückzulassen.

Die nächste Welle des Schmerzes war so überwältigend, dass es sie aus der Ohnmacht zurück ins Leben katapultierte. Ein weiterer Mann war wie aus dem Nichts erschienen. Breitbeinig stand er über ihr und erteilte Befehle. Er war bei weitem nicht so attraktiv und fürsorglich wie der erste Mann, sondern hager und uralt. In seinem Umhang sah er aus wie Mephisto persönlich. Über ihm tobte ein Feuerwerk. Jedenfalls sah es so aus, weil es funkte und zischte. Bewaffnete Gestalten rannten geduckt mit alten Pistolen und Schwertern an ihr vorbei und brachten sich hinter Hügeln und Sträuchern in Sicherheit. Nur Mephisto blieb seelenruhig stehen und ignorierte den ganzen Trubel schlichtweg. Dicht neben ihr bebte die Erde.

Aus einem hinteren Winkel ihrer Erinnerungen wusste sie, dass sie sich im englisch-schottischen Bürgerkrieg befand. Man schrieb das Jahr 1648. Es war Sommer, und trotzdem regnete es unaufhörlich. Wenn der Schmerz in ihrer Brust nicht so unglaublich gewesen wäre, hätte sie lauthals zu lachen begonnen, weil ihr die ganze Situation so absurd erschien.

Plötzlich jedoch trat aus dem Dunkel ein maskierter Begleiter, den Mephisto offenbar zu sich herangerufen hatte: ein riesiger Kerl mit einer schwarzen Augenmaske, der in einer fließenden Bewegung ein langes Messer zückte. Während Lilian sich krampfhaft zu bewegen versuchte, um ihm zu entkommen, erkannte sie, dass sie hochschwanger sein musste. Der Fremde stach ihr unvermittelt in den Unterleib. Der Schmerz war so grausam, dass sie auf der Stelle zu sterben glaubte. Ehe sie sich versah, hatte ihr der Kerl den Bauch aufgeschlitzt. Fassungslos musste sie mit ansehen, wie er in die offene Wunde packte und ein von Blut triefendes Neugeborenes aus ihr herauszog. Für einen Moment hielt er es an den Beinchen gepackt wie einen erlegten Hasen. Das Kind bewegte sich nicht. Lilian wollte schreien, als der Mann erneut das Messer hob, jedoch bekam sie keinen Laut heraus. Sie hatte das Gefühl, gar nicht mehr atmen zu können.

Der Kerl stach nicht, wie sie es erwartet hatte, auf das Kind ein, sondern kappte mit einem Schnitt die Nabelschnur. Mephisto, der ohne Gefühlsregung zugesehen hatte, streckte seinen knochigen Zeigefinger aus und berührte das Kind am Herzen. Augenblicklich schnappte es nach Luft und begann kläglich zu wimmern. Dann waren die beiden plötzlich verschwunden und das Kind mit ihnen.

Lilian versuchte trotz ihrer Schmerzen aufzustehen, um den beiden zu folgen.

Eine laute Sirene erschreckte sie und zerriss ihre Gedanken. Für einen Moment rechnete sie damit, wieder in einem Krieg gelandet zu sein. Jemand schlug ihr sanft auf die Wange. Allem Anschein nach war sie bis auf die Haut durchnässt. In Panik fasste sie zu ihrem Bauch, tastete ihn hektisch ab, in der Vorstellung, eine gigantische Wunde vorfinden zu müssen. Doch da war nichts – kein Blut, keine Verletzung.

»Miss?« Die Stimme gehörte einem älteren Mann. »Hören Sie mich?«

»Wo ist mein Kind?«, rief sie wie in Trance. Für einen Moment glaubte sie, immer noch auf dem Feld zu liegen.

»Kind? Welches Kind? Sind sie schwanger?«

»N… nein …«, lallte Lilian, »irgendjemand hat es herausgeschnitten.«

Ein Daumen schob ihr die Lider hoch. Das Licht, in das sie blickte, war nicht weniger grell als das Licht zu Beginn ihrer merkwürdigen Reise.

»Pulsfrequenz wieder normal.« Eine Frau machte sich an ihrem Arm zu schaffen.

»Denkst du, sie steht unter Drogen?«, fragte der ältere Mann.

»Keine Ahnung. Sie hat eine frische Einstichstelle in der linken Armbeuge. Aber wer weiß, vielleicht hat man ihr Blut abgenommen, oder sie ist Diabetikerin.«

»Die Pupillen sind stark vergrößert. Das könnte auf die Einnahme von Meskalin hindeuten.«

»Wo …« Lilian brachte kaum ein Wort heraus. Sie fühlte sich elend. Der Gedanke, das Kind verloren zu haben, tat immer noch scheußlich weh. Am liebsten wäre sie tatsächlich gestorben. Sie versuchte noch einmal die Augen zu öffnen. »Wo bin ich?«, fragte sie. Verschwommen nahm sie die weiße Kluft eines Arztes und einer Sanitäterin wahr, die sich mit besorgter Miene über sie beugten.

»Hannover Street Ecke George Street«, antwortete die ältere Männerstimme. »Können Sie sich erinnern, wie Sie in diesem Aufzug mitten auf die Kreuzung geraten sind?«

Plötzlich begriff sie, dass sie nur einen Hausanzug trug.

»Nein.« Lilian versuchte aufzustehen. Ihr schwindelte, und sie fasste sich instinktiv an die Stirn. Blitzschnell realisierte sie, was tatsächlich mit ihr geschehen war.

»Ich hatte Migräne«, log sie geistesgegenwärtig. »Ich muss wohl irgendwie ohnmächtig geworden sein.«

»Das beantwortet nicht die Frage, wie Sie hierhergekommen sind«, bemerkte der Arzt.

Lilians Blick klärte sich ein wenig. Sie registrierte, dass der Ambulanzwagen mit blinkenden Lichtern in strömendem Regen auf einem Bürgersteig stand.

»Ich wohne hier ganz in der Nähe«, erklärte sie hastig. »Nur einen Häuserblock weiter. Manchmal schlafwandele ich während der Migräneanfälle.«

»Ich würde Sie eigentlich lieber ins Hospital einliefern lassen. Sind Sie vielleicht schwanger?«, fragte der Arzt.

»Nein!« Lilian ruckte hoch und zerrte an der Kanüle, die man ihr in den Handrücken geschoben hatte, vermutlich um ihr ein kreislaufstabilisierendes Mittel zu geben.

»Immer mit der Ruhe, junge Dame«, erklärte der Arzt in väterlichem Tonfall. »Ich weiß nicht, ob Sie sich daran erinnern können? Sie sind einfach auf die Straße gelaufen. Barfuß und halb angezogen. Sie können von Glück sagen, dass der Busfahrer, dem Sie vor die Räder gesprungen sind, geistesgegenwärtig gebremst hat, sonst hätten Sie nicht nur eine Beule an der Stirn.«

Prüfend fasste sich Lilian an den Kopf. Tatsächlich, direkt unter ihrem Haaransatz wuchs eine hübsche Schwellung.

»Es tut mir leid«, gestand sie kleinlaut. »Schicken Sie mir eine Rechnung, aber jetzt möchte ich nach Hause gehen.«

»Ungern«, erwiderte der Arzt. »Wer sagt mir, dass Sie solche Dummheiten nicht noch einmal machen?«

»Hören Sie …«, sagte Lilian und rappelte sich auf. Was auch immer während ihres Experimentes geschehen war – so wie es sich anfühlte, hatte sie einen Erfolg zu verbuchen, den sie zunächst einmal ganz für sich allein analysieren wollte. Doch dafür musste sie in ihre Wohnung zurück. Außerdem hatte sie nicht das geringste Interesse daran, dass ihr unfreiwilliger Ausflug Aufmerksamkeit bei Medizinern erregte, was unweigerlich geschehen würde, wenn sie ins Krankenhaus ginge und eine Blutuntersuchung Anomalien ans Licht bringen würde. Womöglich würde nicht nur Jenna, sondern auch – was noch schlimmer wäre – Kollegen und Vorgesetzte davon erfahren, dass sie eine Indianerdroge zu sich genommen hatte.

»Ich bin Doktor Lilian von Stahl«, erklärte sie mit betont selbstsicherer Stimme. »Ich bin im Bio-Tech-Center in Rosslyn angestellt. Ich arbeite als Molekularbiologin, bin also gewissermaßen eine Kollegin. Wenn Sie so freundlich wären, mich nach Hause zu bringen, zeige ich Ihnen meinen Ausweis.«

Der Arzt sah sie zweifelnd an, dann stimmte er zögernd zu. Es waren nur gut dreihundert Meter bis zu ihrer Haustür. Dem Himmel sei Dank, wenigstens war Debby Hoverton im Haus. Die Concierge wohnte im Erdgeschoss. Ihr war anscheinend nicht aufgefallen, dass Lilian das Haus verlassen hatte. Mit einer Mischung aus Schuldbewusstsein und Neugier öffnete sie Lilian und ihrem Begleiter mit einem Generalschlüssel die Wohnungstür. Der Arzt verabschiedete sich zum Glück recht schnell. Mit einem freundlichen, aber bestimmten »Vielen Dank und gute Nacht, Miss Hoverton« wimmelte Lilian die besorgten Fragen der Concierge ab.

Als sie endlich die Tür hinter sich geschlossen hatte, lehnte sie sich mit dem Rücken dagegen und versuchte das Zittern in ihren Beinen zu unterdrücken. Allmählich realisierte sie, was mit ihr geschehen war. Noch einmal sah sie an sich herab. Abgesehen von dem Umstand, dass ihr Hausanzug durch Regen und Schmutz gelitten hatte, schien alles in Ordnung zu sein. Sie fühlte sich matt und hatte Durst.

In die Küche huschte Watson an ihr vorbei und verschwand fauchend im Dielenschrank. Er wirkte völlig verstört. Lilian ahnte, dass es etwas mit ihrem Benehmen zu tun haben musste, das sie während ihres tranceartigen Zustandes an den Tag gelegt hatte.

Am nächsten Tag schlief sie bis um zwei Uhr am Nachmittag, und selbst nachdem sie aufgestanden war, fühlte sie sich immer noch vollkommen erledigt. Als sie in ihr Zimmer zurückkehrte, sah sie den Rest der bernsteinfarbenen Flüssigkeit in der Phiole. Der Gedanke, einen erneuten Versuch auf später zu verschieben, erlosch augenblicklich. Sie musste wissen, was an der Sache dran war. Ob sich die Geschehnisse noch einmal wiederholen würden? Ihr Forscherdrang siegte über ihre Angst, und nach einem Glas Milch, das sie in einem Zug hinunterkippte, ging sie zum Bett zurück, brach eine weitere Phiole auf und zog die zweite Injektion auf. Doch bevor sie sich das Teufelszeug in die Venen jagte, wollte sie auf Nummer sicher gehen. Sorgfältig verriegelte sie die Haustür und versteckte den Schlüssel. Danach schloss sie sämtliche Fensterläden.

In gespannter Erwartung legte sie sich in Unterwäsche aufs Bett, nachdem sie sich den Inhalt der zweiten Kanüle bis auf den letzten Tropfen verabreicht hatte. Anders als beim ersten Experiment schien sie das Bett nicht zu verlassen. Es verwandelte sich nur von einem Futon in ein regelrechtes Himmelbett mit dichtgewebten karierten Vorhängen. Lilian schrak zurück, als sich plötzlich ein Gesicht über sie beugte – erst recht, als sie erkannte, dass es derselbe Mann war, der sie am Abend zuvor auf dem Feld geküsst hatte. Seine Augen waren so grün wie ein Laubwald im Sommer und so klar wie auf den alten Porträts in der National Gallery. Mit einer knappen Geste schlug er sein rotbraunes Haar zurück, das ihm in Wellen bis zur Brust hinunterflutete. Nun war es jedoch weich und roch nach Heu und etwas anderem, das man durchaus als Parfüm hätte bezeichnen können. Er beugte sich weiter über sie. Sein Oberkörper war kaum behaart, dabei wirkte er drahtig und durchtrainiert wie nach schwerer Arbeit. Sein langer Arm schwebte für einen Moment über ihr, und sie konnte den leichten Moschusduft wahrnehmen, den seine Achsel verströmte.

Sekundenlang sah er sie an und lächelte geheimnisvoll, dann drückte er mit Daumen und Zeigefinger den Docht einer Kerze aus, die auf einem Tischchen neben dem Bett stand. Plötzlich war es dunkel, und Lilian konnte nur noch seinen heißen Atem spüren. Er roch schwach nach Ale und Whisky und flüsterte etwas in Gälisch. Erstaunlicherweise konnte sie alles verstehen. Seine Worte handelten von Liebe, Verlangen und ewiger Treue, und sie spürte, wie er ihr unter der wärmenden Felldecke immer näher kam. Er war nackt wie sie selbst. Lilian wurde von einer eigentümlichen Vorfreude erfasst, als seine rauen Hände ihre Brüste ertasteten und sie zu streicheln begannen. Sie konnte nicht anders, als sich wohlig zu strecken und sich seinen zärtlichen Küssen hinzugeben. Wie selbstverständlich erwiderte sie seine Liebkosungen, streichelte seine breite Brust, hinab zu seinem flachen Bauch bis hin zu seinem Geschlecht, das sich hart und erwartungsfroh aufgerichtet hatte.

Wieder flüsterte er etwas und küsste sie auf den Mund. Wie selbstverständlich kam sie ihm entgegen und öffnete sich. Mit einem wohligen Raunen drängte er sich so weit zwischen ihre Schenkel, bis sie sein hartes Geschlecht an ihrer Scham spüren konnte. Dabei streichelte er sie sanft und so kundig, dass ihr ein ungewollt tiefer Seufzer entwich. Mit klopfendem Herzen schob sie sich ihm weiter entgegen.

»Komm zu mir, John Cameron, und erfülle deine ehelichen Pflichten«, flüsterte sie kichernd. Vor lauter Aufregung beschlich Lilian das Gefühl, kaum noch atmen zu können. Was redete sie da? Ehelichen Pflichten? Und John? Woher kannte sie den Namen des Fremden?

»Dein gehorsamer Diener ...« Der Fremde lachte leise. Er verlagerte sein Gewicht und umfasste mit beiden Händen ihre Handgelenke, so dass er sie regelrecht gefangen hielt.

Mit einem kehligen Raunen stieß er in sie hinein, und als er sich langsam und immer tiefer in sie hineindrängte, glaubte sie sich im siebten Himmel. Erst recht, als er sich sanft in ihr zu bewegen begann.

»O John!«, keuchte sie atemlos. »Hör nicht auf!«

»Ist es gut so ...?«, presste er mit dunkler Stimme hervor. Er hielt inne und biss sie sanft in die Kehle, bevor er ihren Hals mit Küssen bedeckte. Ihr Körper reagierte sofort, und ihr Keuchen kam nun im Rhythmus seiner Stöße. Sie hob ihr Becken an, um ihn noch tiefer in sich aufzunehmen.

»Kleines Biest«, hauchte er ihr an den Mund und küsste sie im nächsten Moment noch wilder. Seine Hände wühlten sich in ihre Haare, und mit jedem weiteren Stoß vollzog er eine leichte Drehung mit seiner Hüfte, damit sie ihn noch deutlicher spüren konnte.

»Ich liebe dich, Madlen MacDonald«, flüsterte er mit heiserer Stimme, der es anzuhören war, wie sehr er sich beherrschen musste, um nicht vorschnell zum Ziel zu gelangen. »Und es macht mich stolz, eine solche Frau mein Eigen nennen zu dürfen.«

Lilian war es gleichgültig, dass er nicht ihren Namen sagte, sondern den einer Fremden und dass er offensichtlich ziemlich besitzergreifend war. Ihr ganzer Körper vibrierte, und jeder Muskel in ihrem Unterleib erzitterte, während er sie mit Haut und Haaren eroberte. Sie schlang ihre Arme um seinen Hals und zog seinen Kopf zu sich herab. Sie stand nicht auf Bärte, aber hier schien es anders zu sein, weil sie es genoss, seine weichen Lippen in einem Wust von struppigen Haaren zu finden und mit seiner Zunge zu spielen. Gleichzeitig bewegte sie ihr Becken so aufreizend, dass sie ihn über eine gemeinsame Grenze trieb. Er stieß einen heiseren Schrei aus, und Lilians Kontraktionen kamen so hart und unvermittelt, dass es ihr gleichzeitig Lust und Schmerzen bereitete. Dennoch wünschte sie sich, dass es kein Ende nehmen würde.

»Lilian!« Jemand rüttelte an ihr. »Lilian! Komm zu dir!« Wieder ein Rütteln. Völlig entrückt öffnete sie die Augen. Nur ungern verließ Lilian diese andere Welt, in der sie soeben bei einem Mann gelegen hatte, der ihr so aufregend erschien wie keiner zuvor.

Verwirrt schaute sie in ein besorgtes Gesicht, das sie augenblicklich in die Realität zurückholte.

»Jenna?«, stotterte sie. »Was machst du hier?«

»Das Gleiche könnte ich dich fragen«, erwiderte ihre Freundin und hielt ihr eine leere Injektionskanüle vor die Nase.

»Sag mir, dass es nicht das ist, für das ich es halte.« Jennas Stimme klang streng und vorwurfsvoll.

Lilian richtete sich mühsam auf. Ihr schwindelte, und ihr Hals war trocken.

»Kannst du mir etwas zu trinken holen?«

»Nur, wenn du mir sagst, was hier los ist.«

»Ich habe mir eine Aufbauspritze gegeben«, log Lilian, doch sie war nicht fähig, Jenna dabei in die Augen zu schauen.

»Du sollst mich nicht anlügen.« Jenna stemmte die Hände in die Hüften und musterte sie, als ob sie ihr jeden Moment die Freundschaft kündigen wollte.

»Es ist eine längere Geschichte«, erwiderte Lilian. »Ich werde sie dir erzählen, wenn du mir ein Glas Wasser bringst.«

»Hast du Drogen genommen?«

»Nein, eigentlich nicht«, gab Lilian kleinlaut zurück, aber ihr war klar, dass das Schamanenelixier ihres Bruders einer Droge an Gefährlichkeit in nichts nachstand. »Es verhält sich vollkommen anders, als du denkst.«

»Du weißt nicht, was ich denke«, entgegnete Jenna, als sie mit einem Glas Wasser aus der Küche zurückkehrte.

Lilian trank in kräftigen Zügen und setzte erst ab, nachdem sie das Glas beinahe leergetrunken hatte. Von unten herauf blickte sie in die strafenden Augen ihrer Freundin.

»Warum bist du überhaupt schon hier?«, fragte sie Jenna. »Ich dachte, du würdest erst morgen Nachmittag zurückkommen.«

»Steve hat mich alarmiert. Der Nachtwächter, der angeblich die kopflose Leiche gesehen haben will, wurde überfallen. Dabei hat er augenscheinlich sein Gedächtnis verloren. Unbekannte haben ihn völlig verwirrt im Royal Hospital abgegeben.«

Lilian hatte den letzten Schluck Wasser getrunken und sah Jenna verständnislos an. »Was ist daran so besonders? Hattet ihr nicht ohnehin angenommen, dass der Kerl nicht ganz dicht ist?«

»Man könnte durchaus meinen, dass er nun vollkommen verrückt geworden ist«, erläuterte Jenna die Lage. »Wenn man nicht bei einer Blutuntersuchung entdeckt hätte, dass seine Erinnerungslücken durch eine Designerdroge verursacht wurden, deren Ingredienzien bisher nicht bekannt waren. Aber die Frau des Nachtwächters meint, es sei absolut unmöglich, dass er das Doppelleben eines Drogenjunkies geführt hat. Steve ist beinahe sicher, dass da irgendwas nicht stimmt, und nun sollen wir die ganze Geschichte nochmals aufrollen.« Jenna scufzte genervt.

Lilian dachte für einen Moment nach. Dann fiel ihr Blick auf die Injektionskanüle, die Jenna auf das Nachtischchen zurückgelegt hatte.

»Ich hätte da vielleicht eine Idee.«

24

Schottland /München 2009 – »CSS«

»Bist du jetzt vollkommen übergeschnappt?« Jenna sah Lilian ungläubig an, nachdem sie ihr unter dem Siegel der Verschwiegenheit die Wahrheit über ihren Selbstversuch berichtet hatte. »Du kannst dir doch nicht einfach irgendein Präparat, das du gar nicht richtig kennst, in die Adern jagen!«

Für einen Moment war Lilian gerührt, weil Jenna sich aufrichtig zu sorgen schien, doch dann tat es ihr leid, überhaupt eine Andeutung zur Entdeckung ihres Bruders gemacht zu haben.

»Es ist harmlos« verteidigte sie sich. »Und ich möchte nicht, dass du mit jemandem darüber sprichst.« Ihre spontane Idee, Jenna darauf hinzuweisen, dass man das Serum womöglich auch bei Menschen verwenden könnte, die ihr Gedächtnis verloren hatten, verwarf sie sogleich wieder. »Obwohl ich dir recht geben muss, die Substanz ist noch nicht zur Gänze erforscht«, erklärte sie beiläufig. »Es bedarf weiterer Untersuchungen, und zunächst muss ich mich vergewissern, ob meine Wahrnehmungen historischen Tatsachen entsprechen oder lediglich Halluzinationen sind, die ich von wo auch immer empfangen habe.«

Jenna sah sie weiterhin ungläubig an. »Das Zeug kommt also von deinem Bruder? Ich kann's nicht fassen. Und ich denke, du beschäftigst dich mit der genetischen Optimierung von Zuchtbullen. Stattdessen liegst du mutterseelenallein hier herum und spritzt dir irgendeinen unbekannten Stoff.« Sie hob fragend eine Braue. »Weiß dein Vater davon? Ich meine, er ist immerhin Professor für Genetik.«

»Lass meinen Vater aus dem Spiel. Ich bin alt genug, um für mich selbst zu entscheiden, was ich tue und was nicht!« Lilian sah sie herausfordernd an. »Außerdem kennst du ihn doch. Er hat für so etwas keinen Sinn. Und Alex möchte schon gar nicht, dass unser Vater ihm in die Sache hineinredet. Deshalb hat er mich gefragt, ob ich ihm helfen könne. Mein Vater glaubt grundsätzlich, alles besser zu wissen. Er würde meinen Bruder nur entmutigen, mit seinen Untersuchungen fortzufahren. Nach allem, was ich dazu sagen kann, ist Alex da einer ganz großen Sache auf der Spur. Wenn das Zeug tatsächlich hält, was es verspricht, könnte er einen Nobelpreis für dessen Entdeckung bekommen.«

»Und wieso probiert er es dann nicht an sich selbst aus?«

»Das hat er. Er wollte auf Nummer sicher gehen und hat mich um Mithilfe gebeten.«

»Und was machst du, wenn das Zeug abhängig macht und du nicht mehr davon loskommst? Soweit ich weiß, ist dein Bruder schon einmal drogenabhängig gewesen. – War es wenigstens schön?«

»Was?«

»Deine Reise in die Vergangenheit.«

»Ich hatte den besten Sex meines Lebens«, bemerkte Lilian mit trockener Stimme.

»Wann?« Jenna wirkte überrascht.

»Was weiß ich?« Lilian grinste schräg und zog die Beine so weit an, dass sie ihre Arme vor den Knien verschränken konnte. »Vor mindestens dreihundert Jahren?«

»Wie kommst du darauf, dass es so lange her ist?« Jenna musterte sie amüsiert.

»Keine Ahnung, ich weiß es einfach, und außerdem gab es noch kein elektrisches Licht.«

»Und weder Pille noch Kondome.« Jenna lachte verhalten.

Lilian war plötzlich nicht mehr zum Lachen zumute. »Davor hatte ich einen schrecklichen Albtraum«, erzählte sie stockend. »Ich war schwanger und befand mich im Krieg. Tief in meinem Inneren wusste ich, dass man das Jahr 1648 schrieb. Es war Nacht, und um mich herum donnerten Kanonen. Dann kam ein Mann und hat mir bei lebendigem Leib das Kind aus dem Bauch herausgeschnitten.«

»Das hört sich ziemlich abgefahren an.« Jenna verzog das Gesicht zu einer Schulmeistermiene, die sie immer aufsetzte, wenn etwas nicht ihrer polizeilichen Logik entsprach. »Lass das Zeug aus dem Leib und bestell deinem kleinen Bruder einen schönen Gruß von mir. Wenn er sich schon unbedingt ins Verderben stürzen will, soll er meine beste Freundin aus dem Spiel lassen, sonst jage ich ihm die internationale Drogenfahndung auf den Hals. Und was dich betrifft, such dir lieber einen anständigen Kerl und mach mit ihm richtige Kinder, dann bleiben solche Horrorstorys von ganz alleine aus.«

391

»Woher nimmst ausgerechnet *du* diesen Sachverstand?« Lilian wurde wütend. Jenna all das zu erklären, was sie in ihrer Vision durchlebt hatte, war genauso sinnlos wie der Versuch, Watson das Eierlegen beizubringen.

»Mitunter gibt es Dinge, die sich eben nicht mit simplen Fahndungsmethoden erklären lassen.«

»Wo du es gerade erwähnst.« Jenna zuckte mit den Schultern und schlug sich auf die Beine. »Wolltest du mir nicht helfen, das veränderte Genmaterial vom Tatort zu untersuchen?«

»Ich fürchte, ich habe keine Zeit, um dich in einer solchen Sache zu unterstützen«, erwiderte Lilian kühl. »Außerdem denke ich nicht, dass es effizienter ist, wenn man nach Leichen sucht, die es offenbar niemals gegeben hat, und man Aussagen von Leuten ernst nimmt, die nicht mehr bis drei zählen können.« Lilian genoss für einen Augenblick die Genugtuung, Jenna eine Abfuhr erteilt zu haben. Ein Gefühl des Triumphes, das sogleich wieder erlosch, als Jenna aufstand und beleidigt zur Tür hinausging.

Lilian fühlte sich plötzlich müde und alleingelassen. Gleich morgen früh würde sie mit Alex telefonieren und ihm ihre spektakulären Ergebnisse durchgeben. Danach wollte sie ihren Vater anrufen. Nicht, um ihm von den Entdeckungen ihres Bruders zu erzählen, sondern weil sie ihm ein paar Details aus ihrer familiären Vergangenheit entlocken wollte – was nicht eben leicht werden würde. Er sprach nicht gern über ihre Mutter und deren Eltern und Großeltern, die längst nicht mehr lebten und die Lilian nie kennengelernt hatte. Aber immerhin war ihre verstorbene Mutter angeblich eine waschechte MacDonald gewesen, und wer wusste es schon, vielleicht gab es tatsächlich eine Vorfahrin, die auf so grausame Weise gestorben war. Grund genug, ihren Vater endlich zum Reden zu bringen.

»Sie hat also angebissen«, sagte eine düstere Stimme.

Robert von Stahl schrak herum, als er das Wohnzimmer seines Münchner Apartments betrat. Im fahlen Schein einer Straßenlaterne, die durch das einzige Fenster hereinleuchtete, erkannte er eine ganz in Schwarz gehüllte Gestalt, die in seinem Fernsehsessel Platz genommen hatte. Das seltsame Auftreten des Eindringlings ließ Robert erahnen, dass es sich bei dem Mann um Bruder Mercurius handeln musste, jenes geheime Oberhaupt der Panaceaer, das sich nur ganz wenigen Eingeweihten zeigte.

»Wie sind Sie hier hereingekommen?«, fragte Robert barsch.

Der Mann hob den Kopf, und im Zwielicht wirkten seine faltigen Gesichtszüge wie die eines Warans, der jeden Moment seine gespaltene Zunge hervorschnellen lassen würde.

»Eine unserer leichtesten Übungen, Bruder Robert, das solltet Ihr eigentlich wissen.« Beiläufig lenkte Bruder Mercurius seinen Blick in eine andere Ecke des Raumes, und aus der Dunkelheit traten zwei breitschultrige, ganz in Schwarz gekleidete Gestalten hervor.

»Ich hatte Hilfe«, erklärte ihr Befehlshaber in einem selbstgefälligen Ton. »Und außerdem, verehrter Bruder, wollte ich die guten Neuigkeiten mit Euch teilen. Euer Sohn war mit seiner Mission anscheinend erfolgreich.«

»Woher wissen Sie, dass Lilian mich angerufen hat? Hören Sie mein Telefon ab?« Robert konnte sich denken, dass es Lilians gestriger Anruf war, der Bruder Mercurius höchstpersönlich auf den Plan gerufen hatte. Dabei hatte sie nichts über den wahren Grund ihres Anrufs erzählt, nur dass sie mehr über ihre Familie wissen und dem Grab ihrer Mutter einen Besuch abstatten wolle. Robert war vorbereitet, obwohl er immer noch nicht glauben konnte, was da gerade geschah. Schon gar nicht, welche Auswirkungen die ganze Angelegenheit auf seine Familie haben würde. Wie mit der Bruderschaft der Panaceaer verabredet, hatte er Lilian die Adresse von Onkel Fred gegeben, einem Cousin ihrer Mutter, der in den Westhighlands lebte und bei dem sie vor Jahren einmal die Ferien verbracht hatte.

»Selbstverständlich überwachen wir Euren Telefonanschluss und Eure Mobilnummer«, bemerkte Mercurius mit einem unseligen Grinsen. »Dazu kontrollieren wir sämtliche Internetzugänge und Euren E-Mail-Verkehr, sowohl privat als auch dienstlich.«

»Und was ist mit dem Klo?«, fragte Robert verärgert. »Bin ich selbst dort Euer ergebenster Diener?«

Robert von Stahl würde sich niemals daran gewöhnen können, dass die Eingeweihten der Bruderschaft sich untereinander in der dritten Person ansprachen und in E-Mails und Briefen die altertümliche

Schlussformel »Ihr ergebenster Diener« verlangten. Eine Angewohnheit, die sie aus den letzten Jahrhunderten herübergerettet hatten und die ihnen wohl das Gefühl von Heimat vermitteln sollte, obwohl sie in Roberts Augen nichts anderes als Monster waren, bei denen nur die uneingeschränkte Macht des Profits zählte.

»Ihr habt Eure Seele verkauft ...«, knurrte Mercurius mit boshafter Miene. Robert gruselte sich vor dem Alten. Er konnte offenbar Gedanken lesen, und er hatte noch andere Talente, die sich jeglicher wissenschaftlicher Erklärung entzogen. Die Neugier, hinter dieses Geheimnis zu kommen, hatte Robert nicht nur die wissenschaftliche, sondern auch die persönliche Freiheit seines irdischen Daseins gekostet.

»... und einen anständigen Preis erhalten. Vergesst das nicht!«, schloss Mercurius.

»Den Tod meiner Frau«, erwiderte Robert bitter. »Und das scheint nur der Anfang zu sein. Reicht es nicht, dass ihr meinen Sohn mit in die Sache hineingezogen habt? Muss es jetzt auch noch meine Tochter sein?«

Mercurius erhob sich mühsam. Für einen Unsterblichen bewegte er sich wie ein altersschwacher Greis. Doch dass dies alles nur Fassade war, hatte von Stahl schon am eigenen Leib erfahren. Mercurius besaß die genetische Wandlungsfähigkeit eines Chamäleons. Binnen Sekunden konnte er die Gestalt jeder Person annehmen, mit der er schon einmal in Berührung gekommen war.

»Eure Frau war nicht gehorsam und hat ihren Tod dadurch selbst verschuldet«, erklärte Mercurius. »Bei Euren Kindern hoffe ich auf mehr Kooperationsbereitschaft. Schließlich sind wir nicht ohne Grund so etwas wie ein Familienunternehmen.«

Robert fehlten die Worte. Er wusste längst nicht mehr, wie er dieser Hydra entkommen konnte, und dass mit Lilian nun auch noch seine Tochter ins Fadenkreuz der Bruderschaft geraten war, erschütterte ihn mehr, als er zugeben wollte. Bisher hatte er sie aus all seinen unseligen Kontakten heraushalten können.

»Warum Lilian?« Seine Stimme brach beinahe vor Verzweiflung. »Kann es nicht eine andere junge Frau sein, die Sie für Ihre üblen Zwecke missbrauchen?«

Mercurius kam näher und sah ihm mit seinen unnatürlich hellen Augen direkt ins Gesicht. Dann lachte er und schüttelte den Kopf. »Ihr seid nichts weiter als ein bedauernswerter Narr«, stieß er mit heiserer Stimme hervor. »*Sie* ist das mystische Kind, jene gezeichnete Seele, auf die wir seit mehr als dreihundert Jahren gewartet haben. Erst seit wenigen Wochen ist es gewiss, dass nur sie den Auftrag erfüllen kann. Nur wer reinen Herzens ist, wird das Schwert aus dem Fels der Tugend herausziehen können. Obwohl die Formel bei uns etwas anders lautet: Nur wer reinen Herzens ist, wird unseren intimsten Feind endlich vernichten können.«

»Ich habe nie verstanden, was das bedeuten soll.« Robert warf dem Alten einen verächtlichen Blick zu. »Bei allem Respekt, den ich Ihren wissenschaftlichen Errungenschaften entgegenbringe, frage ich mich, wozu dieser ganze Hokuspokus dienen soll, den Sie und Ihre Bruderschaft ständig veranstalten.«

Mercurius verzog das Gesicht. »Ihr wisst, dass wir mächtige Gegner haben. Und um sie beseitigen zu können, benötigen wir einzig und allein Eure Tochter. Nur sie vermag es, das Vertrauen eines ganz bestimmten Mannes zu gewinnen, und das nur, weil sie noch nicht einmal ahnt, dass sie in dieser überaus heiklen Operation ihren Einsatz findet. Wenn sie es wüsste, würde ihr Opfer es spüren, und alle Chancen auf einen Sieg wären vertan.«

Robert von Stahl sah ihn unwillig an. »Meine Tochter ist keine ausgebildete Agentin. Sie ist Molekularbiologin und kann weder mit Waffen umgehen, noch besitzt sie taktisches Geschick. Dazu ist sie der ehrlichste und warmherzigste Mensch, den ich kenne. Sie ist ja noch nicht mal in der Lage, eine Laborratte zu töten, geschweige einen Menschen.«

»Wer sagt denn, dass wir ihn töten wollen? Lilian soll uns lediglich dazu verhelfen, ihn endlich einfangen zu können. Wenn wir ihn erst in unserer Hand haben und das ›Caput Mortuum‹ an ihm vollziehen können, werden wir es auch schaffen, den Rest seiner Mannschaft in unsere Dienste zu stellen. Durch ihn werden sich uns sämtliche Strukturen seines geheimen Zirkels offenbaren. Allein durch diesen Mann haben wir über die Jahrhunderte horrende Verluste hinnehmen müssen. Erst letzte Woche hat seine Organisation in Edinburgh fünf unserer besten

Leute getötet. Er ist und bleibt eine Gefahr für unsere Bruderschaft, und das können wir nicht länger hinnehmen.«

»Und einen solchen Kerl soll meine Tochter verführen?« Robert ballte die Fäuste. »Ich glaube ernsthaft, Sie sind nicht ganz bei sich!«

»Ihr seid auch nicht gerade ein Engel, lieber Professor. Vergesst niemals, dass es zu meinen Gaben gehört, die Gedanken anderer Menschen zu erspüren. Und jetzt gerade überlegt Ihr Euch, wie Ihr es anstellen könnt, mich zu töten. Habe ich recht?«

Robert schluckte verlegen. Um seine Gedanken zu erraten, musste man nicht der Teufel persönlich sein. Jeder andere hätte das auch vermutet.

»Ich habe Angst um meine Tochter«, gestand er leise. »Wenn der Mann, auf den sie angesetzt werden soll, so gefährlich ist, dass selbst die allmächtige Bruderschaft sich vor ihm fürchtet, was würde er dann mit Lilian anstellen, wenn er erfährt, dass sie eine Agentin ist, die ihn in die Fänge der Panaceaer treiben soll?«

»Das ist ja gerade der Punkt«, ergänzte Mercurius mit einer jovialen Geste. »Er hat eine gewaltige Schwachstelle. Er sehnt sich nach einer ganz speziellen Gefährtin, die er vor gut dreihundertfünfzig Jahren auf tragische Weise verloren hat. Eure Tochter ist eine direkte Nachfahrin dieser Frau und besitzt ihre Seele. Deshalb vermag nur sie ihm zu geben, was er entbehrt. Sie muss gar nicht viel dafür tun. Wenn er ihr erst einmal begegnet ist, wird er bereit sein, jeden nur erdenklichen Preis zu bezahlen, um nicht nur ihren Körper, sondern auch ihr Herz zu besitzen.« Mercurius legte eine theatralische Pause ein. »Deshalb lautet das Codewort für unsere Operation … die Teufelshure.«

»Ruf Onkel Fred an«, hatte Lilians Vater am Telefon gesagt, als sie ihm Fragen nach der Vergangenheit ihrer Mutter gestellt hatte. Sie war nicht sicher, warum ihr Vater die Aufgabe, Licht in das Dunkel ihrer Familie zu bringen, ausgerechnet auf den Cousin ihrer Mutter abschob. Vielleicht fiel es ihrem Vater nach wie vor zu schwer, über Ellen MacDonald zu sprechen. Soweit Lilian wusste, hatte er ihre Mutter sehr geliebt und wäre an ihrem Tod beinahe zerbrochen, wenn da nicht die beiden Kinder gewesen wären.

Aber vielleicht hatte das Ganze auch den eher simplen Grund, dass er tatsächlich nicht genug über die Vergangenheit der MacDonalds von Ballachulish wusste. Da er aus Deutschland stammte, hatte er nie etwas für die Traditionen ihrer schottischen Verwandten übriggehabt. Einen Schottenrock zu tragen empfand er als albern und Dudelsackmusik zum Davonlaufen. Merkwürdig war nur, dass er überhaupt nicht nach dem Grund ihrer plötzlichen Neugier gefragt hatte. Aber vielleicht war es auch besser so. Sie hätte ihn nicht anlügen können. Und nachdem sie bei Jenna schlechte Erfahrungen gemacht hatte, was die Offenlegung ihrer Forschungsabsichten betraf, nahm sie sich vor, ab sofort niemandem sonst davon zu erzählen, bis sie sicher sein konnte, was wirklich hinter ihren merkwürdigen Visionen steckte.

Lilian beschloss, den kleinen Ausflug in die Highlands zu nutzen, um ihrer BMW R1200 S die erste Frühlingsluft zu gönnen. Motorradfahren war eine Leidenschaft, die sie von ihrem Vater geerbt hatte.

Schon früh um acht packte sie am nächsten Sonntag zwei Paar Jeans und drei Sweat-Shirts in ihren Tankrucksack, dazu ein paar Wanderschuhe. Ende Mai war das Wetter in den Bergen zwar noch kühl, aber erträglich, solange es nicht goss wie aus Eimern. Jenna, die um neun ihren Dienst im Stadtbüro von Scotland Yard antreten musste, beobachtete Lilian, während sie sich eine Scheibe Toast mit Butter bestrich.

»Du hast wohl die Highland-Gene deiner Mutter geerbt«, bemerkte Jenna mit einem Grinsen. »Der Wetterbericht sagt anhaltende Regenschauer in den Highlands voraus, und du willst tatsächlich mit dem Motorrad fahren.«

Lilian schüttelte lächelnd den Kopf. »Meine genetische Ausstattung bezieht sich auf zwei Individuen. Also, wer sagt dir, dass die Deutschen Weicheier sind?« Demonstrativ ließ sie die obersten Knöpfe ihrer Bluse aufstehen. Nachdem sie ihren Tee ausgetrunken hatte, schlüpfte sie mit einer lasziven Bewegung in den engen schwarz-roten Lederoverall.

Jenna ließ nicht locker und betrachte sie mit einer amüsierten Miene. »Ich dachte, du stehst nicht auf Männer in Röcken? Oder willst du nun doch den Hinterwäldlern am Loch Leven mit aller Gewalt den Kopf verdrehen?«

Lilian schüttelte lächelnd den Kopf. »Keine Sorge, ich bleibe dir treu.«

Geschickt band sie sich das Haar im Nacken zusammen und zog ihre Motoradjacke über. Dann nahm sie den Helm in die Hand und ging zur Haustür. »Mach's gut«, sagte sie, als sie sich von Jenna mit einem Küsschen rechts und links auf die Wange verabschiedete. »Wir sehen uns spätestens Mittwoch. Vielleicht habt ihr bis dahin ja den ›kopflosen Jack‹ gefunden.«

Das Wetter war herrlich. Lilian genoss die Fahrt an Falkirk und Sterling vorbei über Callander bis hoch nach Taydrum, wo sie in einem typischen Bikerlokal einen Tee und Scones mit Marmelade und Sahne zu sich nahm. Die kurvenreiche Straße hoch zum Rannoch-Muir war atemberaubend, und auch das Wetter spielte mit. In strahlendem Sonnenschein erreichte sie am frühen Nachmittag das Tal von Glencoe, eine weite, beinahe baumlose Senke, umgeben von hohen grasbewachsenen Bergen und zerklüfteten Felsen, aus denen etliche Wasserfälle zu Tal rauschten. Weiter unten, in Richtung Loch Leven, fuhr sie durch kleinere Wälder. Sie hatte sich mit dieser Gegend immer auf merkwürdige Weise verbunden gefühlt. Jetzt, nach der Entdeckung ihres Bruders, ahnte sie, warum. Vielleicht waren es ja tatsächlich diese unbekannten Energien, die sich in den menschlichen Zellen befanden und eine unbewusste Erinnerung an den Lebensraum ihrer Vorfahren über eine neuronale Vernetzung direkt in ihr Bewusstsein projizierten. Und möglicherweise begannen diese Energien zu schwingen, wenn sie mit etwas in Kontakt kamen, das in den Körperzellen bereits von früheren Vorfahren angelegt worden war.

Onkel Fred gab sich freundlich, obwohl Lilian sich seit Jahren nicht mehr bei ihm hatte blicken lassen. Als Kind hatte sie bei ihm und seiner Frau Margaret mehrmals die Ferien verbracht. Doch dann war Margaret ebenso plötzlich verstorben wie ihre Mutter. Lilian konnte sich an den Grund ihres Todes nicht erinnern, nur dass sie noch nicht alt gewesen war. Seither hatte Fred nicht wieder geheiratet. Nun war er Mitte siebzig, und nur ab und zu schaute Morag MacAllister, eine ältere, ebenso alleinstehende Nachbarin vorbei, um ihm die Wäsche zu machen. Vielleicht fühlte er sich einsam, und das war der Grund, warum er Lilian sofort einlud, als sie ihn anrief und ihn um Hilfe bei ihrer Ahnenforschung gebeten hatte. Seine Begrüßung war ähnlich überschwänglich wie die seines in die Jahre gekommenen Border Collies. Bob, wie der schwarzweiße Rüde hieß, beschnupperte sie auffällig lange, was wahrscheinlich an Watson lag.

Im Wohnzimmer warteten schon Tee und Short Bread, das Morag eigens für den Besuch gebacken hatte. Das geräumige Holzhaus, in dem Fred wohnte, lag nicht weit vom Ufer des Loch Leven entfernt. Vom Fenster des Gästezimmers im ersten Stock konnte Lilian auf den dunklen See und die Insel Sankt Munda schauen, jene uralte, mit Bäumen und Sträuchern überwucherte Begräbnisstätte, auf der ihre Mutter beerdigt lag.

»Du willst also das Grab deiner Mutter besuchen?«, fragte Fred, als sie sich zu einem Tee in seine gemütliche Küche setzten.

»Na ja«, begann Lilian harmlos, »ich war schon lange nicht mehr dort und wollte gern ein paar Blumen niederlegen. Außerdem interessiert mich ihre Abstammung. Ich würde gerne wissen, was für ein Mensch sie war. Vater erzählt ja leider recht wenig, und ich dachte mir, du seiest die richtige Adresse, um mehr über sie und meine Ahnen zu erfahren.«

»Manchmal ist es besser, wenn man nicht so viel weiß!« Plötzlich stand Morag in der Tür. Lilian kannte die stämmige Frau noch von früher. Tante Margaret hatte sie hinter vorgehaltener Hand immer als Klatschbase bezeichnet.

Fred schaute beinahe erschrocken auf. Morag ignorierte ihn einfach und kam auf Lilian zu und streckte ihr ihre fleischige Hand entgegen.

Lilian überging die etwas derbe Begrüßung und sah Morag herausfordernd an. »Was wollen Sie damit sagen?«

»Na ja, was die Leute halt so reden. Es gibt Familien, auf denen ein Fluch lastet. Ich meine, erst der Tod deiner Mutter und dann deiner Tante, und bei beiden weiß man nicht genau, wie es geschehen konnte. Ist es da nicht besser, wenn man die Vergangenheit ruhen lässt?«

»Red keinen Quatsch, Morag!« Lilian konnte sich nicht erinnern, ihren Onkel je so wütend gesehen zu haben.

Morag hob beschwichtigend die Hände. »Ich meine ja nur«, sagte sie und eilte hinaus in die Küche.

»Morgen«, sagte Fred mit gefasster Stimme. »Morgen früh bringe ich dich mit dem Boot zum Grab deiner Mutter.«

399

Mit der aufgehenden Morgensonne glitzerten unzählige Sterne auf der Wasseroberfläche von Loch Leven, als sich Lilian zusammen mit ihrem Onkel zur Insel aufmachte. Fred besaß ein altes Fischerboot, und so tuckerten sie gemächlich dem menschenleeren Eiland entgegen. Für Touristen war die Insel gesperrt, und es gab auch keinen richtigen Bootsanleger, mit dem das Anlanden und Aussteigen komfortabler gewesen wäre. So mussten sie klettern, was für Lilian weniger ein Problem darstellte als für Fred, der erst vor kurzem ein neues Hüftgelenk bekommen hatte. Dafür war der Ausblick auf den See und die umliegenden Berge einfach grandios.

»Es ist nicht nur den MacDonalds of Glencoe vorbehalten, hier beerdigt zu werden«, bemerkte Fred nachdenklich, »auch die Stuarts of Appin und ein Abzweig der Camerons of Lochaber hatten hier zum Ende des letzten Jahrhunderts ihre Begräbnisstätten.«

Cameron! Lilian wusste nicht, ob es Zufall war, dass dieser Name im Zusammenhang mit der Insel auftauchte, aber er erinnerte sie an ihren imaginären Liebhaber. Bisher hatte sie geglaubt, dass hier nur MacDonalds beerdigt worden waren..

Fred ging voraus, als sie sich einer kleinen Kapelle näherten. Ein wenig abseits lagen das Grab ihrer Mutter und das von Tante Margaret. Zuerst hielten sie dort eine kleine Andacht und legten einen Strauß frischer Frühlingsblumen nieder, bevor Fred sie zum Grab ihrer Mutter führte. Mit einem eigenartig distanzierten Gefühl zu jener Frau, die sie niemals richtig kennengelernt hatte, legte Lilian vor dem schön gemeißelten Schiefergrabstein einen Strauß Lilien nieder – die Lieblingsblumen ihrer Mutter, denen sie ihren Namen zu verdanken hatte, wie sie von ihrem Vater wusste.

Lilian blieb mit Fred noch einen Moment stehen und versuchte zu beten. Spontan fiel ihr nichts ein, und so dachte sie nur: Liebe Mama, ich hoffe, du fühlst dich gut, dort wo du bist, und ich hätte da eine Bitte: Hilf mir bei der Aufdeckung unserer Familiengeheimnisse und sorge dafür, dass Alex nie wieder auf Abwege gerät, und bitte beim lieben Gott dafür, dass er eines Tages seinen Nobelpreis erhält und endlich Anerkennung bei unserem Vater findet.

Natürlich war das kein richtiges Gebet, und irgendwie klang es albern, aber Lilian hoffte, ihre Mutter würde es ihr nicht übelnehmen.

»Deine Mutter war eine wundervolle Frau«, bemerkte Fred mit belegter Stimme. »Es war ein schwerer Schlag für deinen Vater und die ganze Familie, dass sie so früh von uns gehen musste.« Ihr Onkel räusperte sich. Lilian trat einen Schritt zurück und reichte ihm ein Taschentuch. Er schnäuzte ziemlich lautstark hinein und wischte sich anschließend ein paar Tränen aus den wasserblauen Augen.

»Haben wir sonst noch Verwandte, die auf der Insel beerdigt sind? Ich meine solche Gräber, die richtig alt sind. Vielleicht aus der Zeit der schottischen-englischen Bürgerkriege.« Lilian sah Fred forschend an, obwohl sie nicht daran glaubte, hier ein Grab zu finden, das älter als zweihundert Jahre war.

»Das älteste noch vorhandene Grab auf der Insel stammt aus dem Jahre 1648. Ich wollte es dir ohnehin zeigen. Es liegt dort drüben im Schatten der verfallenen Kapelle und gehört zu einer Frau, von der man nicht weiß, ob sie tatsächlich zu unseren Vorfahren zählt.«

»Ich möchte das Grab gerne sehen«, sagte Lilian. Fred nickte und stapfte durch die sumpfige Wiese voraus zu einem Hügel, auf dem die mit Efeu bewachsene Ruine der Kapelle von Sankt Munda stand.

Lilian stockte der Atem, als sie die Grabstelle erreichten. Ein uralter verwitterter Schieferstein stand schräg im weichen Untergrund. Irgendjemand hatte ihn mit einem anderen Stein abgestützt, damit er nicht zu Boden fiel und zerbrach.

»Kannst du die Inschrift entziffern?« Lilian sah ihn fragend an. Sie konnte kein Gälisch, das hieß, sie konnte es anscheinend, aber nur, wenn sie sich unter Einfluss dieser schamanischen Droge befand.

»Hier ruht«, las Fred stockend vor, »Madlen MacDonald Cameron – geliebtes Weib von John Cameron of Loch Iol aus Blàr mac Faoltaich. Gestorben im Jahre des Herrn 1648 im Alter von 21 Jahren durch die Hand eines Mörders.«

Lilian lief es kalt den Rücken hinunter.

Nicht zu glauben, dachte sie. Madlen MacDonald hatte also wahrhaftig existiert, und sie hatte einen Ehemann mit dem Namen John Cameron gehabt. Auch die Zeit stimmte exakt.

Fred legte eine theatralische Pause ein, als ob er nicht weiterlesen wollte, doch Lilian gab ihm mit einem Nicken zu verstehen, dass sie auf den Rest der Inschrift nicht verzichten wollte.

»Ihr Tod war deine Auferstehung – Ihre Auferstehung wird dein Tod sein.«

Lilian sah ihren alten Onkel durchdringend an. »Was hat das zu bedeuten?«

»Keine Ahnung! Solche Sprüche findet man auf vielen Grabsteinen aus dieser Zeit.«

»Es hört sich an wie eine Drohung.«

»Der, der es geschrieben hat, wird schon wissen, was er damit bezwecken wollte.«

Aber nicht die Inschrift und die Namen auf dem Grabstein verblüfften Lilian am meisten, sondern ein halbverwelkter Blumenstrauß, der vor dem Grab lag. Es waren dunkelrote Rosen, und als Lilian in Gedanken nachgezählt hatte, kam sie auf fünfzig Stück, die kaum drei Tage hier liegen konnten.

»Interessant«, rutschte es Lilian heraus. »Niemand kennt die Frau, und doch gibt es einen Verehrer?«

»Was weiß ich?«, murmelte Fred und kratzte sich dabei hinter dem Ohr. »Normalerweise kommen hier keine Touristen hin. Und ich wüsste nicht, wer aus dem Dorf so viel Geld für Blumen ausgeben würde. Vielleicht sollten wir bei Netty's Blumenladen in Kinloch Leven nachfragen. Es ist der einzige Laden weit und breit.«

Netty Hurst, eine übergewichtige Blumenverkäuferin mittleren Alters, schien sofort zu wissen, um was es ging, als Lilian sie nach einem Strauß dunkelroter Rosen befragte, die sie vor ein paar Tagen verkauft haben musste.

»Ja, da hast du vollkommen recht«, meinte Netty und zwinkerte Lilian vertrauensvoll zu. »Es kommt nicht alle Tage vor, dass jemand bei uns fünfzig rote Rosen bestellt.« Beiläufig sortierte sie das Geld in der Kasse und warf Fred einen wissenden Blick zu. »Gregor MacCan hat die Blumen im Auftrag gekauft und sie mit seinem Boot auf die Insel gefahren, um sie dort auf einem der Gräber niederzulegen.«

»Macht er das öfter?« Lilian sah sie fragend an.

»Warum wollt ihr das wissen?«, fragte die Frau mit einer plötzlich misstrauischen Miene. »Ist daran etwas verkehrt?«

»Nein, nein«, versuchte Lilian sie zu beschwichtigen. »Es hat mich nur interessiert, weil es mir auffiel, als wir das Grab meiner Mutter besucht haben. Wer vermutet schon auf einer abgelegenen Friedhofsinsel solch bombastischen Blumenstrauß? Ich war neugierig, mehr nicht.«

Lilians offenes Bekenntnis schien die Frau zu versöhnen. »Es war nicht das erste Mal, dass wir Blumen auf die Insel geliefert haben. Es gibt da einen augenscheinlich vermögenden Auftraggeber, der an dem Grab auf Sankt Munda einen Narren gefressen hat. Vielleicht handelt es sich auch um einen entfernten Nachfahren der Frau. Es heißt, die Firma, die den Auftrag erteilte, hat ihren Hauptsitz in den USA. Ich habe mir sagen lassen, dass die oben in Moidart ein weitläufiges Areal besitzen. Mit einem riesigen Herrenhaus und einem abgeschirmten Landeplatz für Helikopter. Aber von den Einheimischen weiß keiner, was dort oben genau geschieht. Die stellen noch nicht mal Putzfrauen hier aus der Gegend ein. Wie lautet der Name der Firma noch gleich?« Netty beugte sich hinab zu einem Sideboard, wo sie offenbar die Durchschläge der Bestellungen aufhob.

»CSS«, stieß sie schwer atmend hervor. »Cameron Security Systems.«

25

Schottland 2009 – »Eternity«

»Hier macht der Chef sich noch selbst die Finger schmutzig«, flüsterte Paddy. Der Ire beobachtete mit einer hochgezogenen Braue seinen Boss, wie er in einem tadellos sitzenden blauen Businessanzug neben ihm in die Knie ging und einzelne Teile eines Scharfschützengewehrs einer länglichen schwarzen Tasche entnahm und sie zügig zusammensteckte.

Dass John Cameron, der Leiter dieser Aktion, sich dabei seine gepflegten Hände mit Waffenöl einschmierte, schien ihn nicht zu stören.

Paddy sah sich mit zweifelnder Miene um. Die helle, plüschig sterile Kulisse, gespickt mit Handschellen, Peitschen und Ledermanschetten – alles in unschuldigem Weiß –, ließ seine Konzentration leiden. Auf einem weißlackierten Barockschränkchen präsentierten sich zehn aufrecht stehende Kristallpenisse in verschiedenen Größen.

John hingegen ignorierte die Umgebung. Er hatte noch nicht einmal Augen für das mit silbernem Samt überzogene herzförmige Bett. Beiläufig hatte er seine Gewehrtasche darauf abgestellt. Seit Ewigkeiten interessierte er sich weder für Frauen noch für Bordelle. John war trotz seiner Anziehungskraft, die er auf beiderlei Geschlechter ausübte, in Sachen Sex und Liebe ein Neutrum, und wenn er mit den Jahren nicht so gottlos geworden wäre, hätte er ohne Umschweife einem Kloster beitreten können. Sein Gesicht verriet nicht die geringste Regung, als er probeweise das Scharfschützengewehr anlegte. Er wirkte entschlossen wie immer. Die Idee, sich in einem luxuriösen Stundenhotel einzumieten, kam nicht von ungefähr. Nicht nur dass man hier zur Verschwiegenheit neigte, wenn zwei Männer gemeinsam für eine Weile in einem Hotelzimmer verschwanden. Außerdem lag es direkt gegenüber dem Pyramide D'or, einem der teuersten Hotels Frankreichs.

»Denkst du, dass wir ihn auf diese Weise tatsächlich erwischen, John?«

Paddy war immer noch nicht sicher, ob es eine gute Idee sein würde, mitten am Tag auf einen Europaabgeordneten zu schießen und ihn anschließend zu entführen.

John nickte abwesend, während er nochmals das Magazin überprüfte. »Wenn nicht so, wie sonst?« Schnell und routiniert komplettierte er die Präzisionswaffe mit einem Zielfernrohr, dessen eigentliche Funktion gar nicht benötigt wurde und deshalb in eine hochauflösende Videokamera umgewandelt worden war. Dann stand er auf, legte das Gewehr beiseite und justierte das mobile, funkgesteuerte Feuerleitsystem. Eine Aluminiumbox von der Größe einer Zigarettenstange, die ihm mittels einer LED-Anzeige versicherte, wer sonst noch von seinen übrigen Schützen das Ziel punktgenau anvisiert hatte. Da augenscheinlich alles in Ordnung war, nahm er das Gewehr in die Linke. Mit der Rechten schob er die silberfarbene Seidengardine beiseite – eine Spezialanfertigung, die selbst am Abend bei voller Beleuchtung Film- und Fotoaufnahmen von außen unmöglich machte.

Die Sonne blendete John kurz, als er nach draußen schaute. Rasch setzte er seine tiefschwarzen Gläser auf, noch bevor er das Fenster öffnete und die Geräusche und Gerüche eines belebten Nachmittags mitten in Paris zu ihm heraufdrangen. Nicht weit entfernt befand sich Notre-Dame. Unter ihnen, sechs Stockwerke tiefer, pulsierte das Leben. Doch John konzentrierte sich nur auf sein Opfer. Im Eingang des Nobelhotels, vor dessen Hauptzufahrt im Takt von Minuten sündhaft teure Limousinen vorfuhren, würde es zu finden sein.

Lord Richard Earthorpe war gestern Nachmittag mit einem ganzen Pulk von Personenschützern dort abgestiegen. Als Abgeordneter des Europaparlamentes und Vorsitzender einer europäischen Anti-Drogenkommission übernahm er seit neuestem den Vorsitz einer außerordentlich einberufenen Delegation, die sich den Kampf gegen Drogenkartelle auf die Fahne geschrieben hatte. Umgeben von Bodyguards, fühlte Earthorpe sich sicher, doch es war anzunehmen, dass er wusste, wie trügerisch diese Sicherheit sein konnte. John konnte ihn mühelos aus einer Ansammlung von Hunderten von Menschen herausfinden. Er konnte ihn buchstäblich riechen. Wie ein Hund hob er seine empfindliche Nase. Earthorpe roch nach Angst und vierhundert Jahren Geschichte. Außerdem benutzte er ein teures Rasierwasser, dessen Produktion man bereits vor gut einhundert Jahren aus Kostengründen eingestellt hatte, das er sich aber immer noch in einer kleinen Privatmanufaktur in Toulouse mischen ließ. John stellte sich jedesmal die Frage, wenn er ein altes Mitglied der Bruderschaft im Visier hatte, ob es Hass war, der ihn trieb, diesen unliebsamen Job zu erfüllen, oder der schlichte Gedanke, die Welt zu verbessern. Auf einen Menschen zu schießen, fiel ihm nicht leicht. Das hatte es nie getan, aber in diesem Fall war es etwas anderes. Die Person, die er im Visier hatte, war in Wahrheit kein Mensch, sondern ein Monster, und John bedauerte es außerordentlich, dass er dieses Monster nicht töten durfte.

Lord Earthorpe handelte nicht nur im Auftrag der EU, in Wahrheit war er der direkte Vertreter des Satans. Anders konnte man den Erzeuger der Droge mit dem sinnigen Namen »Eternity« oder »Tränen der Nacht«, wie sie unter Exjunkies hieß, nicht bezeichnen. Earthorpe verkaufte die Droge im Auftrag der Bruderschaft der Panaceaer. Deren willfährige Geschäftspartner saßen in aller Welt. Earthorpe arbeitete selbstverständlich ohne das Wissen seiner europäischen Abgeordnetenkollegen. Im Gegenteil, er nutzte seine Verbindungen heimlich zum Wohle der Bruderschaft. Dabei rechnete er nicht damit, jemals erwischt zu werden. Das Mittel ließ sich so gut wie nicht nachweisen. Genau genommen, fiel es noch nicht einmal unter das Drogengesetz. Allerdings war die Substanz, die unter anderem aus menschlichen Ingredienzien gewonnen wurde, weit grausamer als all das, was sämtliche Drogenkartelle der Erde produzierten.

Johns Funkempfänger krachte im Ohr. Er fluchte, weil es offenbar niemand fertigbrachte, die Dinger so einzustellen, dass sein empfindliches Gehör keinen Schaden nahm.

»Posten eins ist im Ziel.« Die Stimme war nun leise, aber gut verständlich. John nickte seinem Mitstreiter am anderen Ende der Funkverbindung über die digitale Bildanzeige seines abhörsicheren Mobiltelefons zu. Es war ein junger Mann mit lockigen Haaren, und obwohl er bereits seit gut dreihundertfünfzig Jahren auf dieser Erde weilte, sah er immer noch aus wie sechzehn.

»Okay, Malcolm«, antwortete John. »Was ist mit Bran?«

»Ich habe ihn«, bestätigte eine dunkle Stimme, die einem weiteren Kameraden aus Johns Team gehörte.

»David?«

»Bin drin!«

»Ruaraidh?«

»Bereit!«

»Was ist mit dem Wagen und den Bombenlegern?«

»Aye, Sir. Alles im Lot«, kam es gestochen scharf aus dem Kopfhörer.

»Na, dann kann's ja losgehen«, murmelte Paddy.

John startete die Aufzeichnungskamera, bevor er den Finger am Abzug krümmte. Wie ein Schwarm schwarzer Hornissen umkreisten die Bodyguards den teuer gekleideten Mann, der mit einer Aktentasche auf einen silberfarbenen gepanzerten Maibach zumarschierte.

John visierte den Kerl und zielte auf sein Herz. Es musste schnell gehen. Der Schuss würde das Spezial-Projektil, gegen das es keinen wirksamen Schutz gab, mitten im Muskel positionieren und dort innerhalb von Sekunden eine kleine Explosion verursachen, die vorübergehend den Herzmuskel lähmte. Es würde den Mann nicht töten, aber zu absoluter Bewegungslosigkeit verurteilen. Johns Kameraden würden Earthorpes Bodyguards übernehmen. Danach mussten die acht bis zehn lebenden Körper in einen Van verladen werden. Dieser Teil der Aktion hatte etwas von einer spektakulären Zaubershow in Las Vegas, weil man die Männer spurlos und ohne Zeugen verschwinden lassen musste.

John drückte den Abzug. Es machte noch nicht einmal Plopp. Lautlos verselbstständigte sich das Hochgeschwindigkeitsprojektil. Das weiße Hemd des Mannes färbte sich in Bruchteilen von Sekunden rot, und noch während er zu Boden fiel, brach ein regelrechter Tumult aus. Die umherstehenden Hotelpagen zückten Pistolen. Nur am Zucken ihrer Arme konnte man den Rückschlag erkennen, nachdem sie auf Earthorpes Aufpasser geschossen hatten. Ein Taxi-Van fuhr vor. Plötzlich versank alles im rötlichen Nebel.

»Vollzug!«, keuchte jemand in Johns Ohr.

Von hier oben konnte man lediglich ahnen, dass Earthorpe und seine reglosen Bodyguards bereits von einem Wagen aufgenommen worden waren.

»Mach das Fenster zu und lass uns abhauen!«, rief Paddy, dem die Aufregung anzusehen war.

John senkte erst jetzt das Gewehr. Wie in Trance zerlegte er die Waffe und verstaute die einzelnen Teile wieder in der Tasche. Dann ging er ins Bad, wusch sich die Hände und trank einen Schluck. Einen Moment lang starrte er in den Spiegel und fuhr sich mit noch feuchten Fingern über die rötlichen kurzgeschnittenen Haare. Zwei moosgrüne Augen starrten zurück. Ansonsten konnte er keine Regung verzeichnen. Seine Mimik zeigte weder Angst noch Triumph und erst recht keine Trauer.

»Komm endlich!«, mahnte Paddy. »Die Zeit läuft uns davon. Der Helikopter wird nicht auf uns warten!«

»Ja, gleich.« Johns Stimme klang, als hätte man sie mit einem Reibeisen behandelt. Die typische Stimme eines schottischen Highlanders eben, dessen Vorfahren so oft erkältet gewesen waren, dass sich der raue Unterton in der Kehle sogar auf die Stimmbänder der Nachfahren übertragen hatte. John ging ohne Eile hinaus. Er wusste, dass sie nach außen hin keinerlei Hektik zeigen durften, wenn sie sich nicht verdächtig machen wollten, und dass der Helikopter nur im äußersten Notfall ohne ihn starten würde.

Als sie an der Concierge vorbeigingen und ihr den Schlüssel auf die Rezeption legten, schlang John rasch einen Arm um Paddys Hals und zog ihn zu sich heran. Ohne Ankündigung küsste er den völlig verdutzten Iren auf den Mund. Dann zwinkerte er die Concierge an. »Eure Lederpeitschen sind erste Sahne. Mein kleiner Freund konnte gar nicht genug davon bekommen.« John grinste Paddy frech ins Gesicht. »Wir werden wiederkommen, nicht wahr, Schatz?«

Bevor Paddy etwas entgegnen konnte, hatte John die behaarte Pranke des Iren gepackt und ihn händchenhaltend zum Ausgang gezerrt.

Lilian gab Gas und raste mit ihrer BMW kurz nach Glenfinnan eine Anhöhe hinauf. Danach legte sie sich gleich in die nächste Kurve, so schräg, dass ihr linkes Knie beinahe den Boden berührte. Einen Moment lang spürte sie, wie sich ihr Herzschlag zu einem berauschenden Glücksgefühl beschleunigte, als sie die Maschine wieder aufrichtete und pfeilschnell auf eine Gerade schoss.

Netty, die Blumenhändlerin, hatte ihr keine bestimmte Adresse gegeben, was hier oben auch kaum möglich gewesen wäre. Mugan Manor, wie das Anwesen hieß, von wo aus die Blumen bestellt worden waren, lag am äußersten Zipfel von Loch Moidart, dort, wo es noch nicht einmal richtige Straßen gab.

Es ist wohl das einzige Herrenhaus weit und breit. Man kann es gar nicht verfehlen, hatte die Blumenhändlerin noch gesagt.

Das Wetter war herrlich, nicht zu kalt, nicht zu warm, und immer wieder durchbrachen Sonnenstrahlen die dahinziehenden Wolken, die das archaisch wirkende Umland mit einer perfekten Mischung aus Licht und Schatten belegten. Einsamkeit war in dieser Gegend Gesetz, und wer endlich einmal mit sich und der Welt allein sein wollte, war nirgendwo besser aufgehoben. Lilian versuchte sich vorzustellen, wie es wohl ein paar hundert Jahre zuvor hier ausgesehen haben mochte, als noch die Clans in den Highlands herrschten. Dabei spürte sie noch immer die Trauer, die wie bleiern über dem Land lag, nachdem man Abertausende Bewohner der Highlands zu Beginn des 19. Jahrhunderts nach Übersee vertrieben hatte. Nach der Schlacht von Culloden waren es die königstreuen Landbesitzer gewesen, die mit grausamer Brutalität die sogenannten Clearences ausgerufen hatten, regelrechte Säuberungsaktionen, in denen man die lukrativere Schafzucht über das Wohl der bis dahin hier lebenden Pächter und ihrer Familien stellte. Ein Prozess, der das Land schneller entvölkert hatte als jeder Krieg.

Mugan Manor kam so plötzlich zum Vorschein, dass Lilian von dessen Anblick völlig überrascht wurde. Auf der gegenüberliegenden Seite des tiefblauen Lochs erhob sich auf einer Landzunge, die weit in das Loch hineinragte, ein mächtiges Herrenhaus aus dem 17. Jahrhundert. Umgeben von riesigen Caledonian Pines, wurde es von haushohen Mauern und Zäunen geschützt, die es eher wie ein Gefängnis wirken ließen und nicht wie das Anwesen eines vermögenden Mannes.

Lilian stoppte ihre Maschine, um das Gebäude in aller Ruhe in Augenschein zu nehmen.

Vor dem Haus gab es sogar einen Landeplatz für Helikopter. Man konnte ihn zwar nicht einsehen, aber genau in diesem Moment befand sich ein nachtschwarzer Großraumhubschrauber im Landeanflug über dem Loch.

Das tiefblaue Wasser kräuselte sich zu weißen Schaumkrönchen unter den vibrierenden Rotoren und beruhigte sich erst, als die Maschine niedergegangen war.

Optisch machte das Haus seinem gälischen Namen alle Ehre. Mugan – der düstere Mann – war eine passende Bezeichnung. Erbaut aus schwarzem Basalt, hatte es vier eckige Türme, was ihm erst recht den Charakter einer Festung verlieh. Auf einem der Türme wehte das Banner von Schottland, auf dem anderen eine dunkelrote Flagge mit einem schwarzen geflügelten Drachen. Erst bei näherem Hinsehen erkannte Lilian die Buchstabenkombination CSS, die der Drache in seinen Klauen hielt. Lilian hatte bereits vor ihrer Abfahrt über ihr Mobiltelefon eine Verbindung ins Internet hergestellt, um die Hintergründe von CSS zu checken. Es bedeutete tatsächlich »Cameron Security Systems« – wie ihr Netty vom Blumenladen versichert hatte. CSS war eine weltweit operierende Sicherheitsfirma, die nicht nur im internationalen Werkschutz vertreten war, sondern auch private Söldner für brandgefährliche Kriegseinsätze zur Verfügung stellte. Ein merkwürdiger Gedanke, wenn Lilian sich vorzustellen versuchte, dass ein weltweit operierender militärischer Dienstleister bei einem mehr als dreihundert Jahre alten Grab als Rosenkavalier auftrat.

Vielleicht war es doch ein Missverständnis gewesen, und Netty hatte jemand anderen gemeint. Aber was sprach dagegen, einfach hinunterzufahren und nachzufragen?

Lillian startete ihre BMW und klappte das Visier hinunter. Sie musste den halben See umrunden, um endlich eine Zufahrt zu dem trutzigen Gemäuer zu finden. Die Straße am Ufer entlang bis zur Landzunge war als Privatweg gekennzeichnet und zog sich durch eine Allee. Endlich, nach etwa zwei Kilometern, konnte sie von weitem das eingezäunte Areal sehen, das der Landzunge vorgelagert war. Wachtürme mit verspiegelten Fenstern säumten die haushohen Zäune. Ein Rolltor, genauso hoch und dabei so lang wie zwei Sattelschlepper, ließ keinen einfachen Zugang erahnen.

Neugier und Ungeduld veranlassten Lilian, noch einmal Gas zu geben. Die Frage, ob man ihr in diesem Anwesen, das mit jedem Hochsicherheitsgefängnis konkurrieren konnte, Einlass gewähren würde, reizte sie.

Plötzlich flog ihr ein schwarzer Schatten entgegen, der aus dem Gebüsch gehuscht war. Etwas schlug hart gegen ihren Helm. Ihr Kopf wurde zur Seite geschleudert, und die Maschine geriet ins Schlingern. Lilian war so benommen, dass sie das Motorrad nicht halten konnte und hilflos auf einen mächtigen Baum zuschlitterte. Den Aufprall spürte sie kaum, und dann wurde es dunkel um sie.

John beobachtete die Arbeiten im Labor mit gemischten Gefühlen. Earthorpes nackter Körper lag mit dem Gesicht nach unten auf einem OP-Tisch. Ob er etwas von dem spürte, was die Spezialisten in Johns Team mit ihm anstellten, war nicht klar. John hatte Lord Earthorpe und dessen Bewacher nach ihrer Einlieferung in Mugan Manor in ein künstliches Koma versetzen lassen. Er legte Wert darauf, sich nicht mit der Bruderschaft der Panaceaer auf eine Stufe zu stellen. Selbst wenn das, was sie hier taten, einem Außenstehenden durchaus grausam erscheinen musste. Earthorpe und seine Bodyguards besaßen etwas, das John dringend benötigte. Wie er selbst und einige seiner Kameraden waren die gekidnappten Panaceaer unsterblich. Ihr Blut produzierte fortwährend eine Substanz, die sie auch ohne Sauerstoff am Leben erhielt und als Rohstoff für eine Ersatzdroge genutzt werden konnte. Die »Tränen der Nacht«, wie der Stoff auch genannt wurde, bewahrte ehemalige Eternity-Junkies davor, unter grausamen Umständen zu sterben – meist, weil ihnen schlicht das Geld ausgegangen war, um sich weiteren Stoff leisten zu können. Zur Herstellung benötigte man Unmengen von unsterblichem Blut, das mit einer einfachen Spende nicht zu erlangen war. Das Ganze war ein überaus schmutziges Geschäft. An den unangenehmen Beigeschmack seiner Aktivitäten hatte John sich längst gewöhnt. Für einen Moment dachte er darüber nach, was sich die Panaceaer als Racheakt einfallen lassen würden. Dass Cuninghame Vergeltung üben würde, stand außer Frage. In jedem Fall würde er versuchen, Geiseln zu nehmen, um sie zum Austausch für die gefangenen Panaceaer anzubieten. Ein Deal, auf den John sich nur in den seltensten Fällen einlassen konnte. Er hatte schon einige Männer und Frauen verloren, weil sie Cuninghame und dessen Söldnern nach einem blutigen Einsatz in die Falle gegangen waren.

Das Mobiltelefon dudelte »All you need is Love«. Wilbur, der mit achtzehn seine unfreiwillige Wandlung zur Unsterblichkeit vollzogen hatte und für John wie ein eigener Sohn war, hatte die Idee zu diesem Klingelton gehabt.

»Ja?« Es war Paddy.

John hörte angespannt zu. »Wo?«, fragte er nur, nachdem der Ire etwas von einer Frau gefaselt hatte, die in unmittelbarer Nähe zum Anwesen mit ihrem Motorrad verunglückt war. Die Aufzeichnungskameras hatten gezeigt, dass ihr ein schwarzer Vogel in die Quere gekommen war.

»Bringt sie auf die Krankenstation!«, befahl John knapp.

Am anderen Ende der Verbindung erhob sich Protest. »Sie ist eine Fremde, wir können sie unmöglich aufnehmen.«

»Bis wir sie in ein Krankenhaus nach Glasgow oder Edinburgh geflogen haben, vergeht mindestens eine Stunde«, fuhr John unmissverständlich fort.

»Lasst sie röntgen, und dann sehen wir weiter. Je nachdem, wie gravierend ihre Verletzungen sind, habt ihr meine Freigabe für den minimalen Einsatz von ›E‹.«

Johns schottischer Firmensitz verfügte wie jede seiner Niederlassungen über eine komplette Krankenstation. Seine Leute waren ständig an den Brennpunkten der Erde unterwegs, und es kam öfter vor, dass sich zumindest die Normalsterblichen mehr oder weniger ernsthaft verletzten. Im äußersten Notfall setzten seine Ärzte eine winzige Dosis Eternity ein, jene Substanz, die bei ihm und seinen engsten Kameraden seit gut dreihundertfünfzig Jahren durch die Adern zirkulierte. Bei Normalsterblichen wirkte das Fluidum in einer äußerst geringen Dosis heilsam; wenn ein Mensch jedoch nur ein wenig mehr erhielt, geriet er in tödliche Abhängigkeit. John und seine Mitstreiter waren von diesem Fluch nur deshalb verschont, weil bei ihnen vor gut dreihundertfünfzig Jahren ein Komplettaustausch des Blutes durch die Panaceaer vorgenommen worden war und ihre Stammzellen seither die Substanz selbstständig produzierten. Um dieses Wunder an anderen Menschen wiederholen zu können, fehlte John jedoch ein entscheidender Bestandteil: der sogenannte Stein der Weisen – ein einzigartiges, faustgroßes Stück eines radioaktiv strahlenden Meteoriten, das die Panaceaer an einem streng gehüteten Ort aufbewahrten.

John war – wie die Panaceaer selbst – nicht daran interessiert, sein Wissen und seine Möglichkeiten mit Uneingeweihten zu teilen. Das Geheimnis der Unsterblichkeit hatte eine zu große Sprengkraft, die selbst die Panaceaer nicht würden beherrschen können.

Die Frau war nicht lebensgefährlich verletzt worden. Wahrscheinlich litt sie unter einer schweren Gehirnerschütterung. Ihr Gesicht zeigte ein paar Blutergüsse an der Stirn und ein paar Abschürfungen an Armen und Beinen. Sie hatte Glück gehabt, weil sie von der BMW geschleudert worden war, bevor die Maschine am Stamm einer dreihundert Jahre alten Pinie zerschellte.

Als John sie gegen alle Vorschriften an ihrem Krankenbett besuchte, spürte er eine merkwürdige Spannung, die seinen Körper durchflutete. Es war wie ein Stromstoß, als er die Frau zwischen all diesen fiependen Maschinen liegen sah. Sie war immer noch bewusstlos. Ein Krankenpfleger kontrollierte ihren Blutdruck, und Ken Douglas, ein junger Arzt, der erst vor wenigen Wochen zum Team gekommen war, kümmerte sich um die Auswertung der Röntgenbilder.

»Wir haben die Patientin in ein künstliches Koma versetzt. Sie hatte eine leichte Fraktur zwischen den $C5$ und $C6$. Aber nachdem ich ihr eine Dosis ›E‹ verabreicht habe, hat sich der Riss sofort verschlossen«, erklärte der junge Arzt.

»Ich hoffe, du bist sorgsam mit dem Zeug umgegangen?« John warf Ken einen mahnenden Blick zu. »Wenn nicht, hat sie jetzt zwar keinen Genickbruch mehr, aber dafür andere Sorgen, die nicht weniger unangenehm wären.«

Ken presste die Lippen zusammen. Dann lächelte er. »Mach dir keine Gedanken, John. Ich habe aufgepasst, ihr nicht zuviel zu geben.«

John zog sich einen Stuhl heran und setzte sich neben die bewusstlose Frau. Das künstliche Koma war nötig, weil »Eternity« zwar heilen konnte, aber den Schmerz für kurze Zeit so sehr verstärkte, dass es dagegen kaum ein vernünftiges Mittel gab. Nachdenklich betrachtete John die langen Wimpern der Frau, ihre schmale geschwungene Nase, den üppigen Mund und das spitze energische Kinn, das einen widerspenstigen Charakter verriet. Man hatte ihr ein OP-Hemd übergezogen. Johns Hand bewegte sich ohne sein Zutun zu ihrem nackten Arm hin, der auf der Decke lag. Wie in Trance streichelte er die weichen Härchen auf ihrem Unterarm.

»Was zur Hölle tust du da?«, fragte eine harte Stimme.

John schrak herum und zog seine Hand zurück, als ob er sich verbrannt hätte. Paddy war zur Tür hereingekommen und sah ihn entgeistert an. John ersparte sich und dem Iren eine Antwort. Eine Rechtfertigung kam schon gar nicht in Frage. Was hätte er auch sagen sollen? He, Mann, ich hatte schon seit dreihundertsechzig Jahren keine Frau mehr, da hat es mich einfach überkommen?

»Ihr Name ist Lilian von Stahl«, erklärte Paddy. In seiner pragmatischen Art hatte der Ire unverzüglich Ermittlungen zu der Unbekannten in Auftrag gegeben. »Offenbar ist sie deutscher Abstammung. Du kannst sie also nicht kennen.« Der Ire hob eine Braue und schaute ihn an, als ob er sagen wollte, Junge, sei vorsichtig mit dem, was du tust. »David hat ihre Adresse gecheckt. Sie ist achtundzwanzig Jahre alt, lebt in Edinburgh.« Er hob seine Stimme, als ob er etwas Außergewöhnliches zu verkünden hätte. »In einer Wohngemeinschaft mit einer Polizistin. Und sie arbeitet in Rosslyn im Rosebud-Bio-Tech-Center als Molekularbiologin.«

»Molekularbiologin?« John horchte auf. »Wir könnten ihr einen Job anbieten.« Er lächelte matt.

»Ich weiß wirklich nicht, was in dich gefahren ist. Sie ist nicht hässlich, okay, aber sie ist eine gewöhnliche Touristin, die bei einem Sonntagsausflug einen Motorradunfall hatte. Und was dich betrifft, so empfehle ich dir, an deine Besprechung zu denken. Deine Leute warten bereits. Außerdem ist es besser, wenn sie dich gar nicht erst sieht. Überlass ihre Versorgung den Ärzten, und sobald sie zu sich gekommen ist, bringen unsere Leute sie nach Hause.«

John nickte abwesend. Es war der Duft der Frau, der ihn vollkommen irritierte. Seit gut dreihundertfünfzig Jahren war ihm niemand mehr begegnet, der nach Maiglöckchen und Rosen duftete. Außerdem war da noch ein anderer, verwegener Duft, den kein normaler Mensch bewusst wahrnehmen konnte. Unwillkürlich beugte er sich vor, um die Frau noch näher betrachten zu können, während die Anzeigen ihres Puls- und Blutdruckmessers in die Höhe schossen. Was war das? Roch sie ihn auch? Leider waren ihre Lider geschlossen. Zu gern hätte John ihr in die Augen gesehen.

»Sie ist schön, gar keine Frage«, stellte Paddy fest, als der Krankenpfleger die dunkle lange Mähne der Frau zur Seite schob, um die Halsvene für eine letzte Injektion zu desinfizieren.

»Hat sie Angehörige, die wir verständigen müssten?« John schaute auf und begegnete Paddys Blick.

»Keine Ahnung. Ich habe Malcolm damit beauftragt, es herauszufinden. Die Jungs von der Verwaltung werden sich kümmern, sobald sie etwas Neues wissen. Und jetzt komm!«

John stand auf. Als Paddy bereits durch die automatischen Schiebetüren gegangen war, wandte er sich noch mal an Ken.

»Ich möchte, dass du die Frau umgehend in eines meiner privaten Gästezimmer verlegst und mich informierst, sobald sie erwacht ist«, erklärte er.

»Verstanden, Sir.« Ken nahm eine beinahe militärische Haltung an.

John musste grinsen, weil der junge Arzt offenbar einen höllischen Respekt vor ihm hatte. Er wollte nicht wissen, welche Gerüchte unter den Angestellten über seine Position im Unternehmen kursierten. Offiziell gab es keine einzelne Führungsperson bei CSS. Ein Vorstand aus ständig wechselnden Personen vertrat die Firma nach außen. In Wahrheit war John der Boss dieses Unternehmens. Tatsächlich vereinten sich bei ihm zwanzig Generationen in einer Person. So oft konnte man gar nicht sterben und wiedergeboren werden, als dass darin noch irgendeine Logik bestanden hätte, doch irgendwie hatte es immer wieder funktioniert, die Öffentlichkeit zu täuschen. Das war der Vorteil, wenn man seine Person hinter einem Netz von weltumspannenden Organisationen verbarg.

Als Lilian aus ihrer Ohnmacht erwachte, brummte ihr lediglich der Schädel. Im ersten Augenblick hatte sie nicht die geringste Vorstellung, wo sie sich befand. Das Einzige, was ihr bekannt vorkam, waren die karierten Vorhänge und das Bett, das aus dem Mittelalter hätte stammen können. Der einzige Haken an der Sache war, dass sie es nicht aus ihrem wirklichen Leben kannte, sondern aus ihren wirren Visionen. Daher befürchtete sie, einen Flashback zu haben. So etwas konnte nach der Einnahme von Drogen gelegentlich vorkommen. Vielleicht hatte Jenna doch recht, und das Schamanengebräu ihres Bruders war tatsächlich gefährlich.

Mit klopfendem Herzen versuchte Lilian sich aufzusetzen und herauszufinden, ob sie sich immer noch in einem surrealen Traum befand.

Plötzlich kam ein älterer Mann, der wie ein Butler gekleidet war, zur Tür herein und hielt einen brennenden Kerzenleuchter in der Hand. Lilian vermochte einen Schrei des Entsetzens nicht völlig zu unterdrücken.

Der Mann sah sie verdattert an. »Tut mir leid, Mylady, wenn ich Sie erschreckt habe«, murmelte er hastig und schaltete nun doch ein elektrisches Licht ein. »Ich werde sofort einen Arzt holen. Bleiben Sie bitte, wo Sie sind!«

Im nächsten Moment war er wieder verschwunden.

»Einen Arzt?« Lilian fasste sich geistesgegenwärtig an den Kopf. Plötzlich hatte sie eine glasklare Erinnerung. Sie war mit dem Motorrad in die Highlands gefahren, um mehr über das Grab ihrer Vorfahrin herauszubekommen, und beim Versuch, auf das Anwesen rund um ein altes Herrenhaus zu gelangen, offensichtlich gestürzt.

Aufmerksam sah sie sich um. Das altertümliche Interieur erinnerte sie an die Einrichtung in einem Schloss. Wenig später erschien ein junger Arzt, der als Prinz zum Wachküssen perfekt in diese Kulisse passte. Er war groß und blond, seine blauen Augen funkelten freundlich. Er

415

trug einen weißen Kittel und ein Stethoskop um den Hals. *Dr. Douglas,* stand auf einem Schild an seinem Revers.

»Schön, dass sie wach sind«, bemerkte er lächelnd.

»Sagen Sie nur, das hier ist ein Krankenhaus? Dann sollten Sie wissen, ich bin nicht privat versichert.«

Der Arzt lächelte milde. »Sie befinden sich in Mugan Manor. Sie hatten direkt vor unserer Haustür einen Motorradunfall. Wir mussten sie hier vor Ort behandeln, weil nicht feststand, ob sie transportfähig waren. Ich bin der behandelnde Arzt der privaten Krankenabteilung von Cameron Security Systems. Der Aufenthalt hier ist für Sie selbstverständlich kostenlos.«

Er lächelte erneut.

»Sehr luxuriöse Krankenzimmer haben Sie hier«, bemerkte Lilian und betrachtete das Sammelsurium aus Gemälden und Skulpturen um sie. Dann fiel ihr Blick wieder auf das pompöse Bett, in dem sie schon einmal gelegen zu haben glaubte. Nur dass es jetzt nicht mit Fellen und Wolldecken bezogen war, sondern mit weißer Satinbettwäsche.

»Bei diesem Raum handelt es sich um ein privates Gästezimmer Ihres Gastgebers«, erklärte der Doktor. »Als feststand, dass sie den Unfall weitgehend unverletzt überstanden hatten, wollte er nicht, dass Sie zwischen Schläuchen und Beatmungsmaschinen erwachen. Ich habe ihn angefunkt. Wenn Sie noch etwas Geduld haben, wird er sich Ihnen in Kürze selbst vorstellen.«

»Bist du jetzt vollkommen übergeschnappt?« Paddy konnte sich kaum zurückhalten, als John mitten in einer Videokonferenz mit rund einhundert Teilnehmern einen Anruf der Krankenstation entgegennahm und sich anschließend aus der Versammlung verabschiedete.

»John!«, zischte Paddy. »Es geht hier um die Entführung von Earthorpe und die Frage, wie wir in unserer Strategie gegenüber Cuninghame Ltd. weiterverfahren. Du kannst jetzt nicht einfach gehen!«

»Hast du nicht gestern Morgen noch genörgelt, dass ich mir als Chef nicht die Finger schmutzig machen sollte? Jetzt überlasse ich anderen das Ruder, und es ist immer noch nicht in Ordnung.«

»Darum geht es nicht. Du bist der Boss, und du entscheidest, wie wir den Panaceaern zukünftig effizienter entgegentreten können.«

»Und du bist mein Vertreter«, erwiderte John lapidar.

»Und was willst du mir damit sagen?« Paddy sah ihn verständnislos an.

»Dass du mich ab sofort in dieser Angelegenheit vertrittst. – Bis später«, sagte John und nickte in die Runde.

Dreiundzwanzig Unsterbliche, die dasselbe Schicksal zu tragen hatten wie er, leiteten weltweit die Geschicke des Unternehmens. Der sterbliche Rest war zwar weitgehend eingeweiht, wurde aber nur unter strengsten Auflagen beschäftigt. Viele von ihnen befanden sich in einer lebenslänglichen Abhängigkeit zu CSS, weil John ihnen einst nicht nur das Leben gerettet hatte, sondern sie auch regelmäßig mit lebensverlängernden Drogen versorgte.

Dass niemand etwas über die tatsächlichen Hintergründe von CSS und ihre fragwürdigen Geschäfte erfuhr, hatten John und seine Verbündeten einem ausgeklügelten Sicherheitssystem zu verdanken, das sie mit zahlreichen wasserdichten Legenden versorgte, die nicht einmal das FBI oder der MI5 bisher zu knacken vermocht hatten. Aufträge in Krisengebieten oder bei Kunden aus früheren Zeiten wurden über Mittelsmänner abgewickelt. Man hielt die Fäden in der Hand, aber man zeigte die Hände nicht.

Auf dem Weg zu seinem weiblichen Gast plagte John sich mit Gewissensbissen. Paddy hatte recht. Was er mit der jungen Frau vorhatte, entsprach absolut nicht den Richtlinien. Und der Drang, sie wiederzusehen und mit ihr zu sprechen, hätte ihn warnen sollen. Doch er verwarf all seine Bedenken. Was sollte schon passieren? Sie war nur eine Touristin, die einen Unfall hatte, und ein wenig Smalltalk am Krankenbett würde nicht gleich ein ganzes Imperium in Wanken bringen.

26

Schottland 2009 – »Unsterbliche Seele«

Lilian wusste nicht, was sie davon halten sollte, einen fremden Mann in einem fremden Bett zu empfangen. Zu allem Überfluss trug sie ein knielanges OP-Hemd, das ihr nicht gehörte. Die Ankündigung, dass es sich um ihren Gastgeber handeln sollte, hatte jedoch ihre Reize. Wahrscheinlich war er der Boss dieses Unternehmens. Bei dem Gedanken, wie er wohl aussehen könnte, kam sie zu keinem Ergebnis. Wie stellte man sich einen Söldnerführer vor, der in allen Krisengebieten der Erde zu Hause war und für den die Bekämpfung von Terrorismus und außer Kontrolle geratenen Diktaturen so selbstverständlich zum Geschäft gehörte wie für sie selbst das Klonen von abgöttisch geliebten Haustieren? Ein Mann von seinem Format war mit Sicherheit durchtrainiert wie ein Zehnkämpfer. Aber nein, vielleicht auch nicht, weil er bevorzugt hinter seinem Schreibtisch saß, wo er seine Soldaten zwischen den einzelnen Brennpunkten der Welt hin und her schob wie Schachfiguren.

Nachdem es geklopft hatte, spürte Lilian, wie sich ihr Puls beschleunigte. Als ihr Gastgeber in der Tür erschien, setzte ihr Herzschlag für einen Moment aus und kam nur stolpernd wieder in Gang. Der Kerl war kein Mann – er war ein Gott, zumindest was sein makelloses Aussehen betraf –, und dem ersten Anschein nach war er kaum älter als sie selbst. Aber was ihr noch viel bemerkenswerter erschien – sein Äußeres war ihr so vertraut wie das Karomuster an diesem verdammten Bettvorhang.

Er war exakt der Mann aus ihren psychedelischen Träumen, da gab es nicht den geringsten Zweifel. Er war mindestens eins neunzig groß, athletisch und hatte die gleichen grünen Augen, selbst sein zimtfarbenes Haar war von der gleichen Farbe wie in ihren Visionen, nur dass er es nun kurzgeschnitten trug. Auch der Bart fehlte, ein Umstand, den sie beinahe bedauerte, doch der Mann entschädigte sie mit einem schüchternen Lächeln, das genauso bezaubernd und unwiderstehlich war wie in jener Nacht, als er in ihren Visionen zu ihr ins Bett gekommen war und ihr seine Liebe geschworen hatte.

»John Cameron«, stellte er sich vor und streckte ihr seine kräftige Rechte entgegen. Seine Stimme klang ebenso heiser wie ihre, als sie den Gruß völlig verdattert erwiderte.

»Lilian von Stahl«, entfuhr es ihr matt. Spontan entzog sie ihm ihre Hand, gerade so, als ob sie ein heißes Eisen angefasst hätte.

Verblüfft hob er eine Braue. »Für Sie, John, wenn Sie mögen. Ich hoffe, es geht Ihnen besser.«

Stopp! Das hier war nicht real – oder, nein, die Visionen waren nicht real gewesen, und das hier war die Wirklichkeit. Oder vielleicht vermischten sich nun auf irgendeine surreale Weise Vision und Realität. Sie räusperte sich verlegen. »Mir geht es gut. Mein Kopf brummt nur ein bisschen.« Mit gespreizten Fingern fuhr sie sich durch das Haar. »Aber sonst fühle ich mich okay.«

Zu ihrer Überraschung antwortete ihr Retter zunächst nichts. Er starrte sie unangemessen lange an. Es schien, als ob auch er sie wiedererkannte. Doch wie war das möglich? Plötzlich wirkte er verschlossen. Als ob er nachdenken musste, wo sie sich zuletzt gesehen hatten. Dann wandelte sich der Ausdruck auf seinem Gesicht und wurde auf eine seltsame Weise wehmütig und sehnsuchtsvoll. Lilian suchte nach einer Erklärung. Ohne Erfolg. John Cameron machte unterdessen keinerlei Anstalten, ihr eine zu geben. Vielleicht irrte sie sich auch, und es war lediglich Mitleid, das sich in seiner Miene spiegelte, weil sie so schwer gestürzt war.

»Danke, John, dass Sie mir zur Hilfe gekommen sind«, sagte sie, bemüht, ihre Verwirrung zu überspielen, dann holte sie Atem und sah ihm direkt in die Augen. »Ich hoffe, ich habe Ihnen keine Unannehmlichkeiten bereitet.« Ein abgedroschener Satz, aber nützlich, wenn man mit jemandem ins Gespräch kommen wollte, der einem geholfen hatte und bei dem man nicht wusste, wie man sich erkenntlich zeigen konnte.

»Keine Ursache«, antwortete er einsilbig. Offenbar schien auch er nicht zu wissen, was er darüber hinaus zu ihr sagen sollte.

Lilian überlegte fieberhaft, wie sie ihn am besten in ein längeres Gespräch verwickeln konnte. Ihr Blick streifte seinen schwarzen Overall. Auf Brusthöhe links prangte ein rotbraunes Emblem, das farblich zu seinen Haaren passte und auf dem sein Firmenlogo – ein schwarzer Drache mit Flügeln – abgebildet war. Er war ohne Zweifel ein ganzer Kerl, und es gab Themen, denen kaum ein Mann widerstehen konnte.

»Meine BMW ist wahrscheinlich nicht mehr zu gebrauchen«, sagte sie mit aufrichtigem Bedauern in der Stimme. »Habe ich recht?«

»Es tut mir leid«, antwortete er und setzte erneut eine mitfühlende Miene auf. »Nach allem, was ich gesehen habe, glaube ich nicht, dass man Ihr Motorrad noch einmal reparieren kann. Ihr Einverständnis voraussetzend, habe ich die Einzelteile in unsere firmeneigene Werkstatt bringen lassen. Dort wird man rasch herausfinden, ob sich eine Reparatur lohnen könnte.«

»Das ist wirklich sehr nett von Ihnen. Ich weiß gar nicht, wie ich dass alles wiedergutmachen kann.« Lilian senkte für einen Moment den Blick, weil sie das Gefühl hatte, ihm nicht noch einmal, ohne rot zu werden, in die Augen schauen zu können.

Als sie es dennoch wagte, setzte er ein breites Grinsen auf, bei dem sich all seine makellosen Zähne zeigten.

»Hauptsache ist doch, dass sie heil aus der Sache herausgekommen sind«, bemerkte er mit sanfter Stimme. »Unsere Ärzte haben Sie direkt nach dem Unfall durchgecheckt. Bis auf ein paar Kratzer ist alles in Ordnung.«

»Das ist sehr freundlich von Ihnen.« Lilian fragte sich für einen Moment, ob sie wirklich heil aus dieser Sache herauskommen oder ob sie am Ende den Verstand verlieren würde. Sie war ehrlich erstaunt, wie selbstverständlich sich der Mann um sie bemüht hatte.

»Ist mein Tankrucksack wenigstens heil geblieben?« Lilian wagte es nicht, an sich herabzusehen, obwohl sie unter der Bettdecke saß. Sie trug schließlich nur dieses halboffene Hemd, und damit wollte sie niemandem unter die Augen treten, schon gar nicht dem Typ, der nun vor ihr stand.

»Taylor hat Ihre Sachen heraufbringen lassen, sie müssten im Bad stehen.« Mit einem Wink zeigte John auf eine Tür, die augenscheinlich zu einem Nebenraum führte. Mit Taylor meinte er wohl den Butler, der den Auftrag erhalten hatte, sich um sie zu kümmern.

Lilian suchte dringend einen Ausweg, den Mann wenigstens vorübergehend loszuwerden, damit sie sich andere Sachen anziehen konnte.

»Ich möchte mich duschen und umziehen, wenn es Ihnen recht ist, und dann möchte ich Sie bitten, mir ein Taxi zu rufen. Ich habe Ihre Gastfreundschaft schon viel zu lange in Anspruch genommen.« Eigentlich tat es ihr leid, das sagen zu müssen.

»Warum bleiben Sie nicht noch eine Nacht und essen mit mir zu Abend? Sie ruhen sich einfach noch ein bisschen aus, und morgen früh würde ich Sie dann von einem Fahrer nach Hause bringen lassen.«

John sah sie fragend an. In seinen Augen lag ein Ausdruck, in dem sich Bitte und Hoffnung die Waage hielten. Lilian spürte ihre Verwirrung.

»Oder wartet da draußen jemand auf Sie?«

»Nein«, erwiderte sie rasch – zu rasch. »Es wartet niemand auf mich – außer vielleicht mein Onkel Fred. Ich wohne vorübergehend bei ihm. Bei meiner Abfahrt habe ich ihm gesagt, dass ich nicht weiß, ob ich am Abend noch nach Hause zurückkomme oder in einem Hotel übernachte. Er sagte nur, er wolle mich nach meiner Rückkehr mit einem selbstgekochten Haggis überraschen.«

»Ich könnte Ihnen da vielleicht eine etwas abwechslungsreichere Menüfolge anbieten«, verkündete John schmunzelnd. »Ohne die Kochkünste Ihres Onkels schmälern zu wollen.«

»Ist schon in Ordnung«, meinte Lilian mit einem Lächeln. »Gefüllter Schafsmagen ist ohnehin nicht mein Lieblingsgericht. Ich muss Onkel Fred nur kurz anrufen, um ihm zu sagen, dass es vor morgen Mittag mit meiner Rückkehr nichts wird.«

Da ihr Mobiltelefon den Sturz nicht überstanden hatte, stellte John für Lilian vom Zimmertelefon aus eine Verbindung ins öffentliche Netz her. Anscheinend war das nur mit einer geheimen Codeziffer möglich. Als sie telefonierte, ging er zum Fenster und tat, als ob er hinausschauen würde. Fred stellte merkwürdigerweise keinerlei Fragen, als Lilian ihn über die plötzliche Änderung ihrer Pläne unterrichtete, wobei sie ihm nichts von dem Unfall erzählte. Er fragte nicht einmal, wo sie untergekommen oder ob ihre Suche nach dem Rosenkavalier erfolgreich gewesen war.

»Ist gut, Kind«, sagte er. »Wir sehen uns morgen.« Dann legte er auf.

John kehrte nicht mehr zur Konferenz zurück. Paddys Ermahnungen gingen ihm auf den Wecker. Was wusste der kauzige Ire schon von Einsamkeit? Über die Jahrhunderte hatte Paddy sich unzählige Mätressen gehalten, und nun vergnügte er sich in schöner Regelmäßigkeit mit Eliza Rollins, einer irischen Ärztin, die vor Jahren nach einem blutigen Untergrundkampf mit Cuninghames Lakaien zu ihrem Team gestoßen war. Damals hatten sie Micheal und Randolf im Kampf verloren, und

Wilbur wäre um Haaresbreite erneut in die Fänge der Bruderschaft geraten, wenn Eliza ihm nicht geistesgegenwärtig einen Platz in ihrem Wagen angeboten hätte und mit ihm davongerast wäre. Später hatte sie Paddy kennengelernt. Eigentlich hatte der Ire den Auftrag gehabt, Eliza mit einer speziellen Injektion das Gedächtnis zu löschen, doch dann hatte er es nicht über sich gebracht, weil sie blond war und ihn mit ihrer üppigen Figur und den blauen Augen an Rosie erinnert hatte. Rosie, Paddys letzte große Liebe, war offiziell vor dreihundertfünfzig Jahren einem Fieber erlegen. In Wahrheit hatte Paddy sie bei einem heftigen Streit aus Wut und Verzweiflung gegen eine Wand geschleudert, woraufhin sie an Genickbruch gestorben war. Damals waren Johns Erkenntnisse über die Herstellung und Wirkungsweise von Eternity noch zu spärlich gewesen, um Rosie helfen zu können. Vielleicht wollte Paddy mit seiner Fürsorge und Liebe, die er Eliza entgegenbrachte, wiedergutmachen, was er durch Rosies Tod an Schuld auf sich geladen hatte.

John hatte den Koch angewiesen, ein leichtes Menü herzurichten und es im kleinen Rittersaal für zwei Personen bei Kerzenlicht zu servieren. Normalerweise aß er in einer hochmodernen Kantine. Er konnte sich nicht erinnern, wann er zuletzt allein mit einer Frau zu Abend gegessen hatte. Offiziell hatte er nur verlauten lassen, dass er den Rest des Abends für niemand zu sprechen sei und sich in seine Privatgemächer zurückgezogen habe, wo er vor morgen Mittag nicht gestört werden wolle.

Der einzige Mensch, der jederzeit Zugang zu Johns Privaträumen hatte, war Wilbur, sein Ziehsohn, der aussah wie achtzehn, aber in Wahrheit auch schon über dreihundertfünfzig Jahre auf dieser Erde weilte. Der Junge war erst zehn Jahre alt gewesen, als John ihn zu sich genommen hatte. Obwohl John selbst nicht älter als dreißig wirkte, war er noch immer wie ein Vater für ihn.

»Dein Besuchsverbot hat zu unschönen Gerüchten geführt«, erklärte Wilbur mit einem Grinsen, während er den Kopf in Johns Boudoir steckte. »Paddy hat vor versammelter Mannschaft behauptet, dass du unsere Unfallpatientin nur hier übernachten lässt, weil du sie vögeln willst.«

John hatte geduscht und wandte sich, nur mit einem Handtuch bekleidet, seinem dunkelhäutigen Zögling zu. »Wenn du den Iren zufällig triffst, sag ihm, er soll sich warm anziehen. Falls er mir in den nächsten Tagen begegnet, fordere ich ihn zum Duell.«

Wilbur, der nicht von Beginn an zur Gruppe der Unsterblichen gezählt hatte, lachte. Mit achtzehn war er bei einem Angriff auf Mugan Manor in die Hände der Panaceaer gefallen – zusammen mit Bran, der ihm zur Hilfe eilen wollte. Danach hatte man die beiden verschleppt und genauso grausam gefoltert wie John und seine Kameraden zuvor. Doch John war es gelungen, Wilbur und Bran aus den Klauen des Satans zu retten, bevor man einen »Caput mortuum« aus ihnen machen konnte. Das Wort stand für einen hypnotischen Initiationsritus, der einen Menschen zu einem willenlosem Geschöpf mutieren ließ, das der Bruderschaft der Panaceaer in bedingungslosem Gehorsam folgte.

»Was ist hier eigentlich los?«, fragte Wilbur mit seiner butterweichen Stimme, während er im Türrahmen lehnte. »Warum ist Paddy so sauer, und wer ist diese Frau, die heute Abend bei dir zu Gast ist?«

»Ich weiß es nicht«, sagte John, während er in eine schwarze Hose schlüpfte. Ohne Wilbur anzusehen, zog er sich danach ein eng anliegendes schwarzes Hemd über seinen muskelgestählten Oberkörper. Eigentlich besaß er kaum andere Kleidung. Während seiner Einsätze trug er schwarze Overalls, und wenn es zivilisierter zuging, waren es schwarze Anzüge. Seit seine Gegner ihm Frau und Kind auf brutale Weise genommen hatten, hasste er bunte Farben. Mit einer Ausnahme: wenn er das rotgrün karierte Plaid der Camerons of Loch Iol anlegte, was aber nur zu ganz besonderen Anlässen geschah – an Neujahr oder wenn er den Todestag seiner Frau beging und Bran den Dudelsack spielte.

»Paddy behauptet, du seiest verrückt geworden. Er sagt, dass du endlich aufhören sollst, bei jeder Frau, die Madlen ein wenig ähnelt, an sie zu denken.«

John fuhr wütend herum, nachdem er in die schwarz glänzenden Halbschuhe geschlüpft war. »Der Ire redet wirres Zeug«, erklärte er mit einer unwirschen Geste. »Ich bin noch nie einer Frau hinterhergestiegen. Schon gar nicht, weil sie so aussieht wie Madlen. Das hier ist etwas völlig anderes. Ich stand vor ihr, und plötzlich konnte ich ihr inneres Wesen erspüren. Dann hat es peng gemacht. Genauso wie damals bei Madlen. Es ist das erste Mal nach so unendlich langer Zeit, dass mir so etwas passiert ist, und ich will wissen, was dahintersteckt. Ist das nicht zu verstehen?«

Wilbur nickte. »Ich kann da leider nicht mitreden. Ich hatte noch nie eine Freundin. Es gibt Gott sei Dank genug andere Dinge, die mich interessieren. Außerdem empfinde ich es als schwierig, in unserem Zustand eine Frau zu finden. Sie wird altern, dann sterben und wir nicht. Wer kann so etwas auf Dauer schon aushalten?«

Niemand wusste das besser als John. Es war einer der Gründe, warum er sich seit Madlens Tod von Frauen ferngehalten hatte. Außerdem war ihm bisher kein würdiger Ersatz für Madlen begegnet – bis heute.

»Du kannst sie dir ansehen«, schlug John vor und bedachte Wilbur mit einem prüfenden Blick. »Du hast sehr an Madlen gehangen, sie war so etwas wie eine Mutter für dich. Also, wenn du mir sagst, diese Frau hat nichts von Madlen, dann glaube ich dir. Andernfalls …«

Lilian brauchte nicht lange darüber nachzudenken, was sie zum Dinner tragen sollte. Der Tankrucksack enthielt nur Wechselwäsche, eine Jeans und ein rosafarbenes Sweatshirt. Kleidung, die sie immer dabeihatte, wenn sie mit dem Motorrad über längere Strecken fuhr, falls es heftiger regnete und sie sich umziehen musste.

Zuvor hatte sie eine heiße Dusche genossen und sich die Haare gewaschen. Vom Shampoo über die Bürste bis zum Fön war alles in diesem weißen Luxusbad vorhanden gewesen. Sogar Zahnseide und Bodylotion. Es sah beinahe aus, als ob man auf sie gewartet hätte.

Bis Taylor, der Butler, erschien, um sie abzuholen, verkürzte sie sich die Zeit, indem sie auf einem riesigen Flachbildschirm die neuesten Nachrichten einschaltete. »*Heute hat sich in einem Pariser Hotel ein terroristischer Anschlag ereignet*«, sagte der Sprecher mit sensationsgeübter Stimme. »*Lord Richard Earthorpe, Abgeordneter des Europaparlamentes und Vorsitzender einer europäischen Antidrogenkommission, die sich im Kampf gegen international operierende Drogenkartelle engagiert, wurde heute Vormittag Opfer eines hinterhältigen Attentats. Ersten Ermittlungen zufolge wurde er zunächst angeschossen und dann entführt. Bisher liegen weder Lösegeldforderungen noch ein Bekennerschreiben vor. Fünf seiner Bodyguards wurden ebenfalls niedergeschossen und verschwanden unter noch ungeklärten Umständen. Wie durch ein Wunder kamen keine Passan-*

ten zu Schaden. Bisher tappt die Polizei im Dunkeln, wer für das Attentat verantwortlich gewesen sein könnte. Auswertungen der Überwachungsbänder verliefen negativ, da die mutmaßlichen Täter darauf nur unscharf zu erkennen sind und im entscheidenden Moment eine Nebelkerze gezündet wurde. Scotland Yard und der MI5 haben in Absprache mit den französischen Behörden britische Fahndungsspezialisten nach Paris entsandt, um die Ermittlungen vor Ort zu unterstützen.«

»Die Welt ist schlecht«, flüsterte Lilian zu sich selbst und dachte an Jenna und den »kopflosen Jack«, wo es ebenfalls Probleme mit den Videobändern gegeben hatte.

Einen Moment später klopfte es, und Taylor stand im Rahmen, um sie zum Dinner mit seinem Boss zu geleiten.

Das Dinner fand nicht wie erwartet in einem der oberen Stockwerke des schlossähnlichen Anwesens statt, sondern in einem Keller, wie Lilian vermuten durfte, nachdem sie mit Taylor in einen hypermodernen Aufzug gestiegen war, der lautlos fünf Stockwerke in die Tiefe sauste. Als die Schiebetür sich öffnete, standen sie in einem hellerleuchteten Korridor, der sich in mehrere andere Gänge verzweigte. Zunächst kam ihnen niemand entgegen, doch dann trafen sie auf zwei weitere Männer. Sie trugen Muskelshirts und Sporthosen und waren verschwitzt. Beide erschienen Lilian groß und muskulös und wirkten, als kämen sie soeben aus einem Fitnessstudio. Der Jüngere von beiden war dunkelhäutig und trug extrem kurz geschnittenes Haar. Der Ältere hatte langes tiefbraunes Haar, das im Nacken zu einem Zopf gebunden war. Auf seinem Kinn und den Wangen lagen dunkle Schatten, als habe er sich ein paar Tage lang nicht rasiert. Lilian glaubte ein weiteres Déjà-vu-Erlebnis zu haben, als sie den beiden in die Augen blickte. Nicht nur der dunkelhäutige Junge kam ihr bekannt vor, auch seinen hünenhaften, schwarzhaarigen Begleiter, der sie neugierig musterte, glaubte sie schon einmal gesehen zu haben.

Die beiden Männer nickten ihnen im Vorbeigehen nur freundlich zu und blieben nicht stehen, um sich Lilian vorzustellen.

Krampfhaft unterdrückte sie den Impuls, sich nach ihnen umzuschauen.

Vergeblich versuchte sie sich dabei zu erinnern, ob die beiden Teil ihrer Vision gewesen waren. Plötzlich hatte sie das Bedürfnis, mit jemandem über das, was hier gerade geschah, zu reden. Sie musste so bald wie möglich mit Alex telefonieren. Er wartete bestimmt schon auf ihren Rückruf, und er würde der Einzige sein, der sie verstand. Sie würde einiges zu berichten haben. Die merkwürdige Bestätigung ihrer Visionen und dann die seltsame Begegnung mit John Cameron. Doch sie musste noch bis morgen warten, weil sie die Großzügigkeit ihres Gastgebers nicht strapazieren und zudem nicht riskieren wollte, dass jemand mithörte.

John Cameron empfing sie mit einem strahlenden Lächeln, das ihr Herz sogleich wieder höher schlagen ließ. Lilian sah sich verstohlen um und war gleichzeitig erstaunt, dass der Raum, in dem allem Anschein nach das Dinner stattfinden sollte, einem Rittersaal aus dem Mittelalter glich. Die Wände bestanden wie der gepflasterte Boden aus grob behauenen Steinen und waren unverputzt. Am Ende des Raumes befand sich ein großer steinerner Kamin, in dem ein wohliges Feuer prasselte. Darüber hing ein Ölgemälde, das vermutlich einen Ahnen des Hausherrn aus dem 18. Jahrhundert zeigte. Er trug ein grün-rot kariertes Plaid und stand mit Schwert, Schild und Muskete unter voller Bewaffnung. Bei näherer Betrachtung bemerkte Lilian, dass das Konterfei des Mannes nicht nur ihrem Gastgeber verblüffend ähnlich sah, sondern der ganze Kerl exakt dem Mann aus ihren Visionen entsprach.

Es musste also doch eine geheimnisvolle Verbindung zwischen Traum und Wirklichkeit existieren.

John Cameron schien von ihren verborgenen Überlegungen nichts zu bemerken und begrüßte sie mit einem formvollendeten Handkuss, der zu dem königlich anmutenden Interieur passte.

Der Raum war über und über mit alten Waffen und Schilden dekoriert, die von der kriegerischen Vergangenheit dieses Gebäudes kündeten.

»Ich freue mich, dass Sie meiner Einladung gefolgt sind«, sagte John. Seinen leuchtenden Augen war anzusehen, dass er ihre Gegenwart tatsächlich schätzte. »Ich habe nicht oft so charmante Gesellschaft beim Abendessen.«

Kein Wunder bei der Vorstellung, dass er wahrscheinlich des Öfteren in einem abgelegenen Feldlager im afrikanischen Busch oder in Afghanistan speist, dachte Lilian. Sie überlegte kurz, ob sie ihn auf seinen Job ansprechen sollte, verzichtete aber darauf, weil sie ihm nicht zeigen wollte, dass sie mit Absicht hierhergekommen war und bereits im Internet Erkundigungen über die Aufgaben und Arbeitsweise von CSS eingeholt hatte.

»Kommen Sie«, sagte er und legte seine Handfläche auf ihren Rücken, um sie sacht zu ihrem Platz zu dirigieren. Die Wärme, die seine Hand selbst unter ihrem Shirt verbreitete, und die Fürsorge, die John an den Tag legte, verursachten ihr einen wohligen Schauer.

Am Tisch rückte er ihr den Stuhl zurecht, bevor sie sich niedersetzte. Er selbst nahm am anderen Ende des Tisches Platz. Mit einem Handzeichen gab er Taylor zu verstehen, dass der Butler sich zurückziehen dürfe. Lilian ließ die beiden dabei nicht aus den Augen und war beeindruckt von der Würde, die von Johns knapp gehaltenen Gesten ausging.

John vermittelte mit seinem Auftreten das typische Benehmen uralten Adels, und sie hätte sich nicht gewundert, wenn tatsächlich ein »Sir« seinen Namen schmückte.

Das Essen sollte offenbar von einem weiteren Angestellten serviert werden.

Lilian wusste nicht, ob sie sich wohlfühlen oder beunruhigt sein sollte, als John seine Aufmerksamkeit erneut auf sie lenkte und sie mit einem intensiven Blick bedachte, der ihr den Herzschlag beschleunigte, erst recht, als er seine raue Stimme erhob, die ihr so seltsam vertraut vorkam.

»Sie leben also in Edinburgh?« Seine erste Frage schien unverfänglich. Trotzdem wunderte es sie, dass er wusste, wo sie wohnte. Als sie nicht sofort antwortete, kam er ihr mit einer Erklärung zuvor. »Nicht dass Sie denken, wir hätten Ihre Papiere durchstöbert, aber Sie waren bewusstlos, und wir mussten herausfinden, wer Sie sind und wo Sie wohnen. Daher weiß ich inzwischen Bescheid.«

Lilian lächelte unsicher. Hatte er sie nach seiner Begrüßung nicht nach ihrem Namen gefragt? Dabei hatte er längst gewusst, wer sie war. Also schien er auf seine Weise ein Schlitzohr zu sein. Es sei denn, sie entschuldigte sein Verhalten mit purer Höflichkeit.

»Ja, es stimmt«, gab sie zu. »Ich wohne in Edinburgh und arbeite in Rosslyn. Aber wie ich schon sagte – ich habe Verwandtschaft in den Highlands und komme ab und an her, um mich von dem Stress in der Stadt zu erholen. Kennen Sie Ballachulish?« Wenn John es wirklich war, der die Blumen auf dem Grab von Madlen MacDonald hatte niederlegen lassen, würde er die Frage mit »Ja« beantworten müssen.

John schüttelte den Kopf, seine Miene blieb völlig neutral. »Ich habe schon davon gehört und bin auch schon einmal durch den Ort gefahren, aber ich kenne dort niemanden. Die meiste Zeit des Jahres verbringe ich in den USA oder sonstwo auf der Welt. Es ist Zufall, dass ich mich zurzeit in den Highlands aufhalte. Wenn ich mal hier bin, fliege ich ab und an mit dem Helikopter über Glencoe hinweg, aber das war's dann auch schon. Leider habe ich immer zu wenig Zeit, die Umgebung ausreichend zu erkunden.«

Lilian war enttäuscht. »Das ist schade. Besonders die Umgebung um den Loch Leven herum ist empfehlenswert. Eine Bekannte betreibt in Kinlochleven einen wunderschönen Blumenladen – haben Sie schon einmal davon gehört?«

»Nein, tut mir leid«, gab er lächelnd zurück. »Aber vielleicht sollte ich mir die Adresse merken. Haben Sie eine besondere Vorliebe, etwa Rosen oder Maiglöckchen?«

Wie peinlich! Er wusste nichts von den Blumen und hatte ihre Bemerkung zudem als eindeutige Aufforderung verstanden, ihr welche zu schicken.

Lilian war froh, dass es klopfte und ein Mann in einem weißen Jackett auftauchte und ihnen verschiedene Weine offerierte. Sie entschied sich für einen weißen, und John Cameron nickte ebenfalls, als der Diener ihn fragte, ob er denselben Wein bevorzugte.

Andächtig sah sie zu, wie der Diener den Wein in zwei große Kristallkelche goss. Anschließend erhob John das Glas und nickte kaum merklich. »Auf meinen Gast«, sagte er lächelnd und trank einen Schluck. Lilian tat es ihm nach. Der Wein war kühl und schmeckte köstlich. In jedem Fall schien er ihre Zunge zu lösen. Sie plauderten noch ein wenig über das Wetter in den Highlands und Motorradfahren im Besonderen.

Dann wurde die Vorspeise serviert. Grüner Spargel an Lachsaspik. Bevor Lilian die Gabel in die Hand nahm, beschloss sie, dem Versteckspiel ein Ende zu bereiten, indem sie konkretere Fragen stellte.

»Gehört Ihnen dieses Schloss?«

»Das Haus ist uralter Familienbesitz«, antwortete John. »In der 16. Generation. Ich habe es von einem kinderlosen Onkel geerbt. Ein

Ahnherr unserer Familie hat es im 17. Jahrhundert von seinem Clanchief für besondere Verdienste erhalten, weil er im Bürgerkrieg auf Seiten der Royalisten gekämpft hat. Später habe ich es ausbauen lassen, als ich unser Business erweitert habe.«

Lilian probierte ein Stück von dem Lachs und nippte an ihrem Wein, bevor sie John erneut anschaute: »Sprechen Sie Gälisch?«

»Ciamar a tha sibh?«

»Tha mi gu math.«

Sein Blick war erstaunt. »Sagen Sie nur, Sie konnten mich verstehen?«

»*Wie geht es Ihnen* und *Es geht mir sehr gut* bekomme ich gerade noch hin«, entgegnete Lilian mit einem Lächeln. »Das war's dann aber auch schon.« So ganz entsprach das nicht der Wahrheit. In ihrer Vision hatte sie Gälisch gesprochen und alles verstehen können. Ihre Mutter hatte gälische Wurzeln gehabt.

»Meine Mutter hat mir angeblich gälische Wiegenlieder vorgesungen«, erklärte Lilian. »Seither liebe ich den Klang dieser Sprache, aber sie zu verstehen oder gar sprechen zu können ist eine andere Sache.«

»Ihre Eltern stammen aus den Highlands?« Er tat überrascht. »Ihr Name klingt deutsch.«

»Mein Vater kommt aus Deutschland. Meine Mutter stammt aus Glencoe.«

»Und was hat Sie an diesen entlegenen Ort geführt, wenn ich fragen darf?«

John nahm einen weiteren Schluck Wein. Sein Blick verriet aufrichtiges Interesse.

»Ich interessiere mich für alte Schlösser und Burgen«, log Lilian. »Und ich habe mich gefragt, ob man dieses Schloss besichtigen kann, obwohl es sich allem Anschein nach in Privatbesitz befindet. Manchmal habe ich Glück, und man gewährt mir trotzdem Einlass.«

»Das ist Ihnen auch dieses Mal ohne Zweifel gelungen«, erwiderte John mit einem Augenzwinkern. »Dabei tut es mir leid, dass es hier so wenig zu sehen gibt und Sie für Ihren Wissendurst so teuer bezahlen mussten. Ich hoffe, Ihre Versicherung übernimmt den Schaden.«

Lilian spießte ein kleines Stück Weißbrot auf ihre Gabel und tunkte es in die Soße, die den Lachs umgab. »Allein Ihre Einladung rechtfertigt den Einsatz«, bemerkte sie lächelnd. »Das Essen ist köstlich.«

»Freut mich, dass es Ihnen schmeckt. Ich werde ihr Lob an die Küche weitergeben.«

»Was bedeutet eigentlich CSS?« Lilian hatte beschlossen, sich vollkommen unwissend zu geben.

»Es steht für Cameron Security Systems. Wir sind ein internationales Sicherheitsunternehmen.«

»Arbeiten Sie in der Militärbranche, oder wie muss ich mir Ihren Job vorstellen?«

Je mehr sie ihn beobachtete, umso drängender wurde ihr Wunsch, den Menschen John Cameron näher kennenzulernen.

»Militärbranche«, wiederholte er mit einem diplomatischen Lächeln. »Ja, so könnte man es nennen.«

»Sie sagten, Sie sind nicht oft in den Highlands. Welche Bedeutung hat dann dieses Gebäude? Ich meine, immerhin gibt es hier sogar eine Krankenstation.«

»Unsere Firma hat hier ihr Hauptquartier, aber die meiste Zeit des Jahres verbringe ich dort, wo mich der politische Wind hinverschlägt.«

»Und welche Rolle übernehmen Sie in Ihrer Firma? Sind Sie der Boss, oder sind Sie nur ein einfacher Soldat?«

»Ich verkaufe Sicherheit«, antwortete er vage. »Dazu gehört alles, was die Unversehrtheit von Mensch und Material garantiert.«

Auch wenn er Lilians Frage nicht zur Zufriedenheit beantwortet hatte, konnte sie sich etwas Konkretes darunter vorstellen. Johns seriöse, athletische Erscheinung verkörperte ganz und gar jemanden, dem man sich bedingungslos anvertraute.

»Ist das nicht gefährlich?« Sie nahm einen Schluck Wein und versuchte über den Rand des Glases eine möglichst naiv-unschuldige Miene aufzusetzen.

John zögerte nicht mit einer Antwort. »Wie Sie sich vorstellen können, geht es manchmal nicht ohne Verluste ab«, erklärte er freimütig, »und die Guten gewinnen nicht immer. Ansonsten gäbe es uns nicht. Wir helfen meist dort, wo Polizei und Militär aus taktischen oder gesetzlichen Gründen nicht helfen können.«

»Das klingt abenteuerlich. Erst vorhin habe ich in den Nachrichten erfahren, dass heute Morgen ein Europaabgeordneter in Paris vor seinem Hotel von Terroristen angeschossen und mitsamt seinen Sicherheitsleuten entführt worden ist. Niemand weiß, wo sie sind. Was sagen Sie dazu? Hätten Ihre Leute das verhindern können?«

»Vielleicht«, sagte John tonlos und trank einen Schluck Wein.

»Das heißt also, wenn es sein muss, ziehen Sie selbst in den Krieg?«

»Mitunter, wenn ich gebraucht werde. Unsere Leute sind immer dort, wo der Teufel seine Spuren hinterlässt.« Die Art, wie er das sagte, klang ungemein lässig. »Hier und da benötigen sie meine Anleitung, um ihn zu finden und ihm das Handwerk zu legen.«

»Und was sagt Ihre Frau dazu? Hat sie nicht Angst, dass Ihnen etwas Schlimmes zustoßen könnte?«

»In meiner Branche ist man selten verheiratet. Ich bin es nicht.«

Also hätten wir das auch geklärt, dachte Lilian, und schon wurde der zweite Gang serviert.

Zanderfilet auf wildem Reis.

John war das Thema offenbar zu heikel. Jedenfalls beschlich Lilian dieser Verdacht, als er das Gespräch wieder in ihre Richtung lenkte, indem er sie nach ihrem Job befragte. Während sie ihm von ihrer Tätigkeit im Rosebud-Bio-Tech-Institute berichtete, horchte er auf und stellte hier und da ein paar interessierte Fragen, die selten von Laien gestellt wurden.

»Beschäftigen Sie sich etwa auch mit Molekularbiologie?« Lilian war erstaunt, wusste John doch augenscheinlich genau, worüber sie sprach.

»Gelegentlich ist unser Unternehmen an Abwehrstrategien gegen biologische Waffen interessiert«, räumte er ein. »Ein interessantes Feld.«

Lilian wusste nicht, was sie darauf antworten sollte. Lediglich Alex kam ihr in den Sinn, der in seiner Uni als erklärter Kriegsdienstverweigerer einem Verein beigetreten war, der sich gegen die Erforschung und den Einsatz biologischer Waffen engagierte.

»Biologische Waffen gehören nicht zu meinem Forschungsgebiet«, erwiderte sie bestimmt. »Ich beschäftige mich mit dem Klonen von Tieren.«

»Ist das nicht auch umstritten?« Sein Blick war entwaffnend.

»Es kommt darauf an. Manchmal kann man sich seine Jobs eben

nicht aussuchen«, entgegnete Lilian ungewollt spitz. »Früher waren es hauptsächlich Schafe und Kühe, mit denen ich zu tun hatte. Jetzt sind es mehr und mehr Haustiere von verzweifelten Besitzern, die sich die Existenz ihrer Lieblinge auch nach deren Tod bis in alle Ewigkeiten sichern wollen.«

»Ein schöner Gedanke«, sagte John nach einer Weile und lächelte versonnen. »Ich glaube, es hat etwas Ehrenvolles, wenn man im Auftrag anderer den Tod besiegt, damit sie ein geliebtes Wesen für immer behalten können.«

»Ich befürchte, es sind trotzdem verschiedene Individuen«, antwortete Lilian. »Auch wenn Klone meist völlig identisch aussehen. Das sieht man schon alleine daran, dass wir keinen Einfluss darauf haben, welche Gene beim Klon geschaltet sind und welche nicht. Möglicherweise spielen dabei äußere Einflüsse eine Rolle. Es scheint weitaus komplexer zu sein, als wir glauben möchten.«

»Vielleicht liegt es daran, dass jedes Wesen – geklont oder nicht geklont – eine individuelle unsterbliche Seele besitzt?« Sein Blick war so intensiv, dass Lilian ihm ausweichen musste.

»Ich weiß es nicht«, erwiderte sie schließlich. »Aber ich ahne, dass es da etwas gibt, dem ich noch keinen Namen geben kann.«

27

Schottland 2009 – »Blinddate«

»Glauben Sie an Wiedergeburt?«

John wusste nicht, was er von dem Abend mit Lilian erwartet hatte, aber mit Gewissheit nicht diese Frage. »Wie darf ich das verstehen?« Er war irritiert.

»Das hört sich vielleicht abgedroschen an«, erklärte Lilian mit geheimnisvoller Miene. »Kann es sein, dass wir uns schon irgendwo begegnet sind? Immer, wenn ich Sie anschaue, kommt es mir beinahe vor, als hätte ich ein Déjà-vu.«

John erinnerte sich unvermittelt an sein erstes Zusammentreffen mit Madlen. Sie hatte ihm eine ähnliche Frage gestellt, mit dem Unterschied, dass sie ihr Zusammentreffen nicht mit einem Déjà-vu verglichen hatte. In jedem Fall erschien es ihm bemerkenswert, dass Lilian offenbar ähnlich empfand wie er selbst.

»Auch wenn Sie es vielleicht nicht glauben können«, erwiderte er und vermied es dabei, Lilian anzuschauen. »Mir geht es ähnlich.« Je länger sie vor ihm saß, wuchs in ihm das Bedürfnis, ihr alles über sich zu erzählen. Obwohl sie tiefdunkle Augen hatte und nicht das klare Blau der schottischen Seen im Sommer, erinnerte ihn jede ihrer Bewegungen an Madlen. Ihr langes dunkles Haar, das ihr üppig über die Schultern fiel, ihr voller Mund, der hübsche Grübchen in ihre Wangen zauberte, wenn sie lächelte, ihre aufregende Figur, die absolut Johns Vorstellung von jener Frau entsprach, die er seit Ewigkeiten in seinem Herzen trug.

»Vielleicht kennen wir uns tatsächlich aus einem anderen Leben?« Lilian schaute ihn unschuldig lächelnd an und widmete sich dem Dessert.

John musste schlucken, als sie von einer frischen Erdbeere abbiss, die sie zwischen Daumen und Zeigefinger hielt, und den Rest anschließend mit einer eleganten Geste ganz in ihren Mund steckte.

Ihre Stimme und die Art, wie sie aß, kaute und schluckte, ähnelten so sehr Madlens Gewohnheiten, dass es ihn schmerzte.

»Es ist schon ziemlich lange her, seit ich das letzte Mal tot war«, sagte er scherzend, »daran können Sie sich gewiss nicht mehr erinnern.«

Lilian lachte nicht, sondern schmunzelte nur. »Sie glauben, ich bin eine Verrückte, nicht wahr?«

»Nein, das glaube ich nicht«, sagte er sanft. »Ich würde mir sogar wünschen, es wäre wahr, was sie sagen.«

»Wer weiß«, erwiderte sie mit einem rätselhaften Ausdruck in den Augen. »Vielleicht wäre es Ihnen im Fall des Falles auch lieber, wenn Sie mir niemals begegnet wären. Vielleicht war ich in meinem letzten Leben ein schreckliche Kratzbürste, die Ihnen das Dasein zur Hölle gemacht hat.«

»Das kann ich mir kaum vorstellen«, entgegnete er lächelnd. »Dafür sehen sie zu brav aus.«

»Das täuscht. Mein letzter Freund behauptete am Ende unserer Beziehung, ich sei eine Nervensäge, weil ich wollte, dass er das Rauchen aufgibt und mir die Fernbedienung unseres TVs überlässt. Außerdem machte es ihn schier wahnsinnig, dass ich den Motorradführerschein besaß und er nicht. Aber vielleicht gab es noch andere Gründe, die ich nicht bemerkt habe und die er mir aus Höflichkeit verschwiegen hat?«

»Ich rauche nicht und schaue auch nicht fern. Darüber hinaus bin ich nicht nur in der Lage, ein Motorrad zu fahren. Ich besitze sogar einen Pilotenschein und steuere bei Bedarf einen Learjet. Und was Ihre weiblichen Machtansprüche betrifft, so habe ich ständig mit Diktaturen zu tun. Ich bin also Kummer gewöhnt.« John sah sie mit einem provozierenden Grinsen an. »Noch Fragen?«

»Dann wären Sie also genau der Richtige für mich?« Sie lachte herausfordernd.

Was sollte das hier werden? Flirteten sie etwa miteinander? John ahnte, dass Lilians Charakter ein wenig von Madlens Natur abwich. Sie erschien ihm längst nicht so angepasst wie die Frauen zur damaligen Zeit. Aber welche Frau in Schottland würde es sich heutzutage noch gefallen lassen, willig den Rock heben zu müssen, nur weil ihr Gemahl sie zum Beischlaf aufforderte, oder sittsam zu schweigen, wenn der Gatte ihr in aller Öffentlichkeit das Wort verbot. John musste schmunzeln, weil ihm bei einer Frau wie Lilian wieder einmal bewusst wurde, wie sehr sich die Zeiten geändert hatten.

»Warum sind Sie alleine, John?«

Verdammt. John fühlte sich ertappt. Bei dieser Frau musste man auf der Hut sein. Normalerweise verfügte er über ein verlässliches Pokerface, das ihn selten im Stich ließ. Allerdings konnte er sich auch nicht erinnern, wann er sich zuletzt auf ein solch privates Gespräch eingelassen hatte.

»Liegt es wirklich nur an ihrem Beruf? Bei einem Mann von Ihrem Format müssten die Frauen doch eigentlich Schlange stehen.«

Ihre direkte Art hatte Lilian in jedem Fall mit Madlen gemeinsam.

Er zwang sich zur Ruhe und nahm noch einen Schluck Wein. Erst danach antwortete er.

»Ich gehe selten aus, und um zu mir zu kommen, müssten die Damen erst einmal sämtliche Zäune überwinden. Wahrscheinlich gibt es zu wenige, die es auf sich nehmen wollen, extra eine nagelneue BMW zu zerlegen, nur um meine Bekanntschaft zu machen.«

»Das ist nicht fair«, sagte Lilian und lachte ihn an. »Erstens wusste ich nicht, was mich hier drinnen erwartet, und zweitens würde ich wohl kaum mein Leben dafür aufs Spiel setzen, nur damit mich anschließend ein attraktiver Schlossbesitzer zur Entschädigung zum Essen einlädt.«

John verschlug es für einen Moment die Sprache. Sie baggerte ihn an! Gar keine Frage! Auch das hatte sie mit Madlen gemein. Schon damals hatte sie in seiner Gegenwart kein Blatt vor den Mund genommen, was absolut unüblich für jene Zeit gewesen war und ihn einiges an Geduld gekostet hatte, um damit klarzukommen.

Einem gnädigen Gott oder – eher einem ungnädigen Teufel – hatte er es zu verdanken, dass er sein jugendliches Aussehen über die Jahrhunderte hinweg hatte behalten dürfen, doch tief im Innern war er ein Kind seiner Epoche geblieben, das mit den vielen neuen Errungenschaften, die ihm im Lauf seines unnatürlich langen Lebens widerfahren waren, nur schwer zurechtkam. Dazu gehörte, dass die festgefügten Rollen der Geschlechter endgültig aufgehoben zu sein schienen und die Männer kaum noch etwas zu sagen hatten.

»Es freut mich, dass Sie meine Einladung genießen«, sagte er betont höflich.

Wieder lächelte sie ihn strahlend an, und er spürte, wie das Band zwischen ihnen enger wurde. Die Vorstellung, ihr so nahe zu kommen, dass sie Sex haben würden, erregte ihn so sehr, dass ihm regelrecht schwindlig wurde, aber mehr noch beunruhigte ihn die Tatsache, dass Paddy recht behielt und er sie am liebsten auf der Stelle in sein Schlafzimmer gezerrt hätte. Seit Madlens Tod hatte es keine Frau gegeben, die eine solche Sehnsucht in ihm entfacht hatte.

»Sie haben meine Frage noch nicht beantwortet«, bemerkte Lilian ernst und spießte dabei die letzte Erdbeere auf. »Glauben Sie an Wiedergeburt?«

John dachte eine Weile nach, dann kam er zu einem Entschluss.

»Ich möchte ehrlich zu Ihnen sein, was meinen Glauben betrifft, Lilian, und wenn sie meine Wahrheit nicht mögen, dann ist das mein Risiko.«

»Nur zu«, ermunterte sie ihn. »Was soll schon passieren? Es sei denn, jetzt kommt was ganz Krudes? Sie gehören einer finsteren Bruderschaft an, die heimlich Menschen opfert oder sonst irgendwas Wahnsinniges tut. Ich wüsste nicht, ob ich das verkraften könnte.«

435

John musste schlucken, während er daran dachte, wie unschuldig sie doch war und dass sie offenbar nichts von jener düsteren Welt ahnte, mit der er sich tagtäglich herumschlagen musste.

»Ich glaube an nichts«, sagte er tonlos. »Und schon gar nicht an Gott. Das Einzige, woran ich glaube, ist die Dummheit der Menschen, die niemals aus ihren Fehlern lernen werden, und dass wir nichts, aber auch gar nichts daran ändern können, so sehr wir uns auch bemühen, die Welt zum Besseren zu führen.«

Dass die Menschheit sich im Kreis drehte und nichts aus der Geschichte lernte, hatte John erst endgültig erkannt, als er seinen einhundertsten Geburtstag längst überschritten hatte und alles Elend sich vor seinen eigenen Augen wiederholte. Vielleicht war das Leben eines gewöhnlichen Menschen zu kurz, als dass er erkennen konnte, dass der Satan – den John als einzige Instanz akzeptierte – immer wieder aufs Neue sein grausames Spiel mit ihnen trieb.

»Warum sind sie so negativ?« Lilians Stimme verriet aufrichtige Anteilnahme. »Liegt es an Ihrem Job? Zu viele sinnlose Tote in zu kurzer Zeit?«

»Sie sind ein kluges Mädchen«, erwiderte er und konnte nicht verhindern, dass eine unterschwellige Bitterkeit in seiner Stimme mitschwang, die ihm noch weniger behagte. »Sind sie immer so einfühlsam?«

»Meistens, auch wenn es Menschen gibt, die behaupten, ich würde ab und an mit der Tür ins Haus fallen.«

»Ich mag ehrliche Charaktere.«

»Ich würde gern ein wenig Licht in Ihre Düsternis bringen, wenn Sie mich lassen.«

Ihr sanfter Blick und ihr Augenaufschlag ließen John auf der Stelle dahinschmelzen, und wenn er zuvor noch gezweifelt hatte, so war es nun endgültig um ihn geschehen.

»Ich danke Ihnen von Herzen für das freundliche Angebot.« Er brachte es nicht fertig, ihr in die Augen zu schauen.

»Aber?«

»Ich werde darauf zurückkommen, sobald es mir notwendig erscheint.«

Was redete er da? Es war ihm nicht möglich, sie wiederzusehen. Es sei denn, sie wurde Teil seiner Organisation. Und das konnte er nicht von ihr verlangen. Es würde ihr Leben einschneidend verändern, und was sie von schwarzen Bruderschaften hielt, hatte sie ihm eben beiläufig, aber unmissverständlich mitgeteilt.

»Es ist schon spät«, sagte Lilian leise, während ihr Blick zu einer goldverzierten Standuhr wanderte, eines der wenigen Stücke, die John von seinem Vater geerbt hatte.

John überlegte einen Moment, ob sie es missverstehen könnte. Dann räusperte er sich. »Haben Sie etwas dagegen, wenn ich Sie bis zu Ihrem Zimmer begleite? Ich habe Taylor schon freigegeben«, fügte er erklärend hinzu.

»Ich habe nichts gegen Taylor«, erwiderte sie lächelnd, »aber ehrlich gestanden, Ihre Begleitung ist mir lieber.«

Lilian war etwas größer und kräftiger als Madlen, aber auf John wirkte sie immer noch klein und hilflos genug, um sämtliche Beschützerinstinkte zu aktivieren. Zu gerne hätte er sie berührt. Plötzlich traf ihn die Erkenntnis, wie sehr er das alles vermisst hatte. Als er sie vor der Tür verabschieden wollte, stand sie plötzlich ganz nah vor ihm. Ihr Duft war betörend. Sie schaute mit ihren großen Haselnussaugen zu ihm auf, und John kostete es einiges an Widerstandskraft, sie nicht einfach zu küssen. Doch er hatte die Rechnung ohne sie gemacht. Bevor er die Chance auf einen ehrenvollen Rückzug nutzen konnte, hatte Lilian sich auf ihre Zehenspitzen gestellt und küsste ihn zart.

John wusste nicht, wie ihm geschah, als ihm mit voller Wucht das Blut in die Lenden schoss. Sie roch nach purem Verlangen. Sein Herz begann zu rasen, und er hatte Mühe, sich so weit zurückzuziehen, dass ihr nicht auffiel, wie sehr ihn ihre unmittelbare Gegenwart verstörte.

»Ich möchte mich nur für das schöne Essen bedanken und für alles, was Sie sonst noch für mich getan haben«, sagte sie lächelnd, während John noch immer verzweifelt gegen die Versuchung ankämpfte, sie mit Haut und Haaren verschlingen zu wollen.

»Gute Nacht«, sagte sie leise. Es war die reinste Qual, zu wissen, dass sie ihn ebenso begehrte wie er sie. Er war jetzt nahe genug, um die Bilder in ihrem Kopf sehen zu können. Darin trugen sie beide kein einziges Kleidungsstück und gaben sich einander hemmungslos hin.

»Gute Nacht«, erwiderte er rau und wartete noch ab, bis sie die Tür zu ihrem Zimmer geöffnet hatte.

»Wenn Sie etwas benötigen«, fügte er mit betont fester Stimme hinzu, »nehmen sie das Telefon und wählen die Eins. Unsere Lagezentrale ist die ganze Nacht über besetzt. Man wird Ihnen dann jemand heraufschicken. Ich sage das deshalb, weil die Schleusentüren in den einzelnen Etagen nur mit einem Chipcode geöffnet werden können. Ich möchte nicht, dass Sie sich verlaufen und plötzlich gefangen zwischen zwei Glastüren stehen, die sich nicht öffnen lassen.«

»Ist das eine Warnung, damit ich nicht auf die Idee komme, hier herumzuspionieren?«

»So etwas Ähnliches, aber ich hoffe, Sie haben Verständnis und nehmen es mir nicht übel.«

»Keine Sorge«, erwiderte sie und winkte ihm noch einmal zu. »Ich denke dran.«

»Ich werde Taylor anweisen, dass er Ihnen das Frühstück auf dem Zimmer serviert. Ich hoffe, wir sehen uns noch einmal, bevor Sie abreisen?« John lächelte gequält.

»Ja«, sagte Lilian. »Das hoffe ich auch.«

Lilian warf sich unruhig im Bett hin und her. Sie konnte nicht einschlafen. Vielleicht weil sich die Ereignisse überschlagen hatten. Vielleicht aber auch, weil ihr John Cameron nicht mehr aus dem Kopf ging. Was war bloß in sie gefahren? Sie hatte mit ihm geflirtet, als ob sie ihn schon ewig kennen würde, und am Ende war sie enttäuscht gewesen, dass er keine Anstalten machte, mit ihr ins Bett gehen zu wollen. Vielleicht war es der Sturz gewesen oder der Schock, dass sie sich so seltsam benahm. Andererseits suchte sie fieberhaft nach den Zusammenhängen. Wäre es möglich, ihn dazu zu bringen, Ayanasca zu nehmen? Wenn er die gleichen Erlebnisse und Erinnerungen hatte wie sie, war an der Sache doch etwas dran, und sie konnten gemeinsam forschen, wo die Wurzeln ihrer ersten genetischen Begegnung zu finden waren. Andererseits wollte sie ihrem Bruder nicht zuvorkommen und etwas ausplaudern, das bei einem Fremden nichts zu suchen hatte, jedenfalls nicht bevor es eine wissenschaftliche Bestätigung gab.

Auf den Hinweis mit dem Blumenladen hatte John Cameron nicht reagiert. Seltsam, da angeblich doch seine Firma die Rosen bestellt hatte. In der Nacht wurde Lilian von merkwürdigen Träumen heimgesucht. Ein hässlicher Kerl in einer schwarzen Kutte versuchte, sie zu vergewaltigen, und John, der sie in seinem schwarzen Overall zu retten versuchte, kam nicht nahe genug an sie heran, um ihr beistehen zu können, weil die Zäune um ihn zu hoch waren. Als Lilian erwachte, erinnerte sie sich, dass der Vergewaltiger in ihrem Traum wie Mephisto aus ihrer Halluzination ausgesehen hatte.

»O mein Gott«, seufzte sie und fuhr sich durchs Haar. Es war bereits hell, und durch einen Spalt des geöffneten Fensters wehte kühle feuchte Seeluft herein. In der Ferne hörte sie das Krächzen der Raben. Sie schlug die Bettdecke zur Seite und erschrak, als das Telefon summte. Taylor fragte, wann er das Frühstück servieren dürfe.

»Wenn Sie möchten, jetzt gleich«, sagte Lilian und ging unter die Dusche. Nachdem sie sich angezogen hatte, klopfte es. Taylor stand kurz darauf mit einem Servierwagen im Zimmer.

»Full Scottish Breakfast«, erklärte er und lüftete die silberne Haube. Was sich darunter auf einem wertvollen Porzellanteller verbarg, reichte bestimmt für mehr als zwei Tage. Ihr Gastgeber erwies sich als sehr aufmerksam. Kein Blutpudding und auch keine Würstchen. Beiläufig hatte sie erwähnt, dass sie so etwas nicht mochte. Stattdessen gab es geräucherten Lachs und Rührei. Am meisten beeindruckte sie eine antiquierte Holzschale, die mit dampfendem Haferbrei gefüllt war. Irgendwie hätte sie wetten mögen, dass sie schon einmal daraus gegessen hatte.

»Der Helikopter geht in einer dreiviertel Stunde«, erklärte Taylor. »Soll ich Ihre Sachen schon hinunter zum Hangar bringen?«

Was war das? fragte Lilian sich. Ein Art höflicher Rauswurf? Für einen Moment war sie enttäuscht. »Und wo ist Mr. Cameron? Ich habe gehofft, mich noch von ihm verabschieden zu können?«

»Er wird den Helikopter fliegen.«

»John, bleib sofort stehen!« Paddy rannte seinem Boss hinterher wie ein ferngesteuerter Spielzeugroboter, während John Cameron seelenruhig durch den Hangar schlenderte, um zu einem gänzlich schwarz lackierten Eurocopter EC 134 zu gelangen.

»Du willst sie doch nicht selbst nach Glencoe fliegen?« Der Ire hatte John überholt und baute sich vor ihm auf. Sein Gesicht brannte vor Zorn.

»Was hast du dagegen?« John sah ihn verständnislos an. »Es ist nur ein Katzensprung, und die Strecke dorthin wird von Satelliten überwacht.«

»Nicht nur von uns, sondern auch von unseren Feinden«, bemerkte Paddy entrüstet. »Was ist, wenn euch jemand sieht? Wenn unsere Gegner herausfinden, wer sie ist und dass sie offenbar etwas mit dir zu tun hat? Kannst du sie schützen? – Nein, dass kannst du nicht.«

John wurde ungeduldig. »He, du bist ja noch paranoider als ich.«

»Das war ich schon immer, und bisher hat es dir nicht geschadet, sondern eher genützt. Vor allem, weil ich immer recht behalten habe. Die Frau hat dir den Kopf verdreht, stimmt's?«

»Paddy.« John machte Anstalten, ihn grob zur Seite zu schieben. »Es war Zufall, dass sie vor unserer Haustür verunglückt ist, und gestern Abend – das war nur ein harmloser Flirt.« Dass es nicht ganz so harmlos war, wie er es darstellte, wusste nur John. Er hatte die halbe Nacht kein Auge zugetan, weil er nur an Lilian gedacht hatte, und am Morgen hatten Wilbur und Bran ihm bestätigt, dass sie wahrhaftig etwas an sich hatte, das an Madlen erinnerte.

»Ich habe dich gewarnt, John. Sag mir hinterher nicht, wenn irgendetwas schiefläuft, dass du es nicht gewusst hättest.« Ohne Johns Antwort abzuwarten, wandte Paddy sich ab und stiefelte aus der Halle.

»Spielverderber«, rief John dem Iren hinterher. Mit einem Pfiff machte er ein paar Arbeiter auf sich aufmerksam und bat sie, mit ihm die Maschine auf das Start- und Landefeld zu ziehen.

Alle Zweifel, was Paddys Unkenrufe betraf, waren verflogen, als Lilian wie aus heiterem Himmel vor John stand und ihn mit leuchtenden Augen anstrahlte, während er ihr das Gepäck abnahm.

»Meinen Bustransfer hatte ich mir anders vorgestellt.«

»Enttäuscht?«

»Nein«, erwiderte sie schmunzelnd. »Nicht, was den Bus betrifft und auch nicht den Fahrer. Allerdings ist es mein erstes Mal.«

»Was?«

Sie biss sich auf die Lippe und lachte vergnügt. »Dass ich mit einem Helikopter fliege.«

440

»Es ist nicht so wackelig, wie es auf den ersten Blick aussieht«, beruhigte John sie und half ihr in die Maschine. Nachdem er ihre Sachen verstaut hatte, zeigte er ihr, wo sie sich anschnallen konnte. Wenig später setzte er einen Kopfhörer auf, gab einen weiteren Lilian und startete die Rotoren.

Der Flug nach Glencoe erschien John viel zu kurz, um sich die Worte zurechtzulegen, die er ihr zum Abschied sagen sollte. *Es war schön, Sie kennengelernt zu haben, es tut mir leid, dass wir uns nicht wiedersehen können, vielleicht treffen wir uns noch mal, aber eher nicht, ich bin leider viel zu beschäftigt.* All diese Phrasen, die man von sich gab, wenn einen ein Mädchen nicht wirklich interessierte und man ein nächstes Mal tunlichst vermeiden wollte. Aber was sagte man, wenn sie einem wirklich gefiel und man sie aus bestimmten Gründen nicht wiedersehen konnte?

John war zu sehr mit seinen Gedanken beschäftigt, als dass er ein Auge für die phantastische Landschaft gehabt hätte. Während sie im Anflug auf Glencoe die Spitze des Ben Nevis passierten, den höchsten Berg der Gegend, kam ihm eine Idee. Er warf Lilian einen interessierten Blick zu.

»Möchten Sie noch eine Runde über dem Lost Valley drehen, bevor wir in Glencoe landen? Dort hat der Clan der MacDonalds zumeist die Kühe versteckt, die er von anderen Clans gestohlen hat.«

»Vorsicht«, erwiderte Lilian mit einem Lachen und erhob ihren Zeigefinger wie zu einer Warnung. »Sehen Sie die Insel dort unten?«

John zuckte für einen Moment zurück, als Lilian ihn am Arm fassen wollte. Er wusste, was für ein Anblick ihn dort unten erwartete. Und das Letzte, was er wollte, war, hinunterzuschauen. Vor ihnen lag Loch Leven, ein tiefblauer See, in dessen Mitte es eine Insel mit dem schönen Namen »Sankt Munda« gab. Dort hatte er einst seine Madlen zu Grabe getragen, und danach hatte er sich geschworen, diesen Ort nie wieder zu betreten. Um ehrlich zu sein, hatte er ihn komplett aus seinem Gedächtnis verbannt.

»Dort liegt meine Mutter begraben«, erklärte Lilian und deutete in die Tiefe. »Rechts neben der verfallenen Kapelle.«

John hatte Mühe, das Steuer gerade zu halten, so überrascht war er von dieser Nachricht.

Mit klopfendem Herzen landete er wenig später im Tal von Glencoe auf einem Landeplatz für Rettungshelikopter. Wenige Meter entfernt wartete ein Taxi, das er bereits in Mugan Manor bestellt hatte und das Lilian zu ihrem Onkel bringen würde.

Während die Rotorblätter sich verlangsamten und sie die Kopfhörer absetzten, sah Lilian ihn an. John wusste nicht, was er sagen sollte, vor allem, weil sie – wie er – zu allem Überfluss nun auch noch eine enge Beziehung zu Sankt Munda hatte.

Lilian kam ihm zuvor und hielt ihm eine kleine weiße Visitenkarte unter die Nase. Das Papier duftete nach Maiglöckchen und Rosen.

Zögernd nahm er die Karte an. Lilian von Stahl, Molekularbiologin, Rosebud-Institute – Rosslyn, stand in futuristisch anmutenden Lettern darauf, dazu eine Telefonnummer, E-Mail und Adresse.

Als er nicht reagierte, sondern nur dieses verdammte Kärtchen anstarrte, schnallte Lilian ihren Sicherheitsgurt ab und reckte sich ihm entgegen. Er ließ es zu, dass sie ihn rechts und links auf die Wange küsste.

»Sehen wir uns wieder?« Ihr Blick war erwartungsvoll.

John fühlte sich, als ob er aus einer Trance erwachte. »Ja … gerne«, stammelte er. »Ich rufe Sie an, sobald es mir möglich ist.«

28

Schottland 2009 – »Tigerlilly«

»Du hattest einen Unfall? Mein Gott!« Jenna stand am Küchentisch in ihrer gemeinsamen Wohnung und sah Lilian entsetzt an. »Und deine BMW?«

»Hinüber«, erwiderte Lilian lapidar. »Aber das macht nichts. Es hat sich trotzdem gelohnt.«

»Wie kann es sich lohnen, wenn man zehntausend Pfund gegen einen uralten Baum setzt?«

»Indem man seinen nicht ganz so uralten Besitzer trifft.« Lilian lächelte geheimnisvoll über ihre Teetasse hinweg. »Ich habe einen Mann kennengelernt, der eins zu eins dem Kerl aus meinen Visionen entspricht.«

»Und?« Jenna sah sie begriffsstutzig an. »Was soll daran so umwerfend sein? Sag nur, du hast drive'n'drug betrieben und bist unter Einfluss der Droge Motorrad gefahren? Dann wäre es allerdings kein Wunder, wenn du dich überschlägst.«

»Mein Unfall hatte nichts mit der Droge zu tun. Aber was danach passierte, war schräg. Ich weiß noch nicht, was es zu bedeuten hat«, erklärte Lilian und setzte sich auf einen Stuhl. »Ich werde Alex anrufen und ihn fragen, was er davon hält.« Sie hatte kein Interesse daran, vor Jenna in die Einzelheiten zu gehen. Ihre Freundin war schließlich Ermittlerin, die bei weiteren Nachfragen kein Detail auslassen würde. Aber sie war auch ihre engste Vertraute, die naturgemäß eine Menge über ihr Gefühlsleben wusste, und am Ende ging es dann nur noch um den Mann, in dessen Himmelbett Lilian übernachtet hatte.

»Hast du noch was von dem Zeug?« Jenna sah sie mit einem merkwürdigen Ausdruck in den Augen an. Ihre Ablehnung gegenüber der fragwürdigen Schamanendroge, wie sie es nannte, schien sich in Neugier verwandelt zu haben.

»Ich habe die verbliebenen Phiolen in den Kühlschrank gestellt, obwohl Alex mir sagte, das sei nicht nötig. Aber ich wollte auf Nummer sicher gehen. Warum willst du das wissen?«

»Weil wir mit unserem ›kopflosen Jack‹ noch keinen Schritt weitergekommen sind und ich in deiner Abwesenheit darüber nachgedacht habe, ob wir die Droge vielleicht unserem Zeugen verabreichen könnten, sein Einverständnis vorausgesetzt.«

»Denkst du, der Mann würde das wollen?«

»Im Moment würde er alles wollen, was seine Erinnerung zurückbringt. Seine Frau und er sind mindestens so verzweifelt wie Scotland Yard, weil ihm inzwischen wegen Falschaussage gekündigt wurde. Dabei könnte ich ebenso wie er beschwören, dass an der Sache irgendwas faul ist. Die Spuren, die wir gefunden haben, deuten auf eine blutige Auseinandersetzung hin – aber leider habe ich keine eindeutigen Beweise. Allerdings habe ich in einer Spurendatei Hinweise gefunden, dass es in den vergangenen Jahren mehrmals Fälle gegeben hat, bei denen genetisch veränderte Blutspuren gefunden wurden. Bisher konnte sich jedoch niemand einen Reim darauf machen.«

Bevor Lilian zusammen mit Jenna ins Royal Hospital fuhr, in dem Dough Weir immer noch wegen seiner Amnesie behandelt wurde, griff sie zum Telefon und rief ihren Bruder an.

»Hi, Alex.« Lilians Begrüßung fiel kurz aus. »Kannst du deinen Schamanen fragen, was es zu bedeuten hat, wenn die Geister der Vergangenheit in der Gegenwart auftauchen und man sich unversehens in sie verguckt?«

»Hast du das Zeug etwa selbst genommen«, bemerkte Alex mit besorgter Stimme. »Du solltest es nur für mich auf seine mögliche genetische Wirkungsweise analysieren. Mehr nicht!«

»Da meine Laboranalysen eine genetische Wirkungsweise vermuten ließen, konnte ich nicht widerstehen, es an mir selbst auszuprobieren, und ob du es glaubst oder nicht, es hat funktioniert. Ich hatte regelrechte Horrorvisionen, als ich mir das Mittel gespritzt hatte. Und was danach geschah, war nicht weniger merkwürdig.« Ausführlich berichtete Lilian ihrem Bruder von ihren Visionen und von ihren Ermittlungen in den Highlands. Mit einiger Aufregung in der Stimme erzählte sie Alex von jenem John Cameron, der allem Anschein eine entscheidende Rolle im Leben ihrer Vorfahrin gespielt hatte, und von seinem Doppelgänger bei CSS in der Gegenwart.

»Ich will auf jeden Fall wissen, was es mit dieser Übereinstimmung auf sich hat. Deshalb muss ich herausfinden, ob es tatsächliche Erinnerungen sind, wie sehr sie der Wahrheit entsprechen und ob Cameron etwas damit zu tun hat. Ich hatte nicht den Mut, ihm von meinen seltsamen Erfahrungen zu erzählen. Ich wollte nicht, dass ein Außenstehender von der Wirkungsweise deiner Droge erfährt, und außerdem hätte er mich bestimmt für verrückt erklärt.«

»Sehr vernünftig«, bemerkte Alex knapp. »Wir sollten die Sache auf keinen Fall an die große Glocke hängen, bevor wir nicht in der Lage sind, einen wissenschaftlich fundierten Bericht darüber in einer Fachzeitschrift zu veröffentlichen.«

»Was soll ich deiner Meinung nach tun? Denkst du, ich könnte mir noch mal etwas von der Droge injizieren? Vielleicht kann ich eine weitere Halluzination hervorrufen, die endlich Licht in die Angelegenheit bringt?«

»Lilian, nach allem, was du mir gerade gesagt hast, ist es wohl besser, du lässt vorerst die Finger von dem Zeug. Ich habe ohnehin schon ein schlechtes Gewissen, dass ich dich so tief in die Sache hineingezogen habe. Es war nie die Rede davon, dass du es selbst nimmst. Was ist, wenn du nachher nicht mehr davon loskommst oder Vision nicht mehr von Wirklichkeit unterscheiden kannst? Du wärst nicht die Erste, der so etwas passiert.«

»Und was schlägst du vor?« Lilian war genervt.

»Vielleicht ein paar Tierversuche? Dann wüssten wir wenigstens, was die Droge auf Dauer mit dem Gehirn anstellt.«

»Tierversuch? Ich habe Ned und Ed bemüht. Sie haben sich merkwürdig verhalten, aber das war's dann auch schon.« Lilian stieß einen ungeduldigen Laut aus. »Alex, du redest mit mir, als ob ich abhängig wäre, dabei will ich nur wissen, ob meine Ergebnisse Hand und Fuß haben oder ob man mit der Droge noch andere Bewusstseinszustände herbeirufen kann, die keinen Bezug zur Vergangenheit haben. Wie sonst ist es möglich, dass mir in der Realität ein Mann begegnet, der exakt so aussieht wie der Kerl, der in meinen Halluzinationen vor mehr als dreihundert Jahren mit meiner Vorfahrin eine intime Beziehung hatte?«

»Wenn man den großen Psychoanalytikern wie Freud und Jung glauben will, könnte das vielerlei Gründe haben« Alex lachte unsicher. »Ist er das Scheusal?«

»Nein, er gehörte zu den Guten. Verdammt.«

»Vielleicht stammt die Erinnerung an ihn gar nicht aus der genetischen Vergangenheit deiner Vorfahren, sondern aus deiner Zeit in der Uni. Denk doch mal nach, wie viele Kerle du damals flachgelegt hast? Vielleicht war er dabei?«

»Abgesehen davon, dass man bei deinem Gerede meinen könnte, ich sei das reinste Flittchen gewesen, habe ich bis heute keine einzige Nacht in einem Himmelbett mit karierten Vorhängen verbracht, und dieser Typ wäre mir garantiert im Gedächtnis geblieben.«

»Nichts anderes habe ich gesagt.« Alex schien sie nicht zu verstehen. »Aber warum ist dir dieser Typ so wichtig?«

Lilian sah sich ärgerlich um, als wollte sie sicher sein, dass ihr Gespräch nicht von Jenna belauscht wurde.

»Ich halte John Cameron für den Schlüssel zu weiteren Informationen. Er hat etwas bei mir ausgelöst, das man getrost als Liebe auf

445

den ersten Blick bezeichnen könnte, und ich will wissen, ob womöglich mehr dahintersteckt als sein blendendes Aussehen. Vielleicht war sein Vorfahre mit Madlen MacDonald verheiratet. Möglicherweise gibt es Unterlagen, die belegen, dass dessen Frau von einem Wahnsinnigen ermordet wurde. Wenn ich die Richtigkeit meiner Visionen beweisen kann, sind wir am Ziel.«

»Verstehe ich es richtig? Du willst diesen Typen von CSS mit ins Boot nehmen?« Alex hörte sich an, als hätte er etwas dagegen.

»Sein Name ist John«, erwiderte Lilian. »Und ja, ich hoffe sehr, dass er mich anruft. Ich habe ihm meine Visitenkarte gegeben.«

»CSS ist eine Sicherheitsfirma, die ihre Leute gegen Geld in den Krieg schickt«, erklärte Alex unfreundlich. »Es scheint etliche Regierungen zu geben, die sich ihrer bedienen, wenn es besonders unangenehm wird und man für die eigenen Armeen negative Publicity fürchtet. Wenn es stimmt, was man über die Firma liest, gehört der Kerl zu einer Truppe von eiskalten Killern. Ich will mir nicht vorstellen, dass meine Schwester sich mit einem solchen Typen trifft.«

»Alex? Hallo? Ich bin schon erwachsen und dachte, deine Zeit in der Friedensbewegung sei längst vorbei. Außerdem erschien mir John Cameron ganz und gar nicht wie ein Killer, er ist ein netter, gutaussehender Mann mit perfekten Manieren.«

»Sag bloß, der Typ steht ab sofort auf deiner Abschussliste?«

»Das geht dich nichts an!«

»Lilian, sei vorsichtig. Ich möchte nicht, dass du auf die Nase fällst.«

»Seit wann kümmert dich das?«

Alex stieß einen Seufzer aus. »Ich liebe meine große Schwester und weiß, was ich ihr zu verdanken habe.«

Lilian wunderte sich, weil Alex so etwas noch nie zu ihr gesagt hatte. Ein wenig gerührt, ging sie darüber hinweg.

»Jenna hat mich gefragt, ob man mit Ayanasca vielleicht auch Menschen helfen kann, die generell ihr Gedächtnis verloren haben.«

»Du hast Jenna davon erzählt?«, fragte Alex entgeistert. »Sie arbeitet bei Scotland Yard, und die Unterlagen sind absolut geheim. Das weißt du genau!«

»Ich wollte nicht, dass sie davon erfährt«, bekannte Lilian leise. »Es tut mir leid, aber Jenna hat mich, nachdem ich mir das Zeug gespritzt hatte, bewusstlos im Bett gefunden. Die Injektionskanüle lag noch auf dem Nachttischschrank. Ich konnte sie nicht einfach anlügen. Du kennst sie doch! Wenn sie glaubt, dass jemand etwas vor ihr verbirgt, lässt sie nicht locker. Sie hat mir versprochen, mit niemandem darüber zu reden. Später erzählte sie mir von einem Zeugen, der sein Gedächtnis verloren hat, und ich dachte, wir könnten ihr vielleicht helfen.«

Lilian räusperte sich kurz, als Alex nichts erwiderte, dann fuhr sie mit besänftigender Stimme fort. »Sieh es doch mal so: Wenn wir es schaffen sollten, das Erinnerungsvermögen dieses Mannes zu reaktivieren, bist du ein gemachter Mann. Was wäre, wenn man Alzheimer-Patienten damit behandeln oder Unfallopfer mit einem Schädelhirntrauma ihre Erinnerungen zurückgeben könnte?«

»Also gut.« Alex war immer noch alles andere als begeistert. »Aber nur, wenn Jenna die Klappe hält und du mir die Garantie gibst, dass euer Versuchskaninchen nicht erfährt, was es genau mit dem Mittel auf sich hat und von wem es stammt. Jedenfalls nicht solange, bis sich ein Erfolg einstellt und wir die Wirkungsweise des Präparates veröffentlicht haben. Fehlte noch, dass Interpol vor meiner Tür steht und Andys Marihuana-Plantage entdeckt.«

»Marihuana-Plantage?« Lilian wurde hellhörig. »Ich denke, du kiffst nicht mehr?«

»Nicht ich, mein WG-Genosse. Er hält in unserer Küche einen kleinen Kräutergarten, wenn du verstehst, was ich meine.«

Lilian erwiderte nichts. Plötzlich machte sie sich Sorgen, dass ihr Bruder rückfällig werden könnte.

»Schick mir doch bitte eine Zusammenfassung deiner Untersuchungsergebnisse«, fuhr Alex fort. »Wobei es vollkommen ausreicht, wenn du etwas über die genetischen Komponenten deiner Analyse schreibst und vielleicht noch deine Halluzinationen dokumentierst. Der Rest interessiert mich nicht.« Er schwieg einen Moment. »Danke für deinen Einsatz. Ich weiß das wirklich zu schätzen.« Dann legte er auf.

Den ganzen Abend wartete Lilian vergeblich auf einen Anruf von John. Auch am nächsten Tag meldete er sich nicht.

Frustriert fuhr sie mit Jenna ins Royal Hospital. Gemeinsam nahmen sie den Aufzug in den fünften Stock.

»Denkst du, dein Zeuge lässt es sich ohne weiteres gefallen, wenn man ihm ein unbekanntes Mittel spritzt?« Lilian warf Jenna einen fragenden Blick zu.

»Er selbst hat es vielleicht nicht so gerne«, bemerkte Jenna mit einem Schulterzucken, »aber seine Frau ist ziemlich verzweifelt, weil er sich an nichts mehr erinnern kann, was in jener Nacht geschehen ist und wer ihn in dieses Krankenhaus gebracht hat.«

Dough Weir war ein ungeduldiger Patient, wenn es um seine Genesung ging.

Misstrauisch glitt sein Blick durch das Zimmer. Obwohl man ihn fristlos entlassen hatte, bezahlte seine Exfirma den Klinikaufenthalt. Beste Versorgung und Einzelzimmer.

»Offenbar hat sein Arbeitgeber ein schlechtes Gewissen«, sagte seine Frau und rückte ihm das Kissen zurecht.

»Wo sind Sie angestellt?«, wollte Lilian wissen, die neben der Frau auf einem Stuhl Platz genommen hatte.

»Ich *war* im Werkschutz angestellt«, erwiderte Dough mit leiser Stimme. »Bei Cameron Security Systems – CSS, falls Sie schon einmal von der Firma gehört haben. Ich habe als Nachtwächter gearbeitet, draußen im Containerhafen von Leith.«

Lilian stockte der Atem. CSS? »Ich habe mal gehört, dass es sich dabei um eine Art Privatarmee handelt.«

»CSS produziert Sicherheit«, erklärte ihr Weir ungeduldig, »In sämtlichen Sparten. Vom Söldner bis zum Nachtwächter ist in dieser Firma alles vorhanden.«

»Und jetzt hat man Sie entlassen?«, fragte sie. »Warum?«

»Weil ich vermutlich etwas gesehen habe, dass ich nicht sehen sollte. Anders kann ich mir den ganzen Aufwand nicht erklären. Wer sollte sonst daran interessiert sein, mir mein Gedächtnis zu nehmen?«

»Vielleicht war es ein posttraumatischer Schock, der zu Ihrer Amnesie geführt hat?«, wandte Lilian ein.

»Und deshalb fehlt mir genau diese Nacht, in der es geschehen ist, und später bis zu meiner Einlieferung ins Krankenhaus? Ich erinnere mich ja noch nicht mal mehr daran, was ich zu den Polizisten und Feuerwehrleuten gesagt habe, aber dass ich zu dieser Zeit noch klar im Kopf gewesen sein muss, sieht man an den vorliegenden Protokollen.« Weir war wütend, obwohl er sich nicht mehr erinnern konnte, warum.

»Sind Sie bereit, ein kleines Experiment mit uns zu unternehmen?« Jenna warf Lilian einen prüfenden Blick zu, um sich ihr Einverständnis zu sichern.

Detectiv Steve Murray, Jennas Chef bei Scotland Yard, wusste nichts von ihrem Vorhaben, und Lilian hoffte nur, dass Weir die geheimnisvolle Droge vertrug. Sie mochte sich nicht ausmalen, was geschehen würde, wenn er ähnlich verrückt spielte, wie sie selbst bei ihrer ersten Erfahrung mit Ayanasca.

Seine Frau nickte, als Lilian die Einstichstelle desinfizierte und dann die Injektionsnadel ansetzte.

»Nun machen Sie schon!«, sagte Weir, als sie noch einen Moment zögerte, bevor sie ihm die bernsteinfarbene Flüssigkeit in die Adern jagte.

Danach fiel Weir erschreckenderweise in eine Art Trance. Dabei bewegte er den Kopf ruckartig mit halb geschlossenen Augen hin und her. Ein paar Mal schlug er sogar nach allen Seiten um sich und schleuderte die Tulpen samt Vase von einem Tischchen, das neben seinem Bett stand. Den anwesenden Frauen war klar, dass es klüger sein würde, trotz aller Bedenken geduldig abzuwarten, als eine Krankenschwester oder einen Arzt zu rufen. Das hätte nur zu lästigen Nachfragen und weiteren Untersuchungen geführt, die niemandem nützten. Schließlich wurde Weir ruhiger. Seine Frau half ihm hoch, als er schweißgebadet zu sich kam, und gab ihm etwas Wasser zu trinken.

Auf seinem Gesicht erschien ein mattes Lächeln, als er Jenna und Lilian abwartend vor seinem Bett sitzen sah.

»Ich habe alles noch einmal gesehen«, sagte er glücklich, »und jetzt kann ich sogar die Täter beschreiben.« Dann wurde sein Miene nachdenklich. »Aber da war noch was anderes.« Irritiert schaute er Lilian an.

»Hat es etwas zu bedeuten, dass ich nebenbei eine glasklare Erinnerung an einen gewissen Napoleon hatte und leibhaftig gespürt habe, wie er auf einem wankenden Schiff nach Elba verbannt wurde?«

Für Alex würde es ein sensationeller Erfolg sein, dachte Lilian, als sie nach Hause zurückkehrte und noch einmal über die Auffrischung von Dough Weirs Erinnerungslücken nachdachte. Auch Jenna würde von dem Kuchen etwas abbekommen, selbst wenn sie ihrem Chef gegenüber nicht preisgeben konnte, wie es zu dieser überraschenden Wendung gekommen war. Nur Lilian konnte sich nicht richtig freuen. Es kam ihr ungerecht vor, dass CSS Weir gekündigt hatte. Am liebsten hätte sie John Cameron die Geschichte erzählt und ihn um seine Meinung gebeten. Doch Jenna hatte sie zum Schweigen verpflichtet, zumindest solange die Ermittlungen nicht abgeschlossen waren. Außerdem hatte John sich bisher nicht gemeldet. Drei Tage waren seit ihrem Abschied vergangen.

Dann jedoch sah sie die Anzeige an ihrem Anrufbeantworter aufleuchten.

»Hallo, Lilian, ich bin am Donnerstag zufällig in der Stadt und wollte Sie gerne zum Essen einladen. Ich habe um acht einen Tisch im Tigerlilly bestellt. Werden Sie dort sein?«

O mein Gott, John hatte tatsächlich angerufen. Und er hatte ihr eine Telefonnummer hinterlassen, bei der sie die Einladung bestätigen konnte. Zu ihrer Enttäuschung war er nicht selbst am Apparat, sondern nur eine Sekretärin.

Aber sie würde ihn wiedersehen, und das war die Hauptsache. Wenig später rief ihr Vater an.

»Hallo, mein Schatz, ich wollte mich nur erkundigen, wie es dir geht? Onkel Fred hat mir von deinem Unfall berichtet. Warum hast du mich nicht angerufen?«

»Es geht mir blendend, Papa«, sagte sie gut gelaunt. »Ich wollte dich nicht beunruhigen.«

»Du klingst so aufgekratzt, gar nicht so, als ob du um dein Motorrad trauerst?«

»Bei dem ganzen Desaster habe ich einen neuen Mann kennengelernt. Wir sind verabredet, morgen um acht im Tigerlilly, und das Einzige, was mir im Moment Sorgen bereitet, ist die Frage, was ich anziehen könnte, um ihm zu gefallen.«

John hatte nicht vor, Paddy und den anderen von seiner Verabredung mit Lilian zu erzählen. Er hatte schon genug Aufsehen erregt, als er sie ohne Absprache mit seinen Stellvertretern nach Glencoe geflogen hatte. Paddy war der Auffassung, dass er sich im wahrsten Sinne des

450

Wortes in Teufels Küche begab, wenn er sich mit einer Normalsterblichen einließ. Er ahnte, dass John es nicht beim Essen belassen wollte.

Dabei hatte der Ire gut reden, er spürte nichts von Johns Einsamkeit und seiner Sehnsucht nach Liebe und jener Geborgenheit, die ihn seit Madlens Tod nicht mehr ruhig schlafen ließ.

John musste diese Frau wiedersehen. Sie hatte ihn vollkommen aus der Fassung gebracht, und das, obwohl so gut wie nichts zwischen ihnen gelaufen war. Und er würde die Sache im Alleingang durchziehen, ohne die Rückendeckung seiner Kameraden. Die Vorstellung, mit Lilian bei einem Glas Champagner zu flirten und gleichzeitig zwanzig Bodyguards um sich herumsitzen zu haben, erschien ihm grotesk. Natürlich war er nicht naiv. Er musste wie üblich, wenn er und seine Leute die gesicherten Quartiere verließen, alle Vorsichtsmaßnahmen bedenken, die eine Konfrontation mit Cuninghames Söldnern ausschließen würden.

Unauffällig begab er sich in den nächsten Tagen in die Nachrichtenzentrale von Mugan Manor und checkte die globalen Feindbewegungen. Weltweit verteilt, betrieb CSS ein Netz von geheimen Nachrichtenagenturen, die Cuninghame und seine Leute, so gut es ging, überwachten. Obwohl es naturgemäß nicht möglich war, alle Bewegungen der finsteren Bruderschaft zu kontrollieren – und schon gar nicht die Aktivitäten ihrer Händler, die für den weltweiten Vertrieb der Droge an millionenschwere Kunden sorgten.

Schweigend studierte John die Berichte der letzten Einsätze. Berlin, Edinburgh, Manila, Montreal, Paris, Wien. Überall hatte CSS versucht, die Geschäfte des schwarzen Lords zu vereiteln. Nicht immer war es ihnen gelungen. Insgesamt waren ihnen bei den verschiedenen Aktionen dreiundzwanzig initiierte Söldner in Netz gegangen, deren Körper sie für die Herstellung von »E« hatten verwenden können.

»Gibt es irgendwelche Warnmeldungen?« John sah Porter, einen jungen Mitarbeiter aus der Lagezentrale, mit einem gewohnt souveränen Gesichtsausdruck an und nahm das beruhigende Ergebnis entgegen.

»Die Bruderschaft verhält sich zurzeit auffällig still«, bemerkte Porter mit dienstbeflissener Stimme. »Bisher können wir keine Tendenzen verzeichnen, dass sie einen Racheakt wegen Paris planen.«

John gab ihm die Mappe zurück und lächelte schwach. »Man soll den Tag nicht vor dem Abend loben«, bemerkte er leise und hoffte gleichzeitig, dass es wenigstens noch eine Weile so ruhig blieb.

Für den nächsten Abend meldete er sich mit dem Hinweis ab, dass er zusammen mit Matthew und Garry, zwei weiteren Mitarbeitern in seinem Team, inkognito nach Glasgow reisen müsse, um einen Einsatz vorzubereiten. Er bekam die Freigabe für einen Helikopter und eine Berechnung der satellitenüberwachten Strecke. Matthew und Garry machten erstaunte Gesichter, als John, kaum dass sie in Glasgow angekommen waren, seinen Overall gegen einen teuren Business-Anzug wechselte und in der Tiefgarage des vollgesicherten Außenbüros verschwand. Wenig später raste er mit einem firmeneigenen schwarzen Audi R8 davon. Niemand wusste, wohin. Allerdings kam auch niemand auf die Idee, Johns Abweichungen vom Plan zu hinterfragen. Er war der Boss, und manchmal geschah es, dass gewöhnliche Mitarbeiter in Führungsaktivitäten nicht eingeweiht wurden.

Die Abendsonne senkte sich über dem River Clyde, als John auf die M8 auffuhr. Während er nach Edinburgh durchstartete, überkam ihn plötzlich ein lang vermisstes Glücksgefühl. Lilian hatte der Verabredung zugesagt, und er fühlte sich frei – so frei wie schon seit Ewigkeiten nicht mehr.

Das Tigerlilly, ein Restaurant der gehobenen Kategorie in Edinburghs Westend, war berühmt-berüchtigt für seine grelle Dekoration. John hatte es vorgeschlagen, weil es nur zweihundert Yards von Lilians Wohnung entfernt lag und weil er fand, dass es zu ihrem Namen passte.

Er hatte den Wagen in der Tiefgarage ihres Hauses parken können und sie dann vor der Haustür abgeholt. Gemeinsam spazierten sie auf die andere Straßenseite. Lilian hatte sich ohne Scheu bei ihm untergehakt, und er genoss ihre Nähe und die Wärme, die sie verströmte. Am liebsten hätte er ihr den Arm um die Schulter gelegt und sie an sich gedrückt, doch dafür war es zu früh. Beiläufig erzählte ihm Lilian, dass eine Studienkollegin ihr den Namen des Restaurants als Spitznamen verpasst hatte, weil ihr Faible für Raubtiermuster sogar in ihrer gemeinsamen Studentenbude Einzug gehalten hatte. »Mittlerweile bevorzuge ich gesetztere Farben«, sagte sie und zwinkerte ihm zu, als er ihr im Restaurant aus dem schwarzen Mantel half.

Für einen Moment hielt John den Atem an. Sie trug ein scharlachrotes knielanges Cocktailkleid, dazu schwarze Pumps, die ihre hübschen Beine betonten. Über die Schulter hinweg fiel sein Blick unweigerlich in den Ausschnitt des Kleides, der ihre perfekt geformten Brüste zur Geltung brachte. Sie duftete wieder nach Rosen und Maiglöckchen, und sofort musste er an seine erste Begegnung mit Madlen im White Hart Inn denken.

Lilians Kleid war rückenfrei und ihre Haut leicht gebräunt und so zart, dass John versucht war, darüber zu streicheln. Ihr langes dunkles Haar fiel in weichen Wellen über ihre Schultern.

John räusperte sich unwillkürlich, als sie sich zu ihm umdrehte und ihre dunklen Augen ihn anlächelten. Eine Kellnerin geleitete sie zu ihrem Tisch. Das Tigerlilly war voll besetzt. John durchkämmte mit Blicken den Raum, ob sich ein Verdächtiger unter den Gästen befand, eine Unart, die seine Berufung mit sich brachte und die er nie mehr loswerden würde. Erst danach rückte er Lilian den Cocktailsessel zurecht. Krampfhaft versuchte John seine Gedanken an unliebsame Störungen zu verscheuchen. Schließlich hatte er sich auf einen schönen, entspannten Abend gefreut. Lilian schien es nicht anders zu ergehen. Sie lächelte ihn an, als er eine Flasche Champagner orderte.

»Ich möchte mich bei Ihnen für diese wundervolle Einladung bedanken, John.« Sie strahlte ihn unbedarft an, und er verspürte einen plötzlichen Stich im Herzen, weil ihn dieser Anblick in schmerzlicher Weise an Madlen erinnerte. Die Kellnerin entkorkte die Flasche und goss die perlende Flüssigkeit in zwei flache Schalen. Danach teilte sie die Tageskarte aus und gab eine Empfehlung des Chefkochs. Jakobsmuscheln an verschiedenen Salatvariationen. Schottischer Lachs auf Blattspinat. Und zum Nachtisch Zitronensorbet an Dundeekuchen.

»Wunderbar!« Lilian lächelte. »Lauter Lieblingsgerichte. Das ist ja beinahe so, als ob der Koch mit meinem Besuch gerechnet hätte!«

John schluckte. Die Erinnerungen übermannten ihn und rissen ihn in einen Strudel der Gefühle. Lilian bemerkte von all dem nichts. Sie studierte weiterhin das Menü und sah ihn fragend an.

»Sind Sie mit unserer Empfehlung einverstanden?«, fragte die Kellnerin. »Oder soll ich Ihnen eine zusätzliche Karte bringen?«

»Was?« Für einen Moment hatte John nicht zugehört. In Gedanken war er wieder in den Highlands. Sein Hochzeitsmahl mit Madlen war ziemlich ähnlich ausgefallen. Damals waren die Flüsse übervoll mit Lachsen gewesen, und auch nach Jakobsmuscheln hatte man nicht lange suchen müssen. Ein Armeleuteessen sozusagen.

»Ich fragte, ob Sie mit dem Menüvorschlag einverstanden sind?«

»Mad... äh ... Lilian?« John spürte, wie ihm die Hitze zu Kopf stieg. Beinahe hätte er sich versprochen. Dabei war ihm klar, dass es eine mittlere Katastrophe bedeuten würde, wenn man eine Frau zum Essen einlud und sie dann mit dem Namen einer anderen anredete.

»Ich finde das Menü wunderbar.« Lilian lächelte ihn an. »Ich liebe Lachs, und ich liebe Jakobsmuscheln.«

»Ja, ich auch«, gestand John abwesend.

Die Kellnerin nickte zufrieden. »Was möchten Sie trinken?«

Ohne in die Karte zu schauen, antwortete John: »Bringen Sie uns bitte eine Flasche Corton-Charlemagne, Chardonnay Grand Cru.«

»John«, flüsterte Lilian verschwörerisch, als die Kellnerin gegangen war. »Die Flasche zu zweihundert Pfund? Sind Sie wahnsinnig, das ist viel zu teuer!«

»Wir haben doch etwas zu feiern«, erwiderte er gut gelaunt und erhob demonstrativ sein Glas.

»Was feiern wir denn?« Ihre großen Augen wirkten mit einem Mal so unschuldig wie die eines Kindes.

»Unser Wiedersehen.«

Lilian hatte das Glas erhoben und prostete ihm zu. Sie mochte es, wenn er sein breites Grinsen aufsetzte, sowie den strahlenden Ausdruck seiner Augen und die Fältchen darunter. Überhaupt hatte er sich ziemlich in Schale geworfen. Der dunkle Anzug war garantiert maßgeschneidert, und das weiße Hemd saß exakt auf Figur. Dazu trug er eine teure Seidenkrawatte in dunklem Rot, die mit winzigen schwarzen Drachen bestickt war.

»Slainthe Mhath!«

»Slainthe Mhath, Miss Lilian.«

»John?« Lilian hatte einen Entschluss gefasst. »Ich möchte Ihnen gerne etwas erzählen, aber nur, wenn Sie mir versprechen, es für sich zu behalten und mich hinterher nicht für verrückt erklären.«

Er lachte befreit, und seine Hand berührte wie unbeabsichtigt ihre. »Sie können mir getrost alles anvertrauen, was Sie bewegt. Mir kommt es ohnehin vor, als ob wir uns schon seit ewigen Zeiten kennen.«

»Um es vorwegzunehmen, darauf führt es hinaus.«

John sah sie verblüfft an. Lilian hatte beschlossen, ihm reinen Wein einzuschenken, auch wenn ihrem Bruder das nicht gefallen würde. Wenn sie John von ihren Visionen erzählte, konnte er vielleicht zur Aufklärung dieser Geschichte beitragen. Oder er hatte gar keine Idee und hielt sie für eine Wahnsinnige. Danach würde er sich vermutlich mit einer Ausrede verabschieden, und Alex würde sie sagen müssen, dass sein Schamanenmittel zwar zur Behandlung von Amnesien geeignet sein mochte, aber möglicherweise keinen Durchbruch im Rahmen der Vererbungslehre darstellte.

»Wie ich Ihnen schon sagte, arbeite ich als Molekularbiologin. Ich teste zurzeit einen Stoff, der aus lateinamerikanischen Pflanzenextrakten hergestellt wird. Meine Analyse besagt, dass es damit möglich sein könnte, Erinnerungen von Vorfahren mittels eines biochemischen Prozesses aus den eigenen Genen zu extrahieren und über eine ziemlich realistische Halluzination, die durch das Mittel in bestimmten Hirnarealen ausgelöst wird, ins Bewusstsein zu transferieren.«

John schaute sie aufmerksam an. »Wenn ich Sie richtig verstehe, können Sie Erlebnisse Ihrer Vorfahren in einer Art Vision in Ihrem eigenen Bewusstsein sichtbar machen?«

»Ja, exakt diese Erfahrung habe ich mit Ayanasca – so wird das Extrakt von den Indianern bezeichnet – gemacht. Obwohl ich zugeben muss, dass mir ein eindeutiger Beweis der Richtigkeit dieser Erlebnisse noch fehlt.«

»Und wie darf ich mir das vorstellen?«

Lilian hielt es für ein gutes Zeichen, dass John sie nicht gleich zu einem durchgeknallten Junkie erklärte, sondern allem Anschein nach aufrichtiges Interesse zeigte.

»Naja … es ist wie ein höchst intensiver Film, live und in Farbe. Man erlebt alles hautnah mit. In meinem Fall schrieb man das Jahr 1648, es war dunkel und kalt, und ich lag irgendwo auf einem Feld. Ich hörte das Donnern von Kanonen, die Schreie der Soldaten, spürte die eigene Verletzung in meiner Brust und eine nicht ganz so glückliche

Schwangerschaft, die dadurch beendet wurde, dass mir ein ziemlich brutaler Kerl den Leib aufgeschnitten hat und das Baby herauszerrte.«

Lilian registrierte das Entsetzen in seinen Augen und wie sich seine Lider verengten.

»Und warum erzählen Sie mir das?«

»John, versprechen Sie mir erst, dass Sie mich nicht für wahnsinnig halten, obwohl ich es verstehen könnte.«

»Ich verspreche es«, sagte er leise.

»Sie spielten eine der Hauptrollen in diesem merkwürdigen Film.«

»Ich?« Sein Blick war unsicher.

»Oder sollte ich besser sagen Ihr exakter Doppelgänger? Und sein Name lautete kurioserweise John Cameron. Er war der Mann, in dessen Armen ich gestorben bin. Das heißt, ich war noch nicht tot, als er davongegangen ist. Als ich nochmals erwachte, war ich allein, und dann kam dieses Scheusal mit dem Messer und hat mir den Rest gegeben.«

John starrte sie sekundenlang an und sagte nichts.

O Gott, dachte Lilian, jetzt hält er mich doch für übergeschnappt! Deshalb sprach sie hastig weiter. »Mein Name in diesen Visionen war Madlen MacDonald. Offenbar habe ich – oder besser meine Vorfahrin – zu Zeiten des Schottisch-Englischen Bürgerkrieges in den Highlands gelebt.«

Lilian nahm einen Schluck Wein, um sich Mut anzutrinken, denn das Gesicht ihres Gegenübers zeigte keine Regung.

»Vergangenes Wochenende bin ich dann auf Sankt Munda gewesen, um etwas über meine Vorfahren in Erfahrung zu bringen. Meine Mutter liegt dort beerdigt, und dabei bin ich auf das Grab von Madlen MacDonald gestoßen. Jemand hatte Blumen dort niedergelegt. Ich wollte wissen, von wem sie stammten, weil ich dachte, dass diese Person mir vielleicht ein paar Informationen zum Leben und Sterben meiner Vorfahrin geben könnte. Später habe ich im Blumenladen erfahren, dass die Bestellung der Blumen von CSS aufgegeben wurde.« Sie hielt einen Moment inne, um zu beobachten, wie John auf ihre Aussagen reagierte, doch er verzog weiterhin keine Miene.

»Das ist der wahre Grund, warum ich nach Mugan Manor gefahren bin«, gestand sie freimütig. »Und dann sitze ich plötzlich in Ihrem Gästebett und sehe *Sie*, und Sie sehen haargenau genauso aus wie dieser

Mann aus meiner Vision. Nur das Sie keinen King-Charles-Bart und kein langes Haar tragen, sondern einen militärischen Kurzhaarschnitt.« Sie lächelte unsicher und hoffte, dass er nicht länger schwieg. Aber er starrte sie immer noch an, ganz so, als ob er ein Gespenst vor sich sitzen hätte.

Lilian versuchte die Situation zu retten, indem sie humorvoll klingen wollte. »Das Bett kannte ich übrigens auch – ich war schon mal drin. Das heißt – nicht ich, sondern Madlen MacDonald … vor Hunderten von Jahren, wahrscheinlich mit einem Ihrer Vorfahren …« Sie zuckte entschuldigend mit den Schultern. »In meiner Vision haben die beiden Gälisch gesprochen, und sie hatten gigantischen … Na, Sie können sich vielleicht denken, was ich meine …«

Lilian trank noch einen hastigen Schluck, und als sie das Glas absetzte, fiel ihr auf, dass John Cameron ihre Art von Humor offenbar nicht verstand. Sein Gesicht blieb versteinert.

»Es tut mir leid, wenn das alles ein bisschen schräg klingt«, erklärte sie mit einem betont unschuldigen Augenaufschlag.

Ein Kellner trat an den Tisch heran und servierte die Vorspeise. Lilian ließ sich nicht beirren und entfaltete ihre Serviette, bevor sie sich John erneut zuwandte.« Seit ich Sie kennengelernt habe, bin ich völlig verwirrt. Ich hoffe, Sie sind mir nicht böse, dass ich nicht gleich mit offenen Karten gespielt habe.«

John beobachte jede ihrer Bewegungen, besonders, als sie das Glas an die Lippen setzte und trank. Wie elektrisiert nahm auch er einen Schluck. Sein Herz schlug wie wild. Gewaltsam versuchte er seine Gefühle unter Kontrolle zu bringen. Verdammt, woher kannte sie Madlens Geschichte? Niemand, der heutzutage lebte, wusste davon. Mit Ausnahme seiner unsterblichen Kameraden und … Plötzlich überkam ihn ein furchtbarer Verdacht. War sie eine Spionin? Vielleicht hatte Paddy recht, und er war zu sorglos mit dieser Frau umgegangen, während Cuninghame sie in Wahrheit auf ihn angesetzt hatte.

Aber würde sie ihm dann diese abgefahrene Story erzählen?

Gehetzt sah er sich um. Nichts schien sich verändert zu haben. Die Gäste an den anderen Tischen waren mit ihrem Essen beschäftigt oder unterhielten sich angeregt, die Kellnerinnen liefen umher und servierten

457

die Bestellungen. Vielleicht sollte er besser Paddy anrufen und ihn um Unterstützung bitten, doch die Blöße wollte er sich eigentlich nicht geben.

»John? Glauben Sie, das ist verrückt? Sagen Sie es ruhig.«

John hatte Mühe, sich zu sammeln und ihren Fragen zu folgen. Tausend Gedanken schossen ihm durch den Kopf. Er versuchte kraft seiner Fähigkeiten zu ihren Gefühlen vorzudringen, was ihm wegen seiner Aufregung nur leidlich gelang. Aber da war nichts, was ihn hätte warnen können. Keine einzige negative Schwingung. Im Gegenteil, Lilian genoss augenscheinlich seine Gesellschaft.

»John, was ist los? Habe ich etwas Falsches gesagt?«

»Nein … nein«, stammelte er. »Ganz und gar nicht. Es ist nur, ich bin ziemlich überwältigt von Ihren Erzählungen.«

Und was wäre, dachte er bei sich, wenn sie die Wahrheit sagte? Wenn sie wirklich ein Mittel gefunden hatte, das den Beweis ihrer Nachkommenschaft von Madlen erbrachte?

»Haben Sie schon einen Test auf genetische Übereinstimmung machen lassen?« John hoffte auf molekularbiologische Fakten, die seine Befürchtungen zu entkräften vermochten.

»Sie meinen, ob ich die Leiche habe exhumieren lassen?« Lilian sah ihn überrascht an. »Nein, so weit war ich noch nicht. Da war ja noch die Sache mit den Blumen, die ich erst klären wollte. Außerdem ist es fraglich, ob nach so langer Zeit überhaupt noch was von der Toten übrig ist. Wenn Sankt Munda in der Wüste läge, vielleicht, aber die Insel liegt mitten im Loch Leven und ist ein Feuchtgebiet mit einem konstanten Grundwasserspiegel.«

John wagte kaum, die Frage zu stellen, und doch ließ es ihm keine Ruhe.

»Vorausgesetzt, Ihre Geschichte hält einer wissenschaftlichen und historischen Untersuchung stand, würde das nicht bedeuten, dass das Kind die grausame Prozedur des Herausschneidens überlebt hat?«

Sie ließ sich Zeit mit einer Antwort.

»Selbstverständlich, wenn meine Theorien sich bewahrheiten, müsste es so sein«, sagte sie schließlich. »Das Kind hätte überlebt und Madlens grauenhafte Erfahrungen an die folgenden Generationen vererbt, allerdings auch die schönen Momente.« Lilian nickte ihm arglos zu und lächelte ihn an. John suchte plötzlich verzweifelt nach Spuren seiner eigenen Familie in Lilians Gesicht, konnte aber nichts finden. Sie sah Madlen ähnlich, aber nichts deutete auf Spuren der Camerons hin.

Er hatte Cuninghame und seine Söldner verdächtigt, Madlens Leiche geschändet zu haben, jedoch hatte er nie eine Spur des Kindes gefunden. Es war tot, da waren er und seine Kameraden vollkommen sicher gewesen, und er selbst war als gebrochener Mann aus diesem Erlebnis hervorgegangen. Mental zu geschwächt, um Cuninghame sofort zu bekämpfen, hatte er wie ein Schatten seiner selbst den Bürgerkrieg überlebt, und währenddessen hatten sich Cuninghame und die wichtigsten Mitglieder seiner Bruderschaft davongemacht. Zuerst nach Deutschland, wo es ihnen in den Nachkriegswirren des Dreißigjährigen Krieges leichtgefallen war, neue Beute zu finden, und dann in die Neue Welt, wo sie sich an den eingeborenen Indianern gütlich getan hatten. Erst nachdem Oliver Cromwell in Edinburgh eingezogen war und James Graham, 1. Marquess of Montrose, öffentlich hatte vierteilen lassen, war John zu neuem Leben erwacht, um seiner Rache Genüge zu tun und die Jagd auf Lord Chester Cuninghame zu eröffnen. Wenig später schiffte er sich zusammen mit seinen Kameraden in die Neue Welt ein, um in Nova Scotia eine geheime Freimaurerloge zu gründen, die sich den Kampf gegen den Satan im wahrsten Sinne des Wortes mit einem geflügelten Drachen auf die Fahne geschrieben hatte. Und obwohl inzwischen dreihundertfünfzig Jahre vergangen waren, dauerte der Krieg gegen die Panaceaer immer noch an. Bisher war es John und seinen Getreuen nicht gelungen, der Schlange den Kopf abzuschlagen.

John bestellte sich einen doppelten Whisky und trank ihn in einem Schluck.

»Ist Ihnen nicht gut?« Lilians aufrichtig besorgte Miene ließen ihn zweifeln, dass sie zu Cuninghames Bande gehörte. Aber solange er nicht sicher wusste, was für ein Spiel hier gespielt wurde, durfte er sich ihr gegenüber nichts anmerken lassen.

»Ich muss Sie enttäuschen«, sagte er mit heiserer Stimme. »Wer auch immer die Blumen auf das Grab dieser Frau gelegt hat – sie sind nicht von mir.«

29

Schottland 2009 – »Familienbande«

Lilian verfluchte sich bereits, dass sie ehrlich zu John gewesen war und ihm von ihren Visionen berichtet hatte. Irgendetwas daran schien ihm auf den Magen geschlagen zu sein. Inzwischen hatte er sich den zweiten doppelten Whisky bestellt, dabei war nicht einmal der Hauptgang serviert worden. Schweigend aßen sie, nachdem die Kellnerin die Jakobsmuscheln serviert hatte. Lilian verspürte das unangenehme Gefühl, mit ihren Erläuterungen übers Ziel hinausgeschossen zu sein. Ein hausgemachtes Problem, wie sie sich selbst eingestehen musste. Sie war immer zu impulsiv und dachte selten darüber nach, ob ihre Spontanität unangenehme Folgen haben konnte. Andererseits hasste sie es, sich verstellen zu müssen – schon gar nicht bei einem Mann, der sie interessierte, und bei einer Sache, die ihr so wichtig war.

Nachdem das Dessert serviert worden war, nahm sie ihren ganzen Mut zusammen, um John auf sein Verhalten anzusprechen, während er schweigsam in seinem Dundee-Kuchen herumstocherte.

»Seien Sie bitte aufrichtig zu mir, John«, begann sie und gab sich dabei alle Mühe, ihm direkt in die Augen zu schauen. »Habe ich Ihnen mit meiner Offenheit den Abend verdorben?«

Er hielt inne. »Nein«, erwiderte er und tupfte sich mit der Serviette den Mund ab. »Es ist nicht Ihre Schuld, sondern meine, ich hätte vielleicht nicht herkommen sollen.«

Lilian rutschte das Herz in die Hose. »Wie soll ich das verstehen?«

»Das ist eine komplizierte Geschichte, für die Sie nicht die geringste Verantwortung tragen.«

»Ich liebe komplizierte Geschichten«, entgegnete Lilian herausfordernd. »Und ich finde, ich habe es verdient, sie zu erfahren, weil ich sonst am Ende denken werde, dass es doch meine Schuld ist, weshalb der Abend nicht so verlaufen ist, wie wir beide uns das vielleicht vorgestellt haben.«

»Ihre Story hat mich an den Tod meiner Frau erinnert.«

»Sie waren verheiratet?« Lilian hatte Mühe, ihr Erstaunen zurückzuhalten.

»Dann sind Sie also Witwer?«

»So könnte man es nennen, ja.« Seine Stimme war leise und wurde von den Geräuschen im Lokal übertönt, aber selbst wenn sie gar nichts verstanden hätte – sein trauriger Blick erklärte ihr alles.

»Das tut mir aufrichtig leid.« Lilian griff spontan nach seiner Hand, die auf dem Tisch lag und die er nicht zurückzog, als sie zunächst sanft seine Finger berührte und sie anschließend drückte.

»Haben Sie Kinder?«

»Nein, wir hatten keine Kinder.«

»Warum ist Ihre Frau gestorben?«

»Sie wurde im Krieg getötet«, entgegnete er ebenso leise, jedoch ohne nähere Erläuterungen hinzuzufügen.

Lilian lag es fern, tiefer in ihn einzudringen. Sie konnte sich vorstellen, dass seine Frau wahrscheinlich Soldatin gewesen und im Irak oder in Afghanistan gefallen war. Vielleicht hatte es sich aber auch um eine Ausländerin gehandelt, die er in einem Krisengebiet kennengelernt hatte und die als Zivilistin in einem Gefecht getötet worden war.

»Wir sollten gehen – habe ich recht?« Lilian hielt es nicht länger im Tigerlilly aus. Mit einem Mal erschien es ihr zu bunt, zu laut und zu fröhlich.

John bestand darauf, die Rechnung zu begleichen. An der Garderobe half er ihr in den Mantel, und als sie das Restaurant vor ihm verlassen wollte, hielt er sie am Ärmel ihres Mantels zurück.

»Warten Sie bitte einen Moment und lassen Sie mich vorgehen?« Schon war er an ihr vorbeimarschiert, um die Tür zu öffnen und einen Blick auf die Straße zu werfen. Erst nachdem er nach rechts und links geschaut hatte, wandte er sich zu ihr um und streckte ihr seine Hand entgegen, um sie nach draußen zu geleiten.

Es hatte zu regnen begonnen. Während sie gemeinsam über die vielbefahrene Straße liefen, legte er ihr unerwartet schützend den Arm um die Schulter, dabei sah er sich wieder nach allen Seiten um. Sein kontrollierendes Verhalten war ihr schon im Restaurant aufgefallen. Er tat es nicht so offensichtlich, aber Lilian war sensibel genug, es zu bemerken. Armer Kerl, dachte sie. Wahrscheinlich war sein Job daran schuld oder der frühe Tod seiner Frau, dass er permanent seine Umgebung checken musste.

Nachdem sie an Lilians Wohnungstür angekommen waren, schaute sie erwartungsvoll zu ihm auf. Einen Moment lang trafen sich ihre Blicke, bevor er ihr auswich und zu Boden sah.

»Ich gehe dann mal besser«, sagte er leise. Seine Aufmerksamkeit schien zum Türschild zu wandern, auf dem Jennas *und* Lilians Name standen.

»Wollen Sie nicht einen Moment mit hineingehen?« Lilian bemühte sich, gleichgültig zu klingen, doch es gelang ihr nicht. »Vielleicht sollten wir noch einen Kaffee trinken? Ich bin ohnehin heute Abend allein, meine Mitbewohnerin hat Nachtdienst. Außerdem hat Jenna erst vor kurzem eine funkelnagelneue Kaffeemaschine für unsere gemeinsame Küche angeschafft«, fügte sie hastig hinzu. »So ein Ding, bei dem man nur eine Tasse darunterstellen muss, und es zaubert einem im Handumdrehen die gesamte Angebotspalette von Starbucks.«

John brachte es allem Anschein nach nicht über sich, nein zu sagen.

Mit zitternden Fingern schloss sie die Wohnungstür auf, bemüht, ihre Aufregung zu verbergen. John folgte ihr in den Hausflur. Sie zog die Schuhe aus und sah, dass er sich auch hier unauffällig umschaute. Watson lief ihm entgegen. Völlig zutraulich schlich der Kater ihm um die Beine. John beugte sich zu ihm hinab und streichelte sein schneeweißes Fell.

Der Mann musste in Ordnung sein, denn Watson hatte ein hundertprozentiges Gefühl für Arschlöcher, wie Jenna es gerne deftig umschrieb, und so wie es aussah, konnte er von den kraulenden Fingerspitzen des Fremden gar nicht genug bekommen.

»Sie können Ihren Mantel gerne an der Garderobe aufhängen«, rief sie John zu, während sie barfuß in der Küche verschwand und ihren eigenen Mantel über einen Stuhl legte.

»Nicht nötig«, rief er zurück. »Nach dem Kaffee werde ich Sie nicht länger belästigen. Ich möchte mir nur gern die Hände waschen. Wo befindet sich das Gäste-WC?«

»Rechts neben der Eingangstür.« Na prima, dachte Lilian. Ein Kerl, der noch nicht einmal den Mantel ablegte, nachdem er die Wohnung eines Mädchens betreten hatte, war definitiv kein Kandidat für einen One-Night-Stand und schon gar nicht für eine längere Beziehung. Also schien die Geschichte schon beendet zu sein, bevor sie richtig begonnen hatte.

Durch das Küchenfenster sah Lilian, wie unglaublich rasch es dunkel geworden war. Nur das Licht der Straßenlaternen erhellte die weitläufige Dachterrasse, und dahinter schaute man auf die bei Nacht angestrahlte Burg. Der Regen war stärker geworden und prasselte gegen die Fensterscheiben. Lilian schaltete nur die indirekte Küchenbeleuchtung ein, ein gedämpftes, heimeliges Licht, und zündete auf dem Tisch eine Kerze an. Gerade hell genug, um sehen zu können und eine gemütliche Atmosphäre zu schaffen. Die Handhabung der Kaffeemaschine war eine Wissenschaft für sich, die Lilian nicht wirklich beherrschte. Jenna hatte das Teil im Internet bestellt und danach die Beschreibung verlegt. Normalerweise reichte es vollkommen, dass sie sich damit auskannte. Lilian trank eigentlich nur Tee, dessen Zubereitung lediglich einen Instantbeutel und heißes Wasser erforderte.

»Der Behälter mit den Kaffeebohnen ist vermutlich leer«, bemerkte John. Er war lautlos hinter sie getreten war. »Sehen Sie hier, die Warnleuchte blinkt rot.«

Lilian sah auf und befand sich mit John unversehens auf Augenhöhe, weil er sich zu ihr hinuntergebeugt hatte. Sein Mund war ihrem ungewohnt nah, und sein intensiver Blick ließ ihr die Knie weich werden. Aber anstatt sie zu küssen, wie sie es sich vielleicht erhofft hatte, richtete er sich auf und warf ihr einen undefinierbaren Blick zu. »Wo finde ich die Kaffeebohnen?«

»Warten Sie!« Lilian drehte sich um und machte sich an einem Hochschrank zu schaffen. Als sie bemerkte, dass die Tüte auf dem obersten Regal stand, für sie unerreichbar, kam er ihr wortlos zu Hilfe. Er griff nach der Tüte und legte sie auf die Ablage.

»Danke.« Als sie sich zu ihm umdrehte, trafen sich ihre Blicke erneut. Doch diesmal hielt sie ihn fest.

Er erwiderte nichts, sondern sah sie nur an – lange und unergründlich.

»John?« Sie nahm seine Hand. In seinem Schatten erschien ihr die Umgebung plötzlich so dunkel wie in einem finsteren Tannenwald.

»Was habe ich falsch gemacht? Sagen Sie es mir bitte?«

»Gar nichts«, betonte er leise und strich ihr übers Haar, während sein Blick eingehend über ihr Gesicht wanderte. Danach lächelte er wehmütig. »Du siehst ihr nicht nur verdammt ähnlich, du benimmst dich auch so, wie sie es getan hat, und dann erzählst du mir diese unglaubliche Geschichte. Das war alles ein bisschen viel für mich.«

Die harten Linien seines Gesichts wurden mit einem Mal weicher, und als er mit seinen Fingerknöcheln sanft über ihre Wange streichelte, ahnte sie, dass er von seiner verstorbenen Frau sprach.

Lilian stellte sich auf die Zehenspitzen und legte ihre Arme um seinen Nacken, dann fuhr sie in sein dichtes rotbraunes Haar und zog seinen Kopf zu sich herab. Warm und weich lagen ihre Lippen auf seinen. Er öffnete den Mund und ließ es zu, dass Lilians Zunge mit seiner spielte. Lilian streifte ihm beiläufig den Mantel ab und ließ ihn zu Boden fallen.

»Wir sollten das nicht tun«, hauchte er, als sie sich nach einem weiteren intensiven Kuss für einen Moment zurücklehnte und nach Atem rang, aber dann küsste er sie wieder und schob die Spaghettiträger des Kleides so weit hinunter, dass ihre nackten Brüste zum Vorschein kamen. Zart streichelte er über die aufragenden Knospen. Lilian schloss die Augen und legte den Kopf in den Nacken. John beugte sich zu ihr hinab, und sie spürte seine Lippen auf ihren Brüsten, dann auf ihren Schultern und schließlich auf ihrem Hals. Als er sie auf den Mund küsste, umarmte er sie sacht und drückte sie an sich.

Sie spürte seine warme Handfläche auf ihrem Rücken und seine Erektion an ihrem Bauch. Sein zitternder Atem roch nach Whisky, aber Lilian machte das nichts. Sie hatte ihre Hände abermals um seinen Hals gelegt und drückte sich ihm entgegen. Sie wollte mit ihm schlafen – und er wollte nichts anderes.

»Bleib bei mir«, flüsterte sie an seine Brust und stieß einen überraschten Laut aus, als er ihr sie plötzlich anhob und mühelos auf die Küchenablage setzte.

Er schob ihr das Kleid mit sanfter Hand bis zu den Oberschenkeln und spreizte ihre Beine, damit er ihr noch näher sein konnte. Er sagte nichts, küsste sie unentwegt, und nur seine Rechte wanderte warm und fest über ihren Rücken, streichelte an ihrer Wirbelsäule entlang, während er mit der linken Hand ihre nackten Brüste liebkoste. Lilian nestelte am Gürtel seiner Hose. Der Gedanke, ihn hier in der Küche zu verführen, erschien ihr reizvoll.

»Wo ist dein Schlafzimmer?«, flüsterte er heiser und nahm sie unvermittelt auf, um sie davonzutragen.

»Am Ende des Flurs links!«, erwiderte Lilian mit erstickter Stimme und kicherte albern. Das Kleid war zu Boden geglitten, sie trug nur noch einen Slip. Obwohl sie es verrückt fand, was er tat, hielt sie mit ihren Beinen seine Hüften umklammert, um nicht hinunterzufallen. Dabei erspürte sie an der Innenseite ihres rechten Schenkels, verborgen unter seiner Anzugjacke, einen sperrigen Gegenstand. Schlagartig wurde ihr bewusste, dass es eine Pistole sein musste, die er am Gürtel befestigt trug. Lilian verdrängte ein Gefühl der Unsicherheit. In Großbritannien herrschten strenge Waffengesetze. Man benötigte eine Ausnahmegenehmigung, um eine Pistole zu tragen. Klar, er war so etwas wie ein Bodyguard. Solche Leute trugen meist Waffen mit sich herum. Aber warum tat er es jetzt? Wahrscheinlich weil er einen dienstlichen Termin mit einem privaten verbunden hatte, beruhigte sie sich. Überhaupt schien er mit außergewöhnlichen Fähigkeiten gesegnet zu sein. Obwohl es in der Wohnung beinah stockfinster war und er sich nicht auskennen konnte, trug er sie zielsicher in ihr Bett.

»Ich bin gleich bei dir«, flüsterte er und zog sich für einen Moment zurück. Er machte kein Licht, und während sie wie benommen dalag und ihr Herzklopfen hörte, mischte sich das Rascheln von Kleidung hinein. In der Dunkelheit konnte sie schemenhaft erkennen, wie er sich seines Anzuges entledigte.

John war nicht sicher, ob er nach so langer Zeit der freiwilligen Enthaltsamkeit noch wusste, wie man richtig mit Frauen umging. Paddy hielt ihn zwar auf dem Laufenden, was die Wünsche und Bedürfnisse der modernen Damenwelt betraf, aber seit Madlens Tod hatten John solche Dinge kaum noch interessiert. Es nervte ihn eher, wenn sein irischer Freund wieder über die Vorlieben und Wünsche von modernen Frauen dozierte. »Heutzutage wollen die Weiber meist reden, bevor es zur Sache geht«, hatte Paddy gesagt. »Und im Bett geht's dann weiter. Vorher, nachher, also unentwegt. Und sie wollen, dass du ein Kondom benutzt. Obwohl das bei uns gar nicht nötig wäre. Aber wie sollte man ihnen das klarmachen?«

John wusste natürlich, dass sich die Zeiten nicht nur politisch immer wieder gewandelt hatten. Auch das Verhalten zwischen Männern und Frauen war ständigen Änderungen unterworfen. Im Kern war es allerdings gleich geblieben. Die Liebe als solche änderte sich nicht, ganz gleich, welches Jahrhundert man schrieb. Wobei man auch zu Madlens Zeiten nicht gerade prüde gewesen war – zumindest, wenn man nicht zu den Puritanern gehört hatte. Ob John sich dauerhaft von seiner Erziehung und seiner Kultur befreien konnte, selbst wenn er Hunderte Jahre Zeit dafür gehabt hatte, wagte er ohnehin zu bezweifeln. Er war nie ein Mann großer Worte gewesen, schon gar nicht im Bett. Er liebte eher die leisen Töne, und auch bei Madlen war er immer ohne Umschweife zur Sache gekommen, was sie seiner Erinnerung nach an ihm geschätzt hatte. Dabei hatte sie großen Einfluss auf ihn gehabt. Bevor er sie kennengelernt hatte, fand er nichts Verwerfliches daran, sich eine Hure zu kaufen. Erst mit Madlen hatte sich das Blatt gewendet, und er hatte erkannt, dass es einen gewaltigen Unterschied machte, wenn man die Frau in seinen Armen wahrhaftig liebte. Fortan hätte er sich nichts anderes mehr vorstellen können, selbst wenn er dafür buchstäblich durch die Hölle gehen musste.

Vielleicht war er deshalb so unsicher, was Lilian betraf. Sie faszinierte ihn auf diese gleiche unerklärliche Weise, wie es bei Madlen der Fall gewesen war. Er liebte es, wie sie lachte, sich bewegte und dass sie kein Blatt vor den Mund nahm und genau wusste, was sie wollte. Sie vertraute ihm, obwohl sie nicht wissen konnte, was sie erwartete. Nachdem sie ihn mit ihren merkwürdigen Forschungen schockiert hatte, war er erst recht neugierig geworden, die wahren Gründe herauszufinden, warum sie sich für ihn interessierte, selbst wenn es ihn am Ende noch einmal den Seelenfrieden kostete.

Lilian wagte nicht, das Licht einzuschalten, geschweige denn eine Kerze anzuzünden. Vielleicht weil sie befürchtete, etwas falsch zu machen. Als John wenig später zu ihr unter die Decke schlüpfte, nackt und mit einer Leidenschaft, die sie allenfalls bei sich selbst erwartet hatte, war sie froh, dass alles weitere nur im Halbdunkel geschah und sie sich auf das konzentrieren konnte, was sie empfand, und nicht auf das, was sie in seinen Augen zu lesen glaubte.

Seine Haut duftete nach teurem Aftershave und Bodylotion und nach etwas anderem, Aufregendem, das sie nicht näher benennen konnte. Er küsste sie ausgiebig, und seine Hände wühlten sich in ihr langes Haar. Es ziepte ein wenig, doch es machte ihr nichts, als er fester zupackte und ihren Mund zu seinem hin dirigierte. Erst recht nicht, als er sich anschickte, ihr mit einer sanften Geste den Slip herunterzuziehen. Sie rollte sich auf den Bauch und ging auf die Knie, um ihm entgegenzukommen. Als ob er ihren Wink verstanden hätte, begann er mit beiden Händen sanft ihr Gesäß zu massieren, dann beugte er sich hinab und bedeckte ihren Rücken mit Küssen. Seine Finger glitten wie unbeabsichtigt zwischen ihre Schenkel und streichelten ihre empfindlichsten Stellen.

Sie stöhnte, als er ihr bedeutete, dass sie ihre Beine ein wenig öffnen sollte, und er sich hinabbeugte, um die Innenseite ihrer Schenkel zu küssen.

»Ich nenne es ›Der Wolf und die Wölfin‹«, flüsterte er und ließ seinen heißen Atem über ihr Geschlecht streichen. Lilian war erstaunt, wie selbstverständlich ihr sein Vorgehen erschien und wie sehr sie es genießen konnte. »John«, stieß sie keuchend hervor. Sie wollte nicht länger warten. »Lass es uns tun.«

»Sorry«, flüsterte er. Seine Stimme klang amüsiert. Im schwachen Gegenlicht des Fensters sah Lilian, dass er etwas in der Hand hielt. Seinen weiteren Bewegungen nach zu urteilen, streifte er sich ein Kondom über. Sie selbst hatte nicht daran gedacht, und seine Vorgehensweise erschien ihr ziemlich routiniert. Aber was hatte sie erwartet? Der Mann arbeitete in der Sicherheitsbranche und ging kein Risiko ein.

John bediente sich ihres Körpers, als ob er nie etwas anderes getan hätte. Keine ungelenken Bewegungen. Kein Zögern. Nur sanfte, intensive Berührung. Ein überraschtes Aufstöhnen entfuhr ihr, als er mit einem einzigen harten Stoß in sie eindrang.

»O mein Gott, ist das gut!« Ihre Stimme war nur noch ein heiseres Flehen, während sie sich seinem Rhythmus anpasste. Lilian genoss diese besondere Art von archaischem Sex. In ihr stiegen unvermittelt Fetzen flüchtiger Erinnerungen auf, an einen Mann mit langen zimtfarbenen Haaren, der sie an den unmöglichsten Orten auf verschiedene Weise geliebt hatte. Langsam und gelassen rollte Lilian zum Höhepunkt, bis John plötzlich innehielt und sich aus ihr zurückzog. Mit einer zarten Liebkosung deutete er ihr an, dass sie sich auf den Rücken legen solle, damit er ihr noch näher sein konnte. Lilian empfing ihn mit geschlossenen Augen. Sie spürte seine drängende Härte in ihrem Schoß und wie er sich auf den Ellbogen abstützte, um sie nicht zu erdrücken. Dann senkte er sich langsam hinab, bis seine Brust ihre berührte. Sie spürte seinen flüsternden Atem an ihrem Mund und ihr war, als ob sie ihn schon tausend Mal auf diese Weise empfangen hatte. Sein langsames, kraftvolles Auf und Ab und seine heiseren Worte erschienen ihr seltsam vertraut, und sie liebte es, wie er beiläufig an ihrem Ohr knabberte und irgendetwas Gälisches raunte, das sie nicht verstand. Der rauchige Nachhall seiner Worte jagte ihr die gleiche Gänsehaut über den Körper, wie sie es mit seinem Doppelgänger in ihren Visionen erlebt hatte.

»Geht es dir gut?« Seine Stimme klang heiser, und Lilian ließ sich von dem bizarren Gefühl hinwegtragen, dass Traum und Wirklichkeit soeben miteinander verschmolzen.

»Ja«, hauchte sie völlig entrückt und umarmte ihn fester, bis er beinahe bewegungslos in ihr verharrte. Wieder küssten sie sich. Sie spürte, wie die Spannung zwischen ihnen wuchs und sich bei seiner nächsten Regung zu entladen drohte. John richtete sich langsam auf und zog ihr die Handgelenke über den Kopf. Und obwohl er behutsam dabei vorging, wurde sein Rhythmus unvermittelt härter. Sein Stöhnen war heiser und animalisch, und Lilian gelangte mühelos ans Ziel all ihrer Wünsche, während ihr Herz wie ein wildes Pferd davongaloppierte.

»War es das, was du erwartet hast?« Seine Stimme klang noch rauer, als er nach einer Weile seinen Kopf zu ihr hinabbeugte, um sie zu küssen.

»Ich denke bereits über eine Wiederholung nach.«

Er lachte leise und rollte sich zur Seite. »Warum nicht?«

Ihr Atem ging immer noch heftig. »Obwohl es mir unmöglich erschien, habe ich heimlich gehofft, dir in der Realität zu begegnen. Und verdammt, jetzt bist du hier.«

Er zog sie so weit in seine Arme, bis ihre Wange an seiner Brust ruhte. »Das ist in der Tat merkwürdig«, raunte er. »Aber es fühlt sich unglaublich gut an.«

An ihrem Ohr hörte sie das dumpfe, stetige Pochen seines Herzens.

Seine Haut war ein wenig feucht, und als sie ihn auf die Brust küsste, schmeckte sie Salz auf ihren Lippen.

»John?« Es war nur ein Wispern in die Dunkelheit, zu mehr war Lilian nicht fähig.

»Ja?«

»Warum habe ich das Gefühl, dich schon ewig zu kennen?«

»Ich weiß es nicht.« Er lächelte. »Nur soviel – mir geht es ähnlich.«

»Denkst du, es hat etwas mit meinen Halluzinationen zu tun?« Sie wollte nicht schon wieder davon anfangen, aber es ließ ihr einfach keine Ruhe.

»Vielleicht war der John Cameron aus meinen Visionen einer deiner Ahnherren, und wir sind sogar miteinander verwandt?«

Er küsste Lilian auf die Schläfe, ganz leicht, als ob sie zerbrechlich wäre.

»Möglicherweise«, flüsterte er, »hätte ich dazu eine andere Idee, aber ich bin mir nicht sicher, ob es ratsam ist, darüber zu sprechen.«

»Heißt das etwa, du vertraust mir nicht?« Sie lachte kurz auf, aber es klang nicht heiter, sondern bezeugte ihre Unsicherheit. »Oder sind wir eben falsch abgebogen und jetzt in einer Sackgasse gelandet? Vielleicht lauerst du ja schon darauf, bis ich eingeschlafen bin, um ohne Abschied zu gehen?«

»Nein, wie kommst du darauf?« Mit einer Hand strich er über ihr Haar, und dann sprach er weiter, bevor sie darauf antworten konnte. »Auch wenn ich vielleicht so aussehe – ich gehöre nicht zu den Typen, die Frauen in Gegenwart ihres neuen Kaffeeautomaten verführen und danach einfach verschwinden. Um ehrlich zu sein, bin ich noch nicht mal ein geübter Verführer. Du bist die Erste, mit der ich nach dem Tod meiner Frau geschlafen habe.«

Lilian schluckte den Kloß in ihrer Kehle hinunter und kuschelte sich in seine Armbeuge. »Es tut mir leid, dass ich so direkt zu dir war.«

»Ich glaube, genau das ist es, was mich an dir fasziniert. Du bist frei von Konventionen, immer ein bisschen unverfroren, und so wie ich es einschätzen kann, meistens positiv gestimmt. Du hast keine Angst, dass das Leben dir etwas verweigern könnte, und schon gar nicht fürchtest du dich vor Fremden wie mir, die dir, ohne zu zögern, das Herz herausreißen könnten. Dass du einem Kerl wie mir überhaupt vertrauen kannst, ist etwas, worum ich dich aufrichtig beneide.«

Lilian stieß einen leisen Seufzer aus. »Dabei bin ich schon ziemlich oft auf die Nase gefallen, aber bei dir hatte ich von Beginn an ein gutes Gefühl.«

Sie musste eingenickt sein, als John so abrupt den Kopf hob, dass sie erschrak. Augenblicklich war sie hellwach. Im Nu saß er aufrecht im Bett, und seine Körperspannung hatte sich binnen Sekunden verändert.

»Was ist?« Die Anspannung übertrug sich auf Lilian. Ängstlich lauschte sie in die Dunkelheit, konnte aber weder etwas hören noch etwas Ungewöhnliches erkennen.

John legte ihr seine warme Hand auf den Mund, was ihr weitaus mehr Furcht einflößte, als wenn er irgendetwas zu ihr gesagt hätte.

Ihr Herz raste, als er sich lautlos erhob und in seine Hose schlüpfte, und was sie noch weitaus mehr beunruhigte, war, dass er seine Pistole vom Gürtel nahm und in die Dunkelheit richtete.

»Hey, John«, wisperte sie heiser. »Was machst du da? Du musst mich nicht beeindrucken, ich finde es spannend genug mit dir … ich brauche …«

In diesem Moment flog etwas durch die Fensterscheibe. Lilian hörte einen gedämpften Schuss, der den Kristallleuchter an der Zimmerdecke zersplitterte. Instinktiv schloss sie die Lider, als sie spürte, wie sich winzige Scherben wie scharfe Geschosse in ihren nackten Arm bohrten. Als sie die Augen wieder öffnete, wurde sie Zeugin eines unglaublichen Schauspiels. Zwei Schatten drangen durch Fenster und Türen ein und verwickelten John in einen Kampf, dessen Tempo so rasant war, dass Lilian nur graue Schemen wahrnahm, die sich zu einem undurchsichtigen schwarzen Nebel verdichteten. Geistesgegenwärtig sprang sie aus dem Bett und presste sich mit dem Rücken an die Wand. Dabei zog sie das Bettlaken über ihre Blöße und wickelte sich darin ein, als ob es ein Abendkleid wäre. Aus der Dunkelheit drangen beängstigende Geräusche zu ihr. Es klang nach einem Faustkampf, sie hörte heftiges Atmen, das Scheppern von Gegenständen und ein Stakkato von deftigen, kaum verständlichen Flüchen.

Lilian schrie, als sich die Bewegungen verlangsamten und sie erkannte, dass John für einen Moment zu Boden ging und sich an den Arm fasste, weil er offenbar durch ein Messer verletzt worden war. Bevor eine der beiden schwarzen Gestalten noch einmal zustechen konnte, rollte er sich blitzschnell zur Seite. Der riesige Dolch, dessen Klinge im Schein der Laterne aufblitzte, traf ihn nicht in der Brust, sondern blieb im Parkett stecken. Dann vernahm Lilian einen weiteren Schuss, und einer der Angreifer fiel lautlos zu Boden.

Lilian versuchte, das Licht einzuschalten, fand aber in ihrer Panik den Schalter nicht. John hatte sich offenbar den zweiten Einbrecher gepackt und stieß ihn mit voller Wucht gegen das offene Fenster. Der Angreifer flog rückwärts hindurch, mit dem Kopf zuerst. Fünfzehn Meter ging es da in die Tiefe, bevor der Mann auf dem Asphalt aufkam. Lilian wartete auf einen Schrei oder ein Geräusch des Aufpralls, aber kein Laut war zu hören.

John lief auf sie zu und packte sie am Handgelenk. »Wir müssen weg hier!«, zischte er.

Lilian sträubte sich für einen Moment, weil sie immer noch nicht glauben konnte, dass das hier wirklich passierte. John ließ ihr jedoch keine Wahl. Erbarmungslos zog er sie mit sich. Ihr blieb nur, mit der anderen Hand das Betttuch festzuhalten, wenn sie nicht nackt wie Eva bei ihrer Vertreibung aus dem Paradies die Wohnung verlassen wollte.

Im Hausflur kam ihnen Watson in die Quere, sie konnte ihn nicht sehen, nur hören, wie der Kater laut fauchend davonstob. John störte sich nicht daran und riss die Wohnungstür auf. Dann stürmte er mit ihr nach draußen in das spärlich beleuchtete Treppenhaus, wo er sich spontan entschied, den Fahrstuhl zu nehmen, weil von unten herauf erneut der Schatten einer Gestalt zu sehen war.

»Wo willst du denn hin?«, rief Lilian erstickt, als er sie in den hellerleuchteten Fahrstuhl drängte. »Denkst du nicht, wir sollten lieber die Polizei rufen?«

Ihr Vorschlag blieb unkommentiert. John drückte den Knopf für die Tiefgarage. Er trug nur seine Hose. In der linken Hand hielt er seine Pistole. Sein Oberkörper war nackt. Merkwürdigerweise sah sie keinerlei Verletzungen an seinen Armen, sondern nur drei ältere, hässliche Narben unterhalb der rechten Achsel und links auf Höhe seiner Bauchmuskeln, die ihr zuvor in der Dämmerung gar nicht aufgefallen waren. Dabei hätte sie schwören können, dass ihn der Gangster mit dem Messer erwischt hatte. Auf seiner Schulter prangte eine Tätowierung, die sie ebenfalls das erste Mal an ihm sah, die ihr aber dennoch bekannt vorkam.

Eine umgekehrte Sechs – so groß wie ein Zwei-Euro-Stück. Aus der Nähe sah es aus wie ein altes alchemistisches Zeichen. Eine Cornuta – ein Gefäß zum Destillieren von Flüssigkeiten. Abrupt erinnerte sie sich, wo sie das Zeichen zuletzt gesehen hatte. Bei ihrem Bruder – bei ihm war es auf dem rechten Schulterblatt tätowiert. Im letzten Sommer war es ihr bei einem Besuch in Köln zum ersten Mal aufgefallen, als sie Alex im Bad überrascht hatte. Die Tätowierung war noch ganz frisch gewesen, und Alex war beinahe ausgerastet, als sie die Stelle berühren wollte und ihn darauf ansprach, was dieses Zeichen genau zu bedeuten habe. Er hatte sie regelrecht angefaucht, sie solle ihn in Ruhe lassen. Tagelang hatte er fiebrige Augen gehabt, und Lilian hatte sich Sorgen gemacht, er könne sich beim Tätowieren eine Infektion geholt haben.

Lilian wollte John fragen, warum er dieses Zeichen trug, aber der Zeitpunkt erschien ihr alles andere als günstig. In der einen Hand hielt er seine Pistole, mit der anderen nestelte er an seiner Hosentasche herum. Vermutlich suchte er nach seinem Autoschlüssel. Er warf ihr einen ungeduldigen Blick zu.

»Ich werde dir später alles erklären«, murmelte er. Dann öffnete sich die Aufzugtür, und sie standen in einem hellerleuchteten, menschenleeren Parkdeck inmitten von Dutzenden von Fahrzeugen.

John zog sie weiter zum hinteren Ende, wo sein schwarzer Sportwagen stand. Lilian stieß einen entsetzten Schrei aus, als sich aus einer Nische zwei Gestalten lösten. Sie trugen schwarze Overalls und Sturmhauben und griffen John mit Pistolen und Schwertern an.

»Geh hinter meinem Rücken in Deckung«, keuchte er, während er auf den ersten Mann zielte. Ein Schuss fiel, und der Angreifer ging getroffen zu Boden. Der zweite hatte sich hinter einem runden Betonträger zurückgezogen, von wo aus er versuchte, auf John zu feuern. John zog Lilian erbarmungslos weiter, und öffnete währenddessen mit seiner Fernbedienung die Wagentüren.

Plötzlich hörte Lilian, wie jemand ihren Namen rief, aber es war nicht John, sondern eine andere Stimme, die ihr bekannt vorkam. Verwirrt sah sie sich um. Ein Kopf schnellte aus der Deckung, und für einen Moment glaubte sie, sich zu täuschen. Nein, das konnte nicht sein! Alex stand da. Ihr Bruder trug einen schwarzen Overall, aber sein Kopf war nicht bedeckt. Er hatte diesen rabenschwarzen Pagen-

472

schnitt, den er seit seiner Konfirmation nicht mehr geändert hatte. Nur seine Schultern waren mit den Jahren breiter geworden, weil er in seiner Freizeit ständig in Fitnessstudios herumhing.

John zögerte nicht lange. Er riss Lilian mit sich in die Hocke. Mit einem Wink bedeutete er ihr, sich im Wagen in Sicherheit zu bringen. Dann zielte er auf Alex.

»Nicht!«, schrie Lilian und riss John den Arm herum. Ohne nachzudenken, sprang sie auf und lief quer durch die Schusslinie zu ihrem Bruder, der nun erneut aus der Deckung auftauchte. John konnte nicht schießen, sonst hätte er sie womöglich getroffen. Alex huschte hinter dem Pfeiler hervor und packte ihren rechten Arm. Dann zog er sie zu sich heran. Sie spürte seinen stahlharten Griff.

»Lass mich los«, wimmerte sie. »Was tust du überhaupt hier?« Statt ihr zu antworten, packte er sie nur noch fester und riss sie herum, bis sie wie ein menschlicher Schutzschild vor seiner Brust zu stehen kam, dann trat er mit ihr aus der Deckung heraus. John stand immer noch halb hinter dem Wagen und schaute sie nun ungläubig an.

»He, du Schwein, da guckst du, was?«, rief Alex und setzte Lilian unvermittelt die Mündung seiner Pistole an die Schläfe. »Wirf deine Waffe weg, und ergib dich, sonst ist sie tot!«

»Alex, um Gottes willen, was tust du da?« Lilian befreite eine Hand aus seiner Umklammerung und versuchte, ihm die Pistole zu entreißen.

»Verdammt, gib das Ding her!« Hatte Alex etwa wieder zu kiffen begonnen, oder waren es doch die Folgen von Ayanasca, dass er möglicherweise an Wahnvorstellungen litt? Für einen Augenblick befürchtete sie selbst, einem Wahn verfallen zu sein. Doch nein, sie litt nicht an Halluzinationen. Alex legte an und schoss – und er traf John in den Oberarm. John zuckte zusammen und verzog für einen Moment das Gesicht zu einer schmerzverzerrten Grimasse. Lilian sah die Verletzung und wie das Blut an Johns Arm hinunterlief. Einen Moment später rollte er sich schutzsuchend hinter die offene Wagentür. Lilian versuchte, sich aus der Gewalt ihres Bruders zu befreien, doch es gelang ihr nicht. Sie blickte zu John hinüber und glaubte zu erkennen, dass er auf Alex angelegt hatte.

»Bitte, John, erschieß ihn nicht! Er ist mein kleiner Bruder und steht wahrscheinlich unter Drogen. Vermutlich leidet er unter Wahnideen, weil er seine Finger nicht vom Marihuana lassen kann.«

John wusste nicht, was er von dieser Vorstellung zu halten hatte. Der schwarzhaarige Kerl gehörte zu Cuninghames Leuten – daran bestand für ihn nicht der geringste Zweifel. Die Söldner des schwarzen Lords erkannte er nicht nur an ihrem Äußeren, sie besaßen eine andere energetische Körperspannung als normale Menschen, die er erspüren konnte. Dafür war der Komplettaustausch des Blutes gegen Eternity verantwortlich. Dieser Kerl war allerdings nur teilweise initiiert. Man hatte ihn nicht vollständig zu einem Idioten gemacht, sondern ihm einen Teil seines freien Willens gelassen. Das konnte John an seinen lebhaften braunen Augen erkennen, die Lilians so verdammt ähnlich sahen. Also musste der Mann zur Führungsriege gehören, denn nur deren Mitglieder blieben von einer vollkommenen Umwandlung zum Lakaien verschont. Dass Lilian den Mann als ihren Bruder bezeichnete, war kein gutes Zeichen, selbst wenn es bedeutet hätte, dass sie lediglich biologisch verwandt waren und sie möglicherweise nichts von seinen Machenschaften wusste. Für gewöhnlich rekrutierte die Bruderschaft der Panaceaer entweder ganze Familien, oder man brachte sie gemeinschaftlich um, wenn auch nur einer von ihnen der Bruderschaft nicht mehr nützlich erschien.

John war verwirrt. Er wusste nicht, ob er an Lilians Unschuld glauben konnte.

Zu allem Überfluss tauchten nun noch weitere Söldner in der Tiefgarage auf. Wahrscheinlich war es ihre Absicht gewesen, ihn bei seinem Rendezvous mit Lilian zu überwältigen und Cuninghame auf einem goldenen Tablett zu servieren.

Alex wurde von seiner Schwester für einen Moment abgelenkt. John zielte auf seine Stirn, weil er das Herz nicht anvisieren konnte. Lilian stand immer noch vor ihm. Trotzdem feuerte John das Spezialgeschoss ab. Alex sackte getroffen in sich zusammen. Das Projektil hatte ein Loch in seiner Stirn hinterlassen. Blut spritzte auf – oder das, was man dafür halten konnte. Lilians nackte Schultern wurden von einem feinen roten Sprühnebel überzogen. Mindestens fünfzehn Minuten würde es dauern, bis sich Alex' Verletzung wieder geschlossen hatte, und auch sein Gehirn würde einige Zeit benötigen, um sich zu regenerieren. Bis dahin befand sich Lilians Bruder außer Gefecht.

Lilian stürzte sich mit einem Schrei des Entsetzens auf Alex, der mit verdrehten Augen vor ihren Füßen lag, und drückte ihm voller Verzweiflung eine Hand auf die Wunde. Als sie bemerkte, dass sie so die Blutung nicht stoppen konnte, zerriss sie einen Teil ihres Bettlakens und drückte den Stoff auf die klaffende Wunde. Die Angst und Sorge, die in ihrem Gesicht zu lesen waren, verriet John, wie sehr sie ihren Bruder liebte.

An Alex' reglosem Körper erkannte John, dass es sich tatsächlich um Lilians echten Bruder handeln musste. Für einen Moment noch hatte er gehofft, dass vielleicht der geheimnisumwobene Bruder Mercurius hinter diesem Auftritt steckte. Mercurius konnte kraft seiner Gedanken in anderen Menschen die Illusion von verschiedenen Persönlichkeiten hervorrufen, aber bei jeder Verletzung war er gezwungen, für eine Weile seine ursprüngliche Gestalt anzunehmen. Wenn Lilian also tatsächlich zu Cuninghames Familienbande gehörte, musste sie ihre Gefühle verdammt gut unter Kontrolle haben. Womöglich war sie sogar eine Initiierte, deren Körper zwar sterblich war, aber deren Geist man beeinflusst hatte.

John hoffte immer noch, dass er unrecht hatte, als er Lilian weinend am Boden hocken sah. Es war höchst ungewöhnlich, dass sie als Angehörige eines Panaceaers Tränen vergoss, zumal sie wissen musste, dass Alex irgendwann wieder zu sich kommen und seine Wunden verheilen würden. Aber vielleicht tat sie es auch nur, um bei ihm Mitleid zu erregen oder weil sie ihre Rolle konsequent zu Ende spielen wollte, um ihn endgültig zu verwirren. John machte einen letzten Versuch, sie auf seine Seite zu ziehen, nachdem er in seiner Not den Wagen gestartet und mit heulendem Motor aus der Parklücke herausgesetzt hatte, während seine übrigen Verfolger, die ihn bereits umkreist hatten, zur Seite sprangen. Mit quietschenden Reifen raste er los und bremste direkt vor Lilian ab, dann öffnete er hastig die Beifahrertür und streckte ihr seine Linke entgegen. »Komm, Lilian, du kannst hier nicht bleiben!« Seine Stimme war heiser und atemlos. »Sie werden dich umbringen!«

Sie saß immer noch vollkommen paralysiert am Boden und hielt den Kopf ihres Bruders im Schoß.

»Du hast ihn ermordet!«, schrie sie und sah ihn mit aufgerissenen Augen an. Ihr Gesicht war tränennass.

»Lilian!« Seine Stimme überschlug sich, als er spürte, dass ihm ihr Hass wie eine Welle entgegenschlug. Also waren ihre Gefühle für ihn echt gewesen.

John hörte, wie die Geschosse seiner Gegner an seinem Wagen abprallten. Wenn er nicht augenblicklich hier verschwinden würde, geriete er in ernste Gefahr. Aber Lilian zurückzulassen widerstrebte ihm. Zum einen wollte er nicht, dass sie am Ende wegen eines missglückten Auftrags von den Panaceaern getötet wurde, zum anderen benötigte er Klarheit, was sie mit Cuninghame und seinen Leuten tatsächlich zu tun hatte.

Er schnappte sich seine Pistole, dann sprang er hinaus und zielte auf seine überraschten Gegner. Mittlerweile waren es fünf ohne Alex, der immer noch reglos in Lilians Armen lag. Auf Anhieb erwischte John zwei der Angreifer mit einem Schuss mitten ins Herz. Die anderen waren schneller und verschanzten sich hinter einem Lieferwagen. John duckte sich, als er weitere Schüsse hörte, obwohl sie nicht besonders laut waren. Wenn er sich konzentrierte, konnte er die Spezialprojektile sehen, wie sie auf ihn zurasten. Er wich aus und zielte erneut. Beton platzte ab, als er den Kopf eines Gegners verfehlte. Ein weiterer Söldner griff ihn von der Seite an. John konnte sich gerade noch ducken, bevor ein Claymore-Schwert über seinen Schädel hinwegsauste. In einer blitzschnellen Drehung trat er dem Angreifer gegen den Brustkorb und brachte ihn zu Fall. Der nächste Schuss saß und traf den Mann mitten ins Herz. John nahm das Schwert und schlug dem Mann, ohne zu zögern, den Kopf ab.

Lilian schrie so laut, dass es John in den Ohren schmerzte. Sie hatte gesehen, was er getan hatte, und sie schrie noch einmal, als er sich mit dem verbliebenen Söldner einen Schwertkampf lieferte, der seine gesamte Aufmerksamkeit forderte. Am Ende schaffte er es, seinen Widersacher zu enthaupten.

John lief zu Lilian hin, um sie zu beruhigen, und vergaß dabei, dass er immer noch das blutbesudelte Claymore in der Hand hielt. Zwei Yards vor ihr blieb er abrupt stehen, weil sie ihn plötzlich mit einer Waffe bedrohte.

»Lilian!« Er flehte sie an. »Sag mir, dass du nicht zu ihnen gehörst!«

Mit zitternden Händen hatte sie die Pistole ihres Bruders erhoben und hielt sie auf John gerichtet. »Keinen Schritt näher, oder ich erschieße dich.« Ihre Stimme flatterte so heftig, dass sie kaum zu verstehen war. »Ich weiß nicht, was du bist, aber eins weiß ich genau: Du bist nicht der Mann, für den ich dich gehalten habe!«

Alex war zu neuem Leben erwacht, hob seinen Kopf und sah Lilian aus schmalen Lidern an.

»Schieß ihm ins Herz, Lilian«, flüsterte er. »Tu es, verdammt! Bevor es zu spät ist!«

Lilian sah verstört zu ihrem Bruder hin und ließ die Waffe sinken. »Alex, mein Gott, du lebst? Bleib ganz ruhig, ich werde einen Krankenwagen rufen. Wo ist dein Mobiltelefon?«

John sah ihren verwirrten Blick. Wusste sie nicht, dass ihr Bruder so gut wie unsterblich war?

»Um mich brauchst du dir keine Sorgen zu machen, Schwester.« Alex lächelte schwach. »Du weißt doch, dass ich immer wieder auf die Füße falle.«

John vertat die Gelegenheit, Lilian die Waffe zu entreißen. Tausend Gedanken kreisten durch seinen Kopf. Was sollte er mit ihr und ihrem Bruder anstellen, wenn er sie beide gefangennahm? Er würde gezwungen sein, sie in den Kofferraum zu verfrachten, genau wie die anderen Angreifer, die nur scheintot waren. Wenn sich bei den Untersuchungen herausstellte, dass Lilian und ihr Bruder Initiierte waren, würde er dafür sorgen müssen, dass man sie in Gewahrsam nahm. Das bedeutete, dass man sie in ein künstliches Koma versetzen musste. Entweder, um ihnen das Blut zu nehmen, oder um sie zu eliminieren, wenn sich herausstellen sollte, dass Lilian keine Unsterbliche war und es keinen Bedarf für sie gab. Es war ein ungeschriebenes Gesetz, dass CSS keine normalen Gefangenen machte, falls ihnen ein Angehöriger der Panaceaer in Netz ging, der nicht körperlich umgewandelt worden war. Aus verschiedenen Gründen war es nicht möglich, ihnen dauerhaft das Gedächtnis zu nehmen und sie laufen zu lassen wie gewöhnliche Menschen. John selbst hatte diesen Beschluss vor langer Zeit in seinem Unternehmen zur Abstimmung gebracht, und alle im Vorstand waren ausnahmslos dafür gewesen.

»Komm nur her, mein Freund«, zischte Alex, der offenbar ahnte, in welchem Gewissenskonflikt sich John befand. »Wenn du uns gefangennimmst, musst du sie töten. Lilian ist nicht auf ›E‹, aber sie gehört zur Familie, und damit ist sie eine von uns, ob es dir gefällt oder nicht.«

John machte einen letzten Versuch. »Komm mit mir, Lilian. Ich bringe dich in Sicherheit.«

»Hör nicht auf ihn«, krächzte ihr Bruder. »Du hast gesehen, was er mit den anderen angestellt hat.«

»Mach dir keine Gedanken, Alex«, rief Lilian unter Tränen. »Eher würde ich mit dem Teufel gehen.« Sie warf John einen Blick zu, als ob er den Verstand verloren hätte.

»Sie weiß, dass du ein Monster bist«, höhnte Alex mit brüchiger Stimme. »Und verdammt, sie hat recht.«

John starrte ihn fassungslos an. »Lilian, ich kann nicht glauben, dass du wirklich zu ihm gehörst!« Ein allerletztes Mal versuchte er all seine Überzeugungskraft in einen einzigen Blick zu legen, doch der Zauber wirkte nicht mehr.

»Er ist mein Bruder«, warf sie ihm entgegen. »Hast du das immer noch nicht begriffen? Du hast auf meinen Bruder geschossen!«

»Dein Clan wird kein Verständnis dafür haben, wenn du sie anschleppst und danach am Leben lässt. Sie würden ihr niemals vertrauen.« Alex setzte ein höhnisches Grinsen auf. »Denk drüber nach!«

John ahnte, dass Alex auf Zeit spielte. Gewiss würde es nicht mehr lange dauern, bis Verstärkung aus Cuninghames Lager anrückte.

Johns Verbündete wussten noch nicht einmal, wo und bei wem er sich aufhielt. Einen Moment lang zögerte er noch, dann sah er sich um, als ob er nach einem Ausweg suchte. Als sein Blick zu Lilian zurückkehrte, erkannte er die Abscheu in ihrem Gesicht. Alex hatte recht: Lilian war keine Unsterbliche, und wenn sie trotzdem zu Cuninghames Leuten gehörte und John sie gegen ihren Willen und mit ihrem Bruder nach Mugan Manor entführte, würden seine Kameraden darauf bestehen, dass man ihn nach Norwegen brachte und sie womöglich eliminierte.

John fasste einen Entschluss. Er musste verschwinden und Lilian bei ihrem Bruder zurücklassen – selbst wenn es ihm das Herz brach.

30

Schottland 2009 – »Rosenkrieg«

Von Johns Wagen waren nur noch die Rücklichter zu sehen, als Lilian sich zu Alex hinunterbeugte.

»Ich gehe und hole Hilfe«, sagte sie tonlos. Sie stand unter Schock und reagierte nur noch mechanisch. Ihr Blick richtete sich auf die zwei kopflosen Leichen, die samt ihrer abgetrennten Köpfe zwischen den geparkten Fahrzeugen lagen, und auf drei weitere reglose Körper auf dem Zufahrtsweg, die vermutlich auch tot waren. Die brennende Frage, was Alex damit zu tun haben konnte und ob er die Toten kannte, verschob sie auf später.

Sie musste die Nerven behalten, um ihrem Bruder zu helfen. Der Versuch, von hier aus einen Krankenwagen und die Polizei zu rufen, scheiterte kläglich, weil das Mobiltelefon ihres Bruders bei seinem Sturz zu Bruch gegangen war.

Alex versuchte sie festzuhalten, nachdem sie ihn halb sitzend an die Säule gelehnt hatte.

»Bleib«, sagte er und umklammerte ihr Fußgelenk, aber er war zu schwach, um sie zu halten.

Lilian entzog ihm ihr Bein und schüttelte den Kopf. »Sei vernünftig, du benötigst dringend Hilfe, und wer weiß, ob noch mehr von diesen Typen aufkreuzen?« Der Eindruck, dass Alex' Verletzung nicht mehr ganz so stark blutete wie noch vor ein paar Minuten, und die Tatsache, dass er trotz einer lebensgefährlichen Verletzung noch klare Worte finden konnte, machten ihr Mut, dass es noch Hoffnung gab und es nicht ganz so schlimm war, wie es aussah.

Auf dem Weg zum Aufzug wirbelten ihr die Geschehnisse immer wieder durch den Kopf. Was war das gewesen? Ein terroristischer Anschlag? Ein Raubüberfall? Oder – was sie nicht hoffen wollte, ein Verteilungskrieg unter besonders bizarren Fraktionen in der Drogenmafia? Für einen Moment war es ihr vorgekommen, als ob ihr Bruder John gekannt hätte.

Debby Hoverton gab nicht gerade das leuchtende Beispiel einer wachsamen Concierge ab, als sie durch das hämmernde Klopfen auf eine der Glasscheiben, die ihr Büro vom Hauseingang trennten, geweckt wurde. Der Fernseher lief, und sie machte ein verwirrtes Gesicht, als sie Lilian in ihrem blutbesudelten Bettlaken vor sich stehen sah.

»Rufen Sie sofort einen Krankenwagen und die Polizei!«, bat Lilian sie mit Nachdruck in der Stimme.

Debby verwählte sich mehrmals, weil sie immerzu auf Lilians merkwürdige Aufmachung starrte anstatt auf die Displayanzeige des Telefons.

»Es gab einen Überfall«, erklärte Lilian atemlos, als es Debby endlich gelungen war, den Notruf zu wählen und sie einen Polizisten am Apparat hatte. »Und es hat eine Schießerei stattgefunden. Oben in meiner Wohnung, und unten in der Tiefgarage liegen einige Tote und ein Schwerverletzter.«

Debby hielt Lilian mit Gewalt zurück, als sie sich anschickte, noch einmal in die Tiefgarage zurückgehen zu wollen. »Bleiben Sie hier!«, rief die völlig verängstigte Concierge. »Vielleicht sind die Täter noch da unten!« Geistesgegenwärtig nahm sie ihren Trenchcoat vom Haken und bot ihn Lilian an. Lilian schlüpfte dankbar hinein und entledigte sich des zerrissenen Bettlakens.

Wenige Minuten später traf die Polizei ein, gefolgt von mehreren Krankenwagen. Ein Spezialkommando der Polizei von East Lothian bahnte sich mit Helmen und Schutzwesten und unter schwerer Bewaffnung den Weg in die Garage, und erst nachdem sie sichergestellt hatten, dass das Parkdeck sauber war – frei von gefährlichen Subjekten –, durften die Sanitäter hinein.

Lilian glaubte endgültig durchzudrehen, als ihr Polizisten und Sanitäter erklärten, dass man weder Verletzte noch Tote habe finden können. Noch nicht einmal eine Blutspur habe man entdeckt. Wie von Sinnen hielt ihnen Lilian das blutbespritzte Bettlaken entgegen – und als sie nur ungläubige Blicke erntete, rannte sie selbst noch einmal die Treppen hinunter zur Tiefgarage, die sich so leer und unschuldig zeigte wie am Abend zuvor. Keine Spur von ihrem Bruder und auch keine abgeschlagenen Köpfe, die unter parkenden Autos lagen.

Jenna, die ebenfalls herbeigerufen worden war und das Kommando begleitete, war unterdessen mit einer Pistole bewaffnet und zwei Beamten als Unterstützung in ihre Wohnung vorgedrungen. Auch dort war niemand mehr anwesend. Der stürmische Nachtwind wehte die Gardinen herein und ließ das zerstörte Fenster klappern.

Lilians Gesicht war wie versteinert, als Jenna sie immer wieder befragte, woher das Blut auf ihrer Bettdecke stammte und was denn nun genau geschehen sei. So wie es aussah, rührten die Blutspuren auf dem Bettlaken von den Glassplittern, die Lilian am Arm verletzt hatten. Lilian stotterte etwas von Einbrechern und einem Schusswechsel, doch so sehr die Ermittler auch suchten – von einem Projektil fehlte jede Spur. Das Einzige, was auf einen Überfall hinwies, war ein dicker Stein aus dem Vorgarten, der nun mitten in Lilians Schlafzimmer lag.

»Vielleicht waren es militante Tierschützer, die gegen die Forschungsarbeiten in eurem Institut protestieren und die dir eine Lektion erteilen wollten?«, meinte Jenna.

Lilian war nicht fähig zu sprechen. Wie um alles in der Welt sollte sie Jenna und den Polizisten erklären, dass sie in der Tiefgarage ihren Bruder mit einer lebensgefährlichen Kopfverletzung zurückgelassen hatte und dass sie mit dem Mann, der auf ihn geschossen hatte, kurz zuvor im Bett gewesen war?

Ihr Blick fiel auf das zerwühlte Bett. »Das Kondom!«

»Nicht!« Jenna wollte Lilian davon abhalten, Spuren zu vernichten, indem sie alles durchwühlte, und versuchte sie am Arm festzuhalten. Doch Lilian riss sich los. Dann begann sie in Anwesenheit der zwei älteren Polizisten, mehrere Papierkörbe umzustülpen.

»Was suchst du denn, verdammt?« Jenna sah sie verständnislos an.

»Ein benutztes Kondom – es muss hier irgendwo sein«, murmelte Lilian mehr zu sich selbst. »Es könnte beweisen, dass er hier war, und vielleicht können wir damit seine Identität feststellen.« Wie eine Furie riss sie die Kopfkissen, Decken und Matratze vom Rost. Darunter kamen jedoch lediglich Staubflocken und längst vermisste Socken zum Vorschein. Lilian sah auf. Ihre Miene verriet ihre Verzweiflung. »Er kann es doch nicht mitgenommen haben? Dazu war keine Zeit!«

»Von wem sprichst du, verdammt?« Jenna klang immer verwirrter.

»Von John Cameron, dem Mann aus meinen Halluzinationen – von wem sonst?«

Aufgebracht schaute Lilian in die merkwürdig berührten Gesichter, die jede ihrer Bewegungen beobachteten. Dann fiel ihr Blick in den langen Türspiegel. Im viel zu großen Trenchcoat ihrer Concierge, mit nackten Füßen und vollkommen zerzausten Haaren sah sie aus wie eine wild gewordene Irre, die soeben der geschlossenen Abteilung des Royal Hospitals entkommen war. »Ich weiß, du glaubst es mir nicht!«, schrie sie Jenna entgegen. »Doch er war hier! John Cameron, der Mann aus meinen Visionen, war tatsächlich hier! Er hat mit mir geschlafen, und dann hat er unten in der Tiefgarage meinem Bruder in den Kopf geschossen!«

Für einen Moment herrschte eine gespenstische Stille. Die beiden Polizisten und Jenna schauten sie an, und Lilian wusste, dass sie ihre letzte Glaubwürdigkeit in eben dieser Sekunde verloren hatte. Dann klingelte von irgendwoher ihr Mobiltelefon. Lilian war nicht mehr in der Lage, an den Apparat zu gehen. Jenna eilte zur Garderobe und fischte das Telefon aus ihrer Handtasche. Lilian hörte, wie sie mit jemandem sprach, und dann sah sie, dass Jenna mit einem undefinierbaren Gesichtsausdruck zur Tür hereinkam.

»Es ist dein Bruder«, sagte sie tonlos. »Er fragt, warum du nicht selbst an dein Handy gehst.« Jenna hielt ihr das Telefon entgegen. »Er möchte dich sprechen.«

Lilian musste sich setzen, als sie die vertraute Stimme ihres Bruders vernahm.

»Hallo, Schwester, ich konnte nicht schlafen und wollte mal hören, wie dein Date gelaufen ist?«

Lilian starrte schweigend zum Fenster hinaus. Der kühle Nachtwind wehte ihr die Haare aus dem Gesicht. Sie hatte das Gefühl, jeden Moment zum Fenster laufen und sich übergeben zu müssen. Sie antwortete nicht, sondern hielt das Telefon für einen Moment von sich, als ob es mit Dynamit geladen wäre.

»Hey, was ist los?«, plärrte es aus ihrem Hörer. »Oder störe ich gerade, dann tut's mir leid.«

»Alex?« Ihre Stimme klang zaghaft. »Wo bist du?«

»In Köln – wo sollte ich sonst sein?«

Lilian spürte, wie ihr die Sinne schwanden. »Alex?«

»Ist dir nicht gut?«

»Alex«, murmelte sie, »ich glaube, ich habe einen psychotischen

482

Schub. Vielleicht liegt es an dem Zeug, dass du mir gegeben hast. Ich werde Jenna bitten, dass sie mich in die psychiatrische Notaufnahme bringt.«

Lilian ließ das Telefon sinken und sackte in sich zusammen.

Als sie erwachte, befand sie sich in einem Rosengarten. Nein, kein richtiger Rosengarten, es kam ihr nur so vor, weil der Raum, in dem sie in einem schneeweiß bezogenen Bett lag, über und über mit Rosenbildern geschmückt war. Jenna saß neben ihr und war eingenickt. Das Piepen des Monitors, der neben dem Bett aufgebaut war, störte Lilian, und dann sah sie, dass sie an einem Tropf hing. Mit vollkommener Gleichgültigkeit beobachtete sie, wie die klare Flüssigkeit in einem langsamen Takt aus der Flasche in einen durchsichtigen Schlauch tropfte, der in einer Nadel mündete, die in ihrem Handrücken steckte.

Lilian versuchte nachzudenken. Warum war sie hier? Was genau war geschehen?

Irgendwo in ihrem Gedankenmeer wirbelten ein Name und ein markantes Gesicht an die Oberfläche: John. Wie bei einem Puzzlespiel gruppierten sich ihre Erinnerungen zu einem unglaublich anziehenden Mann, der grauenhafte Dinge getan hatte. Unvermittelt ging ihr die Frage durch den Kopf, ob die Realität überhaupt existierte, und falls ja, woran man das festmachen konnte. Vor allem, wenn man sich vor Augen hielt, dass die bewusste Wahrnehmung der Wirklichkeit durch die kleinste chemische Entgleisung im Hirn außer Kontrolle geraten konnte.

»Lilian?« Jenna war erwacht und hatte gesehen, dass Lilian ihre Augen aufgeschlagen hatte. »Schön, dass du wieder bei uns bist. Möchtest du etwas trinken?«

Lilian nickte nur schwach. Das Gefühl, sich wie ein Kind eine Schnabeltasse an die Lippen setzen zu lassen, hatte etwas zutiefst Beruhigendes.

»Was ist passiert? Und wo bin ich hier?«

»Du bist in der psychiatrischen Notaufnahme des Royal Hospitals. Mit Verdacht auf Medikamentenmissbrauch.«

»Hast du ihnen etwa von meiner Ayanasca-Einnahme erzählt?«, fragte Lilian.

»Nein, wo denkst du hin? Glaub mir, ich wollte dich nicht einliefern lassen, aber ich musste es tun, weil Verdacht auf eine Drogenvergiftung bestand. Die ersten Untersuchungen haben jedoch keinen Befund ergeben, so dass man dich entlassen wird, sobald du dich wieder fit genug fühlst.« Jenna hatte nach ihrer Hand gefasst und drückte sie sanft. »Aber ich wäre sehr dafür, wenn du zukünftig die Hände von dem Zeug lassen würdest. Auch wenn es seine Vorteile hat.«

»Was meinst du mit ›Vorteile hat‹?« Lilian sah Jenna verständnislos an.

»Nun ja, erinnerst du dich an Dough Weir, unseren Nachtwächter?« Lilian versuchte sich ein wenig aufzusetzen. Jenna half ihr dabei, indem sie ihr ein Kissen hinter den Rücken schob.

»Ja, ich erinnere mich. Was ist mit ihm?«

»Er konnte uns eine perfekte Personenbeschreibung der Männer geben, die sich im Lagerhaus vor seinen Augen abgeschlachtet haben. Und einer dieser Männer hat ihm später eine Injektion verpasst, die ihn offenbar das Gedächtnis hat verlieren lassen. Dank deiner Schamanendroge konnten wir nun ein Phantombild von einem Täter erstellen.«

»Und – ist der Mann in einer eurer Verbrecherdateien?«

»Nein, aber er scheint recht auffällig zu sein: Möchtest du das Bild mal sehen?«

Lilian nickte. Die Art, wie Jenna mit ihr umging und mit ihr sprach, gaben ihr die Bodenhaftung, die sie so dringend benötigte.

Jenna hatte eine Mappe aus ihrer Tasche geholt und fischte darin nach einer Klarsichthülle, in der die Kopie einer Computerzeichnung enthalten war.

Als sie ihr das Bild des Verdächtigen auf der Bettdecke ausbreitete, entfuhr Lilian ein erstickter Schrei. »Das ist nicht möglich«, flüsterte sie.

»Was ist mit dir? Soll ich nach einer Schwester rufen?«

»Nein … nein«, stotterte Lilian. »Es ist nur … der Mann auf dem Bild … es ist …«

»Wer?« Jenna sah sie begriffsstutzig an.

»John Cameron! Der Mann da auf dem Bild ist John Cameron. Ich habe letzte Nacht mit ihm geschlafen, dann wurden wir überfallen. Ich bin mit ihm in die Tiefgarage geflohen. Dort hat er auf meinen Bruder geschossen!«

Jennas Blick verriet, was sie dachte. Diagnose: Schizophrenie.

»Ich schwöre es«, flüsterte Lilian und ergriff ihre Hand. »Denk an Dough Weir! Ihm hat auch niemand geglaubt.«

Die alte Villa in Berlin-Grunewald war von hohen Bäumen und Büschen umgeben und mit Zäunen und Kameras gesichert. Im Garten streunten belgische Schäferhunde umher, die anschlugen, wenn sich jemand unerlaubt dem Zaun auf mehr als zwei Meter näherte. In der noblen Nachbarschaft kursierte das Gerücht, dass es sich bei dem geheimnisvollen Gebäude um eine Außenstelle des Bundesnachrichtendienstes handelte. Deshalb wunderte sich niemand darüber, dass ständig schwarze Limousinen mit verspiegelten Scheiben vorfuhren und es dort keine Gartenfeste oder Empfänge gab. Dass sich im Keller des Hauses eine Folterkammer befand, ahnte niemand, der nicht eingeweiht war.

Dem jungen Mann, den man gegen seinen Willen, bewacht von zwei martialischen Bodyguards zum Eingangstor eskortierte, standen die Angst und das Unbehagen ins Gesicht geschrieben. Mit einem Aufzug ging es zwei Stockwerke in die Tiefe. Schließlich landete er im Vorhof der Hölle, wie das Berliner Büro von Lord Chester Cuninghame auch genannt wurde.

Der weißhaarige Lord schwenkte in seinem Bürosessel herum, als man ihm Alexander von Stahl ankündigte. Cuninghames Augen durchbohrten den jungen Mann, als ob er ihn allein mit seinem Blick erdolchen wollte.

Der schwarzhaarige Ankömmling verbeugte sich ehrerbietig und wagte es nicht, sich auf einen der bereitstehenden Stühle zu setzen.

»Seid gegrüßt, großer Meister«, sagte er nur und verbeugte sich.

Chester Cuninghame stand auf und sah in seiner schwarzen Kutte aus wie ein frommer Mönch. »Bruder Alexander, Ihr lasst es an Gehorsam fehlen. Es kommt mir vor, als hättet Ihr diese Eigenschaft von Eurer Mutter geerbt. Was habt Ihr zu Eurer Rechtfertigung vorzubringen?«

»Nichts, Meister. Es tut mir leid, ich habe vorschnell gehandelt. Ich wollte Euch zu Gefallen sein, aber leider war das Glück nicht auf meiner Seite.«

Cuninghame betrachtete seinen Gast, als ob er ein lästiges Insekt wäre. Er schäumte vor Wut und wusste im Moment noch nicht, wie er dieser Wut Luft verschaffen sollte.

»Kreuzigt ihn!«, befahl er barsch und nickte den beiden Wachen zu. Alexander von Stahl war die Angst anzusehen, die ihn unverzüglich ergriff. »Ich bitte Euch, Meister, seid nicht so hart zu mir. Ich habe es nicht absichtlich getan!« Seine Stimme wurde atemloser, als die beiden Männer ihn in einen Nebenraum zerrten und Chester Cuninghame ihnen wortlos folgte. Ohne auf das Keuchen und auf das Flehen ihres Gefangenen zu hören, rissen sie ihm die Kleider vom Leib, bis er vollkommen nackt war.

»So hört doch«, erklärte Alex aufgeregt. »Ich hätte ihn beinahe gehabt. Wir waren so nah dran. Wir könnten es noch mal versuchen.«

»Beginnt!« Mit einem Handzeichen wies der Lord die beiden Männer an, ihr Opfer an eine Stahlkonstruktion zu ketten, die die Ausmaße eines mannshohen Kreuzes hatte. Erbarmungslos zogen sie Alex auf die Stahlstreben und fixierten Handgelenke und Fußgelenke. Cuninghame schaute mit einer gewissen Befriedigung zu, wie ein spitzer Stahlnagel durch die Handinnenfläche ihres Opfers getrieben wurde und es aufschreien ließ. Die Prozedur würde seinen Adepten nicht töten, aber seit er unsterblich war, war er schmerzempfindlicher als jedes andere Wesen. Ein zweiter Nagel durchbohrte die andere Handfläche. Blut tropfte auf den blankpolierten Boden. Alex wand sich vor Qual und röchelte nur noch, als seine Füße an der Reihe waren.

»Ich höre nichts«, bemerkte Lord Cuninghame leise.

»Verzeiht, großer Meister«, presste Alex hervor.

Eine Geißel sauste auf ihn herab. Er brüllte auf vor Schmerz.

»Ich höre nichts.«

»Ich bitte untertänigst um Vergebung!« Ein Röcheln drang über Alex' Lippen. Die Wunden, die ihm die Peitsche gerissen hatte, verheilten sogleich wieder, jedoch war der Schmerz mit nichts zu vergleichen. Cuninghame zückte einen schwarzen Dolch mit goldener Klinge und trat an den Gefolterten heran. Dann ergriff er dessen Glied, zog es vor den entsetzten Augen des jungen Mannes in die Länge und setzte die Klinge an.

»Nein! Bitte nicht!«, flehte Alex. »Ich werde Euch nie mehr enttäuschen, aber bitte tut das nicht!« Obwohl sich die Zellen der Organe eines Unsterblichen regenerierten, wuchsen abgetrennte Gliedmaßen nicht nach.

486

Wie ein bösartiges Reptil zog sich Cuninghame zurück, und mit einem Wink wurden Alexander von Stahl die Fesseln abgenommen.

»Ihr habt gesehen, was ich mit ungehorsamen Mitarbeitern zu tun gedenke«, bemerkte der Lord kalt. »Ihr könnt von Glück sagen, dass uns Bruder Mercurius einen zweiten Versuch in Aussicht gestellt hat. Durch Euer ungeschicktes Verhalten habt Ihr John Camerons Verdacht geschürt, dass Lilian eine der unseren sein könnte. Solange sie nicht selbst daran glaubt, haben wir noch eine Chance. Wenn Ihr es noch einmal vermasselt, werde ich persönlich dafür sorgen, dass die Bruderschaft Euch unehrenhaft entlässt. Was das bedeutet, ist Euch bekannt. Euren Vater und Eure Schwester wird das gleiche Schicksal ereilen, wenn sich herausstellen sollte, dass wir für Euch keine Verwendung mehr haben. Ist Euch das klar?«

John saß mit seinen engsten Vertrauten an einem ovalen Konferenztisch in Mugan Manor und kam sich vor, als ob er einem Verhör unterzogen würde, dabei hatte er das Urteil über seine Verfehlungen längst selbst gefällt. Grenzenlose Dummheit, sträfliches Vertrauen und unverschämtes Glück, dass es ihn nicht erwischt hatte. Und auch die Strafe dafür hatte er schon kassiert. Der Schmerz in seiner Brust war kaum auszuhalten.

»John, was du getan hast, war reiner Wahnsinn!«

John versuchte eine aufrechte Haltung zu bewahren, obwohl Paddy ihm seit gut zwanzig Minuten vor versammelter Mannschaft eine Moralpredigt hielt.

Bran, der am anderen Ende des Tisches saß, warf John ein aufmunterndes Lächeln zu, und auch Ruaraidh zeigte Mitgefühl. David enthielt sich der Stimme, und Malcolm wusste nicht so recht, was er von der Sache halten sollte. John und eine Frau – das war für ihn eigentlich nicht vorstellbar. Besonders, weil er bisher immer noch um Madlen getrauert hatte. Wilbur blinzelte unsicher. Beinahe hätte er John, der ihm Vater und Mutter ersetzt hatte, wegen dieser Fremden verloren, was ihm bewies, dass Frauen weit gefährlicher sein konnten als schwerbewaffnete Panaceaer.

»Seid ihr alle verrückt geworden?«, stöhnte John und fuhr sich mit der Hand über das Gesicht. »Ich wollte nur mit ihr essen gehen – in ein ganz normales Restaurant, mit einer normalen Speisekarte und normalen Getränken.«

»Du bist aber nicht normal«, schleuderte ihm Paddy entgegen. »Hast du das schon vergessen? Und die Frau, mit der du dieses heimliche Stelldichein geplant hattest, ist zu allem Übel auch nicht normal. Anscheinend ist sie eine Agentin der Panaceaer. Und selbst wenn es sich um eine Heilige gehandelt hätte. Eine solche Aktion bedarf einer größeren Vorbereitung, als wenn der amerikanische Präsident in der Stadt erscheint. Wir hätten mindestens fünfzig Leute abstellen müssen, um dich und die Dame deines Herzens zu schützen. Dazu Satellitenüberwachung und einen Alternativplan, wenn Cuninghames Arschlöcher trotz aller Sicherungsmaßnahmen plötzlich vor der Tür auftauchen. Du weißt selbst am besten, dass sie Wölfe sind, die den Schweiß ihres Opfers auf hundert Meilen riechen können. Sie überwachen jeden deiner Schritte. Und sie wissen, wenn sie *dich* kriegen können, sind wir so gut wie erledigt.«

»Danke für das Kompliment«, erwiderte John mit einem schwachen Grinsen. »Ich wusste gar nicht, dass ich so blöd bin und dass euch trotzdem noch so viel an mir liegt.«

»Viel schlimmer ist, dass die Frau offenbar zu Cuninghames Leuten gehört und wir nichts davon bemerkt haben.« Bran drückte sich wie immer vorsichtig aus, er ahnte wohl, wie es in John aussah.

Doch Paddys Vortrag zielte auf ein ganz anderes Problem.

»Micheal ist tot«, fuhr er erbarmungslos fort, »und Randolf hat es auch erwischt, und das nur, weil sie einmal normal sein wollten und dabei im wahrsten Sinne des Wortes ihren Kopf verloren haben. An eine Frau aus Cuninghames Team. Unser schwarzer Lord und sein vermaledeiter Bruder Mercurius haben in all den Jahren nichts verlernt – im Gegenteil, sie wissen immer noch, wo man uns am besten zu fassen bekommt. Bei unseren Gefühlen, das Einzige, was sie uns gelassen haben.«

John schwieg für einen Moment, dann sah er Paddy so zornig an, dass der Ire zurückwich. »Denkst du, nur dir allein steht es zu, Liebschaften zu haben? Glaubst du, ich und die anderen hätten nicht manchmal auch gern eine Eliza, die uns das Herz wärmt?«

»Eliza ist eine von uns«, fuhr Paddy gnadenlos fort.

»Und Lilian ist wie Madlen«, entgegnete John. »Seit ich sie gesehen und mit ihr gesprochen habe, weiß ich wieder, was ich vermisse. Es tut immer noch verdammt weh«, fügte er leise hinzu. »Bei Lilian hatte ich das gleiche gute Gefühl, dass ich immer bei Madlen hatte, wenn ich mit ihr zusammen war. Ich habe nicht eine Sekunde geglaubt, dass sie lügt. Selbst, als ich sie in der Tiefgarage mit ihrem angeblichen Bruder zurücklassen musste.«

»Vielleicht ist das Cuninghames neue Masche? Er kann die Frauen so initiieren, dass wir nicht bemerken, was sie wirklich fühlen?« Ruaraidh sah John vorsichtig an.

»Sie war nicht initiiert«, erklärte John stur. »Das hätte ich gespürt.«

»Was auch immer geschehen ist«, sagte Bran mit ruhiger Stimme, »wir sollten es unter der Rubrik schlechte Erfahrungen verbuchen und eine Wiederholung einfach vermeiden.«

»Ja.« John sah ihn dankbar an. »Ich werde mich bessern, versprochen.«

Es war Bran, der John wenig später in seinem Apartment aufsuchte. Vor einer modernen Kulisse mit eckigen Schränken und einem riesigen Flachbild-TV wirkte die gut vierhundert Jahre alte Eichenholzschatztruhe, vor der John auf den Knien hockte, ziemlich exotisch. Er drehte sich nicht nach ihm um, obwohl er wusste, dass Bran hinter ihm stand. Nachdenklich ließ er zahlreiche Erinnerungsstücke an Madlen durch seine Hände wandern, und als er ihren kleinen Handspiegel fand, sah er für einen Moment ihr Lachen darin. Mit einem leisen Seufzer legte er ihn zur Seite und ließ einen blauen Seidenschal durch seine Finger gleiten, den er ihr zum Neujahrstag 1648 geschenkt hatte. Ein Paar Schuhe, beinahe wie neu, die sie zu ihrer Hochzeit getragen hatte und die so teuer gewesen waren, dass Madlen sie gehütet hatte wie einen Schatz.

Bran legte ihm die Hand auf die Schulter. »Ich kann dich verstehen«, sagte er. »Als Kitty starb, dachte ich, es geht nicht mehr weiter. Aber es geht weiter, solange du lebst – auch wenn wir die, die wir einst geliebt haben, niemals vergessen können.«

John legte die Sachen zurück und schloss den Deckel der Kiste geräuschlos. Dann erhob er sich.

»Wenn es nur das wäre«, sagte er leise und ging zum Kaminfeuer hin. Etwas abseits stand eine Anrichte mit einem Tablett und sieben

Gläsern drauf, dazu zwölf verschiedene Flaschen mit Whisky, zum Teil so alt, dass man sie getrost als Kostbarkeit bezeichnen konnte. John schenkte zwei Gläser ein und gab eines davon an Bran weiter, der es dankbar annahm.

»Was genau ist passiert?« Bran setzte sich auf das Ledersofa mitten im Raum.

»Lilian wusste alles über Madlens Todesumstände«, begann John zögernd.

»Sie sagte, sie habe ein molekularbiologisches Experiment betrieben und dabei eine Droge zu sich genommen, die es ihr ermöglicht, die Erinnerungen ihrer Vorfahren in einer Art Vision zu sehen. Sie meinte, dass sie eine Nachfahrin von Madlen sein müsse und deshalb davon wisse.«

Bran hob eine Braue. »Wenn sie Cuninghames Gehilfin wäre, könnte sie es durchaus von ihm erfahren haben. Immerhin dürfen wir davon ausgehen, dass er es war, der sie geschickt hat und Madlen damals das Kind genommen hat.«

»Lilian sprach von einem abscheulichen Mann, der zu Madlen gekommen ist, als sie ganz allein und schwerverletzt im Gras lag. Wenn Lilian recht hat, ist Madlen noch einmal zu sich gekommen, nachdem ich sie auf dem Feld zurücklassen musste. Während ich nur noch von Rache erfüllt war, hat ihr dieser Dämon das Kind bei lebendigem Leib aus dem Bauch geschnitten. Das heißt«, John sah Bran mit schmerzlicher Miene an, »ich habe sie im Stich gelassen. Als ihre Mörder kamen, lebte sie noch und war ganz alleine.« John nahm einen großen Schluck Whisky. Tränen waren ihm in die Augen getreten.

Bran sah ihn mitfühlend an. »Vielleicht hat sich diese Lilian das nur ausgedacht, oder Cuninghame hat sie beauftragt, dir eine solche Geschichte zu erzählen, um dich an deiner schwächsten Stelle zu treffen.«

»Glaubst du an die unsterbliche Seele?« John blickte hoffnungsvoll auf.

»Ich halte so manches für möglich. Seit ich Bruder Mercurius begegnet bin, weiß ich, dass der Teufel leibhaftig unter uns weilt. Spätestens seit er mich zu einem unsterblichen Monster mutieren ließ, frage ich mich tagtäglich, was und wer ich bin und ob es einen Himmel gibt,

in den ich gehen könnte, wenn mich der Tod eines Tages doch ereilt.«
Bran kniff die Lippen zusammen, dann nahm er noch einen Schluck
Whisky. »Übrigens, ich habe Lilian von Stahl bereits überprüfen las-
sen.«

John schaute Bran überrascht an.

»Paddy wollte, dass wir sie einfangen und liquidieren. Ich dachte,
du würdest das bestimmt nicht gutheißen. Jedenfalls nicht, solange
die Umstände nicht endgültig geklärt sind.«

»Paddy nimmt sich verdammt viel raus«, schnaubte John. »Noch
bin ich derjenige, der solche Befehle erteilt. Wenn er ihr auch nur ein
Haar krümmt, wird es ihn den Kopf kosten. Sag ihm das!«

»Ich hab's ihm schon gesagt. Willst du gar nicht wissen, was bei
meiner Überprüfung herausgekommen ist?«

»Natürlich, ich kann's kaum erwarten.«

»Lilians Mutter war eine geborene MacDonald. Sie studierte Phar-
mazie. Während ihres Studiums in Edinburgh hat sie den Deutschen
Robert von Stahl kennengelernt. Mit ihm hatte sie zwei Kinder. Alexander und Lilian, wobei Alexander der Jüngere ist. Beide haben Biolo-
gie studiert. Lilian ist Molekularbiologin und ihr Bruder angehender
Biochemiker.

Vor etwas mehr als zwanzig Jahren starb Ellen MacDonald unter
bisher ungeklärten Umständen bei einem Autounfall. Lilian war damals sechs Jahre alt.«

»Hast du ein Bild von ihrem Bruder?« John versuchte sich die Aufregung, die ihn plötzlich befiel, nicht anmerken zu lassen.

»Ja, der Kerl sieht merkwürdig aus. Viel zu jung für sein Alter.« Bran
zückte sein Mobiltelefon und zeigte John auf dem Display das Foto.

»Das ist der Kerl. Ich habe nicht den geringsten Zweifel.«

Bran ließ das Foto wieder verschwinden und setzte ein zufriedenes
Grinsen auf. »Ich habe unsere Leute auf ihn angesetzt. Sie haben ihn
heute Morgen in Berlin gesichtet. In einer von Cuninghames Villen.
Allerdings konnten wir nicht herausfinden, was dort vor sich ging.«

»Und was ist mit Lilians Vater? Gehört er auch zur Bruderschaft?«

»Schwer zu sagen. Bisher hatten wir Robert von Stahl noch nicht
auf dem Schirm. Ich habe alle Dateien der letzten zwanzig Jahre gesichtet. Unmöglich ist allerdings nichts. Du weißt, dass Cuninghame

gerne ganze Familien rekrutiert, und die Sache mit der Mutter gefällt mir nicht.«

»Und was ist mit Lilian?« Die Antwort auf diese Frage schien John in jedem Fall wichtiger. »War sie auch in Berlin?«

»Nein, man hat sie nach deinem Auftritt gestern Abend ins Royal Hospital eingeliefert. War wohl ziemlich mit den Nerven fertig, das Mädchen. Aber auch das kann ein Trick sein. Vielleicht sollst du weiter glauben, dass sie unschuldig in die Sache hineingeraten ist.«

»Was ist, wenn sie wirklich keine Ahnung davon hat, was hier läuft?« John wurde erneut in einen Strudel von Zweifeln gerissen.

»Dann ist sie in einer verdammt beschissenen Lage. Entweder sie schafft es, Cuninghames Wünsche zu befriedigen, ohne zu wissen, worum es überhaupt geht, oder sie ist weg vom Fenster. Wer weiß, vielleicht hat ihre Mutter versucht, sich der Kontrolle der Bruderschaft zu entziehen, und musste deshalb sterben.«

John sah Bran lange an, dann stellte er seine schwierigste Frage. »Denkst du, es ist möglich, dass Lilians Mutter eine Nachfahrin von Madlen ist?«

»Eher nicht.« Bran schüttelte seine schwarzbraune Mähne, die ihm bis über die Schultern hing. »Ellen MacDonald wurde von einer Tante adoptiert, daher der Name. Ihre Eltern starben sehr früh, sie nannten sich Johnson und hatten zweifelsohne schottische Wurzeln, aber sie lebten in den Staaten.«

»Bran?« John war froh, dass es jemandem gab, dem er sich bedingungslos anvertrauen konnte. »Was soll ich tun? Ich könnte Lilian retten, wenn ich wüsste, dass sie kein falsches Spiel spielt.«

»Und wenn sie es tut und wir sie schnappen, können wir sie nicht am Leben lassen. Einem initiierten Panaceaer kannst du niemals vertrauen. Du kennst das Gesetz.«

»Ja«, seufzte John. »Du hast recht.«

Bran lächelte mitfühlend. »Ich schlage vor, wir beobachten die Angelegenheit noch eine Weile. Falls Lilian doch zu Cuninghames Bruderschaft gehört, ist es am besten, du verdrückst dich in eine unserer Außenstellen und lässt mich die schmutzige Arbeit machen.«

»Und wohin sollte ich deiner Meinung nach gehen?« John sah ihn resigniert an. Die Vorstellung, Lilians Tod zu beschließen, sie auf die

Fahndungsliste der meistgesuchten Panaceaer zu setzen und dann einfach abzuwarten, bis seine Kameraden das Urteil vollstreckt hatten, ließ ihn frösteln.

»Alaska.« Bran lächelte schwach. »Da ist es ruhig, und das Einzige, was dich stören könnte, ist das Heulen der Wölfe.«

31

Schottland 2009 – »Nachtwache«

Es war drei Uhr nachmittags, als die Welt plötzlich düster wurde und der Regen auf Edinburgh Castle herniederprasselte wie zur Mittagszeit in einem tropischen Urwald. Lilian saß in der Küche ihrer Wohnung und blickte unentschlossen auf eine Platte frischgebackener Scones, die Jenna extra bei Greggs gekauft hatte, bevor sie Lilian aus dem Hospital abgeholt hatte.

»Ich denke nicht, dass es gut ist, jetzt schon deinen Detective Murray zu informieren.« Lilian schaute ihrer Freundin zu, wie sie ihr einen Tee bereitete, und lenkte dann ihren Blick zum Fenster hinaus.

Jenna zündete eine Kerze an, die trotz der bedrückenden Situation ein wenig Gemütlichkeit spendete. »Zu spät«, erwiderte sie mit einem entschuldigenden Schulterzucken und goss Lilian den Tee in eine Tasse ein.

»Was willst du damit sagen?« Lilian blickte verstört zu ihr auf.

Jenna setzte sich ihr gegenüber und nahm sich ein Scone, schnitt es auf, legte es auf einen Teller. Sorgsam bestrich sie die Hälften mit Butter und Marmelade, bevor sie herzhaft hineinbiss und sich zwischen dem Kauen die Marmelade von den Lippen schleckte. »Ich konnte meinem Chef deine Aussage nicht verschweigen«, sagte sie mit halbvollem Mund. »Erstens hatte ich Angst um dich, und zweitens wollte ich die Sache zu einem logischen Abschluss bringen.« Jenna trank vorsichtig von ihrem Kaffee, den sie in jener Kaffeemaschine zubereitet hatte, deren Anblick Lilian schlagartig an John erinnerte und daran, wie er sie angesehen hatte, als das rote Licht aufleuchtete. Im Nachhinein erschien es ihr wie ein Wink des Schicksals, der besagte, dass sie diesem Mann besser aus dem Weg gegangen wäre.

»Ich habe Steve lediglich gesagt, dass dir der Typ aus Weirs Personenbeschreibung bekannt vorkommt und dass es vermutlich derselbe war, der in unsere Wohnung eingebrochen ist. Schließlich haben wir Anschluss an sämtliche Datenbanken. Wer außer Scotland Yard ist in der Lage, weltweit einen flüchtigen Verbrecher zu finden?«

»Was bedeutet – du hattest Angst um mich?« Lilian sah Jenna misstrauisch an. »Denkst du etwa immer noch, ich würde halluzinieren. Wolltest du deshalb auf Nummer sicher gehen, ob es den Typen überhaupt gibt?«

»Nein, das hast du vollkommen falsch verstanden. Es war eine heiße Spur, vor allem weil ich wusste, dass der Verdächtige – wenn überhaupt – bei CSS zu finden ist.«

»Du hast deinem Chef von meinem Aufenthalt bei CSS erzählt?« Lilians Stimme erhob sich vor Entrüstung. »Warum hast du mich nicht vorher gefragt?«

»Es tut mir leid.« Jenna sah sie resigniert an und ergriff ihre Hand. »Es ist sowieso nichts dabei herausgekommen.«

Lilian ließ ihre Teetasse sinken und stellte sie neben den Unterteller. »Was willst du damit sagen?«

»Bei CSS kennt man keinen John Cameron. Das heißt, es gab mal einen, auf den die Beschreibung gepasst hätte, aber das ist schon zweihundert Jahre her. Er war Amerikaner und sozusagen der Firmenbegründer. Damals hat er das Imperium unter anderem damit aufgebaut, dass er Privatarmeen für Reedereien rekrutierte, die ihre Handelsschiffe auch ohne Unterstützung der britischen und amerikanischen Marine vor Piraten schützen wollten. Camerons Männer waren bekannt dafür, dass sie weder Tod noch Teufel fürchteten und dass ihnen selbst auf hoher See kein Gemetzel zu blutig war. Das einzig Interessante an der Sache ist, dass es in der National Gallery ein Ölgemälde von diesem Typen gibt, das unserem Gesuchten verblüffend ähnlich sieht, aber das war's dann auch schon.«

Lilian sah sie ungläubig an. Das konnte nicht sein! Sie hatte den Eindruck gehabt, dass John bei CSS eine leitende Position bekleidete.

»Bist du sicher? Immerhin hat sich der John Cameron, den ich meine, ähnlich skrupellos verhalten wie dieser Seeräuberschreck. Vielleicht ist er ein Nachfahre dieses Mannes und sein Benehmen so etwas wie eine Erbkrankheit?« Lilians Hoffnung auf eine Erklärung schwand zusehends.

»Steve hat alle Dateien checken lassen. Ohne Ergebnis. CSS ist ein amerikanisches Unternehmen mit einem Vorstand aus zwanzig Mitgliedern weltweit, aber niemand von ihnen sieht so aus wie dein John. Das Unternehmen ist wie ein Geheimdienst organisiert und in verschiedene Sparten unterteilt. An die Mitarbeiter der brisanten Abteilungen kommt man nicht heran. Sie arbeiten stets unter einer Legende, und ihre Namen werden auf keiner Liste geführt.

Eine Anfrage in deren britischem Hauptquartier, oben in Moidart, wurde negativ beschieden. Man gebe grundsätzlich keine Auskunft in Personalfragen. Schließlich sei man ein international anerkannter Sicherheitsdienst, der mit Zustimmung der britischen Regierung die Anonymität seiner Mitarbeiter zu schützen habe. Der Antrag auf einen Durchsuchungsbefehl wurde abgelehnt. Die Firma hat Kontakte bis in die höchsten Regierungskreise. Die haben sich wohl für unseren Verteidigungsminister schon mehrmals die Finger schmutzig gemacht. Sie werden in solchen Krisengebieten eingesetzt, wo unsere Soldaten nicht reingehen wollen oder können. Entweder weil es zu gefährlich oder politisch zu heikel ist. Trotzdem oder gerade deshalb möchte niemand mit ihnen in Verbindung gebracht werden. Allein der Name riecht nach Skandal. Steve hat einen eindeutigen Wink aus London bekommen, dass er die Finger von CSS lassen soll, falls er noch weiter Karriere machen möchte.«

»Und was sagst du?«

»Dass du da in irgendetwas Sonderbares hineingeraten bist, dem ich noch keinen Namen geben kann. Und dass es nicht nur die Personenbeschreibung ist, die dein Fall und der Fall Dough Weir gemeinsam haben. Auch die merkwürdigen DNA-Spuren waren die gleichen.«

Lilian hob eine Braue. »Inwiefern?«

»Ich habe verändertes menschliches Genmaterial auf deinem Bettlaken gefunden. Die DNA ist nicht vollständig und sieht aus wie mutiert, ähnlich wie die DNA, die wir im Hafen von Leith gefunden haben. Ich habe so etwas vorher noch nie gesehen. Es ist, als hättest du Besuch von einem Alien gehabt.« Jenna grinste, doch Lilian war nicht zum Lachen zumute.

»Das Blut kann nur von mir selbst oder von meinem Bruder stammen.« Lilian machte eine Pause und sah zum Fenster hinaus. »Ich könnte Alex bitten, mir eine Blutprobe zu schicken, aber dann hält er mich wahrscheinlich für vollkommen übergeschnappt.« Ihr Blick wanderte zurück zu Jenna, die sich ein zweites Scone genommen hatte. »Klingt alles verrückt, oder?« Hastig nahm Lilian noch einen Schluck Tee, wie um sich zu beruhigen.

»Nicht so verrückt wie zu Beginn der ganzen Angelegenheit. Aber ich sehe im Moment keinen Ansatzpunkt, wie wir in der Sache weiterkommen. Solange wir kein Verbrechen haben, gibt es auch keinen Täter, den man suchen könnte. Und damit gibt es auch kein Geld von oben, um die Sache aufzuklären. So einfach ist das.«

»Ehrlich gesagt, hatte ich mir von Scotland Yard ein bisschen mehr versprochen«, meinte Lilian. »Aber ich weigere mich zu denken, dass ich ein Fall für die Klapsmühle bin.« Lilian machte eine Pause und sah Jenna an. »Ich weiß, was ich gesehen habe und was nicht. Und ich habe einen Verbündeten.«

Biedere Reihenhäuser waren das Erste, was Lilian ins Auge fiel, nachdem sie bei schönstem Sonnenschein in die Callander Road Richtung Glen Village abgebogen war. In einer Seitenstraße bewohnte Dough Weir ein kleines Haus. Der Vorgarten erfreute sich einer kunterbunten Truppe aus Gartenzwergen, die mit Harken, Spaten und Laternen bewaffnet hinter Büschen und Beeten lauerten, wie Söldner, die in einen erbarmungslosen Krieg gegen Schnecken und Wühlmäuse ziehen. Doughs Frau sah allerdings nicht aus wie Schneewittchen, eher wie Aschenputtel, das vergeblich auf den Prinzen wartet. Kein Wunder, denn die Geschehnisse der letzten Tage hatten bei Cynthia Weir dunkle Ringe unter den Augen hinterlassen. Lilians Ansinnen, ihren Mann noch einmal zu besuchen, hatte sie trotz des Erfolges, dass er durch sie sein Gedächtnis wiedergewonnen hatte, mit Argwohn entgegengenommen. Dough schien die Angelegenheit erheblich lockerer zu sehen und begrüßte Lilian beinahe überschwänglich an der Haustür.

»Was möchten Sie, Tee, Kaffee oder einen Whisky?« Er lachte dröhnend, während er Lilian in die gute Stube begleitete. Im Esszimmer bot er ihr einen Stuhl an, mit Blick auf die reichlich begrünte Terrasse.

Draußen im Garten hinter dem Haus plätscherte ein kleiner kitschiger Barockbrunnen aus Alabasterstein. Eine Idylle, die vielleicht von der Eintönigkeit seines Jobs ablenken sollte, oder es war ein Steckenpferd seiner Frau, die sich damit jenes Märchenreich schaffen wollte, das Dough ihr nie hatte bieten können. Lilian nahm an einem runden Tisch Platz und legte ihre Wagenschlüssel auf der fein säuberlich bestickten Tischdecke ab. Sie hatte nicht vor, lange zu bleiben, sie wollte Dough lediglich einen Vorschlag machen.

»Danke. Eine Tasse Tee wäre wundervoll«, sagte sie.

»Was führt Sie zu mir?«, eröffnete Dough das Gespräch, während er auf dem Stuhl gegenüber eine gekünstelt weltmännische Haltung einnahm, die so gar nicht zu seiner gedrungenen Gestalt passen wollte.

Lilian wusste nicht recht, wie sie beginnen sollte. Sie hatte am Telefon mit Bedacht nichts über den Anlass ihres Besuches gesagt, weil sie befürchtete, Dough könnte sie abweisen. Außerdem wusste sie nicht, wie sie ihm ihr Vorhaben in wenigen Worten hätte erklären sollen. Nein, so etwas benötigte Vertrauen, und Vertrauen benötigte Anwesenheit.

»Ich komme wegen Ihrer Personenbeschreibung, die Sie bei Scotland Yard abgegeben haben.«

»Warum?« Dough sah sie aufgeschreckt an. »War etwas falsch daran?«

»Nein.« Lilian musste lächeln. Wahrscheinlich dachte er, sie arbeite auch bei der Polizei und zweifle nun schon wieder an seiner Aussage. »Sagen wir, ich habe ein privates Interesse. Ich hatte nach unserer Begegnung im Royal Hospital ein ähnlich schreckliches Erlebnis wie Sie im Lagerhaus. Es gab einen Überfall in der Tiefgarage unserer Wohnung in Edinburgh. Vor meinen Augen wurden mehrere Menschen regelrecht abgeschlachtet.«

Doughs Frau war lautlos hereingekommen und servierte den Tee und ein paar Sandwiches. Ihr Blick war entsetzt, weil sie Lilians letzte Worte mitbekommen hatte. »Warum hat man davon nichts in der Zeitung gelesen?«, fragte sie fassungslos.

»Aus dem gleichen Grund, warum man von der Sache in Leith nichts in der Zeitung gelesen hat. Als die Polizei eintraf, waren sämtliche Spuren wie weggewischt, und niemand wollte mir glauben, dass der Überfall überhaupt stattgefunden hat.«

Doughs kleine braune Augen begannen zu leuchten. »Aber Sie können sich noch an alles erinnern, oder?«

»Was mir nicht sonderlich viel nützt, wenn es keine Spuren gibt und mir niemand glaubt«, erwiderte sie mit einem lakonischen Ton in der Stimme.

»Aber Sie haben doch gute Verbindungen zu Scotland Yard – wieso glaubt man Ihnen nicht?«

»Jenna hat es ihrem Chef erzählt. Als er zu ermitteln begann, hat man ihn auf Befehl aus London zurückgepfiffen. Anscheinend ist die Sache ein Politikum. Und jetzt sind Sie meine einzige Hoffnung, um Licht in die Angelegenheit bringen zu können.«

Dough sah sie verständnislos an. »Wie sollte ich Ihnen helfen? Ich habe alles gesagt, was ich wusste, und wenn Scotland Yard in der Sache nicht weiterkommt – wie sollte ich da was machen?«

»Ich habe einen Plan, den ich allerdings nicht alleine durchziehen möchte. Ich befürchte, am Ende vertraue ich mir selbst nicht mehr, wenn etwas Entscheidendes geschieht und ich mir hinterher nicht sicher bin, ob ich es tatsächlich erlebt habe oder nicht.« Lilian sah ihn fragend an. »Haben Sie Zeit?«

Dough grinste. »Alle Zeit der Welt, ich bin immer noch arbeitslos.«

»Hätten Sie nicht Lust, Ihrem Exchef mal richtig die Meinung zu geigen?«

Dough lachte bitter. »Darauf können Sie wetten, aber der sitzt in Leith und will bestimmt nichts von mir wissen.«

»Ich meine nicht Ihren Abteilungsleiter im Containerhafen. Ich meine seinen Boss. Den allerhöchsten Leiter von CSS. Der, dem der Laden wirklich gehört und nach dessen Pfeife alle tanzen.«

»Wer sollte das sein?« Dough setzte eine verunsicherte Miene auf und warf einen Blick auf seine nicht weniger verwirrt wirkende Frau.

Lilian lächelte ihn zuversichtlich an. »Fahren Sie mit mir in die Highlands und lassen Sie sich überraschen!«

Cynthia schien nicht gerade begeistert zu sein, als ihr Mann nach zwei Stunden Beratung ein paar Sachen zusammenpackte und zu Lilian in den Golf stieg, mit den Worten, dass er in spätestens drei Tagen wieder daheim sein würde. Nachdem Lilian ihm ihre Absicht kundgetan hatte, mit ihm zusammen zum Hauptquartier von CSS nach Moidart zu fahren, weil sie etwas herausgefunden hatte, über das sie jetzt zwar noch nicht sprechen könne, das aber seinen Rauswurf bei seiner Firma eventuell rückgängig machen werde, wollte Dough nicht, dass seine Frau ihn begleitete. Es würde sie nur noch mehr belasten, falls man ihn in Moidart nicht empfing oder er sich bei der Sache blamierte. Cynthia hatte sich schon genug aufgeregt. Und so erklärte er ihr nur, dass er im Rahmen außerordentlicher Ermittlungen von Scotland Yard drei Tage in die Highlands verreisen müsse.

Außerdem musste irgendjemand in seiner Abwesenheit die Kaninchen füttern, die er im Garten hinter dem Haus für Ausstellungen züchtete.

Lilian sollte es recht sein. Sie wusste ja selbst nicht, was sie in Moidart erwartete und ob es, nach allem was sie mit John erlebt zu haben glaubte, gefährlich werden konnte. Aber dass sie herausfinden musste, wer oder was er wirklich war, lag auf der Hand.

Dough war reichlich aufgekratzt. Lilian war eine Frau, für die man das lichte Haar nach vorne kämmte und den Bauch einzog, und auch wenn es in seinem Leben nie eine andere als Cynthia gegeben hatte, schmeichelte es ihm mächtig, eine so hübsche und dazu noch dreißig Jahre jüngere Begleiterin neben sich zu haben.

An einer Tankstelle in Stirling kaufte er ein paar Getränke und Sandwiches und gab die Hälfte davon an Lilian weiter. Sie hatte ihm immer noch nicht gesagt, was die Personenbeschreibung seines Täters in Leith mit CSS zu tun haben sollte.

Lilian startete den Wagen und rollte langsam auf die Hauptstraße zu. In einer Hand hielt sie ein halb aufgegessenes Sandwich, mit der anderen lenkte sie den Wagen nach rechts auf die Straße. Nachdem sie sichergestellt hatte, dass ihnen niemand entgegenkam, gab sie Gas und sah Dough beiläufig an. »Waren Sie schon einmal in Moidart?«

»Sag doch Dough zu mir. Schließlich bin ich der Ältere von uns beiden.

»Okay, Dough.« Lilian lächelte kurz. »Warst du schon mal in der Zentrale von CSS?«

»Nein, ich war noch nie so weit oben in den Highlands. Ist mir erstens zu einsam, und zweitens: Warum sollte der Knochen zum Hund kommen? Unsere Abteilung hier unten in Leith hatte mit Moidart nie etwas zu tun. Oben in Mugan Manor sitzen nur die ganz Harten. Solche, die in irgendwelche Geheimoperationen verwickelt sind. Leith dagegen gehört zur ›Software‹. Bei uns gibt es keine Soldaten – nur Nachtwächter.« Er grinste süffisant. »In Leith beschäftigt man sich ausschließlich mit Werkschutz. Im Höchstfall bedeutet das: Ausspionieren der Mitarbeiter, ob niemand einen Schraubenschlüssel mit nach Hause nimmt, den er nicht zuvor selbst mitgebracht hat, oder Überprüfung von Korruptionsfällen. Du glaubst gar nicht, wie anfällig die Leute in den heutigen Zeiten in Sachen Betriebsspionage sind. Kurz bevor ich gefeuert wurde, hat ein Kollege heimlich den Prototyp eines neuen Fahrzeugmodells fotografiert, nachdem der Wagen für eine technische Erprobung in Schweden in einen Container verladen worden war. Die Fotos hat der Kollege zur Konkurrenz geschickt. Natürlich hat er von denen dafür reichlich Cash bekommen. Dumm nur, dass er die Sache vom Dienstrechner aus gemanagt hat.«

»Und du?« Lilian sah ihn herausfordernd an. »Hast du auch schon mal ein krummes Ding gedreht?«

»Ich?« Dough sah sie mit gespielter Entrüstung an. »Ich war ausschließlich für die Nachtwache zuständig. Da gibt es ohnehin nichts zu holen, weil alles verschlossen ist. Außerdem gehört unsere Branche zu den zuverlässigsten überhaupt.«

»Und warum haben sie dich dann wegen einer solchen Kleinigkeit vor die Tür gesetzt? Ich meine, du hast noch niemandem wehgetan, nur weil du eine Aussage zu Vorkommnissen gemacht hast, die zu deinem Aufgabengebiet gehörten.«

Dough schnaubte verächtlich. »Mein Abteilungsleiter denkt wahrscheinlich, ich hätte Drogen genommen – oder wieder zu saufen angefangen. Was nützt es mir, wenn ich mein Gedächtnis wiedererlangt habe, aber es gibt immer noch keine sichtbaren Beweise? Außerdem müsstest du doch am besten wissen, wie das ist, wenn man selbst an seinem Verstand zu zweifeln beginnt. Von da ab ist es nur ein kleiner Schritt, dass andere es ebenso tun.«

»Glaubst du, das war der Grund?« Lilian sah ihn ungläubig an.

»Was weiß ich«, fauchte Dough und schaute demonstrativ zum

Fenster hinaus, wo sein Blick auf die weitläufige Flusslandschaft und ein verfallenes Bauernhaus fiel. »Vielleicht war ich ihnen zu alt, und sie wollten mich loswerden. Dabei bin ich immer noch fit.« Demonstrativ ließ er seine Muskeln unter dem T-Shirt spielen. »Ich war vor Jahren selbst bei der Polizei, doch dann haben sie mich vom Dienst suspendiert.« Er schwieg einen Moment und überlegte, ob er Lilian von seinen Schwächen erzählen sollte. Aber warum eigentlich nicht? Er hatte ohnehin nichts mehr zu verlieren.

»Ich hatte ein Alkoholproblem.« Jetzt sah er sie an, doch sie schien nicht sonderlich beeindruckt zu sein.

»Na und? Das hat hierzulande doch beinahe jeder Kerl. Whisky und Bier gehören in Schottland seit jeher zu den Grundnahrungsmitteln.«

»Aber im Zusammenhang mit dem Gebrauch einer Waffe und einem versehentlichen Schuss, der den Hund eines Kollegen tötet, macht sich das nun mal nicht gut.« Dough kniff die Lippen zusammen.

»Das tut mir leid.«

»Für wen?«

»Für den Hund natürlich.« Lilian lächelte ihn an.

»Sag bloß, du bist eine von diesen militanten Tierschützerinnen?«

»Nein, leider nicht.« Ihr Blick wirkte entschuldigend. »In meinem Job gibt es sogar Laborratten – Ned und Ed. Aber ich sorge dafür, dass sie es gut haben und unbeschadet ihr Rentenalter erreichen.«

In Tyndrum legten Lilian und Dough eine Rast ein. Der Himmel war inzwischen wolkenverhangen, und über den kahlen Berggipfeln und tiefer liegenden Nadelwäldern lag ein undurchdringlicher Nebel. Nachdem Dough und Lilian aus dem Wagen ausgestiegen waren, ereilte sie der typische schottische Mist, ein Regen, der einen, leicht und stetig, bis auf die Haut durchnässte, wenn man auch nur fünf Minuten ohne Schirm unterwegs war. Während Dough in der rustikalen Gaststätte eine Portion Steak Pie mit Pommes verdrückte, gönnte sich Lilian einen Tee und ein Stück Schokoladenkuchen.

»Habe ich das richtig verstanden«, begann sie von neuem, nachdem sie entgegen Doughs eindeutigem Protest die Rechnung übernommen hatte und sie erneut in den Wagen stiegen, um weiter nach Norden zu fahren. »Du kennst also niemanden bei CSS in Moidart?«

»Nein, aber ich wüsste zu gerne, was du dir von einem Besuch dort versprichst.«

»Es geht um deine Personenbeschreibung.« Lilian gab Gas und überholte einen langsam fahrenden Lieferwagen.

Dough, dessen Finger sich unmerklich in die Polster krallten, warf ihr einen fragenden Blick zu.

»Den Typen, der dir die Injektion verpasst hat. Ich glaube ihn zu kennen.«

»Du denkst, du hast ihn in der Tiefgarage gesehen – das sagtest du bereits.«

»Da ist noch was anderes, Dough. Ich vermute, er ist dein oberster Chef bei CSS.«

»Das glaubst du doch selbst nicht!« Dough sah sie an, als ob er sie für vollkommen übergeschnappt hielt. »Mein eigener Boss soll Leuten im Containerhafen die Köpfe abschlagen und gibt mir anschließend ’ne Spritze, damit ich alles, was ich gesehen habe, vergesse?« Er seufzte. »Sag, dass das ein Scherz ist.«

»Was würdest du tun, wenn ich recht behielte und er plötzlich vor dir stünde?« Lilian lenkte den Wagen an einem See entlang auf eine breitere Straße.

»Ich würde ihm in den Arsch treten und ihn fragen, ob das eine Art ist, mit Mitarbeitern umzugehen.« Dough grinste und schüttelte den Kopf. »Und was versprichst du dir davon, wenn wir den Kerl tatsächlich in Moidart finden? Willst du dann die Polizei rufen? Oder besser gleich den Special Air Service. Immerhin wäre der Kerl, wenn es ihn denn gibt, ein ziemlich brutaler Typ, der sich bestimmt nicht so einfach in Handschellen abführen lässt.«

»Daran habe ich noch gar nicht gedacht«, gestand Lilian. »Ich will erst einmal wissen, ob wir beide uns trotz allem etwas einbilden oder ob unsere Erlebnisse der Wahrheit entsprechen.«

»Und du glaubst, dass sie uns bei CSS reinspazieren lassen – nachdem noch nicht einmal Scotland Yard einen Durchsuchungsbefehl bekommen konnte?«

»Ich war schon mal dort, und es war ganz in Ordnung.«

»Du warst in Mugan Manor? Wann denn?«

»Vor etwas mehr als einer Woche.«

»Uns was hattest du da zu suchen?«

»Das erzähle ich dir lieber erst, wenn wir dort sind, sonst denkst du wirklich noch, ich will dir einen Bären aufbinden.«

»Hattest du was mit ihm?«

Lilians Kopf schnellte herum, und der Wagen machte einen abrupten Schlenker. »Mit wem?«

»Na, mit dem Typen, von dem du behauptest, er sei der Chef von CSS.«

»Wie kommst du denn darauf?« Lilian spürte, wie ihr das Blut den Hals hinaufflammte. »Ich hatte einen Motorradunfall, in der Nähe von Moidart. John – so lautet sein Name – hat mir geholfen. Später hat er mich in Edinburgh zum Essen eingeladen. Wir sind danach in meine Wohnung gegangen und wurden von Unbekannten überfallen. Gemeinsam sind wir vor den Einbrechern in die Tiefgarage geflohen. Dort hat John einigen vermummten Typen die Köpfe abgeschlagen, und dann tauchte plötzlich mein Bruder auf, und John hat ihm in den Kopf geschossen.« Sie machte eine kleine Pause. »Jedenfalls glaubte ich, er hätte ihn erschossen, aber Alex ist nicht daran gestorben, und John ist mit seinem Wagen einfach davongefahren. Nachdem ich Polizei und Notdienst gerufen hatte, waren alle Spuren wie vom Erdboden verschwunden. Keine Leichen, und auch mein Bruder war nicht mehr da. Später rief er mich in meiner Wohnung an. Er war putzmunter und saß in seiner Wohnung in Deutschland.«

»Soll ich ehrlich sein?« Dough sah sie beinahe mitleidig an.

»Ich bitte darum.«

»Deine Story ist um einiges verrückter als meine. Langsam verstehe ich, warum du meine Hilfe benötigst.«

Lilian setzte eine fatalistische Miene auf. »Und? Willst du jetzt aussteigen?«

Dough schüttelte mit einer entschiedenen Geste den Kopf. »Was? Jetzt, wo es gerade interessant wird? Niemals. Was sagt denn deine Freundin von Scotland Yard zu unserem Vorhaben?«

»Ich habe ihr absichtlich nichts von meinen Plänen erzählt, weil ich nicht wollte, dass sie mich davon abhält.«

Dough sah zweifelnd an. »Weiß außer Cynthia überhaupt jemand, dass wir gemeinsam unterwegs sind?«

»Nein. Ich glaube nicht.«

»Und warum werden wir dann schon seit Tyndrum verfolgt?«

»Verfolgt?« Lilian sah ihn aufgeschreckt an. »Was meinst du mit verfolgt?« Unvermittelt trat sie aufs Gaspedal, was den Wagen wie ein Geschoss nach vorne katapultierte und in ein leichtes Schlingern brachte. Nervös lenkte sie gegen und verlangsamte ihr Tempo.

»Schau in den Rückspiegel«, riet ihr Dough. »Aber unauffällig, wenn's geht. Das heißt, dreh dich nicht um!«

Dough steckte trotz all der Jahre, die seither vergangen waren, immer noch der Polizist in den Knochen, und er besaß einen untrüglichen Sinn für Gefahr. Dass mit dem Wagen hinter ihnen etwas nicht stimmte, hatte er schon direkt nach Tyndrum bemerkt, weil der Fahrer auch auf freier Strecke jede Gelegenheit ausgelassen hatte, Lilians verhältnismäßig langsam fahrenden Golf zu überholen. Später war er abgebogen, und ein schwarzer Audi war an seine Stelle getreten, doch auch dieser Wagen hatte trotz seiner PS-Stärke nicht überholt und war irgendwann in einem Waldweg verschwunden. Danach hatte ein dunkelblauer Ford Kuga die Verfolgung übernommen, so lange, bis wieder der weiße BMW an seine Stelle gerückt war.

»Was hat das zu bedeuten?« Lilians Blick war immer noch verwirrt.

»Fahr einfach weiter«, riet ihr Dough, »und lass dir bloß nichts anmerken. Im nächsten Ort legen wir einen Stopp ein und beobachten, was geschieht.«

»Der nächste Ort ist zwanzig Meilen entfernt«, bemerkte Lilian entsetzt, »und zwischendrin gibt es nur Moor, Berge und Schafe.«

Dough machte sich an seinem Rucksack zu schaffen, der im Fußraum zwischen seinen Beinen stand, und holte etwas hervor, das Lilian zu einem spitzen Schrei animierte.

»O mein Gott, Dough!«, rief sie und geriet beinahe schon wieder in Schlingern. »Wo hast du denn *die* her. Du weißt aber, dass man in Großbritannien wegen illegalem Waffenbesitz bis zu fünf Jahre in den Knast wandern kann?«

»Ich hatte sie unter dem Dielenboden unseres Schlafzimmers versteckt«, erklärte er und hielt die Pistole wie einen lang gehüteten Schatz in den Händen. »Man kann ja nie wissen, ob man eine solche

Waffe nicht irgendwann einmal wieder gebrauchen kann. Ich war als junger Polizist eine Weile in Nordirland stationiert, und glaub mir, ohne so ein Ding bist du dort verloren. Seit ich erlebt habe, wie ein Kollege von diesem rebellischen Pack von hinten auf offener Straße erschossen wurde, habe ich mir gedacht, besser ist besser. Später hab ich sie einfach behalten. Für schlechte Zeiten sozusagen.«

»Und was willst du jetzt damit tun?«

»Ich habe mir gedacht, falls man uns noch mal einen Streich zu spielen versucht, werde ich einfach für Fakten sorgen.«

»Und du denkst wirklich, dass sich Typen, die geköpfte Leichen verschwinden lassen, etwas aus simplen Schusswaffen machen?« Sie lachte schrill auf. »Du bist tatsächlich noch verrückter als ich.«

»Tu so, als wäre alles normal. Vielleicht irre ich mich ja und bin einfach nur paranoid geworden, nach allem, was bisher geschehen ist.« Dough setzte eine ernste Miene auf. Seit knapp zwei Minuten waren plötzlich alle drei Fahrzeuge hinter ihnen, und wie aus dem Nichts hatte sich kurz vor Loch Tulla noch ein silberner Van mit dunklen Scheiben vor sie gesetzt. Dough sagte nichts zu Lilian, um sie nicht noch mehr zu beunruhigen. Er lud die Pistole durch und hielt sie so fest, dass seine Fingerknöchel weiß hervortraten. Lilian war nicht blöd. Allein das Geräusch ließ sie panisch werden, und der Rückspiegel reichte ihr nicht mehr, um sicher zu sein, was hier nicht stimmte. Gehetzt sah sie sich nach allen Seiten um. »Ich werde anhalten«, entschied sie. »Und umkehren.«

Ob es tatsächlich eine gute Idee sein würde, anzuhalten und umzukehren, wagte Dough zu bezweifeln, doch realistisch betrachtet hatten sie keinerlei Alternativen. An der Brücke von Orchy trat Lilian aus heiterem Himmel in die Bremsen und riss das Steuer herum. Ohne auf den Gegenverkehr zu achten, bog sie nach links in einen schmalen Seitenweg ein. Eine Sackgasse, die irgendwo in den Bergen in einem Wandergebiet endete, wie ein Hinweisschild ankündigte.

»Das war ein Fehler«, schnaubte Dough, als er sah, dass ihre überraschten Verfolger ihre Tarnung fallen ließen und ihnen ohne Scheu über die unebene Straße folgten. Lilian gab Gas und steuerte den hüpfenden Wagen in heller Panik über Stock und Stein.

»Hast du eine leise Ahnung, wer das ist?« Dough hoffte immer noch auf eine Antwort in diesem Wahnsinn. Doch Lilian schüttelte den Kopf, während sie mit ihrem Golf über die Bodenwellen holperte und dabei krampfhaft bemüht war, eine Kollision mit Schafen, die quer über den Weg liefen, zu verhindern.

Als Schüsse fielen, steuerte Lilian den Wagen an den Straßenrand in einen Graben, wo er sich binnen Sekunden festfuhr. Dough sprang geistesgegenwärtig heraus, ging in die Hocke und verschanzte sich hinter der Beifahrertür. Dann eröffnete er das Feuer. Lilian kroch auf der anderen Seite aus dem Wagen und robbte durch die Pfützen hinter das Heck. Unter dem Wagen hindurch sah sie nur Beine und begriff, dass sie von mehreren Männern umstellt waren, doch niemand schoss zurück oder rief: »Halt, stehenbleiben, Polizei!«

Aus einem Augenwinkel heraus sah Lilian, wie Dough einen Treffer landete, weil einer der Männer fluchend zu Boden ging und sich für einen Moment die rechte Seite hielt. Ein anderer schnellte nach vorne und schlug Dough die Wagentür gegen den Kopf. Anscheinend verlor Dough sofort das Bewusstsein, er ließ die Waffe fallen und fiel mit blutender Stirn auf den Rücken. Grobe Hände packten Lilian und zogen sie auf die Füße. Ein kurzer Rundumblick ließ sie erkennen, dass die Männer Masken trugen, wie bei einem Banküberfall.

»Führt sie ab!«, sagte ihr Anführer. »Und dann schickt sie schlafen.« Er sprach mit einem singenden, irischen Akzent, und das war das Letzte, was Lilian wahrnahm, bevor ihr jemand eine Injektion in den Arm jagte und sie das Bewusstsein verlor.

32

Schottland 2009 – »Nichts als die Wahrheit«

Als Lilian erwachte, fand sie sich in einem neuen, noch finsteren Albtraum wieder. Angekettet lag sie auf einem Bett und trug nichts anderes als ihre Unterwäsche. Die Wände des Zimmers, in dem man sie auf vielleicht zehn Quadratmeter eingepfercht hatte, waren weiß und vermittelten den Eindruck, als ob es in diesem Raum kein Oben und Unten gäbe. Den Boden konnte sie nicht sehen, weil es ihr nicht möglich war, den Kopf zu heben. Ihr Hals steckte in einer eisernen Manschette. Als ihr bewusst wurde, wie eng die Manschette war, begann sie zu würgen.

Ein kläglicher Hilferuf entwich ihrer Kehle, und als sie ein zweites Mal würgte, sah sie das Gesicht eines Fremden, der sich mit interessierter Miene über sie beugte und dabei eine Injektion aufzog. Er war jung und blass, trug eine Brille und einen weißen Kittel. Kurz darauf spürte sie einen schmerzhaften Einstich in ihrer Armvene.

Schwach kehrte ihre Erinnerung zurück. Es war das zweite Mal, dass ihr jemand eine Injektion verabreichte.

»Nein!«, stieß sie heiser hervor und spürte, wie sie sich in eine Panik hineinsteigerte. »Hilfe!« Hechelnd versuchte sie durch den Mund zu atmen. Schwarze Punkte tanzten vor ihren Augen. Ihre Hände und Füße wurden taub. Den Einstich spürte sie kaum noch.

»Was zur Hölle ist hier los?« Eine dunkle, raue Männerstimme brüllte quer durch den Raum. Der Kerl über ihr zuckte zusammen und zog vor Schreck die Injektionsnadel heraus. Die Stimme des Mannes kam ihr bekannt vor. Verschwommen nahm Lilian ein neues Gesicht über sich wahr. Es hatte Augen so grün wie ein Pinienwald, und sein weicher Mund sprach intensiv auf sie ein, doch sie hörte nichts mehr.

»John?«, flüsterte sie ungläubig. Dann wurde es schwarz vor ihren Augen.

John brüllte so laut, dass ihm die Halsvenen anschwollen. Dann riss er den Quarantäneassistenten von Lilian fort und stieß ihn heftig zur Seite. Der Mann schlug mit dem Rücken gegen die Wand und rutschte mit geschlossenen Lidern an den Kacheln herunter, bis er am Boden sitzend in sich zusammensackte. Für einen Moment befürchtete John, er habe ihn umgebracht. Kyle Ritchie, so hieß der Mitarbeiter, kam kurz darauf wieder zu sich und schüttelte seine blonde Mähne. Während John sich um Lilian kümmerte, rappelte sich Kyle taumelnd wieder hoch, dabei glotzte er John mit seinen wasserblauen Augen an, als hätte er einen Wahnsinnigen vor sich. Johns Aufmerksamkeit galt einzig Lilian, die von stählernen Fesseln fixiert auf der Pritsche lag. Ihr Kopf war zur Seite gekippt. Ihr langes braunes Haar hing bis zum Boden hinunter. John gab auf einer seitlich am Bett befindlichen Tastatur einen Code ein. Ein Mechanismus klickte, und die Manschetten sprangen auf. Dann nahm er Lilian vor den Augen seiner erstaunten Kollegen in die Arme und trug sie hinaus. Auf dem Weg zu seinem Apartment stieß er jeden beiseite, der sich ihm in den Weg stellte.

Als er sie in sein eigenes Bett legte, stand plötzlich Bran hinter ihm. Zum Glück – einen anderen hätte John im Moment nicht in seiner Nähe ertragen können.

John deckte Lilian sorgsam mit der nachtblauen Satinbettwäsche zu und rückte ihr das Kissen unterm Kopf zurecht, bevor er sich an ihre Seite setzte. Beinahe zaghaft ergriff er ihre schlaffe Hand. »Es tut mir leid«, flüsterte er, obwohl sie ihn mit Sicherheit nicht hören konnte. Er strich ihr eine dunkle Strähne aus dem Gesicht, ein Akt reiner Hilflosigkeit, weil er nicht wusste, wie viel des Betäubungsmittels sie abbekommen hatte und wie lange es dauern würde, bis sie wieder zu sich kam.

»Wer hat das veranlasst?«, fragte er tonlos, ohne sich nach Bran umzudrehen. Immer noch ruhte sein Blick auf Lilians schmerzverzerrtem Gesicht, das selbst im Schlaf nicht zur Ruhe zu kommen schien.

»John, reg dich ab!« Brans dunkle Stimme hatte einen beruhigenden Effekt. Trotzdem wollte John den Verantwortlichen für dieses Desaster zur Rede stellen. Nur durch Zufall hatte er von der Einlieferung zweier gefangener Panaceaer erfahren, die man in die Laborzellen geschafft hatte, um sie zu untersuchen. Erst danach fiel die Entscheidung, ob man sie als Blutlieferanten für eine Ersatzdroge gebrauchen konnte oder – falls das nicht der Fall war – ob man sie eliminierte, weil es wegen ihrer Initiation in der Regel nicht möglich war, sie zum Umdenken zu bewegen. Somit hatte Lilians Leben an einem seidenen Faden gehangen. Wenn John nicht dazwischengegangen wäre, hätten seine Leute sie womöglich ohne Skrupel ins Jenseits befördert.

»Paddy war's – habe ich recht?« John schaute zu Bran auf und fand in dessen braunen, gütigen Augen jenes Vertrauen, das er schon länger bei seinem irischen Vertreter vermisste.

»Es war bestimmt ein Missverständnis.« Bran versuchte wie immer ausgleichend zu wirken.

»Bran, Paddy hätte sie um Haaresbreite getötet. Ist dir klar, was das heißt? Er weiß genau, wie viel mir Lilian bedeutet – und dass ich sie niemals umbringen könnte, ganz gleich, was geschehen ist.«

»Vielleicht wollte er zunächst sichergehen, ob sie zu den Panaceaern gehört, bevor er dich unterrichtet. Die Untersuchungen waren noch nicht abgeschlossen«, erwiderte Bran wie zur Entschuldigung. »Und ich kann dich beruhigen: Nach allem, was bisher herausgekommen ist, hat man sie weder initiiert, noch besitzt sie das ewige Leben. Lilian hat nicht die geringste Spur von Eternity in ihrem Blut – wenn man von der Minidosis einmal absieht, die wir ihr nach dem Unfall verabreicht haben.« Bran lächelte zuversichtlich. »Sie ist clean, John. Falls sie überhaupt etwas mit Cuninghame zu tun hat, gehört sie jedenfalls nicht zu seinen Lakaien.«

»Das ist wirklich eine gute Nachricht.« John seufzte erleichtert und bedachte Bran mit einem dankbaren Nicken. Gleichzeitig packte ihn das schlechte Gewissen. Er hatte Lilian Unrecht getan, indem er sie verdächtigt hatte, zu Cuninghames Schergen zu gehören. Er bediente die Kommunikationsanlage und rief Taylor herbei. Der Butler erschien binnen einer Minute auf der Türschwelle, lautlos wie immer.

»Sie wünschen?«

»Kümmere dich um das Mädchen«, sagte John und warf einen letzten Blick auf Lilians bleiches Gesicht. »Pass auf, dass ihr niemand zu nahe kommt, während sie schläft, und ruf mich, sobald sie erwacht ist.«

»Sehr wohl, Mylord. Wann darf ich Sie zurückerwarten?«

»Bald, ich muss noch mal ins Labor«, murmelte John.

»Soll ich dich begleiten?« Bran machte ein besorgtes Gesicht. Er ahnte, dass John die Angelegenheit nicht lange auf sich beruhen lassen und sich Paddy vorknöpfen würde.

»Nein«, sagte John. »Das muss ich alleine regeln.« Er stand auf und begab sich mit raschen Schritten in den Korridor, wo er im Aufzug verschwand.

Lilian träumte, und obwohl eine Stimme in ihrem Innern sagte, dass sie sich in einem Traum befand, wollte sie nicht, dass dieser Zustand ein Ende nahm. Gierig sog sie den Duft von frisch gemähtem Gras ein, und während sie über die Wiese einem glitzernden Fluss entgegenlief, blinzelte sie in die untergehende Abendsonne. Über dem Wasser des Lochy tanzten die Mücken, und ab und zu sah sie, wie eine Forelle sprang und nach ihnen schnappte. »Hab dich!« Jemand umarmte sie stürmisch von hinten, während sie noch lief, und zog sie zu einem Haufen aus frisch geschnittenem Heu. Sie landete weich, und der Mund, der sie küsste, war zärtlich und fordernd zugleich. Der Mann, dem er gehörte, rollte sich über sie und strahlte sie an. Er bedeckte ihr Gesicht mit Küssen. Zwischendurch flüsterte er die schönsten Komplimente in gälischer Sprache.

»John!« Sie befreite ihre Arme aus seiner Umklammerung. Ihre Hände fuhren in sein weiches, langes Haar, das einen reizvollen Kontrast zu seinem harten Körper bildete. Es roch nach Pfeifentabak, und sein Mund schmeckte nach Whisky. Lilian zog seinen Kopf zu sich herab und küsste ihn mit halbgeöffneten Lippen. Als sich ihre Zungen berührten, hatte sie das Gefühl, dass er sie am liebsten mit Haut und Haaren verschlungen hätte.

Jede Sekunde, die er schwer und warm neben ihr lag, war ein Genuss. Keuchend schob er ihr die Kleider hoch, und seine Hand wanderte unter dem leichten Stoff zu ihrem nackten geschwollenen Leib. Erst jetzt bemerkte Lilian, das sie hochschwanger war. Er streichelte sie sanft und grinste frech, während seine Finger tiefer zwischen ihre Schenkel wanderten. »Ob sich das Kleine über meinen Besuch freuen würde?«

»Nicht hier!«, rief sie und kicherte bei dem Gedanken, dass seine Bemerkung nichts anderes bedeutete, als dass er mit ihr schlafen wollte und es ihm gleichgültig war, dass sie auf dem freien Feld wie auf einem Präsentierteller lagen.

»Warum nicht? Es ist ein idealer Platz, und das Wetter ist schön.« Seine Miene war unschuldig.

»Sag bloß, du kannst nicht einmal abwarten, bis wir im Bett liegen?«

»Du kennst mich doch«, erwiderte er und lachte nur, als sie unter sein Plaid fasste und ihm zur Strafe für seine Ungeduld in den nackten Hintern kniff.

»Na warte«, stieß er prustend hervor und begann, sie am ganzen Körper zu kitzeln. Sie lachte so hemmungslos, dass sie beinahe keine Luft mehr bekam, und winselte schließlich um Gnade, die er ihr nur gewährte, als sie ihm versprach, am Abend in ihrer gemeinsamen Kammer das fortzusetzen, was er soeben begonnen hatte.

»Liebst du mich?« Ihre Frage war überflüssig, sie wusste längst, was er ihr antworten würde. Und doch wurde sie nicht müde, die Worte aus seinem Mund hören zu wollen.

John antwortete jedoch nicht wie gewöhnlich. Sein Gesicht wurde plötzlich ernst.

»Was würdest du sagen, wenn ich unsterblich wäre?«

»Schön für dich«, gab sie zurück und lächelte unsicher. »Aber schlecht für mich. Wenn ich sterbe, würde ich umsonst im Paradies auf dich warten.«

»Wenn du stirbst, sterbe ich mit dir«, sagte er in einem Brustton der Überzeugung.

»Wie kannst du vom Sterben reden, wo unser Leben doch erst gerade beginnt?« Sie fühlte sich unbehaglich, und er schien es zu spüren.

»Vergiss es, ich habe Blödsinn geredet«, sagte er lächelnd und küsste sie wieder.

Wenig später schlenderten sie Arm in Arm einer trutzigen Burg entgegen, die für sie beide – das wusste Lilian spontan – der Inbegriff von Zuhause war. Auf dem Weg dorthin sammelten sie sich gegenseitig die Halme aus ihren Haaren und lachten sich an. Plötzlich erinnerte sich Lilian: Es war einer der wenigen unbeschwerten Momente in einem Leben voller Krieg, Elend und Angst, und sie wollte, dass die Zeit stehenblieb, aber dieser Wunsch sollte nicht in Erfüllung gehen.

Als Lilian zu sich kam, hatte sie Kopfschmerzen. Im Zimmer duftete es eigenartigerweise immer noch nach John – ein Geruch, mit dem sie am liebsten verschmolzen wäre. Mit geschlossenen Augen vergrub sie ihre Nase in das seidige Bettzeug, und als sie sich zur Seite drehte und ihr Gesicht im Kopfkissen versank, wurde der Duft noch intensiver.

Ein Räuspern und ein Schatten ließen sie herumfahren, und sie erschrak, als sie das Gesicht eines dunkelhäutigen jungen Mannes erkannte. Sie hatte den Unbekannten schon einmal im Vorbeigehen gesehen, und plötzlich wurde ihr klar, wo sie sich befand: Mugan Manor. Dann erinnerte sie sich an Dough Weir und die Umstände, bevor sie hierhergekommen sein musste.

In Panik schnellte Lilian hoch und stellte fest, dass sie nur ihre Unterwäsche trug und dass der Junge in Jeans und T-Shirt sie anstarrte, als ob sie ein seltenes Tier wäre. Er war hübsch, ja vielleicht sogar schön. Er hatte eine athletische Figur und makellose Haut, dazu einen geschwungenen Mund, um den ihn so manches Mädchen beneiden würde. Sein lockiges Haar war kurzgeschnitten.

Hastig raffte Lilian sich die Satindecke vor die Brust. »Wer zum Teufel sind Sie? Und in wessen Bett liege ich hier?«

Der junge Mann räusperte sich ein weiteres Mal. Seine großen sanften Augen waren starr auf Lilian gerichtet, und es schien, als ob er nicht wusste, was er auf ihre Frage antworten sollte.

»Was ist? Warum starren Sie mich so an?«

»Entschuldigung …«, murmelte er. »Ich wollte nicht neugierig sein. Aber Sie sehen tatsächlich aus wie eine Frau, die ich einmal kannte, und sie riechen auch so. Nun kann ich verstehen, was John an Ihnen findet.«

»Ich rieche wie eine Frau, die Sie kannten?« Lilian sah ihn ungläubig an. »Soll das etwa ein Kompliment sein?«

»Ja, ich meine … nein …« Der Junge begann zu stottern.

»Ich heiße Lilian«, sagte sie und streckte ihm die Hand entgegen, »und wie heißt du?«

»Wilbur.« Erst jetzt kam er näher und ergriff ihre Hand. Seine Berührung war federleicht und entsprach nicht dem Handschlag eines erwachsenen Mannes. Schüchtern zog er seine langen, schlanken Finger zurück.

»Also gut, Wilbur, setz dich neben mich, dann erklärst du mir, was hier los ist.«

»Ich soll mich aufs Bett setzen?« Der junge Mann sah sie zweifelnd an. Er zog es vor, stehen zu bleiben. »Was sollte hier los sein?«

Lilian wurde ungeduldig. »Ich will wissen, wie ich hierhergekommen bin und vor allem warum.«

»Das musst du schon John fragen«, sagte er und wich ihrem Blick aus. Plötzlich duzte er sie. »Er ist für alles verantwortlich, was in diesem Haus geschieht – und darüber hinaus.« Er grinste. Seine Zähne waren so weiß, dass sie beinahe künstlich wirkten. »Nur soviel, es ist sein Bett, in dem du hier liegst.«

Lilian sah sich unwillkürlich um und räusperte sich verlegen, bevor sie sich erneut Wilbur zuwandte. Die Frage, wie sie in Johns Bett geraten war, schob sie vorerst beiseite. »Bist du auch ein Soldat?«, fragte sie, um Wilbur auf ein anderes Thema zu bringen. Lilian rechnete nicht damit, dass er diese Frage bejahte. Er sah nicht aus wie jemand, der in Kriege zog.

»Wenn du meinst, ob ich zu Johns Truppe gehöre? Ja, das tue ich – obwohl ich längst nicht so geschickt im Kampf bin wie er.«

»Hast du schon einmal jemandem … im Kampf … einen Kopf abgeschlagen? Ich meine, mit einem richtigen Schwert?«

Wilbur schien diese Frage nicht zu behagen, er sah sie aus schmalen Lidern an. »John hat es nicht gerne, wenn wir mit Außenstehenden über solche Sachen reden.«

»Oh – er hat es nicht gerne«, frotzelte Lilian. »Aber tun tut er es schon – oder?«

»Frag ihn selbst«, erwiderte Wilbur und wandte sich zum Gehen, weil ihm die Unterhaltung offenbar zu heikel wurde. »Er wird bald zurück sein.«

Wie ein schnaubender Stier stürmte John in die privaten Räume von Paddy Hamlock. Die Wohnungen der ständigen Mitarbeiter waren nie verschlossen. Paddys Apartment hatte wie Johns Domizil zwei Ebenen und erfreute sich im Gegensatz zum ultramodernen Ambiente in Johns Wohnung barocker Gemütlichkeit. Zwischen verschnörkelten Sitzmöbeln und Porzellanengeln kam sich John vor wie in einem Antiquitätenladen. In der Lobby traf er auf die sanftmütige Eliza. Die medizinische Doktorandin, die zu Johns Notfallteam gehörte, trug ein langes schwarzes Samtkleid mit einem verführerischen Ausschnitt. Sie hatte sich wohl schon auf einen gemütlichen Feierabend mit ihrem Liebsten vorbereitet. Seit gut fünf Jahren war sie Paddys Geliebte.

John hielt vor ihr inne und zügelte für einen Augenblick sein Temperament.

»Wo ist er?«, fragte er eine Spur zu barsch.

»Noch unten in den Labors«, antwortete Eliza überrascht. Mit ihrem weizenblonden langen Haar, das ihr bis in den Rücken reichte, und ihren üppigen Rundungen erinnerte sie John in fataler Weise an Rosie, obwohl sie einen gänzlich anderen Charakter besaß.

»Was hat er getan?« Sie fasste John am Arm. Es war ihm auf einmal unangenehm, dass er für einen Moment daran gedacht hatte, Paddy vor den internen Untersuchungsausschuss zu bringen. Der Ire hatte ihn in Führungsfragen hintergangen, und das war mit nichts zu entschuldigen.

»Hat Paddy den Befehl gegeben, die beiden Neuzugänge zu fassen, einzusperren und sie auf Spuren von Eternity zu untersuchen?«

»Ich weiß nichts von der Sache«, erwiderte Eliza ausweichend, wobei sie Mühe hatte, John in die Augen zu schauen.

»War er es, der den Teams die Freigabe zum Töten gegeben hat, falls sich der Verdacht, dass sie zu Cuninghames initiiertem Personal zählen, erhärtet hätte?«

»Er hat mir nur gesagt, dass diese Frau eine Gefahr für die ganze Organisation bedeutet und dass du aus persönlichen Gründen ein Problem damit hättest, eine Entscheidung über ihr weiteres Schicksal zu treffen.«

»Das hat er gesagt?« John hob eine Braue. Neuer Zorn wallte in ihm auf.

Eliza erkannte, dass sie ihn mit ihrer Antwort nur noch mehr gereizt hatte. »Er hat es bestimmt nicht so gemeint«, fügte sie beschwichtigend hinzu. »Paddy ist dein bester Freund. Er würde nie etwas tun, was dir schaden könnte.«

»Da bin ich mir nicht so sicher, Eliza.« John warf ihr einen zweifelnden Blick zu und drehte sich auf dem Absatz um. »Manchmal ist es schwer, einen Freund von einem Feind zu unterscheiden«, rief er im Gehen.

Gefährlich ruhig stieg John in den Aufzug. Er konnte nicht zulassen, dass der Ire sich vor versammelter Mannschaft gegen ihn stellte. In rasender Geschwindigkeit ging es hinunter in die Katakomben von Mugan Manor.

In Gedanken war John damit beschäftigt, wie er Paddy entgegentreten sollte, als er durch den langgezogenen Zellentrakt hastete. Am Ende mündete der Gang in einer Art moderner Folterkammer, wo den Panaceaern vor ihrem Ableben mit modernster Gehirnanalysetechnik sämtliche Geheimnisse entlockt wurden, die sie unter gewöhnlichen Qualen für sich behalten hätten. Auch hier gab es Zellen, die zum einen dazu dienten, die nächsten Delinquenten auf das Verhör vorzubereiten, und zum anderen, um sie einzuschüchtern.

»Bleib stehen, du Schwein!«, krakeelte ihm eine unbekannte Stimme hinterher, als John schon beinahe an der gesicherten Tür angelangt war, die direkt zu den Labors führte.

John verharrte und sah sich um. An einer der Zellentüren hatte jemand auf Augenhöhe die Lüftungsklappe angehoben und spuckte hinaus. John wich verblüfft aus. Eigentlich durfte sich zurzeit hier niemand befinden. Soweit er wusste, war nur noch Lilians Begleiter zurückgeblieben, und John hatte nach seiner Standpauke die Anordnung gegeben, den Mann anständig unterzubringen.

Ungeduldig drückte John seinen Fingerabdruck auf den Öffner. Es summte, und die Zellentür sprang auf. Dem kleinen gedrungenen Kerl am Ende der Zelle hatte man nur noch seine Unterwäsche gelassen. Mit seinen breiten Schultern und dem kurzen Hals starrte er John an wie ein bissiger Terrier.

»Was ist los?«, fragte John lässig. »Gibt's hier ein Problem?«

Seine Angriffslust schien dem Mann bei Johns Anblick plötzlich abhanden gekommen zu sein.

»Heiliger Bimbam«, brach es aus ihm hervor, »Lilian hat recht!« Die Augen des Mannes weiteten sich vor Verblüffung. »Du siehst wirklich so aus wie der Typ, der mir die Spritze verpasst hat!«

John rätselte, was der Kerl mit seinen Bemerkungen gemeint haben konnte. Dann wusste er plötzlich, wo er den Typen gesehen hatte: bei der Sache in Leith. Cuninghame hatte ihn entführen lassen, weil er ein lästiger Zeuge war, und John und Ruaraidh hatten ihn aus den Klauen der Panaceaer befreit und ihm anschließend eine Injektion verpasst, damit er alles vergaß. Dann hatten sie ihn anonym im Royal Hospital abgeliefert.

»Meine Freundin behauptet, du seiest der oberste Boss von CSS? Ist das wahr?«

»Da hat dir jemand eine falsche Information gegeben«, log John mit undurchdringlicher Miene. Plötzlich hatte er einen Verdacht, wer den Mann eingeweiht hatte. Aber wie war Lilian auf seine Spur geraten?

»Falls dir dein Boss über den Weg läuft«, meinte der Kerl weiter, »sag ihm, dass er von Glück reden kann, wenn ich ihm nicht höchstpersönlich die Eier abreiße.«

John musste grinsen. Der Typ hatte Mut. »Darf man erfahren, warum?«

»Weil das Arschloch meinen Job auf dem Gewissen hat, obwohl ich dreißig Jahre für seine Firma geschuftet habe. Außerdem ist das hier Freiheitsberaubung. Ich will sofort meinen Anwalt sprechen!«

»Ich werde es ihm ausrichten«, antwortete John. Dann zog er sich wieder zurück, indem er die Tür sorgsam hinter sich schloss. Er würde sogleich dafür Sorge tragen, dass man dem Mann eine angenehmere Unterkunft verschaffte, bis sich die Lage geklärt hatte.

Als John, nachdem er die Sicherheitsschleuse durchquert hatte, im Labor auf Paddy stieß, begann die Luft förmlich zu knistern. Ein Pulk von Laborassistenten stand um den Iren herum. Zu ihnen hatten sich auch ein paar von den neu angekommenen Kämpfern gesellt. Johns Söldner waren allesamt ehemalige Eternity-Junkies, die ihm und CSS ihr Weiterleben zu verdanken hatten und die unter ständiger Einnahme einer Ersatzdroge bereit waren, für ihn gegen Cuninghame und seine Panaceaer zu kämpfen.

»Bis auf Paddy verlassen alle den Raum!« John hatte einen Ton angeschlagen, der keinen Zweifel darüber aufkommen ließ, dass er – falls man seinen Befehl missachtete – notfalls alle Anwesenden höchstpersönlich an die Luft setzen würde.

Paddy kniff die Lider zusammen und setzte eine angriffslustige Miene auf, als der Letzte die Tür hinter sich geschlossen hatte. »Du verstößt gegen die Vorschriften«, erklärte er John lapidar. »Du trägst keinen Kittel.«

»Dafür trage ich eine Pistole«, gab John zurück. »Und mir ist danach, dich zu erschießen und anschließend mein Claymore von der Wand zu reißen und dich höchstpersönlich zu enthaupten.«

»Uh …« Paddy grinste schwach. »Warum bist du so wütend?«

»Weil du dich meinen Befehlen widersetzt hast. Ihr hattet die Anweisung, Lilian nur zu beobachten. Niemandem war erlaubt, Hand an sie zu legen, geschweige denn sie hierher zu entführen und einer finalen Untersuchung zu unterziehen.«

»Ich habe nur getan, was ich für richtig hielt«, verteidigte sich Paddy. »Außerdem lebt sie ja noch.«

»Und wie weit wärst du gegangen, wenn ich nicht hier gewesen wäre? Würde sie dann auch noch leben?«

»Gewiss, wir haben keine Spuren einer Umwandlung gefunden.«

»Und was ist mit ihrem Begleiter? Dir ist doch klar, dass wir die beiden nicht mehr laufenlassen können. Dafür wissen sie schon zu viel.«

»Dann verpasse ich ihnen eben eine Spritze und setze sie vor die Tür.«

»So einfach scheint es nicht zu sein.« John kochte vor Wut. »Hinten im Verlies sitzt ein Kerl, dem wir schon einmal eine Injektion verpasst haben, und trotzdem kann er sich an alles erinnern! Aber viel schlimmer wiegt die Tatsache, dass du dich mir einfach widersetzt hast. Wir werden in einer Teambesprechung beraten, ob es zwischen uns so weiterlaufen kann. Bis dahin bist du von allen Aufgaben suspendiert.«

John spürte den wütenden Blick seines Kameraden im Rücken, als er aus dem Labor hinaustrat. Wenn Paddy getan hätte, was ihm ins Gesicht geschrieben stand, wäre John jetzt tot. Zukünftig würde er aufpassen müssen, wem er sich anvertraute.

Lilian blieb für einen Moment das Herz stehen, als sie sah, dass es tatsächlich John war, der hinter Wilbur an das Bett trat.

»Wilbur!« Sie erkannte sofort seine raue Stimme. »Was hast du hier zu suchen? Und warum hat Taylor mich nicht informiert, dass unser Gast zu Bewusstsein gekommen ist?«

Der Junge stand ohnehin schon in der Tür und wollte gerade gehen. John fuhr ihn mit strenger Miene an. »Sieh zu, dass du nach oben kommst. Sag Bran Bescheid, dass ich ihn nachher sprechen muss. Er soll in mein Apartment kommen.«

Als der Junge gegangen war, fühlte sich Lilian noch unbehaglicher als zuvor. Ganz allein mit John in dessen Schlafzimmer. Erst jetzt registrierte sie das nüchterne Ambiente. Offenbar befand sich der Raum im dritten oder vierten Stock des Gebäudes. Durch die speziell verglasten Fenster konnte sie schemenhaft das in der Sonne blau glitzernde Wasser von Loch Moidart erkennen.

John sah noch genauso aus, wie er in der Tiefgarage ausgesehen hatte, nur dass er nun wie bei ihrer ersten Begegnung wieder einen schwarzen Overall trug. Seine Haltung war abwartend und ließ keine Regung erkennen. Bei seinem Anblick zog sich Lilians Herz zusammen. Sie empfand immer noch weit mehr für diesen Mann, als ihr guttat.

»Ich denke, du bist mir eine Erklärung schuldig«, begann sie forsch, auch um ihre Angst zu unterdrücken. »Warum bin ich hier, und was habt ihr mit Dough Weir angestellt?«

»Deinem Begleiter geht es den Umständen entsprechend gut«, begann John mit seiner dunklen Stimme, in der sie ein wenig Unsicherheit zu erkennen glaubte. »Er war es auch, der uns bestätigt hat, dass ihr auf dem Weg nach Mugan Manor wart. Also denke ich, dass *du* mir eine Erklärung schuldig bist.«

Lilian schnappte nach Luft. »Ich? Du warst es, der mich in dieser Tiefgarage in dem Glauben zurückgelassen hat, ein Fall für die Psychiatrie zu sein. Ich habe in diesem verdammten Spiel nicht die geringste Ahnung, was falsch und was richtig ist. Und ich sage es ungern: Ich hatte mir von meinem Besuch hier oben Antworten erhofft – selbst wenn ich höllische Angst hatte, dir noch einmal gegenüberzutreten.«

»Du brauchst keine Angst vor mir zu haben, Lilian.« Sein Blick war aufrichtig. Er trat einen Schritt auf sie zu, bemüht, sie freundlich anzuschauen.

Lilian wünschte sich nichts mehr, als dass er sich neben sie setzte, sie in den Arm nahm und ihr sagte, dass all das Grauen, was sich vor ein paar Tagen vor ihren Augen abgespielt hatte, nur ein böser Traum gewesen war.

»Ich habe dein Motorrad reparieren lassen«, erklärte er ihr stattdessen. »Es sieht aus wie neu.«

»Dann ist all das wirklich passiert?« Lilian konnte ihre Enttäuschung kaum zurückhalten.

John sah sie entgeistert an. »Dachtest du etwa, ich sei nur eine deiner merkwürdigen Illusionen?«

»Nein. Aber nach allem, was geschehen ist, habe ich es mir wohl heimlich gewünscht.« Nachdenklich schaute sie ihn an. »Oder … sollte ich lieber sagen: Der Anfang war schön, doch das Ende war scheußlich.«

Er setzte sich, aber er nahm sie nicht in den Arm. Sein Blick blieb distanziert, so als ob er sich vor ihr schützen müsste.

»Ich würde nie etwas tun, was dich verletzt.«

»Das hast du bereits«, erwiderte sie kühl. »Bevor ich dir überhaupt noch einmal vertrauen kann, muss ich wissen, was hier los ist. Ich will mich nicht bis ans Ende meiner Tage in eine geschlossene Anstalt einweisen lassen, nur weil mein Herz an einem Mann hängt, der furchtbare Dinge tut, die mit normalem Verstand nicht zu erklären sind.«

»Und ich muss wissen, auf welcher Seite du stehst. Das ist das eigentliche Problem.«

»Was?« Lilian sah ihn ungläubig an. »Welche Seite? Von was redest du?«

»Lilian«, seine Miene wurde noch ernster, »mach mir nichts vor. Es kann nicht sein, dass du nicht weißt, was hier läuft.«

»Verdammt!« Sie ballte ihre Hand zu einer Faust und ließ sie neben John auf die Matratze sausen. Das Bett schaukelte leicht, weil es sich allem Anschein nach um ein Wasserbett handelte. John blieb unbeeindruckt. Plötzlich fasste er nach ihrer Hand und drückte sie.

»Ich will, dass du mir die Wahrheit sagst, nichts als die Wahrheit. Hast du verstanden? Hat Cuninghame dich geschickt?«

»Cuninghame? Wer soll das sein? Meinst du etwa den Typen, dem im Hafen von Leith die Containerhallen gehören?«

»Genau den. Also weißt du sehr wohl, wen ich meine.«

»John, ich kenne den Kerl nicht, und ich habe in meinem ganzen Leben noch nichts mit Containern zu tun gehabt. Das Einzige, was ich darüber weiß, kommt von Dough, dem Typen, der mich begleitet hat. Er hat mir eine merkwürdige Story erzählt, die in Leith am Containerhafen geschehen ist.«

»Es geht hier nicht um Container. Es geht um Drogen und darum, dass sie das Leben von unschuldigen Menschen zerstören.«

Also doch, dachte sich Lilian. Die Sache in der Tiefgarage hatte mit Sicherheit etwas mit der internationalen Drogenmafia zu tun.

»Und was ist mit dir? Verkaufst du das Zeug, oder arbeitest du für die Drogenfahndung?« Zweifelnd sah Lilian ihn an.

»So könnte man es nennen. Ich arbeite gegen die Bösen.«

»Und dabei schlagt ihr euch gegenseitig die Köpfe ab?«

»Es ging leider nicht anders.«

»Das bedeutet also, das, was ich dort unten in der Tiefgarage gesehen habe, ist wirklich geschehen?«

John stieß einen Seufzer aus und hielt ihre Hand weiterhin fest. »Ich befürchte, ja.«

»Willst du damit sagen, mein Bruder war auch da?« Inbrünstig hoffte sie, dass er nein sagen würde.

Er nickte.

»Und du hast ihm in den Kopf geschossen?«

Wieder nickte er und senkte den Blick.

»Ist er tot?« Lilians Gedanken überschlugen sich. Vielleicht war der Kerl am Telefon gar nicht ihr Bruder gewesen und hatte nur seine Stimme nachgeahmt. Im Augenblick erschien ihr alles möglich zu sein.

»Nein«, sagte John und rückte noch ein Stück näher an sie heran, dabei versuchte er seinen Augen einen verständnisvollen Ausdruck zu verleihen. »Er ist nicht tot. Er gehört zu Cuninghames Leuten, sie können nicht sterben. Jedenfalls nicht an einem gewöhnlichen Kopfschuss.«

»Aha«, erwiderte Lilian, ohne zu begreifen. »Und warum konnte die Polizei dann hinterher keine Spuren finden?«

»Unsere Gegner sind unglaublich clever und verfügen wie wir über brillante Säuberungsteams.«

»Du lügst!« Ihre Stimme war hart und kalt. Sie würde sich keinen Bären aufbinden lassen, nicht von dem Mann, in den sie sich noch vor ein paar Tagen hoffnungslos verliebt hatte und in dessen Gegenwart sie immer noch eine tiefe, unerklärliche Sehnsucht empfand.

John sah sie sekundenlang an. In seinem Gesicht spiegelte sich Unsicherheit und ein Anflug von Verzweiflung. »Du musst mir glauben«, sagte er leise, »und ich muss wissen, auf wessen Seite du stehst, sonst hat das hier alles keinen Sinn.«

»Sag mir erst, was mit meinem Bruder geschehen ist.«

»Du wirst dich damit abfinden müssen«, entgegnete John mit einer leichten Ungeduld in der Stimme. »Er gehört zu Cuninghames Imperium und handelt mit der gefährlichsten Droge der Welt: Eternity. Sie hat die Macht, unseren ganzen Planeten zu zerstören.«

»Das glaube ich dir nicht.«

»Willst du einen Beweis?« Er hatte ihre Hand losgelassen.

»Ja, den will ich, und ich will, dass Dough dabei ist, wenn du mir diesen Beweis erbringst, damit ich nicht glaube, wieder zu halluzinieren.«

»Also gut. Ich lasse dir deine Sachen bringen. In einer Stunde fliegen wir nach Norwegen.«

33

Norwegen 2009 – »Secret Cemetery«

»Wer ist dieser Typ, und was hast du mit ihm zu tun?« John sah Lilian fragend an, während sich Dough Weir aufführte wie Rumpelstilzchen, als man ihn aus seinem Kerker herausholte. Von dem Zusammenprall mit der Wagentür war ihm eine Platzwunde und ein schönes Horn auf der Stirn geblieben, was ihn leicht ramponiert aussehen ließ. Man hatte ihm seine Kleidung und sein Mobiltelefon wiedergegeben, aber irgendjemand hatte die SIM-Karte entfernt. Dough beschwerte sich lautstark, und als er plötzlich John und Lilian vor sich stehen sah, stutzte er für einen Moment.

»Ist er es nun, oder ist er es nicht?«, fauchte er und warf John einen misstrauischen Blick zu, bevor er Lilian aufgebracht anschaute.

»Kannst du uns nicht wenigstens vorstellen?«, fragte John mit unfreundlicher Miene.

»Das ist Dough Weir«, erläuterte Lilian, »und das hier ist John Cameron.«

Sie setzte ein angespanntes Lächeln auf. »Ich habe Dough im Royal Hospital kennengelernt. Er hatte nach dem Überfall im Hafen von Leith sein Gedächtnis verloren. Unbekannte haben ihn dort einfach abgeliefert. Scotland Yard hatte um meine Hilfe gebeten. Ich habe ihm meine Schamanendroge verabreicht – und siehe da, er hat dich offensichtlich wiedererkannt.«

Dough deutete mit erhobenem Zeigefinger auf John. »Du hattest vollkommen recht, Lilian. Das ist exakt der Kerl, der meine schlimmsten Alpträume hat wahr werden lassen.«

John ignorierte den Einwand und runzelte die Stirn, während er Lilian anschaute. »Du arbeitest mit Scotland Yard zusammen?«

»Meine Freundin Jenna arbeitet bei Scotland Yard – sagte ich das nicht bereits? Sie hatte die Idee, dass eine Substanz, die das genetische Gedächtnis auf Vordermann bringt, vielleicht auch jemandem helfen könnte, der sein Gedächtnis verloren hat.« Lilian lächelte hintergründig. »Es hat gewirkt. Dough kann sich an alles erinnern und behauptet, du seist der Mann gewesen, der ihn zum Royal Hospital gebracht und ihm eine Injektion verpasst hat. Außerdem glaubt er sich zu erinnern, dass du bei Nacht und Nebel vor seinen Augen in Leith einen Mann geköpft hast.« Lilian warf John einen provozierenden Blick zu. »Vielleicht kannst du ihm Antworten geben, die ihm sonst niemand gibt.«

John ließ sich nicht anmerken, was er dachte. »Aha«, sagte er, »daher weht also der Wind.« Er musterte Dough argwöhnisch. Lilian hoffte, dass ihre Enthüllungen nicht zum Problem werden würden. Es war anzunehmen, dass niemand bei CSS hurra schreien würde, wenn Dough sich plötzlich wieder an alles erinnerte, was in Leith vorgefallen war.

»Falls du tatsächlich der Boss bei CSS bist«, hob Dough in respektlosem Ton an, »trägst du Schuld daran, dass ich meinen Job verloren habe!«

»Ich kann dir leider nicht ganz folgen«, erwiderte John erstaunlich ruhig.

Lilian mischte sich ein und erklärte John in wenigen Worten, dass Dough für CSS gearbeitet hatte, bis es zu jenem unseligen Vorfall gekommen war.

»Bis heute konnte er bei der Polizei nichts beweisen, und deshalb hält man ihn als Mitarbeiter in der Sicherheitsbranche für nicht mehr tragbar.«

»Wenn es so ist, tut es mir leid«, sagte John. Er kniff die Lippen zusammen und betrachtete Lilian und Dough mit nachdenklicher Miene. »Allerdings könnte es durchaus noch schlimmer kommen.«

»Was meinst du damit?« Lilian hoffte, sich verhört zu haben, doch John blieb ihr eine Antwort schuldig.

»Wo geht es überhaupt hin?« Dough schaute Lilian an, als ob er von ihr eine Erklärung erwartete.

»Nach Norwegen«, erwiderte John lapidar.

»Norwegen?« Doughs Blick schnellte zu Lilian hinüber. »Sag nur, du bist damit einverstanden? Cynthia wartet auf mich. Sie denkt, dass wir in zwei Tagen zurück sind!«

Mit sturem Gesicht blieb er stehen und verschränkte seine Arme vor der Brust.

»In diesem Fall hast du keine Wahl«, sagte John. »Entweder du bleibst hier unter Arrest, bis wir wieder da sind, oder du entschließt dich, mit uns mitzukommen.«

»Ich verlange eine Erklärung, und zwar auf der Stelle«, ereiferte sich Dough.

Lilian suchte nach Worten. Wie sollte sie Dough erklären, dass sie selbst nicht wusste, worum es hier ging, und dass sie bei Johns Vorhaben lediglich auf ihr Herz vertraute?

»Eine Erklärung wirst du bekommen, wenn wir in Norwegen sind«, kam John ihr zuvor. »Und das weit ausführlicher, als du es dir wünschen würdest.«

Mittlerweile waren noch fünf weitere Männer hinzugekommen. Darunter ein großer dunkelhaariger Fremder mit einem Dreitagebart. Lilian glaubte ihn schon einmal gesehen zu haben, und zwar zusammen mit Wilbur bei ihrem ersten Aufenthalt in Mugan Manor. Er war breitschultrig wie John und trug sein langes braunes Haar zu einem Zopf gebunden. Seine ebenfalls braunen Augen wirkten vertrauenerweckend, als er sie freundlich anlächelte, und dabei vermittelte er ihr den Eindruck, als ob er ein guter alter Bekannter sei. Dieses Gefühl entwickelte sie genauso bei dem jünger aussehenden Mann, der ihm schweigend folgte. Er war nicht weniger athletisch, aber schmaler gebaut und besaß ein ebenso schmales Gesicht mit hellen, melancholischen Augen.

»Darf ich vorstellen«, sagte John und nickte zu den beiden Männern hin. »Das sind Bran MacPhail und Ruaraidh MacAlpine. Sie gehören zu meinem internen Team. Die drei anderen sind Söldner in meiner Truppe.«

Lilian schüttelte jedem Einzelnen die Hand und erwiderte – wenn auch etwas verkrampft – das Lächeln der Männer. Dough verweigerte sich. Mit gespanntem Interesse begutachtete er die Waffen der Männer, die sie am Gürtelholster trugen. »Die sehen tatsächlich aus, als ob sie die Lizenz zum Töten hätten«, bemerkte er mit einer gehörigen Portion Sarkasmus in der Stimme. »Allerdings erstaunt es mich, dass das Abschlagen von Köpfen auch dazugehört, und ich frage mich, wo sie ihr Schwert gelassen haben.«

John erwiderte nichts, und auch die anderen gingen auf Doughs Bemerkung nicht ein.

Alle Männer trugen die für CSS typischen schwarzen Overalls und eine dieser modern aussehenden Pistolen am Gürtel. Allerdings bewegten sich John und seine beiden Begleiter wesentlich lässiger als die drei anderen Männer, die wie militärische Bewacher eine entsprechende Körperhaltung einnahmen.

John sorgte mit ein paar Anweisungen dafür, dass Doughs Aufpasser pfleglich mit ihm umgingen.

Lilian hatte Dough gegenüber ein schlechtes Gewissen. Sie hätte ihn in die ganze Angelegenheit nicht hineinziehen dürfen. Ein Gefühl sagte ihr, dass die Sache gefährlich werden konnte und nicht abzusehen war, wie es nach der Enthüllung aller bestehenden Geheimnisse weitergehen sollte. Was war, wenn John recht behielt und ihr Bruder in internationale Drogengeschäfte verwickelt war? Wobei sie sich unter Johns Andeutungen über die Geschehnisse in der Tiefgarage beim besten Willen nichts vorstellen konnte, und welche Rolle er selbst bei der Angelegenheit spielte, war ihr immer noch schleierhaft. Aber schon die Tatsache, dass Jenna gesagt hatte, seine Organisation arbeite mit höchsten Regierungskreisen zusammen, beruhigte sie ein wenig. Vielleicht war CSS sogar für den britischen Geheimdienst tätig. Aber wenn es so war – was hätte Alex damit zu tun haben sollen?

Am liebsten hätte sie ihren Bruder sofort angerufen. Aber John hatte auch ihr jegliche Kommunikationsmöglichkeit genommen – aus Gründen der Geheimhaltung, wie er gemeint hatte; sie würde ihr Mobiltelefon jedoch nach der Rückkehr aus Norwegen sofort wiederbekommen.

Als der Helikopter mit neun Menschen an Bord abhob, versank die Sonne im Westen hinter der dunklen Silhouette des Sgurr Dhomhnuill und ließ das Tal von Glencoe erglühen wie ein geheimnisvolles Land aus längst vergangener Zeit.

Der Helikopter landete in einer abgesperrten Zone in der Nähe des Flughafens von Glasgow. Umgeben von eingezäunten kasernenartigen Häuserblocks, war neben dem Landeplatz alles für eine Weiterreise vorbereitet. Streng bewacht von schwerbewaffneten Bodyguards, wechselten sie in schwarze gepanzerte Limousinen und setzten ihren Weg – eskortiert von weiteren Fahrzeugen – zum Flughafen Glasgow fort. Dough sah sich ständig um und befand, dass er sich fühle wie ein Staatspräsident auf einem Auslandsbesuch. Vor dem Gang zur VIP-Abfertigung verstauten John und seine Kollegen ihre Waffen in mehreren Koffern. Dann gingen sie – nur kontrolliert durch einen einzigen Beamten, dem John seinen Ausweis zeigte – durch einen separaten Eingang zu einem abgelegenen Rollfeld, wo bereits ein schwarzer Learjet 60XR auf sie wartete. Am Heck der Maschine prangte das Emblem von CSS.

Dough blieb der Mund offen stehen, als sie im Innern des Flugzeugs von einem schwarzgekleideten Stewart empfangen wurden, der sie zu bequemen karamellfarbenen Ledersitzen führte und ihnen sogleich kalte Getränke offerierte. Aber am meisten erstaunte ihn wohl, dass John im Cockpit der Maschine verschwand und sich neben den wartenden Kopiloten ans Steuer setzte.

Lilian beobachtete die Startvorbereitungen mit ungläubigem Staunen. Als Bran plötzlich vor ihr stand und sie fragte, ob er neben ihr Platz nehmen dürfe, verspürte sie so etwas wie Erleichterung.

Dough hatte sich auf einem Fensterplatz auf der gegenüberliegenden Seite niedergelassen, umgeben von den drei Söldnern, die ihm einen doppelten Whisky spendierten und ihm anboten, eine Runde Poker zu spielen. Ruaraidh saß direkt hinter dem Cockpit und beschäftigte sich zunächst mit einem Organizer, dann setzte er einen Kopfhörer auf und schloss die Augen.

Lilian nippte an ihrem Wasser, als der Jet in seine Startposition rollte. Verkrampft hielt sie das Glas in Händen und schaute zum Fenster hinaus. Der Abend senkte sich herab. Die Lichter am Ende der Tragflächen blinkten unaufhörlich.

»Angst?«

Lilian wandte den Kopf, um sich dem Besitzer der angenehm dunklen Stimme zuzuwenden. Allein der Blick des Mannes wirkte auf sie wie ein Beruhigungsmittel. »Ich weiß nicht«, antwortete sie mit heiserer Stimme. »Das ist mein erster Flug mit einem Learjet. Der Helikopter erschien mir vertrauter. Obwohl – wenn ich ehrlich bin, fliege ich nicht gerne.«

»Ich auch nicht«, gab Bran schmunzelnd zu. »Wenn Gott gewollt hätte, dass die Menschen fliegen, hätte er ihnen Flügel gegeben. Ich werde mich nie daran gewöhnen. Eine Fluglizenz zu erwerben, wie John es gemacht hat, wäre für mich unvorstellbar.«

»Wie lange fliegt er schon?« Lilian stellte sich zum ersten Mal die Frage, wie alt John eigentlich war. Er sah aus wie Ende zwanzig, aber nach allem, was er schon erlebt hatte, musste er wesentlich älter sein.

Bran war in jedem Fall älter. Ende dreißig vielleicht. Seine Augen waren von feinen Lachfältchen umrahmt, und sein Blick sah manchmal traurig aus, selbst wenn er lächelte.

»Schon etwas länger.« Bran wich ihrem prüfenden Blick aus. »Er hat das Fliegen beim Militär gelernt.«

»Ihr seid alle Söldner, nicht wahr?« Lilian betrachtete Bran von der Seite. Einen Kerl wie ihn konnte sie sich ebenso gut in einem Dschungelkrieg vorstellen. Da war eine Härte in seiner Mimik, die ihr trotz seiner sanftmütigen Augen das ungute Gefühl vermittelte, dass er in der Lage war, ebenso grausam vorzugehen, wie John es bereits in ihrer Gegenwart getan hatte.

Bran nickte. »Mit Leib und Seele.«

»Bist du verheiratet?«

»Soll dass ein Antrag sein?« Er grinste amüsiert.

»Nein.« Lilian lächelte verlegen. »Ich dachte eher an John. Er sagte mir, dass man in euren Kreisen selten Familie hat. Aber er war auch verheiratet, obwohl er einen gefährlichen Job hat.«

Lilian spürte, dass sie Bran mit dieser Frage überrascht hatte. Vielleicht war er ja gewillt, für sie ein wenig Licht in Johns Familienangelegenheiten zu bringen.

»John hat über Madlen gesprochen?« Offenbar erstaunte ihn, dass Lilian etwas aus Johns Privatleben wusste.

»Sie hieß tatsächlich Madlen?« Lilian wunderte sich erneut über einen merkwürdigen Zufall. Bisher war John nicht in die Einzelheiten gegangen und hatte keinen Namen genannt.

»Ja …«, erwiderte er zögernd. »Aber sie ist schon vor einer ganzen Weile gestorben.«

»War ihr Nachname vielleicht MacDonald?« Lilian sah ihn forschend an. Es hatte bisher so viele merkwürdige Zufälle gegeben, dass sie beinahe alles für möglich hielt.

»Warum ist das wichtig?« Sein stechender Blick vermittelte ihr plötzlich den Eindruck, mitten in einem Verhör zu sitzen.

Die Motoren der Maschinen wurden lauter. Der Learjet setzte zum Start an.

Lilian wurde in ihren Sitz gedrückt, als die Maschine abhob, und sie beschloss, vorerst auf weitere Fragen zu verzichten. Sie hatte ihr Glas in eine sichere Halterung gestellt und spürte auf einmal, wie eine warme, kräftige Hand die ihre ergriff. Bran lächelte sie an. »Gemeinsam ist man oft stärker als alleine – habe ich recht?« Seine vormals kritische Miene zeigte nun mitfühlendes Interesse.

»Ja«, sagte sie. Am liebsten hätte sie es gehabt, wenn er einen Arm um sie gelegt hätte. Das Gefühl, miteinander vertraut zu sein, wuchs unaufhörlich, und Lilian fragte sich ernsthaft, ob das nur an seiner Fürsorge oder auch an seinem blendenden Aussehen lag.

Erst als sie in der Luft waren, wurde Bran wieder gesprächiger.

»John hat mir erzählt, du seiest Molekularbiologin.«

»Ich klone Hunde und Katzen, und wenn es sein muss, auch mal ein Pferd«, erwiderte sie beinahe trotzig. »Und falls du etwas dagegen hast, sag es mir lieber gleich.«

»Nein«, sagte er und nickte verständnisvoll. »Man sollte nur über etwas urteilen, das man auch kennt. Ein Grund, warum John sich entschlossen hat, dir diese Reise zuzumuten.«

Lilian fragte sich, was Bran damit andeuten wollte.

»Und was hat dich ausgerechnet zu CSS geführt?« Sein Interesse an ihr war noch nicht erloschen.

»Neben meinen üblichen Forschungen habe ich mit einer indianischen Schamanendroge experimentiert.« Lilian erklärte ihm die Hintergründe des Experimentes, ohne darauf einzugehen, dass die Idee dazu von ihrem Bruder stammte.

»Während des Experiments hatte ich eine seltsame Vision.« Lilian wusste nicht, ob es gut war, ihm alles zu erzählen, aber was hatte sie schon zu verlieren? »Vor meinem geistigen Auge habe ich einen Mann gesehen, der genauso aussah wie John. Er hatte den gleichen Namen, und ich war offenbar seine Frau. Mein Name war … Madlen MacDonald, oder wie man im Gälischen sagen würde – Madlen Nìc Dhomhnaill Camshrōn.« Lilian trank einen Schluck Wasser und bestellte beim Stewart ein Glas Wein. »Jetzt weißt du, warum ich den Namen wissen wollte.« Sie lächelte schwach. »Aber das wäre wirklich ein seltsamer Zufall, wenn Johns verstorbene Frau auch noch den gleichen Nachnamen hätte, oder?«

Bran erwiderte nichts. Sie hatte seine volle Aufmerksamkeit gewonnen, wie sie an seiner ganzen Haltung und dem intensiven Blick erkennen konnte. »All das geschah vor Hunderten von Jahren«, fuhr Lilian fort. »Und allem Anschein nach habe ich – oder sollte ich besser sagen: meine Vorfahrin – diesen Mann sehr geliebt.« Lilian kam es beinahe so vor, als ob sie von einem verstorbenen Exmann redete. Sie spürte, wie ihr die Hitze zu Kopf stieg, als sie an die intimen Einzelheiten dachte, die sie mit jenem John in den vergangenen Tagen erlebt hatte. »Dann geschah etwas Furchtbares«, fuhr sie mit belegter Stimme fort. »Ich war schwanger, und jemand hat mir bei vollem Bewusstsein unser gemeinsames Kind aus dem Leib geschnitten. Danach bin ich wohl gestorben. Trotz meiner Körperlosigkeit, die dann eintrat, konnte ich John sehen, wie er vor meinem Leichnam kniete und um mich geweint hat. Währenddessen donnerten Kanonen durch die Nacht, und überall liefen Männer in altmodischer Kleidung umher, die nicht weniger altmodische Gewehre mit sich trugen.«

»Wie sah der Kerl aus, der dich umgebracht hat?« Brans Gesicht war plötzlich genauso versteinert wie das von John, als sie ihn im Tigerlilly mit der Story konfrontiert hatte.

»Er war ziemlich groß und kräftig und trug eine schwarze Uniform. Leider konnte ich in der Dämmerung sein Gesicht kaum erkennen. Aber da war noch ein anderer Kerl in einer schwarzen Kutte. Ich hatte das Gefühl, ihn zu kennen. Er war uralt und ziemlich hässlich und hatte einen seltsam glühenden Blick.«

Bran besaß nach Lilians Einschätzung ein typisches Pokerface – genau wie John, doch für einen kurzen Moment zeigte sich auf seinem Gesicht so etwas wie Entsetzen.

»Warum willst du das wissen?«

»Ich möchte mir dieses Scheusal einfach vorstellen können«, erwiderte er und hatte zu seiner neutralen Miene zurückgefunden.

»Später«, fuhr Lilian fort, »nachdem ich aus meinen Visionen erwacht war, bin ich nach Sankt Munda gefahren, weil dort meine Mutter beerdigt liegt. Sie ist eine geborene MacDonald. Durch Zufall habe ich nicht weit entfernt von ihrem Grab das Grab der Madlen MacDonald entdeckt. Alles passte. Der Name ihres Ehemannes, die Zeit und dass sie keines natürlichen Todes gestorben war. Dann lagen da auch noch fünfzig verwelkte Rosen auf ihrem Grab, von denen die Blumenhändlerin am Ort behauptete, sie seien im Auftrag von CSS dorthin gelegt worden. Das war der Grund, warum ich nach Moidart gekommen bin. Ich hatte gehofft, eine Antwort auf meine Fragen zu finden. Doch dann hatte ich den Motorradunfall und traf auf John. Es war ungemein verwirrend, weil er dem Mann aus meiner Vision so verblüffend ähnlich sieht und auch noch denselben Namen trägt.«

Sie trank einen Schluck Wein, den der Stewart auf dem Tischchen vor ihr abgestellt hatte. Das Flugzeug hatte sich stabilisiert und flog mit einem ruhigen Summen dahin.

»Was glaubst du, Bran – gibt es da einen Zusammenhang, den ich nur nicht erkennen kann? Wird unsere Reise nach Norwegen dazu beitragen, meine Fragen zu beantworten?« Lilian sah ihn prüfend an, doch noch nicht einmal ein Lidzucken verriet, was er wirklich dachte. »Was würdest du sagen, Bran, wenn es so etwas wie genetische Seelenwanderung gibt und sich herausstellen würde, dass John und ich gemeinsame Verwandte hätten?« Erst jetzt spürte sie, dass er immer noch ihre Hand hielt.

»Gut möglich«, sagte er und streichelte beinahe andächtig ihre Finger. »Ich glaube an die unsterbliche Seele. Und gerade jetzt wünsche ich mir, dass du recht haben magst.«

Es war stockfinster, als sie zur Landung ansetzten. Die einzigen Lichter am Boden kamen vom stahlblauen Landungsfeuer und von ein paar spärlich beleuchteten Betongebäuden. Als Bran sie aus dem Flugzeug geleitete, schlug ihr ein eisiger Wind entgegen. Lilian versuchte sich auf dem Rollfeld zu orientieren und schaute sich nach anderen Flugzeugen um. Vergeblich! Es schien ein kleiner Privatflughafen zu sein, jedenfalls landeten hier keine großen Maschinen, und als zwei schwarze Vans vorfuhren, sah sie, dass auch diese das Emblem von CSS trugen. Die Fahrzeuge hatten uniformierte Chauffeure, die ebenfalls das Emblem von CSS auf ihren Ärmelaufschlägen trugen. Der Fahrer ihres Wagens wartete einen Moment, während der Motor lief, und Lilian sah, wie jemand ihr Gepäck aus dem Jet holte und es in den Kofferraum lud.

John stieg im Wagen hinzu und setzte sich Lilian gegenüber. Im Halbdunkel zwinkerte er ihr vertrauensvoll zu. Dough hatte man mit Ruaraidh und den drei Soldaten in dem anderen Wagen untergebracht.

»Hat Bran dich gut unterhalten?«, fragte John und lächelte sie an.

529

»Es war eher umgekehrt«, sagte Bran, doch er lächelte nicht, sein Blick schien John zu durchbohren.

Lilian hatte aufgehört, sich über das Verhalten der Männer zu wundern. Erst recht, als sie die Armada von Sicherheitsfahrzeugen registrierte, die sich gleichzeitig mit dem Konvoi in Bewegung setzte. Etwa zwanzig Minuten fuhren sie durch die Nacht, dann führte die Straße, auf der sie sich befanden, plötzlich bergab. Schließlich gelangten sie auf eine von hochaufragenden Felsen eingeschlossene Sackgasse, die direkt in eine Bunkereinfahrt mündete. Ein monströses Rolltor öffnete sich im Scheinwerferlicht, das von mehreren Wachtürmen fiel. Überall wimmelte es von schwerbewaffneten Soldaten. Lilian spürte, wie ihr Herz zu klopfen begann.

Bran hatte ihre Hand ergriffen und drückte sie leicht. »John, ich glaube, wir sollten Lilian sagen, wo sie sich hier befindet.«

John beugte sich vor und sah Lilian direkt in die Augen, dabei kam er ihr so nahe, dass sie sein teures Aftershave riechen konnte.

»Wir fahren jetzt in eine geheime Anlage von CSS«, erklärte er ihr leise. »Du brauchst keine Angst zu haben. Hier geht alles mit rechten Dingen zu. Obwohl es sich nicht vermeiden lässt, dir ein paar unangenehme Wahrheiten zu offenbaren.«

Lilian entzog Bran ihre Hand und erwiderte Johns Blick, während die Vans in einer Einfahrt verschwanden und das sich automatisch schließende Rolltor Lilian den Eindruck vermittelte, von einem großen Fischmaul verschlungen zu werden. Das Innere der Halle verfügte über eine taghelle Beleuchtung. John und Bran schlossen für einen Moment die Augen, als sie ausstiegen, weil das Licht ihnen offenbar zu schaffen machte. John hielt anschließend Lilian die Hand hin, um ihr aus dem Wagen herauszuhelfen. Ein weiterer Söldner erschien, um vor John zu salutieren und eine Meldung zu machen. Er sprach Norwegisch, und John antwortete in derselben Sprache.

Auch hier gab es eine Art Butler, der aber weitaus jünger war als Taylor. Mit unbewegter Miene führte er John und seine Mannschaft zusammen mit Dough und Lilian zu einem Aufzug, mit dem es noch weiter in die Tiefe ging. Lilian hatte das Gefühl, in einen modernen Maulwurfshügel gelangt zu sein, mit unzähligen weißgekachelten Gängen und automatischen Türen. John trug ihre Tasche, während er mit einem leicht federnden Gang voranschritt. Er wusste anscheinend, wo der Butler hinwollte, und machte ihn darauf aufmerksam, dass er heute ausnahmsweise nicht in seinen Privatgemächern zu logieren gedachte, sondern in der Nähe seiner Gäste ein ganz normales Zimmer beziehen wollte. Dough gab sich damit einverstanden, dass er ein Zimmer neben Lilian bekommen sollte, und John und Bran zogen auf der anderen Seite ein.

Die fensterlosen Räume erinnerten Lilian an geräumige Kabinen eines Luxusliners. Alles war wohlgeordnet, und neben einem recht großen Bett gab es einen Schreibtisch mit Computer, Drucker und Telefon. Dazu hatte man Dusche und WC und eine kleine Küche mit allem installiert, was man benötigte, um sich eine kleine Mahlzeit zuzubereiten oder einen Tee zu kochen. Ihre Mitreisenden hatten sich bereits auf die Zimmer verteilt. Dough beschwerte sich lautstark wie ein unzufriedener Hotelgast über irgendwelche Kleinigkeiten, die ihm nicht passten.

John stellte Lilians Tasche auf ihr Bett und sah ihr mit einem merkwürdigen Glitzern von oben herab in die Augen. »Ich bin mir sicher, dass du eine Menge Fragen hast, aber ich möchte dich bitten, sie erst morgen zu stellen, wenn ich dir unser Sanatorium gezeigt habe.«

»Sanatorium?« Ihre Brauen schossen in die Höhe. »Du hast mich extra nach Norwegen geschleppt, um mir ein Krankenhaus zu zeigen?«

»Als gewöhnliches Krankenhaus würde ich es nicht bezeichnen«, sagte John. Sein müdes Lächeln zeugte von Erschöpfung. »Aber nun schlaf erst einmal, und wenn du etwas benötigst – ich bin direkt nebenan. Er hielt ihr ein kleines weißes Telefon entgegen. Wähle die 115, das ist meine Zimmernummer, und ich bin sofort bei dir.«

Lilian sah ihn von unten herauf an und fragte sich, ob hinter diesem Angebot mehr steckte als nur reine Hilfsbereitschaft. Wenn es so war, bemühte er sich wenigstens, nichts davon durchdringen zu lassen. Seine Haltung war förmlich, aber seine Augen sprachen eine andere Sprache.

Lilian widerstand dem Drang, ihn zu umarmen oder zu mehr aufzufordern. »Danke«, sagte sie nur, und als er ihr eine gute Nacht wünschte und einfach hinausging, stellte sie sich die Frage, ob sie nicht hätte anders reagieren und ihn wenigstens auf einen Drink in ihr Zimmer hätte einladen sollen.

Als Bran in seinem Zimmer erschien, war John immer noch damit beschäftigt, das Personal von Secret Cemetery – wie das unterirdische Klinikgelände von CSS unter den Angestellten genannt wurde – per Intranet auf den morgigen Durchgang vorzubereiten. Es war das erste Mal, dass man hier Besucher empfing, die keine Verbindung zum Drogenprogramm hatten.

»Was denkst du?« John sah fragend zu Bran auf. »Wie wird Lilian auf das, was ihr hier geboten wird, reagieren?«

Bran, der die Tür hinter sich geschlossen hatte, sah ihn nachdenklich an.

»Sie ist ein tapferes Mädchen. Ich denke, sie wird es verstehen. Schließlich hält sie in ihrem Job täglich das Leben von irgendwelchen Kreaturen in der Hand, und nichts anderes wird sie hier vorfinden. Wusstest du von ihren Drogenexperimenten?«

»Ich weiß nicht, was ich davon halten soll«, entgegnete John mit einigem Zweifel im Blick. Er hatte sich einen Whisky eingeschenkt, danach hielt er die Flasche hoch und deutete auf ein weiteres Glas. »Willst du auch einen?«

Bran nickte, und als John einschenkte und das Glas an ihn weitergab, setzte er sich John gegenüber in einen Sessel, der vor dem Bett stand.

»Wusstest du, dass sie Visionen von dir und Madlen hatte.« Bran sah ihn abwartend an. »Sie hat mir im Flugzeug davon erzählt.«

John nickte. »Gerade das ist es, was mich stutzig macht. Es ist eine merkwürdige Geschichte, die ich nicht zu bewerten vermag, so sehr sie mich auch berührt. Es hört sich alles phantastisch an, und tief im Herzen glaube ich ihr. Aber was ist, wenn Paddy recht haben sollte und sie von Cuninghame geschickt wurde, um mir mit solchen Geschichten das Herz zu erweichen?«

»Sie ist sauber, John. Ich konnte es spüren, als wir im Flieger saßen. Aber ich habe noch einen anderen Verdacht.«

John nahm einen Schluck Whisky und ließ ihn auf der Zunge zergehen.

Bran beobachtete ihn dabei und beugte sich vor. »Was wäre, wenn sie tatsächlich eine Nachfahrin von Madlen ist? Oder was wäre, wenn sie Madlen selbst ist?«

»Was willst du damit sagen?«

»Wir haben seit unserer Umwandlung eine Bibliothek mit Tausenden von Büchern aufgebaut, um herauszufinden, wer oder was wirklich hinter Cuninghame und Mercurius steckt. Wir haben verzweifelt versucht, das Geheimnis des Daseins zu entschlüsseln und den Stein der Weisen zu finden. Es ist uns nicht gelungen. Aber eins weiß ich seit jenen Tagen: Es gibt weit mehr Dinge zwischen Himmel und Hölle, als sich der Normalsterbliche vorstellen kann. Jeder von uns besitzt eine unsterbliche Seele, und ich war schon immer davon überzeugt, dass diese Seele nach dem Tode des Körpers weiterexistiert. Diese Gewissheit hat mir geholfen, weiterzuleben, nachdem Kitty und meine Kinder gestorben waren. Ich habe genug darüber gelesen, um zu wissen, dass es sich dabei nicht um irgendeine religiöse Spinnerei handelt. Und vielleicht hat Lilian ein weiteres Mosaiksteinchen zur Lösung dieses Geheimnisses gefunden. Wir sollten uns näher mit diesem Stoff beschäftigen, den sie zu sich genommen hat, um herauszufinden, wie sie darauf gekommen ist, und wir sollten weitere Untersuchungen einleiten, wie er wirkt. Außerdem müssen wir wissen, wo Lilians Wurzeln zu finden sind. Euer Kind ist nie gefunden worden. Vielleicht hat es doch überlebt und Nachkommen gezeugt. Vielleicht war unsere Recherche einfach zu oberflächlich.«

John sah ihn lange an. »Ich weiß nicht, Bran, ob ich es ertragen könnte, dass sie wirklich etwas mit Madlen und dem Kind zu tun hat. Zumal ihr Bruder in die Angelegenheit verwickelt ist, und somit wäre auch er davon betroffen, und er hat nun mal nachweislich eine direkte Verbindung zu Cuninghame.«

»Aber das macht die Angelegenheit doch nur noch wahrscheinlicher.«

»Und warum, denkst du, zaubert unser schwarzer Lord dieses Kaninchen erst jetzt aus dem Hut und nicht schon vor zweihundert Jahren?«

»Vielleicht ist Madlens Seele erst in Lilian wiedergeboren worden, und die Bruderschaft hat es erst jetzt bemerkt?«

John rollte mit den Augen. »O Bran, das ist mir alles zu theoretisch, und sobald es etwas mit Cuninghame zu tun hat, ist es nur noch verdächtig. Mir platzt schon der Schädel, wenn ich mir vorstelle, Lilian all das hier zu erklären und mich mit der Frage auseinandersetzen zu müssen, wie sie es auffassen wird und was wir anschließend mit ihr und ihrem seltsamen Begleiter anstellen sollen. Wenn die beiden das hier hinter sich haben, werden sie kein normales Leben mehr führen können. Es wird nicht ausreichen, ihnen die Erinnerungen zu nehmen. Erst recht, wenn es neuerdings einen Stoff gibt, der diese Wirkung jederzeit aufheben kann. Außerdem befinden sie sich in ständiger Gefahr, von Cuninghames Schergen geschnappt zu werden.«

»Was willst du damit andeuten?«

»Nichts, Bran. Nur dass es nicht leicht werden wird.«

34

Norwegen 2009 – »FOXO3A«

Lilian fühlte sich immer noch, als säße sie im falschen Film, während sie sich – scheinbar abgeschirmt von der Realität – die Zähne putzte. Dabei betrachtete sie ihr ungläubig wirkendes Gesicht in einem beleuchteten Wandspiegel, die Mundwinkel voll mit weißem Schaum, die Augen umrandet von dunklen Erschöpfungsringen. In einem Beistellschränkchen neben dem Kühlschrank fand sie einen uralten schottischen Whisky. Mehr trotzig als überzeugt nahm sie sich ein Wasserglas von einem Wandbord und schenkte sich halbvoll ein. In kleinen, kontrollierten Schlucken ließ sie die golden schimmernde Flüssigkeit die Kehle hinunterlaufen. Es brannte im Gaumen und wärmte ihr den Magen, ein Beweis, dass sie nicht träumte und sich wirklich hier unten in diesem ominösen Bunker befand, beinahe tausend Meilen von Edinburgh entfernt.

Als sie sich in Slip und T-Shirt ins Bett legte und den Kopf in das frischbezogene Kissen sinken ließ, war sie zu müde, um weiter darüber nachzudenken, was als Nächstes passieren könnte. Irgendetwas hoffte im hinterletzten Winkel ihres Herzens, dass John wirklich zu den guten Jungs gehörte, obwohl es ihr nicht wahrscheinlich erschien. Immerhin hatte er vor ihren Augen auf ziemlich grausame Weise mehrere Menschen umgebracht. Eine sanfte Stimme flüsterte ihr zu, dass er vielleicht wirklich eine Art Spezialagent war, der im Auftrag der Regierung arbeitete und dass er einfach nicht anders handeln konnte, weil sie brutal angegriffen worden waren und die Kerle sie vielleicht andernfalls umgebracht hätten. Aber warum hatte er so hemmungslos vorgehen müssen? Und was war mit Alex? Wenn das alles wirklich geschehen war – welche Rolle spielte er darin? Ein böser Verdacht keimte in ihr auf. Ihr Bruder hatte ihr die Droge zugänglich gemacht. Ohne Ayanasca wäre die ganze Angelegenheit gar nicht ins Rollen gekommen. Was wäre, wenn er ihr die Droge mit Absicht gegeben hatte? Vielleicht war alles Nachfolgende nur inszeniert?

Immer wieder kreisten ihre Gedanken um jenen Abend und die Geschehnisse in der Tiefgarage, die sich jedem Ansatz von Logik versagten. Nein, John konnte unmöglich mit dem recht behalten, was er von Alex behauptet hatte. Allein die Aussage, dass er an einem Kopfschuss nicht sterben konnte, machte das Ganze zu einer Farce. Sosehr sie sich auch bemühte, die Fakten zusammenzubringen – es ergab keinen Sinn. Die schwere Verletzung, die fehlenden Spuren und Johns Behauptung, dass ihr Bruder angeblich zu einer Art internationale Drogenmafia gehören sollte. Einfach absurd!

Sie hatte das Licht längst gelöscht, als sie plötzlich ein Geräusch hörte. Schlaftrunken schreckte sie hoch. Als sie das Licht einschalten wollte, funktionierte der Schalter nicht. Stattdessen hatte sie das Gefühl, dass irgendjemand in ihrem Bett lag. Etwas bewegte sich hinter ihr, und sie hörte ein leises rasselndes Atmen. Der Puls schoss ihr in die Höhe, und als sie sich ganz langsam umdrehte, schlug ihr das Herz bis zum Hals hinauf. Sie blickte in die Fratze eines Ungeheuers, das ihr irgendwo schon einmal begegnet war. Merkwürdig war, dass sie den Mann selbst bei völliger Dunkelheit klar erkennen konnte. Seine Augen glühten, die Haut spannte sich alt und vertrocknet um seinen Schädel, als ob er tausend Jahre in der Wüste gelegen hätte. Lilian wollte schreien, erst recht, als sie plötzlich wusste, um wen es sich handelte, doch es ging nicht. Er war es, der in ihren Visionen dafür verantwortlich gewesen war, dass man ihr das Kind aus dem Bauch herausgeschnitten hatte. Er war es, der den blutbesudelten Säugling mit seinem dürren Zeigefinger berührt und ihn damit zum Leben erweckt hatte. Der Schock über den unheimlichen Eindringling war so heftig, dass Lilian glaubte, daran ersticken zu müssen.

Ihr erster Gedanke war Flucht, doch ihr Körper gehorchte ihr nicht.

»Hallo, Madlen …«, sagte die dunkle Stimme. »So sieht man sich wieder.«

Madlen? Was hatte das zu bedeuten? Ihr Mund wollte schreien, aber ihre Lippen bewegten sich nur lautlos.

Er streckte ihr seine knochige Hand entgegen und streichelte ihr beinahe liebevoll über den Kopf. »Schön, dass du uns wieder geschenkt wurdest. Ich habe vor langer Zeit deine Seele gezeichnet, in dem Wissen, dass sie eines Tages zu mir zurückkehren wird. Dass du in Lilian endlich wiedergeboren wurdest, hatte ich kaum noch erwartet. Du solltest bereits viel früher erscheinen, aber nun ist die Zeit endlich reif, um dich deiner Mission zuzuführen.«

Lilian schaffte es nicht, seinem hypnotisierenden Blick zu widerstehen.

Es war, als ob seine Worte sich in ihren Verstand hineinbrannten.

»Hör gut zu«, zischte er in einer beschwörenden Weise, »das Folgende werde ich nur einmal sagen, und du wirst mir gehorchen, denn das Leben deines Vaters und deines Bruders liegt in meiner Hand. Du gehörst zur Familie – und damit gehörst du zu mir. Hast du mich verstanden?«

Lilian nickte mechanisch. Nicht fähig zu sprechen, starrte sie nur auf die lange Nase des Alten.

»Gut.« Er lächelte hintergründig. »Du befindest dich also in der Gewalt von John Cameron. Das war beabsichtigt und wird sich bald ändern. Er ist unser erklärter Feind, und du wirst es sein, die uns hilft, ihn zu vernichten.«

Wieder nickte Lilian, und dabei war sie sicher, dass sie es nicht freiwillig tat.

»Du besitzt seit ewigen Zeiten das Herz dieses Mannes, nur dir wird er sich öffnen und vertrauen. Dieses Vertrauen wirst du nutzen, um seine Waffe an dich zu nehmen, sobald du ihm nahe genug kommst, um ihn in meinem Auftrag töten zu können.«

Bilder flackerten in Lilian auf, wie sie eine Waffe zog und sie John auf die Stirn setzte, wie sie abdrückte – wieder und wieder – und ihm den Schädel vollkommen zertrümmerte.

»Du hast nur einen Versuch«, zischte die Stimme. »Solltest du versagen, wird John Cameron persönlich dafür sorgen, dass man *dich* tötet, denn das ist seine Pflicht, wenn er erfährt, dass du in meinem Auftrag gehandelt hast. Also, wenn du scheitern solltest, werde ich mich um das Schicksal deiner Familie kümmern müssen.« Wieder lachte er hintergründig.

Lilian lief ein Schauer über den Rücken, und vor ihrem geistigen Auge sah sie ihren Bruder, der auf einer modernen Variante der eisernen Jungfrau grausam gefoltert wurde, und ihren Vater – splitternackt mit den Füßen nach oben in einer eisernen Konstruktion aufgehängt, als ob er ein zur Schlachtung bestimmtes Tier sei. Eine schwarzgewandete Gestalt durchschnitt mit einem einzigen Streich seine Kehle, und anschließend fing sie sein Blut in einer goldenen Schale auf.

Angeekelt wandte Lilian sich ab.

Sie spürte die eisigen Fingerspitzen des Fremden auf ihrer Stirn. Es war, als ob sich seine Kälte auf ihr Innerstes übertrug, gleichzeitig brach ihr der Schweiß aus, und ihr wurde übel. Dann war er plötzlich verschwunden.

Lilian erwachte wie aus einer Trance. Es war immer noch stockdunkel. In Panik versuchte sie es noch einmal, den Lichtschalter zu finden. Als es endlich hell wurde, überzeugte sie sich davon, dass der Platz neben ihr tatsächlich leer war. Noch nicht einmal der Abdruck eines Körpers war zu sehen. Wieder eine dieser schrecklichen Visionen! Möglicherweise eine Nachwirkung der Ayanasca-Droge, oder diese merkwürdige Umgebung und der undurchsichtige Anlass ihrer Anwesenheit taten ein Übriges. Ihr Herz klopfte immer noch hart, und am liebsten hätte sie ihren Vater oder ihren Bruder angerufen, um sich von deren Unversehrtheit zu überzeugen. Wahrscheinlich wäre es verrückt, so etwas zu tun – abgesehen davon, dass sie keinerlei Möglichkeit sah, nach draußen zu telefonieren. Hastig sprang sie aus dem Bett und entriegelte die Tür zum Korridor. Draußen täuschte die Beleuchtung Tageslicht vor. Mit einem Mal kam es Lilian unerträglich vor, dass John sie durch halb Europa schleppte, nur um ihr – nach einer weiteren Nacht der Ungewissheit – endlich sein Verhalten zu erklären. Dabei flößte ihr die Umgebung nur noch mehr Angst ein. Aber vielleicht war es ja das, was er wollte. Vielleicht war er gar kein Spezialagent, sondern nur ein reicher perverser Spinner? Mein Gott, worauf hatte sie sich hier nur eingelassen? An den Decken des langen

Korridors hingen Kameras, die jede ihrer Bewegungen verfolgten, und am Ende des Gangs sah sie die geschlossene Glastür, von der John behauptet hatte, dass sie sich nur mit einem speziellen Code öffnen ließ. Ihr Blick fiel auf Johns Zimmertür.

War es verrückt, ihn wegen einer abgefahrenen Vision aus den Federn zu holen? Nein, war es nicht, beschloss Lilian. Schließlich war er einer der Hauptdarsteller in all ihren Visionen. Und sie wollte endlich Gewissheit, was hier tatsächlich vor sich ging. Ganz gleich, ob dabei herauskam, dass er mit dem Teufel paktierte.

Mit den Fäusten trommelte sie an seine Tür, und als sie sich öffnete, war sie erstaunt, dass er ihr nur spärlich bekleidet entgegentrat.

Für einen winzigen Moment checkten sie sich gegenseitig ab. Er schien genauso verwundert zu sein, weil sie nur in Unterwäsche vor ihm stand. Dann brach er das Schweigen. »Du siehst ziemlich aufgebracht aus. Kann ich dir helfen?«

»Darf ich reinkommen?« Lilian war es gleichgültig, dass er nicht mehr als ein lässig um die Hüften geschwungenes Handtuch trug. Ihr Blick wanderte über seine breite Brust, hin zu dem merkwürdigen Zeichen auf seiner Schulter, und mit einem Mal war sie sicher, dass sie keine Sekunde länger auf Antworten warten konnte.

John schloss die Tür hinter ihr. Sein Overall hing auf einem Bügel am Schrank. Seine schwarzen Springerstiefel standen darunter auf dem Boden. Der Gürtel mit dem Pistolenholster lag neben seinem Bett. Seine merkwürdige Waffe steckte darin, nur mit einer Manschette gesichert, und für einen Moment dachte sich Lilian, wie John wohl reagieren würde, wenn sie das täte, was das Monster im Traum von ihr verlangt hatte. Während sie sich dem unberührten Bett zuwandte, sah sie aus dem Augenwinkel, wie er das Handtuch über den Sessel warf und sich in einer fließenden Bewegung einen schwarzen Slip überzog. Für einen Moment war sie ganz gefangen von seiner physischen Gegenwart, und als er bemerkte, dass sie ihn heimlich beobachtete, lächelte er vieldeutig. Peinlich berührt wandte sie sich ab, nicht wissend, wo sie als Nächstes hinschauen sollte.

Er zeigte sich weniger scheu und fasste sie am Arm. Dann zog er sie zum Bett. »Setz dich doch«, sagte er nur, und dabei machte er keinerlei Anstalten, sie zu mehr zu bedrängen. Er selbst setzte sich nicht, sondern ging immer noch halbnackt zum Kühlschrank und öffnete ihn. »Darf ich dir was anbieten?«

»Nein, danke. Ich hatte gerade eben schon einen Whisky.« Sie legte sich eine Hand auf den Magen. »Ich glaube, ich kriege Alpträume von dem Zeug.«

John nahm sich ein Bier und grinste, nachdem er den ersten Schluck aus der Flasche genommen hatte. »Alkoholfrei«, sagte er, als ob er sich rechtfertigen müsste. »Vielleicht die bessere Variante.«

Lilian schüttelte den Kopf. »Nein, auch nicht.«

Er nahm neben ihr Platz und schaute sie auffordernd an. »Also, was raubt dir den Schlaf? Abgesehen davon, dass ich dich in diese verstörende Einöde entführt habe.«

»*Du* bist schuld, dass ich nicht schlafen kann.« Ihre Miene verdüsterte sich.

»Seit wann geht das schon so?« Er schmunzelte amüsiert und trank noch einen Schluck Bier.

»John, ich habe jetzt keinen Sinn für Humor. Ich will eine Erklärung, hier und jetzt. Für alles. Ich kann nicht bis morgen warten.«

John stellte das Bier zur Seite. Sein Blick war ernst und gleichzeitig hypnotisierend. Er kam näher, langsam und so unmerklich, dass sie ihm wie verhext in die grünen Augen starrte. Sie konnte nicht anders. Er wirkte auf sie wie ein großer Magnet, und sie war ein winziges Eisenteilchen, das nicht die geringste Chance hatte, seiner gewaltigen Anziehung zu entgehen. Als sie seine Lippen auf den ihren spürte, war es wie ein elektrischer Schlag. Bebend erwiderte sie seinen Kuss, der so verheißungsvoll war, dass sie alles vergaß, was sie noch Sekunden zuvor tief bewegt hatte. Als sie in seinen Armen versank, schien es, als ob sie gemeinsam durch einen Strudel aufblitzender Bilder an einen längst vergangenen Ort gerissen wurden. Sie tanzten, sie lachten, sie liebten sich – in einer Umgebung, die Hunderte von Jahren zuvor zu existiert hatte und deren Gegenwart durch Vernunft nicht zu erklären war. Und während sie in einem altertümlich anmutenden Bett zu einem einzigen Lichtpunkt verschmolzen, glaubte sie eins mit ihm zu sein. Er küsste sie fortwährend, und sie bemerkte nicht einmal, wie er sie von ihrer Kleidung befreite. Sie liebten sich mit einer Intensität, die sie nie zuvor mit einem Mann erlebt hatte, nicht einmal, als sie das erste Mal mit

John geschlafen hatte. Sie konnte seine Gedanken lesen, seine innerste Sprache verstehen, seinen Herzschlag spüren, als wäre es ihr eigener, während die Zeit einfach stehenblieb.

»Mein Gott«, flüsterte sie, als er nach einer Weile schwer atmend neben ihr lag. »Das waren wir. All diese Bilder, vor so langer Zeit. Wie kann das möglich sein?«

»Es ist Magie, nehme ich an«, murmelte er in ihr Ohr, und dabei küsste er ihr glühendes Ohrläppchen. »Aber nun wissen wir wohl endgültig, was uns verbindet, nicht wahr?«

Eine unerklärliche Gewissheit keimte in ihr auf. Etwas, das mit dem Verstand nicht zu begründen war, und doch hatte sie keinen Zweifel mehr. »Du bist also der leibhaftige John«, flüsterte sie beinahe ehrfürchtig. »Der Mann aus meiner genetischen Vergangenheit. Du bist es, der mir seine Liebe in diesem archaischen Bett gestanden hat, und gleichzeitig bist du jener John, der in meiner letzten Stunde neben mir kniete und um mich geweint hat.« Sie sah ihn lange und durchdringend an. Dann fuhr sie ihm mit den Fingern durch sein dichtes, zimtfarbenes Haar und streichelte anschließend sein Gesicht, wobei sie ausführlich seine harten Konturen betastete, als ob sie eine Blinde wäre. »Und auch das hier ist John«, flüsterte sie, »so wie ich ihn vor kurzem erst kennengelernt habe, und das, obwohl ich ihn anscheinend schon seit Ewigkeiten kenne. Wie ist das möglich?«

Ihr Haar duftete nach Rosen und Maiglöckchen. Sie war Madlen, er war ganz sicher, dass sie es war. John hielt sie immer noch in seinen Armen und betrachtete sie voller Faszination. Sie so vollkommen vor sich zu sehen – so verletzlich und so wunderschön –, schmerzte ihn. Einen Moment lang überlegte er, ob er nach Ausreden suchen sollte, aber dann beschloss er, bei der Wahrheit zu bleiben. Er war längst zu weit gegangen, um noch irgendetwas zurückhalten zu können, und irgendwann musste sie es ohnehin erfahren.

»Es ist möglich, weil ich niemals gestorben bin.«

»Willst du dich über mich lustig machen?« Sie blinzelte ihn unsicher an. »Was hat das zu bedeuten?«

»Die Wahrheit, nichts als die Wahrheit«, flüsterte er und legte seine Rechte aufs Herz, seine Linke hob er zum Schwur. »Ich wurde am

21. April des Jahres 1622 geboren. Ich bin 387 Jahre alt. Und damit eigentlich zu alt für ein Mädchen wie dich.« Er senkte den Blick.

»Du machst Scherze.« Ihr prüfender Blick durchbohrte ihn geradezu. John setzte sich auf und zog sie an sich. »Ich weiß, das klingt ziemlich abwegig. Doch ich kann es beweisen.«

»Das sagst du immer. Aber ich will endlich wissen, wie.«

Er hatte noch nie mit einem Außenstehenden darüber gesprochen. Das lag in der Natur der Sache. Die Welt würde in einem Chaos versinken, das selbst die Panaceaer nicht mehr beherrschen konnten, wenn herauskam, dass es für Menschen tatsächlich möglich war, die Unsterblichkeit zu erlangen. Deshalb hatte keine von beiden Seiten – ganz gleich, ob Gut oder Böse – ein Interesse daran, die Hintergründe ans Licht der Welt zu bringen.

Bei Lilian würde John eine Ausnahme machen. Sie war Madlen. Sie besaß ihre Seele. Er stand auf, nackt wie er war, während Lilian sich schutzsuchend unter dem Laken verkroch. Sie hielt ihn für völlig verrückt – das konnte er an ihrem panischen Blick erkennen. Erst recht, als er seinen Kampfdolch vom Gürtel zog.

»John?« Ihre Stimme war schrill. »Was soll das werden?«

»Du brauchst keine Angst zu haben«, sagte er beschwichtigend. »Ich tue dir nichts. Aber du hast einen direkten Beweis verlangt. Ich werde ihn liefern. Das bin ich dir schuldig – bei meiner Ehre.«

»Du bist mir nichts schuldig, John!« Verängstigt rückte sie von ihm ab, als er in aller Seelenruhe neben ihr Platz nahm und seinen linken Unterarm auf seinem Oberschenkel abstützte. Dann setzte er die scharfe Seite des Dolches an seinen sehnigen Muskeln an und durchrennte das Fleisch mit einem raschen, erbarmungslosen Schnitt. Blut spritzte, aber nur wenig. Lilian sprang mit einem Satz aus dem Bett. Nackt kauerte sie in der Ecke des Zimmers und hielt sich die Hand vor den Mund. Ihr Blick verriet ihre geballte Abscheu. »Du bist ein Irrer, verdammt, ich hätte es wissen müssen!«

»Du tust mir Unrecht«, sagte er und hielt ihr den Unterarm entgegen, wo die Wunde sich bereits sauber zu schließen begann.

Trotz ihrer Furcht trat Lilian ein Stück näher heran, sichtlich fasziniert, um sehen zu können, was dort vor sich ging. »Herr im Himmel«, flüsterte sie nur. »Wie kann das geschehen?«

»Komm zurück ins Bett«, sagte John mit geduldiger Stimme, »dann erkläre ich es dir.« Er selbst stand auf und säuberte den Dolch unter fließendem Wasser, bevor er ihn zurück an den Gürtel steckte.

Er sprach leise und eindringlich – und er erzählte nicht alles. Er sprach lediglich von einem alchemistischen Experiment vor mehr als dreihundert Jahren. Die genaue Vorgehensweise zur Erlangung der Unsterblichkeit erklärte er nicht, und auch die grausamen Einzelheiten zu Cuninghame und seinen Panaceaern ließ er zunächst außen vor. Als er geendet hatte, sah Lilian ihn immer noch vollkommen fassungslos an.

»Und das soll ich glauben?« Zunächst untersuchte Lilian noch einmal die Stelle, wo er sich geschnitten hatte, konnte aber noch nicht einmal eine Narbe finden. Ohne Scheu hob sie schließlich die Hand und fasste nach seinem Kinn. Er ließ sie gewähren, als sie seinen Kopf hin- und herschob und ihn einem prüfenden Blick unterzog. »Jede Kosmetikfirma würde dich um dein Geheimnis beneiden. Also wie lautet Ihr genaues Rezept, Mister Cameron?« Ihre Stimme klang ein wenig ironisch, als sie fortfuhr: »Telomerasebeschleuniger? Nanopartikel? FOXO3A – das Unsterblichkeitsgen? Oder einfach nur der gute, alte schottische Haferbrei, gewürzt mit ein paar unbekannten Besonderheiten?«

John beugte sich zu ihr herab und küsste sie auf die Wange. »Nichts von alldem. Ich weiß, dass es nicht leicht für dich ist, das alles zu verstehen, und vielleicht beruhigt es dich, wenn ich dir sage, für mich war das auch nicht einfach.«

»Und was ist mit dem Tod? Bedeutet deine Unverletzlichkeit etwa, dass du niemals sterben kannst?« Ihre Lider verengten sich.

»Im Prinzip trifft es zu. Es gibt ein paar Ausnahmen, die Details möchte ich dir gerne ersparen.«

»Ich muss wissen, was dahintersteckt«, erwiderte sie und schaute forschend in sein Gesicht, als ob sie nach Spuren des Verfalls suchte. »Ich sehe es aus der Sicht einer Molekularbiologin, die eines Tages damit einen Nobelpreis erlangen könnte.«

John lächelte schwach. »Dahinter steht eine lange, grausame Geschichte, die ich dir mit Absicht vorenthalten habe.« Seine Stimme zitterte leicht. »Ich bin mir nicht sicher, ob du sie wirklich hören willst.

Das Ganze eignet sich nicht für die Öffentlichkeit und erst recht nicht für einen Nobelpreis. Das Rezept ist streng geheim und kommt direkt aus der Hölle.«

»Das ist mir gleich, ich bin Wissenschaftlerin und benötige einen wissenschaftlichen Ansatz für eine Erklärung.«

»Für deine Visionen hast du doch auch keinen Beweis, und trotzdem bin ich mir ziemlich sicher, dass du tatsächlich Madlen bist.« Er warf ihr einen treuherzigen Blick zu. »Ich weiß es«, er legte seine Hand auf sein Herz, »hier drin.«

»Vielleicht bin ich nur eine Art genetischer Klon und besitze lediglich all ihre Eigenschaften und ihre Erinnerungen.«

»Du besitzt ihre Anziehungskraft und ihre Ausstrahlung.« John schluckte seine Rührung hinunter. »Ich glaube fest, dass sie in dir wiedergeboren wurde. Ich habe die Bilder gesehen, und ich kann es spüren.« Er war sich absolut sicher, dass es Madlen war, die durch Lilian hindurch zu ihm sprach, obwohl er trotz all seines geheimen Wissens nicht die geringste Ahnung hatte, wie so etwas möglich sein konnte. Gott, den Allmächtigen, wollte er nicht bemühen, mit ihm hatte er sich bis heute noch nicht vertragen. Aber vielleicht würde sich das ändern, wenn sich herausstellen sollte, dass er es gewesen war, der ihm Madlen in Gestalt von Lilian zurückgegeben hatte. Johns Blick ruhte auf ihrem erhitzten Gesicht, und plötzlich erfasste ihn ein langgehegtes Bedürfnis: »Ich möchte dir sagen, dass es mir unglaublich leidtut, dass ich dich damals im Stich gelassen habe. Ich mache mir heftige Vorwürfe, dass du dieses Grauen erleben musstest.«

Lilian lächelte verständnisvoll, dabei wusste sie nicht, ob die Entschuldigung an sie selbst oder an Madlen gerichtet war. »Spätestens als du um mich geweint hast, war mir klar, dass du mehr gelitten hast als ich.« Sie ergriff seine Hand und drückte sie leicht. »Aber selbst wenn es so ist, dass ich Madlen bin, hätte ich lieber, dass du mich weiterhin Lilian nennst.«

»Ich liebe dich«, sagte er leise und betrachtete ihr makelloses Gesicht. »Ich bin mir sicher, ich habe dich schon immer geliebt. Ganz gleich, wie dein Name lautet.« Die kleine Nase, die der von Madlen so verblüffend ähnlich war. Die dunklen, kräftigen Brauen und die vereinzelten Sommersprossen auf ihren Wangen, die ihre Augen so strahlend

543

erscheinen ließen. »Mein Gott, ich weiß nicht, was ich sagen soll. Ich habe von nichts anderem geträumt, als dich eines Tages wieder in meinen Armen halten zu können.«

Lilian lächelte unsicher. »Kann es sein, dass du schon einmal versucht hast, mir deine Unsterblichkeit zu erklären? Damals auf einer Wiese am Lochy, als du mich gefragt hast, was ich dazu sagen würdest, wenn du unsterblich wärst?«

John stutzte, dann lächelte er. »Ja, ich erinnere mich an diesen Moment. Das war Anfang Juni 1648. Die Heuernte hatte schon begonnen.« Beinahe verträumt lenkte er seinen Blick in eine imaginäre Ferne. »Madlen ... oder sollte ich besser sagen ... du ... wolltest, dass ich dich einfange. Du bist gerannt wie verrückt, dabei warst du hochschwanger. Ich hatte Angst um dich und das Kind und musste dafür sorgen, dass du dich nicht überanstrengst. Du hast dich gewundert, warum ich so schnell war. Als wir im frisch geschnittenen Gras lagen, dachte ich plötzlich, ich könnte dir verraten, was mit mir los ist, aber als du mich so seltsam angeschaut hast, hat mich der Mut verlassen. Ich wusste einfach nicht, wie ich es dir erklären sollte, ohne dich zu erschrecken.«

John stieß einen Seufzer aus. »Lilian, versteh mich nicht falsch. Ich muss wissen, wo die Quelle unserer Verbindung liegt. Ich meine nicht die metaphysische, sondern die molekularbiologische, wenn es denn eine gibt. Ich kann seit über dreihundert Jahren nicht aufhören, daran zu denken, wer dir das Kind aus dem Leib geschnitten haben könnte und was danach mit dem Ungeborenen geschehen ist.«

»Ich vermute, es hat überlebt«, flüsterte Lilian. »Und das allein ist der Grund, warum ich hier sitze. In meiner Vision habe ich zwei Männer gesehen. Der eine war groß und stark, und der andere war groß und knochig, und sein Gesicht sah aus, als wäre er eine Mumie, die jemand ausgewickelt hatte. Er hat das reglose Kind mit dem Finger berührt, und es hat sofort geschrien. Wenn es zwischen mir und Madlen eine genetische Verbindung gibt, muss eine Ahnenreihe vorhanden sein.«

John stockte der Atem. Er konnte sich denken, wer für das Leben des Kindes verantwortlich war. Es musste Bruder Mercurius gewesen sein. Nur er besaß solche Fähigkeiten. Aber das bedeutete auch, dass eine Verbindung von Lilian zu Cuninghame immer wahrscheinlicher wurde.

»Erzähl mir etwas von deiner Mutter«, sagte John, bemüht darum, sich nichts von seinen Befürchtungen anmerken zu lassen. »Du sagtest, sie wäre auch auf Sankt Munda beerdigt und dass sie etwas mit Madlen zu tun haben könnte.«

»O John.« Lilian schüttelte den Kopf. »Ich weiß so gut wie nichts von meiner Familie. Mein Vater hat nie darüber gesprochen, und meine Mutter starb, als ich noch klein war. Um dir zu helfen, müsste ich meinen Vater fragen, oder du müsstest mir ein Labor zur Verfügung stellen. Wir könnten eine DNA-Probe nehmen. Mein Haar, dein Haar – und schon wissen wir, was Sache ist. Es sei denn, das Kind war nicht von dir.«

Für einen Moment lang war John zu entsetzt, um etwas zu erwidern. Der Satz hing wie eine Gewitterwolke zwischen ihnen.

»Ein DNA-Vergleich mit meinem Zellmaterial ist nicht möglich.«

»Weil du nicht der Vater bist?«

»Ich war der Vater des Kindes.« Seine Stimme klang gereizt. »Wer sollte es sonst gewesen sein? Du … ich meine – Madlen war noch Jungfrau, als ich sie geschwängert habe. Trotzdem ist meine DNA nicht geeignet.«

»Und warum nicht?«

»Meine genetische Ausstattung hat sich durch den Eingriff verändert. Aber das gehört zur *langen* Geschichte.«

»Und was ist die kurze?«

»Madlen wurde getötet, und das Kind ist verschwunden.«

»Aber wer könnten die beiden Männer gewesen sein? Und warum könnten sie ein Interesse an einem ungeborenen Kind gehabt haben?«

»Im Bürgerkrieg kam es öfter vor, dass Schwangere von feindlichen Soldaten auf diese Weise geschändet wurden. Allerdings haben wir seit jenen Tagen mächtige Feinde, und so wie du es beschrieben hast, bin ich mir sicher, dass sie für den Tod von Madlen und für das Verschwinden des Kindes verantwortlich waren.«

»Wir? Hast du *wir* gesagt? Gibt es noch mehr von deiner Sorte?«

»Bran, Ruaraidh, Wilbur und noch ein paar andere.«

»Ach, du liebe Güte!«, rief Lilian verblüfft. »Und was ist mit euren Feinden? Haben die auch einen Namen und sind sie auch unsterblich?«

»Sie nennen sich ›Bruderschaft der Panaceaer‹. Vielleicht kannst du dich sogar an sie erinnern.« John blinzelte sie abwartend an.

»Nein, ich wüsste es, wenn ich den Namen schon einmal irgendwo gehört hätte.«

»Sie existieren genauso lange wie wir und tragen die Verantwortung dafür, dass wir umgewandelt wurden. Bereits vor beinahe vierhundert Jahren ist es ihnen gelungen, aus dem alchemistischen Stoff, der für unsere Umwandlung verwendet wurde, eine verhängnisvolle Droge zu entwickeln, die in der Lage ist, Krankheiten zu heilen, und die lebensverlängernd wirkt. Mittlerweile hält diese Substanz den halben Erdball im Griff, ohne dass die Öffentlichkeit etwas davon bemerkt. Die Panaceaer sind weit gefährlicher als die Mafia und alle berüchtigten Sekten zusammen. Doch so wie es uns nicht gelungen ist, das Kind zu finden, haben wir es bisher nicht geschafft, Lord Chester Cuninghame und seiner Bande Einhalt zu gebieten.«

»Cuninghame?« Lilian sah John überrascht an. »Jetzt sag mir nicht, es handelt sich um denselben Cuninghame, der im Hafen von Leith Container verschifft, und dass auch er ein Methusalem sein soll?«

»Sein Imperium besitzt unzählige Schein-Firmen und ja – er gehört genauso dazu wie eine nicht unerhebliche Anzahl seiner Vertrauten«, antwortete John in lakonischem Tonfall. »Er war der Grund, warum ich bereits vor zwei Jahrhunderten ein Söldnerheer aufgestellt habe, das es sich zur Aufgabe gemacht hat, Cuninghame und seine Schergen zu jagen, bis auch der Letzte von ihnen im wahrsten Sinne des Wortes das Zeitliche gesegnet hat. Später habe ich CSS gegründet. Es ist eine Tarnfirma, die es uns ermöglicht, mit Wissen und Zustimmung der britischen und amerikanischen Regierung, Waffen zu führen und in geheime Kriegseinsätze zu ziehen, ohne weiteres Aufsehen zu erregen. Die Parlamente glauben, wir arbeiten den Geheimdiensten zu, und deshalb lassen sie uns in Ruhe. Dabei verhökert Cuninghame schon seit Generationen seinen Stoff auch an einflussreiche Politiker. Er hat überall seine Finger im Spiel. Auf diese Weise beherrscht er weite Teile der internationalen Politik, die Medien, das Internet und damit jeden, der nicht im Geringsten daran glauben würde, jemals von ihm beherrscht worden zu sein. Seine Bruderschaft ist wie eine Hydra, der wir kaum noch Herr werden können. Er hat überall seine Abhängigen. Eine lästige Tatsache, die uns immer wieder in unserer Arbeit behindert.«

»Bedeutet das, ihr führt seit Jahrhunderten Krieg gegen diese Organisation, und die Welt darf nichts davon wissen?« Lilians Tonfall war lakonisch, doch sah sie, dass Johns Ausführungen ernst gemeint waren.

»Sagen wir, es ist ein kompliziertes Geschäft.«

Lilian schüttelte ungläubig den Kopf. »John, was geht hier vor? Was hat Cuninghame mit dir und den anderen genau angestellt? Und warum unternimmt die britische Regierung nichts, damit dieser Wahnsinn ein Ende hat?«

»Ich denke nicht, dass du das unbedingt heute Nacht noch wissen möchtest.« Er küsste sie sanft und umarmte sie fest. »Morgen werde ich dir alles erklären. Versprochen!« John lächelte. Er war nicht sicher, ob er gerade das Richtige tat.

»Also gut. Ist es möglich, dass ich die Nacht bei dir verbringen darf.« Ihr Blick war flehentlich. »Ich benötige dringend jemanden, der mir das Gefühl von Geborgenheit vermittelt.«

»Ich lass dich nie mehr allein«, sagte er leise. Der Gedanke, bei Lilian all das wiedergutmachen zu können, was er bei Madlen vermasselt hatte, war mehr als verlockend. Erst recht, als sie es sich an seiner Seite bequem machte und sich ähnlich vertrauensvoll an seine Brust schmiegte, wie Madlen es immer getan hatte.

»Kannst du das Licht anlassen?« Lilian sah ihn von unten herauf an, wie ein Kind, das tatsächlich Angst im Dunkeln hat.

»Klar doch.« Er war bemüht, ernst zu bleiben, weil er ihr nicht das Gefühl geben wollte, dass er ihr Anliegen albern fand. Ihre Hand fuhr über seine Brust und verweilte auf seiner Schulter, dort, wo er immer noch dieses Mal trug, dass ihn zeitlebens an Cuninghames Untaten erinnern würde. Um es endgültig verschwinden zu lassen, hätte er sich die Schulter amputieren lassen müssen.

»Hat es etwas mit dem zu tun, was du mir bisher verschwiegen hast?«, fragte Lilian.

»Es hat nicht viel zu bedeuten«, log er und streichelte über ihr Haar. »Schlaf jetzt.«

In dieser Nacht wollte er nicht an weiteren Alpträumen schuld sein. Sie würden sich noch früh genug einstellen, wenn sie erst die ganze Wahrheit erfuhr.

35

Norwegen 2009 – »Tränen der Nacht«

Das Erwachen am nächsten Morgen war für Lilian alles andere als romantisch. Eine Sirene holte sie aus dem Schlaf. Das Bett neben ihr war schon wieder leer – so viel zum Thema *Ich lasse dich nie wieder alleine.* Als Lilian wenig später frisch geduscht und umgezogen in Jeans und Pullover an Brans Tür klopfte, verlangte sie eine Erklärung.

»Wo ist John?«

Der dunkelhaarige Schotte stand im schwarzen Kampfoverall vor ihr und musterte sie argwöhnisch. Ihr Blick war nicht weniger intensiv. Die plötzliche Gewissheit, dass auch er schon ein paar hundert Jahre auf den Buckel hatte, irritierte sie. Unwillkürlich stellte Lilian sich die Frage, wie man all die Erinnerungen verarbeitete, die sich im Laufe der Jahrhunderte angesammelt hatten, und wie man sie speicherte, ohne etwas durcheinanderzubringen.

»Er wurde zur Sanitätsleitung gerufen«, erwiderte Bran so selbstverständlich, als ob man sie bereits mit der Organisation vertraut gemacht hätte. »Ein Notfall.«

»Notfall?« Lilian überlegte, was es hier wohl für Notfälle gab und was das mit Johns Aufgaben zu tun haben konnte.

»Er wird es dir später erklären«, beschwichtigte Bran ihren Eifer.

Dough Weir erschien gähnend auf dem Korridor und spähte um sich. »Ist der Dritte Weltkrieg ausgebrochen? Oder was ist hier los?« Der Blick, den er Bran zuwarf, der sich mit Pistole und Kampfdolch neben Lilian wie ein Krieger postierte, wirkte abschätzig.

Mit einem Mal wurde Lilian bewusst, dass sie selbst und Dough schon jetzt viel zu viel wussten, um jemals wieder ein normales Leben führen zu können, und abermals kam ihr der Gedanke, dass es besser gewesen wäre, wenn sie Dough aus der Sache herausgehalten hätte. Dafür jedoch war es nun zu spät.

Bran gab zwei vorbeieilenden Söldnern ein paar knappe Anweisungen, dann wandte er sich wieder Dough und Lilian zu. »Es ist besser, wenn ich euch beide zum Frühstück in unsere Kantine begleite. Könnte sein, dass euch im Verlauf des weiteren Tages der Appetit vergeht. Und das wäre jammerschade.« Er grinste merkwürdig. »Denn das einzig wirklich Gute an diesem verfluchten Ort ist die Küche.«

Schweigend folgten sie Bran, der es nicht eilig zu haben schien. Nachdem sie die Glastür zu einem weiteren Korridor hinter sich gelassen hatten, warteten sie vor einem hypermodernen Aufzug, der einzig auf Sprache reagierte. Die Tür öffnete sich, und Lilian erschrak. Vor ihr stand ein Krankenpfleger in einem weißen Kittel, der sich anschickte, eine fahrbare Trage mit einem völlig vermummten Patienten hinaus auf den Flur zu schieben. Die reglose Gestalt vermittelte den Eindruck einer frisch einbandagierten Mumie. Nur die Augen und die Nasenlöcher hatte man offen gelassen. Der Körper war umgeben von etlichen durchsichtigen Schläuchen, die aus den Verbänden heraus zu verschiedenen ebenso durchsichtigen Flaschen führten.

Die darin enthaltene Flüssigkeit hatte sich offenkundig mit Blut vermischt. Lilian zweifelte nicht daran, einen Schwerverletzten vor sich zu haben. Nach Johns ominösen Erklärungen vermutete sie mittlerweile, sich in einem Soldatenlazarett zu befinden.

Der Betreuer zog sich mit seinem Patienten in den Aufzug zurück, als er bemerkte, dass er offenbar in der falschen Etage gelandet war. Nachdem sich die Tür wieder geschlossen hatte, machte Bran den Vorschlag, dass man ebenso gut das Treppenhaus benutzen könne.

»Was hatte der Typ?« Dough konnte seine Fragen nicht mehr zurückzuhalten. »Ist er verbrannt?«

»So etwas Ähnliches.« Bran schien nicht bereit zu sein, sich mehr dazu entlocken zu lassen. Er hielt sich stur an sein Vorhaben und führte Lilian und Dough ein Stockwerk höher, direkt in die Kantine. Beim Eintritt erwartete sie eine nüchterne und doch geschmackvolle Einrichtung mit großen Meereswasseraquarien an den Wänden, in denen sich unzählige exotische Fische tummelten. An der Essenausgabe lockte ein riesiges Büfett mit einer großen Auswahl an exzellenten, internationalen Speisen, die so manchem Grandhotel Konkurrenz machen konnten. Es herrschte reger Betrieb, so dass Bran zunächst einmal nach einem freien Tisch Ausschau hielt.

Überall saßen weißgewandete Gestalten, Wissenschaftler oder Ärzte, die sich bei einem gemeinsamen Frühstück angeregt unterhielten. Nicht weit von ihnen hatte sich eine Frau niedergelassen, die Doughs

Aufmerksamkeit erregte. Sie hatte langes blondes Haar und war ausgesprochen gutaussehend, auch wenn ihr Gesichtsausdruck einen etwas maskenhaften Eindruck vermittelte.

»Ist das nicht Helen Rotherford?«

Lilians Kopf schnellte herum. »Die berühmte Schauspielerin?«

»Genau die!« Dough schien ziemlich überzeugt zu sein, dass er einen Treffer gelandet hatte.

Lilian schüttelte den Kopf. »Du musst dich irren, Dough. Die ist vor ein paar Wochen gestorben und mit einem ziemlichen Brimborium zu Grabe getragen worden. Zehntausende haben ihr in New York die letzte Ehre erwiesen. Angeblich hatte sie einen Herzinfarkt. Es gab sogar Stimmen, die behaupteten, sie sei umgebracht worden – vermutlich Aids oder Tablettenmissbrauch, jedenfalls irgendwas Unangenehmes, mit dem die Angehörigen nicht an die Öffentlichkeit gehen wollten. Sogar der Friedhof, wo sie beerdigt worden sein soll, wurde geheimgehalten.«

»Was ist, wenn sie gar nicht tot ist?« Dough, der seinen Blick von der Frau kaum zu lösen vermochte, sah Lilian mit hochgezogenen Brauen an. »Was ist, wenn sie hier ist und sich nur eine Auszeit nimmt? Soll ich sie fragen?«

Er war schon halb aufgestanden, doch Lilian hielt ihn am Arm fest.

»Lass das, Dough!« Ihr Blick war unmissverständlich. »Ich habe in der letzten Nacht genug Verrücktes erfahren – das reicht für den Rest meines Lebens. Fehlt mir noch zu meinem Glück, dass du hier Tote ausgräbst.«

»Ich grabe sie nicht aus«, erwiderte Dough gereizt. »Sie sitzt dort – ich muss sie nur ansprechen.«

»Nein!« Lilians strenge Miene ließ keinen Zweifel daran, dass ihre Nerven blank lagen.

Bran kam zurück und lotste sie an einen der wenigen freien Tische, die in einer abgelegenen Ecke des Raumes standen.

»Ist das Helen Rotherford?« Dough hielt Bran am Arm fest und nickte in Richtung der Frau.

Bran blickte erstaunt auf. »Glaube schon«, sagte er knapp und grinste. »Aber wenn du nur ein Wort darüber verlierst, muss ich dich leider töten.«

»Ich habe dir doch gesagt: Lass es gut sein«, zischte Lilian. Helen Rotherford lebte! Es war unfassbar.

Als sie sich gesetzt hatten, zückte Bran sein Mobiltelefon. Er sprach Gälisch. Lilian konnte sich denken, dass er sich mit John unterhielt. Er nickte, bevor er auflegte. »John wird nach dem Frühstück zu uns stoßen, und dann geht es in Sektion 1A. Ich weiß nicht, was er mit euch vorhat, aber vielleicht solltet ihr nicht so viel essen.«

Lilian spürte, wie ihre Nervosität wuchs. Als John schließlich erschien, empfand Lilian beinah so etwas wie Erleichterung, obwohl er sie in Gegenwart von Dough und Bran nur förmlich begrüßte.

»Gut geschlafen?«, fragte er beiläufig und setzte gekonnt sein atemberaubendes Lächeln ein, um ihr aufgewühltes Gemüt zu beschwichtigen.

Lilian nickte nur und konnte sich eine bissige Bemerkung nicht verkneifen: »Noch besser wäre es gewesen, wenn ich nicht alleine aufgewacht wäre.«

»Sorry«, erwiderte er und zuckte entschuldigend mit den Schultern. »Es ging leider nicht anders.«

Wie zum Ausgleich legte er ihr seine warme Hand auf den Rücken und dirigierte sie zu einer offen stehenden Flügeltür.

»Wir sind da«, verkündete er.

John hatte sie zu einem kleinen Kino geführt. Außer ihm, Lilian, Dough und Bran befand sich niemand in dem schwarzgestrichenen Raum mit den etwa fünfzig blauen Polstersesseln. John bat Lilian und ihren Begleiter, neben ihm und Bran in der obersten Reihe Platz zu nehmen.

»Was ich euch jetzt zeigen möchte«, erklärte John, »ist keine geschönte Promotion-Veranstaltung, um für CSS zu werben. Es ist ein streng geheimer Film für neu rekrutierte Mitarbeiter. Damit sie im Bilde sind, was auf sie zukommt und mit welchen Herausforderungen sie es zukünftig zu tun haben.«

Ein Angestellter eilte herbei, und bevor er die Tür zum Korridor schloss, gab John ihm mit einem Fingerzeichen zu verstehen, dass die Vorführung beginnen konnte.

Auf der Leinwand erschien das Logo von CSS, und ein wissenschaftlicher Mitarbeiter erklärte in sachlichem Tonfall die Gründungsjahre der internationalen Söldnerorganisation und den Beginn einer Odyssee von sieben Männern, die nunmehr schon mehr als dreihundertfünfzig Jahre andauerte. Dabei ließ er die zahlreichen Todesfälle und Neuzugänge im Laufe eines langen, brutalen Kampfes gegen die Einflussnahme der sogenannten Panaceaer nicht aus. Einer Organisation, die das ultimativ Böse verkörperte und von Lord Chester Cuninghame und seinem geistigen Führer, Bruder Mercurius, geleitet wurde, auf dessen Aussehen und Gestalt man sich nicht festlegen wollte, weil er wandlungsfähig war, und der in den Augen seiner Widersacher niemand anderes sein konnte als der Teufel persönlich.

Es folgte eine Gedenkminute, mit einer heroisch anmutenden Dudelsackhymne unterlegt, in der die Gesichter all jener Opfer gezeigt wurden, die im Kampf gegen die Bruderschaft der Panaceaer gefallen waren. Das einzige Interesse der Bruderschaft bestand darin, das Chaos auf der Welt so weit zu mehren, bis die Menschen sich gegenseitig ausgerottet hatten und Bruder Mercurius damit den nie versiegenden Hunger einer universellen Macht stillte, die sich ausschließlich negativer Energie bediente. Mit dem streng gehüteten Verkauf einer unvorstellbar grausamen Droge, die ewige Jugend und in letzter Konsequenz sogar das ewige Leben versprach, waren die Panaceaer in der Lage, weltweit Einfluss auf politische Entscheidungsträger und Personen des öffentlichen Lebens zu nehmen.

»Eternity« konnte sich nur leisten, wer über die nötigen Kanäle verfügte und zudem genügend finanzielle Mittel besaß, sich die Droge fortwährend beschaffen zu können. Bereits nach einmaliger Einnahme entstand eine lebenslang andauernde Abhängigkeit, die potentielle Kunden in eine nicht rückgängig zu machende Sucht trieb. Wurde der Einnahmeturnus unterbrochen, bewirkte das Ausbleiben der Droge grausame Entzugserscheinungen, die in kürzester Zeit zum Tode führten. Es kam zu rasendem, extrem körperlichem Verfall – und am Ende wartete ein qualvoller Sterbeprozess auf die Betroffenen. Sie verwesten letztendlich bei lebendigem Leib.

Ungläubig nahm Lilian zur Kenntnis, dass John und seine Männer ein geheimes Notfallzentrum errichtet hatten, in dem sie Menschen behandelten, die in unselige Abhängigkeit von »Eternity« geraten waren und sich die Droge aus verschiedenen Gründen nicht mehr leisten konnten. Es gab nur eine Möglichkeit, ihnen zu helfen. Man musste sie zunächst rechtzeitig aus der Gefahrenzone bringen, weil die Panaceaer ihre unwilligen Kunden gerne verschwinden ließen, indem sie ominöse Unfälle initiierten, bei denen die Opfer für Polizei und Behörden auf natürliche Weise zu Tode kamen, noch bevor sich verräterische Spuren zeigten.

Offiziell mussten die Patienten, die in Johns Sanatorium eingeliefert wurden, ebenfalls für tot erklärt werden. Später erhielten sie ein neues Gesicht und eine neue Identität, um sie vor der Rache der Panaceaer zu schützen. Dazu lieferte ihnen CSS regelmäßig eine Ersatzdroge, die ihnen ein Weiterleben unter halbwegs normalen Bedingungen ermöglichte – was bedeutete, sie alterten und starben irgendwann, wenn ihre Zeit gekommen war.

Bilder schnellten über den Schirm, die im Zeitraffer eine strahlend schöne Frau in eine mumienähnliche Geistergestalt verwandelten. Ein paar bekannte Gesichter folgten, die Lilian und Dough in noch größeres Erstaunen versetzten, galten diese Prominenten doch – wie Helen Rotherford – als verstorben oder gar als verschollen. Millionen hatten um sie getrauert, trauerten noch, und niemand von ihren Anhängern ahnte auch nur annähernd, dass sie in einem unterirdischen Sanatorium in Norwegen aufgepäppelt wurden, um irgendwo auf der Welt unter anderer Identität ein unscheinbares Leben führten – ohne Ruhm und ohne Reichtum, aber mit der Gewissheit, von CSS regelmäßig mit einem lebensspendenden Cocktail versorgt zu werden.

Dass John und seine Mitarbeiter dafür das Blut von noch lebenden Unsterblichen benötigten, um die »Tränen der Nacht«, wie man die Ersatzdroge unter Eingeweihten nannte, herstellen zu können, war nur eine von vielen furchtbaren Einzelheiten, die Lilian zu begreifen versuchte. Emotionslos erläuterte der Sprecher die Hintergründe dieses brutal erscheinenden Vorgehens. Beinahe einhundert gefangene Panaceaer hielt man zurzeit in streng bewachten Laborräumen in einer Art künstlichem Koma, um sich in regelmäßigen Abständen ihres Blutes zu bedienen, aus dem man das notwendige Elixier herausfilterte. Bevor es die dafür benötigten technischen Möglichkeiten gegeben hatte, war man gezwungen gewesen, den Opfern – unter Betäubung, aber bei lebendigem Leib – Blut, Hirnwasser und Stammzellen zu entnehmen, zu filtern und unter aufwendigen chemischen Reinigungsprozessen zu einer Ersatzdroge zu verarbeiten. Diese Prozedur hatte bei den gefangenen Panaceaern unweigerlich zum Tode geführt.

Dabei hatten John und seine Leute für ihr grausames Vorgehen keine Alternative gehabt. Lilian erfuhr auch, dass es John und seinen Mitstreitern am »Stein der Weisen« fehlte, einem hoch radioaktiven Gestein, das vor Hunderten von Jahren in Afrika angeblich vom Himmel gefallen war und sich seitdem im Besitz der Panaceaer befand. Spätere Untersuchungen hatten ergeben, dass der direkte Kontakt des Blutes mit dem Stein die menschliche Zellstruktur nachhaltig veränderte. Die Strahlung machte den Organismus immun gegen jegliche Erkrankungen – die wichtigste Eigenschaft aber war, dass der Alterungsprozess gestoppt wurde, solange wie der Stoff in lebenden Zellen kursierte. Mit der Zeit wurde die Substanz jedoch ausgeschieden und verringerte sich, was die unerwünschten Nebenwirkungen mit sich brachte. Nur eine Komplettumwandlung der Stammzellen, wie die Panaceaer sie an John und seinen Kameraden vorgenommen hatten, führte zu einer dauerhaften, von Eternity unabhängigen Unsterblichkeit, doch auch dafür benötigte man den »Stein der Weisen«.

Nachdem der Film beendet war, saßen Lilian und Dough noch eine ganze Weile sprachlos in ihren Sitzen. John reichte Lilian die Hand, um ihr aufzuhelfen, doch sie verweigerte sich.

Mit zitternden Knien erhob sie sich schließlich. »Das war es also, was du mir letzte Nacht verschwiegen hast?« Lilian wusste nicht, was sie angesichts all dieser Enthüllungen von John denken sollte. War er ein Hexer oder ein Heiliger? Sie ahnte, dass sie es schwer haben würde, mit dieser Erkenntnis so ohne weiteres klarzukommen.

»Cuninghame hat unsere Stammzellen insoweit beeinflusst, dass wir Unsterbliche wurden«, bestätigte John mit einem abgeklärten Gesichtsausdruck.

»Ein Komplettaustausch? Vor fast vierhundert Jahren?« Lilian sah ihn ungläubig an. »Wie kann so etwas möglich gewesen sein? Es gab keine Spritzen, keine Hygiene? Wie kommt es, dass ihr eine solche Prozedur überleben konntet?«

»Cuninghame war bestens ausgerüstet«, erklärte ihr John. »Er besaß bereits Injektionsnadeln und Schläuche mit hydraulischen Pumpen, Dinge, von denen man damals in mancher Hinsicht noch nicht einmal zu träumen wagte. Frag mich nicht, woher er das alles hatte. Und nach der Umwandlung konnten uns Infektionen nichts mehr anhaben. Aber die Sache hatte ihre Tücken, und das bis heute. Manchmal kann ein Umwandlungsversuch zum Tode führen, wenn der Betroffene nicht ganz gesund ist oder sein Körper die zugeführte Substanz abstößt. Außerdem gibt es da noch ein paar lästige Nebenwirkungen wie Lichtempfindlichkeit, verstärkter Geruchs- und Gehörsinn und eine übermäßige Sensibilität der Geschmacksnerven. Dass Kraft, Schnelligkeit und Potenz überproportional gesteigert werden, gehört wohl eher zu den erwünschten Phänomenen. Allerdings kann auch dieser Zustand gelegentlich zu Depressionen führen.«

»Und was ist mit den Menschen, die ihr im Koma haltet und denen du das Blut abzapfst? Hast du denn gar kein Mitleid mit ihnen?«

»Die Bruderschaft der Panaceaer kennt selbst keine Gnade«, rechtfertigte sich John eine Spur zu heftig. »Sie haben es nicht besser verdient.«

»Aber diejenigen, die Eternity kaufen, sind doch auch keine Unschuldslämmer. Sie verschleudern ihr Geld, indem sie es einem wahren Teufel in den Rachen werfen. Und wenn sie nicht mehr zahlen können und sterben müssen, nimmst du sie auch noch in Schutz?«

»Wer ohne Sünde ist …« John sah sie mit düsterer Miene an. »Du denkst also, wir sollten sie sterben lassen, nur weil sie reich und eitel waren und einen Fehler gemacht haben?« Er warf ihr einen fragenden Blick zu, doch sie antwortete nicht. »Ich für meinen Teil«, fuhr er fort, »hege eher die Überzeugung, dass nicht die Sünder aus dem Paradies vertrieben werden sollten, sondern eher die Teufel, die sie dazu verführt haben.«

Ohne ein weiteres Wort geleitete er sie zum Ausgang und ließ sich dabei nicht anmerken, ob ihn Lilians immer noch entsetzter Blick beunruhigte. Bran kümmerte sich inzwischen um Dough und beantwortete leise dessen aufgebrachte Fragen.

Bevor Lilian einen weiteren Einwand vorbringen konnte, erhielt John auf seinem Organizer ein Signal. Rasch nahm er die Nachricht entgegen. Dann drehte er sich um und ging nervös den Gang auf und ab, um zu telefonieren. Lilian und den anderen blieb nichts weiter übrig, als auf ihn zu warten.

Als er zurückkehrte, verriet seine Miene, dass er offenbar eine unangenehme Mitteilung zu machen hatte. Er nahm Lilian beiseite und ging ein Stück mit ihr den Gang hinunter. »Es tut mir leid, dir das sagen zu müssen«, bemerkte er mit eindringlicher Stimme, »aber meine Ermittlungen haben sich bestätigt. Dein Bruder gehört tatsächlich zu den Panaceaern. Er wurde heute in Cuninghames Villa in Berlin gesichtet.«

»Du lügst!« Lilian spürte, wie der Boden unter ihr wankte. Plötzlich vernahm sie eine Stimme in ihrem Kopf. *Nimm seine Waffe und erschieße ihn, er ist nah genug! Wenn du mehrmals abdrückst, zerstörst du sein Hirn!*

»Es tut mir leid«, erwiderte John und fasste nach ihrer Hand. Dann zog er sie zu sich heran, um ihr auf seinem Organizer ein Überwachungsvideo zu zeigen, auf dem ihr Bruder zu sehen war, wie er mit einem gepanzerten Wagen vorfuhr. An den hinzugefügten Koordinaten konnte man sehen, wie er wenig später eine Villa in Berlin-Grunewald betrat.

Nimm sofort die Waffe und richte sie aus nächster Nähe auf seinen Kopf! Dann drückst du ab!

Lilians Blick fiel auf Johns Pistole, und für einen Moment spielte sich ein absurdes Szenario in ihrem Kopf ab. Sie sah sich selbst, wie sie die Waffe zog und sie auf Johns Kopf richtete. Im Geiste drückte sie ab. Doch in Wirklichkeit starrte sie John nur wütend an. Tränen traten in ihre Augen. »Warum tust du so etwas?«, schrie sie mit heiserer Stimme. »Ich dachte, du liebst mich!«

»Lilian, du schwebst in großer Gefahr!« John packte sie bei den Schultern. »Deine Familie hängt in der Sache mit drin. Nach dem Vorfall in der Tiefgarage musste ich etwas unternehmen, um sicherzugehen.«

»Der einzige Mensch, vor dem ich wirklich Angst habe, bist du«, schleuderte sie ihm hasserfüllt entgegen. »Du denkst vielleicht, du bist Gott, aber in Wahrheit bist du nicht besser als diese Panaceaer, solange du Menschen für eine ungerechte Sache umbringst oder sie im Koma hältst, um ihnen das Blut aus den Adern zu saugen.« Lilian riss sich los und rannte davon, doch sie wusste nicht, wo sie sich hinwenden sollte.

John versuchte sie aufzuhalten und setzte ihr nach. Im Nu hatte er sie eingeholt und nahm sie in seine Arme. »Lilian, ich will nicht glauben, dass du den Unterschied zwischen Gut und Böse nicht erkennen kannst!«

Die Stimme in ihrem Kopf wurde drängender. Mechanisch fasste sie an Johns Holster, löste wie in Trance die Manschette und zog seine Waffe. Obwohl sie noch nie eine solche Pistole in der Hand gehabt hatte, wusste sie instinktiv, wie man sie bediente. In seiner Aufregung schien John gar nicht zu bemerken, was sie tat. Als sich sein Griff lockerte, setzte sie ihm die Mündung der Waffe direkt auf die Stirn.

Für einen Moment schien die Zeit stillzustehen.

Ein Schuss krachte, und John ging mit ihr zu Boden.

Er lag über ihr und hielt an ihrer Stelle die Pistole in der Hand. Wie benommen schaute sie zu ihm auf. Er war unverletzt.

Bran beugte sich mit gezogener Waffe zu ihr hinunter und stellte sicher, dass Lilian keine weitere Waffe besaß.

»Hey, Mädchen«, murmelte John völlig verdattert. Allein sein Blick verriet, wie sehr sie ihn enttäuscht hatte. »Was machst du für Sachen?«

Lilian spürte, wie ihr die Tränen in die Augen schossen. »Lass mich zufrieden«, erwiderte sie weinend. »Ich will dich und deine Leute nie wieder sehen! Nie wieder!«

»Was hast du erwartet, John?« Bran sah ihn mit dunkler Miene an. »Dachtest du, Lilian fällt dir um den Hals, wenn sie erfährt, dass du in Wahrheit ein kaltblütiger Killer bist? Mich hat es gewundert, dass sie nicht schon beim Thema Unsterblichkeit ausgestiegen ist.«

Wie betäubt stand John vor seinem Bett, wo er sich noch in der Nacht zuvor mit Lilian geliebt hatte, und packte seinen Rucksack. Vergeblich versuchte er, den Schmerz in seinem Innern zu verdrängen.

»Was willst du jetzt tun?« Bran saß im Sessel gegenüber und bot ihm einen Whisky an, indem er ihm sein halbgefülltes Glas entgegenhielt.

John winkte ab. Er hätte sich mühelos besaufen können. Doch erstens machte sich das nicht so gut, wenn man am gleichen Tag einen Learjet steuern wollte, und zweitens wäre der Katzenjammer hinterher nur noch größer gewesen. Er seufzte leise. »Ich habe keine Ahnung,

verdammt. Du weißt so gut wie ich, dass ich Lilian nicht einfach laufenlassen kann, sie nicht und auch ihren seltsamen Nachtwächter nicht.
Cuninghame wird sie sich schnappen, sobald sie einen Fuß auf ungesi-
cherten Boden setzen.«

»Vielleicht lässt er sie in Ruhe.« Bran sah ihn hoffnungsvoll an. »Ich
meine, bisher hat er Lilian auch nicht behelligt – und das, obwohl ihr
Bruder zur Organisation gehört.«

»Das ist es, was mir Sorge macht.« John setzte sich auf das Bett und
vergrub sein Gesicht in den Händen. Verzweifelt schaute er auf. »Ich
habe nachgedacht. Und ich glaube mittlerweile, dass Paddy recht hat.
Ihr Auftritt in Mugan Manor, ihre Bereitschaft, sich mit mir zu treffen,
ihre Gemeinsamkeiten mit Madlen – das alles kann kein Zufall sein.
Sie wurde entsandt. Da bin ich mir sicher. Warum sonst hätte sie versuchen sollen, mich zu erschießen? Du hast selbst gesehen, wie sich
ihr Blick plötzlich veränderte. Für einen Moment sah sie aus wie besessen. Ich habe es gespürt, aber ich wollte es nicht wahrhaben und
dachte, es liege an ihrem Entsetzen über die Bilder, die wir ihr gezeigt
haben. Vielleicht ist sie ein Schläfer.«

»Könnte Mercurius etwas damit zu tun haben?« Bran kniff die Lider zusammen.

»Das ist leider nicht auszuschließen.« John musste sich eingestehen,
dass er diese Gefahr völlig unterschätzt hatte. »Madlen wurde auch von
ihm manipuliert«, fügte er bekümmert hinzu. »Mercurius ist in der
Lage, Menschen mittels Fernhypnose zu beeinflussen. Er kann jeden,
der nicht geschützt ist, mit einer Illusion gefügig machen. Nur auf Typen wie uns kann er keinen Einfluss nehmen. Also benutzt er andere
für seine Zwecke, und wenn er es war, der das Kind genommen hat,
muss es in Lilians Familie einen roten Faden geben, der zu ihm führt.«

»Und wie willst du gegen Mercurius vorgehen?« Bran sah ihn fragend an. »Gegen diesen Typen gibt es kein wirksames Mittel, außer
Vorsicht. Paddy wird dir die Hölle heiß machen, wenn er erfährt, was
geschehen ist, und sich in seinem Verdacht zu Lilian bestätigt fühlt.«

»Wirst du ihm sagen, dass Lilian versucht hat, mich umzubringen?«
John sah seinen Freund misstrauisch an.

»Wo denkst du hin?« Bran schüttelte den Kopf. »Dein verändertes
Verhältnis zu Lilian erklärt sich Paddy von ganz allein, sobald wir wie-

der in Mugan Manor angekommen sind. Du kannst sie und ihren Begleiter nicht einfach laufen lassen, nach allem, was sie gesehen und gehört haben. Leider sieht es nicht danach aus, dass sie sich zukünftig von CSS zur Mitarbeit verpflichten lassen wollen. Umbringen lassen kannst du sie aber auch nicht. Sie sind keine initiierten Panaceaer, und selbst wenn sie es wären, würdest du es nicht übers Herz bringen. Eine Injektion, die ihr Gedächtnis auslöscht, bringt allem Anschein nach nichts, weil Lilian über einen Stoff verfügt, der es jederzeit reaktivieren kann. Also?« Bran zuckte mit den Schultern und hob seine Hände zu einer Geste der Ratlosigkeit. »Was willst du tun? Sie lebenslang einsperren? Ich kann mir Lilians und Doughs Begeisterung lebhaft vorstellen, wenn sie erfahren, dass sie fortan deine Gefangenen sind.«

»Sag Ruaraidh Bescheid«, erwiderte John mit einem erschöpften Seufzer. »Er soll die Ermittlungen führen. Ich will bis Mitte der Woche wissen, was mit Lilians Mutter geschehen ist und welche Verbindung sie zu den Panaceaern gehabt hat. Dann sehen wir weiter.«

Der Van brachte sie zurück zum Flughafen. John hatte noch einmal versucht, mit Lilian zu sprechen. Doch sie wollte nichts hören. Sie wollte nur ihre Ruhe. Der Learjet wartete unter strenger Bewachung auf seinen Start nach Glasgow. In ihrer Verzweiflung schaute Lilian zum Fenster hinaus, als der Fahrer sie zum Startplatz brachte, damit niemand ihre Tränen sah. Es war Nachmittag, und die Sonne senkte sich über den Bergen hinunter in einen blau glitzernden See. John hatte ihr und Dough zur Vorsicht Handschellen anlegen lassen. Auf diese Weise wollte er wohl verhindern, dass einer von ihnen noch einmal durchdrehte und ihn bedrohte.

Während Dough wie paralysiert neben ihr saß, tyrannisierte John sie mit nachdenklichen Blicken. Lilian ertrug es kaum, seine klaren grünen Augen auf sich zu spüren. Er und die anderen sprachen kein Wort, und Lilian hätte auch nicht gewusst, was sie ihm sagen sollte. Sich zu entschuldigen, kam ihr nicht in den Sinn. Es erschien ihr zu platt, und sie hätte ihr Verhalten erklären müssen, dabei wusste sie noch nicht einmal selbst, was in sie gefahren war. Ihr Versuch, ihn zu erschießen, erschütterte sie, zumal sie sich fragte, was für ein Blutbad sie hätte anrichten müssen, um ihn endgültig zu töten. Wie hätte sie

John erklären sollen, dass offenbar eine fremde Macht von ihrem Verstand Besitz ergriffen hatte? Der hässliche Alte aus ihrer Vision schien sie jederzeit heimsuchen zu können, und dass sie seine Stimme am helllichten Tag und bei vollem Bewusstsein in ihrem Kopf hörte und seinen Befehlen folgte, machte ihr höllische Angst.

Was wäre, wenn John recht behielt und ihre Familie eine Verbindung zu jenen Monstern hatte, die für all das hier verantwortlich waren? Ihre Gedanken kreisten um ihren Bruder und die furchtbaren Wahrheiten, die sie in Norwegen erfahren hatte – und natürlich auch um John. Das Gefühl, einen Mörder zu lieben, jemanden, der seinen Feinden die Köpfe abschlug oder ihnen das Blut aus den Adern saugte, verstörte sie genauso sehr wie der Verdacht, dass ihre Familie mit dieser unfassbaren Sache zu tun hatte. Mittlerweile war es kaum noch von der Hand zu weisen, dass ihr Bruder ebenfalls zu einer Bande von Killern gehörte. Ihre größte Sorge galt jetzt ihrem Vater. Nicht zu wissen, ob er von all dem etwas wusste, ja sogar mit der Sache zu tun hatte, machte sie krank. Dass John weder Rücksicht auf sie noch auf ihre Familie nehmen konnte, indem er stur seinen Auftrag verfolgte, war wohl zu erwarten. Aber wen sollte sie um Hilfe bitten, wenn sich herausstellte, dass ihr Vater so wenig von all dem wusste, wie sie selbst gewusst hatte?

Wortlos stiegen sie in Glasgow in einen Helikopter, der sie zurück nach Mugan Manor brachte.

»Was habt ihr mit uns vor?«, keifte Dough, als man ihn erneut auf seinen Sitz zwang. »Wollt ihr uns auch in einen Keller sperren und an uns herumexperimentieren?«

John war die Anspannung anzusehen. Wahrscheinlich war das genau die falsche Frage gewesen. »Das wirst du noch früh genug erfahren«, sagte er kühl und setzte sich neben den Piloten. Auch Bran war wieder mit von der Partie. Nur Ruaraidh fehlte, und Lilian wagte nicht, nach ihm zu fragen.

Als der Helikopter abgehoben hatte, spürte Lilian Brans große Hand auf der ihren. Sie war warm und trocken. Sanft drückte er zu. Lilian glaubte ein zuversichtliches Lächeln auf seinen Lippen zu erkennen. Sie wich seinem prüfenden Blick aus und schaute zu Boden.

Auf dem Hangar in Mugan Manor wurden ihnen die Fesseln gelöst.

Dough verlor nun endgültig die Nerven. Er brüllte John so heftig an, dass sein Gesicht rot anlief und ihm die Adern im Hals anschwollen. »Verdammt, ich will endlich wissen, wie es jetzt weitergeht, und dann will ich nach Hause zu meiner Frau. Wenn ich sie nicht spätestens alle zwei Tage anrufe, wird sie unruhig und meldet mich als vermisst.«

John blieb ganz ruhig. »Es tut mir leid«, sagte er förmlich. »Du wolltest alles ganz genau wissen, und das bedeutet: Ab sofort arbeitest du für mich – oder gegen mich. Das heißt auch, dass du kein normales Leben mehr führen kannst. Ob du es willst oder nicht, du bist zu einem Geheimnisträger geworden und somit gibt es keine Alternative.«

»Alternative?« Dough sah ihn fassungslos an. »Welche Alternative?«

»Keine«, antwortete John. »Das sagte ich doch.«

»Lasst uns Klartext reden«, rief Dough wütend. »Bedeutet das, ihr Arschlöcher werdet uns umbringen, wenn wir nicht mitspielen?«

John war stehengeblieben. Seine Miene schien wie versteinert. Dass er nichts sagte, war Lilian Antwort genug. Doughs Augen weiteten sich vor Entsetzen. »Okay … Fangen wir noch mal von vorne an. Du hast also einen Job für mich. Und was bitte sollte das sein? Kann ich wieder als Nachtwächter anfangen, oder warte ich demnächst hier die Melkmaschinen?«

»Dough«, Lilians Stimme war eindringlich. »Halt endlich die Klappe! Du machst alles nur noch schlimmer.«

John warf ihr einen argwöhnischen Blick zu. Dann nahm er sie beiseite und führte sie ein Stück von den anderen zu einem Unterstand hin, damit er ungestört mit ihr reden konnte. »Du denkst also auch, dass ich ein Monster bin?«

»Ja, was sonst?«, blaffte Lilian zurück. »Und was noch schlimmer ist – ich werde auch eins, wenn ich mich nur lange genug in deiner Nähe aufhalte. Ich habe noch nie zuvor auf einen Menschen geschossen. Ich weiß beim besten Willen nicht, was in mich gefahren ist.« Sie sah ihn aufgebracht an, als ob er die Schuld daran trug, dass sie auf ihn geschossen hatte. »Dachtest du tatsächlich, ich könnte das alles so hinnehmen? Glaubst du, ein Trip nach Norwegen reicht aus, und ich werde freudestrahlend Mitglied in deiner Organisation?«

Er trat auf sie zu, und für einen Moment vermittelte er den Eindruck, als wollte er sie in die Arme nehmen. Aber er tat es nicht. Allein seine Augen verrieten, was er für sie empfand. »Ich hatte gehofft, das Band zwischen uns wäre stark genug, um die Wahrheit offenbaren zu können. Ich habe mir eingebildet, du würdest das alles verstehen. Meine Hoffnung war, dass du bei mir bleiben würdest, nicht bei meiner Organisation. Hat es etwas damit zu tun, dass ich unsterblich bin? Bin ich dir unheimlich? Ist es das, was dich stört?«

Lilian blickte zu Boden. »Es liegt nicht an deiner abstrusen Vita – du hast dir dein Schicksal ebenso wenig ausgesucht wie ich. Aber all das kommt etwas plötzlich … Unsterblichkeit. Geheimdienste, Drogenkartelle, all die Toten im Laufe von Jahrhunderten.« Sie blickte auf und sah ihm in die Augen. »Ich habe nicht die geringste Ahnung, wie ich mit deinen lebendigen Leichen in einem norwegischen Keller klarkommen soll. Du saugst ihnen das Blut aus den Adern, um eine Ersatzdroge zu erschaffen. Und niemand weiß etwas davon. Und dann behauptest du noch, meine Familie wäre darin verwickelt. Das ist mir zu viel, John.« Sie schüttelte den Kopf. Der Wind zerzauste ihr Haar, und sie wandte ihren Blick an John vorbei auf die Berge. »Verstehst du? Ich kann das nicht! Ich will mein normales Leben zurück, keinen ständigen Albtraum, mit einem Typen an meiner Seite, an dem mein ganzes Herz hängt und von dem ich weiß, dass er ständig furchtbare Dinge tun muss, damit andere und auch wir selbst überleben.« Ihr Blick kehrte zu ihm zurück und zeigte ihre ganze Entschlossenheit.

Johns Miene verriet seine Enttäuschung. »Ist das dein letztes Wort?«, fragte er leise.

»Ich fürchte, ja.« Lilian zerschnitt es das Herz, und sie wünschte sich nichts sehnlicher, als die Zeit zurückdrehen zu können.

John nickte schweigend ein paar Wachleuten zu, die Lilian und Dough in ihre Unterkünfte führten.

Für ein Gefängnis waren die Räumlichkeiten im dritten Stockwerk recht komfortabel. Als sich die Tür hinter Lilian schloss, blickte sie auf ein gewohnt luxuriöses Interieur, wozu auch ein Telefon gehörte. Für einen Moment dachte sie darüber nach, was geschehen würde, wenn es ihr gelingen konnte, Jenna zu kontaktieren. Das Telefon ließ jedoch keine Anrufe nach draußen zu. Vielleicht machte sich Jenna schon Sorgen. Leider wusste niemand außer Doughs Frau Cynthia, dass ihr Ziel die Highlands gewesen waren. Jenna kannte Doughs Frau aus dem Krankenhaus und würde hoffentlich so schlau sein, bei ihr anzurufen. Oder Cynthia rief selbst bei Jenna an, wenn ihr Mann sich nicht meldete.

Wenn Lilian nur gewusst hätte, auf was das hier hinauslaufen sollte. Dass John zu allem Übel interne Probleme in seiner Organisation hatte, was seine Führungskompetenzen betraf, hatte sie unterschwellig mitbekommen, nachdem man sie zusammen mit Dough aufgegriffen hatte. Was das für sie und Dough bedeutete, musste im Moment leider unbeantwortet bleiben.

Lilian fühlte sich völlig erschlagen und zog es vor, eine Dusche zu nehmen. Danach legte sie sich aufs Bett und musste wohl eingeschlafen sein, als sich plötzlich die Tür zu ihrem Zimmer öffnete.

Erschrocken fuhr sie hoch und sah im Halbdunkel eine Gestalt auf sich zukommen. Zuerst hoffte sie, es sei John, doch dann sah sie, dass der Mann um einiges gedrungener aussah.

»Lilian«, zischte eine wohlbekannte Stimme und legte ein schwarzes Bündel auf ihr Bett.

»Dough?« Lilian war vollkommen überrascht. »Wie bist du hier hereingekommen, die Türen sind doch verschlossen.«

»Frag nicht!«, fauchte er ungeduldig. »Zieh das hier rasch über, und dann folge mir.« Lilian warf einen Blick auf ihre Armbanduhr. Zwei Uhr nachts.

»Na los!«, drängte Dough und setzte ein Base-Cap auf. »Wir haben nicht ewig Zeit.«

Nur langsam begriff Lilian, dass dies offensichtlich ein Fluchtversuch werden sollte. »Warte!«, flüsterte sie hastig. »Was macht dich so sicher, dass es gelingt?«

»Ich hatte vorhin Besuch von einem Unbekannten. Er trug eine Maske und gab mir wortlos diese zwei Overalls mit den passsenden Kappen. Dazu eine Chip-Card plus Code für sämtliche Türen und die Schlüssel für einen schwarzen Audi, der angeblich in der Tiefgarage aufgetankt auf uns wartet.«

»John?« Lilian hielt es zwar für abwegig, dass John ihnen zur Flucht verhalf, aber vielleicht war das die einzige Möglichkeit, sie in die Freiheit zu entlassen, ohne den Groll der anderen Mitarbeiter auf sich zu ziehen. Vielleicht hätten sie John andernfalls sogar dazu gezwungen, sie und Dough aus dem Weg zu räumen, wenn sie sich weigerten, mit CSS zusammenzuarbeiten.

»Keine Ahnung«, raunte Dough, »und es ist mir auch egal. Hauptsache, wir kommen raus aus diesem Wahnsinn und können die Polizei verständigen.«

Lilian beeilte sich, in den viel zu großen Overall zu schlüpfen. Dann verbarg sie ihr üppiges Haar unter der Kappe. Hoffentlich erwischte sie niemand.

Ohne bemerkt zu werden, eilten sie zum Aufzug und von dort aus in den Keller, wo eine ganze Armada von superteuren Fahrzeugen auf ihren Einsatz wartete.

Dough hatte ein gutes Auge und fand den Audi Q7 sofort.

»Mein Gott, was für ein Wagen!« Wie selbstverständlich setzte er sich ans Steuer.

Lilian glaubte vor Anspannung kaum atmen zu können, während er noch nach einer Möglichkeit suchte, die passende Sitzhöhe einzustellen. »Weißt du wirklich nicht, wer dir die Sachen gegeben hat?«

»Das ist doch völlig gleichgültig. Hauptsache, wir kommen hier raus und können Scotland Yard verständigen.«

»Mir kommt das komisch vor. Ich hatte nicht das Gefühl, dass man hier daran interessiert ist, uns laufenzulassen.«

Als sie das Tor zur Tiefgarage, hinaus auf die Straße zum Hauptportal, durchquerten, stellte sich ihnen erstaunlicherweise niemand in den Weg. Lilian verspürte eine Mischung aus Trauer und Erleichterung, als sie endlich die öffentliche Straße erreichten. Schon alleine Dough würde dafür sorgen, dass Scotland Yard Wind von der Sache bekam, und was das für John und seine Leute zu bedeuten hatte, war noch nicht abzusehen.

»Wir müssen vertraulich mit unseren Informationen umgehen«, bemerkte Lilian, als sie Moidart verließen und auf die A 830 hinunter zum Glenfinnan Monument einbogen. »Wir sollten zuerst Jenna einweihen und abwarten, was sie dazu sagt.«

»Zunächst einmal müssen wir es schaffen, Edinburgh zu erreichen«, erklärte Dough, »oder wenigstens das nächste Telefon.« Sein nervöser Blick richtete sich auf den Rückspiegel. Lilian drehte sich um und sah zwei bläuliche Wagenlichter, die ihnen in einiger Entfernung folgten.

»Denkst du, man hat unsere Flucht schon bemerkt?«

Es war halb drei Uhr nachts. Die Highlands lagen im Tiefschlaf, und bisher war ihnen kein einziger Wagen begegnet.

»Ich habe nicht die geringste Ahnung. Das hängt davon ab, was der Typ, der mir die Schlüssel gegeben hat, mit seiner Aktion bezwecken wollte.« Dough gab Gas.

Lilian krallte sich in den Sitz und sah ihn entrüstet an. »Wenn du so weiterfährst, brauchen wir keine Verfolger mehr, die uns stoppen könnten.«

Er zuckte entschuldigend mit den Schultern, bevor er den Wagen nochmal beschleunigte. »Wir müssen uns beeilen. So wie es aussieht, sind wir nicht allein unterwegs.«

36

Highlands 2009 – »Götterdämmerung«

Es hatte geregnet. Dichte Nebelschwaden zogen über die Straßen. Trotzdem jagte Dough mit dem Wagen durch die Nacht, als ob er ein Formel-1-Rennen gewinnen wollte. Auf der ganzen Strecke bis zum Glenfinnan Monument gab es keine einzige Telefonzelle, und auch das Besucherzentrum, das Bonnie Prince Charlies Ankunft vor mehr als zweihundert Jahren huldigte, lag stockdüster da. Mit einem Seitenblick sah sie zu Dough hin, der mit zusammengekniffenen Lidern und vorgeschobenem Unterkiefer hinter dem Steuer saß.

Lilian dachte darüber nach, dass John die Aufstände der Jakobiten im 18. Jahrhundert miterlebt haben musste, vielleicht hatte er sogar daran teilgenommen. Plötzlich bedauerte sie, dass sie ihn nicht mehr nach all seinen Erlebnissen befragen konnte und dass sie nicht eingehender ihre gemeinsame Vergangenheit hatten aufarbeiten können. Zu gerne hätte sie mehr über sein Leben mit Madlen erfahren und warum es ihr damals anscheinend ohne Probleme gelungen war, mit einem Mann zusammenzusein, der seine Gegner reihenweise mit einem Schwert abschlachtete und der einen dunklen Krieg gegen etwas führte, das mit dem Verstand nicht zu erklären war. Lilian war nicht in der

Lage, etwas Vergleichbares zu ertragen. Sie schätzte seit jeher die Normalität eines ereignislosen Daseins und wäre nie auf die Idee gekommen, etwas daran zu ändern. Obwohl sie bereits ahnte, dass sie unter den gegebenen Umständen nie mehr würde dorthin zurückfinden können, ganz gleich, wie weit sie davonlief.

»Der Wagen verfolgt uns nicht mehr«, bemerkte Dough, als Lilian sich noch einmal umschaute. »Hast du eine Ahnung, wo hier die nächste Polizeidienststelle sein könnte?«

»Was hast du vor?« Lilian sah ihn aufgeschreckt an.

»Ich will nicht warten, bis wir Scotland Yard verständigen können. Ich will schnellstmöglich eine Meldung machen.«

»Du lernst wohl nie aus deinen Fehlern«, giftete sie. »Denkst du tatsächlich, wildfremde Polizisten würden uns ernst nehmen?«

Lilian bedachte ihn mit einem verständnislosen Blick. »Guten Abend, Constable, wir hätten da eine Meldung zu machen«, höhnte sie mit tiefer Stimme. »Wir sind gerade auf der Flucht vor den Söldnern von CSS, deren führende Köpfe haben uns nämlich gefangengenommen. Sie sind mehr als dreihundert Jahre alt und saugen ihren Gefangenen das Blut aus den Adern, um eine Ersatzdroge herzustellen.«

»Warum denn nicht?«, blaffte Dough ärgerlich.

»Zeigen Sie uns doch mal ihre Wagenpapiere«, äffte Lilian weiter. »Haben Sie getrunken? Aha, der Wagen gehört Ihnen gar nicht? Mal schauen, ob er gestohlen gemeldet wurde …« Lilian kniff die Lippen zusammen und schnaubte leise. »Dough, das hatten wir alles schon mal. Eine solche Story kann man unmöglich an die große Glocke hängen. Man würde uns auf der Stelle für verrückt erklären. Ich will Jenna anrufen. Sie ist die Einzige, die uns Glauben schenken wird. Außerdem – denkst du, John und seine Leute lassen es sich einfach gefallen, dass wir die Sache hinausposaunen? Sie sind in dreihundertfünfzig Jahren zu Profis im Täuschen und Tarnen geworden. Selbst wenn es uns gelingen sollte, eine offizielle Untersuchung des Falles ins Rollen zu bringen, werden sie Mittel und Wege finden, uns wie Idioten dastehen zu lassen. Hinzu kommt, dass wir so gut wie nichts über ihre Gegner wissen. Was ist, wenn sie noch weniger ein Interesse an unseren Enthüllungen haben als CSS und uns bereits verfolgen?« Lilian schüttelte verzweifelt den Kopf. »Dough, das hier ist eine verdammt vertrackte Geschichte. Wenn du glaubst, dass wir dieses Problem im Alleingang lösen können, hast du dich getäuscht.«

»Und was schlägst du vor?« Dough steuerte den Wagen mit einer solchen Geschwindigkeit in die nächste Kurve, dass Lilian Angst bekam, im Loch Eil zu landen, dessen schwarze Wasseroberfläche mittlerweile neben der Straße aufgetaucht war.

»Wir werden nach Glencoe fahren«, bestimmte sie prompt. »Dort wohnt mein Onkel Fred. In seinem Haus können wir in aller Ruhe telefonieren. Außerdem muss ich ihn ohnehin sprechen. Ich muss wissen, ob er etwas Genaues über die Todesumstände meiner Mutter weiß.«

»Was gehen mich deine Familiengeschichten an?« Dough war die Ungeduld anzuhören. »Als Erstes muss ich mich bei Cynthia melden. Ich will, dass sie sofort zur nächsten Polizeidienststelle geht und sich dort in Sicherheit bringt. Ich habe ein Scheißgefühl, seit dein John beschlossen hat, uns in seinem Elfenbeinturm einzusperren. Was ist, wenn er Cynthia entführt? Oder sein verrückter Gegenspieler schnappt sie sich, um ihr das Hirn auszusaugen oder ihr diese komische Droge einzuflößen!«

»Ich glaube, Dough, du hast da was falsch verstanden. Die Droge kostet horrendes Geld. Nur wenn du nichts mehr besitzt und dringend Hilfe benötigst, bekommst du sie von John und seinen Leuten umsonst.«

»Jetzt nimmst du diesen Kerl auch noch in Schutz!« Dough legte einen niedrigeren Gang ein, und der Motor heulte kurz auf. »Du hast es selbst gesehen. Dein Traummann bekriegt sich offenbar mit Dämonen, dabei sperrt er sie in unterirdische Höhlen ein und saugt ihnen das Blut aus den Adern. Doktor Frankenstein lässt grüßen.« Dough redete sich regelrecht in Rage. »Wer weiß, was ihm sonst noch so alles einfällt. Dass er keine Probleme damit hat, Leuten den Kopf abzuschlagen, wissen wir ja bereits.«

»Er ist nicht mein Traummann«, verteidigte sich Lilian, obwohl das Wort exakt der Wahrheit entsprach.

»Ist er nicht?« Dough warf ihr ein spöttisches Lächeln zu. »Denkst du wirklich, der alte Dough ist verblödet? Ich habe gesehen, wie ihr euch angesehen habt. Zwischen dir und Mister Zombie hat es so laut geknistert, dass selbst ich es hören konnte. Du warst mit ihm im Bett, nicht wahr?« Er sah sie herausfordernd an.

»Und deshalb habe ich auch versucht, ihn zu erschießen?« Lilians Stimme hatte einen provozierenden Unterton. Dough wusste nichts von der Sache mit ihrem Bruder und dass Johns Mitteilung allem Anschein nach der Auslöser für ihre Überreaktion gewesen war. Erst recht wollte sie Dough nichts von der Stimme im Kopf erzählen, die ihr dieses Vorgehen anschließend befohlen hatte.

»Weiß der Teufel, was dich da geritten hat«, erwiderte Dough mit einem verständnislosen Blick. »Bei dem ganzen Quatsch bleibt einem ja gar nichts anderes übrig als durchzudrehen. Was hier passiert, ist ungeheuerlich, und das unter den Augen unserer Regierung. Unsere Soldaten kämpfen gegen den internationalen Terrorismus, weil wir glauben, das sei die einzige Bedrohung der Welt. In Wahrheit läuft an anderer Stelle ein weitaus schrägerer Film ab, und selbst die Queen bekommt nichts davon mit. Wer weiß, wie lange das schon so geht?«

Lilian zuckte mit den Schultern. »Wenn John die Wahrheit sagt, floriert der Drogenhandel mit Eternity schon seit mehr als dreihundert Jahren. Und nur seiner Organisation ist es zu verdanken, dass die Sache nicht endgültig ausufert.«

»Ja«, keifte Dough, »und vielleicht sind die Marsmännchen längst gelandet und die ganze Erde ist manipuliert, und nur wenn du eine Spezialbrille trägst, siehst du, wen es schon alles erwischt hat.« Er sah sie mit aufgerissenen Augen an, für einen Moment spiegelte sich der helle Wahnsinn darin. »Weißt du was?«

»Nein.« Ihre Stimme klang unfreiwillig amüsiert.

»Wenn wir heil in Edinburgh ankommen, fahre ich am besten sofort ins Royal Hospital und kehre freiwillig in die Psychiatrie zurück. Dort fühle ich mich wenigstens sicher.«

»Zuerst fährst du mich zu meinem Onkel!«

»Auch schon egal!« Dough stieß einen verzweifelten Seufzer aus. »Wenn ich von dort aus Cynthia anrufen kann, soll's mir recht sein.«

Über dem Loch Leven lag undurchdringlicher Nebel, der Dough Mühe bereitete, Lilians Anweisungen zu folgen und die richtige Abzweigung zum Haus ihres Onkels zu finden. Das Einzige, was in den spärlich beleuchteten Straßen auffiel, waren ein paar dunkle verlassene Luxuslimousinen, die plötzlich am Wegesrand auftauchten und nicht recht hierherpassen wollten.

Lilian schob den Gedanken beiseite, John oder seine Leute könnten ihr bis zu ihrem Onkel gefolgt sein. Außerdem sah sie im Moment keine Alternative, wenn es darum ging, sich Hilfe zu organisieren. Die Kneipen und Hotels in den Highlands waren um diese Zeit geschlossen.

Das kleine Haus von Onkel Fred stand am Rande von Glencoe, versteckt zwischen ein paar ähnlich hübsch renovierten alten Fischerhäusern. Nicht weit davon entfernt befand sich eine vierhundert Jahre alte Episkopalkirche, die schon Tante Margaret regelmäßig besucht hatte. Fred öffnete Lilian erstaunlich rasch, nachdem sie zweimal geläutet hatte. Er war in Hemd und Hose gekleidet und stand nicht – wie erwartet – im Schlafanzug vor der Tür. Auch schien er gar nicht verwundert zu sein, dass seine Nichte mitten in der Nacht bei ihm auftauchte. Dough war zunächst im Wagen geblieben. Lilian gab ihm einen Wink, dass er ins Haus kommen sollte.

»Ich erkläre dir das alles später, Onkel Fred«, sagte Lilian. »Ich muss dringend telefonieren.«

»Was ist passiert?« Er setzte ein besorgtes Gesicht auf.

Lilian eilte ins Wohnzimmer, wo sie verblüfft feststellte, dass der Fernseher lief. Verwirrt registrierte sie, dass Fred offenbar einen Erotik-Kanal eingeschaltet hatte. Telefonnummern von Sexagenturen wurden eingeblendet.

Beiläufig nahm sie den Hörer ab und wählte die Nummer ihres Apartments.

Wie erwartet, schaltete sich zunächst der Anrufbeantworter ein. »Jenna?« Manchmal ging Jenna noch nach der Ansage dran. »Jenna, wenn du da bist – ich bin's, Lilian, es ist sehr dringend.«

Keine Reaktion.

»Verdammt!«, fluchte Lilian und wandte sich halb zu ihrem Onkel um. »Kannst du mir mal das Telefonbuch geben. Ich brauche die Nummer von Scotland Yard.« Ohne noch einmal aufzuschauen, nahm Lilian das Telefonbuch entgegen. »Danke«, entgegnete sie hastig.

»Aber mit dem größten Vergnügen.« Lilian erschrak. Die Stimme kam ihr bekannt vor, aber es war nicht Fred.

Als sie aufschaute, ließ sie das Buch fallen.

Die plötzliche Gewissheit nahm ihr den Atem. »Mercurius.« Es war mehr ein heiseres Flüstern, das sie hervorpresste.

»Aha«, sagte er nur und grinste sie an. »Wir kennen uns bereits – das ist schön.«

Lilians Blick schnellte durchs Zimmer. »Wo ist mein Onkel?«

»Oh!«, sagte die schwarzgewandete, leibhaftig gewordene Horrorgestalt. »Tut mir leid, er ist vor zwei Wochen von uns gegangen. Seine Zeit war gekommen. Außerdem wurde er schwierig. Altersstarrsinn nennt man das wohl.«

»Sie lügen! Ich habe ihn danach noch besucht!«

Mercurius setzte ein hämisches Grinsen auf, und Lilian glaubte erneut zu halluzinieren, als der Mann vor ihr beinahe übergangslos sein Aussehen in die Erscheinung ihres Onkels veränderte.

Lilian geriet ins Wanken und suchte verzweifelt Halt. Wenn sie bisher geglaubt hatte, es könnte nicht schlimmer kommen, so hatte sie sich getäuscht.

»Soll das heißen, er war damals schon tot?« Lilian schrie so laut und so verzweifelt, dass Dough es draußen vor der Tür hören musste.

Doughs erster Impuls war, das Häuschen zu stürmen, doch dann besann er sich eines Besseren. Spätestens in dem Moment, als er im Rückspiegel ein paar Gestalten zu sehen glaubte, ließ er die Zentralverriegelung einschnappen und startete den Wagen. Hektisch legte er den Rückwärtsgang ein und fuhr mit quietschenden Reifen davon. Dabei kämpfte er gegen sein schlechtes Gewissen, Lilian einfach zurückzulassen, doch seine Verfolger gaben ihm recht. Wenn die Unbekannten es auf ihr Leben abgesehen hatten, war sie jetzt ohnehin schon tot, und wenn es ihn selbst erwischte, würde es niemanden mehr geben, der Polizei und Geheimdiensten davon berichten konnte. Um sicherzugehen, dass hier etwas nicht stimmte, benötigte er keine besonderen Instinkte.

Dough beschleunigte den Wagen auf achtzig Meilen, als er die Ballachulish Bridge überquerte, die über die Verbindung von Loch Leven zu Loch Linnhe führte. Gefolgt von zwei rasend schnellen Fahrzeugen, flog er regelrecht über die A 82 in Richtung Fort William. In Onich, einem winzigen Ort hinter der nächsten Kurve, blockierte ihn plötzlich eine Baustelle, die Ampel stand auf Rot. Dough ignorierte das Zeichen und beschleunigte den Wagen auf der Gegenspur. Die Straße war zum Glück zu eng, als dass seine Verfolger ein Überholmanöver hätten einleiten können, was sie aber nicht davon abhielt, auf ihn zu schießen. Der Wagen schien gepanzert zu sein, jedenfalls prallten die Geschosse selbst an den Fensterscheiben ab, lediglich das zischende scharfe Geräusch war zu hören.

Als Dough mit dem Wagen eine freie Strecke erreichte, begann er im Zickzack zu fahren, damit ihn seine Verfolger nicht überholen konnten.

Nun fuhr er den Weg, den sie gekommen waren, zurück, was den Vorteil hatte, dass ihm die Strecke nicht völlig unbekannt vorkam. Erbarmungslos nutzte er den annähernd 300 PS starken Motor, um seine Verfolger abzuschütteln. Er hatte das Fernlicht eingeschaltet und glaubte seinen Augen nicht zu trauen, als plötzlich in einem Waldstück mitten auf der Straße und in gut hundert Yards Entfernung ein kapitaler Hirsch auftauchte. Das Tier hatte ein gewaltiges Geweih und starrte Dough direkt in die Augen.

Ein Ausweichmanöver schien zwecklos. Links war Loch Eil und rechts eine Böschung. Dough hielt auf das Tier zu und ging nur geringfügig vom Gas. Es gab einen Knall, und der Hirsch schleuderte über ihn hinweg auf die Straße. Der Wagen geriet ins Schlingern und schoss nach vorn, touchierte die Leitplanken, schleuderte auf die Gegenseite und flog zurück auf die Straße. Die Karosserie knallte auf den Asphalt, und die Airbags explodierten um Dough herum und hüllten ihn für Sekundenbruchteile in eine weiße Wolke. Der Wagen ruckelte noch ein ganzes Stück weiter über eine unebene Fläche, und als er letztendlich vor einer alten Eiche zum Stehen kam, konnte von einem Aufprall kaum noch die Rede sein.

Dough verspürte keinerlei Schmerzen, obwohl ihm Blut aus der Nase lief. Die Scheinwerfer des Wagens leuchteten geradezu gespenstisch in die Umgebung, ansonsten war alles still. Er musste sich orientieren, musste schauen, ob seine Verfolger ebenfalls in den Unfall verwickelt worden waren. Der Versuch, die Fahrertür zu öffnen, misslang. Er probierte es auf der Beifahrerseite und hatte Glück. Auf allen vieren kroch er ins Freie.

Erst jetzt konnte er das ganze Ausmaß des Unfalls in Augenschein nehmen. Der Wagen sah aus, als käme er aus einer Metallpresse – hinten und vorne verkürzt um gut einen Yard. Es war ein Wunder, dass Dough lebend aus dem Wrack herausgekrochen war.

Im dichten Nebel hörte er leise Stimmen und eine Autotür, die zugeworfen wurde.

Dough humpelte davon. Bis nach Fort William mussten es noch gut drei Meilen sein, aber auf dem Weg hatte er Hotels und Gasthäuser gesehen.

Er kämpfte sich durch hohes Gras und sumpfigen Untergrund. Sein Herz schlug so hart wie zuletzt, als er im Containerhafen von Leith auf John und seine Leute getroffen war. Vielleicht war es besser, sich einfach zu ergeben. John Cameron konnte gewiss unangenehm werden, aber ob er es fertigbrachte, ihn kaltblütig umbringen zu lassen?

Während Dough keuchend voranmarschierte und seine zunehmenden Schmerzen im Wadenbein ignorierte, entwickelte er die nächste Horrorvision. Was wäre, wenn Lilian recht behielt und es gar nicht John Camerons Leute waren, die sie verfolgten, sondern dessen unheimliche Gegenspieler. Wenn man den düsteren Erläuterungen des CSS-Films glauben wollte, waren die Panaceaer in ihrem Vorgehen gegenüber Widersachern weitaus brutaler als CSS – wobei Dough sich im Augenblick nur ungern eine Steigerung vorstellen wollte.

Wieder glaubte er, eine leise Unterhaltung zu hören. Wenn es wirklich Unsterbliche waren, die ihn verfolgten, hatte er kaum eine Chance. Beiläufig hatte er erfahren, dass sie selbst in der Nacht sehen konnten und einen Geruchssinn hatten, der dem eines Hundes glich.

Seine Augen hatten sich längst an die Dunkelheit gewöhnt, als er nicht weit entfernt ein verschwommenes Licht sah, das den Nebel durchdrang. Es musste das alte Golfhotel sein, das ihm schon auf dem Weg nach Glencoe aufgefallen war. Geduckt hastete Dough durch den Nebel. Noch einhundert Yards. Er glaubte Schritte zu hören, die im Sumpf schmatzende Laute hinterließen. Atemlos humpelte er weiter. Noch fünfzig Yards. Er versuchte sich vom Lichtkegel der Reklameleuchten fernzuhalten und im Schatten eines uralten Baumes den Hinterausgang zu finden. Bis um elf waren die Rezeptionen solcher Hotels meist besetzt, aber jetzt war es drei. Mit Sicherheit schliefen alle Bewohner tief und fest.

Als Dough sich auf den letzten Yards zu einer alten Mauer vorkämpfte, hinter der sich ein großer Müllcontainer verbarg, sah er seine Verfolger. Es waren zwei martialisch aussehende Gestalten, die ihm bisher noch nicht über den Weg gelaufen waren. Sie trugen Pistolen und schienen zu wissen, dass er hier irgendwo in der Nähe sein musste. Wie schnüffelnde Jagdhunde durchkämmten sie die Umgebung. Dough sah keine Möglichkeit, zu einem der Eingänge des Hotels vorzudringen. Auf dem Weg dorthin würde er genau durch die Schusslinie seiner Verfolger laufen müssen, und selbst wenn ihm jemand rechtzeitig von innen die Tür öffnete, war nicht abzusehen, was danach geschah. Er besaß keine Waffe, um sich zu wehren, und die Jagdwaffen, die man des Öfteren in alten Hotels bewundern konnte, waren meistens Attrappen.

Im Schatten des Containers legte Dough eine Verschnaufpause ein und dachte nach. Ein Blick nach oben verschaffte ihm letzte Gewissheit. Als die Männer Richtung Haupteingang verschwunden waren, schob er den Deckel des Containers leise nach oben und schwang sich lautlos hinein. Der Geruch war unbeschreiblich. Augenscheinlich wurden hier die Essensreste des Hotels entsorgt. Früher hatte man sich dafür Schweine gehalten, doch im Zeitalter von BSE gab es strenge Fütterungsvorschriften.

Mit dem Gefühl, sich gleich erbrechen zu müssen, wühlte Dough sich in den weichen, stinkenden Untergrund. Keine Sekunde zu früh, denn als der Deckel geöffnet wurde, lag er gut versteckt unter faulen Tomaten, Fischresten, abgenagten Knochen und Bergen von vergammelten Gemüseresten, Eierschalen und was sonst noch in einer Küche so übrig blieb. Der Geruch schien so übel und verwirrend zu sein, dass seine Widersacher angewidert den Deckel fallen ließen.

Seit über einer Stunde saß Lilian in Onkel Freds Haus allein mit diesem Monstrum, das inzwischen mühelos seine vorherige Gestalt wieder angenommen hatte und sich mit Bruder Mercurius ansprechen ließ. Sie fragte sich, warum er keine attraktivere Variante für sein Äußeres wählte, wo er doch alle Möglichkeiten dieser Welt zu besitzen schien. Und als ob das alles nicht schrecklich genug gewesen wäre, wollte er ihr auch noch weismachen, dass sie zu seiner Familie gehörte.

»Wir sehen uns aber gar nicht ähnlich«, erwiderte sie und setzte ein irres Lächeln auf, das ihm zeigen sollte, was sie von seinen Behauptungen hielt. In ihrer Verzweiflung hatte sie sich entschieden, dieses merkwürdige Spiel mitzuspielen.

Mercurius ging nicht darauf ein. Vielleicht weil zwei schwarzgekleidete Männer den Raum stürmten, die Lilian im ersten Moment wie Priester erschienen, wenn ihre Gesichter nicht so glatt und teilnahmslos und ihre Erscheinung nicht so martialisch gewirkt hätten. In einer militärisch anmutenden Geste machten sie Mercurius Meldung.

»Er ist uns entwischt«, sagte der Größere von ihnen. Sein Tonfall war so unterwürfig wie seine gebeugte Haltung, die er unvermittelt eingenommen hatte. Lilian hoffte inständig, dass der Kerl von Dough sprach.

»Ihr enttäuscht mich«, erklärte Mercurius mit eisiger Stimme. »Selbst mit meiner Unterstützung seid ihr nicht fähig, anständige Arbeit zu leisten.«

»Er fuhr einen Wagen von CSS.« Dem Ton nach klang es wie eine Rechtfertigung.

»Auch das war zu vermuten«, knurrte der Alte. »Schließlich haben wir von dort den Hinweis erhalten.«

»Das Fahrzeug wurde beinahe völlig zerstört, aber irgendwie scheint der Mann herausgekommen zu sein. Wir konnten eine Weile lang seine Spur verfolgen, doch dann hat er sich plötzlich in Luft aufgelöst.«

»Das wiederum kann nicht möglich sein.« Mercurius zog seine dünne gebogene Braue hoch. »Habt ihr das Aufräumteam aktiviert?«

»Selbstverständlich.«

Lilian schnappte nach Luft. »Was habt ihr mit Dough gemacht? Und was hat das mit dem Hinweis von CSS auf sich?«

»Wir machen einen kleinen Ausflug, Lilian.« Mercurius hatte sich erhoben und nickte seinen beiden Begleitern zu.

Lilian protestierte nicht, als sie von den Männern regelrecht abgeführt wurde. Die Augen der beiden waren merkwürdig kalt, obwohl sie noch nicht alt zu sein schienen, spiegelte sich in ihren Gesichtern nicht die geringste Regung. Lilian hatte den Eindruck, von Biorobotern entführt zu werden. Auf dem Weg zum Wagen sog sie die neblige Luft ein. Der Audi war tatsächlich verschwunden und mit ihm Dough Weir. Hoffentlich gelang es ihm, Hilfe zu organisieren. Er war ihre einzige Hoffnung, ihr Rettungsanker, jemals wieder in die Welt der Normalen zurückkehren zu können.

Mercurius nahm neben ihr auf dem Rücksitz in einer der Limousinen Platz. Man hatte Lilian nicht gefesselt, aber das schien auch gar nicht nötig zu sein. Ihre Beine waren wie gelähmt, und ihre Arme fühlten sich schwer an, als hätte man sie mit Blei vollgepumpt.

»Was haben Sie mit mir vor?«, fragte sie tonlos, während der Wagen, von einem ihrer Bewacher gelenkt, Glencoe verließ und auf die A 82 Richtung Rannoch Muir abbog.

»Ich werde dich zu deiner Familie bringen«, entgegnete Mercurius mit einer aberwitzigen Selbstverständlichkeit in der Stimme. »Was sonst?«

Wie aufs Stichwort tauchte ein Helikopter auf und landete dort, wo John sie schon einmal abgesetzt hatte. Mit dem Unterschied, dass die schwarzlackierte Maschine kein Drachenemblem trug – sondern eine goldene Cornuta.

Dough stellte sich nicht die Frage, wie er auf den polnischen Hotelangestellten wirken musste, den er mit Faustschlägen auf das antike Eichenholzportal aus dem Bett gehämmert hatte. Marek Oblinski stand auf den Namenschild an seiner Brust, als er halb angekleidet und sichtlich unausgeschlafen die Tür öffnete. Der entsetzte Blick des jungen Mannes und seine Neigung, die Tür wieder zu verschließen, ließen erahnen, dass er einen Überfall befürchtete.

Dough stellte blitzschnell einen Fuß zwischen die Tür. »Ich hatte einen Autounfall«, beeilte er sich zu erklären.

Der Mann rümpfte unmerklich die Nase. »Sind Sie etwa mit unserer Mülltonne kollidiert?« Sein Englisch hatte einen stark osteuropäisch gefärbten Akzent.

»Hören Sie«, erwiderte Dough gefährlich leise. »Ist das die Art, wie man sich bei Ihnen zu Hause gegenüber einem Schwerverletzten benimmt?« Erbost stieß er den verblüfften Mann zu Seite und marschierte in das nobel restaurierte Foyer. Im Vorbeigehen konnte er das ganze Ausmaß der Katastrophe in einem Spiegel betrachten. Seine Kleidung war von oben bis unten mit Deck beschmiert, und sein Hosenbein war zerrissen. Noch immer rann ihm Blut aus der angeschwollenen Nase. Verärgert wandte er sich dem besorgten Hotelangestellten zu, der mittlerweile seine Kollegen alarmiert hatte. »Ich habe kein Ketchup im Gesicht, sondern Blut«, belehrte ihn Dough. »Ich muss sofort die Polizei anrufen. Wo ist hier ein Telefon?«

Reichlich verdattert stellte ihm Marek ein Telefon im Stil der zwanziger Jahre auf den blankpolierten Empfangstresen.

»Haben Sie eine Nummer?«, fragte er und rollte dabei das »r« sogar noch stärker als ein Schotte.

»Nein«, erwiderte Dough missmutig. Die allgemeine Notrufnummer 999 würde ihm kaum etwas bringen. Zu viele Fragen und zu wenige Antworten, die er geben konnte. »Haben Sie ein Telefonbuch, in dem ich Edinburgh finden kann?«

Marek gab ihm kein Buch, er bemühte das Internet.

»Scotland Yard«, brummte Dough, und in der Zwischenzeit rief er bei sich zu Hause an. Es klingelte unentwegt, doch niemand hob ab. Dough spürte, wie die Verzweiflung in ihm wuchs. Cynthia ging selten aus. Er tröstete sich damit, dass seine Frau vielleicht zu fest schlief und das Telefon nicht hörte.

Resignierend legte er auf.

»Es gibt da einen Antiterror-Notruf …« Marek sah ihn fragend an.

Dough riss ihm den Zettel aus der Hand und wählte die Nummer. Der Kontakt hatte keine Warteschleife. Die Frau am anderen Ende der Leitung wollte wissen, ob er verdächtige Anzeichen für einen Anschlag zu melden habe.

»Hören Sie«, zischte Dough ins Telefon. »Es müssen nicht immer Islamisten sein, wenn es um Leben und Tod geht. Meine Freundin wurde von Unbekannten entführt. Ich muss dringend mit Detective Murray sprechen, er arbeitet für Scotland Yard. Er kennt mich, verstehen Sie?«

Es klickte in der Leitung, und einen Augenblick lang glaubte Dough, die Frau habe aufgelegt. Dann hörte er eine andere Stimme. Ein Mann stellte sich als Murrays Mitarbeiter vor. Er hatte Bereitschaftsdienst und klang dabei ziemlich verschlafen.

Dough befürchtete schon, dass seine vorherige Story längst unter Murrays Kollegen bekannt war und man ihn für verrückt erklären würde. Aber zu seinem großen Erstaunen trat das Gegenteil ein.

»Bleiben Sie unbedingt am Apparat«, sagte der Polizist. »Detective Murray hat mir eine Mobiltelefonnummer hinterlassen, die ich im

Notfall anrufen kann. Ich verbinde sie.« Es knackte noch einmal, und als Dough die Stimme des Detectives hörte, die ihm zwar bekannt, aber keinesfalls sympathisch erschien, fühlte er fast so etwas wie Erleichterung.

So kurz wie möglich berichtete er Murray, was geschehen war. Dabei beschränkte er sich auf ihre Gefangennahme durch CSS und die anschließende Flucht mit den merkwürdigen Geschehnissen in Glencoe.

Als er geendet hatte, konnte er an Mareks Gesicht erkennen, dass der junge Pole alles mit angehört hatte und ihn anschaute, als ob er soeben einen phantasievollen Abenteuerroman zum Besten gegeben hätte.

Einen Moment herrschte Ruhe am anderen Ende der Leitung. Dough rechnete schon damit, dass Murray ihn in der gleichen unverschämten Art zurechtweisen würde, wie er es gemacht hatte, als alle Spuren von Leith im Sande verlaufen waren.

»Dough«, sagte er schließlich, »ich habe auf ihren Anruf gewartet. Ihre Frau hat sie als vermisst gemeldet und sich an mich gewandt, nachdem sie meine Kollegin Jenna MacKay nicht erreichen konnte. Aber was noch schlimmer ist: Jenna ist seit vorgestern spurlos verschwunden und mit ihr alle Unterlagen, die Ihren Fall in Leith beschreiben. Wir haben keine Vorstellung, wo sie sein könnte. Es gibt weder eine Lösegeldforderung noch sonst irgendein Lebenszeichen. Also, bleiben Sie, wo Sie sind! Ich schicke Ihnen umgehend einen Streifenwagen aus Fort William und zwei weitere nach Glencoe, zu der Adresse, die sie mir genannt haben. Sobald ich mit meinem Team dort eingetroffen bin, reden wir.«

37

Highlands 2009 – »Venusfalle«

Der Helikopter wurde von zwei schwarzgekleideten Piloten gesteuert. Neben Lilian saß Bruder Mercurius und rührte sich nicht. Direkt nach dem Start schien er in eine Kontemplation verfallen zu sein. Völlig regungslos verharrte er mit nach vorne geneigtem Kopf, die Arme auf Höhe der Brust überkreuzt, das Gesicht verborgen unter seiner großen Kapuze.

Lilian versuchte ihn zu ignorieren, während sie bei halbwegs klarem Himmel nach Nordwesten flogen. Unten am Boden erkannte sie Lismore Island. Loch Linnhe, das die Inselgruppe umgab, schimmerte in der aufsteigenden Morgenröte in zartem Rosa. Wenn sie sich konzentrierte, konnte sie in der Ferne sogar Moidart erahnen, wo John sie vielleicht gerade vermisste.

Sie schloss die Augen und versuchte intensiv an ihn zu denken. Vielleicht konnte er ihre Gedanken spüren – was wahrscheinlich nicht viel nützen würde, weil er sie längst abgeschrieben hatte und nicht ahnte, dass sie gerade mit seinem Erzfeind einen Ausflug ins Nirgendwo unternahm.

Immer wieder ging ihr Mercurius' Aussage durch den Kopf, dass er einen Hinweis aus Mugan Manor erhalten hatte. Vermutlich waren sie tatsächlich verraten worden, aber dass es John gewesen sein könnte, glaubte sie nicht. Als ihr Begleiter unvermittelt aufsah und sie mit seinem raubtierähnlichen Gebiss angrinste, wich sie seinem prüfenden Blick aus.

»Ich kann deine Gedanken lesen«, konstatierte er mit einem überheblichen Grinsen. »In meiner Gegenwart hat es keinen Sinn, geheime Pläne für eine Flucht zu schmieden. In unseren Kreisen verhält es sich wie mit einem Spinnennetz. Ist das Opfer einmal darin gefangen, kann es nur noch mit mächtiger Hilfe von außen entkommen, was allerdings in deinem Fall nicht sehr wahrscheinlich ist. Diese Lektion müsstest du bei John eigentlich schon gelernt haben.«

Ja, das hatte sie. Und auch sie und Dough hatten die Hilfe eines Unbekannten in Anspruch genommen, ohne dessen Zutun sie immer noch in Mugan Manor sitzen würde. Aber dass sie mit ihrer Flucht vom Regen in die Traufe geriet, hatte sie nicht erwartet. Der Flug dauerte nicht lange. Ihrer Orientierung nach ging der Helikopter in einem unzugänglichen Gebiet mitten auf der Isle of Mull herunter. Die Umgebung erinnerte Lilian an eine gebirgige Mondlandschaft. Zwischen Felsen und Hügeln war eine Burgruine zu sehen. Das ehemals trutzige Gemäuer wies immer noch drei hohe Türme auf, der vierte war irgendwann eingestürzt. Zwischen den Ruinen hatte man ein paar neuere Mauern errichtet, aber es waren keinerlei Wohngebäude zu sehen und auch nichts, wo man hätte kampieren können. Der Vorteil des Objekts lag auf der Hand. Weit und breit war nichts zu finden, wo man sich hätte verbergen können. Es gab keinerlei Zufahrtswege, sondern nur Trampelpfade, die nach kurzer Zeit zu Steilhängen führten, an denen kein Wagen Halt finden konnte. Der Landeplatz des Helikopters war lediglich eine freie staubige Fläche und nicht mit dem Hangar von Mugan Manor zu vergleichen.

Lilian war versucht zu fragen, ob man sie hier einfach aussetzen wollte. Dann jedoch kam ihr der furchtbare Gedanke, vielleicht wollte man sie umbringen, weil es niemanden auffallen würde und niemand auf die Idee käme, ausgerechnet hier ihre Leiche zu suchen.

»Es wäre wohl einfacher gewesen, dich über dem Sound of Mull rauszuwerfen. Den Sturz hättest du nicht überlebt, und bis man dich gefunden hätte, wärst du Fischfutter gewesen.« Bruder Mercurius hatte wirklich eine charmante Art, seine Fähigkeiten unter Beweis zu stellen.

Der Unterschied zu Mugan Manor wurde Lilian vollständig klar, nachdem der Helikopter gelandet war. Eine unsichtbare Hydraulik ließ den Boden wie auf einem Flugzeugträger absinken. So wurden sie im wahrsten Sinne des Wortes vom Erdboden verschluckt – in ein unterirdisches Reich mit einigen architektonischen Raffinessen. Dass hier alles mindestens so gut gesichert war wie bei CSS, stand außer Frage. Überall liefen bewaffnete Typen umher, und jeder Winkel wurde mit schwenkbaren Kameras ausgespäht.

Lilian wunderte sich, dass der Bau nicht weit entfernt von Johns Hauptquartier gelegen war. Warum hatte er bei all seinen Erläuterungen über seine Feinde nichts von dieser Bedrohung erwähnt? Aber wahrscheinlich existierten Hunderte solcher Maulwurfshügel auf der ganzen Welt, und es war schwer, den Überblick zu behalten.

Je weiter sie in das Innere der Katakombe vorstießen, umso klarer wurde Lilian, worin der eigentliche Unterschied zu Johns Refugium bestand. Hier war nichts modern, nicht die Möbel, die in den kärglich beleuchteten Gängen herumstanden, und auch nicht die unverputzten Wände, die ihr wie aus einem längst vergangenen Jahrhundert erschienen. Der einzige Wandschmuck bestand aus alten Ölgemälden, auf denen Motive von Tarotkarten zu sehen waren. Dazwischen flackerten Kerzen und bezeugten, dass es hier unten irgendwo eine natürliche oder künstliche Luftversorgung geben musste.

Gefolgt von zwei Wachleuten, brachte Mercurius sie in einen fensterlosen Rundsaal, der, mit etlichen brennenden Standkerzen ausgestattet, den Eindruck einer Krypta vermittelte.

»Passt auf sie auf, damit sie nicht auf dumme Ideen kommt. Bruder Chester wird gleich erscheinen.« Dem Ton nach schien Bruder Mercurius chronisch schlechte Laune zu haben. Ohne Abschied rauschte er davon. Kein Wunder, wenn man bedachte, in welcher Weise John seiner Belegschaft zusetzte. Lilian schaute sich geduldig um. Eine seltsame Ruhe hatte von ihr Besitz ergriffen. Schlimmer kann es nicht kommen, dachte sie tapfer. Als kurz darauf drei Männer den Raum betraten und zwei davon zu ihrer Familie gehörten, wusste sie, dass dieser Spruch nicht der Wahrheit entsprach.

Marek hatte Dough zu einer Dusche verholfen und ein paar Kleider aus seinem eigenen Fundus überlassen, die dem Schotten zu lang und zu eng waren, aber Hauptsache, er konnte sich seiner stinkenden Sachen entledigen. Dough staunte nicht wenig, als die Polizei endlich eintraf und sich bereits die beschriebene Unfallstelle angesehen hatte. Allerdings hatte man bis auf eine abgeschabte Baumrinde an einer uralten Eiche nichts finden können. Von einem völlig zerbeulten Audi und einem toten Hirsch war weit und breit nichts zu sehen gewesen.

Ein zweiter Trupp von Beamten aus Oban hatte die Wohnung von Onkel Fred durchsucht und weder Lilian noch ihren Onkel entdeckt. Eine Nachbarin hatte ausgesagt, dass Fred seit einer knappen Woche abwesend sei und zuvor von Reiseplänen gesprochen habe. Er wolle seinen Schwager in Deutschland besuchen. Sie hatte daraufhin seinen Hund in Pflege genommen.

Dough atmete tief durch. Er war kurz davor, den Verstand zu verlieren. Fing der ganze Unsinn jetzt etwa von vorne an! Murray hatte versprochen, ihn abzuholen. Von Edinburgh waren es etwa drei Stunden Fahrt bis in die Highlands. Umso erstaunter war Dough, als ein Fremder auf der Polizeiwache in Fort William auftauchte und nach ihm fragte. Der Mann war groß, athletisch, trug einen grauen Anzug und hatte blondes schwindendes Haar. Er zeigte den anwesenden Beamten nur seinen Ausweis und schon veränderten sich ihre Gesichter. Von unterwürfiger Ehrfurcht bis gespannter Neugier war alles vorhanden. Dough registrierte nervös, dass es sich nicht um Murray handelte. Dafür war der Mann auch viel zu schnell vor Ort gewesen.

»Wir benötigen einen abhörsicheren Raum«, bemerkte der Fremde mit befehlsgewohnter Stimme gegenüber den immer noch verblüfften County-Polizisten. Erst danach kam er auf Dough zu und schüttelte ihm die Hand. »Agent Remmington, MI5«, stellte er sich lässig vor.

Der Chief Inspektor der Wache, ein korpulenter Kerl mit einem Stiernacken, ging voran und brachte sie in das einzige Verhörzimmer. Dass mit Remmington nun ausgerechnet ein Mitarbeiter des königlich britischen Geheimdienstes auftauchte und sich mit Dough hier verschanzte, sorgte unter den anwesenden Bediensteten für Aufsehen. Remmington ließ noch zwei Gläser Wasser kommen, und kaum hatte sich die schalldichte Tür geschlossen, legte er los.

»Sie hatten also die Ehre, bei CSS zu gastieren«, bemerkte er mit abgeklärter Miene. »Sie wissen, dass es sich um einen international anerkannten Sicherheitsdienst handelt, mit dem wir in engem Kontakt stehen?«

Dough nickte zunächst wie ein gehorsames Kind, dann sagte er: »Darf ich auch etwas fragen?«

»Jederzeit.« Remmington grinste.

»Haben Sie überhaupt die leiseste Ahnung, was dort vor sich geht?« Dough sah ihn provozierend an. »Oder muss ich Ihnen erst lang und breit erklären, welche Aufgaben CSS im Kern verfolgt?«

Remmington kniff die Lider zusammen. »Was meinen Sie mit ›erklären‹?«

»Naja, die Sache mit den Drogen und den Untoten im Keller? Wissen Sie davon? Ich meine, bevor ich anfange, aus dem Nähkästchen zu plaudern, wüsste ich gerne, in welcher Beziehung Sie zu CSS stehen.«

Remmington sah ihn verständnislos an. »Mr. Weir, vielleicht sollte *ich* Ihnen zunächst sagen, dass Sie ab sofort Geheimnisträger sind, und zwar in der allerhöchsten Kategorie. Über alles, wirklich absolut alles, was wir beide hier besprechen, haben sie absolutes Stillschweigen zu bewahren. Noch nicht einmal in Ihren Alpträumen ist es Ihnen erlaubt, darüber zu reden – mit niemandem. Haben Sie verstanden?« Remmington beugte sich vor und sah ihm so tief in die Augen, als ob er Dough hypnotisieren wollte. »Außer mit mir!«

»Davon bin ich beinahe ausgegangen«, antwortete Dough.

»Um Teil eins Ihrer Frage zu beantworten …« Remmington lehnte sich mit einem jovialen Zucken um die Mundwinkel zurück. »Ich bin in unserem Laden als Verbindungsbeamter für alles zuständig, was mit CSS zu tun hat«, erklärte er nicht ohne Stolz. »Ich treffe mich regelmäßig mit dem Vorstand des Unternehmens, um über aktuelle Projekte zu sprechen. Außerdem erhalte ich von dort regelmäßig einen Jahresbericht, den wir dem Premierminister vorlegen.«

»Kennen Sie John Cameron?« Dough sah ihn interessiert an und amüsierte sich, als Remmingtons Miene plötzlich Unsicherheiten aufwies.

»Der Name Cameron sagt mir nur insofern etwas, als er im Firmennamen vorkommt. Ansonsten wüsste ich nicht, dass es dort jemanden gäbe, der wirklich so heißt. Jedenfalls nicht in der Führungsebene. Das wäre mir bekannt.«

Dough stieß einen mittelschweren Seufzer aus. »Ich hatte es befürchtet«, sagte er und verdrehte die Augen. »Falls Ihr Laden einen neuen Kontaktmann benötigt, der sich in den Strukturen von CSS auskennt, sagen Sie Bescheid. Bis dahin werde ich ausschließlich mit Detective Murray sprechen.«

»Sie werden mit mir vorliebnehmen müssen. Murray ist raus aus der Sache. Die Nummer ist zu groß für ihn.«

»Das Gleiche muss ich leider auch von Ihnen behaupten«, entgegnete Dough und grinste respektlos. Dann stand er auf und zuckte mit den Schultern. Er konnte sich ausmalen, was geschehen würde, wenn er Remmington die ganze Story präsentierte. Man würde ihn für verrückt erklären, nicht weil es so verrückt klang – obwohl es das tat –, sondern weil niemand beim MI5 zugeben würde, dass man das alles nicht gewusst hatte. Man musste kein Hellseher sein, um sich denken zu können, dass John und seine Leute selbst gegenüber der britischen Regierung nur Informationen herausrückten, die ihnen weitgehend unbedenklich erschienen. Und ja – Dough hatte dazugelernt. Er würde sich nicht noch einmal zum Narren machen. Lilian wäre stolz auf ihn. Lilian! Ein Stich traf sein Herz. Sie lebte vielleicht noch, und das Wichtigste war jetzt, sie zu finden und aus den Klauen von wem auch immer zu befreien.

Remmington sprang auf und verstellte ihm den Weg. »Sie sind hier, um eine Aussage zu machen. Setzen Sie sich!«

»Ich kann mich an nichts mehr erinnern«, erklärte Dough mit einem unschuldigen Augenaufschlag. »Ich hatte einen schweren Unfall. Außerdem habe ich Kopfschmerzen. Hat Ihnen Murray nicht erzählt, dass ich schon mal in der Klapsmühle war? Und da gehe ich jetzt auch wieder hin.«

Dough ließ Remmington einfach stehen und spazierte hinaus. Ein paar Angestellte der Polizeistation gaben sich seltsam geschäftig, als die Tür zum Verhörzimmer aufsprang.

»Kochen Sie dem Herrn da drin einen starken Kaffee«, sagte Dough und grinste. »Und ich hätte jetzt gerne eine Verbindung zu Detective Murray.«

»Vater!« Lilian glaubte zu träumen, und gleichzeitig wusste sie nicht, ob sie sich freuen oder fürchten sollte. Trotzdem fiel sie dem Mann im zerknitterten Anzug schluchzend um den Hals. »Was tust du hier? Hat man dich auch entführt?«

Ihre Stimme überschlug sich, während sie ein wenig Abstand von ihm nahm, um ihm in die Augen zu sehen. Robert von Stahl war um einiges größer als seine Tochter. Er hatte sie immer mit seinem strahlenden Ausdruck im Gesicht und seiner ungebrochenen Energie beeindruckt, doch nun schien er um Jahre gealtert zu sein.

»Lilian«, flüsterte er und strich ihr in einer hilflosen Geste übers Haar. »Es ist alles meine Schuld. Es tut mir so leid.«

Lilian wusste nicht, was er meinte. Ihr Blick schnellte zu den beiden anderen Männern, die im Gegensatz zu ihrem Vater, der einen hellen Anzug trug, in schwarze Kutten gekleidet waren.

Einer von ihnen war Alex. Sie musste zweimal hinschauen, um zu erkennen, dass er es wirklich war. Der Kerl hinter ihm hatte schlohweißes Haar und setzte eine überlegene Miene auf.

»Was geht hier vor?«, fragte sie schneidend.

»Schön, dass du zu uns gefunden hast«, erwiderte ihr Bruder mit unbewegter Stimme. »Ich habe lange auf diesen Tag gewartet. Jetzt hat die ganze Geheimniskrämerei ein Ende, und auch du wirst endlich Teil unserer Bruderschaft.« Er setzte ein entrücktes Lächeln auf, das Lilian höllische Angst einjagte. »Darf ich dir deinen geistigen Führer vorstellen?« Er trat einen Schritt zur Seite und präsentierte ihr den weißhaarigen Mann, der hinter ihm gestanden hattet.

»Lord Chester Cuninghame, der mächtigste Mann dieser Erde.«

»Der Chef von Cuninghame Ltd.«, erwiderte Lilian spöttisch. »Es freut mich nicht, Ihre Bekanntschaft zu machen.« Problemlos hielt sie dem stechenden Blick des Mannes stand.

»Madlen«, erwiderte er und lachte arrogant. »Mercurius hatte recht. Du besitzt tatsächlich ihre reinkarnierte Seele, und ich müsste lügen, wenn ich sagte, dass man davon nichts bemerkt.«

Lilian sah Cuninghame abschätzig an. »Dann stimmt es also, dass er es war, der Madlen das Kind aus dem Leib schneiden ließ. Sie haben es an sich genommen – und was geschah dann?«

Cuninghame erwiderte nicht sofort etwas. Lilians Blick fiel auf ihren Vater.

Seine Haltung vermittelte nicht den Eindruck, als ob ihn all das hier verwirrte. »Sag nur, du hast von der Sache gewusst?«

Robert von Stahl war lediglich ein wenig bleicher geworden, und er sah sich hilflos um, als ob er nach einer Sitzgelegenheit suchte.

»Lilian, so versteh doch!«, lenkte er mit zitternder Stimme ein. »Als ich deine Mutter kennenlernte, war ich sehr verliebt. Woher sollte ich ahnen, welches schreckliche Geheimnis sich hinter ihrer Familiengeschichte verbarg? Zumal sie zu diesem Zeitpunkt noch nicht einmal selbst wusste, dass sie eine Leibeigene der Bruderschaft war.«

»Leibeigene? Was soll das heißen?« Lilians Blick schnellte zu Chester Cuninghame zurück, der nun offenbar zu weiteren Erklärungen bereit war.

»Madlen war mein Besitz«, erklärte er kühl. »Und alles, was sie hervorgebracht hat, gehört mir ebenfalls. Dass sie von Cameron ein Kind erwartete, war nicht geplant, und als es sich herausstellte, wussten wir nicht, ob es vor seiner Umwandlung oder erst hinterher gezeugt worden war. Wir mussten unbedingt wissen, ob ein umgewandelter Mann ein Kind zeugen kann, und wenn ja, welche Auswirkungen es auf das Kind hat. Damals war nicht bekannt, dass das Elixier Zeugungsprobleme verursacht. Lediglich Initiierte hatten ihre Probleme. Mercurius hatte in weiser Voraussicht Madlens Seele gezeichnet, um sie jederzeit

auffinden zu können, und dabei, ohne es zu wissen, den Fötus beeinflusst. So konnte er mit ihr und – wie sich später herausstellte – mit all
ihren Nachfahren jederzeit in einen telepathischen Kontakt treten und
mitunter ihre Gedanken beeinflussen.«

»Und warum musste Madlen sterben?« Lilian sah ihn ausdruckslos
an. »Es hätte doch völlig ausgereicht, sie zu entführen und abzuwarten, bis das Kind zur Welt kommt?«

»Wir wollten nicht nur Madlen und das Kind. Wir wollten vor allem
John Cameron samt seinen Männern und mussten auf einen günstigen
Augenblick warten. Auf der Jagd nach ihnen wurde Madlen versehentlich angeschossen. Der Tod hatte bereits seine Hand nach ihr ausge-
streckt. Selbst Mercurius konnte nichts mehr daran ändern.«

»Ich denke, die Bruderschaft besitzt Eternity. Hätte man sie damit
nicht retten können?«

»Wir hätten das Kind gefährdet, und das wollten wir nicht. Das Experiment hat immer Vorrang vor den Interessen eines Einzelnen.«

»So wie das Geld Vorrang vor allem anderen hat?« Lilian lächelte
schwach.

»Ich sehe, wir finden einen gemeinsamen Nenner.« Cuninghame
setzte eine belehrende Miene auf. »Wobei wir einem höheren Zweck
dienen. Uns geht es nicht um Geld.«

»Das behaupten doch alle«, entgegnete Lilian ironisch. »Und um
was geht es? Um die Wahrheit? Darum, dass Bruder Mercurius bekommt, was er will?«

»Er ist der Heiligste unter uns. Er lebt länger als wir alle, und nur
durch ihn war es möglich, dorthin zu kommen, wo wir heute sind.«

»Ist er der Teufel?« Obwohl es Lilian absurd vorkam, diese Frage
zu stellen, war sie doch an einer Antwort interessiert. Alleine schon
deshalb, weil sie wissen wollte, ob es für das Phänomen »Mercurius«
überhaupt eine Erklärung gab.

»Er ist ein Gesandter des Satans«, erklärte Cuninghame ohne ein
Wimpernzucken. »In den Tiefen Afrikas wurde er vor vierhundert
Jahren als Passagier eines gesunkenen französischen Sklavenschiffes
gerettet und von eingeborenen Medizinmännern in das Geheimnis
dämonischer Kräfte eingeweiht. Sie verfluchten seine Seele auf ewig,
und weil sie ihre Tat bereuten, gaben sie ihm etwas an die Hand, das ihn

unsterblich werden ließ. Seitdem verfügt er über Kräfte, die kein anderer Mensch auf dieser Erde besitzt. Die Bruderschaft der Panaceaer darf sich geehrt fühlen, dass er uns seine Fähigkeiten zur Verfügung stellt.«

»Verantwortet er den Tod meiner Mutter?«

»John Cameron hat unsere Mutter auf dem Gewissen.« Es war Alex, der Cuninghame nun ins Wort fiel und dafür einen missbilligenden Blick seines Meisters erntete.

»Du lügst!« Lilian sah ihn entsetzt an. Dabei hielt sie nichts für unmöglich. John machte seit dreihundert Jahren Jagd auf Angehörige der Panaceaer. Dass es ihm und seinen Leuten mitunter nicht mehr gelang, Freund und Feind zu unterscheiden, hatte sie am eigenen Leibe erfahren.

»Alex hat recht.« Die Stimme ihres Vaters klang wie von weit entfernt. »Ich habe die Untersuchungsberichte erst vor wenigen Tagen zu lesen bekommen. Camerons Leute haben sie verfolgt, als sie mit dem Wagen verunglückt ist. Und dann haben sie sie einfach verbluten lassen.«

Lilian konnte es kaum glauben. Wenn John jemand verfolgte und anschließend stellte, nahm er ihn in Gewahrsam, um ihn zu untersuchen.

Aber vielleicht waren die Zeiten damals anders gewesen. Nur, warum hatte er ihr nichts davon erzählt? Vielleicht damit sie keinen schlechten Eindruck von ihm bekam, oder weil es ihm im Nachhinein leidtat? Vielleicht hatte er auch gar nicht realisiert, dass es damals um ihre Mutter gegangen war.

Nun sah sie wieder Cuninghame an. »Warum konnten Sie unsere Familie nicht einfach in Ruhe lassen? Ich meine, was bringt es Ihnen, wenn Sie Unbeteiligte in Ihre Machenschaften hineinziehen?«

»Wir haben auf deine Seele gewartet«, antwortete er. »Mercurius war davon überzeugt, dass du eines Tages wiedergeboren würdest, und weil deine Seele nicht nur mit Mercurius, sondern wegen des Kindes auch mit der von John Cameron auf ewig verbunden ist, würdest du uns eines Tages dabei helfen können, ihn zu vernichten.«

Lilian lachte unfroh. »Also war alles geplant.« Ihr enttäuschter Blick fiel auf Alex. »Die Schamanendroge, die Gräberinsel, die Blumen …«

Wieder sah sie zu ihrem Vater hin. »Wusstest du, dass sie Onkel Fred auf dem Gewissen haben?«

»Er hatte einen Herzanfall«, antwortete ihr Vater wie zur Entschuldigung.

»Das glaubst du!« Lilians Stimme klang bitter.

»Lilian«, ihr Vater sah sie mit einem beschwörenden Blick an, »tu einfach, was die Bruderschaft von dir verlangt, und dann leben wir weiter wie bisher. Der Mann, um den es hier geht, ist gefährlich. Nur durch dich kann es gelingen, ihm das Handwerk zu legen.«

Lilian drehte sich der Magen um. Dass ihr Bruder in seinem jugendlichen Drogenwahn dieser Sekte verfallen war, wunderte sie nicht, aber dass ihr Vater bei dieser Sache mitspielte, ging über ihren Verstand.

»Wenn das so ist, habt ihr euch wohl die Falsche ausgesucht«, erwiderte sie mit trotzigem Blick. »Ich war noch nicht einmal fähig, John Cameron zu erschießen, und ich werde bestimmt nichts tun, was ihn dazu bringen könnte, hierherzukommen.«

Cuninghame schüttelte den Kopf. »Vielleicht solltest du wissen, dass wir mit Familien, deren Angehörige nicht mitspielen, nicht unbedingt zimperlich umgehen.«

Lilian warf ihrem Bruder und danach ihrem Vater einen verächtlichen Blick zu. »Das ist mir ziemlich egal. Ich habe ohnehin nichts zu verlieren.«

»Vielleicht doch«, erwiderte Cuninghame und ließ auf seinem Organizer ein Bild von Jenna MacKay erscheinen, wie sie verzweifelt und desorientiert in einer archaischen Folterkammer hing. »Ist das nicht deine kleine Freundin von Scotland Yard? Wir mussten sie leider in unsere Obhut nehmen. Sie wusste einfach zu viel.«

Als John am frühen Morgen erfuhr, dass Lilian und Dough mit seinem Dienstwagen verschwunden waren, ließ er sofort eine Versammlung unter den anwesenden internen Mitgliedern einberufen.

Paddy wurde regelrecht aus dem Schlaf gerissen und sofort unter Arrest gestellt, bevor er wie ein Schwerstkrimineller in Handfesseln im großen Rittersaal vorgeführt wurde. Gefolgt von Bran und Ruaraidh, stand er da, mit gesenktem Haupt und einem Blick wie ein zum Tode Verurteilter.

»Gehe ich recht in der Annahme, dass du es warst, der den beiden die Codes für die Türen und den Schlüssel für den Wagen gegeben hat.« John kochte vor Wut. Er musste an sich halten, dass er nicht sein traditionelles Claymore-Schwert aus der Wandhalterung holte und Paddy noch hier an Ort und Stelle vor allen Augen vierteilte.

»Er ist unschuldig«, rief eine weibliche Stimme. Eliza hatte sich, mit offenem Haar und nur in einen türkisfarbenen Hausmantel gehüllt, einen Weg durch die Männer gebahnt und stand nun vor John wie eine Rachegöttin.

»Er war bei mir, die ganze Nacht.« Ihr hellblauer Blick schien John zu verfluchen. »Reicht es dir nicht, ihn fortwährend zu demütigen? Musst du ihn jetzt auch noch beschuldigen, Hochverrat begangen zu haben? Vielleicht warst du es ja selbst, der deiner Traumfrau den Weg in die Freiheit gebahnt hat. Vielleicht wolltest du sie vor weiteren Untersuchungen schützen. Oder kannst du außer deinen unverschämten Behauptungen noch andere Beweise vorlegen, dass Paddy es war?«

John machte ein betretenes Gesicht. Es gab nichts, dass Paddys Schuld erhärtet hätte, außer seinem eigenen Instinkt, der ihm versicherte, dass ihm der Ire schon seit längerem nicht wohlgesinnt war und es sich nicht anders verhalten konnte. Es gab keine Kameraaufzeichnungen und keine DNA-Spuren. Aber gerade das sprach dafür, dass es nicht nur ein einfacher Angehöriger von CSS gewesen sein konnte, der von jemandem bestochen worden war, sondern dass es interne Hilfe aus den Reihen der Entscheidungsträger gegeben hatte. Alleine hätten die beiden niemals entkommen können, schon gar nicht unbeobachtet. John wechselte einen Blick mit Bran. Sollte er Paddy nur aufgrund seines Instinktes verurteilen? John, das kannst du nicht bringen, war die Botschaft, die in Brans Augen zu stehen schien. Paddys Verurteilung zum Verräter hätte seinen sofortigen Tod bedeutet. Im inneren Kreis von CSS herrschten archaische Gesetze, die nicht mit denen einer zivilisierten Welt zu vergleichen waren. Nur so hatten John und seine Männer den Kampf gegen Cuninghame und seine Panaceaer überleben können.

John haderte noch, als Paddy zu ihm aufblickte und ihn mit seinen durchdringenden grauen Augen ansah.

»Eines hat deine Lilian ganz gewiss mit Madlen gemeinsam«, sagte er leise. »Sie ist in der Lage, unsere Freundschaft und unser Vertrauen mit einem einzigen Streich auszulöschen, ganz gleich, was wir uns bis dahin bedeutet haben.«

John seufzte leise. »Nehmt ihm die Fesseln«, sagte er heiser. Dann ging er auf Paddy zu und streckte ihm die Hand entgegen. »Es tut mit leid«, sagte er laut genug, dass es alle Anwesenden hören konnten.

Paddy schlug das Angebot aus. »Mir auch«, sagte er nur und wandte sich ab.

Nachdem alle gegangen waren, setzte sich John an den großen Versammlungstisch und bedeckte sein Gesicht für einen Moment mit seinen Händen, bevor er leise stöhnend auf das überlebensgroße Ölgemälde über dem Kamin schaute, das Antonio David vor gut zweihundertfünfzig Jahren gegen eine horrende Summe bei einem Besuch in Rom von ihm angefertigt hatte.

»Er kann dir auch nicht helfen.« Bran, der lautlos hereingekommen war, warf einen mitleidigen Blick auf jenen in Öl verewigten John Cameron, der im traditionellen Schottenrock und bis an die Zähne bewaffnet jeder Gefahr zu trotzen schien.

»Was würdest du an meiner Stelle tun?« John sah seinen engsten Freund fragend an.

»Abwarten – was sonst?« Bran setzte sich neben ihn und breitete ein paar Papiere vor ihm aus. »Wie du gesehen hast, ist Ruaraidh heute Morgen zurückgekehrt. Er hat Lilians Familiengeschichte durchleuchtet. Es war eine ziemliche Sisyphusarbeit. Demnach sind Lilian und ihr Bruder das letzte Glied einer langen Reihe von Ahnen, die sich durchaus in das Jahr 1648 zurückverfolgen lässt. Damals wurde in Edinburgh ein neugeborener Junge mit dem Namen Chester MacDonald in eine Familie aus den Lowlands gegeben. Lord Chester Cuninghame war als Vormund und Vermittler eingesetzt. Angeblich war das Kind vor der Haustür von Graystoneland ausgesetzt worden. Die Geburtsurkunde wurde auf Morag MacDonald ausgestellt, Vater unbekannt, und fortan erhielt die Familie für seine Ausbildung und seine Verpflegung von Cuninghames Anwalt und Treuhänder eine stattliche Summe. Als der Junge alt genug war, stand eines Tages ein Mönch vor der Tür der Familie, der sich als Bruder Mercurius ausgab und beabsichtigte, den Heranwachsenden in ein Kloster zu bringen. Was er auch tat. Jedenfalls steht es so in alten kirchlichen Aufzeichnungen. Danach verliert sich die Spur des jungen Mannes. Aus anderen Dokumenten lässt sich jedoch sein weiterer Werdegang zurückverfolgen. Danach lebte er ganz und gar nicht wie ein

Mönch. Im Gegenteil, die Panaceaer ließen ihn in ihrem Auftrag Dutzende von Kindern zeugen. Von denen etliche noch im Kindesalter starben, aber auch einige am Leben blieben. Alle wurden permanent überwacht. Sie waren offenbar Teil eines Versuchsprojektes und dienten der Bruderschaft zu allerlei experimentellen Zwecken. Nicht zuletzt rekrutierten sie ihre Söldner und etliche initiierte Mitglieder aus diesem Kreis. Die Mädchen wurden heimlich für Cuninghames perfide Zuchtprogramme genutzt. Anders kann man das hier wirklich nicht bezeichnen.« Bran blätterte den Stapel an Zetteln durch und machte ein angewidertes Gesicht. »Die Bruderschaft nannte sie ›Teufelshuren‹, weil sie angeblich dem Satan ein Kind schuldeten.«

»Verdammt. Warum haben wir davon nie etwas gewusst? Kannst du dir vorstellen, was das bedeutet? Sie haben nicht nur Madlen umgebracht und mir meinen Seelenfrieden genommen. Sie haben mit unseren gemeinsamen Nachfahren experimentiert.« John sah ihn mit bitterer Miene an. »Bis heute. Warum ist das nie ans Licht gekommen?«

»Vielleicht weil unser Nachrichtensystem damals noch nicht gut genug funktionierte und sie sehr subtil vorgegangen sind, indem sie die Betroffenen nicht bei sich gehalten haben, sondern sie bis zur Geschlechtsreife in ganz normale Familien steckten.«

Das Telefon summte. John nahm ab. Es war die Zentrale. Als er die Weiterleitung empfing und das bewegliche Bild des Anrufers auf seinem Display erschien, ging es ihm durch Mark und Bein.

Cuninghames Gesichtszüge wirkten maskenhaft, doch immer noch real genug, um John ein würgendes Gefühl zu verursachen.

Bran horchte auf, und John stellte auf laut.

»John, mein lieber Junge«, begann der schwarze Lord unverfroren. »Wir haben uns lange nicht mehr gesehen, nicht wahr?«

John ging auf die Begrüßung nicht ein. »Was willst du von mir?«.

»Vermisst du nicht etwas?«

»Eine ganze Menge, aber du gehörst bestimmt nicht dazu.«

»Ich habe hier etwas, dass dich interessieren könnte.« Jemand schwenkte den Sucher der Kamera auf Lilian. Sie war halb nackt, und Cuninghames Schergen fixierten sie in diesem Moment mit Stahlmanschetten auf einen Behandlungstisch. Sie versuchte sich verzweifelt zu wehren, doch Cuninghames Schergen kannten keine Gnade.

John kannte die Vorrichtung, auf der sie wenig später mit zitternden Gliedern lag, man benutzte sie bei Untersuchungen von Feinden und zur Umwandlung. Jemand zog eine Injektion mit einer gelblichen Flüssigkeit auf. Nicht viel, aber genug, um ein Leben dauerhaft zu zerstören, wenn man keinen Nachschub bekam.

Lilian brüllte wie am Spieß, als man ihr die Injektionsnadel in die Armvene setzte. Dann wurde sie ruhig, und John konnte am Aufblühen ihres zuvor müde erscheinenden Gesichtes erkennen, dass die Droge sofort ihre Wirkung tat.

Dann kam Cuninghame wieder ins Bild. Sein Blick war triumphierend.

»Ich habe ihr eine Injektion ›E‹ verpasst. Leider hatte ich nicht genug, um sie ganz umzuwandeln«, heuchelte er. »Wenn du … bis halb acht heute Abend nicht höchstpersönlich bei mir erschienen bist, um ihr etwas von deiner feinen Ersatzdroge zu spendieren, wird sie sterben, und du wirst dabei zuschauen dürfen.«

John schluckte. »Wo soll ich hinkommen?«

»Du kennst den Ort. Corby-Castle. Mitten auf Mull. An jener Stelle, wo sich in grauer Vorzeit die Rabenpriester getroffen haben. Ich will, dass du alleine kommst. Mit deinem Wagen fährst du über Ardnamurchan bis Kilchoan und setzt dann mit der Calmac-Fähre rüber nach Mull. Am Ortsausgang von Salen wird ein Helikopter bereitstehen, der dich abholt. Sollte einer deiner eigenen Helikopter auch nur in der Nähe des Ben Mhore auftauchen, ist Lilian auf der Stelle tot. Dann kannst du gerne noch einmal dreihundert Jahre warten, bis sie dir in Gestalt einer Nachfahrin wiederbegegnet. Das Gleiche gilt, wenn wir von deinen Leuten angegriffen werden oder auch nur ein einziger deiner Söldner im Dunstkreis der Ruine erscheint.«

Dough hatte mit Murray einen neuen Treffpunkt ausgemacht. Beide wollten nicht, dass Remmington etwas von ihren Absprachen erfuhr.

Gegen zehn Uhr morgens erschien Murray im The Bull, einem uralten Pub am Rand von Fort William, direkt am Ufer des Lochy. An dieser Stelle hatten früher die Postkutschen nach Inverness und Oban gehalten, und Dough war sicher, dass John und seine Männer vor mehr als dreihundert Jahren hier schon Stammgäste gewesen sein mussten.

Detective Chief Superintendent Steve Murray war ein dynamischer junger Kerl und mindestens so karrierebewusst wie Remmington, aber er besaß nicht das linkische Gemüt eine Geheimdienstagenten, sondern die direkte Art eines Gesetzeshüters ohne Fehl und Tadel. Für einen Moment zweifelte Dough, ob er ihm die folgende Story zumuten konnte, doch Murray war der Einzige von öffentlicher Stelle, der bereit war, ihm Beistand zu leisten. Und so wie es Dough um Lilian ging, musste es Murray um Jenna gehen, die er vermutlich nie wiedersehen würde, wenn es ihnen nicht gelang, ihren Entführern auf die Spur zu kommen.

Dough hatte einen Tisch gewählt, der nebenan im Speisezimmer stand und damit weit genug weg von dem neugierigen Barkeeper, der vollauf mit seinen frühen Gästen an der Theke beschäftig war – Schotten, die den ersten Frust des Aufstehens mit ein paar Gläsern Guinness und einem Whisky hinunterspülten.

Deshalb schien es ihn auch gar nicht zu verwundern, dass der geschniegelte junge Kerl mit dem East-Lothian-Akzent eines Edinburghers nach einem ersten höflichen Kaffee genau das Gleiche bestellte wie die Männer an der Theke. Murray sah bleich aus, nachdem Dough ihm schonungslos berichtet hatte, was ihm und Lilian in den letzten Tagen widerfahren war.

»Dough«, sagte Murray mit beschwörender Miene, »beim Leben Ihrer Frau, sagen Sie mir, dass das wahr ist.«

»Und bei der Seele meiner Schwiegermutter, Gott möge sie aus der Hölle zu sich nehmen. So wahr ich hier sitze«, erklärte Dough mit leicht verärgerter Miene. »Und jetzt machen Sie nicht so ein ungläubiges Gesicht, sonst denke ich hinterher noch selbst, dass ich spinne.«

»Und was soll ich jetzt tun?« Murray sah ihn verzweifelt an. »Denken Sie tatsächlich, Scotland Yard würde mir auf diese Story hin Einsatzkräfte bewilligen? Das glaubt mir doch keiner.«

Dough schüttelte mit zusammengekniffenen Lippen den Kopf. »Wie sollte ich das wissen? Sie sind der Detective Chief Superintendent.«

»Am besten ist es, wenn wir rauf nach Moidart fahren und die Zentrale von CSS observieren. Zunächst nur Sie und ich. Wenn wir auf diese Weise einen Hinweis bekommen, wo die Frauen sich aufhalten könnten, werde ich Verstärkung anfordern.«

»Von mir aus«, erklärte Dough resignierend. »Hauptsache, Sie haben dafür gesorgt, dass Cynthia in Sicherheit ist. Bevor wir losfahren, möchte ich gerne noch mit ihr telefonieren.«

Murray überließ Dough das Telefon, damit er sich von der Unversehrtheit seiner Frau überzeugen konnte, die in Edinburgh in einer Zeugenschutzunterkunft saß. »Mach dir keine Sorgen, mein Schatz«, säuselte Dough ins Telefon. »Mir geht es gut. Ich muss den Detective unterstützen, damit er ein paar Verbrecher einfangen kann.«

»Du?«, klang es ungläubig aus dem Telefon. »Haben die denn niemand anderen, der das erledigen könnte?«

Dough warf einen Blick zu Murray hin, der am Tresen stand und sich gleich eine ganze Stange Zigaretten gekauft hatte.

»Ich fürchte, nein«, sagte er knapp.

»Dough!« Ihre Stimme klang besorgt. »Pass auf dich auf!«

38

Highlands 2009 – »Corby Castle«

»John!« Bran sah ihn eindringlich an. »Du musst jetzt einen kühlen Kopf bewahren.«

Johns Miene wirkte wie versteinert. »Wer immer ihr zur Flucht verholfen hat, wusste, dass es so kommen würde«, sagte er leise. »Er wusste, was ich für sie empfinde und dass Cuninghame diesen Umstand gnadenlos ausnutzen würde. Ich möchte darauf wetten, dass wir eine undichte Stelle haben.« Er schaute auf, und als Brans Blick auf seinen traf, spiegelte sich seine eigene Gewissheit darin.

»Du denkst, Cuninghame hat einen Maulwurf in unserer Organisation?«

»Ob man so etwas noch als Maulwurf bezeichnen kann, weiß ich nicht. Ich will, dass du Porter informierst, er soll unseren internen Sicherheitsdienst aktivieren. Ich will, dass man dort eine Gefahrenanalyse erstellt.«

»Und was soll in der Zwischenzeit mit Lilian geschehen?« Bran war um den Tisch herumgekommen und hielt John am Ärmel gefasst.

»Die Uhr läuft ab. Wenn wir nichts unternehmen, ist sie in acht Stunden tot. Du weißt, dass Cuninghame nicht mit sich spaßen lässt.«

»Ich werde tun, was er von mir verlangt«, erwiderte John seelenruhig.

Bran wich wie elektrisiert zurück. »Soll das etwa heißen, du willst seine Forderungen tatsächlich erfüllen?«

John nickte bedächtig und schaute ihm tief in die Augen. »Bran, du bist der Einzige, auf den ich mich in dieser Situation verlassen kann. Niemand sonst darf davon erfahren. Nicht einmal Paddy. Sag ihm, dass ich mich wegen der Sache mit Lilian in mein Apartment zurückgezogen habe. Offiziell verbreitest du, dass ich eine internationale Videokonferenz für morgen früh vorbereite und nicht gestört werden möchte. Sollte ich von meinem Einsatz nicht mehr zurückkommen, wird Paddy die Vertretung von CSS übernehmen. Schließlich wurde er in unserer heutigen Versammlung rehabilitiert.«

»John!« Bran packte ihn am Arm, um zu verhindern, dass er den Raum verließ. »Bist du von allen guten Geistern verlassen? Wenn du Glück hast, wird Cuninghame dich umbringen. Wenn es schlecht läuft, wird er dich einem ›Caput Mortuum‹ unterziehen, und du wirst auf ewig sein Lakai sein. Das wäre nicht nur für dich selbst eine Katastrophe, sondern auch für unsere Organisation. Er könnte alles aus dir herauspressen, was du während deines langen Lebens in deinem Hirn gespeichert hast, und es gegen uns verwenden.«

»In diesem Fall hast du die Erlaubnis, mich bei nächster Gelegenheit eliminieren zu lassen«, erwiderte John.

»Willst du es dir nicht noch mal in Ruhe überlegen?« Bran verzog sein Gesicht, als hätte er Schmerzen.

John schüttelte entschieden den Kopf. »Es geht hier um Lilian und damit in gewisser Weise auch um Madlen. Ich will nicht noch einmal an ihrem Tod schuld sein und anschließend ohne sie zurückbleiben. Lieber würde ich sterben.«

»Hast du den Verstand verloren?« Bran packte ihn noch fester. »Das werde ich nicht zulassen! Hast du gehört?«

John ignorierte den Einwand und schob Bran zur Seite. »Ich muss ins Labor und mir pro forma eine Ampulle ›E‹ beschaffen. Obwohl Cuninghame selbst genug von dem Zeug besitzt, gehört es schließlich

594

zu seinen Forderungen. Also lass mich gehen, damit ich keine Zeit verliere.«

»Lilian?« Ein heiseres Flüstern durchbrach die Stille. Lilian glaubte im ersten Moment zu träumen. Hatte sie zunächst nach der Injektion unsagbare Schmerzen verspürt, so fühlte sie sich nun, als würde sie schweben. Der Schmerz war vollkommen verschwunden, und an seine Stelle war ein unglaubliches Hochgefühl getreten. Abrupt erhob sie sich von ihrer harten Liege, auf die man sie gebettet hatte. Für einen Moment war ihr Blick verschwommen.

»Lilian?« Wieder hörte sie ihren Namen. Als sie die Lider zusammenkniff, sah sie Jenna. Ihre Freundin hockte in einem zerknitterten grauen Kostüm neben ihr. Ihre weiße Bluse war schmutzig, und ihr Haar stand verschwitzt und wirr vom Kopf ab.

»O mein Gott!« Lilian sprang hastig auf und geriet ins Wanken. Jenna gab Lilian Halt, während sie sich erschrocken umschaute.

»Wie kommst du denn hierher?« Ohne Jennas Antwort abzuwarten, lief Lilian zu einer vergitterten Tür und rüttelte daran. Offenkundig waren Jenna und sie allein und saßen tatsächlich in einem lausigen Kerker fest. Überall hingen Eisenringe von den Wänden und Decken, daran lange Ketten in verschiedenen Ausführungen. In einer Ecke befand sich ein wuchtiger Kamin aus verwittertem Stein, der zu ihrem Bedauern nicht beheizt wurde.

»Vielleicht haben sie darin früher die Hexen gebrutzelt«, spottete Jenna, als sie sah, wie Lilian den Abzug der uralten Feuerstelle sorgsam untersuchte.

Lilian fröstelte, nicht nur weil es hier unten so kalt und feucht war. Die ganze Umgebung erschien ihr überaus furchteinflößend. Einzig die elektrische Deckenbeleuchtung, die wohl nachträglich installiert worden war, und zwei chemische Toiletten der Marke LooLoo nahmen ihr das Gefühl, unversehens im Mittelalter gelandet zu sein. Ihr Blick fiel auf den grob gepflasterten Boden. Das Einzige, was in dieser perfekten Gruselkulisse noch fehlte, waren das stinkende Stroh und die Ratten.

»Hast du eine Ahnung, wo wir hier gelandet sind und wer unsere Entführer sein könnten?« Jenna sah sie fragend an, dabei wirkte sie sichtlich erschöpft.

»Ich fürchte«, erwiderte Lilian mit einem lakonischen Augenaufschlag, »dass es eine längere Geschichte wird, wenn ich erst einmal anfange. Und das sie nicht dazu beiträgt, dich aufzumuntern.«

Sie setzte sich wieder, und Jenna, die sich neben sie hockte, schaute sie erwartungsvoll an. »Schlimmer kann's doch nicht kommen, oder?«

»Ich fürchte, doch«, entgegnete Lilian und lächelte gequält. Der Verdacht, dass man Jenna auch mit der Droge behandelt hatte und sie ihr nicht helfen konnte, versetzte sie in eine unterschwellige Panik, die sie sich nicht anmerken lassen wollte. »Sag mir lieber, was sie mit dir gemacht haben und wie du hierhergekommen bist.«

»Nachdem ein paar maskierte Kerle mich bei Nacht und Nebel aus unserer Wohnung verschleppt hatten«, erklärte ihr Jenna und ballte unwillkürlich die Fäuste, »dachte ich erst, mein letztes Stündlein habe geschlagen. Vor allem, weil diese Typen mir gleich eine Injektion verpasst haben.« Mit einem verärgerten Schnauben entblößte sie ihre linke Armbeuge. »Seit der Injektion geschieht etwas Merkwürdiges mit mir«, fuhr sie fort und hob im schwachen Licht, das von der Decke herabfiel, ihre Hände und drehte sie hin und her. »Es ist, als ob ich im Zeitraffer zu altern beginne, und wie im wirklichen Leben lässt sich dieser Zustand allem Anschein nach nicht aufhalten.« Unter einem zischenden Schmerzenslaut versuchte sie ihre Finger zu biegen, die wie gichtbefallene Krallen aussahen – knochig, runzlig und voller Altersflecken. Der unnatürlich beschleunigte Alterungsprozess hatte bereits die gesamten Unterarme erfasst.

»Bald nach der Injektion hatte ich wahnsinnige Schmerzen. Dann ging es mir plötzlich blendend«, erläuterte Jenna. »Ich habe mich nie im Leben besser gefühlt. Und jetzt ist es furchtbar. Irgendetwas kriecht meinen Körper hinauf«, flüsterte sie, »es ist, als ob ich von einer Seuche befallen wäre. Hast du so etwas schon einmal gesehen?«

»Ja«, erklärte Lilian mit fester Stimme. »Aber ich bin mir nicht sicher, ob du etwas darüber wissen willst.«

Murray hatte seinen silberfarbenen Ford Mondeo am gegenüberliegenden Ufer in Sichtweite zu Mugan Manor abgestellt. Hinter einem riesigen Ginsterbusch hoffte er wohl darauf, dass man Dough und ihn nicht entdeckte. Um die Sache perfekt zu machen, ging er zum Kofferraum und drückte Dough ein falsches Nummernschild in die Hand, das mit SY begann anstatt mit YR. Mit einem Nicken bedeutete Murray, dass Dough das Schild vorne am Wagen auswechseln sollte. Murray tauschte die Schilder am Heck aus. Danach mussten sie wieder abwarten. Die Morgensonne brach durch die Wolken hindurch, und Nebelschleier stiegen über dem Loch empor. Ein paar Reiher drehten ihre Kreise und schossen auf der Suche nach Beute dicht über das Wasser dahin.

Das Hauptquartier von CSS lag wie ein verwunschenes Märchenschloss hinter Nebelschleiern versteckt und wirkte in seiner majestätischen Gelassenheit, als wäre es mitsamt seinen Bewohnern in einen hundertjährigen Schlaf verfallen.

Dough gähnte herzhaft, ihm fehlte der Schlaf, und sein Bein hatte erneut zu schmerzen begonnen. Der Chief Detective Superintendent warf seinen fünften Zigarettenstummel zu Boden, wo er in einer Pfütze zischend verlosch, und nahm zum wiederholten Male ein Fernglas in die Hand, um die Umgebung auf der anderen Seite des Lochs zu beobachten.

»Ich will mich ja nicht einmischen«, erklärte Dough vorsichtig. »Aber selbst wenn etwas geschieht – wie wollen wir mit nur einem Wagen eine vernünftige Observation bewerkstelligen? Schon gar nicht können wir einem Helikopter folgen.«

Murray sah ihn unwirsch an. »Was bleibt uns denn übrig? Mein Abteilungsleiter wird mich für verrückt erklären, wenn ich ihn noch mal mit CSS behellige und einen ganzen Trupp Leute für eine Observation verlange. Sie haben ja selbst gesehen, wie der MI5 die Sache bewertet. Da kommt unsereiner nicht gegen an – und wenn ich die Dough-Weir-Story zum Besten gebe, können wir uns nächste Woche beim Arbeitsvermittler auf einen Kaffee verabreden.«

Dough schaute auf und riss Murray das Fernglas aus der Hand. Angestrengt spähte er durch den Sucher. »Ich glaube, da tut sich was«, sagte er mehr zu sich selbst. Ein schwarzer Audi R8 kam die Auffahrt emporgefahren, sein Schatten tauchte abwechselnd zwischen den Stämmen der uralten Eichenallee auf.

»Es ist Cameron«, bemerkte Dough tonlos und dachte gar nicht daran, dem ungeduldigen Murray das Fernglas zu überlassen. »Er ist allein und scheint es ziemlich eilig zu haben.«

John wusste nicht wirklich, was er hier tat. Er wünschte sich, dass er wenigstens beten könnte, doch mit Gott stand er immer noch auf Kriegsfuß. Ihm blieb nur zu hoffen, dass das Schicksal es diesmal gut mit ihm meinte – und vor allem mit Lilian. Das erste Mal, seit er CSS gegründet hatte, besaß er keinen vernünftigen Plan und kam sich so hilflos vor wie zu jenen Zeiten, als er und seine Kameraden noch vollkommen Cuninghames Willkür ausgesetzt gewesen waren und in banger Hoffnung darauf vertraut hatten, dass die Highlands und ihre Clans ihnen wenigstens einen scheinbaren Schutz vor dem Satan boten.

Ohne ein Gefühl dafür zu haben, wie die Sache ausgehen würde, bog er nach Ardnamurchan ein, eine zerklüftete, grün bewachsene Halbinsel zwischen Skye und Mull.

In Kilchoan würde er die Caledonian-MacBrayn-Fähre nehmen, um nach Mull überzusetzen. Im Alltag hatte er sich oft gewünscht, dies einmal allein und ohne größere Probleme tun zu können, doch Cuninghame und die allgegenwärtige Bedrohung durch die Panaceaer hatten solch ein bescheidenes Vergnügen stets vereitelt. Nun kam er sich beinahe nackt vor – ohne Waffen und den Schutz seiner Kameraden fühlte er sich seinem Erzfeind vollkommen ausgeliefert.

»Er ist gerade vorbeigefahren«, konstatierte Dough und sprang in den Wagen. Murray setzte so hastig zurück, dass die Räder des Wagens im aufgeweichten Waldboden durchdrehten, dann gab er noch einmal Gas und raste so schnell los, dass Dough es vorzog, sich entgegen seiner Gewohnheit lieber anzuschnallen.

Zum Glück kam einem in den Highlands selten ein Fahrzeug entgegen, und wenn doch, waren zumindest die Einheimischen auf spontane Ausweichmanöver gefasst. Spätestens bei der Abzweigung nach Strontian hatten sie Camerons Wagen wieder im Blick, obwohl er fuhr wie der Teufel persönlich, und so konnten sie sehen, dass er der Strecke weiter bis Glenborrodale folgte.

»Wo will der Kerl hin?«, murmelte Murray und schaltete sein Navigationsgerät ein. »Hier ist absolut nichts«, erklärte er Dough lapidar, »was interessant sein könnte. Was machen wir, wenn er nur zum Angeln rausfährt?«

Dough, der seine Finger vorsichtshalber in die Polster gekrallt hatte, warf ihm einen ironischen Blick zu. »Nach allem was ich bei CSS erfahren habe, angelt man dort nicht. Jedenfalls nicht nach Fischen.«

Bran saß im allgemein zugänglichen Kontemplationsraum, einem Ort der Ruhe und Stille, der den CSS-Angehörigen in Mugan Manor die Kirche ersetzte. Der Highlander hatte sein Gesicht in die Hände gestützt und betete für seinen besten Freund, der im selben Augenblick geradewegs in sein Verderben fuhr.

Bran zuckte herum, als ihm jemand eine Hand auf die Schulter legte. Er hatte nicht gehört, dass jemand zur Tür hereingekommen war. Es war Wilbur. Der Junge war perfekt darin, sich lautlos anzuschleichen. Schweigend setzte er sich neben Bran. Obwohl er nichts von John und seinen Problemen wissen konnte, sah er aus, als ob er etwas auf dem Herzen hatte. Bran blickte ihn aufmunternd an. Unter den Umgewandelten gab es ohnehin so gut wie keine Geheimnisse. Man spürte sofort, wie es um den anderen bestellt war.

»Wo ist John?«, fragte Wilbur.

»Er hat im Moment keine Zeit«, erwiderte Bran und vermied es dabei, den Jungen anzuschauen.

»Ich muss aber dringend mit ihm sprechen, und sein Apartment ist verschlossen.«

»Kannst du es nicht mir sagen oder Paddy?«

Wilbur kniff die Lippen zusammen. »Ich habe Mist gebaut«, sagte er leise. »Ich muss es zuerst John beichten, bevor es jemand anderes erfährt.«

Bran horchte auf. »John kann jetzt nicht mit dir reden, deshalb möchte ich, dass du mir sagst, was du auf dem Herzen hast.«

Wilbur räusperte sich. »Ich war es«, sagte er schließlich. »Ich habe Lilian und ihrem Begleiter die Schlüssel gegeben und die Codes für die Türen. Außerdem habe ich alle Kameras auf dem Weg nach draußen für eine Weile lahmgelegt.«

Bran glaubte sich verhört zu haben. »Warum?«, sagte er nur und runzelte die Stirn.

»Ich habe gesehen, wie unglücklich John war, als ihr aus Norwegen zurückgekommen seid. Er wollte das Herz dieser Frau für sich gewinnen, weil er glaubt, dass sie Madlen ist, aber sie wollte nichts von ihm wissen. Ich habe gehört, wie Paddy sie als Teufelshure bezeichnet hat, die nur von Cuninghame geschickt worden ist, um John den Kopf zu verdrehen. Er meinte, es wäre besser, wenn wir sie geradewegs zu den Panaceaern zurückschicken. Ich habe Paddy geglaubt, und mir gedacht, wenn ich Lilian zur Flucht verhelfe und sie dieses Angebot annimmt, kann sie John unmöglich lieben. Ich hielt es für den besten Beweis, dass sie tatsächlich zu Cuninghames Bande gehört.

»Wilbur!« Bran konnte seine Bestürzung nun nicht mehr zurückhalten. »Weißt du, was du da getan hast?«

»Ich kann es mir denken«, erklärte Wilbur zerknirscht.

»Das kannst du nicht«, polterte Bran und konfrontierte ihn schonungslos mit der Wahrheit.

»Ich habe nicht eine Sekunde daran gedacht, dass die Bruderschaft John mit ihrem Leben erpressen könnten«, flüsterte Wilbur. »Was macht dich so sicher, dass sie nicht nur ein Lockvogel ist?«

Bran kniff für einen Moment die Lippen zusammen. Dann schaute er auf und lächelte Wilbur mitfühlend an. »Durch die Umwandlung kann ein jeder von uns die Gefühle des anderen weit besser erspüren, als es ein normaler Mensch könnte. In der Liebe ist es zwar ein wenig komplizierter, aber auch hier ist es möglich, wenn wir uns auf unser Herz verlassen. John war lange genug mit Lilian zusammen, um zu wissen, dass sie es ehrlich mit ihm meint. Deshalb hat er sich so schwergetan, sie in die Freiheit zu entlassen, nachdem sie seinen Lebensstil vollkommen abgelehnt hatte. Er wusste, dass er sie damit den Panaceaern preisgeben würde.«

Wilbur machte ein betroffenes Gesicht. »Also trage ich ganz alleine die Schuld, wenn Cuninghame beide tötet – oder was noch viel schlimmer wäre, wenn er John einem ›Caput Mortuum‹ unterzieht!«

»Das tust du nicht!«, sagte Bran mit fester Stimme. »Du konntest nicht ahnen, dass es so kommen würde.« Er klopfte Wilbur väterlich auf die Schulter.

»John ist kein Selbstmörder. Auch wenn wir nicht darüber gesprochen haben, ich weiß, er verlässt sich auf uns. Wir werden uns so schnell wie möglich etwas einfallen lassen, um ihn aus den Klauen der Panaceaer zu befreien.«

Wilbur war anzusehen, dass er augenblicklich Mut schöpfte.

Bran griff zum Telefon. »Ich habe Ruaraidh, Malcolm und David gebeten, in einer halben Stunde in die Bibliothek zu kommen. Paddy muss von unseren Plänen zunächst einmal nichts wissen. Ich bin mir nicht sicher, ob er ausrasten wird, wenn er erfährt, was geschehen ist.«

In Kilchoan trennte Detective Murray ein einziger Wagen von Johns Audi, als er hinter ihm zusammen mit Dough auf die Fähre nach Mull wartete. Dough hatte sich auf dem Beifahrersitz klein gemacht, was bei seiner Körpergröße keine Kunst war. Außerdem flüsterte er nur noch, damit John ihn nicht bemerkte.

Murray glotzte verwundert, weil Dough sich so merkwürdig verhielt.

»Er kann eine Stecknadel fallen hören«, zischte Dough ihm warnend zu, »und wenn wir Pech haben, kann er mich riechen und erinnert sich an mein Aftershave.«

»Welches Aftershave?« Murray grinste ihn an.

Als die Fähre abgelegt hatte, hielt es den Chief Superintendent nicht mehr in seinem Wagen.

»Wo wollen Sie hin?« Dough versuchte den Polizisten vergeblich an seiner Jacke festzuhalten.

»Ich werde mir den Kerl näher ansehen – was sonst?«, polterte Murray. »Schließlich ist er Ihrer Aussage nach Hauptverdächtiger, was die Entführung der Frauen betrifft.«

»Lassen Sie das!« zischte Dough aufgebracht. »Der Mann ist gefährlich!« Wie es schien, spornte diese Bemerkung Murray nur noch mehr an. Routiniert, eine Hand an der Waffe, schlenderte er auf Camerons Wagen zu, und Dough sah nur noch, wie er auf Höhe der Fahrertüre seine Dienstmarke zückte.

Die Fensterscheibe an Johns Wagen glitt herunter. Dough beobachtete, wie Murray ihm eine Hand auf die Schulter legte, während er in der anderen seine Waffe bereithielt.

»Im Namen des Gesetztes fordere ich sie auf, auszusteigen, die Hände auf den Wagen zu legen und …« Weiter kam Murray nicht. Alles ging so rasend schnell, dass der Detective sich später nicht mehr an die Abläufe erinnern konnte. Jedenfalls wurde John weder festgenommen noch kontrolliert. Die Leute im Wagen vor ihnen schauten neugierig auf, als Murray nur Sekunden später von John in Handschellen abgeführt wurde, während er ihn verdeckt mit seiner eigenen Waffe zwang, hinter Dough auf dem Rücksitz Platz zu nehmen. John selbst setzte sich zu Dough auf den Fahrersitz.

Dough begannen die Knie zu zittern, als John ihm mit einem strafenden Blick begegnete. »Ich wähnte dich in einem meiner Gästezimmer«, bemerkte John ziemlich barsch. »Also wüsste ich gerne, wie du hierherkommst und was das für ein Spaßvogel ist, der dich begleitet?«

Dough atmete durch und nahm seinen ganzen Mut zusammen. »Das Gleiche könnte ich dich fragen. Lilian ist verschwunden, nachdem uns die Flucht gelungen war, und ich möchte mit dem Teufel meine Seele verwetten, dass du etwas damit zu tun hast.«

»Wie konnte es dir und Lilian überhaupt gelingen, abzuhauen?«

»Einer von deinen Leuten hat uns geholfen.«

»Wer?«

»Keine Ahnung! Der Typ war vermummt und hat kein Wort mit mir gesprochen.«

»Seit wann ist Lilian verschwunden?«

»Ich habe sie in Glencoe bei ihrem Onkel zurücklassen müssen. Ich wurde von ein paar Wahnsinnigen verfolgt und habe dabei leider einen Audi zerlegt. Ich dachte, es wären deine Leute … seitdem … habe ich Lilian nicht mehr gesehen«, stotterte Dough. »Ich dachte, du könntest uns sagen, wo sie sich aufhält.«

»Uns?« Johns verkniffener Gesichtsausdruck verriet, dass er beim Thema Lilian nicht den geringsten Spaß verstand.

»Der Typ, den du gerade zum Paket verschnürt hast, ist Detective Murray von …«

»… Scotland Yard?« John stöhnte auf. »Mir bleibt auch nichts erspart. – Hör zu«, sagte er und packte Dough beim Kragen. »Verpiss dich mit deinem Detective! Wenn du Lilian jemals lebend wiedersehen willst, lässt du mich in Ruhe und verschwindest so schnell und weit weg wie irgend möglich. Was hier abläuft, ist selbst für Scotland Yard eine Nummer zu groß. Ich dachte, du hättest das verstanden.«

»John, es geht hier nicht nur um euren verdammten Drogenkrieg.« Dough begann einzusehen, dass John wohl nicht an Lilians Entführung beteiligt war und offenbar selbst ein Interesse daran hatte, sie lebend wiederzufinden. »Warum fährst du alleine nach Mull? Ist Lilian dort irgendwo?«

»Dough!« Johns Augen blitzten gefährlich auf. »Haltet euch da raus, sonst werde ich dich und deinen Freund zu Fischfutter verarbeiten.« Er kniff die Lider zusammen. »Ist das klar?«

Wenig später saß John wieder in seinem Wagen, als ob er kein Wässerchen trüben könnte.

»Ist das der Typ«, keuchte Murray, »von dem Sie mir erzählt haben?«

»Ja«, erwiderte Dough mit einem Hauch von Stolz in der Stimme. »Er ist der eigentliche Boss von CSS. Nicht übel, der Bursche, was?«

»Wie hat er das gemacht?« Murray starrte auf seine gefesselten Hände und die Pistole, die neben ihm lag und der nun das Magazin fehlte. »Es kam mir vor wie Hexerei.«

»Ich sagte es doch«, knurrte Dough ungeduldig. »Er ist kein Mensch im üblichen Sinne. Er ist unsterblich. Sie haben ihn umgewandelt.«

»Sie?«

»Die Panaceaer.« Dough schüttelte missmutig den Kopf. »Sind Sie begriffsstutzig? Wozu erzähle ich Ihnen den ganzen Quatsch, wenn Sie es ohnehin nicht behalten können?«

»Schon gut, schon gut«, murmelte Murray. »Ich dachte, das meiste in Ihrem Bericht wäre erfunden.«

»Erfunden?« Dough schnaubte vor Entrüstung.

»Beruhigen Sie sich«, beschwichtigte ihn Murray. »Ich glaube Ihnen ja. Und jetzt sehen Sie zu, dass Sie mir helfen, meine Handschellen aufzubekommen. Schließlich will ich den Wagen steuern können, wenn wir von Bord fahren.«

»Er will aber nicht, dass wir an Land gehen. Er will, dass wir umkehren.« Dough setzte eine betont unschuldige Miene auf, dabei wusste er genau, dass er Murray auf diese Weise zu einer gegenteiligen Entscheidung provozieren würde.

»Natürlich werden wir die Verfolgung weiter aufnehmen. Er hat mich bedroht und gefesselt. Das ist Widerstand gegen die Staatsgewalt und in jedem Fall Grund genug, die Außenstelle in Edinburgh einzuschalten. Wir müssen ja nicht zum Besten geben, dass der Kerl zu CSS gehört.«

Als sie am Anleger in Tobermory von Bord der Fähre fuhren, gab John Gas und rauschte in Richtung Salen davon.

Murray versuchte mitzuhalten, doch es gelang ihm nicht, weil sich andere Fahrzeuge dazwischenschoben und sich keine Möglichkeit ergab, sie zu überholen. Als sie den Ortsausgang von Salen erreichten, konnten sie von weitem sehen, dass John seinen Wagen auf einem Seitenstreifen geparkt hatte. Ein Helikopter war mit laufenden Rotoren gelandet. Dough beobachtete, wie zwei Männer heraussprangen und man John abführte. Bevor Murray die Stelle erreicht hatte, war der Helikopter längst wieder aufgestiegen und in Richtung Süden davongeflogen.

Am Heckrotor hatte Dough das Zeichen der Panaceaer erkannt. »Verdammt«, entfuhr es ihm. »John hatte recht.«

»Womit?« Murray schaute ihn fragend an.

»Damit, dass diese Geschichte eine Nummer zu groß für uns ist. Das war ein Helikopter der Panaceaer. Wenn John Cameron sich mutterseelenallein den Panaceaern ergibt, kann das nur bedeuten, das sie Lilian in ihrer Gewalt haben und Jenna vermutlich auch, weil sie zu viel weiß. Bei allem, was ich gesehen und gehört habe, kann ich mir kaum vorstellen, dass wir auch nur einen von den dreien lebend wiedersehen werden. Es sei denn, Cameron hat irgendeinen Trick auf Lager, von dem niemand etwas ahnen kann.«

»Wenn das so ist, werde ich unsere Zentrale in London informieren«, erklärte Murray.

»Worüber?« Dough warf Murray einen hoffnungslosen Blick zu. »Wir wissen noch nicht einmal, wo sie mit ihm hingeflogen sind, geschweige denn, was sie mit ihm vorhaben!«

Murray grinste süffisant. »Sie denken auch, Sie haben einen totalen Versager vor sich.«

Dough räusperte sich verlegen. Er hätte es niemals geäußert, aber es war exakt das, was er über Murray dachte.

Mit abgeklärtem Blick zog Murray etwas aus seiner Hosentasche. Beim ersten Hinsehen sah es aus wie eine Handvoll toter Fliegen.

»Was ist das?«, murmelte Dough und beugte sich weiter hinab, um die kleinen grauen Klettbällchen zu betrachten.

»Es ist ein neuartiger Überwachungschip«, erklärte Murray triumphierend. »Man heftet ihn im Vorbeigehen an die Person, die es zu überwachen gilt. Es ist der neueste Schlager unseres internen Entwicklungsbüros. Die Dinger sehen aus wie zu groß geratene Staubkörner. In

Wahrheit beherbergt jedes Minibällchen eine neue revolutionäre Technik, die es möglich macht, per Satellitenüberwachung die Position des Chipträgers weltweit fast auf den Meter genau zu bestimmen.«

»Und wie ist es ihnen gelungen, Cameron auszutricksen und ihm das Teil anzuheften, bevor er Sie zum Paket verschnürt hat?«

»Nach allem, was Sie mir über die Burschen erzählt haben, war ich darauf gefasst, dass er abhauen könnte. Ich habe ihm auf die Schulter geklopft, nachdem er das Fenster geöffnet hatte. Das hat gereicht, um ihn zu markieren.«

Murray grinste zufrieden und zückte sein Mobiltelefon. Kurz darauf rief er in seiner Zentrale an.

»Informieren Sie das Büro des Innenministers. Es gibt Neuigkeiten im Fall Jenna MacKay. Möglicherweise habe ich eine heiße Spur, wo man sie hingebracht haben könnte. In jedem Fall sollten wir die Jungs vom Special Air Service mobilisieren.«

John war sogleich in elektronisch verschließbare Ketten gelegt worden, noch bevor man ihn auf einen Sitz des Helikopters gestoßen und ihm ein Spezialprojektil ins Herz gejagt hatte.

Der Schmerz war unbeschreiblich. Es fühlte sich an, als ob die Brust explodierte und sämtliche Gefäße im Körper zerbersten würden, aber am schlimmsten war die anschließende Bewegungslosigkeit bei vollem Bewusstsein. Zunächst war John erschrocken, weil er mit einer solchen Behandlung nicht gerechnet hatte, aber dann beruhigte er sich damit, dass Cuninghame ihn sofort hätte töten lassen, wenn er nicht etwas anderes mit ihm plante.

Ein »Caput Mortuum« – die Umwandlung in einen Lakaien – war nur bei voller Beweglichkeit und klarem Bewusstsein möglich. Auf einer Trage wurde John in das unterirdische Reich von Corby Castle transportiert. Mit offenen Augen und völlig starr sah er die Kulisse einer künstlich geschaffenen Hölle an sich vorbeigleiten. Das Labor, in dem man ihn auf einem OP-Bett ablegte, erfreute sich gedämpfter Kerzenbeleuchtung und war im Kontrast dazu mit modernster medizinischer Technik ausgestattet.

Cuninghame trug einen schneeweißen Habit mit einer goldenen Cornuta auf der Schulter, als er hinzutrat, um John zu begutachten.

Man hatte John bis auf den Slip ausgezogen und an Hals, Fuß- und Handgelenken mit automatischen Aluminiumfesseln am Bett fixiert. Mehr und mehr hochgestellte Panaceaer kamen hinzu, alle in lange weiße Habits gehüllt. Sie betrachteten ihren Gefangenen wie ein seltenes Tier. Gierige Hände glitten über seinen Körper, als wäre er etwas, das sie schon lange zu berühren wünschten. Hilflos musste John sich gefallen lassen, dass sie keine Stelle seines Körpers ausließen. Er fühlte sich wie damals, als er zum ersten Mal nach seiner Umwandlung erwacht war.

»Entfernt ihm das Projektil!«, befahl Cuninghame mit heiserer Stimme. Ihm war die Erregung über seinen außergewöhnlichen Fang anzumerken. John spürte, wie Cuninghames Herz vor Aufregung raste, und er registrierte die Wellen negativer Energie, die ihm von allen Seiten entgegenschlugen. Er hätte aufschreien mögen, als sich die automatische Projektilzange mit einem leisen Summen über ihn herabsenkte und binnen Sekundenbruchteilen in sein wehrloses Fleisch schoss, um mit einem Ruck die Spezialmunition aus dem Herzmuskel zu entfernen. Während das Blut aus der frisch geschlagenen Wunde über seine Rippen lief, sprang sein Organismus nur langsam und unter unsäglichen Schmerzen wieder an. Das Zucken seines Leibes zeigte auch den umherstehenden Panaceaern, welchen extremen Qualen sie ihr Opfer ausgesetzt hatten.

Schwer atmend kam John wieder zu sich und richtete seinen Blick auf Cuninghame, der seine Reaktionen mit Genugtuung beobachtete.

»Wo ist sie, du Scheusal?«, stieß John hervor. »Ich will sie sehen. Ich will wissen, ob es ihr gutgeht.«

»Ziemlich viele Forderungen für einen Mann, der mir völlig ausgeliefert ist – findest du nicht?«

»Ich weiß, dass meine Anwesenheit alleine nicht ausreicht«, schleuderte ihm John mit aufgebrachter Stimme entgegen. »Du willst, dass ich einer der Euren werde. Wäre es nicht so, hättest du mich längst getötet. Aber das geht nicht ohne meine Mithilfe. Du benötigst einen offenen Geist, und den werde ich dir nur zur Verfügung stellen, wenn ich weiß, dass es Lilian wohlauf ist und ihr sie nicht töten werdet.«

»Darauf war ich vorbereitet«, knurrte Cuninghame. »Ich wollte dir ohnehin einen Handel vorschlagen. Wenn du dich ohne Probleme initiieren lässt, werde ich dir Lilian zur Frau geben. Sie wird dir eine gehorsame Sklavin sein, und du kannst dich ihrer bedienen, wann immer du willst.«

John nickte kaum merklich. Dabei musste er mühsam seine Gefühle unter Kontrolle halten. Am liebsten hätte er Cuninghame auf der Stelle massakriert.

Als Lilian in das Labor hineingeführt wurde, hielt John vor Erleichterung den Atem an. Äußerlich war sie immer noch jung und kräftig. Allerdings spürte er, dass ihre Körperspannung bereits nachgelassen hatte. Es war keine Frage von Stunden mehr, bis sie die ersten typischen Symptome eines Eternity-Entzuges an den Tag legen würde. Spontane Hauterschlaffung und Faltenbildung waren zunächst harmlose Anzeichen, aber schon bald darauf würden sich die Symptome eines raschen Entzuges wie im Zeitraffer zu einer Katastrophe auswachsen und ihren Körper qualvoll zerstören.

Lilian brach in Tränen aus, als sie John angekettet auf der Operationspritsche liegen sah. Die Wunde hatte bereits begonnen, sich zu verschließen, und doch entsetzte sie das viele Blut. Unvermittelt riss sie sich von den Wachen los und stürzte zu ihm hin. Sie beugte sich über ihn und küsste ihn. Er reagierte sofort, als ob er darauf gewartet hätte, und sie spürte, wie er bereitwillig seine Lippen öffnete und ihr mit seiner Zunge etwas in den Mund beförderte. Es war hart und länglich, eine winzige Kapsel. Als ob John ihre Gedanken vor dem Zugriff der Panaceaer blockieren wollte, sah er ihr unentwegt in die Augen und schluckte hart. Ohne weiter darüber nachzudenken, schluckte sie auch und spürte, wie ihr die Kapsel in den Magen rutschte.

Er lächelte schwach, als Lilian von ihm abließ, aber immer noch seine Hand festhielt.

»Was habt ihr mit ihm vor?« Verstört schaute sie auf und warf einen anklagenden Blick in die Runde.

Dann entdeckte sie ihren Bruder unter den Männern. »Alex, du kannst unmöglich zulassen, dass man John etwas antut!«

»Niemand will ihm etwas antun«, erwiderte Alex. »Wenn er die Initiation überstanden hat, wird er der Bruderschaft ein gehorsamer Diener sein. Nur auf diese Weise darf er sein Leben behalten.«

Plötzlich bemerkte Lilian, dass man auch ihren Vater in eine Art Mönchskutte gesteckt hatte, nur dass diese nicht weiß, sondern rot war. Er stand ein wenig hinter den anderen, und sein Blick wirkte so verklärt, als habe man ihm eine Droge gegeben.

»Zur Belohnung für seinen Gehorsam werden wir deinem Vater die Unsterblichkeit schenken«, erklärte Cuninghame mit getragener Stimme, nachdem er Lilians fragenden Blick registriert hatte. »Noch heute Nacht, wenn Neptun und Uranus im Oktagon der Planeten ihren heiligen Platz einnehmen, wird er einer der unseren werden und damit endlich Teil unserer Gemeinschaft.« Er lächelte jovial und streckte Lilian die Hände einladend entgegen. »Deine Anwesenheit ist bei beiden Ritualen erwünscht. Erst wenn dein Vater und John Cameron ihre Pflichten mir gegenüber erfüllt haben, werden du und deine kleine Freundin von euren Leiden erlöst.«

Lilian konnte sich denken, was er meinte. Jenna war inzwischen zur Greisin mutiert, und sie hatte nicht die geringste Ahnung, wann es bei ihr beginnen würde.

Cuninghame erhob in einer priesterlich anmutenden Geste die Hände und wandte sich an die übrigen weißgewandeten Männer. »So sei es!«, rief er aus.

»So sei es!«, schallte es von den Weißgewandeten im Chor.

Als die beiden Wachen Lilian zurück in den Kerker brachten, wurden sie von ihrem Bruder eskortiert. Mit wehendem Mantel schritt Alex durch die unterirdischen Gänge, dabei wirkte sein Gesicht im Lichte der flackernden Fackeln wie eine Maske. Lilian überlegte fieberhaft, wie sie ihn auf ihre Seite ziehen konnte. Wenn er überhaupt noch so etwas wie ein Gewissen besaß, durfte sie keine Gelegenheit auslassen, daran zu appellieren.

»Alex, ich flehe dich an: Komm wieder zu dir! Was hier geschieht, ist Wahnsinn. Die Weltöffentlichkeit muss es erfahren. Hilf mir zu fliehen, und alles wird gut!«

Abrupt blieb ihr Bruder stehen und gab den Wachen ein Zeichen, dass sie ebenfalls mit Lilian zu warten hatten. »Die Weltöffentlichkeit wird es erfahren«, erklärte er Lilian im Ton eines Sonntagspredigers. »Spätestens dann, wenn die Macht der Panaceaer so groß ist, dass sie einzig und allein die Geschicke unseres Planeten bestimmen.«

»Alex, was redest du da? Was hier geschieht, kann niemals der richtige Weg sein. Du musst aussteigen, solange es noch möglich ist.«

Alex packte sie hart bei den Schultern. »Sag mir, Lilian, was ist in *deinen* Augen der richtige Weg? Dass Terroristen die Welt beherrschen? Dass Religionen sich fortwährend bis aufs Blut bekämpfen? Dass Milliarden Menschen hungern, während eine kleine Minderheit in Saus und Braus lebt? Dass Banken die Ressourcen der Erde verschleudern nur wegen des schnellen Profits? Gott hat den Menschen Satan gesandt – in Gestalt der Versuchung, um sie zum Bösen zu verführen. Wenn sie dieser Versuchung nicht widerstehen können, sind sie seine Gnade nicht wert und müssen von dieser Erde hinweggefegt werden. Das allein *ist* der gerechte Weg, den zu ebnen wir auserkoren sind. Am Ende werden nur einige wenige übrigbleiben, die es wert sind, hier zu verweilen und eine neue Rasse der Unsterblichen zu gründen, die keiner Nachkommenschaft mehr bedarf.«

»Du glaubst also, du bist auserkoren?«

»Nicht nur ich, Lilian, sondern auch du und unsere ganze Familie. All unsere Vorfahren gehörten dazu. Auch unsere Mutter. Wir sind Kinder der Panaceaer, geboren in ihrem Auftrag und um ihnen zu dienen. Mutter hat es gewusst und wollte nicht weiter gehorsam sein. Das war der Grund ihres frühen Todes.«

»Was sagst du da? Hat Cuninghame sie etwa umgebracht? Oder war es vielleicht Bruder Mercurius?« Lilian sah ihn fassungslos an. »Habt ihr nicht gesagt, John habe sie auf dem Gewissen?«

»In gewisser Weise hat er das auch«, erwiderte Alex mit tonloser Stimme. »Cameron hat sie mit seinen Kampagnen dazu verführt, die Sicherheit der Bruderschaft zu verlassen und mit uns Kindern zu CSS überzulaufen. Auf dem Weg zu einer der geheimen Niederlassungen von CSS ereilte sie dieser furchtbare Unfall.«

»Im Klartext heißt das: Ihr Tod kam der Bruderschaft nicht ungelegen«, flüsterte Lilian. »Wahrscheinlich haben die Panaceaer sogar nachgeholfen.«

»Sie war eine Abtrünnige«, erklärte Alex ihr kalt. Er schnippte mit den Fingern, und die Wachen zerrten Lilian weiter voran. »Und ich will nicht, dass meine einzige Schwester ihrem schlechten Beispiel folgt.«

39

Highlands 2009 – »Die Bruderschaft«

Mugan Manor besaß eine uralte Bibliothek mit drei Meter hohen Bücherwänden, in denen von der Bibel bis zum dreitausendjährigen indischen Palmblattorakel alles zu finden war, was die Menschheit in spirituellen Fragen bewegt hatte. Und obwohl Bran in all diesen Büchern nie etwas gefunden hatte, das seine Trauer über Kittys Tod hätte heilen können, kam er doch gerne hierher, wenn er nachdenken musste.

Es war daher kein Zufall, dass er Ruaraidh, David, Malcolm und auch Wilbur hierher beordert hatte, um Johns Rettung zu organisieren.

Auf Paddy hatte er absichtlich verzichtet. Er hatte nicht die geringste Ahnung, wie der Ire auf Johns Verschwinden und ihre Pläne, ihm zur Hilfe zu eilen, reagieren würde. Es hieß, Paddy sei in den Labors beschäftig. Den Iren zog es ohnehin nie in die Bibliothek, also mussten sie nicht mit seinem plötzlichen Erscheinen rechnen.

»Setzt euch«, schlug Bran vor und wartete geduldig, bis der Letzte die Tür hinter sich geschlossen hatte. Nachdem sich jeder auf einen der wuchtigen Ledersessel niedergelassen hatte, ergriff Bran das Wort. »In den nächsten zehn Stunden müssen wir unter Beweis stellen, ob wir die Bezeichnung Kameraden verdient haben. Es geht um das Leben von John.«

»Was soll das heißen?« David sah ihn verdutzt an. »Ich denke, er sitzt in seinem Apartment und brütet über der Organisation einer Videokonferenz mit dem Vorstand.«

Mit wenigen Worten klärte Bran seine Kameraden über die Geschehnisse der letzten drei Stunden auf. Beiläufig zeigte er auf einem Laptop Satellitenbilder von jener Stelle, an der die Panaceaer John vermutlich gefangenhielten. Dort befand sich lediglich eine Ruine inmitten eines öden Landstrichs. »Die Ruine ist seit Jahren in Privatbesitz. Ich vermute, dass eine von Cuninghames Scheinfirmen das Gelände gekauft hat. Offensichtlich ist es uns entgangen, dass unser schwarzer Lord an dieser Stelle eine unterirdische Sommerresidenz bezogen hat.« Bran hob eine Braue und unterstrich damit, dass seine letzte Bemerkung ironisch gemeint war. »Wenn es uns nicht gelingt, John und

Lilian so schnell wie möglich aus den Klauen der Panaceaer zu befreien, werden wir beide verlieren.«

»Und wie stellst du dir das vor?« Malcolm war anzusehen, dass er die Aktion für mehr als gewagt hielt. »Wie willst du es schaffen, einen solch brisanten Einsatz zu organisieren, ohne Paddy davon in Kenntnis zu setzen?«

»Ich finde auch, wir sollten ihn in die Planung mit einbeziehen«, schlug David vor. »Immerhin ist er Johns Stellvertreter. Wir benötigen Ausrüstung und jede Menge Männer, sonst wird es kaum möglich sein, das Anwesen erfolgreich zu stürmen.«

»Wir können nicht einfach stürmen«, erwiderte Bran entschlossen. »Das ist zu riskant. Wenn die Panaceaer nur den leisesten Verdacht schöpfen, dass wir angreifen, werden sie Lilian und John entweder auf der Stelle töten oder versuchen, sie außer Landes zu bringen. Uns muss etwas einfallen, damit wir den Überraschungseffekt auf unserer Seite haben.«

»Und wie sollte das gehen?« David sah ihn zweifelnd an. »Rund um Corby Castle sieht es aus wie in einer Mondlandschaft. Mit Ausnahme von ein paar Bergen und Hügeln, die das Gelände unübersichtlich machen, kannst du auf hundert Yards sehen, wer sich nähert. Zumal wenn man über modernste Satellitentechnik verfügt. Es war kein Zufall, dass Cuninghame sich diesen Ort ausgesucht hat. So hatte er kurze Wege und konnte sein Vorhaben rasch in die Tat umsetzen, bevor John Gelegenheit hatte, lange über seine Reaktion nachzudenken.«

Bran kniff die Lippen zusammen. »Ein Grund, warum ich Paddy nicht dabeihaben will. Er würde Johns Vorgehen nicht gutheißen und ihn womöglich für seine Entscheidung verurteilen. Also bin ich auf eure kreativen Ideen angewiesen. Allzu viel Zeit bleibt uns nicht.«

Ruaraidh war aufgestanden, um zu einer der Bücherwände zu gehen. Mit Bedacht zog er einen beinahe zerfallenen, in Leder eingebundenen Kartenband aus dem 16. Jahrhundert heraus. Sorgsam legte er den Einband auf einen alten Eichenholztisch und schlug ihn ungefähr in der Mitte auf. »Seht euch das an!«, forderte er seine Kameraden auf. »Das ist eine Karte von Iona aus dem 15. Jahrhundert. Zu jener Zeit ein kostbarer Schatz, weil sie etwas enthielt, was damals kaum jemand wusste und das heute anscheinend niemanden mehr interessiert.«

Ruaraidh fuhr mit dem Zeigefinger an einer rötlichen Linie entlang, die das Pergament von Iona über Loch Scridain bis zur Insel Mull durchquerte, bis sie am Ben Mhor – was nichts weiter bedeutete als großer Berg – schließlich endete. »Unter anderem zeigt diese Karte einen unterirdischen Flusslauf, dessen Mündung damals nur bei Ebbe am felsigen Ufer von Loch Scridain zutage trat. Heute liegt die Stelle vollkommen unter Wasser und ist nur für Taucher zugänglich. Es hat Ansätze gegeben, die Höhle und damit den Flusslauf zu untersuchen, aber nachdem mehrere Wissenschaftler vor Jahren beim Versuch, in das verzweigte Gangsystem einzudringen, tödlich verunglückt waren, hat man davon Abstand genommen. Angeblich führt der Fluss direkt unter die Katakomben von Corby Castle. Die Festung stammt aus dem 7. Jahrhundert. Unweit des Ben Mhor gehörte sie den sogenannten Rabenpriestern, einer keltischen Sekte, die von ersten Missionaren aus Iona vertrieben worden war. Sie schworen den Christen ewige Rache und verschanzten sich auf Mull hinter den Mauern einer bis dahin einzigartigen Festung. Zu jener Zeit waren die Inseln noch mit dichten Wäldern bewachsen, und es gab unzählige Möglichkeiten, sich vor den Augen der Feinde zu verbergen. Der Fluss diente Dun Fitheach, wie die Festung von ihren Bewohnern genannt wurde, nicht nur als Wasserreservoir, sondern auch als geheimer Transportweg für Waffen und Nahrung. Wenn es zutrifft, was hier drin geschrieben steht, müsste es einen unterirdischen Zugang zur Festung geben.«

»Müsste?« Malcom sah ihn zweifelnd an.

»Wenn wir es nicht versuchen«, gab Wilbur mit zitternder Stimme zu bedenken, »werden wir nie erfahren, ob John dort gefangengehalten wird und wir ihn befreien können.«

»Wir haben ohnehin nur einen Versuch.« Bran war die Anspannung anzusehen. Sprungbereit wie ein Löwe, der auf seine Beute lauert, saß er in seinem Kampfanzug da, das dichte Haar im Nacken gebunden und die Brauen grimmig zusammengezogen. »Also, worauf warten wir noch?«

Als Lilian zu Jenna zurückkehrte, traf es sie wie ein Schock. Ihrer Freundin ging es weitaus schlechter. Ihre Haut glich Papier, und sie lag gekrümmt und zitternd, mit eingefallenen Wangen auf ihrer Pritsche.

Offenbar hatte sie vorübergehend das Bewusstsein verloren. Lilian selbst fühlte sich hingegen weitaus besser. In der Kapsel, die John in ihren Mund geschmuggelt hatte, musste irgendetwas enthalten gewesen sein, das nicht nur ihre Beschwerden stoppte. Sie spürte, wie ihre Kraft zurückkehrte und sogar zu wachsen begann. Mit Leichtigkeit konnte sie Jenna anheben und sie in den Arm nehmen, wie ein Kind, das man in den Schlaf wiegt.

»Mir geht's gar nicht gut«, flüsterte Jenna. »Hast du eine Ahnung, was für ein Zeug man mir gegeben hat?«

»Bleib ganz ruhig.« Lilian strich ihr sanft über das Haar. »Ich werde bei nächster Gelegenheit versuchen, Hilfe zu organisieren.« Innerlich kochte sie vor Wut. Warum musste ausgerechnet Jenna für ihre Dummheiten büßen? Und was bezweckten Cuninghame und Bruder Mercurius mit dieser grauenhaften Show? Wollten sie ihr damit unter Beweis stellen, zu was sie fähig waren und was geschehen würde, wenn sie nicht tat, was man von ihr verlangte?

In Gedanken verfluchte sie Bruder Mercurius und wunderte sich nicht schlecht, als wenig später die Tür zu ihrem Verlies geöffnet wurde und eine dürre, große Gestalt Einlass verlangte. Wie ein unseliger Schatten verharrte Mercurius im Halbdunkel, nachdem die Tür hinter ihm wie von Geisterhand geschlossen worden war. Er trug immer noch ein schwarzes Gewand, und erst jetzt wurde Lilian bewusst, dass er gar nicht bei Johns Gefangennahme in diesem seltsamen Labor dabei gewesen war.

»Du hast mich gerufen?« Seine Stimme hallte gespenstisch von den kahlen Wänden wider, und als er den Kopf hob, sah sie seine entstellten Gesichtszüge.

»Nicht, dass ich wüsste.« Lilian warf ihm einen spöttischen Blick zu. Sag nur, diese Fratze ist dein Lieblingsgesicht?«

»Die Owuto, ein ostafrikanischer Stamm, haben mich vor vierhundert Jahren mit ewiger Verdammnis gestraft«, beantwortete er ihre unausgesprochene Frage nach seiner Verwandlungsfähigkeit. »Sie wollten damit Vergeltung üben, weil ich zu einem Heer von Sklavenjägern gehörte, das einen Teil ihrer Familien verschleppt hatte. Nachdem ich in ihre Hände gefallen war, zerstörten sie mein Gesicht mit scharfkantigen Muschelschalen, und um meine Schmerzen zu steigern, übergossen sie meine Wunden mit einer geheimen Mixtur, die anhaltend tiefe Narben verursachte. Ihre Folter hatte aber auch etwas Gutes. Nachdem ich die Prozedur ohne Jammern überlebt hatte, bekamen die Owuto es mit der Angst zu tun. Ihre Medizinmänner und Zauberer glaubten, ich sei ein Gesandter des Satans, und brachten mich mit dem Unaussprechlichen in Kontakt. Es war ein Stein, der angeblich vom Himmel gefallen war und dem, der das Böse nicht scheute, außerordentliche Kraft verlieh. Man musste das Blut getöteter Feinde mit dem Stein in Berührung bringen und die Mixtur anschließend trinken. Ich spürte die Kraft, die von diesem Trunk ausging, kaum dass ich ihn hinuntergeschluckt hatte, aber auch die Schwäche, wenn ein paar Tage vergingen und er ausblieb. Ich begann mit dem Stein zu experimentieren und fand heraus, dass man mit der Mixtur alle Krankheiten heilen konnte. Eines Tages gelangte ich in den Besitz geheimer Schriften, die eine Verwendung des Steins mit anderen menschlichen Ingredienzien aufzeigte und das ewige Leben versprachen, wenn man sämtliche Skrupel ablegte, was den Umgang mit Menschen betraf, und noch ein paar Schritte weiterging. Ich konnte nicht widerstehen.« Er lachte heiser. »Ich entwickelte ein Elixier, das den Beschreibungen entsprach. Dafür benötigte ich unzählige getötete Menschen, um nur einem das ewige Leben zu schenken. Keine angenehme Angelegenheit, aber es verlieh mir jene Macht, die mir bis heute geblieben ist.«

Als er aufschaute, zwinkerte Lilian ungläubig, weil ihr sein Gesicht plötzlich jung erschien und von aristokratischer Schönheit war. Die schwarzen Locken und die olivfarbene Haut schimmerten matt wie Samt. Nur seine dunklen Augen behielten ihren dämonischen Glanz. »Damals wurde aus Matuín Lefèvre, einem einfachen französischen Korsaren, Bruder Mercurius, der Gesandte des Satans.«

Lilian wollte etwas erwidern, doch im nächsten Moment war Mercurius wieder das, was man sich unter einem leibhaftigen Teufel vorstellte.

»Wie ist so etwas möglich?« Ihre Abscheu verwandelte sich in Neugier.

»Meine Wandlungsfähigkeit gehört ins Reich der Illusion«, bemerkte er beinahe amüsiert. »Die Zauberer der Owuto lehrten mich die Fähigkeit, in den Geist anderer Menschen einzudringen und ihnen die Welt vorzuspiegeln, die sie sehen wollen.«

»Soll das etwa bedeuten, deine Opfer produzieren mit deiner Hilfe nur ihre eigene Wirklichkeit?« Lilians Stimme klang ungläubig.

»Es kommt darauf an.« Mercurius lehnte sich zurück und sah sie abwartend an.

»Worauf?«

»Was du zu glauben bereit bist.«

»Heißt das, ich war es selbst, die John erschießen wollte?«

»Du warst wütend auf ihn, und es fiel dir nicht schwer, es zu tun. Ich habe deine Schwachstelle ausgenutzt. Ich wusste, dass er es nicht zulassen würde. Er ist ein Unsterblicher und mit einer Reaktionszeit gesegnet, der kein normales menschliches Wesen folgen kann. Aber dein Ausfall kam mir gerade recht, um die notwendige Verwirrung zwischen dir und Cameron zu schüren, die letztendlich zu deiner Flucht führte und dazu, dass er sich die Schuld an allem gab, was darauf folgte.«

»Und was ist mit Jenna?« Lilian warf ihm einen wütenden Blick zu. »Ist das auch Illusion, oder kann ich daran etwas ändern? Ich will nämlich garantiert nicht, dass sie stirbt!«

Mercurius setzte eine hochmütige Miene auf. Dann streckte er seinen dürren Zeigefinger aus und berührte Lilians Freundin an der Wange. Sofort kam Jenna zu sich. Ihr Gesicht erblühte regelrecht, und sie schlug die Augen auf. »Lilian«, flüsterte sie. Ihr Blick fiel auf Bruder Mercurius. »Träume ich, oder sitzt da wirklich ein abgrundtief hässlicher Kerl?«

Bevor Lilian etwas antworten konnte, zog Mercurius den Finger zurück, und Jenna fiel erneut in Ohnmacht.

»Ich bin ja kein Unmensch«, krächzte er und zückte ein braunes Fläschchen aus seinem Habit. Dann hielt er es Jenna an die Lippen und träufelte etwas von der bernsteinfarbenen Flüssigkeit in ihren Mund.

»Sie wird sich bald erholen«, sagte er und steckte das Fläschchen wieder ein. »Wenn du tust, was wir von dir verlangen, werden wir nicht nur dich, sondern auch deine Freundin zu einer der unseren machen.«

»Dabei ist es dir ziemlich gleichgültig, ob wir das auch wollen – habe ich recht?« Lilian sah ihn herausfordernd an. »Warst du es, der Madlen und später meine Mutter umgebracht hat?«

Mercurius grinste süffisant. »Was für eine Frage! Ich fürchte, die Antwort könnte unser Verhältnis beeinträchtigen.«

»Ich wüsste nicht, dass wir je ein Verhältnis hatten, und die Wahrheit kann ohnehin nichts verschlimmern.«

»Wir sind eine Familie, Lilian«, entgegnete Mercurius mit einer weichen, einschmeichelnden Stimme, bei der sich ihr der Magen umdrehte. »Und wie bei jedem Clan ist ihr Überleben von der Integrität ihrer Mitglieder abhängig. Mit Madlen hat das Unglück begonnen, und mit deiner Mutter hätte es sich beinahe wiederholt. Bei dir wollten wir auf Nummer sicher gehen, zumal ich gleich nach deiner Geburt ahnte, dass du Madlens Seele besitzt. Eine Tatsache, die sich durch den Einsatz von Ayanasca letztendlich bestätigt hat.«

»Ich wüsste nicht, dass ich zu deiner Familie gehöre.« Lilian betrachtete ihn abschätzig. »Auf solche Verwandten kann ich gerne verzichten.«

»Auch wenn es dir nicht gefällt – ich bin das, was du einen Vorfahren nennen würdest.«

Lilian schüttelte energisch den Kopf. »Dass kann ich beim besten Willen nicht glauben. Ich dachte, John Cameron sei der Vater von Madlens Kind.«

»Nicht ausschließlich.«

»Was soll das bedeuten? Entweder ist man der Vater, oder man ist es nicht.«

»Warum vertraust du mir nicht?« Mercurius schürzte die Lippen, als ob er von Lilians abweisender Haltung enttäuscht wäre.

»Als Molekularbiologin vermag ich mir kaum vorzustellen, wie so etwas gehen sollte«, erwiderte sie misstrauisch.

»Ein Unsterblicher kann nicht mehr zeugen. Der Stein der Weisen zerstört seine Fortpflanzungsfähigkeit. Es war eine schmerzliche Erfahrung, als sich dieser Verdacht bestätigte. Zumal wir gerne Unsterbliche kraft einer Zeugung in die Welt gesetzt hätten.« Sein Lächeln war kalt und triumphierend. »Aber bei Madlens Kind verhielt es sich ein wenig anders. John war noch nicht unsterblich, als er das Kind gezeugt hatte, und ich hatte Gelegenheit, Madlen nahe genug zu kommen, um den Fötus mit meinen spirituellen Kräften zu beeinflussen. In einem hypnotischen Akt, den ich von den Medizinmännern der Owuto übernommen hatte, habe ich die Seele des Ungeborenen und Madlens Seele für immer markiert. Fortan konnte ich jederzeit einen geistigen Kontakt zu ihnen aufnehmen. Und so war es nur eine Frage der Zeit, bis eines Tages nach deren Tod einer von beiden in Gestalt eines weiteren Nachkommens zu mir zurückfinden würde.«

»Musste Madlen deshalb sterben? War es ein weiteres Experiment?«

»Dass sie angeschossen wurde, war nicht beabsichtigt. Um sie zu retten, hätte ich ihr von dem Elixier geben müssen, doch damit hätte die spätere Zeugungsfähigkeit den Fötus gefährdet. Es blieb uns nichts anderes übrig, als das Kind aus ihr herauszuschneiden. Ich wollte auf den Jungen nicht verzichten. Er sollte der Begründer einer neuen Generation von Menschen sein, die ausschließlich unseren Zwecken dienten.«

»Also habt ihr unsere Familie über Generationen beobachtet und deren Fortpflanzung manipuliert, und wenn ich dich richtig verstehe, hatten meine Vorfahren nie eine Chance, diesem Schicksal zu entgehen.« Lilian spürte, wie Tränen in ihr aufstiegen. Das, was sie in wenigen Tagen über ihre Herkunft und das Schicksal ihrer Familie erfahren hatte, war so ungeheuerlich, dass sie an ihrem Verstand zweifelte. »Musste meine Mutter deshalb sterben? Weil sie dieses teuflische Spiel nicht mehr mitmachen wollte?«

»Frauen wie Madlen und deine Mutter muss man vor sich selbst schützen«, konstatierte Mercurius mürrisch. »Ihr begreift einfach nicht, dass ihr Teil eines höheren Selbst seid und dazu bestimmt wurdet, dem einzig wahren Herrscher dieser Erde zu dienen. Ich musste früh erkennen, dass die meisten Menschen gierig und unersättlich sind und keinerlei Gnade verdienen. Ihre völlige Ausrottung ist der einzige Weg ins Paradies. Erst wenn nur noch ein kleiner Rest von Unsterblichen diese Welt bevölkert, wird der Friede auf Erden seinen Namen verdienen.«

»Also verstehen sich die Panaceaer als Retter der Erde«, erwiderte Lilian ironisch. »Warum verkauft ihr dann eure Droge und verschenkt sie nicht einfach, dann würde es mit der Ausrottung doch viel schneller gehen?«

»Wir müssen uns gedulden«, erklärte Mercurius leutselig. »Die Umwandlung benötigt Zeit. Wir können es uns nicht leisten, dass unsere Pläne im Chaos enden und am Widerstand des Volkes scheitern. Wenn wir bei den Mächtigen und Eitlen ansetzen, erreichen wir ein langsames, aber nachhaltiges Ergebnis.«

»Ich werde das Gefühl nicht los, dass es dir und den anderen ausschließlich um Macht geht, und damit seid ihr nicht besser als all die anderen, die ihr von der Erde hinwegfegen wollt.«

»Wie gut, dass wir Mittel und Wege haben, dich von der Notwendigkeit unserer Absichten zu überzeugen. Wenn John und dein Vater erst zur Bruderschaft gehören, wirst du deine Meinung ändern.«

Bran und seine Kameraden verluden in Windeseile Schlauchboote, Unterwasserequipment und Waffen in einen Helikopter, der sie zunächst nach Glasgow bringen und dann in Bunessan auf der Insel Mull absetzen sollte. Damit die Panaceaer keinen Verdacht schöpften, mussten sie diesen Umweg nehmen und später von einer abgelegenen Stelle der Insel mit motorisierten Schlauchbooten bis in die Mitte von Loch Scridain vorstoßen, um von dort aus den Einstieg in die Mündung des unterirdischen Flusses zu wagen.

Ein gewaltiger Störsender sorgte dafür, dass es den Panaceaern nicht möglich war, Mugan Manor per Satellit zu überwachen, aber das galt nicht für ganz Schottland und erst recht nicht für den Rest der Welt.

Auf dem Hangar herrschte eine gewisse Hektik, als Bran mit Ruaraidh, David, Malcolm und Wilbur die letzten Vorbereitungen klarmachte.

»Was ist hier eigentlich los?« Paddys donnernde Stimme ließ die Männer herumfahren.

Verdammt, dachte Bran. Wie ein Fels in der Brandung stand der Ire da, und sein grauen Augen verrieten, dass er sich hintergangen fühlte.

»Wo ist John?« Paddy warf Bran einen unwirschen Blick zu. »Hat *er* diesen Einsatz angeordnet?«

Niemand sagte etwas. Alle standen wie angewurzelt da, während der Pilot bereits die Maschine gestartet hatte.

Bran stützte seine Hände in die Hüften und trat Paddy mit entschlossener Haltung entgegen. »Ja, in gewisser Weise hat John diesen Einsatz angeordnet«.

Paddy kniff die Lider zusammen. Sein Blick wanderte von einem zum anderen. »Hier stimmt doch was nicht!«

»John ist nicht hier.« David versuchte den Helikopter zu übertönen, doch Paddy schien ihn nicht zu verstehen.

»Was?«

»John befindet sich in der Gewalt der Panaceaer!« Nun war es heraus, aber Paddy blinzelte immer noch ungläubig.

»Schaltet den Helikopter ab!«, bestimmte er harsch. »Ich will sofort wissen, was hier vor sich geht.«

Sichtlich verärgert gab Bran das Kommando an den Piloten weiter und berichtete Paddy in knappen Worten, was sie vorhatten.

»Und dabei wolltet ihr mich nicht dabeihaben?« Paddy ließ keinen Zweifel daran, wie sehr ihn Brans Vorgehen erzürnte. »Hat John das angeordnet?«

»Nein«, log Bran. »Wir dachten, du regst dich nur unnötig auf.«

»Ich bin kein Waschweib«, eiferte sich Paddy. »Außerdem habe ich den Vorteil, definitiv keinen Herzinfarkt zu bekommen, wenn mal etwas nicht so läuft, wie ich es mir vorstelle.«

»Und was willst du jetzt tun?« Bran rechnete damit, dass Paddy ihm Schwierigkeiten bereitete und den Einsatz verbot.

»Also …«, begann Paddy mit einem undefinierbaren Gesichtsausdruck. »Ich komme selbstverständlich mit. Ich gebe unseren Teams hier vor Ort nur noch ein paar abschließende Anweisungen, was zu geschehen hat, wenn wir in Schwierigkeiten geraten sollten.«

Dough musste zu seiner großen Überraschung erkennen, dass Murray im Handschuhfach seines Wagens einen GPS-Empfänger installiert hatte, der ziemlich genau angeben konnte, in welche Richtung der Helikopter mit John davongeflogen war und wo er sich nun befand. Murray hatte Dough das Steuer überlassen, während er sich mit dem vorhandenen Kartenmaterial befasste. Zwischenzeitlich telefonierte er immer wieder mit London. Das Lagezentrum des Innenministeriums hatte sogar dem Einsatz von zwei Kampfjets der Marke Eurofighter 2000 Typhoon zugestimmt und sie an jene Stelle entsandt, wo das Signal zuletzt geortet worden war.

Dass die Maschinen tatsächlich aufgestiegen waren, hatten sie vor zehn Minuten zu spüren bekommen, als die Jets im Tiefflug über sie hinweggedonnert waren.

Dough fuhr strikt nach Anweisung, und so wie es schien, näherten sie sich unaufhörlich einer regelrechten Steinwüste. Mittlerweile fragte er sich ernsthaft, ob sie womöglich auf dem falschen Pfad gelandet waren, weil es hier weit und breit keine Häuser und auch keine Vegetation gab. Nach einer Weile nahm Murray einen weiteren Anruf seiner Zentrale entgegen, und dann folgte plötzlich ein heftiges Wortgefecht. Murray brüllte, dass er sich bei der Queen höchstpersönlich über das Verhalten seines Innenministers beschweren werde.

»Was war denn los?«, wollte Dough wissen, nachdem Murray schwer atmend und mit hochrotem Kopf aufgelegt hatte.

»Scotland Yard hat den Einsatz abgebrochen.« Murray war die Resignation anzusehen. »Sie sagen, sie hätten das gesamte Gebiet vor zehn Minuten mit Militärjets abgeflogen und dabei sogar Infrarotsucher und Funkortungssysteme eingesetzt. Nichts. Nur Berge und Steine. Kein einziger Hinweis weit und breit auf die Anwesenheit von Technik und Menschen in diesem Gebiet.«

»Aber was ist mit dem Signal?« Dough hatte den Wagen gestoppt und sah den Detective verständnislos an. »Es gab doch ein Signal – ganz in der Nähe?«

»Keine Ahnung«, schnaubte Murray verärgert. »Vielleicht hat Cameron sein Hemd ausgezogen und es aus dem Helikopter geworfen?«

»Aber dann wäre das Signal doch noch da«, gab Dough zu bedenken. »Dass es nicht mehr vorhanden ist, lässt doch vermuten, dass Cameron sich nun irgendwo befindet, wo er abgeschirmt wird. Vielleicht in einem Bunker?«

Murray sah ihn an, als ob er überlegen müsse. »Oder man hat den Chip zerstört.«

»Ach was!«, erwidert Dough und wischte Murrays Bedenken mit einer entschlossenen Geste beiseite. »Wenn Scotland Yard und das Innenministerium uns die notwendige Unterstützung versagen, müssen wir eben auf eigene Faust ermitteln.«

»Na gut.« Murray seufzte. »Schlimmstenfalls erreichen wir nichts und bleiben ohne Benzin auf einer einsamen Straße liegen – oder auf der Suche nach einer offenen Tankstelle verirren wir uns in den Highlands. Also fahren Sie schon, Dough!«

John wurde es langsam mulmig zumute. Ein paar Helfer der Panaceaer hatten ihn mit Räucherwerk und feuchten Tüchern rituell gereinigt.

Überall um ihn herum hatte man Kerzen angezündet. Sphärische Klänge erfüllten den Raum. Eigentlich entspannend, dachte er, wenn sich über ihm nicht ein futuristisch wirkender Aufbau befunden hätte, der ihn an eine bevorstehende Hirnoperation erinnerte – ein Gestell aus Aluminium mit mehreren LCD-Leuchten und einem Schwenkarm, der eine Vorrichtung enthielt, in die man etwas einspannen konnte. Für ein »Caput Mortuum« benötigte man den radioaktiv geladenen Stein der Weisen – oder »Lapis Philosophorum«, wie er auch genannt wurde. Die Strahlung des Steins löschte binnen Minuten jegliche Persönlichkeitsmerkmale im Hirn des Probanden und machte ihn zu einem leeren Gefäß – einer Cornuta, das Symbol der Panaceaer. Dann wurde sein Geist im Sinne der Bruderschaft wieder aufgebaut. Diesen Vorgang hatte John bisher weder beobachten noch nachvollziehen können. Einzig, dass gefangene Panaceaer, die nicht zur Führungsebene gehörten, für kein normales Gespräch mehr zu gebrauchen waren, verriet ihm, wie barbarisch dieser Vorgang sein musste.

Die Abendsonne stand tief über Loch Scridain, einem langgezogenen Fjord auf Mull, der vor der Insel Iona in den Atlantik mündete. Bran und seine Kameraden glitten vom Boot lautlos ins Wasser, als sie die Mitte des Lochs erreicht hatten. Sie trugen wasserdichte Taucheranzüge, und obwohl sie auch ohne Sauerstoff in der Lage waren, lange Strecken zu tauchen, zogen sie es vor, Sauerstoffflaschen zu verwenden und Gesichtsmasken, die eine Kommunikation per Funk zuließen.

Die schweren Claymore-Schwerter trugen sie wie Harpunen in der Hand. Es waren die einzigen Waffen, die man gegen einen Panaceaer einsetzen konnte, um ihn ins Jenseits zu befördern. Im Nu hatten Bran und die anderen das Loch durchquert, wobei Ruaraidh vorab die Strömung berechnet hatte, damit sie punktgenau an der richtigen Stelle landeten. Mit einem Unterwasserscheinwerfer ausgerüstet, führte er seine Kameraden zu jener Stelle, wo sich der Einstieg in eine längst vergessene unterirdische Wasserwelt offenbarte.

Beim Eintauchen in die Höhle verwandelte sich der türkisfarbene Widerschein des Atlantiks schlagartig in ein nachtblaues Nichts.

Wie ein Schwarm zu groß geratener Fische blieben sie dicht beieinander, um sich gemeinsam in einer Düsternis ohne Oben und Unten zu orientieren. Als sie plötzlich vom kalten Sog eines Strudels erfasst wurden, der ihnen aus einem Seitenarm der Höhle entgegenströmte, gab Ruaraidh ein Zeichen. Der elektronische Kompass zeigte in die Richtung, aus der das Wasser strömte. Die zuvor am Computer berechnete Route deckte sich mit dem Standort und dem Verlauf des Flusses. Der unterirdische Fluss von Corby Castle existierte also tatsächlich.

Die Männer mussten ihre ganze Kraft aufbringen, um der starken Strömung entgegenzuschwimmen. Stellenweise war der Druck so kräftig, dass Bran das Gefühl nicht loswurde, auf der Stelle zu verharren. Es schien ewig zu dauern, bis sie eine Meile zurückgelegt hatten.

»Wie weit noch?« Wilbur verließen offenbar die Kräfte, als er nach knapp einer Stunde die Stille durchbrach.

»Ich werde versuchen aufzutauchen«, erwiderte Ruaraidh. Mit einem Ultraschallsender überprüfte er permanent die Ausmaße des Flussbetts und ob das Wasser die Höhle gänzlich ausfüllte. Da das Wasser bergab zur See stürzte, musste irgendwo die Höhe des Meeresspiegels überschritten werden, und erst dann würde es möglich sein, aus den Fluten aufzutauchen, um sich neu zu orientieren.

Als Ruaraidh die Wasseroberfläche erreichte, hatte er keine Ahnung, wie groß der Abstand an dieser Stelle zur Höhlendecke sein würde. Im Mittelalter hatte man den Fluss angeblich nur bei Ebbe befahren. Instinktiv zog er den Kopf ein und leuchtete vorsichtig in die Umgebung. Unvermittelt stieß er einen überraschten Laut aus.

»Kommt nach oben, das müsst ihr euch ansehen«, rief er.

Dough Weir war überraschend zum Drill-Instructor mutiert, während er Detective Chief Superintendent Murray, der ihm eigentlich nicht unsportlich schien, durch die gottverlassene Gegend des Ben Mhor scheuchte.

Den Wagen hatten sie etwa drei Meilen zuvor stehen lassen müssen, weil die Wege so schlecht geworden waren, dass Murray einen Achsenbruch befürchtete, wenn sie auch nur noch einhundert Yards weitergefahren wären.

»Ich weiß nicht, was Sie mit diesem Gewaltmarsch bezwecken wollen, Dough?«, keuchte er hinter ihm.

Dass Murray eindeutig das falsche Schuhwerk für eine Wanderung im Geröll trug, ignorierte Dough geflissentlich. Er war von einem unerklärlichen Ehrgeiz ergriffen. »Jetzt kommen Sie schon, Detective!«, feuerte Dough ihn ziemlich mitleidslos an. »Laut Karte sind es nur noch zwei Meilen bis zu der Stelle, wo das Signal erloschen ist.«

Murray hob schnaubend den Kopf, und Dough sah, dass sein Blick zum Ben Mhor hinaufwanderte und dann über die kargen Hügel und Felsen dieses Landstrichs.

»Waren Sie jemals bei der Armee?« Dough dachte sich, wenn er den Polizisten in eine Unterhaltung verwickelte, würde er vielleicht alle Anstrengungen vergessen.

»Nein«, stieß Murray zischend hervor. »Ich bin gleich zur Polizei gegangen.«

»Ich war in Nordirland«, rief Dough ihm zu. »Vor mehr als dreißig Jahren. Da ist das hier ein Klacks dagegen. Überall Heckenschützen, und wenn du im Häuserkampf nicht getroffen werden willst, musst du rennen können wie ein Hase. Einmal hat es einen Kameraden erwischt. Kopfschuss. Er war nicht fit genug. So etwas vergisst man nicht.«

Murray war anzusehen, dass ihn Doughs Geschichten nicht gerade erheiterten. Der Detective wurde immer langsamer und sein Abstand zu Dough, der wie ein abenteuerlustiger Pfadfinder die Anhöhe hinaufstürmte, immer größer.

Vor dem nächsten Hügel blieb Dough stehen und wartete demonstrativ auf Murray. Als der Detective sich trotz aller Unlust so weit genähert hatte, dass er ohne zu schreien mit ihm reden konnte, vergrößerte Dough erneut den Abstand. Plötzlich blieb er stehen, drehte sich um und warf die Arme in die Höhe. »Ich sehe was, was Sie nicht sehen!«, rief er Murray triumphierend entgegen. »Ich glaube, wir sind am Ziel!«

Murray beschleunigte seine Schritte, wie ein durstiges Pferd, das ein Wasserloch wittert.

Umso unmissverständlicher offenbarte sich seine Enttäuschung, als Dough ihm eine uralte Ruine mit drei gewaltigen Türmen präsentierte. Weit und breit war keine Menschenseele zu sehen, nur der Wind pfiff um die ockerfarbenen Steine.

»Und?« Murray warf Dough einen verdrießlichen Blick zu. »Was soll das jetzt bedeuten?«

»Hier ist exakt die Stelle, wo das Signal verstummt ist. Vielleicht finden wir dort unten das Hemd.« Dough zwinkerte ihm hoffnungsfroh zu.

»Vielleicht sollten wir nach Trümmern suchen, weil der Helikopter hier irgendwo vom Himmel gefallen ist«, spöttelte Murray und wandte sich zum Gehen.

Wenn es um seine Glaubwürdigkeit ging, verstand Dough keinen Spaß, erst recht nicht, weil Murray sich über ihn lustig machte. »Okay«, sagte er sichtlich verärgert. »Dann kehren Sie eben um. Wenn Sie lieber den Preis des Verlierers zahlen wollen, anstatt Doughs alter Spürnase zu vertrauen.«

»Wissen Sie was?« Murray stampfte auf Dough zu wie ein Stier, dem man ein rotes Tuch entgegenhielt, dabei hob er seinen rechten Zeigefinger in Oberlehrermanier und tippte Dough so fest auf die Brust, dass es wehtat. »Genau das werde ich tun! Sie sind das, was man einen echten Quälgeist nennt. Ich kann mir lebhaft vorstellen, dass sie bei Ihren Kollegen nicht sehr beliebt waren.«

Dass Murray ihn als einen Querulanten bezeichnete, traf Dough bis ins Mark. Der Stachel saß deshalb so tief, weil Dough selbst nicht sicher war, ob Murray vielleicht recht haben konnte.

»Gehen Sie zum Teufel«, schnaubte Dough. »Ich komme auch allein zurecht. Sollte ich jedoch etwas finden, werde ich es nicht Ihnen, sondern Agent Remmington melden.«

Während Murray sich umdrehte und demonstrativ davonmarschierte, steuerte Dough direkt auf die Ruinen zu. Er war fest entschlossen, den Gegenbeweis zu führen, dass sich hier etwas befand, mit dem niemand rechnete. Sollte die Welt doch im Angesicht von Scotland Yard und MI5 an diesen verdammten Panaceaern zugrunde gehen. Dough Weir würde es jedenfalls nicht zulassen, solange er noch atmen konnte. Und am Ende würde er die Lorbeeren kassieren, frei nach dem Motto: Seht her, ich hab's gewusst, aber mir hat ja niemand geglaubt.

Dabei verdrängte er geflissentlich den Umstand, dass er mitten in den Highlands festsaß, wenn Murray nicht mit dem Wagen auf seine Rückkehr wartete.

Wie ein Spürhund stöberte Dough zwischen den uralten Mauern umher. Äußerlich war die Architektur der gewaltigen Anlage noch gut zu erkennen. Im Innern waren etliche Treppen zusammengebrochen. Dough arbeitete sich vorsichtig zu einem Untergeschoss hinab, indem er eine schmale unbefestigte Stiege hinunterkletterte. Der Boden war mit gelblichem Staub bedeckt, und wenn ihn nicht alles täuschte, waren darin frische Fußspuren zu sehen. Obwohl ihm eine innere Stimme eine deutliche Warnung erteilte, kletterte Dough weiter in einen Gewölbekeller hinunter. Hier verharrte er einen Moment, weil er glaubte, jemanden reden zu hören. Als völlig unvermittelt im Mauerwerk eine Tür aufsprang und ein Lichtschein auf Dough fiel, schrak er geistesgegenwärtig zurück. Doch es war zu spät. Die beiden schwarzuniformierten Wachmänner hatten ihn längst gesehen, und ehe Dough überhaupt realisierte, dass man ihn angegriffen hatte, saß er gefesselt vor einem weißhaarigen Mann in einer ebenso weißen Kutte.

»Wer ist der Kerl?« Der Weißhaarige schien nicht gerade erbaut über Doughs Besuch zu sein.

»Er schlich draußen in den Mauern herum.«

»Gebt ihm eine Injektion und lasst ihn wieder laufen. Wahrscheinlich ist er nur ein Tourist. Er wird sich an nichts erinnern.«

Dough wollte schon aufatmen. Seit er dieses Ayanasca-Zeug von Lilian bekommen hatte, zeigten Injektionen, die das Gedächtnis löschten, offenbar keine Wirkung mehr. Jedenfalls war es bei CSS so gewesen. Also konnte er sich beruhigt zurücklehnen und abwarten, wohin man ihn brachte. Er würde ein bisschen verwirrt tun und dann alle Hebel in Bewegung setzen, um Remmington und Murray zu mobilisieren.

»Moment mal?« Einer der Wachleute sah ihm prüfend ins Gesicht. »Ich kenne den Kerl. Er ist der Zeuge von Leith, den Hancock und Leroy beseitigen sollten. Stattdessen sind sie John Cameron in die Falle gegangen, und er hat den Mistkerl befreit und ihm das Gedächtnis gelöscht.«

»Und warum sitzt er jetzt hier?« Die Lider des weißhaarigen Kuttenträgers waren nur noch schmale Schlitze.

»Keine Ahnung. Vielleicht hat er doch was mit Cameron zu tun?«

»Ich hab's mir anders überlegt«, knurrte der Weißhaarige. »Bringt ihn zu den übrigen Gefangenen ins Verlies! Wir beschäftigen uns später mit ihm.«

40

Highlands 2009 – »Seelenschau«

Lilian sann auf Rache. Spätestens nachdem Mercurius den Kerker mit der Bemerkung verlassen hatte, dass sie in wenigen Stunden Zeugin eines großartigen Spektakels werden würde. In einem einzigartigen Initiationsritus werde er John und ihren Vater zu echten Panaceaern weihen.

Es hatte Lilian einige Mühe gekostet, ihre Gefühle gegenüber Mercurius zu verbergen. Aber sie lernte schnell, denn offenbar besaß er die Gabe, direkt in ihre Seele zu schauen. Merkwürdigerweise ging es auch umgekehrt, denn plötzlich hatte sie die eisige Kälte gespürt, die von seinem inneren Wesen aufstieg. Da war nichts, was auf Gnade oder Mitgefühl schließen ließ. Das Einzige, was seine egozentrische Persönlichkeit interessierte, waren seine Experimente und die maximale Steigerung seiner Macht.

Ihre Wahrnehmung hatte sich eindeutig sensibilisiert. Es musste an der Kapsel liegen, die John ihr in den Mund geschmuggelt hatte. Von Minute zu Minute fühlte sie sich kräftiger. Ihr Kopf erschien ihr so klar, als hätte ein Orkan den Nebel darin einfach hinweggefegt. Ihre Muskeln strotzten vor Kraft, und sämtliche Sinne hatten in den letzten zehn Minuten eine unheimliche Steigerung erfahren. Sie konnte sogar spüren, dass es Jenna besser ging, seit Mercurius ihr die Tropfen verabreicht hatte. Ihre Haut war praller und rosiger geworden, und nachdem Mercurius den Kerker wieder verlassen hatte, kam sie endlich wieder zu Bewusstsein.

Lilian stand auf und sah sich gründlich um. Die Hoffnung, ihrem Schicksal trotzen und ausbrechen zu können, durchflutete sie so plötzlich, wie das Gefühl, Bäume ausreißen zu können.

Jenna hatte sich aufgesetzt und beobachtete Lilian, wie sie sich streckte und ein paar Dehnübungen vollzog und anschließend ruhelos das fensterlose Verlies durchquerte, als sei sie auf der Suche nach einer weiteren Tür oder einem Fenster.

Das Einzige, was Lilian interessant erschien, waren die uralten Ketten, die von den drei Meter hohen Wänden und Decken herabbaumelten.

Sie nahm sich ein langes Ende und zog mit aller Kraft daran. Keuchend stemmte sie sich mit einem Fuß gegen die Wand, um den Zug zu verstärken.

»Was machst du da?« Jenna warf ihr einen zweifelnden Blick zu.

»Ich suche nach einer Möglichkeit, abzuhauen. Vielleicht können wir eine der Wände zum Einstürzen bringen?«

»Das ist absurd«, gab Jenna zurück, dabei wanderte ihr Blick an den massiven Steinmauern entlang, bis hin zu der vergitterten Eichenholztür. »Das ist ein uralter Kerker. Wer immer hier seine Feinde untergebracht hat, wollte sie einsperren bis in alle Ewigkeit. Wenn du nur lange genug suchst, wirst du todsicher auf die Knochenreste irgendwelcher unseliger Vorgänger stoßen, die hier unten verrottet sind.«

»Gerade das ist es, was mir Hoffnung macht«, erwiderte Lilian. »Alles ist alt und marode, und offenbar hatten unsere Peiniger bisher keine Gelegenheit oder keinen Sinn dafür, den Laden zu renovieren. Schau dir doch nur das Licht an der Decke und die provisorischen Klos an! Nicht gerade professionell.« Lilian strengte sich noch einmal an, weil sie spürte, wie das ins Mauerwerk eingelassene Ende der Kette nachgab.

Plötzlich verlor sie das Gleichgewicht und fiel auf ihren Hintern. Mit einem lauten rasselnden Geräusch sauste die schwere Eisenkette auf sie herab. Ein paar Steine folgten und zersplitterten am Boden. Staub wirbelte auf.

»Hast du dir was getan?« Jenna humpelte besorgt zu ihr hin. Obwohl es ihr besser zu gehen schien, bewegte sie sich immer noch wie eine Greisin.

»Bis auf die Tatsache, dass mein Trommelfell womöglich geplatzt ist«, antwortete Lilian und rieb sich die Ohren, »geht es mir gut.«

»Trommelfell geplatzt?« Jenna konnte mit ihrer Bemerkung nichts anfangen. Johns Kapsel hatte nicht nur Lilians Muskeln gestärkt, sondern allem Anschein nach auch ihr Gehör geschärft, und selbst ihr Geruchssinn hatte sich gesteigert. Der modrige Gestank des feuchten Gemäuers stieg ihr weitaus penetranter in die Nase als noch zuvor.

Irgendwo waren Schritte zu hören. Sofort hatte sie ein Bild vor Augen. Drei Männer. Zwei davon groß und kräftig. Der dritte war leichter und hatte einen unregelmäßigen Gang – als ob er taumelte oder torkelte wie ein Betrunkener. Mit einem Mal konnte sie sein Unbehagen spüren. Eine schräge Mischung aus Wut, Angst und Widerstand. Die Schritte kamen näher. Lilian nahm die gut zwei Meter lange Eisenkette in die Hand und postierte sich hinter der Eingangstür, den Rücken dicht an das Mauerwerk gepresst. Einen Moment stieg Unsicherheit in ihr auf. Was wäre, wenn Bruder Mercurius noch einmal hierher zurückkehrte und ihre Absichten erriet? Obwohl er es hätte ahnen können, hatte er anscheinend nichts von ihren aufkeimenden Fähigkeiten bemerkt. Sie versuchte an etwas anderes zu denken. Sommer in Edinburgh. Eiscafé bei Starbucks. Erdbeertörtchen bei Greggs. Sie durfte nicht an Flucht denken und weder Angst noch Herzrasen zulassen.

»Was soll das werden, wenn's fertig ist?« Jenna schaute sie entgeistert an.

»Sei still«, flüsterte Lilian und spannte die Kette zwischen ihren Fäusten, als ob es sich nur um ein Springseil handelte.

Als die Tür aufflog und die Wachen einen Mann in die Zelle hineinstießen, stürzte Jenna ihnen entgegen und gab einen überraschten Schrei von sich. »Mein Gott, Dough! Wie kommen Sie denn hierher?«

Nicht nur die Aufmerksamkeit des Wachmanns war für einen Moment von dieser Szene gefesselt, auch Lilian musste zweimal hinschauen, um zu erkennen, dass es sich bei dem kleinen bulligen Kerl tatsächlich um Dough Weir handelte. Offenbar hatte man ihm kurz vor der Zelle die Handschellen abgenommen, weil er sich demonstrativ die Handgelenke rieb. Als ein zweiter Wächter folgte, um nach dem Rechten zu sehen, setzte Lilian alles auf eine Karte. Sie holte aus und schlug dem Mann mit voller Wucht die Kette ins Kreuz. Zu Lilians eigener Überraschung war der Schlag so hart, dass der Mann zu Boden stürzte und dabei sogar noch seinen Kollegen mitriss. Ehe sich die beiden versahen, hatte Dough reagiert und dem ersten Söldner die Waffe aus dem Holster entwendet. Dann duckte er sich blitzschnell und schoss dem am Boden liegenden Söldner direkt ins Herz. Der zweite Mann schnellte nach oben, doch Lilians Kette traf ihn am Kopf. Er taumelte und schien sich zu fangen, aber bevor es dazu kam, zielte Dough und erwischte auch ihn mitten ins Herz.

Lilian stand ebenso sprachlos da wie Jenna, als Dough die Männer entwaffnete und ihnen sämtliche Kommunikationsgeräte abnahm.

»Los, los, Mädels!«, zischte er und nahm Jenna im Vorbeigehen in seine Arme, um sie zu tragen. »Lasst uns abhauen.«

Lilian blickte noch einmal ungläubig zurück, bevor sie die Kerkertür hinter sich ins Schloss warf. Mit reichlich Genugtuung verriegelte sie den ebenso einfachen wie uralten Schließmechanismus. Wahrscheinlich dauerte es nicht lange, bis die beiden Söldner vermisst würden, aber bis dahin hatten sie zumindest eine Chance, zu entkommen.

Vor ihnen tat sich ein Labyrinth von Gängen auf. »Mein Gott, Dough«, stieß sie erleichtert hervor. »Ich hatte schon gedacht, sie hätten dich umgebracht.«

»So leicht bringt man den alten Dough nicht um«, knurrte er selbstbewusst und erzählte den Frauen, was bisher passiert war.

»Vielleicht gelingt es Murray doch noch, die Kollegen zu aktivieren«, warf Jenna hoffnungsvoll ein.

»Bisher haben sich Scotland Yard und MI5 nicht gerade mit Ruhm bekleckert, was diese Sache angeht«, gab Dough ärgerlich zurück. »Ehrlich gesagt, sind meine Hoffnungen nicht allzu groß.«

»Und wo sollen wir jetzt hin?« Lilian schaut Dough ratlos an.

Dough wandte sich unentschlossen in die verschiedenen Richtungen. »Keine Ahnung«, stellte er resignierend fest. Er ließ Jenna zu Boden und streckte sich, um eine Fackel vom Haken zu nehmen. Danach bat er Jenna, auf seinen Rücken zu klettern und sich an ihm festzuhalten, was ihr nur mühsam gelang.

»Eigentlich ist es ganz egal, wo wir hingehen«, resümierte er tonlos. »Die Panaceaer sind auf Lichtquellen nicht angewiesen. Es scheint lediglich Dekoration zu sein. Sie können von überallher kommen und sehen uns weit früher, als wir sie bemerken könnten.«

»Lass mich vorangehen«, erklärte Lilian. »John hat mir eine Kapsel gegeben, die mich auch in der Dunkelheit sehen lässt. Ich denke, es war Eternity. Ansonsten wäre ich jetzt genau so übel dran wie Jenna.«

»John? Du hast John gesehen?« Dough warf ihr einen entgeisterten Blick zu. »Wo ist er, und warum konnte er Jenna nicht helfen und euch befreien?«

»Die Panaceaer halten ihn in einer mittelalterlich anmutenden Alchimistenküche gefangen«, erklärte Lilian, und dabei hielt sie Dough die Neuigkeit vor, dass sich auch ihr Bruder und ihr Vater in den Katakomben befanden und welche Rolle sie spielten. »Mich haben sie zunächst auch dorthin gebracht«, fuhr sie fort. »John hatten sie auf einem OP-Tisch mit Stahlfesseln fixiert. Cuninghame und Mercurius wollen ihn einem ›Caput Mortuum‹ unterziehen. Ich soll dabei zuschauen.«

»Caput Mortuum?« Dough sah begriffsstutzig zu ihr auf.

»Sie wollen seine Persönlichkeit auslöschen«, erklärte Lilian hastig, »und durch einen Gehorsamskodex ersetzen, der ihn zu einem willenlosen Geschöpf der Panaceaer macht.«

»Das hört sich nicht gut an. Wo ist er jetzt?«

»Wenn ich das wüsste. Ich habe hier unten vollkommen die Orientierung verloren. Fest steht nur, wenn es uns nicht gelingt, ihn rechtzeitig zu befreien, besitzt er allenfalls die Willenskraft einer Gurke.«

Ruaraidh kletterte mit einer fließenden Bewegung aus dem Wasser und entledigte sich seines Taucherequipments. Seine Kameraden folgten ihm prustend und schwangen sich der Reihe nach auf die in Stein gehauene Uferzone, die mindestens drei Meter breit war und dem dahinrauschenden Fluss scheinbar ins Unendliche folgte. Keiner von ihnen hatte eine Vorstellung davon, was sie hier unten erwartete. Obwohl Ruaraidh intensiv danach geforscht hatte, war die Suche nach weiteren Hinweisen auf die frühere Festung erfolglos geblieben. Die Höhlenwände, die den Weg begrenzten, waren übersät mit Rabensymbolen, die ein Künstler aus grauer Vorzeit in den Stein gemeißelt hatte. Für einen Moment verfolgten die Männer staunend das filigrane Relief. Paddy übernahm wie erwartet das Kommando und führte die kleine Truppe in nördliche Richtung, wo sie den Zugang zur Burg vermuteten. Nacheinander marschierten sie barfuß über den glatten Stein. Wilbur folgte als Letzter. Bran hatte ihn angewiesen, sein Claymore in der Hand zu halten, und die kleine Harpunenpistole mit je zwölf Schuss pro Magazin, die als Ersatz für eine herkömmliche Waffe diente, sollte er zunächst nur am Holster tragen.

Nachdem sie noch nicht einmal wussten, ob John sich überhaupt in den Ruinen von Corby Castle aufhielt, war schwer zu sagen, wie viele Söldner Cuninghame bereithielt, um die ehemals stattliche Anlage zu verteidigen.

Paddy führte sie so zielstrebig an, als ob er den Weg schon Hunderte Male gegangen wäre, und nicht nur Bran wunderte sich über dessen selbstverständliches Handeln. Ruaraidh warf Bran einen undefinierbaren Blick zu, indem er eine Braue hochzog, wie zu einer Frage, aber niemand sagte ein Wort. Im Gegensatz zu Wilbur, dessen Aufregung für Bran deutlich zu spüren war, hielten die anderen ihre Gefühle zurück, als ob es sich um ein Pokerspiel handelte.

Vielleicht gründete Paddys scheinbarer Gleichmut darin, dass er in Wahrheit immer noch wütend auf John war und ihre Rettungsaktion als lästige Pflichtübung betrachtete.

Ruaraidh bemühte seinen GPS-Empfänger, den er am Handgelenk trug, um die Position zu checken. »Da vorne müsste es sein«, rief er Paddy zu, aber der drehte sich noch nicht einmal um.

In zweihundert Yards machte der Fluss eine Biegung, und davor konnte Bran ein kleines Plateau erkennen. Aus dem Felsen ragten steinerne Pflöcke. Es war eine Bootsanlegestelle, und nicht weit dahinter tat sich ein drei Meter hohes Tor auf, das abseits vom Fluss in eine dahinterliegende absolute Dunkelheit führte. In die Umrandung des Tores hatte man fratzenhafte Rabenköpfe geschlagen, die jedem Ankömmling symbolisch das Reich des Todes ankündigten. Außer dem plätschernden Wasser waren nur die Schritte der Eindringlinge zu hören, und ein paar Fledermäuse suchten von den unnatürlichen Geräuschen aufgeschreckt das Weite.

»Das muss es sein«, sagte Paddy, und ohne zu warten, durchschritt er den Eingang.

Bran schob sich vor Wilbur, der als Letzter folgte. »Du bleibst dicht hinter mir, Junge«, raunte er Wilbur zu. »Ich will nicht, dass dir der erstbeste Panaceaer, der uns über den Weg läuft, gleich den Kopf abschlägt.« Im Stillen ärgerte Bran sich über Paddys unbekümmertes Vorgehen.

Wilbur gehorchte widerstandslos. Obwohl er schon hunderte Jahre auf dem Buckel hatte, würde er immer der Jüngste in der vom Schicksal zusammengewürfelten Familie der Unsterblichen bleiben.

Bran fühlte sich für den Jungen genauso verantwortlich wie John. Eine Tatsache, die ihm beinahe zum Verhängnis geworden wäre, als er vor dreihundertfünfzig Jahren versucht hatte, Wilbur aus den Klauen der Panaceaer zu retten, und dabei selbst zum Gefangenen wurde. Bilder stiegen in ihm auf, als er nur einen Hauch davon entfernt gewesen war, Cuninghames gehorsamer Diener zu werden, wie er seine willenlosen Lakaien gerne bezeichnete. Wenn John nicht eine ganze Piratenmeute mit der Aussicht auf einen sagenhaften Goldschatz mobilisiert hätte, um ihn und den Jungen zu befreien, stünden sie nun – wenn auch unfreiwillig – auf der Gegenseite.

Nachdem sich die Truppe etwa eine halbe Meile im Hauptstrang eines unterirdischen Labyrinths in Richtung Burg bewegt hatte, riss Bran ein plötzliches Geräusch aus seinen Gedanken.

»Feindkontakt!«, zischte Paddy.

»Panaceaer?« Ruaraidh flüsterte er beinahe lautlos. »Woher können sie überhaupt wissen, dass wir hier sind?«

»Gute Frage«, raunte Bran und nahm sein Claymore fester in die Hand.

Für eine Antwort blieb keine Zeit. Im Nu waren sie von Söldnern umzingelt. Bran stieß Wilbur in einen Seitengang. »Versteck dich!«, zischte er ihm zu.

Wilbur nickte. Ihm war der Unmut anzusehen, aber der bedingungslose Gehorsam seinem Lehrmeister gegenüber siegte.

Fluchend zog Bran seine Harpunenpistole und zielte auf den erstbesten Panaceaer, der ihm entgegenstürmte. Der Schuss saß, und der Mann taumelte zu Boden. Bran fackelte nicht lange und köpfte den Angreifer, so gut es in der Enge des Labyrinthes überhaupt möglich war. Er musste zweimal zuschlagen, bis sich das Haupt endlich vom Rumpf trennte. Malcolm, Ruaraidh und David preschten nach vorne. Wie eine blutige Walze gingen sie im Takt ihrer Schwertschläge voran und stellten sich todesmutig einer hartnäckigen Übermacht. Selbst die abgefeuerten Schüsse vermochten sie nicht aufzuhalten. Gegen die von beiden Seiten verwendete Spezialmunition gab es keinen wirksamen Schutz, weil sie sämtliche Materialien durchschlug. Bran sah, dass Malcolm einen Streifschuss an der Hüfte abbekommen hatte, und Ruaraidh hatte es auf Höhe der Brust erwischt, aber Gott sei Dank auf der falschen Seite. Trotzdem kämpften sie ungebremst weiter und schafften es gemeinsam mit Bran zu einer Halle, in der sich nur zwei Gänge trafen und es wenigstens die Möglichkeit gab, mit einer gewissen Rückendeckung zu kämpfen.

»Bevor sie mich schnappen«, stieß Ruaraidh gepresst hervor, gehen mindesten zehn von ihnen mit. Bran glaubte ihm, denn er alleine war für fünf gefallene Panaceaer verantwortlich. Der Druck hatte wegen der raschen Verluste auf Seiten der Gegner schnell nachgelassen. Bran schöpfte Hoffnung, dass sie sich den Weg zu John notfalls würden freischlagen können, bis ihn mit einem Mal ein Scheinwerfer blendete. Als die schwarzen Punkte vor seinen Augen langsam wieder verschwanden, fiel sein Blick auf Paddy, der in einer für ihn unnatürlichen Haltung am Boden kauerte, ein Claymore im Nacken. Ein Panaceaer hielt das Heft des Schwertes fest in der Hand, und es machte den Anschein, als wollte er Paddy augenblicklich den Kopf abschlagen. Bran machte einen Satz, um den Iren zu retten. Noch im Sprung zischte es scharf, und der Schmerz in seiner Brust weitete sich in Unbeschreibliche. Bran war getroffen – mitten ins Herz. Bewegungslos ging er zu Boden. In der Ferne blickte er in Wilburs entsetzte Augen und hoffte inbrünstig, dass der Junge vernünftig blieb und ihm nicht zur Hilfe eilte.

Eine Stimme erhob sich, und Bran hätte schreien mögen vor Wut, wenn er nur gekonnte hätte, als er sah, dass sie niemand Geringerem als Lord Chester Cuninghame gehörte.

»Waffen weg!«, rief der schwarze Lord.

Ruaraidh und David standen da wie erstarrt, nur Malcolm loderte mal wieder das Feuer des Widerstands in den Augen.

»Denk nicht mal dran«, fauchte ihn Cuninghame an. »Selbst wenn ich zugeben muss, dass ihr geschicktere Krieger seid als meine Männer, so kann ich doch sagen, dass auch einige meiner Leute schnell genug sind, um unsere Drohung in die Tat umzusetzen.«

Paddy verlor kein Wort. Normalerweise hätte Bran von ihm die Anweisung erwartet, weiterzukämpfen und sich rücksichtslos zu opfern. Aber er brachte es nicht über sich, eine solche Entscheidung zu treffen. Resignierend ließen David und Ruaraidh die Schwerter fallen. Malcolm zögerte noch, bis ein Schuss fiel und ihn an der Schulter verletzte. Schmerzerfüllt ging er in die Knie und umklammerte mit einer Hand die stark blutende Stelle. Bis die Wunde soweit verheilt war, dass er wieder ein Schwert halten konnte, würden mindestens zwanzig Minuten vergehen. Während man sie vollständig entwaffnete und selbst

Bran trotz der Reglosigkeit Handschellen anlegte, verweilte das Schwert die ganze Zeit auf Paddys Nacken. Bran befürchtete insgeheim, dass die Panaceaer an Paddy Rache für die gefallenen Kameraden nehmen würden. Deshalb wunderte er sich nicht schlecht, als die Söldner auf einen Wink des Lords plötzlich Abstand nahmen und Paddy ohne Fesseln aufstehen ließen. Inzwischen hatte Cuninghame alle Waffen einsammeln lassen und befahl den Aufbruch.

»Was geht hier vor?« Ruaraidhs Stimme war ungewohnt scharf, während er nicht dem schwarzen Lord, sondern Paddy direkt in die Augen schaute.

»Es tut mir leid, Bruder«, erwiderte der schwarze Lord an Paddys Stelle. Seine Stimme hatte einen starken Hang ins Ironische. »Euer Kamerad ist wohl das, was man einen Überläufer nennt. Ich glaube, er hatte es satt, immer weiter gegen Windmühlen zu kämpfen, ohne Anerkennung und ohne die Macht, die er bei uns erlangen kann. Und vor allem, ohne seiner geliebten Frau *das* schenken zu können, von dem alle Unsterblichen träumen, die eine normal sterbliche Geliebte haben.« Er legte eine theatralische Pause ein, dann grinste er boshaft. »Das ewige Leben!«

Bran glaubte seinen Ohren nicht zu trauen. Also daher wehte der Wind. Paddy war zum Verräter geworden, weil er es nicht länger ertrug, dass Eliza irgendwann alt werden würde und sterben müsste. Ohne den Stein der Weisen, wie Cuninghame ihn besaß, war es schließlich nicht möglich, einen Menschen für immer und ohne die dauerhafte Abhängigkeit von Eternity umzuwandeln. Bran konnte Paddys Beweggründe sogar verstehen. Er hätte auch alles gegeben, um Kitty wieder lebendig zu machen und ihr das ewige Leben schenken zu können, ganz zu schweigen von seinen sechs Kindern, deren Altern und Tod er nicht hatte verhindern können, und das nur, weil John vor dreihundert Jahren weder den Stein der Weisen noch einen Ersatz für Eternity besessen hatte. Aber Bran wäre ebenso wenig wie John auf die Idee gekommen, für den Besitz des Steins seine besten Freunde zu verraten.

Weit mehr erschreckte ihn aber, dass niemand unter ihnen – trotz der sprichwörtlichen Sensibilität, die sie besaßen – etwas von Paddys Plänen bemerkt hatte. Paddy schwieg dazu, ja, er sah Ruaraidh noch nicht einmal an.

»Ist das wahr, Paddy?«, brüllte David ihn an, so laut, dass die Adern auf seinem breiten Halsmuskel anschwollen. »Hast du uns einzig wegen Eliza verraten?«

Erst jetzt sah Paddy ihm in die Augen. »Was heißt hier einzig? Ihr alle hättet für eure Liebschaften das Gleiche getan, wenn sie nur intensiv genug gewesen wären. Dass John nicht anders handeln würde, wurde mir klar, als ich sah, wie vertrauensselig er mit Lilian umgegangen ist. Er hat, ohne mit der Wimper zu zucken, unsere Sicherheit aufs Spiel gesetzt, und das nur, weil er glaubt, Madlen wiedergefunden zu haben. Also warum sollte ich weiterhin irgendwelchen drogenabhängigen Freaks dienen, die sich ihr Leben mit unbezahlbarem Eternity versauen, nur weil sie reich und dekadent genug sind, um auf so einen Schwachsinn hereinzufallen?«

Bran verfluchte seinen Zustand, weil er noch nicht mal fähig war, seine Lider zu schließen, um Paddys Anblick nicht mehr ertragen zu müssen. »Abführen!«, schnarrte Cuninghame in die Runde. »Keine Sorge«, verkündete er mit gespielter Großzügigkeit, als die Söldner Bran auf einer Trage davontrugen und der Tross sich in Bewegung setzte. »Ihr werdet noch heute Abend zusammen mit John zu hübschen, gehorsamen Lakaien umfunktioniert. Wenn ihr erst mal den Grund eures früheren Daseins vergessen habt, tut es nicht mehr so weh.«

41

Highlands 2009 – »Lapis Philosophorum«

»Hast du überhaupt eine Ahnung, wo du mit uns hinwillst?«, giftete Dough. Lilian sah sich im schwächer werdenden Schein der Fackel verzweifelt um. »Eigentlich nicht. Ich versuche mich zu erinnern, auf welchem Weg man mich in den Kerker gebracht hat.« Seit gut einer halben Stunden irrten sie durch dieses Labyrinth und hatten dabei das Gefühl, im Kreis zu laufen.

Mit einem Nicken deutete Dough auf Jenna, die er auf dem Rücken trug und deren Kopf auf seiner Schulter ruhte. »Wenn es uns nicht bald gelingt, John zu finden oder irgendjemanden sonst, der uns helfen könnte«, bemerkte er mit besorgter Miene, »sieht die Sache nicht gut aus, wenn du verstehst, was ich meine.« Dough hatte in Gegenwart von Jenna nicht vom Sterben reden wollen, aber faktisch meinte er nichts anderes.

»Warte hier einen Moment«, bat Lilian und hielt Dough zurück. »Dann kann Jenna sich ein wenig ausruhen. Ich gehe ein Stück voran, um zu sehen, ob sich hinter der nächsten Ecke etwas verbirgt, das uns weiterbringt.«

Dough stöhnte genervt, trotzdem setzte er Jenna vorsichtig auf dem Boden ab, weil sie nur noch wimmerte. Jeder Knochen tat ihr weh, und ihre Muskeln erschlafften von Minute zu Minute mehr. Ihr Gesicht glich dem einer tausendjährigen Mumie. Lilian dachte an John, der sie mit seinem wagemutigen Kuss zunächst vor diesem Schicksal bewahrt hatte. Er hatte ihr vermutlich eine immens hohe Dosis Eternity verabreicht, deren Wirkung trotzdem nicht ewig anhalten würde. Über die langfristigen Konsequenzen der Droge wollte sie lieber erst gar nicht nachdenken. Es reichte vollkommen aus, dass sie sich für die Misere, die hier ablief, verantwortlich fühlte. Bei aller Schuld, die man ihrem Bruder, ihrem Vater oder den Panaceaern geben konnte – weder Jenna noch Dough und auch nicht sie selbst wären in diese vertrackten Lage geraten, wenn sie John geglaubt hätte oder erst gar nicht auf ihren Bruder hereingefallen wäre.

Frustriert spähte sie in den nächsten Gang. Der wahre Grund ihres Vorstoßes lag darin, dass sie glaubte ein Geräusch gehört zu haben, allerdings wollte sie Dough und Jenna nicht beunruhigen, bevor sie nicht wusste, um was oder wen es sich handelte. Ein Schock durchfuhr sie, als sich unerwartet eine Hand auf ihren Mund presste und sie ein Messer an ihrer Kehle spürte. »Wenn du schreist, töte ich dich!«, raunte eine melodiöse männliche Stimme. »Sag mir, wie ich zum Hauptquartier der Panaceaer komme!« Dann schien der Mann zu zögern. »Lilian?« Die Stimme klang nun weitaus harmloser und ziemlich ungläubig. Die Finger lösten sich von ihren Lippen, und auch der Dolch sank herunter.

»Wilbur?« Blinzelnd schaute Lilian nach oben. Das Einzige, was sie in der Dunkelheit sah, war eine schneeweiße Zahnreihe und ein Augenpaar, das sie ungläubig anstarrte.

»Da staunst du, was?«

»Wie kommst du hierher?«

»Bevor ich dir das verrate, muss ich erst wissen, ob du zu Cuninghames Truppe gehörst!«

»Waffe runter! Sonst schieß ich dir ins Herz!«, zischte es hinter ihr. Das war eindeutig Dough, der nun Wilbur bedrohte.

»Zur Hölle!« Langsam ließ Wilbur den Dolch sinken und drehte sich vorsichtig um.

Während Dough noch immer in seiner Drohgebärde verharrte, nahm Lilian ihn mit einer sanften Geste beiseite und erklärte ihm, dass sie von dem jungen Mann nichts zu befürchten hatten, weil er zu Johns Mannschaft gehörte. Widerwillig nahm Dough die Pistole herunter.

Lilian berichtete Wilbur in wenigen Worten, wie sie hierhergekommen waren. Wilbur atmete auf, als Lilian Johns Gegenwart in den unterirdischen Katakomben bestätigte. Stockend erzählte er seinen fassungslosen Zuhörern von ihrem missglückten Befreiungsversuch.

»Wie kommt es, dass *du* nicht gefangen wurdest?« Dough kniff die Lider zusammen und bedachte Wilbur mit einem misstrauischen Blick. »Ich kann mir kaum vorstellen, dass sie dich einfach vergessen haben.«

»Ich konnte mich rechtzeitig verstecken, weil ich als Letzter ging.« Wilbur stieß trotz seines vermeintlichen Glücks einen Seufzer aus. »Wahrscheinlich bin ich für die Bruderschaft so bedeutungslos, dass noch nicht mal Paddy aufgefallen ist, dass ich fehle.«

»Das heißt also, wir sind die Einzigen, die das Ruder noch herumreißen können«, bemerkte Dough leise. »Auch wenn es verrückt klingt: Wenn wir John retten wollen, müssen wir den Arschlöchern folgen, um ihn zu finden. Sie werden alles daransetzen, ihn in einen Lakaien zu verwandeln.« Sein Blick haftete an Wilbur. »Ihr Jungs seid doch phantastische Spurenleser. Also zeig mal, was du drauf hast, auch wenn es dir nicht behagt, hinter dem Feind herzulaufen.«

»Ob du es glaubst oder nicht«, antwortete Wilbur ungehalten. »Ich war gerade dabei, den Brüdern zu folgen. Außer einer Abstellkammer, in der sich allerlei Hokuspokus befindet und die lange genug verwaist war, dass ich mich gründlich darin umsehen konnte, habe ich nichts gefunden.«

»Das ist doch schon was«, konstatierte Dough mit wachsender Begeisterung. »Wo eine Abstellkammer ist, kann die dazu passende Behausung nicht weit sein.«

John blieb ein weiteres Mal das Herz stehen, als er sah, wie man Bran auf einer Trage in die alte Altarhalle trug, in der Cuninghame und seine Brüder ihre Alchimistenküche aufgebaut hatten. Dahinter folgten Ruaraidh, Malcolm und David. Man hatte sie vollständig entwaffnet und warf ihre Schwerter, Harpunen und Munitionsgürtel achtlos in eine Ecke.

Im Stillen hatte John damit gerechnet, dass Bran ihm zu Hilfe eilen würde. Dass das schiefgehen konnte, war nicht auszuschließen gewesen, aber natürlich hatte er sich das Gegenteil erhofft. So wie es aussah, hatte sich das Schicksal wieder einmal gegen ihn verschworen.

Zum Glück fehlte Wilbur. Bran war also nicht so unbedacht gewesen, ihn bei diesem Himmelfahrtskommando mitzunehmen. Ohnmächtig musste John mit ansehen, wie man seine Männer an eine Säule kettete. Brans regloser Blick brach ihm das Herz. »Es ist ganz allein meine Schuld«, schien er zu sagen, und John schüttelte unmerklich den Kopf. Ohnmächtig vor Zorn spannte er jeden einzelnen Muskel an, aber es war nicht möglich, die Fesseln zu sprengen. Was ihm jedoch den eigentlichen Dolchstoß versetzte, war Paddy, der völlig frei neben Cuninghame einherschritt, als gehöre er schon seit längerem zur Bruderschaft. Er trug das gleiche Gewand wie die fünfzehn Männer, die hinter ihm folgten. Einen weißen Habit mit einer Kapuze und einer in Gold gestickten Cornuta auf der linken Schulter. Hatte der Ire ihn tatsächlich verraten? John konnte nicht glauben, was er sah, aber es war auch nicht vollkommen ausgeschlossen. Vielleicht hätte er doch auf seinen Instinkt hören und den Iren überwachen lassen sollen.

Unter den Männern befand sich auch Lilians Bruder und im roten Habit ihr Vater, dem offenbar eine besondere Behandlung zuteilwerden sollte. John konnte seine Nervosität und auch seine Angst spüren. Wenn Ruaraidhs Recherchen stimmten, hatte Lilians Familie seit Jahrhunderten keine Chance gehabt, den Klauen der Bruderschaft zu entkommen, und jeder Mann und jede Frau, die sich auf einen Nachfahren von Madlen MacDonald eingelassen hatte, musste es spätestens dann bitter bereuen, wenn Cuninghame ihnen die Kinder entzog.

Als die Prozession zum Stillstand gekommen war, flüsterte der schwarze Lord ein paar unheilige Worte, die sich anscheinend um eine kleine goldene Pyramide drehten, die zwei Kapuzenträger unter weiteren Beschwörungen auf einem schwarzen Altarsockel in der Mitte des Raumes abstellten. Darin musste sich der Stein der Weisen oder »Lapis Philosophorum« befinden, wie John vermutete, jener merkwürdige Schatz, den selbst er in all den Jahrhunderten noch nie zu Gesicht bekommen hatte.

Während man John nun bis zum Kinn mit weißen Tüchern bedeckt hatte, als ob man ihn einer Hirnoperation unterziehen wollte, wurde Lilians Vater bis auf die Unterhose entblößt. John wusste, was auf den Mann zukommen würde, er hatte diese Prozedur selbst durchlebt, und auch wenn es schon Hunderte Jahre her war – an der Schmerzhaftigkeit der Methode hatte sich kaum etwas geändert. Man würde Robert von Stahls Lebenssaft gegen eine abenteuerliche Mischung aus radioaktiv bestrahltem Zellmaterial austauschen, das aus Blut, Liquor und den Stammzellen anderer Menschen gewonnen worden war. All das würde seinen natürlichen Alterungsprozess stoppen und den Zellreparaturmechanismus seines Körpers zu übernatürlichen Leistungen antreiben.

Lilians Vater wurde mit zwei dicken Nadeln, die man ihm rechts und links in die Leisten stach, an zwei Schläuchen angeschlossen – einen, der ihm das Blut aus den Adern sog und es zu einem Kolben führte, wo es zu siebzig Prozent mit Eternity vermischt wurde, und einen anderen, der es wie in einer Dialyse durch dieses neugewonne Konglomerat ersetzte.

»Wo ist Lilian?«, tönte es aus der Mitte der Panaceaer heraus.

John registrierte, dass es ihr Bruder war, der nach ihr fragte.

Cuninghame, der die Spitze der Bruderschaft anführte, horchte auf. Auch er schien sich zu wundern, dass Lilian nicht anwesend war.

John begann nun doch zu beten. Allmächtiger, auch wenn du mit mir auf Kriegsfuß stehst, beschütze wenigstens Lilian und hilf ihr, den Panaceaern zu entkommen. Die Dosis Eternity, die er ihr in weiser Voraussicht in den Mund geschmuggelt hatte, reichte für mindestens drei Tage. In dieser Zeit gab ihr die Droge die uneingeschränkte Energie einer Unsterblichen und machte sie immun gegen jegliche geistige Beeinflussung durch Bruder Mercurius.

Nur, was mit ihr passieren sollte, wenn die Wirkung nachließ und es John bis dahin nicht gelungen war, sie aus der Gewalt der Panaceaer zu befreien, wusste er nicht.

Die Tür sprang auf, und Bruder Mercurius schwebte regelrecht herein. John hatte ihn erst zweimal leibhaftig gesehen und er fragte sich, ob es überhaupt möglich war, ihn zu töten.

»Wir vermissen unsere weiblichen Zuschauer«, bemerkte Cuninghame seinem geistigen Oberhaupt gegenüber leicht ungehalten. »Ich dachte, die beiden seien auf dem Weg hierher.«

Mercurius schloss für einen Moment seine faltigen Lider, als ob er sich konzentrieren musste. »Schickt sofort weitere Wachen zum Verlies. Auf den Weg dorthin sollen sie die Gänge im Auge behalten«, befahl er knapp. »Das Vögelchen hatte überraschend Hilfe und ist offenbar ausgeflogen, aber weit kann es nicht kommen.«

Lilian folgte Wilbur in die Dunkelheit. Immer wieder vergewisserte sie sich, dass Dough mit Jenna den Anschluss behielt. Nach einer Weile erreichten sie jene Abstellkammer, die Wilbur gemeint haben musste. Dutzende von okkulten Gegenständen standen fein säuberlich in Aluminiumkisten verpackt und mit einem Strichcode beschriftet in diversen Regalen. In der Mitte des Raumes befand sich ein mit Laser gesicherter offener Tresor, dem der Inhalt fehlte und dessen Alarmsystem nun abgeschaltet war.

Leider gab es hier nichts, das ihnen weiterhelfen konnte, John zu finden oder Jenna, deren Zustand immer bedenklicher wurde, zu retten. Nicht nur ihre Sehkraft war nun stark beeinträchtigt – wegen ihrer Kraftlosigkeit verlor sie immer wieder das Bewusstsein.

Wilbur, der das Ausmaß der Katastrophe erkannte, sah sie mitleidig an. »Vielleicht kann ich ihr helfen«, bemerkte er leise, und Lilian stieß einen spitzen Schrei aus, als er sich – ähnlich wie John in Norwegen – kurzerhand in den Unterarm schnitt und die stark blutende Stelle über Jennas Lippen hielt. Zielsicher ließ er sein eigenes Blut in Jennas leicht geöffneten Mund rinnen. Sie schluckte mechanisch, ohne wirklich zu wissen, was sie da tat. Wahrscheinlich hatte sie Durst und dachte, es sei Wasser.

»Es ist kein Ersatz für Eternity«, meinte er beinahe entschuldigend,

»weil es nicht aufbereitet und die Wirkung zu gering ist, aber es wird ihr für kurze Zeit helfen.«

Tatsächlich ging es Jenna schlagartig besser, auch wenn sie weiterhin nicht selbst laufen konnte. Ihre Augen klärten sich, und ihr Körper straffte sich ein wenig.

Mit Wilbur an der Spitze schlichen sie an den Kern der Katakomben heran. Jedoch der Weg zum Allerheiligsten blieb Unbefugten versperrt. Wilbur machte in zwanzig Yards Entfernung zehn schwerbewaffnete Männer aus, die den Eingang zum Hauptsaal bewachten. »Hier muss es sein«, formten seine Lippen, während er in Richtung eines mit Fackeln illuminierten Tores zeigte, das im nächsten Moment geöffnet wurde. In Reih und Glied marschierten sechs Söldner in ihre Richtung.

Lilian wurde von Panik ergriffen. Was wäre, wenn man sie ausgerechnet jetzt entdeckte?

Wilbur hob Jenna von Doughs Rücken, als ob sie eine Puppe wäre, und trug sie mit Leichtigkeit eine seitlich abzweigende, enge steinerne Wendeltreppe hinauf. Mit einem Fingerzeig bedeutete er Lilian und Dough, dass sie ihm in ein höher liegendes Geschoss folgen sollten. Von ihren Gegnern unbemerkt, betraten sie einen kahlen Raum, der direkt über der Versammlungshalle lag. »Es wird nicht lange dauern, bis sie uns finden«, flüsterte Wilbur mit einem Blick auf Dough. »Sie werden euch riechen. Lilian, weil sie schwach nach Parfüm duftet und dich, Dough … na ja, lassen wir das.«

»Was soll das denn bedeuten?« Dough warf ihm einen giftigen Blick zu.

Wilbur legte einen Zeigefinger auf die Lippen, dann lenkte er seine Aufmerksamkeit auf einen alten verfallenen Kamin, aus dem Stimmen zu hören waren. Es musste also eine Verbindung nach unten geben. Wilbur hatte Jenna auf dem Boden gebettet und verabreichte ihr rasch eine weitere Blutration, die sie dankbar, wenn auch ein wenig widerwillig zu sich nahm. Anschließend schlich er zum Kamin.

»Was hast du vor?«, murmelte Dough.

»Ich werde hinabsteigen und sehen, was da unten vor sich geht.«

John starrte wie gebannt auf den heiligen Stein, den »Lapis Philosophorum«, wie Mercurius ihn nannte. Das satanische Oberhaupt der

Panaceaer hatte das kostbare Artefakt in einem beschwörenden Akt der goldenen Pyramide entnommen und wandte sich nun seinem Opfer zu. Regungslos beobachtete John, wie Mercurius den Stein in einer Halterung direkt über seiner Stirn justierte. Wenn John ehrlich sein sollte, hatte er auf einen strahlenden Kristall gewartet, und es enttäuschte ihn ziemlich, dass es sich bei dem lang ersehnten Objekt lediglich um einen faustgroßen, mit Löchern durchzogenen Brocken handelte. Trotzdem konnte er sofort die respekteinflößende Kraft spüren, die von dem unscheinbaren Objekt ausging. Augenblicklich vernebelte es ihm die Sinne, als der metallische Arm heruntergefahren wurde und die Spitze des Steins seine Stirn berührte. Mercurius stellte sich hinter John und erhob seine Arme. Mit geschlossenen Augen begann er eine Beschwörungsformel zu raunen.

> »*Stein der Weisen, ohnegleichen,*
> *lass den Geist der Macht entweichen,*
> *mach ihn rein und mach ihn klar,*
> *nimm ihm alles, was er war,*
> *lass mich seine Macht erneuern*
> *und ihn mit reinem Geist befeuern,*
> *lass ihn unser Diener sein*
> *und damit auf ewig mein.*«

In Johns Kopf wirbelten die Gedanken durcheinander. Es gab nichts mehr, woran er sich festhalten konnte. Ein heller Schmerz durchzuckte seinen Schädel. In Panik riss er an den Halterungen, mit denen man ihn auf dem Bett fixiert hatte. Sein ganzer Körper bäumte sich auf, und sein Hals schwoll an, während ihm der metallische Ring den Atem nahm und dafür sorgte, dass sein Körper in eine Art Notfallmodus schaltete, als ob er sich unter Wasser befände.

Mercurius stand noch immer über ihm, und John spürte, wie er sich einer Schlange gleich seiner Seele bemächtigte.

»Adieu, John Cameron!«, verkündete Mercurius laut und ließ ein hallendes Gelächter folgen.

»Pòg mo thòin … Küss meinen Arsch! …«, presste John mit geschlossenen Lidern hervor.

Geschmeidig wie eine Katze hatte sich Wilbur in den Kamin gezwängt und mit Schrecken gesehen, dass Johns »Caput Mortuum« schon begonnen hatte. Selbst Paddy rührte sich nicht, um den Spuk zu beenden. Nachdem Wilbur wieder nach oben geklettert war, machte er sich augenblicklich an seiner Munitionstasche zu schaffen, die er am Gürtel trug.

Lilian verfolgte jede seiner Bewegungen mit aufgerissenen Augen. »Sag schon«, flüsterte sie ängstlich. »Was ist da unten los?« Von Ferne hatte sie Johns Unruhe spüren können, doch jetzt fühlte sie gar nichts mehr, es war, als ob er gestorben wäre.

Wilbur antwortete nicht. Hektisch nahm er einen kleinen zylinderförmigen Behälter zur Hand und drückte den Deckel mit seinem Daumen ein, damit sich die verschiedenen darin enthaltenen Flüssigkeiten vermischten. »Flüssigsprengstoff«, murmelte Dough und zog Lilian instinktiv von ihm weg. »Willst du uns umbringen?«

Wilbur wusste offenbar, was er tat. Mit einem Handzeichen forderte er Dough auf, mit den Frauen zur Tür zu gehen. Er ließ den Behälter in den Kaminschacht fallen und ging dann selbst in Deckung.

Sekunden später folgte ein ohrenbetäubender Knall und riss den Kamin und das halbe Zimmer mit in die Tiefe.

Einen Moment lang herrschte gespenstische Stille. Die Druckwelle hatte sämtliche Fackeln gelöscht. Wilbur sah auch im Dunkeln, seine Augen funktionierten wie Restlichtverstärker. Spielend überwand er die zwei Meter fünfzig Tiefe, die ihn vom Boden des unter ihm liegenden Stockwerks trennten, mit einem eleganten Sprung. In der allgemeinen Verwirrung, die unter den immer noch herabfallenden Trümmern herrschte, galt sein erster Gedanke John.

Dough hatte den Wachen im Kerker zwei Pistolen und Magazine abgenommen. Eine davon hatte er Wilbur gegeben. Mit vier gezielten Schüssen befreite Wilbur John von seinen Fesseln. Paddy hatte als Erster die neue Situation erkannt und sich der Claymores bemächtigt. Mit zwei gewaltigen Schlägen löste er Ruaraidh, David und Malcolm von ihren Ketten und warf ihnen die Schwerter zu. Im Nu hatten sie begriffen, dass Paddy sehr wohl auf ihrer Seite stand. Rasch sprangen sie auf die Füße, um die Panaceaer gemeinsam mit ihm anzugreifen. Unter den Würdenträgern der Bruderschaft herrschte ein heilloses

Durcheinander. Die meisten von ihnen waren des Schwertkampfes nicht mächtig, dafür beschäftigten sie initiierte Söldner. Sie reagierten vollkommen panisch, als die ersten aus ihren eigenen Reihen von Johns Leuten niedergemacht wurden. Ihren Fluchtinstinkt vermochten auch Cuninghames Befehle nicht zu unterdrücken. Als sie nach draußen drängten, versperrten sie den Wachen den Weg.

Wilbur hatte einen zweiten Sprengsatz durch die offene Tür über die Köpfe der Männer geworfen und damit weitere Teile der Katakomben zum Einsturz gebracht. Dough hatte sich aus den Wandelgängen eine Fackel organisiert und für mehrere zuverlässige, wenn auch spärliche Lichtquellen gesorgt. Erst danach hatte er an der oberen Abbruchkante des Stockwerks die Regie übernommen und schoss aus allen Rohren direkt auf die Herzen der verbliebenen Panaceaer. Lilian riss sich von Jenna los und starrte hinter Dough gebannt in die Tiefe. Wilbur hatte John rasch von den Trümmern befreit, doch noch immer lag sein großes Vorbild wie tot auf der Pritsche.

Plötzlich flog etwas Schwarzes auf Lilian zu. Im ersten Moment glaubte sie, es wäre eine Fledermaus. Dough reagierte geistesgegenwärtig und schoss auf die Kreatur. Es war ein stattlicher Rabe, der irgendetwas in seinen Klauen trug. Federn wirbelten durch die Luft. Mit einiger Verwunderung beobachtete Dough, wie der Vogel zur Tür hinausstob. Das Tier hatte einen Gegenstand vor Doughs Füße fallen lassen. Ein merkwürdiger Stein, erstaunlich leicht und durchlöchert. Wenn man ihn aus verschiedenen Richtungen betrachtete, sah er aus, als hätte er ein Gesicht, aus einer anderen Perspektive wirkte er wie ein Totenschädel. Dough steckte den Stein in die Tasche und konzentrierte sich wieder ganz auf ihre Widersacher.

Wilbur kauerte über John, und es sah aus, als ob er versuchte, ihn wiederzubeleben. Lilian überwand ihre Höhenangst und hangelte sich über die Abbruchkante des Bodens nach unten. Sie musste wissen, was mit John los war. Dabei ignorierte sie, dass der Kampf zwischen Panaceaern und Johns Leuten noch im vollen Gange war. Mutig sprang sie die verbleibenden ein Meter fünfzig in die Tiefe, wo sie sicher auf beiden Füßen landete. Wilbur fing sie auf und nahm sogleich eine Verteidigungshaltung für sie ein, während sie zu John hinlief und verzweifelt auf seine Brust einhämmerte, weil er sich immer noch nicht rührte.

»Komm zu dir, verdammt!«, brüllte sie ihn an. Sie nahm seinen Kopf in ihre Hände und strich über sein Gesicht und sein Haar, dabei küsste sie ihn unaufhörlich. »Lass mich nicht allein«, flehte sie und konzentrierte ihre Gedanken auf sein Innerstes.

Plötzlich schlug er die Augen auf und schaute sie an. Zunächst etwas verwirrt, doch dann lächelte er. »So schnell wirst du mich nicht los«, bemerkte er heiser und presste für Sekunden seine Lippen auf ihren Mund. Rascher als gedacht, war er auf den Füßen und überblickte routiniert das Kampfgeschehen. Wilbur warf John eine Waffe zu, die er einem toten Panaceaer abgenommen hatte.

»Danke, Mann!« John zwinkerte zuversichtlich und befahl: »Pass auf Lilian auf!«

Unter Wilburs Schutz wandte sich Lilian erleichtert ihrem Vater zu, der völlig benommen, von Staub und Trümmern bedeckt, immer noch auf seiner Pritsche lag. Inzwischen unterstützte John seine kämpfenden Kameraden. Als Erstes zog er Bran aus der Gefahrenzone und entfernte ihm mit einem gezielten Dolchstoß das Projektil aus der Wunde. Paddy warf ihm Brans Claymore zu, und John half dem taumelnden Kameraden auf die Beine.

Erst nachdem sich Brans Zustand stabilisiert hatte, schaute John auf und musste entsetzt feststellen, dass Cuninghame seine Abwesenheit genutzt hatte, um Lilian zu ergreifen. Wilbur lag bewegungslos am Boden. Cuninghame hatte den Jungen mit einem Degen aufgespießt. Bevor Cuninghames Schergen ihn enthaupten konnten, war John zur Stelle, um den tödlichen Schlag abzufangen und den Gegner außer Gefecht zu setzen.

Wie ein Schutzschild hielt Cuninghame Lilian vor seiner Brust, die geschärfte Seite seines Degens an ihrer Kehle. »Ich schneide ihr den Kopf ab, wenn du auch nur einen Schritt näher kommst oder irgendjemandem einfallen sollte zu schießen!«

Plötzlich schien alles stillzustehen. Dass er seine Androhung in die Tat umsetzen würde, war zu vermuten. Was hatte der schwarze Lord schon zu verlieren? Bran, David, Ruaraidh und Paddy hatten seine Söldner um mehr als die Hälfte dezimiert. Mercurius und die meisten seiner Anhänger waren allem Anschein nach geflohen.

Cuninghame zog Lilian rückwärts hinter den Altar. Dort befand sich in einer Nische eine unscheinbare, eisenbeschlagene Eichentür. Cuninghame öffnete sie, ohne John aus den Augen zu lassen. »Du hast mich schon einmal hereingelegt, Cameron«, hielt er ihm entgegen. »Du und die Kleine seid wirklich ein gutes Team. Ich hätte nicht zulassen dürfen, dass sie dich küsst. Aber die Wirkung des Eternity wird nicht ewig anhalten, und wenn dir einfallen sollte, uns zu folgen, werde ich sie vor deinen Augen töten.«

Einen Moment zu spät schleuderte John sein Schwert, um Cuninghames Herz zu treffen, wobei er in Kauf nahm, Lilians Schulter zu durchbohren. Der schwarze Lord war jedoch bereits mit ihr hinter der Tür verschwunden, und die Spitze des Claymores blieb federnd im Holz stecken.

John setzte den beiden trotz der Drohung nach, während seine Kameraden gegen die verbliebenen Söldner kämpften.

Vermutlich versuchte Cuninghame mit seiner Geisel über einen geheimen Fluchtweg zu verschwinden. Er hatte das Terrain vor einiger Zeit erworben und kannte es somit weit besser als John, dem im Vorfeld seiner Aktion noch nicht einmal eine vernünftige Karte zur Verfügung gestanden hatte. Aber John musste nur dem schwachen Duft nach Rosen und Maiglöckchen folgen, um auf der Spur der Fliehenden zu bleiben.

Unsterbliche bewegten sich mitunter weitaus rascher als normale Menschen. Außerdem besaßen sie eine enorme Kraft, soviel wusste Lilian mittlerweile, und Cuninghame war ein Unsterblicher. Dass John ihr eine Dosis Eternity verabreicht hatte, hatte Cuninghame vermutet, allerdings wusste er nicht, wie außerordentlich hoch sie gewesen war.

Kraft ihrer neuen Fähigkeiten konnte Lilian die Umgebung sehen, als ob man ihr ein Nachtsichtgerät gegeben hätte. Alles leuchtete seltsam farblos in einem einheitlichen Graugrün, aber die Umrisse und Konturen der Steine und Stufen waren klar zu erkennen. Die ganze Zeit über war ein Rauschen zu hören. Cuninghame führte sie über mehrere Abzweigungen und Treppen zu einer in Stein gehauenen niedrigen Öffnung. Als sie hindurchtraten, traf es sie wie ein Schock. Vor ihnen lag eine gigantische Höhle, über deren Abgrund eine gut fünfzig Meter lange steinerne Bogenbrücke führte, der zum Teil das

Geländer fehlte. Darunter strömte ein Fluss, der mitten unter der Brücke in einen Wasserfall von mindestens zwanzig Meter Tiefe mündete. Gischt spritzte empor, während gleichzeitig überall beeindruckende Tropfsteine von der Decke herabhingen.

Lilian scheute wie ein widerspenstiges Pferd, als Cuninghame sich anschickte, sie über die schmale Brücke zu dirigieren. Sie war über sich selbst erstaunt, dass es ihr tatsächlich gelang, ihn zum Stehen zu bringen.

»Nur über meine Leiche«, fauchte sie. »Ich habe Höhenangst. Da geh ich nicht drüber!«

»Es fragt dich aber niemand«, gab Cuninghame mit gespielter Ruhe zurück, und ehe sie sich versehen hatte, packte er sie und warf sie über seine knochige Schulter. Lilian schlug ihm auf den Rücken und strampelte mit den Beinen, doch es nützte nichts, er hatte sie eisern im Griff und marschierte mit ihr auf die Mitte der Brücke zu. Der Gedanke, dass er sie einfach hinunterwerfen könnte, ängstigte sie.

»Stehenbleiben!«, schallte es von den Wänden wider, als sie mitten auf der Brücke angelangt waren. John hatte die Brücke ebenfalls erreicht.

Cuninghame drehte sich blitzschnell um und setzte sie vor sich ab. Wieder benutzte er sie wie ein Schutzschild und zerrte sie gefährlich nah an den Abgrund.

»Wenn du es wagen solltest, näher zu kommen, werfe ich sie hinunter«, rief er John zu. Mit einer Hand hielt er Lilians Oberarm umklammert, und mit der anderen wedelte er John drohend mit dem Schwert entgegen. »Falls du es nicht wissen solltest, schau nur hinab. Dort, wo das herabfallende Wasser auf den Untergrund trifft, wurden steinerne Spieße aus dem Felsen geschlagen. Die Rabenpriester haben hier dem Geist des Wassers ihre Menschenopfer dargebracht, um ihn zu besänftigen, wenn sie in See stachen.«

Lilian stieß einen erstickten Schrei aus, als Cuninghame sie zu einer vorgeschobenen Plattform mitten auf der Brücke führte und an den Rand des Abgrundes stellte. »Man hat sie mit verbundenen Augen hinuntergestoßen«, krächzte er heiser, »damit ihre Leiber dort unten aufgespießt wurden und der Wassergeist langsam von ihrem Fleisch zehren konnte.«

John stand absolut regungslos da. Sein Haar war zerzaust, und seine grünen Augen funkelten wie die eines Dämons. Deutlich war das Spiel seiner Sehnen und Muskeln zu sehen, während er sein Claymore mit beiden Händen gefasst hielt. »Wenn du meinst, Chester, dass ich dich verschone, wenn du sie da hinunterwirfst, hast du dich getäuscht. Auf Dauer hast du keine Chance, mir zu entkommen. Also stell dich jetzt, und wir tragen es unter Männern aus. Wenn ich verliere, kannst du mit ihr machen, was du willst – wenn ich gewinne …« Er brach ab und lächelte selbstbewusst.

Lilian spürte, dass Cuninghame darüber nachdachte, sie trotz Johns Angebot hinunterzustoßen. Wenn sie leben wollte, musste sie irgendetwas tun. Nur ein paar Zentimeter trennten sie noch vom Abgrund. Grob betrachtet lag kein Unterschied darin, ob Cuninghame sie hinunterstieß oder ob sie versuchte, sich zu wehren und dabei selbst in die Tiefe stürzte. Einzig der Gedanke, es wenigstens versucht zu haben, verlieh ihr Mut.

Sie atmete durch und versetzte Cuninghame mit ihrer freien Hand einen Schlag in den Magen. Er taumelte überrascht und verlor wie sie selbst das Gleichgewicht. Lilian ging zu Boden und rutschte über die Kante des Vorsprungs ins Bodenlose. In letzter Sekunde fanden ihre Hände einen steinernen Rabenkopf, der seitlich aus dem Gemäuer ragte, an dessen Schnabel sie sich festklammern konnte, während ihre Beine frei über dem schäumenden Wasser baumelten. Ihr ganzes Gewicht wurde nur von ihren Händen gehalten, und ohne die Kraft von Eternity wäre sie gewiss sofort in den Abgrund gestürzt.

John reagierte sofort. Er war schneller bei Cuninghame angelangt, als dieser vermutet hatte. Mit grimmiger Miene stellte sich der schwarze Lord ihm entgegen und verhinderte so, dass John Lilian zu Hilfe eilen konnte.

John parierte geschickt Cuninghames Angriff, dabei ließ er Lilian nicht aus den Augen, deren Hände schon ganz verkrampft zu sein schienen. Sie sagte kein Wort, nur ihr Blick verriet ihm, dass sie sich wohl nicht mehr lange in dieser Position würde halten können.

Cuninghame versuchte unterdessen, Johns Herz zu treffen, und setzte zum Sprung an. Ihre Schwerter schlugen klirrend aufeinander.

Der Aufprall war so hart, dass beide bei der Landung beinahe den schmalen Brückensteg verpasst hätten. John arbeitete sich Zug um Zug näher an den Steg heran, der aus der Mitte der Brücke herausragte, um Lilian zu retten. Cuninghame setzte John von der Seite zu, als er in einem günstigen Augenblick versuchte, nahe genug an Lilian heranzukommen, um sie an ihrer Kleidung nach oben zu ziehen. John spürte einen scharfen Schmerz auf Höhe der Nieren. Cuninghame hatte ihm die Schneide seines Schwertes mit einem hinterlistigen Hieb zwischen die Rippen geschlagen. John taumelte und fiel bäuchlings auf den Vorsprung. Den Kopf über der Abbruchkante, konnte er gerade noch verhindern, dass sein Claymore in die Tiefe sauste. Cuninghame lachte gehässig und stellte ihm den Stiefel ins Kreuz. John drehte den Kopf und konnte sehen, wie Cuninghame sein Schwert hob, um ihn zu enthaupten. Neben John tauchte Lilians Gesicht auf, sie hatte sich mit aller Kraft hochgezogen und es geschafft, einen Ellbogen über die Abbruchkante zu legen. Nur eine Handbreit entfernt, schaute sie John direkt in die Augen. Nackte Panik stand darin.

»Was für ein schönes Bild«, höhnte Cuninghame. »Geschichte wiederholt sich allzu gerne, nicht wahr, John Cameron? Und wir wollen auch gar nichts daran ändern!«

»Wir werden uns wiedersehen«, flüsterte John mit erstickter Stimme in Lilians Ohr. »In einem anderen Leben, das verspreche ich dir.«

Das Schwert sauste herab, doch Lilian hatte sich in einem letzten Akt der Verzweiflung an John hochgezogen und mit übernatürlicher Kraft Cuninghames Unterschenkel gepackt, um ihn daran zu hindern, dass er John tötete. Dabei geriet der schwarze Lord aus dem Gleichgewicht und stürzte mit einem gellenden Schrei in die Tiefe.

John hatte blitzschnell reagiert und Lilian mit beiden Armen umfasst, damit Cuninghame sie nicht mit sich reißen konnte. Mit bebendem Atem klammerte sie sich an John fest. Fassungslos schauten beide in den Abgrund. Cuninghames Körper lag zwanzig Meter tiefer, von steinernen Spießen durchbohrt. Einer der angespitzten Steine war ihm mitten durchs Herz gefahren. Die Lider des Lords waren halb geöffnet, und er starrte aus leeren Augen zu ihnen herauf.

»Der Geist des Wassers wird sich über diese Mahlzeit sicher freuen«, spottete John und grinste schwach.

Lilian rappelte sich hoch und untersuchte Johns Wunde, die sich bereits zu schließen begann. Er erhob sich rasch und zog sie sicherheitshalber auf die Brücke. Erst jetzt fielen sie sich in die Arme. John küsste sie lange und ausgiebig.

»Du hast mir das Leben gerettet«, raunte er an ihren Mund. »Nun sind wir auf ewig verbunden.«

»Sind wir das nicht schon immer?«

»Ja, das sind wir«, hauchte John und drückte sie so fest an sich, als ob er tatsächlich eins mit ihr werden wollte.

»Alter Hurensohn«, schimpfte Bran keuchend, als Paddy ihm kameradschaftlich die Hand reichte, nachdem sie sämtliche Feinde entweder getötet oder in die Flucht getrieben hatten.

John und Lilian waren unversehrt in den Altarraum zurückgekehrt. John schlug dem Iren mit gespielter Entrüstung auf die Schulter. »Du hast also von Anfang an gewusst, was hier Sache war, und uns alle ins Messer laufen lassen?«

Paddy grinste entschuldigend. »Ich konnte nicht anders. Cuninghame brannte geradezu darauf, mich als Überläufer zu gewinnen. Nur weil er eure Wut über mein Handeln gespürt hat, wirkte es für ihn echt. Aber ich gebe zu, ich habe es nicht alleine geschafft. Ich hatte Hilfe. Als ihr in Norwegen wart, haben Wilbur und ich eine Strategie ersonnen, wie wir herausfinden können, ob Lilian wirklich nicht zu Cuninghames Bruderschaft gehört und was hier überhaupt gespielt wurde. Es war leider nötig, sie den Klauen der Panaceaer zu überlassen. Nur so konnten wir herausfinden, was Cuninghame mit ihrem Einsatz bezwecken wollte.«

John schüttelte schuldbewusst den Kopf. »Ich bin ein Idiot«, sagte er und lächelte schwach. »Keiner von uns hat bemerkt, dass ihr beiden uns auf eine ziemlich heldenhafte Weise hereingelegt habt.« Sein Blick fiel auf Wilbur, der sich von seinen Blessuren rasch wieder erholt hatte. »Nun bist du endgültig zu einem ernst zunehmenden Krieger geworden. Ich bin stolz auf dich.«

Wilbur blickte verlegen zu Boden. »Auch ich hatte Hilfe«, murmelte er. »Lilian und Dough haben mich tatkräftig unterstützt.«

Johns Blick fiel auf Lilian, die ihrem Vater beistand. Die Männer hatten ihn von seinen Schläuchen befreit, ihm aber vorsichtshalber

Handfesseln angelegt, weil sie wohl nicht einschätzen konnten, auf wessen Seite er stand.

»Es tut mir leid, Kind.« Robert von Stahl sah seine Tochter mit aufrichtigem Bedauern an. »Ich würde mich gerne bei dir entschuldigen, aber wahrscheinlich ist jetzt nicht der richtige Zeitpunkt.«

John spürte, dass der Mann die Wahrheit sprach. »Löst ihm die Fesseln!«, sagte er. »Ich hoffe, ab heute ist er einer von uns.«

Lilian schaute John dankbar an. Er nahm sie in den Arm und küsste sie vor allen Augen. »Ich hoffe, du kannst mir verzeihen, dass ich dir misstraut habe«, sagte er zu ihr.

Dann wandte er sich Paddy zu. »Und ich hoffe, du kannst es auch. Davon abgesehen denke ich, wir sind im Reinen«, erklärte er dem Iren grinsend. »Du hast mich unter diesem höllischen Stein ganz schön lange schmoren lassen.«

»Apropos Stein?« Ruaraidh warf einen fragenden Blick in Richtung der Apparatur, die kurz zuvor den ›Lapis Philosophorum‹ gehalten hatte. »Wo ist er überhaupt?«

»Wahrscheinlich hat sich Mercurius mit dem Ding aus dem Staub gemacht«, bemerkte John mit enttäuschter Miene.

Dough, der über ihnen noch immer auf der Abbruchkante des oberen Stockwerkes saß und sich um Jenna kümmerte, war hellhörig geworden. »Wie sieht dieser Stein denn aus?«

»Unscheinbar«, erklärte ihm David. »Und ziemlich zerlöchert.«

»Ihr meint aber nicht den hier?« Dough griff in die Tasche und hielt im Licht der beiden Fackeln, die er entzündet hatte, einen völlig wertlos aussehenden Stein in die Höhe, dessen Anblick bei den Männern sprachloses Erstaunen hervorrief.

»Großer Gott«, krächzte Bran. »Das ist er!«

Trotz der Freude über den unverhofften Sieg gestaltete sich der Abmarsch von Corby Castle schwieriger als gedacht.

»Wir können nicht hinauf an die Oberfläche«, rief David, nachdem er mit Malcolm die Vorhut gebildet hatte, um über die verwaiste Landebasis für den Helikopter nach draußen zu gelangen. Offenbar waren einige der verbliebenen Panaceaer mit dem Helikopter geflohen. Andere waren bei dem Versuch, zu entkommen, direkt einem Spezial-

651

kommando der SAS in die Arme gelaufen. Detective Murray war es anscheinend gelungen, nach Doughs Verschwinden Spezialkräfte des Militärs zu aktivieren.

»Lasst uns den Weg über den unterirdischen Fluss nehmen, wie wir gekommen sind«, empfahl Paddy.

»Habt ihr noch Sprengstoff?« John sah in die Runde, und Wilbur nickte ihm zu.

»Genug, um die ganze Bude zum Einsturz zu bringen.«

»Dann sollten wir das tun«, beschloss John mit fester Stimme. Dabei dachte er nicht nur an Spurenbeseitigung, sondern auch an Cuninghame, der unter dem Wasserfall elendig verrotten sollte und von dem er nicht wollte, dass ihn jemand fand. Wie die geflohenen und von der Polizei gefassten Panaceaer das Chaos in der Festung und den Grund ihrer Anwesenheit erklärten, interessierte John nicht. Das wichtigste war, dass CSS mit der Sache nicht in Verbindung gebracht wurde.

Am unterirdischen Flussanleger angekommen, sorgte John dafür, dass Lilian, Dough und Jenna die Taucheranzüge seiner Männer anlegten. Lilians Vater half er persönlich in einen der Anzüge und versorgte ihn schon vor dem Abtauchen mit reichlich Sauerstoff.

Er selbst und ein Teil seiner Kameraden mussten es ohne Atemmaske bis zum Loch Scridain schaffen. John sicherte Lilian, indem er sich über eine Leine mit ihr verband, während Bran sich bei Jenna einklinkte, damit sie unter Wasser wohlbehalten ans Ziel gelangte. Paddy kümmerte sich derweil um Lilians Vater, und Wilbur übernahm Dough. Zuvor hatte man sichergestellt, dass der Stein der Weisen ordentlich verpackt wurde, damit er unterwegs nicht verlorenging.

Als sie nach Mugan Manor zurückkehrten, lieferte man Lilians Vater zusammen mit Jenna umgehend in die Krankenstation ein, wo man beide auf Herz und Nieren überprüfte. Jenna würde genau wie Lilian lebenslänglich von Eternity abhängig sein. John hatte den beiden Frauen, eine vollständige Umwandlung angeboten, wenn sie es wünschten, weil er nunmehr im Besitz des Steins der Weisen war. Aber die Entscheidung für die Unsterblichkeit war ein schwerwiegender Schritt, den sie nicht leichtfertig gehen wollten.

»Ich respektiere deinen Entschluss«, sagte John und schenkte Lilian einen verständnisvollen Blick. »Zumal die komplette Umwandlung nicht schmerzlos und ungefährlich ist. Niemand kann sagen, ob es Komplikationen gibt. Unter der regelmäßigen Einahme von Eternity ist ein ganz normaler Alterungsprozess möglich, wenn die Dosis stimmt und du es so möchtest.«

»Verstehe ich es richtig?« Lilian warf einen zweifelnden Blick auf seine hünenhafte Gestalt, die auch nach fast vierhundert Jahren einem jugendlichen Adonis glich. »Es macht dir wirklich nichts aus, wenn ich langsam, aber sicher zur Großmutter mutiere, während du jung und attraktiv bleibst?«

»Wahre Liebe ist zeitlos«, gestand er mit einem Lächeln.

John saß mit Lilian am Bett ihres Vaters. Schuldbewusstsein stand dem älteren Mann ins Gesicht geschrieben, als er seiner Tochter in die Augen schaute. Er war war noch einmal mit dem Schrecken davongekommen, weil die Droge noch nicht in seine Adern gepumpt worden war. Körperlich gesundet, wirkte er nervlich reichlich lädiert.

»Ich weiß, dass es nichts gibt, womit ich mein Verhalten entschuldigen könnte«, sagte er zu Lilian. »Aber du musst mir glauben, dass ich immer nur euer Bestes wollte und nach Mutters Tod einfach nicht die Kraft hatte, mich aus der Gewalt dieser Teufel zu befreien. Erst recht nicht, nachdem sie Alex rekrutiert und dich im Visier hatten.«

Lilian küsste ihren Vater auf die Wange. »Ich mache dir keine Vorwürfe«, sagte Sie sanft. »Seit ich die Hintergründe kenne, hat sich meine Sichtweise verändert.«

Robert von Stahls Blick fiel auf John. »Und Ihnen muss ich wohl danken, dass Sie nicht nur den Körper meiner Tochter gerettet haben, sondern auch ihre Seele.«

»Wenn Sie mir die Erlaubnis geben, um ihre Hand anhalten zu dürfen, sind wir quitt«, erklärte John lächelnd. »Außerdem möchte ich Ihnen einen Job in meinem Unternehmen anbieten.«

»Ich werde gern für Sie arbeiten«, stellte Robert von Stahl erfreut fest. Dann warf er einen hastigen Seitenblick auf seine Tochter, als ob er um ihre Erlaubnis bitten müsste. »Und wenn Lilian Sie heiraten möchte, meinen Segen habt ihr. Dir ist aber schon klar, Junge, dass du ihr Großvater sein könntest«, fügte er scherzend hinzu.

653

»Genau genommen wäre er mein Großvater«, gab Lilian lächelnd zurück. »Aber darin sehe ich kein Hindernis.« Zärtlich strich sie John über die Wange und stellte sich auf Zehenspitzen, um ihn zu küssen.

»Erstens liegen zwischen uns fünfzehn Generationen genetischer Entwicklung«, dozierte sie mit einem Schmunzeln, »und zweitens liebe ich ihn zu sehr, dass es mir in den Sinn käme, seinen Antrag abzulehnen.«

John nahm nicht an, dass mit Cuninghames Tod das ganze Imperium der Panaceaer zusammenbrechen würde. Solange Mercurius noch existierte, würde die Bruderschaft versuchen, wieder in den Besitz des Steins zu gelangen, und wenn die Eternity-Reserven der Panaceaer infolge des fehlenden Steins versiegten, würde es zu einem drastischen Anstieg von Drogenopfern kommen. Es würde also auch weiterhin genug zu tun geben.

Interessanterweise hatte die Venichtungsaktion auf Corby Castle kein behördliches Nachspiel. Auch in der Zeitung war nichts darüber zu lesen. Detective Murray hatte Jenna nur vage von dem Einsatz berichtet, nachdem sie mit einer Unschuldsstimme bei ihm angerufen und gesagt hatte, dass sie sich auf einer Bergtour am Wochenende einen Knöchel verstaucht habe und ohne Telefonanbindung auf einer einsamen Hütte ausharren musste, bis es ihr besser ging. Deshalb habe sie sich erst jetzt zurückmelden können. Von einer Entführung könne gar keine Rede sein. Alles andere sei ein Missverständnis.

Dough hatte sogleich seine Frau angerufen und ihr versichert, dass er unversehrt sei. Er habe sich mit dem Detective in den Highlands verirrt, und seine Verdächtigungen seien alles nur Einbildung gewesen. Detective Murray lieferte er eine ähnliche Erklärung. Nachdem er Murray bei der Ruine aus den Augen verloren hatte, habe er ihn gesucht und sich dabei verlaufen. Interessanterweise erwähnte Murray ihm gegenüber nichts von dem Einsatz, der später rund um die Ruine stattgefunden hatte. Lilians Bruder blieb dagegen verschwunden. Es war anzunehmen, dass auch ihm die Flucht gelungen war.

Epilog

Tha mi creidsinn ann ... am maitheanas pheacaidhean;
An aiseirigh a' chuirp,
agus s a' bheatha shìorruidh. Amen.

*(letzter Satz des apostolischen Glaubensbekenntnisses in
Schottisch-Gälisch)*

Highlands – Juni 2009 – »Gottes Wille«

Wie so oft pfiff ein kühler Wind um die Ecken, als drei schwarze Limousinen im Containerhafen von Leith vorfuhren und mehrere Sicherheitsleute aus den Fahrzeugen heraussprangen, um einem gedrungenen, älteren Mann vor dem Hauptgebäude von CSS die Wagentür aufzuhalten. Die örtlichen Angestellten reckten die Köpfe an den Fenstern ihrer Büros, damit sie sehen konnten, wie die höhergestellten Mitarbeiter des Unternehmens den neuen Chef begrüßten. Niemand hegte eine Vorstellung davon, wer der neue Werkschutzleiter sein könnte. Sein Name war bis zuletzt geheimgehalten worden, und noch immer rätselte man, warum sein Vorgänger so unvorhergesehen nach Übersee versetzt worden war.

Als Dough Weir seine ehemalige Arbeitsstelle betrat, wedelte Max, der Rottweilerrüde, mit dem Schwanz und schnupperte neugierig an Doughs neuer Anzughose herum. Er war der Einzige, der ihn freudig begrüßte. Kyle, Doughs Nachfolger, fläzte sich Kaffee trinkend auf seinem Stuhl herum und schaute nur kurz von seinem Sportmagazin auf, als er sah, wer vor ihm stand. »Randy is auf'm Scheißhaus«, bemerkte er beiläufig, »müsste gleich wieder da sein.«

Dough beschloss zu warten. Als Randy schließlich aus einem Hinterzimmer kommend um die Ecke bog und vor lauter Verwunderung vergaß, seinen Hosenstall zu schließen, glotzte er Dough an, als hätte er einen Marsmenschen vor sich stehen.

»He, Dough …«, entfuhr es ihm, »… schön, dass du uns mal besuchst.« Randys neugieriger Blick strich über Doughs Kleidung, wobei er ihn von oben bis unten ziemlich respektlos musterte. »Hast du beim Wetten gewonnen – oder wie kann es sein, dass du dir so einen teuren Zwirn leisten kannst? Ich denke, du bist immer noch arbeitslos?«

»Falsch gedacht.« Dough setzte eine selbstbewusste Miene auf. »Ich trete heute meinen neuen Job an und wollte mal sehen, was ihr so treibt.«

»Arbeitest du jetzt als Nachtportier im Hotel, oder warum hast du dich so in Schale geschmissen?«

»Wieder falsch gedacht.« Dough konnte sich ein Grinsen nicht verkneifen. »Seit heute bin ich euer Chef.«

Kyle schaute ungläubig auf, und Randy zeigte Dough einen Vogel.

»Mit deiner Phantasie solltest du es vielleicht mal als Schriftsteller versuchen.« Randy kicherte albern. »Wie sollten die da oben denn ausgerechnet auf dich gekommen sein? Dir fehlt doch jegliche Ausbildung für so einen Job.«

»Nenn es Gottes Wille.« Dough zog die Brauen hoch, dann lächelte er milde.

»Bist du jetzt vollkommen übergeschnappt?« Randy warf ihm einen unsicheren Blick zu, der nichts anderes besagte, als dass er Dough für verrückt hielt.

Dough wandte sich indes zur Tür und steckte den Kopf hinaus, dann pfiff er auf zwei Fingern seine beiden breitschultrigen Begleiter heran.

Als die beiden Männer im schwarzen Anzug und mit CSS-Emblem auf den Ärmelaufschlägen eintraten, fiel Randy die Kinnlade herunter.

»Meine Herren«, forderte Dough die beiden Bodyguards auf, »wollen Sie so freundlich sein, meine neuen Mitarbeiter einzuweihen, mit wem sie es ab sofort zu tun haben?«

»Das ist Mr. Dough Weir«, erklärte einer der glatzköpfigen Hünen den völlig verdutzt dreinblickenden Jungs und nahm dabei noch nicht einmal seine nachtschwarze Sonnenbrille ab. »Er ist Ihr neuer Abteilungsleiter Werkschutz im Hafen von Leith. Ihm untersteht ab sofort das gesamte Sicherheitsmanagement und damit auch Ihr Arbeitsbereich.«

Dough war die Genugtuung anzusehen, als Kyle sich straffte und das Heft in den Papierkorb sausen ließ.

»Das will ich auch meinen«, riet Dough ihm freundlich, aber bestimmt. »Ab heute weht hier ein neuer Wind, und der Nachtdienst kehrt zu seinen alten Tugenden zurück. Ich erwarte permanente Bildschirmkontrolle und regelmäßige Patrouillengänge – selbst wenn es in Strömen gießt. Haben wir uns verstanden?«

Die beiden jungen Männer standen regelrecht stramm. »Jawohl, Chef«, antworteten sie im Gleichklang.

Dough amüsierte sich königlich. »Weitermachen«, erwiderte er mit unbewegter Miene, dann drehte er sich um und spazierte mit seinen Begleitern hinaus.

Keine Witterung hätte unpassender sein können, dachte sich Lilian, um nach einer romantischen Hochzeit einen Friedhof zu besuchen. Die Sonne strahlte warm, und der Himmel über Loch Leven zeigte sein schönstes Blau.

Das militärisch anmutende Motorboot war von helfenden Händen bereits zu Wasser gelassen worden, als ein weiterer, gepanzerter Wagen am Ufer des Lochs stoppte und ein paar schwarzgekleidete Männer mit Sonnenbrillen heraussprangen. Einige Touristen und Wanderer waren stehen geblieben, wahrscheinlich, weil die durchtrainierten Männer, die Fahrzeuge und Boot wie einen Schutzwall umstellten, die Ankunft eines bedeutenden Prominenten verhießen.

John war aus dem Wagen gestiegen und begrüßte die Neugierigen wie ein lang erwarteter Popstar, indem er kurz die Hand in Richtung der Wartenden hob und ein breites Grinsen aufsetzte. Beifall brandete auf, und Kameras klickten, als er einer bezaubernden Braut mit blütenumkränztem Haar aus dem Wagen half. Lilian trug ein cremefarbenes Hochzeitskleid und flache cremefarbene Schuhe. Keine besonders praktische Kleidung, wenn man die Insel Sankt Munda aufsuchen wollte.

John hatte dem Anlass entsprechend ein schottisches Plaid in den Farben seines Clans angelegt, mit allem, was dazugehörte. Damit verkörperte er wie Bran, der ihm in gleicher Aufmachung folgte, jene Sorte von Highlandern, die jeder Schottlandurlauber sehnsüchtig erwartet, den es aber in freier Natur beinahe ebenso selten zu sehen gibt wie einen Yeti im Himalaya.

Galant führte John seine frisch angetraute Braut zum Bootsanleger und lächelte sie aufmunternd an, als sie ein wenig verunsichert dreinschaute. Lilian fragte sich zweifelnd, ob sie nicht lieber hätte Schwarz tragen sollen. Immerhin besuchte sie das Grab ihrer Mutter, und in gewisser Weise hatte sie in den vergangenen Wochen nicht nur ihren Onkel, sondern auch ihren Bruder verloren – und damit die Illusion einer heilen Familie. Aber durch John hatte sie neue Zuversicht gewonnen, dass alles seinen Sinn haben musste, und er war es auch, der ihren Bund fürs Leben mit einem letzten, symbolischen Akt auf Sankt Munda besiegeln wollte. Eine seltsame Mischung aus Niedergeschlagenheit und unbeschreiblicher Freude durchflutete Lilian, als ihr Blick auf die Umgebung fiel. Loch Leven, die Berge und Glencoe, die Heimat von Onkel Fred und ihrer Mutter, stimmten sie melancholisch. Bran warf ihr einen warmherzigen Blick zu. Wie John konnte sie auch ihm nichts vormachen, wenn es um ihre Gefühle ging. Er war das, was man einen echten Freund nennen konnte, und er hatte sofort zugesagt, als John ihn gebeten hatte, ihr gemeinsamer Trauzeuge zu sein und beim Besuch des alten Friedhofs auf Sankt Munda die Bagpipes zu spielen. So wie damals, als sie Madlen zu Grabe getragen hatten, sollte Bran auch bei ihrer symbolischen Auferstehung anwesend sein.

Die beiden Männer halfen Lilian ins Boot, und während sie sich auf einer gepolsterten Bank niederließ, beobachtete sie, wie John von einem Begleiter einen Strauß weißer Lilien entgegennahm, die für Lilians Mutter gedacht waren, und danach einen Strauß roter Rosen, die sie an Madlens letzter Ruhestätte niederlegen wollten. Lilian hatte die Blumen in jenem kleinen Laden in Kinlochleven bestellt, der ihr Schicksal auf fatale Weise mitbestimmt hatte.

Bran startete den Motor und lenkte das Boot mit elegantem Schwung über die glatte tiefblaue Oberfläche des Lochs.

Nach wenigen Minuten erreichten sie das zerklüftete Ufer von Sankt Munda, und John half Lilian, sicher an Land zu klettern. Gefolgt von Bran, gingen sie bedächtig der niedrigstehenden Nachmittagssonne entgegen, hin zu einem Hügel, auf dem die überwachsenen Mauerreste der verfallenen kleinen Kirche von Sankt Munda an eine längst vergangene Zeit erinnerten. Dahinter befanden sich im Abstand von wenigen Yards die Gräber der beiden Frauen. Lilian dachte weniger an ihre Mutter oder an Madlen, als sie schweigend die Blumen niederlegten, sie dachte an Onkel Fred, dessen Leiche man immer noch nicht gefunden hatte.

Stumm las sie die Inschrift auf Madlens Grabstein, und plötzlich wurde ihr klar, was *Ihr Tod war deine Auferstehung – Ihre Auferstehung wird dein Tod sein* bedeutete.

Madlens Auferstehung in ihrer Person hatte Cuninghames Tod erst möglich gemacht.

Lilian schaute zu John auf, der einen Arm um sie gelegt hatte und sie eng an sich gezogen hielt, während sein nachdenklicher Blick auf dem verwitterten Schiefer ruhte und wohl jenem fernen Feenland galt, das Bran mit den wehmütigen Klängen seiner Bagpipe heraufbeschwor.

»Woher wusstest du, dass es so kommen würde, als du den Spruch in den Grabstein hast einmeißeln lassen?« Lilians Frage holte John aus seinen Gedanken zurück.

»Es war kein Spruch«, flüsterte er. »Es war ein teuflischer Fluch, der mit Gottes Hilfe seine Erfüllung gefunden hat.«

»Du glaubst wieder an Gott?« Zweifelnd sah sie ihn an.

»Ich versuche es«, antwortete John. »Am Ende hat Er meine Forderungen von damals erfüllt, auch wenn es eine ganze Weile gedauert hat und ich hart dafür bezahlen musste. Er hat mir das ewige Leben geschenkt und mir die Frau zurückgegeben, die ich liebe. Mit dem Stein der Weisen hätte ich nun sogar den Schlüssel dazu, dieses Wunder auch anderen zugänglich zu machen. Somit sieht es ganz danach aus, als ob Er es *mir* überlässt, was ich mit Seiner Gabe anfangen will.«

»Und? Was wirst du tun? Wirst du die Menschen auf Erden von ihrem Schicksal, zu sterben, endgültig erlösen?«

»Ich befürchte, sobald wir unser Geheimnis preisgeben, wird die Menschheit im Chaos versinken«, erwiderte er leise. »Rasante Überbevölkerung und brutale Verteilungskämpfe wären die Folge. Dabei ist der Tod nur ein scheinbares Ende, das weiß ich, seit du wieder bei mir bist. Ohne ihn kann es keine Auferstehung geben, und die Chance, sich noch einmal zu begegnen und womöglich alles besser zu machen, wäre vertan.« Er beugte sich zu ihr hinab, um sie zu küssen. Als sich ihre Lippen berührten, ergriff Lilian ein leichter Schwindel, und plötzlich fühlte sie sich eins – mit John und mit Bran und den Klängen seiner Bagpipe, mit ihrer Mutter und Madlen, mit den Highlands, mit Gestern und Heute und einem unergründlichen Universum, das sie zeitlos umgab.

Nachwort und Danksagung

Handlung und Personen in diesem Roman sind frei erfunden. Orte und Institutionen in Schottland, Deutschland und den USA wurden von der Autorin im Sinne der schriftstellerischen Freiheit entsprechend verändert. Die historische Recherche bezog sich in erster Linie auf Schottland und den Bürgerkrieg in den Jahren 1647/48. Leben und Handeln damals existierender Persönlichkeiten wurde im Sinne der Story angepasst.

Die wissenschaftliche Recherche zum Buch war diesmal nicht ganz so zeitaufwändig wie in meinen übrigen Büchern, weil ich mehr Wert auf den Fantasy-Anteil der Story gelegt habe. Ein Recherchebuch, das meine Phantasie zum Thema Molekularbiologie und halluzinogene Drogen beflügelt hat, möchte ich aber dennoch erwähnen und auch gerne weiterempfehlen – »Die kosmische Schlange« von Jeremy Narby.

Obwohl das Schreiben für sich gesehen eine einsame Tätigkeit ist, bedarf es vieler helfender Hände, bis ein Buch zur Veröffentlichung gelangen kann.

Mein besonderer Dank gilt in diesem Zusammenhang George und Mairi St Clair, die mich auch diesmal bei meinen Recherchen in den Lowlands und Highlands von Schottland tatkräftig unterstützt haben. (Ja ich geb's zu – es war ein »Heimspiel« – aber gerade deshalb war es eine besondere Herausforderung und hat umso mehr Spaß gemacht …)

Ein dickes Dankeschön auch an Elke Humpert: für phantastische Fotos, den windigen Einsatz in Tantallon Castle, das Abenteuer von Dirleton, die engagierte Unterstützung beim durchstöbern der National Library of Scotland, stundenlange Aufenthalte in diversen Stadtmuseen von Edinburgh und nicht zuletzt für die vielen vergnüglichen Pausen in schottischen Cafés.

Herrn Wolfgang Grahn, Schottisch-Gälisch-Dozent beim Studienhaus für Keltische Sprachen und Kulturen – http://www.sksk.de/ – (er hat den schottisch-gälischen Ansagetext bei der »Sendung mit der Maus« gesprochen …) möchte ich für seine Unterstützung bei der Übersetzung einiger Einschübe in schottisch-gälischer Sprache danken und der damit verbundenen Aussprachehilfe beim Hörbuch-Projekt.

Anja Bilabel, Schauspielerin, danke ich für die emotional brillante Umsetzung des Hörbuchtextes.

Meinen lieben Freundinnen Monika Korn und Patrizia Rieb möchte ich ganz herzlich fürs Probelesen und Mut machen danken – ohne eure Begeisterung, Mädels, und eure fundierten Tipps zur Verbesserung der Story wäre meine Anspannung vor der Veröffentlichung doppelt so hoch gewesen.

Danken möchte ich wie immer auch meiner Agentur, meinem Lektor sowie allen Mitarbeitern und Mitarbeiterinnen des Aufbau Verlages, ohne deren Vertrauen und Engagement es keine Veröffentlichung gäbe.

Last but not least möchte ich jenen Menschen danken, die meinem Schreiben einen ganz besonderen Sinn verleihen – meinem Mann und meinem Sohn … ihr wisst schon wofür …

ISBN 978-3-352-00773-6

Rütten & Loening ist eine Marke
der Aufbau Verlag GmbH & Co. KG

2. Auflage 2009
© Aufbau Verlag GmbH & Co. KG, Berlin 2009
Umschlaggestaltung und Illustration Mediabureau Di Stefano, Berlin,
unter Verwendung einer Illustration von Daniel Cardiff iStockphoto
Druck und Binden CPI Moravia Books, Pohořelice
Printed in Czech Republic

www.aufbau-verlag.de

»Man muss sich die Kunden des Aufbau-Verlages als glückliche Menschen vorstellen.«

SÜDDEUTSCHE ZEITUNG

Das Kundenmagazin des Aufbau Verlags finden Sie kostenlos in Ihrer Buchhandlung und als Download unter www.aufbau-verlag.de. Abonnieren Sie auch online unseren kostenlosen Newsletter.

Martina André
Das Rätsel der Templer
Roman
759 Seiten
ISBN 978-3-7466-2498-3

Das grösste Geheimnis des Mittelalters

Im Jahr 1156 bringt der Großmeister der Templer einen geheimnisvollen Gegenstand aus Jerusalem nach Südfrankreich. Dieses Artefakt sorgt dafür, dass der Orden zu unermesslichem Reichtum gelangt – und dass für die Tempelritter die Grenzen von Raum und Zeit verschwinden.
Als 150 Jahre später der Orden vom französischen König verboten und verfolgt wird, soll Gero von Breydenbach, ein Templer aus Trier, dieses sogenannte »Haupt der Weisen« retten. Nur wenn er es schafft, das Haupt unversehrt nach Deutschland zu bringen, kann der Untergang des Ordens verhindert werden. Eine gefahrvolle, wahrhaft phantastische Reise beginnt, denn plötzlich finden Gero und seine Getreuen sich in einer anderen Zeit wieder – in einem Dorf in der Eifel im Jahr 2004!

»Saftig dynamisch geschrieben – mit Kino-würdigen Bildausschnitten, schneller Dialogführung und einem Aufbau, von dem sich so mancher Mantel- und Degenfilm eine Scheibe abschneiden könnte.« SWR 2

Mehr Informationen erhalten Sie unter
www.aufbau-verlag.de oder in Ihrer Buchhandlung

Martina André
Die Gegenpäpstin
Roman
457 Seiten
ISBN 978-3-7466-2323-8

Undenkbar: Eine Frau soll auf den Heiligen Stuhl

Die Archäologin und junge Israelin Sarah Rosenthal ahnt nichts Böses, als sie eines Morgens mit ihrem deutschen Kollegen zu einer Baustelle gerufen wird. Eine Kettenraupe ist eingebrochen. Offenbar befindet sich unter der Straße ein größerer Hohlraum. Als Sarah in das Loch hinabsteigt, verschlägt es ihr beinahe den Atem. Sie entdeckt zwei Gräber mit einer Inschrift, die auf eine Sensation hindeutet: Anscheinend hat sie die letzten Ruhestätten von Maria Magdalena und einem jüngeren Bruder Jesu gefunden. Doch damit beginnen die Verwicklungen erst. Wenig später wird ein Archäologe getötet, die beiden Leichname werden gestohlen und ein Gen-Test besagt, dass Sarah selbst eine Nachfahrin Marias ist. Sie gerät ins Visier einer skrupellosen Sekte, die mit ihrer Hilfe plant, den Papst aus Rom zu vertreiben. Packend, brisant und hintergründig: ein Religionsthriller der besonderen Art.

Mehr von Martina André:
Schamanenfeuer. Das Geheimnis von Tunguska. Roman.
ISBN 978-3-352-00761-3

Mehr Informationen erhalten Sie unter
www.aufbau-verlag.de oder in Ihrer Buchhandlung

Roger R. Talbot
Die letzte Prophezeiung
Thriller
Ins Deutsche übertragen
von Christian Försch
463 Seiten. Gebunden
ISBN 978-3-352-00774-3

Das Ende der Welt naht ...

David Brine, herausragender IT-Spezialist, wird in Dublin entführt. Kurz darauf stürzt ein berühmter Religionswissenschaftler aus dem Fenster eines Turiner Hotels. Einziges Bindeglied zwischen beiden: Liam Brine, Bruder des einen, Freund des anderen. Verfolgt von Interpol und den Schergen eines änigmatischen arabischen Millionärs, versucht Liam mit Davids Exfrau Alanna die Hintergründe der beiden Unglücksfälle aufzudecken. Ihre einzige Spur: eine seit dem Konzil von Nicäa geheim gehaltene Schriftrolle, die den wahren Text der Apokalypse – und das genaue Datum des Weltendes – enthalten soll. Und eine rätselhafte E-Mail von David mit dem Wortlaut: »Digitale Apokalypse!«

Mehr Informationen erhalten Sie unter
www.aufbau-verlag.de oder in Ihrer Buchhandlung

Daniel Holbe
Die Petrusmünze
Thriller
368 Seiten
ISBN 978-3-352-00766-8

Wer ist der wahre Papst?

Die deutsche Historikerin Marlene Schönberg erhält einen geheimnisvollen Anruf. Ein Mann erklärt, er besitze Informationen über eine Reliquie, die den Vatikan ins Wanken bringen könne. Als Marlene den Mann besuchen will, steht sie vor dem Gefängnis in Marseille. Robert Garnier steht in Verdacht, seinen Vater vor dem Papstpalast in Avignon getötet zu haben. Zusammen mit seinem Anwalt beginnt Marlene zu ermitteln: Es geht um eine Münze – die Petrusmünze, an der man den wahren Papst erkennt. Ein erster, fehlgeschlagener Anschlag auf sie verrät Marlene, dass sie auf der richtigen Spur ist. Und dann taucht ein Fremder auf, der sich als Gesandter des Vatikans ausgibt, und bietet ihr seine Hilfe an.

Mehr Informationen erhalten Sie unter
www.aufbau-verlag.de oder in Ihrer Buchhandlung